# AGUAVIVA

## Gen I

## José A. Díaz Casillas

Books

Managing Editor: Manuel Alemán
Editors: F. P. Sanfiel and Heidie Germán
Designer: Ricardo Potes Correa

Published in the United States by CBH Books.
CBH Books is a division of Cambridge BrickHouse, Inc.

Cambridge BrickHouse, Inc.
60 Island Street
Lawrence, MA 01840
U.S.A.

Library of Congress Control Number: 2010934274
ISBN 978-1-59835-281-8
First Edition
Printed in Canada
10 9 8 7 6 5 4 3 2 1

*La Tierra no tenía forma ni contenía nada; negra oscuridad cubría la faz*
*del abismo y el espíritu de Dios se cernía sobre las aguas.*
*Y Dios dijo: "Hágase la luz" la luz se hizo.*

—*Génesis* 1,4[5]

## Aguaviva, Gen
## El tiempo al tacto de una razón,
## tu más longevo recuerdo del porvenir.

*Al borde del acantilado la historia se asoma, pues parece que existe*
*en el paralelo sur de sus memorias, un ansia suicida suya:*
*una atracción por un algo nuestro con un algo de ti y un algo de mí,*
*donde el principio del universo nos envuelve en un caótico abrazo*
*que nos llama.*

# Agradecimientos

Agradezco a Dios Todopoderoso, Señor innombrable, por dejarme entrar en sus espacios y meterme a hurgonear en sus terrenos.

Agradezco a mi madre María Cristina y a mi padre José de Jesús, por haberme dado no solo la vida, sino todo el apoyo para mi educación y mi felicidad; y es la pena más grande de mi existencia que se me hayan ido sin ver fructificar los esfuerzos del "locochón" de su hijo, o sea, yo.

Agradezco a mis hijos Berenice y José Antonio, porque con sus alegres cantos, gritos, alegrías, sazones y desazones me han impulsado a no flaquear en un esfuerzo de largo aliento que aquí se empieza a concretar, y que ha consumido veinticinco años de mis esfuerzos, invadiendo sus horas y sacrificando sus juegos, y a su madre que soportó hasta que la reata se reventó en el último jalón.

Agradezco a la gran nación mexicana, a la que debo todo lo que soy y también, a todos los míos que han sido y que serán parte de mi existencia y, por ser la pródiga madre Tierra la que todo nos da.

Agradezco al Colegio Tepeyac por darme la disciplina, a la UAM-Xochimilco por enseñarme a pensar y a ser profundamente irreverente, a la UNAM por enfrentarme con sus académicos e investigadores, todos ellos con afanes de que me despertara más y que no me quedara con lo dicho o hecho por otros.

Gracias a mis hermanos José, Francisco y Alberto y a aquellos amigos que me impulsaron o abiertamente me mandaron a volar por ser un loco de la tinta y un duende del lápiz.

Gracias a Alfredo García Avilés quien me abrió su casa y su biblioteca, aunque le regañara el niño negro que siempre lleva adentro.

Gracias a Blanca Porcayo Ochoa por sus correcciones ortográficas. Gracias a Edna Saucedo Jiménez, superamiga, gran mujer y excelente artista, sin su intervención la bibliografía no habría tenido final, y por ser parte de la portada que me envió Dios por medio de ella y de *Huitzi* nuestra ave mágica, y de la construcción de un final para el primer libro, el sello y la llave que entregó a tiempo el *Abraxas* que lleva dentro.

Gracias a la ciudad que me dio cobijo en mis horas amargas cuando todo parecía interminable, ya que al final, trayendo el sello de *Abraxas*, yo debía servir a los que sirven, desempeñando el verdadero primer oficio de la humanidad: pues tuve el honor de ser afilador y caminar por toda la ciudad recogiendo centavitos, gracias a toda esa gente que compartió conmigo sus herramientas para que yo pudiera comer y seguir escribiendo: a "jugueros", a estilistas, a carniceros, polleros...; para al fin especializarme y atender a hospitales, a todos gracias; en fin, a todos mis hermanos mexicanos que forman a esta gran nación que está de plácemes por su 200 aniversario.

Gracias a la vida por la oportunidad de expresarme y dar a conocer al mundo mis sueños y pesadillas, mis miedos y resoluciones y mi mensaje de amor por la vida.

Finalmente agradezco a amigos y enemigos que sazonaron mi andar por el mundo y espero poder concretar la obra. Y si soy totalmente honesto, no puedo sino agradecer al Gobierno de la Ciudad de México que en diferentes administraciones me ha dado empleo y la oportunidad de colaborar con diferentes equipos, todos ellos muy agasajados a su modo y manera y donde he conocido gente de primera, y es así que ahora esta obra ve la luz, no sin el apoyo de mucha gente; y gracias al Lic. Marcelo Ebrard y a la Dra. Bonifaz por darme la oportunidad de colaborar en sus proyectos y a Francisco Huerta, sobre todo amigo, que me invitó a colaborar, así el agradecimiento crecería *ad infinitum*, a Diana Villagomez y tanta gente buena que nos hace crecer y el camino mejor... y que nos permiten coronar nuestras misiones con brindarnos la oportunidad, mil gracias a todos los millones que me sonríen.

El autor,
México, D. F.

# ÍNDICE

# Capítulo I
# El arca de la alianza

¡Bereishit!
¡Bathim!
¡Loray! ¡Johavam!
¡La biografía del tiempo!

Fueron hasta seis innumerables días, de lo simple a lo gigante,
galante coqueteo de una obra deslumbrante;
era una forma de voluntad creadora en la creación voluntariosa;
el principio de todo lo que es y el fin de su infinito.

En el séptimo día cuando todo iba a ser bendecido con amores,
cuando el *Big Bang*, el inicio del tiempo marca,
es que aparece el "cuándo" y nace en Dios el espacio curvo de su deseo,
el ser en la realidad total al expresarse en su grandeza hasta hablar del tiempo
como la vida.

Véome transcurriendo en un viaje astral, cual un *Big Bang* personal inicial
que parte desde su divina mano,
en el que somos polvo de estrellas hasta que la vida nace y nace lo humano,
potencializado como la opción en síntesis es en el universal reclamo,
cuando la vida se hace sorpresa en el tálamo y el espíritu respira en todos por igual.

Con divinos ojos celestes, encuentran la primera pelleja,
cuando el universo y yo nos curvamos en un espermatozoo,
nacemos de su voluntad y vamos tras el antiquísimo primer zurrón
del ancestral espacio-tiempo curvo en el libro del conocimiento del Bien y el Mal
y al arder en él, estarás ante al Juicio Final al amanecer de tu atardecer,
en la placenta que el alma tuya protegerá en carnes, porque somos
insuflados desde el inicio, con el sentido del fin, teniendo como principio la
defensa de la vida.

La vida es la sustancia real de toda trascendencia,
junto al cordón umbilical del derecho, es la cara de la libre voluntad ante su
percepción de lo justo,

cuando el páter nos mira callado al dejarnos hacer nuestro libre albedrío que
para mí está en el Bien.
Retirándose él, nos deja ser a nosotros como parte de la incertidumbre de su
voluntad,
la voluntad libre de la gran creación y desde su entraña íntima del ser saliva y
moco, palabra y voz.

Ven a ver como esas columnas que sostienen el cielo de tu fe, te resultan naturales,
tejidas con ancestrales bostezos hasta lograr el nombre, tras tratar de seguir
órdenes celestiales,
balbuceos en tejido neuronal de lo pensado por lo nombrado, cuando se va
trenzando en el orden
en que se forma tu vida tras la idea del ser-embrión, desde pelambres que en lo
pensado se contraen,
articulando un cosmos del universo en el que el orden o el desorden lo ponen tus
manos angelicales,
en el cual su orden te forma y donde todos nosotros somos algo bestiales
al hacernos humanos; recordándonos que su celo goza de nuestro viaje, en el
cual, en el derecho se atan
a miles de eones y sus anversos; reconócete sin temor en el espejo sin fecha, en
el que el tiempo ya transcurre.

La coloratura mística
muestra que hay crueldad,
porque hay hombres sin espíritu en su labor plástica,
contra el ensueño de lograr una esperanza que se sobreponga a la primitiva
maldad carnívora.

Mientras se ve que con amor se empuña
la poética y afilada espada
de doble filo, aún sangrante, que con humildad, su nombre acuñó
en la eternidad que blande su hoja justiciera a toda piel pegada,
con la mirada de fuego cambio, crezco, creyendo al nombrar ese, armar mi orden
nuevo.

Fuego, Dios que con su luz en lontananza escudriña, creándome con una mente
universal intemporal y eterna,
mientras que se contiene el ángel del perdón, cabizbajo, con su fe a su cintura
atada
y en silencio asciende a servir más inteligentemente a Dios, porque para servir
fue diseñada.
Y se vuelve bípedo, cuando sé que se aplica en lo que se empeña al erguirse
platicando

**12**

en el cristalino esfuerzo de que veas la verdad en tu iris proyectada,
mira que no se cumpla aquel blandir de esa hoja temida
ante el Juicio Final, al que está tu suerte atada.

Momento en que los descarnados aparecen ante ti,
y aún quieren rescatar para el mundo, un vivo *telos* anhelante,
que cubre de plumas su vuelo por constituirte y te regala su anhelo,
que en ti compartí, en vehemente voz, que desde el Oriente primo te nombra ordenante...
cual fiel amante que parte de ordenarte no suicidarte al dejar aquella sombra eternamente para vivir.

El Juicio Universal ejercido con regla nanométrica ante tinieblas
busca el color vivo del alma, el tono fiel del que parte.
Al ser una mínima porción de la paleta de Aguaviva en sangres vivas,
cuida de la humilde sangre que templa su esperanza frente a la muerte,
como flama animada de vida en conciencia de almas cautivas
y se asoma a la inocencia dentro del sangrante costado, curiosidades de su parte
con que ve al interior del vivo verbo triunfante, asomándose con miradas silentes y libres,
ante aquel que abre la puerta que lleva al Padre, mientras que a sus pies departe la verdad,
desde la fe andante donde el tiempo es nuestra medida significativa que nos construye la libertad,

# Capítulo II
# El libre albedrío

## El divino don

Y mientras aquella alma parte,
soy testigo del ser ¡yo!, un alma vieja de razón libertaria que no nos deja
y que sale de aquella fuente de luz que departe,
desde el espíritu en el desliz de la medida y su madeja,
donde comparto recuerdos sin memoria del tiempo que va con rumbo al arte,
donde trasciendo desde la joven azul esfera deslumbrante,
que en su abundancia nunca nos deja.

Michael da tono al filo del Juicio Final ejercido en el estigio de tu alma,
que de lejos mira su parte,
al buscar el color vivo de las almas que parten
al dar cuenta de sí ante su propia mente añeja;
carga los tonos de su paleta de Aguaviva, desde el último suspiro de muerte que
se ensambla al placer de una imagen,
cuyas causas templadas empalman a su luz y se añaden al conjunto de un libro
que de todos nace y a todos pertenece,
y frente a la luz que eterna se borda desde su madeja y no sigue el bordado,
sino que largo y longevo borda y crea;
ardiente cual flama animada de la vida que es respiro de oxígeno ante la suerte,
asomándose dentro de la sangrante mano y a través de ella, en frenesí sin queja;
te ve a ti y ve el interior del costado del que sufre de injusticias en su retiro de
muerte,
aunque otro sufriera por ti cuando el vivo verbo triunfante amamanta tu virtud
entre ceja y ceja.

El tiempo sin medida,
¿admite el tiempo?
¿Y el *Big Bang* es principio de algo
o algo al principio en el borde del no tiempo?

La coloratura mística del ensueño,
con poética afilada espada de doble filo, aún sangrante,

empuña con mirada de fuego el ángel del perdón que aplica su empeño
ante el Juicio Final de descarnados y te quiere rescatar en un vivo *telos* anhelante,
que ejerce el juicio sumario realizado en tinieblas, busca el color vivo del alma
que parte,
en paleta de Aguaviva, templada frente a la muerte cual flama animada de vida,
se asoma al juzgado dentro del sangrante costado y ve en el interior del vivo
verbo su ser triunfante,
y en su tamaño abre la puerta que lleva al Padre, en andante, donde el tiempo es
sin medida.

Y mientras aquella alma parte,
soy testigo del ser de una alma vieja,
que sale de regreso, atraído por aquella fuente de luz añeja,
que retornó por última vez rumbo a la joven azul esfera deslumbrante.

Espacio que conjunta la ternura del ser que va a nacer con su canto ancestral,
soy novedad del polvo celestial contemplado por almas de muertos en la vía,
ellos se van y despiden la vieja sustancia rumbo a las tiernas carnes que llegan
alimentadas de eternidad neuronal, primos segundos de ancestral raíz empiezan
el conteo del séptimo día.

Olisquea el húmedo profundo espacio al recorrer la oscura galería de la mente,
envuelven aromas de pincel de aire en la viva arquitectura neuronal de la poesía,
neuroconstrucción del cimiento de un lenguaje que significa al universal vidente,
que viaja por pasadizos de la mente y busca creaciones en la redención que ansía.

Olvido de lo real-eterno por la superficie de la medida como espacio,
que comparte la ternura del ser hacia el confort en el que es tu juego,
que va a nacer con un canto ancestral primario color topacio;
novedad del polvo celestial despunta en la luz del fuego color de un Ícaro,
sublime cachondez de perderte en la bolsa en la que se formará un batracio.

Un alma parte y otra arriba desprendiéndose de sus siderales polvos,
entran y salen despidiendo la vieja sustancia a la sombra de ancestrales olmos
rumbo a las tiernas carnes alimentadas de mil números tuyos, tan vuestros,
tan nuestros, como los primeros segundos en que desde ancestrales raíces somos,
y que empiezan hoy su conteo de siete días universales en sus átomos.

Huelo esencias de un azul humedal en profundos espacios deliciosos por su aroma,
que recorren oscura y profunda galería tras la mente en ambrosías,
que envuelven aromas del pincel de aire en susurros y besos en pleitesías
depositados en viva arquitectura neuronal que se expresa en poesías.
Soy neuroconstrucción de cimientos del lenguaje en tejido que me crea despacio.

**16**

Soy significante del ser universal vidente,
que viaja por los pasadizos de la idea desde el *Big Bang* amante
y atraviesa el espacio desde 300 000 millones de kilómetros en expansión
constante,
en busca de la recreación para la redención que se ansía en la casa de la luz ardiente.

Me abro ante la mujer armada de esos enormes bellos ojos,
al verme surgir de la deslumbrante visión sideral de una mancha galáctica;
siento en mí la eternidad universal que, para mi gloria, develan sus labios
frente a la sonrisa universal del ser de carne estelar, que amanece con cultura
fáctica,
que se mira en la luz al pasar frente a esta láctea huella de ti, sin
despojos,
por la vía que alumbra a mi universo en su hechura, que no es estática,
sin entender su pertenencia a la realidad que palpita en cerebrales surcos,
cual galáctico corazón que nace sin clandestinidad en una velada romántica.

¡Encuentro a las voces enjutas!,
al perfilar tu nombre: ¡Palabra!
Oriente de un hombre perdido rescatado entre las frutas,
en el límite prístino del hacerse desde sus manos tras su obrar... platicando.

Y perfilo en la sinceridad de un "lo nuestro", del "tú en el mí" o "yo dentro de
ti" y el universo;
andemos ante la realidad resplandeciente del idioma;
caminemos la ruta de las palabras
para explicarte a ti quién eres tú y quién soy yo.

Perfila el destino entre tus manos, derramándose desde tus palmas,
claro intento sumario y somero delineador del tiempo mío, que ya presiento,
en que se nombra mi sino entre las líneas de tus suaves sombras,
iluminando lo que nombras y abierto al amor de ambos hasta que al fin les siento.

Viaje dado como desde la acción,
que es en su ética como el valor real
de un sentido original de su canción,
en identidad de lo real y su valor carnal;
cual la verdad de lo que se hace en su entrega sin condición.

Soy, bajo angelical mirada, manantial de comunicación andante;
suspiro desde la viva huella fresca de las humanidades asociadas,
donde el animal terrestre se arroga en el ser este espíritu triunfante,
del ser ordenamiento que va significándose en neuronas relacionadas.

Magia en mundo de colores y calores en que somos en enormes tiempos, en
distancias,
en que unos pocos, todos nosotros: mujeres y hombres, tierra y espíritu vital
llegamos a ser este ensalivado ser de polvo;
modelos de un único barro terrenal tan frágil cual la vida ensalivada que respira
gracias;
tiempo que se vuelve un gel airoso
en la inhalante exhalación en que me muevo.

Aunque la incertidumbre de todo me embarga, aún así, sin embargo,
quiero saber, más allá de estas abstracciones,
quién soy y de qué estoy hecho, de qué ancho soy y de qué largo,
y además, qué papel juego en la trama en que me encuentro para que mi piel sea
seda de canciones.

Asoma al brillo de unos vivos ojos, unas zapatillas de satín que prometen cono-
cer pasiones;
presagio de la energía contenida en firmes carnes de animales arrestos que
aguardan suspiros
al ser pasión desde un par, despojado de miedos, en la viva mascarada de segun-
dos traviesos
que configuran esta viva intención de aquellos que a sus amores son entregados
en ardientes canciones.

Soy, en el animal enamorado de la carne, parte del hálito que se nos pega;
ansias envolventes en sudores deliciosos que poco esperan al ser la viva entrega;
donde vibran rendiciones de mujeres provocadas por besos ardientes que la
circunrecorren
ante celestes miradas de una mente viril, nervio, labio, calor; siento que anido en
semen,
no voy suelto, sino que aguardo en el padre celoso de su posesión del elixir dora-
do en su talega,
destino de la vida gloriosa en su entrega de su evidente amor para que en ella su
gloria amen.

Enfrente y en lo oscuro de su opuesto, adivino olisqueando a la muerte,
amo y retengo por el control del aire a la que cierra el espacio del tiempo creado;
alma, que es desde su origen, la vital relación de esos fuegos en el movimiento
dados,
arder andando en oscuridad y vacío hacia el uno, como el caos esencial hacia
iluminar sus ansias en suerte.

Estoy en la latitud cero, más o menos a cinco grados del homocentrismo,
cuando el universo entero forma la Tierra y acude al centro de mi ser mismo;
que traza medidas sin escatimar en economías para así no hacerme solo idea
de ser el ordenador universal colonizador, homonaturalista de esta tonalidad
etérea.

Y ante tan sublime vista de mi potencial universal,
me cago de miedo al pretender ser un dios de barro,
me mancho las carnes malditas desde lo vital
porque no las supe hacer crecer, eructo vida, meo salud y no tengo catarro.

En aérea vista cruzan miles de millones de eras, espacios, tiempos en galaxias,
que al venir me reconforman desde las vivas realidades dadas en luminiscencias;
me acerco a ver mi viaje astral en la clara eternidad compilada en trascendencias,
me formo de polvo de estrellas, luces en fuga de lejanas raíces que me dan la
suerte toda,
al ser eternamente constituidas como triunfadoras siderales.

Tenue me voy alejando del rojo arcaizante, donde la materia y el espacio a tempo
son uniformes; siento su centro a 300 000 millones de años luz en que viaja mi
hacer el tiempo,
que se escanció desde mi sudor el ritmo, al tiempo en el que nace el acto;
soy alma en tránsito del verbo que parte de ser luz y que sin saberlo de facto
soy el que asistirá a los amores de sus padres sin entender y menos recordarlo;
desde la gran explosión de todas las esencias rumbo al hacer, al ser y amarlo,
desde la inmemorial data escrotal que deviene en vivas luminiscencias,
donde se fraguan las reconciliaciones de todas las desavenencias en olvidos de
displicencias.

Mientras me formo de células sustentaculares, que mi padre ha madurado,
creándome como espermatogonio, me forma en espermatocito primario amado y
soy división meiótica hacia ser un espermatocito secundario en viaje; nado
con forma de espermátide con 23 cromosomas en ADN del sexo universal
otorgado.

La sensualidad de las palabras silentes claman al fervor
que revisten las carnes iluminadas de deseos,
despojadas de miedos sociales, con amor;
húmedos labios que siluetean su piel a besos en trazos;
trazas de pasión, de cuando nace el ser individual en su frescor,
en donde la necesidad y el tiempo te son tan caros con tan sutiles lazos,
que no me muestran inmaduro el sol, aunque algo púbera aún su piel al calor,
frente a la tarea de una ola azul universal del recogerme sin retrasos,

en los abrazos de un celeste celo que se augura estelar y con ardor,
que se borda de amaneceres ante tu atardecer;
espacios de magia en manos y brazos de labios e ideas y mucha oración.

Soy en el Padre cual sustancia estelar colocadora de estrellas,
tinta viva de un pintor de eternidades,
veo que soy la pincelada del Creador recreado entre bellas verdades,
cuando creó las búsquedas por salvar un ápice de humanidades bellas.

Erguido, polvo y saliva, nominador universal del darse,
esputo en barro ensalivado del que emerjo desde mares,
que blanden la dúctil palabra para dominar la obra y obrar,
aunque no me reconozco en los suaves sentidos, de esas sales
que cargo en la piel, porque vine a administrar la obra, no soy su creador, solo le
pongo altar;
soy sino, dado en la creación iluminadora, obra recreadora, de esta, la voluntad
que tienes.

Para no saber quién soy después de tanto y tanto silente clamor:
**¡Palabra! ¡Vibrad!**
Ruegan las almas cuando recojo eternidades clamando fervor.
**¡Traedme la calma del saber quién soy y amad!**

Huyo de un pavor desconocido al no reconocerme en su calor
temido en ansias del alma sin saber a dónde voy y escucho tan solo un "dad",
en las ansias locas y sin rumbo que dejan entrever ese eje sin destino y con amor,
por enfrentar las búsquedas que topen con este juicio ancestral de la eternidad.

Voy siendo formado desde el agua en moco y sal,
polvo estelar, inmerso en el origen de mi ser sustancial y universal,
al venir desde aquellos límites del inicio de un origen de lo humano esencial;
me conformo desde la memoria arquetípica de mi ser hoy, en este amor vital,
retrotrayéndome del recuerdo esencial de nadar en esta excitación de origen
desde una vía paternal.

Me aproximo a ser brevedad en el tiempo, me alejo del borde
de la gran explosión prima y desde ahí vengo;
conjunción bioconformativa en que soy esencia vivificada en paralelo a la creación del universo
y vivo en esos recuerdos de la ancestral estima del tiempo que ahora contigo tengo.

Tiempos idos en creación de formas sin memoria,
el origen material de la hembra universal vestida de la ilusión perceptiva que
causa la materia y la forma universal

de nuestra realidad a la que conllevó en mi ser la forma, cargando la historia del
universo en mis células, en las que se conjuga la esencia misma de la creación
en estas tiernas ceras de mis velas creadoras, desde mis células vivas que son la
argucia de la realidad.

Soy, en el origen, creadora creación del infinito tiempo creativo,
brevedad, porque solo en mí está la medida existente de tu medido o de mi
medido encuentro;
no tengo angustia al percibir la viva noción del ser en transcurso que viste en
eterno campo;
soy así: tiempo en facultad de ser cuando el tiempo por mí creado no sea más de
lo siniestro.

Veo que eres tú, al tiempo de tu solo ser esté ahora
la medida, que es en Dios tu ser en el espacio y tu tiempo en acción;
lapso que me dio para la acción perenne en su atención adoradora
y así, dándome todo en posesión inmediata y solo la eternidad en redención,
me otorgó su usufructo hasta el adiós con la fuerza de las letras y de tu canción.

La sensibilidad excitada del verbo, figura del altísimo
enmarcada de pasiones despertadas desde sus labios;
veo a un par, que a besos, musitan amores que sienten desde el vientre lo
bajísimo,
apuntando sus luceros desde la comunión de sus limpios ojos,
en silencioso brillo de salivas sobre la piel desnuda que amo;
mientras se quedan suspensos, cual suspiros, en eternos segundos
inocentes, que son causales de mi viaje por el cosmos mayor tras esto del
Altísimo
que contiene los universos todos y que en ellos, mis sentires están incluidos
junto a sus medidas y su Ser universal de **Gran Explosión**.

**Nace el tiempo
y el espacio.**
La creación de sí mismo,
del día de Dios…

Siento las primeras diferencias de temperatura y densidad,
en la antimateria que desgrana los sentidos al ver atrás;
la Gran Explosión ya a 500 millones de años luz, el universo veo enfriarse en
potestad
del que emana matices en vibraciones sin fin que van a 250 000 millones de
años luz al ras
de un tiempo en donde está la galaxia más lejana en luz amada y en luces canta

**21**

con tonos de esos apenas creados en un divino soplo ligero y veraz;
percibo la forma de primos quásares rozándonos la no-piel que nos hermana
sin maldad.

Llevo en mí la densidad de las nubes de gases y polvos que forman
la materia,
tomo a la luz cual base estelar sedimentaria que a la distancia se enfría y
condensa.
Allá, cuando la gravedad empieza a ser la constante universal que se enfría,
proliferan formaciones filamentarias: galaxias en el vacío que mil distancias
tensan mientras avanzo,
voy siendo integrado en el todo universal de mi infinito y presagia la tarde
noches plenas de belleza exquisita y sin maldad y sin pedirme que me muera,
porque aquella desmemoria se fue para siempre, jamás triunfa la memoria
universal.

En mi viaje siento el gran vacío que todo separa, donde cabe solo el
"imaginarás",
sumido en viva carne espiritual esencial al ser precipitado en la imagen del amarse,
soy dos planos que son tres en el creador de ideas y materia, que van ordenando
universos por mentar,
recorro el espacio entero en un gel reconocido a 100 000 millones de años luz al
volar.

Voy sintiéndome estelar, vital y formándome desde las sensaciones de la bolsa
testicular en alza,
recorro génesis en escrotal cuenco de vitalidad celular de Sertoli, en dura
calzada de salud cautivo;
estoy en su placer, voy estando aún en el padre siendo en energías, en células que
en proceso activo-molecular me alcanza
tras la unión que va rumbo a ser la célula superior, como en una "suma" viva
hasta lograr ser esto vivo del riquísimo hoy.

Soy desarrollo en la casa interior de este ser microscópico, microcósmico,
universal,
me conformo como este ser que ya ha germinado en células sustentaculares, no
lo que son en la existencia,
sino que son la vida de mi esencia, donde nace toda la bioquímica de la sal de la
purificación,
donde mi eterna y millonaria estirpe recoge aquel origen majestuoso de estos
estelares amores.

**22**

Soy espermátide que cambia y forma un acrosoma hasta la mitad celular,
con saco de Golgi y mitocondrias, entro en condensación en pared amniótica al cambiar
las micras celulares que van formándome; mientras se estiran sobre el filamento pilar,
creándome un cuello con cola pisciforme en luces tras las que me quiero bañar en movimiento.

Siento que el tiempo ha cambiado en torno a la sustancial medida estelar que recoge años luz,
cuando en mis manecillas han pasado 61 días para alcanzar mi madurez actual.
Hoy, que ellos se besan, soy espermatozoide de origen universal en celular testuz,
tiempo atado a sales, cenizas y estrellas, conformando la blanda mucosa memorial.

He sido empujado a túbulos seminíferos hasta el epidídimo en acción,
me siento poco ágil y me voy soltando en movilidad para alcanzar la libertad,
cual espacio vivo autónomo, en el que, vuelvo a sentir mis bioquímicas en prioridad;
soy un ser ancestral en viaje estelar, origen mismo universal de un ser con la vida en comunión.

Estoy siendo el testigo que ve también la realidad de la zona de las sombras;
mientras soy sustancia de luz que da significaciones estelares con que convoco a tus obras
y rasgo el velo de tinieblas en reunión, al significar el reconstruirme al reconstituirte en este ser universal
contenido en todos los espacios de la significación histórica del reconstituirnos,
de ese momento vivo de magistral creación que anidó la vitalidad que se expande en expresión multifacética de la verdad inmanente e inminente que se expresa.

Siento en mi memoria esencial viejos recuerdos del helio y el hidrógeno,
al verme en el canto de la fusión termonuclear, prima madre de luz en las estrellas,
veo sus íntimos elementos pesados esenciales sin oxígeno, que arden en nitrógeno,
al formarse ante mí, cual grandes galaxias primas que siembran el altar talar de virginales huellas,
en las que la verdad siempre virgen en su honor, encuentra el sello de la búsqueda del bueno,
sin otro fin que el de ser un espíritu ancestral anidado en un cuerpo joven, caliente que atrae a las bellas.

Siéntome en el interior profundo y esencial como un espermatozoide,
al ser, desde la viva conciencia del padre al querer,
donde convergen todas las fuerzas primigenias universales que en lo divino nos
comparte,
soy desde la atracción estelar, puro principio que nos crea al hornear esa
conjunción que al amar en uno nos departe.

Véome a 15 000 millones de años luz,
en el borde exterior de la explosión del liliáceo tul,
visto desde el centro de la Tierra a la que voy buscando en el espacio original de
mi eterno azul,
situado en la puerta exterior, donde lejano se ve aquel grupo de estrellas como a
contraluz.

Ellos son luces sonrientes que se aman,
y en sus animales ojos, veo ilusiones que se envuelven en besos,
aportación milenaria de la entrega de las luces que mil redes traman
y que se unen en la profunda eternidad al ser la pasión tras los excesos.

Sustancia divina que revela la esencia cautiva en el corazón de ambos
enamorados,
frágiles en su musical fornitura de muchos besos con gran cadencia;
son la acción divina de su obra al expresarse en la forma de dos:
caricias donde el vaivén compartido de su baile unidos en secuencia,
va haciéndome vibrar en traviesos campos celestes tan amados.

Recorren sus cuerpos a besos en su cachonda esfera,
al ritmo en que entra su energía en contacto;
vengo de catorce mil millones de años luz en la quimera,
revitalizo la memoria de la gran explosión al tacto
que en mí continúa como el espermatozoide en formación que soy en alma entera,
que acompaña la génesis del universo sin mayor impacto;
vengo más allá de la Gran Muralla y del grupo Coma en acciones de caricias
placenteras,
con galaxias M87 y M81 y trece mil millones de años luz que pasan cual
fotones en el acto.

Viaje delicioso en el que van con sus besos lográndose,
al tiempo de la conquista del contorno de sus pieles,
unificando sus almas que excitan la viva epidermis en el interior, frotándose
desde aquel don de la naturaleza en donde con su entrega se encantan con sus
mieles.

Eterna memoria que observa mi viaje testicular,
arrullo de doce mil millones de años luz con celestes ganas,
mientras mantienen hacia afuera el movimiento talar,
y soy parte de estos quásares y de las galaxias lejanas.

Soy forma de pila en andanza dentro del cuerpo viril,
vital expresión quimioformativa del ser en viva era,
al ser parte viva de este Adán Kadmón que será trazado en roca ovárica al
esmeril viril,
portador de la información prometeica que no pronta se va para afuera,
hasta lograrse en regazón resuelta de la data que me pides al amarme
abiertamente en lo pueril
y reclamas, como antecedente de aquel carnero de Aries, tu sinceridad
de ser ese hijo no sacrificado por Abraham, que avanza en luminosa esencia en
su carril
y cuando la Osa Mayor palpita y brilla, se da a vivir a su manera tan *old-fashio-
ned*, y ellos desde las danzas de las horas en su amor de pieles húmedas junto al
pretil,
prenden llamas y alumbran carreras interestelares, mientras sus ojos
humedecidos ríen afuera.

La luz de la estelar Carina, constelación delicada y enorme,
lejana estrella que al mirarme con sus mimos, más se ilumina,
enamorada, me entrega sus luces preciosas de brillantina,
desde la vitalidad que la oscuridad domina.

Vía luminosa de rosada gruta femenina, ansía de su hombre sus besos
que disuelven sus miedos inmemoriales en densidades de jugosos destellos,
con luces estelares que prometen cuidar mis pasos,
alumbrando el vacío con sus vivos sellos.

Labios primigenios reúnen a hombre y mujer en conjunción viva de un amor de
estrellas,
NGC 253 y NGC 628, con sus colores me forman la ruta e incitan al viaje en luz
de tiempo,
espacio de mi conformación a dos millones de años luz; vengo de su mano tras
las vitalidades bellas
desprendidas de celestes veredas de estrellas, DDO 210 y Andrómeda V son el
cetro de su sensual campo,
en recuerdo de Andrómeda en la que ahora acampo,
fértil valle de la mente que es para el Ser las humedades de ellas,
que son la bioconcepción, cual herramienta en barro de reproducción universal a
tempo.

Todo el viaje material espiritual es aún más rápido que esas luces que atraen a
vivir soñando,
mucho más veloz que la energía de la luz es la mente, que te borda con encajes
de papel,
asume la vitalidad de la energía implícita en el conocimiento intrínseco divino,
que va a ir cardando
las instrucciones que me bordan, se parecen tanto a la velocidad de la idea del
gen universal esculpido a cincel,
al recorrer, sensible, sus pieles sin oropel y de pronto sentir en la insensible rea-
lidad del tibio vivir la lengua
seductora enamorada, con amor de luna llena, convertidas tus miradas en mis
corceles.

Soy desde el espacio atemporal de la creación aproximativa de cien años luz en
mi corta no edad con M31,
la Gran Nube de Magallanes y en mil galaxias cercanas que toco, y en las que
acampo;
soy en la fértil recreación misma del todo que observo y nombro,
que da como circunstancia la viva prima distancia de mi no tiempo a 75 años luz
con que lo cruzo.

En nuestro supercúmulo siento su femenina ansia; atracción con NGC 1566 en
Fornax aparece
al extremo y presiento acercarme a nuestra galaxia, envuelto en lo que se humedece,
me veo en este espacio cercano de nuestros rumbos: NGC 5128, NGC 891 y
millones
de millones de estrellas que me dan energía feromonal en este breve paso que se
desvanece.

Recogido en mi viaje astral me acerco al aroma, mientras que sus ojos cerrados
de mujer enamorada se encuentran con los de él, ese Adán, y se aman entregados;
retomo casi siete mil millones de historias personales de estrellas, de verdadera
vía de mi ser astral
y dirigimos al oro la obra para que tenga la consistencia de los veinticuatro
quilates de riqueza material.

Mi origen ultramundano da fuerza al viento original que en ellos propició el
tiempo del encanto,
espacio en que respiran juntos, mientras me dan su mundo hacia las firmes
carnes de ella y tiemblan en su canto
húmedos del vigor ventral y la respiración de su comunión, al ser ella en él, que
es tan espiritual.

**26**

Láctea mirada me alcanza con sus cincuenta años luz en que me sumerjo sin atraso,
cuando me reciben espíritus angélicos y me encaminan en luminoso bogar,
trazo ruta al paso de la musa en la entrepierna de las diosas,
y Virgo es mi más enamorada casita de pan y es la amiga profunda y buena que
en María está feliz
y otra Virgo, de entraña realizada con el fruto de sus manos y su mente y el
producto de su idea, libre su destino
de modo honorable y bello, decente y gentil, en su enriquecida hacienda,
huelo a la Osa Mayor, incito a la Osa Menor a amarme y Sagitario va
realizándose día a día,
mientras te saluda y se entrega en obra, Andrómeda me guiña una constelación y
Pegaso me pasea raudo al paso
y confía mientras rebaso a Escultor y Leo, que me adora; Leo 2 y las NGC que
al atestiguar esa cantidad de
errores, desconfían de mi llegada al ser un bribón ladrón de lo divino,
alumbrando mis pasos al hogar que es en ti donde se afila.

A diez años luz dos ojos refulgen al trazar la eternidad de besos geocentrados
en un lunar junto al pezón, ahí donde se amamantan los viriles anhelos.
Betelgeuse me anuncia de cerca al prado de la Cabra, de Canopo y Porción, tan
odiados
por Arturo y Vega, como esas estrellas de altos vuelos,
los miles de poros de su piel que sudan eternidades, riegan sus luces en mil
jardines de tonos enamorados,
cuando aquel cielo universal acoge los cantares de sus salivas mezcladas, en
acción de mil revuelos.
Tibias carnes bellas de ella, se elevan en húmedos calores que tienen universos
plenos,
de sentimientos en cancioneros de ingenuidades dispuestos, al aprender con esos
sus humores gemelos.

Sirio, a 630 millones de kilómetros, y Alfa Centauro me dan su luz como
principio del protón,
avanzo hasta 64 millones de kilómetros y cruzo la nebulosa de Oort, cual el
raudo fotón;
que me ve cruzar el círculo de Kuiper que protege al primo sistema solar con la
Sirio bella,
que es tan grande que siento que ambos me cuidan con su centella;
y el padre amor murmura con Alfa Centauro;
y mi paso hace sentir cercanías de territorios de Tauro,
que ahora ya no esperan y decae y muere su temible acción.

Soy ahora toda la verdad que conforma el polvo estelar,
del primer ser en un desarrollo universal en el particular;
origen de la mente divina que nos pensó en imagen,
desde el salivoso espacio de esta carne espiritual en que se viaja,
como vida, al hacer de aquello que fueron primicias de esos primeros momentos
y tus actos
y sus consecuencias, en secuencias horadadas de sucesos reales en estos cuentos
que son nuestras vidas.

Incomparados a nada que provenga del antecedente combinado, amando;
soy la primera gran idea para así ser verdad desde la reunión biouniversal
amamantando,
calmando su sed de lo que se muestra ser desde su origen estelar, cuando tus
polvos, nena,
eran materia de aerolitos y de estrellas y venías en planetas de vías lácteas llena.

Venidas de galaxias y quásares,
desde tus hoyos negros como la noche de tu regio vientre
de hembra en humedades encarnadas y vaciadas en amores,
de apretadas carnes que nunca sucumben en la soledad de los amantes.

Contigo y en ti… no derramándonos en leches celestiales,
conteniéndome y diluyéndote en el anhelo de Dios, en el finito, de ser un orgasmo,
aspirar a ser un orgasmo-mesura mensurada sin cerebro, en vías del autocontrol
de actos animales, medida infinita en tamaño del desborde en plenitud henchida
que celebró su hacer,
creándose en bioquímicas activas del pleno alivio para la sanación de sus males,
cuando su deseo conformó desde las células que resultan ser el espacio del
sentido fino en el tacto al proveer el prever,
en que ellos se acercan suavemente al amar, en caricias creadoras de vida en
espacios de besos sensuales.

Me elevo en sus pezones erectos de delicia recién llegada, botones de seda que
en mil ansias anegan verdades
del placentero momento de su entrega dulce y gentil,
que saltan vibrantes a su voluntad, se me hacen cómplices mientras se entregan
dándome sus secretos,
a la forma divina que brota en ciernes en cabezas de cervatillos y sus besos
guían el cruce con el brazo de Sagitario tras la huella de Omega y sus
pezoncillos.

Es en el tiempo de Orión donde esos trazos, tras su alma inalcanzable, ven mi
arribo

al brazo de Scutu, en húmedo abrir, cual aquellos pliegues del sol que se forjan
en luces añejas
de algunos días, círculos ascendentes en despliegues de luz cabalgan sin estribo,
desde mi descenso a la existencia que aún va tras mi sol sin ambages de alcohol.

Ese vientre de ella, plano, ardiente, amoroso y húmedo, elásticamente cercano,
me hace vibrar en mi escrotal virtud y lo natural del designio en ejercicio
anhelante de ser en su inserción, por el brazo exterior lácteo de la bella,
vibrando mi ser en su plenilunio que ansió tu negritud cual silicio,
arranca tus jugos a la gran vibración de toda materia galáctica,
cuando reúne ante su mojada gruta sin hartura, mis ansias de su vulva fáctica,
entre virginales labios con que espero sentir vibrar su vulvar abrazo no ficticio,
malos trucos del Dr. Perseo, que me alzó en la fuerte envergadura desde un
frontispicio.

Ha llegado a mí la espermatogénesis,
complétame la creación en sus ansias que nada ahora la calman,
de las cuatro espermátides vía espermiogénesis,
en que concluyó mi acrosoma con sus partes, al consumir casi todo el citoplas-
ma.

Voy meioizándome frente a Búho y hasta Antares,
vivifícame el encuentro de NGC 7293 en un universal esperma,
dejo silente la campana oriental que cuida al oeste cuya luz se merma;
llego al vecindario de veinte años luz, donde somos energía brillante en mares
y regreso al vecindario de veinte años luz,
¡ha sido muy largo el viaje desde el *Big Bang*![1]

Y alcanzo con la luz de la conciencia el ver más y más en el espíritu y la naturaleza,
viajo como si el espíritu humano estuviera contenido en mí con este Nous
extendido,
mientras que soy, principio divino de todo lo tuyo que se funde en las carnes de
un vivo universal,
las siete notas de armonía desde lo eterno descienden conmigo, como un silencio
concebido,

---

[1]  Si estamos de acuerdo en abandonar la constante cosmológica, los modelos más plausibles son de
dos tipos. El primero, predice que la expansión (del universo) continuará por siempre; las nebulosas
que vemos se irán desvaneciendo cada vez más y la densidad media del universo disminuirá continua-
mente. Conforme al segundo tipo de modelo, la expansión va menguando con bastante rapidez y por
último se trasformará en una contracción.
—Whitrow y Littleton, *La estructura del universo*, p. 140.

(Nota: Ahora se ha comprobado lo contrario: que se sigue expandiendo y de manera acelerada).

interludio del espacio, testigo del soplo del espíritu sobre el instinto, que voy recogiendo en el infinito real;
viajar mientras se forman las estrellas es una experiencia unicelular única en proteína armado,
amando cuando no somos sino en la pasión serena de la voluntad de Dios, que es lealtad.

Mi trayectoria va por Lalande 21258 a paso raudo
y llego a Lalande 21185 haciéndome la idea de la seriedad de su escudo,
soy, en el inmenso paseo espacial hasta aquel Lobo 359,
hasta ver el lejano sistema solar, la casa que hasta a los ángeles conmueve.

Entretejo mi ser sonrisa y guarnición ante ti, torre de mis sueños
y allá, al pie de la urdimbre de las sombras tejo luces en la entrada al otro espacio,
en el que veo al pasar, la humedad que se esparce en unas primeras pudriciones líquidas,
cadáver galáctico que yace a la orilla del Hades, titánico averno espacial de andares vacío;
sueños nunca rotos por truncas encrucijadas destinatarias de viles anhelos sin huellas.

Tras lejanas voces del frescor en versos de Andrómeda, confórmame el anhelo de una viva sinergia
y esenciales verdades científicas, con la verdad serena que es solo la voz de una verdad universal en el divino lenguaje,
que la palabra certeza y certidumbre cumplen letra a letra; polvo del triángulo de Pegaso, sacudo, conservo y agrando
mis ricos dones, informes de energía, que me da el develar el templo de la forma,
al desprenderme de la sombra de una puta casi virgen que se prepara a recibir las cosas, y a más en el espíritu universal
de todos, y esa puta que no finge, corrida por siempre, se retira lejos sin chistar.

——¡Se me durmió la panocha!
Recordó que le dijo aquella, nomás de pensarse embarazada y se rió con nerviosismo, la dama.
—¡Está cabrón y ahí!, ¿qué carajos iría a hacer!
—¡Qué flojera!
—se contestaría y lo sabía en su inconsciente en la cama.

Ansiosa de su agobio se funden bajo su piel
la trama de mil dudas, de mis miedos y de la sombra de papá.
—¡Me correría de la casa!

—¡Qué cosa más deliciosa!,
¡qué cosa tan rica!; ¡y hasta la panocha
se me enfrío ante la fría idea de una posible maternidad!
—Bueno, pues *bye-bye* —y lo empujó suavemente,
pero él en sus embates ya no escucha nada y papá no oye los murmullos…

—¡Qué chingá!, me partiría la madre entera sola,
pero lo adoro y es lo que más quiero.
Aunque sé que ¡es mi perdición!
Al dejarle voy creciendo y la gracia femenina me cobija en sus respiraciones, del
amor de la eterna y hermosa figura de la entrega total y del control del humilde
al ceñirse al espacio vivo de la aventura.

Y triunfaron las manos inquietas y la pubertad… madura de la juventud.
Rendida al amor diestro
y al respirar compartido…
Que le cuesta la vida al último de mis recuerdos.

Dedos inquietos recorren la misma eternidad en sus muslos ardientes que no
dejan que decaiga la temperatura de su encuentro en el encanto de la respiración
compartida, y lo dicho, se fuga en las andanzas sobre su piel, cual alabanzas que
solo buscan la vía hacia la eternidad de la *petit mort*, en donde, lo que sucede en
aquello se queda en ello, torneando con la boca su figura de belleza: aman, cuando
en sus besos seré y recorreré los confines del origen de la forma esencial de lo
bello, de la casa de la fe en la que en cadencia de su amor bailaré y viviré, mien-
tras recorra la variopinta ruta interior de las mujeres, todas hermosísimas hacia el
óvulo femenino, la divina gema de la vida, el tesoro de las damas; y nado hacia la
gran célula, aquella que espera y que me anhela en su segundo a segundo, en que
aquel mordisquea las tetillas de féminas pieles en duros pezones con lambidas que
a tiempo se encuentran con la felicidad etérea de un cachondeo bien aplicado y
continuo, que las gradúe al ritmo de mil besos al ir templado en el ser la feminidad
en su espacio más profundo de su liviandad universal andante. Esta llega sin vacilar
y requiere de todas las ganas sobre esa piel única: la mujer humana que nos de-
manda al otorgarse; la piel de la verdadera compañera, la violinista de coordenadas
tocadora del espacio-tiempo que nos reúne y une a todas en la diferencia: absoluto
de la mujer, con las que me vitalizan las caricias dadas en la lacticidad del verbo de
ansiedades comunicadas y compartidas, con sus besos del espíritu introduciéndo-
nos en ellas; tiemblan mil universos en su gran espacio del ser mujer,

y con ello su responsabilidad para con el planeta,
ella es la Tierra que es la fuente de su dolor del amor feliz de la fidelidad a la forma;
es acercamiento de ardorosas carnes en tonos de luces cimeras, que entrelazan
sus versos;

naturalezas en vivas sensaciones que se tejen en sus finas manos,
cuando ahora al fin, llega su piel que me cobija para plasmar la eternidad,
que escurre entre mis dedos su miel
cuando aún no soy sino la quimera de un viaje que atan a su cuello coronadas
bellezas,
sublimadas a ser lo cachondón de la grandeza de lo humano, lo mío en lo tuyo
desde lo nuestro,
en lo universal de un sensual devaneo.

Se acercan sus labios al cuello, venas color de mares proverbiales que se funden
en el azul celeste al fondo,
su pelo de revoltoso revuelo, es en el vaivén de una canción de amor, de vientos
confortables con miradas de la entrega que fiel a su verdad viven por una
eternidad que les construye en su realidad.

El tiempo en el que se tocan el animal y el ángel...
La gorda y la flaca y se rechazan y autodestruyen.
Tan animal una como la otra,
tan angélicas como diablesas, confinadas en su odio, sufren.

Pared protectora separa y defiende cuidando la llama donde Sagitario besa
los duros senos de Cáncer que arrancan del hogar sus versos "cuando ella se fue
para siempre jamás".
Mientras raudo paso, la cabellera de Berenice suspira enamorada mintién-
dole siempre al flechador e infiel a su promesa acude a su cita con el destino, sin
entender la magnitud de lo creado y de lo perdido... aun a costa del amador.

Cruzó por la Gran Nube de Magallanes, surcó estelares vías de pequeñas nubes,
huella cósmica sombreando lo reverente y refrescando al escultor cuando en
creaciones subes,
y silente ve formarse estrellas, de mil imágenes, en eterna y vital fuerza de
atracción,
hacen que las luces adquiridas en intergaláctico viaje, mezclen en meiosis a la
acción.

Cuando las palabras son amalgamadas,
a fuerza de concupiscencias, en suspiros
del describirse en amores,
y fusiones en que ellos se dan en las miradas,
hacia la tierra van los sueños, las ilusiones hacia los campos,
las ansias que en anhelos en lontananza, de feromonas armadas,
ceden a la vorágine del estrecharse de sus cuerpos que respiran cual uno,
derramadas en carnes de pasiones encendidas que ambos alientan.

Y cual si se hubiese explotado un zodiaco en universo,
la identidad estelar de mi origen la atan a mí en un verso,
y la cadencia de su respiración es en la eternidad fundida a su anverso
y concuerda con aquella creación estelar en su hacerse el acto terso.

Silentes son en mí los secretos de Dios,
que van siendo contados a mi ser, frente a múltiples silencios que se desvanecen
junto al aprender la esencia estética al amarse dos,
ser su idea en el conocimiento vertido en voces sin perder
su humor en las palabras, que traigo en mí para ambos,
cual la piel que es el abrigo y traje con que te convidé a ti a nacer poco a poco,
pero todo desde un sublime amado trazo .

Del cielo azul en que soy en él,
en el que no hay el menor rastro del paterno celo,
soy presagio de la blanca energía que se explica
mientras pasa en luz rauda,
soy en las sensaciones de participación selenita
desde la cabeza a la cauda.

Que llega a mi recuerdo, porque también es importante recordar, si no, para qué
caramba sirve la vida de los que se van.
Su espíritu nos acompaña y nos cobija en la razón y de la ciencia viva tras del
ascenso del sol son.

Meteórico espacio de la prefiguración gráfico-galáctica de un lustroso potro,
amando el penetrar desde el eterno deseo vibrante del formar parte del cielo en
su cuerpo y en su idea;
cuando la verdad llega para mí y para siempre; al sonido de un violín y del sano
hielo en respiraciones sostenidas
por Dios en la orquesta de los mil alientos vivos en los que somos en el otro
donde discurre su melodía.

Haciendo mucho de lo que para amarse todo al cuerpo conviene
sin hacer nada... casi, sino amarse con pasión más allá de la entrepierna;
con ese violín de carne, nada que ver con la violación abominable de Zeus,
sino madera de damas entusiastas que libremente abrazan el arco viril que les da
música;
todos con su mejor esfuerzo para sumarse a la cima que nos contiene,
que hace que la reacción esencial se expanda con la voz eterna.

*Y Dios dijo que haya luz, y hubo luz.*

—*Génesis* 1,3[2]

**33**

*Incluso si hay una teoría unificada posible, se trata únicamente de un conjunto de reglas y de ecuaciones...*
*El método usual de la ciencia de construir un modelo matemático no puede responder a las preguntas de por qué debe haber un universo que sea descrito por el modelo. ¿Por qué atraviesa el universo por todas las dificultades de la existencia... sin embargo en los siglos XIX y XX, la ciencia se hizo demasiado técnica y matemática para ellos? ¿Es la teoría unificada tan convincente que ocasiona su propia existencia? ¿O necesita un creador, y si es así tiene este un efecto sobre el universo...? Los filósofos redujeron tanto el ámbito de sus indagaciones que Wittgenstein, el filósofo más famoso de este siglo, dijo: "La única tarea que le queda a la filosofía es el análisis del lenguaje".*

—Stephen W. Hawking, *Historia del tiempo*, p. 223[3]

Historia viva de la narrativa del tiempo.
¡Vio Dios que la luz era buena!
Ven, celebremos el cauce que nos trajo hasta aquí, a las vegas de tu campo,
o a golpes de palabras asomémonos al rastro de la conciencia que nos persigue en coincidencia,
desde la eternidad que suena y por la eternidad,
así que cruza el largo tranco que en el amor atrapó la presencia.

Soy lenguaje en tiempos significadores del universo dado en el conclusivo semen,
soy lenguaje creador del tiempo en tiempos, en que los espacio-tiempos del divino corren.
Soy en fin, el fin del entenderse en el *telos*, en principio desde un sentido sin ambages.
O al fin ¿soy yo tan solo *telos* del tiempo, del hacerme en sus divinos humanos lenguajes meta?
Soy la lengua, con ello soy tú, y tú eres un yo que me llena de esperanza nutrida en bagajes.

¡Soy la comunicación universal, comunión interespacial, intraneuronal!
Dialécticas que se expanden en mundo neuroalquímico; espíritu trascendental,
al ser el canto en células vivas que crean el contrapunto,
en oposiciones de una fuerza mental biodeterminante,
que reunían del deseo divino polar, la inquietud compensada
en acción frontal de universales, de seres pensantes que se expresan con tal sintonía, que ocurren a lo ancestral para atracar en sus tiempos.

Sacras sensaciones sus deseos me comunican,
perdido en lo eterno del negro de esa almendra de sus ojos,
convertidos en espaciales hoyos negros que de frente amé porque me ubican,
y todo orgullo cae alegre en las graves densidades de profundos pozos.

Brocales en que posó el tiempo su mirada estelar,
respiran ansias divinas que entramé;
cuando es ella vencida a besos semidesnuda, y que amó, acudiendo veloz
y cede su plaza desde aquellos nacarados besos que en sus guardianes labios
sembré,
mordiendo su deliciosa y regia boca de húmeda seda, sin más voz,
y sus caricias de tibia sabiduría de musa de la música, del verbo: me entusiasmo
en la casa de la húmeda cordura como una hoz sana y reluciente por su fino filo,
que acaba con las dudas
de alguna cuchilla podrida y picada de viruela de una mala guadaña quebrada y
sin uso eternamente,
que al final ahí no espera y que había partido para siempre lejos,
como si tu nombre de música me atrajera a tu melodía que anida en tu vientre
de oro.

Cordura.
Salud.
Y mucha sana riqueza de locura.
Sana, en su moral y ética ante la vida y el planeta de sus ansias locas del saber.

Él, cautivo en la plástica estética de sus formas, envuelve en caricias
la espiral de eternidades que me anudan sin miradas ficticias,
me teje a la cintura de una violinista hermosísima de jugosa entrepierna,
enamorada del pautado que le doy a ese ángel prematuro y corre a mi encuentro
y ya nunca más se va de alegrar mis horas,
me entrego a la forma plena de la existencia real de Angélica dándome su soltura.

¡Hoy, no hay en el juego del amor: miedos, demoras o prisas!
Contener la ansiedad, es el juego vertido en marinas brisas;
honores al placer de ella emanan en una calma natural que hoy les empalma,
y exploran el sendero largo de mil besos de noches que les guían con calma.
Cuando el sol amanece y posas tus amorosos y fieles ojos en mí.

Sentir de vivas bioquímicas, mientras ella toca una cortesía con su vientre
y solo para mi gozo
humedecidas por sentirla a ella... tan mojada de mí, que la creación se regocija
cuando "Yo" que soy un espermatozoo vibro y apunto hacia la bella que me
atrae a su pozo,

**35**

vamos millones más como yo en tremor, que azotamos las ideales y celestes
columnas de esos besos que amasijan.

Vulvar, ¡profunda noche de mi deseo vaginal!
Despertar de la bella fiel, al abrazo ardiente y húmedo matinal,
envuelta al ensueño de su entrega ancestral.
Violín de San Miguel, sonidos de nuestra tripa animal,
tocado por ella, con jugos de mujer en su entrega a mí con su violín mientras
me ama
y respiro dentro de ella mi bella recompensa del fiel guerrero del Dios cabal,
junto al principal del gran caudal de mi tesoro en su entrega,
vigilado por los ojos de la eternidad de su cendal
en la que se posa la verdad para compensar sus arbitrios en la refriega,
fiel testigo de la eternidad del *phallus* enhiesto y sin sedal,
solo sostenida su inquietud en la promesa del Dios que no deroga.

¡Libre versión de la acción paternal divina del autocontrol virginal...
Luces erguidas en el deseo de Dios que apuntan al vientre que el despertar
aboga!
Dios penetra siempre en bendiciones al profundo encuentro, sin eludir aquel Mal
que les evita,
de tomarles en la viva, insaciada mina de una creación insatisfecha que es
día a día: lo cotidiano en que se abrigan.

¡Ámanse! ambos sin medida y sin prisa, bendecidos por ver el fin de sus obras.
Hora a hora, minuto a minuto y segundo a segundo,
no hay más allá en el ser de su mundo,
mientras despiertan los labios a la piel con sonrisas,
que sopla sus retribuciones al ser de verdad la esencia viva de todo tiempo,
que es el nacer del cuándo.

La vida pasa,
él dentro de ella recogido.
La verdad le tiene entre sus muslos que sus ansias atrasan
y las pieles de su verdad se encuentran de húmedo amor convencidos.

Yo soy en esencia infinita un ente hacia la creación:
aspiración de todo ser finito, aunque en fronteras extasiadas...
Soy en él, como una más allá de cuatro coordenadas,
soy el centro por ellos amado en sus caricias formando su oración,
convocado a besos, en un espacio euclidiano relativo general de sus miradas,
en el que también fueses tú, en tu vientre, el punto axial de la ocasión,

en que tus carnes me contuviesen en un **ser** que es aún vivo y en tus verdades
atadas,
desde su *Big Bang* relativo y genial, en el que Dios cumple sus promesas de
creación.

*En el principio, creó Dios el cielo y la tierra.*

—*Génesis* 1,1[4]

Adán vino deslizándose, trepando por las paredes carnosas de esos femeninos
sentidos,
en que descienden elásticos deseos entrelazando frenéticamente sus cuerpos en
ascenso del carnal frenesí.
Amor y ardor rezuman de sus bocas, lamen la piel, se besan con pasión en un
eterno tiempo conjugados,
forma humana en par recreándose: papel creador del amor que comparten su
oxígeno entre sí.

El camino tejido al calor de mil besos,
borda con caricias sus pieles del caso sin ocaso,
luces arrancadas de bellas formas dibujan todos los pasos históricos,
andares en universal fantástico repaso,
adormilada balanza que ama al pesar tus méritos
en esplendidez, en calmas que vierten sacro vaso
en el que ella desborda sus jugos
miles y miles de veces, solo para él en su abrazo;
y él, absorbe gota a gota con su eterna confianza, y desde sus labios
que dibujan su origen al haber nacido uno para el otro; ella es vaso,
horno de él, que tiene ese fuelle y que unidos en un aire común a su paso,
van a ser salud de la reunión a la que animan extendiéndose en el universo en
largo beso.

Es biología en historia del universo
fundiéndose en un verso del plano de cinco dimensiones vivas:
largo, ancho, alto, el centro del tiempo, y la quinta, el espacio significador de la
mente:
La idea, la quinta dimensión en que se anida la realidad significativa: nuestra
única realidad,
participando al convertirse en un retruécano disperso
de la versión más clara de lo oscuro de la creación, que se ilumina en su
grandeza platicada,
y deja la huella de mis pasos en su piel, que no son sino lo terso,
desde la cara evolutiva senso-perceptiva del Dios activo,

**37**

en el que logra ser la bravía comunicación irguiente en el esfuerzo de este:
te veo desde aquí arriba sin que sea más instructivo,
cuando la senso-percepción de lo intenso,
es la materia de los sueños que va sensualizándose en el reunirse permisivo;
materializando el verbo en desliz de bendiciones en lo inmenso,
en actos que construyen racionalidad explicativa del construirse en el *bios*,
que premia el esfuerzo en esos mil dones inmerso,
en gracias que en vid palaciega avanzan; sin freno constrictivo.

Ella ha dejado que la boca de él
se pasee sembrando estrellas por su cuerpo de seda,
y su piel incluye al universo cuando le mira aquel,
él rinde homenaje con caricias y besos que a su perfecta creación comanda,
mientras me alejo del cinturón de Kuiper y sus estrellas de miel,
desatándose en su acción la creación que voy dejando atrás en su venida,
en velocidades de quásares y luces de su piel,
en pasión acariciante del verme en su intimidad que se eterniza en un segundo
sostenida.

Quimiotrascendencia en mi presencia al viento
me muestra formarse el sistema solar,
me acerco en segundos al tiempo de tu tiempo
y el mío en él volar.

# Capítulo III
# El padre Sol

Y al fin veo su forma original de Eva mercurial
conformándose su sistema solar por más de cien planetas;
compáctanse unos con otros, formando el sistema actual:
Plutón, Neptuno, Urano, Saturno, Júpiter, mundos sin veletas
tras el cinturón de asteroides, Marte, Tierra, Venus, Mercurio y Sol creación en
ritual
cuelgan brillantes de sus duras y elásticas tetas
excitadas al infinito, por su boca, por su mano y su piel de luz amando lo mental,
por ser el caldero de aquel eterno fuelle desde universales tientas.

Están Dios y sus ansias que te dará,
esperanza nunca ausente, sí omnipresente también,
como si algo de Dios todo lo conformará,
la confirmación por su ausencia de ser omnipresente y omnisciente en promesa
del Bien.

Delirante desbordarse de pasiones del deseo en creación,
ansias de Dios, que en un punto se vuelven sistémicas bendiciones,
que cierne el anhelo de este ser universal en el pequeño espacio del albedrío,
y la conquista de la libertad de un azul tonante frío,
breve vista, que es en mi ser terráqueo la canción,
aún vacía, desde la envergadura que lo conforma en su reacción
ignorante tal vez, del valor del sí mismo ante la divina ilusión.

El negro de sus ojos es formado por eternidades,
convertido en la oscura noche de esto místico profundo,
que me adentra en el solar sistema, cuando ella su alma desnudo,
y el quedo cautivo de sus formas, penetrando su espíritu vulvar hasta las
profundidades...
al sentir las sustancias bioquímicas,
de una creación en andante en el que todo es,
al ser humedecidas en ella, que le hablan de que tiene sacras ansias
milenarias de él.

**39**

Yo soy ahora un esperma en término y a tiempo,
vibro con la misma identidad del universal amor aquel
en el que voy siendo, y comprendo sin entender el camino
y entiendo sin comprender cómo el padre me tiene en aguamiel
en sus túbulos seminales y me piensa mandar a ser la creación del destino,
voy siendo con millones de espermas sin hiel por la carrera, prueba natural,
todos compitiendo, en donde los tremores azotan sus vivas columnas
pisciformes,
y mi sino es la creación continua de la expansión universal de este vivo
encuentro con él.

*La Tierra no tenía forma ni contenía nada; negra oscuridad cubría
la faz del abismo y el espíritu de Dios se cernía sobre las aguas.
Y Dios dijo que haya luz, y hubo luz.*

—*Génesis* 1,4[5]

Él la mira y excítase en su total fragancia, humedecidos de amores en rocío sus
cuerpos.
Ella suspira sumida en un éxtasis del oscuro vientre, delicadamente desnuda de
sus miedos,
revestida del eterno momento en que es cubierta por él; caricias agitan su
corazón, perdidos ojos
buscan la silente eternidad amorosa, y sus pupilas reflejan la vitalidad del ser
amados.

En vivo verbo eterno, él la cubre a besos y caricias y encuentra su fragilidad
conteniendo sus ansias, murmura: amor, donde todo es en él, mil llamas que no
la hieren.

Un segundo de eternidades lleno, espera viva creación, expresión de entrega que
se adhieren
en un sentido divinal de atracción del binario vital, que al guardarle tienen
en amores dados por esos actos de celestial honestidad.

Él la ha tomado en sus brazos y entre besos la ha colocado en el lecho.
Ella lo abraza con sus piernas y brazos en su calor estrecho,
se unen cual trozos del universo en que se desbordan las gracias de su pecho.
Él la besa a ella, que con ojos en blanco vibran en uno; ambos andan largo
trecho.
Suspiro instintivo inconsciente ama su virilidad dejándole andar aquello divino y
estrecho.

Él la besa dulcemente y, poco a poco, se compenetra en su femenino secreto.
Ella, profundamente mojada, desde el alma florece en par, abriéndole su flor.
Con todas sus ansias ama apasionada la espaciosa alma que clama amor.
Con su ariete, arremete suave, en su arete constante:
y golpea sus carnes en floreciente himeneo apretado.

Delicada camisa vaporosa de sedas de nubes hecha en suspiros guarda virginal empaque,
permanece velando eso que queda en el volumen voluptuoso de bella escultural hechura,
sus cuerpos ya no son otredades; son **uno** en una verdad que les toca a ellos: íntimo ataque,
relación que provoca el fuego celeste, naturaleza viva en pulsos que aceleran su cintura.

Y a mi cuenta corren sus esfuerzos por corresponderme, y todo mi agradecimiento, eterno...
**No había para que**... Si ha sido un placer y un dolor compartido...
Ella, ágil, baila natural la danza cósmica del cortejo con él: **segundo a segundo**,
desnudos calientan fresca atmósfera, dedos con fuego encienden ascuas que abrazan el mundo,
soplos de tibieza encienden y arrebatan rocíos, que inundan ese cuarto de cabaña de otoño,
calentada al leño ardiente, aromando de sándalos en la opalina noche en ambiente de lo eterno,
de eternidades baña la sutil forma de la entrega que en el amor candente anduvo.

Yo, siéntome activo, vibrante desde una térmica bolsa testicular,
en la cual participo a velocidades de *spin* = ½ con la que recorrí el universo,
soy tempocreador en percepción viva sedente, dada desde un aquí sin esfuerzo alveolar,
que brota dentro del padre, siendo en sus procesos de vida del *bios* al amar lo intenso.

Y se acabó el ideal del verso,
nació la práctica en la prosa,
cambio que la mujer goza
sin notar esfuerzo...

Como esperma me siento activo, inconsciente, inmemorial y sexuado;
feliz esperma del momento en la memoria de lo sempiterno de nuestra verdad,
en viva acción del moverse en el tiempo, sin apenas moverse en el espacio del tiempo nuestro.

Siento la copulante ansiedad de mis padres que aguardan el momento alado del darse:
el suave y divino sino, en las herencias que hacia ambos se darán,
al formarme y concebirme en lo eterno de su deseo inmediato...

Sus contracciones expansivas inevitablemente me envuelven en el ánima,
y desde animal representación senso-perceptiva me interpreto en su alma;
apunto trazos al retrato con que el *Laphis* levanta el carbono enhiesto en sus acciones,
donde ella reside en feminidad, amándole en total entrega abrazada a su mástil,
se contrae sin restricciones.

Bocas llenas de anhelos en seres de polvo y saliva que son éxtasis besándose en pasión;
monógama, eternidad de espacios de dos bioquímicas respirando juntos en viva inhalación,
alquimia en tempo-producto en que va él, y tomándola a ella se introduce en su existencia creando lo común,
reuniéndose en el ser espíritu vital con que comparten sus cuerpos en la enamorada unión.

Un rayo de sus ojos guarda el infinito que aparece en ellos al ser, abrazándose, uno.
En imágenes genésicas, que llegan a mí, desde el silente grito de sus ovarios,
y soy presintiéndole en bioquímica feromonal, que hacen trazar divinos puentes entre carnes:
amándose, en dos, somos tres en uno, cuando la verdad es el beso en que se delinea la vida,
atándonos al devenir que no tiene más atadura que el ser responsable del recrear.

Recrearnos desde Plutón, en asomo a Neptuno que mira hacia ella en su delicadeza.

Él besa sus labios mayores, sellando la eternidad del lugar del rito con dulce gentileza.
Cual sagrado recinto universal del hipotálamo, florece en rara corola donde sus líquidos espejean,
al mostrar los principios de la obra que se conoce cuando la conciencia es en ella y ambos flaquean.

Saturno con colores caóticos espía a psique que trasculca las eternidades
al seguir como la Tierra va amando y al tratar de aprender cómo es el amar,
mientras que preguntó por el rey Júpiter, y tras su cinto de asteroides,

siento el cetro en fragor de un movimiento que puede ser castigador en excesos
del mar,
realizan su vuelo icáreo al momento en que, silentes, se miran sus humanidades;
veo el pubis del amor azul al irme acercando a dar mil coletazos o un millón si
lo requiero
hasta conquistar al terreno del espacio-tiempo del pubis de trigo, en un planeta
azul sin vanidades:
de un tiempo azul que renace en el amor talar de sus verdades que se estrechan.

Ante la nada, ella reúne a todas las Evas: es un vientre sediento hermoso,
musculosa mojada vulva; abrazada al viril cántico ceremonial, venturoso
desde coito sano y vivo, entre rosas; amorosa mi ágil gentil mujer ama al pene
erecto
que transpone su columna vertebral entre hermosas piernas al ser él su amado, y
su efecto
de torneadas formas de mujer es entrega de sus mejores esencias para que él las
beba,
en la exquisita fluidez de un pozo que de los jugos de ella se anega:
celestial recreación de estos que crean por vez primera la eterna entrega ardiente
de ambos:
en la integración amorosa del que hace emanar los líquidos con que la creación
despega y ahí se contienen.

Voy avanzando en principio gestante con mi estructura anular desarrollada,
crezco con la arquitectura de mis células somático-germinativas terminadas,
estoy listo, estoy en la espera con mis 23 cromosomas para la reunión con sus
23 cromosomas,
estamos ante el nacimiento de la sincronía universal en la pareja, por el hijo
amada

Viril
andanza por el dosel sagrado de su pubis,
bañado de femenina humedad,
vivo en la acechanza de tu grandeza en sextil.

*Los siete días de una semana no serán suficientes; tampoco*
*bastarán 7 meses. Lo mejor será que no se pregunte de*
*antemano cuánto tiempo transcurrirá sobre la Tierra mientras*
*la historia le tiene aprisionado entre sus mallas.*

—Thomas Mann, *La montaña mágica*, p. 7[6].

El padre en inscripción simbólica, divina, tatúa en sacra tinta la eternidad
servida en carne frágil, infinita, viril consistencia fálica, eje del carbón *Laphis,*
un viejo atar muscular divino,
que imagina el universo al crear en maternal vientre la alquimia en la vía de todo
el camino,
cuando el destino es la divinidad en creación que nos comprende en la libre
acción perenne.

Sus carnes tiemblan, entre sombras se perfilan a la vera de mil besos,
regresan en su sensual elegancia del momento, en que definen estelares luces
que admiran en la ventana, que muestra la hermosa vista por sobre la que se
aman en trazos,
en medio del universo, por sobre tibias pieles del deseo sobre el Valle de
México en viernes.

Sus senos jugosos, duros, tersos, naturales, elásticos, hermosos, de piel tersa,
pezones erectos y delicados en delicias de sus fuentes para su húmeda caverna
en matices de grandeza,
atareados con turgencia de la tierra nívea y envueltos en luces de ansias
divinales, sin pereza
van acompañando sus perladas gotas desde sus altas cimas, que se vacían simas
gozosas en dura pieza
a la que se amarran y vuelan besando con frenesí con sus labios mayores y desde
la entrepierna,
la fuente de los amores en el que el clima y el tiempo reclaman su entereza y es-
culpían del tiempo la pereza: crean batallas de tus humores mojando los terrenos
del sacro edén que no se estresa,
en polvos limados desde el vientre con herencias llenas, riega los anales de tus
labios
y comienza la historia de amores de aquello sacro que veneras desde que
empieza.

Y cuando la luz lunar pega en sus ojos de miel, aparece en ella el ser de una
trigueña,
con una belleza más delineada hacia sus largas sombras rosadas que embelesan
mil jornadas,
de duras mamas donde sus pezones de fresa son fuentes de vida conexa en pieles
doradas,
y a la sombra del abrazo su vientre es negro vigor y a ratos semirroja almeja a la
leña que solo a mí me ama...

Luces mil traen en ella a toda forma y esencia de todas las bellezas que rondan
la Tierra al amarles,

**44**

luces y sombras, delinean a las largas curvas o las redondas formas de la seducción,
sus labios encierran todas las lenguas, sus dientes, son perlas de almejas de mil mares,
su vientre largo, compacto, esbelto, suave, ágil es discreto recinto oscuro poblado de pasión
desde humedales de millones de tonos y millonarios matices del sentido al sentirles.

Flores en la vera de luz incendiando su cabello, dibujándose el seno de niña traviesa,
en cuerpo de mujer. Sus vellos dorados al sol recorriendo las mieses hacia el esbelto cuello de nácar,
largo sostén de mis penares al mirar sus turgentes oliváceos senos de una pieza hermosa.
Altivos dibujan una curva sinuosa en el paraíso, donde su sed los dioses de lo sano puedan aplacar, donde el "seno" es la palabra más deleitosa del idioma español en eso amamantador que empieza a fluir.

Es curioso, porque desde el punto de vista que ahora tengo de ella, son todas las bellas, todas mujeres ellas
con cada cambio de ángulo, la veo cual si fuera siempre otra figura y semblante de mujer,
que ha sido cortada en miles de láminas, que van de cabeza, a pies, como ver cortes que hace una tomografía axial, viendo una en cada lámina a mil millones de ellas.

Es como si esta mujer fuera formada por millones de seres femeninos en un libro;
y en cada ángulo, se me mostrara una página a la vez y en todo enaltecer
al modo mujer, y siempre sea un ser diferente cuando siempre hay otra bella mujer, en el reflejo tras la luz o frente a ella, reuniendo la belleza toda del hermoso genero.

Es un prisma infinito en el que todas las formas femeninas se contienen
Donde todas las luces iluminan sus diferencias que vivas similitudes tienen
cuando son todas diferentes, donde caben sus tiernas carnes mojadas que se vienen,
en la hermosura desbordada, son al desprenderse de la ternura al verse reunidos,
y sostienen la fuerza infinita de toda la juventud que en su frescura mantienen,
honrando a la naturaleza del amor.

Es curioso, en ella veo reunirse desde muy diferentes ángulos,
todos los tonos de las pieles de mujer, formas morenas de duras carnes,
sus nalgas a veces grandes, tiran desde pequeña cintura a fuertes muslos,
y sus torneadas pantorrillas, senos frondosos, duros, elásticos, suaves de pieles,
de sabores.

Y en cada cara prismática o lámina aparece un seno diferente,
hermoso y lleno que el beso anhela;
empero son todas desiguales y únicas, hay de piel de canela,
de durazno aterciopelado, de ébano lustroso y pleno,
de trigo salpicado de pecas coloradas, rojas de fresa en la entretela,
de carnes blancas y níveas, doradas y tostadas con su vello de heno,
amarillas, enigmáticas, rosadas sedas, apiñonadas y chocolatosas mulatas que
poco consuelan
la envidia de los dioses de sus formas a ritmo, y a todas luces desde la gracia:
gratas en su seno triunfan.

Es la abundancia de su pelo púbico, según la luz: un campo de trigo;
selva negra frondosa; vello a vello, jugosa rivera de amores cargados en estro,
entre sus grandes labios, delineantes de oscuras cavernas luminosas del vientre
amigo,
forma de caderas levantiscas, caída de ángeles potentes, bellas, atadas en frágil
talle diestro
al guillotinar de su cintura al tiempo ausentando al alma de la Tierra y que se
escapa sin ser un siniestro abrigo, sino el amoroso refugio tras de un beso de
eternidad en que me embriago de tus caderas de almizcle y sal.

Su ombligo es ánfora dulce de miel conectada al universo en el origen de la
creación.
Lisura entre las costillas, brillo moreno de ébano delicioso que va rumbo al vientre
ante otra luz, tersura de miel hacia pezones de durazno; negros convites de
colación.
Nalgas duras y suaves en suspiros aterciopelados de luces redondas, abrasantes,
cuando entré
en su larga rizada pelambre, en la que Dios amó su retaguardia sin ninguna
condición.

Sus pezones como piñones rosas o negras uvas o con caprichosas formas para
amar;
vientres chicos, grandes, elásticos, potentes, tiernos, suaves, dulces armas del
abrevar
hacia el musgo del verde trigo; frío y azul; pelo de yegua o trigo enrojecido en
ternuras de amor.

**46**

Labios de frutas jugosas quieren ser mordidos hendidos y traspasados en mi
ardor.

Espaldas fuertes, redondas, elásticas, suaves, largas, ricas en nerviosas fantasías;
todo contorno las sitúa encima de sus largos, elásticos, negros, blancos,
trigueños, colorados muslos,
sosteniendo a la creación divinal del género femenino hecho deseos.
Algarabía de lo divino en sus curvas delineantes de ánforas de vino en la copa de
mis ansias.

Pantorrillas firmes de yegua o fuertes piernas de gladiadora;
morenas de soles teñidas sin enredos con sus ansias amadoras.
Finas formas de yegua saltarina; blancas nieves de canela regadas, elegantes
rodillas, suaves de carnes
hechas o anchas del ejercitarse en acciones decididas y fuertes
pies de largos y finos dedos; o cortos sutiles encantos de fineza en sus amplios
arcos,
de fina gente de largas manos o pequeños y gruesos dedos, delgadas falanges de
pianista,
simple mano antes de ser artesana que están siempre prestas a amarse con la
fuerza de una aplanadora.

Sonrisas cautivantes, seductoras, de labios gruesos o delgados, de suaves pieles
cual aciduladas frutas muestran sonrisas, silencios, sorpresas, acompañan
miradas jugosas, cortas, largas,
insinuantes de belleza leal, insumisas, rebeldes, satíricas, poderosas, juveniles;
mil rebeldes texturas de placeres extáticos sutilmente eternos en sus rutas
tejidas entre sus pieles de sedas. Ella que me lleva como lunar sobre su palma,
como la luz de su destino, y ella que es el matraz de la mía
que se escurre sudorosa con esos pasos deliciosos de esos besos delirantes en su
ideal.

En sus ojos vi miradas de mares,
de verdes brillos de bestia, negros reflejos de princesa indígena en reflexiones;
almendrados de anhelo; lilas de sorpresa; azules de eternidades en la dehesa, mil
altares,
con limpios dorados brillos contrastantes con las frías miradas apiñonadas y
feroces,
en suave contraste de tiernos anhelos en arrebatados amores;
profundos deseos en pasiones desbordantes, virtudes ensambladas de inocencia,
confundidas en unas con vicios atroces desconcertantes;
y todas en el género de las mujeres reunidas en colores
en esta visión donde esta Eva se tiende abierta en sus amores.

Bailan las horas en su vientre descansando, es que van vibrando todas ellas en el
ser de la mujer,
la ahora amada; después, ansiosos, se sientan acomodando en un solo prisma la
esencia femenina...
van lentamente dejándose ir en tiempos aún no saciados, de su no comprender
las vivas conexiones de mil sentidos inmediatos, intentan amoldar sus cuerpos a
la cálida vivencia de sus anhelos,
hablándose muy cerca, rozándose sus labios, comparten alientos al querer.

Mi bioquímica universal es imagen del asombro que va entrando en aquel vivo
espacio,
en cuadridimensional idea, que tiene el hombre sobre su cosmos; pasan mil imá-
genes
andando seductoras con matemática certeza, sobre las que sus perspectivas avanzan,
en trazas de nubes, se adelantan rápido con cauda de entelequia columnal regia
en frío.

Y entre las carnes abrazadas a esa silueta del *Homo sapiens* que se ata al vestigio
del horno,
en un hilo de razones pensadas está la carnalidad del verbo caliente que desata
su artilugio,
cuando la estructura de la vida, contiene a la parte misma del todo universal en
Dios.
Cuando sus bendiciones vienen vistiéndose en la voluptuosidad universal de esta
viva reunión de dos.

Haciéndose un **uno** total y divino, al que no le faltan de la Tierra sus sentidos.
Y acá: de pronto, aparece **ella**, la que me hace vibrar;
siento tener en mí la primera transmutación de todos mis destinos,
cuando en mi ser llego a sentir el cambio que se me viene ante su amar...

Cuando el amor se colma de las ganas
del entrar y salir, en su abrazo vulvar al adorar la otredad,
en que al darte sin ambages de ti te apoderas de él,
en la veta que trasciende al tiempo de **dos** en **uno** en la heredad.

Vellos del recuerdo la separan a **ella** de la maldecida Lilith: olvido insustancial.
Alados destinos apartan mi barro esencial cuando entregó seudoamores,
espirituales faltas,
inconsistencias y sinsabores de carnes al amarla, entre sudores y entre sus
piernas mojadas,
y sus plegarias informes se borran ante sus instintos y anhelos de lo que desean
de aquel sello pasional.

Esta es carne de mi carne, huesos de mis huesos, no como ese soberbio ángel:
Lilith, mohosa;
mujer maldita de barros pútridos, con hálito helado de tenues resplandores de
ansias de ser famosa;
luz caída en su espíritu lampiño, que despreció ancestralmente el placer de mi
peluda piel ansiosa;
fatal resultado de su encuentro con mi polvo ensalivado sin mi concurso ni ansia
amorosa,
enroscando su firme abrazo no amado en su adentro de hembra viscosa llena de
sí y sin espacio para lo mío;
viaje ancestral universal del helado vientre angélico que aborrecí de mi lado,
y que al final se arrastró vicioso.

Oigo sembrar vieja envidia divina de su no parir en espíritu punzante de un
infértil vientre.
Frigidez de la primera mujer de Adán, que no sintió al ser tomada, ni deseó mi
cuerpo anhelante,
donde no vivió conmigo ni murió conmigo tampoco, para renacer, y así, siendo
lejana giró
y reclamó al creador, que asqueado, al caer sobre su estéril vientre la ilusión
de la creación, miró
su sin sentir del ser leyenda, y que presentía fallar de ese encuentro pasional
salobre entre el híbrido de
aquel pobre ensayo divino, del enorme encuentro del cielo y de la tierra,
celebrante en una bestia pensante
que mis ansias corpóreas enaltecen, cuando en ese fuego emocional llegó ella a
parir sin amor aquel gigante.

Maldición de olvido, carga de presagios que angustió al mismo Dios en la
profunda noche de una estrella fugaz,
de la que fue ella piel inorgánica angélica de Lilith; que no sirve para amar y
donde Dios a sí mismo se imagina
frío y repudiado del acto del amor que apenas vio en ella formarse a un gigante
fantoche;
y ese encuentro ansió sobre tersas pieles del universo la bendición fundida de la
arcilla divina
en el vientre amante y fundió la solidez creativa en deseo:
diversidad se rinde ante un falo universal luminiscente;
placer umbilical urdido en esencia de deseos, perlando aquel olvido supino,
reviviendo en estas carnes la existencia desde sudores del aire colosal y son así,
en la ansiedad amante que monta desde mis costillas para ser a orillas de un plan
del Dios amigo,
del que tiene más descendientes que las arenas,

dándome carne de mi carne y sangre de mi sangre cual su estuche frugal
del ser la bendición.

Senos duros, nalgas firmes, jugosos muslos; níveas y hermosas pieles,
seducen la noche con sus ojos dorados en sus trazos de miel.
Firmes pezones, erguidos como velamen, anhelantes de vida y de mí,
gozan de su boca, de su lengua, de sus besos, de su vida.

Se fugan líquidos de su amor en bienvenida natural
que ofrece su entrepierna y del vientre que sus rizos humedece,
como aquel cáliz de piel cual recipiente de agreste animal enardecido
de la pasión viva que invita a penetrar por sus vellos lisos y sus carnosos labios,
cuando su melena cae a su vientre agridulce humedecido y frugal, y que,
se abre inocente queriendo recibir de esa carne ardiente, enhiesta, erguida con
sus visos de algo más.

Él la mira y excítase en total fragancia, bañados del rocío de sus cuerpos sin
freno.
Ella suspira sumida en éxtasis del delicadamente ser revestida de sus besos,
eterno tiempo de caricias francas cuelgan de su corazón de amante:
silueteándose sin infierno,
fundiéndose en él, en la eternidad amorosa de esa pulsión que refleja con
vitalidad para el invierno,
estilo que se vive eternamente, amándose en el abrazo secular de la verdad sin
un averno en experiencia.

En el vivo verbo eterno, él la ama y lentamente la cubre de su aliento,
besos sellan sus ansias en donde todo es alimento de su lumbre.
Un segundo que espera la viva creación que amante en sus labios se exprese:
como sentido divinal de la reproducción de anhelos dados en actos del amor que
amanece.

Él la besa desnudándola pétalo a pétalo, desde sus nalgas, de corazón al alma,
bebe todas las ansias de ella que son hoy líquidas figuras, mojándole en sus
complacencias;
ella le desnuda en cuerpo y alma apurándole a quitarse las dudas de su calma...
Un frenesí lleva bajo las cobijas y junto al fuego de mil noches son elixir de
vivas esencias.

Todas las pasiones en esa primera noche contenidas en sus pezones en que es a
la creación que adora.
Y ella, para su goce, intuye que siempre será ella de él, y ese su momento, aquel
respiro

**50**

de él para ella, y así mismo ese universo crece, y sus formas sin cuentas de las
horas
y de sus besos ocurren en Adán que concurre en total entrega, y ella disfruta el
ser divinal flaqueza en suspiro.

Ella recibe toda la erecta fortaleza de él en unos minutos estelares de millones de
años
de vida convertidos en horas, en que él, la acompaña a respirar cadenciosamente
al perder
la envergadura de su embestida dentro de su fino talle natural, elástico, y
contiene su arder,
en placeres de la carne que bebe esa iluminación convertida en el triunfo del
ceder para ganar sin daños.

Él le besa dulcemente su piel desde esos tenues malvas que a los héroes aclaman.
Ella, profundamente mojada de realidad, en eternas horas de carnes bordeadas
de almas
circunspectas, ribetean sus ansias que atraen las caricias abundantes, por las que
lenta y largamente andan.
Con su ariete arremete suave, constante, golpeando sus duras nalgas de carnes
elásticas y sudorosas en los vaivenes de unos ojos en blanco, interrumpidos por
besos que ceden cuando mandan.

Su cuerpo esbelto se acomoda natural al recibirlo en su vientre ardoroso,
al segundo, activo, en esta dichosa ancestral batalla de besos en abrazo,
ella se entrega en ansias arrobadas de labios en cada segundo de eternidad bañada,
gritos profundos del *momentum* en placeres en el que todo es su verdad mojada.

Las puertas del templo van a vencerse anegadas
desde sus íntimas ganas, gemas doblegadas
que esperan ansiosas lágrimas en las entrepiernas resignadas
que reciben la sacralización del templo vivo en el *phallus* enhiesto al ser amadas.

Por Maithuna la mujer que es el éter: ella,
la dueña de su Madyra, el vino de sus sentidos,
la mujer de seductoras carnes del aire de su Mamsa, la cintura breve y las
caderas bellas,
sus afanes abrazan la verga y cruzan su Matsya, agua de mares soporta su
velamen en latidos y todo el Mal fracasa.

# Capítulo IV
## La heredad de Adán nacerá

Él, con su *phallus* dio suaves golpes al *virtus* de tierra de Mudra, rompe el
himen en dolor,
ella es ceder en quebranto del encanto juvenil; nubilidad que cede suave en
mojada caverna,
participa del cielo y la carne, en un celo ritual del amor en abrazo del ceder sus
carnes a su amor;
recibiéndole en su ardoroso cobijo del que va arando su campo de vida universal
en su entrega eterna.

De pronto, aquel mar de la mítica Eva se abre ante el erguido cayado... de Moisés...
revelándose el enorme ojo de buey... de un guarda faros y sus luces,
Alejandría en faro del entrecejo penetra con miríadas de rayos y soles,
como a todo un mundo,
mira su entraña al ver desde sus manos,
mil estrellas en mares de arenas profundas cargando de providencias la línea de
su destino…

Un sol divino entrega su virtud a su *lingam* para el *yoni* virginal,
al sagrado amor de un solo espacio azul vivo que se nombra con tonos de luna
en si mayor,
con el arco de Sagitario, el que porta el falo enhiesto y su milenario arte del
cazador-flechador sideral,
que hace huir toda la umbría de sí para entregarse solo ambos en la luz de un
sino que no les es esquivo.

Quimiotrascendencia que a mi presencia muestra al penetrarla como se forma el
sistema solar,
al que me acercó ese ser del tiempo, mientras que veo su forma original que solo ama
cuando sus vientres unidos son un solo cuerpo, atestiguo su ardor universal sin
menguar,
el condensarse del planeta Tierra que toma de 5000 a 7000 millones de años al
ser la dama.

Formada por acreción en su destino,
acumula masas del polvo cósmico vecino,
nubes de materia flotan alrededor del Sol,
y a 4845 millones de años es donde me asomé al arrebol.
La Tierra viva ha nacido.
**¡Hosanna!**

Veo que la Tierra nacerá como una unidad regia en suma de reglas para
la vida completa,
le contemplo en mi escrotal ansiedad hacia el sentido biótico vivo: la meta.
Acreción que suma polvos, rocas y microplanetas que se juntan para
formar la Tierra
observo el recipiente universal en síntesis del cosmos y frente a mí a realizar su
aria se aferra.

Y juego con el fuego,
juego mucho,
con mis manos,
y con mis pies inexistentes, con una voluntad universal eterna.

Veo que la primera gran corteza terrestre se forma con 4560 millones de años,
y para 4275, existe la primera costra no ígnea hasta 3990 millones de años,
cuando engrosan la costra compacta de materia con diferentes tipos de arcillas,
que a altas temperaturas compactan, hasta 3800 millones de años, a las primeras
rocas conocidas.

Amores de la Tierra al Sol con Morfeo
dan vida al sueño de la Luna,
desamarrada de la cintura terrena, en arreboles sin cuna,
por el beso lujurioso del Morfeo conspicuo que arranca de su cuerpo una
costilla, tan solo una
roca, del ser que permitió de la Luna el que tomara distancia el ciclo vivo que
permite ser al ciclo biológico,
la ruta de la evolución,
veo condensarse: primas masas de agua en primera atmósfera tóxica,
cuando el activo
reloj marca de 3750 millones de años hasta 2600 millones de años, para
solidificar el planeta, estructura del romance
de vivas bacterias, que danzan con la Luna y sin premura tras un largo alcance,
porque la Luna es el sexo con su sentido, es el ritmo de lo natural:
el guiño de la naturaleza;
nacen los "arcaicos" que pueden sobrevivir a más de 270 °C en su belleza,
y a menos de 400 °C, protegidos por sus proteínas aparecen cual prima
red de lo vivo.

Un hilo de sangre que se inclina hacia las dos de la madrugada, crea la huella
del rastro del himen,
hilo desprendido del desflore en madrugada por este par, mutuamente amado
en sus grandezas;
horas del plenilunio, su fase más completa en alabanza para siempre desde la
universal virgen, en que se condensan en
el uno de la verdad, todo lo que se concreta; donde siento sus entregas
energéticas desde una virginidad que se
renueva, horas siderales del vals en el que la creación se asume en forma
significadora del amén,
mil danzas al ritmo de las caderas que vagan eternamente en las horas procrean-
do la vida del espíritu vital manifestado.

Por sus firmes y redondas nalgas ruedan vivas rojas gotas vitales en
seducidas mezclas,
de jugos placenteros del jugar "a ser creadores", ambos dan vida, al morir
solo un poco; ricos líquidos de ella sellan
aquel sacro tálamo en el que sacrifican las verdades vivas, entregas en
ofrenda ancestral eternamente jovial de lo mío
largo y grueso en su encanto, que se mezcló en un biótico, vivo moco que dura
horas en el camino de traerla a ella en
sus sudores, en donde ellas bañan sus amores felices en su entrega.

Explosiones de sus caricias en eclipse talar,
que coinciden con la creación tutelar
de la vida en el planeta al amar;
y después, de un largamente acariciado ser amoroso,
animado y compartido por ambos en su espacio interior, arden lavas de su mar
ardoroso,
contenido en las respiraciones de la energía misma de un amor planetario:
hermoso.

Respiran juntos... horas... remojan sus ansias en mi travesía interestelar en
fantasía.
Ella adoba el mástil que navega en sus carnes de tibios líquidos y sucesos
planetarios,
de profundas realidades hecho, desde el viaje del amor... se suceden
seduciéndose, y ella toda es magia,
y ansía de sus torrentes interiores, que mojan mis velas desde el fuerte palo
mayor con las ternezas de sus carnes en
amoríos en que la mar de bien la pasan entre sus caricias y polvo tras polvo sin
falsía: se adoran.
*Plexus*: viril semblanza,

del *nexus* al navegar su andanza...
*Sexus* en: Alquimia; *Aqua philosoforum*...
Aire vivo... desde su juvenil edad Belén: *ab eternum*...

Sus aires cruzados exhalan
sus vivos espacios inhalados, viviendo como el rey amarillo, larga y sana vida en
el *chi kung*,
expelido de boca a boca, atados sus alientos exhalados desde universal y
satisfactoria entrega:
en un regalo de dioses en comunión de cuerpos... que respiran... y él inhala el
aliento de ella, su eterna violinista.

Sus bocas llenas de sus besos universales
respiran juntos en activa experiencia viva sin el menor escollo,
existencia en común: respiran juntos, él, al comando dentro de ella se comparten
sus momentos
en el espíritu vital de su reunión compartida... con la vida planetaria en el beso
de su desarrollo.

Él manda porque es más débil.
Ella obedece porque es la más fuerte...
Así es el amor que se teje sin tiempo, eterno y compartido, el dorado secreto...
Y se baila el canto de la cintura y se canta con pasos dobles de ternuras
desbordadas...
Besos de mutua entrega bajan desde las orejas y departen labores de sus
labios frescos,
en busca de la sensibilidad más fina hasta alcanzar el marmóreo cuello:
delinean placer
sus nervios, con que vibran ascendentes en la oración tejida con caricias y
rematada con mil besos,
en que se eleva ella; mientras que él desciende el excitante camino de su
piel sedosa en su ser.

Porque sin saberlo él,
intuye que a ella, en honor de sus fluidos
se le debe amar como a toda hembra, desde los oídos...
cuando su lengua penetra ese caracol, inmemorial laberinto del encanto aquel...

Cuando un beso
entra por la piel
es que suena a piel humedecida,
a rincón activado de lo concreto y su metafísica.

Cerrados los ojos, entreabiertos los labios mayores, jadeantes de besos no dejan
centímetro sin recorrer hasta la puerta:
espacio vivo donde la vulvar almeja rosada, erecta en su excitación, comiéndole
a él, les conecta a ambos
en un *momentum*, en el que la epidermis se convierte en altar talar, ruta de
sacrificios sempiternos de abundancias plenos,
arando van en luchas del poder creativo con que ofrendan sensaciones
voluptuosas en su amatoria respuesta;
al hender mil veces la carne en esa herida enclavada en ternuras en la virtud del
amarnos a un ritmo que llora felicidad.

Lágrimas de placer…
Fluye su aroma…
Se desbordan desde su piel adentro las lágrimas de su vientre,
la razón de su entrega se conforma porque aman…

Llora tu entrepierna en ansias ancestrales, incendiando de pasión el paraíso
desde la columna vertebral de aquella verdad de tu piel hermosa tomada en mi
aliento;
tomada en tres suspiros y azotada con diez exhalaciones en tu vientre,
atacado por espasmos que corren su parte interna desde el sacro pubis leonado,
que reflejan mil rubores que contrastan con aquel blanco de los entrecerrados
ojos de la bella,
sumida en gran pasión que se desata en el interior del jugoso y tierno vientre
tan anhelado en cabalgata.

Ella besa con labio mayor la cabeza del glande del que respira profundo y
pausado
y asume la vida en venero que riega sus ventrales lágrimas,
felicidad en eternidades que así destellan en la viva penetración en un género
que se nutre
cuando comulgan sus carnes en sacro oficio universal de ansiosa cavidad mojada
de paredes húmedas,
desde el delicado útero poderoso que hace la noche una aventura celestial que
sin edad centra ardiente humedad.

Posesión que aprieta, tratando de extraer amores
desde su alma en plenitud vaginal de joven mujer que me ofrece su casa de pan;
en el trémulo largo instante aún por retener, antes de que la violinista me
mirara enamorada,
con que quiere su esencia beber el líquido seminal para calmar sus ardores de un
profundo amor por mí.
Vellos púbicos de tersos vientres rizados por lúbricos sudores de sueños del ayer,

que son mezclados en fluidos del clítoris que cristalizan a ambos amantes,
en temblorosas fuentes, formando aperlados paisajes de ganas anhelantes,
que con sus deseos se cumplen y se aman tanto a cada momento en su ceder,
que no existe sino en la explosión universal divina de la sexualidad universal
viva...

Donde se mira la entrega feliz que se separa de aquella vida eterna en sacudidas.
Ella entra en espasmos mayores al ir él manteniendo sus respiraciones hundidas
en sus carnes, navegando su Argos en la mar embravecida de oceánicas olas en
destellos de aquella bella,
que mecen la verga, palo mayor desaparecido en las oscuridades de su vientre
escondido tras su vello con delirio animal.

Toda la certeza de su ser estalla en plenitud,
cuando son totalidad al perder ella su ritmo respiratorio,
al darse en un movimiento frenético en el que se vacía en amplitud
y toda su fuerza y su pasión son un clímax del ritmo amatorio.

Padre jala en pulmón al universo y trabaja rítmico dentro de ella al envolverla en
su calor,
y genera un aumento de oxigenación, sin perder la columna dentro de ella, besan
al amor,
desdoblada al placer emocional del ser atravesada en vida, y regálale un orgasmo
profundo en su herida; en el vuelco de sus bases placenteras en néctares de su
entrepierna hasta mil espasmos fundida.

Cuando la ardiente barca sonrosada de ella,
ata sus duros senos a su boca, cual velamen hinchado amarrado al enhiesto
mástil de él,
y su fuerza alveolar cita a Eolo, en el impulso dulce del sentir que es en
espasmos de la bella;
ella, penetrada, siente seguridad al ceder la mejor dirección al timón que sopla
aquel.

El himeneo estelar con calma y paciencia la Tierra vive; ya se ha realizado,
y aquel pene viril, aún canta erguido a la estelar voz de noches universales.
Avanza la danza animal del arrebato de la virtud en el leteo, su *virtus* ha
sacrificado
y se encuentra con nuevas eternas virtudes que uncen sus ánimas al combinar
sus sales.

Ella araña su espalda y besa su cuello,
amándole toda entregada de cuerpo entero.

**58**

Cosido a besos sin remiendo surge su mirar desde lo más bello.
Todo es nuevo al nacer la mujer a su día en busca del bálsamo de tan febril
esmero.

Delirante contemplarse al abrazarse aferrados a un hilillo de suspiros.
La bendición que me regresa sus atines,
se cierne en pequeño ser espermátide afinando mil destinos,
añoro el azul del vivo tono terráqueo tras sus vivos empeños y fines...

Me atrae el temblor de ella, en el negro profundo infinito destello tras sus
lánguidos ojos,
convertido en hoyo negro inconmensurable, que prende en mis ansias del ser en
sus mocos,
humedades en alerta de insuficiencias del uno complicidades con la otra, la gran
suma de dos;
así es como ellos se funden trazando desnudeces,
que mi pequeño ser cautivo alcanza para buscar ser la forma que anhela nadar en
sus profundidades.

Soy todo deseo y no hay prisas ni nunca las habría, sin saber si es noche o es día,
veo que aquel contener la ansiedad tránsfuga es el juego que sin hablarse
practican,
con sus caricias y sus besos, ella agradece la larga ruta perdiendo la calma
natural en la dinámica en que se aman,
es carga positiva que sabe que la piel es camino largo y sinuoso, que la
respiración de ella en la noche les guía...

Él la mira en éxtasis en su total fragancia humedecida del rocío de cuerpos sin
puertos,
su alta mar suspira, sumida en un frenesí delicado, desnudándose de sus
profundos miedos,
revestida del eterno momento que es dado en caricias, donde cuelgan anhelantes
sus corazones ciertos en inciertos
sueños; eternidad amorosa reflejada en pupilas vitales enamoradas, que
preludian mi partida echado a unos dados.

Ella se ha vaciado por tres veces, mientras él respira conteniendo sus ansias
locas en el último clamor que las carnes de ella arrastran a este pene al hender su
cueva oscura. Tumultuosas olas de aguas de ella, jugos vitales de alegría vertidos,
que se elevan en su savia anhelante en desbordes de diversas montas y estilos
de respirar, en donde aquel padre aguanta desbordarse por horas, lo que no es
proeza, sino veneración a la madre, respirando a su favor, hinchando las velas para
en explosión universal y al final hacerme salir disparado en el viaje en el que seré

milagro, tras de sus andas picantes, es en horas aladas, que se escurren en sudores
y que brotan en un baño perlado de caricias encarnadas.

Un brillo bueno hay en sus ojos, que van buscando dentro de sí al ponerse
en blanco
para hallar el verso atado a sus ansias animales, que van siendo tras la sombra de
aquel vital tranco,
primitivo cabalgar sobre cabellos vueltos vellos, con un olor feromonal de
nervio sudado
penetro en lo oscuro tras la ansiedad placentera en la plenitud de un acto de su
éxtasis adobado.

**Cuerpos**
**uno**
**dentro de otro**
y desde aquí toda oscuridad se ilumina.

Siento como la flor sucumbe ante la viva idea que salpica de eternidades
esos cielos,
tras del firme rastro de la noche que a sus mejores horas en caricias aplica
estelares brillos;
ella es en virtud compartida y serenada en novedades al nacer de mi luz, batida
tras la estrella,
al sentir deliciosa bioquímica feromonal humedecida, desde la sacra y profunda
entrepierna bella.

Ir y venir entre sus piernas que sostienen al universo tridimensional ya sin
el verso.
Yo en esperma vibro con la fuerza psíquica aferrado al sacudir de sus caderas en
prosa;
compito ante millones más que como **Yo** intentan ocupar su sitio en la creación
de un compartido gran esfuerzo,
vibro en el tremor de mi destino, de alcanzar a ser en remolinos que azotan
columnas, con fragor, el goce pasional,
siento mi esencia convalidar la eterna presencia: volitiva y creativa, del apuntar a
su ducto terso;
ella, es ara talar de dulces tibiezas, a ratos ardientes en combustión, es pareja
entregada al alza
de ser toda la verdad de su cintura, hecha en Orión y en otoño con mil miríadas
que no alcanzan…

Él la mira excitado, oliendo su feromonal fragancia: humedecido rocío que baña
sus cuerpos.

**60**

Ella suspira sumida en éxtasis, delicada, despojada de sus miedos va
interiormente cantando,
es en notas virtuosas revestidas del eterno momento de ser solo caricias, donde
va su melodía tejiendo,
trazando belleza con hilos de seda en sus besos sobre su piel, y guárdale en su
corazón todos sus deseos
que a ojos cerrados son en la entrega indubitada; él es parte de la eternidad
amorosa que se le va adentrando,
tras de su alma escondida bajo la boca vaginal y asomase a sus pupilas la
vitalidad que va sembrando y que irá
solo amando la verdadera tesitura de sus humedades, que van vivificándoles en
sus espejos de entrega mutua.

En el vivo verbo eterno él la cubre de besos y caricias como ella le requiere,
cuando su piel fue hecha para él y donde todo es lumbre y luz que no hiere.
Un segundo que espera que la viva creación que se expresa sea viva entrega;
en el sentido divinal del ser más allá de la reproducción, dado en actos en que
navega.

Soy con flagelo, nado en círculos de vitales esencias que a todos nos conforman,
y junto a millones excitados quieren ser hundidos en mamá al reunir lo
creativo-receptivo;
en anhelo de volición del vivir en espacio de eternidad que nuestras ansias
transforman:
breve historia del gen perfila el sentido profundo del conjunto del ser en el
espacio vivo.

El beso va prolongando la estrechez de ella desde su vientre a su cabeza,
exaltando al máximo su succión y su entrega,
y hacen que Adán, después de mucho bogar pierda la tea y naufrague de
manera ardorosa
y eyacula doblemente a mi alma y mi vida; con ese corazón palpitante
que de nosotros se anega.

Sigo en loco desplazamiento, recorriendo oscuras y largas cavidades,
ando en corredores de espirales vivas, que lucharán contra corrientes de
intramares
en fluidos que recrean mil remolinos, que hacen que el avance requiera de todas
nuestras ganas,
milenaria voluntad del asistir a la misión de estos que son cazadores de
ocasiones sin palabras.

Nado con todas mis fuerzas y mucho puedo hacer por avanzar a toda costa,

entre aquellos fluidos vivos que me contienen en perpetua lubricidad motora,
donde la mucosidad de la envergadura está en la suntuosa delicia de su ardiente
cueva angosta,
apretado abrigo de certezas, acunado en la noche misma de este amanecer al ser
su vida entera,
del darse universal al recrear la vida que enamora los roces plenos de la fresca
costa,
desde el viento que quiere ser la verdad de la vida en esa efigie de su mejor madera.

Aminoácidos y ribosomas,
polimerasas y bases nitrogenadas,
fabricando estas proteínas en la dote de nuestras herencias:
desde nuestro viaje veo el mensaje más antiguo, tesoro dado en cromosomas...

Hay una angustia previa, vicisitud que pronto descarto:
¿Estará madura la ovogénesis? Y de la duda nadando me aparto,
sin lograrlo del todo, porque está en ella,
y lo oscuro e ignoto de su sustancia, como esencia de la forma bella,
aún no me pertenece.

La eternidad universal, multiplicada en infinito, llama a la vida en la madurez
con que me hace desear ser.
Como ansias dadas en la constante universal que nos acompaña, al ser el
hacernos sin pensar
ser la elección que en la bioquímica cambiante, nunca fenece al darse.

Todo en ella me dice amor ya en sus células germinativas, cual células
femeninas vitales
que están esperándome y que vibran después de madurar en sus procesos en
formación
con células germinativas primarias que han creado ovogonios para su
interacción,
en cambios mitóticos desde acúmulos que se cubren con células epiteliales
aún sin sección.

Los ovocitos de ella, recintos de un después del cambio desde aquello que debe ser,
vienen de una maduración mitótica prenatal en emociones que se le han
desarrollado desde la retardada pubertad
de ella, la recién desvirgada bella y desde otros calientes procesos meióticos con
sus divisiones en sus neofunciones
en donde ella es: la virgen amada.

El ovocito madurado en un antro folicular pasa de estar en su pequeño cúmulo
prolífico,

de células foliculares, que siendo zona pelúcida hacen divisiones de ovocitos
primarios,
resultando de estos los secundarios.
Espero que haya estado madurado su huso perfecto y poder arribar al momento
de su expulsión.

Solo 24 horas dura el óvulo danzando vivo mientras estamos solos tú y yo,
pequeño tiempo de vitalidad sin degenerar después de su expulsión,
siento que la mitad de mí me espera a tiempo, sincronía del llegar a ser solo un
polo, tras de mi vital mitad en donde he visto la luz de la vida en universal
sustancial acción.

*Pero para no oscurecer artificialmente un estado de cosas,*
*claro, debemos manifestar que la extrema antigüedad de nuestra*
*historia proviene de que se desarrolla antes de cierto cambio*
*y de cierto límite, que han trastornado profundamente la vida y*
*la conciencia...*

—Thomas Mann, *La montaña mágica*, p. 3[7]

Humedades de ella perfuman el enorme silencio con que le seducen por
momentos.
De pronto un beso amoroso hace manar fuentes que brotan desde sus anhelos
trémulos,
que nos iluminan con sus líquidos vitales en feromonas, borbotones de fervores
ardientes,
en nutrimentos del amor de seres que se adoran con vivas fuerzas tenaces.

Bésala dulcemente penetrando el último de sus núbiles secretos,
que ya no se le esconden más, envuelto en las líneas que le atrapan desde
su palma.
Ella, profundamente mojada desde su interior, emancipa el universo hasta
el alma;
florece, abre sus pétalos regados en los deseos de estos eternos y húmedos
anhelos.

Con sus ansias todas rebasadas, ama con ganas apasionadas,
y muy despaciosamente gime y goza, con su calma sin edad,
cuando embate Adán con su miembro lanzándose a profundidad,
golpeando rítmico y gozando las apreturas de esas firmes carnes elásticas.

El mar de ella, desde suave oleaje se convierte en marea de tormentas que
aumentan.

Mecen su tremor de mujer joven sin más expectativas que sentirse
femenina y amada,
al dejarse llevar ahí, al vaivén de marejadas que hacen que el viento sople
por la proa
del casco de su amado: así se estrechan en enormes remolinos de placeres
diáfanos,
que enfrentan rítmicos con vientos alisios que emanan de ambos en el temporal
y aprovechan cada racha para guiarse a un espacio supremo tejido en las costas
de su piel,
olas que revientan en lo alto desde lo más bajo del animal sentido,
que se espiritualiza al pensar en la otredad,
mientras chocan sus cuerpos que sudores salpican,
danzando al vaivén de duros pechos que alientan.

Las espumas del vaivén de caracolas del placer eterno en que se abraza
aquí con ellos,
muestran que desde su no diluida sangre, son en cachonda eternidad que la vida
en uno les amarra cautivantes
con cariños cultivados, como aquel espacio del movimiento esencial de los seres
que aman
en obras con carnes que dan cuenta del hombre de fuego dentro de esta mujer de
tierra.
Ella, la de la tormentosa vulva palpitante, con ese poco más que la hace
profunda y bella,
su ser que ya ha montado el *phallus* divino de este espacio vivificado, dejando
piel y vida,
humedecida a tal grado, que nuestra verdad se ha excitado hasta la vida;
desde una potencia creadora que puede llegar a dar con nosotros,
sonriendo frente a Dios con esa fuerza del *bios* que se vivifica en cada
momento de su entrega,
sin dejar de sentirse eterna, al ser instantánea, en el acto mismo de vivir.

Sin embargo, puedo sentir este, momento eterno, en el que participo del legítimo
esfuerzo que es buscar la vida
que resulta para mí, el dar vueltas al acto en derredor girando a la mayor
velocidad en cuanto más se aman,
la verdadera carrera del amor en la que participa Adán,
en aquel sempiterno recuerdo, mientras que aquellos competidores del esperma
se excitan al seguir el loco desplazamiento,
recorriendo las mismas cavidades que yo, pero siento que van detrás de mí:
porque venzo en el corredor de las espirales vivas, en la lucha contra las
corrientes de fluidos y protuberancias que crean la evolución
de nuestras formas que no alcanzarán a ser en millones de rostros que nunca

llegarán a respirar ni formarse y que van tras de mí en los vaginales remolinos,
se dan un sentido del pliegue cerebral del humano que forma lo neuronal,
del ser ordenado en vivas significaciones que se expanden en el tiempo en las
memorias de ti;
donde se es más que neuronas en un espíritu que se conjunta por entender el
gran significar
y no poder obviarse ante la verdad y la realidad, que es el fulminante, que da
sentido al tiempo.

Espiral en ascenso que hace expresar las cosas que en el mismo momento
siento, sin entender donde se realizan, y no sé de dónde provienen al ser viva parte
transmutativa de mi existencia y solo sé que una fuerza energética enorme me
lanza a desear más velocidad para vencer, en donde ganar no es una opción, sino
la única vía para ser y nacer y voy ganando en esa carrera del que quiere ser.

Recuerdo que sin oír, pienso ir hacia abajo, mientras que a poco subo nadan-
do al abrirse otra puerta bioquímica, al tiempo que me siento volar por el aire en
vana sensación de libertad de mil líquidos que obstruyen o facilitan el camino, y
mientras me envuelven en tan amplia sensación que termina tan súbita como ha
empezado, ya después del largo viaje.

La caída deslizante me ha molido las carnes y nado, pues sé que debo triun-
far sin pensar en otra cosa, que en alcanzar mi mitad; siento como si me debiera
reconformar en algo, en que no sé por qué circunstancias deberá ser algo mío; más
aún, es algo de esto de lo que formaré parte y algo que debo buscar. Una pared
invisible nos retiene y los ríos y vertiginosos remolinos no me detienen y es solo
el espejo cristalino de mi ansiedad que no se ha vencido, ante un moco que refrena
mi avance rumbo a la llegada triunfal que me exige una infinidad de respuestas
inmediatas, ante millones de interrogantes que no brotan de mi no-mente, ante
la carrera a la que atiendo sin pausa, y en la que infatigablemente me entrego a
triunfar, para ser viva señal del querer lograr constituirme en ese pilar del ciclo
mismo de la vida, en que se encuentra recargada la existencia y siento la verdadera
importancia de la inocente delicia de una obra, que es clara en sus actos para que
así nadie se engañe, ya que todos los que están saben del triunfo que es nacer.

**Ouroboros**

Voy olisqueando su olor hacia el *bourgeonal*
siguiendo aquel enorme centro esférico con receptores olfativos,
espacios espermátides buscando la esfera que pesa tanto como cien mil de
nosotros,
competidores, todos detrás de ella, somos las células más pequeñas del ser humano:
nos hallamos en el principio del todo.

Como si hubiese llegado al sitio en que por primera vez se es,

en esta viva carrera triunfal donde empieza la vida enriquecida,
cuando siento que para mí ya no hay retorno;
solo puedo triunfar y alcanzar la vida, cual cetro y corona de la existencia.

Humedad deliciosa como las proteínas desde el universo completo en lo
substancial, vivo
en continuo montaje de sucesiones de secuencias evolutivas de vidas;
esta caverna submarina que me atrae con esa fuerza extraña impermeable y
envolvente,
y a la que hoy siento plena, en todo el espacio vivo al que confortablemente
arribé en el *tempus* espacial sagrado,
apartándome de la salida que me retrotrae a mi estado prístino de criatura de mar,
que siento, fui al tener enfrente esa enorme célula que me espera
y se parece a la vida de la azul esfera que flota en ella.

Sistema solar desde su vientre candente donde van secos sus pies,
con opciones lleno desde el húmedo océano de un tiempo en tu opción
que te grita: encuéntrala y ejerce la vía de la conquista, tómala que eso es vivir.
Dejarse seducir por sus formas para adquirir el cuerpo en el que se es.

Sale la vida besando todo el tiempo:
del "soy", el que soy, que se gesta en su promesa,
y me bendice al continuar nadando tras la fe de encontrarla a ella
para alcanzar la forma que se forma dentro de sus formas.

Llevo más de siete horas subiendo,
y pasando por el periodo de capacitación.
Lucho contra las vellosidades que se interponen en esta carrera crucial,
por la cual fluye la esencia que alcanza su madurez de joven especie que no está
perdida;
y nunca sucumbe ante remolinos que se oponen a nuestro viaje.

Aunque muchos se quedan atrás,
seré **Yo** al lograrme ser un solo **uno** para que llegue a considerarme ser la noción
vital del tiempo
de aquel que logrará vivir,
y carga sobre sus hombros con la evolución toda en la angustia vital del existir,
y busco la pasión del encuentro en el que por fin mi sentido tendrá su espacio,
y ante la vida: seré.

Me he deshecho desde mi región acrosómica de glucoproteína y las proteí-
nas plasmáticas celulares, realizando mi reacción acrosómica por acción de las

células del cúmulo prolígero del ovocito que va a prepararme para entrar a la zona pelúsida de enorme célula, la más grande del género que es de la mujer, en espacio sagrado de la materia donde mi espíritu es.

**Llegó a ser la luz de una realidad que está por sobre las ideas.**

Llegó a ese óvulo y triunfó, después de romper el folículo de de Graaf.
La fertilización, el óvulo ha salido a campo abierto a seguir completando
la primera división meiótica, con esas células foliculares vascularizadas
que forman el cuerpo amarillo y las células luteicas que secretan progesterona.
Ahora, convertido en un nuevo ser
que soy pienso al olvidarlo todo.

Un adiós proverbial a mi recuerdo estelar de ser polvo de estrellas,
lo que fui, que se va quedando en ruta de lo que soy.
Cromosoma en profase,
prometafase, metafase, anafase,
telofase, hasta crearme
las primeras células hermanas.

Estoy rompiendo la barrera de la corona radiante y tres espermas más me siguen: en lucha aviesa que conmigo traban, mas penetramos a la zona pelúcida, les llevo ventaja intraovularmente, mi lucha tenaz es contra el reloj de ella y de los esfuerzos de ellos y esforzándome **yo soy el que soy** cuando atravieso la membrana del ovocito, pierdo mi membrana plasmática naturalmente y me libero de eso al sentir en mí al nuevo **ser** que soy.

Al entrar en el óvulo, del que ahora formo parte, siento las reacciones corticales. Ella, célula fiel a mi esfuerzo, impide que otro espermatozoide penetre a mi nuevo sino, el ovocito va completando su segunda división meiótica, con mis sales en que somos esencias compartidas, con sus cromosomas que han formado el pronúcleo femenino.

Yo espermatozoide, ya adentro del crisol del universo, participo activamente de ese pronúcleo femenino, hinchándome, formo aquel pronúcleo masculino y ambos vamos al centro, en el centrosoma que se me desprende y degenera mi cola y desplazo al segundo centro polar y me dispongo así a compartir mi información genética.

Fragmentos de cromátidas:
los cromosomas de estructura doble
se separan hacia los polos,
y viene la meiosis primera y se separa.

Una meiosis segunda se va a lograr
creando el ovocito primario:
el primer cuerpo polar.
Al terminar la meiosis hay cromosomas diferentes entre sí en un corolario.

Junto a las olas eternas que van hacia ella, intuyo que sucumben los millones de espermas que me perseguían y entro a florecer en aquel planeta, sintiendo su embate de aguas primigenias desde hace 3420 millones de años en la Tierra, son por la actividad volcánica con sus emisiones de gases que crean la atmósfera, y es cuando aparecen las primeras algas en el azul planeta:

**La vida ha triunfado.**

*Y luego dijo, que la tierra produzca hierba verde que daba semilla según su especie de semilla, y árboles frutales que dé cada uno según su especie, cuya semilla contenida en su fruto se deposite sobre la tierra.*

—*Génesis* 1,11[8].

... y te amé desde el principio del plan en que estabas tú contemplado en este amor tan simple...

**¿Qué vientos te atraen con tu velamen?**

Lynn Margulis, en *El origen de la célula*, expone:

*La vida se originó en la Tierra a través de la formación e integración de compuestos prebióticos: aminoácidos, nucleótidos y azúcares no producidos biológicamente, es decir sin oxígeno.*

Y sobre los trabajos de Miller y Urey comenta:

*Ambos científicos provocaron descargas eléctricas en una mezcla de estos gases contenidos en un recipiente de vidrio. En experimentos parecidos se han producido, desde entonces, compuestos orgánicos incluyendo aminoácidos y bases de los ácidos nucleicos, a partir de diferentes mezclas de gases simples.*

—Lynn Margulis, *El origen de la célula*, p. 24[9]

Por su parte, A. I. Oparin en *El origen de la vida*, plantea:

*En lo fundamental, todos los animales, las plantas y los microbios están formados por las llamadas sustancias orgánicas. La vida sin ellas es*

*inconcebible. Por eso, la etapa inicial del origen de la vida debió de ser la
formación de esas substancias, la producción del material básico que más
tarde habría de servir para la formación de todos los seres vivos. Lo que
primero distingue a las substancias orgánicas de las demás presentes en
la naturaleza inorgánica es que en su composición entra el carbono como
elemento fundamental.*

—A. I. Oparin, *El origen de la vida*, p. 23[10]

La vida más primitiva aparece con las células eucariontes, después de cilios
y flagelos con núcleos definidos, "con un ADN fuertemente enrollado con proteí-
nas que forman cromosomas".

Las células vegetales o animales arcaicas producen orgánulos como cloro-
plastos, para llegar a realizar la fotosíntesis, y otros órganos intracelulares, núcleos
y proteínas.  Así aparecen los euglénidos, organismos microscópicos móviles de
agua dulce, que nadan e ingieren alimentos sólidos, pero contando ya con los
cloroplastos de un verde brillante y producen su propio alimento por fotosíntesis.
Los reinos, entonces, se dividirán en eucariontes y procariontes: los eucariontes
se caracterizan por tener capas gelatinosas, son como protoctistas que van creando
a los vegetales, los animales y los hongos, según cuenta Whittaker; mientras que
los procariontes, que abrirán el enorme espacio de las móneras como esas familias
de las bacterias y de su parentela, poblándolo todo, que se hacen presentes en la
creación esférica y desde el azul profundo van amándose.

Atestiguo al cruzar el óvulo, que hace 3300 millones de años, nace el or-
ganismo unicelular del que se forman las primeras bacterias unicelulares, como
resultado de la estabilidad de la corteza terrestre y en el humedal por la generación
prima del gel que recubre los primeros sacos bióticos, que permiten la concreción
activa de la unidad celular de seres vivos.

**Husmeo las huellas del río tinto.**

La Luna y su influencia en las bacterias cianofitas,
desprendida desde aquel beso de Orfeo que creó la Luna, y que activa las aguas
que oxidan la Tierra.
Mareas que rigen grandes masas acuosas y ciclos vivos que empiezan a formarse;
haciéndose vida hasta 3200 millones de años con algas triunfantes al recrearse.

Veo el latir de mareas de todo tipo y tamaño, nuevos rostros de cada hierro
que se oxida,
frente a la energía pura del sol, la Luna es la madre de los ciclos y navega en
mareas.
Aparece consolidando la vida en los líquidos y así en la Tierra madre ella va
bogando.
Ahí vemos al divino espíritu del agua gestándose cuando son en él: amando
mil breas

que se funden al escribir de un Dios que le da por consumir el tabaco
masticado...

La Luna en el mensaje celeste que aparece divinal ante mi presencia,
como un imán ante los seres que conforman su estructura por gravedad
de líquidos.
Pues en ella es que es dada la fuerza que recompone la vitalidad en un gel,
haciéndoles vivos en su ancestral pareja que conlleva la vida emocional
de todos los humores...
que envenenan dando la posibilidad muy posterior de la creación prima
del primer gel que se constituye en grandeza,
por la humilde condición de su origen primo al ser la vida.

Un planeta vivo que su esencia es el que la primera forma viva que se acuna
es todo el planeta mismo, la gran materia madre fecunda; en el que la reunión de
los componentes vitales con el tiempo dan pie al tiempo de la primera atmósfera
de nitrógeno, argón, y neón, millones de años de amores, horas por mí arriban al
tiempo de la segunda atmósfera desde los vapores de agua, que en mares crean el
espacio biótico de la esfera que se vivifica en tus cambios.

Nitrógeno, argón, neón,
dióxido de carbono e hidrógeno,
amoníaco y metano, todo bañado en mucha agua y freón.
Y desde el mar vendría aquel oxígeno y el mundo aeróbico con el calor del fuego.

Y aparecen en escena las mitocondrias, ya como las bacterias aisladas que
al unirse a otra célula que no las consume, y adentro de ellas, se consuma la ver-
dad del espacio unicelular autosuficiente para crear la vida. Y veo que gracias a
ellas es que se conforma la posibilidad de la vida aeróbica desde la mórula, pues
se convierten en pila o palabra de Dios en toda célula, que procesan el oxígeno
como batería, situándose dentro de cada una de ellas, posibilitando así la oxida-
ción celular.

*¿Qué es la vida? No se sabe. Tenía conciencia*
*de ella misma, incontestablemente, desde*
*el momento que era vida, pero ella misma no sabía lo que era.*

—Thomas Mann, *La montaña mágica*, p. 277[11]

El mar, cáliz del espacio-tiempo, vivo se abre por la puerta del Berghoff
Como un *Aleph* que al universal le une en un **uno vivo** bajo la escalera.
En un punto donde todo el espacio se reúne en la unidad viva, cautivando lo
incautivo,

desde donde todo parte en esta abertura que veo en el lienzo del eterno campo sensitivo.

El universo entero confluye al sacro espacio de lo universal que crea la opción viva, que se conoce como: naturaleza, que estructura la idea misma y su sentido sobre la fuerza de su peso al **ser** vida: es cuando a mi viaje estelar tiempo-espacial me reúne con los principios del padre solar que vivifica la energía dada al planeta, que es contenido en Tierra madre, con la que comulga el todo en el equilibrio en el punto de esta Frónesis que nace.

Veo crearse en génesis, las bolsas membranosas llenas de agua con genes (ADN, enzimas) proteico solubles y ribosomas. Células heterótrofas, capaces de alimentarse de moléculas orgánicas similares, con aminoácidos, azúcares, pequeños ácidos orgánicos: comiendo ATP.

La real mina planetaria del espacio pensante vivo. Trifosfato de guanina y trifosfato de uridina, después pasan gracias a la acción del sol y la oxidación del ser fermentación, que es cuando nace y se consolida **la fotosíntesis**.

El mundo vegetal... ¿y qué pensaría la Tierra de sí misma si todos, al recordar el origen, os uniérais? Porque siento dentro de mí, hundirme en esta célula al tiempo en que veo su origen divino, cuando la suma natural decantó aquella viva proposición del hermanarnos, del recrear una a una la posibilidad de la autoalimentación, desde tal suposición...

*Hieros gamos*; opción que se disuelve entre los besos y caricias de un abrazo polar del testigo unicelular que soy, formando parte de toda transformación al mismo tiempo, cuando ante mí la vida comienza y la evolución contengo sobre un campo muy claro, y cuando aquí la vida soy, desde el origen de las estrellas vertidas en miríadas al ser un comienzo.

Siento esos 3000 millones de años el estabilizar masivo del proceso de clorofilación en cloroplastos; para ser en todo vegetal fotosintético. Como si al pasar viese el reflejo del mirar del Padre en un ayer que se transforma en la atemporalidad resumen nombrado de la prolífera materia viva dada en bioquímicas temporalidades que la idea asume.

Soy en esos 3000 millones de años en que se reconoce la distribución triunfal de algas verde-azuladas o cianofitas, al sentir la proliferación que crea esta viva herrumbre de océanos, que desplazan grandes masas de oxígeno a la atmósfera; al pasar 2600 millones de años, hay formados en las costas estas colonias de estromatolitos que crean oxígeno atmosférico.

Al pasar 1000 millones de años, soy parte de las primeras algas verdes en la exuberancia. Me veo aparecer en los primeros animales que se separan del reino vegetal. Soy en esas esponjas de mar que, gracias a la existencia del colágeno, pueden formar una reunión consistente de células, sin corazón ni estómago ni cerebro y que aún así triunfan.

Soy la esponja, reuniendo en mí la cadena genética más antigua del reino animal, que pasa por la creación múltiple millonaria de las formas, que conforma en sí a un animal que, sin sistemas complejos y con la suma de células, puede llegar a crear hasta esponjas depredadoras como aquella asbestopluma con sus coanocitos venenosos.

Coanocitos que son pequeños corazones o bombas que permiten que a través de cestículas, fluya la forma primera del sistema circulatorio con autoalimentación, que reúne en sí al cuerpo del animal y que posee tantos corazones como los que fuesen necesarios para que aquellas cestículas tengan una opción para sostenerse.

En las esponjas existo por primera vez como animal, como danza de espermas de depredador y de óvulos que me hacen añorar aquella prima abuela desde la regadera.

Después de 780 millones de años aparecen ante mí los primeros gusanos, medusas y coacervados, en el tiempo conocido como Precámbrico; y a los 600 millones de años aparecen: moluscos, braquiópodos, trilobites, que pueblan los mares hasta los 540 millones de años en que se remojan de peces de colores en los mares, junto con los primeros peces de agua dulce en el Ordovícico.

Del Precámbrico al Ordovícico, soy el fomentar y destruir masivamente de especies, extinción de reptiles, seres acuáticos que solo unos cuantos llegan a ser cima de sus especies. Y se retiran los primeros reptiles y anfibios, en esa glaciación donde ocurren las primeras grandes extinciones de los muy variados invertebrados.

Peces pulmonados y vertebrados nacen, mueren y sobreviven en algunos casos como criaturas de conchas y tentáculos; a los 500 millones de años: aparecen corales; a los 400 millones de años, en el Silúrico, se crean grandes masas sólidas de material vegetal verde en costas; y a los 370 millones de años, los tiburones pueblan los mares y luchan por volverse indispensables, y curiosamente lo logran, son parte esencial de la cadena alimenticia que no se entiende sin ellos en las aguas. Y desde millones de años fincan su lugar en el ciclo del ser vivo real y su pertinencia en el planeta vivo reclaman.

A los 350 millones de años aparecen los primeros artrópodos y plantas terrestres, formados muy lentamente. *Zosterophyllum* y Lepidodendrales crean la evolución de las especies vegetales, que anteceden a esos árboles de largas ramas que se vuelven un enorme tronco y tienen breve capa de follaje superior, y es esa ramita, aquel espacio del máximo desarrollo evolutivo vegetal del tiempo conocido como Devónico.

Las *Tracheophytes* en el Silúrico, de donde sale espacio genético de las plantas de múltiples ramas superiores, en vez de aquel ser del tronco tan largo, y ya con más vegetación. Los del orden Calamitales como el antecedente de todos aquellos árboles que se asemejan al ciprés, en su forma, y que darán vida al árbol de muchas ramas.

Las Cycadales son el antecedente de las palmas en el Ordovícico hasta aquellas Medullosales, las primo gimnospermas, Benetitales, Ginkgoales, Pinales, Gnetales y esa Magnoliales desde 440 millones de años hasta nuestra era. La vida vegetal del planeta es tan joven que su dinastía apenas la veo abarcar un pequeño bostezo universal, donde aquel tiempo es el espacio de su reducto que se viste de verde fotosíntesis.

Allá soy en las Lampreas con sus 410 a 440 millones de años, que aparecen como primos peces, al mismo tiempo que esos Maxímidos feroces que 285 millones de años comparten con los Acantodios, junto al gran tronco de Agnatos o Anfibios. Forman Teolostios y Sarcopterigios; especies que evolucionan en: Actinopterigios, Acipenseriformes como el esturión, Actinistios (celacantos), y dan aletas a estos dipnoos o peces pulmonados que dependen del oxígeno liberado en el agua.

Entre el Silúrico y el Devónico desaparecen en una extinción natural de 435 a 367 millones de años, en la que el 70% de los invertebrados, reptiles y ancestros primitivos de las aves de alas membranosas y garras de murciélago se extinguen; y que después trascenderían hacia el animal de protopluma, algunos millones de años después.

Del Carbonífero al Pérmico, la extinción fue del 90% de las especies terrestres y marinas hasta el Triásico, dando pie a dinosaurios con protomamíferos, corales, ammonites, trilobites y peces. Siento que se nos llora sin ceremonia de la extinción del 98% de cinoides, con 78% de braquiópodos y del 76% de todo el briozoo; del 71% de cefalópodos; amén, de 21 familias de reptiles que mueren con 9 familias de anfibios hacia aquel Triásico.

Cuando los polos se derriten, el mar muere y la vida casi toda declina, se extingue el 98% de los briozoos.

Después de 285 millones de años aparecen los insectos y anfibios en pleno Carbonífero, y cubren la Tierra y ante tan suculento manjar a 275 millones de años aparecen los primeros reptiles comiendo moscas para que hacia 250 millones de años, los reptiles y seudomamíferos pueblen la Tierra; y a los 240 millones, a fines del Pérmico, aquellos vegetales pteridospermas, licopodios y equisetos van dejando el paso a cicadáceas, ginkgos y coníferas...

Proterios, desdentados armadillos y osos hormigueros, son el rastro de aquel tiempo en que los Hipomorfos querían ser ballenas y regresar al mar, junto con el brinco del conejo al Oligoceno, y con sus 280 millones de años, donde a lomo de cetáceos o con las alas de murciélagos vi sus formas cubrir: cielos, mares y tierra de vida; y en todos esos pasos evolutivos hay algo en mí de toda la evolución que en bioquímica me sustentan cual polvo de estrellas en un gel.

Surgen los peces teleósteos actuales y las plantas angiospermas junto a las primeras aves de membrana terminal y no con protopluma. Aparecen los primeros anfibios (anuros, urodelos, ápodos). Del mar aun antes del primer saurio, por cien millones de años aparece el tiburón que nada en todos aquellos mares como aquel primer ser vivo con pene, al principio son presas de gigantes, aparecen diversificados en eficientes depredadores del animal marino pulmonado.

La vida ha intentado millones de formas dejándolas crecer sin límites y probándose en todas las opciones. En el Mesozoico aparezco en gigantes ictiosaurios y plesiosaurios que pueblan los mares y crean a verdaderos gigantes de la evolución, charaleando a los prototiburones de hasta doce metros, mientras que evolucionan a *Archaeopteryx*.

Al comienzo del Triásico, cuando evolucionan los primeros mamíferos y unos parecidos a los cerdos, triunfan al sobrevivir bajo las capas venenosas de la atmósfera, que da cuenta de casi todas las especies hasta llegar al Jurásico, donde los pterosaurios pueblan los aires con alas bajo control total, pues no solo planean, vuelan sobre las erupciones de magma que crean cambios en la corteza, y el contenido de gases atmosféricos se va estabilizando, mientras avanzo en la célula a la que me fundo, volviéndome parte de la complejidad en ella.

Nace el Cretácico y la más grande explosión de la vida con dos grandes ramas de dinosaurios, esos que tenían cadera de reptil, los *Saurischias* y aquellos con cadera de ave, los *Ornisthischias*, estos últimos vegetarianos, que curiosamente no son presa del *Tyrannosaurus rex*, el que por su estructura ósea veo que no es tan eficiente depredador, sino que apenas puede, por su tamaño, peso y conformación, ser todo un carroñero; de modo, que veo que el *rex* (rey) era solo el jefe de la "limpia" del periodo. Compartiendo el espacio con mamíferos del Cretácico, Paleógeno, Neógeno y la era Cuaternaria, demostrando en principio, tener varias grandes ventajas sobre esos gigantes que se inmovilizan durante la noche sin reguladores térmicos propios y que requieren, para echarse a andar, de muchas horas de precalentamiento diurno como todo reptil, quedando en realidad a merced de depredadores nocturnos más pequeños, que son comedores de huevos; y son esos mamíferos con calor propio, que no necesitan del precalentamiento para funcionar, los que pueden comerse las crías en el huevo de las especies que no cuidan los nidos y resultan la plaga de siglos del reptil al ave. Aparecen y desaparecen especies: se hace tan común toda creación de especies como su extinción.

El *Ordo* del ciclo y su continuidad, mientras entre 145 y 65 millones años se forjan las especies rectilíneas terminales. Los millones de variaciones de mis formas van ocurriendo segundo a segundo.

De los anfibios a los edalosaurios, terápsidos, plesiosaurus, saurios primitivos, anquilosáuridos, estegosaurios, ceratópsidos, ornitópodos, y saurópodos, carnosaurios y los dehinonicosaurios; que dan lugar al reptil y al ave, herederos del dinosaurio. Perfeccionándose en el sauro-cocodrilo que, triunfal, aún permanece reinante, prometiendo sonreírse al tragarte y resultando ser aquellos seres ancestrales del río Mara.

Los tuátaras con anfisbénidos, que son serpientes de mar, con lagartos, serpientes y tortugas. Ahí está su huella no extinta con el espacio del tiempo sobre este quehacer biodeterminante del espacio natural tras las mejores y más perfectas especies. Millones de años tardan en regresar al mar los grandes animales placentados: la ballena.

Una historia de mamas y placentas, que emergen con especies muy pequeñas como el *Hadrocodium wui* con sus siete centímetros y 175 millones de años; y con 125 millones de años con la *Eomaia scansoria* (madre antigua) de unos centímetros, y la formación de aquellos grandes cuatro grupos de seres que comparten el ADN mitocondrial, el primer gran grupo conocido como los *Afrotheria* contemplando dentro de sí a todos los elefantes, *aardvarks e hyraxes*.

El órden *Xenarthra* con perezosos, armadillos y osos hormigueros; los *Laurasiatheria* con focas, felinos, ballenas y caballos; y finalmente, los *Euarchontoglires* con primates, roedores y conejos. Una vez extintos los dinosaurios, liberaron su hábitat de la presión de esos grandes devoradores de flora y fauna.

La mama sudorífera de la familia marsupial es triunfal en Australia y otras islas del sur del Pacífico. Y parece ser que unas cuantas palabras pueden describir esto que percibo pasa en mí al ser enamorada de la esencia del vivir al ser en el triunfo de una teta.

A los 65 millones de años aparece la gran piedra gorda, que acaba con el cuadro y todos los dinosaurios se extinguen, aunque parece ser que la gorda no venía sola, sino que fueron toda una serie de colisiones meteóricas las que provocaron la caída y extinción de grandes dinosaurios, a los que digo adiós al evolucionarme como mamífero, bajo un cielo inclemente en llamas.

Es curioso, pero de pronto entiendo cómo los cambios térmicos del planeta pueden acabar, en periodos muy cortos, con toda la vida existente y aun crear otras especies renovando la faz de la Tierra en un par de millones de años, con los mismos mecanismos con que el planeta cuenta, y es entonces que siento cómo en mí se crearon otros gigantes.

Los mamíferos gigantes como *Megatherium*, el *Platybelodon* y el *Rodhocetus*: constituyeron ejemplos de aquellos megamamíferos que intentaron, en la evolución, el gigantismo en los mamíferos, aunque la tendencia por el cambio climático sería que las especies procurarían, poco a poco, ser más pequeñas; porque la naturaleza volvió a intentar los megaanimales y los especializados, y otra vez, tanto los animales grandotes como los especializados desaparecieron en continuos procesos de cambios climáticos cortos, los cuales no permitieron que ningún cambio evolutivo se gestara en ellos y se extinguieron junto con el cambio de sus hábitats, por cierto, de alta movilidad.

La tendencia de la naturaleza sería hacer animales más pequeños y menos especializados; es decir, con mayor cobertura de posibilidades de poblar y depredar triunfalmente ambientes nuevos; ahora menos ricos en grandes bosques, tendiendo con el tiempo a crear más pastizales; con seres más, mucho más, eficientes en sus modelos de desarrollo y menos grandes en principio. De modo que del Sinoconodon del Carbonífero o Jurásico temprano y pasando al Morganucodon que acompaña en su dentición al conejo, se ven cambios fisiológicos como el Hadrocodium de 195 millones de años con separación del oído medio y crecimiento proporcional del cerebro; pasando por el Monotrema dentado, con cambios en la dentición y masticación, que tendió al aumento en la variedad de la dieta, al Jeholodens de 125 millones de años con la articulación del hombro giratoria, que muestran las grandes huellas heredadas por las especies que vendrían; y que serían semejantes a los de los placentados mamíferos modernos que con el Eosimias ante sus 45 millones de años, nos hacen ver cómo aparecen aquellas manos trepadoras del primate, después de haber intentado en el mar, los siete, catorce, tres y cuatro dedos. Así es que cayó la naturaleza en la perfecta forma universal superior de los cinco dedos, que, junto con sus extremidades prensiles en el Cenozoico, hacen de mi vuelta en espiral por las eras que me conducen a ser, tendiendo a tener manos eficientes, prácticas y bellas.

La natura me ha mostrado que su campo de actividad experimental no tiene límites para intentarse en todas las formas que tenderán a lo grande o al valor del número proporcional dado en la naturaleza, en sus búsquedas por lograr lo exacto.

De modo que percibo con claridad el que ya sea por el arribo de materiales de fuera del planeta, como la ardiente escandalosa gorda o cualquier gran accidente o por simples cambios climáticos, se pueden acabar en un par de días o en algunos años, con los trabajos bióticos de millones de años de evolución.

Grandes bosques desaparecen junto con la vida del Mesozoico en devastadores incendios; y la desaparición del calor del sol que queda tapado por densas humaredas que tardan hasta cien mil años en desaparecer: un efecto invernadero natural.

Aparecen grandes prados, pequeños mamíferos que vivían en reductos pegados al piso o subterráneos, con calor propio, y aún cerca del carácter térmico de la Tierra empiezan a proliferar durante el Terciario, en que hay nuevos acomodamientos de tierras con grandes erupciones, con las que llegan las eras glaciales.

Veo que las extinciones son procesos naturales ante la saturación de la opción por esas vías, y es el cambio lo que la vida experimenta aun con gigantes mamíferos que medrarían por otros millones de años, para ir desapareciendo, en pro de especies más compactas, pero mucho más perfectas, y sobre todo, con más posibilidades de sobrevivir en un mundo que ya no cuenta con el gigantismo vegetal y que ofrece muchos pastos donde los mamíferos herbívoros prosperan y triunfan con ciclos bióticos ya delimitados, y los cuales a su vez, tienden al gigantismo para ir disminuyendo su tamaño con las eras, hacia lo óptimo del tamaño que encuentra en la talla media su espacio estándar de la fauna que tendería al mamífero actual como clímax de la forma.

De las monotremas resalta el ornitorrinco, aquel sobreviviente de los que no tienen pezones y secretan por glándulas sudoríparas la leche, que escurre por los pelos, al pezón del marsupial, esos mamíferos que ponen huevos, que marcó el camino de la leche, aunque, los conejos tienen pezones aun antes de la aparición del monotrema original, creando un salto vital para los mamíferos modernos y conformando la ruta del mamífero que seremos, todo se va desde su origen validando en la forma de las especies que nos anteceden por la láctea vía del seno, en el cual abrevan todas las formas.

El frío del glacial recuerdo que me revela mi realidad espermática modificada en la reunión con el óvulo, que contrasta con las altas temperaturas que estos dos cuerpos en mutua entrega tienen, ha pasado por mi esencia toda la evolución bioquímica de las virtudes de las especies; que de algún modo se sintetizan en mi transmutación donde se encuentra decantada la evolución del universo desde el origen del ser polvo de estrellas a la conformación del planeta, la vida y el periodo de aquellos gigantes hasta la mama en el seno placentario de una identidad nueva del mamífero como el gran triunfador, que va a impregnarse de la posibilidad de que las crías cuenten con el soporte al comenzar, no la tibia *bubby*, sino el enigmático y divino "seno", la palabra más elegante del español, y una de la más bellas propiedades de la vital mujer: el animal embellecido para gustarme.

<blockquote>
Alimentan estas imágenes sus dorados alientos,<br>
y estimulan aquellas breves vistas del mar interior,<br>
al cual no veo, sino con los ojos de la voluntad y sus olores;<br>
pues todavía no soy,<br>
sino una breve pausa en aquel olvido del recuerdo,<br>
desde la inmensidad anterior de la que provengo al humano interior.
</blockquote>

De la que presiento que poco a poco me separo en la conciencia interior del exterior, que me abandona en estas nuevas formas, como si mi pertenencia universal se viese confinada al olvido de lo que he sido y en recuerdo genético inmemorial de lo que somos en el espacio-tiempo; y que va deteniéndose ante el pequeño sol ovular, con brillante aspecto que al mirar de frente no deslumbra; aunque siendo franco, nunca me he sentido así: transmutándose rápidamente dentro de mí millones de siglos en historias diluidas dentro de mi resolución genética, del ser en la vida entera toda ella, que se recuentan al segundo dentro del espacio en donde estoy y que se viste el tiempo de congruencia.

A la vez, siento que se van borrando de mi memoria con aguas de diluvio todos estos recuerdos de las eras idas, bañando mis deslavados espacios vividos, van borrando con cómodos olvidos que me apartan de cualquier sensación de pertenencia del origen en mi íntegra memoria, que no recuerda nada de estas travesías de la evolución que me conforman, quedando solo impresas al nivel evolutivo de cromosomas que se aprenden, e impresas en sus vivas estructuras, mas desapareciendo se van fugaces completamente de mi memoria consiente y activa, de modo que: yo a medias voy compartiendo el saberme parte de las ricas sustancias envolventes de esta caverna deliciosa, que me ofrece la viva seguridad en terneza que conforma la viva evolución; envueltos en el olvido dado en la reducida gesta de la interacción viva, substancial, transmutada; desde la viva materia formativa, que en temperaturas nos encuentra; mientras, soy la eterna evolución cambiante desde aquel CHON que trasciende la eternidad perfecta, perdido en la memoria del origen que me envuelve, mientras te recuerdo tan ideal; guárdense todas mis consustanciaciones en la medida de las temperaturas, desde una viva tibia claridad; pues la vida no es aquella agua en sí, sino son las temperaturas envueltas que se gestan frente a aquel sol del que formo parte, en esta creación universal de un gel en la que el tiempo es nuestra difusa verdad en la certidumbre de su paso, que se va quedando plasmada en los versos, que tu respirar grava al vivir tu serenidad que sobrecoge al oxidarte.

Ellos, siluetas del amor, se encuentran de nuevo
y se aman nuevamente en el frenesí.
Son en caricias y besos eternamente renovados
al morir un poco juntos, cuando van a recrearse en mí...

Ella besa su cuello
amándole de cuerpo entero,
cosido a besos, al ser remiendos de la eternidad…
en el bálsamo de sus caricias en sus cuerpos reencontrados...

Ya para entonces siento en mi genética que en el mismo momento en que me estoy conformando en el óvulo, es que la historia viva del planeta corre por mis tejidos, hasta ahora con la especie de primates que me antecedieron y aparece a finales del Cretácico, después del Paleoceno a 71 millones de años; un suspiro, si bien lo piensas desde que partimos del *Big Bang* hasta estas vecindades.

Aún después del Eoceno, 60 millones de años, llegando al Oligoceno con sus 40 millones de años, veo las huellas más antiguas de mi esencia, en primates con las *Eosimias* que ya no brincan de rama en rama, sino que caminan sobre ellas hasta el *Catopithecus* con el mismo patrón dental del hombre, dos incisivos, un canino, dos premolares y tres molares, parafraseando a Elwyn Simona en su primer capítulo de la historia del ser humano.

Tres tipos egipcios antecederán a los primates superiores: *Aegyptopithecus* a los 20 millones años crea: *Sivapithecus, Ramapithecus y Gigantopithecus*.

Véome como procónsul desde los ojos de Leakey y señora, rumbo al **homínido** como primate superior.

Soy en el *Ramapithecus* con sus 10 millones de años, conocidos ya como homínidos; vamos perfilando sus pasos para afinarme hasta llegar a ser un hombre, pero para esto veo que toda la evolución deambula por mi esencia, reúno en mi persona a todo ese cambio de eras.

*… a juzgar por los huesos de sus piernas y caderas, fueron capaces de mantenerse, caminar y correr sobre dos piernas, su cerebro no era mucho más grande que el de los gorilas, pero sí tenían cuerpos mucho más pequeños. Esto significa que el Australopithecus grácil era probablemente más inteligente que los gorilas o los chimpancés.*

—Richard E. Leakey, *Los orígenes del hombre*, p. 27[12]

*Australopithecus afarensis* soy con mis 4000 a 3500 millones de años, y que me bautizan como Lucy, pero más adelante, comprendo que en realidad mi origen está más apegado a la historia de un primo cuando me veo realmente como *Oreopithecus*, aquel contemporáneo de Lucy; más en el cual yo soy con caderas anchas, dientes pequeños, mandíbulas chicas y posibilidad de permanecer erguido, curiosamente soy aquel ser de este espacio, como aquel del rostro que va afilándose en el rasgo que acompaña a mi bipedación.

Siento en mí confirmarse la selección natural del *Oreopithecus* o *Flat Face*, como lo nombran en el Genographic Project del *National Geographic* y que muestra los rasgos de afinación facial que caracterizará a mi evolución, en el sentido de la selección natural, que desde entonces, conforma no solo un modelo bípedo, sino que al afinar el rostro, recarga todo el proceso evolutivo sobre la base de conformar un sistema de significación comunicativa, que, en el momento de crear un sistema fónico-sónico significador, que se encumbra al cambio al significarse; es ahí, que veo la cara del eslabón perdido, como si se tomara la foto y me reconociera en su ser el *Homo significante* básico. Vuela su imaginación sobre el fuego que nos acompaña por todos los siguientes pasos, hasta crear la apariencia del humano en grandes zancadas, que se dan hasta el *Homo erectus*, que será el homínido más humanizado, preparado para correr, y que nos cierra por primera vez el ojo, en el lago Turkana en Kenia, como si de Lucy hubiésemos recibido la estructura y un cambio de su primer tiempo, que en todos surgió y fue gestándose hacia el *Oreopithecus* que se convierte en el verdadero primer antecesor, cuando nos dijimos: "Te quiero, yo con palabras y caricias; tú tan gruñidor", ¿te acuerdas?

Cosas de ancestrales guardianas, hacia la construcción de la biosignificación hablada, además de que, es la primera vez que se nos muestra la especie que está hecha para moverse por toda la geografía, y se dan, los primeros grandes cambios al crear las finas pieles, que ahora tenemos. Cuando el vello se redujo en una suave epidermis que me dio la tónica del espacio sensible del amor tocado, derivado de las caricias de mi mano, que corrían por lo suave de tu nueva piel, con tan poco vello y tan delicada al sentir que la piel del oso te acarició, y viniste a mí, cual la flor sensual de la gacela con rostro de diosa.

Veo que soy este eslabón perdido que se significa en este primo de Lucy, como el *keniántropo* (*Kenyapithecus*) que he evolucionado para construir el biosistema significador. Y oigo entre las risas de los amantes a Carl Sagan invocar aquel: parirás con dolor de las mujeres humanas, siendo estas, las únicas hembras del reino animal que paren con dolor, por tener sus productos más grande la cabeza que las cavidades uterinas, y eso es del amor la cara nuestra con dolor, en relación a todo el reino animal, la mujer es la única que corona su dolor con amor.

Veo que el ser humano no tiene totalmente maduros sus productos, sino que por el contrario, el cerebro del recién nacido, en todos los casos humanos está totalmente incipiente, y solo después de un año madura al grado de poder convertirse aquel cráneo, poco a poco, de un hueso maleable a uno fuerte, antes elástico y que en realidad siempre estará en un continuo desarrollo y crecimiento.

El principio biótico…
Y se aparecía Lukács diciendo, con Marx, que

el trabajo es la fuente del hombre ontológico.
Y ambos sustituyendo, con el trabajo, al significar fuente primario del pensar…

La sociologización de la ciencia limitada,
como toda especialización…
termina por ser cristalizada y parcial para entender lo universal.
Históricamente la significación del ser por el sistema significante es la base
ontológica…

El trabajo es la relación consciente aplicada de lo significado…
Si no es esto, solo es accidente o casualidad… frente al ser: saber…
La significación que nace… como vía avanzada terminal, parte del trabajo como
la conciencia y la ruta hacia la ciencia ontológica: nominal, ordenadora.

A los 1 750 000 años he aparecido ya totalmente esparcido por África, Europa y Asia en aquellos australopitecos gráciles, creando utensilios y con su hueso de la cadera, el ilion, echado para adelante como el hombre moderno, con la cabeza sobre el cuello, y este, como continuación de la espina dorsal, y me voy creando, entre mis significaciones útiles, los primeros utensilios de cerámica cocida; siendo esas huellas signos evidentes de que el modelo significador ha impuesto su viva vía en la creación de mis objetos primos en extensión del significar del mundo.

Y aparezco como el *Homo erectus* o pitecántropo, con el hombre de Pekín que manejó el fuego cotidianamente, el Dios viejo con el que creó instrumentos de piedra tosca; cocemos vasijas para alimentos con el *Homo erectus*, que son los fabricantes de las primeras lanzas, sin pelo como el de los simios y constituidos para correr en dos pies, conformamos los homínidos más desarrollados en ruta hacia lo humano, y sobre todo somos los primeros grandes viajeros.

Veo las dos grandes ramas que se desprendieron de estos seres y que los investigadores llaman los *hobbits*, de la isla de Flores, y Goliath, que resultó ser un gigante, del que vendríamos los *Homo sapiens sapiens* y *neanderthalensis*. Según difunde el Genographic Project en mi recuerdo existen variaciones desde el *Flat Face* para acá, pero todas ellas realizadas sobre el mismo eje del ser que se significaría para crear la verdad del ser que se significa para ser el tope evolutivo del planeta.

Veo que alrededor de mi existencia convivimos con series de humanoides o primates hominizados que desaparecen al lado de los que vamos sobreviviendo y se va recargando la evolución, en diferentes modelos de opciones e incluyendo diversas formas del desarrollo de la cerebración con los que convivimos, donde ellos cayeron vencidos por recargarse sobre elementos de la fuerza animal, y sobrevivimos los que recargamos el desarrollo bípedo, en la construcción de un modelo significador superior de relación para con el mundo. Así, desaparecen los cerebros de grandes proporciones incluyendo los modelos todo-memoria, donde la evolución cerebral va a ir probando y desplazando sus prioridades al procesador de palabras, por lo que tomo mi cuerpo inicial como si este fuera la revolución de la significación.

Convivimos con *Homo sapiens neanderthalensis*, donde tenemos una noción simbólica artística compleja, voy dejando legado luminoso en primas pinturas rupestres, venzo a las glaciaciones cazando a mamíferos gigantes…

> *Sus cuerpos bajos y macizos, no eran diferentes de los del hombre moderno. Sus cabezas sí lo eran. Tenían pesados rebordes óseos sobre los ojos, la frente se inclinaba hacia atrás y su hocico era como el de los monos.*

—Richard E. Leakey, *ibíd..*, p. 54[13]

Esa es la clara huella de la diferencia, además, de que sus cerebros no tenían espacio para expansionarse en sus cráneos duros y simiescos.

Me veo con manos de herramientas musterienses en raspadores de pieles, entierros con flores en ofrenda para los caídos en el monte Carmelo, donde la fealdad física, solo oculta hermosura de tener perfectamente terminados los lóbulos temporales y parietales con un descanso en el neocórtex, creándote en la cima de la evolución que se significa y que empezará por aprender de todo un poco, que al viajar incorpora la diversidad en seres que se reconforman, por lo que aprenden al significar las cosas, y que aún olvidan por voluntad o desmemoria, que el elástico cráneo propio de mi especie siempre se fue perfeccionando para que fuese del tamaño de la necesidad de mis cambios, y la memoria colectiva se encuentra en el protomito de la memoria tribal del origen del cráneo significador.

Y al olvidar recuerdo que fueron hasta siete innumerables días de eso simple a esto diverso; lo gigante en viva entrega sustancial: del galante coqueteo, obra deslumbrante en forma terminal de la voluntad creadora, desde la vieja y profunda creación de mi intención voluntariosa.

# Capítulo V
## Aquella voluntad del verbo...

Desde un ser inquieto, curioso, bullanguero; desde aquel viejo mono que dejó esas arboledas hasta crear al homínido significador y así pasar al *Homo ergaster*, que dos millones y medio años atrás dejó el África y se le va a encontrar en todos los espacios conocidos del planeta, siendo en realidad el homínido triunfador que va a conquistar el Asia, Europa y la zona norte de África; hasta que, de cierta forma en aquel tiempo, se le asocia con aquellos habitantes de esas viejas cuevas españolas de Atapuerca (800 000 años), con la furia de caníbales que tienen un desarrollo de alta variación de las armas de caza, que les permiten con movilidad cazar presas mucho más grandes que ellos y sin tener que exponerse, además, ya que por otro lado llevan miles de años manejando el fuego, ese fuego que se le adora y controla a la intemperie, usando las mismas resinas de aquellos árboles que les permiten contar con calor, aun en climas extremos y del que quedan huellas, en cuevas que son mudos testigos de sus cenas con sus 700 000 años en la tumba genérica de viejas trampas que fueron refugios seguros; convertidas con el tiempo en recipientes del paso de su memoria, encapsulando la viva muerte con la fosilización que encala las edades. Estas muestran como en mi dieta incluía la ingesta de congéneres en un canibalismo que se haría ritual; que empezaba por la economía natural del no desperdicio y el hacer que el caído y el enemigo vencido formaran parte de la dieta en el puchero de los más.

Más allá, aparece la vieja *Makapansgat,* del viejo sureño africano de 300 000 años de edad; que contiene la curiosidad viajera que me llevó a ser en la andanza aún naciente, que ve esplendores del derredor vivaz, donde, las palabras prelingüísticas, ya fonéticas, me han erguido y me arrancan el pelo platicando, y liberan del todo, de todo peso a las manos como tipo de locomoción; para que desde su ser primigenio de burdas herramientas, realizadas primero para el mejor desplazamiento del principio, que hayan llegado a ser en este momento evolutivo las herramientas más sofisticadas de todo el reino animal y me van llevando al fuego; ofreciendo ejercicios mentales para instrumentar en recompensa el firmamento, al que miro siguiendo las presas de mi nueva condición. Ha ya tanto que el divino fuego me convirtió, que con el tiempo no solo significo con el fuego al que adoro, sino que conforma la base de todo lo que soy como el ser que se significa en su nueva condición del ser significante, evolutivo, controlador de los elementos.

Mis manos, la ingeniería perfecta al servicio de la palabra que se piensa al calor de la significación imaginada, al danzar de las llamas, en cuevas que reconstruyen con las manos que son la obra maestra de la naturaleza, elaboradoras del arte del hacer, que será aptitud para tener una mejor actitud en acción del ser significante que venía evolucionando, afinó la capacidad motora de mi herencia manual. Sonora resonancia naciente datará el principio, dado, cuando la mano es eso que mejor le sale al hombre cual Dios significador; afinada junto a sus sesos que crecen en la cabeza, a la que forjas al conectar bioquímicamente a espacios que desde millones de años han venido creando la infraestructura para las ideas, desde la organización de eso que se nombra y ordena: heterogéneos en muchos sentidos animales de las especies: del *Homo sapiens sapiens* desde aquel chango muy mono que descendía del árbol hasta aquel paso erguido que le llevó a ser la palabra, esto es un teísmo dado desde la liana interactiva que nos lanzó en la carrera creativa, significativa, al altar del fuego, que es al tiempo donde suben las ideas y donde llega al temple medio del templo del érase el modo del significar en mí, la personalidad tribal de la cultura del movimiento migratorio medido bajo la conciencia del fuego, la cacería y una luna muy fiel con la que se tejieron las redes de la idea del eterno retorno.

> *Se ha concluido que una Eva africana, (un neandertal de Kebara) que vivió hace 200 000 años es la antecesora de todos los seres humanos. Sus descendientes distribuyeron su ADN al resto del mundo.*
> *Ellos recolectaron el tejido de 147 placentas de diversas razas y a todas les es común la mitocondria del código genético.*

> —*National Geographic Magazine*, October 1988, p. 460[14]

> *Gloria in excelsis Deo…*

Voy encontrándome en la historia, la que por miles de años nos envuelve en significar un "sentido" que sirve de la profunda memoria de ser el desarrollo y evolución de un instrumental sistémico, que es la desmemoria de lo que me antecede y la sensación de estar en viva caverna en que todo se me confunde; las andanzas de la vitalidad de la sangre que corre por mis venas trae el recuerdo de tantas horas de vida en el suspiro de un segundo cósmico en que soy.

Continúa mi viejísima historia del ser en viaje lejano que olvidó al ser que se yergue soñando en entendimientos despertados por ingestas de vegetales, con dioses adentro que no solo me hablan, sino que me hacen en estructuras habladas y relacionadas al culto y veneración de lo sentido por estos seres, que me hacen hablar sobre ellos y me dan cuenta de mi andanza tras nuestros pasos simbólicos, en que ensueña ese tañer del unirse a la esencia ovular que da sentido de ser en carne propia la evolución completa del primate, hasta llegar al *Homo habilis habilis*; que es dada, en mi guarida animal en el recinto de la vida; en la más audaz y auténtica esencia, viva alquimia transmutativa que se sucede en el tiempo de la fastuosa eyaculación de la vida en bioquímicas majestuosas; en donde se refinó el ser que se significa; en venida temporal histórico-social que es en millonarios trabajos incipientes de complejos balbuceos salvajes: mil intentos que totalizan del crono el pasaje que se nombró, dándonos las prístinas órdenes.

¿Cuántos valles cantan mil versos suaves que recolectan aquellas incansables manos?

Soy recuerdo del encuentro de Turkana con antecedentes del primo de Lucy, el *Flat Face* que me trajera hasta aquí en el desarrollo de sus andanzas del ser significador; en el que resulto en un modelo de rostro más fino, un ser erecto, que concretó la bipedación conjuntamente con la afinación facial, desde la construcción biodeterminada de recomposición de neoconstrucción facial, lingual-auditiva y neuroestructural, que es toda la clave de nuestro éxito como especie.

Así que la reconformación del destino de la especie, va desde el ser vegetariana y presa hasta ser cazadora recolectora y depredadora, todo es aprender y de los ¡frutos que me van!, frutos silvestres, con raíces, en donde todo es en el andar: cazando y recolectando temeroso, desde el nervio cauteloso, atravesando por la ingesta que se nutre con cadáveres, sacralizando a la ingesta vegetal que nos abstrae en imágenes brotadas de la imaginación expoliada con las plantas enteogénicas que sacralizaré por millones de años, siglos que nos conducen por vía del desarrollo del mundo del imago que se significa; mientras que también vamos llorando la ingesta que nos mata, mas debo seguir probando para saber a qué saben las cosas y qué beneficios o pesares tienen las carnes vegetales; todo es tan peligroso con ansias nerviosas ganando son para el mundo, la montaña andante, pasando a esos valles idos en el ensueño de la realidad; a veces vecinos de aquel mar, vecinos de desiertos, agrupándonos en bandas y dispersando a estos cansados del andar erguidos en un continuo cotidiano, en su correr miedoso de saberse comida de lagartos y de gatos; donde mi mano va agarrando sus destinos por el cuerpo de una inquieta andanza, que grupal, va reconstruyendo el mundo, cuyas imágenes se procesan en significación, pero que antes que construir modelos del mundo en mi imago, es que se han delineado las circunvoluciones hemisféricas desde millones de años atrás, en las vías de toda la evolución que en buena medida va a descansar desde la construcción del sistema de interpretación incorporado como mecanismos biológicos, tales que permitieran hacerme de un sistema: fónico-lingüístico, sónico-auditivo de retención memorial en significación neuronal, creando así, un todo biológico nuevo donde descansa la evolución sobre bases aprensivas precisas, en cuanto a la conformación de la biología desde aquel primo africanito, que promueve y posibilita el que el ser que se interpreta e interpreta al mundo quede en vías no de la extinción, sino en la ruta del poder conquistar el mundo que se le presenta.

Y de pronto, me doy cuenta de que todo en mí es la edad de la inocencia,
el edén perdido, en donde si se descuida el vecino, puede ser la cena.
Y oigo el rugir de las noches en la caza,
pero estoy seguro con mi Dios fuego, conmigo calentándome.

**85**

El viejo juego del carroñear me hubo incrementado mis niveles proteicos, y con ello, el ir aumentando mis posibilidades de incorporar la proteína animal, condimentado con diversas vitaminas, a la curiosa jugarreta que me envicia por la sangre cual un tigre que anida en vieja naturaleza. Veo selvas convertirse en desiertos y veo desaparecer a la gente vieja mezcladas sus mujeres con nosotros, ahuyentados sus fuertes machos bravucones asociales y aunque a esos con bocas de chango los vamos aniquilando y desplazando, porque no podemos siquiera usar de sus mujeres con provecho, porque se pierden sus productos al ser imprevisibles; mansas como vegetarianas, más muy alterables y violentas para con el grupo, son muy tragonas, por lo que van quedando triunfantes nuestras, cada vez más hermosas, hembras.

La generación de lo social viene implícito en ese ser grupal, gremial del que me siento seguro con mi gente. Evoluciono en arsenal del ir armándome en el conocimiento.

Una voz interior me dicta imperiosa que se muestre engalanada la ficción de ti en mí y que, erguido sobre el mundo, cuando ahora ya es mío, que se construya la visión de ti; en donde las huellas de nuestro común pasado de flores en tumbas, nos hablan de la lejana esencia espiritual basada en el que marcha y en el más allá, donde la sacralidad del uso de los dioses de fuego da paso a la trascendencia del espacio significante que pensamos, y nos recoge dejándonos las carcasas de esos que han caído muertos asimilados por la vieja religión del fuego, ya floralmente vestidos de esperanzas de las que los tizones se encienden y llevan luz de vida a donde ya han partido al triunfar, si se despejó la oscuridad del *Flat Face*, ¿cómo no se iba a iluminar la ultratumba? ¡El rincón que nos acompaña siempre!

Después de más de 100 000 años aparece el *Homo sapiens sapiens* perfeccionado con ese nuestro abrazo, en el que por segunda ocasión, nos rendimos en unión sideral y compleja en el Sinaí, mi amor, trescientos mil años de hacer gárgaras y gorgoritos; afinando el tono, acicalando aquello que gemimos millones de años, desde la aparición del hueso de la garganta, igual al que tendría el hombre de ahí en adelante, que sirve para cantar y para contar verdades y mentiras, cuando la evolución sufrió otro pequeño empujón en nuestro encuentro…

Y junto a un lago:

> *Y por fin dijo: Hagamos al hombre a imagen y semejanza nuestra. Crió pues Dios al hombre a imagen suya, a imagen de Dios le creó.*

—*Génesis* 1: 26, 27[15]

> *Los resultados han mostrado que el primer hombre moderno de Qafzeh (en Israel) data de 92 000 años.*

—*National Geographic Research*, October 1988[16]

En Turkana otra vez nos encontramos mi amor como allá lejos con el *Oreo-pithecus*, cuando nos afinamos por primera vez frente al origen primate que conformó el rostro en que nos humanizamos, amor, porque tus ojos me entendieron y la chispa se despertó en ti. Y ahora con el hombre moderno nos volvimos a encontrar por tercera vez, mi amor, en la casa del padre, ¿te acuerdas?

¡Uy, qué memorias tenemos de aquello! y ese encuentro, ¡ni lo recuerdo! Y este flirteo divino resuena con voces estelares de un lejano parentesco que nos conduce a la última ejecución evolutiva biomodificada del espacio significador del *Homo sapiens sapiens*, que se reconforma vital a su volición, el descenso de la glotis y la epiglotis al ser una idea producto del desarrollo de su procesador. El espíritu al comando ancestral evolutivo que se motivó en la significación que somos y en las bioingenierías de nuestras partes como evolución de un modelo bioautosuficiente.

Y un murmullo de divinidad subyacente vibra en el fortalecimiento de los tres milímetros de células grises, que cubren los hemisferios cerebrales, al tono de una voz que ha rebasado la guturación significante hasta la silabación profunda en la construcción significadora y que ha dado paso al lenguaje como tal, rebasando los gruñidos, padre y madre del ser que se significa en señalizaciones mímicas cargadas del sentido.

Y el silabario codificado y contando con posibilidad de tener en puerta a la palabra sagrada en multiconcepción vocal consonante, dando vida al espacio significador de aquellas vivas palabras vocales de 400 000 mil años, como coronación de la etapa final del *Homo sapiens sapiens* en que me enamora desde su piel y sus palabras.

La herramienta de la significación en su espacio terminal y en afinación constante de su uso, que con el tiempo iría a poner al universo mismo bajo la óptica del análisis y la descripción significativa, explicativa, viva. Hasta aquí, el proceso de la bipedación ha avanzado para alcanzar el punto más alto de su ruta bioconformante, donde descansa la evolución toda, en aquel ancestral desarrollo del órgano significante y racional del entorno, que crea al hombre que es comunicante con la sacralidad del entorno en biodeterminación que desde entonces es terminal en su diseño biológico-anatómico.

La comunicación hizo al hombre desde sus formas más arcaicas, cuando un aviso certero lo protegía del depredador una vez dejado el bosque y la protección natural del árbol y que evolucionó en la carrera, la cual emprendió la especie para vivir. La comunicación y la significación son la viva posibilidad del significar y compartir esa significación con el grupo para reconformar a eso que se significa para todos y para crear en torno al grupo un universo ordenador de un caos primordial que se esparcía naturalmente en su codificación compartida en significaciones.

Porque eso somos, códigos compartidos en el espíritu del tiempo, más cuando se habla del tiempo al que se refiere aquella observación codificada del proceder de la naturaleza, en el que somos acto sellado de la realidad que se construye con todo esto sabido. Y así es que allá la significación anduvo.

### El símbolo tomó su espacio....

Como esa realidad de Adán Kadmón en intención, sentimiento y sentido... El ser que se significa, es el *Homo sapiens sapiens*... terminal, acabado como proceso conductual en el que los hombres estuvieron bioterminalmente conclusos, lo suficiente para significarse en la comunión de ideas en las que flota mi esencia.

Proceso viejo que tuvo su albor con la cara hermosa de nuestra boca parlanchina... Y entre tantas imágenes que me brotan; siento que soy algo diferente, cual si el cambio producido en mi mente se diera aparte de una memoria en la que voy olvidando poco a poco, pero aprendiendo siempre quién soy, ¿y por qué estoy aquí?, aunque todo inmediatamente se me confunde ante sopa tóxica.

Es curioso, porque, mediante esta idea en que me veo en el tiempo conformándome en evolución, llegan a mí toda una serie de huellas confusas que dejan rastros inmemoriales en mi inconsciente desde aquella primavera y se mezclan con una serie de voces y ruidos que parecen brotar del exterior en tiempo real. ¿Será que estoy perdiendo la razón o es que mis ansias locas de saber quién soy, ahora aumentadas al máximo, me hacen delirar, o es que realmente escucho rumores y voces?, de un exterior desde donde me pregunto. En una de esas ¿será que mis captores por fin se dignan acercarse a mi celda?, pues detecto que hay voces que resuenan en mí, dentro de este sentir al formarme en la conformación universal hasta la historia misma de la raza humana, en el conjunto de percepciones que me hacen sentir el que soy en la meiosis con funciones bioquímicas de mi nuevo ser, que han recapturado en su reunión evolutiva a la historia misma del universo y del planeta Tierra, y de todas sus especies en las que me formo yo de un modo universal del que nuestra historia parte y en el que en el todo estoy contenido. Pero además, donde por un motivo genético natural y conscientemente desconocido para mí, siento como todas ellas forman parte de mi legado genético universal; donde de alguna forma mis genes no solo cuentan, sino que propician ahora a mi olvidado espacio estelar desde aquella gran explosión de la que partí y que ya he olvidado. Veo que mi madre, la Tierra, me ha condicionado en mi ser el desarrollo de cada sentido, en sus efectos evolutivos anteriores diseminados en las especies y del que de un modo u otro tomé partido al sacar el mayor provecho de estas características provistas de sus memorias, que me llegan además de estos sentimientos de formar un estrecho lazo con toda la vida plena y todo me es muy raro porque junto a mí oigo ruidos de rasposos sonidos y caídas de agua; está por demás decir que oigo voces humanas dictando dentro de mí una serie de memorias aprendidas, que expresan sus conocimientos o sentimientos; no comprendo qué sucede realmente en mí al encuentro de esto en mi memoria y se borra toda huella perceptible de esta noción bioconformativa.

Estoy en el periodo de dos células hacia el de cuatro y la mórula, con una bipartición de más de 64 pares de tramos, continúa y estoy en vías de ser embrión. Viajo por la capa basal de la matriz de ella, paso por la capa esponjosa, capa compacta, la glándula; implantándome en la fase gravídica, donde en embrión con cuerpo amarillo me he asentado.

Por alguna razón la noción de que vivo al comienzo de la segunda semana del embarazo, en el octavo día del desarrollo, termina por borrar las imágenes vivas de aquel pasado estelar y de mi conformación con la madre Tierra y la herencia viva del tiempo situado entre la glándula uterina. Ahora soy todo un blastocisto, con más de cien células madres incluidas en el estroma endometrial, con un trofoblasto formado por células mononucleares, un citotrofoblasto y una capa externa sin límites celulares; entro al periodo lagunar formado por la reunión de sincicio: vacuolas que se van uniendo en lagunas. La realidad universal conformándome me arrebata de la calma biodeterminada, pero a la vez, en ese mismo instante, mi noción se vuelve a sumir en una oscura caverna en la que, por un lado, destellos me dicen quien soy, pero a su vez de un modo inmediato, en mí aparece un gran hueco en desmemoria real en el que no ato, ni logro comprender, el ¿de dónde es que me vienen las ideas? ¿ni el qué soy en lo que me forma en la Eva de divinos planes?

**Y me abrazo a ser en sus placeres.**

Lagunas abarcadoras de mi memoria me sumen en el olvido y hacen que toda memoria trascendente no me ubique en lo que hago aquí ni se me manifieste mi origen y todo recuerdo previo desaparece; estoy ante una sensación extremadamente rara, pues apenas acabo de sentir el que mi ubicuidad sea a prueba de todo, aunque ficticia, porque mi angustia interior sobresale al ya no saber quién soy, y, ¿por qué me encuentro atrapado entre estas húmedas tibias paredes mientras me transmuto? Y al final soy una sensación que veo me deja en oscuro silencio que enriquece las ganas y mi energía, en donde, además, el significar me trae a otro espacio en el que la realidad solo me reconforta.

Ella se mece enroscándose en su falo,
y tiembla de deseos y placer en su vaivén.
Que moja continuamente a sus anhelos en horas de amor,
con sus besos acompañando sus muy candentes meneos.

**De pronto, es que me doy cuenta de que soy otro.**

Y de que estoy en realidad cual preso, formándome entre esta húmeda caverna, en que rarísimas sensaciones me envuelven, porque continuamente tras esas paredes que me salvaguardan me siento vigilado y ya se mecen telúricamente con esos movimientos que son dados como al ritmo del mar: crisol del universo, voy recibiendo toda una serie de ideas que me llegan desde afuera como diluidas en esos jugos, en donde todo sabe cuando ya no participo de sus danzas; sino que ahora solo anímicamente me apetece su amor como algo que sucede en derredor, como algo querido y dulce para mí, con algo de ella y de él. Es la reunión en mí de ti y el tú: todo un personaje resulta ser el nosotros.

Mis ojos inexistentes, y por ello cerrados aún, tratan de recordarme algo ante la oscuridad obnubilada de mi mente, todo es inútil, cual si mi memoria hubiese sido borrada con aguas sacras del diluvio, desnudadas de verdades, enterradores de ansiedades que ahora reúnen dentro de mí el olvido universal; el no saber de mi existencia amniótica, sino que en mí solo se grava la duda del dolor que da el no saber cuáles son los cargos que enfrento; y ante quién estoy, alguien que me diga ¿por qué me encuentro detenido en viva entraña que me sostiene?

Mi memoria que está ya tan dispersa en un recuerdo inmemorial, se pierde entre la niebla del no-recuerdo y desaparece dejando en un oscuro vacío aquel espacio previo a mi nueva esencia en la que no recuerdo nada y en la que se siente presa mi alma en una amniótica sustancia de la cual no comprende qué procesos bióticos están pasando ni qué efectos tendrán en mí esas evoluciones. Porque así como no me explico esta sensación, en mi mente se refuerza el sentido del no saber en dónde estoy y el porqué permanezco en este encierro, en el que aparezco sin recuerdos, más parece hablar de mi mala conducta y de un castigo, que de una comprensión del proceso universal de mi creación; algo que me amaga para poder definir mi situación y aun sintiéndome libre sin saber por qué razón.

Sensación de ser algo diferente y nuevo dentro de esta materia que me nutre, oigo algo que la lleva secretamente en alto para cantarme nanas de la creación, cual nociones vivas de sus emociones reivindicativas de la vida, que me llevan a sentir que un beso acariciante acompaña la sensibilidad aprensiva del amanecer en que todas esas luces que no veo, comienzan laboriosa formación del tejido de un día que nace al morir la noche, que conecta uno a otro en la anomia de un infinito cuajado de las nubes del mensaje que conlleva sutil unidad de vida eterna en inteligencia interior al amanecer del alma asomada en química.

No me puedo contener y me da por gritar, grito silencioso, lloro en silencios profundos, desde mi quimiointranquilidad ahuyentada y me pregunto, a falta de interlocutor, ¿el porqué de mi confinamiento? Insulto a esta fuerza extraña que me ha arrojado en este apartado lugar e insulto a ese hombre, a ese ser tal vez divino y envuelto en silencio de profecías que dé respuesta inalterable a mi duda sobre mi origen y que me devuelven las paredes de mi confinamiento; en esta suave prisión que me hace oírme interiormente sin escuchar el gemir en el ronroneo de la angustiosa sensación del olvido, un olvido de quién soy, envuelto en la desmemoria estelar de mi amnesia trascendente. Por ello, lloro desesperado hasta desfallecer, sin lágrimas, al principio de un orín que bebo en mi antiséptica comunión amniótica con lo que me rodea una tibia somnolencia en que me reconformo hora a hora y formo parte del resultado de la evolución del universo todo, hasta alcanzar en tiempo-memoria de primate que se ha olvidado de todo y alcanza la ruta evolutiva; donde ya no comprendo qué sucede al paso del recuerdo que viene de la desmemoria de millones de años. Estoy en este transcurso en que el recurso de mi ser se olvida de todos los vórtices de sus orígenes y ya solo queda un estado del recuerdo del gran olvido del espacio sagrado que no me dice nada y de mi angustia del no saber quién soy y qué me tiene atrapado en su placer.

¿Qué es aquello que se fragua a mis espaldas y dentro de la indefensión que me conforma y define? Mientras en la falta de respuestas y la amplitud del silencio me comprendo sin entender y no me entiendo sin comprender el silencioso ruido del espejo amniótico de vivos caldos que no reconozco. Frágil realidad del ser alquímico, al ser un proceso transmutativo dado en esta gruta, a la cual no comprendo ni determino cómo es que lo oigo o veo todo, cuando lo que anida en mí es la vil vital soledad, cuando presiento el que ni ojos, ni oídos tengo aún; cuando siento que Rosalba acude en mi auxilio para educarme eternamente.

Voces y ciertos mensajes aparecen en mí sin formarse, traen a miles de presencias e ideas extrañas que me dan sus voces, persiguiéndome desde adentro de mi persona, ya que de pronto cruzan por mi cabeza en la gestación de la mórula, y me confunden y acaban por desconcertarme. Pues desde aquí no veo a nadie en la realidad que no entiendo, puesto que aunque siento su presencia, a veces son demasiado fantasmales para ser razonables, no las veo al escucharlas y, más aún, no sé a quién debería ver o esperaría ver. A veces sus palabras cargadas de tanta universalidad me hacen pensar que son sólidamente existentes en sus esencias; que pesan algo más que las otras ausencias; donde pierdo toda noción del porqué estoy aquí ni del quién soy, ya que las dudas me sumen en profundo y certero sentimiento del sentir que no estoy solo; puesto que aunque no recuerdo nada, presiento la presencia en un olvido que intuyo, de hecho, desde el deslavado memorioso pasado inmediato de mi singular caída a estos abismos; en donde parece que todo el tiempo se ayunta, amasando el devenir universal como parte de mi nuevo ser, al tiempo que se borra de mi memoria todo mi recuerdo estelar que al no comprender nada de eso se pierde sin una culpa original.

Tal vez soy reverberación del ser una pregunta en un universo que no se cuestiona para ser y del que mi olvido está cargado, dando rienda suelta a un angustioso saber que en realidad no sabe y que se escapa y diluye; el cual no sé de dónde proviene, inundándome de inquietudes en una calma ancestral que a la vez me conforma; en donde voy creando pensamientos en los que estoy siendo recreado cuando con el uso de mi profunda vista interior me encuentro intraneuronalmente en desarrollo, al estar aquel ser cual una figura sedente junto a unas esquinas de la redondeada estancia difusamente iluminada del recuerdo en el que veo a un bulto blanco, un *phantasma* etéreo al cual solo me le acerco visualmente para darme cuenta de que ahí, multiforme, prolijo e inmaterial, hay un vivo viejo, muy viejo y muy vivo; mirando entre sinapsis y sinopsis y atisbando desde un nodo cerebral sentado: en flor de loto, con la vista sumida en la proyección de una alta concentración que no mira, sino que comulga con el universo en una sintonía vibratoria; mientras que dejo flotar mis miradas por todos lados y por ninguno, tratando de reconocer a esa figura, intentando, tal vez, iluminar mis recuerdos de ¿dónde es que a él le conozco? ¿Si es que le conozco?; o tal vez, una vez desechado el intento vano de reconocimiento, trato de buscar en el vacío un vínculo de culpa que me haga comparecer ante tan extraña como silenciosa presencia, que ahora me agobia, de la que no sé desde cuándo está ahí, y menos, qué desea de mí y si estamos relacionados ¿será un vigía de esta prisión que me contiene? ¿Será el torturador mío? ¿Será algún remedo de olvidos quizás míos o será mi antagonista? ¿Quién puede estar compartiendo mis células, en medio de los hijos del olvido en que estoy? ¿Cómo esperar de una presencia un suspiro que se mira intraneuronal y desde el paraje mismo de una soberbia silente? ¿Cómo reconocerse... jovial y eterno en las pieles de un desencanto desencarnado en el olvido, ante esa presencia que con su silencio, me grita en la conciencia algo que no oigo y que me cimbra ante ella su realidad, cuando la Gloria se entrega ante mí con más ganas que miedos y discreta me colma de sus abundantes dones?

# Capítulo VI
# Nous

De pronto la cólera se apodera de mí y su silencio rebota en el mío; de tal modo que a aquel viejo le grito e insulto y le demando con toda la fuerza que el silencio mismo puede expresar, exigiéndole que me explique: ¿El porqué de mi confinamiento? y ¿cuál ha sido mi delito? Le increpo para que él sea el que justifique mi caída y para mi sorpresa, con la silente fuerza de la comunicación mental, desde su profundo silencio me habla y explota en mi rostro, su musical voz grave, sumergiendo en mi angustia aquella esencia de su calma y con toda la fuerza expresiva de su aliento que nutre su silencio, siento que anega mis sentidos cual el vacío que se llena de la atmósfera, sin dejar otra huella que la ansiedad aumentada en mi angustia existencial por saber qué me responde en mil silencios, cual si poseyera todos los secretos.

Poco falta para que me abalance a golpes sobre él desde mi profunda inmovilidad, cuando de pronto, él vuelve su mirada clavándola duramente sobre mis ausentes ojos, encontrando la claraboya en medio de mis cejas, un tercer ojo conectado al infinito y centrándose frente al universo de lo pensado en cosmos. Así, su mirada va paralizándome, va haciéndome desfallecer entumeciendo mis informes miembros y encogiendo mi espíritu; de modo que no tengo más remedio que retroceder al encuadre mental anterior para tratar así de esconderme detrás de mis ausentes párpados aún no forjados; empero, ya pendientes de una lágrima van embarrándome al tejido epitelial que aún no se forma, cuando mi piel es una micra de gel dentro de una bolsa que al irse formando se aleja un tanto de mi ser primitivo, conformándose apenas en la placenta y que desde mil ideas confusas, que no me ubican en un plano real que me permita situarme frente a las referencias memoriales de un origen único o de un destino final; me tienen desconcertado, de modo que no soy sino el principio embrionario, destino en angustia inmemorial del universo que se explica sin expresarse en su origen y destino, lo que por herencia me aporta para saber quién soy y me indica que mi Mal radica en aquello que vivo y pienso en este estado en que no solo aprendo, sino enfrento un destino que de manera inmediata va transformándome, y así es que soy olvido; he olvidado mi origen estelar y mi larga travesía por los besos creadores del *Big Bang* hasta aquí; todo se me funde o resbala cuando el aprendizaje solo se da a nivel del ADN, algo que es claro y que no solo no sé, sino que si lo supiera lo olvidaría como cada idea que aparece como nueva sin ningún respaldo anterior en el ARN, que anticipe de donde brotó o que significan las cosas que vivo.

Solo sé que no comprendo cómo soy cautivo, obviando la realidad que me forma y de la que en conciencia no participo, en las que me siento envuelto en aquellas redes universales del olvido divino, víctima de un bostezo del creador y las verdades placentarias continúan sin mi conciencia; es así que no me hablan ni de mi sino ni de mi origen. Ni dan pista alguna de quién soy sin recuerdos de nuestras citas de amores bioterminales, sino que todo conocimiento me es ajeno en desmemoria total, abonada a mi angustia abandonada que se diluye al placentero espacio de relajamiento que se me produce al solo ver que sucede, sin dolerme ni angustiarme de lo visto o de las falsas presiones que me dan las presunciones del no saber quién soy.

Soy un preso en las redes del tiempo en que ahora, el villano angélico que me retiene me observa silencioso y en sus ojos miro las ansias de angustias de millones de preguntas que no se resuelven al segundo como un procesador del tiempo humano, avecinándose sus miradas a darle sentido vivo a la realidad que se construye día a día, en el ser un saber. Es la testa anciana de la personificación del aprender del cuerpo absolutamente sano y joven que, además, conlleva a esto que soy en el ser significado y aprendido.

El viejo imperturbable, me habla sin lástimas, sin voces de acusaciones y, aun sin verme, me dice:

**Soy Nous, la base del conocimiento intuitivo.**

Soy el viejo secreto de la lengua, poseedor y creador del significar de los sentidos racionales y de la formulación de sus contemplaciones, **soy el orden y el nombre**, soy más allá de tu conocimiento limitativo tempo-espacial, porque, aunque soy todo lo que tú eres y no una cosa física material, soy aquel deseo platónico, una preexistencia del saber significado. Soy el lenguaje en el producto más querido de la elaboración del sistema significador que ha creado la evolución, y que te revoluciona en la cultura desde circunvoluciones operativas del cerebro en la preexistencia significante de lo existente.

Me reconoces como el conocimiento, al ser la única forma propia para ti y los tuyos de obtener, almacenar, procesar y desarrollar cualquier saber; y soy la representación gráfica del espíritu de la inmortalidad del alma racional cognoscitiva frente a la mortalidad del **hombre**, ya que ese es tu nombre. Te diré que es esta la única vez que te atiendo, solo por preguntártelo sin más indagación, te contestaré con la verdad universal todos los secretos del tiempo que te preguntes, y aún entrarás a enterarte de parte de aquel conocimiento esencial y paradisíaco, pues solo investigando, abro las puertas de toda cognición inteligente; mas es el caso preciso del que hoy mismo contigo entable un profundo diálogo, que es tan inusitado, como resulta necesario para todo Bien; ya que es el caso de que sobre ti se ejecute, ante el tribunal divino que aquí vive, tu Juicio Final del hombre, y que uses de mí, para superar el reto que te espera, pues tienes que dar cuenta de la especie entera, para justificar aquí su estancia y todo su comportamiento, para entender el espacio y origen de sus debilidades y defender sus fortalezas, o transigir aceptando, que desde este tribunal seas absuelto o condenado; sabiendo que no hay salida de este juicio, sino por la verdad de tu razón; de modo, que has sido llamado a esgrimir a la razón del ser verdad.

Su voz me hace quedarme tibiamente helado y calentar la extinción de la especie por congelación o deshidratación, ya que soy ahora culpabilizado en mi ignorancia y así déjame estupefacto, puesto que ya no solo tengo miedo del saberme solo y encerrado, sino que ahora resulta ser él quien me impone el defender a la especie humana ante un Juicio Final sobre los mil quehaceres de la humanidad egotista. Con la tibieza de la voluntad que se me impone y la frialdad del que no tiene opción, sino la aceptación. Voy concediendo, aunque sin aceptar el asumir esta responsabilidad, y sin voluntad de autodefenderme ante la andanada de culpas ancestrales con las que parece apabullarme aquel anciano y paso a ser así una pieza más en el ajedrez del cielo, a ser por designación del destino el mensajero del abogado con el que la humanidad cuenta para atender la causa del "sino" que nos envuelve y del que sería mejor despertarse de esta grave pesadilla, en la cual no acierto a concebir ¿el porqué debo responder por el espíritu humano con tan magros recursos?, ¿por qué **Yo**? Un ser tan endeble, desmemoriado, tal vez culpable, por principio del no saber el quién soy y a qué o quién debo mi situación, y necesito entonces ahora sin más elementos que mi buena voluntad asumir este reto.

Y tal vez pienso que la primera gran derrota que se me impone, ante la viva prisión de carnes, radica en el valor intrínseco del **sino** de la especie a la que debo cuidar, que es alto y muy promisorio. Si los actos contra natura de la humanidad no matan el planeta antes, como una humanidad fallida que se suicida y que aquí en mi prisión de carnes tibias quieren pasarme la estafeta de la responsabilidad del acto de defender la vida y en que no se tiene acceso sino a la renunciación interior personal, porque esto es un reto, uno a uno, de ti frente al tú de la vida; y en este mi caso, de modo fortuito y totalmente saludable de parecer jovial, longevo con un tantra milenario en *chi kung* universal, es que vengo a convertirme en el mensajero divino del abogado que la justicia defiende; y puede remitirse a salvaguardar los quehaceres de la raza humana, y a las especies vivas todas del reino animal y vegetal, soy el guardián del agua y cuidador del verde follaje, centinela de la vida y de tus obras y del sello, sello que todo lo contiene.

Siento yo al oír la voz de Nous que me manda a predicar el credo de la vida, eternizándolo y difundiéndolo con y en la verdad, diseminando en paz la paz del luchar por la vida del planeta, me veo como un *aikidoka* saludable y sano que cede para ganar, entero al ser su portavoz y su memoria a los cuatro rincones del universo y lograr **salvaguardarlos vivos**; y sacar adelante el reto de impedir la extinción de especie alguna, mas en donde cada uno de los que nacen cargan con la herencia histórica de los hombres en su conjunto, junto con la sensatez e insensatez que les prodigue a su ser los egotismos de turno, al trazar el lugar-tiempo de su devenir en espera de que algo quede del abuso supino y sin poder ser independiente de cualquiera de los actos de la raza humana; sin poder renunciar a la demanda que todos los tiempos hacen y expresan, en la voluntad divina de preservar **la vida y el planeta.** En fidelidad a las musas de consignar las verdades bellas y armoniosas, a pesar del desastre que a la Tierra le viene por el egoismo crecido de los hombres, y crear la visión objetiva de la verdad que me reclama, de la que aunque quisiera huir al pretender saber que puedo ser parte de otra cosa; de modo seguro independiente y enriquecedor.

Quedo tan solo siendo uno, soy memoria de las causas que me llevan ante el sagrado tribunal, y sin saber quién soy o qué hice, quedo en la fuente de la voluntad divina sin duda alguna; con ansias de rebelarme ante cualquier acusación al pensarme débil y sin albedrío, cuando es todo lo contrario por el sacro manto que me cubre y hace caer a mis enemigos velados, encubiertos o francos; y me hace luchar en mi interior para salir decidido a dar cualquier batalla, como niño viril con espadín y sin saber por qué estoy confinado y ¿qué debo?

Las preguntas más importantes de lo humano empiezan a rebelarse al sellar el tiempo vivo y me encuentro en el tiempo, frente a Dios y frente a ti, que lo sabes hoy y queda sellado el destino de saberlo todo al final del tiempo, me cae en la nutrición toda del cuerpo y el alma, la verdad toda del tiempo dándome la madre nutricia de la Tierra la facultad del procrear la palabra viva y del hermoso canto extraído de su vientre y del aire del cielo, y la justicia que cuida, me cuida y procura, cuando algo de Nous asoma y recorro con mi palabra y mis pies el mundo entero y hablo y canto a los hombres las gracias de la vida en la Tierra viva, y en salud protegido por los ángeles de Dios, que con los hombres, mis hermanos, van contra toda hechicería que cae enredada con su lengua ante la realidad significada, llevan al hombre a la reflexión viva.

Y oró al obtener ríos de oro viejo para difundir aquello que te acabas,
junto al saber y el abrir de todos los sellos.
Al entregar de la palabra su tesoro a la humanidad entera, en letra, en imagen y
sonido.
Y darle a la verdad la vida eterna… de la obra toda…
Con la bendición de Dios hasta concluirla toda entera en la totalidad de sus
tomos cual todos sus ricos sanos hijos vivos.

La casa del **Bien** me acoge con mi angelical canto,
y la consigna por la verdad y la vida del planeta que se vuelven melodías de vida
y sangre
se desborda como ríos limpios que levantan el alma y el ánimo
y el beber de sus corrientes que refrescan la vida toda del planeta.

¿Quién soy? ¿A qué vine aquí? ¿Existe algún sentido para mí? El silencio rebota en las paredes de esta mi confusa gestación y, lo dudo todo, y de mí y de ti y de Nous y de Dios, y esa duda se vuelve la coraza, las miradas del conocimiento que me abrirán la ventana del ser que soy y a su vez me acusan, pues las evidencias de la verdad que me muestran conllevan la mucha responsabilidad de la especie que aspira a ser Dios en quehaceres que dudan en egoísmo.

Y se trataba de algo tan simple como enterarme de crudas realidades,
como la Ciudad de México frente al agua...
Crítico...
Donde la diferencia eres tú...

Y no es broma...
Tan serio como que Dios existe...
Y es el que es,
aquí, tú eres la diferencia, tú y solo tú...

Y de pronto la imagen en mi mente me decía que cada habitante del D. F., de frente ante sí está ante un dilema cañón...

Así, vulgar como la loquera del querer no entender la gravedad del caso...
O con la conciencia de cada uno y frente a una verdad que no trata de espantar.
Donde la realidad espanta y reclama que cada uno se ponga las pilas todas...

Cada gota de agua es de oro en este momento;
no es de haber si nos educamos,
es que no hay para dónde hacerse para otro lado...
El agua vital no ha caído como con Elías...

Pensar otra cosa es egoísmo y un tonto suicidio como ciudad...
Aquí no es solo invocar por la patria, sino
en esencia, actuar con conciencia por la patria,
que nos exige responsabilidad por cada gota del vital liquido...

Y todo el dinero se debe destinar a reparar fugas hidráulicas;
desde las casas y en las propiedades de particulares y gobiernos,
el agua manda;
y todos somos responsables de afrontar esta verdad, con entereza y
conciencia...

Que nadie se extrañe,
pensar otra cosa
o ir en contrario,
es un crimen... de lesa humanidad...

### La consigna es: cuidar el agua.

—Hombre —dice aquel anciano, que con serena mirada que contiene algo muy universal en sus millones de matices de microtonales brillos—: ¡Vas a enfrentar desde aquel lejano principio a millones de años en el lapso de una generación, en el juicio del hombre!

—Por fin ha llegado a mí, frontal, desnuda y cruel esta idea, que hace unos momentos quise eludir; del saber el porqué me había reclutado el conocimiento en su alma y dándome oídos aquí, pero al escucharlo, sin lugar a dudas, siento que me agobio y al mismo tiempo siento que al saber que en mi persona se piensa realizar el gran juicio del hombre me intimido, ya que me resulta sumamente desproporcionado, tomando en cuenta que no recuerdo nada de mi pasado y mucho menos lo que hago aquí; encontrándome de pronto y de frente a esta edad en que aunque toda sea mensurar y mesurar, es una idea que me es ajena del enfrentar con acierto a tan desmedida comisión y desmesurado despropósito; sin huella dentro de mi experiencia en el alma ni conocimiento dado y donde no puedo tener marcos de referencia al medir su magnitud ni trascendencia por no tener un espacio de significación único, que dé sentido a lo que soy; y mucho menos a lo que pueda responder sobre al parecer asuntos tan inconexos y tan fuera de mi actuar, que no sé cuál era y de mi persona cuando no sé quién soy; sintiéndome irresponsable por los posibles agravios que lo divino me encomiende o que este viejo me enmiende, y sin nociones frente a las cuales pueda efectivamente defender causa alguna, crece mi profundo miedo y desconfianza.

Parto de no estresar o agobiar mi alma, al aferrarme a eso mejor del mí mismo y que en realidad no sé qué sea y que parece insuficiente cuando se da de frente con lo que se debe resolver de aquello que más tenebroso y oscuro en el hombre existe, en el tiempo social-histórico; y que siento es dado en las vivas reminiscencias cercanas al instinto en las que se agazapa el hombre y, en donde al Mal, lo situó como el espacio anclado en eso bestial de la especie mía de la cual debo dar cuenta. Es el espacio de la salud y el Bien, que se ayuntan con la noción de justicia y razón que se me escapan, al no saber a conciencia qué son o qué soy, donde la fuerza es el remedio del fuerte y ni siquiera sé quién soy ni a qué vengo y menos de dónde vengo ni el porqué yo debo de responder por todos; así es que veo traslucirse endebles y difusas las posibles defensas que pueda yo erigir en este terrible juicio; tras la certeza del aliento de la bestia instintiva que me pone en defensa; donde yo creo, el que ese viejo no puede ser para mí: ni saludable, ni cuerdo, ni bueno al achacarme a mí, un pobre mortal en desmemoria, la defensa de un mundo en un juicio, a todas, luces fuera de lugar. Dentro de mi ser me doy cuenta de su verdad eterna y al final me percato de que la verdad entera nos incluye a todos por igual, del más alto al caído que beben del agua viva o mueren y eso que es inevitable, ahora pende de mi conciencia, así el juicio del futuro depende de mí, para con tus modos de actuar para convencerte a ti de la necesidad de que asumas la responsabilidad del fruto de tus obras y el impacto de tus actos.

Este anciano tiene su rostro absolutamente añejo, no le cabe una arruga más en su cara y, sin embargo, cada arruga es un largo e intenso poema longevo en sí mismo, por el que todas las mujeres quisieran retenerle en sus memorias y su presencia y su detener el tiempo que está en el todo del tiempo transcurrido va dibujándose honesto en las líneas más señoriales que alguien vivo pudiese poseer, empero esa honestidad me pesa aún más por su incorruptible forma de decir la verdad, que ahora siento que me aplasta sin la menor misericordia ni duda, siempre sin adelantarse es que jamás se atrasa y no teme la variación antes de repetirse, pues el tiempo no es sino en lo pensado de aquel universo existente, en el nombre que lo ordena en plenitud y cuidado por Dios, quien mide a tiempo el devenir escurrido en eternos segundos.

En él está implícito la existencia de un alma milenaria y esto contrasta con mi sensación primera del ser portavoz de alguien que, cuando menos me tiene ojeriza en abandono, pienso yo, mientras me refugio silente al notar que desde lo profundo de sus arrugas emergen las voces ancestrales de millones de seres descarnados, que se agolpan a dar testimonio ante lo grave de las acusaciones y ante la fría y estricta actitud del juzgado frente a sus desenfadados testimonios, fríos por su incorruptible forma de decir la verdad, que siento me aplasta sin misericordia tratando de llegar a mis oídos para hacerme saber sus pensamientos al dar testimonio de la valía del esfuerzo humano, como si el viejo además guardara entre sus magras carnes las voces incipientes de las tumbas todas, queriendo defender a la especie ante tan majestuoso juicio del espíritu en el que se juega nuestro futuro, pues es el pasado nutrimento del presente y solo en la idea se es futuro; y es la casa de la evolución de lo que se significa, de este tiempo en el que somos.

Es lo pensado del más allá un significado arcaico en sí mismo, esencial fuente de la realidad al enfrentar ese **más allá** en donde las tumbas guardan nuestros espacios vivos de los muertos. Y la realidad significada de la memoria se eleva en flor del recuerdo del olvido que ahora rememora que solo los olvidos los tienen los que no les ha costado nada llegar hasta aquí, así no le valoran.

Su mirada, al principio cautiva, de pronto se convierte en un pozo insondable de enormes eternidades en relaciones con la Tierra (máter y su vástago), brocal arcaico de bocas profundas y húmedas verdades, que en lo sinuoso de la Tierra resuenan sus memorias de musicales tallas y su dirección sin falla, van recuperando al máximo la grandeza original de la inspiración de los autores en piano y guitarra, tras las vistas del amor suenan todas en el canto milenario de la reflexión y el dolor de ver cómo sus propios hijos son sus matadores, en que el dolor que le propician esos vástagos muestran no tener más interés que lo inmediato, sin oír la queja de la madre ni ver el peligro del crío en aviso de lo inconmensurable y se expresa grande la creación sin imposturas.

La Tierra desacralizada sufre hablándome al oído en murmullo nocturno en el que el abrazo del moho de las **eras** está pegado con las salivas del barro que narra y que se da de un modo natural, aumentado en un carácter *ctónico* que nos acompaña, añadiendo a los rumores las voces de las tumbas del silencio que no admiten el olvido y tienen voces en que se trasminan desde el acre olor de las tumbas, viejas voces del gusano que cenó acompañando a las memorias de sus espíritus, por lo que eructan sabores de humanas carnes en putrefacción; las frescas memorias de las mejores ideas que el hombre tuvo o ha tenido, que se van a ser polvos milenarios en voces de tiempos idos en sus carcasas, pero que se purifican eternamente en sus ideas, expresando sentires y pensares de maceramientos vueltos polvo que te extrañan en tus sin entrañas.

Por otro lado, aparece la visión del desamor a la madre: aquel mundo de los muertos que abren sus puertas y muestran contra eso que pudiera pensarse, no una escena dantesca, sino la base de la realidad esencial de la sinrazón del ser en sus existencias, que claman por el espíritu vivo que dejan con su presencia sacralizadora de lo eterno en su paso por la Tierra, en la presencia de un "error" o su "verdad" y que en el universo quedan guardadas atemporales, hasta que abandonan el sepulcro para formarse en el salón del juicio y en donde comparecerán por derecho propio, que como huellas imborrables de su proceder acuñan aquella realidad enigmática, energética y temporal de los individuos, por voces de sus dichos y la fuerza de sus ideas que una vez emitieron en vida y sirven de punto de reunión con el pasado, atándome a sus destinos unidos por sus designios; donde la parte más importante que se me presenta en el planteamiento del anciano, sobre los muertos y sus colaboraciones para con el mundo, es que están de algún modo presentes y aún vivos en lo que dejaron escrito en vida, ya tallado en piedra, o pintado en lienzos, pieles y muros; pues esta es la casa real del *Tempus*, donde sus visiones realizadas en obras de arte nos consolidan en las medidas del arrebato y donde finalmente nos conforman como seres pensantes; son carnes idas de ideas presentes, de los que nos precedieron en la fortuna de colaborar con la obra humana, al ir sembrando amaneceres en reclamo de mil ausencias, al ritmo del tambor y la madera, cual Gran albañil 33 del cielo nombrado y que deja con voces de los innombrables espíritus caídos al ser sembrador de luz, con los imprescindibles que reclaman participar en el divino juicio. La vida es espacio objetivo, que solo sirve a todo esto que está hecho para los vivos y con ello adquiere el pragmatismo de la salud, que es en vida del aquí y ahora, que se nutre de ayeres alejandrinos en su conquista hecha con la voz y con la letra e imagen.

—Soy contigo expresión de lo sentido y pensado vuelto conocimiento —dice el viejo Nous—, verás crecer el enorme espectáculo de tu pequeñez ante la gran idea que demostrará que solo en este conjunto humano tiene sentido lo real que es vivo espacio del que tendrás que responder con la fuerza de tus actos y con la razón misma que acredita la verdad que con tiempo nos reúne; estamos ante la verdad desnuda del mono que alcanza a verse hombre y que al sentirse mono no comprende el limar hasta el fin su aspereza ante lo humano. El mono hombre y el hombre mono, al significar... Es esta la radiografía del ser significante en su fase esencial de determinación biológica, creadora del: *Homo significans,* que será juzgado por sus obras y dichos.

Preñado de fuego se insinúa el atajo mental que corta la vereda del
tiempo eterno,
donde el esmero borda sin descanso los humanos atardeceres ante aquel averno;
al responder mi alma en el amanecer de mi jovial estancia, río y van
encarnándose mis temores
en sustancias del verbo, en tiempos resumidos por las barbas de este viejo
en sus amores...

Yo siento de un modo personal cierta desconfianza, no de las voces de los
muertos ya dejadas en vida, sino de que entre sus raídos recuerdos y mis profundas
dudas, salga algo positivo a favor del hombre frente a estas verdades del juicio,
llevándome a deliberar sobre con cuántos y cuáles elementos cuento yo para
lograr el correcto uso del juicio humano y de las resonancias milenarias que de
pronto serán materias locales, atándome en ciclos que enfatizan su relación viva
para conmigo mismo, la cual leo en esos sus ojos dejándome anonadado ante la
viva zozobra que sucumbe dentro de las olas vivas que se estrellan en la estrechez
de la desmemoria real que me alcanza en sabores de esa angustia psíquica.

La lectura de la naturaleza del **alma** y el **alma** de la naturaleza asoman a sus
ojos y me siento custodiado por un espíritu que se enorgullece de ser la **suma** humana
y al que temo ahora profundamente, al saber que lo eterno me enjuicia y es
enormemente pequeño ante lo infausto de las acusaciones que me involucran en
el desdoro matricida del que emerjo incólume. El largo camino en la **era** de la razón
es suficiente para tratar de crearme un valor que adquiera su identidad misma
frente al Cosmos y a la resonancia del universo como un "sentido" señorial de la
naturaleza que se conoce a sí misma, que me demanda la más profunda atención,
que se expresa esparciendo ante mis ojos su luz infinita que alumbra emanando
del espíritu la gracia de la verdad dada al conocerse en comunión con la Tierra y
frente a un Dios de la verdad.

Es aquí donde nace el miedo a su reacción al no saber qué quiere de mí,
y la angustia de pensar si es él un ser que me conoce, ya que entonces me lleva
ventaja al saber quién soy, y yo no sé ni quién es él ni siquiera quién soy yo, además
de su grandilocuente perorata introductoria, a mí nadie me asegura que no
me esté mintiendo; peor aún, a lo mejor por saber él quién soy, quiera abusar de
mi amnesia existencial en la base de mi situación de desmemoria, que avanza por
senderos insospechados, pero aun con mis miedos no se ha deteriorado la verdad
y una espesa capa de moho se esparce en aquellos caminos que no recuerdo haber
recorrido y que me trajeron hasta aquí, ya que me implican en lo social-histórico
por el tipo de ideas tejidas en recuerdos de lejanos días en los que se pensó podía
triunfar ahí al ser inconsciencia.

—Es de vital importancia que escuches esto que te puede parecer en un principio
incoherente o poco específico con respecto a tu sensación de irresolución
de este tu problema, de **tu identidad personal** y tus miedos; mas es vital —me
dijo el anciano—, que con su larga capa blanca hace volar ideas y palabras hasta

**101**

mi mente, que viajan fuera del espacio de la prisión universal en que estoy y a la que acude a achacarme las fallas que forman las magras carnes de los hombres en la historia, claro, dejándome fuera de lo que pudiera ser loable para conformar la sustancia del sentido positivo y que pudiera darme algún ánimo y enorgullecerme colocado así, en un banquillo de acusados en que llueven cargos que con atención me sigas —sigue diciendo el anciano—, ya que todo se te irá aclarando —afirmando esto con ojos de anciano del universo.

—Mas solo recuerda que tu viaje histórico-onírico te determinará y que deberás ser consecuente con lo que del meollo profundo del sepulcro emerja para ti, recordando que no solo los espíritus viejos te acompañan, sino que la fuerza de tus ideas se alimentará de la verdad que se traza para cobrar el espacio de la iluminación de las almas, de la energía de los espíritus de los recién partidos, que pasan a dinamizar la tinta de tus trazos al darles vida eterna y propiciar con sus hálitos en despedida desde su partida el que alcances los umbrales de la gloria y vivas eternamente ante las puertas de la muerte, partiendo del templo de la vida acunaremos tu vista al temple que acrisole lo que en el averno verás, que conjuga sacrificio propicio de luz que te protege y te deja partir tal como entras, para ver eso tan sagrado que es vetado a los vivos y que traerás a los hombres como joyas del eterno resplandor de esas verdades universales que contemples.

Con lo que, como ves, yo contigo soy y estoy —dice Nous—, cual semilla ancestral de la noche de los tiempos, sembrada en la desmemoria. Porque vengo acompañándote desde el inicio de tu viaje; así que para que te quede claro el objeto de esta singular visita, espero que no te moleste que con palabras te muestre, a grandes rasgos, el porqué de nuestro encuentro no fortuito y altamente necesario, ya que pronto tendremos un juicio dado como el conocimiento consciente, que llega a comprenderse a sí mismo en la armonía del servir, teniendo el amor como precepto primero; así pues, debes saber que para no perderte ni contrariarte te encontrarás con el tiempo de antes, del ahora y del mañana; cuando la razón es toda en la boca de la humana sapiencia y vendrán a tu memoria deslavados encuentros con los espíritus para atender nuestros mutuos predicamentos, donde atinos de los destinos lucharan por pervivir y a los que deberás remitirte para salvarte en la conciencia.

Escucharás claras las voces de vivos y muertos, pensadores que asisten a dar testimonio de su noción del valor; en cada recuerdo nos mostrarán que están en ti, sin que parezca que hoy les notes y que vienen a hacerse presentes, porque aquello que está en juego es el destino entero de la humanidad; de modo que todos ellos vienen aquí a expresar sus puntos de vista, de forma tal, que dentro de ti exista la certeza de que las mentes más brillantes u oscuras, aunque pertenecientes a personas muertas que aquí te ven, todas ellas aún creen en ti y en la obra humana y te apoyan con su testimonio. Más aún, les importa saber lo que acabarás por hacer con el mundo, de modo que este tu Juicio Final partirá de que sepas muy claramente que de la inclinación de tu alma dependen miles de millones de humanas sentencias, ya condenándote a la extinción o para que te salven de las locuras y alucinaciones desprendidas de tu muy sobada y sobrada soberbia ancestral, que aquí te tiene frente a tu extinción total; como el demonio de luces bellas del espejo en que admiras tu fealdad, porque no recoges sus frutos, sino que te esmeras en cultivar espinas.

—La verdad es que esta propuesta desmesurada que siento exagerada, me va llenando célula a célula.

—Estás en el juego de Dios y Él no bromea y además nunca pierde; ha sido tu alma escogida para enfrentar a nombre de la civilización humana entera este reto, que marcará de hoy en adelante el total de tu existencia y que te hará responder por la vida terrenal, el ¿qué harás para con la vida?, pues estás cruzando el vivo umbral y hasta aquí has llegado; ya nada te exime de cumplir el deber contraído con la especie, ni se te obliga a responder por ella ante el divino juicio que se le imputa y cometer así lealtad o una alta traición a la vida. Y ante estas perspectivas y esas demandas no queda sino quedarme a afrontar de frente y con el corazón y la mente, el embate de aquel anciano que viene pródigo a darle rienda suelta a sus denuestos, atizándome la conciencia con el látigo de sus saberes en lo profundo de mi ignorancia. Y las voces dicen: "Sí, daño casi irreversible en la vía del cambio climático, la curva se pronuncia más de manera constante y consecuente con tu barbarie y eso es muy peligroso; pero lo más apabullante está dado en que aquello que debe cambiar está adentro de tu cerebro y entre pecho y espalda y para eso se necesita la humildad que no tienes. Ese don, que no se lleva muy bien con la soberbia que es la bebida con que se sirven los actos de la infausta causa humana, por la que debes responder acudiendo a los más altos testimonios de los hombres".

Ante tales argucias, ¿qué le contesto? ¿Con qué elementos puedo comprender o responder ante tanta acusación que me hace ver a mí mismo como un hombre de una especie cruel y sanguinaria? Dada al desprecio en el desperdicio para dar solución a algo que me rebasa en todo, con el entendimiento de que no soy, sino la bestia anhelante en gran desmemoria de sí. Y eso es una cualidad si se le quiere emplear a favor del sentirse humildemente inocente o solo querer verse cual víctima al pretender cerrar los ojos ante lo cruel de la verdad que se estremece al morir de las especies desde esos ataques a la vida entera.

Me siento entre agredido y chanceado por esas palabras que percibo, que el anciano me envía a la mente sin poder siquiera hacerme como que la Virgen me habla y así me burlan e insinúan dentro de la mente sus ideas, que no puedo cambiar por insuficiencia interior perceptiva a todo aquello de lo que soy responsable; yo, que ni siquiera recuerdo quién soy y estando presentes ante mis ojos se pasean estas letras benditas que marcan mi soberbia en maldición; sobre todo, porque no sé quién soy yo, lector de pesadillas; ya que debo al muy cuestionable honor de ser elegido para responder por cosas que me parece pertenecen al conjunto humano, fuera de mi control y de mi tiempo, de mis posibilidades y por las que deberían responder todos los hombres en conjunto o alguien elegido por votación popular o sus méritos, pero yo, un desmemoriado ¿a nombre de qué debo responder sobre tales desmesuras?

No entiendo cómo les puedo servir, preso en esta caverna, me digo, tratando de provocarle alguna respuesta. Mas su silencio me impele a seguir hablando y temo ofender al anciano con mi poca inteligencia y mis nulos recuerdos, calentándome la idea del ser un ser enjuiciado y sin memoria; sintiendo lo grave de mi situación. Miro con recelo sus facultades para someter mi albedrío a su educación; siento así su agresión como un tiempo aprendido del cual adolezco en los olvidos de tiempos ancestrales desde que me bajé de la rama a conversar; así que presiento que hará falta aprender y recordar porque no hay salida para la conciencia que hasta aquí ha llegado, al momento del juicio que ahora cuelga de mis hombros; y tanto me pesa que las verdades opaquen la pobreza espiritual en que zozobro, porque aunque mis actos tengan logros materiales, es la duda donde se mueve el espacio de mi mente, que es más que ancestral, la que quisiera recordar como un algo que me trajera imágenes de aquello que fui, pero se esconden esos sin recuerdos de mil nanas del ayer que me estremecen.

Nous no ha cambiado su expresión de ser el saber en el tiempo inexorable y es alguien que no espera a nadie, como esa identidad del cero que rodea la nada y la convierte en el valor de lo significado por excelencia en esa su sonrisa silenciosa, que siempre cruza su cara con esa su mirada serena y tranquila; la que me aplaca de golpe todas mis quejas, todas mis preguntas, ahondándome la sensación de grave duda del saber ¿quién soy? ¿Y por qué a mí se me encarga el despachar semejantes asuntos? ¿Será que soy un déspota con el poder de cambiar el destino a mi voluntad? ¿Seré un *Führer* tal vez, con ansias de destinos milenarios y recursos carniceros? ¿Tal vez me excedí en mis funciones? ¿O seré un millonario que le da por depredar a la naturaleza con afanes inconscientes del poseerlo todo por simplemente no dejar nada? ¿Seré un rico mercader de la vida? ¿Un hombre de decisiones imperturbables que atina a decidir, o un simple eco de las voces idas en aquellos deslavados recuerdos del que abusa de su posición de poder?

No inocente, en una de esas, pero productivo tal vez; o ¿habré matado masivamente en mi ansia divina desprendida de mi pobre razón en mi afán de poder? ¿Seré la encarnación del carnívoro depredador que se sacia de la sangre ajena? ¿Y de desperdiciar el recuerdo biótico del paraíso? Además, mira tú qué descaro el no solo hacerme responder por el pasado y presente, sino cargarme a la cuenta todo el futuro, lo que se me hace de muy mal gusto, de poca educación, por decir lo menos, pues siento que insulta con esos cargos a mi aún inexistente inteligencia, la que parte de cargar con todas las faltas de la humana existencia, acumuladas por aquellos eones; y quiere abusar de mí, ahora que estoy en la total soledad de mi rincón en el olvido y al parecer bajo su total influjo; dejando abiertas todas las expectativas de lo posible para ser...

Mas sé, de antemano, que aquello que le pregunté es solo un eco, el anciano tal vez, por el gradiente del brillo luminoso de sus ojos, pudiera darme una respuesta silente a mis cuestionamientos, cuando sus ojos se trazan en rectas que me comunican de manera clara y precisa sus ideas, cual vectores en su dominio de las fuerzas que empujan las entrañas de la voluntad. ¿Es que la caída en este sol, me ha encajado la ponzoña de los actos de los seres egoístas? ¿O es que en mí se alberga el egoísmo conformador de la avaricia y la depredación, un algo que cargo para conmigo tan solo? ¿Habré despojado de sus vicios a todos los demás, como para que sea a mí a quien se le declare el juicio y me levanten cargos tan absurdos y atroces que pongan en mis manos y voluntad a la humanidad?

Y pienso que es barato el precio que su Dios les dio al encargarlos al olvido y ponerlos en defensa de una buena voluntad y dejarlos bajo la custodia de una amnesia colectiva que no nos deja saber ni quiénes somos, ni para qué venimos ¿O es que se les acabaron los culpables en estas épicas trayectorias celestes de los destinos?

Este caso que se abre al ocaso cuando yo no tengo otra salida que apechugarme con la mirada serena en alto y con viva fe libre; es así que veo que el tiempo sereno avanza y llega hasta mí, a recoger el mensaje que me dejara, sin remitente, aquel personaje que me acusa de todo y que, sin una solución, ese personaje pudiera constreñirme a la ansiedad. Dentro de mí puedo comprender que eso es muy serio y real como para pasquín en premio. Y el tiempo avanza, el sello cae y cubre todo el tiempo que se enhebra.

Pero ¿fe en qué o en quién? Y ante mis grandes dudas su rostro no varía, ni niega ni asiente, y dentro de mí siento que ya de mi ser no podré separarlo, habré de asumirlo, resumirlo o considerarlo, pero él no me dejará tranquilo, hasta que despachemos este asunto con probidad y certeza; aunque el hablar de certidumbre, ante tal mención me pone la carne de gallina. Durante largas horas estoy observándolo con una mezcla de miedo, confusión, respeto, simpatía, enojo e impotencia; nunca alguien fue mirado con tanta insistencia y tras de tan variados cuestionamientos sobre su faz. Ese ser que parece no tener párpados sobre sus enormes ojos y al que sin entenderle en esa su calma de no tener en él ninguna culpabilidad, veo que se envuelve en el espejo de toda mi ansiedad por saber que estoy en realidad siendo juzgado por causas que no comprendo. ¿Qué tengo yo que ver con todo esto para que tenga que responder por la humanidad entera?

Estas ideas que retornan me llevan a la angustia, es que voy perdiendo la conciencia, sumido en las reflexiones de la demanda de este anciano y su soltura para el ataque de la que hace gala. Me doy cuenta que por ahora solo es aquel custodio que me acompaña y del que temo se convertirá en mi verdugo, de modo que dentro de mí me inclino a ser amable con él. Va dentro de mi conciencia diluyéndose y deja que su imagen se desvanezca en mil caleidoscópicas formas disolviéndose en mi mente; dando paso a vivas luces que vienen del interior, como una especie de consciencia que lucha por salir y que se pierde en su mirada, apareciendo sus ojos como un remolino profundo y abrazante en el que se desvanecen mis prejuicios, donde solo veo la silueta de sus juicios.

El ruido acompasado y rítmico del mar interior besa esos húmedos tibios muros, desde las fronteras de las edades mudas las que me llenan la mente con esos vivos diálogos telepáticos. Esta es la parte que más me molesta, descubrir que puede entrar en mi cerebro y ser parte mía sin mi consentimiento y aun contra mi voluntad conformando la sustancia de mis ideas, donde ahora tengo miedo hasta de mis pensamientos, sabiendo que acecha tras de cualquier idea, tras cualquier sentimiento, como si fuese yo conectado a un laberinto en el que la conciencia universal vibrara con cada acto u omisión mía que emane tan solo del pensar las cosas, siendo así un cautivo desde la libertad que he sido despojado de mi privacidad, de mi individual capacidad de elegir qué pensar o qué no; de pensar mil ideas sin ser oído y de estar desde el espacio externo penetrando en mi mundo interior, del que ahora se sirve de él, acompañándose en sus embates con todas las imágenes que me brotan como efecto de su silencio. Tomado así por sorpresa muestro mis sentimientos, mis tan pocas fortalezas y mis debilidades tantas, cuando solo falta que me reclame la Gran Explosión del universo. ¿Será que jugué con fuego y todo explotó? ¿No seré un demonio travieso que hice volar la casa divina o pariente de la luz bella?

La verdad es que ahora que me ha conculcado mi intimidad, quedo a merced de sus reglas y de todas mis dudas que no se reflejan en mis pláticas, que las dicta él, pero mis ideas se quedan en mi maduración en que atino a presentir que soy el mismísimo Chamuco, por lo serio de mis males y sabiendo que en el todo, cada idea y acto se queda grabado en el tiempo.

Lo digo después de aquellas infamantes palabras por las que me quieren pasar la factura del devenir humano, que cualquier cosa puede suceder o achacárseme, siendo yo a quien se juzga por todos, siendo el alma irredenta del caído. Pienso y veo que eso es la raíz de todas las desmesuras y las dudas que aguardan para nublar mis miradas al dejarme perplejo, bañando en lágrimas de eternidad a mis aún ausentes ojos, testigos estelares del olvido ocular que tanto han visto, atestiguando el juicio en núbiles sensaciones angustiosas del olvido, emanadas del estar completamente perdido sin entendimiento. Es así que puedo ver su diálogo convertido en un monólogo interior del que soy la parte esencial y que, aun formando parte de ella, me encuentro ajeno a la misma realidad que se conforma en el juicio de las **eras**, por no recordar ni lo mucho ni lo poco, en este ignorar, qué vínculos son los que me atan al juzgador y menos aún el saber por qué estoy detenido ante la imposibilidad ineludible de recordar mis faltas, que por cierto, siento que son poco probables dentro de mi nula experiencia o cuando menos ante mi inexistente memoria. De manera que solo puedo sentir el ser la idea de constituirme como una pieza más dentro de un juego hostil; pieza que quiere servir en el juego de Dios, ya como un caballo, alfil, torre o rey en la viva partida para ganar. Solo una pieza, la que tal vez sea diferente cada vez y las decisiones que salían, me eran tan queridas por representar los esfuerzos y las mismas vidas de todos aquellos que las tomaron o las tomarán, a los que en apariencia no se les reclamarán actos u omisiones ante un Juicio Final total; y es solo cuando vienen ante mí, cuando adquieren la dimensión bíblica de un Juicio Final atado con todas sus infundadas acusaciones, las que se vuelven agresiones y no eran sino momentos de luz que se dirigían a la verdad del alma y que, inapreciables fuera de su contexto, cargaban de sentido a la vida de los hombres, desde un peón hasta una reina liberada por justicia, o un rey con nariz de chocolate, sometido a sus antojos por ansiedades más grandes que provienen de la realidad del percibir a la intranscendencia del acto del hombre para con el todo, si no se está en congruencia con la verdad, que por alto que se viva siempre muere hecho pudrición y finalmente: polvo.

Que no se acuerda de lo que pensó ayer, aparte de sus comidas, aficiones, oficios y el sexo; dentro de sus capacidades y aptitudes está el no ponerme en marras de autocomplacencia y pienso que si puede el creador hacer todo, no entiendo por qué escogió al más inerme de los hombres para hacer frente a tal juicio, ya que pienso que mi historia no es sino una entre tantas y no fue más que otro cualquiera, como para que sobre esa base se me carguen todas las aflicciones de la humanidad, que es donde veo las causas de mi desaliento; desde el saber que aquel personaje tan superior a mí mismo está dentro de mí, o que se introduce en mi mente sin pedirme consentimiento, o más aún que vive en mi mente su voz y que me habla de modo permanente. Este no solo influye en mis ideas, sino que las hace del conocimiento universal como si desnudara mi alma ante el eterno transcurrir de los segundos frente a todo el universo; más allá de cómo es percibido por mí es lo que más me inquieta y penetra en mi conciencia cuando me mira. Además, no me habla con la voz y con la boca, sino que se expresa en una telepatía que parece que me taladra la mente, entrando en lo más profundo de mi cerebro y adueñándose de mi psique, escarbando en todos mis rincones sin dejar una sinapsis independiente de su escrutinio. También conculca mi libertad, ahora inexistente, por la libertad que tiene de disponer de mi cerebro y mi persona y aun conformándome en un tallo que es dado en una columna de aire sin tocarme, hace de las suyas en mi mente con su cizaña en ofensas.

Ante tales perspectivas de estar completamente expuesto a los ojos de todos en una vitrina, como pez en acuario de restaurante, donde todas las sonrisas de los comensales pueden ser el último branquial respiro de la hermosa trucha que nos llama a liquidar las cuentas del hambre con su vida, de tal modo que no hay manera de encontrar un escondite en el olvido en huida de su presencia, sino que mi más mínima intención le es comunicada tan pronto se gesta y resuena universal, y se expande hasta la desmesura de su ser en el conflicto que retumba en mi mente, como amplificador, cada idea que concibo viva y es dada a su conocimiento aún gestándose, por lo que con ello es un censor maldito que me agobia día a día.

"Anciano achacoso", pienso, que con seguridad confundió aquel al que debiera entregarle su mensaje; o será que el pobre está cansado de ser palabra y no hablar con nadie; o es que no hay quien quiera escucharle sin provecho egoísta inmediato; esto pienso sabiendo que me escucha y que aunque puede entrar en mi mente, sigo siendo el soberano sobre el devenir de mis ideas; de modo que aunque me encuere y proyecte al universo, lo que se muestra es lo mío y no lo de él. Eso me acorrala aún más en mi miedo, desde el uso de sus abusos en la sensación del haber sido atrapado en el laberinto divinal de los designios de los hombres, bajo el escrutinio de los demonios egoístas del hombre; donde los errores no tendrán más fuente que mi ser; mientras me acaricia su fuerza interior que invade mis neuronas y llenan de dudas mis espacios emanando sus miríadas de miradas silenciosas del ser Nous en conciencia, como si se propusiera ordenarme en ideas; rebotando en el polvo de mis ocios tan queridos y ahora en irredentos olvidos que se oponen a ser manipulados. Es curioso el ver cómo empiezo a sentir que aflorando en la inconsciencia, el viejo se despacha con mis lecturas, mis sentimientos, mis ideas, mis vicios y pasiones; al abrevar de aquello mío hasta ser yo un olvido en deslavados recuerdos y la recuperación total de lo toral del ciclo, en el desvanecimiento de su figura en que no se pierde diluida del todo su esencia, sino que, como una marca de agua sobre todas mis ideas, flota y no se ausenta sino que subyace en todo el fondo, sumergiéndose en esencias de mi inconsciente al ser yo un hombre simbólico, que aunque recurre a la explicación de los conceptos frente al espacio del tiempo y de la muerte, solo cuenta con viejos símbolos maltrechos como vivas y lejanas pistas para convertirles en sus pilares firmes, bases de mi conocimiento del ser en sus orígenes y casi todo en olvido vaciado de nociones saludables y vivas. Con esto siento que además sus imágenes universalizan a este sentir en todas las mentes, conectando a todas las almas vivas al **uno**; de modo que no hay espíritu sobre la Tierra que no se haya enterado en sus adentros, de esta visita que se me hace a nombre de todos, como si al traspasar mi mente entrara con todos los idiomas en todo cerebro consciente para decir que el Juicio Final ya se ha iniciado a tu nombre.

Espacios interiores, receptáculos del vacío de mi memoria prima que son en los fluidos base del verme a mí mismo en mi inconsciencia, que se manifiesta como colectiva y en la que todos debemos beber; no obstante, ese **sino** que nos envuelve es resultante de tan singular acto de justicia, que abreva en culturas y es el olvido que me viene a manifestar a mí, como si yo pudiese dar remedio a tanto evento histórico en que la humanidad arrastra a las miserias de su condición.

Cuando millones de años cuecen nuestro andar y todo se olvida por andar en tibias zapatillas frente al frío cajón, que guarda la acerada ausencia de un perfilado rostro yacente. Es el ser aprendido cuando percibo la acción doméstica, que aunque parece una escena cotidiana, es para mí el producto de tu olvido ancestral de todas las cosas, hasta de las más nimias y que son sacudidas en recuerdos; volviéndome en ti un neófito de la realidad inmediata, que me deja con la duda de cuál es el valor que debo darle a mis memorias raídas y deslavadas; o a las acusaciones que sin cesar, no dejan de levantarme las voces de las arrugas del vetusto rostro del espíritu, respecto a la salud del planeta y de la muerte del espíritu vital, desde el olvido de esto sagrado en que confluye lo más granado de los espíritus de esos que han partido a defender la causa general genial de la humanidad en andas mías, cuando soy sede en la que la batalla espiritual se libra.

Admiro, atolondrado, el tamaño de la empresa así como la envergadura de la tarea y no sé si sentirme a gusto o con el miedo secular del acometer tales campañas sin la debida preparación de la que parto de principio, al no recordar ni quién soy, y menos así qué soy y mucho menos qué sé o debiera saber para afrontar las incógnitas de este juicio; por lo que junto al influjo inmediato del valor con que realizo mi consciente incorporación a la conciencia, me concentro aquí velando mis armas desde su prima visita del inicio y para con su primera de tres partes en el suspiro de angélica presencia ante la envergadura del tiempo que la campaña ofrece, la campiña reclama y el pueblo demanda; en una misión de la que se espera le dé sentido de significación universal a las cosas que percibo como las culpas causantes de aquellas acusaciones que se hacen al humano hacer, que solo pueden ser resueltas con racionalidad: me llamo a triunfar dentro de mí en un intento malogrado del parpadeo en párpados que apenas se están formando y han llorado lágrimas inexistentes de agua, pero vivas en su esencia del ser angustia existencial de tan rara situación. Tan dolorosas y balsámicas cual humedades de tus ojos en que guardan la promesa de las mil lágrimas que venimos a llorar en momentos de ser la vida que se crea.

Veo que se suceden en mi mente mil situaciones y circunstancias no remisibles a mi propia experiencia; sobre todo, por los grandes brincos en el tiempo que me representan tales imágenes colectivas; de tal suerte que para poder darles una congruencia como toda experiencia personal debiera ser yo un ser inmortal que acompañara a toda la historia del universo, ya no solo de la raza humana sino de todo cuanto sucede o ha sucedido en el tiempo y el espacio; y eso sí que se me hace fuera de lugar por lo pretencioso de la verdad que nos acuna en lo humilde de la carne, ya que no sé si es una imaginación tal cual o un producto de un recuerdo aprendido desde situaciones diversas que no me competen, sino, tal vez, como aprendizajes realizados por la especie que quieren empezar a devolverme la tesitura de la realidad, de mi espacio pensado y separado de la confusión que me agobia, y que ciertamente debe ser anterior a mi llegada a esta caverna en que me esperaban en su agobio ardiente.

La angustia se convierte en ignorancia y la ignorancia en angustia, de modo que toda noción me parece nueva, aunque siempre parece que guardo un dejo de inquietud que cobija en mí la duda del saberme tal vez inmerso en mil novedades, que no eran sino simples asuntos coloquiales de otros y aprovecho mi amnesia total en que ahora me sorprenden cosas inmediatas, que en alguna ocasión aprendí que solo eran saberes sin valor para la inmediatez y eran así saberes de desecho en olvidos. ¿Será que ese personaje quiere abusar de mis olvidos o removerme esos recuerdos le produce sensaciones de bienestar? Todas las dudas se acumulan ante la desmesura de la empresa a la que me dedicaré en mi existir uterino, la que no me representa y le sigo oyendo mientras no sé quién soy.

De pronto, veo la imagen de una mujer joven que me deja en la boca sabores de haberla conocido; aunque me queda un dejo del sabernos ser solo **uno**, rescatado de los diversos rastros indelebles de la huella milenaria de una onda por el agua, que al verla nos recuerda los ires y venires tras las paredes de un laberinto que van cargados de placeres de inmemorial entrega, desde una sacra vulva enamorada de un pene creador de universos en explosiones cósmicas, en la fiesta de mil jugos que van acompañados de sentimientos en el espacio que incluye mis grandes viajes hacia no sé dónde; que me confunden en la estrechez de sus recuerdos, ante lo inconmensurable de los cargos que ahora enfrento; pues no la ubico de modo preciso; porque se levanta en mí en sensaciones de mil inquietudes, pues pienso en un rayo de iluminación, el que pudiera ser ya bien mi madre, o alguna persona muy relacionada conmigo, en términos de relaciones personales, amorosas o de amistad, y, finalmente esta idea acaba por ganar espacio dentro de mi cabeza: es mi chica. Porque la veo tan joven que de alguna manera, no solo la relaciono conmigo porque me gusta la chamaca, sino que ahora de un modo incierto es que empieza a ganarme la gran duda sentimental, del saber si ¿será ella la causa o razón para que yo esté aquí encerrado? ¿Tal vez recurro a esta idea con la única esperanza de darle sentido a mi estado de identificación e indefensión y justificar el encierro con que contrarrestaría los efectos desastrosos que en mí tiene la duda ante la presencia de aquel anciano? La que no tiene precisamente una realidad física, sino que es dada por lo que sé de él y sus insidias, sobre la cruz de mi desmemoria que no me ubica en la realidad de estos quehaceres tan nuestros.

Esta duda me recorre como un vago presentimiento al que me enfrento ahora, al querer saber si es ella la mujer por la cual estoy en este espacio contenido. ¿Será que este miedo continuo de no saber quién soy, lo estoy trasladando a pretender no saber quién es ella? ¿Será síntoma de una culpa mía el que amnésicamente quisiera olvidarla, tal vez sobre algún daño que alguna vez le propiné? Sabiendo que le hice algún mal ¿a lo mejor pretendo inventarme en mi cerebro a aquel viejo personaje, de modo que resulte ser que ahora pretendo recordarla a ella, para así olvidar por ello a la verdadera razón por la que estoy aprisionado en la más grande libertad; cuando en realidad a aquel ser parece que le inventé para olvidarla a ella? ¿Será que acaso me agobia el saberme parte de algún abuso que en mi inconsciente se guarda, y que mi conciencia prefiere borrar para no asumir el enredo de mi percepción, que acude a mí como otra duda que se devora a sí misma? ¿Será tal vez que nunca llegue a saber quién soy al verla a ella ahí cual viva frontera de lo real? ¿Por qué su imagen me resulta tan familiar y tan ajena a mis memorias? ¿No será que dentro de mí se anidan ansias de saberme amado por la existencia de ella en mi vida libre? El caso es que su imagen inunda mi ser.

¿Quién será esta bella joven mujer que va ganando terreno en mi visión y a la cual percibo claramente? Mi duda aumenta y solo sigo su figura que me habla de amor, es Ángela, no la Ángela negra que hoy murió en esta casa e inmediatamente partió, por sus pies, lejos. Esta vez, a la luminosa la veo sola en un espacio de intimidad que parece no tener relación alguna con mis recuerdos u olvidos, sino que es como si participara del presente dado que pareciera que la estoy viendo desde dimensiones diferentes, en las cuales pudiera yo tomar parte de ese mismo tiempo en que ella vive y donde pudiera observar sus movimientos en el tiempo real. Aunque es preciso aclarar, que yo no veo las cosas por sus ojos, porque la perspectiva es otra, ya que la veo a ella y, sin embargo, siento dentro de mí mil conexiones en sensaciones perceptivas que me llevan a pensar que hay un vínculo, ya que siento en mí la concepción de las mismas cosas que ella ve en este instante y, tal vez, la parte más curiosa y relevante es que junto con la visión que compartimos no solo de las cosas que ve, sino las que siente, se dan como si tuvieran toda una red de intrincadas colindancias entre ella y yo, estando al alcance mío y sin que ella forzosamente se entere ni de esos personajes amigos o enemigos, ni de mi prisión; o cuando menos que no la vea a ella así, además de sentir que puedo percibirle de un modo claro y casi como si sus ideas pasaran por mí, enterándome de las cosas que piensa; mientras, que de algún modo pareciera que tuviera clara percepción de conocer también una serie de informaciones que la rodean, la preceden y la contienen; y esto como si fuera una proyección que, sin saberlo, en silencio umbilicalmente compartimos.

Y es como si Nous me enviara a la mente esas imágenes tan claras y precisas, que en verdad no me dicen quién es ella, y menos quién soy yo, de modo que mi cerebro parece contenerse en aquellos espacios laberínticos, sujetos al famoso juicio del que se me amenaza formar parte como el acusado y que Nous me impone; mientras que en el mismo espacio-tiempo, acudo a participar del mundo de ella; mézclense así mis grandes dudas existenciales con la cotidianidad de ella y de su vida; ¿remembranzas o percepciones en vivo? Es claro que todo se sume para confundirme en percepciones y me dejan clara la idea de que mi paso por el tiempo de este juicio, está formado por partes disímbolas, a veces fraccionadas y segmentadas unas, otras parecen tender hacia un solo sentido, remitiéndome a los espíritus de los grandes hombres y mujeres que aportaron sus esfuerzos para levantar a la especie; otras, a los espacios de un presente en que las personas que piensan de modo proactivo me dejan el sabor de que están implicadas conmigo y que aparecen, como en este caso, sumándose al esfuerzo; como si participaran dentro de mi percepción de una manera directa en la resolución de problemas del tiempo, en un presente en el que me realizo un poco dentro de aquellas escenas en las que participo, aunque sea pensando; como si dentro del juicio, mi opinión jugara dentro de la mesa en la que se columbran los días y que toma al toro por los cuernos, del que brota una narrativa, cual si fuese una visión pasada de un algo que en realidad en esto vivo se asumió de frente y que, de algún modo, estoy inmiscuido en su resolución.

Empero, esto último no se me aparece aún muy claramente, del cómo será, si solo sé que percibo en mí los matices por los que tendré que ir viviendo en su inmemorial enredo y tratando de separar lo que percibo como tiempo real de lo que parece ser un juicio de los descarnados; sobre todo cuando solo se es libre de elegir por la voluntad que está por sobre los problemas posibles que se estructuran desde el interés viejo de un espacio en el que ella es en mi mente otra víctima más o un personaje nuevo al que yo le hice daño y se aparece para reclamar mis culpas sobre los actos de mi desmemoria toral.

Desde el torbellino torrencial de aquellos, sus ojos, encuentro el recuerdo lejano de un *Big Bang*, que se da desde la danza de sus abrazos como movimiento divinal de estelar entrega y que no me dice más; veo su silueta de linda jovial muchacha, que a contra luz baña su cara desnuda bajo esos rayos del sol que se cuelan límpidos, iluminando sus pupilas que vagan bajo el traslúcido vitral, el que de lejos muestra mil luces tornasoladas que van convirtiéndose en caleidoscópicas fantasías multicolores, danzando en mil luces sobre su piel de excepcional factura artesanal, en formas luminosas que viajan hasta la pared, provenientes de un enorme vitral emplomado que cubre aquella mitad del techo. Va silbando una dulce canción de Stravinsky que parece emanar de la profundidad extrema de su alma, la cual anuncia con alegría su viva melancolía, que se escapa de sus labios desde esa extraña y dulce melodía, que de pronto interrumpe, llevando sus manos a las sedas del liso vientre; apretando con suavidad, iniciando silenciosa y nuevamente la suave melodía aquella, al tiempo que rueda lentamente una tierna lágrima dilatada, que queda atrapada entre las largas y espesas pestañas que reflejan el universo entero empapadas en agua, para sucumbir, cayendo por su joven mejilla; mojando las trazas en el trazo de sus sentimientos en caminos de humedades, que no me muestran claramente la huella para saber si vienen desde un profundo dolor o de la más grande alegría.

Clavando así otra incógnita en mí, que voy perdido tras la humedad suavemente dibujada en el tierno y bello rostro de esta joven mujer. Y nace de manera inmediata en mí aquella pregunta que me taladra: ¿Quién es?, resuena en mi mente otra duda, al tiempo que la joven se aparta de la ventana, volteando hacia el interior de la enorme habitación que ocupa.

Una recámara de amplios espacios, la que además gana mucha amplitud por las grandes lunas que cubren una de las tres paredes, frente al gran ventanal de vitrales que sube hasta la mitad del techo. La cama grande y mullida, guarda entre aquellas sábanas de seda su silueta entre calores tibios de mujer.

Las otras dos paredes pintadas de suave color durazno, con pesado encortinado champán, producen una atmósfera densa y dulzona que cálidamente encuentra su contrapunto en el suave contorno de las maderas talladas en muebles y repisas, que adornan las paredes llenas de muñecas de trapo, porcelanas y decenas de peluches y muñecos de distintos materiales. La perspectiva que he tenido es como si fuera un pajarito que se encuentra parado en la esquina superior izquierda de la habitación iluminada. Yo la miro con curiosidad silente cada vez más lleno de dudas y solo la calidez de su persona me obsesiona el alma, sintiéndola cercana al ver al frío mirlo que ataca a una flor de cristal, en que esos lumínicos vitrales que miro, me dan luces concentradas en mi recuerdo que no sabe nada de esta Eva iluminada por vítreos tornasoles que la bañan sobre su cama, en la que se estira cual gatita que despertara de un pesado sueño que vuela para siempre lejos cual ángel del Mal que se marcha ya.

De pronto caigo en la cuenta de que esta muchacha tan hermosa y que tan frágil es, es joven y fuerte, así dulcemente desarmada se presenta ante la suntuosidad del encaje que la aísla, del cual siento que va ahogándola al protegerla y al dejarla así: alejada y aislada, buena y un tanto inerme ante la realidad que afuera suena, en cantos de aves y de un gato que mata, jugueteando, a una gran rata que sangra por su hocico, que ella no ve allende esa ventana. Ahí, donde la encontró mi mente y en donde ella persigue mirar en el jardín aquellos reflejos de sus tribulaciones.

Bella, a la cual no acabo de comprender si es que está atormentada o es que está felizmente distraída por alguna gustosa remembranza interior, dejándome la duda de: ¿Cuál es la dínamo la provoca para dejar caer su breve llanto?, sin poder dilucidar si emerge del pensar en algún momento de felicidad ida ¿o será quizás que corresponde a una pena ancestral por mí causada?, ¿o es una huella nueva de algún disgusto provocado por mi persona o por mi ausencia? ¿Será que ella me extraña mientras estoy aislado en la certeza de estar tan solo frente a mi ausencia? ¿O tal vez alguna pena muy diluida que es apenas recordada con una añoranza que no acabará de disiparse? ¿O será que sus lágrimas vienen del pozo interior del amor, que invisible a la primera mirada, es donde realmente se destilan, mientras vierten frescas perlas con un nuevo dolor suspirante, provocado por anhelos no alcanzados o perdidos? ¿O serán joyas de la felicidad que robé?

La hermosa desconocida se para frente a unos grandes espejos, contemplándose en un acto de impudor con curiosa ternura en búsqueda de sentir algunas novedades. Mira con avidez su cuerpo cubierto por un tierno y dulce mameluco de seda que la muestra inocente e infantil, el que abre mostrando la tensa piel del marcado vientre que la acaricia y canta encantando suavemente y logra, al envolver el momento, crear una ternura indescriptible que me hace pensar que no es dueña de sus emociones y que sus inquietudes incontroladas la hacen ir desde un extremo de felicidad a uno de melancolía, en el que ella amorosa revuelve el resolverse.

Tiene sus 19 años entrados a veinte y su rostro angelical, posee algo en su persona de un ser sutil que ha caído en la Tierra, como si no perteneciera a ella y solo estuviera de paso en la estación. En espera que parece que ahora se desprende de ella, y ya no solo la embarga, sino que asemeja el que emanara de su fina silueta, la que es un tanto espigada y fina, ágil y tierna, fuerte y frágil, elástica y dulce con curvas de mujer a la que intento comprender, como en el deseo de ser una parte mía a la que siento y, de algún modo, a la cual no puedo explicarme en esta sensación que me recorre cual identidad conformándome en cambios, porque aunque la identidad de su espera ya me resulta familiar, de la que no tengo marcos de referencia que me identifiquen de alguna u otra forma con ella.

Esos cantos que de su boca salen imprimen en mí cierta calma que me hacen olvidar esos sentimientos de angustia que al principio sentí, por no saber quién es, ni quién soy y, aunque esta duda permanece, ahora sus sensaciones de paz taladran mis ausentes huesos y mi mínima carne, dejándome en un estado tal, que ahora solo percibo eso que la rodea y, como si pudiera, en desprendimiento, participar invisible de esto que hoy siente, piensa y le pasa, que hace con el tesoro de su intimidad que percibo entre el ser que en mí se identifica como parte de mis silencios, y la duda del saber que es de ella, llenan ahora mi ser esos sus labios sensuales que apetecen mejores recuerdos que no llegan a mi mente. Mis ideas se pierden en su húmeda mirada, mientras quedo con el profundo sentir de que algo me ata a ella y su pena ¿tal vez sus ilusiones? ¿O es que no puedo desprender mi culpa que en su estampa me acompaña? El caso es que no recuerdo conocerla y me embarga otra duda más en su ser.

—¡Ángela!, ¡Ángela!, levántate a despedir a tus padres que ya se van.

La dulce voz de una mujer irrumpe en la habitación, al tiempo que abre, entornando levemente, la puerta, introduce lenta y tierna, su ajado y oscuro rostro. Tendría como cincuenta y ocho años, de redonda y rechoncha efigie, con trenzas de viejas penas muy poco encanecidas. Mira a la muchacha con ojos de ternura, con una profunda inquietud interior que apenas se trasluce en su asomo al tiempo memorial de esa recámara. Su rostro, marcadamente oaxaqueño, tiene una cualidad inconmensurable en lo intrínseco de sus miradas, que son propias de esa raza poco expresiva con su faz y su semblante; pero que contiene matices de profundas miradas de hondos pesares, desde grandes silencios y con muy pocas voces que guardan espacios interiores de profundidades insondables, para quienes de fuera le ven y que es muy propia de las etnias de la Mixteca. Tiene su sonrisa profunda, clara y enigmática, que refleja junto a la inquietud interior silente, la alegría intrínseca de un vivir sencillo, que naturalmente flota sobre sus ojos y rostro al hablar, mientras brillan sus alegres pupilas en su tierna búsqueda del rostro de la niña, sonriéndole desde el alma. Las trenzas caen por sobre el regordete brazo que se ha atrevido a deslizar en la habitación.

—Ándale mi'ja, ya ves que les miras tan poco. A ver, te ayudo a ponerte esa bata. Mira nada más qué ojos traes, "pos" que no dormiste bien anoche. Ya te viste, si están hinchados; y no llegaste tan tarde, te vine a dar aquí la vuelta como siempre y te vi sollozando; encontrándote acostadita desde las nueve, y hasta dije: ¿qué le pasará a mi niña?

—No tengo nada Nana, de veras, es que, se me metió el rímel en los ojos y esas pinturas me irritan.

—Qué pinturas ni qué ocho cuartos, usted tiene algo y no puede engañar a su Nana. Pero, apúrese, luego me contará; que ahorita ya la están esperando sus papás y sabe que no les gusta esperar ni tantito cuando van a salir.

Va recogiéndole el pelo y camina como leal guardián a sus espaldas, gozándose de su pelo que acomoda en fina crin satinada, que atrae las manos del sol que quieren calentar a ese, su brilloso azul, de núbil gacela.

La Nana murmura: "¡Qué pinturas ni qué la manga del muerto! ¿Qué le pasará a esta muchacha?".

Con la ayuda de la Nana que la acomoda breve, una mañanita, Ángela, se acerca a la puerta con cierta indiferencia y como flotando en un mundo aparte, se desliza entre aquellas cosas sin verlas ni sentirlas. Adornos de marfil y porcelanas, que los esquiva apenas, como presintiendo su existencia para no chocar con ellos, como si su ser fuera en un estado automático, que deja vagar sus miradas hacia al aparato videocomunicador, sin ver nada. Dibujándose de pronto una expresión de hastío en su cara, dejando en aquel espacio de silencio un dejo aburrido del profundo malhumor en su ser ausente de aquella algarabía viajera, desde que la Nana se separa para la cocina y la niña sigue su rítmico y alegre andar.

Camina tarareando aquella melodía que siento reconocer y que veo la encapsula. Por mi parte, siguiéndola, veo que cruzó por un largo corredor que bordea la planta alta de esta gran casa, pasa por una amplia estancia, en la cual desemboca una gran escalera de mármol que ostenta sendos barandales que combinan estilos griego y romano, que resultan un poco cargados, aunque los cánones de la mala arquitectura digan lo contrario, sobreponer estilos aunque sea seleccionando lo mejor de cada uno de ellos, crea un eclecticismo que no hace sino que los edificios parezcan pasteles, más o menos abetunados y, por lo regular, poco afortunados.

Esta construcción no era la excepción; aunque son sus largas columnas suavizadas por las estilizadas negras porcelanas de Lladró, de largas figuras de mujeres nubias de finos y enormes cuellos, que van cargando con sus brazos, recipientes de agua y canastas de frutas, dotan al espacio de una plástica flexibilidad en el conjunto, con los cuales los bienes muebles doman un poco la fealdad del gran inmueble...

El piso de la casa, con su calefacción central, hace del blanco mármol de Carrara un tibio andar sobre la recristalización de la piedra caliza que en las esquinas, con sus cenefas, dejan escapar vivos brillos de los ónices formados por el carbonato de calcio, que enmarcan la enorme tibia plancha, que conserva las viejas vetas de las finas piedras italianas que a 22 °C invitan a caminar por ahí, lo que es realmente, parte de una delicia senso-perceptiva del sentirse bien parado ante la noción de que aparte del gusto estético se prolonga el placer sensual de la temperatura, logrado por aquellos lujos; toda la casa es calentita. Mas, para Ángela, eso ya no significa nada, pues al haber nacido en medio de estas comodidades, más bien hace que se extrañe ella de que en los mejores hoteles del mundo que había visitado, solo en pocos, hubiera ese servicio que le parecía natural que existiera como parte del entorno de pisos lujosos atemperados, que dan tibieza de hogar a su andar, por el que se desliza suave cual nube ligera y descalza sus ideas en libertad feliz.

Caminó ella con más ensueños que ganas de llegar a su destino, como si un hastío frenara sus pasos y pisadas, pasando por entre salones de recepción familiar y un par de salas, una de televisión y otra de videojuegos; hasta llegar a la enorme puerta de dos hojas, con un marco de sándalo tallado suavemente sobre aquel dintel, por donde bajan, trabajadas esmeradamente con el buril, vivas rosas por su pretil de olorosas maderas, de las que emanan suaves olores que embalsaman las estancias y aquella lujosa recepción.

De todo esto, ya ella de nada se percata, para ella, solo es la puerta distante de la inmediata antecámara de sus padres, de la que por cierto, pocos recuerdos memorables se decía a sí misma tener de todo aquello; que solo conlleva la razón inmemorial de la continua ausencia, que envolvía en frialdad la realidad decidida por las formas poco cariñosas y lejanas de su gélida madre de frías formas para con ella, que la habían separado de sus padres; sobre todo, de su madre, a la cual ama con el recelo de sentirla distanciada por las formas que el dinero imponía en su vida social y que se colaban en su espacio familiar y desde su noción más íntima en que guarda su memoria ante la frialdad de cierto reproche interior, del sentir distancias cada vez más pronunciadas respecto a su relación filial maternal;

de alguna forma esas distancias le reflejan en las alturas de esos techos y esos lujos enfrían su sentir, congelando ese espacio íntimo de sus seres, que ve medido respecto a la altura del muro que le aísla. Y así veo una presión sobre los suaves hombros que llevan con garbo a su adorable figura de hembra joven con delicadas trazas en elegancias, que de algún modo a su madre agravian al atemorizarla al acercarle su edad de frente...

Abre la puerta del *templum* con tedio,
no hay brillo en sus ojos de niña,
atrás la melancolía la ata a su viña
y guarda chispas de vida en su asedio...

Una enorme estancia blanca es el recibidor para pasar a la recámara propiamente dicha; es una señorial salita, en la que la señora recibe a sus íntimas y donde solo los de la casa entran, ya que es el camino que lleva hasta la cama de los padres.

Tiene el piso cubierto con grandes tapetes persas y con mullidos sillones de piel de jaguar con que se enmarca un tapiz monumental que cuelga de la pared; el cual tiene representado con un notable sentido artístico-dramático a Moisés, mostrando en un primer plano aquel momento en que rompe las Tablas de la Ley; al fondo, el pueblo se entrega a la orgiástica veneración del becerro de oro junto a ese oro idolatrado; el llanto que en otro rincón elevan a gritos de esos desesperados ante mujeres, viejas todas ellas, que con millones de hilos sabiamente trenzados, le dan vida a las bíblicas escenas. Y la parte más memorable, ahora que me asomo, es la que en ese segundo tapiz están además representadas, las mismas hilanderas con corsé de ballenas, casi extintas, que tejen esta historia escrita casi en *kanji*, y así retratadas como mujeres autóctonas de alguna raza ancestral, de doradas pieles no muy definidas, mas que aparecen con tallas rabiosamente antiguas y escogidas en sus formas y hechuras: donde los hilos de la historia sacra del mundo se lubrican con la luz que ilumina desde aquel incendiario abismo de sus semblantes; cuando las largas manos tejen miles de nudos, que al desprenderse de sus manos, adquieren millones de colores que visten al ser de la carne que se cuece, en la umbría desprendida de varios fuegos fatuos.

Aquí ya no puedo concretar más la observación de detalles, pues sigo a Ángela hasta que se desliza en la mullida cama que está en la gran recámara, como una gatita que buscara rescatar de las sedas la tibieza residual de sus padres que se guarda en la cama y que siempre es lo que a ella le queda de cada viaje y a unos pasos más allá va enredándose en un gran edredón de seda y plumas, que la cobijan suavemente. Yo, después de seguir sus pasos, reporto de sus comercios y sentidos, vistos desde afuera de ella, que prende sin ver una pantalla plana de un televisor de plasma.

Los padres de Ángela se encuentran frente a sendos grandes espejos, lunas de cuerpo entero reflejan sus luces; dándose aquellos últimos toques a las finísimas prendas que les visten, mostrándoles en sus reflejos, trazas de sus milenarias personalidades, pinceladas con algo de vida mundana, elegante, que les vuelve interesantes en lo comercial, en silencios que procuran la egotista individuación que solo cultiva del **Yo** su soberbia y ego, sintiéndose únicos, ellos se contemplan en su diario acicalarse frente a los espejos, mostrándome el contraste que aquel juicio previera ante los llamados del viejo Nous, como algo irreal que no existiera para aquellos que gozan de los bienes de la vida, y que aquí solo son vaciedades ante los muros que se visten de cordialidad, entre las mallas del recuerdo de una sonrisa, que esas paredes ya no recuerdan haber visto brotar más en esa casa, desde la lejana ausencia de la más pura fuente de alegría que alguna vez cantara por aquella casa, risa de aquella criatura que fue su niña, la que les mira desde la cama sin ser notada; en ausencia de la calidez que la aísla de ellos en eso que material así les separa y lo que fue construido para unir, era el refugio del aislamiento de sus figuras ante el tiempo de tibias sábanas.

Surgen ante mis ojos sus fantasías de triunfadores que se ven dibujadas por las telas y la abundancia con la que se aplican aquellos mejunjes de lujosas botellas y latas. Sus fuertes figuras elásticas, también por lo joviales, de animales sanos, se autocomplacen ante la ceremonia cotidiana de alistarse, acicalarse para estar, según ellos piensan, visibles; aunque interiormente contentos ante sus ojos, sintiéndose un poco soñados e inalcanzables, trazan sus diferencias por las pertenencias y posesiones que detentan y que al ser muchas, pierden su valor entre eso ambiguo de ser la reunión de cosas en su entretenerse en la abundancia de mil caprichos. Sus vidas se deslizan por el lado frívolo de la existencia.

Él, en sus ojos tiene la solidez de quien sabe, por sus contoneos, descubrir las luces de una: Fata Morgana... de cuatro años cósmicos de edad... que se retrata en muy nórdico paisaje de luces que marcan el destino de las llamas acogidas a su luz. Herencias culturales brotaban de los hielos que flotan en el Ecuador y comprometen al ser de la vida en el planeta y él había tomado unos güisquis con aquellos hielos, él, en un viaje "súper". Pero eso a él no solo no le molestaba, sino que no le convenía saber que los casquetes polares, derretidos desde el fondo, están acelerando un espacio absurdo de ruptura que no admite planes a veinte años, cuando es ahora el tiempo real de la intervención oportuna del hueco de ozono, pero que le servían para organizar reuniones interesantes de negocios con damas del tiempo y frescura en flor para vender aires acondicionados en los polos, para turistas que pudieran pagar por aquel error.

Murmura cantando sus recuerdos y, silbando entre dientes, el padre se acuerda de una melodía popular que le trae cuenta de las reminiscencias de su primera juventud ante un tablado de pieles de aceituna. Es un hombre de cuarenta y tres años, de porte relajado, distinguido, con el aire de hombre de mundo y con una fortuna considerable en dólares y euros. Y sus recuerdos lo llevan de placer en placer, había nacido con estrella, se decía y, ciertamente, le alumbraba bien.

Aquel traje perfectamente cortado, con gusto y sobriedad, que denota las sabias puntadas de una artística aguja china del Hong Kong industrial-artesanal; contrastándose con las excelentes joyas que adornan muñecas y manos. El sobre-cuidado con que prodiga sus más esmerados afanes a su negro bigote, o al sobrio peinado de ala de cuervo que ostenta y su arreglo en general, le dan un cierto aire de vanidad; esta observación se matiza asertivamente al aplicarse perfume, con pequeños golpecitos en las mejillas. Aspira profundamente, mientras que mete un poco, su levemente abultado estómago entre sus pantalones al acomodarse el nudo de su corbata, estirando el cuello.

—Mi amor, tengo todos esos dólares de los que hablamos ayer que cambié por euros en bancos extranjeros, así como unas de tus joyas. ¡Ah!, Ginebra ex pa-raíso de dioses y ladrones, querida. Te digo esto, porque cambié algunas cuentas de banco y reorganicé cajas y claves. Inclusive cambié todas las combinaciones de cajas de seguridad de Hong Kong e hice movimientos a las de Caimán, lo real encarnado en lo sauro-prometido de las reminiscencias del partido; movimientos primitivos que recomendó mi administrador y asesor financiero. Caramba, me corté al rasurarme y la loción arde, ¡fu! La cosa, es que, tenemos que ir hablando en el avión de asuntos muy importantes que quiero recuerdes cuando realices tus compras, por favor estate atenta, pues tengo varios compromisos importantes. Mi "amor", atiende agasajadamente a la señora Triller.

Cortándose los pelos de la nariz habla sin mirar a su esposa, sin notar siquie-ra el rumbo de la mirada de ella, con la certeza que le ha dado la experiencia de conocerla en lo íntimo de sus intereses y de que, al hablar de dinero, ella no pierde detalle, por lo cual sabe él que le escucha entre sus silencios, porque, ella tiene una atención especial para la fina transa y, aunque ella calla ante su monólogo, que más parece una reflexión interior dicha en voz alta, es que poco a poco, va a plantar su mirada aterciopelada en la mirada de ella; que ha dado ávida cuenta de todo cuanto él ha tenido que decir, mientras que se aplica levemente su fino rímel sin grumos, en sus ya de por sí muy largas y espesas pestañas. Sin mirarla más, prosigue mirándose así mismo, embebido por la finura del corte de sedas italianas del pantalón que le cae cómodo, elegante, mientras las suaves líneas conservan la sobriedad del trato de las sedosas telas que siempre le proveen sus contactos del oriente y que sus sastres hacen caerle en cascadas de gusto y color, que le cu-bren elegantemente su porte de caballero del buen vestir, engallado al ser todo un competidor de batalla de un gran palenque del gallinero fino, como se concebía dentro de sus formas de medirse ante el mundo, eso era su existir cotidiano en su riqueza; vestir al gallo real en busca de acción para cantar su triunfal canción al andar por el mundo, feliz.

La camisa y el *blazer* le sientan tan suavemente como finos guantes; su piel bronceada por la regata internacional, le da ese color particular que aparece con la canela, que cualquier ojo experimentado detecta, como es el inconfundible tenor del millonario que está dorado en pleno invierno urbano y no por una cama can-cerígena de rayos, sino porque seguía por el mundo al sol, trátese de la urbe en la temporada que sea, la montaña o cualquier clima. Él, antepone antes que a nada su salud, esta está en primer lugar, con lo cual quiere mostrarse en la despreocupada apariencia del que vive en la costa o, mejor aún, en el yate. Ese bronceado permanente le luce muy bien, combinándose con nuevas telas, regularmente rociado con ricos perfumes que bañan los muchos oros que trae al cuello en el que destaca un Cristo de Dalí de 24 quilates, que se dobla como hule, que sin cruz aparece como gimnasta dolorido, pero un Cristo muy rico, tasado materialmente por su peso y que, para ser franco, entre tantas cadenas, resultan estar demasiado recargados para una persona que se considera fina y que no pertenece al cuerpo policiaco, que se cubre de gruesos oros de oscuros orígenes. Con todo esto, lo que intrínsecamente muestra es una cierta inmadura ostentación, en su vivir reluciente, que quiere ocultar su riqueza, haciéndola más patente en su inquietud social, y es ahí, donde se puede percibir ese brillo de hielo en sus ojos, ese algo que lo tiene en la cima contra toda moral o consideración, que no esté cifrada en su persona, es un brillo que muestra de lo que es capaz, siendo cual abad de la basílica en la opulencia de su casa, al que Juan Diego le cedió las limosnas de su templo viejo y antiguo que en abandono calla mientras ve desmoronar su iglesia al sacralizar el error.

—Sé que es innecesario que te diga esto, pero este caso es muy especial —dijo el padre, a su señora—. Si quieres ahora tener números redondos, pon especial y viva atención renovada en la señora Triller y su diabetes, de modo que, como buena compañera, te vas a tener que abstener de darle tentaciones o de acercarle caros antojos; recuerda que si se enferma, tendremos que regresar y no concluiremos nuestros negocios con bien y en buena fortuna, de modo que, no lo tomes a mal gorda, por favor no la excedas, ya sabes que es débil para los placeres del *gourmet* y no queremos pasarla en Baden-Baden tomando baños. Además un poco de dieta no te vendría mal, querida, sabes que la llantita donde me amarro a tus curvas puede crecer y no es conveniente, pues bajar es tormento, mejor no subir, eso es lo recomendable.

—Ay viejo, ahí sí te pasas.
De modo que ¿ni patés, ni vinos, ni embutidos,
ni pastelitos, ni carnes, ni chocolates?, ¡nada de eso!
Ya ni la friegas, amor, ¡esto te va a costar!

¡Pieles y perfumes pagarás!
Su vanidad se esparcía al hablar,
mientras acaricia a una Martha que cuelga
yerta a su capricho... sobre la cama.

"En el ara
de un funesto capricho,
yace muerto un último animal
envuelto a tu cuerpo... yace, un mucho del mundo con él...", pensé.

De pronto, ella cambia totalmente su rostro sonriente, pero no deja que las líneas de expresión hagan mella bajo su maquillaje y se recompone para relucir fresca, después de enfatizar su posición ante su marido, con un cierto y muy controlado arrugue de su frente en el ceño, que borra de manera inmediata, para no estropear sus arreglos: trucos aprendidos en aquel París; dándose unas palmadas en la papada con el dorso de la mano, observa como reluce excepcional su belleza, resaltada por el tono claro la *moisturizer* que aplica con reservas por no necesitarlo y con la intención del variarse un poco el tono.

Sus toques son tan sabios, tan finos los polvos y tan sutil la aplicación, que no son ni están, sino que ella es una perfecta obra recién terminada, con el retoque del artista fino en gusto y gran talento, en un algo de aquel brillo, por aquel que también se trasluce en ella y se recompone, vital, en su viva dualidad que vibra...

—¡Ay mi amor!, me sorprendes —le dice su mujer, mirándolo desde el espejo y acabando de delinear la *eyebrow*—, por favor, no te preocupes del cambio de esos números que yo le sugerí a tu querido asesor, cuando supe lo de la muerte del profesor y la poca tesitura de empresario que tiene aquel niño jugador, que saldría tigre para el negocio, al final no lo previó, pero ¡qué Dios nos agarre confesados! ¡Ah!, y lo olvidaba, por favor, no vayas a tomar en el avión pues ya sabes que tú te mareas; y nada de la comida vasca que tanto te gusta y tan pesada te cae, cual bomba, así que mejor te tomas esta pastillita ahorita.

—¡Ah!, ¡ah!, ya empezó la venganza, pero no importa, al cabo yo no tomo en los vuelos y ya ves qué pesada está saliendo aquella cocina, pero al fin terminará finamente y todo se enfrentará desde la razón y no desde el crimen injusto a todas luces.

—Y, a qué viene esto...

—Nada... Anda tómate esto. Tómatela, mi amor ¿quién te conoce mejor que yo? ¿Quién sabe lo que necesitas? Anda, como niño bueno, papito, tómate tu pastilla para el estómago, para que así no resientas la fabadilla que dan en el avión, y a la que sé que no te podrás resistir. Acuérdese usted solo de encargarse de hacer dinero que yo le cuido.

Suavemente le besa, con un roce de sus labios, las sienes al pasar junto a él y recoger unos pendientes, que se coloca tan largos como candiles con sus brillantes sudafricanos, que brillan en su rostro, trayendo luces de los escondidos tonos del mar a su rostro de ninfa en su reclamo, se los prueba y se los quita, para no llamar la atención en el aeropuerto.

De pronto, el tiempo para mí tiene muchos matices y me encuentro en esta escena con años diversos entre idea e idea. Como si al mirar aquella escena de Ángela y su madre me refirieran eras enteras en la designación deliciosa del tictac, al ser solo, al andar del camino en que la vida cotidiana de algunos ya parece una fiesta inalcanzable. Ángela se pierde en la majestuosa cama, hojeando un diario del que me brotan ideas.

**120**

*Retumbaban los truenos en la catedral. Se alzaba un canto* sutra. *Medita-*
*ban budistas que oraban y se mecían unos musulmanes. Invocaban de rodillas*
*católicos y el Dalái Lama —décimo cuarto guía espiritual del Tíbet—, se tocaba*
*las yemas de los dedos y pedía: Paz. Paz. Paz.*

—*Excélsior,* 1 julio de 1989, Martha Anaya[17]

Fiel testigo de aquellas voces que escurren de mi mente por voluntad de
Nous. El hambre campea serena, en paz. Y es curioso, pero la lectura de esta
noticia, que parece arrancar reflexiones de mí y que me da la sensación de aquel
espacio que me manifestara Nous, dado como en un espacio presente perfecto,
en el que mi vitalidad tuviera que ver, como si mi grito angustiado por la paz,
hubiera concitado a tal reunión de todos los tiempos y, el que sería ahora ya parte
de un lejano pasado, tan mío en su principio pero tan tuyo aquel ser tan ciego al
acercarse al precipicio, en el que de alguna manera me veía inmiscuido, como si
desde las dudas vivas que el laberinto da, se me mostrara cómo atraer los sucesos
de aquel día en el que las cosas se suscitaban, dejándome el sabor del ser partícipe
de aquellos eventos; quedando tal vez ahora, solo este dato como un registro del
cuándo, es que pasó mi huella por esta recámara por primera vez, en un tiempo
elástico.

Notas que al hojearlas y leer párrafos, es que me retrotraen a viejas imágenes
de un hoy, que ya se pierde en ayeres insulsos para su memoria y que, de pronto,
aparecen en mis percepciones en que están ahora aislados de mi presencia, en
que el tiempo adquiere una maleabilidad, en que mi presente por esta ruta, en
realidad parecería conformado por miles de pasadas por sus trazos en afán de
seguir sus trazas; sensación de peligro; que de manera innegable se desprendieron
como producto de alguna intervención de Nous, en voz alta, por las esferas de
la actividad humana; eventos, que ahora reposan como parte de nuestro pasado
junto a varias otras revistas y *magazines* más o menos viejos que están junto a la
cama; porque, ya bien se hace alguna mención de su padre, o bien, de alguno de
sus importantes socios ante los *paparazzi*; de manera que, ahí en ese gran cubo de
mimbre se almacenan periódicos y revistas, más o menos atrasadas de sus pasados
o vigentes triunfos, mezcladas con las novedades de *Hola* y de *GQ,* que les sirven
a su padre cuando regresa de sus viajes para recordar o para tener presentes las
cosas que puede ofrecer para aquellos que con su confianza le mantienen en su
sitio, así como, rememorar las aventuras o las empresas sociales de las que aque-
llas revistas daban cuenta en los festejos a los que había acudido, que le sirven de
terapia para su ego; o a los que había hospedado en un nombrar de muchas cuen-
tas jugosas y sanas de sus famosos amigos dándose masajes de triunfos pasados,
nunca olvidados, ungiéndole aún hoy con enormes ganancias que se derraman de
muchos de los negocios mal avenidos para muchos, pero afortunadamente muy
jugosos para otros pocos vivillos como él, que han sabido estar a la sombra del
poder y esos dineros auspiciados por políticos, dineros redondos que más venían

que iban y ese cesto de revistas, tenía congelados diferentes momentos del tiempo de la bolsa que ya nadie recordaría sino los propios interesados, y que a su vez me dan cuenta del transcurrir en laberinto de mil sucesos conexos que hacían de su vida aventura en su hedonismo…

Sus padres no han notado que Ángela les mira.
La UNAM está en huelga y ella tiene todo su tiempo...
La "hijita" se había salido con la suya y estaba en la UNAM.
Su madre había cedido pensando en un *M.Sc.* (mientras se casa)
estilo diplomado que la regresaría al redil de las buenas costumbres,
ya que ella la veía en Harvard, de la mano de un güero bien forrado.

"¡Con estos que defienden a la UNAM
y con esos que la tienen parada,
pronto cerrarán la dichosa escuelita, ojalá...!
Cuando regrese, seguro la mando, cuando menos, a Boston", piensa Alejandra.

Y ahí mismo en la cabeza de Ángela irrumpe otro tiempo viejo; sumida en una revista que tiene las huellas del pasar de los años, un par de décadas o más, y más, y más que cruzan por sus ojos, deteniéndose en forma de artículos viejos, en donde siento, que para este mismo mundo, las viejas notas, aún tienen la resonancia de percusiones que aún transponen la vía de la miseria de esos millones que fueron desafortunados en el rumbo que tomó el mundo, cuando tras las promesas de bonanza, al repartirse el mundo, se lo quedaron algunos cuantos y excluyeron al mundo, disfrazándose y al que se va a encubrir con diferentes nombres que solo pretenden legalizar aquellos malos manejos de unos, para que los paguen todos por generaciones, quedando malditas sus generaciones por ser los portadores de la miseria general para salvaguardar aquel exceso personal. Como si el multilavado pudiera lavarles la conciencia del tan poco esfuerzo de ser en placeres del IPAB vejatorio y que será, después, renombrado *ad infinitum*, pero que ha trazado la vida de cada niño que nace con fuerte deuda per cápita, que viene a compartir, kafkianamente, en un proceso que cae.

Largos años habían pasado,
atrapado en este laberinto que
nacía en ciernes de una llamada en sección retrospectiva,
cual si la voz estuviera de vuelta en la obra...
de construir la "paz"... de los muertos, sin deudas, quizás…

Ángela lee esto y pasa rápido su vista a un actor sin el Ferrari y le ve vacío del personaje, este se le hace un actor de moda, con pocas cosas que mostrar, pero luego igualmente le dan el papel y le sorprende gratamente. Después mira un perfume francés de introducción, una mirada de Coco Chanel que en el fondo, muestra, siempre viva, a aquella huérfana de principios de siglo, que narra sus osadías para ser la gran perfumista, alquimista del olfato que ahora es el icono con que se defienden las que ellas creen que lo valen, levantadas con una tijera y una regla donde toda tela era arte.

El periódico esparcido va a ir atrapándola por segundos, para no tener que cruzar su mirada con sus padres y parapetada detrás de las grandes hojas del periódico, levanta poco a poco sus ojos y ve hacia el espejo para que ellos sigan naturalmente acicalándose sus ajuares, sin sentir el peso de su mirada, que tarde o temprano haría volverse a su madre, la del bellísimo rostro de madona italiana, que se ilumina con aquel juvenil y resplandeciente cutis fresco, imponente en su suave aspecto de marmóreas hechuras facturadas por Fidias en la fragua del Hefesto con Calicles y que a ella solo la colocaban en la barandilla de la moda y de los altos estratos sociales, con un rostro angelical como el nombre de su hija y el poder conquistador de su propio apelativo con una sonrisa que la sitúa en el ser la alegría de la elegida que el destino corona y que goza de ser el contraste con aquella carencia general del mundo donde lo pobre le era lo irracional.

La atención esmerada de su madre a su tocado con diamantes y el topacio en la mano, le dan un toque extremadamente elegante; donde solo un ojo filosófico podría ver la cálida sofisticada entrada de esa vía al paraíso, que esconde la viva ruta desde el espinar de rosas tras el cristal. Y de pronto, ella se retrotrae a ser como ausente, observando lo que hacen sus padres; los encuentra dentro de su mundo con no poca dosis de satisfacción y a los que ve un tanto cansados de sí.

Con extraña y salvaje belleza de orquídea, sus fantásticas miradas comprensivas que chispean me atrapan en estos bellísimos ojos anclados en mil inocencias perdidas, que reflejan aún la confundida ilusión de resplandores desde la atracción primigenia que subyace bajo mil tenues ternuras, aún agazapadas, dando lugar a una elegancia extrema que invita a admirarla.

La madre de Ángela mantiene una lucha desesperada para poder cerrar el broche de una cadena de oro de 24 quilates, con un Dalí similar al del padre, e intuyó que este se siente más contento, mirándose resguardado tibiamente entre los duros senos, (donde el de la cruz flanqueado por dos ladrones de deseos, va escuchando que en la noche estarán con él en el paraíso, paso previo para reencontrarse ellos en el averno, claro está) y que ahora le guardan.

Ella, afligida desde la voz y con su gran calma interior exclama: —¿Por qué, Señor, me pasan estas cosas?, ¿por qué precisamente a mí? Hoy, que tengo tanta prisa, he subido cuatro kilos y no tengo un solo vestido que ponerme. El broche no cierra y las pieles no han llegado de la tintorería. Ángela, ¿dónde está Ángela?

Alza la voz en media tesitura, toma la extensión del intercomunicador que al encenderse muestra en la pantalla a la cama de Ángela, destendida y sola, lejana sin denotarse cierta frialdad en las tibias sábanas regadas que ocuparon sus carnes en regazo.

Su madre no le mira, desde atrás de ella que la observa silente, mas al verse en el espejo sonríe al sentirse la buena madre moderna, satisfecha que con su tono de voz haya hecho sentir su fuerza y su temple, al retumbar en su recámara y espera oír un eco que en su imaginación orgullosa le devuelva inmediata respuesta, mas la hija, callada, la mira mientras ya nada piensa después de entender vagamente el que todo había trascendido a otro espacio en su vida real en obras.

—¡Ángela! —grita ahora severa y enérgica, sabiendo que está tras ella.

—Dime, mamá —contesta suave y decidida la hija que la mira fijamente.

—¡Ay!, si ahí estás niña mía. Por qué no me contestas, haces que se me descomponga la garganta. ¿Descansaste? Ve mi amor, y dile a tu Nana, que hable a ver qué pasa con las pieles y que les diga a los de la tintorería, que si no llegan, y pierdo el avión, ya verán la que les espera, que ya me comuniqué con García. Y dile a tu Nana que les diga allá abajo, que se apuren con esos jugos y el café; saben que no tolero el salir sin tomarnos algo y tu padre ya casi está listo y aún no suben sus *croissants*.

En este momento entra una joven limpia y sonriente, fresca de campo e injertada en aquella casona, uniformada, con una charola con el desayuno. El padre pasa en busca de una corbata y toma un cuernito con mantequilla y canela, bebe un sorbo de café.

Luego sigue por su camino, hasta un gran clóset, que eléctricamente, en carrusel, le pasa un sin fin de corbatas. Toma una azul turquesa que asienta, en contraste, al pantalón gris y al *blazer* azul oscuro, que acompaña a la impecable camisa blanca que forma parte de la última combinación que guarda en la maleta. Vestido con distinción, se acicala las mejillas con una seca loción para después de afeitarse, la que le hace exclamar unos ¡uf!, que le salen desde el ardor mismo de la piel recientemente rasurada y que ha sido rociada en demasía. El trozo mordisqueado del panecillo y su humeante taza, descansan en el tocador, que aún tiene retenido cierto vaporcillo que se escapa del baño recién usado; dándole un ambiente interior húmedo. El vestidor, en finas maderas, contiene un sin fin de trajes, todos de diseñadores, comprados en sus viajes a Hong Kong, Nueva York, Londres, Roma, París, Tokio, Singapur. Cuelgan en aquel enorme carrusel de trajes, ropas para combinar, sacos, camisas, pantalones de diseñador cortados para él, y decenas de cajones completos de camisetas, calcetines y zapatos. Hay un buen número de pares no estrenados y alguno que otro que había sido usado tres veces cuando más. Dado al orden, ese Emiliano Montesino Santillán, es ante el mundo un eminente hombre de negocios, que ha incursionado con sus grandes empresas en las ramas de la construcción, con ferreterías y constructoras, y que, siendo amigo de un gran poderoso, este le había cobijado con jugosos contratos, que le habían dado liquidez a sus empresas, reforzando sus variados negocios, ahora multiplicados en diversificación de sus inversiones globales en alimentos de biotecnología, alta tecnología de ensambladura y en otras muchas ramas de la industria y la biotécnica, de la cosmética y, sobre todo, en la búsqueda de alimentos energéticos para la recarga sexual, en la que confía para el futuro y también en el presente ya que, aun con todos los cambios tecnológicos, la vanidad no desaparecería y, últimamente, viene haciendo algunos sondeos en la industria farmacéutica, que tenía acaparada Saba y que solo abría la oportunidad de los genéricos...

Le interesa ver cómo un Dr. González Torres se volvió Midas con los similares, con la sabia fórmula de curar barato a las grandes mayorías pobres y, a cambio, alguien le prometía acercar su sillita a los debates en su ansia presidencial, sin aquilatar que su peso en la sociedad era mucho más valorado desde su puesto sin la libertad comprometida y, cómo, el trasiego de sus andares acababa volviéndole un altruista verdadero que hacía muy buenas obras y podía hacer siempre más, porque a todo, construir la obra de la justicia comprometida da eternidad. Emiliano trataba de analizar cuál era el truco real de aquella aparente conducta contradictoria y le quería conocer; dos visiones de controlar la salud y cuál sería más airosa y sabia para seguir matando, se decía viendo a los potentados de las medicinas hablando de salud; uno de ellos, con verdaderas obras de solidaridad, que lo acercaban a un modelo muy inteligente de expansión global, lo que dejaría mares de dinero ya que pensaba en términos siempre del mercado interno, que se vería ampliado a toda Latinoamérica.

Nacido en la Colonia Marte, fue muy popular en su primera y segunda adolescencia; se convirtió en un estudiante mediocre de la Facultad de Derecho; mas se hizo buen amigo de un "gallo sagrado" y cabrón de la política, bendecido por el tricolor y ungido por sus avatares, como él decía de aquel, su protector y, por eso, de sí mismo, convirtiendo a su maestro en su paradigma. Con ello, no necesitó más para ser un picudo de las finas transas, como decían en el ambiente político de su padrino y también en el espacio de las finanzas, frente a sus íntimos, gustaba de tratarse el mismo, de ser un gallo cabrón, para darse un sentido de hombre macho poderoso y triunfador, frente a la sociedad que lo encumbrara.

Esto que en realidad es un secreto, nadie ni lo piensa ni se lo huele, así que ni habría por qué investigar antecedentes de un hombre, considerado tan recto, decente, poderoso y con un historial tan limpio y eminentemente empresarial; el que, bajo el mayor sigilo, se hubo hecho a la sombra protectora del Estado, como casi todos los ricos del país, aunque al olvidarse de estos molestos temas que recordaban sus modestos orígenes, es dado en una sociedad emanada de la revolución de carácter obligado de no mirar atrás. Nadie podía imaginar sus raíces, ni la profunda relación de sus negocios con el mundo del poder político, porque de hecho, la trama de su factura estaba concebida para que nadie ni por asomo, pudiera pensar en otra cosa, que el ver en su fortuna un origen empresarial honesto y siempre se cuida del fuego amigo, que finalmente es el único que verdaderamente se le presenta como peligroso, por la posible incidencia en su vida privada de los seres públicos que tenían vedada su figura; es decir, que mientras se cuidaba de caer de la gracia del poder, ya que eso en el país, equivalía a la caída del "Olimpo" azteca al Mictlán, en donde esos políticos eran de una misma vieja cepa que aun se había robustecido ampliada, conglomerando en la triple alianza desde la caída del único, asimilándole a su equipo. De modo que sabía que su cobijo era rentable canonjía en su poder.

Ahora solo invertía en viviendas y en hoteles,
pero su verdadero espíritu era de lavador...,
lavador de lanas entre ladrillos y hierros, hoteleros...,
mas su nítida vocación, era un secreto del constructor de caídas de enemigos.

Su dinero, en buena medida, está invertido en la especulación financiera, y aunque, tiene sólidas inversiones en automotores y transportes de energías alternativas, su interés en los bienes raíces, de algún modo, le es más significativo, pues impacta sus participaciones en la industria alimentaria, de modo que, desde antiguo adquirió grandes extensiones, ya para usos hoteleros, mercantiles o alimentario-productivos; que, habiéndolos comprado a precios de hambre y con el apoyo de su protector, de quien aprendió: que más vale gente liderada que se puede comprar, que gente aislada que hasta pensar por ellos mismos quieren. Así, él, acostumbrado a mandar y a ser el hombre del poder, ya enquistado por unas decenas de años en el espacio de adquisiciones y obras del Estado, compró a precios de pueblos empobrecidos o bajo el amparo de las incautaciones y expropiaciones del Estado, para luego venderlo ya construido a precios internacionales de gran turismo; en fin, que con la bendición del Opus Dei, pues era fiel discípulo de Balaguer, a quien encomiaba por crear la digna casta del privilegio del usufructo de la gracia y de la entrada a los cielos, ensartando el ojo de la aguja y el que desde su atropello de infantes, frente a las mismas puertas del cielo; donde algunos tarugos intentaban hacer pasar un camello por el ojo de una aguja, mientras que él construía grandes ojos de aguja en las que se entraba con todo y bagaje a instalarse a las mismas puertas del antecielo en la Tierra, conjuntando así, la salvación con las riquezas, no obstante su fuente; con que se podía obviar el asunto del camello con mil limosnas, donde una mano lava la otra, y su cruz se la pueden cargar muchos otros que quieren ser aplastados por robarle a Dios.

Pensamientos profundos que él se argumentaba para asaltar el paraíso en una mano de preventa y en sus adentros pensaba, que en el otro mundo podrían hacerse buenos negocios con los bienes celestiales, de modo que no dejaban de dar brillantez en líquido de emolumentos al Opus; que aún se deja coquetear por algunos millonarios de Cristo, que eran famosos por su persecución de las almas moribundas, que les testarán algún bienecillo por ahí sin afán de simonía; solo que como buen hombre moderno en el mercado, sabía separar los bienes terrenales, de los del cielo, así que se deja acicalar por las bendiciones eclesiásticas y las del Estado; especula con el hambre de esos desfavorecidos, (peladaje les decía, según la costumbre de algún senador con aires aristocráticos de ranchería, con lengua hábil y dominio de la ley, grupos que en el país no serán sino sinónimo de ser gente transa, que forman parte de sus amigos aunque sean rivales todos, eran parte del divino equipo de saqueadores de eso de todos que se repartieron a sus nombres propios en abuso) y que no se reconocían sino como el ser desde las buenas costumbres; de tal suerte, que la suerte siempre les sonreía haciéndoles pasar por decentes todos sus cochinos asuntos y por peladeces abusivas en esos actos públicos ajenos, a los que atacarán y le darán un atisbo de justicia a esa vieja sociedad, corrupta y sucia. La que por cierto, desde adentro, parecía querer limpiarse de cosas que nadie quería ver, empero ahora la llave era visible y cercana, de botas vestida para poner un freno a tales inmunidades, pero él solo callaría... y navegaría como el mejor en esas aguas tan de él, pues ese silencio ahora lo sentía cómplice y leal, al principio soberano del Estado democrático educado donde el de las botas no solo resultaba no ser inocente, sino ser el jefe de la banda de Martha y sus chamacos triunfales.

El ser un transa en una sociedad en que la máxima a seguir fue fomentada desde la sede del poder por décadas y que había sido reducida a la expresión de que "el que no transa no avanza", permitía que en base a su buena discreción y mejor disposición con el poder, algunos aun con oscuros pasajes de sus vidas, pudieran calificar de más transa a unos que a otros y, en donde decenas de años atrás, el dinero de cuellos blancos no se confundía, ni por su tamaño o importancia, ni por sus modos de apropiación, con el dinero del sudor de esos que trabajan o emprenden. Para los primeros, el castigo eran las primeras planas y jugosas cuentas; para el peladaje común y corriente, estaban hechas las cárceles para rumiar los errores de su pobreza. Siete años por un pan al mejor estilo de Víctor Hugo, era estar en boga con las corrientes del tiempo, mientras los delitos de cuello blanco no eran considerados graves, sino solo desviaciones de conducta de ataruagados ciudadanos que se apendejaron porque "les cayeron en sus negocios", pensaba él.

Casta de intocables, pertenecientes a la divina familia revolucionaria tendría con ello, una base del poder esencial no cuestionable, intocada y venerable; no por el esfuerzo, sino por ser los iconos que están más allá del cuestionamiento público, del ser los que tejen fuertes lazos entre los poderes y pequeñas capas de afortunados, que valga decir, forman un séquito de seres que se consideran divinos y que pueden disponer para ellos de los bienes de un pueblo, para volver todos esos bienes solo para ellos, mientras que son males sociales crónicos, a la vez que se convertían en principescos bienes personales y reclamaban reconocimiento de ser luchadores sociales de humildes orígenes y desmedidas ambiciones. Así le ponían sus nombres a las calles, a las escuelas, a las clínicas; como si fueran patrocinadores de eso que realmente no eran, sino patrimonio del pueblo y botín de ellos y que aquellos sentían "hacían el favor de dar" cuando habían cobrado emolumentos mucho más altos que el costo de las obras, ya que por saber de papeleos y transas, sabían que ninguna auditoria los alcanzaría a tiempo de castigarlos, todo estaba medido para que sus abusos salieran impunemente como negocios familiares de empresarios sexenales.

Esta casta divina, como una extensión de poderes locales de caciques, se había apoderado del espacio público por generaciones, durante setenta años y aún así, esperaban ser reconocidos cual beneméritos, cuando no eran sino viles ladrones que tenían sus secretos y ciertos grupos depravados de boquitas pintadas de la buena sociedad, que secretamente conforman la sociedad decadente sin valores y sin caducidad en el poder, que tuvieron su precio y se convierten en el modelo anhelado de todo aspirante a poderoso, más allá de los poderes partidistas y sus colores, todos se cortaban con la misma tijera, cifrando sus esperanzas en pertenecer al secreto destino mental de los que aspiran a conquistar algún espacio en el Estado, para hacer que desde ahí, sus sueños de grandeza se coronaran con jugosos emolumentos y pingües negocios, siempre y cuando, no se abandonen los sagrados estatutos que impone el besa manos de turno, respetando: "el no me des y ponme donde hay que sabré tomarlo"; esa verdad como la cruel desvergüenza en la mentira del puesto feudal que olía a lo fúnebre de marchas de pueblo en hambre y demanda.

La riqueza en México, había que decirlo, por un lado, mostraba una cauda de gente trabajadora de primera línea. Empresarios y comerciantes de esfuerzo y disciplina, profesionales y emprendedores cual gente que crearon riquezas del desierto o de la tierra, del mar o del aire, de sus sudores todos y de su inteligencia y constancia. Pero también entre cada diez de aquellos había un triunfador de cuento. Hasta felicitados por su mami, la esposa de un megalómano, que al ser tan buenos empresarios, por aprovechar la posición del poder y sus corrientes del tiempo, abusando el ponerse para sí lo extraordinario que fue usurpado por lo ordinario y bajo esa sombra mostrar la profunda vaciedad ante el poder y la responsabilidad olvidada echada a un lado en el disfrute de prebendas, no por actos de Estado ganan la memoria ruin en escándalos del que da espectáculo de abusos en casa ajena que conforman esa nata de herederos de una deshonra.

Estas ideas que me llegan se desprenden desde aquellos tenues brillos de los ojos del par de padres bien, que en la cumbre miran con cierto fulgor despectivo al común espacio de la gente simple y que impregnan su espíritu a todo lo que tocan con el hálito que se desprende de sus respiraciones. También, de algún modo, aspiran en su interior a ser como aquellos vecinos del imperio: los norteamericanos, sus socios, con quienes comparten ese valor único del dinero, que todo lo adquiere, aunque despreciándoles muy en el fondo, en sus ansias protestantes, donde no me mueve mi Dios para quererte, sino el que tengas unos dólares para bendecirme en el camino… Y porque las transas de aquellos siempre eran con ellos, de modo que ambos cabían en un puño: corruptores y corruptos, ambos unidos; siempre y cuando estuviera acolchado de billetes verdes. Sin embargo pienso que el capital y el trabajo no eran malos en sí, ya que el empresario triunfador era básico y sí ejercía sus funciones en el orden y sí comulgaba con su tiempo y la sociedad, así como también había políticos rectos y entregados, o sea que, "había de todo, como en botica".

En fin, que las imágenes que adquiere su presencia en mi cabeza, parecen formarse de secretos mantenidos a voces por su espíritu y a la vez huellas corruptas dadas por anhelos que se escapan en el silente espacio que les rodea, donde no había un foco o ladrillo que no tuviera impresa la mácula de su oscuro origen y destino. Yo me siento extraño porque ante tales sentimientos que percibo, sin juzgarles brotan desde las ideas que su presencia despierta en Nous y este me trasmite, como si aquel viejo pudiera decantar con solo ver la esencia del hombre, y en el que escucho que para ver o entender el espacio moral debía comprender que sus valores obedecen al convencionalismo intrascendente de tener lo que permite disponer de dos medidas, debiendo colocarse al centro de aquel ser social que compraba y vendía sin otro compromiso que sus tasas e intereses. Pollos, puercos, chivos... pasan por ser sus propiedades, surtiendo el espacio de la periferia de la ciudad con sus productos directos para el consumidor. Sus dineros, tienen un sentido productivo en el 40% de su ser económico, de modo que, la rentabilidad de las empresas que tiene no debe ser superior al espacio especulativo del resto de sus dineros, que cazan sus oportunidades en inversiones del mercado financiero especulativo, engrandecido, sobre todo, por el *tip* político en silencio y a tiempo; porque en el mundo financiero la información privilegiada lo es todo; de modo que, saberlo todo por aquellos que devalúan la moneda y que le ponen al tanto antes de hacerlo con lo que logran para el grupo la oportunidad de aprovechar privadamente el mal público, es tan bueno, como ser de aquellos que pueden retardar la información de la bolsa en la red unos minutos, los suficientes para comprar o vender según sea el caso, haciendo del tiempo: el gran tesoro.

Es como la pesca de oportunidades en la bolsa, su espacio vital, siempre le mantiene ocupado con el teléfono celular y sus *beepers*. El hombre de la seguridad que siempre le acompaña, es también conductor del auto, *aikidoka*, economista, con maestría en política exterior y doctorado en altas finanzas, lleva arma de alto poder, una Beretta, su chaleco blindado, tres aparatos de telecomunicación, una *laptop* con Internet de banda ancha móvil y servicios de videoconferencias; dos radios y un celular con televisión, y su video *iPhone* a mano.

Diferentes armas forman su arsenal, que estará repartido según el tipo de necesidades del "licenciado"... Funcionan como equipo, ambos conectados a satélites todo el tiempo, con estaciones satelitales de apoyo para salir del circuito comercial y así hacer relativo el tiempo; acompañado de sus vehículos blindados atados a sistemas satelitales de protección, que se mueven a ritmo de frecuencias hertzianas que las requieren para solventar airosamente esos negocios del patrón. En ese caso; Felipe Miranda Arévalo, que es el nombre de este asistente que cumple las veces de secretario, asesor poliglota, chofer y jefe de guardaespaldas y el que atiende con atingencia las necesidades de su jefe, actuando como hombre de toda su confianza; testaferro que seguramente debe estar abajo con el auto, acomodando las cosas preparadas para partir todos ellos rumbo al viaje de negocios, que hoy separa de su hija al benemérito hombre de negocios y su clan. Hija que les ve moverse como fantasmales apariciones en una recámara que regularmente aparece vacía de su presencia, por la alta movilidad que su vida impone y en la cual, los hombre-dioses modernos se mueven dominándolo todo, ya que están mirando lo que nadie ve y saben de cerca lo que ocurre lejos, controlando su mundo, lo que les brinda una viva sensación omnipotente, cuando al salir, miles de foquitos se están encendiendo y apagando y todos significan ese decir algo que aparece como el engendro del poder de su decisión que emiten sus latidos con luces.

Es su mano derecha y está a tono con él para funcionar, permitiéndole a Emiliano atender todos sus despachos, al estar ya en movimiento o bien de estancia en algún lugar. Emiliano no tiene oficina al tener tantas, sino que opera en una serie de apartados postales, diez correos electrónicos, que regularmente muda con sus claves de Internet, donde juega con sus páginas web; manda señales al mundo, del que compra y vende industrias según su humor. En realidad, bien a bien, no le importan ni las carnes, ni los huevos, ni siquiera las industrias, sino solo el saber especular con ellas, pues el mundo financiero había aplastado al mundo productivo en lo real, desde hacía mucho tiempo, la carga de la compra-venta de acciones, que podía realizarse en segundos o en meses o en años, estaba sobre la producción entera. El tiempo era una cosa relativa directamente relacionada con la oferta y la demanda y, por eso, la más cara de las mercancías se refería a la información estratégica sobre los negocios. Es claro, por tanto, su amor por la tecnología; sus tarjetas de presentación son electrónicas y ha hecho montar aparatos de DVD, plasmas y LCD en varios sitios de la casa o en autos o naves marinas y aéreas, con *home theaters* de plasma y todas las delicias de la alta tecnología que él ama; todo ello lo mantienen entretenido en este valle de lágrimas del que bien goza a su paso por esta moderna sociedad. Sociedad que, en un país, debido la pésima negociación de la globalización efectuada, está condenaba a que la vida productiva de los profesionales se redujera a diez años cuando más, después de abandonar las escuelas, que se les remueven para que no acuñen derechos laborales ni pidan pensiones.

Un mundo desechable de hombres y mujeres desechables que les sirven a ellos, los todo poderosos que no aman. Un humanismo sin gente ni humanidad sino con el gusto de que todo es un gasto que se acaba y que luego estorba; un humanismo del reciclar que hace que las grandes mayorías estén de más, cuando solo son lo de menos para las sociedades del vacío. Todo con la bendición de quienes por ignorancia o mala fe, han tejido los cambios sociales para servir a sus intereses y no al servicio del hombre. Atiende desde su lujoso Mercedes, un Bugatti o un MG y secretamente en Europa desde un Ferrari Testarossa o Maranello; o corre con un Lamborghini Diablo o su Porsche Carrera, en Estados Unidos. Estos últimos él los maneja personalmente teniendo así completos sus sueños de juventud, al ir acompañado de alguna preciosidad, que cobra por hora sus sonrisas, otorgándole otras ofertitas más, seguido de un Mercedes Elegance donde el *aikidoka* carga la oficina.

Calza, Emiliano, zapatos de 400 dólares, que nunca pisan el pavimento, acostumbrado a alfombras y *parquets* pulidos, donde sus suelas brillan por estar acariciadas al andar por lo delicado del camino que recibe sus pasos; de pies que no tocan la tierra sino contadas veces y solo para acercarse a estrecharse con mujeres.

Mármoles se tienden a su paso o, cuando más, aquel rudo suelo de los aeropuertos se atreve a rozar sus suelas o bien la fría porcelana de las lujosas entradas de un mundo construido a su medida y, según piensa, a su imagen y semejanza.

Siempre es imprevisible y en eso radicaría buena parte del respeto que despierta en aquellos subordinados que le temen, pues nadie nunca sabe donde está y, más aún, puede aparecer en cualquier lugar como un extraño, sin que nadie siquiera suponga que es el verdadero dueño de muchas empresas o su presta nombre casual o temporal. En esos momentos es que acaricia su poder y le da por asestar grandes golpes de teatralidad al correr a alguna persona que aparecía como inamovible, que hace cimbrar a las organizaciones, tanto por lo inesperado del caso, como por la inverosimilitud de los destinatarios de sus golpes y movimientos, pues suele atacar a los que se sentían seguros, ya por su experiencia o fortuna; de modo que, después de finalizar sus incursiones depredadoras de cabezas importantes, se siente un *headhunter* al estilo moderno y con esa visión mexicana del cazador de cabezas, que siempre impacta en las organizaciones que comanda; donde sus miembros se sienten muy vulnerables a su paso, con lo que logra un tejido zalamero y temeroso entre su allegados fortuitos; aunque no golpea a sus partes más estratégicas, pero siempre todos sus movimientos tienen aquel dejo del imperio español, que decapita en sus posesiones a cualquier posibilidad de hombres valientes, con potencial de rebelarse a sus inclinaciones. Sus actos punitivos dejan temblando a gente que jamás se habían sentido vulnerable, poniendo en entredicho sus carreras y su futuro; marchitándoles las testas con premura, quedando un poco a su disposición, un poco con un temor que raya en la inteligencia del saberse prescindibles, cuando poco antes, aún se sentían seguros de tener un futuro inalterable en sus alcances, y que en su momento saben que penden de voluntades no muy claras. También, cuando el miedo no es suficiente espectáculo, pega con algún movimiento de bolsa que les deja a la deriva sin sus antiguos jefes, de modo que, muchas de las empresas que compra, lo hace para acabar con sus cerebros y luego lanzarlas a la deriva, donde van aparejados algunos enemigos de él o de su protector, rumbo al futuro naufragio, gracias al haber servido a competidores que pagarían muy caro sus favores de muchos intereses, de los indeseables que hasta ahí le habían seguido, pero que servían como señuelos capaces de hundirse con un blanqueo indefinido de dinero, en enredadísimas cuentas que nadie hurgaba por ser un trabajo que no redituaba a nadie, el deshilvanar enredos sobre los jóvenes cadáveres pútridos de seres heridos por el número. Es un personaje de tapetes persas o chinos, su mullido espacio va impregnándose de sus más mínimas muecas o gestos; aun en la forma de su moverse libremente, siempre goza del privilegio abrumándose en él, se hace servir champán de la viuda y caviar de beluga en el auto y siempre en compañía de una bella o dos en turno; mientras que cumple sus divertidos roles y gusta saborear la langa o jamones de pata negra, jabugos de mil anécdotas castizas, que en su osnar requieren el guardarse desde la campiña bravía para ser alimentados con castañas, dándole al productor ganancias millonarias con aquellas piernas negras, o aquellos brazos de cangrejo de Alaska al hielo, con sus duras carnes servidas en su carapacho, mostrando aquello que la deliciosa despensa terrenal aún cultiva. Su servibar del auto siempre cuenta con exquisiteces que le sorprenden y que agradan al gusto cuando todo es fresco y nada es de

**131**

lata. Aquel manjar del norte le lleva a derivar al champán y sus picores vivos en sus naves de aire, tierra y mar que tienen mil delicias para el cuerpo.

Ángela sale de la habitación sin contestar. Su madre, por su lado, no la ha mirado. Me quedo observando a la señora y concluyo que exagera con eso de que está cuatro kilos arriba de su peso, realmente es una mujer joven, de unos cuarenta años, muy guapa y que representa treinta y tres y podría decirse que es bonita, muy bonita; de las raras bellezas que alargan la frescura de su juventud y que la hacen estar en una rara sintonía con una serena madurez de alma que le da serenidad a su elástico y juvenil físico con la frescura del rasgo de su expresión; hermosa, pinta sus ojos mientras se asegura de que su mirada puede ser muy dulce. En ensayos teatrales, ante el espejo, muestra su variado menú de miradas, y veo que siempre queda satisfecha por lo excepcional de su belleza, ante aquel espejo que no le miente. Inmediatamente noto que su belleza ilumina esas cosas que ve, y hace amable las cosas que toca con el avezado trabajo de una profesional de la sociedad.

En segundos pasa a una mirada sofisticada y reposada, mientras aplica un poco de tono labial rojo en sus labios. Se quita la bata y descubre sedosas y finas lencerías que recogen sus aún duras carnes, que potentes y bellas son contenidas en encajes que desaparecen, cuando caen sus vestidos de seda, en un tono aguamarina que enciende el vivo color de sus ojos oceánicos. Sus zapatos de piel de tortuga de medio tacón, propios para viajar, le imprimen un toque ejecutivo, que mezclado con su alto grado de feminidad y sofisticación, la hacen ver como una mujer que es en verdad extraordinariamente vital y atractiva. Toda una señora en toda la extensión de la palabra: por sus atributos y por su modo de lucirlos con sencillez, para mostrarse con clase, sobriedad y riqueza.

Unos diamantes en sus manos lucen elegantes complementos de los enormes aretes, guarda ambos en su maletín de mano e inmediatamente después se coloca unas esmeraldas exquisitas, pero más sobrias para el viaje, en manos y orejas, aunque no menos delicadas; sobrios marcos para su cutis iluminan trozos de piel que no tienen una arruga y que se afinan mientras pasan sus dedos, que van delineándola, afirmándose lo inmutable de su situación con su alianza de oro y diamantes que contrastan con aquel vivo carmín de las uñas pintadas, que al igual que sus labios, en tonos brillantes y sensuales, le dan un fino toque de sobria sofisticación y elegancia, dejándola en la sociedad en un sitio que no estaba en disputa frente a las posibles aspirantes al capricho de su marido. Respira firme y profundamente mientras espía de reojo a Emiliano, que usa el tiempo frente al espejo mirándose sus afeites terminales. Un destello en la mirada de ella asiente sobre los cuidados que su marido reserva para sí y comparte el orgullo de tenerle siempre pulcro como su compañero y guarda un recelo vanidoso al poseerlo. A él lo ve como una propiedad de ella para su usufructo y su interés confluye hasta la perfección de que nadie sabe para quién trabaja, solo ella sabe que él trabaja para ella: sin duda y gusta aceitar sus sogas de control con la fineza de modales siempre al alza que le hacen sentir a él que es valorado, y a ella, que tiene el control de sus vidas, ya que en su reino, solo manda ella al disponer de sus bienes.

Era curioso para mí, el ver que mientras los hombres veían a las mujeres como parte de sus posesiones, en realidad, las mujeres poseían a sus proveedores y les hacían darles todo y aún más. Un trabajado cadáver de hermosas pieles de cabeza de tortuga en extinción hechas bolsa, hacen juego con las que calzan sus pies para dirigirla hacia el avión y ahora descansa junto al neceser. Y veo en mí, el que al verla vestida en su rara viva belleza me hacía sentir frío en la columna, cuando prende un cigarrillo envolviéndose en un blanco humo que parece como si un nuevo papa saludara desde Castel Gandolfo ante la *piazza,* con el frío del rubor del vaho emanado del rostro de un niño judío que la vida salvó en unas olas de la manga. Y tras el humo se asoma, tenue, la figura de la mujer exótica que a su modo corona las testas.

Sus manos, desde sus formas largas y suaves, sin arrugas ni peca alguna, con la fuerza de una pianista, aunque nunca han tocado tecla alguna; dedos finos y delicados que contrastan con las manitas de la hija; y que aunque fuertes dan a sus extremidades sensaciones no lacias, ni débiles, y que hablan de su carácter, el que sabe dominar en su juego social; apareciendo como una mujer un poco ingenuamente dulce, sin serlo. Esta dama guarda una cierta belleza, que aparte de eso afortunado de las formas, se matizan por la profunda voz que tiene, que maneja notas de dulzura y cierta sensualidad que acompañan todas sus expresiones que en sus tonos enigmáticos resuenan, de tal forma que funden y escancian un algo espiritual sobre la gravedad de esos sonidos que emite, mezclándose con la magia del aroma de sándalo que inunda la habitación, aunque ellos no lo notan; siento que su voz armoniza con sus notas en tonos de "la"; de algún modo aromatizan los espacios que recorre con sensualidad en sensación de belleza única, y aunque veo su rostro por el reflejo de su espejo del cual no se ha despegado enmarcando su cara con oro blanco y esmeraldas en "fa".

Sus grandes ojos, que ahora por la luz parecen grises, infundidos en lasitud y candidez que parecen flotar en "do". Si bien esta sensación se pierde, al mostrarse unida a la tierra con sus dos hermosas y torneadas piernas que, bronceadas, la hacen aparecer como una mujer de las pocas de la estirpe de Cleopatra: con reinos e imperios doblegados ante sus impetuosos pechos rendidos frente a su incuestionable belleza; inteligente, divertida, urdidora de mitos y era saqueadora de tumbas, pues recordaba desenterrar a una anciana que le contaron que había sido enterrada con una crema que le había dotado de cien años de lozanía. Y aunque esto lo soñó, para ella tenía la certeza del aviso místico que le vendría.

Sabedora del vivo y excepcional legado de belleza que heredó de su abuela andaluza, tiene un aire profesional en esas artes de la sociedad, adquirido con esfuerzo y maña, pero ejecutado con naturalidad; todo en ella es perfectamente medido y dosificado; cada movimiento se inserta en un prodigioso plan para encantar, para obtener, ganar y a través de su rendición redentora: vencer, manejando el arte del ceder para siempre ganar. La abuela le había enseñado que en la soledad del baño, hiciera ejercicios con su pelvis cortando el pipí y apretando el ano o practicando con una nuez en sus labios mayores, de modo que con la práctica podía cerrar su esfínter y moverlo como un ojo de camaleón para adentro y para afuera, de tal manera que era singularmente gozoso. Una mujer con ese don, que parecía tener una mano que aprieta en el vientre, al ser su vagina una máquina de presión y movimientos peristálticos con la que así oprimía, era algo sin igual; y ese era su secreto mayor para con aquel marido que no conocía que nadie manejara así su vulva. Entonces ella, bajo la falda, hizo tres o cuatro movimientos de sus artes, como probando y calibrando las armas, tronando una nuez sin que nadie lo notara y satisfecha tomó su trago de café.

Gusta de hacer remembranzas lejanas y ligar sus viajes y su vida a estilos selectivos, electivos... Sus cursos de literatura en la UNAM la colocaron tiempo atrás en manos de aquel viejo Goethe... y del delicioso Mann y ella ha sabido tomar selectivamente lo mejor de su mundo al elegir a sus amistades y pulir sus modales para con ellos, ella no desistirá jamás de obtener eso que se ha fijado como meta, saber eso, le da un encanto adicional a su vida activa, dándole hálitos de certeza, de quien no le importa un bledo vender su alma al diablo si paga bien, y más si se compromete a apoyarla con más años de juventud, pues es la única sombra que a las mujeres como ella persigue: la edad. Palabra impronunciable so riesgo del caer de la gracia de esa "señora" que reinaba cual Penélope.

Este es su mundo, donde lo caro de la vida es lo más querido. Curiosamente ella no es profunda como la dama del jardín que va a perder un hijo ahí en su casa, junto al árbol, donde la deja el marido por una pequeñuela; por eso ella no será ni profunda, ni pura, ni nada que la acerque al personaje "mánnico". Pues ella no dejará a una chiquilla usurpar su trono, ni cederá nunca aquel, su sitio, a "una nalguita precoz que la desplace". Su belleza es de una fresca madurez que atrae por muchas vías, todas seductoras como una gracia natural que imanta a su favor, cosa muy rara aun para las mismas féminas y que en ella es otra más de las armas de su arsenal basto y delicado, sutil y frágil fortaleza, que solo tenía la corteza de su muy suave piel que esconde las armas de una guerrera de la sociedad que defendería lo suyo con garras y dientes.

Titulada en sociología, se mueve con facilidad en cualquier ambiente y parece natural en cualquier espacio... Su carrera le permite tener un marco ordenado de sus ideas, conocía las posturas progresistas del pensamiento humanista y hasta había leído, por tarea, a los socialistas, desde Francois-Nöel Babeuf, como recitaba y siente en el fondo de su fuero interno, que las cosas sociales son así porque así deben ser, la crítica le parece como un aditamento que viste en las reuniones, una especie de aditivo para sonar rebelde en las mesas adineradas y ese picor elegante que desprecia al final de la verdad, las bagatelas del que no sabe eliminar con las cáscaras las pretendidas ideas sociales de avanzada, a ella, en lo personal, le da un plus, un chic, como la orquesta en contrapunto con que podía condimentar sus pláticas y sus relaciones, que la hacen aparecer casi como una mujer de izquierda, ella se decía entre amigos: "es que soy una asquerosa comunista millonaria, casi como cualquier líder de partido de izquierda"; pero ella siempre postulaba a su persona, y, adora a su partido personal; partido que la había encumbrado por rebote con su maridito, donde solo militaba ella en la mesa directiva, en que, por supuesto, ocupaba la presidencia y la secretaría general y sus allegados solo eran sus súbditos. Y es a ella a la que veneran y la ven en su selecto grupo como la humanista, apareciendo hechicera del ambiente entre aquellos magnates que se divierten con esas ocurrencias y que junto a los brillantes, enriquecen las horas de la charla de sobremesa que comprendían sus espacios de lucidez, donde los encanta al ganarles para sus personales causas; dejándoles un sabor de haberse topado con una belleza en frugal demasía de luces y brillantez, que al final, si el caso lo amerita o sus intereses lo necesitan, se rendiría un poco para que la contraparte se sintiera aún más triunfadora por haberla hecho ceder; así, al darse, les arrebata de gusto sembrando un algo coqueto en sus relaciones en que siempre conserva ella el poder, sin quedar jamás como una cusca o mujer en venta, sino que cedía en un helado o en un café y solo la imaginación sirve de acompañamiento para aquellos momentos en que su suavidad les engaña.

Mujer de gimnasio, que no pensaría mucho para atenderse en su momento con un *peeling* o cirugía, pues ella no dejaría caer las armas para retener a su marido, al cual le guarda sobradita la línea para bajarle bonos y, de algún modo, le crea un espacio materno que no es llenado por una niña que por fresca que tuviera las carnes y voluptuosas las formas, jamás competiría con ella. Soporta sin disgusto el pensar que su hombre aún entretiene a las jovencitas, por las que paga, mucho o poco, no importa; sabe que él siempre usaría sus condones; se quiere mucho él mismo y eso es para ella garantía y la llave con la que le permite recrearse a él en travesurillas, que también a ella le permiten conocer otros horizontes a espaldas de él...

Y además, aquel comentario de que estaba pasadita de peso, le había dolido en su orgullo, exactamente colocando el golpe entre la vanidad y la edad y eso no lo perdonaría.

Su hermosura la hace segura de su espacio y piensa que todas esas otras cosas románticas de la literatura, están bien para libros de siglos pasados y pláticas sabrosas, dice que este mundo solo es de las audaces... Su filosofía no le permite el dudar un solo instante, e imagina que "su filosofía" es estar apegada a un increíble y oportuno sentido común, que la hace inteligente y brillante al actuar; filosa al comentar, ácida en la crítica, puntual para el negocio, avara en la ganancia y sonriente con todos; dulce de naturaleza, fija de ideas, metas y fines, y clara consigo misma, no se engañaba para poder jugar el juego a plenitud, así que siembra la impresión de ser culta e inteligente por sus largos silencios más que por sus aguzados comentarios, aunque en realidad tiene en su memoria muy seleccionadas pellizcadas de temas culturales universales, que resultan muy vestidores, tomados de cursos de personalidad en los cuales le aconsejaron tocarlos en determinadas reuniones, que impactan en su círculo a hombres y mujeres y apoyan su cultura universitaria de carácter más social, de modo que en ella florecen los espacios

**135**

críticos serios de la socióloga, más dentro de series de banalidades cultivadas o entre la seriedad de la reflexión en que la conclusión fácil y la sonrisa breve se expresa y muestran aquel atributo de la belleza que se manifiesta dueña de sí y de su entorno y, casi sin decir, lo dice todo con el lenguaje de sus ojos, de su sonrisa, sus caderas y, en fin, de su belleza toda, que estaría equilibrada para gustar y ser una pieza fina de decoración cara y viva.

En ella se da la historia de la niña Alejandra, que nacida en la colonia Lindavista, pasó su infancia y juventud primera, tras las altas bardas de un colegio de monjas: el Guadalupe, al cual se refiere hablando como de su época de invernadero, forjando y ocultando su enorme personalidad, con sus horribles medias color café y sus tristes delantales a cuadros blancos y café; trece años de su vida habían pasado sin penas ni glorias en aquel recinto con las monjas que trataron de cultivar a una señorita y la que fue guiada como borreguita. Sus mejores recuerdos eran las tardes en que llegaba a quitarse el uniforme.

Su padre, hijo de un panadero de Galicia y de una bella andaluza, decía que llegó con sus padres el día de la muerte de Obregón, uniéndose a su valiente mano con las penas dejadas atrás. Se decía perseguido por el caudillo, el general Franco, que se arrogó el capricho de retrasar el reloj de la República Española por 50 años nada más, que había aventado a miles de españoles por doquier y enterrado a varios miles en casa, para decorar el terruño de su abuelo con bustos y estatuas erguidas a la grandeza de su bajeza y solo algunos, con el tiempo, regresaron proverbialmente sobre su cadáver, bajo mil estatuas ecuestres, hoy fundidas en el alma republicana de la libertad; era dado a vincular su llegada con la expulsión republicana que sucedió años después, pues eso, pensaba que le daba empaque a su llegada y oficializando su arribo con la orfandad patria, hacía de la historia una sopa y la servía toda junta y, con sus firmes creencias, se adhirió por conveniencia social a sus mejores causas, según pensaba y apoyó a la escuela para que tuviera un campo de tierra para jugar y así se las inventaba y era famoso entre todos por su ingenio. Caminaba con sus paisanos por la Universidad Nacional haciéndoles visitas a personas que no habría visto jamás en su patria y que aquí fueron sus amigos o decía eran sus conocidos.

Recordaba andar con León Felipe por las calles de San Ángel para tomarse unos chatos de anís, el mico fríos, según decía, para corroborar la cercanía que decía tener con todo personaje histórico, no obstante su época o lugar, y de ese modo la literatura universal cabalgaba con él en sus relatos con un chato y su trabajo. El segundo matrimonio sagrado era el trabajo y a eso se dedicaba el buen hombre, así como a perseguir una charola que la mucama pasara detrás de ella y que en segundos la habían trasladado a la escena más antigua en su memoria: del abuelo legendario, que no se separa del recuerdo de su madre y que ella aún tiene clavado en su memoria, fijado por la fotografía que ella conserva en su buró, la cual perteneció a su abuela y a su madre.

Pascualín, Paco, era un hombre trabajador que se había levantado con su colchonería en la villa. Vendía colchones a plazos, en cómodos abonos, con descuento al riguroso contado. Su negocio prosperó y les había permitido tener la lenteja segura —decía—, y más que eso... Sus modales se afilaron con una señora de allá de San Isidro, a la que tomó por mujer en aquellos primeros trabajos que consistían en llevar la representación de su hermano por las provincias, rumbos por los que vendía licores y olvidaba sus inexistentes penas republicanas, aunque él no llegó con el exilio como mencionamos, sino antes, se las daba de pensador, aunque no se mascaba más de tres lecturas entre vidas de santos y un pasquín; hacía suyas las muchas huidas de sus nuevos amigos, vistas en las primeras andanadas de aquella fraternal revuelta que separaran a los republicanos de su terruño, de este modo y atendiendo los negocios fraternos que le permitirían ver adónde asentarse, contar algunas consejas que fue perfeccionando hasta tener una versión personal de la guerra en la que frecuentemente podían aparecer seres históricos de otros tiempos y latitudes, pero que a él le parecía que encajaban muy bien con sus historias y no tenía empacho en adherirlos a sus causas y cuentos, porque finalmente eso eran. Llegando allá, después de dejar unas carnes humedecidas y movidas con una morena de duras pieles y más duras ideas, de San Isidro, que se convirtió en su dulce terquedad, más fuerte aún que la suya propia: tanta que le cautivó. Así en tres meses se casó con esa más morena de mejores carnes y alegres ojos, regresando a la capital a poner negocio.

Su hermano, ante esos resultados benéficos para la firma y sus buenas ventas, le inició en negocios de colchonero como a varios paisanos suyos. Tuvo la morena, siete hijos: tres hermanos y cuatro hermanas, que con ella eran ocho. Ella era la número cinco y eso era terrible. No la cuarta, que pudiera cerrar las dos parejitas; sino la quinta, en medio de la nada, pues pronto llegó la sexta; de modo que unos hermanos por grandes llamaban la atención y los cuidados de la madre reclamados por su energía y travesuras y los otros, por la ternura de ser pequeños. El más chico era el JR, *junior*, que a la fecha cosechaba de la caja, aun con la anuencia secreta de Federica, para la yerba, la grapa, el vino y el hotel; que paga al 10% de descuento cada rapapolvo, pues era el hotel del padre de unos amigos del club.

Consentido por todos. Ella, la quinta tenía dos hermanos menores y cuatro (suman siete) mayores. Esa verdad la arrastraría toda su vida, al ser la que siempre con un poco de sorpresa al salir le decían: "¡Ah!, niña, ahí estás, dónde te habías metido, niña". Para pasar después desapercibida a formar parte del inventario en esas caravanas por balnearios y tascas donde se adoban las carnes de las hermanas con la alubia itinerante y les creció el jamón, con los excesos de placeres inocentes. Porrista sin ganas en el Club Asturiano, donde sofocó sus amores por un piernudo de pelos gruesos y lacios, no tocaba mal el balón y era calvillo y nalgón, regalado para chutar, cervecero, dado a la zampoña pasando de la tercera caguama y decidor de coplas que parecían un crujir de huesos que arrancaban de lo más "jondo de su cante", en aquel sentimiento que lo ponía a cantar con alma de gitano sacado de una secundaria en el desfiladero de una tasca.

Muy frecuentemente podía quedarse en paseos o salidas
sin ser siquiera notada.
En la compra de ropa, su talla y colores se aproximaban, más,
a aquello que dejaba la número cuatro, que a la seis...
aunque sus calzas fueron cercanas a la número seis,
que repetían ambas, de tan chiquito pie.

Sus hermanas y hermanos fueron a universidades privadas pero ella, Alejandra, se quedó después de la preparatoria en la tienda; no en la caja, porque esa era de Federica, la que manejaba los números con singular talento y con gran gusto por el tintineo monetario que se transforma en sus delicias con aquel tronar del papel moneda; la cual en las tardes de contabilidad hacía sus horas inolvidables; así, la fueron llevando a afinar sus astucias para vender, las cuales solo fueron comparables con su fealdad, de modo que al ritmo de la sumadora, Federica tomó la caja como refugio que la hizo lo suficientemente bonita para que Arturo, su actual marido, cayera redondito. Amor al primer tintineo y a la vista como billete al portador.

Además, en su sociedad no era raro el que la gente se casara por el interés del brillar de unos ojos de gringa, decían. Ella lo animaba a acompañarle en las noches a contar ganancias y, poco a poco, hasta llevarlo al cine, dejando que él manejara, por supuesto, para que sintiera la comodidad mullida de su amor de ocho cilindros... Ella, Alejandra, solo estaba atrás con las dependientas. Más fue cuando murió su padre que Alejandra se rebeló. No más la niña número cinco. Se arregló y se inscribió en la UNAM con la secreta anuencia e impulso de Federica, que así se limpiaba el panorama de cualquier posible intromisión en eso que consideraba nada más que sus asuntos y con la promesa de velar por su madre.

En la universidad conoció a Emiliano... Él, medió en su ánimo productivo y espiritual, alegrándola con su lengua suelta y sus manos activas, endulzándole el tiempo con bromas y piropos y mostrándole que él tenía grandes puertas abiertas, pues era buen amigo de gente de todas las clases, ya que era muy popular. Fue él quien la encontró gris, aún destilando su buena dosis de baja estima, redirigiéndola primero y apoyándola en sus estudios después, hasta llegar a que ella lo viera como indispensable para su bien; ya en la cima, para que pudiera crecer en el espacio que él había creado para ella, por aquel buen amigo del poder. Su ser discreto y alegre para los negocios y las transas la cautivaron, haciéndola diferenciar su porte con los pobres modos de los sociólogos y su afán de darle a ella seguridad, acabaron por pulir su personalidad que le permitía moverse con él en el medio que fuera, en casa y en el extranjero, pues maneja con fluidez el inglés y el francés; pensando que finalmente, de aquel Colegio Guadalupe, se había llevado un espacio real de educación, para interactuar con la sencilla elegancia desenvuelta que allá le fuese

**138**

inculcada. Las formas sociales que le habían trabajado, brillarían desde su interior, y sin saberlo esto fue lo que le ofreció aquella madre superiora, prefecto y directora de aquella institución guadalupana; teniéndole cerca de ella en la puerta del despacho arreglando asuntos, decía la reverenda— que aún se acordaba de ella, la niña de las colitas o el pelo revuelto, como madejas de pasto de estopa, le decía con feliz encanto, al ser en todas sus relaciones alegre y vivaz en la escuela, una niña sonriente y vivaracha que se acercaba a comulgar los viernes primeros, y al relajo meses enteros, aunque se había vuelto una gran donadora de la institución. Su paso en la vida de la universidad la transmutó como un alquímico matraz en el que se destiló y fue una de las más portentosas mujeres de su época en todo su talante.

El cambio universitario lleno de ensueños, era limpio y no estaba sujeto a consideración social, sino para agradarle a Emiliano, al convertirse en su única mitad, que en verdad no solo lo complementaba, sino que le daba una categoría personal solo suya. El apoderamiento total de ella estaba implícito en la relación con una teatralidad que fuera en sí misma la vida.

Alejandra, ahora es una sólida mujer de mundo, que sus hermanas y hermanos tratan de ver para que les apoye en sus proyectos, aunque por sus ocupaciones poco coincidían; ellas, en su honesta y sólida gracia, no se compararían con la inmensa fortuna del marido de Alejandra, ella la número cinco, la antes olvidada era la más buscada: era su ave del paraíso, con la que soñaban tener un espacio de reconciliación. Ella había logrado aquello que ellas y ellos aspiraron con todas sus ganas, de refilón se habían aposentado en un mundo que ya le tenía preparado su novio, el novio fiel y solidario. Y era la señora, la Alejandra única, la de Emiliano y ella lo paseaba con ingenuidad altiva, sintiendo su soporte y creció hasta volverse el eje de su mundo personal, donde la número cinco se había convertido en la primera y única reina.

—Oye amor, ¿crees que Angelita deba quedarse en casa todo este tiempo? ¿No sería mejor que la lleváramos a casa de Lucy, para que ella esté con sus primas, ya que así, cuando menos, alguien la vería y no tendríamos preocupación?, porque ya sabes que no prende su computadora para que nos comuniquemos con ella. Su fobia al ordenador. —dijo así, muy peninsular, y se gustó al oírse, al estar recordándose alguna pieza de allá, cantada con piel de armiño cual hijo de luna.

—Ay mi vida, no es la primera ocasión que mi bebita se queda en casa. Tú sabes que nuestra hija es mi amiga, además es una mujercita muy inteligente y la he enseñado a cuidarse y te lo tengo que repetir siempre: ella no me defraudaría, déjala en casa.

Mientras que en sus adentros piensa: "Lucy, tu hermana, es la gran puta, así que mejor estará aquí, sola que con la serpiente de mar o ¿les llaman culebras?", pensó. La duda biológica la deja pensando si Angélica sería tan inteligente, como para no entregarse a perderse en una vana pasión con consecuencias lamentables. Su mirada barre a la hija como queriendo reconocer en ella si encuentra una debilidad que no conozca, que se le escape, mas no encuentra sino esa cierta distancia que ha notado y fomentado siempre ante ella, sin embargo la cubre de regalos, de modo automático y como reacción ante sus propios deseos, se siente feliz de mantener su privacidad lejos de los ojos de nadie menos de ella. La distancia que tiene con la niña le permite sentirse libre un poco como soltera y su adorar a su hija no lo expresa.

—Señora, aquí le trajeron las pieles, se las voy a entregar al chofer para que las acomode en el auto.

—¡Hay Nana, qué bueno! ¡El Señor me escuchó! Déjame esa estola de armiño blanco. Esa que tienes ahí, ponla sobre la cama, junto a las llaves que tengo que acomodar, no se me vayan a olvidar alguna de las cajas suizas, esas que tienen el sentido bíblico del saber guardar los bienes y administrar lo que en las arras se da a su confianza y cuidado, y que aquellos montañeses son tan afectos a confiscar, casi por nada. Ya ves que no le gusta mezclar eso robado de ellos, con lo robado de otros. ¡Ah!, sí..., son... finos los amos del chocolate y del dinero que se guarda en sus arcas en la exquisita neutralidad de Zurich.

—Angelita, ¿cómo ves a mamá?

—Guapa y linda —se adelantó a contestar el papá—. Estás sensacional, dejarás deslumbrado a mi cliente tan apreciado por ti, mi linda mujercita querida, él, que es tu gran admirador. Y quién sabe, a lo mejor nos hacemos socios en lo del armamento electrónico que quiere comprar, confío en tus sofisticadas armas con las que puedes ganarle a cualquier armada del mundo, sé que se rendirían ante el fuego de tus miradas, los poderes más augustos de la Tierra.

—Tu padre, siempre galante y adulador —dijo Alejandra, con un brillo en sus ojos.

—¡Angelita, mi amor! ¡Déjame abrazarte! Ya nos vamos cariñito, ya sabes que cualquier cosa que necesites solo tienes que llamar. Tu papá dejó instrucciones con el señor Guillén, en la fábrica, para que te dé todo el dinero que necesites —el "todo" lo remarca, mientras le arregla la pijama y el cabello—. Tu Nana tiene todas las direcciones y fechas del itinerario, que ya sabes que no vamos a respetar porque no somos hormigas, pero con él podrás tener una idea de por dónde andamos en aquel mapa; además ya sabes que con la *"lap"* de papá nos comunicaremos por videoconferencias siempre.

Dijo esto como esperanzada a que ella accediera a prender alguna máquina que tuviera cerca siempre, una computadora era su eslabón, así cuando ella estaba en la casa, es que también la veía desde las cámaras del circuito cerrado, mas desde lejos, porque ella no se acercaba a intercomunicarse con ella o con él y cuando le hablan desde el dispositivo satelital, llenando la casa de la voz del padre, ella sale sin contestar como si no oyese nada y no les habla por el celular, sino que les restringe su presencia a esa maquinita, pero cuando ella quería se les presentaba de sorpresa por lo que más se cotiza.

—Solo acuérdate que a tu padre no le gusta que le carrereen, ya sabes que los *tours* son para turistas, ellos sí son creadores y parte de la máquina, por eso es que si no concuerdan las fechas con los lugares, no te preocupes, en todo caso, que nos quedemos en algún lugar más tiempo del previsto, nosotros te avisamos aquí o te dejamos recados en la oficina. Sabes pequeña... —dijo eso como repitiéndose y en un acto reflejo que le hacía reacomodar sus ideas en voz alta, y con ello, manifestar lo mismo cuando menos un par de veces, cuando estaba agitada, tensa o se disponía a salir de viaje, mientras estaba pensando que no se le olvidaría nada de lo importante y, hablando aún para sí misma, al acercarse y estrechar a la niña con delicadeza, derrochando su gracia, ya que solo ella podría dar eso que parecía un fuerte abrazo sin arrugar ni desarreglar su vestido y tocado con cierta fría concupiscencia con lo oscuro continuó—: Sabes que a mí no me interesa ir; pero tengo que cumplir con estos compromisos de tu padre; ya sabes que un hombre de negocios como él, requiere de una mujer que le dote del ambiente que se desprende de su gentil candor y belleza, que enmarque su presencia con el toque femenino; algún día un rico y apuesto galán gozará de tu compañía; por eso debes ser inteligente y aprender de mamá las artes del estilo: el ceder para ganar como toda una guerrera.

Un gato cruza por detrás y mira tras de su espalda y no le muestra la pizca de vida que a un ave que ha apresado le queda tras la maceta. El gato negro se estira primero en un gran arco de su espalda y después, para delante sus patas delanteras, logrando que el arco se retire desde el frente a la cadera muy en alto, saca sus ensangrentadas uñas y maúlla lamiéndose sin sentarse.

—Calma Seráfica —dice la bella mujer, madre de Ángela, y veo que hay una identidad entre la mirada felina del bicho y la de Alejandra, que la hacen única, la que guarda tras de sus ojos de pantera seductora la marca de Bastet; la gata humana esclavizadora de pasiones de la carne que se asume es parte de la Tierra y el rito de la reproducción protectora ante el templo del placer recargado en sus columnas; fuentes del deseo de muchos hombres que quisieran disputar sus favores y belleza y del bicho nadie podría imaginar que el sedoso animal hubiera matado, con gracia, hacía solo minutos en el jardín y que su lengua rasposa, aún tenía el fétido aliento de la muerte; mientras se acerca a lamerle la mejilla con su lengua de lija y una mueca de Alejandra, que la deja hacer por ser su gatita preferida y porque en su frialdad, deja a Alejandra el traspaso animal que las identifica, en resquicio que se apartan de su refugio, al salir ambas en aventura; pero cada una por su cuenta, donde la distancia es solo a donde diriges tu tiempo, donde no pudo medir eso no acudido desde el alma—. No te pongas triste —dijo la madre acariciando y mirando a la gata y después, brevemente, a la niña—; pues que no me olvidaré de enviarte la última moda, cada mes una colección de modas.

Proyectando para sí un cliché sobre eso que las jovencitas quieren, más que tener un reconocimiento claro de lo que su hija necesitaba.

—Por favor cuídate, déjame darte unos besos mi chiquita, de ladito y sin despintarme, no te vayas a manchar. Recuerda que puedes usar el helicóptero y las casas que quieras, tu padre adquirió unas que son una monada en playa Careyes, y las de Cancún están sin límites; date una vuelta por el "depa" de San Diego y no olvides ir a cenar a Nueva Orleans algo del *bayou*, ahora que ha salido a flote y antes de que se vuelva a remojar y te recomiendo los frijoles con arroz de France

**141**

con costillas salteadas en salsa *Cajun*. Llévate algunas amigas por ahí, y por favor cuídate mucho, no hagas algo que no haría yo —y en ese momento, un brillo de duda saltó de sus pupilas en excesos, pero corrigiendo su semblante inmediatamente, prosiguió—: Vayan a montar los purasangre y los caballos de salto a las haciendas que hace mucho no vas, tu padre las dejó que son unas mendocinas, algo chic, de veras, ya conoces esas ideas de tu padre de llenar los lagos artificiales en esas zonas sin agua, son una delicia, pero no salgas de las propiedades, ya sabes que la gentuza de pronto puede ser obsesivamente peligrosa, por la envidia. ¡Qué triste que sean así!, porque tu padre puede tener el agua que la naturaleza no quiso darles a ellos, en fin, que ten cuidado, disfruta y goza. El señor Guillén tiene las llaves de todas las propiedades que tu padre tiene, anda, conócelas para que sepas todo lo que tienes.

Su madre, hunde su mejilla delicadamente en el morrillo de la niña, sin tocar siquiera muy suavemente el ser de su hija y aunque intuye cierto nervio, lo atribuye a su partida; porque, aún con su gran sentido de intuición, no logra separar con anticipación, eso que ella le proyecta, de aquello que quiere sentir de su hija, ni se fija en que algo existe en su silencioso comportamiento; porque hacía tanto que la madre hablaba más para sí y para ordenar, que para comunicarse en un proceso de entendimiento; por lo que solo instruía dictando sus mandatos, lo cual me parecía más remarcado ahora, donde el cariño era otra disciplina y si algo cruzaba por su mente, sobre su comportamiento, obedecería, no a preocupaciones o sentimientos personales propios que como madre desconocía, sino a que ella se marchaba, ligando ese nervio a su partida y así, a su persona, siendo el eje como siempre.

Con lo que no se percata que su hija está en el momento de decidir sobre el espacio más concreto que sobre su vida y decisiones, jamás había tenido, y sobre el valor que todos sus espacios adquirían en el momento que da nitidez y definición a su existencia como mujer; pero la distancia infranqueable de su vida social no le permitió observarla, no pudo contemplar su necesidad de compañía y afecto, sus ansias de comunicación y su angustia por ser oída. Siento que habló del valor, como un algo que fácilmente se diluye entre aquellos que solo saben ponerle precios a las cosas; así que para los que todo tiene un precio y todo se resuelve con igual facilidad de intercambio y donde las cosas o los hijos y sus sentimientos personales, se mezclan con el sentido de resolución de sus afectos, que se ligan a ideas del progreso y sus efectos, por lo que se ven sin una claridad ética en su resolución y, claro, sin comprender su vitalidad ante el ente de un planeta de políticos con sus intereses, de comerciantes y empresarios que han hecho del pecado de la avaricia, el capital, la virtud en esos excesos; no de esos que con visión positiva ocupan su sitio en el esquema de producción-consumo y ven las consecuencias de desmantelar el aparato de consumo y reducirlo al mínimo como receta; que tienden a la perfección y eficiencia productiva, que no puede ser consumida al matar el trabajo.

—Ángela, ven aquí —dijo su padre, al tiempo que la abraza y desliza un grueso fajo de verdes billetes extranjeros en la bata y coloca un sonoro beso en la frente de su hija—. Cómo está mi princesa, la dueña de mis ojos, los más hermosos del planeta; sabes que son más hermosos que los de tu madre, pues además de que heredaste el tamaño y color de los suyos, tienen la penetración y firmeza de estos: los de tu abuelo. Mi padre que en paz descanse, tenía como vez en la foto, la mirada del águila en vuelo que aterrizó directo en tus ojos, mi vida linda. Por eso son míos, porque van a reunirse en ti los seres que más amo, claro después de ti.

Ella, con cierto pesar, sintió un remordimiento breve y fugaz ante su papá que se despedía por centésima vez con la misma idea del abuelo alado y depredador, ya que si bien él era un frío hombre de negocios, con ella siempre había sido cariñoso, aunque repetitivo en sus formas de decirle adiós en una rutina que le repetía la cantaleta del abuelo y sus ojos; aunque normalmente estaba ausente, siempre le había prodigado cosas y estaba preocupado por su bienestar económico; porque parecía ser que él así percibía que podía darle a su hija el amor que ella necesitaba, en efectivo y sus ausencias por negocios, eran para él, el precio que pagaba para darle a ella un futuro, para que sus nietos, en algún momento, también contaran con algo; así que, ella sabía retóricamente todas estas explicaciones que su madre y su padre le habían dado sistemáticamente, desde su infancia, angustiada por la soledad que la embargaba en sus largas ausencias, durante toda su niñez y lo vivido en la soledad de su adolescencia, pues habían acabado por dejarla apartada de ellos, sin reproches, pero con cierta incomunicación que ellos no percibían ya, por su ritmo de vida pero que ella almacenaba junto a sus sentimientos de aislamiento.

El padre ha deslizado su vista desde el retrato del sonriente y modesto abuelo que está junto a las tejedoras, colocado en la pared en una esquina de la televisión de pantalla plana de plasma, que era de 70 pulgadas y estaba más retirada de la cama, cerca de la entrada, en donde un comentarista habla sobre los baches de la ciudad y, sin querer, sonríe, pues recuerda que en muchas ocasiones los presupuestos inflados para la infraestructura de la ciudad, acaban, por decisión de su amigo, en sus bolsillos; donde cada bache representa un buen negocio para él y su camarilla, la que había comprado edificios históricos en el centro de la ciudad a peso o máximo a tres pesos y todo por la gracia de un camarada ex regente, viejo vendedor de seguros que repartió los bienes públicos como si fueran suyos e hizo que sus fraudes fueran seguros al unirse a los poderosos con las bendiciones de la curia y buena sociedad y con la dulzura de modales del hombre emprendedor vital que la supo hacer hasta con bendiciones pías en obras de caridad muy sonadas.

Su sonrisa interior llega a tropezar con la cara de su hija, lo que lo perturba un poco al venir gozando de su corruptela y al chocar con lo más sagrado que para él existiera, así que prefiere continuar imperturbable paseando sus ojos hacia una revista de modas de caballero, en la que se siente atraído por unos cortes que anuncian en Nueva York, de los que planea hacerse de unos cuantos para completar eso que ya no cabe en el suntuoso y enorme clóset, pues le gustan y ahora los quiere; los vio y sus ansias de poseerlos se despiertan, aunque tenga muchos otros sin estrenar. Su vida ha sido un ir satisfaciendo solo sus deseos, de darse a tenerlo todo, lo que se permite, y su buen gusto le surtía de todas las prendas que deseaba y le sentaban tan bien, además, servían para distanciarlo del común de los mortales pobres.

Cabía repetir que los capitales en México tenían diversas fuentes y en buena medida eran producto del trabajo de gente laboriosa y honesta; empero, existen señalados capitales que son la huella de la constancia aquella que dice que malos gobiernos nutren malas camarillas y crean buenos empresarios al vapor, pero su larga estadía en colusión con el poder le había dado una amplia cobertura y disfraz en sus fuentes de ingreso, que lo mantenían a salvo de la maledicencia por sus múltiples orígenes de empresario y, al final, imperaba ante el mundo un sentido honesto de trabajo.

Este caso del mundo de Emiliano en realidad pertenece al otro espacio, a los que, al amparo del poder, se corrompen los sentidos y destinos de los fondos públicos y que conforma parte de la estructura del mundo de aquellos que rumian para sí los verdes pastos, dejando la cáscara y la hojarasca para la gente, pero eso nadie lo sabría, se sabía cuidar en su necesidad empresarial y de fachada, y en su culto a sí mismo se encuentra la fama y fortuna de ser un rey a su manera.

Su vista fugaz no había detenido su paso en percibir el sentir de la niña, sino que iba dilatándose en un reconocimiento interior de sus intereses como parte del hacerlo en su persona una rutina; su ritmo de vida lo había llevado a sentir que dándose gusto él, sus seres queridos también estarían a gusto. Alejandra siempre le había hecho sentir que así era. En su padre, la vista interior tenía como marco el que en su mente él divagaba, en el cómo iba hacer que la negociación recayese no en aquella problemática que sus competidores o socios veían y subrayaban, sino en el sentido que él le daría ante las circunstancias, no muy favorables, tomar el reto. Es para él fuente de fascinación cada vez que arriesga millones en una transacción de fusiones internacionales; de esas empresas que lidera y de las que posee la mayoría de las acciones y que en no pocas ocasiones se deshace antes de siquiera conocerlas; siempre y cuando el objetivo de su adquisición no hubiese sido premeditadamente planeado para degollar a algún fastidioso competidor o enemigo de sus protectores.

Sus muchos millones se habían acrecentado rápidamente en un respiro de diez años, como si el voltear de unas hojas de esta revista recopilaran sus logros, depositados descuidadamente en este edredón suave, que conlleva una década que le había hecho millonario, en una situación en la que las mayorías se habían empobrecido hasta el pauperismo, provocada normalmente por el guía de turno con sus grandes bolsas personales a la par de grandes desgracias sociales.

Mas su espacio era de esos que se enumeran entre los pocos ganadores. Se cuentan con cuatro cifras en el país, aunque aún estaban lejos de ser de esos que se cuentan con los dedos de las manos como su protector y amigo. Un ser archimillonario, breve, pero conciso. En fin, su nivel no variaba de esos que cuentan con un capitalito de unos cientos de millones de dólares para desahogar las penas cotidianas. Cuatrocientos millones valdrían, diría un cliente norteamericano, que se acordaba de él. En fin que era en extremo solvente aunque limitado en las grandes ligas. Gusta de hacer negocios y asomarse al mundo de los multibillonarios. Su papel ante su amigo le permitía acariciar miles de millones que custodiaba a su nombre, pero que no le pertenecían, dándole en el fondo de su ego ciertos sinsabores, pues aunque tenía mucho, quería tener más para ser preciso y querría tener todo eso que solo aparentaba tener, entonces resguarda sus meditaciones que de pronto chocan con la mirada triste de su hija y confunde su tristeza con la de él y dándole un toque breve en la barba le dice:

—Calma mi amor, mantendremos estrecho contacto y el control de lo nuestro —y sigue de largo en frías meditaciones, creyendo llevarse en su silencio su aprobación, lo que le conforta a él y sabe que de su lealtad incondicional dependía todo lo que poseía. Así, satisfecho, parte hacia su mundo y rueda al ras del paraíso con su nueva empresa, que lo lleva, sin desvío, a su ruta del dinero que es esta vía a la que pertenecía su sino, cual su búsqueda total.

En su mente aparecen las imágenes de esos paraísos del Caribe de donde era **aquel**. El verdadero negocio que le ha dado todo, era el del ser un presta nombres de su amigo todopoderoso en la Tierra según se concebía "al amigo". En ese plano le tenía él, como el que le había colocado en el todo donde toda su seguridad se basa en que su amigo confía en su lealtad sin medida, en que sabía que no le mordería la mano ni aún muerto, pues podría pisarlo con toda su familia en lo que se emite un chasquido; amén de que sentía viva y verdadera vocación por él. Y la estructura de sus ideas construían un verdadero templo a sí mismo en el cual se expresaba el desempeñarse a la perfección de sus cometidos financieros, que le eran dictados desde la voz de su jefe, que se había convertido en aquel pilar de su vida.

Todo lo demás son cosas de contadores y de números, de iniciados en las argucias del gran juego de los billetes. Mas ante su familia, hermanos, amigos y ante la sociedad, es un millonario con perfil de alto empresario, uno de grandes ligas; pero allá en la boca del caimán, él es más, aunque solo por unas horas y a veces algunos días, los más, por no decir lo estrictamente necesario, actúa bajo disfraz y alias; donde despliega el articulado de toda una organización en que cambia hasta de cara, al convertirse en toda una personalidad de las muy altas finanzas, que para sostenerlas usa múltiples disfraces y controles.

Su mundo personal, recibe las inyecciones continuas y siempre enriquecedoras de aquel negocio... Del que se caían algunos milloncitos para su causa por su disciplinada obediencia y lealtad. Pero en el fondo, su afán real era el poder aparecer aunque fuera temporal y cíclicamente, como el tal superarchimillonario dueño de miles de millones de dólares, como un Hussein o un Fidel cualquiera, pero eso eliminaría de un tajo y desde el principio, el sentido de su arreglo; así que muy a su íntimo pesar se convierte en un deseo interior que no debe jamás manifestarse, y menos ofrecer una sombra siniestra en la confianza de su amigo; pero tal vez es por eso que le parece tan atractivo el coquetear soñadoramente con mostrarse ante

**145**

el mundo con sus riquezas, en caprichos de la vanidad agasajada en aquellos miles de millones que sabe solo representa y que de pronto temporalmente maneja; va quedándose dolido de que en su realidad cotidiana no podía acercarse a aquellos verdaderos tigres de sus entornos sin despertar sospechas.

Sabe que su negocio es la obediente discreción y ahí es donde se maneja con una naturalidad que ahora maravilla. Comúnmente, también en su éxtasis dentro de sí mismo, les mira con cierta burla por saber que en otro espacio, en su paraíso, aquellos que ahora competían con él, con sus fortunas medias, no podrían entrar en sus habitaciones sin rigurosa cita. El nombre prestado es secreto, más nadie relaciona a uno con otro, pues nadie ve en él al otro, de modo que no había con él ningún problema, así que es un mito del "dinero" que nadie o muy pocos podían situar, pero esa imagen cuesta, de modo que esos costos los asume allá arriba su amigo y con ella, en 10 años, acumuló sus 400 milloncitos de dólares, que le mantienen impermeable al clima económico y sus vicisitudes. De palabra elocuente, divertida y fácil, hace dinero con frialdad serena e indiferencia juguetona; es de esos consentidos de la fortuna y su sonrisa o, al revés, pareciera que toda fortuna le ama con demasía magnética cuando juega su rol disfrazado y se convierte en un dios *petit* que puede cambiar las ideas de su entorno de acuerdo a sí mismo y, según le dice su entorno previamente seleccionado para tal, el turista millonario o el empresario emprendedor fundido en la arrogancia de aquel triunfador del mundo tendido a sus pies.

Su nombre titiló al siete de oros cayendo siempre en buena bolsa... Su amigo no había puesto todos sus huevos en una canasta, tenía otras personas de su confianza, más inmensamente ricas e increíblemente ortodoxas. Él es la autoridad en un México que había reclamado como suyo, hacía ya tantas décadas, que buena parte de los préstamos públicos internacionales y de los presupuestos federales, eran parte de su patrimonio personal... Su nombre, un secreto a voces que hasta aquí no se cuela... de modo que le imagino emergiendo en sus negocios... En fin, un hombre que le habían redituado así en suma 70 años de poder. Emiliano es un hilo del icono silencioso detrás de las sombras de aquel: el ser.

Pellizcándole algo es eso poco que es mucho con grandes y variadas riendas, todas dominadas por las mismas pocas manos para él amistosas, de nombres que en vida ya son nombres de calles y colonias como nombres heroicos de la revolución y ahora agasajando la mirada centenaria de dos mujeronas: Calle de la Constitución, en las barbas para remojo del ojo. Porque la revolución, como bien sabían los enterados, había modernizado a la nación, dejando al pobre igual o peor, pero fortaleciendo a las clases medias y altas de las que forma parte. Más acá, él, levantando su cara ante las regatas, la caza, el polo, el viaje de negocios, y de placer obtiene jugo de sus privilegios. Toma aviones suyos o rentados de las líneas aéreas para los negocios de aquel, como cualquiera toma camiones; así va del auto al avión, circula por el mundo varias veces al año. Gastos asumidos como de representación y que a él, Emiliano, además de su vida de placeres, le dejan dineritos por todos lados...

Gusta decir que gana centavitos. Y su mundo se divide en dos espacios altos, uno alto y otro muy alto. —*Magnifique magnétique* que siento yo ahora me hereda—. Se viste una vez al año con diferentes personalidades en un solo día, de modo que, cuando atiende las operaciones de miles de millones de dólares, es uno el que entra a las islas, otro el que opera y otro el que come en lugares que por su sola presencia, dan la clave para que se agilicen las operaciones que según su atuendo, sirven a los ojos de una red de observadores de todo estilo y nivel, que los toman como aviso de si sus movimientos van viento en popa o si requieren de alguna llamada del todopoderoso, en algún punto de las transacciones, las que serán vistas y vigiladas de cerca por los ojos que sirven de vigías para su amigo; los mismos, que curiosamente serían ojos cargados al erario, porque hasta en eso la revolución había sido tan pródiga, que aun para eso alcanza, para pagar los caprichos de la moda a más de uno, así como las garritas de muchas mujeres que eran la luz de los laberintos sociales.

Otro sería para la noche que se divierte con brindis de potentados y que significa que todos los negocios han sido cerrados con prontitud, elegancia y discreción; un último personaje le hace el amor a una belleza contratada en un canal *playmate*, para regocijo del actor en sus festejos de comedia y que como cuenta con el beneplácito de su jefe que suele enviarle carne de cinco estrellas de aquel ganado, según se dice para pedir una mujer del menú en pasarela y, cuando del yate emerge la bandera anaranjada, es que su trabajo ha concluido sin problemas; ha sido exitoso hasta en los más íntimos detalles, sin huella alguna rastreable y es su hora de regresar al mundo de los comunes mortales y, de ahí, su *inferno* al abandonar aquello, es así que se construye su cielo; queda libre sin ver a su amigo para que no haya manera alguna de relacionarlo, hacía un par de años que no se ven sino que todo se da en clave vía satélite y funciona de maravilla, en total sincronía; donde la era se inclina a servirles la tecnología en la que al que la sabe utilizar puede hacer maravillas con sus posibilidades de comunicación entre seres humanos para una vida que acorta distancias serenas y reduce al mundo a segundos, minutos, horas y era largo como el día, empero en verdad él está profundamente solo y aislado en confusión de su tener, por lo que corre tras las cosas en un frenesí de poseer, que raya en una carrera sin sentido de su ser vivo y no se relaciona de esta forma con un sentido desesperado o de su ser, sino que se forma de una viva paz que puede o no gustarle, pero que es básica.

Ese día del año, es su realización y la cumbre de su existencia, pasa gozando cada una de sus caracterizaciones pero esto no lo sabe ni su esposa y solo lo comparte su brazo derecho, Felipe, porque llegó por parte de él. Es su gran secreto y el más grande vínculo de fidelidad total con su amigo benefactor.

Así conviene a sus negocios hechos con la confidencialidad más absoluta ante notarios y actuarios fieles al silencio, a precios fijos y de lealtad comprada, retando al buen hacer notarial de tan honestos hombres tan necesarios para dar por buena su fe, pero que tenían en sus filas a gente no tan clara atada al excelente hábito que los mantenía vivos y ricos al no preguntar ni indagar nada, y ni sus

grandes colegas honestos sabían nada de aquellos manejos, esos más pasaban des-
apercibidos de aquello que no emanare de las órdenes expresas de su jefe; así que
las funciones de todos los actores se hacían al pie de un guión dentro de un esce-
nario creado a la medida y minuciosamente controlado; y él tomaba la escena por
asalto con algunos postizos que le quedan con sorprendente fidelidad al ser natu-
rales y comprados en Hollywood, supervisados por su jefe y amigo y diseñados
siempre por mujeres con avanzadas computadoras creadoras del *makeup* más sor-
prendente y realista. Con todo aquel rigor cinematográfico del disfraz, que ha sido
perfeccionado hasta el límite en que la realidad no puede ser descubierta debajo
de aquellas patrañas, permitiéndole cambiar para convertirse en otra gente y no se
repara en una reingeniería del proceso para que su apariencia consiguiera arribar
al modelo perfecto y matemáticamente ir certero a construirse; de modo que con
unos miles de dólares se sirven para que la industria de los efectos especiales que
les proveen los *gadgets* necesarios para crear al Dios de látex que cumpliría con su
papel de no romperse ante la mirada del que encuentra lo expectante de la nueva
aparición que nace en sus muelles y que lo lleva a ser **el magnate**.

Esa noche y ese día, en que se dan las ceremonias legitimadoras de aquellos
caudales, le hacen saborear los miles de millones que debe de mover de acuerdo
con un montaje perfectamente elaborado y manejado hasta el último detalle por
su jefe y benefactor; de modo que, aunque no hay mucho campo para donde ha-
cerse, no deja de jugar con los tiempos y la calidad de las decisiones, cosa que
le hace muy feliz por ver las caras de aquellos hombres de la banca que solo se
prestan para asentir con cada decisión que toma y que les parece de lo más acerta-
da siempre; pero en medio de estas circunstancias tan especiales, aquello mucho
que posee, en realidad poco se le hace y, un día después, el sufre para caer en una
agitación con fiebre que solo se va a resolver con muy grandes consumos suntua-
rios, que le permiten congraciarse con su vida, que le parece vacía sin darse esos
pequeños gustos que le despejan la mente de lo mucho que acarician sus tantos
nombres, y que, solo son en aquel anhelo del espacio maravilloso que le permitirá
jugar su papel el año entrante.

En realidad el viaje que ahora hace es para mover aquellos "centavitos" que
le han dejado apenas su última actuación y de la que ha obtenido el *tip* de que la
venta de armas es una inversión inteligente, según le ha comunicado un amigo
argentino que la pasa muy bien con las exportaciones no declaradas al Oriente
Medio, que, por ser altamente secretas, dejan buenos dividendos y consumen las
ansias libertadoras o revolucionarias de otros o aseguran que los poderes dictato-
riales de otras latitudes puedan afianzar las apariencias democráticas necesarias,
para obtener el respeto y respaldo internacionales sin que les amenacen algunas
potencias con argumentos democratizadores tan peligrosos para alborotar a las
masas en sus ansias de libertad, cuando sus jefes solo les tienen el palo listo.

De modo que, piensa él, que ese sí es un negocio atractivo, que además le
permite a sus potenciales clientes tenerle un agradecimiento que podría ser ca-
pitalizado en casos de alguna necesidad, ya que no existe mejor inversión que la

que además abre la puerta de la seguridad de algún Estado que le permita hacer transacciones financieras en hechuras de lavados y planchados permanentes, que todas las ventas de armas llevaban aparejadas y que jugosos se deslizan.

Su cosmos se resolvía en otro espacio mucho más certero porque como millonario no era sino un asalariado de su rey, pero eso, a su ser no le satisfacía, sino que lo dirige a buscar compensar su sentimiento de pérdida dirigiéndole a lo mejor que el hombre pudiera comprar en su placer, que en ese momento salía a comprar; mas al saber que no podía tenerlo todo sufre, porque su deseo de conocerlo todo se ha deformado dentro de sí mismo como cosa personal que no se sabe explicar, pero que le motiva a gastar y gastar y eso le lava las llagas con perfumadas esencias de tibios óleos que le dan buena vida a su andar y piensa que se venga de esos que teniendo vida pública no son competencia para él, que vive en su anonimato y busca compensar aquel ser uno más en la vida de los ricos y no aquel rico al que todos admiran.

En realidad piensa regalarse a cuerpo de rey, para olvidar la pena de aquello apenas sentido y que hacía que muy en su interior se lanzara a buscar medios de asomarse ya como Emiliano a las fronteras que un personaje dentro de él acariciaba hacía tan poco, que con la compañía de su socio norteamericano podría hacer, ya que aquel tenía el contacto con un congresista imperial que le permitía acceder a algunas de las novedades bélicas, que siempre son una delicia para los gobiernos que se sostienen por la fuerza, y tanto, como para que fueran esos movimientos tan atractivos como el mismo narcotráfico, negocio en el que le hubiera gustado entrar, pero que tenía expresamente vedado porque era un espacio exclusivo de su amigo y de sus cuates; aunado a que las condiciones de ser un lavador le exigían el estar y aparecer siempre muy limpio respecto a su persona y sus actividades, so pena de perder todo el apoyo que esta higiénica situación le proporcionaba, pero las armas eran diferentes, porque siempre tenían el beneficio de que el gobierno comprador se encargaba de la sucia tarea de lavar los fondos, con la base de la infraestructura de aquellos países, de modo que, esa era una de las vetas más preciadas que tenía a su favor su socio y en donde había acumulado algunos amigos funcionales, pero de los cuales no podría abusar, porque eran parte de aquella operación financiera en la que participaba para atender debidamente a su protector. Así que aquel mar de dineros sucios sería su manzana prohibida y esperaba su porción, aunque sabía que sus negocios solo podrían ser legítimos, en caso de que aquel tuviera que contar con él y sus empresas, que no podrían tener suciedad alguna, pues era donde esos bienes ajenos que cubría, les usan cual herramientas y es su pasaporte para navegar en aguas turbulentas; siendo su mejor coartada que sus libros siempre aparecerían limpios o limpiados según el caso, pero a él no podría vinculársele con otra cosa que con la Iglesia, el Estado y las ONG de las más alta catadura, que le dan el cobijo ideal para ser la persona decente, por lo que no podría aparecer, al estilo de los *Yakuza*, marcado, sino resultando ser siempre impoluto y limpio, para mejor servirle a él, por eso su destino se aparta de cualquier cabo suelto por luces que pierden su ambición y hacen que su estado interior se calme.

—Pero bueno, mi pequeñita quiero que te portes muy bien. Ya sabes que el helicóptero y la avioneta están a tu disposición; sal de vacaciones e invita a tus amigas. Ve a ranchos y casas, déjate ver por las haciendas, dispón de todo aquello que desees, compra, gasta, sabes que solo tienes que pedirlo, para que así te sea dado. El avión no te lo dejo porque está de servicio por las Bahamas y nosotros lo usaremos estando en Europa en unas semanas, junto con el yate que están reparando para las regatas. Tú sabes que el viento en el rostro y la furia del mar bajo el timón, son la vida real que anhelo y venero al ponerme en contacto con el todo bajo las velas del frenético cantar del viento en el mar Tirreno.

—¿Pregúntale al Señor Guillén qué cosas ha comprado papá?
¡Hay muchas cosas y casas que no conoces!
Hay ranchos y hoteles; amor, haz caso de mami y diviértete,
en fin, ya sabes cómo le gusta el *shopping*... tanto como a ti.

—Tu papá y sus regatas, ya sabes, dense una vuelta por St. Thomas —curiosamente del mismo modo que su padre actúa, las miradas de Alejandra sobre la figura de su hija Ángela, son rituales y simbólicas, pues ella, realmente piensa en cómo va a ir haciéndole para que esa dieta de la señora no le pegue a la suya, pues ella, aunque no soñó con esos patés, jamones, salamis y sobreasadas que tan bien le sientan junto al Sena o en honor al Guadalquivir, ahora que le son expresamente prohibidos, es cuando le saben a reto y prohibición que va a perseguir. La censura de algo es lo que enciende sus defensas contra lo que llama la opresión, además, algo se le ocurrirá a ella. Por otro lado, el tomar un avión comercial para Miami, donde les espera el avión del socio, que le permite sentir su condición superior frente al común, que, aunque viajan en primera, difícilmente pertenecerían a su círculo, y cuando más, serían gente que trabaja en una de sus empresas. Mas esto lo veía como un paseo típico que le permitiría alimentar un poco la vanidad de irse comparando superiormente con esos otros pasajeros, muy dignos de primera, que no podrían tener su *jet* privado y con los que compartía su vuelo. Pero él baja a seguir volando en las alturas de sus poderes, porque el espacio, el tener, consiste en compararse para que todo adquiera dimensión. Pensaba... como dándose tono, en realidad queriendo deslumbrar al sol.

Apartando de sí a Ángela suavemente, más con decisión y guiñándole un ojo, se encamina a la puerta junto con su marido, desapareciendo tras la hoja de sándalo que se cierra, cual hoja de acero que corta la comunicación y recarga las distancias en la existencia de la joven; cayendo interpuesta como un capítulo más de su soledad interior y resultando ser un tomo más que se cierra, separándolas a ambas en aquella obra familiar, desde una confidencialidad que ella necesita desahogar, y que, gracias a la salida a ese viaje, se había resuelto por sí sola, quitándole la angustia el tener que expresarle un mar de dudas a su distante progenitora, evitándoles así comprometerse a ambas y el cruzar una línea invisible en que la identidad personal de madre e hija iba naufragando desde hacía ya mucho tiempo;

distancia insondable, pues nunca se había cruzado esa frágil línea que las volvía tan ajenas y que se manifestaba como si fuesen únicas e independientes, de algún modo, interactivas, al verse ajenas cada una desplegaba lo suyo, que era para su par lo opuesto a sus intereses, aunque por sobre todo sin comunicación más allá de lo funcional.

En aquel corredor del lado izquierdo, como si fuese el corazón de la casa, se oyen bullicios abajo en la cocina, aunados a los suaves aromas impregnados de finos olores de canela y café de los restos del desayuno, mordisqueados y recién abandonados por sus padres, toma un pedazo de cuerno con chocolate y arrancándole el hojaldre dorado, lo come, mientras que solo divaga trazando en el techo: mil caracolas, que se visten de un rico organdí claro, que nos muestra las mil formas de una búsqueda que comienza aquí en la soledad, desde la sutil dobladura de unas telas que comienzan a tomar colores vivos.

Olores dilatados se mezclan en su presente con los otros olores de su memoria, tan familiares para ella, puesto que, en buena medida, sus recuerdos ligados a las ausencias repentinas de su madre, en realidad conforman una larga lista de pistas y memorias olfativas, que iban desde la cama de ellos al salir —aún recuerda que cuando niña impedía a las mucamas hacer la recámara, para poder oler el rastro de aquellos ausentes por días, ahora en las sábanas que Ángela aún ocupa— hasta el aroma de los perfumes de viaje de su madre o esos aromas a Vetiver de Guerlain, que aunque antiguos como el abuelo, su padre usaba en honor al recuerdo de su viejo. Lo agradable del aroma le crea imágenes lejanas, pero para ella muy queridas, y que, de un modo inconsciente, no quiere abandonar pues estas le representan la imagen de sus progenitores como figuras simbólicas, que se retienen con más fuerza en sus recuerdos, que más bien son fantasías desprendidas de las imágenes que los aromas cargan en su mente, deslizándose a sus sueños que desde niña ata a sus recuerdos, porque de recordar solo tenía las ausencias constantes y sus anhelos llenos de imágenes mentales, vacías de realidad, los que mezclados con la ausencia real, permean cubriendo su memoria de la cotidiana existencia en su ausencia; de modo que ama tanto esos olores, como se vuelve fría ante aquellos que desprenden de sus personas, ya que su presencia le es tan extraña, de tal forma, que vive más de aquellos recuerdos olfativos, que de aquellas personas, que en gran medida ahora las siente como bultos de carne y hueso, que no le van a resultar ser sino medianamente significativas, mientras que, sus aromas son una parte viva y activa de su memoria, que guarda junto a sus anhelos de comunicación, los que nunca encontraron vías representando esas ideas que de ellos se ha forjado y mientras, se niega a compararlos con los seres que recién habían salido elegantemente desconocidos, como siempre, sin tocar la vena más inquietante de su intimidad, cual seres formales sin sustancia; en donde la forma reclama que haya seriedad aun en ese espíritu de simulación compuesto, proveyéndole, sin sembrar cariño y así el precio que lleva, lo metía en la cartera y con sus platinos cerraba su universo sobre sus hombros, donde su propia esencia pasaba sin ser registrada en su angustia al crecer sin ellos, **ella**.

**151**

De pronto, la danza de la cocina,
los olores... brotan entre las risas,
y la mañana cobra todo el sentido de quienes sí viven en la casa la alegría:
de las muchachas del servicio que fluyen en aquella fortaleza, casi vacía,
que gozan.

No sé por qué, pero esta despedida me da la sensación de un cariño frío, casi helado. Ángela no ha dicho palabra alguna, ya que solo ha asentido o negado, con un movimiento de cabeza en donde la presencia de ellos, la inhiben hasta el límite de sus silencios y, tan es así, que llegó a dudar de si ellos reconocerían las diferencias en aquellos matices de su voz, ya que solo tres palabras había ella expresado, en un diálogo de sordos, en que sus padres se contestaban a sí mismos sobre las preguntas que a ella le hacían, y que les generaban un sentido de distracción forzada, mientras que sus ausencias le despertaban las imágenes idílicas, forjadas por ella solo en su mente con los jirones que de ellos retenía en sus deseos de conocerlos, esos que formaban parte de sus muy limitados recuerdos de ellos, que van mezclados con sus imágenes ideales y las sábanas tibias de los ausentes; mientras que se despliega dentro de su mente la abundancia de sus contactos con el servicio y con su Nana, en las que vagan las imágenes lejanas de los que han partido y la dejan como una pieza más del mobiliario de ese cuarto en despedida, a la que uncen aceites de ruptura, en un ritual que para ella es tan cotidiano como sus vacíos en el capítulo de sus recuerdos, formando parte de esta viva imagen familiar más concreta, que le remitiría a su soledad, donde hay un ambiente de cotidianeidad que embelesa de tanto repetirse en la memoria, la gravedad de su abandono. Y su vida se llena con los chillones colores de la casa de estas chachas alegres.

Si bien es cierto que Ángela ha heredado esos hermosísimos ojos de su madre, en este momento están hinchados e irritados, por lo que, lejos de parecer profundos, se le ven un tanto perdidos, denotando una mirada de ausencia, angustiados por estar, en sus ideas, mezclados con una ternura especial, que hacen que utilice al máximo la otra de sus herencias, ya que había heredado también, de su madre, su particular facultad para fingir y borrar así vestigios de estas turbulencias interiores que le pudieran venir del alma, mostrando una serenidad realmente ausente, que por debajo contenía las tormentas propias de una adolescencia apenas rebasada en las orillas de una juventud aniñada que sucumbe en inconsistencias de anhelos, deseos y búsquedas de cariño simple y llano, forjándose así su carácter.

"Al parecer mi padre estaba pensando en sus operaciones financieras", pensaba Ángela, "según me pareció evidente, el hacer dinero le deja poco tiempo para mirar otras cosas".

Tras decir esto, su gesto se amargó un poco, pensando que había cosas antes que ella y, con esto, detectó una duda de ella sobre la capacidad de su padre de ser feliz, a pesar de todo lo que tenía. Pero no quiero decir, que ella no duda que él no sepa gozar de sus ganancias; sino que cuando se lanza sobre algún proyecto, no desvía su atención ni un segundo y se lanza con tesón, sin desviarse de su objetivo, aun sacrificándola a ella y a su compañía; por lo que pareciera que su felicidad era más producto del proceso y la aventura, que del resultado de poseer cosas. Estas actitudes y acciones que le vuelven osado en los negocios, le son dadas a cambio de no poder atisbar aquel brillo ausente de la mirada de su pequeña, porque su vida era la acción y ella estaba en la pasividad de la educanda.

La cama de sus padres, entre sedosas sábanas que aún tibias guardan ahora cierto olor a ella y a ellos, pronto la trasladan con la suavidad del edredón a la imagen del rostro masculino que desde fuera de su alma no me fue posible ver y que ella adora. Ángela empieza a describir círculos en el aire con su mano. Yo, mientras pienso en voz alta algunas líneas que llegan desde un punto interior de mi ser en Nous cuando soy testigo silente de este, al parecer, rutinario viaje de sus padres, sobre todo de la íntima tristeza de la niña y no sé explicarme, si acaso soy víctima de su padre celoso porque yo enamoré a su hija o, tal vez, mi estancia en esta mansión se deba a que participo de sus negros negocios o de ser su enemigo vigilado.

La opción de poder ser no victimario, sino víctima, me deja más confuso sobre mi ser conformado de inquietudes nuevas, por algo más que no conozco ni comprendo y que está tan ligado a mí, con imágenes a toda vivacidad. Pues he sido objeto de una visión familiar, ¿en qué me involucra a mí esta ambición?

Los olores siguen guiando aquel espacio interior con diferentes diálogos que resuenan en su mente y de los que no sé por qué razón me percato, los mismos que se apagan con la voz de su Nana, mezclándose en espejos de alegrías pasadas con su nodriza, sopesando un tanto la frialdad de los reproches hechos, que se gesta a sí misma por añorar y renegar la poca comunicación sustancial materna. Ella, la hija, ante la variedad de aromas que ahora sucumben ante la ventana que se abre por mano de la Nana, que reza sus plegarias, se estira y levanta, bailando sobre la cama al ritmo de música *house*, mientras la Nana reza.

El cuadro me remite a profundos recuerdos al haber estado ahí, sin poder describir ni el más mínimo detalle, y todo solucionado en un sentir, que por conformación literaria construye el artificio de la noción de que participo de algo, por estar conjurado en el espacio que ha asistido al toque de trompeta de oro del juicio del vivo hoy.

> *Job tomó la palabra y dijo:*
> *"Bien sé yo, en verdad que es así:*
> *¿Cómo ante Dios puede ser justo un hombre?".*

> —*Job,* 10[(18)]

Leía la Nana en su Biblia sus rezos, mientras cruza con una bata hacia el clóset, y entre dientes va con su plegaria diaria, haciendo sus quehaceres mientras se dedica en cuerpo y alma a servir a su niña, aquel ser que había constituido toda su razón de ser y permanecer en el mundo de los vivos, del que ya tan poco esperaba y nada creía, sino en su Señor Jesús. Y desde esa óptica veía a su niña en un mundo que no entendía, fuera de esa casa por la maldad implícita.

"¿Qué dirían si se enteraran que estoy embarazada y que voy a ver a su amigo el eminente doctor Mancilla, para que me realice un aborto? ¿Cómo decirles que en su 'paraíso' algo va mal?", piensa para sí, aunque en realidad no sabe, si está en estado de gravidez o si nada más el imaginarse la descompuesta cara de su madre ante una situación semejante le complace en su fuero interno, dándole ganas de que fuese cierto, el tener una oportunidad de contrariar su seguridad y enfrentarla a ella, "la bella", a ser abuela a los cuarenta; cosa que desataría la furia del Olimpo familiar donde Alejandra estallaría en cólera; por lo que su situación se convierte así, en un modo de vengarse de esa imagen difusa en su memoria filial. Algo perversillo surge en su alma por contrariarla, pues sabe, que su madre va a caer en cólera por el desliz de ella; imaginó que ella diría, en un algo mentirosillo de ambas que temían confrontarse vivas y sus inquietudes le dan sensación de burla por los esfuerzos tardíos de una reunión de sus espíritus que se verían enfrentados por la edad y lo firme de las carnes.

Cuando su madre la vio revisándola, nació en ella el reto: dos mujeres se habían mirado y su madre no le notó su ser madre, eso piensa cuando menos de un modo que su ser está dado en un acto de rebeldía consciente y amorosa de sí misma, combinando odio y amor. Así, de un solo tajo, se convirtió en una verdad que le concernía solo a ellas dos y eso no lo odió, sino que sintió que algo le revivía en el recuerdo de viva lágrima de niña, en el olvido. Y se recogió desde el estómago que volvía a darle vueltas por segunda ocasión y al final solo se rió.

Oigo que suena el teléfono: ¿quién podrá ser? ¿Tal vez la muerte se oculte detrás de esa llamada?

—Bueno, sí, ¿quién es? Bueno, bueno. ¿Ángela, me escuchas?, este teléfono está mal, se oye puro ruido, pinche celular, se corta todito, sal del puente.

—Bueno, Gaby, espérame tantito, nada más me baño, pasa por mí dentro de una hora.

—Oye Ángela, ¿te alcanzará con el efectivo para pagarle al doctor?

—¡Claro, pobre!

—Pero qué pregunta tan tonta te acabo de hacer, hija del rey Salomón. ¡No vayas a pagar con una de tus tarjetas y se vaya a enterar tu mamá que tras las finanzas se mide la medida de tus transas! Bueno, entonces ahí nos vemos, pero no en una hora, puesto que estamos cerquita y voy rumbo a tu casa, así que, ahí te caemos casi que ahorita mismo.

—¿Ya vienen para acá?

—Claro, mi chava. Aquí, la única huevoncita que no se ha levantado eres tú, *darling*, sigues tirada en la modorra de un mal ayuno de besos. Cálmate Angie, que a eso vengo, a darle cuenta de los buenos puntos que tu Nana se anota al entriparnos esas delicias del sabor.

—Chale con la naca k —le dice Ramón, zapeándola.

—¡Ay! no ma… no, no —le dice a Ramón pintándole una seña soez—. Y a eso venimos, a ver cómo se frota las manos la Nana hoy. Así que doblamos por tu calle y llegaremos en segundos tocando fuerte y seguido, pues estamos a unas cuadras, de modo que sigue hablando desde donde estés con tus manos libres y gira instrucciones para que los guardias nos dejen pasar de volada; así nos clavamos a jugar unos partidos de *soccer* en la máquina mientras te arreglas, que imagino pasarás en la tlapalería un buen rato, a quitarte la asquerosa cara de enamorada perdida que padeces y no puedes reprimir ni con todas las cremas de mami. Verdaderamente, das asco, así que debemos pasar el rato en que tus menjunjes tapen esa felicidad que desbordas. En fin, diviértete *darling* y goza.

—Cálmate chava, que me voy a dar un rico baño…

—Cómo vez que al Ramón, le voy a dar un "arrastrón" de esos que le hacen sentir a estos "machirrines" la igualdad del género, ya ves que se siente muy sabroso para el "jurgol", pero en el Nintendo me pela los dientes… ja ja. Viene, sacude el cascabel y saca la venenosa para que les retires toda sonrisa que ante cualquier otra caída deportiva les haga hablar y de ardores resbalar ante tus pasos…

—Cuidado que la chaparra viene picosa e imbatible, ya que ves…, es la conciencia de la Selección Nacional, haciendo muchos y buenos goles —grita desde algún sitio uno de los acompañantes de Gabriela y se ríen, contagiando de su alegría a Ángela que por el video-teléfono da instrucciones a los guardias para que encierren a los perros y los dejen pasar.

—Ya veles ordenando a esos gachos que nos dejen pasar, que hemos llegado ahora.

—Bueno, pero me esperan sin acelerarse, porque apenas me voy a bañar.

—Aquí el *champion* le va a ganar a la gorda en el videojuego —se adelantó gritando desde el volante, Pedro.

—Cálmate, que le voy a dar una clase de jut… y después pasas tu chiquito al botón… Tú báñate, aquí les voy a enseñar a jugar a las patadas a estos mocosos.

—Sí, gánales a esos, machos, al menos por bocones. ¿Ya desayunaron? ¿Por qué no oí que quisieran algo?

—¡No mi *fly,* cual si "jueras" sorda, no íbamos a venir a tu casa sin dejar que la Nana se pula con unos molletes de esos que son la antología del reino, mi reina, y unos cafés de las fincas de tu papá.

—Órale va… *'bye,* ahí me ven en un rato —cuelga el teléfono pensando: "Ojalá les gane a este par de machines".

Y en el clásico jugaron como nunca y perdieron como siempre, de una selección de gente sin fe en sí mismos, sino la enjundia del que sabe por qué se divierte haciendo las cosas bien, porque se puede lograr cualquier cosa que uno se proponga si se tiene fe y enjundia para perseguirlo y alcanzar la meta y más con la enjundia feliz del bicentenario que corona la libertad de hacer lo que se quiere ser.

Ángela da órdenes de que les atiendan como si fuera ella; disponiéndose, en su baño, a entrar en una tina de espuma, piensa reposar un poco en el *jacuzzi*. Se mete, cierra sus ojos y la tibieza de sus aguas por quince minutos, la hacen dormir profundamente, desvanecida y descansando más que en toda la noche y por diez minutos más, se despereza quedándose casi en un estado semiinconsciente; así, reposa sin pensar, mientras se arroba en ese estado hasta el abandono por más de una larga hora.

Las risas venidas por el intercomunicador la despiertan, ríe con una broma que alcanza a escuchar y grita: —Sí flaco, ya perdiste y ganó México con la Gaby —abre sus ojos sonrientes y frescos.

"Tengo que bañarme y después vamos a ver qué sucede. Lástima, solo tengo poco tiempo, si no, me sumergía en burbujas medio día, esta espuma de la tina es para no salir, mejor me lavo allá adentro", pensó para sí.

Se levanta y abandona este pequeño jardín interior que hace del conjunto un espacio en el *feng shui* totalmente organizado desde su equilibrio natural, para conseguir armonizar perfectamente el área que le proporciona este descanso en su vida de higiene del *chi kung* más sencillo, con su automasaje en movimiento para su corazón. Se mete en esa terraza junto al baño. Entra en el espacio "aprincesado", que debe su total atmósfera a decorados de mamá y se estira suavemente cual gatita melosa, desamodorrándose entre las húmedas plantas, dejando en el ambiente la huella indeleble que su viva elástica fantasía en ternura de su persona, abandonada a su ser, belleza y pureza, desprendía su edad y sus formas. El modelo de su cara, extraído desde un cielo, que ahora ponía aquellos ojos verdes desde una profunda inocencia intransigente por rescatarse a sí misma de todo lo que aplasta y lo que la aplastaba, no era sino la altura de las que disponía en su mano y de la que aprendió a ser fiel a sí misma.

"¡Qué delicada siento la alfombra! ¡Qué rico mármol! A ver, así; caliente el agua. ¡Ah!, ¡qué delicia! Mmm... Ahora y siempre un buen regaderazo es un excelente amanecer, más allá de las once de la mañana", piensa.

El baño matutino vivificador es parte medular de la fiesta al dar la bienvenida al día, así que cualquier falla en ese momento determinará su carácter para ese nuevo día; desde siempre, según recordaba, este momento condicionaba su humor, de modo que, si todo lo que esperaba que ocurriera en su baño salía a su gusto, todo sería como un ungüento sanador que la curaría desde el fondo del alma, ahogando tristezas, ausencias, malos recuerdos o ambigüedades en sus tratos con el día a día. De manera que gozaría en la plataforma de un nuevo modo de ser, con gente que colocaría al azar de sus ideas y así, andaría midiendo el mundo con las reglas de su intuición, ya que, por su dulce entrega a sus ensoñaciones, creía que todas las cosas le decían algo de su amor, porque estaba verdaderamente feliz.

Su estado de sensibilidad exaltado al máximo la mantiene extrañamente sensible, de pronto ella nota algunas cosas que la costumbre le volvió parte del hastío que borraba de sus ojos a un sin fin de detalles de su casa y que antes no notaba sin aburrirse, pero ahora, más sensitiva, la trasladan a diversos momentos y recuerdos de sus ayeres entre aquellas paredes.

"Siento algo que no creo que se quite con el chorro de agua. Es bonito pensar que tengo un hijo de él, que está en mi seno y que le quiero como quiero a la vida. ¿Pero no me estaré apresurando? Está bien que fue la primera vez, era virgen y él se vino todo dentro de mí, ojalá así fuera. Y pensándolo bien, si mi mamá va a estar fuera durante mucho tiempo, trataré de pedirle al doctor que, en caso de estar embarazada y aunque escoja no tenerlo, quisiera que no se apresurara para extirparme el sueño que me infunde amarle a **él**, a aquel que sembrara su semilla en mí y a la cual parece no quiero retirar. ¡No, no, no quiero despertar! *Garrlgl, galgrl, ta, ra, ra* —canta—, ¡qué rica pasta de dientes!, mmmm, shhh, ¡qué fresca!", se dice para sus adentros.

En su vida, jamás observó cómo el vitral deja pasar a luces seductoras tras las imágenes del "paraíso", mientras tararea. Su rostro bello y fino, muestra una tornasolada capa de pequeñas gotas que corren por su cara en un momento supremo de su ser, belleza que desciende por las nuevas y breves formas de mujer que estallan ante sus ojos en el reflejo de las burbujas de jabón. La veo sin poder entender, qué es lo que me lleva hacia ella. ¿Tal vez fui **yo** el hombre que la embarazó? Pregunto una y otra vez en ideas que se van fortaleciendo. Mientras que yo no entiendo mi relación con la bella imagen que me despierta una angustia y a la vez una profunda unión, que inspira su sabia savia que en su belleza llega a mí para darme protección y calma. Observarla así, tan desnuda, viendo el agua que quisiera atarse al recorrer su cuerpo de odalisca, va dibujándole un sinuoso camino de agua desesperada que pretende abarcar sus redondeces, resaltando sus gracias iluminadas desde la viva ansia de pensarse a ella misma, siendo tal vez, una joven mamá y el solo pensar en esto la hace irradiar una frescura indescriptible por aquella reunión de ternuras y voluptuosidades que se desprenden de su fina silueta y la grata memoria de las horas con él dentro de su cuerpo. Sus labios húmedos y el brillo estelar de sus ojos, que con las luces del espacio y las humedades que corren por su cuerpo hacen que su vello púbico sea un dorado campo de trigo, que junto a la abundante cabellera mojada del mismo tono que desciende por sus hombros hace que se me aparezca como una diosa del Olimpo segando los finos granos del dorado pan. Derrama mieles celosas que no pueden sujetarse y ruedan, cubriendo a todo lo largo sus curvas en postrer placer y resbalan a contra luz en perlas brotadas de aquellas ninfas que riegan jardines dibujados con las luces que, desde el vitral del hermoso baño en que se lucen virilmente enormes pavos reales de cristales en colores en su parte superior, de tal suerte, que el sol tras el vitral va dando vida al paraíso representado que enmarca su vital belleza y hacen que las multitonales luces caigan en un calidoscopio que la ilumina, creando en mí la noción de su belleza cruda que se asoma cual la pureza inocente y fría, pero no entiendo quién es ella, que puede realmente vivificar sus ideas en mi ser sin memoria.

Así, sobre la enorme concha que es la tina, aparece Ángela incrustada como una Eva, cual magna primigenia estampa.

"Bueno, ahora sí voy a ver qué me voy a poner. Con suerte tu papá se presenta, pues una nunca sabe", se dice, poniendo sus manos en su vientre como si lo acunara y mintiéndose en su esperanza que sabe no se realizaría. "Qué especial se siente al tenerte tan cerca de mí, aquí en mi ser. Bueno, será mejor que me apure", sigue con su monólogo interior.

—¡La toalla está rasposa, Nana! —grita desde el baño—. ¿Quién lavó estas toallas que parecen lijas?

—Ay mi'ja, esa atarantada de la Juana, que no entiende. Si yo ya se lo dije: "siéntate frente a la televisión para que te eduque" y "anda, mira las telenovelas"; pues ahí sale ese producto que las pone suavecitas y hasta se lo compré. Y le dije: "mira, ve la tele 'pos' pasan aquellas cosas que debemos saber las encargadas de la casa". Pero nada, que ella no me entiende. "Próbe" de mi comadre, pero pa' mí que esa chamaca es taimada o ya la embrujaron, seguro la "entoloacharon" porque no "pone una" y ahora solo se pega a ver el "*Big Brother*" ese. A ver, deja que yo te peino mientras te seco el cabello, así tú te vistes y te pintas. ¡Hay que ver lo rechula que eres, estrella mía!; tu cuerpo está hechecito con las formas de la viva conjunción de todos los cielos en el mapa de la creación original del ser mujer. Cuando te veo tan formadita, con tu fino talle y tus largos miembros, tan hermosa por ventura de Dios, si hasta pareces un ángel y eres el vivo orgullo de tu madre y la mayor gloria y gracia de tu padre, en esta su enorme casa y eres mi vida entera.

Más que las palabras, la Nana, en sus comedimientos, le procura a la niña ternura y paz, secándola y llevándola por los vivos terrenos del cariño de su alma, cubriéndola de oraciones y caricias llenas de su amor.

La Nana ha arreglado varios conjuntos de la niña, pues, aunque ella le indicó qué quería usar al pasar rumbo al baño, prefiere que tenga opciones pues sabe que en el baño se resuelve el día. Y se mueve con paso seguro en la recámara, después de dejarle listas sus cosas sobre la cama.

Ángela escoge, con una mirada, qué ropa va a usar, de modo que su Nana, que es su dama de compañía a la vez, cosa que no podía sino hacer feliz a ambas, ya que se suelen acompañar en los muchos momentos íntimos del amanecer y el anochecer, Esto fue así hasta hacía muy poco, antes de la universidad donde las costumbres de la niña cambiaron por las exigencias de tareas y trabajos. Hoy más bien estaba en su despertar, porque hacía mucho había amanecido y le acerca el conjunto de mezclilla y una blusa de algodón bordada a mano por las manos diestras de una mujer del istmo.

La Nana ha seguido de cerca el crecimiento de la chamaca y puede conversar con ella y su alma. La niña, en su verdad semiabandonada, guarda aún una inocencia rara para la época, es un caso muy extraño, el retener dentro de sí toda la singular vitalidad sin malicia, lo que se debe, sin dudas, a una semilla sembrada por la Nana. Es en ella, la Nana, donde Ángela encuentra siempre abierta la puerta del cariño que la niña necesita y la Nana se encarga siempre de tenerla abierta. Ángela, con un amor maternal cariñoso y respetuoso, mira a la Nana y vacía su ternura en esa mujer morena, abriéndole su corazón en pleno; no es así con su madre, de hecho, con los años, hubo de trasladar a la Nana una serie de cosas que quería darle, sin encontrar en el momento, a su madre biológica por lo que las trasladó a la indígena que la cuidaba. Es en el registro del tiempo perdido que se han fermentado estas particularidades que han hecho de esa indígena la persona que naturalmente ganó aquel respetuoso amor y cariño, frente a la necesidad de la niña de darse ante una madre que, aunque amorosa, es distante y que solo ha puesto cierta inteligencia en su relación maternal ya que aparece para con su hija de manera muy parcial y siempre poniéndola en último lugar, como un espacio dado en un nicho en soledad y aislamiento en contacto de superficies. Sin embargo, muy curiosamente, aquella humilde mujer la había cobijado de amor y le había enseñado a amarse y respetarse a sí misma, con la bendición de la paciencia. Aquella Nana se había convertido en la imagen materna que nunca tuvo, que la escuchaba infinitamente ante la necesidad de una mujer y de otra que la escucha y guía en sus abundantes horas de fastuosa soledad, en la que sus edades se abrazaron en un vacío existencial que las complementaba.

Su madre, descontrolada ante el mundo que se le empezó a construir alrededor, perdió la brújula inmediata de sus obligaciones maternales y resultó que tanto esmero puso en estar a la altura en que la encumbraba su marido, que cuidó todos los detalles de los reclamos sociales, pero aquello primero y único que se le escapó fue: la niña. La Nana, en esa recámara era una parte no solo natural, sino inmensamente rica y feliz en la vida misma de esa alcoba infantil que cruzó por una adolescencia agitada en las emociones del *ballet*. La presencia de la Nana era no solo parte del decorado, sino la esencia vital del ambiente mullido y hogareño de aquel nido, la Nana velaba porque, en lo humano, la niña no estuviese en falta. Ella se deslizaba entre los espacios de la niña con tal natural fluidez, que revoloteaba cual mariposa, no era la figura de la institutriz inglesa, no, nada más lejano que la india de pueblo que la Nana era; haciendo cosas alrededor de ella como si fuera una abeja industriosa que cubrirá de antemano todas las necesidades de su pequeña; sabe doblar su ropa interior y acomodarle sus cosas sin caer en falta; sabe curarla o llamar al doctor; quererla y amarla, le acerca las cremas y los afeites, perfumes y lencerías con una forma de devoción interior y con una veneración maternal exterior... y ante aquellas tangas abría los ojotes y le decía:

—¿Y esto para qué sirve? Solo pa' descubrirse, niña, ¡si es un hilo! Pues, ¿por qué llorabas en la mañana? A tu Nana no la engañas pues tú llorabas por algo que te traes, y ahora tan calladita, eh, ¿qué le pasa?, si usted es un ruiseñor. ¿¡Qué le sucede, dígame a mí que soy su Nana!? ¿Es que le pasa algo mi niña? ¿Cómo se siente?

Y, en un nuevo silencio milenario desconocido para ambas, se cuela una angustia perturbadora en la Nana, al ver silenciarse a su niña tan sin razón. Desazón que precede al siguiente minuto, cuando dentro de su mirar se alberga una nueva sensación en que Ángela se da a sentir en su imaginación la posibilidad de ir tejiendo en ella la piel del infante que viene a configurar la primera posibilidad pluricelular, que tal vez pudiera estarse formando en su vientre, al ir haciéndose un algo de él en ella, en un espacio consecuente de la transmutación viva del tiempo, frente a su relación humana inmediata y casi descubierta por las preguntas del amor materno, mirada que solo confunde brevemente a la Nana, por ser totalmente nueva en su rostro.

—Anda mi amor que yo te preparé un rico desayuno.

—Gracias Yaya, ¿ya desayunaron mis cuates?

—Ya los atendí, que comen como pelones de hospicio, pero ya les di sus molletes con salsa y su café con pastel.

—Dame un jugo y un poco de pan con mermelada y café, no tengo mucha hambre.

Prende un cigarro y mira aquel humo, de pronto se siente mareada, y tiene ganas de volver. Apaga el cigarro, mientras la Nana solo la mira extrañada sin poder evitar llamarle la atención por fumar...

—Te sientes mal, mi'ja.

—No Nana, pero me dio asco.

—¿Asco? —dice la Nana, abriendo sus ojotes.

—Sí, estoy cruda...

—¿Entonces llegaste tomada, mi alma?

—Sí, celebramos el meteoro.

—¡Ora!, ¿y ese tipejo quién es?

Y ambas rieron, mientras Ángela tarareaba una cancioncilla, toma un largo trago de fresco jugo de naranja que le arrima la Nana y va gozando esos matices de Montemorelos en aroma.

—¡Ahh!, qué mi niña, ¿'pos' quién es ese? Estás muy chica para andar en juergas de largas noches con un desconocido, no crees...

—Cuán chica, Nana, ya voy a la Universidad y no es ese, es eso. Ahora hasta...

—No me hagas decir cosas. No, usted es mi chiquita todavía y siempre lo será.

Ella sonríe un tanto mareada y se acerca al espejo a peinarse, pero se detiene sin comentar nada para no alarmar a la Nana. Bella, se mira recogiéndose sus dudas, pero inevitablemente se siente aislada en ausencia de esos recuerdos que hace un momento aún estaban y la rodeaban, aún sin tocarse en sus órbitas y no porque no estén, que para ella eso es normal, sino porque ante la novedad de su estado o la noción de su aparente estado no pudo confiarse a su madre y se siente ante ellos como si ambas fueran cuerpos celestes que conviven sin acercarse. Esa es la imagen que dentro de sí misma incuba y ese espíritu es ante ella una presencia que finalmente le produce extrañeza, pues repara que está de algún modo reviviendo sensaciones que solo sintió y tuvo siendo muy niña, las que ahora recobran lucidez y brillo como espacios de remembranza que se atan al recuerdo que la memoria atrapa al azar de sus recuerdos o sus presencias en el mismo plano y los trae vívidos con un caudal de sensaciones en sentimientos que logran confundirla. Entonces enciende el televisor en el que pasan el choque de unos asteroides con Júpiter, haciendo explosiones capaces de haber volado el planeta Tierra entero, de haber chocado contra él. Ambas se quedan atónitas ante la magnitud de aquella catástrofe, en la que se había dejado cacarañado al gigante. Se miran sin decir palabra y este asunto le retira la insistencia de la atención que sobre ella la Nana ejerciera, que la deja pensando que se encuentra en un espacio nuevo con la sensación de asumir que aquel momento ya se ha vivido cuando se desprenden de las raídas telas de sus viejas memorias, que la llevan por segundos a ser la niña que extraña a su madre y solo encuentra esos brazos regordetes morenos que huelen a tierra, canela y azafrán; que la abrazan mientras le canta como siempre.

La imagen de la Nana ata las querencias de todas sus mañanas amarradas al amor de la que entrega su vida a amar a la hija ajena que la vida le dio como propia, de una manera tan providencial y accidentada, cual azares del universo que dejó caer sus estrellas esa noche que arribó a tomar posesión de su lugar en la vida de esta niña que se convertiría en el todo de su existencia, en su sentido real; donde el cariño sincero de las dos coloreó de hermosa alegría de amor a la viva presencia de ambas, que silentes sonríen y se entregaban a ser la viva confianza con que las unía su cariño.

—¿Alguna vez estuviste enamorada hasta el grado el dar todo por ese ser?

—¿Pero..., mi niña…?

—¿Cuándo sientes que ese hombre que amas vale la pena y estás dispuesta a enfrentar cualquier persona o cosa para cuidar ese amor, para salvarlo a toda costa? ¿Crees que el amor consienta en dudar o debe ser uno y el mismo acto, lo que indique que es real y verdadero? Nana, ¿tú crees que el amor sea coherente, que tenga sentido su sinsentido, que sea algo real lo sentido?

—Florecita, pero qué cosas dices tú, ahora veo el que esas lágrimas son amargos frutos del aguamiel de las flores del amor; esa "eh" una enfermedad peligrosa y difícil; "pué" de sus vapores se tiñe el alma de gozo y llanto, de mucho llanto, sobre todo cuando el gozo es tanto. Así que respondiendo a tu pregunta, debo decirte que sí: he amado a un hombre que pagó mal mis quereres abandonándome y que sin saberlo él, me dejo aquel consuelo de mi juventud "pué" un chiquillo me nació de sus caricias y arrumacos en el abandono de mis querencias. A él se lo entregué todo y ante sus terribles ausencias me le crié sola con amor, regordete y sano, cuando trabajaba pa' la comadre Matilde, pero me alcanzó la pobreza cuando quedé tan sola, aturdida y sin trabajo. Aquel, mi pequeñito, me dió de su sonrisa la "juerza", para, sin olvidar a su padre, reemplazarlo al dibujarse su cara en él. Llena de las sonrisas del niño y de las ausencias del padre fui sembrando en el hijo la esperanza del amor que ese otro guapo no podía recibir y al que no pude olvidar en mi memoria, aunque viviera siempre en mis adentros y con tanto parecido que cambié a uno por otro. Hasta a veces llegué a engañarme unos años al pensar que este hombre volvería, pues tanta felicidad me traía mi'jo.

Al fin olvidé las ansias del padre en nueve años de "esfuerzos" a pesar de que nació con su misma cara de bribón, "cinicote"; con su sonrisa "juerte" y blanca y con su pelo negro, pero por eso mismo me dije, "con este tengo para olvidar a aquel". Sí, mi'jo era otra sonajita como tú, Chiquita. Un día, cuando esos tiempos estaban más difíciles se me enfermó, como no tenía dinero; se me enfermó "pior", hasta que, desesperada, llegué a la clínica caminando durante tres horas y les dije que se me moría; nada pudieron hacer, regresé con mi tesorito que se me iba enfriando en el camino; un negro aguacero, como si los mismos cielos lloraran, me "jue" golpeando todita; lloré, recé y junto con él me morí... Y dejé ir mi alma con aquella agua del cielo.

En amor dolido con el agujero que se me formaba en el alma, desde la entraña en ataduras con que la vida nos envuelve en esos casos con el manto de la muerte, manto que se envolvía a mí, "pué" el sahumerio en ausencia me envolvió en el eterno rebozo del llanto y el dolor de su partida, "pué" se me había ido al cielo, sumergiendo la tierra bajo mis pies ante el abandono de Dios, con el cual me castigó por haber amado tanto a aquel hombre, su padre ausente; mal ladino que se me metió entre las faldas, que me hizo llorar las carnes de placer y de lágrimas en un dolor permanente que aún no olvido en mi alma rota.

Una profunda lágrima rueda ligera por la curtida piel de la madura mujer, que se suena sonoramente su nariz y arranca tres lágrimas a la niña. El dolor vuelve a traspasar su corazón y su mirada vaga lamiendo en el tiempo esa vieja herida, aún al parecer sangrante, ya que siente reabrirse y que, al llorar, hace brotar nuevas lágrimas por la seca sangre del olvido de la ancestral pesadilla de toda su vida, encaramada rabiosamente en muy vivos recuerdos, como si desde la carcasa seca del recuerdo, pudiera levantar al caído de la fosa donde solo el recuerdo aún retoza sin él; sin arrancarse ese rebozo que la ató a la muerte fatal que la visitaba llevándose su alma toda en la alegría de su memoria.

—Hartas horas, mi niña, así hasta cinco días me abracé a su frío y muerto cuerpecito. Cuando me lo arrancaron de mis brazos, aprovechando que del dolor y el cansancio yacía desmayada, pues apestaba aquella cajita y sus grasas escurrían en descomposición ya desde antes, le echaron cal en la tierra, en una cajita blanca de cartón, donde había venido un gran juguete del hijo de mi comadre, con su encaje azul por dentro. Arreglo que me regaló la comadre Filemona, una caja arregladita en filigrana de hilos de seda, según me contaron, mientras tomaba el café de ese amargo despertar. Hecha una loca, me detuvieron entre todas las comadres para que no saliera yo a enterrarme con las uñas junto a él; mas cuando vi en mi espíritu que él ya dormitaba sereno y para siempre, sobre la imagen de esa cajita que Filemona le había dado y me había adornado tan bien, hermoseándola para que no se le echara al polvo, así, nomás, sino como Dios manda, una calma descendió en seca abnegación sobre mí. En procesión se me avisó donde quedó entre el sembrado de flores de la casa y sobre el bíblico papel me juraron que nos reunirían de nuevo cuando mi tiempo llegara.

Sin dormir siquiera, anduve hecha una loca por las andadas del novenario, que me resultaba largo y sinuoso, caí enferma, ahí ya me andaba yo juntando con mi'jo, que era aquello que yo más quería, verdad buena. Solo porque mis comadres se encargaron de mí, si no...

Después de la levantada de la cruz caí desmayada y solo dos días delante reaccioné por las atenciones que las comadres me daban... Las lágrimas cubren con un silencioso velo que empaña esa memoria recién refrescada, de un modo que solo las madres saben llorar sangre del corazón, que ruedan por las mejillas sin pena ni asomo de vergüenza, sino del más puro amor materno que le sobra y del que pueden anegar mares con sincero pesar, que le sale a una, verdad buena, y me deje llorar del tiro porque ya no había lágrimas que llorar, seca como trapo quedé sin entender a Dios: me había abandonado. Recogí su cadáver y lo dejé con el de mi'jo que abandonó su mirada.

De pronto, esta imagen me ataca como si fuera para mí un recuerdo ajeno, el cual me parece tan lejano a mi persona que pienso que es el tiempo, ese factor que hace que nos acerquemos con diferentes perspectivas a las cosas y con esta idea y ante tales escenas, me viene a la cabeza la posibilidad de que yo fuese el hombre que abandonó a aquella india; la duda de mi identidad tenía la maleabilidad de querer adaptarse a toda situación no resuelta que se me presentaba. Así, de algún modo quería yo adaptarme a todas o cualquier posibilidad, pero mis alcances primeros me niegan la posibilidad de ser tan réprobo, aunque esto pudo ser puro ego; después pienso que será el mismo tiempo aquel que se encargue de borrar de mí esta idea, ya que es la mayoría de las veces el factor que determina cómo nos acercamos a las cosas. Es así que veo como estas desgracias de mujer me remiten, sin quererlo, a un sentimiento de culpa, de necesidad el saber cuál es mi delito, desde el cual sin saber definir mi relación con ella, me agobia una tensión que siento me reúne con su esencia, pero más que de la Nana con la niña, en la niña ha creado un espacio maternal real vivo.

Después de oír su desgracia pienso que definitivamente a ella, su niña, tal vez yo le hice algún daño y es por eso, tal vez, que estoy recordando ahora aquellas semblanzas que esconden las causas de mi reclusión, que quizás quise olvidar, pero son otras de las materias con que se nutren mis angustias; dudas que son detonadoras de tantos sentimientos que confunden mi estancia en este salón de los recuerdos de la humanidad, que se dan en completo olvido de mi persona, que en tal abandono resuena el coro angélico. Para mí, el recordar aquel momento me resulta un misterio, porque finalmente no lo percibía con los sentidos y no representaba al Nous del conocimiento intuitivo, sino a su opuesto en lo platónico, y eso lo convertía en algo rarísimo porque este dato no lo había aprendido y lo alcanzaba de manera interior, este Nous o entra por los sentidos o estas ideas me hacen dudar de mi cordura, porque no sé quién soy en este vientre del centro de la Tierra en su profundo sentido del ser humano: realidad humanista esencial del hombre en que somos la idea humana.

—Pues, ¿qué vida había yo de tener? —dijo la Nana—, si mi misma vida se quedó enterrada junto a su frío cuerpecito que trasegaba con mis ojos tirando en lágrimas mi fe y arrancándome el alma, enterrando todos sus colores, mientras que una paloma blanca comedora de las almas me miró silente royendo mis entrañas, devorándome sin por fin matarme, ya se ha llevado lo mejor de mí, al arrancarme una a una todas las esperanzas y las posibles alegrías y así, todas las noches por igual, mientras que de noche las golondrinas se pasean tras de mi dolor por lo ancho de un mundo que miré vacío, el día en que él se me fue y perdí media razón: verdad buena. Vagó mi alma y encaminé mis pies hacia México…

Con el dolor a cuestas, como loca y casi empujada por mi comadre, me arrié unas cositas y echándole la aldaba al cuartito de madera que tenía por casa; cargué del polvo del olvido y de distancia mis pies; así andando como alma en pena por más de 8 horas, como si "jueran" solitos y por su voluntad, mis pasos se encaminaron al camión que me trajo a la capital, después de un día y una noche de viaje en que yo iba como una estatua de sal, queriendo morir de la pena; cual cobarde, decidí matarme en el olvido, matar mi persona en mi pasado y solo ser una sombra, sin volver la cabeza atrás ni una sola vez. Yo no he vuelto ni pienso volver, hasta que me reúna con mi'jo en su sueño eterno, para así no separarnos jamás, le contaré que la vida me dio a ti y que nunca nadie fue así recompensado por un dolor del demonio, que es la ausencia del hijo y después de haber gozado de tal grandeza de alegría: sumirse sola en abandono.

Conocí a mi llegada a doña Marcia, por recomendación de la comadre y tocaya Petrona, esa que vivía enfrente de la tienda del pueblo y que era su madrina, la que tanto hizo por mí. Allí doña Marcia me empleó en su fonda, en donde me tuvo harta paciencia porque como sonámbula andaba, un verdadero cadáver viviente, pero con el tiempo, su paciencia y atenciones, caí en un estado de olvido e indiferencia. Un día, llegó un hombre mal encarado que no solo no quería pagar, sino que quiso abusar de la doña y con una sartén le acomodé un trancazo entre la cabeza y el lomo que le tuvimos que sacar arrastrando y lo echamos a las zanjas y entre llantos y risas, esperamos a que la gente nos avisara que habían muerto al hombre, pero nada pasó. Sin embargo, a nosotras, ese momento nos unió como amigas y me despertó de mi letargo; a partir de ese momento aprendí a cocinar cosas de allá de la Tierra y las tortitas de carne con huauzontles, esas que te gustan tanto y añadí al menú otras hartas cositas que le hacía al niño, para ver su carita retratada en los olores de las hierbas mezclando sus risas con mis guisados en la magia del perol, que día a día me huele a recuerdos, que solo saben gustar mis memorias y que degustaban todos los que probaban con mil delicias mis clientes, buscando en sus alegrías las de mi hijo.

De pronto, un día se le ponchó una llanta al carro de tu papá frente a la fonda, se metió a esperar mientras el chofer la arreglaba y me pidió un refresco frío; y como tardaron en componerla, porque tuvieron que vaciar la cajuela, que traía llena de maletas y "chunches", esos vapores de mi cocina eran una gran tentación que le resultaron irresistibles como para todos era dada una invitación a esa fonda, que yo mantenía bien limpia, para que la gente pasara y se sintiera bien; yo quería recompensar a doña Marcia que me había devuelto al mundo de los vivos, así que iba yo atendiendo su negocio, aprendiendo y dejándole siempre ese sitio que era mi refugio, cual patena, que era un templo para el comensal en delicia de los sentidos con que agasajamos a los que llegaban hambrientos del camino y pasaban a comer, ahí es que llegó el bribón del tragaldabas de tu padre y mi vida dio un vuelco. Uno nunca sabe los designios de Dios que es el que hace todo mi'ja, así que solo hay que andar como Dios manda mi Chiquita ¿o es usted una pinga? Acuérdese de mí.

El olor de mi cocina hizo que tu padre se animara a comerse unos peneques de queso con salsa roja, acompañados con frijolitos refritos, chinitos, de esos bárbaros. Así que, odio decirlo, pero aquellos me quedaron de rechupete: ¡tú sabes cómo me quedan!; ya después me pidió que le sirviera tres veces, uno a uno de los guisos de la casa, pues siempre ha sido de diente el muy tragón, tú dispensarás pero sabes que es de gran filo; a la tercera ya no había sino carne de puerco en verdolaga con su picantito cuando le di dos chiles pequeños rellenos de queso menonita. Sus ojos, sin despegarse del plato no me miraban, mientras comió todo con delicia y lamiendo los platos con una tortilla, sudando y con la boca llena, me vio derecho y me dijo pasándole una última tortilla limpiando la salsa sobre aquel plato, resoplando del picor el sinvergüenza, que resudaba el muy condenado, lo vieras hacer de la noche día; así de su alegría, me miraba feliz al sabor de aquellos aromas desbordados de los que se dio gusto y supo del sabor de mi sazón y pa' pronto se resoplaba .

—¿Quién hizo esto? — preguntó, jalando el aire y sudando a mares.

—Masticaba con gran placer que era tanto y tan bueno el sabor de mis guisos que aún ahora le recuerdo chupándose los dedos y bebiendo el último trago de su cerveza helada, sudadita y sudando harto porque le tocó un chile bravo, que le pica con extravagancias del mole, ya ves que es exhibicionista al mole, recogiendo con una tortilla azul el caldillo del otro plato que aún permanecía a su lado, porque no me dejó retirarlo el tragón, salsa que en abundancia había puesto yo en su plato y lo va dejando limpio y brillante. Y hasta le dije, que si seguía limpiando así los trastes no le podría cobrar riéndome de ver con qué hambre y gusto se había atacado los guisos, que más que un señor parecía un muerto de hambre y de broma le dije: de saber que era un menesteroso hambriento ni le cobro. Resoplando el condenado harto de veras.

—¡"Pos" yo! —contesté ufana...

—¡Véngase a mi casa! Le doy tres, cuatro, o cinco veces eso que gana aquí; pero véngase a cocinar a mi casa, que será como suya.

—Sin más, me ofreció trabajo, callandito, bajandito la voz, el muy bribón con pícara mirada, ya sabes cómo es el condenado de tu papá cuando quiere conseguir algo. Que si era gente decente, que iba yo a vivir muy bien y como me ofrecía las perlas de la virgen y había valorado bien mis guisos, entonces yo, callandita, le arrime otro platito de albóndigas con nuez que guardaba pa' la señora, se lo acerqué como de postre, que humeaba al chipotle y que cae el desvergonzado al plato de albóndigas, como si no hubiera comido nada, tú; rebozando esos caldillos aromáticos a hierbabuena y menta que llenaban por su gusto y calidad las arcas de la patrona. Y como queriendo que ni se enterara la señora Marcia, de la que hube aprendido yo tan bien y con tal sazón, que se sentaba en la caja dejándome a mí la preparación de las comidas y la supervisión de la limpieza. Y ahí tienes a tu padre insiste que insiste, y dice que dice, y que me ofrecía cuarto con televisión y que no tendría que lavar nada, que para eso había sirvientas, y que me quería para su cocina; y bueno, que me iba a ir mejor que en el mismo cielo. Y yo por no hacerme la chocante y siguiendo una corazonada de que era un hombre de ley, que le agarro la palabra y que le digo, así nomás tanteando, que hablara con doña Marcia a la que yo no habría de traicionar en un abandono mezquino; sino que tendría que salir con su venia y bendición.

Tu padre, muy serio, se le acercó a la patrona, la que casi se cuartea en cuanto lo oyó, se le salían los ojos a la "probe". Pero el muy ladino, entre palabras le firmó un "chequesote" gordo como la lotería y cual si comprara mi libertad salí; y aquí vine a encontrarte a ti, por la gracia de Dios. A ti, mi'ja que has llenado mi vida de luz; cuando estabas en el vientre de tu mamá en el último mes del embarazo de tu madre que ya no podía pararse porque podía perderte. Y, perdona que te diga esta historia, que has de juzgar tonta, pero al saber que por primera vez tú estás enamorada y que me has confiado tu verdad, hoy he querido confiarte aquel secreto que forma mi vida y que me trajo a esta casa. Ya se me saltaron las lágrimas, no soy más que una vieja chillona.

Bueno, ya está esa trenza y te aseguro que un rostro más bello, no ha existido nunca, que el que se enmarcara en el vivo y hermoso, sedoso cabello que Dios te dio y que con la misma bendición estas gordas manos tejen. —Así le dijo mientras terminaba su afanosa labor de cepillarlo dejándolo seco y brillante antes de trenzarlo; dejando en sus manos un trozo de azabache y con aquellos ojos llorosos contagió a la niña que la abrazó como a su viva madre y la niña se ató en nostalgias a aquello que sintió una gracia que contraía para con ella, su Nana que le había revelado toda su verdad en una peinada y un mar de llanto, y se sintió bien y mal; bien por ser depositaria de esa confianza y mal porque sabía que no le correspondía en sinceridad a aquella, su Nana, pero revalorando su valor maternal al saber que ella había recibido todo el amor que la Nana no pudo darle a su niño, lloró con dulce sabor a gloria.

—Ese caballero es afortunado, ojalá sepa valorarte y corresponder a tu amor mi'ja. Dios quiera que sea digno de tu "alma", corazoncito. Que yo encontré en ti la viva felicidad que da el entregarse a la más hermosa labor a que puede aspirar toda mujer: ser madre, perdóname si te lo digo, pero así me siento y no le hagas caso a esta vieja, más deja al tiempo que sea el testigo que le cuente a mi niño de ti mi'ja, pues él se va a enterar que su madre te amó como a él y más aún.

¿O piensas que haya algo más puro y grande o que el ser solo tu Nana puede empañar la grandeza al verte crecer a mi lado, gozando tus gozos y llorando tus males y quererte tan mía, dándote mis pechos y mi vida? Dándote mi tiempo que ha sido mi mejor inversión, porque perdí un hijo pero te gané a ti, mi gran amor —y un profundo miedo la recorre—. Perdóname si te ofendo con mis confesiones, ya sé que solo soy tu Nana, la Yaya, espero no te moleste el saberme a mí, con mi cariño real, como una vieja loca que te ama con adoración y que sabe que no merece siquiera que la tomes en cuenta, sino que nunca dudes que tuviste el amor de madre que Dios me dio y a tu madre también, a su modo; perdóname, porque casi no tenía leche, pues que estaba mala de anemia y no sé qué mejunjes le dio el doctor un día.

—¡Nana!, ¡te quiero tanto! No tienes por qué pedir disculpas, si tú has sido la parte más cercana al cariño y amor maternal de toda mi vida.

Los ojos de la Nana se iluminaron y, corriéndole una lágrima por su mejilla, abrazó a la niña. Secándose los ojos y jalando el moco, continuó diciendo: —¡Por qué a mis pechos siempre se les dio la leche! Ya ves que tu mamá se puso mala con asma que para qué te digo, le caíste como bomba a la salud de tu madre, es por eso que no tuviste hermanos, ni tu madre tuvo nada de leche, ya sin más hijos, se mejoró reteharto, sí los "dotores" saben lo que hacen y cuantísimo más Diosito. Y yo tuve la oportunidad que el cielo me regresara el tener no a un hijo, sino una hija en mis brazos, que se alimentara de la buena leche que daban mis pechos, y no como aquella leche magra que salía apenas de mis pobrezas que no le dieron las "juerzas" a mi niño, para poder vencer a esa enfermedad que le dio, creciendo enclenque entre el hambre y el polvo, sino que ahora bien comida y descansada, era yo una fuente de leche, que nunca se me cortaron hasta hace poco, y el "dotor" decía que había nacido para criar niños, de tan buenas y tan hartas que eran mojaba las camisas hasta dos veces por día mi niña, una vaca lechera para ti, era tu Nana, mi amor; una vaca muy feliz, a la que Dios le regaló sus leches para que tu fueses sana y nos dieras toda la felicidad tuya al saber que crecías sana y yo gozaba con tu boquita que le pedía más a esta vieja vaca tuya, que te amó desde ese primer beso a la chichí mía.

Mas no te fijes en mis tonterías. ¡Solo recuerda que las lágrimas tempraneras son parte de la eternidad fugaz que vivimos en este valle de lágrimas y son buenas, mi Chiquita! Tú, haz eso que tu corazón te mande que para eso está Diosito en el cielo, para que en silencio y con harta devoción le preguntes por la verdad que Él te tiene preparada, que eso es lo único que nos queda, como tú me quedaste a mí haciendo lindos colores de mi vida con tus miradas y risas que eran remedios para el dolor que una vez yo tuve y que has reparado tú, miles de veces, llevándo- me a ser una mujer completa y feliz, que solo te lo puedo agradecer con mi amor eterno y tu lugar junto a mi hijo y aquí "mesmo" en mi corazón, mi alma rechula eres tú la luz de mi existir, no sé si te contesté si conozco las mieles del amor, mas sí te digo: tú tienes que vivirlo.

La Nana dice eso suavemente, como para sí misma y se queda pensativa, me- ditando en que no le gustan esos ascos; pero inmediatamente se dice a sí misma, que no piense tonterías, si su niña solo tomó la noche anterior y no es nada que pudiera ser alarmante. ¿Oh sí? Se pregunta, sin poder contestarse, dubita; pero la duda no es parte de su repertorio cotidiano y asume alegre atender a su niña, así que le acerca el jugo, mientras recomienza con sus rezos de memoria, con una concesión inmediata con sus oraciones en intención por no pensar tonterías y porque la niña de sus ojos fuera muy feliz, solo la veía ir y venir en sus enjuagues que la ponían a bailar con una *iPod* y música ligera y soez.

Ángela toma aquel dulce néctar destilado de tales confidencias, no a traguitos, como tal vez hubiera deseado, sino que aquel vendaval de confesiones la deja ausente de su idea inmediata, y le dan la suave sensación de una mutua pertenencia entre aquella vieja y ella. Después sorbe su café mordiendo un pan con mermelada de zarzamora y va dejando las orillas en un platito según su costumbre y queda junto a su toalla la sensación de que posee a dos seres cercanos: su posible hijo y ella, su Yaya. Mientras, se pone su peineta y sale tomándose un último sorbo de café. Pasa a lavarse los dientes haciendo unas gárgaras con antisépticos. Va al salón de juegos y ahí está Gabriela, ganándole el último punto a Ramón. Pedro, quien maneja la consola de juegos, tiene zapeado a Ramón que pierde por diez a cuatro... mientras no deja de decir chistes y bromas que traen a carcajadas a todos. Apagan la tele y el juego y salen al gran jardín, comentan efímeras glorias recibidas de esos molletes humeantes de la Nana y como Gaby pasaba sobre aquel que rendía menos en el juego que con la boca, ya Ramón había dado cuenta de tres bolillos completos con frijoles, queso y salsa, aunque perdía como solo él podía hacerlo, con unas sonrisas que hacía de su momento un triunfo al contagiarlos.

Unos vigilantes contienen a unos perros de guerra que con sus ojos en sangre esperan... Ramón recuerda haber leído en los juicios de Núremberg que para llevar a un Estado a la guerra y acabar con los pacifistas solo hace falta que el Estado nombre a los pacifistas traidores por oponerse a su legítima defensa, mientras a los demás ciudadanos basta decirles que corren peligro y que deben defenderse antes de ser atacados. Como si la ley patriótica no fuese sino una mala copia de los dictados del canciller alemán en los treinta, conculcando para el Estado lo que es de la gente, la irremediable controversia del poder haciendo que la elección popular vaya contra sí misma, con gobernantes que se sirven de la gente y sus pueblos todos, con alto grado de traición a la voluntad que les llevó al poder y a la que se deben... Suben al auto mientras que las miradas de aquellos canes permanecen clavadas en ellos y no dejan de vigilarlos... La paz reina aún contra esas feroces miradas y aquel jardinero, Teofilo, quien tiene que arreglar aquellos jardines en que habían crecido ortigas y sarmientos, que serían muy pronto exterminados.

Cruzan el parque-jardín y a poco salen a la calle. El ancho mundo se abre y ellos, sonrientes, guardan cierto silencio ante la angustiosa incertidumbre que han abierto y se dirigen a un edificio de consultorios en Santa Fe... Elegante y discreto, higiénico y de altura, en el que se hace un espacio para un lugar de consulta social, de nivel "A". Según decía aquel folleto que Ángela arruga entre sus manos, un poco ausente.

—¿Estás nerviosa, amiguita?

—¡No amiga! De hecho no voy sino a que me diga ¿si realmente estoy embarazada y de ser el caso, hasta cuándo puedo tenerlo sin correr el riesgo de que peligremos nosotros dos?

—Ay, amiga, ¿y no has visto a Adán...?

—No, pero ya lo sabe...

—¿Y qué dijo...?

—Nada, se quedó callado en el teléfono cuando insinué que la prueba personal había dado positiva y después me dijo, que vendría...

—¿Y qué piensas hacer?

—¡No sé! Hablar con él.

El auto cruza el poniente de la ciudad en el transcurrir de un tenso espacio en el que esos chistes de Ramón solo son elementos coreográficos en la nueva tragicomedia que aquellos jóvenes no saben cómo manejar y que les lleva a lugares comunes del nervio que se expresa en malos chistes y sonrisas forzadas ante la amenaza de aquellos silencios graves que aplastan con música.

Llegan, bajan en una tensa calma saturada de sonrisas formales, con algo especialmente intenso que subyace de esa situación de la que tampoco nadie quiere decir mucho; donde el silencio es la respuesta que se cuela por cada uno de aquellos muchachos que en realidad están confundidos ante el caso. Porque siempre la respuesta del silencio es la que está omnipresente, contante y constante, colándose en los intersticios de la conciencia ya que en él, cabe todo y, sobre todo, lo que no queremos recordar, que surge cuando menos se espera en el diálogo interior, que es cuando más fluye. Suena una dulce voz de una canción que sale del MP3, en el que la realidad del mundo resonaba armónico, frente al vendaval del interior inconsciente, que como un vivo ser repta en sus mentes que muchas veces los hombres y mujeres preferirían no contar dentro de sí, para poder eludirse del espacio interior que les reclama o magnifica sus conductas, ya que a todo ser pensante en alguna ocasión paga visita, aun cuando no se espere, la conciencia se asoma a decirles el fin de su sino y el sentido de lo inmediato del aquí y ahora que es el único tiempo real con que cuenta el vivo para obrar.

Una tristeza me embarga y recorre mis huesos la duda del quién soy; tal vez, se me ocurre que pueda ser **Yo**, Adán, el hombre aquel que a ella la tomó y calla en su día. Un indescriptible sentido de pavor siento que se pasea en las lujosas escenas que avizoro y que pueden tal vez decirme la causa de mi encierro. ¿Será que su padre lo sabe y me mandó a encerrar en estas húmedas cavernas? ¡Alguien, contésteme! ¡Quién seas y apareces así: irrumpiendo en mi no ser!

Ramón se mete a la cafetería con Pedro; Gabriela y Ángela suben al piso 20. Mientras van por el elevador de vidrio, viendo, no la transparente ciudad, sino su mundo interior, Ángela siente un peso que condensa el universo en su liso vientre y le hace pensar que lejos de serle amenazante, le resulta placentero y satisfactoriamente íntimo, sin mirar para afuera de aquel espacio que las eleva, se ve adentro de sí misma, envolviéndose en su ser, no nota que los volcanes sonríen y la magmática expresión de esa reunión se nos une ahora en su fumarola que expresa del clima los cambios y el blanco de ambos novios como la eterna verdad de grandeza conquistada a la mirada de quien le goza en su fiel amor.

Ven sin mirar a una señora de pelo cano, que espera el elevador abordándolo y con quien suben hasta el piso 17, la cual, lleva unos papeles y unos lápices... Gabriela, mira absorta el paisaje y ve la ciudad limpia como es normal cuando hay vientos y es excepción sin ellos...

Piensa en ¿qué pasaría si Pedro o Ramón la embarazan en sus juegos de juventud o si alguno de ellos la contagiara de sida o del papiloma humano? Del que había escuchado decir a su ginecólogo que siete de cada diez mujeres sexualmente activas lo tenían en México. Ella, que era tan despreocupada y que muchas veces no les exigía que usaran condón y no solo a ellos sus íntimos, sino que además tenía otras parejas, que después de haberse acostado un par de veces con ellos los eximía de su uso, ya que no les pedía otra cosa que placer; así tan dedicada a cultivar sus orgasmos con múltiples relaciones de todo tipo, nunca se había preocupado por cuidarse de ninguna situación relacionada con esas posibilidades, pero ahora que veía a su mejor amiga en este trance, de pronto le caía el veinte de que a ella también podrían ocurrirle cosas y la angustia se vistió de variedad.

Esta noción interior le puso la carne de gallina, al tiempo que le daba un gran estremecimiento que nunca había sentido tan intensamente, como desde esa referencia interior que ahora rebasa a eso que ella llama su sistema inmunológico, que activa contra el pensar en "pendejadas y desastres", según se decía a sí misma; ahora, la alarma sonó en la puerta inmediata a su vida, en alguien que pensaba que, por su condición económico-social, estaba blindada ante la desgracia, pero este aviso en la piel de aquella se convertía en un detonante de sentir a un nervio interior que recorría su columna y su piel desde la inmediatez de la situación y sus costumbres, frente a la verdad de este, su icono de la mujer, que no puede tener problemas, que era Ángela, que ahora vive la experiencia de verle como la riqueza tocada y cómo librarla ella, sin dudas, de cómo llevar una vida desenfadada y ligera sin tener que pagar las consecuencias, como si se pudiera cambiar el destino, se decía, por lo que queda sin voluntad real ante el cambio que le exigía madurar y el peso de la realidad vecina la aplastaba.

Gabriela es una chica acomodada, hija de dedicados "muebleros" que diversificaron en la venta de electrodomésticos con éxito y que compartía el club de tenis con Ángela. Del Colegio Oxford había ido a parar a la Universidad Anáhuac, más por imitación de sus amigas que por convicción vocacional; así es que para el tercer semestre de informática, se había mudado a aprender cocina, en una escuelita céntrica con muy buenas relaciones con Francia y su *Nouvelle Cuisine*, escuelita que sazonaba las entrañas "brujeriles" de las cuitas de la hija de un ex revolucionario, que busca por ahora, en ungüentos y pociones de exquisiteces venenosas su reincorporación al mundo del poder, fabricando elixires ocultando su vocación brujeril tras la fachada de la *Nouvelle Cuisine* y hacía gozar a aquellas francesas del barrio con las comidillas mexicanas sazonadas con lo interminable de sus cuitas, interminables como la heredabilidad de sus oscuros bienes sacados del erario y que formaban parte del cocido de una ola de peleas intrafamiliares, que se cocinaban en el fuego lento de sus envidias y deslealtades, que embalsamaron al padre que renunció a sus últimos críos por reclamos de sus fieras mayores y que dejó este mundo con el olor a ser un traidor de sí mismo, como el último revolucionario perruno, después de ser el tío del Toño, que perdió una reina por sentirse rey y no ser sino un minero chile frito barato.

Gabriela con su carácter fresco vive en un espacio placentero bastante hedonista, no se priva de nada que le guste, aunque no es muy sincera con Ángela, es su confidente porque ella sí la escucha mucho y muy profundamente; sobre todo la agasaja con los divertimentos de la millonaria amiga; una parte que a ella le parece muy positiva en el ánimo de la hija única de Alejandra y Emiliano, es que su amor no la ofusca al saberse en un brete y no pierde el estilo, pues no logra la fragilidad de su situación el entristecerla, desanimarla o aun cegarla, respetándola ahora que la ve decidir su vida real, sin falsa alharaca, ni gritos, ni sombrerazos, sino muy dueña de sí misma apoyada en su interior y eso le atrae. Ambas se saben diferentes pero muy unidas porque son opuestas. El trance se convierte en una esperanza de que solo porque los males o problemas más unan y no separen cual desazón, pues cuando triunfan crecen con la fuerte amistad.

Entran al consultorio y una señorita las pasa inmediatamente a un privado, de modo que nadie ve ni entrar ni salir a nadie y todo está sincronizado de tal modo que quien va al piso 20, activa una llave que marca cualquier otro piso del elevador por lo que nadie sabe quién subió ni a dónde se dirigía cuando se abre una puerta, se cierran todas las demás; de modo que, todo se sincroniza con tiempos exactos para que la intimidad de las pacientes quede en total resguardo, discreción y sin margen de error. Es un lugar exclusivo y caro; como les gusta a las celebridades o gente de posición, que por cierto ahora han huido a Miami, San Diego o McAllen y que están despoblando a las Lomas, para irse a refugiar a los grandes edificios con altas medidas de seguridad de Polanco o, simplemente, al extranjero. Solo el estacionamiento les podría delatar, el que estaban en aquel conjunto, pero ni eso era evidencia del sitio al que acudían, porque por un lado, solo muy pocas, digamos que no más que las suficientes y muy selectas personas, conocían la existencia de aquel consultorio, donde las damas de sociedad acudían a sacarse los chillones problemas, a sacarse el diablito, dirían las damas sonrientes que mencionaban el sitio y, segundo, porque ahí en esa plaza había grandes restaurantes, *boutiques*, cines, tiendas departamentales y antros, de modo que era el lugar ideal. Eso mismo iba pensando Gabriela, mientras que Ángela canta al murmurar una melodía... El Dr. Mancilla, la recibe...

—¿Ángela en qué te puedo servir?

—Vengo a consulta.

—Pasa.

El silencio arrastra el frío péndulo del gran reloj, al compás de sus ligeros pasos que se encaminan por la iluminada blanca estancia, tras la que vagan las certezas que se van descubriendo dentro de los vientres que hay tras las puertas de una en una y están andando estos pendulares andares del tiempo que camina a no dejar rastros de ellos.

En segundos nuevas angustias llegan y pierdo la imagen de ellos al ver a Nous que, silente, me mira desde el cálido rincón que compartimos y un profundo silencio situado afuera en las proyecciones que percibo aunado con la angustia que me dejan estas esencias rescatadas de imágenes que brotan desde mi interior, creo, como proyecciones astrales de sucesos que no comprendo, pero que comparto cuando menos en la visión sin saber su fuente; que siento que de algún modo se reflejan en el sentido de la pena que me acoge y enmarca mi destino en estas cavernas y logran embargarme de mil dudas dentro de mi persona: me hielo dentro de la tibieza reconfortante de saber que hay algo que parece darme datos sobre quién puedo ser y aunque en realidad no sé nada al respecto; empero la gravedad del tono de mis ausencias no son sino reminiscencias del silencio que siento que embarga esa sala de la que penden malos augurios para la vida.

—¿Me esperas unos minutos? Estoy acabando con una paciente que se puso delicada, así que acabo de atenderla y te veo. Discúlpame.

—No se preocupe doctor, continúe.

Al oír esto se clava más mi angustia cuyo origen no puedo definir y que me aterra... Gabriela espera afuera en un compartimiento mientras que Ángela sola espera en un cubículo de atención, Nous me mira y siento que toda la existencia pende de un hilo tan delgado como lo puede ser la atmósfera.

Entra una enfermera, saluda al tomar un expediente y sale. Abstraída, de pronto se da cuenta dónde está. Ángela se mortifica y se siente encerrada e inquieta con los múltiples sonidos que salen de diferentes cubículos, donde llega a oír desde risas francas y murmullos nerviosos, hasta un grito de auténtico dolor, que escapa de una puerta entreabierta que inmediatamente cierran. Así pasan 30 minutos, en los que sus sondeos del ambiente sonoro y las mil dudas, hacen que Ángela caiga en un estado de sopor ausente, lo cual ciertamente no me imprime calma sino que me pone en estado de tensión que me permite volverme parte de la caza de sonidos y manifestaciones del entorno antes de que el Dr. Mancilla vuelva a aparecer con sus manos de muerte. Inquieto, pienso y perfilo el oído para ver si puedo atisbar algo de aquello tenebroso que parece que ya no comprendo y que en aquel ambiente se genera, es raro el pensarlo tan solo, ya que es como buscar dentro de la desazón de una visión, algo que no aparece y que preocupa a alguien que no ubico para nada.

Son minutos de una eternidad desesperanzada que pretende medir los días que da Dios. Y esas ideas rebeldes a la muerte me llegan y me hacen sentir una fuerte aversión por aquellas manos que saludaron a Ángela con tanta familiaridad.

—Y bien, dime Angelita... ¿Cómo va todo?

Aquel silencio que les alcanza de nuevo: silencio que abreva en la fría mirada del médico en esto que siento que es como una pesada piedra atada al cuello de quien hace mal a los niños. Ángela le espeta sin rodeos y mirándolo de frente dice:

—¡Creo que estoy embarazada!

—¿Y lo quieres saber?

— Sí... bueno, claro, sí.

—¿Quieres al papá?

— Sí, mucho, mucho... Bueno la verdad es que una prueba casera me dio positiva y quiero asegurarme. Lo que anhelo saber es, si es cierto y desde cuándo estoy embarazada. Y cuánto más le puedo tener sin correr riesgos...

—Bien, haremos un ultrasonido. Súbete la blusa y acuéstate en la cama...

—¿Así?

—Sí.

—¡Huy, qué frío esta eso...!

—Sí, es gel para que haga buena transmisión de imagen.

El médico le recorre el vientre con una especie de bolígrafo con la punta como de desodorante y después de unos minutos le dice:

—Mira, ¡ahí está!

—¿Ese puntito?

—Sí. Y tiene apenas unos días.

Me siento inquieto, como si fuera espiado en mi intimidad y no me gusta que ese hombre esté con ella. Pobre de su criatura pienso...

—Si lo vas a retirar, mejor sería hacerlo ahora mismo o en estos días, pues con una pastilla de emergencia ni siquiera se necesitaría un legrado, después, ya es más complicado... Aunque nada que no tenga remedio y tú aunque eres joven y fuerte, más vale no correr ningún riesgo.

—¿Podría decidirlo pasado mañana?, me gustaría hablar con él...

—Bien pensado... espero tu llamada y estate tranquila, que tu decisión se respetará con toda confidencialidad.

La mirada de él tiene un brillo que se escapa de sus ojos felinos, al darle la mano y deslizarle unas pastillas que ella toma como entendiendo de que con eso sería suficiente si decidiera cortar aquello de manera abrupta e inmediata y abre cierta complicidad en la que siento que ella aún no ha perdido la inocencia, entrando a la mirada de aquellos ojos del abuelo, que su padre se regocija en reconocer una fiera que me atemoriza encontrar como una prima vena familiar en donde la mirada de Angélica pasa a ser confusa. Y en la que siento que de algún modo, sería cómplice de lo que el matasanos pueda hacer; sin embargo, la

**173**

inocencia que busco y veo en el brillo de sus ojos, me hace tener la esperanza de que ella lo quiera.

El reloj de la biología me resuena en los millones de años que he vivido y he olvidado desde aquel gran *Big Bang*, pero estos nada valen ahora ante la decisión del galeno que puede acabar con todo sin más dolor.

—Gracias doctor y por favor, que mi madre no se entere, sino por mí, de cualquier decisión.

El doctor con frialdad asiente con una sonrisa de complicidad muy trabajada en él.

—Hasta luego...

—Ándale Gaby, vámonos.

—¿Lista?

—Vámonos, por favor —dice Ángela, que tensa y angustiada, pasa a pagar, y luego salen.

Y aquí en ese segundo se abre tras aquel lujo un aquelarre voluptuoso de complicidades con la muerte, arcaico veo que detrás de esa limpieza se incuba un altar de nonatos, que danzan en mi mente en las húmedas tibiezas del coagulato de la sangre que se derrama en ese templo animal tan higiénico, como antes de Abraham, ahí, donde se bendice la puerta del hogar con la sangre de esos primogénitos y no hallo la diferencia. Veo al viejo Baal que en el aquelarre, sin un sentido humanista y sangrante, hace que toda la inocente vida cese.

Una verdad escurrida en la modernidad que me pasa por la cabeza en ese elevador de cristales que desciende de su zigurat, en el que se entierran aquellos primogénitos a la vera de los pasos de sus madres, en decisión de existir sin más dioses que los de la moda, el confort y la inmediatez; desde el rito allá reforzado en la danza vestal de mil antigüedades y que ahora perdió su excusa arcaica de sazonada esperanza, del no más idolatrar bestialmente lo que se diluye en mí, en paranoia, disolvente, disoluta, promiscua,... en acceso general al desenfado "desafanador" del espécimen amoral, de tipos sociales aburridos que pululan por el día a día, sin ver del día sino lo pecuniario y no lo creativo de la creación. Esta rutina les hace vegetales monstruosos, donde la gente no quiere verse ni ser vista en su identidad real y la máscara es permanente. El acto teatral en la escena social procura lo egocéntrico a costa de espacios del vacío al no ser verdad.

Curiosamente, entre los silencios y miradas de Gabriela a Ángela, que no contestan nada de las dudas que las agobian en el frío vacío que las envuelve, aislándolas en sus miedos, uniéndolas en cierta angustia, es que siento que ingrávidas caen por el elevador transparente, cual pesadas lápidas, todas las preguntas silenciadas, sabiéndose ambas cómplices en vías de un acto criminal de modo coloquial transparente y frío, que flota en su espíritu de madre. Veo a los primeros habitantes de las urbes sacrificando a sus primogénitos, enterrándolos en el umbral de sus hogares; mas ahora ya no para bendecir la fertilidad acuchillan al primogénito, sino bendiciendo la infertilidad o acudiendo a la fertilidad interrumpida por no ser requerida por motivos de conservación, sino vista como estorbo de la posibilidad recreativa al ver un inconveniente a retirar el espacio maldito de esa vida, que estorba la cómoda visión de confort, del que ni siquiera se toma la molestia de no concebir con un método anticonceptivo tradicional y extrae sus frutos, como frutas indeseables y se me aparecen las herramientas de piedra y los bisturís modernos en una misma identidad. Veo que en el espacio dado entre las ideas arcaicas del comienzo y los cuchillos modernos, subsiste en su objeto variantes de formas animales del caníbal depredador al comportarse moderno, tras el exorcizar la vida dentro de sí; dejan la ignorancia implícita en el aire de la atmósfera que rodea tales sucesos; como si fuera la obra del beber de otra fuente de agua clara, enturbiada de arcaísmos básicos, que aunque se transforman en sacrificios justificados en pos de la comodidad, recaían en el olvido del dulzor de cinco libros sagrados que se interpusieran entre aquel científico frío, despiadado y **Yo**; lo que no era igual en el sacerdote sacrificial de arcaicas tesituras, pues él lo hacía por fe, mientras que este lo hace por dinero, empleando las técnicas modernas de la ciencia para darle sentido de limpieza general a sus crímenes y que no dejará de traslucirse en un filamento de luz del recóndito pasado, no yerto aún y muy presente, que le agobia.

Yo me sublevo por la vida de su pequeño y estas presencias me hacen aparecer dentro de mi mente a mil miedos de ser **Yo**, tal vez el causante de que una criatura pudiera perder la vida por mi irresponsabilidad. En mi mente, pasan otros mil libros que vienen con una aureola sobre la que descansa un enorme cerebro que se envuelve en tiempo con el cetro de la educación, desde un mundo de lenguajes, que están a su servicio y que servían al mejor postor. Salir de ese lugar y encontrarme con aquel anciano, me hace sentir una libertad que no tengo; en donde verdaderamente ahora sé que ese anciano tiene que ver con estas cosas que pienso y con esta angustia del pensar que esas imágenes no son, sino recuerdos deslavados de un acto cobarde mío al ser el Adán cobarde, que ahora, a modo de lejanos recuerdos me roban la calma; sin lugar para el sosiego que se diluye y ya habría logrado tener con ese viejo Nous silente, en un espacio en el que la vida había tomado aquel precio de ser la limitación espiritual viva, sabiendo dentro de mí que la verdad en la realidad material del mundo no tiene que ver con el espíritu.

Es por primera vez que detecto claramente que su proximidad, que antes tanto me agobiara, me da calma, mucha calma, hasta lograr una serenidad de ser un observante receptivo y como casi en todo la veo, voy sintiéndola ahora tan cerca que la encuentro tan perdida; aunque previamente hay este escozor de intranquilidad desde mi conciencia de estar presenciando hechos, en los que no sé en qué medida estoy involucrado y que no sé ubicar en el contexto de una memoria perdida en la amnesia universal, como si al formarme del espacio del todo universal, al igual no pudiese tener memoria de nada; pero con el que me quiero situar en un espacio de realidad, el cual me remite a abstracciones especulativas que no puedo concientizar bien a bien, para qué me sirven, pues alguna utilidad

**175**

tendrán, si no, para qué se me vienen a la cabeza tantas imágenes que presencio y que no me ubican y solo desatan inquietudes de identidad que me agobian en este rotundo encuentro.

El anciano no me habla desde el torrente de ideas donde me achacó un paquete de cosas que no alcanzo a comprender, de las que siento y no me dicen a mí ni el quién soy yo "individualmente", ni de qué se me acusa. Aunque deja que las imágenes lleguen y me hagan pensar, es así como su presencia desata en mí toda una avalancha de cargos de conciencia que me hacen pensar en que son demasiadas y muy graves las cosas de las que implícitamente se me acusa, para que yo sea culpable de todo eso sin acordarme.

Y ahora se suman a las imágenes de seres inocentes tampoco ubicados en mi deslavada memoria, pero tan amplios en el tiempo que no puede tratarse sino de la biografía de la especie humana, de la que responderé yo por no sé qué razón ni por cuáles causas me colocaron aquí en el espacio en el que las cosas son la existencia misma, como si para mí mismo, él solo fuese tan solo mi idea.

Le pregunté otra vez a Nous sobre las causas para estar **Yo** aquí y solo su silencio se amplía reduciéndome a la duda y el miedo. Pienso que tal vez haciéndolo amablemente, responda el porqué estoy recluido y qué relación de culpabilidad me ata a las cuitas de la bella Ángela, ya que es ahora que la veo tan en paz cuando creo que ahora sí se me contestará porque necesito saber más allá de una respuesta superficial: su verdad. Por otro lado, siento que mi pensar sobre la píldora de emergencia siempre me ha parecido algo civilizado para evitar la maternidad irresponsable y no sé por qué es que me pone tan tenso esta situación particular. ¿Por qué ante esta opción ahora se me han venido esas imágenes de decadencia moral comparables al modelo arcaico de la fe y ahora no tienen sentido? La intranquilidad me hace atribularme, porque creo acordarme de cosas que realmente no recuerdo.

Bajo aquellas miradas que percibo de soslayo del anciano que no me mira directamente y que sin contestarme contempla de reojo mis reacciones como interesado ante mis ideas, viéndome sin advertirme mientras descansa serenamente en esta nada que se llena de mi inquietud desde la viva oscuridad que me hace adquirir el sentido pleno de la cordura racional que de él emana, dado cual espacio significador que hace luz de la oscuridad y que extrae vida desde aquel gran vientre universal en el que me encuentro ahora naturalmente cómodo y feliz; cuando reflexiono sintiéndome en paradisíaco espacio que se expande en el tiempo como mi medida y del que me voy nutriendo en vida poco a poco en aquel quehacer de la osadía que se convierte en bioquímica perfecta, vida que es recreada en gracia de la creación que amenazas tú con el ser del todo interrumpida.

Bajan del elevador encaminándose a la cafetería donde Ramón hojea unas revistas recién adquiridas, dejándose llevar por las modelos que anuncian bólidos. Pedro, callado y serio, se pierde en una mirada que parece dirigida a los pasillos de aquel centro comercial, esperando con ansias que sus amigas bajen. Él, en su aire contemplativo da muestras evidentes de estar en su mismo laberinto, inmiscuido en una larga visión interior silente que no reconforta a su espera.

Pedro calla y un brillo opacado en su mirada da cuenta de que parece guardar alguna tristeza ancestral que no puede ocultar su melancólico semblante, cual rastros frescos de una profunda herida. Pedro interrumpe el pesado silencio proponiendo ir a tomarse unos vinos al Desierto de los Leones. Todos acceden a ir de una manera automática, casi mecánica y sin desprenderse de aquel clima tenso, se encaminan hacia el coche, muy silenciosos y dando pie al camino que los lleva a mundos ligeros, desde ideas funestas emanadas del motivo de esta reunión de la vida ante aquel juicio.

La radio suena mientras toman la lateral del Periférico y salen al Colegio de Policía. Se desprende una sensación en la que todos quieren evitar hablar; pero más que nada quieren evitar el silencio, pues de algún modo, el saberse en la sospecha de ser partícipes de un posible crimen mañanero les deja en una profunda introspección que se traduce en una compleja y personal incomodidad, en la que cada uno va proyectándose a sí mismo en cavilaciones personalizadas.

Durante todo el camino de ida a la clínica se guardó un espacio de silente duda, que todavía tienen y no despejan; pero ahora, por el rostro de Ángela y la actitud ausente de Gabriela, este se vio razonablemente potenciado, de modo que era inevitable sentir la atmósfera de pesadez que el silencio renovado abría ahora, mientras que no se atreven a preguntar sobre la certeza del embarazo y así se convierte el tiempo juntos en una pesada osamenta blanqueada que cargan desde la duda, y que sin quererlo les pesa, porque interiormente saben que llevan la intención de quitarle la vida a un ser, mientras que aún a ciencia cierta no sabían si ya todo había acabado o qué pasaría. Gabriela, queriendo cambiar de aire, dice en voz alta que no ha dejado de pensar en el recuerdo de su novio Ricardo, con el que nunca tuvo relaciones sexuales de amor sino de odio, pues él la vio siempre a ella como algo que tenía seguro, "creía tener una potranca estacionada para sus caprichos", parecía que se decía a sí misma, aunque lo expresaba en voz alta, sonriendo y medio ausente al esbozar una mueca dolorosa que se transformó en una rígida sonrisa que daba cuenta de una herida aún abierta.

—Pero imagínense que yo estuviera embarazada de ese imbécil, simplemente lo expulso de mí inmediatamente —y se recordó graciosamente de las clases de inglés, aunque seguía hablando en voz baja, pero audible, solo se percató de esto, cuando Ramón le preguntó al tiempo en que ella dijo—: Son asuntos de la lengua.

—Ah, cunnilingus, bribona, o cosas de las ingles.

—Estás güey, solo tú piensas en esas cosas.

—Sí claro, y de lengua me como un taco de idiomas intrapiernosos.

Pedro, de pronto, de manera inconsciente y protectora, pasa su brazo por la espalda y cuello de Ángela, brindándole un abrazo amistoso y protector; ella, de brazos cruzados, acepta sin chistarle con sonrisa profunda, su confiada y tierna amistad, mientras que se acuna en aquel suave abrazo en el que concurren, por su parte, una tierna amistad y por la de él, un amor silencioso, profundo y desesperanzado, que en silencio le carcome el alma, por saber que solo es el gran amigo, ya que él sabe que desperdició su oportunidad por cobarde y no puede separar su idea de aquel que la tiene a ella en su dimensión del amor, aunque se une en callada solidaridad, en un silencio que le hiere profundamente, que es capaz de soportar solo por tenerla a ella cerca, aún cuando su alma fuese de otro y su cuerpo cual vientre que porta al hijo del otro, aún así se da cuenta del profundo anhelo complaciente en la cara de Ángela, donde la alegría de ella es un gran problema para el corazón de él; aun así, es feliz tan solo al poder brindar su brazo protector, pero en ese momento se separa de ella como mujer al fraternizar, guardándose para sí eso que las madres sienten por primera vez al saberse embarazadas. Ella tiene una profunda expresión de entrega y de amor que nunca le había visto y que ahora le desborda.

Llegan al ex convento del Desierto de los Leones y bajan en el estacionamiento trasero en el que suenan notas de Gabriel Fauré. *Pie Jesu,* cruzan el estacionamiento y entran por una puerta lateral que comúnmente está cerrada al público, pero que hoy alguien dejó abierta y se cuelan caminando en silencio por esos hermosos y bien trazados jardines, paseándose en el silencio sembrado en el huerto, en el que las aves canoras amenizan con sus notas, entretejiéndolas con la música que resuena dentro del bosque, con destellos conventuales aquí y allá, en la disposición de las bocinas que hacen se conjugue un ambiente de calma que invita a la reflexión o a los paseos de los enamorados. Finalmente pasan por la hermosísima sobriedad de la fresca arquería del interior del ex convento hasta el restaurante, allí se acomodan frente a la gran chimenea que invita a quitarse sus abrigos. La lluviosa mañana deja pasar entre tanto y tanto unos rayos de sol, más pictóricos que calientes, pero que no son suficientes para retirar el frío de aquella montaña.

—Haber chicos, ¿qué les servimos…? Les recomiendo los espárragos termidor con salsa de cangrejo…

Piden una botella de un maduro tinto St. Emilión y unas botanas: mar y tierra, para picar. Las chicas se han levantado para ir al tocador, mientras Pedro y Ramón se quedan chasqueando algunas bromas inspiradas por una figura tallada en madera de un fraile beodo que sirve el vino. Llegan las chicas y con una sonrisa melancólica, toman sus asientos. Gabriela les dice:

—Quién invitó a este gordito tan cachondo —refiriéndose al fraile, y Ramón haciéndole cosquillas en la barbilla, le insinúa:

—Anda gorda glotona, ¿qué piensas hacer con el gordito?.

Y ella, con un brillo en los ojos, le contesta: —Yo creo que con él, cualquier cosa de las que no se pueden hacer contigo —y se sonríe, mientras Ramón le pica las costillas.

Ángela parece un poco ausente y Pedro es como una sombra ocupada en cuidarla.

**178**

—No sé si quiero perderlo —murmura, muy bajo, de pronto.

Gabriela y Ramón no la escuchan por estar en un alegre bullicio en el que no escamotean brindarse bromas el uno al otro, mientras Pedro guarda silencio, la observa, escucha atentamente sus murmullos y siente que las cosas que a Ángela le acontecen, a él le afectan de una manera poco convencional y demasiado personalmente; porque en el fondo, siempre la amaría y esto solo le confunde, pues si bien es solo su amiga y secretamente él la ha visto inalcanzable por su posición social, ahora enfrenta, en silencio el saber de aquel hijo que es de otro, que curiosamente es tan clase media como él y en su mente campean toda clase de ideas e ilusiones por aquella situación. Su mundo está adolorido por donde él ama y eso no es sino aquel sufrir silente de acercarse a la hoguera ajena, libre, pero con dolores, que se agudizan al oír que ella sí está embarazada y que totalmente enamorada, construye su sueño más vehemente.

Mas Pedro sabe que ella no le ha visto jamás sino como buen amigo y ahora sabe que sí está esperando un hijo de alguien que no esperó, como él, el ver si la podía tenerla para sí. Todos estos elementos lo desconciertan ahora que debe compartir con gusto la esperanza de ella, semilla de su dolor y que por acompañarla en esta situación que es claramente adversa a él, le ata a ella, porque él estuvo temeroso de ser claro con lo que sentía y ahora sabe que ya es muy tarde para decírselo y que su confusión no le deja más espacios que esclavizar su corazón a la roca del silencio, al ser su amigo.

Pedro está sumiéndose en una desesperanza mayor que la de todos, porque se acusa a sí mismo de no haber actuado de acuerdo a sus sentimientos e impulsos en su momento respecto a su amiga Ángela y trata de recordar si tuvo él algún momento en el que pudiera haberle hecho saber todo de su amor. Se acusa secretamente de racionalizar en demasía su situación frente a la amada, pues si hubo alguna ocasión, seguramente dudó sin capitalizar aquel momento en su acercamiento natural con su compañera y amiga y quisiera hacerle saber a Ángela que aún si Adán no reconociera al niño, él lo haría con gusto, para que ella no se sometiera a la necesidad de tener que sacarse el producto, si no lo quisiera. Su mente confusa solo hace aparecer en su rostro una ausencia que nadie cuestiona, porque de algún modo todos enredan su mundo interior con esta situación, por lo siniestro de la posición que ocupa cada uno de los que forman el grupo frente a los acontecimientos de la mañana, de modo que, hay cuatro seres con ocho espacios de pensamiento, cuatro de aseveraciones y dichos exteriores y cuatro con dudas internas no compartidas que hacen de las suyas en diferentes niveles del mundo de la incomprensión y aunque querían estar en su lugar no lo logran, aquello era un hervidero de energías que no parecían poder observarlas como yo las veo, que nunca me deja sin aseveración a tiempo.

—No tienes que hacerlo —le dice Pedro suavemente a Ángela casi al mismo volumen que ella había empleado—. No te apresures, recuerda que la mejor solución vendrá cuando, después de hablar con él, tengas tiempo para pensarlo en la soledad de tu alcoba, porque siempre la almohada es la mejor consejera al decidir cosas tan íntimas y personales, y quiero que sepas que cuentas conmigo para todo.

Y le toma del brazo entablando una confidencialidad que él esperaba fuese suficiente para aclararle a ella lo incondicional de su posición, mas dentro de sí le deja ese momento otro hueco de no saber expresarse, sabiendo que ofrecerse de tapete solo podría cobijarle a él muy poco en la trinchera de su dolor en eso de decirle verdades a ella como amigo pero mentirse a sí mismo en su corazón. Así, sin aclararse a sí mismo su mente atormentada y con su alma decapitada, se lleva la figura del amado aquel como la imagen del punto que solo tenía como referencia del hijo de Ángela que era un punto que le marcaría un aparte y que él quería continuar como seguido.

Ella lo mira a los ojos y le dice: —Ay, Pedro, si supieras aquello que sentí al verlo en mí, es un puntito y nada más, pero en él sentí que la vida tenía un nuevo significado, como si algo de verdad me perteneciera; no algo comprado por mis padres, sino dado por la vida y depositado en mí por él; como algo muy nuestro, cual el punto y aparte de nuestras vidas. No sé cómo explicarlo, es algo que me parece como de cuento y como si no me estuviera pasando a mí, porque siempre las cosas que me pasan me han sucedido dejándome toda la vida igual de sola que como cuando empiezan y en esta ocasión por primera vez en mi vida me siento profundamente acompañada, por lo que solo temo a la soledad que vendría si Adán y el niño no estuvieran junto a mí, eso me paraliza dejándome con un amargo sabor a experiencias idas que no quiero sentir.

Gabriela y Ramón han escuchado esto último sin querer y así es que las risas cesan cuando todos clavan sus ojos en las miradas ausentes de Ángela, que sin reparar en ellos, construye un diálogo interior que le brota desde adentro de la parte más profunda de su psique, que emerge desde su boca en hálito espiritual de un sonido que nace del alma, que escapa literalmente sin la conciencia de su persona expresando su psique más profunda.

—Es algo que siento dentro de mí y me remite directamente a él: Adán. Y cuando pienso en su nombre, todo se llena con el sentido de lo que temo se llame a engaño y que sus ojos, sus abrazos, sus besos tan libres, me hacen sentir como que le estoy atando a mí, de modo indisoluble, mientras su hijo esté en mí y no sé si esto sea un egoísmo que él no quiera; somos tan jóvenes y él tan liberal, que a lo mejor esto que más me asusta es su reacción, puesto que si bien pienso que su corazón es muy grande, esta situación, de algún modo, vendría a darle al traste a sus planes futuros y no dudo que dejará todo por el niño, pero ¿sería esto lo correcto para su desarrollo y para el nuestro? Él quiere irse a viajar a Centroamérica y Sudamérica, después de terminar la carrera, pero este hecho definitivamente vendría a cambiar sus planes y no sé si quiera retenerlo por esta circunstancia que le obligaría a dejar o aplazar sus ilusiones o a realizarlas con el patrocinio de mi padre, cuando tantas veces dijimos que nosotros haríamos lo nuestro. ¿Qué tal si él dice que sí y luego se reprocha o me mira cuestionándose la validez de su decisión, por haberla realizado bajo presión? Él, que pensaría ya que dejó de hacer sus sueños y su vida por mí y mi hijo, tal vez con el tiempo me reproche a mí y es así que me siento asediada por la duda, ¡es que le quiero tanto y le conozco tan poco! **Y** por lo visto me conozco aún menos yo, pero una cosa sí sé, y es que ahora estoy inmensamente acompañada de esta, la vida prolija que avanza en mi sendero. —Trémula, mira la pastilla y la guarda en la bolsa del pantalón y siento algo de descanso al ver que ella no está nada convencida de perder a su producto: el hijito de los dos.

—Yo, la verdad, me apenaba cuando veía a alguna muchacha en esta situación y sin pensarlo, me inclinaba siempre por sacar el producto para lograr el aborto, pero ahora que le he visto ya no sé qué pensar, es algo nuestro: mío y de él y está vivo en mí, resultándome tan inaudito el sentir por primera vez un algo que es profundamente mío, y sobre todo tan **nuestro** que esta palabra me da miedo hasta expresarla porque no sé si el mero hecho de decirla me vuelve una egoísta con él, cuando "lo nuestro" es no sé si solo un anhelo mío, que abre la duda existencial mía, que me conmueve al no recordar nada que me sea más significativo en mi existencia, aun más que la Nana y eso es mucho decir, porque ella es todo en mi cariño y amor. Ahora no sé si pueda decidir bien al anhelar todo junto, a ambos en mí, como la familia que soñé que se forma firme y longeva, con amor de alta calidad, unidos con el esfuerzo y dedicación desde el corazón que conforma esa estructura del encanto familiar al querer todos que Adán, mi hijo y yo estemos juntos y le robemos la Nana a papá.

—Cálmate, no pienses en las cosas que les toca decidir a ambos, tu parte es estar convencida de querer hacer eso que realmente te nazca, amiga. Y sobre todo no te robes a la Nana, pues eso sí no te lo perdonarían. —El comentario arrancó una sonrisa de Ángela y Ramón, chanceando, le dice:

—Mira, que juegues a la casita con tu chavo, no creo que tu papá se oponga, pero que le des baje con la Nana, ahí sí que la veo cañón. Primero te deshereda que perder a la cocinera…

Ríen todos, con poca frescura. Pedro, acariciando su cabeza, continuaba su idea de hacerla relajarse al dejar que la situación se resolviera en otro momento y ella se relajara, mientras la mira con una preocupación que raya entre la frontera de la amistad, su secreto amor, y lo paternal. El brillo de los ojos de Pedro muestran la gran tormenta que dentro de sí tiene al hablarle como un autómata, en una confusión mayor que enreda eso que dice, que no pasa desapercibido, para Gabriela, que tiene el olfato fino para darse cuenta adónde conducen las cosas, para estar como lince al acecho de las situaciones, viendo lo que acontece en un mundo en el que se mueve a la perfección con astucia de mujer bonita y picosa en sus relaciones, sin que por ello deje de estar un tanto alterada al ver cómo es que se tejen las cosas, ella detecta con claridad aquel profundo dolor que aqueja a Pedro y siente un pequeño celo que la llena de dudas sobre él.

Y el viejo cita el *Rubaiyat*:

*No me preocupa saber dónde podría comprar el manto de la Mentira y del En-*
*gaño, pero voy siempre en busca del buen vino.*
*Mi cabellera ya es blanca. Tengo setenta años. Y no dejo hoy la ocasión de ser*
*feliz porque mañana, quizás, ya no tendré ni fuerzas.*

—Omar Khayyam, *Rubaiyat*, p. 60

Un hombre que liba de un fresco vino la vida, alza su copa de tinto cerca del fuego de la gran chimenea que arde con un tronco que alegre chisporrotea sus resinas, la brillantez de las gotas de la copa reflejan el fuego cansino de las brasas que truenan y sigue recitando con expresión serena de felicidad el *Rubaiyat*, que se dilata con regios tragos y continúa:

*Más allá de la Tierra, más allá del infinito intentaba ver el cielo y el infierno.*
*Y una voz solemne me dijo: "El cielo y el infierno están en ti".*

—Omar Khayyam, *Rubaiyat*, p.17[19].

Todos los concurrentes aplauden a aquel anciano que recita con voz bien templada los versos del *Rubaiyat,* de memoria. Y como siendo un justo representante de aquellas líneas de los adoradores del vino y sus bondades, no solo titilaban en cada palabra sino que emanaba la alegría del brillo de sus ojos y los ademanes de sus manos, las que eran danzantes argucias, que mostraban que era la bohemia su modo de vida en destacadas cataduras cual emblemas de su arte.

Pedro lo mira con una franca sonrisa y le dice:
—Es usted un ser surrealista, en medio de la debacle del enfermo siglo XXI.
Realista es la crisis financiera mundial y su asesinato del capitalismo industrial y surrealista es un gordito que desde la Secretaría de Hacienda nos anuncie un catarrito cuando a nivel mundial se ha declarado una pandemia de tuberculosis en las finanzas globales. Realista es que en cada grupo de secuestradores haya inmiscuidos policías, jueces, políticos y poderosos implicados; surrealista es que desde los órganos del poder de una justicia amañada y servil a intereses particulares, se proponga la pena de muerte, donde los grupos cuestionados en lo social la impartirían con eso que sería tanto como darles carta blanca para producir y fabricar culpables, torturas para extorsionar y ejecutados para lavar delitos, que pueden o no haber cometido los ajusticiados, pero que cómodamente les brindarían, al poder corrupto y a sus secuaces, los elementos necesarios para lavar sus crímenes insolutos.

Realista es que la crisis está y surrealista es querer no verla aporreando al pueblo, que parece conformarse con remedios caseros para sus males y vitorear a los que proponen ejecutar la muerte desde la ley como avance, muestra del franco retroceso civilizador de nuestro país. Lo real es un poder de concertación

y convocatoria a acciones de gobierno como la cruzada del agua que es vital en la
conciencia de las generaciones que conviven en la ciudad y, más allá de las emo-
ciones, la probidad de darle viabilidad al Distrito Federal y a la nación elevando
a rango constitucional el cuidado de los bosques y las selvas como acciones de
fomento y bajo la protección del ejercito. Surrealista es el tener ciudadanos que
se bañan en media hora a toda la llave abierta, mientras cantan nuestra debacle y
los bosques se pelan sin programas de conservación ni reforestaciones que hagan
que la soberanía nacional empiece por ser soberana sobre la vida y la viabilidad de
nuestros recursos naturales; surrealista es el ver como todos corren tras el poder,
pero estando en él no saben cómo proceder y así todos pagamos.

Pedro calla cautivado por la mirada del bardo al mirar el anciano que había
hablado con una sonrisa que André Breton llamaría surrealista y asimila que la
gracia de aquel hombre consistía en conocer la verdad, para proponer una verdad
más evidente que cualquier miseria y era su poder el saber tomar lo bueno de entre
todo lo verdaderamente absurdo de la civilización del sin valor. Levantó su copa y
mirando de frente al viejo le dijo:

—Salud porque ahora comprendo cómo es un hombre real y surrealista es
la pretensión del no entender que hay que rescatar el sentido real del valor de la
vida.

Traen los vinos y las botanas y pronto apuran unos vasos escuchando al
hombre que recita sin empacho, ahora para todos y para nadie, porque apura un
trago y se sienta sin mirar las reacciones de la poca gente que aquí y allá toman
copas, pero dándoles un respiro en sus mentes inquietas que piden otra botella.
Chispeada y camino a chispeante, Gabriela le espeta:

—Mira amiga, perdón por lo que voy a decirte, más es mejor que te lo diga
ahora y no tener que callarlo y arrepentirme de no hablar. —Mira a Ángela espe-
rando una aceptación mínima cualquiera, pero al no recibir sino un brillo en los
ojos de esta, lo toma como indicación de que está anhelante por escucharla—.
Bueno, yo creo que estás muy chava para "emboletarte" en un problema de estos,
porque un hijo, a nuestra edad, es un problema. ¿No creen? —Ramón asintió con
la cabeza, sin decir nada. Pedro inexpresivo calla y Ángela esboza una breve son-
risa, que no define, bien a bien su estado de ánimo, ni el sentido de su respuesta.
Gabriela más achispada, continúa—: Mira Angy tú tienes planes de hacer viajes,
de terminar en la UNAM y luego estudiar modas en París, ¿dime qué vas hacer
con un bodoque? ¿O va a ser otro hijo de la Nana? —Al decir esto de pronto se da
cuenta de que ha lastimado seriamente a Ángela, la cual solo cambia su expresión
mostrando pasar desde una tristeza hasta una dureza que frunce su ceño y que ja-
más le había conocido—. Perdón güerita sé que no debo decirte esto y siento que
es una verdad dolorosa que debes aquilatar con serenidad y que si te toca desde
adentro, entonces claramente sabes lo que te estoy diciendo y de lo que estamos
hablando para tu vida; son decisiones que solo deben brotar del profundo conoci-
miento de uno mismo so riesgo de errar. No me sentiría honesta si no te dijera la
verdad existencial que se te viene encima, si tomaras la decisión equivocada. Tal

vez creas que sea la correcta, pero para estar segura de eso debes de contar con todos los ángulos sobre todas las caras prismáticas de una decisión de ese tamaño, que es el eje de tu dilema; porque, aunque no es nada fuera de lo común, yo creo que para quien lo vive es un dilema único y siempre es particular y profundamente diferente. No creo que podamos o queramos influir en tu decisión, pero si toco el punto es porque te queremos y más vale que tengas claro el panorama real que implicará cualquiera de tus decisiones, porque va a determinar, de una manera u otra, tu vida y eso es lo que considero que para nosotros es totalmente importante, el saber que estás consciente de que no estás sola, y que, cualesquiera que sean tus decisiones, sabes que cuentas conmigo y creo que también con ellos. —Sus ojos achispados brillan al pronunciarse por todos ellos sin remilgos de ningún tipo y así se expresa—: Porque follones tendrás los que quieras, pues eres bella, eres joven y muy rica, y parece cargas de herencia la "cangrejera" y con ello la locura de todos los amantes que tengas, porque con eso de que muerdes el mundo a besos, tienes que pensar si aquel primero debe ser el último o el menú del mundo debe ser por ti requerido.

—Pinche Gaby cachonda, el león piensa que todos son…

— Mira gordito, no te metas en cosas de mujeres, lo tomas a broma pero vas a empezar a acumular divorcios, que hueva, neta.

Ángela, de pronto, ante las imágenes que se le presentan con la intervención de su amiga, toma un largo trago al correr de una lágrima por su mejilla, dice.

—Porque él nunca tendría amantes. —Deseaba ella con fe en él, decirlo o creerlo al menos, "de que fuera gente con corazón y estabilidad asentada y ella estaba feliz con él, su Adán, porque era un ser maduro que la amaba"—. Sí, esto único es lo que saco en claro, que mi hombre me hizo el amor y en ello pude sentir el mismo *Big Bang* en mi ser, la explosión misma de la creación del universo y la formación de la vida, algo que nunca cambiaría por nada, ya que es la única vez que siento algo que es mío realmente y, sin embargo, sé que no es justo que piense así, porque también es de él. Pero a la vez, no quiero que se sienta presionado por esto y que deje sus sueños por esta circunstancia que nos une tanto, pero la cual, si no es parte de su decisión, al final pudiera separarnos de una manera cada vez más abrumadora y definitiva, porque la esencia que nos une es la voluntad común de compartir una misma idea de vida juntos. En efecto, mis sueños de irme a París, un poco son por huir de mis padres, ausentes siempre en cada rincón de mi memoria y huir a su vez de la rutina y, otro poco, porque realmente me encantaría, además de saber letras, diseñar y coser moda y proponer mis ideas en el vestir, me va y se me da y quiero. —Un silencio la acogía porque aquel pensar en tener una familia más allá de la Nana como su familia interior del alma, la conmovía y aunque de manera natural incluía a su Nana, que era su vida, se pensaba huyendo de su historia y de sus padres, donde su filosofía siempre fue el contar con un oficio que le permitiera ganar el pan con las manos y es algo que tendría clavado muy en su interior—: Demostrarme a mí misma, que no solo soy la hija de "papi", también me asusta — decía y agregaba—: Pues sé que él tiene sus planes y su

situación no es nada boyante de modo que realmente quisiera contar con él ahora.
—Y la palabra "papi" que lleva en los labios para con sus amigos, le hace reflexionar del "papi" que ella siente hoy en Adán, cuando su criatura pertenece a la sabia decisión del corazón, del querer que salga de su pecho, que él diga que ese es el hijo de su amor vivo y que él, Adán, es feliz por ser el "papi" de su hijo; saber si quería serlo de veras y sus ojos se llenan de esperanzas vivas que son vivo anhelo de consuelo que diera sentido al dolor en su abandono del amor que se estructura cual vida—. Lo que diga el mundo no me importa, porque si él quiere, podemos hacer aquello que de verdad nos nazca. Estoy convencida de que la vida de mi hijo está a salvo en la respuesta de su alma y lo que me diga con su boca, será su decisión y una parte estrecha de nuestra verdad. Además, es cierto, no quiero que sea otro hijo de la Nana y no tienes por qué disculparte, porque yo adoro a mi Nana, empero también sé del vacío que se siente al no tener "mamá", sino en las fotos junto al mal sabor de su no estar, contando con su presencia solo por los ratos en que no tiene otras cosas más importantes que hacer y eso me llevó con el doctor hoy con cierto orgullo, no tanto por hacerle daño, sino por no hacer mi vida como ella ordena. No creas, no quiero actuar por impulso, capricho o falsa venganza u odios, sino que quiero estar segura de tomar mi propia decisión, aunque sea de algo por primera vez en mi vida; quiero saber segundo a segundo, como ahora, lo que quiero y quién soy, para definir los asuntos de mi vida, y hoy estoy empezando a hacerlo, lo cual me deja, si no feliz y satisfecha, al menos sé que estoy en la ruta de saber que soy una individua que puede decidir y que ahora, por primera vez, me asomo al mundo como la madre que tiene en su ser la misma realidad de la creación de ser solo polvo de estrellas.

Ramón, que no había sino afirmado todo aquello que ponía como argumento en contra Gabriela, va apoyándola con sus meneos afirmativos de cabeza frente a las dudas de Ángela, habla después de llevarse un vaso y vaciarlo al coleto, limpiándose los labios con el dorso de la mano dice:

—Mira güereja, siempre estamos platicando de la hueva que nos dan los bebés y todo el mundo de pañales y babas que representan y las desveladas y adiós al reventón y adiós a tu figura tras la leche, los cuidados y más cuidados. Porque como decía mi abuelo, un niño es calcetincitos, calcetincitos, calcetincitos y más calcetincitos, hasta el infinito y eso solo es de calcetincitos. Ahí tienes a Teresa. Ella se aferró con el bebé y, ya ves, su galán la abandonó al tercer pañal y todas sus ganas de ser escritora están atoradas en la siguiente mamila, por lo que ya se le fueron al baño sus sueños. La chava, no es por nada, se ve "acabadota"; de haber sido una niña muy "cuero" y guapa, ahora, aseñorada y avejentada, no creo que sea feliz aunque ella diga lo contrario...

—Me perdonas —interrumpe Pedro—, pero la chava, como le dices a Teresa, se ve muy guapa y, si es cierto que se le ven aseñoradas sus facciones, se volvió más interesante, más mujer, lo que es natural, pues dejó de ser una niña y ahora es responsable, por eso que quiso decidir y como ella dice, tiene a quien querer y por quien vivir. Yo he hablado con ella y es muy feliz con su nena, aunque no niega que su galán le falló y eso la destrozó al principio, pero cuando alguien te falla en esos momentos yo creo que aunque es impactante y muy importante, lo verdaderamente esencial, es lo que te queda adentro y que puedas ver la cara real de quien fue tu pareja, si tú decides tenerla, asumir que tienes que sacar adelante a tu hija y, realmente, no creo que sea fácil vivir en casa de tus papás después de haberte largado con el hombre que tanto te dijeron que no te convenía y después de huir, tener que regresar porque te dejó.

—Por eso será como dices o dirás misa, pero la chava ya frustró su vida, sus aspiraciones, sueños y expectativas, y eso no tiene remedio.

—Me perdonas, pero eso es falso, Teresa puede perfectamente terminar sus estudios o ponerse a escribir, aquello que siempre ha deseado hacer; claro que será siempre más difícil, pero si se decide y se dedica, podría hacerlo; recuerda que todas sus obras fueron cuentos infantiles; ahora puede extraerlos de la realidad de su niña y estos serán siempre más maduros y serenos; más para niños porque cuentan con el aval de las sonrisas de su niña aunado a que muchas mujeres han salido adelante no solo con sus hijos como madres solteras, sino que han realizado con esfuerzo sus sueños, claro, con dedicación y suerte, y más con la combinación de ambas, pero con enormes y positivos resultados, ya que ella es feliz y eso no tiene precio. De modo que tu ejemplo no tiene ninguna validez contra los que deciden por su cuenta en términos de su expresión y todo se repite en el juego desgastado que tiene que evolucionar y ser más justo en su forma de compartir.

Gabriela, que escuchaba ensimismada, de pronto, sin mirar a nadie y mirando el fuego a manera de un hilillo de agua breve dice:

—Está cabrona esta mujer, porque a mí me han follado, tronchado, cogido, cuchiplanchado, abrochado, me la han metido, he hecho el francés, rusas con mis tetas, trenecitos con los cuates, me la han mamado, me dieron por el chiquito, me rasparon algunos polvos, me echaron leches, me parcharon, me la dejaron caer, me embistieron, me fornicaron, me la sumieron, me apachurraron, me la comí, me la tragué, me la unté, me la soplaron, me pisaron y copulé; pero nunca me hicieron el amor y, claro, mucho menos menos me hicieron sentir que el *Big Bang* estaba en mi vientre y que la grandeza del universo estaba en un beso y un abrazo que se venía en constelaciones. Y así, no tengo ni modos de argumentar, ni ganas de pensar. Por otro lado, no creo que siendo hombres puedan comprender lo que está sintiendo la güera; si yo no me acerco siendo mujer a lo que ella siente después de decirnos con esos ojos lo que es el amor y que ni ellos ni yo hemos siquiera imaginado, aunque diría aquel viejo cabrón, que realista es ver que está embarazada del amor y surrealista es querer comprenderlo nosotros. Aunque apoyo lo que dice Ramón, ni dejo de pesar el hecho que marca Pedro de que es decisión difícil, que no es intrínsecamente mala y solo es decisión profundamente personal, algo que solo ella y, si me disculpan, ni siquiera él tomará, puesto que él puede apoyarla o no, al final, solo es una determinación que es solo de ella, ya que ese es el profundo derecho de las mujeres, es nuestra decisión, lo que hacemos con nuestra vida. Y aunque quieren estar en empatía con ella, no creo que se acerquen a lo que verdaderamente está sintiendo, si yo que soy mujer no quepo en ello, ustedes con sus ideas de confort no pueden ni husmear el sentido de su ser en su vida.

Gabriela habla categórica, sin embargo, como para sí misma, con lo que hay una fuerza de convicción de quien se habla a sí mismo y no quiere convencer, sino convencerse de algo y eso envuelve el momento con una atmósfera no de palabras en diálogo, sino de un espacio cautivo en la mezcla profunda de lo escuchado y la experiencia personal. Una dialéctica en que había verdaderos ríos de ideas disímiles algunas, otras, similares, pero con su timbre cada una que no tratan de argüirse o convencerse, sino, como si desde el fondo de cada uno de ellos se expresaran en voz alta, para aclararse a sí mismos, sus posiciones frente a un situación tan propia de su edad y tan posible y accesible para cada uno de ellos. En ellas, ve Gabriela una distancia que siente irresoluble, porque para ella, el sexo no ha sido sino la prolífica variación de los nombres y de las posiciones de un animal en recreo, frente al acto de amor que siente ha vivido su amiga Ángela, aunque sea más íntimamente gritado por su ser mujer y se siente lejana y como si tuvieran que decírselo a ella en voz alta, gritarle que guardaría eso bendito, pero mejor se calló.

Esto, no solo a ella le afecta, pues aparte de todo el acto de la concepción, cualquiera que fuese su fuente, parecía ser el destino de la elección de casi todas las mujeres, que les ocurra o les pueda suceder esto. Y aunque les pase a todas para cada una, solo es su sentir lo que la hace ser persona y en esa particularidad está su vida. Ángela está en un espacio donde nadie puede acceder, sino por su consentimiento. Y no solo en lo social, sino en ese entronque espiritual con las almas que les hace conocerse de pronto frente a la realidad que les anima en sus vidas y que ahora les envuelve en una incómoda desazón que flota aún en la percepción individualizada de cada uno, sobre todo, porque de pronto ellos toman conciencia de quién es ella y qué hace ahí con sus besos felices, que la han llevado a la maternidad. Pedro sufre, Ramón critica, Gabriela envidia, **Yo** solo tengo miedo.

Un silencio helado entra en medio del lugar y se abate en el mantel de la mesa con un viento que se cuela por la ventana avivando aquel fuego, dejando sembrado un escalofrío en las espaldas de los amigos. Ángela se sirve otro vaso de vino y en un momento lo levanta y brinda porque sea lo mejor, pide que olviden el asunto, mientras que mira a Ramón y le pide que cuente un chiste. El momento aparece como forzado, pero nadie está de vena para profundizar en algo, que finalmente no será su decisión sino que será solo de ella y de Adán. Pedro interrumpe el silencio que no se alcanza a descolgar de la mesa y pregunta si alguien ya fue al museo de San Carlos, pues están presentando una exhibición de los naturalistas franceses del siglo XIX y una muestra del *Españoleto*. Ramón se adelanta diciendo que no había acudido, pero que su hermana había ido y se lo había recomendado como una muestra fundamental para verse ya que en ella se desliza la percepción del arte desde la naturaleza social del campo, hasta arribar

**187**

al impresionismo, y cómo es que se dio en su tiempo, como una cosa natural el planteamiento de plasmar la naturaleza como sujeto motivo del arte. Después de manera evolutiva, pasaría con el propio artista a ser la naturaleza interior, objeto-sujeto, donde el artista convertiría sus percepciones de la naturaleza en parte de la naturaleza que ha sido percibida y que por ello no es la naturaleza misma, sino lo que el artista vio, es decir, que queda el arte en la naturaleza transmutada por esa naturaleza senso-perceptiva que se plasma. Pues yo no sé qué evolución pueda haber en ese sentido en la percepción, pero la verdad, es que se me antoja mucho verla, que tal si nos vamos para allá.

—Va —dicen al unísono, mientras comen con singular apetito de las botanas y entremeses de carnes frías y quesos que les ha acercado la muchacha que los atiende.

Ya con mejor humor, los muchachos las desaparecen junto con otra botella de aquel tinto francés que curiosamente era tan bueno que no perdió tono con el transporte. Además, Ángela comenta que los vinos al venir "en pájaro", no tienen el problema de "marearse" como antaño en los muy meneados barcos y, así, ahora saben tan bien como si los tomaras en París o en una taberna de Lión. De modo que, aquellos caldos se podían tomar de cualquier parte del mundo sin alterar su sabor por un excesivo movimiento en su transporte, y que siendo el vino cultura, había que seguirse educando, algo con lo cual todos estuvieron de acuerdo, van tomando sonrientes de estos caldos que les calientan por lo glorioso de sus tonos y lo animoso de su vena.

Ángela se declara partidaria de los vinos franceses y de la España del Rioja y sus caldos con cuerpo y murmura:

—No es sino una pinche exposición de segunda línea, pero vamos, no sea que nuestro culto Ramón se la pierda güey, pues no hay que perderse a El Greco, y sus intentos...,

—No k... no digas más, ya no nos dejaste fuera por anunciar al enorme pintor... De tres pinturas y cien esbozos... Oye se manchó el griego aquel, ¿no?, una producción en serie que no terminó... —comentó Pedro.

Ya hay grandes vinos mexicanos, ya existe tradición.
—Buenos caldos —dijo Ángela...
La misma franja del vino...
Con el sol americano, de acá... uvas viejas de allá, dan nuevas mezclas acullá.

Mientras comen, en la mesa de al lado, un par de mujeres se la juegan a ser palomas y mientras que departen nuestros amigos, no pueden evitar escuchar que una de ellas, de tez blanca, rechoncha, toma las manos de una trigueña muy delgada, que tiene una mirada más dura y le dice a su compañera:

—Anda, debes de ser fuerte, mandemos al diablo a los hombres, solo haz que te haga la niña y después, sin siquiera avisarle que la esperas, le mandas a volar y así la cuidamos entre nosotras, sería nuestra hija. Pinches hombres, son un asco, solo nos sirven para esto, y mal, pero hasta que se perfeccione la clonación...

cabrones… Luego lo mandas a volar de patitas, al diablo… Si es un pendejete el
güey… Sí. —La amiga de aquella paloma tomaba un suspiro y decía—: Es tan
güey. —Y ambas se rieron dándose un largo beso en la boca. El viejo poeta alza
su copa y dice, vivo en un país de 10 millones de seres humanos y de cien millones
de güeyes por lo visto, porque todos se nombran así y se reconocen felices feligre-
ses tras esa copa de vino sin ideas.

Y mientras esto pasa, ellos no escuchaban en la mesa, que a mi mente acude
la imagen de un hombre joven, cineasta, al que parece conocía de muchos años, el
cual se iba envejeciendo a pasos agigantados, cada vez que alguno de sus tres hi-
jos piaba por una madre ausente la mayor parte del tiempo; que salía siempre con
amigas, muchas y diferentes mujeres, de todo tipo y estilo, de las que él y sus hijos
solo sabían, que siempre estaban antes que ellos en sus prioridades; cualquiera
de ellas, siempre sería más importante para ella que ellos. Aquella madre de la
que piaban soledades; mientras que, en un grave silencio, aquel hombre rumiaba
entre copas y drogas, el precio con que ya no se blanqueaba su conciencia, o se
llenaba del tizne de la angustia de saberse el compañero que se había vendido,
por pensar que con dinero podría tener más posibilidades de crear sin ambages
su obra, ya sin necesidad económica que detuviera su labor creativa, mas todo
había sido diferente; aquella venta de su simiente se llevó la creatividad y la paz
interior desapareció con la angustia de esos niños que no entendían su situación,
y que él sabía que era resultante del precio que dio a su simiente, por comer sin
más esfuerzos de aquellas amargas pechugas jugosas de unos raquíticos pollos,
engordados al son de un gallo que cantaba tres veces cada mañana, recordándo-
le la imagen de aquella compañera, de la que se decía en su angustia que más
valía no regresara, y que siempre llegaba a horas de la madrugada, envinada y
acompañada por la voz de una machorra diferente. Así la dejaban exhausta en el
quicio de la puerta, con ojos viciosamente pasionales; en aquel quicio hecho de
una flora abundante que recogía el sereno y unía, junto con el rocío, la angustia de
sus críos, desde la debacle de su dignidad; arboleda que había sido sembrada por
aquel que una vez, cargándola con regocijos maritales la llevó a su casa; la que
sería para ella, para que no les faltara tranquilidad, ni el cariño de un amor jovial
que se tendrían, pensaba él, queriendo repensarse, que su compraventa ajustaría y
de que solo el dolor resultaba arrebatándoles la vida a esa familia. Más la calma
empezó a faltarle al marido en el mismo viaje de bodas, cuando ella se perdió en
dos ocasiones con mujeres que encontró en el *lobby* y en el bar del hotel y mien-
tras oía conversaciones a la mitad con una angustia ante la voz del otro lado del
teléfono, que solo sabía que era alguna mujer que le reflejaban todo el dolor de su
verdad que se llevaba con su mujer todo lo que le prometió: su dinero y la jaula
de oro cumplió su sino. Ahora, él bebe desmedidamente, mientras que uno de sus
hijos en su pequeña almita alberga su botella como destino; otro, abrazándose a su
propia sombra se pregunta por alguien que le acomodara las entrañas en aquellas
horas extrañas en que solo se escuchaban los gritos de su padre embriagado, que

es lo cotidianamente visto atravesado de dolor y alcohol, formando el entorno de todos sus amaneceres y finalmente otra personita que ama profundamente a su padre, quien sin saberlo ellos, se iba cayendo en la espiral de una montaña que le castigaba, dejándole resbalar en su pendiente, y que diariamente estalla en la mente de aquel padre al pasar junto al club hípico, donde se ventilaron los murmullos de su caída, por atarse a esos amores conquistados al precio de los espíritus perdidos de él y de sus hijos, donde les dio como futuro a aquella mamá, a la que por vez primera, los tiernos ojos del menor vieron entregada a la lengua de una de sus amantes ante sus ojos. También la vio en la caballeriza siendo lamida por su serpenteante amante; en donde guardaban su querido poni y él se dolía de no entender lo que ella atendía, y en el fondo al fin no comprendió él, que ella era lo que era, pero que su padre se la había vendido en una jaula de oro, que cuando la pena de la obra lo aplastó por la debilidad de cambiar la santa buhardilla del creador, pieza necesaria para cargar la obra que el tiempo requiere, para plasmar en oro que jamás sería vaciado del poder el recrear aquello real sucedido.

Gabriela, de pronto, cambiando la conversación que no existía, entre murmullos les espetó:

—La Volpe es muy supersticioso y está atrayéndose él mismo una mala vibra. —Todos callaron y la miraron como cuestionándola...

—¿A qué te refieres? —dijo Pedro—.

—¡Mira, cabrón! —dijo con un tono, ya más que achispado—. El Señor está usando un símbolo lunar, en luna decreciente. Su dragoncito famoso de la corbata, es un símbolo lunar y además escogió la etapa decreciente de la luna, eso quiere decir que su dragoncito se está comiendo a sí mismo. —En verdad los ojos de todos se miraron como diciéndose, ni una copa más para la Gaby—. No k... La verdad es que el dragón es el animal que se muerde la cola y se come a sí mismo, y que solo le podría haber favorecido en luna creciente. Haber, vean en los últimos dos partidos, la verdad es que no ganaron sus contrarios, sino que su equipo perdió por estar en conflicto contra sí mismos. El Señor no sabe de cábalas, se pone a jugarlas y ve cómo le va. El dragoncito les ha cargado de malísima vibra, que se acuerde de la historia de Argentina en que estaba en el mismo trance que México en un mundial, solo que su cábala y escudo era un solecito sonriente, su cábala la llevó a la final. Pero este dragoncito no le puede sino hacer conflictiva su fuerza, porque, por supersticioso, se atrae lo que él teme y se está fallando a sí mismo, además de que no sabe de *jurgol*. Él debería salir con un fénix, una águila o cualquier elemento solar que le dé validez a sus teorías y supersticiones, y dejar de lado un símbolo que solo le atrae la mala vibra.

Todos tomaron un trago y le miraron los ojos a Gabriela, como diciéndole: "¿qué te fumaste gordita?". Ramón no pudo más y le dijo:

—¡Ay! no ma... naa, deberás quitarle los cocos a tu yerba, que ya estás muy mística, pacheca y peda. —Una carcajada general relajó la plática, pero Gabriela no estaba dispuesta a ceder en su teoría.

—No güey, si no sabes de las entrañas de la energía, no puedes meterte a ser supersticioso, solo te voy a decir, que si quieres combatir la mala vibra de su hechizo en cuartos de final, además de no andar jugando con las posiciones originales y mover al Rafa de su sitio en la defensa central, que es donde es el mejor o de los mejores del mundo, lo que debe hacer, es quemar su corbatita de dragón o guardarla para la luna llena, que es en el único tiempo en que puede ayudarle, aplicar una cura solar y salir con un símbolo de luz plena, un sol en lo alto y un águila o un fénix...

—¿Qué te tomas 'che gorda... con tus conocimientos de cábala...?

—¿Qué te apuestas k...? Si ese güey sale con su dragoncito nos la vamos a aplicar solos, pero si me hace caso desatará el juego cósmico que tanto ha trabajado y que él mismo ahora está anulando. —Pedro se asomó a la copa de Gabriela a ver si no veía algún tono misterioso o flotar algún brillo aceitoso y todos se rieron, mientras la Gaby le zapea y le dice:

—Hay no, mano, 'tas mal k... Y vas a ver su corbata y anotas el cómo será el gol igualito al dragoncito. De la vulva palpitante las profecías has de creer —dijo, muy tomada y pasó sin ver—. ¿Sabes qué k...? Solo espero ver la selección que armará el Vasco k... en alturas insospechadas del trabajo en la disciplina activa.

Gaby, más que mareada, toma un largo trago como para acabar con sus esotéricas nociones de revista de modas y ante la imagen de las palomas atadas en sus vuelos nupciales, no puede dejar de notar, que la flaquita, tierna y delicada, con una mirada y cualquier gesto domina a la gordita, y no deja de guiñarle un ojo a Gabriela que se sonríe, no sé si por sus predicciones "astro-corbatosas" o porque le da juego a la que le lanza el can, mientras que la pareja gorda, descansa sobre su hombro, sin darse cuenta de los coqueteos que su amada le lanza a nuestra amiga, invitándola a achisparse al notar un guiño de ambas. Ramón le pica las costillas y dice:

—Anda, "corbatomántica", ahora "¿vaginomántica?". El futuro por el aroma del *jujuy*...

—Aromas de presagio, güey y sus sinos. —Y se pone una mano en la sacrosanta parte de su húmeda joya y con mirada lúbrica se monta en mujer lasciva y arranca carcajadas nerviosas a los presentes, mientras ella, sigue desinhibida.

Ángela se adelanta a pagar mientras que Pedro se molesta de que no hicieran una vaquita, y Ramón le dice:

—Sí hombre, deja que pague la hija del rey Salomón, si no, cuándo va a poder empezar a gastar un poco de su fortuna. —Dice esto, con las risas de Gabriela. De la que parece que detectó cierta complicidad con la paloma, que la despide con discreto beso, mientras que van retirándose platicando sobre las hermosas luces de un sol tímido que quiere salir de a poco ante ese lluvioso jardín, pero que deja entrar ráfagas de luz como si iluminaran "falseando" aquel bosque, que, entre la neblina atrapa unas luces que se bifurcan entre las hojas del suntuoso verdor, y hacen que la noche baile en sonidos, que pronto ya no escuchan sino la música

**191**

en paraíso de la cabina hermética del auto, del que ahora solo sus sonidos les acompañan y la noche queda afuera: expuesta a ser ella misma y sin remedio, así se desata en una verdadera tormenta.

Se enfilan hacia la ciudad, la tarde ha caído entre la lluvia torrencial que se suelta de manera estrepitosa y dejándose ser el agua la dueña del bosque, señora de la escena, que rompe con rayos y truenos en lontananza, creando un escenario de verdadero estupor y de oscuras luces que se pierden entre los pinos. Van oyendo música de Dylan y de los años sesenta relajan esos espacios y abren los setentas, ochentas, noventas y el nuevo siglo.

De pronto, todo dentro de mí se separa de las imágenes que vengo presenciando y medito sobre las implicaciones de que Ángela aún acaricie la duda, y con ello, la posibilidad de sacarse de su ser al niño y miro aquella bolsa en la que se guardan las dichosas pastillitas que le dieran y que su sabor a menta le hacen recordar algo, cuando dice Ramón:

—Chido el Dylan y la sigue armando en el XXI como los pocos de los sesenta que aún tocan y constituyeron la expresión del cambio que nos construyó la vida.

Mil imágenes me llegan a la cabeza pues me vuelve el pensar que a lo mejor soy yo el padre de esa criatura, y, si soy **Yo**, Adán, aquel hombre que ha caído en prisión por culpa de aquel poderoso padre, el que, seguramente ahora sabe de la historia de nuestros amores clandestinos, amores prohibidos por las distancias sociales, tal vez, y que ahora me tienen en esta viva caverna deliciosa, en la que no encuentro ninguna razón para estar; esta deliciosa entraña viva, llena de abundancia y vida, aunque no recuerdo haber amado así. Mi vida cuelga de las dudas más apremiantes que me hacen sentir náuseas con la plática y el vino que siento como si yo estuviera bebiendo y conforme bebe Ángela, yo traigo una pálida que me desdibuja en mareos. Entonces la duda mayor me llega, cuando me veo ante la ausencia del que vi amarla y estas imágenes que ya no sé si son recuerdos o son parte de una anécdota perdida o una historia que me invento con tal de darle coherencia a mis olvidos queriéndome refugiar en lugares comunes, que me aparten del universo de todos los vivos cuestionamientos y culpas que me brotan frente a Nous y con un visible estado de ebriedad traigo la jarra y no sé ni cómo es que me siento beodo. Y entra en mi mente la imagen de otra escena que no alcanzo a comprender, en la que un hombre va penetrando dentro del vientre de una mujer, con su miembro modelador de continentes y según va penetrando se desaparecen las costas de muchos lugares; mientras en tierra, se van fundiendo en arenas que precipitan en el mar sus ansias de vida, al ir cerniéndose a su cuerpo de quimera.

Cuando veo millones de seres morir en las aguas, navegando con todo y sus lugares de origen, que se diluyen en las aguas heladas que conforman nuevos continentes, mientras que el pene constructor de ciudades y destructor de civilizaciones, derrumba amaneceres de hielos derretidos por la alta concentración de gases en anocheceres de eternidades insolutas, que se levantan al fuego de lavas candentes y dejan anegados mil horizontes de miles de alcobas sumergidas en el silencio del olvido. Veo aquellas ricas habitaciones decoradas, tapizadas de líquenes marinos entre sábanas de algas, en una noche vital, en la que se mecen océanos y precipitan las olas entre los labios mayores; amándose tiernamente como la delicada suave superficie de la dulce pera recién mondada en la bahía, al bendecir de nuevos hijos, sembrados para aquellos de pies de reducidos márgenes de tierra, ya ahítos de nuevos ocres, lavando lo acre de un submarino adiós, en el que la bella es poseída y mueve su vientre al vaivén de mil olas que tejen espumas en calores, bordándose soñados almohadones de nubes, del curioso amanecer celeste, ante la mirada de coloraturas raídas en imágenes que junto a miles de tonos grises, guardan el tiempo, en que veo que esa sombra de ella busca la fama, en la eternidad del buscarse en los brazos ajenos, de un leguleyo ladrón, que cae rodando en sus mentiras y en la lástima que quería causar ahora que se envuelve de tules de cielo y de nubes que se entregan a una mentira sumada en el vaivén de los errores. Y el costo feraz de los excesos en que la inocencia no le sirvió ni para poder engañarse a sí misma, envuelta en confusión ve claro perder su verdad por mil quimeras, y esos mundos oscuros no le alcanzaron, porque ellos en paz y bien andan en salud y gloria del ser en virtud.

Me resulta inconcebible este ser, que mientras se ata a las perfectas piernas y duras nalgas de aquel poema de mujer que se derrite ante su falo enhiesto que va deshaciendo las edades completas de la Tierra, en un derruir en derretimiento del pan continental que no respeta desarrollos, cuando aquel dulce vientre húmedo perfecto, que ha probado todos sus placeres, sucumbe ante su embate y sonríe; y veo que las llamas del centro de la Tierra brotan fuertes queriendo absorber y borrar toda la venenosa esencia humana tras los rastros de un cocodrilo que arrastra su vientre de promesas, lleno y repleto de pedazos de carnadas cual anzuelos para víctimas timoratas, que al querer dar la tarascada que le dé como bocado a la historia es amarrado antes de la cola por un tache azul, que le detiene por siempre, le hace mostrar la dura dentadura de su sonrisa arcaica llena de alambicados sones desde aquello social, espacio en que no cree, pero que explota cual sureño de pantanal en llano que avanza cambiando tonos occidentales. Al final veo al día libremente andar, con la salud del duende que me sigue con ese su cuerpo de divinidad divertida y fiel que goza de mis goces en risas.

La cresta del gallo hace presa fácil de una letra inmortal que le ama en silencio y Gaby, en su ausencia, se deshoja ante cualquier viento, disfrutando de lo mejor de su anhelo que al fin le arrima el vacío de saber que tendrá todo menos lo que anhela...

Pasa sin consumar la glosa del puente alquímico roto, desde la tibieza de la sangre, no vertida con el semen del anochecer recrudecido, mientras se moja en ansias de almeja divina y cual sexo sediento que no recita sino cantos de humedad repletos desde la carne hambrienta. Debo insistir en que lo que presencio, parece brotar desde el vivo alambique ancestral de mil recuerdos donde nacen las memorias en que nos recogemos en recuerdos de lo dado.

**193**

No entiendo ni la sustancia que me une con estas escenas, ni recuerdo aquel verso en que se parieron las imágenes de los amores titánicos, ni de dónde es que me vienen esas dinámicas conversaciones, desde el vientre modelado por un pene hacedor de maremotos, desde un pulmón irritado, inundado de humos atmosféricos, atado como fuelle a un miembro que penetra en la conciencia de la tierra misma, mientras que vence, todos sus límites y le plantea otros nuevos al penetrarla hasta la profunda entraña. Un falo teocrático que mueve un demiurgo, mientras embate los pecados de la Tierra, en la velluda grupa de una mirada profunda en el deseo, que se funde al formar una criatura hermosa; ella en sus deseos y en el clímax de sus actos le propone olvidarse del pequeño moreno que duerme en la cuna, un vengador de Dios que reposa angélico después de su mamila.

Mas de pronto, como si el cielo demandara su parte, un rayo doblega la cintura del demiurgo aquel y mira la frente amplia de un poema estrecho, hecho con un rizo que se cierne sobre la cúpula celeste del mestizo verso, que copula con la verdad y que, despacioso, va adelantando su testa entre aquellos grandes labios que les urge engullirla mientras que la esperanza sanciona el alba, correteando con sus fatigas las luces poderosas del eterno encanto de un ir y venir de aquella envergadura que la lleva atada; canto que va recogiendo del camino las luces de mil colores vivos, profanadores de las almas inquietas que divagan en derredor del lecho; deslizando profecías en esa jerga mística desde una lúgubre misa fantasmal de espectros que se desprenden de la pluma de aquel único escritor eterno, que nace en un réquiem de Mozart que de lejos cincela aquel verbo sin humana falla, aunque también tenga como humano sus renglones torcidos que van dejando pedazos de luz y escarchando las huellas luminosas de la Luna, de delicada estampa que apenas pisa sobre la mar sin dejar huella, y que se posa sobre unos esfuerzos que solo alcanzan la máxima nitidez cuando el alba tapa el morenito en su cuna, con besos y esfuerzos del sentido; protegiendo las costas por sobre los excesos del hombre que las envenena y lo sabe y ¿él qué hará con su negra ansiedad? Y desluce la capa de gases raros, sin disolver aún totalmente los hielos polares, pero en progreso; las costas permanecen fieles a lamer sus continentes por amor a las tintas de verdad del arquitecto del *ars combinatoria* que en espíritu emanado del dolor de brazo, que le imprimió el amar a una cangreja que arrancó desde el hueso sus poemas recogidos entre las luces selenitas; mientras aquellos que tienen su tea y tienen en humedad de profecía aquello con lo que hacen caso omiso del que ama, porque no es negocio el oír de amores que no den esterlinas, ni hay bienes que no se contabilicen y el verso, hoy agua fresca gratuita para ti no es. De pronto, la imagen del que sufre al lado de un club hípico toma el precio de la glotonería por haberse recargado en el placer substituto de dormir con un ave, que se levanta cual buitre, que come del muslo de un muchachote que se balea a sí mismo, para mostrar cuán vigoroso era, para atrapar tarántulas en carretera, y cual vaca loca, reza por estar en la mesa "tablajera" y en pago de la sofisticación de una decisión precipitada que le lleva a vivir, no como un perro en la soledad de la mentira que tejió su hallarse, sino en un corto, pero veraz espacio al ver lo cierto y darse cuenta de su realidad sin sentido en esa nunca amada constancia de tragarse junto con las penas, alguno que otro pollito y todo alambicado con golosinas que dan cuenta noche a noche. Este no pertenece al mundo del demiurgo que va cincelando las rutas abismales que conforman los límites de nuevos continentes con su falo enhiesto y va desapareciendo entre las carnes de barro en vaginales añoranzas que arremolinan esos millones de seres en el acto de la magia y forman parte del osario marino, en que se encuentra sumida en pobre inteligencia esos huesos de la suerte, desde la cloaca de una gallinácea, en resabios en que se acuña el valor de tu muy descolorida maltrecha fe, olvidada y tirada junto al manto aún sangrante de la Virgen de Medjugorje en tardío bombardeo.

Voz de Lourdes que apenas fue escuchada no en su regla, sino en su manía de ser oída, que da cuenta con los años del fervor de la caída tras los últimos ecos de una herradura que ya no galopa ni en los cuentos de hadas. Pero este universo del cineasta prendido de tres alfileres y un palo de golf busca un tres bajo par en el hoyo diecinueve que se localiza en una pirámide circular, donde un amante secreto busca a su nena de durísimas carnes de piedra en la reunión aún no acontecida y que llena el aire de un cambio ancestral vivo, desde una cultura milenaria en que se crían tigres como mascotas y las ofrecen junto a cocodrilos como servicios de *nursery*, el cual cultiva sus méritos en ese espacio *rex* del retroceso carno-saurico-político y así se aman esas palomas. Y la vía sana era distancia y distancia fue al fin sin culpas el sentir la mentira que se erguía como al guía de las almas y el espíritu reptileano comandaba las guerras y así: entre dinosaurios amigos nunca.

Veo a una mentirosa que acusa y que sin saberlo por cada buen deseo recibiría mil veces más de lo deseado, pero de las mentiras, difamaciones y tortuosas calumnias, recibiría cien veces lo que ella deseara como Mal para el otro. Así sin más, rodeada de accidentes e incidentes, en vida pagaría su maldad. Y veía que no se puede burlar a Dios, sobre los actos de hombres que eran tenues semblanzas de esos actos poderosos de la formación universal suprema que somos.

Las bellas acicalan sus blancas mejillas con besos de peces que se escabullen en el azul de las sombras de sus ojos, la luna redondea la paráfrasis de la envergadura de la recia marea y el cielo encapotado sombreando las húmedas pieles del mar bravío que van flotando hacia el lejano horizonte, mil mentiras de mujer atadas a la concupiscencia de vientres hambrientos de durezas y acercándonos al lejano expediente al perseguir lo inalcanzable, de un origen divinal de la maldita estirpe que vende su simiente por un plato de alverjas, que pesan como plomo en esas entrañas del tiempo que se vende, autocondenándose se expande y expresa como continuidad que se bifurca; mientras la honra se esconde en los silencios. Abandona los lugares ruidosos, y se aleja del tumulto para desde ahí observar tasando la verdad del juicio.

La fauna prohibida de una civilización distante que anda de vacaciones, vuelve, ya que tiene aves volando en la estratosfera, tratando de encontrar las manchas de Grabski de un pulmón, que por cierto, sano está, para hacer descender sobre ellas al polaco especialista en dar dolor, que vestido con ropa interior de fina seda bordada, espera angélico su hacer diabólico, el poder ejercer sus artes y acabar de una vez por todas con aquellas viejas deserciones olisqueantes a traiciones de rojos estigmas, en sueños poblados de misantrópicas mentiras que esconden los grilletes y la tumba de una frágil libertad de pensamiento, infringiéndoles la pena divina de terrores del infierno, con los materiales cotidianos. Pero al saber que es azul la estirpe del guardián mensajero, es que se dedica a tejer chambras de bolillo y se desespera y muere por un rayo de inquietud en el que sus artes ya no se requieren, pues no hay una traición ante el guardián de la puerta de occidente de por medio. Imágenes que se descontextualizan al instante y que me arrebatan en la locura de pensamientos homicidas de aquel hombre con camisón de seda bordada y manos de mujer carnicera, que danza en el automóvil que desciende en la tormenta, en que silentes bailan unos brujos africanos tallados en duro ébano y marfil, mecidos bajo aquel retrovisor, mientras la lluvia golpea el parabrisas, y la música estrecha esas lejanas presencias de los que descienden a la ciudad y junto al denso humo de un tabaco oscuro *Gitanes*, que Gabriela fuma. Gabriela la de carnes morenas de tabaco y caña, de ron y café hechas, la de amores que se escurren por su cabello, la que despierta a las mujeres y a los hombres con el único afán de oír sus risas emanadas desde sus vientres que la colman de sus momentos, entregada así misma va profundizando el letargo de su alcoholizada mente, y su mano inquieta juega con Ramón y sus partes ante la recia tormenta, que son parte del marco presencia, entre mi visión de aquella mujer que en las parodias de mi mente se muestra como poseedora de un coño universal, modelador de nuevas semblanzas de sus nunca perdidas esperanzas de ser la trazadora de perfiles, no siempre promiscuos, pero siempre carnales, que no mira de lado porque muestra el rostro del rastro descarnado de un Mictlán que no sabe de dolores, y es fría en su conciencia, como el ardiente Vesubio, que sin remordimientos de los secos rostros en cenizas que no dudan en dejar pintada su sorpresa para la posteridad del postrer respiro, de quien pierde el piso por caprichos de natura o por sus amores, como aquel enamorado de sus bienes, que no reparó en poner su simiente junto a una escudilla de alverjas que alimentan a un cálao, bajo las alas de una cigüeña sagrada de tierras orientales, que se va muriendo mirando unas chachalacas y los tres últimos *Pauxi*: un *Pauxi pauxi*, un *unicornis* y un *fasciolata*, casi despidiéndose, y que finalmente serían salvados por el amor selecto, de aquellos habitantes del arca y su salvación de la extinción, junto con la hembra en el último gen congelado contemporáneo de un proboscis y de unos bisontes en extinción, que corren por los campos cada vez más pequeños de Norteamérica en la carrera que llevó la vida empujada por los hielos y su hacer la vida una cosa indiscreta.

La gente que rodea a Ángela no me dice más nada y realmente siento apenas que a ella la empiezo a conocer y esta sensación se me despierta con su rostro; aunque, hay algo que presiento que me ata a ella, aunque me resulta ser una desconocida tanto como los alucinantes personajes que abandono con olor a mar. Pero tan improbable como las figuras míticas del destino que en un silencio trajo

a bogar en las tranquilas aguas que en mi mente así despiertan; mientras adormi-
lado bajo la cima llena de niebla y fuerte lluvia, descendemos en aquel auto; y
prefiero que no se no se digan cosas de las imágenes de los seres demiúrgicos que
de pronto atropellan con ideas mis sentidos, desde las semblanzas de mil fatídicos
respiros de polvos ancestrales desprendidos de alas de palomas carnívoras que
exudan los anales de mil historias de vampiresas sin resoluciones. Mis dudas me
agobian en la soledad y de pronto oigo un grito: "¡Cuidado!".

La inmediatez y potencia de esa exclamación, me arrancan de mis cavila-
ciones, y regreso al auto, cuando veo que Ramón esquiva a un "microbusero" que
rebasa en curva, obligándolo a dar un volantazo, haciéndonos salir contra las hier-
bas, sorprendido ante el letargo del alcohol y la mano inquieta de Gaby que tejía
una chalina están fuera del camino para evitar el encontronazo; solo espero que nos
incrustemos a las piedras o contra alguna cosa, pero el carro sigue rodando entre las
hierbas, y un sonido de que algo nos va raspando y frenando, mientras cruzamos los
altos pastos que fortalecen el sonido del freno que nos desliza en tierra seca, a través
de una densa vegetación; al tiempo de que en vez de chocar contra la pared de rocas,
la penetramos en una abertura que da a una cueva, en la que finalmente se detiene
el coche entre una nube de polvo y tierra, que tarda en asentarse y que nos envuelve
totalmente en un lodo que oscurece el interior y que nos deja adentro empapados en
el miedo a oscuras y todos temblorosos; el tiempo de pronto ha rebotado por todos
lados y nos ha traído junto al peligro presto, una sensación de adrenalina en que
cada uno, con los ojos cerrados o abiertos, ve a la muerte asomarse por la rendija de
su vida por unos segundos en que parecía que les tomaba por sorpresa y, en donde,
aunque nos pusimos no nos tocaba y no lo podíamos creer, todos sudamos frío; en
un "todos" que va incluyéndome a mí y a mi alcoholemia sin otra cosa que el "adre-
nalinaza" y todo se sucede en unos largos segundos.

La lluvia afuera arrecia y un silencio espectral adentro del carro, que se ilu-
mina con los rayos que de cuando en cuando caen violentamente detrás iluminán-
dolo todo y la oscuridad se ciñe sobre el silente auto; mientras que todos se miran
y tratan de reconocer aquel sitio en el que por pura casualidad nos insertamos sin
chocar contra la base de las rocas, haciéndose cada uno, una rápida auto explora-
ción para asegurarnos de que todavía estamos completos y sanos.

—Una cueva, estamos en una cueva, que tino; no 'ora si te la sacaste cabrón,
'uta, no estamos deshechos, solo nerviosos, qué buena onda, te manchaste con la
jugada, voy a mear, que yo creí que nos estampábamos de muerte y sin más reme-
dio —afirma Pedro y reacciona, mientras se sale del auto, y sin más orina atrás.
Al poco tiempo abre la puerta trasera y saca a Ángela casi en vilo, la cual está
como paralizada, pálida, con sus ojos muy abiertos. Gabriela sale por la puerta
del copiloto y empieza a volver el estómago. Ramón, golpeado en la cara y con un
raspón en la frente sale, se tambalea recargándose al frente del carro, subiéndose
la bragueta sin dar crédito a su puntería. Se revisa y siente cuando Pedro le pone
un pañuelo en la frente para que no sangre más.

—¿Estás bien? —le pregunta Pedro.

—Sí, sí —balbucea Ramón que siente que la sangre le corre por la frente, porque una rama le golpeó al entrar. Pedro se dirige a Ángela que está recargada en el auto y también le pregunta sobre su estado—. Bien, estoy bien.

En ese momento un enorme hombre cae sobre Ramón y con un fuerte puñetazo lo derriba y comienza a patearlo. Pedro reacciona en un santiamén y con una ágil patada circular derriba al desconocido y se pone en guardia porque, de pronto, de entre las profundidades de la cueva, ve como unas siluetas se acercan amenazadoras. En posición de combate anima a Ramón a levantarse para que entre ambos puedan defenderse y proteger a las muchachas. Brillos de un par de navajas destellan en la oscuridad. Ramón al ver lo que pasa, se hace el desmayado y Pedro queda solo ante la adversidad. De pronto, siente como una hoja pasa rozando su camisa y rasga su chamarra, no ve bien pero lanza una patada de frente saltando y siguiendo la fuente de aquel ataque da en el blanco, donde suena el aire que sale de la barriga de su agresor, de pronto aquel que había atacado a Pedro, se levanta y toma una enorme piedra que levanta sobre su cabeza con el fin de destrozarle el cráneo a Pedro, el cual se distraía con el reflejo de las hojas de acero que veía acercarse. A punto de recibir el golpe, escucha una voz fuerte y decidida que grita:

—¡Alto Javier! ¡No los ataques, caballo! ¡Déjenlos en paz que sufrieron un accidente! ¿Es que no ven? —Javier deja caer la piedra no sin vociferar por un rato y amenazar con la mano a Pedro, sobándose la panza y su rota boca. Mascullando, bufando con evidente y visible mal humor, se retira hacia atrás un par de pasos, de mala gana y muy obedientemente va resollando algunas palabrotas al aire, mientras que Pedro se da cuenta del peligro que a poco corría. Silente palidece y mira a Ángela, desconcertado se vuelve para ver al hombre que se acerca, desde la parte superior de aquel recinto que les recibió como un vientre.

Pedro se recoge con Ángela que, paralizada, le abraza junto al carro, mientras que Gabriela, escupe finalmente aquello que quedó de los vómitos y se acerca al trío. Ramón se levanta y los cuatro juntos tratan de ver quién gritó desde la oscura caverna. Una luz enciende una antorcha y se ve que se acerca un joven vestido de pantalón y chamarra de piel. De pelo negro como alas de cuervo, es seguido de varios tipos jóvenes todos, pero ninguno con facha de asaltante o de maleante, todos con cara de estudiantes o de jóvenes profesionales, menos uno, que se asoma lo más retirado del grupo y hacia adentro, el cual parece un pepenador o campesino.

Solo aquel Javier que los atacó tiene la mirada torva y las maneras bruscas del vago.

—¿Están bien? —pregunta Ulises, que es el joven que detuvo el ataque y al que parece que obedecen todos sin chistar.

—Sí, solo un poco asustados; un "micro" nos sacó de la carretera y si no fuera por esta cueva nos hubiéramos estrellado de frente en las laderas de esta colina. —contesta Pedro.

—¡Corrieron con suerte!

**198**

—Pues ni tanta, porque este gorila me atacó sin más —dice Ramón— y me ha dejado molidos los pocos huesos que no estaban machacados por el miedo.

—Perdonen a Javier, es que pensó que habíamos sido atacados, solo cumplía con su deber.

Gabriela, ya más calmada, siente que el joven que les salvó de sus atacantes es bastante atractivo y varonil y lo mira con picardía, mientras saca de su bolsa un chicle diciéndole:

—Pues a mí me duele aquí —y se soba el muslo exterior y corriendo sus manos hasta sus frondosos pechos dice—: ¿No me sobas un poco los dolores de este magullón desenfrenado? —Su rostro pálido pronto se enrojece y la reunión se convierte en eso, en una mala pasada.

El desgaste de aquella accidentada situación crea un ambiente tenso, de alta hostilidad, que flota y no se acepta en la conciencia, y que jugaba con los valores *ctónicos* profundos de sus miedos, de quienes a poco se habían salvado y hallaban después de la agresión, participando de aquella sensación viva de lo inesperado, que aun cuando ha pasado pervive en el sabor de la adrenalina que recorre el cuerpo y que les baña de sudor y ante la gracia de aquella vestal de las humedades todo se distendió y fue un alivio para todos que se relajaran las cosas que habían sido totalmente tensas y ese Javier ahora solo se reía.

Esto sirve para eliminar la tensión remanente entre risillas; Ulises solo se sonríe, mientras mira de reojo a Ángela. Ángela se siente perturbada pues al encontrarse con los ojos de Ulises, ha sentido un escozor que le recorre por la espina dorsal, por lo que baja los ojos, avergonzada, porque nunca esperó que algún otro pudiera perturbarla. Pedro los interrumpe y les pregunta si les pueden ayudar a sacar el auto.

A una señal de Ulises, todos los muchachos, que veo son varios, se acercan al vehículo que Pedro trata inútilmente de sacar de una trampa de arena en la que se hunde cada vez que saca el *clutch* y solo cuando ponen unos tablones los muchachos logran sacarlo a empujones hacia atrás, poniéndolo en la cuneta cubierta de hierbas; al salir con el auto de aquel socavón, caen varias enredaderas tapando de nuevo la cueva, entrada de aquel *Aleph*, en la que para su fortuna habían entrado desde una puerta mágica y milenaria.

Los cuatro abordan aquel auto que no presenta más daño que estar algo rayado, tapizado de hojas y tierra, cubiertos de lodo los vidrios y ellos, sobrios a fuerza del susto, ven que se acerca Ulises al lado de la ventanilla de Ángela, le toma la mano, besándosela caballerosamente y le dice:

—¿De verdad, estás bien?

—Sí, gracias. —Y esas miradas los funden en distancias y silencios, que a él lo llevan a la angustia de saber que solo es colateral en su vida, que solo es un satélite de su felicidad.

Momento mágico para Pedro y crítico para Ángela, que no logra comprender cómo es que se dio ese momento mágico en el que el destino solo fue un atisbo de mil imágenes vivas, que el futuro podría depararle y se sintió contrita de angustia por lo que pudiera haber encontrado en aquel extraño, mientras las palabras de Gabriela resonaban en su mente, sobre si no le encantaría probar mundo estando tan profundo el mar y lleno de peces y los ojos de Ulises, que borraron de su mente, por instantes, a Adán, se le presentaba como todo un presagio que la inquietaba, un Ulises que le levantó una nueva sensación tan extrema que le recorrió la piel, dejándosela toda erizada, pero Pedro creyó ser él, y no el extraño, quien en esos momentos le había movido las químicas a Ángela, por lo que le guiñó el ojo coquetamente, para no encontrar como respuesta mas que un vacío en ella.

—Bueno muchachos, váyanse con cuidado y solo les pido que me prometan olvidar este sitio.

—Es un hecho, lo prometemos. —dijeron casi a coro.

—Bien, váyanse con cuidado.

—Ángela no ha separado su mano de la de él, y solo se percata cuando el auto va arrancando y él tiene que soltarla, sus ojos son el último punto que se separa y se siente sorprendida porque dentro de su ser, nuevas hormonas se han despertado con esa mirada que no obedecía a nada racional, sino que solo se manifestó como una invasión feromonal exquisita.

Pedro al final no ha dejado de notar el alto impacto que ha producido aquel desconocido en al ánimo de Ángela. Triste, solo calla. Gabriela se voltea, mirando con sinceridad a Pedro, y le dice:

—Gracias. —Ángela completa la escena, dándole un beso en la mejilla mientras los ojos de Ramón guardan un cierto rencor, pues siente que en ese agradecimiento a Pedro, también se esconde un reproche por su cobardía, que en realidad, es un autorreproche, porque ellos no notaron su fingido desmayo y los odió en ese momento porque sintió una envidia atroz por todos y se intentó tragar el coraje, pero solo lo rumió para después.

Se enfilan a casa de Ángela, la dejan y ahí me quedo **Yo**, mientras parece que irán a repartir a cada uno a sus casas. Esas escenas me confunden, ya que mezclan imágenes de una relación interior con Nous, las que vivo casi al punto, aunque parece que todas solo son imágenes mentales de representaciones ya del recuerdo, ya del olvido; pero que no hacen sino abrir cada vez más el parámetro de mi confusión sobre qué hago aquí y quién soy; y según creo ahora que se me han venido de mi interior, sobre hechos pasados hace algún tiempo, que de una manera incoherente han aparecido, dándole vida a recuerdos de gente y a un sin fin de situaciones, que parece que conozco y que, me parece, son ahora tenues semblanzas; las que en realidad solo me remiten a verme y buscarme en este rincón húmedo y tibio en un afán de afirmación. Es ahí que me encuentro dentro de esos ojos del anciano, aunque no pueda remediar el pensar que probablemente sean estas u otra gente, las causas de mi triste condición de encierro, que se convierten sin más en una deliciosa y viva reclusión; pues no debo negar que los recursos de mi captor parecen infinitos: la temperatura que aquí tengo es agradable y no siento malestar alguno, el tiempo ha pasado en mi círculo interior y solo reacciono ante la visión pronta de sabores que van de lo dulce a lo amargo, de la hiel a la bilis, que me llegan por el vientre; sabores del susto que pronto pasan y que van hablándome de deliciosos postres de los que veo que Ángela ataca sin dudar dando cuenta de ellos, que, por momentos me hacen olvidarme de todo pero que, curiosamente, me sumen en dudas de nuevo, pues no hilo porque me siento bien, si cada vez estoy más confundido. ¿Por qué siento una sensación de saciedad y nuevos sabores, si esto que pasó lo estoy recordando? ¿Seré yo Pedro o Ramón?, ¿o ellos me contaron esta escena? Y lo peor es que mi borrachera prosigue y con el dulce me deja en un estado de casi alucinación, mientras la veo a ella en la ingesta de ricas cosas que a lo mejor son recuerdos de tiempos mejores de nosotros, del que ahora solo rescato los mil sabores en el recuerdo de sus memorias y resucito sensaciones que me hacen apartarme de una eterna angustia, que se desprenden de estos postres, en que besos de novia no dejan de encantarme con su helado de vainilla al turrón de jijona, con chocolate amargo al coñac que la llevan a un estado de ensoñación en que se sentía confundida y muy feliz.

Los sabores me ponen a buen recaudo de mi angustia existencial de saber que aún no sé la causa de mi encierro, o ¿será que prefiero ignorarla?, o que, peor aún, ¿será que ya empiezo a acostumbrarme? Ese síntoma de aceptación me huele muy mal, pues me deja la sensación de estar conformándome con ese sino, adaptándome a esa nueva condición y al no poder comprenderlo, todo me sabe a la glamorosa sensación de estar en sus placeres disfrutándola, al tiempo que acepto a mi incongruente situación en la que ahora la calma me viene dada por la aceptación de no saber quién soy.

El cúmulo de imágenes y vivencias que ante tantas presencias me parecen colectivos, que siento amenazantes y se van almacenando, en un no sé de dónde, en el que permanecen mirándome mientras veo la figura de un inglés que, en traje de ceremonia y con los alientos de una gaita, abre ante mis ojos una serie de húmedos pergaminos, mientras que va sonriendo con la descarnada mirada viva desde su faz ya muerta y se presenta como un investigador ultramontano sobre los casos de muerte violenta voluntaria de la cultura occidental, que saca por diversos aparatos en escala el cómo se prefería autoinmolarse en el occidente y, sin verlos, yo presiento ante tal espíritu que mil miedos están agazapados en la terrible angustia de saber que todos ellos en nada valoraron la vida, prestos a atacar mi psique que duda y teme, pues al no controlar estos pensamientos, sus imágenes y sus relaciones, es cuando los siento que en su demencia están al mando de la temporalidad con que me abordan y que aparecerán o desaparecen solo cuando ellos quieren, sin saber qué fríos vientos soplan separándome de mi paz inconsciente ante la posibilidad de que en cualquier momento la distancia entre ellos y yo sea nula, al no comprender por qué presencio estas imágenes, tan sin sentido para mí, solo sé que podrían hacerme bien o mal, según el momento que ocupe en el espacio y en el tiempo y es así que ante cualquier parecer quedo inerme para poder dar solución a su demanda.

Y me acuerdo de Sigmund Freud, sin saber quién es, pero como si le oyera decir:

> *Todas las batallas contra la muerte se pierden antes de empezarlas.*
> *El esplendor del combate no radica en el resultado,*
> *sino en la dignidad del acto.*

—Freud, citado por Al Alvarez, *El Dios salvaje*, p. 265[20]

Y de pronto, ante tal sentencia, no tengo en la mente sino un miedo que raya en pánico, al ver que una batalla va retando a la muerte por parte de una civilización entera (la nuestra) que solo puede tener como corolario a la gran muerte, y como si la viera con los cables cortados de todo teléfono con la raíz al aire, es así que voy ahogándome en la certeza de que estoy empezando a nacer a mi memoria rota y no sé por qué empiezo tan solo a morir un poco, ante la realidad de no saber qué sentido tengo, ni qué sentido puede tener una civilización suicida, cuando oigo la voz de aquel ingles, Al Álvarez, aquel que escribiera su obra: *El Dios salvaje*: *El duro oficio de vivir*; en el cual nos muestra cuáles han sido las tendencias en occidente frente al suicidio y cómo no solo no es un tema tabú nuevo, sino que, de manera relevante, ha acompañado a la cultura occidental desde diversas fuentes y épocas, asignándole además diferentes valoraciones al fenómeno suicida autodestructivo, de acuerdo a la época y naturaleza de la cultura en la que emergen. Empero ante tan excelso trabajo y su delicioso tratamiento, no me queda más que temer que al final, el hombre occidental haga de su autodestrucción toda una obra de arte, o cuando menos todo el destino de todo su arte de sí mismo que tiene tendencias a autodestruirse.

Es para mi ser muy importante, el rescatar algunas cosas de una obra que no se debiera pasar por alto para aquellos que quieran entender el proceso del desarrollo de valores de la sociedad occidental y su tendencia al suicidio de masas; porque una sociedad que mata sus recursos naturales, sus fuentes de agua, su fauna, su flora, sus valores, en fin, sus vínculos y lazos de vida, debería ser estudiada seriamente por su tendencia suicida como una parte intrínseca, patológica de su noción de desarrollo no sustentable, de modo que todas las citas que emergerán a continuación pertenecen a las almas que acuden dentro de esta deliciosa obra.

Y comienzan aquellas voces diciendo que el suicidio tuvo diferentes connotaciones en disímiles culturas, entre los escitas ocurría:

> *Existe entre ellos un tipo de hombres violentos y bestiales*
> *a los que dan el nombre de sabios. A sus ojos anticipar el momento*
> *de la muerte es glorioso, y tan pronto como empiezan a aquejarlos*
> *la edad o los achaques se hacen quemar vivos.*
> *Consideran que esperar pasivamente la muerte es deshonrar la vida.*

—Quinto Curcio, citado por Al Alvarez, *El Dios salvaje*, p. 71[21]

El suicidio entonces tenía un carácter de conciencia social de aquellas viejas generaciones, que sabían retirarse ante los retos de los cazadores. Menciona a Girolamo Benzoni para narrar cómo aquellos mesoamericanos o las tribus del Caribe se suicidaban en masa ante la presencia de los españoles, que solo pudieron acabar con la tendencia cuando hicieron publicar entre los indios, que ellos también se matarían para ir a buscar y aquejar eternamente a los espíritus de los que morían por su propia mano.

La muerte de Sócrates acaba por ser una loa reivindicativa para optar por la muerte, cuando los vivos no ofrecen más luz que los intereses mezquinos de la inmediatez política, de los grupos tras el poder que les da ganancias y que servirá para inspirar a muchas muertes de filósofos o poetas desilusionados, donde se tendrían dos grandes tendencias que engloban a los suicidas; unos que buscan en el suicidio un escape para resolver su desadaptación, los menos, y otros que se suicidan para retar a las normas de la vida, los más; pero casi todos vinculados a espacios del arte, el humanismo y la ciencia como un reto al Dios que norma.

La historia del suicidio en Occidente nos muestra que no solo no nos es ajeno, sino que tiene profundas raíces en los griegos. Solón hace prometer a su pueblo que guardarán sus leyes hasta su regreso del oráculo y una vez que ha obtenido el veredicto de Delfos, se deja morir de hambre para que sus conciudadanos no pudieran romper el pacto de seguir sus leyes hasta su retorno. Como este, existen infinidad de casos en que se manifiesta cómo los griegos veían el suicidio como un instrumento válido para salir de este mundo. Esto es así desde sus tragedias en la elaboración de una fascinación por el suicidio, que era en la Grecia clásica el objeto de la veneración filosófica, que Electra o Edipo o Clitemnestra o cualquiera de los que se la autoaplicaron, era tomado como una salida natural a sus grandes desgracias.

En Roma era una cuestión económico-política que caería en el tener que solicitar el consentimiento de la autoridad. En los pueblos bárbaros indoeuropeos se sacrificaban a Odín con tal premura, que si no morían en batalla, preferían suicidarse antes que morir como viejos, porque solo la muerte violenta les daría entrada a su Valhalla, lugar de los guerreros. Y es así como los romanos van dándole una connotación legalista que solo requería de permisos estatales para su realización y se consideraba un acto encomiable en diferentes situaciones:

> *... Marcelino adoptó el consejo de su amigo y se mató de hambre... De este modo su nombre entró en compañía de los más distinguidos del mundo antiguo. Ya he mencionado a Sócrates, Codro, Caronte, Licurgo, Cleómbroto, Catón, Zenón, Cleanto, Séneca y Paulina. Entre muchos otros, están también los oradores griegos Isócrates y Demóstenes, los poetas romanos, Lucrecio, Lucano, Labieno, el dramaturgo Terencio, el crítico Aristarco, y también Petronio,*

*el más fastidioso de todos; Aníbal, Boadicea, Bruto, Casio, Marco Antonio*
*y Cleopatra, Coceyo Nerva, Estacio, Nerón, Otón ...*

—Al Álvarez, *El Dios salvaje*, p. 77–78[22]

Y esa realidad de atracción por el suicidio ahora tiene un rostro socio-
cultural.

Al tiempo que uno de los más grandes pensadores romanos, Séneca, decía:

*Hombre necio ¿de qué te quejas y qué temes? Mires donde mires hay un*
*fin a los males. ¿Ves aquel precipicio que abre su boca?*
*Conduce a la libertad. ¿Ves ese torrente, ese río, ese pozo? La libertad*
*mora en ellos, ¿ves ese árbol atrofiado, reseco y dolido? La libertad cuelga de*
*cada una de sus ramas. Tu cuello, tu garganta, tu corazón son otras tantas*
*maneras de escapar de la esclavitud... ¿Preguntas por el camino de la*
*libertad? Lo encontrarás en todas las venas de tu cuerpo.*

—Séneca, citado por Al Álvarez, *El Dios salvaje*, p. 77[23]

Ante tales antecedentes, que se suman por cientos de miles de docenas y bajo
diferentes perspectivas y orígenes, tanto culturales como producto de las múltiples
motivaciones que las llevan a su realización, me dejan en claro que irse a buscar la
muerte, aun a sabiendas de que es la única salida que nos espera, es un fenómeno
complejo y siempre presente en diferentes sociedades y estadios, el cómo mira
el mundo occidental en su origen la posibilidad de la muerte autoconsumada, lo
cual me deja un amargo sabor en la boca porque veo que desde el principio existe
una llamada casi patológica a la autodestrucción, por no encontrarle un sentido
más sacralizado al sino de las vidas. Y es ahí cuando escucho el mundo de los
católicos y dentro de mi no-persona, por un momento tengo una vaga esperanza
cuando oigo su desarrollo histórico, pensando en lo que para ellos, es pecado, así
de pronto, me siento atrapado ante las nociones históricas de su origen en que me
dejan sus ideas desarmado de argumentos ante su verdadera construcción históri-
ca desde su principio cristiano y su martirologio, como por ejemplo al hablar de
los donatistas de los que San Agustín de Hipona, el Santo dijera:

*Su juego diario es matarse por respeto al martirio.*
Citado por Al Alvarez, *El Dios salvaje*, p. 83[24]

Veo que entonces el miedo me rebasa por ver aquella fuente de paz que
en principio pareció no solo no condenar aquel suicidio, sino fomentar el hacer
mártires.

La evolución del cristianismo pasaría de la persecución y el martirologio
impuesto por los romanos a decaer en un vicio que buscaba la peor forma de

perecer para poder, por la vía corta, acercarse al Dios de los cristianos, así como en los siglos octavo y décimo de la Edad Media los monjes buscaban el martirio y el retiro a ser comidos por gusanos, los primeros cristianos se retaban a ver quién podía morir más cruelmente por el amor a Dios, el cual por cierto, comete una especie de suicidio, porque según consta en los Evangelios, él sabe que lo van a atrapar y quien lo va a entregar, y no solo no hace nada por evitarlo, sino que además le da la señal al traidor de que proceda contra él, en la última cena:

> *Tertuliano señaló y Orígenes estuvo de acuerdo, que Cristo había entregado voluntariamente el espíritu, pues resultaba impensable que el Altísimo estuviera a merced de la cárcel.*

Al Álvarez, *El Dios salvaje*, p. 66–67[25]

Pedro muere en la cruz, de cabeza, y Pablo de Tarso lo sigue y, así, de la diversión del circo romano y sus ciudadanos, pasa al vicio de las mentes torcidas, de aquellos seguidores del pescador, enfermos de un cielo anhelado por la narrativa de aquel pescador de hombres y ansiosos de aquella salvación *post mórtem* prometida, hasta que llega un momento en el que los romanos se negaban a sacrificarlos, porque el circo era para que se divirtieran los ciudadanos romanos, y no los viciosos suicidas cristianos.

> *El cristianismo que empezó como religión para los pobres y los rechazados, se hizo cargo de este apetito (de sangre de los romanos), lo combinó con el hábito del suicidio y los proyectó en el deseo del martirio. Los romanos podían arrojar cristianos para divertirse, pero no estaban preparados para que los cristianos recibieran a los animales como instrumentos de gloria y salvación. "Dejadme gozar de estas fieras", dijo Ignacio, "a quienes desearía mucho más crueles de los que son; y si no me atacan, las provocaré y atraeré por la fuerza...". Cierto procónsul africano, rodeado por una turba cristiana que pedía el martirio a ladridos, gritó: "Colga'os y ahorca'os vosotros solos y dejad al magistrado en paz.*

—Al Álvarez, *ibíd.*, p. 80–81[26]

Del circo romano, relata Al Álvarez, la distracción cultural popular pasó a la Europa cristiana, transitando hacia la ejecución pública. La adoración de las masas a la muerte de los congéneres se explotó de mil maneras, siempre con fines político-sociales, y después de la condena de San Agustín al suicidio, entonces es que la moral se encargó de castigar a los suicidas como lo peor que existía; la obra cumbre del medioevo así lo refiere. *La Divina Comedia* da el peor sitio a los suicidas "convertidos en árboles secos y nudosos". Van dejando sin espacio a toda la redención suicida.

*... Cuando un alma feroz ha abandonado*
*el cuerpo que ella misma ha desunido*
*Minos la manda a la séptima fosa.*

*Cae a la selva en parte no elegida;*
*mas donde la fortuna la dispara,*
*como un grano de espelta allí germina;*

*surge en retoño y en planta silvestre:*
*y al comerse sus hojas las Harpías,*
*dolor le causan y al dolor dan vía abierta.*

*Como las otras, por nuestros despojos,*
*vendremos, sin que vistan a ninguna;*
*pues no es justo tener lo que se tira.*

*A rastras los traeremos, y en la triste*
*selva serán los cuerpos suspendidos,*
*del endrino en que sufre cada sombra*

—Dante Alighieri, *La divina comedia,*
*Infierno, Canto XIII,* p. 31–33[27]

Empero ni aún así se detuvo aquel proceso en el que en la sociedad se cocinaran estos elementos. En Inglaterra se decía que su recreo eran el té y la melancolía servida con suicidio, lo cual era muy chic. Las formas del suicidio tenían que ver entonces con los poetas, con los inadaptados sociales y Émile Durkheim se lanza a realizar un estudio completo del fenómeno del suicidio calificándolos en tres tipos: egoísta, altruista y anómico. Dentro de estos tres tipos asegura que el primero está dado cuando el individuo se enfrenta al mundo con sus propios medios (Sócrates); el segundo pretende las metas sociales del grupo: Massada, sería un kamikaze o los escitas que no salían a cabalgar con el grupo por su edad o las bombas humanas del islam en que creen ser instrumentos de Dios y su suicidio implica que se reconozca parte de un grupo social; y finalmente, el de anomia estará dado por un trabajo de desgaste personal que va destruyendo los valores de la vida, donde el suicida va construyendo su suicidio como parte de su obra maestra; es decir, ama cada paso que le acerca a su trabajo: el quitarse la existencia y se toma ese trabajo de hacer la labor de Dios.

Y de pronto me encuentro que existen poemas de suicidas, estudios, psicologías, cánones, tratados y sobre todo estadísticas que nos dicen que los países más ricos son el paraíso de los suicidas y cosas por el estilo, entonces es cuando me entra un sabor a desconcierto. ¿Por qué? ¿Cómo justificar ante mis ojos que una civilización completa persiga el suicidio colectivo al asesinar al ciclo de la vida en el planeta? Que los nazis se la aplicaran a los judíos para parar la fabriquita, puede ser muy cruel, pero es la historia de unos criminales detrás de un hueso que es lo que siempre han sido los hombres, matando a otros por perseguir el poder, pero que todos los hombres cierren sus ojos y se dirijan al matadero como las ratas del flautista en la era de las telecomunicaciones, de las nanociencias y de la física cuántica, siguiendo a un loco anciano que no le importa lo que quede después de él; y solo me habla de un *Pathos* que se inserta en la psique humana en lo más profundo de su desarrollo mental-conceptual y la adquisición del sentido de sus valores y que se enquista en las profundidades más bestiales del origen mismo.

El occidente convertido en verdadero constructor del yoga más profundo en la reunión de todas las energías para la eliminación de lo humano y para la total destrucción de la materia. Y es entonces que caigo en la cuenta de que las acusaciones que se me hacen a mí y al alma humana que se enjuicia, son de verdad acusaciones muy serias que pondrán en jaque todas las nociones del ser: la verdad.

**Del ser la vida.**
**Frágil.**

Creo que el hecho de que no pueda recordar mi origen y el tener tan a mano estos severos pensamientos, me colocan en una remembranza angustiosa y nostálgica, que me temo podría confundirse con una depresión severa de mi espíritu, porque tengo en mí la imagen de que el tema, por sí solo, no esconde sino instintos patológicos que me llenan de miedo y angustia al pensar que abre su intervención en mí con las imágenes que Nous me proyecta y no me auguran ningún bien, el que sean estas las memorias de un suicida, porque si no sé quién soy, y seguramente no pedí nacer y ahora solo me tengo a mí, y a la duda para morirme tan solo o tan acompañado de las dudas con todos aquellos que se ven arrastrados a la caída de una humanidad irredenta. Así voy cargado de palabras que me hacen teñir de recuerdos azulosos a esas vistas del exterior y que serán miradas desde el recuerdo perdido de mi espacio interior con una carga psicoperceptiva que no sé si tal vez es previa a mi reclusión. ¿Será que quiero empezar a acordarme, o vislumbro dónde quedó mi memoria ancestral? ¿O será que estas imágenes van más en función de mi interés por dejar atrás esos asuntos dados y que emanados de modo inconsciente por ser en mi memoria de un valor intrínseco cebado de olvido que estos pudieran tener por sí mismos; que ante el inexorable tiempo me rebasan, y que aunque quiera yo esconderlos, ellos emergen autónomos?

Veo mi palabra limitada al lenguaje, silueteando las palabras que siento dinámicamente van de avanzada en mi interior, ya que parezco un número sin capucha, un azar en día de boda, ya que soy hecho por grandes o pequeñas palabras abarcadoras que buscan acercarme a esas cosas que son siempre un albur incierto, porque lo único cierto es que no sé qué debo saber, y así poco o nada las entiendo sin saber qué debo entender y las que van a acabar por ser nociones totalizadoras, aglutinantes, seleccionadoras de recuerdos que me rebasan o de memorias que me agobian, porque no me acuerdo de eso que recuerdo ni de dónde nace su fuente, qué palabras son destinadas a no morir ante el tiempo ni por mi voluntad ni por su **sino**; palabras que solo pasan por mí, sin que ahora nada las ate, en este olvido en el que no sé el que estoy habitando en el vientre, ni lo siento, ni lo presiento; sino que mi realidad es en un olvido que se transmuta por segundos y me siento preso en viva jaula de oro y como compitiendo para sobrevivir en una percepción remota de nuestro tiempo, en lo atemporal de lo amnésico que no conoce de absolutos, sino que es desde la dinámica de nuestros procesos recreativos que forman en aquel cuerpo entero del Nous visiones completas de cosas que vemos o vivimos parcialmente, que aunque nos parezcan totales en nuestra limitada percepción, en realidad abarcan solo parcialidades del espíritu que las contiene y que me rebasan por donde lo quiero asir.

Y pensar que aquel viejo silente que en su calma profunda me ha hecho encontrarme con todo esto que encierra esta nada, me vuelve un sujeto vulnerable que está a su disposición, o será que ¿él me sirve o se sirve de mí? El silencio que se encierra en la voluntad racional con el cero que a la nada envuelve en número: amo y señor que es verdugo o justiciero, desde eso único dado en el finito dar pasos en esto inasible, que renace en mi **ritmo** del fluir y del acordarme de Platón, siento que me da un escozor en la memoria que resuena parafraseándolo: "solo los números arrastran al alma hacia el ser". Y así la acabo de torcer dentro de mí mente, porque en conciencia comprendo que los números financieros por ejemplo son solo la deshumanización de la cultura y nada más lejos del alma que eso y ahora todas esas voces se cuelan en aseveraciones que me parecen tan ajenas que no me corresponden y que brotan desde la mente del anciano que me mira.

Siento que mientras sonríe ese muerto exponente de lo eternamente vivo, del que su silente voz es lo que recuerdo como si lo hubiese conocido, cual si su espíritu flotara ante mí con su voz dictándome a tiempo sus ideas y su inexorable ser, aquello explicado en la casa de lo vivo que por él ha sido visto. La muerte, imprescindible compañera de la vida, se hace presente de improviso allí y sin aviso se toma aquello que quiere y nos quiere a todos los que formamos parte de la pesadilla del desarrollo no sustentable que todo lo envenena.

> *Dios ha hecho todo de la nada, pero la nada persiste.*
> —Paul Valéry, citado por Al Álvarez, *El Dios salvaje*, p. 287[(28)]

Jamás he guardado una tan grave y callada posición de respeto por esos números que ahora todo agravan porque tienen presa del cogote a la cultura entera, como si presintiera en ellos la longevidad de lo que tiene un término, cual si fuesen una lengua de Dios que pasa a ser el canal del Mal, tan fría como el infinito, mas no un juguete egoísta que sea pasional deseo de los que veo hacen números solo para acaparar o hacer Mal, sino de aquellos que se valen del número cual la voz divina para crear el sino del número sagrado del equilibrio, que sazona ideas del sinsentido que me agobia en mi espera el saber quién soy en realidad y voy sintiéndome así ambiguo, pues jamás me he enfrentado a la esencia numérica, ni a su sentido lato o a la maldita duda del pensar que ¿soy un producto numérico en peligro?, ¿qué desenfrenado pensar me ata a la duda esencial en la que soy? Y el saber: ¿Qué esquizofrenia me ata a los vaivenes de la geometría del absurdo de no saber que los números me conducen en realidad de una plegaria tras las cuentas del fin?

Nunca he logrado aclarar mis emociones al grado que ahora lo hago, ahora que siento que nada entiendo, por lo que nunca nadie tuvo más claridad sobre lo oscuro de su destino, ideas con las que llego a la conclusión de que estoy verdaderamente perdido, dado que acepto que estoy desubicado existencialmente como principio de partida, lo cual no me aclara mi situación existencial inmediata ni el qué hago aquí, sino que la confunde aún más, dándole así todo el gusto a mi captor; así como también pienso, que nunca logré el haber dado paso a la abstracción tan indiferenciada que me rebasa y que se levanta sobre mí, como mil pensamientos sin dominio que son en la conciencia del saber a qué vengo y quién soy en el eterno caudal del universo y así pido a las sombras: déjenme solo como mudo testigo en un juicio que me hace la historia ante la reunión viva de la que no formo parte y que dignifica las entrañas de la duda que me embarga, en la sensación viva de ser alguien que está eternamente vigilado, estando solo en el universo de no saber mi sino; y en apariencia se presenta la realidad, de la que siento el que los oídos sordos y los ciegos ojos caen, cuando hay otros ojos que desde el silencio nos miran de cerca sin pestañear ni parpadear, para no perder ninguno de nuestros errores que anotan.

Escucho en mí, que en la Tierra hay planes geniales para romperle el mastuerzo al equilibrio y no faltan proyectos para ir al lado oscuro de la psique, para desenterrar los terrores más egoístas que parece que toman vuelos regresivos que se confunden con atemporalidades cognitivas del *telos* y van por el camino real que va hacia adelante en la construcción eje del siglo XXI, como aquella realidad a crearse que piensan esos hombres imponer pisoteándolo todo, eso que solo es el abuso desde la no-inteligencia con la que no piensan cohesionar ninguna verdad con alguna noción sana del hombre.

Tres enanos con zapatillas rojas bailan para atrás sin éxito pues la gran zapatilla blanca tiró para delante por el camino azul... De frente y derecho ese perfil de la danza del siglo XXI desde la personalidad que no se hace responsable en el derecho del planeta y su grado de validación en la defensa vital humana, cuando los colores se deslavan en la mezcla del Prozac y algunos pasos retrógrados de la angustia latinoamericana caen en una dislexia de la diplomacia por la enajenación desde el poder extraordinario que entreteje la columna sacra de eso profano y malo de imponer a caudillos.

El caso es que no aparece la paloma carnicera mientras caen bombas en una zapatería, que escurriendo sangre inocente son olvido de un recuerdo de sangre derramada en respuesta a un aquelarre sin fronteras, en el que unos cobijan a otros que se atraen el dolor y la pena al ver caer sobre el fanatismo a la ciencia ante las muecas corruptas de la racionalización política en que no se cuecen bien las cosas de la casa, y es así que se vive aquí en la zona pelúsica cuando el tremor de su sacudida me inunda en sensaciones de una terrible tontería bestial ante el rostro de mi eternidad rejuvenecida en la estupidez.

Así bailan desde mis recuerdos los dolores del error frente a la nada y aún no está visible el hueco por donde pudieron haberse escurrido los valores humanos, si es que existieron algún día, no dejando más huella que la nostalgia por los tiempos que en realidad nunca existieron, terrenos del mito, paisajes rituales de la danza y el sacrificio extraídos de la memoria y vaciados en un sino visto como las falacias con que se escondían los vicios en que los hombres comían alegremente tras matar a otros hombres.

La angustia esencial del que olvida, es no saber qué olvidó, sin recordar qué es eso que olvidó, ya que nada perdurará en su inquietud, más allá del siguiente olvido, del que no recordará nada. El concepto, que seguramente no inventé yo, me persigue y me coopta; así esta mirada del anciano son destellos luminosos, que despiertan en mi cabeza como aquella señal que me dice, que toda idea es un montaje de substancias o de células o un montaje de chantajes de los que creen que nunca van a reaccionar. Aquí he llegado a un punto, con el cual no he querido enfrentarme de manera definitiva. ¿Quién o qué soy? Pues aunque ya yo he querido recordar, no puedo y mi memoria cognoscitiva me habla de miles de veces que me he preguntado esto, como si fuese la máxima pregunta filosófica, o no tuviera otra cosa que hacer que querer ser y que me lleva a responderme junto con aquel ¿para qué estoy aquí? Y no solo he tenido vías de respuestas que no me responden, sino que brotan desbordándose en las excusas o los olvidos, las medias tintas y las vaguedades y donde la única constante en mi inocencia es la duda del no saber a ciencia cierta, dónde están mis orígenes, sino que se anegan con las imágenes y nociones que ahora me brotan, dejándome sumido en la ignorancia más profunda cada vez aumentada y de no poder situar mi origen y mi destino en lo que hoy imagino y deseo, pues mi idea desconocida es ante el cielo algo más que un capricho o deseo y es aquel anhelo de poder reconocerme como parte de algo, sin comprender o recordar nada del origen y destino de mi ser.

A veces con mucha o con poca fantasía, pero siempre soy en la significación concreta del espacio significado: palabra. Palabras cuajadas de todo, menos de certeza objetiva, despojadas de virtudes son vicios que ya no reflejan sino deseos expresos de inquietudes y, por lo que veo, son más producto de vanidades no resueltas en su esencia, que de necesidades reales, y me nace el cuestionamiento si solo venimos a ser pavos reales que quieren lucir bellos ante las fauces de los tigres que nos miran, ¿o nuestro sentido tiene unas miras superiores al ser seres que comprenden la naturaleza de la que somos parte y de la que usufructuamos su grandeza?

Veo que las pequeñeces humanas no son sino tonterías. La gama de lo pensado que abarca lo mínimo de lo real en lo máximo subjetivo y sin comprender que breves elementos nos forman y sobre todo situando al Dios en el rango de la incertidumbre, no de su existencia, sino como en la física cuántica, sabiendo el que existe y no pudiéndole yo ubicar en su espacio ni en su tiempo y así le olvido.

Y digo que yo personalmente he superado toda angustia existencial, porque no hay en mi otro ser más que mi olvido y aquel anciano a quien poco me importa impresionar de tanto que me conoce en mis dolores y en mis ignorancias, así que he trascendido el querer saber de Dios o tan solo el querer vivir para importarle a alguien o que me importe vivir, empero estoy ahora sosteniendo la balanza de esa locura ciega del conjunto humano, puesto que ni desconocer mi origen, ni todas esas preguntas para las que no tengo respuesta importan, hoy que me parecen vanas al darme cuenta, de que el hecho de saberlo no haría que yo dejara de estar aquí. Eso que me resulta más inquietante, es el darme cuenta que entre el viejo y **Yo**, existen relaciones de una voluntad universal que me imponen sin mi aprobación ni mi consentimiento.

He ido creando todo un método de comunicación-verificación con Nous, que no involucra respuestas conceptuales por su parte, sino señales que acierto a ordenar en mi mente y que me llevan a crear conceptos y reglas, en las que, el cerebro trabaja solo cuando nada se remite a mis recuerdos que se pierden así, o que van disfrazándose, desde una comunicación telepática sofisticada, en la que el ser aquel rehúsa verme o contestarme de frente los múltiples cuestionamientos que me hago y que con malas maneras le espeto, y me remite a imágenes que poco a poco van ganando espacio, que me muestra monstruosa la carrera de mis congéneres que no va dirigida, al final, a ningún sitio real.

El silencio de Nous me ha arrebatado las ganas de poderme hacer oír al no haber quién me escucha, lo que me mantiene en un estado, en que quisiera volver a encontrarme con esos muchachos, dado que, el participar de las situaciones de acción me absorbe y me aleja de pensar en quién soy, y en ellos puedo observar situaciones que aunque no comprendo, al menos me alejan del egótico repensar todo el tiempo al tratar de buscar mi identidad que desemboca en una situación de abandono; es así que poco a poco, me van dejando de importar aquellas formas de estar; ya que estar aquí no fue de mi elección, cuando menos pienso que debo pretender que sea lo más agradable mi estancia en esos paradisíacos lugares de mi reclusión de vida, la que inconexa de imágenes que no remiten a mi ser ninguna imagen o recuerdo que me sitúe en el espacio así infinito de las eternas preguntas: ¿quién soy?, ¿adónde voy?

¡Recuerdo! ¿Qué tramas?
¿Por qué la memoria arrastras?
Y tras la prenda juguetona mi inocencia estrellas,
no vacíes las huellas de mi ingenuidad, desde que nuestra hora más bella,
tan vacilante, está…

Palabra que la convertiste en tu pesadilla

y **Yo**, en mi libertad…
y tu ausencia se convirtió en tu duda
y mi duda en la certeza de tu partir en incertidumbre.

Las ideas del anciano me arrebatan en un frenesí de inconsciencia en el que quisiera continuar rompiendo con todos mis silencios; mas al dejar de estar con aquellos muchachos, que no sé si realmente los vi o solo fueron recuerdos de días idos, es que las viejas sentencias del anciano me alcanzan agobiándome nuevamente, trayendo a mi mente la presencia de seres que me hablan de cosas que sé que nunca he sabido y estoy destinado a evaluar, como si fuera posible verificar algo de lo que ni siquiera se tiene referencia, y vivir en el sentir que las acusaciones tan desmedidas y serias se acumulan sobre mi cabeza en el rumor del juicio humano, y me sobrepasan y agobian, al presentir sobre mi existencia pender tan importantes cargos, de abusos realizados por mí o mi especie en un paraíso terrenal al cual para ser, le mató.

Como si la existencia tuviera en nosotros su punto más alto y a la vez a su verdugo y esa sensación no solo determinara mi estado de alarma general, sino que aunque pudiera yo estar de acuerdo con la existencia de esas situaciones, siento que alcanzar un punto tan alto en la naturaleza, no me vuelve automáticamente responsable directo de su existencia, ¿o sí? Al entender la labor divina del orden. Y vuelve otra vez la duda, sobre el quién soy. ¿Sabré en algún momento, realmente, quién soy y qué es lo que se espera de mí?, ante determinaciones de los hijos de Dios ¿o si se espera algo de mí o no? ¿O si solo el hecho de vivir tiene tal vez como para todas las especies un sentido inmediato para nuestras existencias humanas? ¿Por qué se me hacen estos cuestionamientos a mí que soy olvido?, y un sentido de que algo más serio de lo que en principio se creyó por estas telas corre, al alcanzar cierto punto y cierto espacio en el universo. Y ahora puedo sentirme confiado en que sigo siendo un ignorante por quien, por miles de años, se preguntará su origen y su destino sin nunca llegar a saberlo, pero eso no tendrá implicaciones para el orden universal, que nos comprende, ya que ir en la búsqueda del sentido original de aquello más importante, sería esto básico en el tratar del centrar mis recuerdos todos.

Hay en mí un sentimiento de vergüenza, al saber cierto el que se está realizando un viejo inventario, una especie de auditoría sobre lo que nosotros todos hemos aprendido y lo que somos; y aquello que realmente usamos de nuestro bagaje cultural para aprender a vivir con más dignidad espiritual y más sentido corporal y físico y en donde, aparece en mi mente la noción de que hay muchos faltantes trascendentes y basuras residuales en todas las culturas y en todas las personas, por más avanzadas que sean en su espíritu que parece ser que operan, con altísimas zonas de riesgos no resueltos en el uso de la conciencia sobre los abusos del paraíso, que han sido suplidos con absurdos; maduros para inflamar, exaltando a la estulticia que acompaña el abandono del espíritu, y pobres para comprometerse con todo lo que ya se ha aprendido y prefiere olvidarse y obviarse para continuar con lo perdido, en el que el olvido del legado de la gente vieja es un signo casi formal de las juventudes, donde campea el desprecio por los jóvenes cual un ritual de los ancianos, ya que, en el fondo, solo el espíritu de lo verdadero es apisonado por los jóvenes que desean matar todo antes de morir, y de los viejos que lo han intentado en su vida, y que es un acto en el que la especie se vale del egotismo desacralizado de la cultura, para aprovechar ese mismo impulso autodestructor para acabar con el mismo espacio productor del hombre, cuando ya la especia que se consume con fruición es el desapego por todo lo que no sea lo propio y lo que se concibe para el uso de uno, de modo que, la naturaleza que se significa y que llega a comprender a la naturaleza, es a su vez acunada por el egotismo, sin otras miras que la autosatisfacción que acabe con el planeta y con la vida y me siento solo; ante el viejo que sabe que él comenzó el camino del desperdicio que no tiene otro fin que el fin.

**Angustia en millones de ojos al no amar a esta la esfera azul.**

Esta copa de certeza llena está de mi angustia y yo solo he estado nadando por su oscura superficie estelar, como caminando sin brújula en el trajín del tiempo y me espanta el saber cómo voy tomando ahora conciencia, de todos esos abusos, que han sido cometidos en la borrachera de sí misma, de una inteligencia que se dijo dueña de todo, y que parece no quiere ser responsable de nada. De pronto escucho ruidos, como esos que son producidos por miles de roedores cuando escarban, aunque contrariamente a estos, parecen hechos por un solo objeto, como rumor de un fraile que parafrasea oraciones que no siente para un dios en el que no cree, pero que le dan la monotonía suficiente para seguir viviendo, sin vivir, sino cuidando un jardín mendeliano, ruidos precedidos por aquel arrastrarse de pequeña masa.

Presto atención y escucho pujidos de alguien que parece empuja algo muy pesado. Como una pelota de acero que rueda un niño por la playa, cuando parece que hay vestigios primigenios de un comienzo que se pone de acuerdo con el mar, en el cómo sacar con cubeta el agua del océano, algo genuinamente atractivo, porque se basa en el ritmo de cuatro tiempos, en el ritmo original cardíaco desde la cosecha de la tierra, en este festejar la antiquísima reunión en que nos vestimos para cenar de todo. ¿Te acuerdas? Estos ruidos tan ajenos a la realidad cotidiana de mi caverna, que me hacen ponerme mentalmente de pie, aunque no sin temor, me la vivo comunicando lo que voy significando, trato de fijar la mirada en el sitio que me muestra mi oído, como la fuente de ese ruido, aunque creo que no tengo oído ni piernas. Parece que no hay nada; solo aquel muro húmedo, y esto ya me está realmente preocupando porque entonces quiere decir que empiezo a perder control sobre mis sentidos o que una paranoia crónica se apodera de mi ser. ¿No será que estoy completamente loco? Ya que, si es así, tampoco tiene sentido que abandone este lugar que parece tan a propósito para guardar mejor a esta sana insania que descubre el nervio irredento del suicida que corre hacia la sepultura de la especie. La especie que corrió tras su instinto suicida y dio al traste con la sacralización de la supervivencia que los hizo.

Después de todo, no tendría sentido que pretendiera infiltrarme en un universo cuerdo, estando yo en tan alterado estado o, más aún, que me reinsertara en un mundo de locos si yo estoy cuerdo, ya que de ambas formas resultaría como un virus infecto que contaminaría a toda la creación y qué culpa tiene de la verdad con mi alta producción de venenos y desperdicios o de luz. Y para colmo en el techo, se oye un estruendo, al tiempo que se desprenden unos pedacitos de la parte interior de la caverna, de pronto, quedo estupefacto al grito de: "Arrojen una almohada", que acompaña la caída de un bulto pequeño, el que sorpresivamente se agarra con gran desesperación a mis hombros, logrando con esto, evitar tremenda caída, jalándome los pelos, me arrancan trozos de carne, que parece que aún no poseo. Sin recobrarme de la sorpresa y con las rodillas en tierra por su peso, observo, se trata de un duende o un enano que podría ser microscópico en proyección holográfica y, del que realmente intuyo su presencia en esta caleidoscópica mirada en el trance en que me comunico con lo elemental de la creación y sus secretos, en la que aparece como lo que es realmente todo un gigante que cubriera todo en sus quehaceres. Estoy ante la presencia de un algo que contiene la verdad de la vida y la esencia de la personalidad de los seres del mundo en ese espacio de mil recuerdos estelares del pequeño ser que así me recubre y me transforma en todas las formas de la vida, mientras que se le enredan las barbas conmigo en uno.

Un ser que por sus medidas pequeñas se desprende del mundo de lo **micro**, o algo por el estilo, de la **micra**; de modo que veo sin pestañear que no deja de proferir gritos, mostrándome su ira con aspavientos y el cual va cambiando de color en una espiral, como esos dulces de peluquería; pero hecho de cuatro colores que a cual más tienen el brillo de la ira y su secreción de neuropéptidos no me dejará mentir sobre su alterado estado, en la desesperación por haber sido interrumpido su hacer, con una rabia, que se pierde en su calma añeja, que se dibuja en sus facciones con cuatro vivos colores, que serpentean mezclándose aceitosos entre estos humores colorantes del caldo vivo, en el que me mira directamente a los ojos que aún no tengo, y llegó a percibir un algo en espiral que se teje en un continuo de vida.

Estoy envuelto en esa sensación del sudor frío que me ha fluido como resultado de la sorpresa y por qué no admitirlo, desde el profundo miedo de tan repentina como inesperada presencia, que me produce la pérdida de los colores hasta quedar totalmente pálido, jadeante y con la respiración entrecortada; tratando de escuchar el misterioso personaje sin poder incorporarme, y sin lograr ver su rostro que tiene cubierto por una larga barba blanca, que en mechones envueltos en espirales le caen por debajo de las rodillas y van tapándole parcialmente su rostro y cuerpo; cubriendo casi por completo el mío al quedar yo enredado en su caída, lo cual me provoca unas enormes ganas de estornudar.

El enano, desde el momento de su aparición, no ha dejado de proferir insultos al tiempo que sacude sus ropas. Para ser franco, ahora me parece como si esos largos siete días, hechos veinte años o siglos o eones, en que las ideas hubieran desfilado en las celebraciones del ajedrez de la muerte, donde la vida ganó su espacio para jugar la partida por pervivir, y en estos momentos, y aquí en el tiempo lento que llega majestuoso por la frescura de su novedad, me asomo desde la duda, Nous, y te encuentro silencioso, haciéndome pensar por lo visto esta será una visita en tirada de largo aliento y como sentencia aparecen un sin fin de imágenes e ideas, que abarrotan mi mente, ante el tiempo inexorable, que no ofrecía límites para atender sus labores en aquellas tres semanas del juicio, cuando más y ya son más de veinticuatro años después, cuando las redes del tiempo aún le tienen atrapado en eso pegajoso del presente eternizado, en los siguientes veinte siglos en el que será estudiado con placer su espacio con sus vicios y virtudes, y que va conformándose en los eones de estas luces desde las ideas universales; desde la certeza viva del juicio que se desprende como fruto maduro, que bajan desde aquellas manos, en un acto de sacralidad que acompaña la verdad de una presencia que contraviene el estado natural del ser que no se contradice, cuando es enjuiciado en el libro de la naturaleza del ser que sabe como una estancia esperada en la naturaleza de lo sacro, que abría la conciencia de arribar a verse a sí misma y decidir qué precipicio escoge para sí, para desbarrancar la esperanza atada al cuello de una banalidad y en la que se escribe la medida de sus verdades a precio de oferta, obviadas al placer de sus mentiras, que son solo partes de tu verdad. La vida se rescata desde la honrosa medida de sus esfuerzos y se interpone ante un cerebro madurado en los alcanfores de sus alcances y es sedado en los olvidos de las responsabilidades que de su existencia emanan y que sus actos demandan al banalizarles para ocultarlas con todo aquello que no sea el dominio de la técnica, como la base del arte de llevar con imprudencia el gobierno universal, estas herramientas que hacen de la vida cosas y con cosas se pretende la suplantación de la vida. Color, calor, tibieza, aliento, presencia del látex; y es ante esas gomosas cosas que las delicadas formas que da la compañía del personaje de los cuatro elementos chocan formando en certeza millonaria en evolución al que toma un gran tajo del pastel de las emociones que me conmueven al ver que pronto el hombre desplazado de la producción se suicida con su impecable sistema de mercado sin consumidores, pequeño que si no mueve al acto positivo será falla del que emite el fallo errado. ¿No es esto fatal? Y estos cuestionamientos del juicio universal perviven por sobre las ganas al hacerles caso o de darles el valor que se autoasignan desde la personalidad a su ser único en el que me impactan con mi todo, en el que envuelve en miradas de alegría su esencia que se traslada a mejores horizontes donde la duda crece pensando si se resolverán las cosas mías.

En mi mente flotan las tuyas y de pronto aparece la idea de que el Bien de la vida, o el Bien vivo y real, hoy estará ligado al destino que tengamos pensado para con el agua y su salud, y cómo vamos a distribuir de modo equitativo y racional, este recurso vital cada vez más escaso y contaminado, pues algo me dice que al ser factor base para el desarrollo elemental de la vida, será un elemento crucial para la seguridad de los pueblos, como lo ha sido siempre, aunque ahora, bajo la sobrepresión de miles de millones que no solo la demandan, sino que la desperdician, y en donde su fuente original que no aumenta mientras resiente nuestro abusivo peso, el cual será en poco tiempo factor de guerra y seguridad nacional para todo país. El agua es vida. No hay más allá de donde ella está para que la vida sea. El carbono que nos conforma en soluciones y mil imágenes se desprenden de mi contacto con aquel ser barbado al que no puedo dejar sin entender.

—Maldición, si solo era cuestión de algunos minutos, ahora todo se ha echado a perder, años de paciente trabajo que hoy culminaban, con la aparición del cometa que brindaría suficiente energía para cambiar la química de los cuerpos racionales, el ADN incrementaría en 0,00003% el intercambio ácido de las tres adeninas de la cadena de la vida, que en su tramo de lípidos segmentados en la cadena de proteínas, propiciaría una biodeterminación del cambio de conciencia (algo que ahora no podrá lograrse sino de un modo biodeterminado a través de la conciencia ética de la razón) hoy inexistente, pues la biodeterminación toda ha sido echada por la borda por los excesos en la contaminación; quién se podría imaginar que habría una explosión nuclear, que ha reducido la capa de ozono y apoyado la mentada catástrofe por la contaminación que va adelgazando y eliminando el ozono necesario para la filtración de la suma de energías del cometa y el sol, sin la que no ha sido posible generar la presión suficiente sobre los carbonos ribonucleicos por la baja secreción de la pituitaria que ya no está recuperando la energía de los rayos UV de onda larga del canal ocular pituitario. Yo afirmo que estos avances del hombre quieren, a pasos agigantados, acabar con el equilibrio que tantos millones de años le ha costado elaborar el axón de los nervios centrales y periféricos al sostener a la madre Tierra; pero qué se piensan, que ¿vivirán mejor con un retorno a la primera atmósfera tan caótica como era después de la gran explosión? Me mira y pienso que de pronto en el tiempo todo es pasado, como si fuese un suspiro, nuestro suspiro, que se nombra... a futuros del ayer invocado, por la sacralización del hoy a fuerzas de rupturas de las armonías naturales, gestadas por la naturaleza... y, aquí, solo entran las semblanzas de un retrato de teatreros que hacen su coto en las presentaciones públicas, en el manejo de triquiñuelas de aquella verdad que se trastoca por el interés de espacios privados, abusando del sinsentido; mentirosos a sueldo, patrocinados y comandados por magnates que hieren impunemente al planeta y que tienen montado un círculo de poder, que emite sus designios sin importarles la humanidad, ni el planeta para nada, ante la historia que no perdona. Cómo iba yo a contar conque el hombre pudiera utilizar todos sus conocimientos, sin conocer a fondo la responsabilidad que implica asumir el papel del creador, y por ende, sin controlar aquellos secretos más profundos de la obra en la diversidad de sus consecuencias. Ah, si tuviera yo en mis manos a un ser humano, le convertiría en un mutante.

Antes de que él lo logre por imprudencia, yo se lo haría como castigo por egoísta, lo castigaría severamente por comportarse como niño caprichoso cual si tuviese en sus manos al tiempo, como si hubiere posibilidad de un pasado sin recordar para mejorar a los seres que no tienen futuro. El tiempo, que es el capital humano, no es propiedad de nadie, por tanto, debía darse cuenta de lo que al tiempo le cuesta transformar y no puede ser materia de imprudente manipulación sin asumir las consecuencias de lo que se propicie. Y la cara del personaje se torna violenta y le veo subir sus tonos, al mirarme mis no-ojos en reclamos de altura, exigiendo tamaños para resolver miles de situaciones que escapan a su pobre control y son producto, al parecer, de mil abusos y descuidos en su manejo.

—El enano no me había notado pues cayendo entre mis brazos su barba me había medio sepultado y así entre sus singulares cabellos y barbas quedo oyéndole esto que se le antoja hacer con el primer humano que ahí se le atravesara, solo contengo la respiración, mientras que hago grandes esfuerzos para no estornudar por la comezón que sus pelillos me provocan y callo; mas no pudiendo refrenar más la intensa comezón que sus barbas me causan, estallo en risa; con un gran estornudo, con tal fuerza y tino que el enano sale disparado por los aires, pero no una larga distancia, sí la suficiente como para que se dé un buen golpe en la cabeza y acabe botado en un rincón, quedando con el pelo y la barba aún más enmarañada, y cuando aún las sensaciones de respeto, culpa, miedo y sorpresa no me han abandonado del todo, ni para nada... mientras Nous me susurra sobre las razones que guarda el chaparrito y el picor de sus barbas todavía me hacen cosquillas; y yo no puedo refrenar una estruendosa carcajada, que pretendo sofocar con grandes esfuerzos, y realmente sin ganas, tan cómica me resulta la postura del enano como un ovillo o capullo, formado por sus pelos y barbas, dejando al descubierto tan solo a su lustroso trasero, que inquieto se mueve entre furibundos gruñidos y aspavientos contra su natural calma y señorío. De tal suerte, que entre quejidos y bramidos de dolor dice:

—Ayúdame tú, quien quiera que seas: ¿Qué impertinencias te llevan a tratar con tan duras maneras a este pobre caballero? Al que dudo que conozcas, pues de otra forma ¡jamás hubieses intentado tratarle con tan artera acritud! Ay, que me has tú descompuesto un tanto o dos la osamenta, y espero que ahora tengas suficiente valentía para ir acomodando a estas tan venerables barbas que se han enredado como un nudo gordiano ante el abismo, dadas con esta ilustre cabellera.

¿No sabes que soy la base de la vida hecha genoma? Sí, sí lo sabes, pero si así me tratas a mí, que soy la personificación de la genética, ¿qué respeto tendrás para con el universo creado cuando has descifrado totalmente el código de la vida y no has cambiado en nada tu bestialidad? Menos me respetarás porque la experiencia muestra que lo que has obtenido por la vía de tus logros lo profanas; así vas perdiendo una noción real de lo profundo del sentido de la sacralidad, que de principio te representan las cosas que te llevan a sobrevivir dando la supremacía a tu especie sobre el reino, es que hiciste tanto por tan poco que ahora que tienes

**217**

acceso a mucho, lo valoras muy poco y solo en lo económico que es lo que realmente debiese valerte todo, no le asignas sino un precio de mercado; mas hoy, que la cuestión prima está abierta, ¿qué uso le darás, y a dónde te debe llevar el conocer el mapa de la vida? ¿Adónde guiarás el tiempo humano en una expansión o será una especie peligrosa de implosión? ¿Será algo que te lleve a que logres madurar al ser responsable del planeta? ¿O qué sentido finalmente tendrá el nuevo siglo? ¿Será que podrán planear entre todos ustedes el cómo lograr consolidar un solo planeta que asuma la responsabilidad del gran reto que les espera que está designado ante el universo como **unidad** madurada universalmente? ¿Qué preguntas debes perseguir solucionar con el mapa genético humano total y con el mapa omnisciente de cada especie terrena viva? La toma de conciencia sobre las riendas del planeta parten del hacer conciencia de la libertad y sus usos, y no solo no es descabellado, sino la forma racional natural que más temprano que tarde deberá aparecer en el espacio real de lo que se ordena como una gran responsabilidad, derivada del ser que se dice ser el ordenador del universo y que no controla ni a su propio ingenio.

Un coco y luego un manotazo que me estrella estremeciéndome brutalmente la nariz, me arrebata de las divertidas imágenes que las poses y voces del anciano me provocan, y que se habían adueñado de mí; intermitentes y libres, y que ahora son eso que a mí me hace rabiar de dolor y olvidarme un poco de las profundas risas, que tan ilustre damnificado me provoca. La irritación, me ha sacado un poco de mis casillas, por no decir que me tiene enojado, por eso es que terminó mi tarea de Penélope habilitado con menos alegría y más tosquedad, con lo que estos chillidos del enano, ahora llenan la caverna, y eso que antes eran risas de mi parte se han convertido en el ruido de un ritmo acompasado de sus latidos y mi respiración; cuando trato a través de mi inhalar detener una gota de sangre que quiere abandonar la enrojecida nariz inexistente; como resultado del fuerte manotazo con el que he sido impactado. Al finalizar mi ardua labor "destejedora", me deja parado junto a él y veo que su tamaño llega solo a emparejarse con mi rodilla, por eso es que más que enano parece un gnomo feliz. Su cara llena de arrugas con cejas pobladísimas, malamente ocultan una mirada picaresca que se anida en sus dos pequeños ojos redondeados, luminosos y furtivos, inyectados de vida, dueños de todas las edades y con grandes destellos de eterna creatividad, contrastando con esto extremadamente añejo de su piel.

De algún modo, aquel **gen** tenía en sí una forma en espirales gemelas ascendentes que hacen de la biodeterminación la huella del espacio de las señales claras y serenas del orden que debemos sostener. En esas dobles espirales de sus barbas en las que se encuentran bullendo la vida y la muerte, en dualidad compleja de las cosas vivas y el sentido imperioso del tiempo sobre el proceso de envejecimiento, que van tocando a cada persona y se desgrana en percepciones de lograr su enormidad desde lo pequeño, que en cada segundo mostraba el cómo lo binario era la base de lo complejo y como el no entenderlo así hacía que la complejidad no fuese sino un galimatías, si no se desprendía de la sencillez originaria de una manera irreducible e irrepetible en que veo perfectamente cómo en la percepción de la dualidad es que se da la base de su sacralización, la que obedece al principio de la contemplación acuciosa, resumido en su ser la entrega total al darse a ser eso que es o no, para mezclarse en la base de células madres, que le dan sentido y ubicuidad a la conformación viva, y que trascienden la creación de la vida al ser las instrucciones de las formas.

La vida en todas sus formas es en esta pequeña presencia contenida **gen** cual la respuesta dadora de la variedad de un mundo que se abre por todas las dimensiones, menos en la espiral espiritual, y que corresponde al ser en la conciencia, a la que no tienes acceso a revisar en la biogenética del espíritu, ¿o sí? Sabes cómo volver productivamente positiva la energía pensante que hay en el planeta, y todas las reflexiones me brotan espontáneas al contacto con el viejo enano. Así también percibo que hay una continua comunicación con aquel gen mío, desde la viva experiencia evolutiva.

La energía que esta reflexión personalizadora me despierta y le da relevancia integral intrínseca a mi ser y me presenta una breve conciencia de lo que sucede y lo que se necesitará de ahora en adelante, que es cuando se producirán los seres pensantes responsables y ante este orden de prioridades el avance real se encuentra no en obtener la inmediata satisfacción de poseer, sino antes que nada, en el revivir el sentido del valor sacro que para estas generaciones no existe más. Pues hay que decirlo claro: a ti solo te vale lo que cuesta a lo que pones precio y puedes lucrar, en lo inmediato tu tiempo te ciega a ver el tiempo real de todos.

Y de pronto su perorata ya es una acusación contra mí, sus divagaciones siempre caen en la injusta culpa mía en que paso sin más trance que una frase u oración a ser culpable del deterioro global. Los millones de ojos de niños y recién nacidos mirándome, juzgándome frente a la opción por mí tejida.

Y el mí se convierte en el hombre de hoy, en todos y cada uno de los que tenemos el destino de las futuras generaciones en nuestras manos. La vida es la materia esencial que siento se ha olvidado y que curiosamente así ha atraído el interés de quienes la investigan, va siendo profanada por los que después hacen un uso impropio o cuando menos insustancial de aquellos descubrimientos que otros con disciplina y devoción logran; de modo que veo toda una sacralidad que es puesta al servicio de la sevicia y el vicio, un aspartamo que envenena, pero que no se detiene porque es un **negociazo** y no importa que envenene a la gente, porque los venenos negros edulcorados con este veneno mandan; cuando a la naturaleza las cosas le resultan no porque se persiga un fin material o ganancia, sino en función de una lógica orgánica, cuando no es lo que se cobre, sino que se pierde el sentido de la vida y desaparece el valor de lo ético sin más moral que la ganancia inescrupulosa porque se persigue un afán suicida y no la inteligencia sacralizadora del valor de la supervivencia y de hacer que la especie perviva en equilibrio natural, en vez de crecer viendo como el planeta se sacrifica a este a una explotación brutal que raya en lo irracional, y en el que el valor real de lo sagrado, que es la vida, inmediatamente se profana por intereses ambiguos tendiéndose a la ruta social del suicidio colectivo que envenena las posibilidades reales de la supervivencia, todos relacionados con el poder o el negocio sucio, que van dejando sin efecto a la esencia sacra del templo de la azul esfera en que vivo. Es así como me entero que lo que percibo son imágenes que se forman en mi mente, que trascienden junto a mí a través de todos aquellos pasos que han llevado al hombre a ir comprendiendo, poco a poco, aquel sentido evolutivo del ser que nos conforma, y entiendo la sacralidad que embarga, por ejemplo, a aquellos primeros hombres que intentan entrar en la estructura arquitectónica de su conformación, y percibo claramente el cómo es que se da el temprano descubrimiento del ADN por Johannes Friedrich Miescher, en 1864, lo cual fue algo muy positivo. Me murmura el anciano como recapitulándome esa ruta que los hombres han seguido para conocer su estructura y me entero sobre todo aquello que quisiera decirme a mí como representante de los vivos, siendo él un anciano que ama el planeta y que siendo viejo es parte misma de la Tierra; de modo que no solo no era tan cierto el que estuviese formado aquel camino del poder por viejos degenerados que van matando todo al morir, sino que había almas grandes en todas las edades, descubriendo los secretos del reino vivo que convivían con seres de carnes felices y sin la mínima noción del espíritu, ni del alma. Eran ante mis ojos esa realidad pensada de almas primitivas que aún eran muy bestiales.

Poco a poco voy recuperando el sosiego mientras que voy desenmarañándome en mis dudas, con menos facilidad que el trabajo que realicé con aquel anciano y tratando de escabullirme del pequeño bulto que manotea y patalea con singular enojo, le incorporo, no con poco esfuerzo de mi parte y grave enfado por la suya; han pasado varios minutos, hasta que puedo destejer totalmente tan singular madeja, entre esos los más acres estertores del auxiliado y con no menos risillas ahogadas del destejedor, que ante sus dolores goza por un leve sentimiento de venganza; tal vez, mal entendido de mi parte y que obedece al golpe que recién me ha dado como desbarbador trabajando en el ocio de lustrar peinando la milenaria barba de la espiral ascendente en que se contiene el secreto universal de la viva herencia genética.

¿Te ríes acaso de la universalidad implícita en mi persona, cargada del espacio-tiempo evolutivo cuando tu noción de tiempo pierde el sentido? ¿Es que acaso no comprendes el milagro de mi esencia que conjunta al universo y su síntesis, en el que soy la posibilidad de que existan todas las series concretas de las formas de la vida dadas por mis combinaciones? ¿Crees que la vida prospere en un hábitat tal que no sea lo suficientemente estable y a la vez frágil y sensible y del cual te tienes que responsabilizar y dar cuenta? ¡Tal vez tengas razón! Pero seguro que no serás parte de ello y las formas que en él prosperen, lejos estarán de ser lo que hoy son.

El juicio genético es muy sencillo y tal parece que se corre el peligro de que en cosas tan simples y sencillas como es la vida y su defensa fracases por tu afán de poseer en apegos egóticos a todo eso que es y existe; que solo te interesa por su valor de cambio y, con ello, por su asignación del valor como vendible, y que resulta salvable cuando el único sentido del valor está dado por la riqueza fáustica, y cuando aquello mineral, vegetal o animal, no entra en los planes de la contabilidad consumible, donde el valor de eso vivo pierde todo su sentido cuando entra en los planes del bolsillo, en que todo se reduce a ingresos y egresos económicos, y que desvalorizan la verdad del espacio sagrado vivo del que se debe dar cuenta, como administradores de la sacralidad de la vida de este planeta; del cual sé que tendrás que responder ante tus hijos, del inventario de la realidad mueble del planeta, que al ser viva es limitada y con características definidas para su explotación, que si no se cuida es finita, y si no se estructura de modo organizada desde las formas de producción que no pongan en riesgo las zonas biodeterminantes del entorno, que sean sustentables y racionalizadas en su comercialización, eso viene en el paquete. La responsabilidad de que lo que sacamos de la naturaleza, se obtenga en la granja para que lo natural no pierda su presencia en la riqueza del planeta, que es la esencia de la realidad y no tenga medro al sustentar a la especie, sino que todo así se autorepare.

# Capítulo VII
# Gen

Sus ropas se ajustan perfectamente a su cuerpo, las grandes botas de piel (si puede haber algo grande en tan minúsculo personaje), que curiosamente parece que no están puestas, sino que aparentemente percibo, son parte misma de la piel de la persona, aun cuando parecen ser de una apariencia extraña, externa y ajena a ella, que la cubren hasta abajo de las asentaderas que tan graciosa y cruel exhibición me dieran; por su parte están guarnecidas por una gamuza obscura que en realidad solo son de su piel, de la cual emergen sus vellos, y que a trasluz, parecen ser ya muy usadas, fuertes y con brillos de seda lustrada por el tiempo.

Su camisa roja también es virtual, pues forma parte de sus carnes como una pintura corporal, o más aún mostrando una etapa antiquísima de la evolución en la que en realidad me parece que son protoplumas, huellas inequívocas de su origen celestial, ¿o será reptil con idénticas huellas de una larga existencia que se amarran a un grueso cinturón de su misma piel, del que reposan pequeñísimas, nerviosas y nervudas manos regordetas; hechas a la medida de un cortador de patrones universales desde la diversidad que está comprometida con la universalidad del mundo y la vida, con huellas del haber empezado el viaje animal siendo esponja.

Su desenmarañada cabellera cuelga por su espalda, mientras acaba de peinarse la barba, que por el frente vuelve a bajar en doble espiral como cuando se presentó de improviso, cayendo sobre mi persona, medio cubriendo a mi cuerpo, que al caer fue habilitado como el regazo que detuviera su caída en el espacio que ocupo desde mi expulsión del paraíso, a esta cavidad en la cual de un modo inconsciente, casi mocoso, vivo; donde ahora toco mientras detengo esta joven textura de su piel que se expone ante mi tacto, en la que todo contacto eleva el sentido vivo de su existencia, dándome la sensación de la seda cruda. Gen ha hecho su aparición ante mí, con la mirada milenaria en eones, me mira. El tiempo se asoma en sus conjeturas o las tuyas o las mías pensé de aquel que se retira a un rincón molesto por haberme conocido.

—Hombre, si no tuviera "estrictas instrucciones", me iría sobre ti y verías lo que es mi enojo —decía a media voz—. El peor de los cánceres te consumiría. ¡Ah!, pero has de saber que eso es lo importante, en la exactitud de las instrucciones reside mi devenir y comportamiento, no solo soy un capricho más del tiempo, sino una identidad en movimiento constante de la supervivencia de las formas y modificaciones evolutivas. Mas no me puedes cambiar las instrucciones al ritmo de tu caprichoso avance económico, no soy una computadora, ni lo que hago está muerto; y aunque ahora conoces las células madre, estas no son sujetas a alteraciones carnavalescas a tu capricho que puedan realizarse sin consecuencia y sin que nos deje un gran sedimento de reacciones en lo que modifiques o cambies; sino que todo lo que soy tiene vida y no hago números, mas los contengo. Yo soy universo y no necesito pensar ser para ser, mas no contemplo ni adoro esos números, que conozco y uso; aunque respeto la proporción, las cantidades y sus combinaciones; cosa que tú no haces, porque clonas células viejas, no células madre, para crear seres vivos, así como con materiales adultos impropios creas las funciones que demanda el principio de la vida, con funciones restringidas o inhibidas por su desarrollo, en el que se empantanan las enfermedades de tus experimentos creando seres que padecen tumores con facilidad y envejecen con prontitud; pues las funciones celulares caducan con el desarrollo de diferentes etapas y edades, y eso es irreversible; así que, aunque tus inversiones mandan a tus intereses comerciales y tus números no me dominan a mí, y aunque dominan el conocer del espacio y aun la posibilidad de saber sobre mi estructura, ya porque detectas que los cambios biológicos de las células madre son sustanciales y básicos para el desarrollo celular, piensas que al nombrarlas, las cosas puedan obedecerte y cambiar de una generación a otra por tu voluntad, cuando esto obedece a que el patrón de cambio ya está retrocargado; y, así es que en la naturaleza, no se suceden cambios sin anticipaciones generatrices aprendidas, es decir, que normalmente las mutaciones no se dan de un día para otro, sino como producto de antecedentes previos y las cargas de información intracelular, no son las mismas en las células madre nuevas o endometriales, que en las células madre viejas, las que de hecho ya han borrado de sus códigos, instrucciones que hubieron realizado sus órganos de origen algún tiempo atrás, quedando expuesto todo a ser una deformación tuya y un claro retroceso de tu avanzada.

Soy dominio de mí. Soy una matemática viva y universal que no tiene nada que ver con intereses de inmediatez, sino que a diferencia de tus números, los míos, obedecen a patrones de evolución en el tiempo, reproduciéndose en vivos comportamientos benéficos o contraproducentes, repetidos por las especies; y ahora quieres, con tus números, que solo miden o ponen precio al acercarte con esa canalización del patrón bioquímico de conformación al querer abaratar resultados al tasar tan bajo el precio real de mi ira que te vestirá de mutantes, acuérdate de esto que ya aprendiste, descubriendo los resultados de las mutaciones genéticas que has provocado en laboratorios o las que han sucedido por accidentes o peor aún, induciéndolas, recuerda que es más probable mistificar la creación, que perfeccionarla, si no se actúa en consecuencia con la selección natural.

Así este juicio adquiere una biotrascendencia que se conforma cuando ante el conjunto se asume la verdad del cumplir con una responsabilidad que emerge al manipular por preservar al planeta Tierra en su riqueza y biodiversidad que no puedes eludir. Aunque se han revertido irremediablemente algunos factores, que podrían no ser del todo negativos, donde lo que realmente preocupa es que caen en la conciencia misma de estar frente a un juicio divino tus intereses inmediatos y que hoy están por sobre la identidad natural de tu responsabilidad para con el planeta y sus recuerdos bióticos. De pronto pienso que lo verdaderamente importante es que nuestros niños de hoy quieran revertir este cochinero para que con una conciencia nueva ellos puedan darle un nuevo sentido a un espacio del valor vivo que ahora yace olvidado por la soberbia real que permea tu idea que comunica el desvalor de los sentidos que asignan el espacio de todo valor sacro de vida, en donde todo lo que tienes es dinero. Y el paraíso perdido quedó atrás y nos mira.

Cuando el egotismo humano quisiera hacer un elixir de la eterna juventud, solo para mirarse en el espejo de Narciso; en una situación en la que antes de pasar a enfrentar el juicio de Dios y a recibir sentencia, solo te importa verte bien y te preocupas por sobre todo aparecer bien peinado o acicalado, perdido en la nimiedad en vez de ver con madurez cómo podemos hacer que realmente sea longeva y posible toda la obra humana de esta civilización en extinción, o sea, cómo hacer para que la humanidad perviva más allá de vanidades y ambiciones de cualquier generación en la que encontremos un sentido pleno al vivir humanamente y salir a la conquista del universo que es tan nuestro, sin tratar de meterlo al bolsillo de un pobre magnate que cree que todo es para su uso egocéntrico; donde impera la idea de que es preferible que se acabe todo hoy para alentar, no a la salud del mundo, sino a la enfermedad de aquel que va a morir, que imbuido del sentimiento suicida-histórico cierra los ojos ante lo evidente al correr hacia su fin.

—Desde aquel comienzo he seguido muy de cerca tus pasos —dice el enano— y los he estado mirando desde el principio de la existencia y tanto como el comienzo de la investigación sobre los genes y el ADN vi como el sueco Albert Levan junto con el indonesio Joe Hin Tjio iban mostrando estos 32 cromosomas en 1912. Vi a Linus Pauling, quien en 1950 descubrió que algunas proteínas van tomando su forma de hélice; es decir, vi como se sorprendían tus humanos ojos con las estructuras helicoidales y aunque se sabía que el ADN era una molécula muy fina, formada por bases nitrogenadas: adenina, guanina, citosina y tiamina; les he visto completar aquel saber al encontrar un azúcar de cinco carbonos: desoxirribosa y un fosfato. Miré a Franklin y Wilkins al proyectar un haz de rayos X, a través de cristales de ADN encontrando las enormes hélices; y a Watson y Crick, que en 1953 dieron a conocer en *Nature*, la estructura del ácido desoxirribonucleico, con su clásico modelo de escalera de caracol y en 1958 Arthur Kornberg en Washington aislando la polimerasa del ADN de la Escherichia coli. J. Heinrich Matthaei y Har Gobind Khorana con otros miembros de su equipo determinaban esos 20 aminoácidos que son la base de la estructura genética, en 1966. Y así todo habría comenzado al mirarme...

Estuve al tanto de aquellos pasos que, en 1972, en Stanford, con Paul Berg

**225**

comienzan a crear la ingeniería genética, con la limasa que une pedazos de ADN; y en 1973 Cohen, Chang y Boyer, transfieren el ADN de una especie a otra, empalmando un ADN viral con el ADN de una bacteria. Vi sus ojos brillar de alegría al descubrir y llegar a saber que la adenina se empareja con una tiamina y la guanina con una citosina armándose los tripletes de tres eslabones de las bases que forman un aminoácido; te vi sentirte muy ufano cuando tu colega te dio un beso por esto. Y en 1975 Mary-Claire King y Allan Wilson, de la Universidad de California, demuestraron que el 99% de los genes del chimpancé y del hombre son iguales, que solo cambia su combinación, lo que muchas voces quisieron acallar para que no dimensiones tu verdad animal real, queriendo salvaguardar el plan divino en la exclusividad de la especie humana y no del reino todo, en un egotismo que te emana naturalmente tras las marquesinas del sentirte la estrella. Y en esto hay más de cierto que lo que muestra la apariencia, pues resulta ser tu acto suicida, una conducta del primate, tanto en tus actitudes caníbales, como demuestran las cacerías grupales por ingesta de proteínas animales, como las guerras tan tuyas que te hacen sentir un "señor" que se alimenta de carnes hermanas. Donde vemos aspirar a serlo sin mayores responsabilidades, que te remiten a achacar todo lo malo a la naturaleza bestial que te acoge, frente a lo bueno que te hace sentirte un Dios que lamentablemente se caga en lo que toca, que ensucia con detritus de su pequeñez las grandes obras de vida. Un dios con minúsculas porque solo es un egotismo que bebió del torrente que aunque zanjó, nunca ha podido detener su bestialidad.

En 1983 detectan una disfunción del cromosoma número cuatro que ataca a grupos de mujeres con disfunciones degenerativas y traza el primer mapa humano de disfunciones ligadas a los cromosomas. Ya en 1985, Kary Mullis inventa la reacción en cadena de la polimerasa que permite reproducir rápidamente millones de tejidos y estructuras del ADN humano. En 1986, la vacuna contra la hepatitis B obtenida a partir de subunidades de virus tratados genéticamente que abren consistentemente el campo de la construcción de las alteraciones manipuladas para la creación de elementos inmunitarios y de vacunas modificadas que dan lugar al auge de la ingeniería genética; en 1987 la recombinación del ADN como activador titular sale al mercado para tratar ataques del corazón, y ya en 1988 se plantea la naturaleza secuencial del genoma humano. Pero todo eso es historia y aún tenía yo fe en que estos conocimientos tendrían un efecto positivo dentro de tu cultura, aunque dentro de mi ser, sé bien que incubas al animal con sus instintos carnívoros que ahora te rebasan, ya que todo esto se ha acompañado de aplicaciones militares, que pretenden recrear las formas nocivas como armamentos, y crear vivas tecnobiologías de la destrucción que son tu construcción, de modo que con la frialdad del que observa un experimento hoy miro tus avances como peligros vivos, al ser dados en vanidades renovadas hoy que cuentas con el mapa genético totalmente desdoblado, y que en el umbral reluce la garra que se esconde bajo esa brillante manicura que te resguarda.

## El tigre

*¡Tigre! ¡Tigre!, reluciente incendio*
*en las selvas de la noche,*
*¿qué mano inmortal u ojo*
*pudo trazar tu terrible simetría?*

*¿En qué lejanos abismos o cielos*
*ardió el fuego de tus ojos?*
*¿Sobre qué alas se atreve a elevarse?*
*¿Qué mano se atrevió a tomar el fuego?*

*¿Y qué hombro, y qué arte*
*pudo torcer el vigor de su corazón?*
*Y cuando tu corazón empezó a latir,*
*¿qué espantosa mano? ¿Y qué espantosos pies?*

*¿Qué martillo? ¿Qué cadena?*
*¿En qué horno estaba tu cerebro?*
*¿Qué yunque? ¿Qué espantoso puño*
*osa abrazar sus mortales terrores?*

*Cuando las estrellas tiraron sus lanzas*
*y mojaron el cielo con sus lágrimas,*
*¿sonrió al ver su obra?*
*¿Aquel que hizo al cordero, te hizo a ti?*

*¡Tigre! ¡Tigre!, reluciente incendio*
*en las selvas de la noche,*
*¿qué mano inmortal u ojo*
*pudo trazar tu terrible simetría?*

—William Blake, *Cantos de experiencia*, p. 175[29]

De ahí hasta la lectura total del **genoma humano** en 2002, cuando el Presidente Clinton anunciaba:

> *Sin duda alguna este es el mapa más importante y más maravilloso jamás producido por la humanidad. Los científicos están aprendiendo el lenguaje con que Dios creó la vida.*

Y esta noción de los artilugios de la confección divina del espacio vivo, ahora está en manos de negociantes, no de hombres creativos en pos del desarrollo y

**227**

el bienestar de la especie, sino de verdaderos mercaderes de la muerte; así que, ya antes han pasado a la elaboración de alimentos genéticamente modificados, no con afanes de paliar el hambre de millones, sino de hacerse de muchos más millones al controlar el mundo, desde el limitado universo de los intereses de unos cuantos, por sobre el interés general de la especie y del planeta. De igual forma van a ser resueltos los patrones de uso y abuso de los conocimientos que se van logrando y de otras mil formas de la transformación de los patrones genéticos, quedando entonces abiertas, las muchas puertas del comportamiento genético, que en cuestión de la producción de alimentos genéticamente modificados, no se sabe a ciencia cierta si crearán alergias o potenciarán cánceres, o que en los cultivos crearán supermalezas y en los animales, superinsectos, dado que las modificaciones, en buena medida, están realizadas para aumentar la resistencia a pesticidas o herbicidas.

Se asoma Dolly, en 1997, la primera oveja creada en el laboratorio, la cual con el tiempo mostró que la reproducción clonada de células adultas puede conducir al pronto deterioro de las estructuras celulares y generar muchas complicaciones biogenéticas, que ahora están en observación por el acelerado deterioro de los órganos y malformaciones producto del envejecimiento prematuro de las criaturas clonadas, pero no obstante esto, ya se están tratando de clonar seres humanos en laboratorios particulares, cuando se debería intentar clonar seres desde células madre embrionarias que no presenten el problema del envejecimiento de partida.

Así que, como verás, desde el comienzo sé el cómo has intentado conocer y alterar la genética de los organismos vivos, mas eso que realmente repruebo no es la investigación científica, a la que aplaudo y apoyo; sino cuál es para ti aquel fin que le das como destino a las cosas que descubres para enriquecerte, cuando nunca reparas en tu responsabilidad por la vida entera del planeta. Porque bien claro tengo que no harás nunca nada en pro de las especies que no te resulten económicamente viables en la inmediatez, ni aun por conservar el patrimonio biótico del mundo del que no tendrás el menor empacho por sacarle el partido económicamente más apropiado para recuperar con creces la inversión de 2000 millones de dólares que haces para conocer el **genoma** en su extensión viva, donde aplaudo la visión empresarial que se compromete no solo con ganar, sino también con la gente.

Como especie eres un animal muy primario en el desarrollo de su papel en la conciencia universal, en grado sumo, sobre todo en los mecanismos de valoración que das a eso que consideras lo importante, y referente a la soberbia como esa tu cualidad que te hizo perder el paraíso. Recuerdas cuando abandonaste el espacio que te fue asignado junto a los dioses, por un malentendido sobre el espacio del **Yo** que manda desde tu oscuridad, pues escogiste la tea para salir de lo oscuro. Ya Francis Fukuyama en el *International Herald Tribune* decía algo como "El potencial de la biotecnología te ofrece una serie de nuevos instrumentos para manipular y controlar el comportamiento social". Y es así como has hecho de la globalización, contra su fundamento esencial de ampliación del mercado, un mecanismo de enriquecimiento de una sola nación *versus* el empobrecimiento masivo de las demás, impuesto sobre el todo de las naciones emergentes o de las subdesarrolladas, que al igual que la opinión pública de las grandes democracias ha sido cooptada y la gente es entrenada para no pensar sino aquello que la tele y los medios quieren, y solo eso podría explicar la extraordinaria magnitud de los esfuerzos para adoctrinar a las personas en la historia capitalista.

Citaría Chomsky a Elizabeth Fones-Wolf en su lucha de clases; asimismo el uso del mapa genético que "Celera Genomics" quiere hacer para explotar el patrimonio genético de la humanidad en su conjunto, es dado seguramente, con la pretensión de patentar embriones humanos o practicar diversas formas de la eugenesia, que seguramente, y por las tendencias no éticas de los negocios, llevará a esta humanidad a adornarnos con una serie de fracasos fascistas en formas imperiales de explotación irracional del recurso científico, a nombre del vicio del enriquecimiento de los cada vez menos, como se ha visto suceder, desde la desviación humana egoísta de la vanidad individualista no responsable del todo. Pero, en fin, si quieres eso no es importante para mí, aunque sé que lo es todo para ti; a mí lo que me preocupa es tu desvalorización total al respeto del ser de las especies vivas que pronto te facturan el costo de vaciar de valor el espacio vivo y ponerle solo un precio comercial que pone a la venta la sobreexplotación total. Lo del clima es alarmante en un punto de quiebre del ciclo vivo.

### ¿Cuánto nos importa darle medidas a la destrucción del ozono, a los gases invernadero y al clima que creamos?

Tu soberbia va derecho a que las cucarachas lo hereden todo, ya que siempre ha sido una especie más triunfadora que la tuya. Me desespera el ver perderse el legado genético de todas las especies vivas que matas por ignorancia supina, que no son siquiera consumibles por tu especie, y en eso te has convertido en una plaga, de la que la Tierra no tardará en sacudirse, porque no creo que rectifiques, pues siempre quieres tener la razón aun en tu sinrazón; de modo que tu debacle y la de los tuyos solo será cuestión de tiempo y de una "gorda", y al paso que vas no tardará mucho en que acabes con las posibilidades del desarrollo de la vida aeróbica.

El agujero de la capa de ozono que está en la parte alta del planeta sigue aumentando, porque esto te parece aburrido como una cantaleta de propaganda ecologista, que piensas te estorba; y de la que muy ufanamente crees que te puedes burlar cuando la posibilidad de su restauración disminuye; con lo que cuando menos lo pienses sabrás de lo que esos rayos ultravioletas pueden hacer para ampliar tu magna obra destructora, verás que los elementos universales serán verdaderamente democráticos y auguran veranos cancerígenos en exposiciones solares para todos, algo que te será muy divertido, si lo demás te aburre en esos sitios que tanto prefieres para gozar y del hemisferio sur te auguró una elevación potencial de muertes por carcinomas en todas las especies vivas, propiciando deformaciones genéticas en lo biótico, y con ello de manera incontroversial con el fin del sentido de la vida del planeta.

El empobrecimiento general del espacio vivo, cuando no solo la potencia económica renuncia a Kioto en 1997 y cuando nadie se impone en París... Y todo porque se le ha declarado la guerra al planeta. Con lo que promete elevar en los próximos ocho años un 10% en sus emisiones de bióxido de carbono, y todo para que tengas una producción barata y competitiva de carros de ocho y doce cilindros, como muestra del legado cultural con sus vetustas colaboraciones al error de la contaminación; que usas en la afirmación del desprecio por lo dicho en confirmación del exceso, como excesos haces de la explotación amoral de los seres humanos de los que extirpas todo derecho y explotas a nombre de tu libertad democrática, volviendo un problema étnico una verdad productiva, que te permite sobrevivir con el confort y el estilo de vida del que gasta lo que no tiene y muere con las tarjetas a tope, pero feliz; y si puede de un suicidio en el mundo de locura consumista que te has inventado como la única vía y salida para la verdad productiva de tu sociedad. Pero eso no importa porque el tiempo en verdad se acorta y no hay nada que puedas hacer ante los *Mardi Gras* por venir, en fatuidades que celebrarán tus costas y las de todos los países por cortesía de la ceguera impuesta. Le has declarado la guerra al planeta, eso es grave, porque de otro modo cómo se explica que ante la claridad de la evidencia aún te quepa duda de qué hacer frente a un ciclo vivo, aunque Monsanto se oponga a la vida.

El daño adquiere las velocidades de lo masivo en toda la calidad de la vida terrestre. Te estás invitando al titán del agua al *breakfast*. Glu, glu, glu... Ese es el menú... glu, glu, glu... traer al titán, al que no se le para con balas ni bombas, y a ese espacio que no se le ataca con armas. Si despierta el titán, dile adiós al mar y sus confines. Y esto tiene la seriedad de millones de lágrimas y sus lagrimables saldos salados... Y estás a punto de lograrlo. Ya está aquí Huracán, en tus lanchas a sus anchas. Todo está embalado para que, o bien se pueda frenar su sentido del deterioro de la atmósfera desde su casco protector de ozono, en lo que es una cosa demasiado seria para hacer chacota o todo se perderá. Eso es dolor y un error sin medida histórica. Porque la medida histórica es la que llama a conformar un límite ya contra los excesos de la sociedad del desperdicio. Por el planeta, por el hombre como especie y por la riqueza de nuestro paraíso terrenal, que se asemeja cada vez más a un desierto. La desertificación, que va aumentando exponencialmente, no es buen augurio para nadie.

Y los demás factores, todos al alza en sus niveles de depredación. Y el planeta creciendo en población desmedida que desde los seis mil millones de personas del año 2000 ha aumentado a seis mil seiscientos millones en siete años, y se esperan siete mil millones para el 2010, con una cantidad igual de agua y menos terrenos fértiles por la desertificación en un mundo sobreexplotado, y con un aumento bárbaro en la presión demográfica. La expansión poblacional, no tiene un sentido aún racionalmente comprendido por la gente, porque debe surgir de la gente la noción de los excesos, y el nivel de taza de crecimiento de la población, que no refleja sino que falta convencer a la gente de los números en la vida. Hacer conciencia del número en la familia, tener conciencia del espacio a donde llegarán a ser vivos aquellos seres que en las costas correrán correteados por montañas asesinas que les matan.

Cuando la conciencia debiera obligarte a asumir el control de lo que viene del sol, como todo un logro que investigar, sobre todo aquello siempre renovable, y que debe ser la aspiración en la que se debe empeñar con más ahínco la humanidad que debiese ser la siguiente base de tu civilización, ¿no crees? Pero eso es un aviso, que ya se dio y del que no hiciste caso, por lo que es parte de los faltantes para una sentencia que te alcanza. Recuerda que en esta etapa del juicio, ya hay muchas cosas que han sido juzgadas por tu avaricia y negligencia, si crees que esto no es más que la chapuza de un charlatán ven conmigo y *pick a pocket or two* del que te viene a avisar que recogerás la bola de polo en el fondo del mar, desde hoy tus nuevas estadísticas cuentan; ya verás como al final el deterioro o sanación, resultan del incremento o decremento potencial geométrico del desentenderse de las verdades que sobrepresionan esos recursos vitales, que conforman a ese espacio material-biótico y que no son negociables por el poder o el tener, sino que son esa vida en el ciclo.

—La voz del enano va bajando de volumen en mi cabeza, de tal modo que voy, poco a poco, perdiendo la noción de sus apabullantes argumentos, y no sé si esto sucede como un mecanismo de autodefensa en el cual me refugio ante una sensación de hambre que empieza a saciarse y de mil luces que siento y no veo; mientras que oigo cosas que cada vez más, comprendo menos. Como si la voz de aquel se insertara en una espiral en la que muchos conocimientos y lecturas aparecieran proviniendo desde la voz de Nous, pero donde las almas de sus autores, flotaran esgrimiendo sus causas y argumentos, y todos para brindar lo mejor de sí mismos por afanes del planeta y de su conservación y combatiendo con sus mejores causas por ellos y la humanidad tejiendo una gran maraña de ideas que no comprendo para nada y que las veo diluirse como una voz de un profeta estrellándose en las faldas de Jezebel, quien quiere abusar del poder creando un verdadero escándalo en la corte del corte de caja que te forjas de un Moisés caído ante las puertas del paraíso por pegar a la roca de más, en un exceso para con las órdenes estrictas del creador del orden, el ordenador sin dudas al ser Nous.

¿Estaré presenciando el ser que se conoce así mismo, cuando no recuerda ni quién es, ni de dónde viene, ni para qué está aquí frente a una conciencia que se hace viva realidad, que le reclama en el abofeteo de toda inconsciencia? Desde un entorno significado como la inconsciencia absoluta que es incapaz del aprenderse en el universo significado, que se asume aprehensible desde ese ser interior de la totalidad. Cual si existiese un universo **macro** del **micro** personal donde un microespacio clandestino se fortalece en sus anonimatos, desde una moral que no se asume crear dentro del **macro** interior de una conciencia desviada por pereza en la búsqueda del confort, que es cuestionada por la creación, sin saber cómo enfrentar ni aquilatar su demanda y queda así librado a su ignorancia y sobre todo subvencionado y dependiendo de una egocéntrica visión no madurada de lo sagrado del ser que no puede concretarse pues ha olvidado su fin del ser: *telos*.

El silencio de Nous, que me ha arrebatado aquellas ganas de poderme hacer oír al no haber quién me escuche, ni encontrar un interlocutor que no me agreda ni achaque culpas, veo con esto que, poco a poco, solo me importan más mis formas de estar; ya que el estar aquí no fue de mi elección, pienso que al menos pretenderé que me sea agradable esta mi estancia, pienso gozar como queriendo separarme de tantas graves culpas que salen desde adentro.

*Su imagen universal concreta;*
*ahora aparece en mi mente*
*y de pronto tomó su conciencia un lugar lejos de*
*todo esto que aún sucede en mí y se volvió al paraíso de mis besos.*

Y un poeta añade a lo lejos:

*¡Entonces, acaba ya tu última canción y vamos!*
*¡Y olvida esta noche cuando esta noche pase!*
*... pero, ¿a quién voy a tener entre mis brazos?*
*¿Pueden acaso los sueños ser nuestros cautivos?*
*¡Y aprieto con manos ansiosas mi corazón contra el vacío, que lo hiere!*

—Rabindranath Tagore, *Obras selectas*, p. 123[30]

## Tu risa

*Quítame el pan si quieres,*
*quítame el aire, pero*
*no me quites tu risa.*

*No me quites la rosa,*
*la lanza que desgranas,*
*el agua que de pronto*
*estalla en tu alegría,*
*la repentina ola*
*de planta que te nace.*

*Mi lucha es dura y vuelvo*

*con los ojos cansados*
*a veces de haber visto*
*la Tierra que no cambia,*
*pero al entrar tu risa*
*sube al cielo buscándome*
*y abre para mí*
*todas las puertas de la vida.*

*Amor mío, en la hora*
*más oscura desgrana*
*tu risa, y si de pronto*
*ves que mi sangre mancha*
*las piedras de la calle,*
*ríe, porque tu risa*
*será para mis manos*
*como una espada fresca.*

*Junto al mar en otoño,*
*tu risa debe alzar*
*su cascada de espuma,*
*y en primavera, amor,*
*quiero tu risa como*
*la flor que yo esperaba,*
*la flor azul, la rosa*
*de mi patria sonora.*

*Ríete de la noche,*
*del día, de la luna,*
*ríete de las calles*
*torcidas de la isla,*
*ríete de este torpe*
*muchacho que te quiere,*
*pero cuando yo abro*
*los ojos y los cierro,*
*cuando mis pasos van,*
*cuando vuelven mis pasos,*
*niégame el pan, el aire,*
*la luz, la primavera,*
*pero tu risa nunca*
*porque me moriría.*

—Pablo Neruda, *Los versos del capitán*, p. 8[31]

**233**

## I

*En su grave rincón, los jugadores*
*rigen las lentas piezas. El tablero*
*los demora hasta el alba en su severo*
*ámbito en que se odian dos colores.*

*Adentro irradian mágicos rigores*
*las formas: torre homérica, ligero*
*caballo, armada reina, rey postrero,*
*oblicuo alfil y peones agresores.*

*Cuando los jugadores se hayan ido,*
*cuando el tiempo los haya consumido,*
*ciertamente no habrá cesado el rito.*

*En el Oriente se encendió esta guerra*
*cuyo anfiteatro es hoy toda la Tierra.*
*Como el otro, este juego es infinito.*

## II

*Tenue rey, sesgo alfil, encarnizada*
*reina, torre directa y peón ladino*
*sobre lo negro y blanco del camino*
*buscan y libran su batalla armada.*

*No saben que la mano señalada*
*del jugador gobierna su destino,*
*no saben que un rigor adamantino*
*sujeta su albedrío y su jornada.*

*También el jugador es prisionero*
*(la sentencia es de Omar) de otro tablero*
*de negras noches y blancos días.*

*Dios mueve al jugador, y este, la pieza.*
*¿Qué Dios detrás de Dios la trama empieza*
*de polvo y tiempo y sueño y agonías?*

—Jorge L. Borges, www.poemasdelalma.com/ajedres.htm[32]

# Capítulo VIII
## Ulises

Ulises se levanta desperezándose de aquel recuerdo de miles de años pasados en su Odisea apenas hacía unos días transcurrida y en unos cuantos minutos es recordada en el discurrir de un sueño que no se ha podido atrapar ni volverse soberano sobre él. Se levanta y sube a su bicicleta fija con la modalidad del *svpinning*, que no es otra cosa que una pequeña computadora que simula en su manubrio una serie de carreteras, con montañas y valles, que hacen que cambie la tensión de las ruedas llevándole a generar diferentes esfuerzos. Acaba de adquirirla después de haber logrado concluir su primer negocio, que, con enorme éxito sus finanzas ha mejorado y su vida adquiere un nuevo sentido.

Todo había empezado cuando era un desempleado, como casi todos los egresados de su generación, y sin los medios económicos generados previos que le habían sumido durante la década de los noventa en una situación de desesperanza obligándole a vagar por los suburbios de la "gran" ciudad de México. Las clases medias del país habían desaparecido poco a poco, apabulladas por un fenómeno globalizador, a todas luces mal llevado a cabo por su servilismo, deteriorado en su base por egocéntricos operadores y encargados políticos de instrumentarle y operarle como sirvientes del capital internacional, donde a cambio de unas canonjías económicas se había sacrificado el desarrollo histórico de la producción y su vinculación con la construcción social de toda una serie de pueblos y naciones emergentes, generando grandes distancias entre unos, muy pocos, que lo tenían todo, había una exclusión no productiva por su almacenamiento, y concentrando la riqueza en unos cuantos, desmantelando así a los países con una megamasa de gente que se va depauperando, desapareciendo las clases medias y aumentando la pobreza general de manera generalizada. Ulises, después de haber terminado sus estudios universitarios en Geología, y ante la ausencia de ofertas de trabajo, se había dedicado a rodear los límites de la ciudad, con la idea de poder elaborar un libro sobre las diferentes épocas históricas de la construcción urbana y los usos de los diferentes suelos que forman el valle de México. Su idea era poder generar un modo de autoempleo al volverse escritor especializado en su tema y en una de esas poder ganar algún dinero con su obra y, con ello, poder sustentarse; aunque sabía que el arte debía nacer de un huevo que había que poner según imaginaba, y al que debía cuidarse para que eclosionara vivo al tiempo artístico. El arte que nace de parir el trabajo en tiempo concentrado.

De esa manera usa de su tiempo, sus conocimientos y herramientas y se procura medios para pretender sobrevivir en un país que había sido depauperado por la clase política y casi abandonado en su sustancia patria por los poseedores de los medios de producción. Resulta que en una ocasión, mientras estaba estudiando las diversas minas de arena y los grandes socavones que circundan el poniente de la Ciudad de México, haciendo algunos mapas se encontró con un indigente que había recorrido todas y cada una de las grandes minas que circunscriben el poniente de la ciudad, y él, que tenía un profundo conocimiento de las entradas y salidas de estas grandes vías subterráneas se presentó a Ulises una mañana cuando hacía algunos bocetos de aquellas grandes cavidades en una zona de las águilas.

—Buenos días. ¿Qué lleva a un muchacho tan joven a estar tan temprano en tan oscuras cavidades? No, no se asuste caballero.

—Si no me asusto lo que pasa es que me sorprendió, nunca me había encontrado a nadie en estas cavernas y la gente que veo de repente, solo se atreve a entrar a las bocas de las oquedales y nunca se atreven, ni aun los niños, a pasar más adelante de donde se acaba la luz natural, dejando en la leyenda y la conseja, estos territorios oscuros, de modo, que usted me sorprendió.

—Yo soy Enrique, el Topo, según me conocen los pueblos vecinos del poniente y muchos años llevo viviendo en estas lindas bocazas de tierra. Mire, ve este socavón, lo empezaron a excavar los azcapotzalcas y después sirvió para rellenar parte del centro azteca, y hacia el sur, se siguieron más allá de la zona de Mixcoac desde los españoles hasta las grandes cavernas, de donde está ahora Santa Fe, Tecamachalco y las que van al norte. En esas paredes, aún quedan rastros de las piedras con las que rasparon, los pueblos autóctonos, para extraer arena y grava. En diferentes lugares aún te encuentras restos de las herramientas que usaron aquellos diferentes hombres en las muy variadas épocas de extracción de los muy diversos materiales de construcción, con que se irguió esta, la ciudad de los palacios. Conozco palmo a palmo cada una de las minas y sus declives, sus zonas de peligro y sus mil y un recovecos como la palma de mi mano —le dijo, mostrando una muy callosa y sucia mano que más que líneas, muestra cicatrices y callos en su palma, unas manos que sin lavarse mostraban huellas del ser las palmas de un hombre de trabajo manual—. Las minas tienen salidas que van desde algunos centímetros de profundidad, hasta otras con medio kilómetro o más. —La cara de Ulises iluminada ante tales afirmaciones, le llevan a viajar por las diferentes épocas que le semblanteaba aquel "topo", mientras miraba a lo profundo de aquellas cavernas anhelando conocerlas.

—Y usted, señor Enrique, ¿cómo es que acabó conociendo estos lugares tan bien?

—Mire muchacho... mejor dígame Topo. —Y esperó, dando lugar a que este diera su nombre.

—Ulises.

—Bien Ulises, es una historia larga, que mejor será que se la cuente allá adentro, adonde se ve el resplandor de las llamas de mi hoguera, si quiere acompañarme a tomar una taza de café, que si no es bueno, al menos está bien caliente.

Los ojos de Ulises se iluminan por varias razones; una porque por fin supo a qué se debían esos resplandores que se veían y que le intrigaban haciéndole pensar que habría alguna oquedad por la que pasaban los rayos del sol y, por otro lado, con agradecimiento, pues desde la noche anterior no había tomado nada, después de aquel café muy descolorido que se pudo preparar con las sobras de la semana anterior, que su hermana Chabela le había llevado de la casa donde trabajaba como doméstica, prestando sus servicios para las damas de la vela perpetua que asistían a misa, ayudando a la gente indigente que reparten el viático, mientras que daban la comunión a ancianos y desahuciados, y desde donde ella le apartaba siempre algo; cosas que le caían del cielo y que remediaban las largas horas cuando no había de dónde sacar algo que llevarse a la boca, ya de él o de sus amigos.

—Vayamos pues.

Al llegar a donde se encontraba la hoguera vio una olla muy ahumada en la que hervía un café de ínfima calidad, pero para un estómago vacío como el de él, olía a gloria. Se sentó en un rincón y mientras el Topo le servía, sus ojos escudriñaban en lontananza aquellas penumbras que tenuemente se iluminaban por las llamas danzarinas de aquel fuego que prometía calentarle y al que se acercó tallándose las palmas de sus sucias pero no tan deterioradas manos, en las que resoplaba para darles calor: desentumeciéndolas con una mirada que amable y sonriente le dirigió al que estaba en su casa ofreciéndole lo mejor de su rincón y no dando espacio al húmedo frío que se colaba disminuido en estos oscuros parajes.

Algunos trebejos y ropas desgastadas, aparecían aquí y allá, como invitados a aquella tertulia tempranera. El Topo le acercó una taza de aluminio bastante abollada, mientras que él se quedaba con una de peltre azul muy despostillada que, humeante, desprendía el dulzor del piloncillo de un café Legal que bullía alegremente en aquel, su rincón, desprendiendo sus aromas y alborotándoles las vacías tripas que se apresuraban a moverse y que les recordaba a cada uno lo fuerte de su pena.

—Mi historia en estas cavernas se remonta a muchos años atrás, al 1968. Era yo estudiante de la "prepa" popular en esa noche del "bazucazo" en San Ildefonso, todos huimos, o mejor dicho los pocos que pudimos huimos. Nos subimos en un carro de sitio que pasó por detrás de donde ahora está la calle de Moneda. Aquel hombre de Dios que nos dio un aventón, abriéndonos la puerta y metiéndonos acostados abajo y atrás, tapados por unos bultos de comida que llevaba desde la merced, con una marchante que iba a la zona de los Dinamos. Agustín, herido de bala, y yo nos fuimos metidos en aquel auto de alquiler, protegidos por la noche, la marchante y por aquel taxista, Manuel. Cómo olvidar su nombre redentor, que nos dejó en la boca del socavón de las minas del coyote. Ahí nos dejó, y luego nos trajo un doctor, que solo pudo venir a darle los últimos auxilios a Agustín, que murió a los pocos días porque la bala le había interesado partes vitales del hígado, pulmón y riñón. Murió y el médico me aconsejó que lo enterrara por aquí, para no tener problemas con el gobierno; allá está enterrado. Ves aquellas piedras, ahí yace mi compañero desde hace ya tantas décadas, que a veces, hasta se me olvida que ahí me espera hecho un muchachote.

Sabes, se me hace raro contarte sin miedo estas cosas, será que ya ha pasado tanto tiempo, que hasta al miedo lo he enterrado. Ese mismo miedo hizo que yo no saliera sino de noche, y que anduviera vagando por estas profundidades por años, en la soledad que cobija al desarraigado y al solitario, al que no tiene sino a su sombra para charlar y a sus miedos para compartir. Yo soy originario de Guerrero, y después de algún tiempo, traté de llegar a ver a mi gente, pero me enteré que habían caído en la guerra sucia, cuando el ejército limpiaba la sierra de los guerrilleros de Lucio Cabañas, y con ese pretexto se desaparecieron a muchos pobres, fomentando más la pobreza, y dejándome a mí, el Topo, sin familia. Mi familia no era guerrillera, pero era muy pobre, y para los "guachos", que así les decíamos a los soldados, en eso no había ninguna diferencia. Me regresé y me contraté en algunas obras, siempre viviendo en estas cavernas donde nadie me molesta; después, sabiendo dónde están los mejores lugares para obtener los mejores materiales, me fui haciendo amigo de algunos camioneros "materialistas", que me fueron dando algunos centavos para ir pasándola. Mira traigo el trabajo de muchos años conmigo. —Ante las bailarinas llamas, sacó un cuaderno con cientos de dibujos de las grandes minas. Ulises compara una de aquellas láminas hechas con carbón vegetal, con su reciente dibujo y ante la semejanza, se siente cómodo.

—Oiga, señor Enrique, de veras es usted muy buen dibujante.

—Sí, la verdad es que el carbón se me da desde aquellos tiempos en el que me enseñaba aquel: el gran Monsieur Gantus, cuando estudiaba en la "prepa" y veía corretear a sus fantasmas por la ciudad.

Un "ruquito" que se las había dado de espía en la segunda guerra mundial y se había quedado con un fuerte sentido de la persecución, un síndrome tal vez, el caso es que solo dibujando entre muchachos estaba tranquilo, pero salía y sentía que la *gestapo* estaba de vuelta y se dedicaba a andar perseguido por sus recuerdos, recuerdos de la infamia humana, que no lo abandonaban sino con los trazos de esos jóvenes sobre el papel con carbón o "sanguíneas".

Aquel profesor es el que descubrió mis líneas, y me dijo que mis trazos me ayudarían algún día a vivir; nunca le creí, pero mira, ya tengo aquí, casi todo el espacio de mi reino, así que aquel franchute tenía razón y curiosamente el que terminó perseguido fui yo que padecí de aquel mismo mal y claro fue mucho más leve, mas comprendí aquel terrible sentimiento de ser la presa.

Mira Ulises, porque puedo llamarte Ulises, ¿o no?, antes que nada llámame Topo, hace mucho que dejé mi nombre de hombre, que no hace sino estorbar con recuerdos tristes y viejos, como estas cavidades. Cuando me dices señor Enrique, siento como si le hablaras a otro.

—Bien Topo, eres buen dibujante.

—La verdad es que sí, yo destacaba en las clases de dibujo de la "prepa", con aquel bien querido francés refugiado de la guerra que nos enseñaba las artes del carboncillo y la copia al natural, y si no hubiese ocurrido aquel atropello a la escuela, seguro hubiese sido arquitecto o algo similar, porque tampoco los números se me negaban y, gracias a eso, puedo decirte que estos mapas que aquí ves, tienen una escala perfectamente delimitada y que cada recoveco y socavón están minuciosamente contemplados y contenidos en ellos, casi con toda precisión.

—Me parece magnífico su trabajo —contestó Ulises, embelesado con los toscos dibujos. Toscos por el material con el que habían sido realizados, pues algunos eran a lápiz, pero otros, los más, eran realizados con pedazos de carbón de sus hogueras.

—Muchos años de trabajo tienes ante ti… ¡Pero es un tesoro que a nadie le sirve ni le interesa! —murmuró el Topo. Ante este comentario una acidez recorrió el estómago de Ulises, pues vio que alguien que tenía muchos años trabajando esa veta que él pensaba explotar, no le había resultado productiva, de modo que le hizo reflexionar sobre la inutilidad de sus esfuerzos a pesar de la calidad de los trazos de aquel que lo llevan a apesadumbrarse por lo escuchado e imaginaba a ese que tantos años llevaba trabajando sin obtener ni la menor compensación por ello, teniendo tan alta calidad en su desempeño, se quedó pensando en qué podría hacerse para que los esfuerzos de ambos pudieran tener sentido productivo al ayudar a la gente a hacer algo con ellos.

—Y tú, Ulises, ¿qué haces aquí en estas cavernas más propias de los seres desarraigados como yo, que de jóvenes llenos de futuro como tú? —Ulises, en pocas palabras le trazó el panorama de sus quimeras y sus planes cada vez con más desencanto. Ante lo cual el Topo, viendo que su desánimo iba en aumento, le dijo—: Bueno, sí, muy productivo no será, pero interesante, claro que es. Si quieres te puedo conducir en grandes paseos por cada una de las cavernas y te puedo enseñar dónde pronostico zonas de derrumbes para los próximos años.

Y los ojos de Ulises se encendieron de pronto y tomando la palabra al Topo se la roba y continúa esbozando sus ideas.

—¿Podríamos saber, con esa información, qué zonas habitacionales, residenciales o estratégicas pudieran colapsarse en poco tiempo, sobre todo, si continúan drenándolo todo?

—Yo te mostraré qué partes se romperán y con ello trazar acciones correctivas que siempre es buen tiempo antes de que algo suceda, debemos de ver cómo las difundimos con oportunidad, y, en una de esas podríamos comercializar tus esfuerzos y los míos en conjunto. —Y ambos trazaron planes para que el ánimo se caldeara.

Ante estas palabras, iluminados sus ojos, Ulises aceptó de inmediato, con una visión ampliada de aquello que aquel hombre inocente le planteaba así, tan sencillamente. Todo aquello, en su mente adquirió el tamaño de un atlas de riesgos, y quedó con el Topo en que él saldría a traer algunas vituallas, para no tener que salir en algún tiempo y le pidió permiso para incorporar algunos amigos de diferentes profesiones, personajes que eran parte activa de la RENATA, que podrían ayudarle a hacer algunos estudios, para que, más allá de los conocimientos empíricos del Topo, ellos pudieran, mediante análisis de suelos y resistencias de materiales, crear algunos mapas de riesgos, que podrían ser de alguna utilidad productiva.

—Bien, me parece bien, pero ¿qué es la RENATA? —preguntó, intrigado, el Topo.

—La Reserva Nacional de Talentos —murmuró—. Puros pinches desempleados, todos profesionales, pero sin posibilidad de salir del círculo de la miseria que cada vez se amplía más, con estos ojetes gobernantes que no miran nuestros problemas, sino de una forma muy inmediata, simplista, egoísta, para su beneficio personal, y de lame suelas del capital financiero que les manda encadenando al capitalismo industrial. Pero bueno, dejemos a esos ojetes y dentro de tres días, si nos permites, estaremos aquí algunos amigos para entrarle al asunto.

—Bien, pero antes de que te vayas, mira, acompáñame. —Caminaron por socavones que se ampliaban de una manera indescriptible para abajo, arriba y a los lados, de manera que entraban por aberturas estrechísimas, arrastrándose y salían a enormes espacios subterráneos que jamás hubiera imaginado. Llegaron a un sitio en el que se oyó un río subterráneo de aguas clarísimas. Mira, es la parte subterránea del río Magdalena. El agua clara corría con tintineos de un frescor indescriptible. Ahí el Topo se quitó la camisa y se sumergió hasta la mitad superior del cuerpo para salir con una expresión de frescura indescriptible, gozosa y aperlado, se carcajea de su extraña situación, invitando a Ulises a que entrara a refrescarse al cristalino torrente filtrado desde los más alegres y limpios manantiales.

—Nomás qué baño tengo —dijo el Topo. Ulises no resistió y tomó algunos sorbos de aquella agua corriente que se perdía en la oscuridad detrás de unas rocas—. ¿Qué te parece mi *spa*? —preguntó sonriente el Topo.

—Maravilloso... —acertó a decir Ulises que no creía que pudiera encontrarse en aquel lugar.

Cuando salió, ya era por la tarde y el sol empezaba a descender por detrás de unas colinas repletas de casas sin servicios, que hedían fuerte a detritus, dándole ese característico olor a miseria, enfermedades y depauperación que convivían con aquel resplandor de la modernidad, en el mismo punto como el *ying* y el *yang* urbano que se escondía bajo las frías sombras de aquellos edificios de Santa Fe con todos los lujos y sus servicios.

Caminó y se acercó a la humilde vivienda que ocupaba en las mojoneras de la zona rústica de las águilas, rodeada de zonas residenciales, donde estaba su ciudad perdida. Una vecindad sucia en la que destacaba su vivienda de material, entre las casas de cartón y maderas de desechos. Entró a su casa al tiempo en que una joven voz lo llamaba desde la entrada de la vecindad.

—Ulises, ¿dónde andas k..?

—Quiubo, mi caballo, ¿dónde te has metido? Pásale, ahora mismo te iba a buscar para que encontremos a la banda para platicarles de algo que me sucedió.

Pero, deja paso al baño y nos vamos por aquellos que seguro están en el billar.

—Vamos, pues. —El caballo, Javier, es un Ingeniero Civil, subempleado que realiza como *freelance* (eventual) algunos mapas y planos para las constructoras grandes y medianas, que se encargan de la obra pública de la Delegación Azcapotzalco; a veces supervisa las obras y elabora las listas de precios unitarios para los concursos de obra de las licitaciones de las delegaciones y sus modales son definitivamente cosecha de la calle. Sus ingresos sirven para mantenerse él, mientras colabora en la manutención de los compañeros que no pueden conseguir la papa, aunque no deja de ser "trovo" y tosco de espíritu, es muy solidario. Mientras salen de la vecindad, va Ulises platicándole su encuentro y la propuesta a ese personaje del inframundo urbano. Llegan al billar y ante una mesa de carambola se apostan ocho muchachos, todos profesionales y sin empleo, haciendo por la vida, metiéndole ganas a todos los trabajos que se les ofrecían, de medio tiempo casi siempre o por honorarios cuando los había; ya arrimando el hombro para apoyar a los que no tienen la fortuna de un medio empleo o una chamba ocasional, haciéndose fuertes entre ellos, subsisten.

Trabajan de vendedores de chácharas, algunos de seguros y otros hacen chambas de sus especialidades. Ricardo, licenciado en informática y especialista en construcción de *software*, es de aquellos menos afligidos y, aunque podría fácilmente emplearse, su relación con la vida le lleva a ser emprendedor independiente.

Crea programas de administración, contabilidad, viabilidad de proyectos o seguridad para pequeñas y medianas empresas, gana buenos pesos, que no tiene empacho en poner a la disposición de las necesidades más apremiantes de sus no tan afortunados amigos. Vive con solvencia y paga generosamente lo de algún compañero en turno y en desgracia, las tortas de los famélicos que llegada la noche no han hecho pesos con que comer, ni nada para beber, a los que no les alcanzó el día para abrir la puerta para existir con un trabajo que les brinde la oportunidad que la mala globalización ha costado, hasta hoy se regocija con el billar prefiriendo siempre la carambola al *pool* al que encuentra muy de fantasía.

Sus historias de clases medias venidas a menos eran el pan de cada día, en esta ciudad que se les desmorona ante sus mejores hombres con la indiferencia negligente de una cada vez más reducida burguesía y el mal intencionado perverso manejo de la cosa pública que los políticos usufructuaban para sus negocios y para sus fortunas personales: la megaconcentración en unos cuantos.

Ante una necesidad universal del hombre, esa opción global que era por principios sana, se le envenenó. Ahí, se reúnen jóvenes de todas las corrientes políticas, chavos de izquierda desencantados de la realidad de los partidos, que siempre quieren poseer la razón y de ser dueños de la verdad y que en el poder, solo se dedican a sus intereses internos, olvidando a la Nación y a la gente de a pie, mientras que se "amafían" en grupúsculos que quieren detentar y controlar para su provecho la cosa pública y que no conocen sino la acerada Razón de Estado; izquierdas listas para asumir con el poder la venganza histórica y que también formaban pequeños grupos elitistas, que concentraban el cargo público, por el que se paseaban de periodo en periodo amasando para sí grandes fortunas personales, parapetados tras una imagen de luchadores sociales, que solo alcanzaban a formular consignas dulzonas que les permitían ser caciques reales y verdaderos, en aquel mundo de la corrupción que embebía aquellos parámetros de los héroes de una izquierda, que no solo era falsa, sino siniestra en sus manejos del poder y las cuotas de su ejercicio; lo que se traduciría en una imposición regresiva al despotismo oriental menos ilustrado o a la franca rapiña del recurso gubernamental por huestes ansiosas del escalar, con pocos cuadros suficientemente ilustrados y con grandes grupos de fuerzas de choque, pero sin ninguna preparación que les posibilitara crear nuevos usos personales para los espacios públicos de acciones positivas, así como los que prometían mucho, empero pensando realmente en no darles nada a la gente para la integración democrática de toda la gente productiva; y con el desencanto de aquellos gobiernos emergentes que solo habían mostrado, cuan ñoños pueden ser los hombres ante el poder que no conocen sino de oídas, y que al tener que enfrentarlo se rindieron a las viejas formas y dejaron pasar la oportunidad de rectificar y se amañaron como todos; de modo que conocían las sucias entrañas del poder y no les atraían sus enseres...

Mas ¿habría una izquierda humanista? ¿Se preguntaba?, o atestiguaba, y su tono no expresaba la diferencia, pues sin inflexión la palabra sonó angustiada. Pero no sonó hueca, sino que resonó en el tiempo todo, inconclusa mientras que se convirtió al hacerse poema de esperanza ante la búsqueda de verdaderos principios de reordenación y desde una nueva República educada.

Libre pensadores, filósofos como Ernesto, que graduado en filosofía y letras, estaba harto de los líderes como el Moch, quienes brillantes en sus planteamientos, no tenían la menor capacidad de negociación ni de resolución. Clase "medieros" sin filiación ideológica que aspiraban a la libertad, la fraternidad y la equidad al tiempo en que veían que la burguesía misma les excluía de toda posibilidad de acercarse a sus sueños; en fin, jóvenes cansados de verse, día a día, angustiados por encontrar las puertas de la formalidad cerradas y sin encontrar cómo mover a los sectores progresistas que no aportaban ideas de cómo crear riqueza y opciones de empleo, sino solo cómo repartirse la existente, porque lo que se desbordaba era la necesidad de empleos con sentido productivo, de plazos fijos y permanentes bien remunerados.

Otros que veían y hacían análisis profundos sobre ¿cómo es que la única posibilidad real de futuro para el capitalismo y la sociedad burguesa radicaría en la formación, extensión y consolidación de las clases medias?, que eran los auténticos baluartes de la sociedad de consumo que ante la avaricia desmedida de las clases poseedoras, van desapareciendo cada vez más esas clases medias oprimidas por abajo y por arriba, aplicándose así las sociedades occidentales su propio haraquiri, según decía Alfonso, licenciado en comunicación, que había realizado sesudos estudios del comportamiento de las masas ante la globalización y la madera de las élites en lo humano y qué sentido les daba el tiempo a quienes no querían oír. El *who is who* en la oferta de la celulosa entintada y la desaparición acelerada y paulatina de las clases consumidoras, es decir, las clases medias, frente al reloj de la desesperación que se agota ante sus ojos consumiendo no solo su opción, sino a la vida entera a la que se le atacaba .

Y demostraba que los superávits de la deflación japonesa, los crecimientos acelerados, sus caídas abruptas y la inmovilidad económica de las metrópolis imperiales, obedecían a patrones hiperconcentradores de la riqueza de cada vez menos gente, ampliando las capas de gente sin acceso al trabajo y al consumo, y así ahondándose el deterioro social global. Había reunidos ahí gente de todas las ideologías e ideas, aunque en ese momento no estaban reunidos el conjunto de los treinta amigos, representantes de todas las facetas de las ideas sociales, que en lo único en que coincidían, además de sus profundos lazos de amistad, era en su desencanto por las teorías sociales y las utopías, y por las promesas de todos los políticos que mostraban una sonrisa de cocodrilo, cuyos dientes escondían aquel retroceso real ante las promesas de dar todo por decreto; en que no se entendería que aquel que por decreto da, por decreto quita, mas el mareo era general; el peso de la democracia parte de hacer que esta perviva y que no se acabe porque alguien llegó y acabó con ella; ese es el problema con la democracia, el que no se defienda por sobre todas las cosas su verdad irreducible de libertad desde adentro del poder, pues ya una vez dentro aquel inquilino del sitio del poder puede hacer mil argucias y proclamarse eterno. El eterno y suena un guaguancó de ecos sureños con sueños de libertad sacrificada tras esa boina roja deslavada.

Cansados de ver a esos cuadros de izquierda que tras un discurso apergaminado, desgastado de tanto repetirlo, no traían listas sino a todas sus ansias depredadoras ante la ultraderecha cerrada, ignorante, sin ideas, y que políticamente resultaba ser muy ramplona según se había mostrado, en una iglesia que excomulga por decreto, a una juventud que, ni caso le hacía, mientras que en Europa, Italia, España, la píldora del día siguiente no era cuestionada por esa misma Iglesia, que hacía que esos jóvenes aquí dijeran: "'perate, nomás me tomo mi excomunión y nos vamos al revé".

Toda la juventud sin esperanzas de acceder a la movilidad social, que está en planes de conformar una nueva idea social que les admitiese y que tratan de crearse un espacio en el espacio existente y que frente al reloj aún podrían tratar de sentir y no tocar esto profundo de leer y no hacían sino hacer lo que sabían, ser libres al construir a su todo social en espacio.

Comiendo una torta de huevo con chorizo, Ulises les platica de su aventura subterránea por el pasaje de la inconsciencia de una historia que había sondeado en las vías atemporales del que penetra en lo profundo, a conocer en la luz aquellas nebulosas cargadas de falsas promesas y con muchos resentimientos que se escondían tras las páginas de una clara historia de oquedades y de abusos manejados para uso de la construcción de sus riquezas tras falaces promesas que ayudaban a apuntalar a falsos palacios de ideologías construidas desde nostalgias reprimidas, rebozadas entre bromas y jugadas de tres bandas y algunos "*ramberses*" bien ejecutados, escuchando fascinados aquella narración que salpica de nostalgias la memoria, por la emoción del recuerdo de esos momentos del "bazucazo" de San Ildefonso y el tenor que toma, y que les interesa con aquellos potenciales y promisorios resultados del poder crear un mapa de riesgos cuando lo prometido no escapa a la posibilidad y enciende las ansias redentoras de quienes no les pueden redimir. Al final de la torta y de un refresco animado con ron, decidieron que un grupo de amigos iría a los lares del Topo y empezarían a ver qué podría hacerse para crear un proyecto viable en el que todos cupieran.

Ricardo, el informático, pondría los fondos para avituallar a la expedición de dos semanas y estaría preparando aquel material programático requerido en su computadora, para que al salir los datos del sitio le proporcionaran las cifras y los trazos que conformarían los nuevos mapas, que escanearía, para luego diseñar un programa con el cual por registros digitales los uniría dándoles la posibilidad de obtener imágenes en tercera dimensión, de modo que necesitarían que asistiera un dibujante profesional, especialista en dibujos topográficos, que para esto no estaba él y concluyeron que era labor para Martín, un vulcanólogo que trabajaba parcialmente en el CENAPRED, monitoreando al Popocatépetl en épocas de movimientos y de actividad del magma. Experto en materiales minerales y en dibujos topográficos especializados, iría, ahora que se veía al "Popo" dormido, con Ulises para combinar entre los muchachos sus habilidades en las profundidades donde habita el Topo, aunque antes visitará la biblioteca del Politécnico para poder encontrar aquel material de referencia que necesita para poder hacer medidas y trazos, para tener aquella noción clara de lo que realmente les espera en materia de suelos urbanos del D. F.

Javier, el ingeniero civil, hará estudios de resistencia de materiales y los que haya menester para que puedan proponer un mapa de riesgos fundamentado y sustentado con estudios serios y profesionales, amén, de que promete conseguir un mapa donde se trazan bien ubicadas las franjas de fallas que cruzan el distrito federal y, que, aunque son secreto de Estado, están a disposición del mejor postor, como todo aquello que existe en manos de una burocracia ansiosa de unos pesos de más y, que es vendible, según demostraban las listas del IFE que están en manos de una compañía gabacha y que hace que las listas del torturador "caballo" fueran incipientes listados escritos con la sangre de un suicida que se cortó en trozos a sí mismo, para dar fe de su arrepentimiento o, mejor aún, de aquel que fuera asesinado, pero que fue debidamente consignado como suicida, para abreviar las amonestaciones frente a aquellas bases de datos, de todos y cada uno de los ciudadanos, que habían sido vendidos por el control vehicular, que se había, ahora también vendido a grupos de usuarios profesionales.

Ernesto, el libre pensador, se anotó, para realizar las bitácoras de la aventura, y apoyado en sus estudios en letras, pretende crear algunos cuentos de las diferentes etapas históricas de aquellos socavones, que le sitúan como cronista oficial y testigo de la oscura, ventral historia de la base inconsciente urbana y del desarrollo de su avance espiritual métrico de sus sueños comunes. Alfonso conseguirá unas cámaras de vídeo para poder tener una memoria magnética de cada uno de los pasos y avances que se den, pero no les acompañará por tener que atender una producción que no podía despreciar, porque hacía mucho que no le caía chamba y está apretadísimo con las rentas y con la necesidad de apoyar a su mamá, a quien tiene viviendo en la casa, con el abuelo y su mal de Parkinson que se le complica con una no retención de líquidos que hacen del abuelo un ser 100% dependiente, como mudo testigo de un cambio de piel del monstruo que se incubaba en el acarreo y que miraba atónito como el Mal se llamaba a sí mismo el Bien y al que jamás acabaría abandonado a su suerte, como esos viejos del primer mundo que no cuentan, sino sus cuentas regresivas y que se consuelan de ver a sus nietos sanos jugársela y andar por ahí en la aventura de sus dichos cuando la civilización promete darnos más años de vida con enfermedades incurables de premio.

Quedan de verse en la Magdalena a las siete de la mañana, dos días después. Tiempo en el cual, Javier conseguiría prestados algunos instrumentos con gente de su facultad; Ulises con Ricardo y Ernesto harían algunas compras para surtir aquellas magras despensas del Topo y Martín traerá unas bolsas de dormir con sus colegas, lámparas sordas e instrumentos de medición, mientras que pedirá le suplan unos amigos por dos semanas en sus horarios y va conociendo la cámara prestada para que nunca más fuese la tortura del no saber qué botón apretar y para así poder servirse de su técnica, para lo cual trabajará con Alfonso, incentivándose de manera personal tratando de fajarle a su hermana, la cual además de tener fama de guapa, la tenía de apretada y a aquel esto solo le encendía más, porque se estaba ilusionando con sus remilgos y en realidad estaba cayendo enamorado de la que le negaba sus favores, y eso le hacía pensar en ella todo el día, de modo que soñaba que ella era aquel premio y aquella niña acomodada solo era la carnada.

Llegada la fecha, tal parece que el grupo de muchachos emprendería una excursión, cuando en aquel silencio de la madrugada, en un paraje desolado, ellos se introducen en las oquedades del poniente de la ciudad y desaparecen a la cacería de sus sueños, tras de la oscura caverna, y van apartándose de las hierbas. Después de algunos minutos de caminar, alumbrados por aquellas lámparas sordas, ven bailar mil sombras que muestran que entraban a un espacio atemporal en el que se reunían los guardianes de los tiempos, sombras desprendidas de los seres que revoloteaban ante las llamas de la hoguera del Topo, proyectadas en los lejanos muros en los que las humedades que no alcanzaban a retener aquellas huellas fantasmales que recibían en la conciencia que descendía tras la voluntad de ser en aquella nueva aventura de la luz que emprendían los seres del conocimiento. Acercándose al punto, todo aquel grupo, Ulises levantando la voz, grita:

—Hey, amigo Topo, ¿estás ahí?, somos nosotros, que ya venimos. —Un gruñido se oye y, la voz aguardentosa de quien es a fuerzas despertado, después de una pesada borrachera, refunfuña después de cinco gritos y sus silencios.

—Sí, aquí estoy, pásale muchachón. —Los cuatro amigos se descuelgan hasta aquel rincón de la caverna y ven como un bulto sucio y pálido se remueve, bajo una gruesa frazada con la que va acercándose a los rescoldos del fuego.

—Topo, cómo estás, mira estos son los compañeros de los que te platiqué. —Les va presentando ante aquellos ojos inyectados de exceso y desvelo, que no obstante son amables en su expresión de aquel adormecido saludo, como un guerrero de los tiempos que chequea a las huestes que les son asignadas y las aprueba con gracia y con ronca voz pastosa les estira una mano dura y rugosa del hombre en contacto con los elementos, que con sus uñas largas, negras de tierra, saludan con firmeza, solo tomando la punta de los dedos de aquellos muchachos y, mirándolos profundamente a todos; escaneándolos, parece desnudarles su alma con solo una mirada y queda satisfecho por encontrar una valiente inocencia en todos y el silencio que denota profundo respeto y solo el fuego atestigua de esa reunión viva y de su sustancia.

Bajan las mochilas y Ernesto saca un cartón de huevos, algunos jitomates, cebollas y chiles, le pregunta al Topo, sobre si tiene una tabla para picar, el Topo le señala un rincón al que se acerca, hallándose con una desvencijada mesa que tiene varios viejos implementos de cocina, abollados, y una tabla de madera muy usada, pero como todos aquellos trebejos encuentra muy limpio todo.

—Estoy crudísimo —dijo el Topo—. Hace mucho tiempo que no tomaba así, pero ayer pasaron por el socavón de Mixcoac unos carboneros que traían en mula unos tambos de pulque y platicando me arrimé poco más de cuatro litros, de esos tlachicotones nautleros, que dejaban claramente la huella del alacrán y los que durante la noche, más se me fermentaron y ya hablaba con Dios en la oscuridad, verdad buena, que los mismos santos estaban aquí reunidos todos conmigo, mostrándome las trazas del tiempo.

—¿Y de qué te platicaban? —preguntó Ricardo.

—De puras pendejadas… —contestó el Topo—. ¡Ah…! La verdad es que no sé cómo llegué hasta aquí, yo creí que me quedaba jetón en cualquiera de esos túneles, pero el frío de la noche me hizo llegar hasta mi fogón, que aún guardaba algunos rescoldos y le arrimé unos leños, que por secos prendieron solos, porque yo solo me arrumbé en mi rincón y me quede lúcido como muerto en juicio ante la "verdá" de Dios. —dijo con un agrio olor a pulque fermentado y va retirándose gruesas lagañas de sus oscuros ojos, mostrando tal desenfado en su bostezo, que les contagió a más de tres las ganas de estirarse como un animal en libertad, ahí les daba una muestra de lo que es la excelsitud de la extrema hueva mortal.

El olor de aquellas cebollas sabiamente picadas y en proceso de acetrinarse hasta aquel dorado que elimina las transparencias y desprenden unos aromas dulzones que al chirriar del jitomate y de aquellos chiles toreados a mano y picados que se van asando, les hacen salivar, mientras unos acomodan la despensa, y otros, las bolsas de dormir, los instrumentos y las herramientas.

Al ver todo aquello, el Topo con los ojos pelados como platos, se vuelve, diciéndole a Ulises:

—No "pos" si vienen en serio, si hasta parece que vienen de día de campo, voy a poner agua para café y le doy vuelta al calcetín pa' que amarre Bien.

—Deja, que nosotros traemos unos frascos de café, de modo que puedes descansar el calcetín, pero calienta el agua.

Se ríen mientras que los huevos al caer cuentan de tiempos mejores, nadie habla y solo el ruido de las frituras y sus cocciones les hace la música del alma, que nadie disfruta más en sus adentros que el Topo, que crudo, saliva, sonríe y babea mientras que escucha a Martín, el cual ha llevado algunos apuntes sobre las características del área y le acerca una cerveza helada, así Martín es el que comienza diciendo, sin afectación y como para que todos lo sepan: es que se desprende de unos datos que había obtenido en la biblioteca del Politécnico, y sus indagaciones, sobre de la conformación de las extrañas entrañas del ígneo origen del final del andante caminar de la República desde Pangea al crear el valle. Así tenía la iniciativa de promulgar al hacer del fin de ese día el principio de nuevos tiempos que marcaran esos mejores augurios para su empresa en esos vericuetos del hacer historia.

—Antes que nada —dice con desenfado— debemos partir de que la zona que vamos a estudiar es la Cuenca de México, que no es Valle o Cuenca del Valle, según confirman las características topográficas, geomorfológicas, hidrológicas, tectónicas, estructurales, geográficas y, aunque hay infinidad de autores que las nombran de las tres maneras, los últimos estudios afirman contundentemente que estamos hablando de una "cuenca endorreica elipsoidal". Está formada por la sub-ducción provocada en la placa de cocos que se mete bajo la placa norteamericana, dando forma a las sierras formadas por el modelo tectónico que constituyó antes que nada, el golfo de Baja California, que va dando origen a la faja volcánica trans-mexicana, formada por la fosa tectónica del Mar de Cortés, el extremo norte de la dorsal del Pacífico y el sistema de fosas tectónicas de la faja volcánica transmexi-cana, que junto a la subducción de placas forman las fuerzas distensivas y compre-sivas —Les muestra unos mapas y todos se arriman para observar mejor aquellas láminas en las que se ven como se meten las capas oceánicas una debajo de otra y dan sentido a esto ya por aquel explicado—. Estas fuerzas han levantado las sierras de Guadalupe al norte de la Villa y, a la de Nevada, entre la cuenca de México y Puebla; la de Chichinautzin desde Coyoacán hasta Tepoztlán; las Cruces entre Toluca y la Cuenca de México; Santa Catarina, de los Tejocotes y Petlachique, que incluye a las formaciones de Xochitepec, formada en el Oligoceno; Chiquihuite del Mioceno tardío y el Plioceno temprano; Santa Isabel-Peñón, del Plioceno; Chi-chinautzin entre la sierra Nevada y las Cruces, del Pleistoceno y la de Cuautepec de Xochitepec del periodo Oligoceno. —Martín va señalándoles en un mapa cien-tífico que ha desplegado en una mesa junto al fuego, aquellas sierras que circundan a la Cuenca de México y, todos, embebidos con la comida y la explicación que les da no pierden ningún detalle de aquellas formaciones de tierra del D. F.

El Topo abre sus ojos de manera desorbitada mientras engulle ayudado de su tortilla los humeantes huevos con "harta salsa", como dijo al servirse, sazonado con los datos que deglute con sus hinchados ojos, que se mueven, de un lado a otro, de una manera festiva.

—En el Plioceno —continuó Martín— se formó el Ajusco, el Iztaccíhuatl, las Cruces y Tláloc; en el Pleistoceno, Chichinautzin y el Popocatépetl y, por último, el Pedregal de San Ángel hace unos 2400 años. Se calcula que la cuenca se cerró hará unos 700 000 años, según la edad de las rocas tipo Chichinautzin como informa A. Oviedo de León en su obra: *El conglomerado Texcoco y el posible origen de la Cuenca de México*. Los tipos generales de rocas que se encuentran en el área y, dependiendo del periodo de su formación, son: andesitas basálticas —mostraba una a una aquellas piedras mencionadas y todos las iban viendo y reconociendo—, andesítas francas con anfíboles y piroxenos, dacitas, latitas, cuarzos sin olivino, piedra pómez, abundante sobre todo en el joven Ajusco. Ahora bien, hay que tomar en cuenta que a nivel del piso de Las Sierras y la Cuenca, existen diversas capas, unas de antes del vulcanismo del Mio-Plioceno con 600 m de espesor como mínimo y las contemporáneas del Mio-Plioceno, que son las capas Tarango de 300 a 400 m, cuya base es de fines del Mioceno y cuya cima es de fines del Plioceno. La capa postplioceno de entre 2500 y 3000 años constituye la formación Becerra, la formación Tacubaya y la formación Noche Buena.

Martín continuó explicando qué tipo de piedras y rocas eran así distribuidas en esas determinadas sierras y montañas, de modo que su explicación se extendió por un buen rato. Los muchachos, terminada esta introducción, le dijeron que parara, que eran demasiados datos para un día, que mejor comenzarían a explorar y ya habría tiempo para seguir con las explicaciones que a todos fascinaron y que en los ojos del Topo bailaban como llamas ardientes, en los que brillaba la sorpresa agradable del que de pronto se encuentra en una mina de conocimientos muy diversos, que le llegan directamente como noticias de su casa y que encuentran toda la atención posible en aquellos oídos que la recibían sedientos como agua fresca que le hablan de lo que considera suyo. Poco después, el Topo, muy entusiasmado de saberse entre jóvenes que saben a lo que van, se lanza hablando sobre cuál será el recorrido que harán aquel día, proponiendo que no se lleve ningún equipo esa jornada, salvo la cámara que les facilitó Alfonso, para poder moverse con soltura, que ya una vez que los primeros túneles sean conocidos por ellos en una aproximación visual a los lugares más atractivos, entonces regresan por los equipos que consideren necesarios. Todos estuvieron de acuerdo y solo Martín llevaría su cuaderno y lápices para hacer esbozos de los sitios, así como los planos generales desde los puntos marcados en el vídeo, dejando una ruta visual, como línea divisoria de aquellas densidades que se quedaban perdidas sobre esos períodos formativos que realizarían y les proporcionarían este primer esbozo de la resistencia de aquellos materiales y su distribución, que al final del cuento los lleven a comprender la realidad viva de las entrañas de la ciudad.

Habiendo comido opíparamente de aquel humeante desayuno, picoso y nutritivo; saciada el hambre y nutrida una primera bocanada del origen de aquel ancestral espacio, ambos deglutidos, con unas tortillas que se acercan al tueste y que sirven de cuchara y plato, con salsa abundante y picosita, como demandan los cánones de alta cocina frente a un taco de huevo con salsa mexicana martajada en metate y sazonadas con esos datos dados por Martín, que recolectaba de aquel "poli" tan querido, mientras que queda solo aquel eco de un ruido acompasado de las últimas masticaciones y de suspiros del picor amable, y de la fría "chela" en general de expresiones de delicia, por la sabrosura que de esos bienes emana. Al poco rato se adentran por las oscuras y profundas oquedades jugándose bromas, mientras avanzan, poco a poco, sorprendidos por las inmensidades que nunca se imaginaron encontrar en tales sitios que se hacían imaginaciones de los tiempos mejores de los que excavaban y se unían estos tiempos de bonanza que sus esfuerzos prometían porque estaban sembrados de esperanzas de encontrarse finalmente con mucho quehacer en ese mundo real, productivo ahora.

Todo el resto del día caminan, se arrastran, dibujan, conocen y reconocen. El Topo les dice, que han llegado a una zona en que se podría decir se dividía en la tercera parte de aquellas cavernas, que adelante miraban, había solo pequeñas cuevas de algunos metros o de profundidad y solo más adelante, hacia Santa Fe, entrarían a la otra zona profunda donde los rellenos sanitarios habían cubierto ciertas zonas, apisonando aquel terreno, pero en la que se encontraban enormes cavernas. En algún momento Ernesto tiene miedo de perderse al quedarse atrás, apuntando bajo la luz que aún se filtra unas anotaciones sobre los dichos de aquel historiador incipiente, más bien un fabulador: el Topo, que recoge las consejas de los pueblos y los dichos y leyendas de los por ahí avecindados en la superficies de aquellos socavones y que al ser él el menos experimentado en estas incursiones de las letras lo siente compensado, por ser el más avezado conocedor de esos parajes y tiene ocasión de demostrarlo y sentirse así parte necesaria y activa del grupo, cuando Ernesto que iba detrás al tener un "corto" en su lámpara se va quedando a oscuras cuando ya sus amigos han doblado a la derecha y es cuando les grita desesperado.

El Topo regresa sonriente y en unos pasos está junto a él, aunque a oscuras, el Topo tiene pleno dominio del espacio visual, mientras Ernesto, cada vez con más pánico y sin notarlo no les deja de gritar.

—Calma muchacho —le susurra el Topo tomándole del brazo—, ven conmigo. Caminan y doblan a la derecha, donde aquel grupo espera, sentados y sonriendo. El Topo con cara de burla, mira a Ulises señalando con el rabillo del ojo al filósofo que aún tiembla de miedo e ira por las sonrisas burlonas.

—Cálmese güey —le dice Martín—, si se pierde, solo quédese quieto hasta que los ojos se acostumbren a la oscuridad, después péguese al muro y camine siempre a la derecha, si la cueva está cerrada tendrás que encontrar tarde o temprano el mismo sitio del que partiste y si es abierta forzosamente toparás con la salida. Nada más, no te aloques metiéndote hacia todos lados, solo sigue a tu derecha y tendrás que cubrir el perímetro, ¿de acuerdo?.

—De acuerdo, ni qué de acuerdo, cabrones, como ustedes viven de estas cosas, pero mi cueva tiene dos por tres metros y aún así me pierdo en la oscuridad persiguiendo a la Pancha y ustedes me vienen con la jalada que todo a la derecha. Ni que fuera panista.

Todos sonríen y siguen caminando hasta desembocar en la cueva del río subterráneo. Se lavan y Ulises de plano se encuera y se mete a nadar, seguido por Javier y Martín; mientras que el Topo monda una naranja que ha recibido del morral de Ernesto, que se pone a desdibujar algunas ideas que le han surgido del momento de verdadero terror de sentirse perdido en el tiempo en que la ultratumba estaba viva y atrapándole en su día; mientras pide a Martín, la cámara, como sabiendo que es el refugio exacto para estar dentro y fuera de esta situación en la que la burla se presenta, poniéndose los audífonos, sale.

—A ver güey trae para acá eso, que a esta de hoy en delante la cargo yo, que su luz no me abandonará más.

Regresa a sus apuntes excitado y feliz internamente porque sintió por primera vez lo que venía a buscar, adrenalina para darle a sus escritos ánimo y locuacidad, pues para él su literatura lo lleva por la sensibilidad a pensar el que no había una sensación que él no extremase ya de modo inconsciente o consciente cuando quería sentir algo que deseaba plasmar en sus cuentos o escritos, porque con los nervios de punta le roba así al momento lo más intenso de la percepción filtrada por esos sus sentimientos, de forma tal que pudiera hacer sensacional lo narrado o para poder sensualizar los motivos de su narración, desde la profundización de todo lo sentido, plasmando al obturar el diapasón de sus sentimientos en ese momento vivido y capturado en su memoria y subido a una narrativa más compleja de la narración novelada de sus pasos, el verdadero pánico de la oscuridad total lo llevó al extremo del terror; un terror más producto de sentirse perdido en la cueva que le hizo pensar en algo que conocía de sí ante la oscuridad al momento que el pánico descontrolado le agobió.

Refrescados y descansados salen hacia el campamento del Topo y preparan una frugal comida, abren unas latas de atún y pican jitomate y cebolla, preparándolos muy picosos, con un arroz que el Topo cocina sin esfuerzo, entero, seco y consistente. El Topo lleva, dos veces a la semana, agua del arroyo a unos tambos plásticos que tiene en su recinto, de modo que siempre cuenta con agua limpia para beber y para lavar sus utensilios de peltre despostillado y de plástico, preparando con ella muy frescas sus frugales comidas o para hacer sus abluciones, porque era extremadamente limpio, pues pensaba que era su forma de inmunizarse contra el poder de volverse una bestia en aquellos parajes. Porque aunque vive en tan parco estado, su higiene no es algo menos notorio para todos sino que es esencial para él, junto al impecable orden de los viejos trebejos que lo acompañan.

Sus ropas remendadas en todos lados, aun con remiendos sobre remiendos, están, en la medida de lo posible, limpias y aunque tiene una barba de semanas por no cortársela, no luce sucia, ni huele el hombre mal sino a hierbas frescas con las que se talla el cuerpo, y no como podría esperarse de alguien que en el abandono de unas cuevas vive en las soledades de la era de las cavernas, en pleno principio del siglo XXI, de modo que no solo su cultura mediana, aunque clara, sino sus hábitos hablan de una gente que ha visto mejores tiempos higiénicos en su ley, aunque parcos y solo sus uñas son la huella de manos que trabajan en contacto con la tierra. Se acomodan a desarrollar cada uno sus tareas y, poco a poco, a dormir, no sin antes planear de un modo minucioso las actividades del día siguiente. Cansados hasta la medula, todos duermen profundamente sin interrupciones, porque el sueño es la recompensa del trabajo y del esfuerzo. Y ese sueño sería la viva salud que se respira y que tuvo que arrastrarse por la cavidad abdominal de la Ciudad de México mientras el Topo se dice ser suertudo.

A la mañana siguiente el olor a café puesto por el Topo les va despertando uno por uno. Se desayunan huevos a la mexicana con trozos de tortillas fritas hasta el punto de lo dorado, con chiles serranos picosos y toreados. Cargan un teodolito, una larga cinta métrica, cascos y unos aparatos de Martín, mientras se adentran en las cuevas. Estas labores duran dos semanas y media, habiendo desarrollado unos mapas impresionantes por la exactitud de las mediciones y la precisión de las marcas, en que están las hendiduras, las entrantes y salientes, los grandes hoyos, las zonas con filtraciones de agua y las zonas de arena, de tepetate, de rocas volcánicas, vulcanitas y gravas. Por la extensión, variedad y el tamaño de las cavernas caen en la cuenta de que será mejor que Ernesto y Ulises regresen a la superficie a llevarle a Ricardo, tanto los mapas realizados por los especialistas, como los bocetos del Topo que, para su sorpresa, concuerdan muy bien entre los trabajos del Topo y los de sus manos técnicas.

Con sonrisas y comentarios van a avituallarse con más despensa, pilas y enseres, para continuar laborando, pues las viandas de dos semanas han durado justas, hasta finalmente acabarse. El tiempo transcurre, y aquel equipo de profesionales hace las mediciones abajo, mientras que Ricardo con un mapa de superficie de la zona ha ido realizando un programa computacional, en el cual se ve, a mitad de la pantalla, aquello que los muchachos ubican abajo, mientras que en la parte superior y de acuerdo a mediciones y coordenadas exactas, va armándose aquel mapa de superficie que con los trazos del inframundo adquiere un sentido de complementariedad notorio. El trabajo avanza con enormes esfuerzos que se reflejan en continuos, lentos pero muy definitorios avances en la pantalla del CAD/CAM; Ricardo entusiasmado, no tiene reparos en seguir financiando aquella operación aunque sus magros ahorros ya empiezan a sentir un desfonde al tener que pagar las tortas de aquellos caídos durante el día en aquel billar, caídos pero no vencidos ante infructuosas búsquedas de chamba, donde esperan esas huestes no derrotadas y regularmente mal avitualladas, para hacerles sentir menos dura la tarde, al contar con su mano amiga, que además, surte la despensa de aquel equipo de soldados subterráneos que emplean sus horas cual Hécate, buscando en las entrañas de la Tierra el futuro del grupo que les ofrezca el pan sin necesidad de venderse a precio de esclavos o de chequear tarjetas burocráticas, que consuman sus vidas, haciendo nada que les haga ser; porque por cierto no captaban la belleza de ser servidor público y servir y no servirse; aunque por dentro solo anhelaban una oportunidad de inserción al espacio productivo que les insertara en la economía y les diera una posibilidad de dar vida a la gente que depende del que está en edad de trabajar y no encuentra empleo digno.

Al cabo de dos meses han reconstruido el área total de la zona media al sur con todo detalle y el trabajo realizado por Ricardo realmente ha rendido frutos al escanear, tanto lo subterráneo como la superficie. Salen pocas veces, ya caídas las luces de la tarde y entrada la noche para no llamar la atención; cuidadosos al extremo, al punto de que hasta el momento solo algunos ladridos de perros han atestiguado sus inmersiones en las grutas, de modo que, nadie sospecha nada de aquellos muchachos que trabajan de oscuridad a oscuridad sin abandonar el inframundo sino muy pocas veces y siempre de dos en dos y en la total oscuridad de la noche.

Durante semanas completas se dedican a escanear rincón a rincón, piedra a piedra aquellas oquedades, obteniendo un trabajo exquisitamente profesional. En una ocasión en que Ulises ha salido con los últimos bocetos y por la necesidad de viandas regresa con Ricardo, el que por primera vez se atreve a entrar en esos parajes. Cuando de pronto, oyen el lastimero tañer de una guitarra, que lentamente rasgada, da cuenta del ánimo melancólico de los muchachos, que con unas botellas de tequila más bien vacías, cantan coplas de amores perdidos. Y suena la historia de una mariposa traicionera, que se deleita de pistilo en pistilo con esa gracia de Maná que había sabido darle a la historia de una mujer más que fácil, el tono sabroso del hombre maduro, que sabe dejar ir a una mujer de las que nacieron o se hicieron para hacer llorar, de modo que ante aquellos cantos que entona Ernesto, Martín los corea:

—Mariposa panteonera, que eres el entierro de quien te viera. —Ora cabrones, qué pedo traen.

Los muchachos, todos sonrientes, se vuelven a ver a Ulises que con Ricardo entran cargando bolsas y mochilas de comida. Les alargan, sin dejar de cantar, unos tragos en rinconeras de frascos semivacíos, dándose un gran último trago del fuerte se unen al coro sacando tres pomos que ponen a la disposición del grupo que celebran cantando lo atinado de la compra. Al terminar la pieza, Ricardo es presentado al Topo que se acerca a ver el programa, en la *laptop*, que para el caso lleva.

Enciende su máquina y todos quedan fascinados por el programa que aquel ha diseñado, en el que se incluyen datos históricos de las capas geológicas, los sedimentos, las rocas, de modo que, en varios mapas se encuentran, tanto los datos proporcionados por aquellos estudios de Martín, extraídos del Politécnico Nacional, como las imágenes del Landsat en las bandas 5 y 7 con estudios fotogeológicos, cartográficos, geológicos; amén de las siluetas de los entornos de esas cavidades que iban afianzándose poco a poco con sus carbones, desde las hondonadas que plasman en máquinas con una precisión científica intachable. Y el Topo, se rasca la cabeza murmurando:

—Mira nomás que "chingonería" de chamacos estos, ya hicieron, mapas, películas y caricaturas de mis dominios, si solo falta ver salir volando al hombre araña con sus dedos atómicos, "verdá" de Dios. Ustedes sí son de esos tiempos que corren en la "Interné" 'ches... chamacos cabrones, ahora si van a tener sentido nuestros esfuerzos con tanta chingadera que ora se traen. —Martín aprovecha para mostrar algunos de los mapas nuevos que escanearon y dice:

—Esta es la Sierra de las Cruces que es el límite topográfico oeste de la Cuenca de México que la separa del Valle de Toluca. Localizada en el paralelo 19° 29′ y 19° 30′ latitud N y el meridiano 99° 29′ de longitud O. Va desde el cerro de la Bufa en el norte hasta el volcán de Zempoala en el sur, con unos 65 km y que abarca desde Cuajimalpa hasta la Álvaro Obregón, abarcando 19 km y un área total de 1235 km², formada por los cerros de la Catedral en la parte norte con 3770 m sobre el nivel del mar, el cerro de las Palomas con 3750 m, el cerro Prieto con 3570 m, el cerro de la Bufa, el cerro de los Potrillos y otros como el Cervantes, la Campana y el Zempoala.

Nosotros estamos aquí en medio, entre el cerro del Coyote y el Malsano, casi todo es piedra ígnea compuestos por andesinas y piroxenos con algunas brechas y tobas de composición basáltica y les muestra algunos trozos de aquellos materiales. Tal vez, la parte más importante radica en que las formaciones de Tacubaya y Becerra no son considerados conjuntos de roca, sino sedimentos no compactados ni líticos, que se han formado por suelos anillosos, limoníticos, polvos volcánicos en capa de aluvión. La barranca de Tarango, que incluye a Tacubaya y Becerra, tiene productos piroclásticos de las sierras mayores depositados a los pies de ellas. Con suelos alfédafos en Becerra, material limonítico y arcilloso. En las Lomas hay un caliche de fácias marginal y arcillas grises plásticas. —Y les muestra unos trozos de los tipos de arcillas compactadas y va señalándoles las zonas de su ubicación—. Esta información explica el porqué se ha extraído el material en estos puntos —y señala algunos lugares—, y explica el origen, las características y resistencia de los diferentes materiales a los que harían frente en cada zona —y concluye diciendo—, si bien la cuenca se cerró hace cientos de miles de años, la cuenca se formó, desde el Oligoceno millones de años atrás.

Todos quedan fascinados ante la explicación, y van viendo las muestras que habían ido arrancando de sus paseos por las cavernas; y entusiastas y arrobados se van encariñando del terreno que empiezan ya a conocer desde su entraña viva, al tiempo en el que se anexan datos al mapa. Ricardo se para, camina asomándose hacia el túnel, a ver con otros ojos estas rocas que dentro de la pantalla ya forman indicaciones topográficas terminales.

Sacan unos jamones, salchichones y chorizos, disponiéndose a freírlos. Alfonso acaba de separar las piedras de unas lentejas doradas en sus lomos, que ya se cuecen en una gran olla ennegrecida y que chisporrotean en sus hervores de tomate, chile, pimienta, cebollas y ajos con aceitito de ajonjolí, al recibir aquellos embutidos brincan y bailan los olores y se cuelan los recuerdos de sabores idos y memorias conspicuas que la cocina les arranca, mientras le explica Ricardo al Topo, cómo ha realizado aquellos mapas y cómo ha compaginado, en aquellos que refieren las grutas y cavernas, la parte superior con la parte inferior del sub-suelo de la zona. Le explican que podrán vender mucho mejor este *software*, que unos mapas por sí solos, en términos de los posibles compradores de un mapa de riesgos y le dicen que podrían hacer varios miles de pesos con ese programa, car-gado con todos esos datos y el análisis minucioso de la resistencia de materiales de las diferentes zonas y que, claro, le tocaría una buena parte proporcional de lo obtenido; de modo que, el resto se lo dividirán entre los demás que participan del trabajo y que será conveniente hacer ahora el lado norte, para que cuando se realice no tuvieran la sorpresa de que algunos otros se les adelantaran, algo que es remoto porque nadie conoce las cavernas como el Topo.

Revisan con cuidado las zonas residenciales y deciden hacer algunos es-tudios en puntos que detectan como críticos, para lo cual, deben antes de rascar y tomar muestras, apuntalar para que no se les vayan a venir abajo las casas y residencias que están en la superficie. Es tan detallado el trabajo que no tardan en darse cuenta, de que aun donde está localizada la residencia oficial de Los Pinos, existen cavernas que aunque están profundas, a unos treinta y cinco metros, no dejan de ser una curiosidad que podría poner en peligro con ciertos movimientos sísmicos de alta intensidad, a la misma casa oficial de la presidencia.

—¿Te imaginas güey, las toallas manchadas después de un terremoto de onda Armani?

—Si k, no iban a saber ni de dónde se les movió el tapete *prozáctico* en la nochecita en cabañitas, en planeación de una fortuna victoriosa desde los malva-viscos robados para hacer juego con los inquilinos de aquella casa en el ideal de la búsqueda oportunista de la inmortalidad inmoral, que mira a Miramar desde esos avioncitos del retoño de ella. —Mientras van viendo cómo se ensambla aquel programa virtual no dejan de sonreír en sus adentros y piensan en una catástrofe marca Luis Butoni por sobre la dignidad nacional entera.

El Topo dice que no hay problema para conseguir ahí mismo polines y ma-deras, para hacer estructuras de soporte, pues hay cavernas repletas de estos uten-silios, ya que fueron abandonadas por algunas constructoras, después de haber acabado sus obras y pregunta en dónde atacarían para buscar las más cercanas sin tener que hacer largos traslados, mientras que se rasca la cabeza y muestra en la pantalla que hay muchas zonas no comerciales, más bien de viviendas populares y de gente pobre, que están en riesgo, por las que nadie hará nada por ellos y que para aquel proyecto no eran comerciales por su poco potencial, pero a los que convendría avisarles del riesgo que corren todos, ante las lluvias y los reblande-cimientos del terreno, que como en el lago de Chapultepec podrían colapsarse y provocar enormes daños en aquellos seres humanos que viven en superficies susceptibles de colapsar, que residen en magras viviendas, que podían ser fácilmente sus mismas tumbas al venirse abajo, espacios estos que la fuerza pública debía reubicarles.

Ricardo, después de platicar con el Topo y un poco con el equipo, dice al despedirse que él estará atento afuera, sobre todos los avances mientras que pensaba en los recursos de la mercadotecnia que emplearían, y que aunque tardará, regresaría, ya que estaba ilusionado con el proyecto y aunque se perdería por dos semanas, (porque tiene que ir a León a construir sistemas de control para las herramientas de automatización y seguridad de unas empresas peleteras, que le pagarán un buen dinero, para poder soportar los constantes costos de aquella inversión) y regresaría con medios, inversión, que si bien es pequeña en términos económicos, para aquellos pocos que sostienen el grupo les representan la base material que les da factibilidad de poder seguir con el proyecto, que ya tiene cara de ser algo que pinta como altamente productivo y que, por lo pronto, resulta muy entretenido y demandante y lo que le ha permitido crear un *software* de lo más interesante, obligándole a invertir el esfuerzo mental que es su recompensa hasta el momento y que lo pone a pensar sobre las formas de comercializar su inversión que va adquiriendo mayor relevancia por la importancia de las construcciones que han detectado que se encuentran en zonas de posibilidades de riesgo medio y alto, allá arriba.

El Topo y Ulises le acompañan hasta la salida y le encaminan sin ser vistos por ningún humano y como es costumbre, solo son despedidos por esos canes que le ladran a las sombras que se desvanecen a la caída del sol, al incorporarse a las sombras y al deambular con aquellos sus fantasmales paseos, en los que sacan esos estudios cargando de datos esa máquina que finalmente les ordenará y que se ha convertido en un imán para estos nuevos topos en que están convertidos y que guardan más allá de los datos: sus esperanzas. Al siguiente día Ulises y los demás muchachos arrastran varios polines hasta una zona situada debajo de las residencias de Tecamachalco. Quieren probar la resistencia de los suelos, pues seguramente ahí encontrarían compradores potenciales de sus esfuerzos; dado que aquella es un área residencial de mucho prestigio y de un nivel socioeconómico más que desahogado, siendo la residencial de nuevos empresarios, comerciantes, *yuppies* o *júniores*; brókeres, agentes de bolsa jóvenes que no tendrán inconveniente en pagar muy buen dinero para saber el estado del subsuelo que tienen sus propiedades y qué riesgos corren sus vidas y sus casas. Pilotean perfectamente una vasta zona que en el programa computacional muestra una distancia bastante corta entre la superficie y la zona de minas, en un espacio en particular en el que en un área de un metro cuadrado, habría no más de seis metros entre los cimientos y una parte abierta de la mina, de modo que, curiosamente está colocada sobre terreno muy firme, pero en el que hay un tiro como de chimenea o trampa que da al parecer a un espacio interior no cimentado.

Los mapas de las estructuras y las construcciones las han obtenido fotocopiándolas del registro de la delegación, mediante el pago de diversos pequeños sobornos, realizados por un amigo que trabaja en el lugar, de modo que nadie sabe que esa información se ha fugado y el manejo de la situación consiste en que Genaro, que es su hombre dentro de aquella institución, mediante algún regalo o una botella hace que le permitan estar dentro de los archivos con el pretexto de ver algunos diseños que en su carrera de arquitecto le dan buenos puntos, argumento con el que convence a sus colegas de dejarlo piratearse unos diseños, de modo que la inocencia del argumento por ayudar en la carrera a un colaborador retira de él toda sospecha al robarse aquellos planos y mata las dudas que pudieran despertar sus constantes búsquedas de muchos datos, hacen que se vea inocuo su accionar, que les permite contar con planos de construcción aprobados por autoridades de las delegaciones.

De manera que, de la zona en cuestión ya se ha incorporado al *software* la estructura completa de aquella residencia, de modo, que saben que aquel tiro está situado debajo de unos drenajes de un patio interior, a unos seis metros por encima; el caso es que en la talacha de reabrir aquel hoyo, encuentran una estructura que no aparece en los planos, o sea, es decir, topan con lo que parece ser una cava o sótano no registrado en los planos oficiales del registro de la delegación de la construcción y obras de la zona, ni en los dibujos de los planos arquitectónicos ahí registrados; ni en los que están en posesión de la constructora a la que investigaron prontamente que han sido auscultados por las conexiones de Javier. Detienen sus trabajos y concuerdan conque será mejor revisar, quiénes viven en la casa, porque ponerse a romper el piso haría mucho ruido y tal vez no tenga ningún sentido hacerlo, por el contrario, podrían meterse en muchos problemas, pues si los encuentran serían confundidos con vulgares ladrones; por otro lado, piensan que es posible que esta construcción pudiera ser que revelara que el modelo escaneado no fuera 100% fiel a la realidad, que en términos reales, estuvieran unos metros más arriba que lo señalado en sus mapas, de modo que se imponía dejar de lado la obra y regresar a analizar el modelo. Salen poniendo sobre la mesa de debates la necesidad de hacer otras incursiones y medidas en diferentes puntos geográficos, a modo de muestreo, con el fin de corroborar la exactitud de las mediciones y del programa.

Convienen en que se haga a la brevedad la corrección de medidas y la toma de nuevos datos y ponen manos a la obra. El caso es que de una muestra de diez puntos en la zona, solo no coincide aquel primero que corresponde a esa construcción. Así que deciden que puede ser una trampa de trabajo en los cimientos y definen como su próximo objetivo inmediato situar bien a bien quiénes son los dueños, a qué hora están presentes y cuántos son; así como obtener la mayor cantidad de información posible, todo con el fin de no causar sospechas con el ruido, que pudieran dar al traste con el proyecto que hasta el momento les pinta de maravilla.

Podrían vender subscripciones al mapa de riesgos, con accesos por la red o un *blog* que se habilitaría para el caso y que contendría diferentes paquetes de servicios, que fueran desde la simple detección de fallas o riesgos estructurales, hasta la implantación de medidas de ingeniería civil que puedan reforzar esos puntos detectados que podrían colapsar o en riesgo de sufrir movimientos o hundimientos; así como una gama de posibles servicios, que en base a sus especialidades profesionales empezarán a confeccionar en sus prolíficas, preparadas y desocupadas mentes, que quieren despuntar y lograr crear un servicio necesario para esos ricos dueños, que les permitiera consolidarse dentro de sus carreras con una oportunidad que se les abriría, dándoles seguridad a todos aquellos que por la situación topográfica de sus propiedades estuvieran en riesgo.

Ulises, encarga a Martín que averigüe qué situación guarda la casa y qué es de sus habitantes. Martín contacta a su amigo Asdrúbal, un chileno que se había venido a México, huyendo de alguna situación de consumo de drogas, que aunque menor, siendo su familia connotada en su pueblo decidieron que era mejor que el vástago perdido se fuera a otro lado, a causar lástimas y a generar miserias, antes que poner en entredicho la reputación de la familia. Cuanto más, decía él, cuando su hermano era un reconocido psiquiatra que aspiraba a ser rector de una universidad local. De modo, que aquel hermanito que le robaba las pastillas al eminente doctor para su recreación, debería de abandonar la plaza, antes que otra cosa sucediera en aquel sacrosanto lugar. Para su suerte vino dando tumbos hasta la Ciudad de México, asentándose en la Colonia Roma, donde ya era famoso y popular, pues además de ser bien parecido, gran bailador, entrón para las grescas, era un multichambas todoterreno, por lo que era aquel quien conectaba las pastillas psicotrópicas de la chamacada de su zona y les vendía también la marihuana cara, pero eso sí, pura crema, colitas de primera calidad para hacer girar a la colonia y sus anexos y, claro está, era el pinocho que les retacaba la nariz de doña Blanca a la buena sociedad, de modo que popular, vicioso y ligador.

Conoce a buena parte de la gente de su zona; y tiene la labia propia del sobreviviente urbano; de modo que es un experto en ligarse a las hermanas de sus cuates, pero no perdona a las domésticas, a las que la gente les decía gatas, y a las que él mima siguiendo un principio de supervivencia básico de tenerlas dispuestas a mocharse, como decía con algún guiso, pomo o vitualla, además de una cama caliente donde pernoctar para convertirlas en sus proveedoras de insumos y chupes de aquellas avitualladas cocinas de la Roma y de la Condesa y que ellas extraen para su güero que también las agasaja. Trabaja en un camión de entregas de ventas por televisión, de modo que podría averiguar con facilidad lo que querían. Asdrúbal se presenta en la calle y número indicado pretendiendo dejar una compra.

—A ver dale vuelta, *brother*, mientras que aquí les toco —le dice al chalán.

—Buenos días hermosa damita —dice en el intercomunicador—. Vengo a dejar un pedido de: "comprar más es lo de menos". ¿Está la señora? Permítame tantito. A ver mamita, ¿cómo estás?.

Se dice a sí mismo mientras espera, pero no deja de notar que están trabajando en la zona en las instalaciones del gas natural de una compañía española especialista en violar las normas de seguridad, por lo que las líneas que debieran estar a un metro de profundidad, apenas estaban a treinta centímetros con los graves riesgos que implicaba, pero que ya estaban solventados con sabrosas mordidas para sórdidos inspectores del Estado, que sabían hacerse de la vista gorda, de modo que gran cantidad de maquinaria de corte de pavimento y excavadoras manuales producen todo aquel ruido propio de las acciones de corte y encarpetado.

Se abre la puerta y asoma la cabeza una mujer de pueblo, joven y de muy buen ver, con su limpio uniforme azul, sonríe cual sol que se ilumina en su inocencia.

—No está la señora. ¿Cuándo dijo que lo compró?

—Ay, si me va disculpar que no sepa contestarle a la reina de la casa. Yo solo entrego y la fecha que tengo es la de hoy.

—Ay joven, qué va a ser, ni me diga que soy la reina, si solo trabajo aquí.

—Cómo no, muñeca, sí digo y ya dije, si hasta pensé que sería la hija del dueño de tan coloradota y sanota que te encuentro, muchacha bonita; así que la señora —y hace como que busca el nombre—… mmm... Rodríguez.

—No está —dice la muchacha—. Sí la señora Rodríguez, bueno, su esposo.

—No, joven, no hay nadie desde hace más de tres semanas, salieron de viaje como siempre y nunca se sabe cuándo van a regresar.

—Lástima, y ahora qué voy a hacer con su regalo.

—¿Regalo? ¿Qué regalo? Si usté' dijo que era algo que habían comprado.

—No, si no te esponjes preciosa, lo que pasa es que la promoción dice que si ella compra al contado su rellenadora de frutas, se le regala una batidora.

—Una batidora. No, si ya tiene.

—Bueno, pero si ella no lo sabe "pos" podemos dejársela a la reina de la casa —dice sonriéndole y pellizcándole la barriguita.

—¿A mí?

—Bueno pero como no está, pues ni modo, se perderá para todos la oportunidad.

—Qué tristeza joven.

—Bueno, ni tan triste preciosa, porque ahora que he tenido la oportunidad de conocerte y teniendo tus ojos el gusto de verme, pues es cuestión de quedar, para irnos a echar una remada al lago de Chapultepec y a la feria, y después te invito a unos tacos en Medellín. Entonces, ¿qué?, ¿cuándo paso por ti?.

—Pues ora, está apuntado... —dijo la muchacha con una sonrisa coqueta que estaba ya a medio ceder y que aquel sabio andarín de azoteas y rincones de traspatio sabía. No faltó mucho para que quedaran en salir el siguiente sábado, que ella llevaría la canasta para abreviar las "conocencias", para que él pudiera juzgar las delicias que sus manos derraman con las artes de la sal, la tortilla y la manteca.

Asdrúbal se despidió besándole la mano y diciéndole:

—¡Ay!, qué mano tan velludita tienes mi alma, si así está el caminito, quiero conocer su bosquecito.

La muchacha sonriendo y colorada, le chista la boca y con un pucherito le dice:

—Bueno pues el sábado en el metro Chapultepec, del lado de las peceras.

Se despide Asdrúbal guiñándole un ojo y casi arrancándole el alma a la inocente, no sin antes hacerla prometer que llevaría algunos tragos del cava del patrón para bajar las delicias. En la tarde, cuando se reúnen Ernesto y Martín con Asdrúbal, además de un cartón de marihuana sin semilla, caca de mono de altos vuelos, les lleva la noticia fresca al grupo de que aquellos dueños no aparecen por esos lares en algún tiempo y que hay un bullicio constante de altos decibeles a diario.

—A ver calabazas, ¿cómo vamos? Aquí las noticias son buenas. La patrona y su familia están de viaje, de modo que todo el peligro está en la servidumbre y los grandes perros que tienen amarrados, pero existe una obra de gas natural en la calle que hace más escándalo que cualquier ruido que ustedes pudieran hacer. — Ulises rascándose el mentón se pregunta si es ético romper esa estructura para ver qué hay, y si no echaría abajo el trabajo de meses del equipo, cavilando murmura y todos escuchan y no falta mucho para que se deje convencer por el Asdrúbal, que le dice presto y con el convencimiento del que sabe decidir—: No, pues ético tampoco es hacer construcciones no declaradas, pues qué va a ser; lo otro no es casi nada, porque legalmente aquello no existe, así que, ni mucho pensarlo *bro'*, clávese, a la oportunidad la pintan calva, mientras que yo haré lo mismo pellizcando a la gata para saber cuán sana está, y qué otras informaciones le podemos sonsacar sobre los destinos de sus patrones, que parece son del *jet set* de Miami.

Entre todos deciden que según indican los datos, se trata de una construcción irregular, en la cual si hacen bien las cosas pueden encontrar algún riesgo producido por esa construcción que no está registrada en el proyecto. El *software* está bien diseñado, de manera que correrán el riesgo. Regresan a la caverna y ponen al tanto al Topo del asunto, y deciden romper con una sierra circular para concreto que Javier puede conseguir en el laboratorio de resistencia de materiales, de modo que con una batería de computadora adaptada, pueden hacer un corte limpio en una base de concreto que no tendría más de diez centímetros de espesor. Cuando quitan la pieza topan con un tapete el cual retiran lentamente. De tal forma, que entran a una habitación integrada a la casa, y ese ruido de la calle penetra hasta ahí camuflando cualquier otro ruido.

Con las lámparas sordas registran antes de entrar, en la que es una como cava, aunque parece haber dos climas en el mismo cuarto. Uno con piedras húmedas, en las que descansa una cava pertrechada con una buena cantidad de botellas de añosos vinos, que ante las luces destellan con sus tonos de sangre, de granate y algunos blancos que amarillean o que verdean ante las luces y otros que se doran en vetas de sibilinos sabores.

Apiladas, hay varias cajas de coñac y otros regios licores. Y en el lado opuesto, muy seco y con paredes muy blanqueadas, descansan unos tubos de plástico alineados y recargados a la pared. Ulises, el Topo y Javier se introducen, mientras el Topo se acerca a la cava y se vuelve para mirar a ambos compañeros, que por su parte revisan los tubos que están cerrados herméticamente y que requieren de un proceso de descompresión para abrirse.

—Alta tecnología de almacenamiento —dice Ulises, que revisa uno de aquellos tubos, mientras que Javier y el Topo se guardan cada uno varias botellas y van llenando sus mochilas.

—Como hay tantas botellas no se notará —se dicen y esperan.

Cuando puede abrir el tubo, nota que contiene un lienzo. Lo saca y se queda sorprendido; perfectamente enrollado y con sistemas de conservación está un Monterroso original. Quedan embelesados por los indígenas redondos y rechonchos como unos muñecos de fantasía, casi vivos, que hermosean la tela con su vida. Con cuidado envuelve el lienzo y cierra el contenedor; mientras que los tres se quedan petrificados ante la sorpresa.

—A ver, Javier, toma esos tres tubos. Tú, Topo toma esos cuatro y yo me llevo estos seis que son los más pequeños.

Sin pensarlo más, los bajan y abajo deciden que mejor sellarán la salida para que no quede rastro. Cuando bajan de esta pequeña habitación tienen la sensación de que todo en su mundo les ha cambiado y entre estos muchos frascos que se agencian y esos tubos les envuelve un frenesí que sobrecoge sus almas, el resto del tiempo sudan con brillos confusos que escapan de sus ojos donde todo el proyecto pasa por sus mentes y saben que ya no hay marcha atrás.

El plan se modifica de una manera manifiesta e inmediata, dado que han entrado y robado. Aún con el estrés del momento, deciden cerrar definitivamente aquel círculo de concreto al que le colocan una mezcla especial y un inyector que les permite un fraguado rápido y donde ni siquiera una revisión muy experta puede conducir a revelar que ha sido retirado el bloque circular, "¿O habría quién pudiera saberlo?", se pregunta para sí mismo Ulises, pasando la mano sobre aquella nueva unión que al parecer no tiene huellas. Para eliminar cualquier duda, tapan el resto con tierra y la apisonan; el Topo silba y canta de alegría, aunque lo asalta la duda de adónde lo llevará aquel acto que ha sido perpetrado en sus dominios y que podría atraer a la policía o las miradas de un mundo al que había sepultado, al hundirse en aquellas entrañas de la gran ciudad.

Con la ayuda de una vara habían estirado previamente el tapete y con el ánimo de borrar cualquier posible huella hacen una base con concreto de unos veinte centímetros más de espesor, de modo que si alguien abriera aquella oquedad se encontraría con una base de concreto suficientemente gruesa, como para que se borren las sospechas de que pudo haberse usado un agujero para extraer aquellas pinturas que yacen en sus tubos de aislamiento. Una vez concretada esta operación, mirándose con un poco de ansiedad y con muchas sonrisas, se retiran adonde el Topo tiene su campamento y abren un par de aquellas vetustas botellas recién "extraídas".

Con algunos detalles recuerdan paso a paso los recientes sucesos y llegan a la conclusión de que saldrán a buscar el auto de Ricardo, que apenas habría regresado de su viaje a León con buenos centavos y algunas ideas, para que no se levantaran sospechas. El informático los recibe con felicidad y desenfado y al tiempo de ir oyendo la nueva situación sus colores cambian y se tensa y con incredulidad se entera al detalle de la última aventura, así que al momento Ricardo no sabe si reaccionar con ira, sorpresa o satisfacción. Todo el plan flaquea ante sus ojos, o es que se abría toda una nueva fuente de aventuras productivas. Regresa Ulises manejando y echándose en reversa suben a la cajuela los 13 tubos herméticos y se van a casa de Ricardo que, muy nervioso, está esperándolos. Ya dentro del garaje, Ulises baja aquellos tubos ayudado por el anfitrión que no acaba de entender qué ha sucedido, mientras se incrementa su malestar al ir conociendo las diversas versiones de todos los detalles de los sucesos apenas terminados. Por un lado sabe que es peligroso que tanta gente sepa de lo sucedido, esto sube de tono su inquietud y un mar de ideas se desatan, por otro, está muy molesto con Ulises y sus compañeros ya que de algún modo siente que todo su proyecto se vendría abajo, porque con aquel robo, el primer sospechoso sería el famoso plan de riesgos; esto sí que lo colma de enojo gracias a aquella acción inocente que acabó en un robo que recién han efectuado sin medir las consecuencias.

Lo sucedido modifica sustancialmente toda la operación de tantos meses y la perspectiva cambia ante sus claros acusadores, al ver a sus amigos como acusados. Llega pesada la incertidumbre, pues no podían andar ofreciendo su mapa de riesgos en la zona o, tal vez, en ninguna otra porque seguramente saldría a la luz la nefasta aventura, así, salen algunas animadversiones que llegan al silencio flotando en un ambiente raro entre aquel compacto grupo, que por otro lado han estado bebiendo aquellos vinos, que en realidad encuentran deliciosos.

Entonces, el Topo, inocente dice: —No, pues, chupar sí que sabe esta gente, porque están deliciosos estos ricos tragos que se zampan estos cabrones. —Y todos brindaron con un "salud" que les estremecía la columna al deslizarse aquellos caldos, que tenían del Mediterráneo los soles que cantaban historias de héroes en aventuras como los Campos Elíseos, que el Topo mencionaba como si fuera un César tomando a las Galias gayas de las nalgas pintas.

Una vez adentro, Ricardo, con voz agria, les reclama mirando a los ojos a Ulises, que entre dientes y bajando la voz para forzar a Ricardo a bajar la suya, contesta—: Fue un acto imprudente, sí, pero casi mecánico, cuando vi aquel cuadro no lo pensé y nos sacamos los tubos, mientras que estos traían unas botellas y llenaron estas mochilas.

Ricardo da vueltas en la habitación preguntándose en voz alta sobre lo que podría suceder, ya que no podrían ir por ahí, vendiendo sus modelos, después de vaciarles la galería, y aquella cava, y menciona para sí diversos escenarios. Tras una hora de este ambiente tenso y de realizar una llamada, aparece entre sus nerviosas idas y venidas Ricardo, que deambula como tigre enjaulado por la casa y que ha abierto la puerta atendiendo a un timbrazo.

Aparece con un tipo extraño con lentes, con la facha de ser un estudioso bien documentado, con gabardina alemana, un portafolios y bajo el brazo una *laptop*, quien se presenta como aquel primo Darío, el cual lleva un portafolios con su *laptop* con BAM en la que guarda conexión con los archivos de arte de todo el mundo, es un experto en la materia que sabe de precios en el mercado negro.

—Es Darío, líder a nivel mundial de altísimos vuelos —dice Ricardo—, mi primo y, más que nada, amigo de total confianza y con grandes conocimientos de arte y de precios, que además está perfectamente conectado con el mercado negro internacional. —Darío, con la mirada escudriñadora del observador, inclina la cabeza saludando sin dar la mano y tímidamente sin soltar con ambas manos su portafolio con su microcomputadora. Pronto el silencio se adueña del espacio, de tal forma que todos se miran con respiraciones entrecortadas. Para todos ellos, menos para Darío, la situación es nueva y totalmente fuera de sus contextos personales; de modo que la inexperiencia en tales asuntos se refleja en los rostros sudorosos y las manos mojadas de aquellos amigos que se desvanecen tenuemente al ver el rostro sonriente y el brillo de los ojos de Darío ante aquellos tubos reconociendo al verlos su alto valor y con ello presintiendo la valiosísima carga que contendrían.

—Pues bien, las vemos. —Se apura a decir Darío, que comprende la novedad de esta situación para aquellos amigos de su primo Ricardo. Abre cada uno de los tubos y ante aquellos lienzos, la sonrisa del experto y su mirada, tras la lupa cuentahílos ve ciertos detalles y les confirma que tienen en sus manos trece originales de diferentes artistas, internacionalmente reconocidos y cotizados; que siendo conservadores valdrían ahora mismo y sin más unos cinco millones de dólares por ser robados, porque su precio comercial ascendería a más de quince millones de dólares. Aunque ante el silencio que de pronto llena la sala, vacila y acepta que ya puestos en Nueva York, valdrían el triple o más... Aunque como eran robados, no sería cosa de *amateurs* sacarlos del país y colocarlos. Él se compromete a verificar quiénes son los dueños originales, registrados ante el Derecho Internacional de propiedad de obras de arte catalogadas y a establecer contacto con los posibles compradores, les advierte que él se quedaría con el diez por ciento de toda la operación y que por lo tanto trataría de conseguir el mejor precio para venderlos. Con sigilo les recomienda esconder bien los cuadros, no dejar espacio para que se sepa de su existencia y queda en ponerse en contacto con ellos a la brevedad. Cuando sale, el silencio se apodera de todos por unos minutos, hasta que Ricardo grita de alegría y abraza a Ulises, al tiempo que todos gritan, se abrazan y danzan, dejando salir tras sus nervios el gusto y la sorpresa que tienen por aquel botín que les ofrece promesas de abundancia de tiempos que vendrían en gozo.

—¡Somos ricos, bola de cabrones! —Y ese grito de Ricardo a todo pulmón les devuelve al espacio físico real que en ese momento ocupaban—. ¡Shh, cállense!

Y al momento perciben que han actuado imprudentemente. Se asoman al jardín de aquella vieja casa, herencia de los padres de Ricardo y luego se asoman a la calle y notan que no había nadie en aquel vecindario y en apariencia ni los vecinos habrían escuchado nada, pues no hay luces encendidas y todos duermen, pues aunque silentes esperan alguna reacción, no hubo nada. En voz baja pactan el que ya nadie saldrá de ahí esa noche, se abren las botellas de vino restantes y otras que tenía en su casa, de modo que para evitar cualquier situación fuera de control, se cierra la puerta, ponen música y piden unas *pizzas* para cenar mientras abren más botellas y brillan sus ojos con picardía, se encienden unos pitillos y cada quien sueña a su gusto tomándose aquellos caldos tintos, que con la hawaiana y la de *pepperoni* les dan la fiesta que querían hasta que los vence un sueño que al fin les invade; mientras que el Topo no puede dormir y sigue bebiendo casi hasta el amanecer no acomodándose en lo blando.

Los tubos fueron bajados a un cuarto oscuro de fotografía que nadie conoce y está junto a la cisterna, en un sótano que tenía una entrada por el garaje, de modo que movieron el auto y abrieron aquel sitio lleno de polvo, pero completamente seco, que en algún tiempo sirvió para las búsquedas creativas del abuelo en el campo de la fotografía. Ahí colocan con cuidado los tubos, y cierran. Mientras, Javier bromea.

—Cuidado k, ya vez que los sótanos no son nada seguros. —Todos ríen.

Ya subiendo, Ricardo le dice a Javier:

—Necesitamos que Asdrúbal mantenga contacto con su chacha para que sepamos cuándo regresan sus patrones y cuál es la reacción que tienen. Porque no les quitamos precisamente un pelo a un gato. —Y cruzan sus miradas a la luz de una luna entrometida que les vería tornarse en seres felinos, en depredadores que asomaban el filo de sus dientes; de pronto hasta sus movimientos han cambiado y Ricardo les dice: —Con discreción, que nadie sepa de esto, con esto quiero decir nadie; ni el Asdrúbal ni nadie que no esté hoy en la casa. La seguridad de todos depende de que concienticemos el que no pueden hablar de esto con nadie jamás. —Todos asienten con la cabeza y dentro de cada uno de ellos la felicidad nace aunque no saben qué harán con lo mucho que les tocaría y así sueñan con ello.

La voz de Ricardo suena y resuena en esos silentes momentos que cobijan a la inacción, que solo admiten el ruido mismo de la acción y la noche continúa entre mil remembranzas de los detalles y los abiertos alucines que aquella sin semilla abre en la mentes de cada uno, después de perorar, recordar, planear, y alucinarse respecto a lo que harían con aquella riqueza y la parte que les tocaría; al final se lanzan a dormir mascullando cada uno para sí sus sueños, que parten de ver lo que harían con su parte de esta fortuna que les había caído, desde el profundo suelo convertido en su cielo dador de bienes y males, proveedor de todas sus riquezas y los humos de aquellas hierbas los llevan a lejanos paraísos desprendidos de sí mismos y de sus sueños. La situación era demasiado extraordinaria, y no pensaron en que eso no era una acto que pasaría por lo bajo en el olvido. ¿A quién habían ofendido de tal forma? Ellos no eran profesionales, era una situación casual en el camino de unos desempleados con iniciativas. Junto a aquel café de la cueva del Topo se vio cambiar la verdad de todos y cada uno de ellos y para el Topo era una situación irresoluta aun del que no tiene nada que perder y nada que ofrecer que no sea a su sí mismo y que ahora no podría regresar a su morada. Cuando vivir solo era regocijarse del segundo pleno, al ser eso que está cual única realidad vigente en la mente de quien no aspira a nada.

# Capítulo IX
## Asdrúbal

Romeo Asdrúbal Mendieta es todo un personaje cosecha de las calles, viste de mezclilla, camisas del mismo material o vaqueras; cuando va a las fiestas, botas vaqueras de piel de víbora o avestruz y cuando las cosas van mal: de ternera. No piensa en la cabritilla porque su estilo de vida requiere de pieles durables que aguanten lo mismo la pista de baile, que el cerro; los pasos del *dance*, el merengue, la cumbia, que las corretizas de la ley; los maridos celosos o, en su caso, algún mal cliente que no quiera pagar por sus vicios. Cuando llegó al país venía como todos los de su especie, mirando de reojo, temeroso, humilde, callándose todo por supervivencia, pero con ese arrojo natural del que ha mamado en casa propia la leche, el pan, la mantequilla y el guiso condimentado con manteca y sal.

Él, que además está acostumbrado a sobrevivir como un truhán dentro de los regímenes dictatoriales militares, como el que vivió largos años en su país, en el que había sobrevivido a varias experiencias, tirándose a un cura que lo cubría; mientras que su venida no estuvo exenta de peligros y aventuras, en la que se la jugó con el transporte de personas ilegales e hizo amigos de la Mara Salvatrucha con la que viajó; sobreviviente de dos "madrizas" como se jactaba, fue jefe del tren hasta la Ciudad de Veracruz. Después, en busca de mejores horizontes que el asaltar a aspirantes de mojados, bajó a la Ciudad de México, en un camión de frutas, que le permitió una dieta de mangos manila de la más alta calidad, gratis. Su espíritu es el de la banda, de mirada lánguida, inocente, es virtualmente un todoterreno; de modo que, lo mismo consigue una comida gratis por sus encantos, que la logra al cargarse unas cajas, acomodando bultos o ayudándoles a despachar; al igual que, por el mucho querer que alguna de las hijas de las locatarias le prodigan en los diferentes locales, que quedarían prendadas con el güerito tan simpático, que hace las delicias de las hijas y que por su porte guapo de buen muchacho, sus formas bullangueras, amables y alegres, pronto le colocan en situación de privilegio en aquel mercado de Medellín, volviéndolo el consentido de locatarios y sus clientes, a los que les hace el mandado o les carga o entrega sus mercancías en sus domicilios. Fuerte y de buen ver, se hace querer de ancianas a las que ayuda y de esas marchantes que apoya y cultiva.

Se sabe ganar los corazones de la gente trabajadoras, que pronto lo recomiendan por los trabajos que les hace, trayendo y llevando, comprando y surtiendo, sin que falte un centavo en los cambios; pero eso sí, bien remunerados sus servicios, porque: ¿cómo le iban a dar poquito al güerito que requería de buenos centavos para vestirse tan bien y oler tan bonito? Pronto es el protegido de las marchantes y de sus hijas, a muchas de las cuales les hace otro tipo de servicios más personales; ya que en muchas ocasiones lo mandan las marchantes, a recoger algunas cosas a sus casas y el bien parecido güerito aprovecha para recogerse un rato con las hijas, las hermanas, parientas o fámulas que se encontraban prendadas del buen bailador y mejor amante, que sus propias madres les enviaban sin saber del lobo al que encargaban a sus ovejas. A las madres las conquista felicitándolas hasta el exceso por sus guisos, sus ropas, sus rostros, sus puestos, sus esfuerzos, sus cuitas, por ser la mejor oreja en renta para sus desventuras, alegrías o tristezas, lo lindas que están sus hijas, lo bien comidas que las traían, en fin todas esas pequeñas cosas, que conquistan los corazones de esas madres trabajadoras, madres sencillas del pueblo. Estas últimas le colman de delicias por sus buenas formas. El caso es que de modo casi inmediato es invitado a sus casas, a sus fiestas, a su mundo y, como gusta de la barbacoa, se acicala especialmente cuando se presenta en aquel puesto de la rolliza María, listo a ayudarle a la doña y a ayudarse con una lanilla que le dejan cerca y como puede cobrar y se la recarga sin pudor a la gorda de la hija, cada vez que pasa detrás de ella haciéndola poner sus ojos en blanco, retirando su mirada del *tompeate* en el que guardan los dineros del que Asdrúbal hace también sus retiros, mientras pellizca a la que parecía estar criada para la cena de año nuevo, de tan cachetona y rolliza que andaba entonces la indina María Engracia, que se da cuenta de las sustracciones, pero que las abona a la promesa del poder conquistar para ella sola, al güerito que tan gruesecita le recarga el bulto al que ama a más no poder con ansias del casorio y su propiedad privada, rezaba ella encomendada al bultote de él y dentro de sí sueña las delicias que tendría en las mañanas antes de almorzar y cómo será aquella envidia.

En fin, Asdrúbal cayó en el paraíso, como el sueño de aquellos jóvenes vividores que no aspiran a más, aunque para él, esta solo sería la base de su plataforma en la que despegaría su futuro feudo. Con lo que era solo la primera parte de su plan, ya que sus miras y su estilo de vida en su pueblo eran de lo mejor. Tenía la mejor coca, la mejor mota, las mejores pastillas psicotrópicas, gracias a su hermano el psiquiatra, con esto: el mejor trago, las mejores mujeres, normalmente de otros, porque él considera, que no hay vieja más buena que la ajena.

De modo, que con estos antecedentes, sus ambiciones son muchas y aunque ha ganado un espacio en la comunidad del mercado, al punto en que le prestan un cuarto de servicio en casa de una florera que cuida de sus nietas, porque la hija las había abandonado allí con ella; yéndose con un marchante que traía jitomates de Morelos y con el que huyó sin previo aviso y sin decir agua va, se fue a rehacer su vida, según había dicho, entre el trajín del comercio entre los pueblos de Veracruz por Martínez de la Torre y así viaja enamorada y olvidada de esas dos almitas, que de algún modo le recordaban a su atormentada vida anterior, mientras que su hermano estudiaba y ella se entregó a un cargador, garrotero de la mejor estirpe según ella supo evaluar, cuando grita: —Ahí va el golpe, va el golpe.

Al tiempo que sintió al diablo correr bajo sus pies y al diablero empujársela por la entraña que le desprendió el celo todo en un suspiro y le hizo dos criaturas, dio tres "madrizas" y se largó.

La marchante de flores, abuela de las niñas, le había agarrado cariño a Asdrúbal porque le recogía a las niñas en la primaria y, siendo ellas tan pequeñas, pensaba no correrían peligro con el tan solicitado muchacho. Asdrúbal pronto se saltó a su contacto y le compra por kilos al indio que baja con las flores y el relleno mágico de la hierba. Marcos se llama aquel oaxaqueño, que de vez en cuando y en temporada, baja algunos hongos de la sierra, pajaritos y derrumbes y con tan excelente material. Pronto él, Asdrúbal, figura en las listas de invitados de los muchachos de la Condesa y de la Roma, que lo conectan con gente de las Lomas y Tecamachalco y, como tiene maneras y se sabe codear con las clases medias y altas sin mayor problema, pronto se ve que se ausenta por grandes periodos del mercado, aunque sin perder su sitio de preferencia, salvo el abandono de unas muchachitas a las que no daría más esos sus acostumbrados servicios de mantenimiento, las que suspiran por el ausente y que en venganza le ponen cariño con otros muchachos sustitutos, con la esperanza de que aquel se entere y así se encele y reclame lo propio que es lo de ellas y así se vuelva a ellas, rompiendo el silencio que reclaman las ansias abandonadas y aclaman a una verdad que las exprimiría en seco.

Sus nuevos comercios le dan excelentes ganancias, pero cometió la osadía de no solo vender hierba, sino que se amplió a mover cocaína en nuevos sitios y con ello se metió en terrenos que son de la autoridad y, como en esta vida, no solo hay que ser sino parecer, pronto se vio capturado por la policía judicial de la zona que tiene control sobre las tiendas y estanquillos que expenden la droga y que habían visto disminuir sus ventas, porque el Asdrúbal vendía bueno y no "se mancha" con los precios y, sobre todo, no hay problemas de seguridad, de modo que empezó a afectar los intereses del mismo grupo de control policiaco que surtía a doña Blanca y su cerco de oro y plata, al cual solo les bastó calentar a un antiguo cliente ahora remiso que ya no asistía a adquirir sus mercancías, para que soltara toda la sopa, porque el adicto a la cocaína es un rehén de su vicio que nunca se puede escapar. En fin, que al poco rato, después de varios golpes en zonas blandas en donde los policías le decían:

—Ya te chingaste cabrón, conque metiéndose en los terrenos del jefe, dinos quién te la vende cabrón: habla o aquí te fríes.

Y le enseñan una batería de auto, conectada a un generador con el que le dan toques en la panza, amenazándole, con prenderle el mismo culo, el que aprieta cada vez que aquellos le acercan los cables. Inmutable como héroe de pueblo calla llorando y les decía: —No sé de qué me hablan güeyes, yo ni siquiera le meto a eso *brothers*, no sé de qué me hablan.

—Tómala cabrón güerito no te la vas a acabar por meterte aquí.

Después de un rato de calentarlo y no obtener nada de su parte, es llevado con el comandante, el cual le hace expreso su descontento por estar afectando su zona. La mirada del comandante se clava en los verdes ojos de Asdrúbal y de la ira pasa a la ternura en un brillo intenso, inmediato, casi imperceptible menos para el golpeado y para un muchacho que viene con el comandante que se molesta ante este gesto y se retira en un claro enojo; mientras que el comandante se sonríe al verlo partir y descolgando una cobija cubre el golpeado cuerpo del Asdrúbal, mientras mira retador a sus esbirros, que conociéndole le dejan solo, pues da la casualidad que el comandante, además de controlar la droga gusta de los muchachos y se prende del suramericano, no poco impresionado por la resuelta tozudez con la que no pudo arrancarle nada de información al Asdrúbal; de modo que, aquellos métodos del tehuacanazo tan socorrido ya estaban destapados y listos para torturar por sus medios convincentes, pero que en esta ocasión vienen acompañados con una botella de Buchanan's que el comandante saca detrás de una puertecita junto al escritorio; al punto, aquellas miradas encontraron una respuesta asertiva que pronto se convierten en llevarlo a ser su madrina consentida, arrancándole además el apuesto joven, el permiso de poder vender su propia hierba, aunque con la coca, tendría que repartir la del comandante y conectarlo con quien le está dando material tan puro y de alta calidad, claro, con el buen consentimiento de su proveedor. Ya con la anuencia del comandante el siguiente paso sería volver productivo al elemento, de modo que no levantara sospechas, aquel nuevo consentido del jefe, de forma que por los buenos oficios del jefe policial, pronto se encuentra tripulando una camioneta de reparto de mercancías y ya bien fungía como supervisor o como responsable de las entregas por ventas de televisión, Internet y cable; empresa que era de un compadre del comandante y que también servía de tapadera para las entregas de mercancías especiales, para clientes del más alto nivel del *jet set*, que no saldrían a exponerse de ningún modo, para conseguir aquel material con el cual satisfarían sus gustos, vicios o divertimentos.

De tal suerte, que ya estaba acomodado aquel Asdrúbal, que con sus nulos escrúpulos y su excelente fachada y las debilidades del comandante quedó recomendado y en un puesto del poder político-económico real, para lucrar con él y con mucha capacidad de moverse y resolver para hacer de las suyas; así, muy pronto entra a casas de la más alta sociedad a entregar en confianza sus tamalitos de cocaína y cartones de la mejor hierba que podía conseguirse, lo que le reditúa jugosas ganancias y ricas propinas en el *jet set* en el que se mueve con soltura y atrae las miradas de hombres y mujeres, que, de algún modo se le insinúan para tratos más personales, a los que aún no accedía, no por escrúpulos, sino porque se sabía vigilado por el celoso comandante que no toleraría, el que se viniera abajo un negocio por una escenita de celos, de modo que tenía muy claro hasta dónde podría llegar y adónde no.

El hombre está en medio del mundo que siempre ha soñado, aunque su posición le ha granjeado algunos enemigos, sobre todo de aquel Arturo el ex preferido del comandante, que aunque no había sido olvidado del todo, no tenía el lugar de preferencia que ahora guarda aquel y ve como el recién llegado obtiene canonjías que el comandante nunca a él le permitió, además de que perdió las preferencias del jefe en sus afectos, además, con la debilidad de haberse vuelto adicto a la coca, había perdido la posibilidad de colocarse al frente de aquel negocio que demandaba de toda su salud y la suerte estaba en la cancha del novel espectador de su destino que se le escurría fácil todo aquello porque el Asdrúbal no era sano, ni discreto, sino, un echador vicioso según lo concebía, contra la verdad de que en realidad nadie le podría comprobarle nada a aquel Asdrúbal.

Asdrúbal gusta además de las pastillas psicotrópicas combinadas con las otras dos drogas, de manera que "coctelea" sus dosis en cantidades que a cualquier aprendiz asustan y se tomaba sus ocho por cuatro, ocho pastas para arriba y cuatro para abajo. Y ese cóctel le rinde por doce horas para hacer sus entregas, y sus relaciones con toda celeridad y sin necesidad de andarse recargando la pila, cosa que hace cuando llega a entregar cuentas, sirviéndose del blanco tamal guardado del jefe, que siempre es muy superior en calidad, a la que circulan aun en esas casas de los poderosos.

En una ocasión y como producto de su *speed,* como le llama al acto de estar acelerado, se contactó con una secretaria de la embajada de la India, con la que se enreda de manera tal, que ella de modo informal y en pláticas de sobre cama, le cuenta como si hablara al aire de aquellos rumores del mundillo internacional del que poco sabía pero mucho hablaba. Y él, más que prestarle atención, gusta de verla expresarse en un español carcomido, desnuda y larga, en la cama, desecha, sintiéndose interesante e informada después del acto que ante el deseo le toca y que ella condimenta, primero enseñándole el folclore de su tierra y ya después exigiéndole diferentes posiciones para realizar el acto sexual, el que empezaron por aplicar diferentes y sencillas formas lúdicas y delicadas, que con el tiempo adquieren las exigencias acrobáticas de un hombre de goma, cosa que le divierte sobre manera al latino, que se ríe a carcajadas de aquellos intentos, con que pretende la dama de marras gozar de los placeres como indican esos sacros cánones de sus viejos antepasados, de tal forma que combina el yoga tántrico con la coca y la ensalada se decora con las posiciones del *Kama Sutra* y se convertía en un *soufflé* en el cual no existe tal cosa como el yoga, pero sí su gimnasia que les enloquece a ambos hasta rabiar y se ríen como humanos y gozan como animales y todo les es grato, ya que sienten que complementan así su expresión de vida al tener sesiones maratónicas de sexo en el que no faltan las drogas y varios licores exquisitos.

Es importante hacer notar que ella no tenía ninguna idea de antemano de aquellas posiciones amatorias y que su primer libro de *Kama Sutra* lo adquirió cuando Asdrúbal le comentó que le sería siempre fiel a ella, mientras tuviera algo que aprender de ella en aquellas materias en la cama; de modo que no tardó en ir a la librería esotérica más cercana, para comprarse el famoso librito. Asdrúbal tenía la juventud y elasticidad necesaria para poder intentar aquellas locuras, con que en más de una ocasión acabaría con torceduras y desgarres y hasta un ojo morado, cuando se le venció un brazo que lo sostenía, mientras aquella brincaba sobre su torso desde la cama, recargado él sobre el piso, con sus brazos en tabla gimnástica y con el hombro le amorató el ojo y le sangró la nariz, pero eso no bastó. La risa placentera fue mayor y aquellos animales amatorios se dieron a ser, y como siempre andaba elevado nunca se le hacía demasiado cualquier locura de las pretensiones de la hindú, que decía que: "Se encantaba del retornar a sus raíces". Era llamada Indra, tenía una hermosísima figura larga, con un cuello digno, afilado y fino, en el que el sándalo cuelga en collares, que tienen el encanto de aquellas viejas tierras. Era dura de pechos, como racimos, y blanda de vientre y apretada como cuña su cadera. Asdrúbal, por su parte, aprendía lo mejor de aquellas sutilezas poniéndolas en práctica con sus muchas amigas, de manera que no solo no le fue fiel sino que diseminó por todos lados sus clases, las encantó con sus novedades; aunque más de una resultó con una tremenda tortícolis, algunas torceduras y todas sin excepción se divertían como condenadas al tormento de la pluma risueña y el falo entretenedor, con que las hacía hacer mil malabares, riéndose en aquellos confines ilimitados, que en cuanto aparecía el dicharachero les presagiaba que venía *high* y su imaginación vendría exigiendo algún truco para amar, lo que a ellas les enloquecía de veras.

En fin, que el hombre se encuentra en el mundo jamás imaginado del placer, los excesos, las drogas que tanto degusta, de una variedad de mujeres que le apetecen, y ya en sus éxtasis, dejándose penetrar por su jefe y amigo, aunque al comandante le gusta más que le den lo suyo, que repartir cariño, pero muchas veces se tenía que aplicar, porque el amado venía rendido de sus aventuras culturales, incursiones y penetraciones en el campo de la religión y la alta filosofía mística como él decía y profesaba esos avatares como cualquier supremo sacerdote antiguo, las artes oficiantes que tanto divertían a Mâyâ y elevan el espíritu sexual, las ansias de vivir en espíritu fértil de infertilidades hecho por sus entregas amatorias de congal en barata y todo bien condimentado con drogas que ambos degustaban a placer y sus amantes mujeres y hombres las usaban en su adoración.

Cuando se encontraba ejerciendo en esos espacios soñados por él, fue requerido por Javier, que, por otro lado, sabía que con Asdrúbal podía contar de manera incondicional, que era una tumba para los secretos, que nunca dejaría salir de su boca una sola palabra, y de eso ya había sido testigo cuando los miembros de otra corporación policíaca lo habían agarrado y con torturas no pudieron sacarle ni media palabra sobre sus proveedores y cuanto menos pudieron saber de su amigo el comandante que era la competencia: diamante tres. Era cosa probada que era de fiar y era un amigo al que se le confiaría en su orden de valores e ideas, dado que era percibido por Javier como todo un valedor ya muy probado.

Además, era parte de la banda de Javier en la Colonia Clavería, donde entraba en casa de los Pepes, una familia de muchachos que eran hijos de un gachupín, como ellos mismos le decían a un padre que paraba cada tres meses en su casa, a dejar dinero, desde hacía más de treinta y dos años; era un baturro que tenía de menos cuatro familias reconocidas, y que guardaba el tino de encontrarse mujeres luchadoras, que al final del cuento, cuando se enteraban de que eran otra más, no se dejaban caer y luchaban denodadamente por sacar adelante a esos hijos, sin dejar de recibir las pensiones, que religiosamente les daba aquel honorable harinero.

En este caso, la mamá era una mujer de lucha, desde el amanecer hasta caer la noche, que trabajó primero de costurera, después se hizo de su máquina para costura recta y *over*; actualmente cuenta con un taller mediano que maquila ropa para grandes tiendas, de modo que, habiendo superado la etapa difícil con sus hijos en la universidad, está con una posición estable y algunas economías que había sustituido a las marchantes de mercado, al adoptarle y tener una pequeña industria que les enderezaba con soltura y les daba más que para comer, pudiendo adquirir una casa en Temixco que era la parada fija para aquellos, sus muchachos.

Todos sus hijos, buenos "marihuanos" de fin de semana, un gay por vocación, tres hijas feas y secas como el escorial y tres hombres "bugas" y *rockeros*, pero todos luchadores como ella misma, formaban junto con la abuela de más de noventa años, su gente; los muchachos tienen un grupo de *rock* en el que, por cierto, el Asdrúbal es el cantante. Ahí colma sus sueños de casanova *star* y se siente artista en el escenario, rodeado de muchas chavitas y chavos, que les halagan; además, de porque son aquellos sus clientes y al fin sus audiencias cautivas, porque les canta bien, de modo que ahí está en su pequeño reino como soberano.

Javier anda de novio de una de las amigas de las hermanas de los Pepes, y tienen una cofradía de valores entendidos, en el que no entran de modo alguno ni dudas ni deslealtades y que viven la inmediatez por ella misma, donde el valor de la amistad perdura en humaradas y oleadas de marihuana, alcohol; sazonado con muchos viajes pastosos, *rock and roll* y viajes por esas playas en hongo y con mil mezcalinas sin rodeos.

Sobre esa base Javier se hubo confiado en Asdrúbal, sin ultimarle detalles, para no hacer olas, según se decía a sí mismo y lo único que el sudamericano sabía, era que habían encontrado un cuarto que no estaba registrado en el mapa delegacional, ni en el registro público de la propiedad. Además, al *brother*, que así le decía su banda, no le importaba saber más, porque por experiencia él sabía, que entre menos cosas conociera menos riesgos se corrían y su filosofía por salud es que saber mucho sería siempre correr muchos peligros frente al Tehuacán y la ley de la calle.

Llega el fin de semana y Asdrúbal encuentra a Rosa, aquella muchacha de la casa recién atracada, en las afueras del metro Chapultepec, con su itacate de tortas de frijoles con carnes frías, latas de patés y chorizo español, que había hecho y traído de la cocina de su patrona; además de un buen pedazo de jamón serrano de pata negra de bejugo, tal trozo, que verlo acalambraría a la dueña y al *siñor*, al verlo caminar en una lancha chapultepequeña, ahogando sus penas en

**271**

unos Château Lafite que la Rosa llevó para impresionar al güero, pues había oído al patrón hablar con sus convidados de las maravillas de aquel trozo de fiambre salado rociado con aquel vino. Le prepara unos frijoles de olla, tortas de ejotes en chile verde, para hacer llorar a un muerto con sus exquisitos sabores. Le lleva tres botellas de vino para él y unas botellas de bebidas americanas para ella.

Él inmediatamente le toma el canasto y se adentran en el bosque, hacia el lago. Alquilan una lancha y amablemente la convence a ella para que reme, mientras él descansa con el pretexto de gozar de su belleza, mientras que le dice:

—Te estoy mirando preciosa, no dejes los remos descansar para que se ponga aún mucho mejor tu tono muscular que tanto me halaga percibir. —Así, antes de dormirse y sin moverse y cubriéndose los ojos con su sombrero le decía casi dormido y al azar—: No me deje de remar, preciosa.

A las dos horas, con las manos ampolladas, Rosa le despertó echándole agua, y el, desperezándose levanta su Stetson y le dice:

—Calmita, gordita, no te sulfures que pierdes color.

Cosa por demás imposible porque la blanca muchacha, estaba como tomate de colorada, por los fuertes rayos del sol y el esfuerzo que la traía sudando como condenada.

—A ver mi alma, nomás acércate a la orilla, que no se vale que la tripulación se me amotine cuando analizo la situación.

La muchacha le avienta los remos haciéndole mohínas, cosa que él aprovecha para dejarse ir sobre ella, con cosquillas y robándole como a la fuerza de la persistencia unos besos; mientras Rosa encantada, entre que se defiende y que se acomoda, para ser besada con facilidad y mayor profundidad. De aquellos besos y caricias pasan a remar ambos, cada uno con un remo y entre arrumacos llegan a la orilla, se adentran en el bosque tendiendo un mantel, colocando las viandas, recostándose a unos metros sobre el bosque refrescan sus miradas en el candor de una experiencia fresca que tienen al sentir ella el cuerpo de él sobre sus mojadas tetas, cercanía en la que ella encuentra sus fantasías colmadas y él la goza con sus ojos y la besa en su jugosa boca de fruta nueva de flor campirana que se abría al sol de su edad ante esas caricias profesionales del semental que no le dan miedo, al tiempo que la animan a buscar más besos y caricias que no mengüen sus placeres.

Abre él la botella de vino sumiéndole el corcho, porque Rosa no sabía que tendría necesidad de un sacacorchos. Un Chateâu Lafite del 68 y aquellas deliciosas tortas de jamón serrano, acompañan a un *provolone* que no venía en la canasta, sino entre las faldas de la muchacha, que para entonces sentada en él, en su regazo entre besos en el rostro y jugueteando, muestra unos gruesos pero torneados muslos turgentes, blancos y fuertes. Sus sobacos con el vello sin rasurar abundante y despiadado, despiden un olor de hembra sudada, después de aquellas horas remando, que ya le tenían sus manos ardientes y coloradotas y aunque es mujer que asea la casa, aquellos remos las dejaron bien lastimada y ni toda la crema Nivea que se unta le quita el dolor.

Terminan por abrir y beber las botellas, que ella había hurtado y muy sedienta bajo el sol, va tomándose en breve y al coleto, tres cocteles margaritas que había sacado de su patrón; el que según le dice Rosa, tiene hartas cajas que ni sabe cuántas tiene y que no había peligro de que se dieran cuenta, porque hacían hartas fiestas y nunca contaban el consumo sino que llenaban por camión; mientras el güero se bebe aquel vino, piensa que sus amigos están a salvo de lo hurtado habiendo tanto y bebe un largo trago para bajarse las excelentes viandas que Rosa arrimó al mantel, por cortesía de sus ausentes señores y, poco después, caminan más que alegres, dirigiéndose al metro y atraviesan la avenida del circuito interior yendo a caer a las puertas de un hotel de paso en la calle Puebla, donde la va convenciendo, entre arrumacos y caricias, de ceder ante él, que la besa y la acaricia de un modo animal, certero y apasionado que va despertando a la hembra escondida por tantos años en la sierra, tras la inocencia ignorante está la tigresa, cobra toda forma y su cuerpo le reclama el de él, que exhibe su realidad enamorada y abrazándole le entrega sus besos, su alma, su cuerpo, su voluntad y sus miradas le dan cuentas.

—Ándale vamos para adentro, qué hacemos aquí.

—No, estate quieto, saca la mano de ahí, si no...

—Si no ¿qué?, delicia mía.

Y los besos que reparte por su cuello y las manos inquietas que la recorren apretando aquí y allá, la tienen empapada de sus deseos y, más que húmeda, está mojada desde sus entrañas y solo su virginal pasado le impiden entrar de manera decidida; aunque el alcohol hace mella en sus débiles decisiones.

—Ándale, Rosa, que mira cómo me tienes.

Y le pone la mano de ella en el duro miembro de él y ella asustada se abandona y ya no se resiste. Lo besa, abrazándolo con sus dos brazos colgados de su cuello por un largo minuto, en el que ella lo va cediendo todo, hasta el punto de saber que aquella sería su entrega y cede, al paso con que él la va metiendo en el hotel.

Con la cara oculta bajo su pelo y mirándose los pies, ruborizada, espera a que les asignen un cuarto. Suben abrazados y besándose; aunque él nota cierto temblor en ella, este tremor lo excita más. Abren el cuarto y Asdrúbal la lleva a la cama y la besa toda, mientras la desviste con cierta dificultad, pues ella, no deja de besarlo y morderlo, con cierta fuerza vital, salvaje, dejándose llevar por la novedad de esas caricias y su cada vez más manifiesto amor por su heridor y los vapores de aquellas bebidas que ahora son dueñas de sus dopaminas la vencen de antemano y, aunque él nota un cierto rubor en ella, esto lo excita más, lo que nunca le hace pensar en una cierta inocencia de ella, sino que la ve a ella como en el uso de un recurso muy cachondo de la Rosa para hacerse la novata y con afán de impresionarla, decide que le aplicará una de aquellas posiciones más sofisticadas que él apenas había aprendido con Indra.

Rosa pela sus ojotes, porque en la borrachera no le ha dicho que es virgen, de modo que no solo es el placer nervioso en su novedad, sino que cuando aquel la hace levantar la pierna sobre su hombro estando él parado y ella tiene que amarrar su otra pierna a su cintura, la muchacha no acierta sino a susurrarle que eso es muy complicado para ella.

—Espérate, ¿qué haces cabrón? ¡Ay!, que me caigo, no manches me voy a torcer todita. ¡Ay!, qué rico me siento, pero espérate. ¡Ay!, si ya me pegué con la pata de la cama, 'pérate güey, mi pierna, mira cómo la estiras, espérate que me arrancas los pelos.

Pero aquel macho, solo bufa entregado a manipular como cirquero aquel dúctil cuerpo, que siente al estar en una lucha con un remolino, en el que la otra nada más gime en todo tono y melodía y aquel hace más gala de sus dotes cirqueras polimorfas y maneja su cuerpo con destreza, al final, ella tiene una pierna en el piso y sus dos manos también y la otra pierna está recargada en el hombro de él, que permanece de pie sin dejar de acariciar por ningún momento sus duras nalgas, y su vulva envuelta en un moco de placer que se abre y cierra mientras va colocando su miembro en la carne a sacrificar, porque ahí no hay ara sacrificial, ni sacerdote del amor; no es un surco a abrir con un azadón fecundante, sino es la carne de una res que será asaeteada; es ella con su virgo apuntando directamente para arriba, brillante en gotas cuando el animal solo tiene que apuntar correctamente su daga, al dejarse caer sobre aquel ducto del amor virginal de ella que inocentemente enamorada del bandido, resume sudores y jugos en la excitación del ser virginal, joven, inocente, ignorante y novicia, en el beber y en el amar; de modo que, la bella pierde su virgo parada de manos, lamiéndole los dedos de los pies por instrucciones de él y gritando como herida cuando él la desflora de un solo trazo, hundiéndole en sus tiernas carnes un hierro candente, sin amor, entre las obnubiladas ideas de un "pasón" de drogas y alcohol por parte de él y la ignorancia enamorada y borracha de esta Rosa.

No hubo pequeñas embestidas simplemente se la dejó caer, no fue un rito sacrificial ni un *Big Bang* para los dioses, sino una esquina del rastro en que la ternera es abierta en canal por la mano fría del matador y entre las náuseas de la bebida y las posiciones circenses en que rodaba de un lado a otro amarrada a su cuerpo que divaga en el *speed*. "Esto de hacer el amor es una gimnasia muy ruda y hasta dolorosa", piensa la Rosa retorciéndose, pero después de que aquel la embistiera y un gran chorro de sangre prácticamente le bajara por el vientre, en su alucine, él pensó que ella estaba reglando abundantemente y le dice, en un ataque de risa, de un modo irónico y con un gran sarcasmo, así:

—Un vampirazo de la reina.

—Hay güerito ahora si me desmadejaste el "fuifui" —le decía con voz llorosa y entrecortada, porque por la posición, el gran miembro de aquel, la penetraba toda y le frotaba su punto G hasta que aquella alcanzó, con un grito de gata herida, el primer orgasmo en su vida. Poco le importó que a aquel le olieran los pies. Ni que la traía como saco de patatas; ella le clavó las uñas en las nalgas, con lo que aquel, aún con toda su euforia del Pasidrin recapacitó y la puso en la cama donde prosiguió sus labores de monta, pensando en que era una buena bestia para montar y una joven hembra que estaba muy apretadita. Pero ella, resulta ser una hembra

de grandes tragos, rápida en aprender y exigente en demandar lo suyo, de modo
que uno se le hace poco y al poco rato ya cabalga sobre la medio muerta esfinge
del amante que suda como condenado.

—Ándale mi güero que te he esperado toda mi vida; dame más y dame todo
y dame y dame.

Aquel no aguanta más de tres ataques masivos y rendido ante el fuego ami-
go, se duerme. Por su parte, Rosa lo contempla, lo acaricia y trata de despertar
a su heridor o a su arma, pero él ronca sin más. Rosa le cuida el sueño y prende
la televisión en un canal pornográfico, en el que se podía escoger cualquier des-
viación o vicio. Con la boca abierta ve las mil y una cosas que la impresionan, la
excitan o le chocan y después de recorrer todas las perversiones por canal sateli-
tal, cae rendida con sueños y pesadillas, en donde ella es la víctima y mejor aún
la victimaria de mil aventuras, en su cabeza retroalimentada por toda la suciedad
que antes era un tabú en su pueblo, visto como actos de mala suerte para la casa
y para sus pobladores todos pero que hoy solo era un sucio comercio que estuvo
a su alcance desde una tecla o un botón y, para ella, solo era la puerta viciosa en
la que dejaría al fin su vida sin saberlo. Hasta que rendida cae dormida junto a
él, enamorada de la entrega con que aquel durmiente le ha tomado en arrebato,
aunque fue de un modo brutal el que le había tocado conocer el amor, sazonándola
cual bistec, ella se siente amada, se abraza a ese hombre que sabe o presiente será
su perdición: mirando al sucio techo, traza con su dedo al aire su futuro que se
borra, en el trazo se duerme profunda sobre los brazos del amador de su ser y no
sabe con quién está, pero eso es lo que menos le importa porque ha gozado de un
hombre que la ha llevado a mojarse de amores llena.

A la mañana siguiente, no bien ha abierto los ojos aquel; ella con relami-
dos sabores y entre añejos olores de sus adormitadas ansias apenas despertadas,
se lanza sobre aquel para arrancarle otro embate más y otro y él solo sucumbe.

—Cálmate, gorda, que me quieres matar —murmura él.

Ella con arrumacos y besos, logra hacer que el fénix vuele y le monta delica-
da pero consistentemente por una hora; mientras que aquel entre ardores, prepara
su dosis sin dejar de darle a la jineta su paseo y arrimándole del polvo blanco que
la desquicia en un paroxismo, sin darse cuenta tras esas aspiraciones, pierde su
timidez e inocencia última que le quedara, se siente en lucidez y ata su voluntad
a aquel veneno blanco que tanto la excita. El ave canta y ella, después de prodi-
garse, obtiene una pequeña melodía más y, después de tratar infructuosamente de
arrancarle otra cancioncilla, se rinde al juego de besos y abrazos, mientras que él
se pierde lamiéndole su clítoris llevándola al paroxismo del cunnilingus, dándole
gasto al gusto y se mueren los dos en un abrazo sudado sin dormir; con los ojos
cerrados ahí yacen, hasta ese dormir profundo bajo el acoso de un ocaso vivo.

Duermen largo y profundo y descansan durante lo que queda de la noche. Se
meten al baño y bajo la regadera, él empieza a confesarla y entre burbujas y risas,
se entera que la señora de la casa es una colombiana que había salido con el señor,

que no eran casados y que vivían juntos, viajan mucho y ganan demasiado dinero. Hacen grandes fiestas y les había visto cambiar de parejas entre ellos con sus invitados y sin que hubiera habido celo alguno. El señor nunca trató de propasarse con ella, pero a Matilde la mujer que lava la ropa, le caía seguido en su cuarto, cuando la señora no estaba en el país, dándole algo más que regalitos. Tenían un departamento según había escuchado en Miami y otro en Colombia y sus jefes estaban en Nueva Yor', decía muy ufana de su inglés.

—Hermosa Rosa de carnes fuertes y elásticas, eres del tipo de mujer que me encanta, ni tan frágil que parecen desvanecerse, ni tan rollizas que pierden las formas.

Su franco cuerpo de elástica hembra potente, parece tener sangre germana, no por el origen, sino por su corpulencia. Grandota y gruesa, tiene hermosos y muy duros pechos, redondo el vientre, sin dejar de tener una lonjita cuando se sienta y está peluda por todos lados, "Sus grandes muslos y hermosas torneadas pantorrillas son buena carne de monte", piensa el Asdrúbal. Franca, ella se ríe y quiere más de todo aquello que el güerito sabe hacer. Un poco dolorida y dudando le dice:

—Hay pinche güero, a poco así siempre lo haces —refiriéndose a la refriega circense con la que aquel la estrenó.

—No, si me sé miles de formas.

—Hay mi amor quiero conocerlas todas, aunque contigo parezca cirquera, me caí de madres.

Ella se sube sobre él con fuertes besos en que hunde su lengua en la boca de aquel que responde con frenesí y, entre besos, recarga sus ocho por cuatro y se pone a beber los restos de aquellas botellas, mientras le dedica una faena extraordinaria para ella y aliviosa para él, que la toma por detrás entroncándole el ánimo y colmándole hasta las humedades profusas, sus ganas y su rosado clítoris. Después de vestirse, salen, con muy pocas ganas ella, que quería probar otras dos formas de aquel arsenal prometido. Pero él, se defiende aduciendo negocios y obligaciones que no le permiten quedarse como a él le hubiera gustado, dice, y la acompaña hasta el metro, quedando de hablarle al teléfono que ella le ha apuntado debajo de la tetilla derecha.

—No, pinche Rosa, si eres un demonio —se va diciendo—. Qué rico gritas india desvergonzada y apachurras como si fueras nueva, deliciosa chamaca, si no me dejaste ni gota dentro del cuerpo, si eres como un exprimidor de jugos que aprieta tan linda la muy indina inocente.

Ahora, a casa del Javier a informarle que de aquellos ojetes de los patrones, ni sus luces y que parece que no tienen para cuándo aparecer, además que les va a caer de lujo que sean reventadotes y liberales. Para un taxi y va preparándose un churro que se va fumando camino hacia el sur, mientras el taxista primero se asusta, después pronto comparte sonriéndole, por el camino le cuenta sus peripecias de ser pirata en vilo para atender contingencias, de ser un desempleado más en la gran urbe que para todos da, aun en contra del mal planeamiento de la verdad y la realidad de lo que es el bienestar de los pueblos. Profesor de filosofía de noche, taxista de día, para completar el chivo y poder llegar a cumplir con el día a día, lo familiar de sus ánimos se mezclan con cortesías; acaban por ser "compas" y el taxi se pone a su orden.

La imagen de aquel Asdrúbal se me va perdiendo, quedándome un profundo asco de su poca dignidad ¿o será que yo soy Asdrúbal?, porque yo nunca me he visto ni me reconozco y me siento culpable de haber participado de aquella caída de la inocencia de una mujer sencilla, quedándome la sensación de que yo no tuve que ver en ello, pero con la duda del porqué presencio todo aquello y los alcances de lo que primero me dio asco y después me alcanza como un posible reclamo ante lo vil de mis actos. Dentro de mi caverna noto que la presencia de Gen se me impone con miradas silenciosas y me hace volverme a observarlo con más detenimiento, sus ojos y rasgos, tanto de Nous como de Gen, con miradas aprobatorias de mi desaprobación que me hacen sentir bajo un enjuiciamiento del que poco sé y no entiendo y en donde todos mis movimientos son monitoreados; así es que las imágenes recién vividas me hacen sufrir no solo por su maldad, que pronto se convierten en su opuesto en mi mente y creo que es lo natural, por lo que me callo, no queriendo que esos ojos que me miran me juzguen por ceder a aquellas pasiones que no sé por qué las recuerdo ahora.

¿Será que las tantas imágenes que me reclama el chaparrito, cantadas por el premonitorio poeta me han alborotado la imaginación o me han traído pedazos de recuerdos y es así que escucho centelleantes voces salidas de ultratumba: al caer de miles de miríadas de fabulosos ayeres, en el mañana?; o tal vez sea, que quiera yo buscar imágenes diversas que ya me justifiquen o que en recuerdo de acciones de próceres quiera yo cultivar un pretexto para mi imaginación y sus imágenes que parece recurren a la heroicidad de pasadas épocas, como queriendo buscar un argumento redentor de toda la excelsa y profunda liviandad presente, como queriendo buscar alivio en la vaciedad de hacerse ser la base que enfrentaba el absurdo en su forma exponencial, de ser lo que se era y lo que realmente le conforma. ¿Qué es lo que me agobia en desmemoria como avizorando acreditarse al futuro, una pérdida de personalidad real o un olvido de algo trascendente que prefiero no recordar por lo que me implica y entonces es un olvido convertido en autoengaño? ¿Es quizá el percibir la vida a través del miedo angustioso que no me abandona al no recordar mi origen, que es para mí como un espacio de la atmósfera del deterioro voluntario en el que mis pequeñas búsquedas se empantanan aquí?

¿O es una reacción natural que presento cuando quiero excusarme a mí mismo de esas verdades que parecen emanar del poder de un serególatra que pretende no recordar sino aquello que quiere, y voy incansablemente buscando desechar lo imperfecto, superficial y deficiente de mí mismo, en el olvido de mis males y defectos; en donde la aparente amnesia no es sino un truco para olvidar u obviar mis errores; y no será que siento que eso que mal gobierna y que siendo solo

**277**

producto de la mentira en que se inspira y se corrompe, me conforma a mí, y pretendo poder olvidar mientras intuyo que solo mediante el trabajo laborioso de la calcinación podrá llevarse a la sublimación la obra y podré superarlo y, entonces, mi supuesta desmemoria no sería sino un vicio de actitud que no puede superarse por olvidos insensatos programados?

Y ante todos estos cuestionamientos, una voz de miles de gentes al unísono dice:

—Pagarás día a día con mil dudas y tus certezas solo te abrirán el espacio a más dudas.

Y ante tales afirmaciones que siento, Gen me comunica, a mí solo me surge la noción cierta de ser el blastocisto que en el octavo día de gestación, que es parcialmente incluido en el estroma endometrial, en la zona del embrioblasto. En mí no ser conciencia ni recuerdo, aquel trofoblasto se ha dividido en dos capas: una interna de células mononucleadas en citotrofoblasto y una segunda como zona externa multinucleada, sin límites celulares definidos como sincitiotrofoblasto o sincicio.

Estoy asomado detrás de la glándula uterina, sobre el epitelio superficial y bajo el estroma endometrial y siento cerca el circular de millones de vasos sanguíneos que me alimentan junto con toda esta materia en continuos cambios. El tiempo pasa y al noveno día es que siento que el blastocisto se entierra o es mejor decir que me entierro más profundamente en aquel vivo endometrio y un coágulo de fibrina cierra la entrada del epitelio superficial y veo que en mi polo embrionario aparecen vacuolas en el sincicio, que al fusionarse forman grandes lagunas llegando en el trofoblasto al periodo lagunar y, así, se acerca al saco vitelino primitivo. De pronto toda esta bioclaridad de tener estas precogniciones internas de mi ser, se van diluyendo en la pregunta insatisfecha de no saber siquiera quién soy y me siento ser un ser que podría estar presenciando lo que a sí mismo le sucede, aunque sin entender que lo que ve es solo parte de sí mismo y por ello queda confundido y con una sensación de soledad, entre otras muchas cosas, la formación de la vida de un ser embrionario dentro de la matriz universal.

Y es así, que en un segundo todo me parece ser aún más confuso tanto por la variedad de datos, que en cascada descienden para soportar las acusaciones y las demandas de Nous y Gen, que me desubican totalmente sobre mi pasado, como por la magnitud de las mismas, en las que en recuerdo de los avances científicos en el campo de la biología y la genética, me levantan cargos de abuso en el uso de los potenciales de todas las ciencias, de modo que, todo me parece frente a mí fuera de cualquier proporción y me lleva a sentirme aislado en una amnesia que aturde, pues no olvido sino quién soy en un enorme juicio en el que según dicen que caí por estar tan a la mano y, esta, mi realidad intrauterina, se diluye en mí, dejándome en el angustioso ser que no recuerda nada de su pasado y que enfrenta segundo a segundo, minuto a minuto, hora a hora, día a día, el saber que estoy siendo monitoreado por mil inciertos personajes.

¿Podrán escarbar entre los viejos tiempos y los porvenires del sino de la ruta o sabrán siquiera la ruta? ¿Quiénes son los depositarios de una lágrima del tiempo, trasladada al trago de agua bebida en la quimera del idioma que vuela a tu oído?

Curiosamente, de pronto es que me doy cuenta de que a mi paso voy resolviendo no unos asuntos históricos que tienen la identidad de realización en el pasado y que solo los tiende ante el recuerdo como realidades a comprender, sino que lo que siento se resuelve como un modelo nuevo, es su interpretación como una serie de elementos del presente que se plantean y resuelven ante mis ojos y que cuando se conozcan, aun estas novedades serán parte del pasado y, con ello, de la historia, mientras aquí se han cernido en mi memoria cual polvo de harina recién preparada, cocciones frescas con aires del presente que hacen que aquí acudan frente a mis dudas, la presencia de mil almas sutiles y sencillas, incorpóreas, mas todas muy vivas, las que de otro modo no tendrían el tamaño moral para aparecer en este Juicio Final de las almas de todos los hombres, ni aportarían a la causa humana otra cosa que su último suspiro, suspiro que sirve para que la vía de las imágenes atemporales se despejen y con la fuerza de su luz me muestren aquellos espacios del más allá, los que no pueden ser vistos por aquellos cuerpos vivos, pero que las almas de los que recién mueren iluminan tenuemente mientras se alejan los senderos de aquellos espacios que están en el espacio intemporal, al que conduce la muerte, dibujando con sus últimas energías las siluetas del pasado y sus quehaceres con todos los secretos de la oscura profundidad, que son como las semillas del diente de león, sencillas y frágiles, almas vivas que nutren con su último aliento a este espacio que no es un vacío, sino el cuenco en donde reside la vida en idea y germen y, que, al vuelo dejan la huella de su verdad a un lado de la vía y traen portando en sí mismas aquellas imágenes que se requieren traer de los bordes del tiempo para que declaren lo que a su "derecho" convenga y a la humanidad sirva, los mismos que se captan en una gran panorámica en la cual los grandes momentos de la humanidad son plasmados en mi mente, sin mayor explicación, como queriendo aparecer por sí mismos cual testigos de este juicio que se avecina y se empeña en expresarse, construirse con la aportación no de los mejores elementos con que la humanidad cuenta, sino de los que acuden; así es que salen en la foto de mi mente, al manifestar un tiempo presente en resolución, el cual queda recogido dentro del gran formato del soñador; siendo unas luces votivas presentes que se cristalizan asomados al más allá y traen sus mensajes, mientras van dejando la pelleja en el más acá, mezclándose con seres sin el menor sentido de la dignidad ni de la decencia, que parece conozco bien y que en realidad son la fugacidad ramplona de un espejismo que no nutre.

Esta era toda una vía enriquecedora que yo vería desarrollarse como una serie de argumentos que se harían valer ante los cuestionamientos que aquellos personajes me trajeran cuando en este juicio se cuelan al presente momentos acusadores o, mejor aún, algunos eventos que se suceden en el tiempo presente y que al parecer solo se quedan deteniendo toda la viabilidad del tiempo entre pincitas de colgar la ropa; así como una broma de una deidad tutelar; veo desdibujarse más de veinticuatro años de sonrientes visos de tiempos retratados al carbón, en el que el grafito que nos envuelve y el tiempo de la realización, se enmarcan en un continuo esfuerzo del espíritu por traerme un sentido de todo esto que veo y siento que sucede. Y saber eso, no sé por qué me es importante al mirar bien esos agujeros del tiempo que percibo, sin saber a ciencia cierta a qué se refieren o remiten tales ideas; imágenes en las que veía que había un eje dado sobre coordenadas de tiempo y espacio en el que ya estaban contemplados los años de manufactura de esta catedral que siento se levanta frente a mí. Un larguísimo túnel de tiempo y sacralidad en una reunión ceñida como obra en construcción o ala vieja de aquella megaconstrucción que es esta base del ser que se es y lo que somos ante Dios.

De pronto, me comprendo como quien abre los sellos de aquellos que se asoman al tiempo en su pilar, veo que aún sin entenderlo ni comprender sus respuestas o la significación que nos trajo en la idea, esta se yergue como argumentos de la humanidad que se apilan como municiones para su defensa, mas sabiendo él que ahí todas las almas, al final, se reunirían en estos momentos de expresión del mismo espacio de la expansión del espíritu, con ello avizoro cambios políticos importantes, que se dan en el espacio del origen del laberinto aquel según las más precisas instrucciones de un Aleph. Las líneas augurales astrales que habían sido impresas bajo augurios mercuriales de mensaje que envía el señor del tiempo, con el tiempo atado a sí mismo, reflexionando sobre lo discurrido que sabía que sabría, para inmediatamente darme cuenta de que aquellas certezas luego tal vez ya no lo fueran tanto. Los secretos del tiempo atando a la esencia de todo un documento en el cual se va llevando bitácora de sentencia temporal al ocupar este sitio del vivo día que se levanta eterno en aquel panorama de su memoria que se va sin un recuerdo al no entender siquiera quién es hoy.

La memoria del espíritu de los hombres me muestra la solidez de su verdad velada por lo frágil de la memoria. Y veo que la casa del tiempo se construyó sobre la estricta base de un recuerdo que ya nadie recordaba y de un invento en el que todos cooperaron para construir la realidad desde su falacia como estructura de la verdad grupal, en donde lo verdadero de lo falso es tu falsía y lo real de su sentido es la irrealidad que se desprende de sus ideas y sus dioses. Es la añoranza y es el ciclo que bailan al son de nuestros años que se viven día a día; mientras que mil años son un día en el tiempo del señor de fuera.

El tiempo dúctil, de pronto en esta mesa adquiere consistencia maleable, en donde, aquel pasado que rememoro parece tan fresco y las cosas de hoy me parecen inmemoriales suspiros de un murmullo de ángeles que se aglomeran frente a la entrada del paraíso, donde entonces le recuerdo contando mil historias y dejándome con la sensación de que yo hubiera visto las esencias de historias de civilizaciones perdidas y de imperios en su cenit comprendidos en detalle; tremenda paradoja mientras no puedo recordar el quién soy y el porqué estoy aquí; solo me queda claro que en lo adelante surgirán en mi idea rutas particulares del transcurrir de las cosas pasadas que serán trenzadas con vivas rutas presentes.

Ese presente que solo se vive y después se sostiene por su hecho y, que una vez transcurrido, ya no es el que es sino como una forma estructural del pasado, porque solo es ahí cuando se es al segundo y ya después no sería jamás un presente donde todo cambio es llevado en el devenir que fija el paso dado en esta corteza.

Oigo un himno silente entonado por la ausencia que va honrando a la sustancia que festina a la palabra: verdad dada en la paciencia, el trabajo, el tramo de tiempos recorridos con la razón y, tras los pases de su vara mágica, comprendo la aptitud instrumental del demiurgo, que trabaja en las faldas del silencio vistiendo aquel traje plateado del caballero de Longherin, quien tiene prohibido decir su nombre al trabajar en la perfección del magisterio, libre como un Ulises que recobra su nombre al terminar su viaje de autoconocimiento al ser el dueño del silencio de la conciencia del autocomprenderse, son comprendidos sus límites en el marco de la vida que asimiló al dibujar el semblante de una verdad desde aquellas iluminadas sombras, bajo las que florecen aquellos trabajos de una piedra lapislázuli llena de frutos de agua azul, que nace como estas letras universales de la nueva era de la razón humana y se levanta en aventura hacia las frescas claridades que urden la trama de una búsqueda señorial sobre la madurez; y le dan el poder que le ciñen de responsabilidades lleno, ungido en las sienes por los altos cielos que lo elevan al Olimpo de la creación manifiesta del arte, que se exudan desde el esfuerzo de vivir en una realidad que se conforma como la emergencia cultural de un pueblo entrañable, que alimenta esos días del fastuoso vivir plenos en la verdad ante el nacer de la razón; que es desde los insondables trabajos de esta humanidad asociada, que asignaría crear la idea a nuestras manos por la sabiduría de la intención pura, que reconoce el valor de la vida de todo el conjunto y del planeta; donde se asume fungir como su fiel guardián, enfrentándose por sobre el poder, grita por todos esos que no tienen voz y que sí debieran tener derechos ante aquel creador; y que aunque ni tienen con qué pagar una defensa decente, porque la naturaleza anda corta de efectivo ante el tribunal del hombre, aquí son todo con sus voces y son la razón de todos, y no del grupo de accionistas que se siguen repartiendo el mundo, para sus *issues* personales, tazando para sí todo lo existente a cuenta del que ahora pueda acabar con todo siempre que sea un buen *business*; en el abandono total de cualquier posibilidad de un futuro planetario con madurez de conciencia en esencia del rescate del alma humana; creyendo contar con la bendición de un Dios que parece reproducir misiles en las bodas de Hiroshima, ya que en su mesa no hay pan ni vino, por usar instrumentos del Mal en pro de una plutocracia que ha sacrificado toda verdad de la democracia con mil bendiciones, extirpándola del pueblo, para poder recurrir a la consigna de desacralización del Bien por proteger sus bienes, y así es que siembran el mal general como atmósfera, donde se hace pasar por bueno todo lo que en verdad es eso malo, usando la televisión que es el arma al servicio del poder, y el poder que arma todo el teatro de una mentira que las masas se tragan con gusto; mientras se pervierte la verdad, persiguiendo llenar rebosantes bolsas que les dejen sabor a perversidades que se sacralizan en lo profano, de los que solo se interesan en la obtención de la estúpida inmediatez de seres que no evolucionan ante la evidencia de la naturaleza y de sus reclamos. La premura es tal que el cambio es con nosotros o sin nosotros. Y eso da un miedo terrible ante el silencio que buscas sembrar en el mundo que disuelve al personaje que se crea desde la palabra que te mata, pues veo que esa palabra que me crea y recrea también mata todo con lo que no esté de acuerdo y la aplica al servicio de intereses que se vinculan al poder y a las altas jerarquías del clero.

> Y recordad que solo soy una voz
> universal que llega al infinito,
> empero solo una voz,
> medible desde el *Big Bang* hasta tus voces, que es mi voz.

A callarse todos, gritan en mi cabeza aquellas voces de los caídos y advierten que mientras se escuche la voz del juicio desde el centro del mundo y abarque el universo en juicio universal; se interrumpirá la ira silenciándose ante el juicio que va entonando el canto vital de tu especie en su réplica por responder sobre tus conductas supinas y bajas, en el que solo defiendes tus intereses y así permanece silente el castigo, para oír con detenimiento que se vayan sucediendo las etapas del juicio con claridad, siguiendo la norma protocolar de hacer que los tiempos se cumplan en su momento y no antes, para mostrar aquello que por injusticia logras obtener y, te jactas de ser, al no ser sino un sujeto de usos y costumbres sin inquietudes morales naturales y que va a estremecer a los cielos al oír el desesperado grito del que ha sido abusado y el infame tono de tu voz soberbia desde un vivo arcaísmo con que pretendes demostrar que tu ser es la verdad universal de la creación y que esconde en su interior el trasfondo de solo ser una mentira que te la crees y adobada con simpatías de sentirse poseedores omnipotentes del planeta Tierra; hijos abusando de la madre en infamias escondidas tras el buen corte en gusto de aquel siniestro ser cuando eres a imagen y semejanza del carnicero universal, cuando se apodera de ti la bestia que cultivas con el esmero de un arte; dando pretexto para la existencia de seres humanos retrógrados que solo saben hacer dinero o, sus opuestos, creadores de quimeras que han atado al mundo el dolor esclavista de los hombres sin libertad, vertidos en espíritus vengadores que atan a la inmovilidad, como recordando aquellas sombras del hombre angustiado, infame perdedor de marras que podría haber sido un buen escritor, si no se hubiese atado a pretender ser redentor con recetas arcaicas de materialismos sin raíces que lo arrastraban por los detritos de su conciencia y, que en sus delirios de grandeza, se pierde deseando ver llegar a la era Comunista, que él y sus secuaces, iban a lograr imponer para vengar a las clases desposeídas, y que como primera medida tendría que matar, encerrar o exiliar a todo aquel que no pensara como él, según la tradicional receta estalinista, con sabores de *Stasi*. ¿Te recuerda a alguien espinoso?

El siguiente paso sería aquel de recrear toda una venganza revanchista para eliminar a todos aquellos explotadores, que se habían opuesto a sus ideas reivindicativas, para dar paso a la nueva clase explotadora, que, por consigna eliminaría toda posibilidad de un cuestionamiento del supremo Bien que ellos le llevarían a la humanidad para su engrandecimiento y Bien, la que por principio se deshumanizaría en su esencia por ser considerado esto un acto muy burgués; prohibiendo sentir, lo que sería la consigna de los seres pensantes contra los sentimientos y las raíces naturales de la familia; faltaba más y, claro, aprendiendo que de la historia no se aprende o aún mejor que el poder quiere que no se aprenda de la historia y así se repetirían las purgas blancas de los que pensaran diferente a su supremo saber y su magnífico ser, el que tendría conculcadas todas las libertades para poder administrarlas él a su buen parecer. Como aquel pastel era muy limitado, tendrían que ser todos ellos los iluminados usufructuadores del poder, gente del partido por él seleccionadas y, claro está, no los proletarios que son demasiados para poder ejercer el gobierno y un "cambiecito chiquitico en la Constitución" para darle a esta verdad un toque de perpetuidad legalista oficial, apoyado no en el educar y fomentar la responsabilidad, sino en actuar cual padre y darles todo sin esfuerzo, pues en su grandeza él no aceptaría la responsabilidad personal.

Fuera de él nadie sería merecedor de ser responsable, sino solo para obedecer sus dictámenes y actos resolutivos. Así los hombres títeres tendrían directa correlación con él y su voluntad; los cuales por reconocimiento y agradecimiento de sus actos redentores ocuparían la zona del silencio y la reverencia activa, vivirían felices al poner sus dóciles cuellos al yugo que sus héroes les tenían reservados, cual signo patente para con los iluminados representantes de sus no ideas de que crearían la sociedad perfecta, partiendo de imponer la justicia que arranca de lo injusto de igualar a los diferentes, bajo esos esquemas que aquellos iluminados les tendrían preparados, asesorados y dirigidos por él, el iluminado mayor y por gente como él. Iluminados escogidos por ser aquellos grandes pensadores que la humanidad esperaba desde la creación de un nuevo partido, hecho a su imagen y semejanza y, en donde bajo su voz de mando, encontraría el país el camino bienaventurado, por aquellos que en la realidad de ser la izquierda viva estaban ocupados en curar las heridas del pasado deporte del desollarse entre ellos mismos que tendrían que superar con ideas claras, pocas, pero suficientes para congregar a esos que por definición son diferentes, porque las ideas claras y los métodos transparentes conducen a la adhesión espontánea y libre, a un ideario y no en el viejo culto a la personalidad que siempre caduca en el despotismo oriental, y que así ahí no vieron a aquel que les guiaría con su luz inefable poniendo a sus pies a las masas, porque les instruiría a ser felices por aquel su decreto sacro, ya que extirpado el sentir y el pensar remplazado por aquel obedecer, todos serían felices por decreto y en retorno al desarrollo del viejo despotismo oriental original y vulcanizado; mientras que entre aquellos líderes de izquierda estaban urgidos de cambiar la imagen de que el político está más repartiéndose el botín que preocupados por ser pensadores trasnochados de lo social, para así poder congregar en base a la expresión clara de la necesidad y sus formas de satisfacerla, pero él, con sus métodos de la *old-fashioned* comunista se sentía abandonado y traicionado por una lucha de clases que nacía de que ya nadie quería entender la diferencia como lo ganado en lo aprendido, al menos su suerte estaba echada tras sus ideales rotos y, al no tener eco sus ideas, se sumía en los cristales de blanca nieve de esos malditos polvos quechuas, encerrándole en sí y sin ponerse a ser solo él.

Huelga decir que una vez caído el modelo del socialismo real, este personaje acabó de cocaíno activo, culpando a todos de sus debilidades de carácter, rumiándose por la nariz aquella mala fortuna del no poder hacer realidad la verdad de sus sueños de "oligarca" del proletariado, vía su partido único, que por cierto también añora, pues de todos los existentes, denostaba de todos ellos, pues sus miembros no habrían reconocido sus luces; y aquellos que representaban a la izquierda no vieron al moreno en que se sentían ricitos de oro y la mamá osa no llegó, mientras sabe que se amasan grandes fortunas con el negocito de un Partido, y siente una alta traición cultural a su persona, por la falta de su participación en tales negocitos que ya Fidel había demostrado eran la vía rápida para ser de la aristocracia, aunque sabe a ciencia cierta que la historia no mentía, Fidel era un rey que heredaba el reino a su pariente en línea directa, y nadie le contaba a él, y así, queda sin participarle de las magras riquezas: aquel iluminado olvidado por los que reivindicaría y esperaba que lo viesen cual Napoleón en su retorno, agradecidos debían rendirle a sus luces el sitio de honor de ideólogo del partido y que no veían claramente la fuente de la iluminación del dictador del proletariado, que por derecho propio y como un monumento histórico que les aproximaba y de lo que esperaba, se le debía reconocer donde lo vieran como al héroe; así que, como esto no sucedía ni por los altos jefes sindicalistas en extinción, ni por líderes del partido en auge o funcionarios públicos en funciones, que lo desconocían desde aquellos centros de poder; con lo que así, ya ni ellos se apoyarían en su iluminada persona para gritar que la sociedad era injusta, siendo la voz cantante de sus no agremiados ni feligreses, y que por tanto, no le compartían de aquellos millones que amasaban ellos en sus liderazgos; de tal modo que, cual una sombra, vivía contra los que usurpan su negra luz, que por decreto de los cielos materialistas-históricos le correspondían en sus sueños de dopaje que las huestes de zurda le usurpaban como Fidel usurpó un poder que lo hizo ese famoso rico rey de pobres que nos vendió al máster del proletariado y salió el doctor de la oportunidad y el empleo de la presión viva.

Él recibía los sellos y debía suponerse un honor ser el detentador de tales y tan grandes virtudes; pero no podía al leerlos, entenderlos. Y no pensó que si el reunidor de sellos no los reunía, aquel que los debía leer no los recibiría de su mano y el equilibrio se rompería teniendo uno que hacer lo de los dos. Su inseguridad no era dada por su papel en la vida, sino por no saber encararlo constantemente, no dándole así el gesto adecuado al valor de las cosas que compartía en la creación de la obra de los tiempos. Y sus letras se cargarían de esto, porque serían parte del personaje escondido y, así, aunque pasara mil veces sobre ellos sus ojos, estos sellos cerrados nada le dirían, sino que él cumpliría su parte en el plan de Dios, que era ser el "guarda" sellos para que aquellos sellos estuvieran listos; pues solo esperan llegar a su verdadero destinatario, entregándose ya no más el guarda se-llos en su frustración a apegarse a esos vicios, por no reconocer la validez de ser el coleccionista guardián, parte vital de la hermosísima y humilde misión, que se le había conferido, la que al principio cumplía con natural gusto y facilidad abriendo aún la montaña mágica para él, hasta llevando la misma montaña hasta él, pero después, con supina envidia de no ser el que abría los mensajes, maldecía su suerte como una tontería mal entendida pues su fuente de quehacer literario no era menos importante: ser el lector privilegiado, una virtud que era la de él, y para la realización personal de su quehacer literario, aquello que le correspondería era el alimentarse de esas cuitas del mensajero, tantas y tan variadas que hubiesen sido bien planteadas la carne de su arte, pero ya había tanto que habría perdido que difícilmente seguiría las huellas sobre el agua y sobre el cielo que un ser que dejaba de ser invisible en huellas que no podrían seguirle el paso para alimentar su obra aunque quisiera; la justicia radica en limpiarse al limpiar la vía que el monje del viril temple abría; así que ante su sino iba atándose por soberbia a las vanas pasiones desenfrenadas que se decantan como viciosa oposición a la verdad, y sin agradecer la oportunidad eterna, pasaba sin saber ocupar con dignidad aquel pues-to conferido que no denosta de la virilidad que le viste eterno al ser un hombre. Empero, el guarda sellos curado lejos del alcohol y la desidia, se incorpora y se sienta a la mesa a crecer al fin cuando se da cuenta de que su labor no por humilde es menos digna y su presencia era indispensable para él ser feliz.

Y aparece el:
*Crony capitalism*
Y la locura se incuba
Y la recesión se afinca.

Mostrando un entusiasmo por el lenguaje desacostumbrado entre los econo-mistas séniores del fondo, Budhoo inició su carta así:

*Hoy he dimitido como miembro del personal del Fondo Monetario Internacio-nal tras más de doce años, tras mil días de labores oficiales del Fondo sobre el terreno, pregonando su medicina y su saco de trucos y ardides a gobiernos y pueblos de América Latina, el Caribe y África. Para mí esta dimisión es una liberación inestimable, porque con ella he dado el primer gran paso hacia ese lugar en el que un día espero poder lavarme las manos de lo que, en mi opinión, es la sangre de millones de personas pobres y hambrientas. (...). La sangre es tanta, sabe usted, que fluye en ríos. También se reseca y se endurece sobre toda mi piel; a veces, tengo la sensación de que no hay suficiente jabón en el mundo que me pueda limpiar de las cosas que hice en su nombre.*

—Carta de Davison Budhoo a Michel Camdessus.
Naomi Klein, *La doctrina del* shock, p. 351[33]

**285**

Cuando la doctrina del *shock* es una pena
y el que la usa o la reclama solo es: un abusivo
o un abusador ignorante, declarándose que no tiene perdón,
o bien, ambas reunidas en el abusador de las finanzas públicas serviles
del gran capital.

Amargo sabor de culpabilidades festivas va corriendo por aquellas venas, llenando los ojos justos del tupido correr de lágrimas con las que no se puede lavar un amargo sabor de culpabilidades que recorren el saberse culpables de sembrar en esos, sus suelos de libertad, la coerción para robar y se ve erguirse al que inocula un veneno derivado de la locura de un liderazgo que es en vicios dado porque el vicio en un hombre común destroza a ese ser y a los suyos, pero cuando el vicio se acuna en el poder como sevicia, puede echar por la borda el futuro de una nación y hacerle Mal a todo un país, o a la humanidad entera, como aquel ser que está armado y por ese accidente se siente con el derecho o la capacidad de ser un vengador u ofensor. Así, con el más mínimo poder, quiere reivindicar su oscura existencia, como el que es matadoramente humano, cual un aspartamo asesino, bendecido por el poder transnacional de todo el veneno de dieta, que con la vana sonrisa cruel del iluso con pistola o bombas, cree que reivindica con el crimen a un acto justo; pero que en realidad no es sino la bestia vestida para matar cuando la verdad muestra el que todo acto terrorista, no es sino eso, lo injusto de un crimen que se crea por aquel poder del matar inocentes para vengar causas justas o injustas, no importa, ya que aquel método para conseguir la reivindicación atropella a la inocencia, ya desde el Estado o contra el Estado. Es que así se pierde toda justificación moral y se vuelve culpable a toda su acción, e insuficiente a toda consideración o justificación que la pudiera tratar de explicar; pues, aunque la inocencia sea la víctima creen con ello reivindicar algo justo, perdiendo cualquier cualidad ética que la voz reivindicativa tenga, lanzándose a un acto del Mal que se nombra como el Bien: y que es como aquella cuenta del diabólico Henry Kissinger y sus números alegres, que escondían a dos millones de civiles muertos, acto de magia por el que recibió el premio Nobel de la Paz, auspiciados por el poder de imponer el silencio que se desprendía de la fría paz de sus muertos; o esa muerte por venganzas que nunca acaban en el pandemonio del terrorismo que se ejerce en ambos sentidos, desde aquel Estado y contra el Estado; mientras que aquellos combatientes se negaban a seguir matando civiles que le pudieran colocar a aquel loco como héroe, que para los ojos del mundo quiso pasar como aquel gran ser humano, al ser el más inhumano, que realmente mintió a todo su pueblo para conseguir sus fines personales egocéntricos y, que no fue castigado como aquel cruel y enfermo criminal que ante la historia es; y que ese premio Nobel de la Paz, que en la casa Nobel resultara un desacato a su alta tradición cultural, que no es sino lo innoble del poder que hace de su tapete la paz, y usa de lo innoble para empañar a lo noble y justo, así es que la casa Nobel saldría sin mancha bajo aquel engaño.

Y esto se aparece ante mi mente como pecados del primer emperador de

Roma, aquel Octavio que tras la *pax* romana no pudo concretar, sino aquel arribo de la locura al poder por no dejar asentada institucionalmente la posibilidad de castigar el exceso, cuando es la paranoia la que manda y dirige el sentido insano tan aplaudido por gente como él, que persiguen su Bien al dar el Mal como un César de tiempos del Derecho Romano que una vez en el poder podían convertirse en lo que fuere que quisieren lograr para sí sus ambiciones dejando marcado el camino de la debilidad intrínseca de la democracia electiva ante el poderoso.

Como si aquella salida de un Watergate
Solo alcanzara para un *water closet* "pinochetescu", ruin y asesino.
En fin, que las telarañas de gritos de infamia insuficientes ante su piedra les lastren del cuello atadas
y se alcancen a subir en lontananza al reclamo divino de las históricas no disculpas de sus crímenes cotidianos.

Y un fantasma le dice a un espíritu, perdón… Cuando ya de nada vale…
Y una imagen de la caída del Mal se limpia, con la santidad del espíritu, el culo.
Y se asoma a la taza del baño cual su cáliz cuando este hizo tropezar al Bien
y se queda el Mal aislado, sin fuerza y muriendo mientras mata a todo lo existente.

—¡Ay qué feo!
¿Tanto crimen?
¡No, su lenguaje!
—Dice el espíritu de las buenas conciencias.

Es ahí, que más allá y por detrás de la humedad que se desprende del recuerdo añejo, veo que bajo las verdes peñas musgosas, entre cantos del dolor que me llegan con aquellos olores a pudrición, me llevan a ver que entre los henos colgados de las paredes de un oscuro paraje, miles de luces se diluyen chisporroteando desde mil candelas que andan creando imágenes en el muro en que miro la angustiosa paz que emana del alma sorprendida por un atentado, del que no alcanza a comprender, el porqué está en tal pasaje y ante ese trance, después de la gran angustia de no recordar cómo pasó él a ser un caído que se aletarga, mudo, frío y silente; se siente un solitario que va diletante y en hombros contra su voluntad, ya que le van llevando en vilo a hombros de cuatro sombríos dolientes parientes, al parecer que en agobio siguen aquellas luces en procesiones que en letanías se acercan llorosos hacia la fría oquedad; la duda ausente asómase en esos ojos cerrados de ausente cuerpo mórbido y helado, con su espíritu al lado de eso que quedó, del que no puede ser enterrado por solo ser una carcasa al vapor y carne molida en trozos y sobrecocinada, mientras que su alma no deja de acompañar el cortejo que lleva en andas algunas otras muchas cosas chamuscadas y una foto de él, sin saber el alma a ciencia cierta qué pasó ni qué significa aquel eterno sueño

**287**

en el que él se ve en estas imágenes que lo ajustician, tal vez, solo intuyendo que participa del adiós a su carcasa y así, silente, se reclama justicia ante la desventura injusta del ser víctima de un juez que sin juicio y contra la justicia se alzó para tomar en injusta causa la vida inocente, vista como solo un daño colateral que representa en realidad todo un abuso del poder, hijo del abusivo manejo de la ignorancia, ante la falacia de pretender perseguir aquello justo por la vía del acto injusto, donde se enhebran las acciones del día que se construye en viva identidad del ser al hacerse y que muestran el que no se han hecho sino unos asesinos.

¿Qué lúgubre caminar me lleva a verles y seguirles el paso con la mirada? ¿Por qué seguimos esta visión? Le veo pensando en su destino, tras de aquel extraño, triste y ausente ser, que aún flota en la incomprensión de su estadía en estos espacios espectrales donde vagan las dolientes almas perdidas, tras las luces en la imagen de la desmemoria en la resolución de las umbrías figuras que contemplan aquella peregrinación funeraria en diluciones de luces que se vuelven maltosas, y que apenas triunfan en un coloquio de amores, largos los rostros del frío y esos huesos que crujen silentes y acompañan el cortejo, donde la fría blanca muerte le mira capturando su alma y desviando su mirada de todos, le ata.

¿Por qué veo estas escenas de dolor, tan ajenas a mí? ¿O son solo oscuras remembranzas de mis actos criminales? ¿Qué penosa realidad agobia la entraña de todo este vil recuerdo? ¿Qué finalidad tiene el sinsentido que se juzga inútil o será que me das la oportunidad del arrepentirme de mi ignorancia excesiva ante el regateo de la razón? Veo a formas triunfales, vestidas con aquella inocente sangre derramada que se pierde en la penumbra sin su justo castigo, y que así se preparan, aun sin saberlo para no descansar jamás y atadas a la mentira se revuelcan sin verdad, cuando se trata como justa al ser de la injusticia, cuando el desorden es todo aquel orden implícito, con el que se quieren reivindicar por injusticias sus demandas y se atan a viva rueda kármica en el que la exactitud natural acaba con lo impreciso y fino que se pierde en las letras artificiosas de los tiempos y sus modas que se extienden sobre el mar; en el que lo injusto solo atrae su desazón, y pierde ante la justicia y en armonía pervive sin dejar lugar para la duda de que nunca el Mal podrá ser un Bien común. Y eso es la naturaleza misma del orden que hace del equilibrio la base de la balanza que mide lo sano justo que se yergue sobre la viva verdad y que dada su eternidad está por sobre la realidad falseada, la verdad viva.

Ahí, sobre la piel del cadáver del tigre cazado en un "chimeco" por sus culpas, hay una mesa de tres pies de oro que sostiene a un candelabro de siete luces que cubre al amor.
Menorá, que al brillar se escucha aquel llanto vivo de un bebé del Aguaviva, como promesa activa,
y los depredadores que acechan esta montaña mágica, siguiendo el juego del patrón se pierden sin ella.

Apenas en mi mente, presencio como aparecen en "flashazos" series de imágenes que acuden en tropel como viéndome envuelto en sus jaculatorias y en sus dolorosos recuerdos desde la fría lápida del victimado que se me aparecen en mil pictóricas escenas, de la paleta austera y gris del escorial, sin saber si son recuerdos o solo remordimientos o imágenes frescas de sucesos recientes, que se diluyen dentro del rincón del hueco en donde se despachó el Mal con la bestialidad bruta servida por animales que anteponen la noción territorial ante el todo universal y defienden chovinístamente la madriguera contra la noción universal que evite la guerra, la abolición real, por su perniciocidad, de la proliferación nuclear.

Veo desde ahí, atada por una enorme telaraña en la que pende la cuna de todos los males, la faz hedionda con la que sale sonriente una mujer vestida a la moda ancestral de las tierras secas, baila como un espíritu hiriente en simonía de acciones lúdicas de una muerte que retoza en convalecencia del poder extraer lo maldito de todo el Mal porvenir con que se quiere montar su ejército de errores logrados como éxitos de traición teñidos y que ven en el Mal un Bien y se miran siempre en un reto inexistente y mortal, y así es que se van cubiertas con un traje regional de polvos en tradiciones, tejido a consejas de ignorancias ancestrales, de soberbia factura y de estructuras interpilosas y subcutáneas arraigadas en sus mediterráneas carnes, desde siempre teñidas con sensaciones sublimes en lo oscuro que siembran el Mal en abonos del Bien, que siente que solo es incomprendido por no poder atomizar la civilización y aquel tiempo histórico, mientras se ata al pobre método con el que con un gracejo mal entendido de ignorancia nutrido, cubre e impermeabiliza aquel aislamiento tras del sentido del ser nacional, lo cual de un modo arcaico se pretende internacionalizar, matando, sin aceptar al fenómeno de la globalización, sino solo globalizando el terror que lo envuelve, ante cualquier reivindicación insuficiente por aquellas sus miras y métodos violentos indiscriminados, que solo sus males reparte. Mientras frente a mí la bella madre me muestra lo gracioso de sus movimientos de hembra de cepa madura, de carnes duras y exactas para amar, como insuficientes para reivindicar a su opuesto en la unidad que fincan en lo inexistente y que les miran con ojos de leyenda de tres faraonas poderosas, que tuvieron capilla en la viva eternidad.

Donde lo interesante de la cultura es su definición del quehacer del hombre, y no solo la administración pública, la realidad confirmativa de la diversidad cultural cobijada como actos libres que emanan como la expresión del grupo y de los grupos identificados con tal o cual *axis mundi* tras la realidad nacional, lo otro es: política administrativa, pero la política del pueblo, la "*demos-kratos*", esa que se conquista con actos racionales responsables del conjunto en esta realización suprema y sublime que nos tiene reunidos, que tienen ropas definidas, hablas y lenguas que los contienen y los que no dejan de ser sino dínamos del cambio total.

Anda por esos pasadizos el resplandor de aquellas luces silentes y agobiadas, llevadas de aquí para allá, siguiendo las exhalaciones del llorar de mil deudos que derraman agua y sal, en carnes dolientes que van vestidas de lágrimas en mil ríos, van vertidas con voces que alumbran un rato el silencio animándole, dando vida a gritos de dolor de muerte mientras que se van saliendo del socavón oscuro todos los presentes vivos. Quedan cinco luminarias como estrellas furtivas en aquel frío recinto, frente a la Menorá, la cual mi mente no abandona donde la sombra recibe dos luces y hace honores a las letras vivas, en canción de muerte del que fue, sin razón, eliminado por odios que no le tenían a él sino indirectamente en noción equívoca del sentido de pertenencia, así es que preside él la reunión, hecho cenizas, sin agua, ante esta ancestral locura no superada por ti es traído por un ángel que reprueba la locura del atacar al inocente para hacerse querer; dicen:

*Mensajero sois, amigo.*
*Non merecéis culpa, non.*

—Miguel de Cervantes, *Don Quijote de la Mancha*, p. 355[34]

Yo me quedo helado y veo como en el danzar de luces aparecen sombras terroríficas que se van arremolinando; ocupando en aquella profunda cavidad los espacios que a poco guardan los dolientes que en procesión huidiza dejan sus respetos y pronto sus miedos se los llevan; ya van saliendo después de lanzar algunas jaculatorias, cantos y rezos; entonces suena el último adiós, que es aquel en que le dan sus últimos cariños cuando se van retirando del lugar marchándose en tropel, como quienes urgidos se despiden y todos van dando la espalda lo más pronto posible a aquel cajón puesto en el oscuro galpón en el que queda solo a la espera del que no comprende sino que no está, cuando debería y merecía estar.

Las expresiones de aquellos dolientes mezclan dolor y angustia junto a todos sus miedos inconfesados, como si todos esos maquillajes, cirugías plásticas de pechos crecidos y nalgas infladas, con cachetes y papadas estiradas, narices cinceladas al bisturí, barbillas partidas como nalgas de bebé, reunidas ante el catafalco, se volvieran más evidentemente parte del miedo a la calaca y así se negarán a voltear un segundo más de lo socialmente requerido por la casa de las sombras; parten prestas a secarse las lágrimas para soñar con el dulce pollo al que van vivitos, que quieren olvidarse inmediatamente del frío tenor con que marca la parca su ritmo, y no recordar el paso en su húmedo laberinto del que asiste como plato fuerte al restaurante del gusano, el Rincón del Mosco en que se sirven magras carnes vaporizadas del caído; parca que engulle a esos mejores y también a esos peores cual la flaca amante de los que respiran por un tiempo y, que como sin querer, pero con cierta prisa, huyen por un rato del acre olor a muerte, porque nada espanta más a la vanidad que el saberse ser solo una carne mórbida y temporal; así se escapan en la huida desde un algo pequeñito del jaque, que a todos amenaza y que llega con su mate inefable al final de la espera, cuando tarde que temprano en todo ajedrez se pierde siempre ante la parca, la que al final recoge las osamentas del juego, que inexorablemente gana quedándose solo ante el dolor de sus amores: el olvido, hijos del mal entendido del retro que solo cosecha eso que siembra, cuando aquel mal entendido, es un odio supino a la madre Tierra y a sus criaturas. La fría realidad de la muerte aquí presente, sentada a tu derecha exactamente, pues cuando a la izquierda pasa y recoge tú último latido y te lleva al lugar donde los actos se pesan en balanza de joyero y nadie está completamente limpio o impecable en sus cuentas si estuvo vivo; ya que la vida es acto y el acto es decisión y hay buenas y malas decisiones: actuar y fallar están en la misma ruta y en diferente frecuencia. Es de humanos errar, decían los clásicos, y nada más cierto, solo el que intenta falla o acierta, y el que falla tiene algo que aprender, además de la misma lección de su desacierto, aprende esto del ver que no hay que declinar jamás a la labor a la cual se vino a cumplir, a usar inteligente y osadamente del tiempo para producir esto que se vino a hacer, que ahí no cuenta, pues el tiempo es solo: cosa humana y esto solo se remite al referente de los ojos vivos y que solo puede dejar huella en la memoria humana en esa, la mejor historia, la nuestra, amor.

Me quedo pensando en las imágenes que atraviesan mis ideas sin saber si son recuerdos, o peor aún, si mi memoria deslavada habla de aquellos motivos reales por los cuales estoy en este sitio, ante esta severa condena que aquí me agobia hoy, al ver sus deslices de actos impuros, sucios, arcaicos de los autores y del casi no guardarlo en un cajón que carga su foto y su recuerdo del vaporizado con manos reivindicativas, que solo reivindicaban la "no razón" al atentarlo, al ir contra inocentes tomándoles el derecho a los hombres en usurpación lo gritan e imponen como su voluntad de muerte, y matan inocentes porque por ahí no hay más y se me revela la insuficiencia de sus motivos en lo caduco de sus formas; ¿o serán proyecciones al futuro de sueños del estado mental en que creo me encuentro hoy en duermevela, antes de estar despierto? ¡No sé por qué permanezco cual mudo testigo de estas terribles escenas! ¿O será que prefiero el olvido de mis actos? Mientras miles de imágenes danzan en sombras que se desprenden de aquellos cirios que lloran lágrimas desde ceras votivas y otras tantas se muestran como en vivas remembranzas del arrebatado danzar de los pabilos, ante aquellos últimos segundos en aquel gran jardín en que veo la linda cara de una mujer barcelonesa, trigueña, de un talle esbelto, alto y fino que se mece en un columpio con una nenita, a la cual, parece que no conozco o recuerdo y miro con ternura, de modo que me infunde la certeza de que me son extraños; aunque no lo son, al ser parte de esta inocencia universal herida.

La veo reír y cantar alegre, elevando al cielo encantada sus piececitos, apuntando con ellos al cielo y a la Tierra, una y otra vez sobre la madre. Un cierto olor a jamón serrano al melón, se desprende del recuerdo de esos viejos olivares. Él unta un pan de rancia laja con añosa sobrasada que se lleva a la boca, mientras ve que el reloj de la pared, en aquel sitio de bravío acampar de olores de hembras frescas con pitones apretados, que parecen ser parte del paisaje, de su peninsular hogar. Recuerdo oír fragmentariamente las risas que inundan el jardín, con el olor de suculentas carnes de gran blasón y suficientes pendones, para darle al gusto, gasto. Se asoman en mis papilas sus colores en seductora y milenaria mirada andaluza, en narraciones de unos almibarados sabores de afrutados besos; miradas de mujeres buenas, para hombres recios, de cinturas frágiles para el requiebro de sus vivas y fuertes caderas; potentes criadoras, amarrando la vida entre sus cabellos que encintan al sol, y oigo mil voces del correr de centurias del tinto río, que corre por aquella seca Extremadura, del país amante del "jondo cante" y de raíz catalana que al fin suena a esa gran España en la comunidad.

Vinillo de uvas retintas sudadas al sol mediterráneo, de sabores jóvenes y de gusto suave, en aromas de manzana deliciosa, con gran garnacha en su vena, y algo de Merlot con un toque de Shiraz, que nos traen glorias de pasadas edades, en ansiadas horas felices de añoranzas de un nombre, un vino Piqueras por la vía de la Mancha en el Castillo de Almansa, que era de la casa y de crianza ¿Cuándo moverá el cielo su hora para que entiendas de lo "jondo" de nuestra unión fraterna? Nos hablan sus tonos carmesíes de encumbradas copas, sino que retintinea con breves aires mediterráneos de milenarios cantos en sus tiernas carnes y que solo llenan la copa de un guardián del cementerio. En la humedad del campo santo se reúnen en monótona y fría caverna, mil cienes de añoranzas que se desprenden de millones de espíritus que deambulan ante fría llama que chisporrotea y enmarcan largo mueble de rojo roble abandonado.

Muy pulido, parece dispuesto para servir cenas de carnes frías, fiambres en mesa de medieval hostal en el que danzan sombrías presencias de desventurada esencia; de pronto, a duermevela toman forma seres monstruosos, legiones del Mal aposentados frente a cada candela, malhadadas figuras horripilantes de mil demonios, aparecen mal conformados en las oscuras cavidades proyectadas por las danzantes velas, con gritos y quejas que solo retumban dentro de mi mente en sonido escandaloso, y casi silente, que voy tenuemente diferenciado del anterior, de aquel ruido que hacían esos que volaron muy vivos tras el alón de un consomé, o de mejores carnes hambrientos de vida, que en procesión de hambres eternas, entraron al terrible galpón de los olvidos y que, aún más, prestamente se salieron en cuanto vieron que aquel catafalco era depositado en la cripta familiar y rodeado de sus sirios. Un grito silente que un descarnado demoníaco ser escupe al polvo, al aparecer presidiendo una tertulia en la que toman forma monstruos cual convenciones sociales aceptadas por la masa sin mediar razones, cual duro golpe de la mano huesuda, angulosa, sobre esa lustrosa tapa; mira desde sus cuencas de brazas ardientes, en silentes gritos dados a toda conciencia, y aún así, no logra que se pierdan sus memorias ante las teas encendidas refulgentes en ceras de murientes pabilos que fenecen, escondidas para siempre del ser ante aquellas muertas miradas; y así trasladarme a la escena la que sería aquel hombre español el caído.

Futura víctima que toma su saco de un perchero, después del desayuno campestre y tararea la misma canción de aquel ángel, que entona en columpio, aquellas vivas dulces notas de una cancioncilla infantil, resuena en mi mente un sagrado Réquiem de Gabriel Fauré, en donde las almas inocentes se acercan al juicio, Pie Jesu, ensalzando en amores eternos, ya caídos en las eternas esperanzas que se dan de frente al frío espacio del sinsentido de los que caen por odios añejos y ajenos, que rebasan a toda expectativa; sorpresa que aunque no logra borrar del todo esa sonrisa en imagen viva del recuerdo tibio del amor de los que querían al muerto, que lo perdieron en la estupidez supina cuando solo unos minutos antes, no imaginaron tal fin que siempre sorprende y estar en las manos de Dios sentíase cual refugio seguro y firme.

Dolorosa escena que empezó en una dichosa mañana que quedaría grabada en el tiempo de las miserias humanas, en que se acercó a ser parte de una eterna injusticia la voluntad impuesta sobre la sinrazón, en el que la mala pretensión de unas malas naturalezas humanas envejecidas y atadas al atavismo, son las memorias de la abuela en odios ancestrales de una aparentemente honrosa búsqueda que se hace crimen, en que la ignorancia no admite aquello que se unió por propia voluntad, y por más de cuatro veces en aquella milenaria historia, y que aún hoy, ante libres votaciones vota por ser lo que son: una historia integral en historia real de centenarias cataduras y amplios lazos de riqueza total, donde todo en ello es "suma". Cual si al ser no se hiciera todo lo que de unidad se entreteje, con las vetustas vetas de eso unido por los siglos; y no encuentra sentido del avance en el partirse y autocercenarse a un trozo de su historia, cual si se pudiera aún regresarse en el tiempo. El andar inexorable del tiempo del ser, permanecer y pertenecer, los que conforman la viva totalidad de ser **uno**. En la acción viva de ser historia compartida y comprometida por milenios de trato en ser vida real.

La hermosa joven, mujer blanca de cabello trigueño que cuida a la infante, tan transparente en su silueta como profunda en su sonrisa; va dilapidando sin ambages sus amores en miradas que comparten las glorias de sus alegrías al mirar a su hombre a través de la ventana con lánguida ilusión enamorada, y desprende de sus ojos chispas de eternidad que se incrustan en su mente, alojándose en su corazón mientras ella se columpia y él desayuna. Él toma su saco y un portafolio color café que lleva repleto de documentos al trabajo. Afuera, un fólder deja asomarse a una imagen de una cantante que eleva sus voces de soprano en su estudio, y que me hacen intuir que va a una disquera o algo así. Sale del comedor, y se mete al sanitario, sale con el aliento fresco y descansado, les da un beso que cursa el universo y cruza el jardín en el que aquel par de avecillas se divierten en matinal cántico celestial, que en inocencia desprenden luces de esperanza en cada uno de sus lindos rostros que despiertan a la vida, con sonrisas de los inocentes que aman y se despiden del padre amado que son en el cuadro una Sagrada Familia como la mejor: unida y sencilla como es.

La mayor, su mujer, besa su boca con el amor que va tirando y abraza su cuerpo, devorando un pliegue de su vida en su corazón y su alma, absorbiendo por los poros el estar feliz de la vida, deseando la más linda de las suertes a su soleado y amable día; mientras la pequeña, le regaña por adelantado para que no llegue tarde y cumpla su promesa de contarle en el regazo, un cuento de hadas antes de dormir con aquel ángel de su guarda. Él les mira y arropa con su paterno amor de hombre bueno que solo sabe del amor familiar y sus trabajos, encomendándole al

Creador su Bien, mientras se apura, mandándoles besos y sonrisas, que se desbordan de su ser al partir y pedir a Dios que reparta suerte y dé para todos gracia de su luz. Va orando la fe de su madre y su abuela que es la de él siempre, no anda sin agradecer todo a su Dios.

Cruza el jardín y al acercarse a un estacionamiento atraviesa en su camino un concejal, que es su vecino en aquella privada. Le saluda y le abraza felicitándole, alejándose rumbo a sus autos, por la presentación de aquella voz celestial, que parece tuvo a bien contratar y presentar en las ramblas a la reina de esa voz. Su felicidad no tiene límites, y mientras le toma del brazo le lleva agradeciéndole la invitación en la que él se reconcilió profundamente con el tiempo de su mujer, a la cual poco ve, por estar ocupado, en arreglar esos asuntos de todos, que se convierten en su lucha diaria.

—Ya sabes que eso del servicio público lleva su peso y su paso, de modo que, poco deja para andar con la familia.

Su voz con algo de certidumbre y raigambre firme, resuena en monedas de verdad, del que talla su moneda día a día, para salir adelante. Otra vecina, una mujer de cortas faldas, nulas ideas y con largas piernas, se acerca sonriente, mostrándose ante el mundo sin el menor pudor, va meneando un par de quirúrgicos y jugosos pechos, que después de tres cirugías hacen lucir secos a cualquier par de duros melones. Pasa de prisa sonriéndoles, colgada desde su plástica desvergüenza, con sonrisa tan falsa, como sus formas. Ambos le miran andar sus pasos, sonriéndose del malicioso contoneo de la guarra, que atinó a vivir avecindada en esa calle tan familiar y de tan buenas costumbres, la que tenía lugar, aun, para albergar en sus rincones, a aquella *cocotte* que trabaja a domicilio, por lo cual, nadie se queja de sus oficios; pues no aparca con sus clientes en tan hermosa privada, ni muestra sus impudores en la casa vecina, sino que en recato se guarda; y se carga sus voluptuosos afeites para sus desordenadas tareas a devengar en lejanas alcobas de hotel, que siluetean de la noche sus vergüenzas y sus vicios en negocio de frecuente desliz en tristes hostales: en abandono que abona para su alma el consumo de vicios con calma y delirios de dedicarse a lo que gusta, de modo que era pura vocación lograda y por no atender en su hogar estaba ahí en la calma que su rutina la traía a un mal venir que derivaba así en su vida triste.

Pasa contoneando sus negocios y ofreciéndose a los ocios, mientras su buen vecino no suelta aquel brazo del amigo del músico, contándole de la feliz reconciliación que recién tuvo con su mujer bajo las notas armoniosas de su concierto. Ella, hembra buena, que no hacía sino el Bien a la comunidad, con su escuela de niños con problemas de aprendizaje, la que solo le exigía cenar con ella, ahora que estaba embarazada de su tercera criatura; él, tan bueno como el pan, que no podía muchas veces decir que no a las demandas de sus conciudadanos, que le abordan, regularmente a las horas de salir, que por servirlos decentemente dejaba con frecuencia colgada en la espera a su mujer, con la regularidad cansina de la falta constante que deja un lugar solo ante la cena en aquel sentimiento de la casa que se parte, en la mesa de esos hijos que tanto adora y en la que ellos tanto le añoran. Su verdad crece en autoestima, al saber que su labor había propiciado, sin querer, que la pareja de gente buena, se reencontrara en cantos de felicidad y se va alejando a su coche; de pronto, un calor de inmensidades desastrosas y un ruido explosivo le llevan con todas sus carnes sin imaginación, por mil vuelos del ser vapor, en que no entiende, sino al verse de pronto fundida por un inmenso fuego. Frágil figura ante un atentado, se evapora y termina en alguna pedacería humana molida, imagen dolorosa que se desvanece ante mis ojos, en esas teas encendidas que se reflejan ante esos bestiales ojos del malo que mira con odios tomando fuerza en la escena para tratar de sentirse bien al actuar tan mal y sin remedios que le justifiquen, cuando las almas del concejal y su vecino se elevan, perdidas víctimas de un odio ancestral que no tiene más sentido que la sin medida ignorante de lo que es un verdadero suicidio para el atacante, porque sacrifica cualquier manifestación de justicia con su injusto método que se sustenta en una base inexistente por arcaica de la caverna, sustancia sin tiempo, pues sus raíces descansan en aquel odio intemporal sin más razón que la sinrazón de atarse a una idea vieja, cetrina, que no existe más y subyace desde aquel aislarse atomizando, que muerta mata a eso que toca en su locura blanda y añeja.

Y oigo las reflexiones sobre la inflexión de lo injusto de pedir lo justo... Porque no había justicia en la injusticia del hacer pagar a inocentes por cosas que estaban simple y llanamente fuera de su alcance el ceder o conceder, porque esto que parecía que se pedía, no era, sino algo inexistente en el tiempo, como si un dinosaurio reclamara sus pantanos al tiempo real y su osamenta quisiera destruir lo que otros ocupaban del viejo espacio, al atacar al inocente para demandar lo justo y eso no era sino la cara más atroz de lo injusto. La injusticia no crea soporte de **justicia** nunca y ante tal cerrazón la sociedad gritaba que eso solo justifica esa **unión eterna** del hombre en su razón del ser lo que son y, así, ser su cultura.

Profunda y grave voz demoníaca de un Oriente cercano le atribula allí en un nacarado resplandor del bajo odio, desde la inexistente perla negra forjada en aquella garganta septentrional de las profundas cavernas abismales, de eso diluido que emerge de la estentórea voz del autor de ese nefando crimen, que trata de convencer a los de la Luz del Derecho de su reivindicación oscurecida y, ufano, planea continuar matando por cuenta de sus ideas, aunque sin un solo pretexto que le valga, ni un valor válido que le sustente, para tratar de rescatar algo limpio de eso raído que en verdad no tenía ni una pizca de verdad; pregonando que la noche es el tiempo por venir y que por la venganza todo se pierde. La gran puta bañada con sangre inocente tiene el orgasmo de la muerte encima, entre sus voluptuosas carnes al ser empapada del carmín precioso de los vecinos inocentes que se evaporaron ante sus ojos, cual si en sus manos, recibiera aquel tajo carmesí desde mil eternidades, embriagándose en su sentirse inerme, se queda anonadada y ensangrentada, pero sana; tan puta la muy sana, como sana está la muy puta; mientras que la inocencia muere, aun así, ni ella que es el vicio del vacío del ser, acepta que eso injusto quisiera ser la voz de la justicia que la bañe en salud ensangrentada, ya nada podría revertir aquel injusto proceso de ser la historia andante que cae en trozos sobre el jardín bañando de sangre en todo eso lo frío e inerte de mandar a la parca a despachar de políticas y sociedades en saciedades y negocios en ocios.

Esos mundos reales que rebasan la histeria perdida de una neurosis ya no colectiva, pero sí aun localizada en sectores retrógrados, que morirían atados a vestigios de viejas nociones del terruño; sectarios seres atrapados en la inercia de tiempos idos ya, inexistentes, añorados ya solo por muy pocos que aún envenenan lo nuevo o, cuando menos, lo querrían manchar y cada golpe de aquel sectarismo no hacía sino apretar con la propia cuña a estas amarras que no tenían vuelta atrás; sino que cada golpe, cual desahuciado, solo les fortalecía a sus hermanos empeñados en ver como contrarios: el tiempo y su andar con creces en aquellas amarras nuevas del desarrollo de las confederaciones y federaciones resolvió ya tanto el conflicto que aislarse de lo real-histórico solo empobrece. Igual factura legendaria presentaban todos los extremismos religiosos, que tienen sobre el Estado su fundamento como negación de lo sagrado, ya que querían sacralizar lo profano del matar a nombre de Dios o del terruño, —que diría mi abuela—, cantaba aquel, poco o nada tendría que decir; como si la creación pudiese bendecir aquello caduco de las ideas extremistas, arrancadas de la peor cepa del egoísmo irracional humano, cercenándose de la historia que teje más allá de tres odios; entendido así como la peor clase del egoísmo que parte del querer endilgarle a Dios aquello arcaico del extremismo hecho por los hombres, vaciado de todo contenido moral o ético dado lo pobre de sus alcances que se quieren regodear en un nacionalismo ramplón por simple y caduco, y lo muy lastrado de sus ideales que se hundían sin tener un ápice de razón, frente a la razón universal de la raza humana que tiende a la reunión y que se debe a estructuras simbolizantes del entorno, que conlleva finalmente a proceder desde el despotismo oriental y que no se puede concebir a sí mismas, dentro del parámetro objetivo de la historia, tanto de lo andado, como de la realidad que está en la forja del día a día. Las fuerzas centrífugas que quieren romper con aquel entorno mundial en su conjunto son, al pretender partir en pedazos lo unido, la insatisfacción de su realidad centrífuga, una vanguardia de la sinrazón y la razón histórica de su conformación que debe imponerse y les explica y les contiene en ser muy pocos con muy poco que ofrecer, para una nación ser y crecer como lo son. Finalmente, nadie tiene toda la razón, cuando la verdad desnuda viste el acto vivo de todos en comunidad milenaria, aglutina formas que más hermanan y no separan la historia que no miente en su realidad hermana.

Va apareciendo su piel bajo la luz tramada con un tanto de todos y cada uno, porque la verdad del entorno que nos hace converger en el tiempo en el día que corre, hace que todo se sume y haga fortaleza en la reunión de los tiempos del hombre. El modelo centrífugo que dispara al caos su movimiento no cabe en la persecución común de formar hoy una visión planetaria del desarrollo; ni menos cabe la explosión como grito de un idioma muerto de tíos muy vivos que con el plan de hacer negocios va desplazando a la competencia cuando quieren tan solo el desandar la historia. Todos los conflictos étnicos y etnoreligiosos, son letras universales ya muertas, que nos han acompañado con sus secas carcasas en muy diversos estadios de la humanidad; como el actual, en que aún se mata por el Dios de no matarás y, la verdad es que, ante el panorama que está conformándose con todos, no puede haber respeto, para quien arremete contra la inocencia, so pretexto, de que hubo agresiones mayores en el pasado y así se echa a andar el cuento de nunca acabar. ¿Cómo hacer que cada país se descubra no en explosiones, sino en implosiones creativas, que hagan que sean más las cosas que los unen y transparenten su conveniencia que las cosas que los separan? La pregunta flota por sobre los corazones cauterizando la herida que no tiene sino sentido viejo, que demanda intrafrontera en países que a mucho son uno solo.

El respeto por la voluntad de todos y cada uno, no nos exime de pedir lo mejor de sí mismos, a causas en que se vuelan las personas en explosiones. No entramos en mi mente ni con la alocución de Nous en el terreno de las lágrimas, que parece que a nadie le importan y que anegan el todo causando ríos de sangre derramada por imberbes intemporales al vapor. La sangre y los muertos, siempre inocentes, regados allá y acullá, atan fortaleciendo las uniones de los hombres que se reúnen y muestran que la verdad debe tener otras salidas, cuando el principio es buscar la salida cuando se requiere y, así, de apartarse del círculo inacabable que parece puede durar dando vueltas sobre sí mismo por siglos, en estruendosas muertes de la verdad como su realidad objetiva, creada por la especie humana que se une como un desperdicio ante lo aprendido.

Las nuevas generaciones, ante los crímenes absurdos, tendrán más motivos para unirse que para separarse; el nuevo esquema del hombre acelerará tanto las formas del cambio en el intercambio de las relaciones humanas, que se verterá finalmente en el acto justo de comprendernos en la empatía de ser países que se hermanan. El mayor flagelo para la conciencia del hombre del siglo XXI, estriba, en ver aún a millones de sus congéneres morir de hambre sin posibilidad de ofrecerles lo que es el fruto de la mente para esos niveles de satisfacción de sus necesidades primarias, que corresponden a una obligación en la glosa de los tiempos. La estética del entorno que se hace desde omitir a gente con hambre, muriendo de mil enfermedades curables, que mueren a capricho y en vals según el paso que marquen las buenas costumbres para borrar el mal del pobre, con todo y su pobreza aniquilándoles, eliminándolos...

La verdad del entorno que se sacraliza, ya no puede quedarse en la simpleza del etnocentrismo extremo o exánimemente teísta, que sataniza el entorno en donde unos quieren regresar a su estadio inicial prístino, en el que si el mundo actuara de tal forma, habría que correr a los europeos de Europa, a los americanos de América y así sucesivamente en todo sitio para que los pueblos originarios ocuparan sus espacios base, cosa totalmente fuera de la realidad y de lo deseable. El espacio que vamos formando en Occidente, es sin remedio, en el remedo de trozos de historia en la reunión de los tiempos; ahora, veamos cómo se ajusta para ser más justa e inclusiva, no excluyente del espacio y los alcances para todo un sector mayoritario de la humanidad que se relega. Y eso se logra pensando en armonizar al hombre y no en volarlo en pedazos desde la búsqueda arcaica que no tiene ni pies, ni cabeza; y que solo puede destrozar, porque no se puede estructurar una razón válida para sí misma en el tiempo y, así, con cada muerto que dejan sembrado en su ignominia, más se dispersa su sinrazón y más fuertes crean lazos de unidad hispana quedándose ellos, como lienzo viejo raído, que se desgarra y nada puede volver a pegar, pues no hay hilatura que le de congruencia ni coherencia; sino que se atomiza siempre perdiendo eternidad con afán de locura teñido hoy, sobre todo, desde la sinrazón hecha de su dolor.

El tiempo que nos une no espera nada de la colectivización masiva de las inconsciencias, como aquella que pretende crear el flujo de dineros y armas que manda aquella casa bolivariana en sus afanes patricios, queriendo enrojecer con tintes de abundantes sangres, aún más, la entrañable historia latinoamericana, como imprimiéndoles aquel color militar de su origen, en aquel su real extremo despótico oriental, con que se quieren hacer aparecer como democráticos los actos de exportación de la revolución, como si aquel modelo no hubiese mostrado con creces lo inútil que fue en la era de la casa cubana, cuyo líder va tratando de copiar una mala lectura del tiempo, que se ha autoimpuesto en los grandes llanos, y pretende que sea por más de treinta años según ha dicho, queriendo exportar la guerra como un pobre remedo de socialismo que, en realidad, se muestra como aquel viejo espacio militarista que es típico del estado despótico de la tiranía, que no sabe sino ejercer coerción por la violencia sin la posibilidad real del cohesionar al país, normalmente no puede hacer una lectura temporal precisa; porque detrás de la demagogia siempre está el despotismo, el tirano y la bota que pisan a esa: "libertad de mierda", que tanto molesta al déspota y en la que se incuba la verdad del contenido de valor del pueblo y, que, en nuestra búsqueda, está la individualización responsable del crear a los vivos seres conscientes.

No nos engañemos con el lienzo virgen de un tiempo que no existe, ni hay mucho espacio para los seguidores de fantasmas, sino para los que saben que todo debe ser descubierto, que la ventana al espacio del futuro no se hace de parches con cosas viejas; sin sentido, sino recuperando valores universales reales inamovibles del alma, que despegan al ser humano de su pérdida del sentido, pues sabe que solo la educación forja a la conciencia en la libertad del laberinto.

Actuando en consecuencia, se vuelve manifiesto, el que la verdad consciente nada tiene que ver con volarse en pedazos para hacer estallar a otras almas inocentes que fueron las sacrificadas, sin derecho, ni un sentido final. Porque, eso no conduce a ninguna parte. Mas, ¿a quién realmente debiera importarle? Es hora de que aparezcan los grandes estadistas que saquen a su gente de la tribu, con un sentido social de la reunión de los cerebros que se piensan y se conciben, seres humanos, dentro del rango de aquello creativo y no del espacio atomizado del egotismo, sino del desarrollo real de las propias capacidades, para que cada uno se ponga a hacer lo que hay que hacer, porque no verlo, es estar en aquel tipi, del ser arcaico, vamos a la conquista del hombre como la conciencia creativa del planeta, hacia allá es la tirada del tiempo, a reconsiderar el uso de la mente para el Bien del conjunto vivo, aunque no está más lejos que la voluntad y más cerca que la necesidad en la era de la idea educada terrena, pasa por el tamiz de tu voluntad real.

—Soy Astharot —dice una voz interrumpiendo el silencio que impera—, y vengo a recoger todo aquello que me pertenece, somos legión. Y un susurro pregunta:

—¿De Cristo?

—No, Marcial Maciel si es nuestro representante, pero no vino porque está atendiendo a unos niños en la orden. Él no puede asistir a recuperar esta alma para el Mal, porque aquí se lucha contra el Bien y aunque es un experto encubierto, tiene que soplarle a la legión al oído su amor por el dinero, Corcuera sabe. En fin que él tiene sus funciones en el inframundo y yo vengo a recoger lo que se ha sembrado fuera del ciclo seco de la razón, vengo por el fruto arrancado por el odio por mis huestes desde aquellas más primitivas ansias del alma humana húmeda de sus vicios. Vengo a tomar las luces, ahumadas por el delirio de creer que se hace el Bien al asestar el Mal, arrancadas por la ignorancia, pero muy por debajo de la cruz de Hendaya, en la que los caminos de la reunión confluyen en el resultado alquímico de la transmutación de las edades, los pueblos y sus tiempos creativos en la historia que les forja y al que rehuyo y que por excesos de abuso de poder y de la ignorancia han hecho crecer como hierbas malas a todos esos odios ancestrales de muchos que ahora solo son tan pocos, pero tan bárbaros, que no pueden ser retiradas porque las he sembrado con creces en la ignorancia supina de quienes se aferran al vicio malévolo de la moneda corriente de la cerrazón y su cizaña que hoy se retira.

Escondida esa voz a la sombra de una cruz que es la obra a tres puntos, elaborada en el tejido de punto de cruz, plantada en el cruce de caminos del tiempo que no cede nada en aquel su entramado del cuarto punto aórtico del corazón de ser lo que se es y son. Soy sombra dice la luz que asombra. Con la nítida pasión de sus colores y la nítida voluntad de amar y ser amada, la cual solo concede por obra de los artilugios de la buena voluntad que abomino al parecer, y con la que más se aprieta la trama de los siglos, que se unen en la reunión milenaria, desde aquel vetusto entramado enhebrado en la pasión discreta del que tiene el vigor de la verdad que se ha ido trabajando en las angustias de la esperanza que nunca muere; y que se alimenta de las obras como plegarias con que van orando en votivas luces los hombres de buena voluntad, ante la esperanza que se yergue contra la mala voluntad propia de mis huestes, y sello de mis actos en pro de la bestia que acuño en la inconsciencia de todos y que se establece cual reunión de vida entera, la que en realidad se ve poco por aquí, cuando bajan gustosos hacia mí.

Y esto lo veo plasmarse desde aquel remoto bajo medioevo en la primitiva entraña en que estos alquimistas de viva luz plasmaron aquel añoso aparejarse de las culturas y los pueblos en la copa del oro viejo dado en las tres cocciones, del romanesco atavío de una bárbara factura de global unción en tiempos irremediablemente atados; los que no me dejan olvidar el dar luz contra aquellas hierbas malas que alimentan todo el odio sepulcral, con que se sirve el miedo de abrir los ojos al mañana cada mañana y ahí estabas tú con tus augurios del ciberespacio; y que quieren atarse a ideas fijas, caducas y viejas que no existen siglos ha, pero que me sirven a mí que soy la voluntad tozuda y demoníaca, que impulsa a la mente sin otras ideas que esas buenas para alimentar el odio, como aquel descuido de ultramares ennegreciendo en el jubón de aquel incrustado rubí, que unió eternamente aquellas peninsulares sangres, en el elixir rojo de la más espiritual medicina que cura desde la vena cava, al arcaísmo que se pierde en azogues vivos y ante los cuales la goleta peleó por unir muchos siglos ha, y creó a un país, **uno** que ahora se une a todos los otros países, sin perder su soberana identidad cultural formada por la suma de sus múltiples y diversas comunidades y la entraña de ser un solo país con tantos pueblos, sumándose al acto creador que detesta las sombras que vagan por espíritus ruines de los que se alimenta mi hoguera del Mal, aquella que me ilumina sobre sus pasos y me muestra su andar que se enhebra de inquietudes, que se teje de milagros que se dan a segundos con los niños al nacer que me muestran el milagro de la vida.

Cuando la cripta es la casa de la iniciación en un amarre alquímico, que habla del silente espacio de esto místico del oscuro escondrijo de esos que partieron y de su posible reunión con aquellas almas inmortales, en que ya físicamente no te encuentras, pero estás; y desde la entrada al sacro espacio hermético de las bodas del oro líquido vivo. La casa de Hermes que abre fauces del inframundo, que van asomándose a mi territorio en espacio en que trago a transmutaciones inconclusas de los que han perdido la fe, aventadas por residuos dolosos del recuerdo de quienes se hartaron de pan sin tragarse la moneda del espíritu.

—Esa voz grave y chocante por certera, me sume en la angustia interior de ver qué el malo, es consciente de los errores que llevan hasta él, cual si aspirara a ser su verdad subyacente, usa sus anzuelos del no saber, porque son esas locuras que pretenden la iniciación, y solo son la faz de una caída; cuando la exigua vida se arrancó por usos de lo cotidiano, viciado con el egotismo del no entender lo nuestro del ser humano total y toral rozando las superficies y sin ninguna atracción por las mixturas de la incineración calcinante de lo caduco, lo impropio de las profundidades del espíritu al eternizarte, en que, bajo aquellas pieles muestra, la trabazón viva de sus musculaturas de la bestia salvaje que les vuelve en un solo cuerpo; de tal modo que aquel victimado piensa que ese demoníaco ser, al que no conoce y quiere habitar su pesadilla debe estar equivocado, puesto que, presente tiene él en sus vigilias el que jamás ha tentado abrir las puertas del cielo o del infierno con deslices de hechizos o sortilegios rodeados de decadencia y en podredumbre gestados; ni acudió al tarot por el que un ángel o demonio se colara a forjar aquel su **sino**; no desafió las líneas del destino marcándole ruta las sombras agoreras del camino, poniéndoles voz alguna, en que la sacra pitonisa pudiera seguir las pistas de su vida, que le adelantaran del tiempo sus trazos y trajeran de la suerte su estampa; ni quiso que las tramas estelares de los destinos forjaran su carácter y dejaran atada su voluntad libre y soberana, al brillo de una dama de la noche, de pernoctares fáciles que le atara a sus designios y se quedara con sus sueños; en una perla de oriente que vino a tomar su lugar, por ser quien era, para que no pudieran nunca más perseguirle las sombras de lo que fue en realidad una muerte adelantada, a designios del patrón, señor del estado total; ni para consultar cosas del corazón, echó las runas que acompañaran su soledad del alma, ni cargadas de célticas añosas ramas en atajos se vio que se abreviarán las capas en tono de decisiones al abrevar en el contingente de la fresca paz interactuante para el desarrollo de una humanidad, ni vertió de druídicas adoraciones aquel árbol-talismán, cargándose de presagios añosos, no cataron presagios dolosos de aquellos enemigos caídos cuando soñaba con ser pastor, desde el círculo de solsticios hechos en piedra, guareciendo nudosos espacios de su corteza ante la certeza de fidelidad, y los cuidados de esa perla que ceñida a su piel por siempre, estaría desde los negros panes compartidos bajo la copa de algún hongo de augurios lleno; donde la suerte nunca tentó tocar sus fondos al concederle un poco menos que un siglo, ni mirar en arena nitrosa sus caminos, ni forjó de ámbar amuleto que pretendiera eternizarle en esas huellas con pretensiones ansiosas de sus sueños, tras las airosas fuentes que por retener en presentes eso de futuros hecho tentaría al presagio, porque los que venían de pasados contrahechos, no querían oírle para decirles bien dónde encontrarían su amor, ni ver de la tierra sus figuras que pisaban fuerte el corazón. Recuerdos hechos de penurias, que se dieron a la conquista de una verdad. No habría más luz que la que eleve las almas en activa convicción: esa que se desprenda de lograr ser esa razón y la verdad que vibra.

Es desde adentro, el darse cuenta de que si Dios quisiera hacer misiles humanos los hubiera hecho con detonante incluido. La verdad de Dios no puede estar hecha de la destrucción absoluta de eso por Él creado, y no es fiel el que traiciona la obra de Dios convertido en una arma autodetonante en eliminación propia y extraña, cuya verdad no podría compartir con la mentira de aquellos que creen que sirven a Dios convertidos en misiles diabólicos, ya que no habrá para ellos, ni mil vírgenes, ni bendiciones con que ellos creyeron atraer con su maldición el ser instrumentos de Satán, señor del caos, que aguarda tras la pretendida beatitud del asesino que ha bañado sus manos con esa sangre, que ahora junto al tigre desollado ya no puede sino pagar su culpa que sabe les causó su placer de eliminarse llevándose la inocencia.

Mas, el alma inocente y trémula saldría victoriosa y el alma del victimario quedaba lacrada por la eternidad y la cara de aquel demonio hablaba más de querer recobrar esa alma que la del caído en la trampa de una angustiosa mentira repetida como verdad. El jefe de los demonios da por descontado el poder cosechar esas almas de las víctimas que llegan al juicio, mas sabía muy bien que queda marcado el heridor con todas las señales y estigmas de los desgraciados que bajarían por la eternidad a estar con él.

Y ante esto de recordar eso de que nadie sabe para quién trabaja, es que veo claro, que el terror es un recurso del Estado, que este lo aprovecha, tanto si lo atacan con él, o si lo utiliza por sí mismo como un recurso propio, porque ese Mal solo sirve al poder y al poderoso, de modo que, el atacar al Estado con sus recursos siempre será contraproducente a carta blanca para poder hacer aquello, que solo con aquel derecho, por ustedes vulnerado, se le puede controlar más normalmente en términos de defender sus intereses y no los de los que demandan atención, de modo que normalmente el terrorista, sin saberlo, trabaja para las fuerzas represivas del Estado.

Y aunque la explosión criminal no dice nada a nadie en términos de construir la justicia, más que si le sirve a los Estados para incrementar sus gastos de defensa, con lo que el terrorista, no solo confirma, el que, en términos de los que ejecutan tales crímenes no tienen nada que decir sino el matar, ya que no son capaces de decir una palabra de verdad que se sustente por sí misma, ya que no son capaces de hacer valer socialmente los cambios que demandan con la validez de su dicho por sus hechos, que por cierto no es el recurso real de los inteligentes que tienen la verdad de su lado. Porque el que se explota no dice nada, sino que no hay o no tiene nada que decir y, por ello, es irracional; es decir, no pasa por la razón y eso no funciona sino para fortalecer a las partes del Estado que absorben presupuestos altísimos en inteligencia y armamento y, que, indirectamente son ayudados por todos esos ignorantes ilusos que querían combatirles y a los que acaban de fortalecer ante la realidad de engrandecer los cuerpos represivos del Estado que consumen nuestros recursos en armas para que este sentido productivo para tales implementos sea rentable.

El extremista trabaja sin saberlo y sin sueldo para el que se enriquece con las armas y para el Estado represor y así, no es sino su peón siempre sacrificable; el terrorista es un peón desechable, tanto para el que lo prepara en ideologización como para sus enemigos; sobre todo eso, es desechable del tablero del espacio financiero y curiosamente queda fuera de la posibilidad de la redención divina, pues su acto homicida, no tiene reivindicación ante Dios, de modo que, pierde de todas, todas, y si no es cierto ¿por qué aquellos que los entrenan para morir, no acuden ellos mismos gustosos a la muerte, si las recompensas son tan grandes? Mas, en realidad, el mundo inocente es el que los sufre y no quienes quieren que se mueran, esos se fortalecen por razón natural de la "Razón de Estado" y no hay para donde hacerse en ese campo, ya que en términos reales, lo que no se puede alcanzar en las negociaciones racionales desde el reconocer lo real de las partes involucradas con su orden, esas que son las partes reales de los conflictos; donde si no hay nada que decir; entonces sale la bestia de fuego sin mente a trabajar, no por los desheredados, sino paradójicamente a servir a los intereses que se combaten. Es por eso que en las almas ahumadas de los que se vuelan queriendo servir a un ideal, tienen la marca satánica patentada de ser solo objetos de desecho en el cielo y en la Tierra de los que creyeron combatir, compartiendo su suerte oscura; aquí y en todas esas reencarnaciones o en sus mil infiernos, dado que pecaron contra Dios matando y se negaron a usar de la razón que es un **Don** que nos hace converger en el lenguaje de lo divino en salud de ser: la verdad.

¿Podría deslizarse la pluma para trazar la vía del grano a grano en caída de la arena en el reloj de tu tiempo? ¿Existiría el carbón que registrara la huella en aquel espacio del caer de un grano de tiempo, describiendo en su entraña la raíz del trayecto a la eternidad, trazado al vuelo en la cual una vida escapa en su curva espacial? ¿Habría una luz para el retrato que pintará de carbón las dilatadas sístoles y diástoles ausentes en el emblema sanguinolento del andar réprobo tras las similitudes plenas del traidor en caos? Cuando Satán solo recoge el alma del agresor, no de su víctima que recorre los caminos de la escalera en que el espíritu se libera, mientras el agresor queda atado a sus actos; donde el único que no se libera es aquel agresor con sus pobres formas y así es que veo que ni siquiera en jaloneo de las almas de los que no les pertenecen. Los demonios están molestos, reclamando para sí indistintamente a todos esos caídos que ese Mal sembró.

El inocente mira sus ausentes manos buscando redención, y recuerda que jamás abogó porque la fortuna le fuera propicia; recuerda en ese breve interludio, en lo que su esencia se volvía "luz" que venía y se entregaba por la eternidad en el momento mismo de su beso, él, que nunca tuvo interés por alcanzar las nociones del apremio que en su destino no estuvieran sostenidos por desvelos y su humano esfuerzo llenó sus días de luces con segundos plenos dados en las pocas decisiones propias de su conciencia que pudo imprimir a su andar y vivió satisfaciendo a su lugar irremplazable en el mundo, que se debe condensar en aquel que nunca temió, aquel que solo por miedo no se hiciera omisión de la intuición, por lo que el inconsciente pudiera revelarle en voces de Satán, según pensaba y vivió cerrándole el paso a inquietudes que dictan a su alma profunda, dejándole afuera de las verdades de los seres transmutados que le mandan avisos en su cuidado para no desear más que estar en la armonía con su Dios. Y así nunca se dejó llevar por las decisiones de la gente, ni en la niñez recuerda él que cuando su padre le ordenara, él cuestionara la voluntad paterna, o se rehusó a alguna advertencia o regaño materno, queriendo desde aquel principio ser el dueño de sus actos por voluntad y en obediencia a su catecismo; en juventud investigó, arguyó, preguntó y al final, decidió qué quería o cuando menos, qué no quería para sí, y no destapó presagios ni intuyó profecías; ni estimuló atraer los residuos espirituales del éter con la güija, tábula rasa traedora de males; no tramó ensalmos, ni preparó pócimas que fraguaran hechiceras danzas en sus pretensiones del Bien o del Mal. No decantó la copa de Saturno, ni extrajo esa pólvora más fina con la que operará la calcinación de sus haberes, ni mezcló la plata viva con sulfuros y, ahora, sin quererlo ni desearlo es el operario que sustancia la consolidación patria y así, sin quererlo, fue quien con su sangre pegará para siempre, cual un cemento divino, esta vivificación de la divina unión de la tierra histórica y aparece en su frente asada, el sello de la eternidad resuelto, que va fortaleciendo con su sangre derramada sobre las paredes de un horno, que sublima la real fuerza de unión y que su sangre eterniza y reúne en un solo cuerpo sólido, que se fundió en llama de sus viejos añosos árboles, en fuegos eternizantes de cocciones; que vuelven naturales las aleaciones pétreas que se logran unir con las claras y delicadas tinturas de azufre que funden al sol las aguas vivas del eterno **sino** y recrean medicina de Venus en entrepierna de mujer sabrosa que se humedecía con mil sentimientos que respiraban de eternidades cernidos en su paz viva.

Andar de gusanos
¿Por qué cayó?
No cayó sino que fue elevado y hoy se yergue maduro,
uniendo más por siempre eso que de por sí es un país sano y vivo.

Traza de hombre, siempre convencido de los pasos que dio, (pues no quiso que ninguna contrariedad incidental o accidental determinara a su existencia predestinándole por extraña voluntad, él siempre evitó caer en nociones oscuras que incidieran en su vida para determinar el fin de su destino, si no fuese dado por el dedo de Dios que con su verdad actuó. Este personaje tan seguro del pasado, chocó de frente desde su suavidad de ser el Bien, frente al extenuado Mal que efectivamente se había colado entre su palma y aquel destino de unas huellas del mañana, con sus destempladas garras demoníacas que luchan por extraer su Bien, reclaman su alma para ser la cena del gusano desde la lustrosa caja roja del muy frío roble en su Barceló. Un ángel guarda el alma del caído, mientras le rodea con sus alas a esa, su alma, protegiéndola de presencias demoníacas, pues quiere sitiarlo aparte de esencias muertas que reclaman la vitalidad que no tiene y que ni puede poseer y menos otorgar, pues son rescoldos de una escoria temporal atrasada, que se arrastra frente a la grandeza planetaria que se forja **uno**; que en espíritus de luz toman espacios en este sitial sagrado, haciendo verse pequeños a todos aquellos demonios, dándoles así su verdadero tamaño de ser desperdicios e inmundicias de la especie, detritus del tiempo que se pierden ante las novedades del siglo, frente a su arcaica existencia sostenida por la vaga sombra ignorante de fomentar el aprecio por el desprecio del tiempo que se construye. El alma se separa de aquel frío mueble, mientras las luces le acogen en el sentido pleno de ser la realidad en salvaguarda obligada de silencios que se otorgan a los inocentes. La realidad de la sorpresa de aquel que se vuela insulta a Dios y a su inteligencia, porque no pasó de ser solo un cartucho de TNT, sino que solo es la peor idea para ofrendarle a un dios de la vida, la idea y ser amor.

Me asomo a una zona en que viven o se albergan cuestiones tan disímbolas en significados como son: la religión, los sueños, los mitos, los héroes, y veo que de algún modo se me muestran ellos como son representaciones histórico-psico-confirmativas unidas al *Ordo*, que el hombre se ha dado por su psicología, y sobre todo, como la base de valores que el hombre se ha forjado para darse un sentido de ser posteridad, donde el demonio lucha infructuosamente por extraer esa alma que en este juicio es aferrada por un celestial designio y el ángel lleva la consigna de no partir sin él; mientras que allá avizoró a la esencia de humedades repletas, de moho que se van llenando, no de miasmas, sino de luces de colores espirituales del recinto, en una avenida de vida en que se adueñan de este espacio al cual arriban en tropel millones de espíritus, en la consideración de la sustancia manifiesta que se ha disuelto en medicinas milenarias del arte de la fusión viva, en que este giro es planetario vivo cuando no tiene retorno, puesto que la realidad que conjuga eso planetario pasa por ser realidad histórica internacional en sueños en que enloquece el mar por la gorda en algo de todos.

El Sol recrea las almas atacadas por el desatino,
que la tinta consume con el más sublime destino,
extrae la luz de su último hálito cual sutil sustancia para volverlas Aguaviva,
y funde la esencia de aquellas vidas con un suspiro de luna de plata creativa.

Él, allá, en su defensa silente implora, ante su ascenso frente a miles de almas que entregan su último aliento, para convertirse en el *animus* que recargan de vitalidad las tintas del poema; mientras que el caído apela a que siempre hubo sido llevado de la mano de su razón, sin importarle el decir social o la bendición de quien maldice y hasta hubo marcado la pauta para controlar y subordinar a la mente en sus instintos. Mira suplicante al Ángel que le envuelve con ternura, mientras la atroz figura le habla de temas tan fuera de su verdad, que le parecen locuras emanadas del delirio de una pesadilla caduca, que se muere en el mismo momento en el que se expresa, pero esto perdura, como si sintiera, que es un pobre recurso mal dirigido contra su persona; pues seguro estaba él que los augurios de aquellas termas de Apolonio jamás inundaron los canales de su mente; ni hierbas y conjuros conoció su espíritu; nunca por él fue cortada la negra raíz que llora como un niño o por sus manos, jamás fue preparada la mandrágora que llora bajo la Luna en gritos de infantes sacrificados; ni tocaron, ni contaminaron sibilas o sirenas su alma; en embriaguez enteogénica jamás batió sus alas y la barca de Amón no señaló sus graves destinos de sangre, como a Alejandro le marcó el **sino** aquel tremendo carnero sagrado, navegando aquella nave entre las lejanas arenas ante los descarnes de aquellos, tus muertos, erguidas por las viejas extrañas mentes que querían levantarse del olvido del dios cabeza de chacal y su pluma y su olvido de hacerles inmortales cuando se les hicieron dioses; ni Deméter difundió presagio alguno que iniciático haya emanado de fuertes drogas psicotrópicas o químicas. No hubo inmundicia que entrara en su cuerpo y siempre, con el alma y el cuerpo sano y limpio, hubo sido hijo predilecto de la luz; de modo que, o bien era aquella una pesadilla provocada por un mal dormir, o una tensión que desconocía su alma, la que le pide ubicarle desde una realidad concreta, que lo remita a saber, si es verdad que ha sido separado de su cuerpo y de los que tanto amaba; o se debía a un extrañamiento en el sueño en que el Mal quisiera hacer valer al verle tan renuente a caer en artilugios de inconsciente y que así, pensaba, quiere despertarle en sortilegios de enredos angustiosos hechos desde una maldita diatriba de aquellos que muestran sangrantes colmillos de seres enanos en su conciencia, que quisieran erigir como demanda de futuro en el aislamiento arcaico del pasado prístino, perdiendo la perspectiva del ser universal, anotando en casa de perdición; recordando así, el que tal vez su visita a los avernos fuese indeseada; porque ciertamente había comido sangre de Deméter en las fiestas patronales de Granada, la dulce fresca dulzura que es de los avernos la entrada, por el que todo aquel que las come debe bajar cuando menos a ver el rostro de Daemón y a su saturnino amo; aunque sus actos le librarán de cruzar en la barca de Caronte, al que ni una moneda le darían para su travesía, pues el caído se salvaría y estaría esperándole a la vera del camino, del alado ángel guardián domador del enemigo; rincón donde el buen ladrón descansó y esperó a que Jesús bajara a los infiernos para poder estar con el Señor, a su derecha y, aunque la más horrible de las Parcas le había despojado del cuerpo, y es aquel que por la venia del Creador escapaba del cancerbero, despojado desde antes de su carne, a fuego y que, quemada, espera junto al mismo perchero en que una babilónica diosa de luces resplandecientes que guardará sus pieles, tocados y joyas, al descender al inframundo tras y por su marido, que aún reza por su vida, y su vida ya a ha sido olvidada como la de la brutal caída; aunque la lucha por su espíritu aquí se traba cuando la esperanza ilumina de amores *ctónicos* el destino de esta lucha por lo justo; entonces el ángel desenfunda su espada y los demonios retroceden, saben que aquel juez que preside la justicia es más que la luz bella un sentido creador nunca ennegrecido.

Es impresionante ver que al llegar a un magna, escala en realidad de metales y cristales preciosos, se funden en la grandeza de la alquimia dada entre cada escalón que se levanta y, desde donde se ve la infinidad de ascensos, sus recodos y sus vueltas; espacios de detención, en inquietudes de los que descienden de nuevo a ser espacios de formas inferiores para estos que no están a la altura de sus pisos, que no ascienden por el peso de sus obras y sí es lenta la llegada, el ascender es todavía más congestionado y ya adentro hay un tráfico que se colapsa en los niveles más bajos y que hace de la eternidad para aquellos, no un descanso eterno, sino esa gran angustiosa ansia al verse desnudados en sus obras, en espera de ser mirados por la eternidad en sus verdades que por su peso y lastre les colocan en sus pisos.

Su alma llevada de la mano del Ángel asciende por la sagrada escala el primer peldaño de plomo, ciñéndose a un hecho de inocencia que lo lleva al cielo, lugar en que las almas dejan caer su esencia para alimentar los carbones de un pincel majestuoso cual combustible de la paleta del artista, que escribe implantando sus nombres en la tinta misma, con la energía de los últimos suspiros de esos que parten en madurez o contrición, tomando su vital esencia para aumentar la luz del mundo desde la idea, con ese último suspiro que donan al pincel; dado en la ventana de la eternidad que alimenta al arte de amar la vida; así, pisa suavemente el segundo escalón de estaño, que tiene la piel de Venus, en donde los amores que parten se unen a mirar la obra y antes de proseguir su vía estelar, le entregan su anhelo al verso del poeta del cielo, que mercurial recoge sus alientos para servir a la fraternal convivencia del hombre; deposita resignada la esperanza como ósculo en la boca de la esposa enlutada, que, con lágrimas lava los pecados del hombre que partió inocente y ahoga cualquier intento de aquellos asesinos por reivindicar como justicia lo realizado bestialmente con sus torpes actos que los atan a una condena milenaria en la ruta de la vida; así, con suavidad alcanza el tercer escalón hecho de bronce, donde resuenan cánticos angelicales de esos que se asoman a ver la cara justa de Júpiter, que apoya el justo veredicto del acto humano sano, y al juzgar elimina a los rastros materiales de los últimos destinos dando doctos toques al justo juicio; mientras que sigue el vagabundeo de las almas que pasan a ser aquilatadas por sus méritos, en función de su buena voluntad y del mérito de su esfuerzo; mientras que enfrente están las que caen por el desprecio al precio que debieron discernir al ser tentados para traicionar la humana obra y que no claudicaron en una decisión que alarga la vía del justo retorno en emblemática fortuna de trascender o involucionarse desde abajo que habla del Derecho Internacional del hombre, basado en el derecho humano que divinal recoge el anhelo de equidad, reteniendo en una gota cristalina la pureza de la eternidad de la verdad en ese intervalo que va desde el eterno caer del grano de arena en el divino reloj inmemorial, al microsegundo de la salvación del que no olvida los actos de sus manos y es tan raudo su vuelo que domina a la esencia internacional en su reunión con la verdad sustantiva. Del cuarto escalón, pasan al espacio del hierro forjado, al que apenas rozan ausentes dedos, con las yemas alcanzan a vislumbrarse la suerte de aquellos justos caídos en la batalla del espíritu, por darle al mundo lo positivo que venían a dar, sin ver otra cosa que hacer el Bien y con entrega a eso en lo que realmente creyeron, que para hacer crecer el espacio del espíritu humano en la fe que se adjunta al libre albedrío, en acto y antes del morir, prefieren orar y dejar su aliento que nunca clama venganzas y pide en pro del bienestar común.

Partimos viendo él cómo quedan así perdidos para la eternidad, odiados por los hombres y denostados por lo divino, esos agresores, repelidos de la luz en aquella escala en que solo hay las oscuridades de lámparas apagadas; confundidas en la lobreguez del no ser de sus almas atadas al vacío existencial que acarrearon; donde las esposas sin candelas, sin el ungüento de la fidelidad amorosa verdadera, que amargamente lloran sin lágrimas, uncidas de dolor por esos hijos del abandono propiciado por sus egotistas inclinaciones que vagan sin esperanza. Ahí ellos sufren en el infinito y caminan en lo oscuro junto con el que tenía que servir y solo se sirvió a sí mismo; pues el Mal que dejó a muchos les duele en vida y ese dolor es el que manda sean pesados cien mil veces, con los falsos machos que hirieron la unidad familiar con actitud golpeadora; las palomas en falsos nidos, los que mienten con sus cuerpos, los comerciantes amigos de la falsa balanza, amigos del golpe de pecho público y la puñalada trapera, los que cambian el dicho de la gente que es donde comienza la traición y, tantos otros, que por millones se agolpan en tal estrado, que por la eternidad se atoran en su estado y que difícilmente pueden pasar la prueba fácil de la clara honestidad, pues les es difícil acceder al mundo inteligente de la luz que nada engaña y cuya condena es ver sin alcanzar a saber que ante la luz, los ángeles cantan en pro del digno acto bueno del que cumple su papel en la vida y le cantan: ¡vale la pena hacerlo! Grita silente aquel espacio en que el Ángel le deposita un poco sin dejar que su alma etérea toque el húmedo espacio de aquella tumba, mientras le muestra cómo se ve aquel dios menor, Mammón, que en tierra luce tan mayor, al llevar a unos elegidos, que hacen mucho Bien para muchos con sus frutos y que se regodea en la sustancia que taza los corazones, que mide las voluntades y atrapa en la debilidad a aquellos que fueron por él uncidos, que no se dieron cuenta que tal privilegio mantenía atada así una responsabilidad y que aquel que no la cumple se queda con su alma cargada de pesos innecesarios, lastrados por los angustiosos llantos de los engañados que se atoran atados al recuerdo y, que, desde el limbo se ven asomados al pasado, para ver cómo se dilapidan sus viejas posesiones en su ausencia, una y mil veces al día, sin poder abandonar jamás ese sitio lleno de angustias. Ahí las lágrimas, sin alimentar al carbón, son tintas de insatisfacciones avariciosas; sobre todo de ojos secos en cuencas vacías que han odiado tanto al amar tan poco, que no pueden desprenderse de sus apegos y del implorar que les retiren aquel Mal que desearon, dando todo eso que no tienen por lograr una lágrima que les permita sumarse al coro angélico en que el *Laphis* sagrado recoja sus espíritus para alabar a Dios, lejos de esa mirada demoníaca, en la que grandes personajes se pierden u otros estallan en la desesperanza que los hunde tanto como esos males que de sí partieron, que estando saludables y en vida, despreciaron la salud y la vida por un puñado de ignorancias sin más gloria que la vida que se expresa en el sentido pleno del ser feliz y darse a ser lo que se es en vida.

Y es llevada el alma inocente o consecuente con sus obras y responsabilidades emanadas de sus dones al sexto escalón de plata; hecho de las carnes llenas de la luz de luna, en las que las humedades ya ausentes del deseo, quisieran volcarse en el éxtasis de sus pasiones a retratar el reflejo de sus ansias locas, que dan su exhalación final, al que va dibujando el arte de las umbras en cantos sombras del idioma que alcanzan al ser que plasma la silueta de lo eterno, para dejar como documento vivo a la existencia real de lo divino, ante el paso angélico, sublimado por la entrega al placer obtenido, que pinta huellas estelares en caminos dibujados de luces, por obras de manos ancestrales en las luces de sus ideas, desde aquel divino darse al amar y al entregarse a sus obras que heredará el prójimo en carnes de Prometeo; de tal modo, que aquello con que más amaron a lo que quisieron darse y entregarse para vivir, resultó ser en herencia del bien común; de tal suerte, que sus ánimas recargan este granito de la punta del divino instrumento desde la humedad con que se consagró su felicidad en la vida y por la gracia divina son gracia desde ahí. Entonces ven el séptimo escalón de oro: hecho de rayos puros de sol, que se cuelan en aquel grafito con que se pinta el día del Señor que guarda la creación en lapislázuli, donde depositan esa alma del caído y los ángeles cantan la sabiduría eterna del amor del Señor junto a su luz. Resolución divina adecuada al acto de ponerse a escudriñar los cielos, desde la perspectiva del que puede medir vías para que todos transiten del mejor modo, ahí están los que sirven para vivir, pues viven para servir a su razón de ser, que es venir a vivir intensamente sus actos y sus obras y las que solo así se legarían al conjunto vivo.

La realidad humilde de todo hombre que tiene, como todos los seres vivos, su tiempo contado y se da cuenta de que es casi regresiva la cuenta de los días, porque solo se sabe que se tiene que hacer Bien eso que se vino a ser. ¿Una cuenta confusa no crees? Cuando no se sabe primero que nada qué se vino a hacer o si crecen las posibilidades del triunfo de la joven especie al escoger ser lo que se es, o fue de antemano nuestro libre albedrío un triste experimento natural que partió desde lo falso del orgullo de la bestia acicalada, en que la evolución recreó al ser que se destroza a sí mismo como especie y que falló como un renglón torcido de Dios al dejarle a cargo de un mundo para el que no está capacitado para responder. Mas, desde aquel séptimo escalón se ve que hay suficiente validez para que la unidad se logre, se supere y ascienda en el descenso de las almas a la cara azul de la creación. El terror no lleva sino al error. No hay vuelta de hoja, ni desperdicio en recordarlo. El desperdicio está en el renunciar a la vitalidad del derecho, y la virtud de los estadistas, en que se sepan encauzar por la razón, esto que no se resuelve por la explosión; nadie come más o mejor, que quien hace las armas, por eso no le afecta la locura del extremista, ya que igual come, toma, fuma, fornica, y goza, tan bien, como solo muy pocos tienen acceso y desde siempre, de modo que el terror solo sirve para conformarse reforzando a las estructuras represivas del Estado y a las fábricas de armas. No hay salida de esa lógica. Así que el asunto es no jugarles las cartas a su favor. Y aparece aquel nadie sabe para quién trabaja o explota.

Los señores de la guerra gozan con tus embates de muerte de civiles inocentes, les dan la lana que requieren para que existan fuertes, y aquel miedo les dé todo lo que la razón les debiera moderar. La verdad del terrorista moderno es que sin quererlo ni saberlo, todas sus acciones se globalizan en pro de los gobiernos fuertes y en detrimento de las sociedades civiles debilitadas por las restricciones que se imponen para protegerlas de las locuras de aquellos que piensan que atacan al Estado al fortalecerlo, y que no sirven así sino al demonio del poder que los domina, los ordena y los mata.

La ley patriótica y sus derivadas son aquel sueño del Estado que se concentra y todo esto es patrocinado por los autococinados y sus errores, desde el ataque a la inocencia en la inconsciencia de no saber a quién le sirven con su acto idiota que no hacen el Bien público para nadie, porque solo trabajan para el Mal, donde Bin Laden sigue en el presupuesto, aunque lo quiera o no, sigue trabajando para los intereses de sus socios, y las máscaras caen ante la depresión que alcanza este tiempo en el que cada uno de su actos les da contratos a los que producen aquel su arsenal.

¿Qué dios se ufana de tener sentidos tan arcaicos? Aun a esas, sus almas, se les compra junto con el armamento, a aquellos que las producen y que son sus enemigos, según piensan, pero que les venden la metralla con la que creen atacar a los señores de la guerra, al servirlos. Y todo el ser humano pierde, porque nunca los EE. UU. ha sido menos libre dentro de sí mismo, que hoy que son rehenes de sus locuras, pero esto, al Estado represor, le cae de agasajo pues le sirve el plato. La guerra chupa los presupuestos que son la primera línea de las ventas y producción millonaria de los imperios, de sofisticar la producción en la que solo ellos ganan y, sin contrato, se apuntan en sus pedidos todos los movimientos que usa como instrumento el terror, a servir al amo que atacan, pero al cual irremediablemente se ata gratis y sin siquiera aparecer en la nómina. Estos solo le sirven de manera real a esos estados, para engordarles el caldo al jugarle el juego a los señores del fuego.

El rito y el frenesí de una cueva en la que danzan los hombres en la rupestre virtud de ese arte ahora fetiche del terruño, desde el recuerdo de una abuela que le contaron las consejas, de que hubo una época dorada en que su tribu vivía o de los totalitarismos fundamentalistas, que excluyen la posibilidad del otro y que no conllevan sino a errores del pasado que se quedan como semillas viejas en campos nuevos y que solo le sirven a los señores de la guerra. Es bueno saberlo, todo terrorista, le hace el juego al Estado fuerte y deja a la sociedad débil. Eso es lo único que sucede. No hay cambios. Los cambios se ejecutan desde la razón y el derecho, no ha habido arma que pueda contra una pluma certera que fortalezca la ley y haga por ella, verdaderamente venza a la irracionalidad del juego de la guerra; de modo que todos respalden lo justo y que el tiempo real del mundo no se pierda de vista, pues no se separan las acciones locales o particulares de la gran generalidad del ser que se hace desde las razones del pervivir.

Hezbolá y Hamás, ahora le están saliendo carísimo a los palestinos, porque, aquellos guerrilleros o como se le nombra modernamente terroristas, lo único que han hecho, como en su caso Saddam Hussein, es traerles a su gente y a sus comunidades los horrores de la guerra. Esconderse entre los civiles para estar disparando por años misiles y morteros a la frontera de Israel, solo conlleva a dos cosas: una permisividad de la autoridad palestina que a sabiendas de los actos de estas agrupaciones guarecidas en territorios civiles, propició el que los terroristas llevaran eso, el terror, sobre los civiles inocentes y dos, que esos guerrilleros se confundieran con los civiles y volvieran un blanco de la represión a toda la población. Eso no es de hombres y menos de patriotas, o como se les antoje nombrarse. Y si bien, la respuesta de Israel, ante la suma de los ataques ha sido desmedida, esperando los grupos de Hamás que al esconderse entre los juegos de los niños y las faldas de las mujeres, no serían alcanzados por las represalias y que, de haberlas, la comunidad internacional invocaría el Derecho Internacional y se opondrían a tales actos, al final emerge la realidad de la barbarie que los mueve, ya que ahora aquellos Hamás, no solo se niegan al plan de paz, sino que se sienten heroicos al atraer sobre su pueblo la brutalidad de la guerra que ellos propiciaron aguijoneando por años a su vecino y convirtiéndose en la maldición de su propia gente y mientras, van dejando, a la autoridad palestina, sin autoridad y sin capacidad siquiera para meter en cintura a aquellos que han propiciado todo el baile de la muerte que se cierne sobre ellos.

La comunidad internacional ha exigido un cese inmediato total de las actividades bélicas y en respuesta Hamás ahora dispara sus cartuchos desde el Líbano, como si no fuera suficiente bañar en sangre a los civiles de Palestina, ahora se atraen las bombas desde aquella frontera y exponen a aquellos ciudadanos civiles e inocentes de cualquier acción semejante, a ser victimados por la guerra. De esos héroes abomina la historia, porque, comprometen a sus pueblos en actos en que las represiones brutales acaban matando a miles de civiles inocentes. La autoridad del Líbano debiera cortar de tajo con aquellos que les atraen tales presagios y ellos mismos ejercer coerciones a esos actos, castigarlos o de plano extraditar a aquellos que comprometen su soberanía y la seguridad nacional de su Estado.

Y la autoridad palestina, si es que existe algo semejante, ya no puede consentir que una banda miliciana exponga a tantos inocentes; y una vez controlados esos grupos es que se deben emplear todos los recursos de la diplomacia internacional para de una vez por todas crear el Estado palestino, delimitado, como todo país con unas fronteras, que por acuerdo internacional sean así irreductibles. Pedirle a Israel que cese sus ataques cuando abiertamente aquellos grupos terroristas (porque siembran el terror sin duda alguna), no solo no acceden al cese de las hostilidades, sino que se dan el gusto de envalentonarse y negarse a cualquier plan de paz y siguen con sus agresiones que han durado años, por la permisividad que es simplemente irónica, porque cualquier Estado tiene el derecho de la legítima defensa, y aunque la reacción parece desmedida, cuando aparecen las evidencias de que los lanza misiles están en escuelas o en departamentos, solo habla de esos seres sin escrúpulos, que sabían que si habría represalias, iban a volcarse sobre los civiles. Esto no es solo un acto de cobardía, más bien es una acción casi satánica, en la que la gente de Palestina no les importa, son sacrificables y han sido puestos de anzuelo cual rehenes de los héroes malditos que atraen la muerte.

Dios nos libre de Héroes así…
Y Dios mande gente lúcida a resolver
lo que las armas solo empeoran,
gente de razón y sentimientos verdaderamente humanos.

Y sin embargo y lo más triste es que, al parecer,
hay quien pretende apoyar lo opuesto…
Y que Dios reparta suerte y a los hombres razones.
Y hacemos votos por la paz duradera desprendida del Derecho Internacional.
Pero al héroe tras la máscara, en vez de flores, le mandarán charolas de

cortesía de las fábricas de armas, llenas con todo fiambre de finura, al trabajarles gratis para la causa concentradora; muchas veces hay que empujar las cosas y no descarrilar el tiempo, sino arreglar lo que se debe, aunque reclame de esfuerzo y tiempo. O por ejemplo la bardita de aquel Fu Manchú que sale con los honores de la peor recesión de la historia; vecinito del norte, que se aparece en la historia unido a la barda en medio de la nada, cual nada fue él, entre dos vecinos, socios y amigos, que ahora se vende en trozos de democracia ingénita y decadente; caducada, que no libera a nadie ni salvaguarda nada y así libera el acto del que se lamenta, que absorbe por la nariz de su juventud como la sal de la mesa para resolverse y es entonces que sale el figurón de la historia a relucir al recordar a Gandhi y su enorme fuerza no violenta, que levanta a la razón erguida contra la muralla de la sinrazón que embarga el día a día lo que debieran ser puentes y solo son bardas. Héroes de esa talla son los que la época demanda. Pues un hombre derrotó al imperio transoceánico sin una bala de por medio, porque, con una sola que hubiera disparado, hubiese asentado para siempre a esos que consideraba extraños, que no enemigos. Pero la historia no da muchas de esas flores. Y por su parte, la autoridad palestina, es momento de hacerse sentir, persiguiendo a aquellos que han traído tal desgracia sobre la inocencia; porque inocentes son los caídos y no los que, con total impunidad, sembraron los jardines de niños con armas que atraerían a la bestial guerra sobre las acciones de un picador en ciernes.

**Y el héroe aquel exclama: "Te amo tanto que yo te suicido mi amor…".**

Pero regresemos a ver al caído aquel, tan acompañado de inocencia como todos los civiles, niños y de todo género y especie, que se arremolinan en este festín de las almas inocentes que piden justicia contra tanta cruel impunidad injusta de quien ataca impunemente a la naturaleza misma y sus fuentes, queriendo por el uso ambiguo de los nombres arrebatar a la verdad su esencia y con la diatriba secular del uso del lenguaje para tejer verdades y mentiras que se atan.

Antes de arribar al espacio superior de la escala del mitraísmo, a él le sientan junto a los terroristas y Celso le narra para sus oídos de las ascensiones antiguas a la casa en donde se asientan las armonías universales de la música celeste, animando el hacer del que tejía un poema que cumplía cotidianamente los trabajos y los días del grano de arena al caer, mientras se despeja la esfera de los planetas adonde ascienden las almas arrebatadas, y Platón le canta al lictor como a un hijo de Zeus en reclamos, al ver que el alma del caído no encuentra frente a sí, la armonía de las estrellas, sino que se ve que hay: la gran desarmonía real de cometas, asteroides y aerolitos, que trazan elipses, cruzando con las trayectorias elípticas de la Tierra, poniéndola en un constante, continuo y grave peligro de colisión con mil cuerpos celestes. Y en la angustia de aquel sentir, alcanzó a ver las nalgas de la gorda que amenaza con abrazar al planeta en un futuro no muy lejano, tal vez, demasiado cercano, mientras levantas la barda que te encierra.

El alma que había encontrado la calma al haber alcanzado la cima del fuego interior, que ve al rostro del Ángel que no puede dejar de retirar una lágrima de luz esencial, hecha en el ausente rubor de su rostro, que al mirar la obra humana no puede sino sollozar al ver la obra de un gigante en las manos de una bestia, mientras le abraza con sus alas para mostrarle este vacío de la verdad de los que con mentira lo condenan, al haber caído por la mano de Mitra, aquel ancestral demonio cornudo de testuz bovina y alma hecha del barro, del terruño viejo en sus querencias de ser dehesa de barrio bravo, que fue perdido en una corrida del lado oscuro de un olvido, que solo recuerda sus iras, que no tiene sino despedidas y será redimido por la luz; es el de los siete fuegos celestes cuando se ha vencido al Mal por zoroástrica llama del demiurgo, que no se intimida al persuadirse de hacer el Bien como su remedio.

El caído ante la luminosa mirada aprende de sí y comprende de la bajeza de los que le llevan ahí, perdonándoles al verles tan pequeños y burdos, que el tiempo los condena desde su acción tan sin sentido, sin el valor de la palabra van sintiéndose jueces y son sumergidos más cada día al no ser sino deslavados rescoldos de lo que siglos ha, fueron; rescoldos de la hoguera tribal que ha tanto desapareció con las paleolíticas aldeas que lo conformaron en Atapuerca, dictaminando ensoberbecidos a quienes condonan aquellos sus odios, a los que amenazan al inocente y ve al maligno abrazarlos como partes de obra corruptible; desde fuego incorruptible que emana de divinas manos que iluminan la vista, ante esferas celestes condenados a servir a sus enemigos y por haber sido llevado ahí por un odio supino, de quien ni siquiera reconoce el ser víctima propiciatoria de ignorancias, operadas en forma clandestina, en que le fue dado verter a miles de elípticas del desorden que impera en el espacio donde la armonía es cacofonía que aparecen como metáforas parciales del caos; ahí, percibe la mónada primera en la mónada paternal, que al extenderse, forma la díada que antes de la luz no comprendía sino a la madre, y que al ver las cosas generalizadas del **uno** en él. Que se extienden a la tríada creciente de lo civilizador y su reunión rebasa el patrimonio raíz de lo *ctónico*, en la que todo existe y subsiste en la entrega cotidiana del librar la lucha de caer de estas arenas del tiempo providencial y todas al tempo de la música celestial, donde la armonía no falta al ser puesto a ser su hacer. Y así la paradoja del que cree vengarse, es que trabaja para el que quiere herir y que solo opera desde la acción directa que deja una huella perdurable para su Bien o su Mal y en el espacio eterno es que describes que pasó por el jurado, tomaron su ritmo y sintieron su pulsación.

Y se oye un recuerdo de vida en el día de tanta muerte:

Un clavel rojo llora en Atocha de Madrid,
un clavel que llora la sangre derramada en mal ardid.
Una flor que arranca las luces del alma,
una mañana se lleva las luces en flor, dejándonos sin calma.

Un clavel rojo sangra en el alma que abraza.
Una flor que se corta en vilo y siembra esperanza.
Un rojo derramado entre las perdidas miradas
que recogen las luces que parten en miríadas,

Un clavel rojo sesgado gime en campaña.
Una oración de todo el mundo le acompaña.
Rezando porque la paz encuentren los que han partido,
y nos la traigan a este mundo, por la ignorancia heridos.

Un clavel sangrando está, gotas de esperanza ruedan a la Europa herida.
Donde están los ojos que en lágrimas de sin razón ya no preguntan:
¿Por qué? ¡Porque no hay porqués válidos que aquello justifiquen
la desolación de tal herida, pudre sus almas cuando los identifiquen!

Un clavel rojo en una mano de hermandades visionaria.
Donde corren las lágrimas del pueblo de una pasionaria que sangra.
Un clavel blanco, en la otra anida el botón de eterna alianza:
la razón, la reflexión, que contiene la unidad en aromas de esperanza.

Un clavel rojo regado de tantas lágrimas de sangre: llora,
que sin lavar el dolor, es consuelo del alma inocente que enamora
a la inocencia en que enjuaga su llanto; Madrid, mitad madre, mitad hermana
Que un clavel rojo de tanto sangrar se ha vuelto un clavel blanco,
lavado en tu entraña que es la mía, deslava del recuerdo estanco, de un oriente
tardío remanente.

Un clavel blanco que incrementa los presupuestos de guerra,
al cielo se eleva la inocencia, donde las almas vuelan y el dolor se aferra.
Iluminando la esperanza, dejan en tierra una cuenta de defensa no inocente,
un clavel rojo, de llorar tanta sangre que brota desde bajo la frente,
blanco se ha puesto… como esa alma ausente…

Una luz en la mano, donde el clavel rojo la deja,
un clavel rojo en el corazón donde palpita la vida en su madeja.
Un clavel blanco en la otra, en la izquierda azuleante,
una luz a la derecha donde el espíritu se despide del maleante…

Un clavel rojo, lavado, enjugado en lágrimas, de unos ojos que no vieron.
Un clavel rojo en pasión de entrega a un grito de venganzas sórdidas.
Espacio del "nunca más", donde no hay cantos a Dios,
que lleguen a él con muertes traidoras en el que solo se alaba a los diablos…

Un clavel rojo mis ojos lloran
del clavel blanco que tus lágrimas lavan
un 11 M, uno a uno: unidos, los dos no nos vencerán.
De pie, Madrid, limpia tus rodillas que en plegaria oímos,
que con traición a tu hospitalidad, te hincaron,
de pie, Madrid, que juntos todos en el mundo te apoyaron,
a Dios por ti rezamos.
Y juntos, contigo un clavel rojo portamos,
tallado con lágrimas y cantos, lavamos,
hasta lograr el clavel blanco que universal sembramos.

De pie, España, que un clavel rojo
te tiña de esperanza de saber que no estás sola.
Y cuando todos reunidos, una plegaria eleves desde el ojo,
escucha en tu alma, que el mundo contigo reza sobre la ola...

Arriba la mirada, España, mira tus amigos en manojo.
Ve como el mundo aún sostiene un clavel vital: rojo,
este mundo que con esperanza enjuga el dolor con sus cantos,
logrando lavarle en un clavel blanco que eleva almas contra esos espantos.

Almas que en plegarias nunca solas parten,
dejándote, nunca más sola, en lo que todos en el Bien comparten
sino siendo más madura, más sabia, más entera, más **una**,
Tú, la única que lava claveles rojos hasta hacerlos blancos,
y con el mundo que clama con claveles blancos que sin ansiedad te entrega.
Dios te bendiga, amiga, madre, hermana, que claveles rojos vestirán de blanco.

Allí en aquel séptimo escalón y desviando la mirada de la odiosa conflagración recién sucedida, aquel que mira llegar a nuevos contingentes de inocencia arrancada, ve a la antigua tríada de Iyninges, Sinoches y Teletarchs. Ve a los Iyninges tomar los conocimientos de sí mismos, insuflados por el padre de los fuegos, dador de vida, que les dicta de las prioridades de la luz en los movimientos inefables de la eterna espiral, apoyados por los Teletarchs donde Rea es la fuente de los ríos de benditos intelectos, que despuntan las astas de los viejos toros, de vestigios arcaicos del mitraísmo sin sabor de terruños hecho y por metareligiones alcanzado y sin pudores idos, mientras reciben los poderes persuasivos, las órdenes esenciales y afables, que emergen en la flor de la mente universal, que entiende la psique paterna al desentrañar toda verdad en sus principios y misterios, comprendiendo si entender de los extremismos de turbantes vestidos en antojos del Medievo vengativo que se quiere vestir de ira modernamente, como evoluciones incesantes de todo fundamento primo, que gira en la permanencia de las revoluciones en el tiempo en que todo cambia, hasta la Pangea se hizo continentes para seguir siendo eso mismo que ha sido la Tierra: un planeta en cambios, que sin ser nunca igual, nunca se atora en los vestigios de una oscura ignorancia del amor perenne y constante de Dios. Ve cómo se encadenan aquellos seres del desorden, que van cuidados por perros del cielo, aéreos, terrenos y acuáticos, que dominan su Mal, escuchando las órdenes de Orfeo y Morfeo, que llaman a las Nereidas que nadan entre Persia y África, agitando las frías aguas para que crucen el paso de psique, aquella malhadada mujer de mala fama, que te amó por sus locas ideas, y que te va avisando, de que aparecen allá en el horizonte los contornos vivos de una idea de unidad, que no puede detenerse y así es que se ve que no ha habido mejor empleado del Estado fuerte de los EE. UU. que Osama Bin Laden, el que no ha dejado finalmente a la CIA, a la que le sirve, con o sin su anuencia cual el mejor socio de los amos del terror y les trabaja sin cobrar emolumentos, al legitimarles en el gasto bélico, y ese es este supuesto gran favor dado. Y el tiempo como por encanto cambió, llegó la razón. La responsabilidad compartida del darle a la razón espacio, que es lo que va, la "¿Razón del Estado? o el ¿Estado de la razón?", la construcción moderna de la democracia.

Esa es la paradoja: el amor a la camiseta, de nadie sabe para quién trabaja, aunque ya no esté en nómina, lo hace, chambear para la versión extrema de un sistema que debería ser más y mejor, no tan apegado a la barbarie del extremo poderoso guerrero, pero al atacarla con sus armas, solo la fortalece, a eso se le llama vacuna, dejando inmunizado el poder militar. Porque señores terroristas: con sus actos solo fortalecen al enemigo y solo fortalecen a las capas represivas de las sociedades, sin siquiera mellarlas un poco, porque nunca las dos torres no valen esos reinos que les han costado.

### Jaque mate…
### Saddam.

Ahí, el caído vio al padre y conoció cómo concibió las ideas y fueron hechos y animados los cuerpos por él. Y vio cómo colocó a la mente (Nous) en la psique (alma) al ir sembrándolas en el cuerpo humano, y vio cómo desde su propio aliento va insuflándoles vitalidad con su hálito, con amor del bendito conductor que se estremece con el fuego en la vías y les muestra que no hay verdad en el error si no se aprende y que un acto malo no trabaja jamás para el Bien. Ve al ojo de Dios volverse ante el vaporoso andar del recién llegado, entre las lágrimas abismales de aquel encuentro en las marismas universales de la tragedia que se asoma y que se enmarca en la bestialidad del acto irracional que cae de bruces ante el toro volviéndoles más primitivos y hoscos; donde cada acto irracional que arranca las almas en un acto violento y sin sentido, que adquieren el sentido de la caída del que se justifica en su descenso, mientras esas almas, violentamente arrebatadas, se llenan del profundo amor de la correspondencia universal que participa del Bien en que se ven envueltos en sus oraciones con la fuerza ígnea completa, iluminando el camino de esos, que, aún creen en el Bien; almas que van percibiendo la verdad y van insuflándola, en la invención creativa de estos que se dedican a elaborar los mensajes del cielo para dárselos al hombre de carne y hueso, y que al terminar eluden la Rota del millón de transmigraciones para no volver jamás, y así se convierten en *daemones* que construyen alegorías del vaticinio de mil tiempos mejores ante la extinción total del terror como recurso del hombre, en el error que va en curso de tu estupidez de espejo, que solo insinúa el suspiro del agua del alma que vivificase al hacerse símbolo de la soberbia otra vez. Y donde beben desde las bestias hasta los hombres, en que se sacraliza vida por eternidad; creando seres buenos en el mensaje en que el alma en el Bien, es por sobre el destino sin apegos materiales por arduo trabajo del arte verdad, sujetándose a la providencia; donde la matriz de todas las cosas toma forma en la materia al ser divisible en sus partes e indivisible en su ser aquel ser, donde el Mal es la resultante del débil carácter del caos vital en la continua renovación que no solo es impotente, sino que tiene interregno. La realidad de la vida significativa en animación personal al darse donde todos los extremismos sirven al mismo Mal que deja ver el que antes de que una cruz les marque piel del cocodrilo que quiere comandar al tiempo universal perdida en arcaica flaqueza irracional que se reconstruye en la intemperancia de una idea en el idioma que es.

Bilingüe
como un hermanamiento con ese Londres esencial…

*Brother…*
mi poema a tu gente me encadena
con eslabones de solidaria hermandad,
el mundo al 7/7 repudia y a ti te ama.

Que los terroristas sepan
que cada bomba humana,
a la puerta de Occidente, a este solo nos hermana,
y que sus actos fortifican nuestra unión, en unción de verdad frente
a su oscura trama.

El alma del caído después de apreciar estas humanas y divinas cosas, de momentos que se suceden en el destello del tiempo que se asoma a ver cómo desde la antigüedad se pulió aquel engañoso espejo de reyes, que vitoreados en vida y juzgados como malos gobernantes por la eternidad hizo enarcar la frente del observador; mientras se va trazando por milenios, aquel trazo indeleble de la huella del ave al volar, que arrancó de la entraña de sus dudas, la extraña pasión heredada desde la etrusca cuna que jamás tocó por pretender leer las nubes y redactar augurios sobre las espumas del mar, elevando el mundo del sentido por la huella de las aves al volar en lo indeleble, el paso astral de las consejas de un cuento de mil y una noches desde las esferas en que el viejo Saturno teje el manto de Ninurta, el guerrero en vieja factura, hechicera de la ancestral Babilonia, casa de los constructores de palabras hechas para tirar al cielo, cual si se miraran colgados del verbo a los viejos dioses al caer de la torre de Babel, cuando creían tocar los talones divinos, sobre unos metros de aire donde los hombres no se entendieron hablando la misma lengua, y sus enfermos seres destejieron la divina alianza del nombre que ordena para desordenar los nombres que se inventaron con palabras de discordia para hacer la diferencia en sus referencias. Marduk, pastoreando estrellas desde Júpiter, mira la conducción clara del asunto internacional, asunto que le importa desde antaño, reconociendo su validez universal ante la evidencia de la certeza de no saber qué tramas tejen los hombres miles de años después cuando el hombre ve a Júpiter atacado por dos grandes cometas unos miles de años después, para dejar unas severas cicatrices del violento Shoemaker-Levy, que en 1994 hacen honor a la tesis del impacto de que los cuerpos celestes y hacen severas heridas sobre las piernas del divino jerarca: Júpiter; mostrando el verdadero peligro de una colisión entre una gran roca y Gea, y siente la probabilidad de la cercana mirada que siento al cuello, el vaho de sus memorias que obligan a todos a unirse; desde las cuencas vacías de Mamal, el dios asociado con los cadáveres asociados de Marte, mira con su servidor y pone su atención en la muerte a la que obedecen con esos cuerpos desmembrados que le son servidos, mientras que las Parcas arrebatan del hueso vivo el divino abrigo desechado sin tener sentido en la muerte, en ese reciclar la vida tan solo como antaño es: verdad sacralizada que da eje.

Y ante la fría vieja mirada perdida del Nabu; heraldo mercurial que prepara las tintas con las que ha de seguir el viaje, el patrón de la erudición y amigo de mercaderes, que hace del cinabrio y el agua seca: Aguaviva con la que el plomo se vuelve oro, y por la que oró el que de tintas hecho es. Allá Shamash y Sin: el Sol y la Luna, ambos eran viriles, uno conductor del planeta y otro conductor de las almas. Todos miran al caído que les ve, desde el séptimo escalón de aquella escala del mitraísmo que le trajo hasta aquí. Michael toma entre sus sacros actos a aquellos vanamente sacrificados que ahora se unen por siempre, ligando con sus coyunturas a la eternidad y cada vez dan mayor fuerza a todos aquellos brazos entrelazados por una historia de voluntades, dadas por la buena conjunción y con sus aladas espaldas que les envuelve en la luz ígnea sagrada con que cubre de esperanza sus rayos, al padre único descubierto que forma parte del inteligible sin nombre, donde ni la voz del hombre sin imagen llega al ser que es en él, todos disueltos en su resolución de ser solución de la esencial verdad de luz, que prepara al servir iluminando por la vieja entrega al pedernal que le hace quemar sus falsías e iluminar sus anhelos, para atender las huellas que dejan pasos y destinos que se trazan eternas en las líneas del agua; mientras que una vieja gorda, escondida les ve pasar en su trayecto interestelar, que se va acercando a la conflagración que solo la voluntad evita, al mostrar la mandíbula del saurio que sonríe. Más allá, unos caballeros frente a frente, con trajes espaciales, armas láser y todo el implemento propio de un guardián del universo, a los que les noto que sobre sus chamarras de materiales espaciales hay, junto con las insignias propias de su grado militar, una leyenda que en letras de latón dice: "Tierra amada: más vale volarla toda, que compartirla con todos". Son guardianes de los colores egotistas apegados al animal territorial, como viejos guardianes universales de sus intereses por sobre el ser y el interés de la Tierra que aún se diluyen frente a profunda luz explosiva de las ignorancias ramplonas y egoístas, frente a la verdad conjunta que no ve en la necesidad de la unión universal de esfuerzos, la vía para prevenir el paso mantecoso ocioso de un cielo en derrumbes de color pastel, que hacen presidir junto a la ciencia al animal egocéntrico impulsado hasta la locura por el terror de quienes atizan su razón de ser. Bestia en afeites que siente dominar al crear el caos explosivo que de modo inconsciente hoy le domina y pasea del brazo con el señor de la guerra, Marte, que quiere ir de paseo por las nubes, sin ver que los mejores esfuerzos deberían concentrarse en medir qué hacer si es que la gorda de viaje está. Y ante el choque con un cometa: ¿qué se obtuvo?, ¿se pudo desviar?, ¿fue verdad? y ¿qué se logró saber de los misiles senderos que le atizó a otra gorda? Otra vieja vagabunda del universo. Ella sí es la gorda o las gordas, todas ellas muy callejeras, vagabundas. ¿Y luego? Ojalá que difundan aquello que se logró saber. Y entonces sí los habitantes del mundo podrán ver qué se necesita y estar abusados, avisados. El barrido constante de posibilidades debe de ser contemplado y, así, preparado el mazo de mando con el que se les va a dar para que cambien de dirección. ¿No lo sabes todo? No, no lo sé todo, es más, no sé nada ni me acuerdo de quién soy, qué soy, ni de saber nada más de mí.

Una piedra de las que le pegó, en 1998, a Júpiter acaba con la Tierra. Puf, *kaput* en segundos. Cuentan las consejas que hay una vaga muy puta que pregunta por ti y que podría pasar a visitarnos y hacer su casa en nuestra extinción, y si quieren saber para qué sirve el superávit de Oriente, es para que se "medio oriente" aquel sentido de lo que viene pronto a sucedernos, porque la vieja quiere tomar la plaza alzada, aquella gorda puta de terrible reputación quiere de ti ocasión para venir a visitarte y dejarte la desolación como respuesta para su satisfacción y desdoro al matarte completo.

¡Una piedra, la menor, y hubiese sido, para la Tierra: suficiente!
Te imaginas en el reino vivo que llegue la no convidada,
¿convidada de piedra?, en parte sería una descortesía y muchos gases.
¿Qué tal si se presenta la muy vaga" ¡¿Ay, de la tal puta no digas pendejadas?!

¿No?

Las lágrimas de ella, bañan la carita barrosa de la nena hermosa,
la luz oscurece aquel sino de aquella divinal escena del sí, del *teatime* aguado,
de la llorosa roca vestida de *tweed*, escurre un acre sinsentido al pulirse
la verdad,

la imagen de él, tenuemente perdida en su mirada que sollozando revive, sin comprender por qué el "bienamado" que tanta falta le hace: partió.

¿Marte, para Nobel de la Paz?
Sería hora de devolver todos esa enseña fugaz;
de aquello que por errado así perdería toda validez,
porque ante el poder, vale más la honradez, que un César…

¿Dónde ha quedado atrapada la mítica batalla? ¿Dónde está el que la luz cuida? ¿Así, a dónde quieres parar? ¡Oh Lilith!, grita el que insinúa con ancestral voz de canto Magal retirado desde lengua protourbana, que se mueve vociferando bajo níveos cabellos que caen a mechones, como esos de las mujeres que paren como ellas, hijos del cieno más bajo, no de las tibias carnes de Eva que persiguen aquel 13:20 de un calendario lunar; que al final yerga la luz en las caídas del sentido, apartándose del turbio, poco claro espacio de las teocracias oscuras, de los hombres que se dicen buenos al hacer el Mal, en donde allá sacrifican con sus vientres, como templos de orgía y bajeza que no llegan al Bishit; la redención del oscuro estar universal no comprendido.

Hijo de madurez espiritual implorada y nunca encontrada, por fantoches que se creen tocados por Dios, que obedecen a las instrucciones del Satán. Y en el tiempo, solo la puerta del oeste: azul claro iluminado por el sol del viejo oro, será en la búsqueda del justo, si se es libre en responsabilidad histórica su acceso al tener el tamaño para llamar voces claras a las verdades que nos levantan, que no pueden talarse desde barato vicioso ocultamiento inconmensurable del fingirse ser entusiastas del Bien del bueno, al hacer el Mal del malo y deben recuperar de la fémina ese cuidado en la discreción. Cuando la realidad de la vida nos muestra a quien le sirves tú en tu desprecio por lo sencillo de la vida real y no obedece a luz que imploras, al ser vital para así reencontrarte.

Canto de todo esto vivo, que se eleva al corazón del planeta en cada uno, y uno a uno, en vías de luz eleva sus voces. Mientras la verdad se embelesa en la grandeza paradisíaca de un rincón en que el 2012, aquel justo ser humano de piel de mil colores y sonrisas varias, fue sacrificado donde habita el silencio del caído, en el que veo la redención uncida junto a la luz que se eleva por esa inocencia del que no temía, porque no debía. Y sin embargo, la gorda emparejaba el destino total, porque de aquello justo todo le importaba un comino si todo estaba lista para gestar su camino. Ese era un significado mínimo suficiente para tomar en cuenta y desarrollar la prevención total, que es la estelar, la del espacio abierto a la circulación universal en la que también se contemplan colisiones. Si no sucede, tanto mejor, pero si pasa por la ruta hay que hacerle la parada, estar alertas, preparados: al arma. Que se sepa que puede ocurrir realmente.

Las gordas vagas pueden surgir de un punto lejano vagando esas enormes distancias; así se había formado el planeta en acreción constante. La concreción de la significación total se da si aquello terrible pasa, ya nada más pasa para nosotros los terrícolas. Y para muchos mamíferos o para todos el fin, qué más da. De modo que, si de algo sirve pensar sería para pensar en esto que es lo total y que requiere que todos los esfuerzos de la ciencia le sigan el paso a la gorda ufana y que cuiden a Mamá en su atmósfera, que sea la adecuada y correcta. Porque después de la gorda no hay más nada.

De modo que es importante la recepción o invitación a partir, y calcular las distancias que se espera virar para hacer varias detonaciones en diferentes momentos que sumen los grados exactos, para un hasta luego de fuego en energía. Y ante los fuegos de artificio un gran silencio cunde en las almas, deseando que se marche aquella, aunque los cuerpos se dieran a expresarse en la verdad es que la comunión era interna, la gente buscaba el universo dentro de sus mentes y en sus memorias porque en momentos de gran tragedia o tensión, la gente se une y se da a la tarea solidaria del soñarse vivos cuando estarán muertos, como el *tsunami* o un terremoto, pero el acto de compartir la noción interior de lo posible y lo probable, es que se construye el sentido de lo que es realmente adverso. Donde no cabe dudar en el continuar ampliando la tarea, sobre todo la de afinar la puntería de los misiles de un escaneo en cálculo matemático y la gran posibilidad de que gran parte de la capacidad instalada de cargas nucleares se desactiven y se reintegren a otros propósitos más inteligentes y que se evite por vejez constituirse las viejas armas, en un absurdo del error de su vetusta edad de la postguerra y de la guerra fría que llevó a la humanidad al extremo absurdo de plantearse el poder eliminarse todos contra todos, o mitad y mitad, es igual; ¿te imaginas a las cargas nucleares tronando por viejas herrumbres?

Porque los viejos se vuelven lentos en sus reacciones e impredecibles en sus actos y decisiones. ¿Te imaginas las cargas caprichosas por chochez de la enfermedad de Alzheimer? Y en vez de eso ¿no es tiempo ya de redirigir los esfuerzos? El universo espera. ¡La gorda no!

Y una oleada de vida impregnaba la esencia misma del sentido que buscaba la razón para sanar la herida que se había producido en la sensible capa superior de la atmósfera que constituye el escudo **vivo** de la **vida**:

### Planeta Azul.

Redirigir esto, que no se vuelva por caducidad parte del desperdicio del oficio de vivir y practicar la puntería extraterrena para alcanzar el crear un arco de distancias múltiples y cargas extremas, para que se vea lo que se puede lograr al respecto en conjunto por si se inaugura la vía de la gorda pasajera. ¿Y lo crees? Sí, creo en el Dios único que Todopoderoso, aún nos mira al "pichar" la esfera gaseosa, que con el tamaño de los agujeros de la capa de ozono se pone en riesgo todo.

Percibo el murmullo de miles de aves que se desplazan dentro de aquel teatro abierto, que solo ha sido encerrado en los límites de la húmeda cueva, en la que aquel demonio trata inútilmente y a sabiendas de no poder tomar el alma del caído sin poder arrancarla del séptimo sello, ya que aquel sutil elemento de pureza inocente se le escapa entre sus enormes garras por la fuerza bendita que lucha por su alma, cuando todo es tropel de cascos y garras que se siguen acomodando en estancias escalonadas y forman este ahora neoreconstruido anfiteatro, y van rompiendo todos esos animales su natural inclinación de miedo y ataque, se acomodan juntos sin atacarse, dando lugar a nociones divinales de tiempos idos, en la antecámara de un edén en un porvenir corporeizado en arca, de eso que antes el espíritu sentía. De súbito, me parece que al mirar a Gen juguetear en multivariadas formas, yo algo confuso, con mucho miedo, veo juntas a todas las especies que conforman la tripulación del arca de Noé y escucho a los animales salvajes que están en franco proceso de deterioro por la endogamia forzada a la que se les somete, por el aislamiento de sus núcleos y la necesidad de que el hombre restablezca o sustituya canales originales de su contacto para restablecer la vías sanas de su reproducción; amén de que a su vez asisten representantes de millones de colonias de microbios, virus, bacterias; microscópicos y macroscópicos seres que aquí están todos en reclamo de las acciones del hombre y sus actitudes viciadas. Aunque hay enormes sitios vacíos, varios a decir verdad, los cuales tienen escritos en latín su nombre junto a un moñito negro de extinción y una manita de hombre como señal de que fue la causa de su desaparición. El aleteo refresca y el arrastrarse y movilizarse de todos esos navegantes es mayúsculo, pero, poco a poco, el silencio se adueña de todo, mientras que conviven: plumas, pieles, dientes y garras; escamas y branquias, reunidos.

Las mil voces canoras y sus trinos callan, un rugido del rey de la selva hace que todo se estremezca y hasta las piedras tiemblan. **Yo** me orino del miedo, bebo mi orín que me limpia asépticamente, como para conformar la base de órganos internos que aún no existen, sino como la noción ignorada, donde la duda es la única certeza que me agobia al sentir que las palabras que siento ser me traicionan y me acogen en una certeza, la cual se convierte en la duda misma de mi origen y, con palabras ansiosas al saberme en el acto de cargar en hombros, junto a todos en el arca de la Santa Alianza, me reciben mecidas en esas olas que callan al pasar dentro del estómago del enorme pez, recordatorio de la prueba del que pervive en el laberinto, construyendo este arte del eterno Creador del que se dispone a servirse del plato fuerte de la viva creación que asumiría como viva labor propia.

Mientras tomemos lo útil como lo útil, nada hay que objetar.
Pero si estas preocupaciones por lo útil llegan a
constituir el hábito central de nuestra personalidad,
cuando se trate de buscar lo verdadero,
tenderemos a confundirlo con lo útil
y esto de hacer de la utilidad la verdad,
es la definición de la mentira…

*Es inconveniente guillotinar al príncipe y substituirle por el principio.*
*Bajo este no menos que con aquel queda la vida supeditada bajo un*
*régimen absoluto. Y esto es precisamente lo que no puede ser: ni el absolu-*
*tismo racionalista —que salva la razón y nulifica la vida—*
*ni el relativismo, que salva la vida evaporando la razón*

—José Ortega y Gasset, *El espectador, el tema de nuestro tiempo*, p. 754[35]

De pronto, aquellas voces del enano Gen, junto a estos miles de imágenes, son atronadoras y me van hablando de todo aquel Mal que conscientemente ahora le estamos provocando de manera irreversible al planeta; tanto en su estructura bioquímica, como en el volumen de deterioro de sus espacios físicos que aparecen junto a las imágenes deflagradoras de una noción arcaica que se incuba en la polarización atomística de los seres, en egoísmos causales de ínfima ralea que comandan. Así veo erguirse muy monamente al hombre ante el inventario de errores desde la eliminación de gases raros de la estratosfera que posibilitan la atmósfera, degradando la vida en su conjunto, hasta el envenenamiento industrial, agrícola y urbano, que hoy aparecen semblanteados por enormes imágenes del deterioro del globo, irrumpiendo en un espacio de medio tono, de un incipiente Armagedón, como la alzada plaza de la lucha de las fuerzas del hijo de la luz que se queda a oscuras en nuestras penumbras umbrosas, suicidas de los que prefieren acabar con todo si no deja ganancia pecuniaria; porque es sabido que con ello la posibilidad de que todos tengan acceso a ganarse el pan, vestido, techo y educación, y que hay desde plaguicidas con cancerígenos hasta todo tipo de intereses no muy claros sobre el control del genoma, atentando contra el principio de la vida por la utilidad que quiere hacer de la verdad su propiedad, para envolverla en mentiras mercantiles que acaban la posibilidad de todo. Y toda la gama de planes de laboratorios y gobiernos por patentar la vida, por aquellos que tienen en mente hambrear a miles de millones, para controlar más bienes construidos sobre males al lograr hacer del Mal la única consigna fundamental de la inteligencia de la especie, la que parece querer mostrarse como un supremo Bien, cuando aquella ignorante terquedad comanda infamante hoy.

El alma del caído en conflagración está parada en la séptima escala del si mayor, sin saber a ciencia cierta en qué maldito tribunal se le consignará el legislar sobre la desaparición de los reinos animal y vegetal, donde millones de años de evolución desaparecen de un modo artificioso, pero eficiente y totalmente eficaz, en una extinción que solo obedece a la mala intervención humana y no a una causa natural como ha habido tantas y tan grandes y así es que en menos de 100 años, han dicho adiós miles de especies de manera artificial, que demuestran la gran soberbia de la raza humana que coloca su manita en todas esas extinciones, desde el ejercicio de la cual, hoy, aquí se duda, que haya nacido el que tenga las facultades para cambiar aquel craso trazo que parece marcar el sinsentido de la ruta sin destino, escudados tras el amor de una cruz, masas en manada quieren imponer el oscuro **sino** a la vera donde escupen en delirios de inmediatas facturas, que adoran solo sus billetes creyendo que eso es crecer sin el desarrollo de la raza y el espíritu humano en su conjunto, cuando el verdadero valor de las ganancias está en el Bien aparejado que se va generando en su desarrollo; no cuando se comparte sin ton ni son, sino cuando se generan opciones de trabajo para los más. El reto afuera, que es externo a la divina esfera, es de carácter universal e inmenso por aquello que nos afecta internamente en el desarrollo de la comunidad humana, y es aquella piel cacariza de Júpiter la que no deja lugar a dudas de lo que puede suceder respecto a lo que se estima como real y son pocos los seres humanos, suficientemente preparados, para poder hacer frente a esta ambigüedad que insufla los temores del poema, como aquellos existentes con la potenciación y concientización del espacio cerebral humano necesario, que realmente está dentro de todos, donde radica la voluntad del querer y eso es lo importante, ya que cultivar los cerebros que el tiempo demanda, en el sentido estricto del término cultura, debe quedar claro que solo el mundo humano puede asumir sus consecuencias, pues si todo el equilibrio se rompe por sus abusos, se hace con plena conciencia de que se está actuando de modo conscientemente inconsciente y negativo, con y sobre las decisiones que afectan el futuro del mundo, sin ignorancias ni sorpresas respecto al destino ni sobre el universo en términos de las verdaderas amenazas internas y externas, las cuales no se deben soslayar, porque la ignorancia de los grandes líderes no justifica que esta Tierra desaparezca por su descortés ambiental capricho real.

*La paradoja más extensiva de la condición humana, que nosotros vemos es que los procesos que nos habilitan para manipular símbolos, sobrevivir, crecer, cambiar y disfrutar son los mismos que nos permiten tener un modelo empobrecido del mundo: de modo que los mismos procesos que nos permiten realizar las más extraordinarias y especialísimas actividades humanas son los mismos que bloquean nuestro crecimiento si cometemos el error de confundir el modelo del mundo con la realidad.*

—Richard Bandler y John Grinder, *La estructura en la magia*, p. 35[36]

Y esta contradicción refleja el ánimo ambivalente del ser razón, que ignorante siente que su mentira es verdad y que puede ser independiente e inocente de asumir lo que por él suceda en el mundo y no quiera sino tapar con un dedo el sol de su responsabilidad, con ello, en donde se asigna valor emocional al contenido de sus significaciones por intereses utilitarios o políticamente aceptables o no, que se expresan en términos de ciencia y su utilización política de los conocimientos y de las tecnologías que de estos se desprenden; o desde la política en su utilización científica, que es la que marca aquellos derroteros propios del sentido de la investigación, en los que, aunque esta sea independiente de todos los intereses mediáticos, por su método, también hay que manifestar que no existe neutralidad de la ciencia en sus búsquedas, al emanar del sentido político de sus auspicios, como aquel afán de esos científicos que no se quieren hacer responsables de todo aquello que hacen y eso lo dejan a la conciencia de los políticos, cuyo interés es: inmediato y de poder. Políticos que, por cierto, no se caracterizan por hacer gala de dominar las nociones científicas, ni todo lo que emana de ellas; quedando consignadas las determinaciones universales dentro del modelo personal de concebir el mundo y sus fines de los que asumen el poder y tienen el liderazgo, que asignará valores de acuerdo al modelo propuesto y que se determinará en términos reales en aquella determinación del: ¿En qué invertir? Es decir, ¿qué se investiga? y ¿Qué sentido se dará al testimonio de cuánto es aquello que das por salvar el planeta dentro de tu escala de tu ser sin otro valor que el económico? ¿Cuándo el modelo propuesto está determinado por la ganancia y no por la determinación del avance del Bien del progreso humano?, como por ejemplo la recuperación sostenible del espacio terráqueo sano y el recurso no renovable, sino basados solo en su posible explotación comercial inmediata, como el fin único.

Y, cuando los avisos de algo superior y externo pueden tomar la corporeidad de una gorda en caída, gorda en resbalón del borrachazo que requiere de atención, veo el alma del caído abandonar la séptima esfera con triunfo de unos pocos, que ahora están asomados al espacio frío en que se gozan.

**Tu**
**olvido.**

*Una imagen divina.*
*La crueldad tiene corazón humano*
*y la envidia humano rostro;*
*el terror reviste divina forma humana*
*y el secreto lleva ropas humanas.*

*Las ropas humanas son de hierro forjado,*
*la forma humana es fragua llameante,*
*el rostro humano es caldera sellada*
*y el corazón humano, su gola hambrienta.*

—William Blake, *Una imagen divina*[37]

La densa luz que penetra mis sentidos me coloca en una situación confusa, dado que, por un lado encuentro que las cosas que recién me han sucedido escapan de todas formas a mi comprensión y aunque veo partir indemne el alma aquella, no deja de espantarme la visión que desde la tumba mira a una gorda suicida en viaje y, sobre todo, cuando el tremor de aquellos animales que van acomodándose en esta arca continúa y aquellos demonios del hombre alimentados en el terror se desvanecen, dejándome solo ante la angustia del saber que reptan en las sombras esperando su momento; y aunque siento que el olvido se ha convertido en parte intrínseca de mi persona, que de algún modo es parte inconsciente de mi seguridad o de mi salud mental, pues, al no comprender las cosas que suceden a mi alrededor, aunque me siento inseguro y confundido no me siento derrotado; puesto que, por un lado no sé exactamente qué es aquello que aquí vengo a pagar o cuál es el motivo de mi reclusión en esta viva caverna, dado que nadie me contesta y aquel viejo, contra todas mis expectativas, está lejos de haberme aclarado suficientemente las cosas, aumentando con lo desmedido de sus acusaciones aquel caudal de mis dudas sobre el tamaño de mi personal responsabilidad. Me siento ahora desmedidamente atemorizado por eso que desde la cripta en el tiempo vi; mientras que me da certeza, por otro lado, con su presencia, de algún modo, ya que no me ha brindado una seguridad en la resolución de saber él para qué de mi estar, sino que de manera real se ha convertido en el promotor de buena parte de las cosas que me asaltan como vivos temores ante unas ideas muertas; pues me acusan de todos esos excesos de la humanidad, ya sea por el mal uso del conocimiento o por el abuso de mis discernimientos; resultando que soy ahora acusado por la creación misma, por sobre esos abusos cometidos como si fuese el representante de la especie humana, por el hecho de compartir el espacio común, lo que me pone en una situación de estrés que no puedo controlar en mi incomprensión, aumentado por el aviso de una visita de la indeseable gorda externa convidada de piedra; por otro lado, la bajada de aquel anciano enano que me ha caído encima, haciéndome responsable de todo exceso biodegradador del conjunto de la humanidad, no han hecho sino abrir en mí una conciencia que crea una duda mayor del porqué tengo que responder **Yo** de todo esto tan ambiguo, donde esos valores morales se mezclan con el interés que algunos poseen sobre estos recursos que a todos nos implican.

Dudas que se acrecientan dentro de mí sobre el porqué de mi presencia en estas húmedas cavernas y cada vez más, me considero parte de la esencia del ser que me tiene aquí a su disposición y que crece con fuerza en mi interior, ahora que los espíritus o la presencia viva de aquellos animales que ahora se me aparecen como siendo los vivos insignes personajes, que suman sus acusaciones en mi contra por causa de su extinción artificiosamente construida por mis abusos como especie, y de los que debo responder; ya mi memoria no sabe bien a bien cómo podré contestar a cargos tan desmedidos y de tan graves hechuras hechos contra mi persona; así que de algún modo caigo en una calma chicha y espero que la confusión se disipe por sí sola, aunque en realidad parece que el deterioro avanza lenta y paulatinamente *in crescendo* acelerado que aumenta vertiginosa y vigorosamente por mi apatía a realizar las obras consignadas como propias para detener el deterioro ambiental; así, espero que mi silencio vaya trayendo mejores luces a la situación en la que parece ser que estoy entrampado en errores de muchos años, por mis excesos; mientras que las cinco ceras arden votivas en la casa del oxígeno y el lodo. Y aún veo que esos moribundos siguen cargando a las tintas que marchan por el rumbo de su casa y se dan a la tarea de redimir esperanzas que es esto lo que importa y cuenta al fin, al ver a tu fin.

Aparece ante tus ojos la desertificación con el exceso de dióxido de carbono y ese abuso corretea y lucha por conquistar espacios verdes; involucrando paulatinamente la disminución de tierras económicamente productivas, tanto en zonas de pastos y madereras con sobrecultivos y deforestaciones irracionales para aquel conjunto; mientras que se van incrementando las tierras secas, aumentando día a día las tierras tradicionalmente pobres y sobreexplotadas, todo esto aunado a la avaricia e ignorancia con la superpoblación y la presión creciente que se ejercen, tanto en los niveles de cultivos de la tierra, como en las zonas urbanas en un continuo crecimiento, con sobreexplotaciones de mantos acuíferos, tanto de cuencas, ríos, como subterráneos; alterando el cambio climático por todo flanco posible, produciendo suelos subproductivos y extensas áreas con hambrunas crónicas de millones de gente, con marcada malnutrición en Asia y las tierras del Mediterráneo, Latinoamérica y el Caribe. El desierto del Ecuador va inexorablemente avanzando e incorporándose tierras por sobre la explotación irracional en el norte de Chile, los Andes peruanos, bolivianos y chilenos.

El norte de Brasil y la continua devastación del Amazonas, las cuencas del Orinoco y los pantanales. África está conformado por dos terceras partes de desiertos y de tierras secas; vinculándose su desertificación a la enorme y creciente pobreza, marginación y depredación del hábitat con sus especies. Australia provoca el aumento del desierto por el desvío de ríos que han aumentado la zona desértica de manera exponencial, como también ocurre en Grecia, Italia y Portugal. Tierras con el abuso de pesticidas, fertilizantes, con subutilizaciones inapropiadas del suelo, sobreirrigación y desestabilización del manto freático; zonas desérticas en avance en: Cuba, Dominicana, Haití, que no solo van desbastando sus tierras, sino que depredan de tal modo sus litorales que están siendo sobreexplotados de la manera más que irracional, presionados por el aumento sustancial de la pobreza, que acaba desertificando cientos de kilómetros de costas y aguas continentales. Aparece el abuso de todas las cuencas, ríos y aguas mexicanas, por sobreexplotación, esto aunado a inadecuados usos intensivos y extensivos de tecnología, para la basura, en que las instancias gubernamentales no han hecho lo suficiente por salvar los caudales de la vida; y que ahora sus lagos y ríos solo son hediondas aguas putrefactas, espejos de la vaciedad del alma.

Con la terquedad no racionalizada aún, para dejar de hacer crecer la ciudad más poblada del mundo por ser un gran botín político que se empeña en vivir apiñada en el piso treinta de un edificio, al que tienen que subirle el agua, cara y cada vez más escasa, con fugas del 45% en las redes del vital líquido, que hacen que se desperdicie el recurso potabilizado sin una apertura de opciones que ofrezca posibilidades de desarrollo, fuera de ciertos polos de crecimiento, que también están sobresaturados, porque no existe un planeamiento que sea políticamente resuelto, y con ello, queda en la inmediatez resolutiva de intereses partidistas y no en la resolución planeada con plazos a mediano y largo plazo y necesidades y ofertas concretas de opciones regionales a realizarse; mientras allá unos políticos ramplones, que hasta feos son, se sienten bonitos al devastar el planeta, cuando la patria está gravemente herida, y de ella nadie dice una palabra ni crea una realidad sustentable para su recuperación tras el vanidoso cortinaje de las campañas políticas vacías de contenidos sociales y rellenas de una publicidad que miente, donde la verdad duele y veo deambular a estos espíritus malditos de todos aquellos que abusan de esa consigna pública contra todos esos recursos y seres vivos del plano vivo interrelacionados en todos sus aspectos vitales de existencia.

Así es como veo que esta, mi patria, puede resultar estar tras de todo aquello que ciertamente no se confunde con la ambigüedad de los intereses creados por viejos intereses grupales que vampirizan todo futuro viable para la nación, y la educación de las masas que no logra enseñar al pueblo a dejar de ser malgastador y sucio, y que no hace conciencia en los políticos de su importancia para el desarrollo, y que escatiman los presupuestos para la materia condenando a la nación a siglos de dependencia de todo, creadores de seres sucios sin preocuparse de nada, sino de ensuciar el día a día y gracias a ellos no se cree en uno mismo para nada, con ello, se cultivan actitudes antiecologistas y descuidadas.

De pronto, la desertificación es un enemigo silencioso que va ganando terreno en cada sitio de la Tierra en que no se ha planteado de una manera activa y racional cómo detener este proceso que va secando la costra de tierra, en la que mucho más de seis mil y tantas millones de almas medran, al ir creciendo en número hasta el grado que dentro de un término de 10 a 15 años, a partir del año dos mil, habrá mil millones de seres humanos que se sumarán a los seis mil millones existentes, por lo que el consumo se sobrecargará para obtener recursos renovables y no renovables. Todo esto en un cúmulo de sociedades sostenidas sobre el desperdicio y la sobreexplotación, desde, crecimientos constantes en número de zonas habitadas, que lo depredan todo, hasta el abuso de recursos naturales de todo tipo, devolviendo: basura y desiertos.

El futuro que se preve es desastroso y es el termómetro del desperdicio de una sociedad que no puede durar así otros cien años, cuando su inconsciencia muestra matices milenarios del deterioro en que las almas de los hombres no se han cultivado para dejar atrás el espacio bestial del abusar sin reponer, de explotar sin conservar todo lo vivo al sobrepoblar el planeta.

El abuso tecnológico sobre los recursos del mar que están sobreexplotando tanto las especies comerciales como aquellas asociadas, con tecnologías de punta que solo van sembrando, literalmente: desiertos oceánicos, quedando en verdadero gran riesgo tanto la reproducción de las especies como del uso racional de los recursos marinos con todas sus implicaciones alimentarias sobrepresionadas que van creando enormes desiertos marinos; esto aunado, además, a la contaminación donde en términos reales se está por romper el famoso efecto Coriolis (Gaspard-Gustave Coriolis). El cual describe cómo aquellos líquidos que pasan por el cinturón transportador mediante el cual el Pacífico se comunica con el Atlántico, hace que las aguas que van al norte tomen a la derecha y las del sur, a la izquierda; y se recree un sistema de intercambio térmico que determina las temperaturas de Europa y del hemisferio norte, para que no estén bajo una época glacial constante, y ahora estén de nuevo muy cerca de ello, claro las que no se sumerjan, en un verdadero y cercano peligro, gracias al calentamiento que provocan los gases de invernadero que tienden a derretir los hielos, siendo una constante encontrar témpanos del tamaño de ciudades desprendidas de los conos polares que van a enfriar las aguas de la corriente del golfo y aumentar la salinidad del agua que corre debajo de los océanos, impidiendo los cambios térmicos y, por sobre todo, derritiendo la Antártida, desde abajo, por las altas temperaturas del océano. De modo que el aumento de los gases industriales de invernadero solo habla contra todos los que están contra el protocolo de Kioto, que es un instrumento insuficiente y caduco, tal vez, pero el que por su importancia está aún vigente, por falta de otro mejor como la ronda de Roma o lo que se les ocurra, pero el caso es que no puede pasar un año más con actitudes irresponsables ante una verdad común que nos reúna a todos frente a la verdad de la salud del planeta que tarde o temprano va a pasar la factura y, no atenderlo, va a tener sus consecuencias de manera climática total y mortal, entonces aquellos que somos partidarios del partido de la razón, solo podremos ver cumplirse las siempre frías leyes de la natura, que un día no muy lejano nos alcanzarán, queramos o no, a aceptar los riesgos de la estúpida postura egoísta global del abuso en egoísmo mortal en cuanto a la verdad atmosférica y a la emisión real de sus contaminantes en vil aumento.

Otras energías esperan ser potencializadas contra la noción del aumento exponencial del desperdicio. La sociedad del desperdicio, muy moderno y cultural, ¿no? ¡No es ciertamente la mejor nota sobre el sino de las personalidades humanas, pero ahí subyace mezclado con la realidad con un sentido de agresión que se genera en la potencialidad del Mal que se hace al ambiente y que se dirige contra los congéneres, porque supuestamente no es productivo ni le deja dinero a nadie según entienden los hombres de hoy! La vida, contemplada solo para la utilidad de los hombres, aunque solo para algunos, cuya noción de naturaleza les sigue llevando por la idea de que esta es un salvaje por conquistar, algo que debe ser transformado en cemento y acero; ahí detenida en las limitaciones humanas de eso que se produce. Esto es una vaga realidad de la salud del planeta, que está a la deriva y ninguna mente humana aunque lo comprenda todo, sería capaz de medir el grado de deterioro sobre el planeta y sus recursos. ¿Cómo se construye la megasociedad de seres pensantes con los que se logrará que todos los hombres tengan una estructura de razón lógica, para explicarse el cómo se es parte de la vida planetaria y vivirán sus particularidades en este rico asunto del vivir plenos?

La correlación de las ideas que conducen a la realidad del significado del ser que se construye sobre la idea general de la política, como el espacio del estado promotor del sentido que se imprime al desarrollo y a los medios que den consistencia ética al crecimiento sustentable del hombre que conforma a la identidad del valor de esto vivo que es eterno si no se rompe con este espacio fundamental de la necesidad biótica, que no debe ser ni rota, ni alterada jamás.

Es ver a las miles de especies y subespecies de la gran flora mexicana en peligro de desaparecer para siempre, como: *Acanthaceae* y sus cinco subramas; *acaeraes* y *actinidiaceae* con las *agaricaceae*, con sus treinta y ocho *Psilocybe*. *Tricolsorum*, en grave peligro, como también están expuestos 18 tipos de "*agave* y de *Agaveceae*", con 11 tipos de *Beaucarnea*, y, donde nuestras hijas e hijos, demandan conservar a 6 tipos de *Amaryllidaceae, Araceae, Betulaceae, Bromeliaceae*, y sus 17 subespecies, así como especies y familias *Cochibnoceurus, Actaeeae, Mammiliaria* como *Cactaceae* de 217 especies de plantas en peligro de extinción en México. Que al ser endémicas, son únicas en el mundo. *Compositae, Crassulaceae, con Cyatheaceae, Dicksoniaceae, Euphorbiaceae*; algunas *Gramineae* con *Guttiferae* e *Iridiceae; Leguminosae, Liliaceae, Magnoliaceae* y *Malvaceae; Marattiaceae, Oleaceae*, con ellas 152 *Orchidaceae* propias de nuestro territorio, 65 especies de palmeras; todas ellas protopalmeras, formas propias que germinan ante mis ojos en el frescor de matices de los tonos verdes en variaciones millonarias de palabras sabias que las contienen en la explicación de su ser y las palpo y las dejo flotar en la imaginación angulosa de lo prehistórico y 38 familias de *Pinaceae, Podocarpeceae, Polttipodiaciai. Rubiaceae, Salicaceae, Sapotaceae, Zamiaceae, Symplocaceae*. Cientos de plantas, familias y subfamilias, especies, subespecies que desaparecen o están a punto de desaparecer con *Selaginellaceae, Sematophyllaceae*, y *Sterculiaceae, Umbelliferae*.

El latín parece adecuado para nombrar sacramente las divinas especies y subespecies vegetales al morir, que van desapareciendo ante tu paso sinsentido, porque no le das la atención en tus actos de vida a las miles de familias vegetales vivas que van partiendo hacia la extinción y el olvido, bajo tus presiones y tus olvidos, que desde tus negocios o los de tus socios se van muriendo desde el planeamiento que comienza por no reconocer la existencia de lo diverso que no les es inmediatamente útil en la urdimbre de tu desprecio para con este mundo; cuando no era nada la mejor de tus retóricas y desde el no entender aquel embrujo necropolítico, como el espacio del verdadero desprecio por la vida, como tu base de medición del parámetro de lo justo, que trastoca el verdadero valor que tiene el sentido de la vida genómica como la verdadera esencia de la viva comunicación entre la vida sana y tú cuando Gea despierta arrebatada del sueño ruin y derrochador, que se gasta todo valor sin precio en barata.

Aparecen como rastro del polvo de estrellas en vuelo de extinción dejando como rastro inefable del destino más de 1480 especies mexicanas de animales endémicos o de tránsito, que incluyen mamíferos como los tipos de *Alouatta, palliata* y *pigra; Ammospermophilus insularis,* la *Antilocapra* americana, *Arctocephalus townsendi*, o foca de Guadalupe, la ballena boreal, la ballena azul, el rorcual común, la vaquita marina, tres tipos de *Bassariscus*, el *Bison, Cabassous,* tres tipos de *Calouromis*, el lobo mexicano, el castor, el *Centrninteryx*, el *Chaetodipus anthony* y *dalquesti*, 8 subespecies de *Cryptotis, Cyclopes*, 8 subespecies de *Dipodomys*, la nutria marina, la ballena gris, la ballena jorobada, 5 subespecies de *Lepus, Alleni tiburonensis, Californicus magdelanae, Californicus sheldoni*, y mis lágrimas en mares acompañan esta lista de muerte, que no es sino un obituario a la

vida y el *flavigularis*, 6 de *Microtus, Mimon, Mirounga* o elefante marino, 6 sub-
especies de *Myotis*, 14 subespecies de *Neotoma*, 20 subespecies de *Perognathus*,
38 subespecies de *Peromyscus*, la *Phoca* o foca común, el cachalote, cuatro sub-
especies de *Reithrodontomys*, tres de *Rheomys*; y así continúan pasando por orden
muchas más especies de seres vivos, todas ellas en inminente peligro de extinción,
5 subespecies de *Sciurus*, 13 de *Sorex*, 4 de *Sylvilagus*, 7 subespecies de *Vulpes*;
e inmediatamente venían las aves también por su nombre en latín, toman la seria
sacralidad de quien asiste a un réquiem, tocado a dos manos, llenas de tu vaciedad
o más aún al concierto incierto de tus manos insaciables. La *Abeillia*, cuatro sub-
especies de *Accipiter*, tres de *Aimophila*, tres de *Amazilia*, 7 de *Amazona*, 4 *Anas*,
2 de *Ara*, 3 subespecies de *Asio*, 3 de *Athis*, y así miles de hermosas plumas llenan
el espacio aleteando ante esta tu mentira cual la verdad del desprecio humano
que tiran y que entran todas resignadas, ninguna con odio y todas inmensamente
convencidas de la vaciedad que llena a la especie humana, como comprendiendo
sus aberrantes limitaciones, especie que queriendo ser administradora del reino,
no ha resultado serlo, sino un vano patán depredador por egoísmo. Sátrapa con in-
tereses aún muy lejanos de la vida; 4 subespecies de *Buteo*, 3 de *Buteogallus*, que
en tropel y luciendo sus galas airosas miran el universo eterno al que pertenecen
dando a entender, que su belleza sin precio, jamás el hombre la podría comprar; y
en estoico silencio mostraban una sabiduría en que entendían que no valía la pena
siquiera el reprochar al hombre de ser víctimas de sus obsesos excesos, porque era
un animal que carga con la maldición divina de su soberbia.

El ángel caído sonriéndose de estas limitaciones humanas cargándose: 4
subespecies de palomas, *Columba* de muchas subespecies *Campylopterus, Crax*,
4 de *Cyanolyca*, 4 *Dendroica*, 7 subespecies de *Falco* o halcón, *Icterus, Lepto-
tila, Mycteria, Mioburus*; en fin, miles de colores, texturas y formas hermosas,
de cuerpos saludables con intenso olor a pescado: la *Oceanodroma* y sus cuatro
subespecies, *Penelope, Penelopina, Porzana, Puffinus, Rallus* en todas sus sub-
especies, *Seiurus, Taraba*, y así, las lágrimas en mis ojos solo ruedan silentes
también sin quererlas compartir con esta hermandad egoísta que no entendía sino
de la inmediatez en sus cuentas bancarias. Veía con el dolor del alma y el impulso
que no deja decaer el esfuerzo de las almas caídas que antes de partir empujan a
la pluma a no decaer en el esfuerzo de tratar de despertar, y al que en cerrazón de-
teriorada de egoísmos no quería ver, ni oír, que prefería acabar con presupuestos
y programas ambientales para enriquecer a sus cuates aunque esa creación toda
fuese aquel precio de todo su desprecio.

Y mejor se estaba con el que corrieron. ¿Por qué? Porque no es apología del
narco decir la verdad del campo. Ya no se puede tener una política agrícola que
vaya del surco al mercado, **sino** que solo sobreviven los que van del mercado al
surco. No existe otra posibilidad. En fin, redime más la verdad que un puesto y
eso implica una concepción científica y rigurosamente vinculada con la academia
y con el mercado para que el país tenga sentido y así salga adelante.

Mi silencio contempla desfilar a las más hermosas creaciones del universo con aquella fragilidad de la vida que habían vencido en la evolución, pasando lista en aquella última llamada a la cual la gente no quería siquiera escuchar; porque o estaban interesados en sus postulaciones electorales o en regodearse con el poder, en hacerse de más dinero y de más poder para no responder ni siquiera medianamente ante la salud abusada del reino vivo. Y, mientras eso pienso al ver aquellos lindos plumajes en adiós, como si dieran entrada a los reptiles: 15 subespecies de la *Abronia*, 30 subespecies de *Anolis, Anelytropsis*, la tortuga, la tortuga de concha blanda, caguama, caimán de concha, tortuga prieta, tortuga blanca, tortuga lagarto. Las 23 subespecies de *Cnemidophorus*, 4 de *Coleonyx*, cocodrilos, serpientes de cascabel en sus 24 subespecies, la tortuga laúd, tortugas de carey, la *Eumeces*, las 23 *Geophis*, 10 *Kinosternon*, 15 *Lepidophyma*, 4 *Masticophis*, 15 subespecies de *Micrurus*, 17 subespecies de *Phyllodactylus,* entran reptiles por cientos, y cada uno representando la viva *Cladogénesis* que conforma la multiplicidad de las variedades biológicas a las que el hombre les pone precio, cuando no les otorga ningún valor: la tortuga de tres lomos, la tortuga guau, la tortuga cuatro ciénagas, la tortuga jicotea; 18 sub especies de *Thamnophis*; nueve subespecies de *Uta*. Dignos entran los anfibios, 14 tipos de ajolotes, las *Bolitoglossa*, las bufo, las *Dermophis*, así cientos de subespecies de estos tesoros universales que pasan lista, tal vez por una última ocasión; y no puedo sino deshacerme en llanto ante tu actitud soberbia que antepone su interés inmediato, antes del valor y maldigo a esa casa del arbusto egoísta y a su olor a sangre y petróleo con el que dignamente andan erguidos en un pundonor adentro de este espacio mis amigos, los seres vivos, que se arrastran en sus mansiones de esos que con el arbusto envilecieron la vida misma y marchan; 37 subespecies de *Eleutherodactylus*, 33 de *Hyla*, 27 subespecies de *Pseudoeurycea*, 17 subespecies de ranas, que en sus bolsitas con agua traían peces, charales, carpas, meros, mojarras, sardinitas, percas, guayones, guachinangos, lampreas, peces loros, peces globo, pulpos, calamares…, maldiciéndote, en fin miles de especies y subespecies más las larvadas que miran con ojos saltones y asisten al testamento del león, con su semblante serio mira al reino animal, desfilar ante sus llorosos dignos ojos y de reojo me ve, con sumo desprecio, sin emitir una queja en su silente real posicionamiento universal, ante mí, ser humano, de tal forma, que **Yo** no sé dónde meterme para no ver más tanta desgracia por venir, ante la que ahora percibo como una idea muy errónea del hombre, en el sentido de la asignación de valor que se da a la vida y a lo que ella representa, cuando el que manda no obedece sino a sus más bajos instintos sintiéndose soñado y la Secretaría de Medio Ambiente no es sino una cueva de ladrones, un tampón de ineficientes y mascarada del nulo valor que se da al ambiente.

Frente a la realidad que depreda de manera irracional y fría. Los agujeros de la capa de ozono no son habladurías y sus diámetros no son noticias fáciles… La calidad de la vida, del agua y el aire demanda niveles de ordenamiento racional forzoso, con niveles de controles sobre la biosfera y su salud, así como el efecto de lo emitido en materia atmosférica, ambiental, industrial o empresarial, un plan no como capricho, sino como respuesta a una necesidad concreta de actos, para que la situación se subsane a corto, mediano y largo plazo, porque sin la Tierra nada existe para nosotros. El énfasis en el cambio del uso de energías hacia la solar, potenciada en la limpieza total además de abundante. El campo del Sol es el espacio interminable de nuestros semidesiertos, somos parte del radiador solar, enorme campo con todo el potencial del visionario que se decida. El que logre concentrar su fuerza y almacenarla libremente para la industria habrá entrado en vía del futuro: hoy. El cómo volverlo productivo y rentable, sobre todo, capaz de sustituir las primeras fuentes por los mismos o mejor plazo a menor precio, al final ante lo crudo del inventario de toda muerte me siento responsable del vivir.

Los invertebrados cierran esta enorme procesión que dura algunos días por la cantidad de especies que parece que se despiden para siempre ante inhumana e imbécil sonrisa, al ir circulando y acomodarse entre una neurona y otra, van ocupando en el espacio del recuerdo tu marca supina de imbecilidad, asomados tal vez desde una dendrita universal a lo profundo de tu ególatra destino. Langostinos y corales, ostiones; millones de lágrimas corren y no alcanzan a salvar las valvas: junto a mares de dolor anegados, en silencio viajan en angustia de la tibieza de tu ser, que da cuenta de cuán malo se puede ser por omisión, que deja pasar; pues ciertamente es demasiado negativa la conciencia del que no actúa aún sabiendo, y así el cargo en tu contra no es sino solo en razón de ver tu corto interés ante tu poder para destruir. La vida proclive continúa aún, al parecer a tu pesar, y todos van ocupando un lugar en la voluntad divina. Así el mismo león poderoso y potente echado a mis pies me mira con un silencio en el que se guarda su saber de que mi lugar en este juicio corresponde al del mensajero de los pies alados, donde todas mis lágrimas por abundantes, profusas y sinceras que fueran, no son, sino parte de la impotencia de verte trepado en el sitio de administración del reino y solo encontrar un mico egoísta y asesino al volante, ante una desgracia creada por el hombre y de la que solo se puede pasar el mensaje de un adiós forjado con el hierro de tu frío olvido del sentido del valor, que trae el recado del que todo lo ve, animado de saberme atravesado en su dolor, y se acerca el león a un jardín en que la damisela Gea baila, siendo transmutada en Rea, la de viriles pasos visionarios hecha, que demanda de la creación de la conciencia de la que madre fue, y es observada por mis anegados ojos que no se dan abasto ante cada acción impropia de tus abusos constantes, mientras que da los pasos posibles de la danza de la muerte, sabiendo que en cualquier momento tal vez no habría más pasos que dar en el fin de una tragedia, y se expresa con la soltura regia del que preside égida que se oscurece por tu esmog, y los niveles de contaminación del agua dulce y salada; el gran riesgo de un sentido del verdadero valor aún pobremente entendido; y ante esas escenas veo aterrado como si me infundiera al oído el rumor de la eterna voz que sin dolor y sin reproche me habla de la desalinización del agua de mar como un proyecto prioritario mundial, digno de ser atacado por el conjunto de todos los hombres, y su mirada de luz va ofreciéndome opciones, como si yo no fuera lo bastante ruin para poder volverme y olvidar su bondad de manera casi inmediata, colándose la muerte truculenta del Apocalipsis tejido en el desprecio del no ser parte de tu aprecio al precio, pues no hay precio que pueda poner al mundo que destruyes, al cielo que nos cubre y llora conmigo en granizos del tamaño de pelotas de béisbol, a los ríos que rugen en el orbe entero porque la naturaleza está mudando sus patrones de acción y tu codicia te hace entrar al parque sin guardias que te cuiden el paso.

Y estas ideas frente al ciclo no son sino impotencia frente a la verdad del agua universalizada en su obtención, desde una industria que debiera ser prioridad productiva para la acción administrativa de la ONU, que dé sentido mundial a las prioridades universales, en las que el más grande sentido de identidad nos recreen en esta única institución, como espacio sagrado del multilateralismo en que descansa la seguridad y sobre todo el *telos* humano, y se me muestra la grandeza natural implícita en el libre albedrío y siento en el alma, que hay mil cosas más importantes que las emanadas como prioridades del consumo que promueve la televisión, que no es sino la promotora más importante de todo lo superfluo y la cual convierte esta agonía en un asunto comercial, y donde, lo que no deje dinero, sufrirá de todo el olvido que se promueve por ellos, los que dirigen la inconsciencia universal ante la danza grotesca de la elegancia que se desembaraza del mundo, en un sin valor en que el ser dimite de la envergadura real a ser, al que la naturaleza misma lo convoca y lo demanda, cuando sus valores reales atacan lo justo y limpio y trastocan el sentido del valor por el del precio, por ejemplo. Y critican lo mal que se trata al indocumentado, mientras con la otra mano roban, porque esa es la palabra, roban al que envía su dinero por su vía y se convierten en peores explotadores de sus hermanos que los mismos extranjeros que los contratan, pero aparecen como modelos de lo humanitario cuando no son sino mercaderes de la desgracia ajena y explotadores de la necesidad del desamparo.

Y decae nuestro sentido universal frente al tiempo como unidad planetaria en evolución creativa, que permita consolidar el planeta Tierra, perdido ahora en la inmediatez difundida a los cuatro vientos como el destino del hombre, al tener y comprar, y no por ser o realizarse al hacer, y así se me infunde aquel pensar que con la elaboración de equilibrios de otro nivel aparecerá como algo lejano, el hombre que se preocupe por el hombre, y acto seguido e inmediatamente después por el planeta para que pueda ser habitado por otras generaciones, si pueden contar con el tiempo; porque es claro que contigo no cuentan y aquí es donde nace el dolor impotente ante tu fría respuesta egotista, en donde, si te vieras en el espejo de lo real no te gustarías, por la monstruosa actuación que depara tu irrelevante contribución al espíritu universal; donde tus hijos o los hijos de tus hijos puedan recrear algo que venere la esperanza de toda la creación que en ti depositó el universo; mas quién sabe si ellos, los hijos, podrán contar con aquel tiempo para rescatar el verdadero tesoro nacional y universal planetario, que son las especies vivas, tal vez si nuestros ojos se separan del egotista **Yo**, inmaduro de un hoy que quiere consumirse todos ellos para ya, y si en cada país toda la gente llega a la convicción de que cada uno debe volverse instrumento de salvación del reino terrenal que no puede naufragar por nuestros incipientes intentos de madurar una viva identidad egótica que no persigue formular individuos responsables, sino individualidades egocéntricas y donde las maduraciones nacionales de todos los países que concedan la importancia y el espacio suficiente para que exista la identidad universal natural de salvación de la naturaleza que nos circunda y que sea hoy y cada día todo un esfuerzo y logro real de hacer posible la esperanza, que sea la única verdad para la especie humana en la común voluntad racionalizada por alzarnos al espacio del reto universal que hoy nos convoca y así mi mente evoca ante tales desgracias la fatalidad del culpable.

Que impere la razón, viva la vida y su razón. El sentido ambiental completo que está en proceso de trastornarse. Porque los elementos necesarios para gestar un cambio ambiental que se dan en un tiempo que no comprendemos, y el cual se sucede con respecto al sentido de la fragilidad, no solo la voluntad y la memoria; sino de la vida toda; en donde hay que comprender que la soga se rompe por el punto más débil y no pensar que seguir tirando de la vida no tendrá consecuencias.

La mezcla de factores económicos para crear patentes orgánicas que te permitan adueñarte de todas las formas vivas, es tan reprobable en su esencia, como querer patentar el oxígeno que se respira solo porque conoces el elemento, para que así lo patentes como una fórmula de uso personal. Así pasa con el agua o con los elementos vitales de la vida, de modo, que por descontado tenemos que aquel espacio de la ciencia sea en busca del beneficio de la raza en su conjunto, que pueda estar por sobre el interés, ya que hasta el momento nunca lo importante y básico para la vida, te ha sido más importante o mejor aún, les has dado mayor valor y relevancia que a los elementos que consideras de manera inmediata económicamente importantes para tu ego, que desprecia todo lo que no deje riqueza. Y en ese sentido es que te pregunto:

—¿Cuál ha sido históricamente aquello que más importancia ha adquirido dentro de las culturas humanas con respecto a la relación del hombre con el planeta a través de tu Cosmos, como el ordenamiento que equilibra en la salud de la vida?

Oigo lejana su voz y ante la cátedra del directorio de aquellos que han estado interviniendo en las investigaciones genéticas por parte del hombre, me quedo pensando un tanto perplejo, pero más aún me rebasa la pregunta sobre: "¿El quién o qué creó aquello que pienso que pudieran condensar o concentrar los humanos esfuerzos en términos del interés superior de la humanidad para echar mano de ello si la vida no te es suficiente?"

Mi silencio es revelador de que no entiendo a todos esos murmullos de muerte que reviven mi sensación de ignorancia y de mi ser en la sorpresa; de modo que, pretendo escabullirme de aquel enano retirando mi mirada hacia los ojos de Nous, y de él es que espero ayuda. Y su mirada tranquila casi paradisíaca me responde sin pensarlo:

—Lo **divino**. Eso ha sido clave para la humanidad al situar y procurar lo que es considerado por los hombres como divino y que se condensa como eso que se conoce como lo **sagrado**: que es el espacio que nos reúne con el Creador o con la creación desde la idea, y un brillo de inteligencia se escapa de los ojos del enano cuestionador:

—¿Y qué es aquello que está en el rango de lo divino creando el espacio de lo sagrado frente al espacio profano?, según tú. —Y mis ojos, se nublan en búsqueda de un pasado tan olvidado y tan obviado ahora, que, sin más premura quiero saber qué es lo sagrado y qué me puede ofrecer tal espacio, así veo que se tiende ante mí una gran mesa a la que acuden los espíritus en tropel, son todos esos seres que han vivido y colaborado con la materia del espíritu que llenan de pronto la sala junto a miles de especies vivas.

# Capítulo X
# Primer Gran Palacio
# La Gran Mesa de lo Sagrado
# Lapislázuli

Y en ese momento es que escucho la voz de Mircea Eliade, en su *Tratado de historia de las religiones*, p. 37[38], que se desprende desde su alma a través de los labios inmutables de Nous que me dice:

> *La dialéctica de la hierofanía supone una elección más o menos manifiesta, una singularización. Un objeto se hace sagrado en cuanto incorpora (es decir revela) otra cosa que no es él mismo... una hierofanía supone una selección, una nítida separación entre el objeto hierofánico con clara relación al resto que le rodea.*

Y desde su obra, Mircea Eliade, con voz fuerte susurra:

> *La hierofanía es cuando algo sagrado se nos muestra. Al manifestar lo sagrado, un objeto cualquiera se convierte en otra cosa sin dejar de ser él mismo, pues continúa participando del medio cósmico circundante. Una piedra sagrada sigue siendo una piedra; aparentemente (con más exactitud: desde un punto de vista profano) nada la distingue de las demás piedras. Para quienes aquella piedra se revela como sagrada, su realidad inmediata se transmuta, por el contrario, en realidad sobrenatural. En otros términos: para aquellos que tienen una experiencia religiosa, la naturaleza en su totalidad es susceptible de revelarse como sacralidad cósmica. El Cosmos en su totalidad puede convertirse en una hierofanía. El hombre de las sociedades arcaicas tiene tendencia a vivir lo más posible en lo sagrado o en la intimidad de los objetos consagrados. Esta tendencia es comprensible: para los "primitivos" como para el hombre de todas las sociedades premodernas, lo sagrado equivale a la potencia, y, en definitiva a la realidad por excelencia. Lo sagrado está saturado de ser. Potencia sagrada quiere decir a la vez realidad, perennidad y eficacia.*

—Mircea Eliade, *Lo sagrado y lo profano*, p. 9–10[39]

Y Joseph Campbell dice:

*No sería exagerado decir que el mito es la entrada secreta por la cual las inagotables energías del cosmos se vierten en las manifestaciones culturales humanas.*

—Joseph Campbell, *El héroe de las mil caras*, p. 11[40]

Y es en esa verdad que me sumerjo vivo, ansiando encontrar una viva respuesta que ante Gen le dé sentido a mi existencia. Han sido tan apabullantes las demandas de la vida a mis actos inconscientes o a mi mala conciencia, que parece que ejerzo sin respeto, que ante la posibilidad de encontrar una puerta que le dé salida a mi vergüenza, que me quite el sentimiento que me invade desde una culpa ancestral; es que me pongo en manos de esos entes que veo que tratan la vida con esa gran delicadeza divinal.

Y de pronto no entiendo qué pretende Nous trayendo a esta enorme mesa aquella alma de los sabios a declarar para hacerme saber en qué consiste eso sagrado y su valor del ser en un sentido universal de lo que importa realmente, si no es para informarme de eso a lo cual seguramente **Yo** he faltado y tal vez me convoca para hacerme saber de un espacio, que es dado por la búsqueda de una comodidad mal entendida, tras del confort como el espacio último de todo espíritu, que me resulta inexistente en la sociedad cibernético-digital postmoderna, en la cual considero que lo sagrado está directamente relacionado con mis intereses o con etapas premodernas del hombre en el que la sacralización tenía que ver con el miedo. Ya después de oír a estos sabios me encuentro conque tal vez la sacralidad tenga algo más que ofrecer que un cúmulo de ignorancias repetidas por las edades, pues definitivamente si vamos al espacio fundacional, ya no se diga de las religiones, sino de la fuente básica original de las nociones de la fe, esta está totalmente relacionada directamente con la naturaleza y sus equilibrios dados en los actos de los hombres, frente al mundo percibido por la fragilidad de la vida del hombre y los avatares ante la valoración de su responsabilidad en la creación de su submundo interelegido que debe ser integrado por las ideas. Y veo que todas las tribus arcaicas han ligado de manera inexorable a la divinidad, con el ciclo de la vida y con el entorno vivo que les rodea, como el hecho divino ineludible que ahora se olvida por la soberbia de tu pisada altanera que parece que por no reconocer lo sagrado, este no fuera real, así vas equivocándote de palmo a palmo, pues la verdad significadora no hace la vida, por ejemplo está aquello que no respetas de esto que se sostiene en un ciclo vital que es único y suficiente, del cual, si no se toman acciones más serias de la colaboración internacional, que no va a importar de donde se sea ni cuánto dinero o poder se tenga ante el equilibrio roto, que desertifica e inunda, quema, muda la piel entera de la Tierra y promete desembarazarse de nosotros como de una plaga, al estar enferma de ti, de las formas que generan tu inquietud y que no reparan sino en ser acciones.

**El olvido de aquello vital e importante es ahora tu huella.**

Desde las tribus más arcaicas hasta las religiones politeístas, todas y cada una veneraron por principio el equilibrio de la acción del hombre en su interrelación con la naturaleza, sacralizándola y venerándola. Las culturas apegadas al ciclo vivo contemplaban su fragilidad y aunque existe economía de las creencias en su evolución substanciada con relación a las formas de producción e interacción del hombre con la naturaleza, es hasta que te asumes como aquel vencedor de la naturaleza, cuando a todo el Mal lo legitimas como triunfo de la razón por sobre natura, a la cual entonces agredíamos todos, como si fuera consigna de la familia humana, cual si fuese un triunfo matar a la madre Tierra, en donde esta mezcla de egotismo, con los afanes suicidas detectados por Al Álvarez nos muestran claramente cómo esta falsía del sentido de tus búsquedas, en realidad solo conforman el espejo de esa falsa cara tuya que se envanece del ser la razón de la sinrazón.

De hecho percibo que todos los mitos y ritos generatrices primarios hablan de las relaciones de equilibrio que el hombre debe sostener con la naturaleza, entendiendo en ellos a esta Tierra como la madre nutricia y poseedora del espíritu conformador de la vida en su sustento material que posibilita al vivo; amén de la conciencia del hombre en interacciones entre el hábitat y él, a la que se llega por la vía de la cultura como transformadores que de modo inmediato y real dependen del ciclo vivo en su equilibrio sostenido; en donde, cuando el accidente es dado o el rompimiento se da y todo varía sin importarle si puedes salvarte o salvarle o no; y es ahí en donde el punto de ruptura se produce mostrando ante los hombres la verdad de la fragilidad de su seguridad y lo endeble de su entereza cuando la naturaleza en su accidente pesa, y hace pesar el espacio real de lo que realmente importa del ciclo vivo y no acercarse al punto de ruptura en que ya no hay para atrás; aquí es cuando ya las cosas no tendrán remedio y no sé por qué percibo que ese juicio es la última llamada para recapacitar sobre lo sagrado de la vida y lo sagrado en el hombre, que aun sin mostrar las gravedades que no se entienden en la variación aumentada del comportamiento del hombre ante la variación de los climas, ya que es inaudito en tu desaprensión que no veas la verdad presentando sus cambios más calurosos en sitios antes templados, con lluvias en enero, antes impensables. De la continua afectación climática desde la corriente de Humboldt al efecto Coriolis, del ciclo en el que la avaricia de unos y la execrable avaricia de otros, hizo de la vida un negocio de *gourmet* o masificó la ingesta de alimentos alterados, con el fin de que por un lado, lo orgánico cueste caro y que lo otro sea malo. Hemos logrado hacer del paraíso un verdadero infierno para miles de millones de seres humanos que no nos afecta en nada aún, porque la realización del proyecto humano está aún muy lejos de alcanzarse con tan magras nociones de lo que significa ser terráqueo, y qué lugar debe de ocupar dentro y fuera del mundo, que todavía maneja en modo tribal ampliado, pues la realidad de los países es una ampliación del territorio tribal, y lejos está de sus mentes la raza terráquea.

Y el *Rig veda* resuena:

> *¡Repta hacia la Tierra, tu madre!*
> *¡Ojalá que ella te salve de la nada!*

—*Rig veda X*, 18,10

Mircea Eliade en su: *Tratado de historia de las religiones*, p. 26[41] y Joseph Campbell en su psicoanálisis del mito, aseveran que el mito y el rito con las trazas de los héroes cumplen renovando el tiempo:

> *El efecto de la aventura del héroe cuando ha triunfado es desencadenar y liberar de nuevo el fluir de la vida en el cuerpo del mundo... La figura puede ser también la de una montaña cósmica, con la ciudad de los dioses, como un loto de luz, sobre su cumbre; y en su base, las ciudades de los demonios, iluminadas por piedras preciosas. O bien la figura puede ser la del hombre o la mujer cósmicas, (por ejemplo la del Buda mismo o la diosa danzarina hindú Kali) sentados o de pie en este punto, o clavados en el árbol (Atis, Jesús, Wotan), porque el héroe como encarnación de Dios es el ombligo del mundo, el centro umbilical a través del cual las energías de la eternidad irrumpen en el tiempo.*

—Joseph Campbell, *El héroe de las mil caras*, p. 44–45[42]

Y no encuentro la semblanza o semejanza de un héroe actual que no sea una parodia, que no sea Gandhi que venció a los artificios de la tecnología y de las armas con la no violencia, ese hombre bueno que al no enfrentar a las armas las venció, sin dejar que se dispararan en este mundo atrofiado en la cosificación del entorno, por la banalización del sentido de lo sacro, real y vivo que mata a la madre para unir su ombligo a la nada real, donde así lo objetivo vuelve subjetiva la grandeza en abandono.

### Porque Napoleón palidece frente a Gandhi.

Y algo divino rodea a Gen que continúa hablando de las cosas vivas que se entrecruzan en su química con las voces entusiastas de Nous y aquel su caudal de sabios que van ocupando la sala en el espíritu que se expresa con su boca siempre cerrada, cual si fuesen mensajeros que entraran directamente a las neuronas de los seres vivos para que nadie se llame a ignorancia en su ausencia ante el juicio, en el que, aunque ahora pareciera ser que me lo realizan a mí es para ti, el que ha sido olvidado y se ha olvidado a sí mismo, si es un juicio dado para la especie humana en su conjunto y el que en su inmediatez parece estar tan ausente, adentrada en su inmediata comodidad que parece no enterarse de aquello que le sobrevendrá, y aún para la Tierra misma de la que me veo guardián cuidando la caverna del

**340**

oeste; y veo cómo es que en una espiral se va llenando mi espacio del no estar
con la continuidad de la esencia de los espíritus que hacen valer lo mejor de la
humanidad, aunque en realidad les voy viendo sin darme cuenta de que voy per-
diendo el hilo de lo que me dicen y me apabulla, donde cada vez más sus consejas
y quejas me resuenan más lejanas, como si me concentrara en mamarle a la vida
su sabiduría en esta cueva, en la que no sé por qué artilugios me hace animar con
mil diferentes substancias nutricias, como queriendo ganar fuerzas absorbiendo
elementos nutricios que me permitan confrontar con suficiente claridad de ideas,
peso material real de todos estos elementos que veo se tienden como evidencias en
contra de mis egotistas sentidos, como el precio en esa mesa ante la que se reúnen
los espíritus más connotados del planeta en su expresión sobre lo sacro, y así es
que no para de dilucidar sus mil razones, aunque tantas voces se pierden en un la-
berinto de ideas como si cruzaran el umbral donde miles de conocimientos flotan
acercándose a mí, sin entender ni su utilidad ni su origen; sino para entenderme
a través de sus aportes y, con ello, entender la gravedad de sus búsquedas donde
se mezclan diferentes nociones que solo me enredan más en andanzas que llevo,
en este laberinto de sabores, que tienen colores de nociones vivas de las que me
nutro; y como si penetrara en una espiral, en la que el conocimiento flota, pasa por
mil datos que nada aportan a mi digestión y es eso lo único que en realidad me
importa, ya que floto por entre miles de datos que no vienen de Nous ni de Gen,
sino que se anticipan en mi alimento cual nutrimento dado en voces de mujer que
estudia sus lecciones de algunas clases de las que debe presentar un trabajo donde
en realidad vislumbro cómo es que la verdad de su esencia se presenta luminosa
y cara al ser salvación.

Para colocar la esencia de sus pilares
la comunicación intragenética triunfa.
En su proceder dilatado levanta la opción
del cambio en un "de pronto" en que todo se tambalea.

*Es el fin y paradero de las letras, y no hablo ahora de las divinas, que*
*tienen por blanco llevar y encaminar las almas al cielo; que un fin tan sin*
*fin como este ningún otro se le puede igualar: hablo de las letras humanas, que*
*es su fin poner en su punto la justicia distributiva y dar a cada uno lo que es*
*suyo, y entender y hacer que las buenas leyes se guarden.*

—Miguel de Cervantes, *El Quijote*, p. 242–243[43]

La **vida**... del *Iesus*
en las células estaminales pluripotentes,
guiñándome un ojo crucificado me mira
y se yergue aún contra tus designios, mi fe.

De pie señores...
pues *vitam* preside.
algo muy serio al nacer de la verdad,
mientras me sentaba a mirar: el fin del mundo...

El silencio profundo
bordeando la palabra,
emite sus cantos por sentido,
susurros de cantos en *telos*...

Y con la espiral misma
de Dante, te traes tu espiral del ADN
escondido tu ser en el Mal, así como tu ausencia del Bien;
¿Por qué no habría de prestar Dante: eso tan tuyo?

La modificación no lenta de la evolución
darwiniana,
sino, en cambios
dados, en condiciones específicas...

Cuando se sustenta, sólidamente,
por unos investigadores de EE. UU.,
en donde; la evolución se gesta en:
espacios de genes reguladores homeóticos Hobbs...

Existiendo asociaciones estaminales
donde una célula es ojo de mosca,
y, "x" número de células son
una mosca completa, y otras, un elefante...

La polifonía de las mezclas...
se asoma en voces de millones
gente, que cantan sus espacios
en su carácter del ser también: un respiro estaminal.

El alma: como teléfono celular...
donde el espíritu es en las ondas...
como la viva graficación esencial...
de la emanación universal divina:

**La naturaleza... de Dios...**
**El Señor en el nosotros**
**Vivo...**
En la recreación embrionaria del suceso del *Big Bang*...

Ante aquel susurro de mujer me da la sensación de que ahí se llegará a estas dos formas del ser en materia: alma y cuerpo; yo no recuerdo más mis ayeres y sin embargo genéticamente estoy conectado visualmente con aquel, mi padre. Así que, ahora sí, aunque ya no estoy con él, al ser en ella sin saberlo mi mamá a la que nunca olvido, porque en realidad hasta el momento no sé quién soy, y tampoco la recuerdo a ella en lucidez de la semblanza de un encuentro discreto y las informaciones que me llegan son tan disímbolas, al grado de que corro el riesgo de no atar cabos correctamente; al perderme en las olas del olvido del origen que se sumerge amniótico, que me dará la vida, salud y tibieza ante el caos.

Ideas que aparecen en mi mente, de las cuales yo, no obstante, me siento ajeno y que son cual si yo percibiera por vía de mi **madre**, la siempre viva y ausente desconocida, que se encuentra perdida en mis olvidos del no saber quién soy, en mi ser bioquímico perceptivo, que por extraño que parezca, es como si pudiese percibir dentro de mí a su mundo senso-receptivo, contándome dentro de sus ideas, compartiendo su experiencia real y determinando la polaridad antimaterial objetiva, cuando la realidad se torna a vibrar de manera diferente en la zona energética que rodea las imágenes que percibo, y que no acierto a comprender del espacio teorético; en donde se generan, sobre todo, cuando mi memoria está atrofiada sin duda alguna, de modo que las imágenes de este juicio bien pudieran ser solo proyecciones de mi mente o elementos infusos en mi cerebro, desde la fuerte presencia universal, que aunque es siempre ausente a mi mirada, reúne la presencia esencial de mi captor que me estimula para que yo piense en eso que él quiere que yo piense, como si se proyectara en mí su voluntad y desde mi mente se definiera clara su idea en la cual no puedo recuperar mi origen, al ser la duda que emana de las formas plenas de la ignorancia profunda de mí mismo y ¿con una memoria viva?

Veo el cuerpo político que enarbola el verde de la naturaleza y su defensa, y solo encuentro la fachada de un negocio atroz, porque tras del interés está el olvido como un oficio con el cual se ha convertido al planeta en solo una materia del mercader, que no toma ni asigna valores, sino coloca precios a lo existente.

Una verdad que la naturaleza reclama y llora, mientras allá una mala comedia en pantalla se olvida del que ofrece la vida y el hábitat, todo por unos billetes; y el peligro latente habla del Mal en sí mismo, que guarda el secuestrar el grito natural para charadas *yuppies,* en esta "chingadera" como un politiquillo nacional le llama al asunto de la vida en la Tierra, como si él, enarbolando la causa comercial del uso y el abuso, colocado como etiqueta para la venta o malversación de lo ambiental para su cuenta personal. Como si aquel dolor que causa lo deteriorado de la naturaleza en el país fuese poca cosa, hoy hay que lidiar con el deterioro de una falacia política que juega a enrocarse tras la cola de un dinosaurio extinto, que quiere venir convenciéndonos de que no vimos lo que vimos, escudándose en aquello de que una mano lava a la otra y donde el olvido es el parapeto de la estulticia, porque si cambiaron que lo muestren y demuestren. La naturaleza verde de esta verdad nacional, no tiene que ver con el verde de dineros mal habidos, como casi todos los billetes que olvidan su papel en el servir para servirse ellos, y solo ellos son el verdadero símbolo de aquel partido añejo, y aquellos se cuelgan columpiándose de la rama de la cual hoy, frágil cuelga el mundo, atado al cuello de una indiferencia muy tuya, donde la traición es presente ante toda la vida. El acto de vivir más allá del interés de los partidos si no, para qué es la vida. ¿Dónde está la voz articulada de la salud nacional ambiental, social, real y su incidencia en las almas sanas que se ven retratadas en la realidad significativa del todo que se genera entre lo que el hombre es por lo que se significa, y el espacio de responsabilidad que conlleva tomar la administración de la esfera y llevarla a buenas aguas con mejores velas. Porque esto del jugar a la vida es algo que a veces debe tener un poco más de todos nosotros, cuando menos un tanto más de mí, y de ti, siempre. El segundo a segundo de la vida solo te reclama el vivirla a plenitud de esto creído para vivir y la vida en pleno va a ser el privilegio.

La razón de la razón no es la razón del Estado, sino la razón de la verdad de la vida que solo puede ser la razón de la verdad viva. Y no sé por qué, de pronto, las imágenes me llegan y me parecen locales, cuando en realidad solo son ejemplos de males universales, si es el universo que se me aclara son supinas obras de hombres que claro no tienen de universales sino ser el caos en deterioro que conforman a creación de las zonas del caos en la destrucción del hábitat entero que se subasta para posesión de cosas y propiedades sin más propiedad que el contener a estos aires egotistas del mono, que se esparcen por la vías de la realización concreta de la conjunción humana en la salvaguarda del planeta.

*¡Oye la voz del Bardo!*
*Él ve pasado, presente y futuro;*
*cuyos oídos han oído*
*la Palabra Sagrada*
*que vagaba entre los árboles antiguos.*

*Llamando al alma extraviada,*
*y lloraba en el rocío vespertino;*
*puede gobernar*
*el estrellado polo,*
*y renovar la falleciente, falleciente luz.*

*¡Oh Tierra, Tierra, vuelve a girar!,*
*yérguete de la rociada hierba;*
*se apaga la noche,*
*y la mañana*
*se alza de la masa dormida.*

*No te alejes más.*
*¿Por qué habrás de alejarte?*
*El estrellado suelo,*
*la acuosa orilla,*
*tuyos serán hasta el romper del día.*

— William Blake, *Cantos de experiencia*, p. 155[(44)]

Hombre, grita el León, te has proclamado rey y como tal te vengo a increpar para que respondas de tus actos ante la creación, porque los de mi reino ven y aceptan su fatal extinción ante el demonio del gran genio egoísta que te posee. Saben mis súbditos que no es su culpa el deterioro acelerado de la naturaleza que solo tú propicias, y ni aún del cataclismo o de su falta de adaptación para vivir, que ahora depende de todos aquellos hombres que están en medio del egoísmo que implica el quedar frente al certero tiro de un cazador que va a surtir de pieles, a un modista o decorador, o que quedarán en medio de un derrame de petróleo o de un gran incendio o, en fin, encontrando la muerte bajo tu huella de concreto y tus pisadas de aserrador; andares del progreso que proclamas mientras asesinas focas, bebés para decorar tus sucias carnes asesinas tatuando el alma; sentimiento ritual, ausente, vacío de contenido que sacralice tu relación con el mundo vivo y con el que convive con la responsabilidad que engloba tu verdad, como ejercicio de vida y su administración frente al recurso planetario vivo y completo, y que no tiene nada que ver con ninguna relación ética desde la verdadera valoración de un eje inamovible que parta de la razón que asigne un origen común o sacro al valor de la verdad, a la que delegas asignándoselas a las leyes del mercado, que son las que te rigen, y a las que nada incumbe ni implican un respeto al ser del justo medio, que contiene el espacio real con el cual se nos logre salvar, pues en este mi testamento, los números que te comandan y superan, no son nada, si no se refieren a algo; y ese algo lo has desvalorizado de manera sustantiva, **Yo**, el León, te abomino al saber que abominas a la madre Tierra, a todo tu origen y a ti.

Tu propia negación en la destrucción masiva de todo, solo se explica como producto del alto grado de patología que te lleva a preparar un suicidio colectivo de enormes proporciones, que incluyen la destrucción planetaria, y que prepara el camino, desde la perspectiva de dejar que las cosas que van a llegar, lleguen; aun cuando a sabiendas esas cosas que llegan no tendrían por qué llegar o no tendría por qué ser así, si despertara el hombre del hechizo que le tiene dormido, en la mandrágora ensoñadora del espejo de Narciso y, en el que, aún cuando se grita con la conciencia del que despide el numerito, mejor se toma su tiempo para contarte cuán rápido vas hacia la ruta del silencio, en gran espacio del: ¿Qué harás con el planeta vivo? ¿Será solo parte de tu destrucción?

Aquel león, siempre digno, sabe que la voz que lo defiende desde su corazón, su verdad resuena en el universo entero, límpida cual testigo del amor que se despliega ante la vana muerte que les tiene preparada un mal administrador del reino que invade todos los hábitats y elimina la diversidad y con ella el paraíso. Un planeta de hombres, sin más nada. **Eso es el infierno en vida**, el hombre sin la vida. Excepto gallinas, vacas, cerdos... la sociedad del corral se desbordó y volvió un corral al planeta. Qué hueva... Bachoco...

Esas imágenes reflejadas ante las candelas proyectadas en esta enorme caverna de humedades prolíficas, llenas de miasmas, ante las letanías que Gen promueve, que sin saber a ciencia cierta el cómo es que yo soy culpable de tantos devaneos con este deterioro humano en su conjunto y del planeta por miles de usos abusivos, viciosos, en el que veo al agonizante planeta en dolida queja. Planeta, Padre y Madre, al verlo vilipendiado, sucio, abusado y maltratado, es fácil entender, cualquier enojo por parte de la creación entera, aunque no sepa cómo responderle, creo entender al chaparrito Gen, aunque me parece imposible resolver tantos enigmas que se me presentan por estos personajes y no acierto a comprender su relación conmigo en este tiempo en que me alcanza la balanza con su acerado filo; busco entender mi desorden, cuando pasa ante mí aquel libro, fiel testigo del imperio maldito de lo "Negro de las marcas", el cual impone serias reflexiones, respecto a dónde andamos como raza humana en el siglo XXI, en el cual veo, este atraso real en la asignación viva de antivalores, que todos esos dueños del poder imponen como aquellas condiciones de la producción competitiva, descansando en el abuso de todos los recursos naturales y en la utilización de mano de obra infantil, esclava; donde la corrupción campea esclavizando a infantes, para abaratar costos de producción; realidades que todos asumimos como la modernidad, volviéndolas nuestra verdad, cada vez que usamos un tenis o que tomamos una medicina, cuando se han pagado precios de sangre, ya que en realidad, tras su producción esconden adentro de su realidad, todo aquel mal impuesto, sin una noción mínima respetable del valor que tiene la vida, en aquel mercado que ahora es el juez, y que cosificó las voluntades poniendo precio a la soga con que salta el traidor, dejando a la gente sola ante sí misma y frente a un sistema, que va eliminando a todo el espacio vivo, y soy tasado ante el tiempo y paso con mis bienes a la báscula, y además, de una pluma de dos filos, desnudo me presento ante el divino juez que me va pesando y que me encuentra en forma para continuar con aquel espacio del divino juicio, que no para en reparar en inquietudes personales, sino que me inunda en esta duda del porqué a mí me suceden tales cosas, trayéndome a mi encierro de carne todas éstas batallas estelares insolutas, en que las almas del universo se ponen de contrapeso a las obras humanas y el universo reclama de tus abusos, y no veo cómo poder ampliar un rango de inocencia en mí cuando parece que se navega con malicias milenarias. Y esa reconvención a mi alma desde mi sapiencial olvido me reconfirma la noción de enfrentar algo superior.

El clima tibio que me rodea en mi carnosa caverna llena de sabores, ahora incrustada de densas y frías humedades, me alberga con sensaciones múltiples que hacen que perciba toda la condensación ambiental que se forma desde el pegajoso ambiente circundante que, junto a una maraña de ideas, me arrastran a espacios de percepciones, que en buena medida definen el ser de sombras tintineantes de siete ceras, bajo la mirada inquisitiva de todas las especies vivas, que siguen tomando su sitio, en foro abierto; y veo con ojos de pesadumbre la pobre sinrazón, sin respuestas para atender cuestiones tan disímbolas como las que aquí se me plantean, que me colocan en el centro del debate universal y son la supervivencia de las especies todas, que al final del camino sacro, me prometen el espacio de mi residencia en la Tierra.

Veo a Nous, que con un silencio serio que en telepática aventura llama a mi mente haciéndome hincapié en lo sacro, mencionándome que para poder hacer frente a tan largos y profundos embates, conviene que recuerde en mí a todos esos mejores espacios del espíritu en sus significados, como son, todos los espacios en que se gestan la religión, el sueño, el mito, el héroe, para poder dominar a su contraparte: el vicio, la pornografía vaciadora y decadente, desacralizadora del tabú; base genitalizadora hedonista del entorno de putas casi vírgenes como se anuncian en el diario, en que va presentándose como natural la vía antinatural ensalzadora de todos los antivalores sociales de la convivencia en pro del consumo como factor principal de la existencia en una regresión al exceso de lo básico; junto con la percepción alterada de los jóvenes con mentes que van distorsionando la realidad, asimilada bajo el influjo de drogas de diseño, sensualizadoras de la percepción, aletargantes del espíritu, eliminadoras de la crítica autoconstructiva al estar en espacios irreales, solo existentes en su mentes enfermas del dopaje de diseño o químico, sin mencionar la gradual pérdida de noción de conciencia de lo real que implica el perder neuronas útiles y así crear áreas de desconexiones sinápticas por el uso recurrente y de moda auspiciada por químicas de diseño, que van fundiendo a la conciencia, que enaltecen la perspectiva idiota del ser que no tiene otra voluntad, que la que la televisión le dicta en sus vacíos, creando así la herencia perfecta de lo superficial, falso y vano, que se ata a lo vacío, cuando el vicio y la ignorancia se entretejen, aunado a la falta de un *telos* común por parte del conjunto humano, que dé sentido real, social y moderno. Esta ausencia se muestra unida por su psicología al quehacer al sin valor que ellos asignan a la naturaleza como modelo plástico; y sobre todo, determinando la base de significados modernos, que rigen el **sino** en sinsentidos que ponen todo en barata de extinción, desde una psique colectiva que sin principios, se ve desenfadada de la responsabilidad que tiene viva ante la realidad terrena que dejan a la juventud fuera de combate en el espacio de la vida plena que se conforma esquiva ante búsquedas de mi identidad que se me esconde ante la vista de adolescentes, seriales que tienen sus cerebros en las tinieblas del activo, de los solventes que les secan el cerebro y eliminan su ser.

Y detrás de aquellas drogas de diseño, la idea de la soberanía y la magia que cruza rauda; cual si detrás de toda esa idiotización ardiera la doble llama del poder. La estúpida verdad del control. En fin que los que las consumen, hasta creen que burlan el sistema que se las administra, mientras que los que mandan dominan

aún en sus delirios. Aparecen ante mis ojos y frente a este caos, aquellos princi-
pios esenciales de nuestra significación, para que se recuerden estos orígenes, que
determinan cómo es que el hombre se ha dado un sentido trascendente, apoyado
con esos valores más importantes de su significación a través del tiempo histórico-
psico-aprensivo, y de los que aún veo se quedan residuos vivos; donde espero que
te encuentres —me dice Nous— con aquel sentido del valor real, de esto que dices
ser. Más aún, pienso que parece que quiero ser, todo un significado socio-históri-
co-concreto que solucione tantas interrogantes, y que ofrezca posibilidades reales
de supervivencia, mientras que se signifique la verdad por la verdad, y no solo,
porque sea oportuno. Casi al salir veo que aquellos que inhalan un polvo blanco
que en principio los entretiene y divierte, pero que acaba por hacer que ellos se
persigan a sí mismos, hasta volverse locos de atar como ese niche qué se columpia
con la soga al cuello y recuerda el *crac* de rama ancestral. Del que rehúsa a su
psique completa y solo se recarga en un trozo de sí.

Es curioso ver cómo la solidez de la argumentación del recurso mítico-re-
ligioso pasado, se fortalece y remarca, ante las desavenencias mal silueteadas de
la psicoconformación moderna, desprendida de la utilización sacra del recurso
psicotrópico natural que hoy no ilumina oscuros senderos de la mente, dándonos
los atados naturales de las balsas, por ejemplo, con el amanita, sino que ahora va a
enajenar a la conciencia, la que ya no elabora estructuras del inconsciente colecti-
vo que nos sanen, sino que se basa en la disolución gradual de las personalidades,
en un tumulto de senso-percepciones que crean imágenes que parecen corromper-
se, en los mil sinsentidos de ser solo hechos de apariencias en tramoyas baratas
de la sociedad del desperdicio, que se enaltece de que terminan persiguiéndoles
desde sus propias conciencias; que son en realidad configuradas en subrealidades
sobre las que subyacen valores sociales aceptados como verdades modernas y que
no son sino mentiras, utilidades que dejan "pasta" y que actualmente son falso
andamiaje, que ya hoy no nos sostienen y en términos reales nos hacen viajar al
precipicio; como un fin sin destino, que no persigue otra cosa que la ganancia
inmediata para unos pocos envenenadores y la caída frontal de las ideas para los
grandes consumidores de aquella sal que barrunta mesas sin hogar; búsqueda de
una carrera loca ambiciosa y ciega, que no tiene otro fin, que hacerse de cosas o
de dinero inmediato, vaciando el espíritu y la vida, por la existencia de cualquier
otro sentido, que no sea el de poseer cosas, que permitan fugarse del ser, al no ser.
Tener, parece ser esa receta que es una droga tan adictiva como aquel polvo, por la
cual se olvidan las carencias del hacer, que se quieren remediar, dejando entume-
cido el espíritu que nos reclama dar un justo valor a la necesidad de ser recreación
que nos brinda el hacernos.

Me veo frente al ser que requiere del hacer eso que es requerido, y veo la
distancia del espíritu libre real que antes de morirse no requiere de palacetes o
poseer cosas, autos, placeres, sino de tiempo para amar, de tiempo que signifique,

algo más que poseer lo que finalmente no podrá trasladar de aquí, frente a esa imagen de la segunda oportunidad está el vacío, cual moneda corriente por la que se evade la noción del sinsentido en que divagan las vagas imágenes de los que no comprenden su hacer y desearían solo tener cosas, y acumular bienes que no curarían ninguno de sus males.

—Nous me mira, y con ese impetuoso silencio que transpira su comunicación telepática, me hace ver que detrás de la atmósfera desprendida de aquella realidad subyacente en la vacuidad de los valores y sinsentidos, este espacio que se ha ido rodeando de una serie de espíritus viejos, los que traen bajo de sus inexistentes brazos sus obras. Y me dice:

—Estás a punto de entrar al mundo de la aseveración espiritual de las almas no muertas, de cuerpos ausentes, que con ausentes carnes raídas y secas ya no pueden sino atestiguar espolvoreando el guiso en este sitial en el que se defiende el mundo y lo divino de la humana creación al que acuden los espíritus que descansan o que sufren de acuerdo a la cualificación de sus vidas. Mas la parte verdaderamente importante de esta reunión a la que asistirás, consiste en tratar de rescatar aquellos valores vitales, trascendentes que la humanidad ha sostenido, y que desde sus comienzos, buscan trascendencia del espíritu humano, el camino que se ha considerado como el propio, para arribar a la olvidada casa de la vieja sacralidad que te dé un vivo sentido que se exprese en lo justo, que se construye con la verdad.

Es pertinente acercarnos a un asunto tan profundo y delicado, haciendo un acercamiento —dice Nous—, desde una silente transferencia de conocimientos con que Nous nos acerque, de manera clara y nos dé acceso a aquello que se entiende sobre el reino de Dios, y el espacio de lo divino, junto con el material sacro propiamente dicho de los que hablaremos un poco, para que puedas tener un espacio delimitado y común de entendimiento, sobre estos asuntos que en esta mesa se tratarán en la reunión de los espíritus significadores de lo humano y del material consignado como lo ultramundano, en informaciones que parece que recibo a nivel telepático y, desde una panorámica muy general, que aunque para los especialistas pueda resultar huera e insuficiente para los propósitos de estas tintas, serán de gran utilidad para fijar un marco referencial que permita conocer qué se ha dicho al respecto, aunque sea de una manera general; entendiendo qué sucedió en el mundo del pensamiento con respecto al *El sentido de Dios* y a lo que se entiende, debo decir que, aunque aquí se desarrolla una teoría propia de la conformación de lo sagrado, esta se basa en cosas que ya los hombres han descubierto y dicho. Las primeras referencias de los autores que en este contexto trataremos, se extraerán de la obra de John Bowker, pues en ella son expuestos claramente por él, aunque sazonaremos su guía, con las referencias de los autores, por él no citados, que creemos son vitales para obtener una visión mucho más amplia y completa del desarrollo de las ideas respecto a Dios; de modo que muy sucintamente obtengamos esta postal que se enmarca en el siglo XIX en su génesis y se desarrolla en el XX, y que va desde la primera forma de ser de la antropología con Morgan, quien trató de mostrar cómo el hombre no era un ser acabado desde su origen, sino en un proceso de gestación; esto que se apoyó con la ruptura entre la filosofía clásica alemana de Hegel y el materialismo histórico o materialismo dialéctico de Marx y Engels, que, con su uso, fundamentan el desarrollo del materialismo, que iría a confrontarse con el mundo de la idea, hijo de la ancestral escuela teorética platónica, errada; empero, el mundo del materialismo dialéctico partía de darle al mundo del espíritu un sitio decididamente terminal como institución del momento:

> *En Alemania, la crítica de la religión ha llegado, en lo esencial, a su fin, y la crítica de la religión es la premisa de toda crítica.*
> *La existencia profana del error ha quedado comprometida... El hombre, que solo ha encontrado en la realidad fantástica del cielo, donde buscaba un super- hombre, el reflejo de sí mismo, no se sentirá ya inclinado a encontrar solamente la apariencia de sí mismo, el no-hombre, donde lo que busca y debe necesariamente buscar es su verdadera realidad.*
> *El fundamento de la crítica irreligiosa es: el hombre hace la religión; la religión no hace al hombre. Y la religión es, bien entendida, la autoconciencia y el autosentimiento del hombre que aún no se ha adquirido a sí mismo o ya ha vuelto a perderse. Pero el hombre no es un ser abstracto, agazapado fuera del mundo. El hombre es el mundo de los hombres, el Estado, la sociedad. Este Estado, esta sociedad, producen la religión, una conciencia del mundo invertida, porque ellos son un mundo invertido. La religión es la teoría general de este mundo, su compendio enciclopédico, su lógica bajo forma popular, su pundonor espiritualista, su entusiasmo, su sanción moral, su solemne complemento, su razón general de consolación y justificación... La miseria religiosa es, de una parte, la expresión de la miseria real y, de otra parte, la protesta contra la mise- ria real. La religión es el suspiro de la criatura agobiada, el estado de ánimo de un mundo sin corazón, porque es el espíritu de los estados de cosas carentes de espíritu. La religión es el opio del pueblo.*

—Marx y Engels, *La sagrada familia*, p. 3[45]

Estas palabras que sacudirían las conciencias de la Europa del siglo XIX, tendrían intrínsecamente suspendida la idea de un traslado del superhombre al líder obrero mesiánico, profético y santo; así como la creencia fundamental de que la mentira del espíritu, debía ser combatida por una realidad mitificada del líder obrero o sindical. El siglo XX mostraría el rostro real de la doctrina marxista, como una doctrina despótica oriental, que no es el caso en este momento analizar, si sus profetas podían imaginar o no, empero, se sucedió como otra religión, con un cuerpo doctrinario que haría buenos a todos los pobres por el decreto de un "Manifiesto" en que aquel superhombre es el obrero y en el que se ensalza la masa sobre la persona a la que se consideraría como un ser repugnante egoísta y vano, con ello se trataría de crear la idea de la muerte del espacio clásico de toda noción de un ser individual como una reducción absurda del ser egotista, la miseria no vista como el remanente que había que subvertir al bajar el hombre y lo humano de las ramas, sino como un vicio voluntario del sistema, que a decir verdad apenas le alcanzaba para ser y no le daba para autocomprenderse y ya no como la verdadera búsqueda real de los espacios a construir producto del espíritu en la conciencia, de modo, que es pertinente el aclarar, y dejar diáfanamente expreso, que ninguna falacia puede sustituir la sustancia misma del espíritu de lo humano, al que veremos en su conformación histórica y evolución en el proceso bioformativo, y donde la historia mostraría aquel contenido teórico real de la ideología marxista respecto a lo sagrado, donde en resumidas cuentas, se sacraliza lo profano material racionalizado bajo la sociología del bueno y el malo, se desacraliza el hombre y su espíritu condenando eso individual como un asunto menor que debe ser erradicado y así la anulación de lo humano.

*El manifiesto comunista* diría además, que la burguesía era una clase revolucionaria por definición:

> *La burguesía, como vemos, es también producto de un largo desenvolvimiento, de una serie de revoluciones en los medios de producción y de comunicación. Cada etapa de la evolución recorrida por la burguesía ha estado acompañada de un progreso político correspondiente. La burguesía ha ejercido en la historia una acción esencialmente revolucionaria... Allí donde ha conquistado el poder ha pisoteado las relaciones feudales, patriarcales e idílicas.*

—K. Marx y F. Engels, *El manifiesto comunista*, p. 14[46].

Y pronostica la muerte de la religión, aun dentro de la burguesía por la base del mercado: el precio al altar. En esto no estaban equivocados, cuando menos en el mundo occidental, por poner al superprecio, como destino de la desmoralización del número, y sus funestos costos para la esencia de lo sagrado, y su valor en el tiempo, en el momento en que vemos cuál es el costo de la extramaterialización del sentido o sinsentido social. Partamos de ver, que, aquel marxismo no explica el origen de la sacralidad y menos de Dios, ni tampoco al definir su base como mundo invertido da respuesta al porqué de las religiones, aparte de su pobre idea, de verlas solo como un gancho para perpetuar la explotación capitalista, la cual, evidentemente en su inicio, no presidía ni irrumpía como válida para determinar su origen, ni acompañaron a la idea de lo sagrado desde el comienzo de los tiempos, y no solo, desde la caída feudal.

La Iglesia sería situada como el aparato creador de la hegemonía que se encontraría apoyada en el siglo XX en su desarrollo más elaborado, con la base explicativa de los aparatos hegemónicos del Estado, de Antonio Gramsci, en sus *Cuadernos de la cárcel*, entendiendo a la "hegemonía" como la realidad creada de manera ideológica para sostener a una clase como dominante explotadora y otra explotada, y que en términos de sus instrumentos se construía en la institución creadora de ideologías por antonomasia en Louis Althusser y su *Desarrollo de los aparatos ideológicos del Estado*. Empero, la reacción de la cultura burguesa daría múltiples respuestas, que irían desde el reproche a esta concepción con Durkheim que afirmaba:

> *No solo la hipótesis marxista está sin demostrar, sino que incluso es contraria a los hechos que parecen estar bien establecidos. Sociólogos e historiadores cada día tienden más a estar de acuerdo en esta afirmación de que todas las manifestaciones de la actividad colectiva —ley, moral, arte, ciencia, formas políticas, etc.— aparecen a través de transformaciones sucesivas. En el principio todo es religioso.*

—Émile Durkheim, citado por John Bowker, *El sentido de Dios*, p. 47[47]

El caso es que el marxismo, recién concebido, albergaría tras de su "verdad material", y la "estructura económica en última instancia" a una realidad hecha a su imagen y semejanza ideológica, en el sentido de que todo confluyera a su universalización sociológica deductivo-teórica, la historia se interpretó según sus cánones y se adaptó a su visión particular; y veremos que no solo no era cierta en muchos sentidos históricos, sino que no deja de ser así una interpretación del mundo y no su explicación histórico-concreta, que por entonces querían monopolizar como los únicos creadores de una verdadera historia, cuando, en realidad, solo podían acercarse a crear una interpretación de su historia. Esto lo veremos con cierta profundidad en Karel Kosík y su *Dialéctica de lo concreto*, no solo en esta mesa, sino por sobre todo, en el momento en el que el Aguaviva, lave las huellas de la historia, no para desaparecerlas, sino para que resalten sus siluetas y la profundidad de sus pisadas, y es aquí donde solo mencionamos que esa idea sirvió para desacralizar a la religión como el opio del pueblo, con el sucedáneo fácil del marxismo que construyó las cadenas contra la idea de la libertad básica. Puesto que se olvidó de que no se podrían saltar etapas del desarrollo social histórico-concreto, y que el precio de imponer su idea, era un credo que debería sostenerse por la fuerza del Estado central, convirtiéndose así, en un dogma político más, y como después se verá en un utopismo idílico, lo idealista con el retorno del espacio despótico oriental como lo único material, real y concreto para ofrecer en sustitución del espíritu en desarrollo del alma sin espacio de libertad que solo puede ser la consecuencia acabada de bajar al mono de ese árbol y enseñarlo a pensar. El marxismo tuvo que ser levantado sobre la construcción ideológica centralizada que solo podría sostenerse a hierro y sangre, porque es la única manera de hacer que todos piensen igual.

La obra *La sagrada familia,* de Engels colocaba a la religión, respecto a la cultura como el fantasma que recorrería a Europa, en el sitio del mecanismo de dominación por excelencia, quitándole a la humanidad y sus valores todo sentido y ropaje de sacralidad, no solo a la institución religiosa y eclesiástica, sino al hombre y su sentido espiritual en la formación del ser ontológico y gnoseológico, y con ello el sentido del *telos* del hombre, de modo, que, para aquella escuela el asunto estaba liquidado, lo divino y lo sacro no eran sino cuentos y consejas de una clase social explotadora para oprimir a los más. La sacralidad y Dios, no eran sino agentes de las clases explotadoras, vestimentas para dulcificar la viva desgracia humana; por lo que eran justificantes de su explotación real. Empero, para las disciplinas de la historia y del funcionalismo, estudiosas del empirismo, el asunto no estaba zanjado, sino que, ni siquiera estaba entendido, de modo que, se abrió un enorme campo de estudio, en el que se trataría de ubicar en el tiempo y sobre todo, para la cultura y la conciencia, qué era aquello de lo sagrado, que se abarca en el desarrollo, tanto cognitivo, como simbólico. Cabe mencionar, que, para los marxistas, todo aquello, no eran sino seudociencias al servicio de la burguesía; donde el espíritu era una droga para la dominación de clases, que pretendía no encontrar ninguna verdad, sino justificar su existencia de clase y eran esbirros de esa cultura occidental. El superhombre del overol y acero, ya estaba en marcha y su credo comunista tendría a medio mundo para ponerse a prueba durante casi todo un siglo, en el que mostrará su verdadero valor que consistió en reforzar el Estado totalitario como el único medio para hacer que todos pensaran igual, o mejor aún, que solo pensaran lo que el Estado impone, y en el que se vio claramente, que la negación del Estado solo conllevaría al despotismo oriental, desacralizando su espacio al volverlo meramente material, en el que el músculo del poder estatal totalitario nos mostró cómo aquel progreso, no era sino una regresión que eliminaba al hombre individual, a su conciencia y su libertad, por la imposición vertical del poder de un modelo del mundo que ellos pasteurizaban y aprobaban para emulsionar la mente de todos con los vapores de sus ideologías; ya que algunos iluminados pensaban por todos y los demás amaban beber de aquella leche genial, en la que los espíritus abrevaban no para conocer la verdad, sino para adaptarse a esa ideología emanada de aquellos iniciados, una especie de Gurdjieff, del overol, que efectivamente se imponía sobre todos.

Dejaremos al materialismo dialéctico y su falacia del ser histórico pasteurizado contra los embates de los poseedores y que basado en el trabajo, como aquel principio ontológico de la sociedad y del hombre, o al materialismo histórico, que niega la existencia de cualquier noción del espíritu y de lo sagrado, entendido este, como un espacio ideológico; porque, dado que para ellos no les representa nada, en realidad, nada aportan al conocimiento del espíritu, del alma, lo divino y lo sagrado en el tiempo, porque el mundo que se significa en sus inicios, tenía como única base material de su humanidad a la idea significadora de su entorno, que es la única base valiosa para el ser que se significa y aunque se dan elementos para entender la mecánica social, estos no son una historia real, sino una base bien ordenada en sus ideas para entender aquel desarrollo final histórico, como un esquema teórico interesante, pero en términos reales, ahistórico; en el que la verdad no sale de la pobreza, sino que la pobreza tiene un sentido de verdad que no es producto sino del hombre en el tiempo y la oportunidad, algo que aún los poseedores no comprenden en su papel vivo de crear el espacio de la producción de lo humano real que concierne a la planetarización de la especie humana.

Ya veremos con calma sus verdades extraídas desde su entraña y su praxis, mas es importante no darle la vuelta al "fantasmita" que espantó a la conciencia occidental, porque, al negar esas teorías, sin fundamentos, solo se les ha fortalecido; aquí no le damos la vuelta al materialismo histórico ni al materialismo dialéctico, desde la base de un desconocimiento, sino que partimos de que en materia del espíritu su poca o nula aportación, se desprende de su realidad ideológica intrínseca del negar al espacio mental como la base del hombre y no uno de sus derivados como es el trabajo; ya que el trabajo, es un producto pensado del hombre que se significa, y se construye en sus significaciones, algo que en su momento veremos con profundidad, pero determina el que su base ontológica se desvanezca en lo que Lukács llamaría esa "linda palabrita", y que dada la mecánica operativa de su lógica, no aportará nada a la sustancia sacra del hombre, y con ello, la dejamos aquí de lado y no la evadimos por desconocimiento, sino por el contrario, decimos que para la materia de esta mesa, históricamente, no solo fue insuficiente, sino en realidad resulta irrelevante.

Y recordemos que en verdad para la búsqueda de nuestra mesa y los cuestionamientos de Gen sobre el valor que adquiere lo vivo y el planeta solo se pueden abordar desde la sacralidad de lo espiritual, de lo sagrado en el desarrollo histórico real del socialismo en el siglo XX, queda indeleble en la historia la huella viva de aquella "desmoralización", la cual, de manera pragmática e histórico-social podría resumirse en un solo nombre "Chernobyl" y su manejo despótico, en el que se retrata el precio desacralizador de una agobiante burocracia que se arroga el derecho a dictar el contenido de la conciencia, aplicándosela a propios y extraños al vaciar el contenido de libertad de las conciencias que se han conculcado y que en realidad van a constituir la entraña misma del espíritu vivo, la forma del alma, el único espacio sagrado de la conciencia del ser humano, que con una frase rimbombante vuelve el opio del pueblo lo que en realidad constituye aquella esencia de su búsqueda interior, donde, como mencionaría Sabato, en *Edipo*, no cabe la visión economicista de los griegos, pero su realidad, no se escapa de la historia psíquica de la evolución de las personalidades y del valor del símbolo que significa y donde la economía que subyace es la del símbolo que representa lo significado de lo sacro real.

Es muy importante hacer notar, que preexiste una noción de la mano izquierda y de las determinaciones regresivas del Estado despótico oriental en aquellos socialismos que pretenden eliminar a la persona y la libertad, ya que lo primero que conquistan es a la gente por sus penurias; para después, quitarles su ser gente y volverlos parte de la maquinaria del Estado, en el que la única idea válida es la de aquellos que se llaman a sí mismos como los buenos, los héroes y los protectores de lo social y, que en realidad, por método y por necesidad, eliminan a toda opción pensante que discrepe y no coincida con ellos y sus ideas; resultando ser en la historia sacralizadores de sus personas e ideas, y al final del camino pretendidos desacralizadores de lo humano, a lo cual combaten ya una vez aposentados en el poder, porque equivale a validar a las ideas de los demás y un principio de competencia que el despotismo no permite porque solo hay uno, y censura lo que no emane del centro que dicta las conductas y las ideas que les deben regir. Y aquel tufillo del pantanal venezolano, dejaba al cocodrilo descubierto en su verdad de la mano izquierda, sus verdaderas condiciones para con el espacio del espíritu y la libertad; donde nos muestra aquel que siendo llevado por la democracia al poder, ahora en él se ha aposentado, para quedarse unos treinta años según sugiere, porque eso es "muy democrático", y una vez en el poder reinará ese saurio real que lo contiene como contenido ético del Estado totalitario. Las fuerza democráticas, solo cuentan con la conciencia para saber entender que bajo los "Mesías" socialistas la huella histórica desnuda su áspera piel de saurio, uno de los peligros reales de las nacientes democracias es la tentación a eternizarse en el poder.

El simbolismo real que se forjó para tal sabiduría liberadora del hombre (líder del partido y la nomenclatura) es la sacralidad que pueda descubrirse enla KGB o la *stasis* que veremos que es la sustancia inhumana real de las sociedades aplanadas como bistecs, por la mano despótico oriental que se arroga el haberlas liberado del yugo del capitalismo, y que de paso las pela de ser gente, personas y almas, que, en la historia nos mostraron que sus jerarcas consumían aquella basura que Occidente producía, para el confort, y les daba palos, trabajo y disciplinas a los que había liberado de sus almas a las que les prohibió ser, porque era un vicio burgués el pretender cumplir con ser lo que se vino a ser por hacer lo que se vino a hacer, para solo hacerse parte de la maquinaria que ellos sabiamente habían construido como remedo de la libertad que se conculcó como producto burgués, incluido, el arte, la ciencias y vocaciones para el autodesarrollo, implantándoles sus opiáceos sucedáneos de la libertad de pensar, por el pensar lo que la "revolución requiere".

Porque eso era lo más penado, pensar o disentir; y con ello existir fuera de sus ideologías que marcan el sentido patrio de sus comunidades arrogándose el derecho de ser los únicos con derecho a una felicidad hecha a la medida de los deseos del líder, del partido y sus héroes y semidioses. Ya la historia mostrará cómo Lenin y su mausoleo fue su Kaaba y meta; cómo el arte que no fuese un panfleto al partido o al líder, era basura capitalista, y el espíritu, una droga, que quería darles una libertad burguesa a los desadaptados a la idea genial del líder, que se hacía retratar como héroe en las batallas en las que nunca estuvo, y como un dios en los cielos que ellos habían construido. Lenin, el del mausoleo o Kaaba roja, fue víctima de aquello que desató, mientras que solo le serviría a Stalin como muñeco de cera, como momia egipcia del paraíso que los hombres construían como la verdad de su mentira, y en la que el simbolismo de la nueva era pudiera confluir, mientras que la desmoralización del espíritu de los hombres se conculcaba, al igual que en el nazismo por aquella mano izquierda que desacraliza el contenido real del espíritu y, que, al eliminar su existencia como un opio y tratar de adquirir para su espacio la patente de la racionalidad liberadora del hombre, se pone bajo un blindaje de las conciencias progresistas. Fue un modelo propuesto como ideal para el mundo que se desarrollaba en contra del individualismo manejado como un vicio burgués y, con ello, fue adquiriendo la voluntad de los hombres de buena voluntad progresista, de los intelectuales y hombres de ciencia; mientras que, en realidad dentro de su verdad, abolidora del espíritu, imponía su visión manipuladora y manipulada del mundo, al grado, que la base de su explicación teorética, se sustentó, no en una historia, sino en una reducción mecánica de la historia, que ya veremos en su momento y de la cual haremos un análisis consistente que muestre por sí mismo sus serias limitaciones y sus graves desviaciones y, sobre todo, el costo real que conlleva el dejarse arrullar por esas nociones de progreso con la abolición del Estado, que en realidad se basa, en lo que mostrara en su orientalismo toda una regresión histórico-concreta, que enganchan al mundo por la promesa demagógica del progreso ahistórico, que en realidad conduce a la dictadura no del proletariado, porque la historia se encargó de mostrar que tal no existió, sino en la dictadura del partido y del buró político, porque la sacralización que siguió a la erección de la Unión Soviética se dio sobre sus líderes en su partido, centralizador estatal.

El creador del capitalismo de Estado, como mostraremos por sus propios dichos que fue la idea original de Lenin, fue el primer sacrificado para servir de símbolo aglutinador de aquella nueva era, que solo muerto se convirtió en un símbolo con las características propias del modelo significador del mundo, con características interpretativas de un modelo arcaico que, como también mostraremos, es una forma que solo puede ser objetivada por la sacralización del Estado y de sus fuerzas, desde la conducción sacralizante del líder. Para ver su dinámica, solo hay que ver los residuos de la mano izquierda del militarismo exportador del llano en búsqueda "saúrica", del Kaláshnikov que anda en manos de un terror vivo.

Ahora bien, regresemos a ubicar humildemente lo nuestro, para lo cual recurrimos a John Bowker que realiza un inteligente documento sobre los esfuerzos por situar una definición de la ciencia de la religión o su definición, que ya en el siglo XIX se afianzaron en el ámbito de las diferentes disciplinas sociales, cuando en el siglo anterior, en 1799, Friedrich Schleiermacher en sus cursos de religión expresaba algo así como  eso que sobrepasa la aceptación intuitiva, adentrándose en la naturaleza y sustancia del Todo, ya no es religión, y pretende ser aceptado como religión inevitablemente cae en mitología.

Y en 1810 Müller afirma que el lenguaje es:

> *...la primerísima obra de arte elaborada por el espíritu humano.*

—Múller, citado por John Bowker, *ibíd.*, p. 32[48]

Bowker nos cuenta, que desde el siglo XIX existe una supuesta ruptura con las viejas y tradicionales formas de ver aquel viejo proceso del pensar en el mundo y en el universo, al aparecer como especie, y que esto directamente se tradujo, en una concepción nueva y diferente al situarse frente a la noción de la divinidad y de la sacralidad, que trató de ser entendida desde tres fuentes del conocimiento que se consideraron las novedades de su tiempo: la Psicología, la Sociología y la Antropología; que aunque las tres perseguían obtener para sí mismas la calificación de ciencias y, que, por el carácter social de su materia de estudio, solo se despertaron como disciplinas, todas empezaron su carrera, hacia la liberación del hombre de las cadenas de la ignorancia y la superstición; claro está, pretendiendo afirmarse embistiendo conceptualmente contra la noción de Dios, o tratando de explicar esa realidad histórica, desde las vías racionales, buscando dar aquella respuesta concluyente, muestras fehacientes de la virilidad de su madurez como hijos de la luz y la ciencia, para demostrarnos que éramos una especie, que ya no necesitábamos de la ficción de la idea de Dios y de lo sagrado; donde aquel animal racional se demostraría a sí mismo, que para ser esta bestia que era se bastaba solo, o para dejar de serlo no requería de las ambigüedades divinas, o que finalmente, cuando menos, deberían de encontrarse todos aquellos fundamentos históricos, científicos y mentales, que le situaran, donde surgió la idea de Dios, sus orígenes o fuentes base, así como su sentido; y con estas búsquedas, esas disciplinas se lanzan a crecer, de tal modo, que el espacio de lo divino y lo sagrado eran las tareas a resolver, y donde, como veremos, ninguna verdaderamente dio solución a las interrogantes sobre el origen mismo de lo divino, al no entender ni comprenderlas.

El siglo XIX entró en el derrotero de investigar al hombre como el ser que se formaba tales ideas, de modo que fue analizando todo en materia del cerebro con los impulsos del siglo XVIII, que influiría con Franz Joseph Gall y su frenología, con la cual se pretendió relacionar el tamaño del cerebro y la forma de la cara y el cráneo con los patrones de la inteligencia. Esos estudios que hicieron en su contexto, más daño que bien, por las tendencias oscuras y racistas que formularían después, abrían la brecha para estudiar el cerebro, pretendiendo mostrar que diferentes zonas del cerebro eran las encargadas de diferentes procesos mentales; así es que gente como Marie-Jean-Pierre Flourens, desde su examen de la frenología, demostraron, extirpando diferentes zonas del cerebro de un animal y observando sus conductas, que había evidentes fallas en esa teoría; aunque fue importante para situar una geografía del cerebro, que, con la aparición de Pierre-Paul Broca demostró la relación entre una lesión cerebral dada y un deterioro cognoscitivo, en particular, la lesión anterior izquierda de la corteza en relación con la afasia o falla de las capacidades lingüísticas, algo que después aparecería como relativo, pues se encontró que la capacidad plástica de reconstrucción funcional mostraría una alta capacidad de reaprensión y de reasignación zonal de funciones.

Es muy importante conocer este antecedente, porque, así como hubo un desarrollo de las investigaciones neuronales, la psicología fue la que se interesó por situar la idea de Dios como parte de un complejo conformador de la personalidad, la que por su naturaleza debía de correlacionarse con los descubrimientos neurológicos o neuropsicológicos, y la cual en realidad, tomó por otro camino, que según cuenta Howard Gardner en sus *Estructuras de la mente*, la teoría de las inteligencias múltiples, fueron irreductibles; porque la psicología pretendía crearse como ciencia independiente, y por ello, tuvo la tendencia, que en buena parte perduró a fines del siglo XX, a trazar rutas diferentes frente a los estudios neurologicos, perdiendo así, la oportunidad de aprovechar para su campo de estudio, las evidentes relaciones que surgirían del estudio neurológico.

> *En efecto como hemos visto, la mayoría de los investigadores en el área cognoscitiva todavía no considera que la evidencia acerca de la organización del cerebro sea pertinente a sus intereses, ni cree que los procesos neurales deban hacerse compatibles con las explicaciones cognoscitivas, y no viceversa, Por emplear la jerga, se considera que el equipo,* hardware, *es inadecuado a la parte operativa,* software, *que las preparaciones "húmedas" son inadecuadas para la conducta "seca".*

—Howard Gardner, *Estructuras de la mente*, p. 90[49]

Y esto ha afectado los posibles avances en la comprensión del todo pensante, desde el inicio, de esos médicos del alma, que no querían neuronizar su vía por querer independizar la mente del órgano productor de las ideas, lo cual divorció esto que era en realidad propiedad de ambas; y créanse estas disciplinas como espacios estancos, lo cual afectaría al conocimiento de la mente y del cerebro, que no son sino la misma realidad dada en diferentes partes que se interrelacionan y determinan.

De modo que, aunque la fisiología impactó en la tendencia experimental de la psicología, esta perdió muchas oportunidades de retroalimentación, que afortunadamente muchos años después se concretan sobre todo en Europa, porque en Norteamérica, persiste ese divorcio entre lo neurocognitivo y lo psicocognitivo, de modo que no se han hecho las correlaciones pertinentes que naturalmente se dan, porque no era muy *chic* depender de unos sesos para ser una mente brillante, sin querer comprender a esta dialéctica del proceso conjunto en el que la relación de ambos es absoluta.

Con la aparición de la psicología, en el siglo XIX y antes con la filosofía mental de Wilde, que pretendió el:

> *Estudio de la mente humana basado en la observación y la experiencia en cuanto distinta de la psicología experimental.*

—Wilde, citado por John Bowker, *El sentido de Dios*, p. 25[50]

Los estudios que se habían realizado sobre la estructura eléctrica del funcionamiento fisiológico con Helmholtz, llegan a insistir en el sentido, de que el pensamiento es tan solo un producto fisiológico, que solo obedece a series de estructuras eléctricas. En 1851 experimenta el funcionamiento del nervio óptico y conoce la existencia de tres puntos en su estructura fisiológica que detectan diferentes longitudes de onda que registran los colores primarios. Estos estudios serán definitorios de la tendencia experimental de Freud, (que se impresiona con estos descubrimientos) y que tendrán aquellos estudios psicológicos y sobre todo, con los trabajos de Ernst Brücke su gurú por seis años, y du Bois-Reymond y su juramento:

*... Un solemne juramento de hacer efectiva la verdad: En el organismo no hay más fuerzas activas que las meramente fisioquímicas. En aquellos casos en los que de momento no puedan explicarse por esas fuerzas, o bien hay que hallar la manera o forma concreta de su acción con el método físico-matemático, o suponer nuevas fuerzas iguales en dignidad a las fisioquímicas inherentes en la materia, reductibles a la fuerza de atracción y repulsión.*

—Citado por John Bowker, *ibíd.*, p. 24[51]

Empero, la verdad del espacio psicológico, se alejó del estudio de la neuroquímica. Freud desarrolló su psicoanálisis con gran euforia de los que veían una herramienta fundamental de las teorías que develan la mecánica mental al encontrar una relación causa-efecto que servía para conocer la mente, mas, pronto vino un cierto malestar de propios y extraños, pues en sus libros había muy poca información sobre cómo llevar a la práctica sus teorías, que no se hablaba nada de esas relaciones neuronales con los complejos, y muy poco de las técnicas precisas sobre cómo aplicar aquel psicoanálisis, como una metodología delimitada, la que abrió paso para aplicarla al *feeling*, y con mucho de aproximaciones sucesivas al tanteo, en donde quedaría expreso, que lo que le interesaba al hombre, era, por un lado, comprender cómo funcionaba el cerebro; y por otro lado, qué resultantes ideáticas se conformaban desde aquel origen neurodeterminador de la conformación de lo que se llamaría lo pensado, el cual mezcló al complejo con la idea, lo cual era producto natural del hombre como sus complejos idealizados de su ser.

El psicoanálisis empezó como un culto del grupo judío que lo creaba en respuesta a su aislamiento cultural europeo. El *chaise longue*, de Freud, fue lo más material de su metodología al recostar al paciente para que tuviera su tormenta de ideas, usando pequeños ganchos por el terapeuta para que emergiera el inconsciente, por la ilación de una verbosidad escondida, en que se guardaban los secretos males enterrados bajo la memoria y entremezclando la experiencia con los complejos: enmascarándolos; por demás era al tacto y encontró lo mejor de sus momentos en el siglo XX con la primera guerra mundial; empero, su base se

**359**

arraigaba en el impulso del siglo XIX, esto desató gente a favor y muchas otras en contra, que verían en el psicoanálisis algo que es propiedad de un selecto grupo que en términos de religión querían sustituir las viejas concepciones teístas por el nuevo teísmo que Freud mismo regenteó:

> *Al establecer lo que, en efecto, era un rito confesional en el núcleo del movimiento psicoanalítico, parece claro que Freud no se implicaba, como el mismo creía, en una nueva forma de innovación científica. En realidad, institucionalizaba de forma no consciente su profundo tradicionalismo religioso, al tiempo que creaba para sí una escena ritual en la que podía representar su propio "complejo de Dios" en relación con los pacientes, a quienes consideraba inferiores y necesitados de redención. Al igual que había revisado, a través de su historia de sexualidad infantil, la doctrina del pecado original dotándola de una apariencia técnica, también resucitó con un disfraz clínico —el ritual eclesiástico más importante— que había contribuido a sostener aquella doctrina y a crear una dependencia psicológica entre quienes asumían el secreto confesional.*

—Richard Noll, *Jung: El Cristo ario*, p. 87[52]

Freud llegaría pronto a la conclusión de que Dios no era, sino la fijación o el complejo producido dentro de la psique por la "proyección" de la ausencia de la figura paterna en la infancia de la humanidad.

> *¡Cuán envidiable nos parece a nosotros, pobres de fe, el investigador convencido de que existe un Ser Supremo! Para este Magno Espíritu el mundo no ofrece problemas, pues Él mismo es quien ha creado todo lo que contiene... Todo esto sería así de simple e inconmovible; pero no podemos menos de lamentar si ciertas experiencias de la vida y observaciones del mundo nos impiden aceptar la existencia de semejante Ser Supremo.*

—Sigmund Freud, *Moisés y la religión monoteísta y otros ensayos sobre judaísmo y antisemitismo*, p. 176–177[53]

Aquel judío, impactado por la persecución nazi, le endilgaría a un fabricante de ídolos de Egipto (que se irguió como el único Dios vivo, junto a su nena, como representantes del único dios del cielo), la invención del monoteísmo.

> *... el monoteísmo surgió en Egipto a la par del imperialismo; Dios era el reflejo de un faraón que dominaba autocráticamente un gran imperio mundial. Las condiciones políticas en que vivían los judíos eran sumamente desfavorables para que la idea de que un Dios nacional exclusivo evolucionara la del regente universal del mundo entero, y, por lo demás, ¿Cómo podría esta minúscula e*

*impotente nación tener la osadía de proclamarse hija favorita del poderoso
Señor? Si nos conformásemos con esto, dejaríamos sin respuesta la pregunta
sobre el monoteísmo entre los judíos, o bien tendríamos que contentarnos con
el recurso corriente de atribuirlo al particular genio religioso de este pueblo.
Como se sabe, el genio es incomprensible e irresponsable, de modo que, no
habremos de invocarlo para explicar algo, sino cuando haya fracasado
toda otra solución.*

—Sigmund Freud, *Moisés y la religión monoteísta*, p. 89[54]

Y curiosamente, su explicación históricamente habría fallado al mezclar sus
traumas de vida unidos a su concepción racionalizadora, que mostraba en cierto
modo, una proyección de un síndrome de Estocolmo para con la idea nazi, pues,
como en su momento veremos, la verdad histórica de aquel monoteísmo judaico
fue un movimiento que nace precisamente en contra de aquel espacio despótico,
oriental, mesopotámico; en donde su característica esencial consiste en separarse
del modelo imperial del Estado como su eje operativo central para la desmorali-
zación de lo pensado y del mundo, siendo su característica el hacerse dentro de la
realidad familiar incubadora del individuo desacralizador y contra aquel modelo
ordenador del Estado, algo que, aquel monoteísmo griego de Jenófanes también
creó y que marcó aquel antecedente de lo que se llamaría "derecho familiar" como
el único Dios desacralizador frente a esta ley del Estado.

Y diría Freud que todo aquello de lo religioso no era sino el falo del Santo
Espíritu, retratado en las *non sancta* ganas inconscientes, por aquel divino miem-
bro para la entrepierna de un miedo ancestral por la negra vagina alegre. Y así,
para él, el origen de Dios, nacía en la inconsciencia del niño o del hombre que se
daba cuenta de que no podría hacerla por sí mismo, sin depender de la sociedad,
como el niño depende de sus padres y aquellos que no aceptan la naturaleza de
este hecho y la realidad, se plantean una continuidad ilusoria, incluso, a través y
después de la muerte. El asunto estaba zanjado para él con la aparición y análisis
de los sueños, en los que, la falocracia hacía de las suyas en la psique, la proyec-
ción de la figura paterna ausente mostraba las huellas en la psique, que resentía
tal ausencia, que habría convertido en ausencia del padre y el miedo a la madre,
material castrante sustituida por la ilusión del espíritu. La psicología seguiría en-
tonces este patrón de negación de Dios, como una alternativa primitiva de la pro-
yección humana, por solventar su abandono ante el universo.

Por otro lado, aparece de modo encontrado, aquel cauce fundamental del
Jung simbólico y su psicología del símbolo arcaico que en su *Respuesta a Job*,
diría:

*Las afirmaciones religiosas se refieren en cuanto tales a hechos que no son
comprobables físicamente. Si lo fuesen, caerían inevitablemente en el dominio
de las ciencias naturales, y estas las negarían por no ser hechos susceptibles de
experiencia ( ... ) El alma es un factor autónomo; las afirmaciones religiosas*

*son conocimientos anímicos, que, en último término, tiene como base procesos inconscientes, es decir trascendentales. Estos procesos son inaccesibles a la percepción física, pero demuestran su presencia mediante las correspondientes confesiones del alma. La conciencia humana transmite estas afirmaciones y las reduce a formas concretas; estas, por su parte pueden ser expuestas a múltiples influencias de naturaleza externa o interna. Ello hace que, cuando hablamos de contenidos religiosos, nos movamos en un mundo de imágenes, las cuales señalan a algo que es inefable. Si, por ejemplo, decimos la palabra Dios, damos expresión a una imagen o concepto que ha sufrido a lo largo del tiempo muchas transformaciones, pero no podemos indicar con cierta seguridad —a no ser por la fe— si estas transformaciones se refieren únicamente a los conceptos e imágenes, o si se refieren también a la realidad inexpresable.*

—C. G. Jung, *Respuesta a Job*, p. 7, 8[55]

El mundo religioso, pasa a ocupar la base íntima, no solo de aquel símbolo, sino de la representación de lo incognoscible y de todo aquello que nos parece sobrenatural, aunque, valga decir, que en un principio la idea original del alma va relacionada directamente con la materialización de la personalidad y de la persona en su factura griega, es decir, es la materialización de lo aprendido y lo significado como visión personal sobre aquel espíritu, algo que se olvidó en el tiempo o se pretendió olvidar; mas rescatemos que en Jung existe la verdad trascendente, no naturalmente heredada, sino construida en el inconsciente de las estructuras del alma y sus procesos de representación, algo que abre la posibilidad de que el alma no solo sea la emanación de la física biológica del cuerpo que adquiere la sustancia objetivada de algo externo desprendible y que es, aparte de todo, la base real de la noción profunda, de la noción simbólica y su onirismo explicador de la psique cognoscitiva que siente y organiza la información.

El camino del análisis "junguiano", pasa por diferentes etapas, tratando de explicar los contenidos inconscientes, que conforman la realidad del espíritu o *animus* y del alma o ánima y va recurriendo, al no contar con estructuras científicas propias para demostrar esa existencia, aparte de métodos arcaicos que por milenios se habían utilizado y que en su nivel pragmático se habían presentado; desde la invocación de espíritus; la ubicación de la patria interior en la conformación del arquetipo; los recuerdos ocultos, y su vuelco al mitraísmo del *Aión*, en el que veía un regreso a la naturaleza viva de la noción de Dios como proyección única solar, y creía que:

*El Sol es, como ha señalado Renan, la única representación de Dios, tanto si tomamos el punto de vista de los bárbaros de otras épocas como el de las ciencias físicas modernas ( ... ) El Sol se adapta mejor que cualquier otra cosa a la representación del Dios visible de este mundo. Es decir, esa fuerza inmensa de*

*nuestra propia alma, lo que denominamos libido ( ... ) Los místicos nos*
*enseñaron que este símil no es un juego de palabras. Cuando miran hacia su in-*
*terior (introversión) y profundizan en su propio ser, encuentran en su "corazón"*
*la imagen del Sol, encuentran su propio amor o libido, que con razón —debería*
*decir con razón física— llamamos Sol. Por lo tanto, muestra sustancia vital,*
*como proceso energético, es enteramente Sol.*

—Richard Noll, *Jung: El Cristo ario*, p. 144[56]

Es muy importante ver como las proyecciones simbólicas de lo divino, al
buscar un algo inmaterial no científicamente determinable, se recurre al médium
al cual se le llegó por el camino místico, al definirlo materialmente con la iden-
tidad proyectiva del carácter animista que va a ser aquella representación que los
psicólogos buscan, no para explicar lo divino, que lo reducen al Sol material pro-
yectado al interior, sino a la simbolización de lo material que le remite a lo divino;
es decir, a la proyección interior del hombre sobre su simbolización con lo que no
se explicaría lo divino en sí, sino la proyección que hace el hombre para definir
simbólicamente esta representación de la energía vital dentro de sí y que, al no
poderse explicar, sino como fuerza primigenia, la lleva en su papel generatricio a
ser divina, por representar lo que le dio génesis a lo existente; esta materialidad
del origen de Dios, que resultaba convincente para los materialistas científicos
racionales, pero que solo proyectaba su idea sobre el origen de la proyección hu-
mana por nombrar lo inefable y no situaba ni el origen mismo de la religión, ni
el espacio objetivo del espíritu, en una reducción en la que solo respondía a ser
la interpretación simbólica que el hombre da a la materia universal y su fuente,
en este caso era la reverencia simbólica del Sol, que en Jung y el *Aión* conllevará
toda una búsqueda de las valquirias desde su base "arianizante", la que más que
explicar el fenómeno universal de lo religioso, explicaba aquella religión racial de
sus ansias locas nazis de servir a la raza. Es fundamental entender que el método
psicológico del espacio de análisis del sueño de Jung tenía en sus limitaciones la
posibilidad de vislumbrar una serie de fenómenos del alma, que operaban dentro
de la psique a nivel del sueño, en desprendimientos que hacían posible que se die-
ran fenómenos como el de la clarividencia, la telepatía, la premonición y el sueño
del augurio; así como, por sobre todo, que alguien especial en trances contactara a
los muertos, algo que no encontraba fundamentos científicos para negarse dada la
corroboración experimental de tales fenómenos, pero los que al no poder ser en-
tendidos dentro de su afán materializador científico de su psicología, se le fueron
embrollando. De modo que, por un lado, cayó en recuperar dentro de su terapia
una serie de ritos arcaicos, desde simbolizaciones de diversas religiones orienta-
les, que no solo trastocaron lo que de cierto iba conociendo del alma, aunque le
dieron las base del arquetipo que con la ritualización occidentalizada lo llevaron
a perder el caballo y a caer en esquizofrenias dentro de esas estructuras que em-
pezaron a jugarle charadas en su psique que quería estructurar científicamente,

que lo ponía de manera recurrente en entredicho por exponerla a espacios que no podían ser explicados desde las leyes materiales y con ello desde la ciencia, en su sentido lato de comprobación y experimentación repetida y general, sino que el espíritu y el alma, más allá del contenido psicológico o inconsciente, presentaban una serie de formas que no podían ser contenidas en la psicología. Así nació la parapsicología; algo que, por otro lado, al tener acceso a un espacio ignoto en occidente dio pie a muchos charlatanes y charlatanerías, doctamente documentadas como el caso de *Madame* Blavatsky que hizo una recopilación de ritos y fenómenos que consideraba paranormales que reunió en su *Isis sin velo* teniendo a miles de seguidores convencidos de que la magia, reina. Jung, entonces, no alcanzó ni a manifestar lo que de cierto podría haber, ni pudo separarse del mito el que ritualiza con parámetros occidentales pero no le da sentido a una conciencia moderna vital.

Es muy curioso que aquellas escuelas ligadas al modelo "junguiano" del solecito ginebrino, estuvieran tratando de recuperar un simbolismo de lo divino de carácter étnico-religioso en la época en que existía todo un movimiento cultural en el mundo nazi, que pretendía enarbolar el sentido místico-religioso de las escuelas de la mano izquierda del Tíbet con Haushofer, y con Hitler como su diácono.

Es muy relevante dejar claro que al hablar de la importación de la noción de lo divino de aquellas escuelas del yoga, hay que mencionar que las búsquedas de los espacios parapsicológicos en el mundo del yoga son parte de su naturaleza en la evolución de los estados de conciencia, y que aquellos elementos que Jung quería situar en el mandala y el proceso de interiorización del **Yo** eran solo la sustancia natural del desarrollo del control respiratorio de los hijos del Gorakhnath que en su momento conoceremos, con cierto nivel de detalle y de las cuales solo mencionaremos aquí resaltando su pretensión de lograr la destrucción total, no solo de la raza humana, sino del universo material en su conjunto; lo que conllevó a una distorsión completa de la nociones psicológicas de la noción de lo divino en la cultura, sino que se importó con la finalidad de justificar la dominación de una raza superior, que con la idea de las nociones de aquella escuela de mano izquierda crearon la base material de la locura nazi. Ernesto Sabato, en su *Abaddón el exterminador* nos recuerda que en el bolsillo del ejecutado hijo de Haushofer, Albrecht, apareció un verso que expresaba aquello que en realidad se cocinaba en aquel espacio del espíritu, tanto, en esa psicología racial como en la ideología nazi y que mostrará la identidad que subyace en aquellas sociedades que pretenden superar la sacralización, que menosprecian el espacio de la identidad del Mal, y que históricamente dejan la huella del qué es lo que sucede en la realidad material social de los hombres, cuando esa mano izquierda adoradora del caos sistemático preside en la determinación política, y ofrecen la redención de la energía prima allá por la eliminación de toda la materia y su regreso a la "*purusa* del sí" por la eliminación de todo lo humano en la India o sea lo racial visto como ese nazismo del ingenio malo:

*El demonio había hablado por mi padre.*
*De él dependía una vez más,*
*encerrar al demonio en su mazmorra.*
*Mi padre rompió el Sello.*
*No sintió el aliento del maligno,*
*y lo dejó libre por el mundo.*

—Ernesto Sabato, *Abaddón el exterminador*, p. 64[57]

O de clase, como el socialismo, marxismo o comunismo, los que veremos en su momento, cómo la negación objetiva de la identidad espiritual del hombre, que conllevó a que los líderes iluminados conculcaran, en una especie de secta, la libertad del conjunto para poder ejercer la imposición total de su idea del mundo. En esas páginas oscuras de la historia, veremos nítidamente qué sucede en el hombre al eliminar al ser por seguir una supuesta racionalidad aclaradora al espíritu, en la noción real del ser del hombre en las sociedades que conllevó, de manera automática y necesaria, para los grupos en el poder, el destruir aquellos rasgos más humanos de la especie y a exterminar toda forma de disidencia, que se apartará de ese espíritu que ellos querían imponer al conculcar el espíritu de la libertad y la conciencia de las personas y, con ello, el sentido objetivo del alma. Esto en buen cristiano quiere decir: eliminar a todo aquel que no piense como el líder y, aún más, que no piense que el líder es la única fuente de la verdad. Stalin, mató a veinte millones de soviéticos, porque las purgas se hicieron primero sobre aquellos propios y al final, ya eliminada toda posible forma de pensamiento que pudiera resultar en un peligro de disidencia, se fue sobre los extraños. Su esquema apegado al modelo espartano reaccionó en lo bélico con disciplina y aplastó al bigotito racista, pero no podría pasar de ser un cuartel como lo fue Esparta; así que ni la gente de la nomenclatura estaría a salvo, porque representan siempre la opción del hacerse del poder que el líder detenta como poseedor de las fuerzas ideológicas del partido y del sacro espíritu del líder. La mano izquierda, como la habilitación de las fuerzas regresivas destructivas del espíritu humano han demostrado, a través de la historia, que son reales y que no estamos hablando de supercherías hijas de la ignorancia, sino de verdades objetivas del control de las conciencias por la desaparición sistemática del espíritu de libertad y de conciencia personal; de modo que, si bien la psicología "junguiana" mostró en sus múltiples fallas las deficiencias de parcializar el análisis con características raciales y que armar un *collage* de simbolizaciones arcaicas de poco sirve para conocer el espíritu. Además, esto empobrecía las formas de acercarse a los fenómenos que no podían entender desde las bases de la raza, las aportaciones reales de la cultura y su determinación, de las que quería desprender el análisis del alma y el ánima; aquel momento histórico y el comportamiento social de la época demostró que la ausencia del espíritu en las sociedades no existe y que conculcarlo es quitar su lado derecho positivo, donde el Dios de Occidente guía siempre con la mano diestra y que, por eliminación, debe erigirse en su lado izquierdo negativo (metafísicamente esta es la causa de su ansia racial del exterminio total, ya veremos su mecánica operativa en el Leviatán) y esa es una realidad tan material, como las formas en que los hombres se interrelacionan. De modo que, más allá de las formas simbolizantes del contenido espiritual psicológico, se hizo patente que hay mucho más que un opio o una negación del espíritu dentro del proceder humano sacralizado que guarda sus verdades con sellos y con ello se hizo patente que habría que entender al espíritu, al alma y la noción de lo sagrado como una realidad material de la existencia real de los hombres, en el tiempo y en la sociedad. Por lo que la defensa de la persona en la noción de la libertad se convierte en un espacio material que solo puede respetarle si se es holístico, como el valor espiritual positivo de la racionalidad que tiene que conocer la verdad integral del hombre, frente a las fuerzas conscientes e inconscientes vivas, que aún cuando esto no pruebe la noción de lo divino, marca lo real de lo sacro y eso, lo divino, es lo que perdura en su verdad cual el Bien real.

Curiosamente, Jung terminaría sintiéndose el Cristo ario y adorándose a sí mismo, venerado como al solecito ginebrino; Hitler se convertiría en un gurú del Mal, del que existen evidencias que presentaba una especie de posesiones de la parte oscura del espíritu, eliminadora de la noción del alma y que, más allá de la leyenda, era una sustancia histórica importada con la cruz gamada de una escuela milenaria de fuerzas oscuras de la humanidad. Esta escuela dejó la huella, en el tiempo, de que no se puede menospreciar la fuerza del Mal como una realidad material de la psique del hombre; y, de que es fácil dejar entrar al poder a esas fuerzas, disfrazadas, por su carisma, tras la demagogia y usando las formas de la democracia para plantarse en su eternización y que, no es nada fácil deshacerse de ellas, cuando se aposentan en el poder y se quitan la máscara del Bien al asentarse como aquel gobierno del Mal. El mismo Haushofer, después de perder a su hijo asesinado por aquello que el desató, tiene que matar a su mujer y suicidarse; de modo que, más allá del mito, nos queda como evidencia la realidad del mago que se trajo al líder y, perdido el control, se tuvo que eliminar a sí mismo. Algo similar le ocurrió a Lenin y a las sociedades del bloque ex socialista, no con la mano izquierda del racismo, sino con la mano izquierda del Partido y tras la eliminación del espíritu del hombre libre; donde solo la nomenclatura y el buró se adueñaron de la verdad de todos y construyeron la mentira social del siglo XX de aquel bloque que al final fue cual árbol del Mal en las sombras y el que terminó derrotado y derruido por su propia gente, en búsqueda de la luz del espíritu positivo, que por su herencia cultural occidental les correspondía en la libertad. Sobre Freud, en la *Sociedad psicológica de los miércoles*, diría Webster:

> *Freud era su nuevo profeta, que atribuía una apariencia superficial a los métodos de investigación psicológica dominantes hasta entonces... Los alumnos de Freud —todos inspirados y convencidos— eran sus apóstoles... No obstante, después del primer período del ensueño, caracterizado por la fe*

*incuestionable del primer grupo de apóstoles, llegó el momento en que se fundó su iglesia. Freud empezó a organizar la iglesia con gran energía. Era muy serio y estricto en lo que exigía a sus discípulos; no permitía desviaciones de sus enseñanzas ortodoxas.*

—Richard Noll, *Jung: El Cristo ario*, p. 86[58]

Freud se agazapó detrás de su pipa: esa proyección fálica que mordía, y finalmente lo mataría operando adentro de su grupo confesional. Un Moisés del diván que prometía entrar en la tierra prometida de la psique como una consigna etnoreligiosa. Jung, por su parte, en respuesta al método confesional, lo adornó con la cruz gamada que trataría de revivir también en cofradía en la torre (*Turm*) de Bollingen, y así, traer en sesiones de médiums al espíritu de los antepasados arios a través de aquel gran Filemón, aquel espíritu con el que conversaba en la primera guerra mundial y su *völkisch*; como delimitando un cielo interiorizado germano con sus fantasmas nacionalistas "arianizantes" y sus ideas tomadas de la fuente del dionicismo, que tenía sus bases en la retoma de Nietzsche y su solarización del: *Así hablaba Zarathustra*.

De modo que, en términos de explicar la noción de Dios, no había sino aproximaciones simbólicas o deformaciones míticas barruntadas de etnoarcaicismos, en que, aquellos símbolos medio entendidos del pasado, como el espiritismo y la poligamia entre otros, fueron empleados en la terapia como recursos y medios manipulados de liberación de una psique castrada, limitada por una ortopedia occidental parroquial, en que había posesiones de espíritus del pasado y la fornicación sistemática de sus discípulas, que eran sus amantes de turno (algo muy de las sectas modernas, en que el enviado de Dios, le atiza a las feligresas para que sientan el poder divino del sacro falo del sacerdote iluminado de turno, y que aumenta así su grey fornicando con sus filigresas como canonjías que ofrecen a gente sacralizada y escogida). De esta forma, desviaron la esencia misma de los contenidos psicológicos estudiados sobre el origen y función del espíritu para servir a los nuevos profetas de la religión de la psique (Jung termina por su disociación en el manicomio, como Hitler acaba dando golpes al piso para encerrar y controlar al demonio que lo poseía, pateando el piso, para que no lo controlara al cien por ciento). Es así que los carteros divinos del alma, al tratar de desacralizar al espíritu no hacen sino religiones confesionales, politeístas o creadoras de complejos para su explicación, quedando a todas luces insuficientes para tan magna tarea; mientras, frente a las preguntas de: ¿dónde está?, y ¿quién es Dios?, los psicólogos más renombrados, muy humildemente dirán:

"¿Pregunta usted por Dios? ¡Sí, para servirle! ¿Dígame qué puedo hacer por usted?". La egolatría de los primeros psicólogos, era materia estructural del análisis de Piaget y de la disciplina psicológica en su infancia, que fue clara inmadurez de una disciplina, que acabó deificada por sus fundadores, como otros credos, tal cual, en credo se quedaron las delimitaciones estrictas de aquellas etapas del desarrollo de Piaget, con su hijo inadaptado, en las que aquella psique como alma, era reestructurada desde sus muy parciales parcelas de **sus** visiones racionalizadoras de la entelequia de la anomia de infinito.

La psicología determinó sectariamente y según la escuela, que lo divino de Dios estaba dado por las estructuras de la conciencia y su saber o, más aún, como resultado de su no saber, y que ellos solucionan desde su Olimpo, y ofrecen las llaves del reino, desde un *chaise longue*; claro, con paraíso y salvación accesible al módico precio de unos dolaritos la hora y en donde la parcialización del espíritu rebota en estridencia, y terminan dedicándose a competir por fondos de esos ricos americanos que gastaban sus fortunas por el mundo y sobre esa vieja Europa que les coqueteaba.

Regresemos al siglo XIX en el que Wilde señalaría que no todos los procesos de la significación podrían ser captados por aquella mecánica neuroquímica, delimitando los alcances de la fisiología del pensamiento a una estructura. Llegaría Locke y su idea de la mente como "hoja en blanco" (idea aristotélica mal reciclada), donde todas las ideas se forman de la experiencia y de la reflexión de la misma, todo es en la experiencia.

> *Todas las ideas provienen de la sensación o de la reflexión: supongamos, pues, como decimos, que la mente es un hoja en blanco, sin rasgo alguno, sin ideas; ¿cómo se aprovisionará? ¿De dónde procede esta vasta acumulación que la imaginación industriosa e ilimitada del hombre... Respondo con una sola palabra: de la experiencia, en la que está fundado todo nuestro conocimiento, del que, finalmente se deriva a sí mismo. Nuestra observación, aplicada ora a los objetos sensibles, ora a las operaciones internas de nuestras inteligencias, percibidas y meditadas por nosotros, son lo que proporciona a nuestro entendimiento todos los materiales del pensamiento.*

—John Locke, citado por John Bowker, *El sentido de Dios*, p. 26[59]

Obviamente, Dios no cabía en esta experimentación. Del empirismo puro de Locke, Wilde capta la falacia, del pretender que cada uno aprenda lo que se debe, por la propia experimentación. Ni siendo uno Matusalén, podría acumularse la experiencia directa de lo que sucede, diría Bowker, lúcidamente y describe el procedimiento del siglo XIX, desde su deslumbramiento por la ciencia aplicada a la conducta, hasta que dentro de sí misma, se emiten los señalamientos contingentes, que ya Wilde anticipaba a Chomsky y, agregamos que, aún antes, fue Aristóteles, al que mal reciclaron, porque él hablaría de una experiencia del conjunto humano, no de la experiencia personal del empirísmo de Locke. Chomsky pensaba que no podrían existir conocimientos preconocidos al nacer, empero, aquello lo sustituye por la existencia de estructuras cerebrales innatas que desde el nacimiento generacional preexisten.

*La existencia de una estructura mental innata no es, evidentemente, materia de controversia. Lo que podemos averiguar es simplemente qué es y en qué medida es propia del lenguaje. ( ... ) Una gramática del tipo descrito, (Una gramática genera cierto conjunto de pares 'S, I' en donde S es una representación fonética e I su representación semántica asociada) [funcionando] bajo limitaciones de memoria, tiempo y organización de estrategias perceptuales que no constituyen materia de la gramática. ( ... ) Que pretenda caracterizar de forma explícita la asociación intrínseca de la forma fonética con el contenido semántico en una lengua concreta podrá llamarse una gramática generativa. ( ... ) En general, un conjunto de reglas que definen recursivamente un conjunto infinito de objetos, puede decirse que genera este conjunto. Así, un conjunto de axiomas y de reglas de inferencia aritmética puede decirse que genera un conjunto de pruebas y un conjunto de teoremas de aritmética [últimas líneas de prueba]. Asimismo, una gramática [generativa] puede decirse que genera un conjunto de descripciones estructurales, cada una de las cuales, de forma ideal, incorpora una estructura profunda, una estructura de superficie, una interpretación semántica [de la estructura profunda] y una interpretación fonética [de la estructura de superficie].*

—Chomsky, citado por John Bowker, *ibíd.*, p. 28[60]

Conviene, para completar la idea de las estructuras mentales heredadas, reconocer que esto va contra la idea del paradigma "junguiano" de los arquetipos, y menos, si estos son vistos, como herencias culturales raciales, mientras que, corrobora la idea de que la especie ha ido conformando estructuras cerebrales que se van heredando, en donde lo racial-cultural, aunque pueda tener influencia en la delimitación de sus formas primas aprendidas, por la existencia de grupos cerrados y conformaciones locales de las ideas, estas se van dispersando y haciéndose comunes al conjunto de la cultura humana, por la simple convivencia y dispersión cultural. Es muy importante que mencionemos que, aunque en este espacio que históricamente no se dio en el desarrollo temporal de estas teorías, incluyamos junto al posterior Chomsky ir insertando algunos conocimientos adquiridos posteriormente, que se hicieron en el campo del análisis de la neuroconstrucción estructural de las formas de aprender de los organismos vivos; porque, si bien no estarían ubicados en las vertientes históricas inmediatas que ahí se manifestaron en el tiempo, para los objetivos de esta mesa cabe que queden expuestos como conexiones neurales reales del espacio que allá se estudiaba y, que, mucho después vieron la luz; lo mismo que nosotros correlacionamos, ya que, dan un sentido neuroarquitectónico operativo al principio de Chomsky desde estructuras genéticas heredadas. Además, es importante mostrar que esta base neurocientífica, que conllevará a una de las bases operativas esenciales de la mecánica del modelo operativo del *Homo significans*, que mostraremos que existe como la única base material heredada del aprendizaje, es decir, se hereda la posibilidad de aprender, base del espacio racional que se estudia al ser un modelo creado en esta mesa. No existe un antecedente en el estudio de las ciencias que se acercaron en su primer momento a la descripción del espíritu, el alma y lo sagrado; que nos permita dejar en claro, como antecedente de algunos de los fundamentos que den consistencia científica al explicar el espacio de la construcción de la arquitectura neuronal del aprendizaje que después veremos desarrollarse en la historia aprensiva del ser que se significa, la que más adelante conoceremos y explicaremos, cuál es su origen y cómo es que funcionaría. Estos estudios posteriores neurocognoscitivos, nos llevan a escuchar a Eric Kandel y su teoría de la "gramática celular" en la que el investigador del cerebro en sus: *Pasos hacia la "gramática molecular" del aprendizaje*, con sus colegas de la Universidad de Columbia, en experimentos con la *Aplysia californica*, que es un molusco bastante simple, afirma:

> *Las formas básicas del aprendizaje, habituación, sensibilización, y condicionamiento clásico escogen entre un enorme repertorio de conexiones preexistentes [neuronales] y alteran la fortaleza de un subconjunto de este repertorio... Una implicación de esta concepción es que las potencialidades para muchos comportamientos que puede mostrar que un organismo está incorporado en el andamiaje básico del cerebro y en esa medida está bajo el control genético y del desarrollo... Los factores ambientales y el aprendizaje hacen aflorar estas capacidades latentes alterando la efectividad de los senderos preexistentes, con lo que se conduce a la expresión de nuevos patrones de conducta.*

—Eric Kandel, citado por Howard Gardner,
*Estructuras de la mente*, p. 82[61]

Y Gardner nos cuenta como estos investigadores llegaron a comprobar que la creación de las conexiones sinápticas para el aprendizaje, por la liberación de los neurotransmisores, han dejado abierta la vía para que las siguientes generaciones las hereden aunque puedan utilizarlas o no, dependiendo de si es que se requieren efectuar dichos comportamientos y si existen aquellos ambientes adecuados para desatarlos; de tal modo, que lo que se ve es que en su origen orgánico se muestra que se aprende más fácil, aquello generacionalmente desarrollado por los antecesores que nos heredan bases neuroquímicas, con lo cual se evidencia, que no es que se puedan remitir a la herencia los conocimientos aprendidos; es decir, no existe un banco de datos cognitivos que se herede por vía genética, mas aquello que realmente es heredable es aquella posibilidad genética del recrear más fácilmente, todas aquellas conexiones neuroestructurales desde patrones heredados por padres que sí los conectaron. De manera que, no aprendemos los conocimientos por vía heredada, pero los aprendizajes se van facilitando, en aquellos seres por la heredabilidad que conlleva el antecedente de haber preexistido aquellas interrelaciones neurotransmisoras de tales patrones, en los seres que los engendran; así es que, lo que en realidad se hereda es la mayor adaptabilidad para

**370**

poder conformar estas neuroestructuras aprensivas; es decir, por ejemplo el genio griego no transmitía el conocimiento presocrático a las generaciones posteriores, pero sí había en las generaciones posteriores, una predisposición genética para aprender y desarrollar cultura con tales tipos de interneuroconexiones brotadas de aquellas sinápsis y sus neuroquímicas propias de los que generaron esos conocimientos, porque las estructuras neuroarquitectónicas propias de esas ideas ya habían planteado su neuroplástica-bioquímica antecedente del proceso estructural de la construcción de las interrelaciones mentales que construirían aquel proceso racional y, que, en su sitio y hora eran ejercicios mentales culturales, de todo un conjunto que predeterminaba que esos hijos no solo crecieran en tales ambientes, sino que, de manera definida, nacían con esa predisposición a generar los neuroquímicos propios de las ideas neuropensadas.

Es importante retener todo lo anterior en mente, para, por un lado, poder apreciar las cualidades potenciales del empirísmo decimonónico y sus antecedentes para su ampliación en los siglos XX y XXI, y, por otro, para rescatar las neurociencias del siglo XX, y ver las estructuras heredadas aprensivas, para dar peso y forma, no solo a las estructuras neurotransmisoras posibilitadoras de mitos y formas religiosas, sino a la posibilidad del entender toda la evolución del aparato neurosignificador creador de las nociones neuroarquitectónicas de la fe, como aquellas formas biocognoscitivas heredadas, las que son preformuladas, culturalmente por milenios. Y con esto, se demuestra que no es que se nazca creyendo en ciertas cosas o no, sino que lo realmente interesante de la postura neurofisiológica, es que nos muestra que se hereda aquella posibilidad facilitada de crear conexiones neuronales, para tales aprendizajes, que por otro lado, nos permitirá, en esta mesa, sustentar fisiológicamente la posibilidad de entender la neuroestructura operativa de la fe, como un mecanismo biodeterminador de creer en lo que se cree que se sabe que es, según se demostrará más adelante, la parte medular del proceso biodeterminador de la evolución de la especie que se significa y, que, por tanto, descansa su evolución en lo que significa y en creer que lo que significa es real y conlleva el contenido material de lo que cree que las cosas son y que así son para él el parámetro de la realidad, las que en el pasado han determinado la base del significar.

La fe es la condición sin la cual el aprendizaje nominador-ordenador no se da y su papel en la biodeterminación evolutiva de la especie aprensiva significadora que somos es vital, así, nos urgirá el poder situar el origen de la fe en estos momentos primigenios de la evolución, elementos como los instrumentos aprensivos dados como mecanismos de la naturaleza significadora creadora de estructuras significativas que determinan los espacios neuroconformadores, como neuroelementos que posibilitan creer que lo que se nombra es, creando una serie de concesiones neurodeterminativas del sentido de la fe en las cosas que son ubicadas como materias significativas y por ende materia de aprendizaje, ya sean de conocimientos o de creencias, que en principio eran cosa igual, cualesquiera que fuesen estas de acuerdo a los contenidos que el ambiente social les cargue de información que crean una plástica neuronal; en que existe, de hecho, toda la posibilidad neuroplástica heredada, aún propiciatoria de la fe en creer que lo que se sabe es la verdad y en donde existen las instrucciones prestas a recrear las conexiones neuronales previas para creer en lo que se cree. Todo esto lo aportó la neuroinvestigación sobre la mecánica neural de la cognición, la que opera proveyendo, además, aquellas características biodeterminantes de la evolución de la especie, que recargó su evolución en el desarrollo del sistema neurolingüístico significador, por creer en eso que se nombra y se ordena y no la imposible psicología del pulpo, y deja establecida la infraestructura neural como andamiaje que precede a la construcción orgánica de estas posibilidades, que deja abierta la puerta para conocerlas. Los estudios de las relaciones cinestésico-corporales y la creación del símbolo en realidad nunca han pretendido formular una relación primaria entre la conformación del cerebro con cierto modelo o patrón de desarrollo de la arquitectura fisiológica del hombre o de estructuras conductuales o aprensivas y, en realidad, los pocos estudios que se han realizado parten de tratar de detectar si existe alguna relación entre la formación del símbolo y la adquisición de ciertas habilidades, es decir, son estudios que no han partido de tratar de vincular el principio biodeterminante del cuerpo y la formulación del ser *significans* y las características fisiológicas de sus relaciones, sino que solo se trata de ver, si el que es bueno para los trucos de magia, o el jugador habilidoso, tiene más o mejores oportunidades de formular símbolos, esto, que en principio está viciado por su cortedad de miras, que podría traer estudios mucho más completos e interesantes, si se partiera de la premisa adecuada, no solo para encontrar patrones vocacionales, sino para poder entender en realidad la neurociencia del aprendizaje y su origen en la evolución, la cual, desde diversas perspectivas, más adelante formularemos, combinando una serie de estudios en una sana ecléctica para la evolución de la especie que presenta la neuroconformación por vía aprendida, que va a ser la base caracterizadora de la especie que solo significa que la fe para aprender será toda la base fundamental de la operación del ser que se significa.

Regresemos al siglo XIX. En la sociología, Durkheim empieza con el sentido de que en principio: **"todo es religioso"**. Mencionando esto, al negar la hipótesis marxista de su concepción de ver la religión como superestructura artificial ideológica de clase. Durkheim presenta su "objetivación" , es decir, el plantearlo todo reducido a objetos u objetivar las cosas. Donde la cohesión social se da por la simbolización que explica la cultura y al individuo por lo social, es decir, la sociedad explicada por lo social sin otras intervenciones. Dios sería la objetivación, o el dar objetividad a las fuerzas sociales que: "rigen las condiciones, de sus vidas individuales". Y en sus ensayos para la concepción materialista de la historia dice:

> *Me parece fecunda la idea de que la vida social tiene que explicarse*
> *no con conceptos que la integran, sino por aquellas causas, mucho más*

*profundas, que pasan inadvertidas a la conciencia; creo, asimismo,*
*que estas causas deben buscarse, principalmente en las formas*
*en cómo se agrupan los individuos asociados.*

—Durkheim, citado por John Bowker, *El sentido de Dios*, p. 47[62]

Fundamenta la base religiosa como un producto social y traza su idea de que los símbolos son concepciones sociales de cohesión, que unen a los grupos, en torno a ideas que, o los subliman o los representan, pero fundamentalmente les define a aquellas religiones el ser simbólicas, con elementos sociales por excelencia, producidos por las sociedades al darse las estructuras de su ordenamiento donde forman individuos. La religión adquiere sentido reconformador del orden social por las estructuras simbólicas de cohesión establecidas, que dan sentido vivo y obedecen al desarrollo socio-cultural del pueblo que finalmente es el que hace de la religión las formas cotidianas al establecer su fe.

Para Durkheim, el origen del sentido de Dios, radica en los esfuerzos de los hombres, por:

*Objetivar (o sea, por dar objetividad) a las fuerzas sociales*
*que rigen y condicionan sus vidas individuales.*

—Durkheim, citado por John Bowker, *ibíd.*, p. 30[63]

Esto, dicho así, dentro de la teorización sociológica, no tuvo mucho peso, aunque en términos del aprendizaje, y en el contexto adecuado del análisis del origen de la significación religiosa, forma parte esencial de la estructuración del contenido ordenador de lo social; empero, fuera de este análisis, quedó flotando como una teorización especulativa que, en realidad, no explicaba ni el origen de la religión, ni el de Dios.

Finalmente, el desarrollo del análisis de lo social tuvo que aceptar la existencia de elementos externos, que influían en la determinación de la concepción social de lo religioso, con que el universo cerrado de la explicación de lo social no fue suficiente. Luego vendría Swanson, quien, basado en Durkheim, plantea la existencia de una "imagen de orden sobrenatural correlativa" (Swanson, citado por Bowker, *ibíd.*, p. 51).

Otra verdad histórica del psicoaprendizaje que, extraída del contexto del origen, también cayó en determinaciones ficticias y artificiales, fue su idea de que en el nacimiento de los dioses hay una correlación entre las estructuras del poder y del monoteísmo, donde se llega a afirmar que las culturas que tienen poderes tripartitas tienen monoteísmo y, claro está, su hipótesis resulta del todo falsa. La matemática estadística que acompaña a los procedimientos mensuradores, tras toda la fiebre empiricista, acaba por enterrar muchas de estas teorías que resultan ser míticas.

*En estos estudios supondremos que en la medida en que un grupo disfruta de soberanía, es probable que proporcione las condiciones de las que se origina el concepto del espíritu. Los objetivos de los grupos soberanos, lo mismo que sus esferas, tienden a ser específicos y claros. Por contraste, los objetivos de grupos no soberanos es más probable que se consideren como procedentes de una fuente diferente de ellos mismos. La identidad del grupo soberano es especialmente tajante precisamente porque sus áreas de control, y por ende sus objetivos se localizan fácilmente.*

—Swanson, citado por John Bowker, *ibíd.*, p. 52[64]

Cabría aclarar que como vimos, Freud tuvo la misma impresión respecto al origen del monoteísmo con su proyección temerosa de sus captores o leyó a Swanson; cuando como mostraremos más adelante, el único monoteísmo real objetivo de la historia nace precisamente rompiendo sus lazos con el poder y la estructura soberana del Estado, que, por otro lado, creó la posibilidad de los monoteísmos de Estado con la divinización de figuras del poder que conformaron monoteísmos ligados a monarquías o imperios; empero, el monoteísmo judaico sacralizó la voluntad personal del libre albedrío en primera instancia, desacralizando tanto el nombre como el orden y, con ello, todo lo emanado de las manos del hombre y esto se dio, paradójicamente, como producto de la creación del primer **Yo** histórico, algo que ese descubridor del **Yo** en el individuo no veía agazapado tras el fetiche que husmeaba su muerte y, tal vez, como un resquicio de su adicción a la coca, fue el que perdió la brújula de poder situar el origen histórico de su formulación; falla en donde Freud no alcanzó a entender el credo de sus padres ni atendió la necesidad del situar la aparición del **Yo** histórico en la humanidad como la forma del significar a su origen real.

Con respecto al análisis de las religiones desde el punto de vista sociológico, los teóricos buscaron en buena medida la fuente de su origen en el estudio de religiones tardías y sus manifestaciones o, cuando menos, en estadios tardíos de las religiones ancestrales a las que calificaron por la acción cotidiana de sus contemporáneos, por lo que en buena medida, estos estudios (como alguien mencionaría) serían más asuntos de familia que acercamientos objetivos a aquellos objetos de estudio, el cual no podían siquiera situar, dado que buscaban el origen de la religión en sus procesos terminales reales. De modo que, aquella sociología podía medir esos comportamientos o reacciones de los fieles, pero no su origen.

Mas, la sociología como una pretendida ciencia naciente, no cedería tan fácilmente para explicarse a Dios en el mundo, así que, Berger en su: *Realidad social de la religión*, tuvo la idea de que la gente vertía sentido en lo que les rodeaba y eso condicionaba las verdades sobre las cosas, la parte que no pudo integrar sería, entonces, que las cosas exteriores influyen y dan sentido a los seres que las significan. Él diría que el "descubrimiento de Dios" sería como el de la penicilina, algo posible, como una capacidad de entrever una teística de la creación desde el sí mismo:

*Yo sugeriría que el pensamiento teológico busca lo que podríamos llamar las señales de la trascendencia dentro de la situación humana dada. Sugeriría que se dan gestos humanos prototípicos que pueden constituir esas señales. ( ... ) ¿Qué significa esto? Por señales de trascendencia entiendo los fenómenos que pueden hallarse en él, fenómenos de nuestra realidad "natural", pero que parecen apuntar más allá de esta realidad... Por gestos prototípicos entiendo ciertos actos y experiencias reiterados que parecen expresar los aspectos esenciales, del ser humano. Del animal humano en cuanto tal. No entiendo lo que Jung llamara los arquetipo-símbolos poderosos enterrados profundamente en la mente inconsciente comunes a todos los hombres. Los fenómenos que estoy examinando no tienen que sonsacarse de las profundidades de la mente; pertenecen a la conciencia ordinaria cotidiana. ( ... ) Si se dan casos genuinos de descubrimientos de verdad religiosa, tenemos que ir a la greña con su historia, por cuanto la mismísima palabra descubrimiento ya implica un proceso histórico. ( ... ) Es posible, con toda deliberación y plena conciencia de la inmensa gama de culturas entrecruzadas de la religión humana, hablar aquí de un descubrimiento de Dios.*

—Berger, citado por John Bowker, *ibíd.*, p. 72, 73[65]

Aparte de la inmediata felicidad de la oficina de patentes, ante la posibilidad de aplicarles patentes a la fe, como descubrimientos situables a los que la sociedad inmediatamente quiso sacarle lasca, la verdad, es que, para la sociología, era un duro golpe el aceptar pues, aunque sin darse cuenta, que Dios no era un asunto reducible a ser solo un producto social, sino que era históricamente visto como un ente externo. Pero para hacerlo humanamente social expresa su convicción:

*El descubrimiento de Cristo implica el descubrimiento de la presencia redentora de Dios dentro de la angustia de la experiencia humana. Se sigue que la comunidad (o mejor que las comunidades) en las que Cristo se hace manifiesto no pueden identificarse con ningún nombre o tradición particular... La presencia de Cristo tendrá que determinarse no por una sucesión directa a partir de cierto punto en el pasado, sino más bien a partir de pruebas como las que puedan hallarse en la realidad empírica de comunidades cuyas acciones pueden llamarse redentoras. ( ... ) El caso, es que, habrá que hallarse por la antropología y la historia aquellas huellas de las señales del ser de la trascendencia para ver donde se descubrió a Dios en esas comunidades redentoras. [Pero finaliza diciendo que:] Dios descubrió al hombre y no el hombre a Dios.*

—Berger, citado por John Bowker, *ibíd*, p. 74[66]

**375**

Esto que va al pelo de la idea generatriz de los dioses, es decir, los dioses que hacen al hombre son los que nos descubren, o a contrapelo, los que los hacen no pueden descubrirlos, de modo que van contra las ideas propias de todas las religiones en su génesis e implicaría una serie de reflexiones teológicas y teleológicas que ni explican a Dios en su origen, cosa que parece imposible de hacer, porque no se puede tratar de explicar a Dios, cuando menos a aquel Dios que nos descubre, sino como una manifestación externa a la existencia humana, lo cual no explica su origen claro está, pero que pretende situar las pistas de su revelación para con el hombre. Este galimatías de las mentes rebuscadas entretuvieron a la sociología para que los hombres no se hicieran más bolas; por otro lado, en realidad hacían más una nutrida discusión sobre sus interpretaciones de Dios que la ubicación histórico cultural del origen de Dios mismo, es entonces que Él mostraba que el Creador de pronto se descubría y se topaba con su creación, como algo que estaba escondido de Él, lo que resulta por lo menos, muy difícil de "tragar". Así, Dios que no sabía aquello que había hecho nos encontró pensando en que Él nos pensaba; por cierto es relevante recordar que el **Sí** del yoga dice que la materia es un descuido de la naturaleza esencial de la energía prima, la materia ahí es algo que podía tener un paralelismo con este Dios que se descuidó en su creación, que de pronto se topó el desaire con sus vivas creaciones a las que se presenta con traje de gran seriedad.

Como se ve, aquí la sociología se convierte en una metafísica al más puro estilo teológico, en donde Dios se sorprende de sus obras inconscientemente realizadas, encontrándose aquellos trucos desconocidos bajo el sombrero, de modo que, la sociología cede aquellos bártulos a un Dios que de pronto se topa con su creación velada hasta entonces para Él disfrazadamente y, aunque siguen con sus altas pretensiones de cientificidad al respecto, acaban por darle valor de verdad y de realidad a aquello que la gente piensa:

> *Una de las proposiciones fundamentales del conocimiento es que la plausibilidad, en el sentido de que la gente estima realmente creíble, de los puntos de vista de la realidad depende de la base social que reciban. Más sencillamente, nuestras nociones sobre el mundo las sacamos, originariamente, de otros seres humanos, y estas nociones siguen siéndonos plausibles en gran medida porque hay otra gente que sigue afirmándolas.*

—Berger, citado por John Bowker, *ibíd.*, p. 70[67]

O sea, que, alguien se inventó el chisme de Dios y se regó el chismecito como fuego sobre pólvora. Parece ser que ante tan desventuradas incursiones sobre aquel divino campo, la sociología cede la rienda de sus investigaciones a otras disciplinas, mientras que se queda con aquello de que: la gente cree lo que le cuentan, con lo que Dios es una conseja de viejos que se transmitió y cobró la realidad de la leyenda. O ¿dime con quién te juntas y te diré qué dioses vienen a cenar esta noche?, o con Sabato aquel que al ver un dios tribal le va a poner sombrero y le gritan: "Cuidado, qué tal si este es verdaderamente el bueno, no lo insultes de más no sea que se cobre venganza de tus atrevimientos locuaces"; de modo que en realidad se especula saber lo que se desconoce de lo sagrado.

Para Tylor desde la antropología:

> *( ... ) el origen del sentido de Dios estribaba en el esfuerzo de los hombres por dar razón de los fenómenos comunes de la experiencia de difícil explicación. En particular de la experiencia de los sueños (en que se está fuera del cuerpo o los muertos), explicándose las ánimas. De ahí la base del animismo como base de su religión, así el origen de Dios estriba en el animismo.*

—Tylor, citado por John Bowker, *ibíd.*, p. 30–31[68]

Los antropólogos del siglo XIX, que dejaban al sueño y la ensoñación de aquello divino, terminarían buscando aquellas "supervivencias", buscando el origen común en el primitivismo. Max Müller en sus estudios encuentra las identidades entre el Dyaus indio y el Zeus griego y abre así la puerta, para la antropología comparada, que determinaría buena parte de los estudios sobre los mitos, los dioses y las religiones, así como de sus estructuras funcionales. Müller dice que todos los hombres expresan sus observaciones, por un uso del lenguaje separado de las demás formas significantes del hombre y su significación de la naturaleza en forma antropomórfica.

Ahí, surge Frazer, haciendo sus estudios comparados de los pueblos antiguos, con vistas a tratar de ubicar el origen de lo divino de Dios y conjuntar aquellos elementos que a las religiones les son comunes, como es: la separación del alma de la noción física corpórea.

Marshall con su ciencia social o la historia razonada del hombre, dice:

> *( ... ) ya que ambas son lo mismo siguiendo su camino hacia la unidad fundamental.*

—Marshall, citado por John Bowker, *ibíd.*, p. 35[69]

K. T. Preuss ve el origen de Dios como necesidad primitiva; y Andrew Lang, dice, que por lo visto hay tantas teorías como teóricos. Quine insiste en el aire familiar, cuando se habla del estudio del origen de Dios. Schmidt traza un monoteísmo original, el que sería la base de todas las religiones de las que se desprenderían todas las otras formas y modos religiosos como trozos decadentes de aquella gran noción del **uno** que se desparrama de la torre de Babel. Es decir, los mitos y las religiones son pedazos de aquella noción prima subyacente; en la que, así como se les cayó la torre de Babel en el lenguaje original único, así se fueron dispersando aquellos pedazos de la noción de Dios. Y claro que aunque estaba equivocado, fue muy venerado y aplaudido viviendo bien: dándole a la gente lo que quería saber, aunque era: mentira, porque para la gente no importaba saber el origen de Dios, si no sabía el origen del hombre, sino que era suficiente que le contaran una linda historia que les acomodara para salvaguardar su moral humana y no sentirse aislados en el planeta. La antropología haría entonces sumas y divisiones acuñando categorías sobre cómo es que aparecen las formas religiosas que estarían en boga.

Suena hermoso y así fue, pero para la suerte de la ubicación de Dios, en la ciencia se estaba cada vez más perdido. Los antropólogos incorporan la idea de la afectividad desprendida del análisis del arte y por su vinculación esencial con la religión, transponen la idea de la afectividad de un Cosmos amoroso al origen de Dios.

Conforme avanzan sus estudios renuncian a pretender situar el origen de Dios, que los decimonónicos atribuían al animismo. Así, Shapiro, citado por John Bowker, afirma en su *Hombre, cultura y sociedad*:

> *Hace menos de cien años, los eruditos discutían con interés cuestiones tales como de qué manera pudieron los hombres llegar a concebir la idea de los dioses, si pudo haber tribus tan primitivas como para no tener religión alguna y hasta qué punto las fes y las religiones tribales tienen interés en tratar de responder a tales preguntas, ni siquiera piensa que pudieran hallarse respuestas satisfactorias a ellas. No existe ninguna prueba para ninguna teoría de un origen de la religión en el tiempo o en el espacio; y la mayoría de los antropólogos dejaron de tener interés en el estudio de la religión...*

—Shapiro, citado por John Bowker, *ibíd.*, p. 84 [70]

William Goode en su *Religión entre los primitivos*, diría:

> *No consideramos relevante si los comienzos de la religión surgieron de las revelaciones definitivas de algún Ser Divino o de una experiencia apocalíptica... Inevitablemente y para siempre estamos imposibilitados de obtener los datos necesarios para las tribus iletradas que desaparecieron. Aun cuando podamos hacer conjeturas inteligentes acerca de estas cuestiones, no llegamos a acercarnos a un conocimiento relativo a un fenómeno que quizá hizo su aparición en los primeros seres humanos. El efectuar una conjetura acerca incluso de la religión de una tribu neolítica equivale a quedarse corto en cuanto a un análisis de una religión todavía más primitiva. Y especular acerca del cómo, en qué condiciones, comenzó el hombre a creer en seres divinos hace casi un millón de años no puede pasar de ser una mera especulación.*

—William Goode, citado por John Bowker, *ibíd.*, p. 84–85 [71]

Dios no era materia de estudio ni mucho menos su origen, es importante destacar que rozaba su visión la fuente misma de la religión, en el origen del hombre, pero para él era incognoscible y se quedó en otra especulación no comprobable. Así, se perdió el interés de los científicos, de la gente de estas disciplinas por Dios, la religión y su origen, todo ese asunto resultó ser un pez jabonoso difícil de situar un personaje que, por importante, todo el mundo lo buscaba, pero por elusivo, todos le daban la vuelta.

Cabe hacer algunas observaciones. Estas ciencias que pretendieron, en el siglo XIX, dar una respuesta rápida y convincente al sentido de Dios, todas acabaron o dejando de lado aquel problema por considerarlo insoluble o lo remitieron a una fantasía de la psique o, finalmente lo transpolaron a ser una posible revelación, encauzándolo por el lado teológico. La causa-efecto, en buena medida, ha pretendido explicar cosas como la supuesta adquisición del lenguaje, es decir que siendo *Homo sapiens* se adquirió el lenguaje; o pensar por ejemplo que los hombres del paleolítico, que dieron cobijo a un hombre minusválido de Shanidar, hablaban de sus buenos sentimientos y no de situarlo con su funcionalidad, por ejemplo, en el mantenimiento del fuego dentro de las cuevas y su utilidad real. Esto propicia el prescindir de la funcionalidad de la significación adquirida en su manejo elemental, es decir: es apartar al hombre de su ser práctico y de su valor social. Como no se podía explicar a Dios entonces, a los más audaces y pragmáticos, con el evolucionismo, les dio por tratar de explicar no el cómo fuimos expulsados de un paraíso terrenal, sino de los árboles. Se manejaron varias ideas, para explicar la evolución de la que Darwin nos bajó del árbol en busca de mejores oportunidades, o, las que dijeron que en realidad, éramos muy torpes en las ramas y que fuimos evacuados por inútiles, por especies mucho más capaces para los trucos verdaderamente aeróbicos arbóreos, de modo que la evolución se propició por nuestra baja capacidad de movimiento arbóreo, en pocas palabras, nos echaron de las copas de los árboles por torpes.

Todas estas especulaciones se mezclan con teorías del cambio climático, de las eras postglaciares con la proliferación de las estepas y el cambio geológico, el aumento de zonas abiertas, la disminución de las zonas arbóreas y el aumento de la competencia con los verdaderos amos del dosel sagrado. Tampoco faltó la idea de que vivíamos al lado de los pantanos, y el que ahí la bipedación se dio casi de forma animal, natural, porque los primates superiores que bajan y caminan en el agua, se paran en dos patas, de modo reflejo, los simios lo hacen; y, si esto no explicaba ni el origen de lo sagrado, ni a Dios, al menos querían explicar el origen del ser bípedo como somos y con ello el que se significa lo que ve, en donde Dios, entonces sería cuando más, un invento muy mono de los acróbatas de los pantanales que andaban en andas. Estas especulaciones son imposibles de demostrar, no así, las huellas fósiles y los resultados evolutivos dentro de la psique en aquella conformación del sistema neuro-psico-lingüístico-neuro-plástico del cerebro humano, ya que, si bien no tenemos huellas fósiles de su origen, sí sabemos los resultados de su evolución, que al fin somos nosotros y, sobre todo, se puede rastrear el proceso desde el neolítico y antes, de modo que sí tenemos claro que aquel proceso creador del cerebro y del hombre, desde aquellas épocas hasta ahora, debió de ser igual en su mecánica formativa original; aunque se fuese sofisticando, sus antecedentes tuvieron que llegar al punto en que se gestó su normalidad procedimental, que se parecía o que era igual a la que desde miles de años atrás nos constituye pensantes conformados como miles de seres que significan un mundo de manera similar en su esencia y cultura en reunión social.

Sigamos brevemente esas huellas para ver si podemos, no encontrar el origen de Dios algo que como vimos ha sido una ruta infructuosa y ultracompleja para seres mundanos y limitados en el tiempo como los hombres de esta mesa, sino que cuando menos pretendemos poder situar el origen primo del espacio que conformó su posible localización en la búsqueda de los elementos constructores de los hombres. La idea de las limitaciones tanto para los estudios como las limitaciones de los hombres, es la que se reflejó directamente en la concepción de lo religioso.

*Al parecer, las limitaciones focales, que constituyen la religión, de suerte que eventualmente parezca constituir un fenómeno separable, serían las de una naturaleza particularmente intransigente u opaca. Tales como la muerte, la imprevisibilidad del futuro, la naturaleza irreparable del pasado... etc. ( ... ) Lo que ahora definimos [o intentamos definir] como lo 'religioso' representa las consecuencias de las maneras en que los hombre han escudriñado las limitaciones [todas las limitaciones] que les rodean.*

—John Bowker, *ibíd.*, p. 105–106[72]

Hablando de la idea de la evolución que es enfrentada a la concepción de las limitaciones que representa, y de la que resaltan tres puntos básicos, para entenderla: primero, que solo sería otra forma de hablar de la selección natural, integrando un elemento social y consciente; segundo, no explica nada de la selección natural pero contextualiza su determinación; y tercero, incluye la idea de un desarrollo individual, donde el ser quiere preservar a su especie. Ahí, ante las limitaciones, como la muerte, es que surge la idea de Dios. Y la plausibilidad de Berger, es decir, el que exista un espacio en el que quepa la posibilidad real de su existencia e intervención, acompañados de espacios discernibles de Dios como aquel hecho de hablar en lenguas, los trances y el éxtasis que pretenden trazar mil caminos para escrutar lo inescrutable en espacios "fuera de la naturaleza física".

*En ese caso, el sentido de Dios podría ser la emoción engendrada dentro de la construcción de esos particulares universos de significado; y esta podría ser la más remota deducción acerca del sentido de Dios que pudiera hacerse.*

—John Bowker, *ibíd.*, p. 137[73]

Terminaremos con Bowker, que toca primero a Kant y sus juicios *a priori* que detrás de sus complicadas elucubraciones plantea la existencia de una realidad *a priori* para que las cosas sucedan, y la que tendría relación con el espacio metafísico o intrínseco del pensamiento y sus procesos, los que no están visibles ni son materiales, pero que reales anteceden a la estructura de la idea (cabe aclarar que el mundo *a priori* de Kant estaría semblanteado en el mundo teórico platónico y el mundo preexistente del lenguaje):

> *( ... ) la manera como resultan ser las cosas ( ... ) lo que implicaba para Kant, es que, tiene que haber una 'daticidad' de ciertas estructuras correspondientes que existen antes de que pueda formularse una respuesta o un juicio estético, ya que de lo contrario el mismo no sería posible. No tocaremos sino la existencia del noúmeno o lo perteneciente a la cosa en sí y el fenómeno, o lo percibido de la cosa.*

—Kant, citado por John Bowker, *ibíd.*, p. 248, 255[74]

Que en Husserl dirá que: "Yo observador de mí mismo", parte de ver a la conciencia que hace de la realidad un fenómeno que además hemos de ver aparecer en Zarathustra por primera ocasión y con Lutero en la Reforma. La vida significativa e interpretada habita en el hombre interior. Y donde la conciencia, es el único hecho evidente que tenemos, entendiendo que:

> *( ... ) la evidencia es: en un sentido sumamente amplio, una experiencia que es y es así: es precisamente una visión mental de algo tal como es... Para la vida cotidiana, con sus fines cambiantes y relativos, las evidencias y verdades relativas son suficientes. Pero la ciencia busca verdades que sean válidas y sigan siéndolo, una vez por todas y para cualquier persona; por consiguiente, busca verificaciones de una índole nueva, verificadas llevadas hasta el fin... Por consiguiente según la intención, la idea de ciencia implica un orden de cognición que va desde las cogniciones intrínsecamente anteriores a cogniciones intrínsecamente posteriores; en último término, entonces, un comienzo y una línea de avance que no debe escogerse arbitrariamente, sino que tienen su base "en la naturaleza de las cosas mismas". "Todo cogito tiene su cogitatum".*

—Husserl, citado por John Bowker, *ibíd.*, p. 252, 253, 256[75]

Es decir, que todo conocimiento tiene su sentido. Finalmente la intencionalidad "husserliana" muestra en términos reales que todo conocimiento conduce a que las búsquedas investigativas o científicas sean direccionales, es decir, que la autoconciencia determina lo que se busca y para qué se busca. Así como existen conocimientos dados por experiencias no intencionales como las sensaciones. Husserl, con toda su torcedura se remite finalmente a cómo comprendemos lo que percibimos y lo incorporamos en un sentido al ser que somos, que es lo que determina las cosas como las vemos y sabemos, o sea, vemos lo que queremos ver de las cosas, una cierta parcialidad en el destino del ser de la ideas y que va a caracterizar al conocimiento como algo casi personal, y que se aprecia por cada uno diferente, dada la conformación siempre diferente de los educandos que determina una bastedad de formas cognitivas, pero en esencia todas funcionan igual, es decir el espacio mecánico que las produce y provee las hizo con una operatividad idéntica, con un solo modelo de aprensión y miles de variantes del proceso cognitivo que es único y es el mismo en cada uno, ese espacio que consigue patrones de salud y de otros que se derrumban ante la identificación del desarrollo histórico de la realidad y la historia. Al final la filosofía no es sino una forma de historia hacia el futuro, desde un pasado repensado y resignificado sobre la construcción de la conformación pensada, que al final solo es la voz de su tiempo en resonancias, que al fin y al cabo reconformaron mi alma reverberando con elegancia las notas claras de luz…

*"La esencia de la conciencia, en la que yo vivo como mi propio yo, es la llamada intencionalidad. La conciencia siempre es llamada conciencia de algo".*

Es para Husserl el fenómeno, la apariencia percibida, determinando que el conocimiento de algo en la conciencia es la *epochè*, palabra griega a la que significa como:

*No debemos considerar nada como verídico salvo la pura inmediatez y daticidad en el campo del* ego cogito *que la epochè ha abierto para nosotros. ( ... ) A este ubicuo desapego de cualquier punto de vista referente al mundo objetivo lo denominaremos la epochè fenomenológica. Es la metodología mediante la cual yo llego a comprenderme a mí mismo, como aquel ego y vida de consciencia en la que y a través de la que el mundo objetivo entero existe para mí y es, precisamente, para mí tal como es. Todo lo que hay en el mundo, todo ser espacio temporal, existe para mí porque yo lo experimento, porque yo lo percibo, porque yo lo recuerdo, pienso en ello de la manera que sea, lo juzgo, lo valoro, lo deseo, etc. [Donde el ego, debe ser un ego desinteresado por la introspección y la reflexión para arribar a la conciencia de las cosas]. ( ... ) La actitud fenomenológica, con su epochè, consiste en que yo alcanzo la perspectiva experiencial y cognitiva definitiva concebible. En ello me convierto yo en el espectador desinteresado de mi ego natural y mundano y de su vida…*

—Husserl, citado por John Bowker, *ibíd.*, p. 257, 254, 255[76]

Donde la fenomenología, es la discusión de las apariencias en su sentido griego lato, donde uno llega a saber el cómo es que las cosas llegan a parecer que:

*( ... ) mundo intersubjetivo, un mundo que es dado a todos los seres huma-*
*nos y que contiene objetos accesibles a todos.*

—John Bowker, *ibíd.*, p. 260[77]

Son, eliminando todo juicio e interpretación, y tratando de plasmar solo lo percibido de la cosa, mientras que el ego es una intencionalidad que debe ser conocida para reconocerse y, con ello, aislarse del juicio sobre la cosa o determinar el sentido de lo conocido en la conciencia de un álter ego, es decir, de una presentación experimentada y donde la realidad de la idea parte de la intencionalidad. La intencionalidad en la idea es la que enmarca el sentido. Como se ve nadie común piensa como Husserl, que puede separar a la experiencia de las cosas, del ego que las percibe y con ello Dios es lo que quiero que sea, de acuerdo a lo que experimento respecto a lo que me acontece, bajo un análisis intrínseco de cómo puedo errar al pretender pensarlo, del sentido que le asigno a tal valoración; de modo que Dios es en esta idea.

Para Husserl existiría entonces, toda una noción de la realidad frente a una congruencia de sus indicios por las apariencias de las cosas, perdiendo el mundo para recobrarlo en su *epochè*, es decir, revalorarlo aislándolo en "un autoexamen universal". De ahí vendría su idea de la fenomenología de la religión de la que finalmente, dice que fracasó porque se dio a buscar a Dios sin Dios. Cuando uno entiende al mundo solo desde su percepción como Husserl sostenía:

*( ... ) el observador, cuando parece que está observando una piedra,*
*en realidad, si hay que dar crédito a la física,*
*está observando los efectos de la piedra sobre él.*

—Husserl, citado por John Bowker, *ibíd.*, p. 261[78]

Y aunque Husserl en su explicación por la percepción rebasará la vieja duda de que las cosas son o solo son porque las percibo, y determina que la objetividad de las cosas son porque, la *summa* de percepciones objetivas, dan sentido de realidad a la cosa, como una cosa en sí para el que la percibe, así la Kaaba es un espacio-objeto sagrado, pero para cada musulmán es diferente; el puro viajecito a La Meca define al expectador que arriba, no es lo mismo verla después de cruzar a camello el desierto, que llegando en el avión del jeque. La fenomenología entonces llega a la conclusión de que la idea de Dios o que Dios mismo está envuelto en la intencionalidad que la conciencia asigna a su acercamiento y a sus evidencias en la conciencia o, a lo que se manifiesta como una sugerencia para arribar a Dios o a nombrar algo como tal, es decir, finalmente se ve a Dios si se quiere ver reduciéndolo todo a una percepción y, no a una existencia exterior, porque todo es en la perspectiva del que lo ve, de modo que, un Dios sin Dios es dable en una percepción que no quiera ver a Dios en las cosas que se le asignan, o que ve a Dios si así quiere verlo desde su muy personal cristal. Una visión *kitsch* de Dios se prende ahora un churro para ver a Dios, y sentirlo al *rock style*. Y por lo visto en términos del ser, al buscar a Dios ha sido algo, que ya pasó de moda y no interesa más. Pero existe en la mente y los corazones de los hombres, en su gran mayoría y eso es innegable, de modo que no ha muerto ni Dios ni su idea. Y eso es materialmente sustentable por el número de creyentes de las religiones, miles de millones, y eso es innegable, de modo que lo que ha sucedido es que se ha asistido de manera incorrecta a su abordaje. A lo "piratezco" habría que caerle y así se le abandonó en su ser y estudio cuando es la esencia del ser que se significa en números totales. Los hombres con fe son muchos más que los sin fe desde siempre; con una fe entendida en ambos sentidos, tanto como en fe en lo superior, como en la fe base del conocimiento que se expresa positivamente en la supervivencia social de la especie, como en la realidad significativa que conlleva al *Homo significante*, que se ha conformado desde la evolución misma de la especie que recargó su evolución sobre su nivel de capacidad de construirse al significarse. Apartarse del proceso natural básico del huir o cazar, construir un mundo significado, original hacía que el hombre salvaguardara su integridad.

### El origen:
### Nosotros.

La carne que carga el espacio mismo medido en que se desarrolla el ser que se significa y sus formas de integrarse a la naturaleza que se conforma con modos operativos de integración para con el espacio natural al nombrar las cosas y darles orden. Humildemente y aprendiendo lo elusivo del tema, ya después de ver que en realidad buscar el origen o la existencia de Dios es un hueso demasiado ambicioso y duro de roer, ya que cuando uno pregunta por alguien, normalmente se remite a sus padres o parientes, amigos o conocidos y, dado que este personaje, si es un personaje, solo se sabe que tiene un domicilio conocido como cielo y por tanto proveyendo solo un dato muy ambiguo, etéreo o desconocido, no intentaremos el situarlo en su origen, y abiertamente renunciamos a ver aquel origen de Dios, por no poder situarlo geográficamente y, menos, por no poder situarlo dentro del espacio espiritual inmaterial como algo único ya que de dioses hay más de un jardín de flores. Ahora bien, si no podemos situarlo geográficamente, menos datos tendremos sobre dónde es que surgió o nació, con lo que solo trataremos de ver cómo el hombre se ha tratado de explicar lo sagrado, para situar el origen de lo sagrado y de las formas que han tomado esos espacios sagrados en el hombre, retomando de la fenomenología y de la filosofía, como una base evidente de conformación del significado, que consiste en ubicar el fenómeno como lo percibido y, que, en esa percepción en los orígenes de la humanidad significadora, van a darle sentido vivo a esto que ellos consideran como el eje de su verdad significadora. Si por casualidad, aparece entonces la ubicación de Dios será en una situación histórica concreta y dentro de contextos culturales definidos y donde trataremos de ubicar más bien aquel sentido pragmático y positivo que han tenido los espacios de la sacralidad y sus usos corrientes, así como si existe alguna forma de ubicar a Dios dentro de la significación concreta de lo sacralizado. De modo que comenzaremos viendo que si para la experiencia fenoménica de lo sagrado existe un significado: ¿Es la sacralidad, un espacio real? Y si lo es, ¿en qué consiste la esencia de su realidad? ¿Qué cosa o sustancia podría considerarse como la esencia de lo sagrado? ¿Qué sentido ha tenido para el hombre y qué funciones realmente presenta para la supervivencia de la especie? Como se ve, esta mesa toma por el camino de lo cultural concreto sin rodeos ni ambages y renuncia a tratar de asomarse al cielo para fisgonear los orígenes de Dios y comienza por lo que aún somos, que en términos concretos puede ser definido en su totalidad cual el animal que se significa, trataremos de situar nuestro origen en el sentido de poder situar esto que nos objetiva como seres que se construyen, al descubrirnos.

Antes que nada es importante mencionar que el sentido de *Deus* como un Dios es un concepto griego y, por lo tanto, un concepto tardío para tratar de entender qué es lo que encierran las concepciones ancestrales de la sacralidad en los primeros hombres, refiriéndose a ese término que a nosotros parece decirnos todo respecto al ser creador, pero que en su momento, para los grupos primigenios seguramente que no solo no les remitiría a nada, sino que al ser un producto cultural, solo explica a la sociedad que lo crea y lo conquista en su sentido, así que, mucho antes del paleolítico temprano la palabra Dios no le dice nada a nadie, y que es un periodo en donde otros más audaces quieren colocar al origen de Dios como el espacio de lo divino y aquí en la mesa para ser mucho más congruentes con lo que es evidente que hermana al sentir del ser humano el espacio de lo sagrado y que en los investigadores modernos les lleva a situar esa noción de Dios al que por cierto lo ven como mujer; un dios hembra representado en unas gordas de tierra llamadas Venus; algo que veremos no es sino otro acercamiento vacío de realidad histórica a lo que esas piezas representan y cuanto más alejadas de su origen ideológico que en sí conllevan respecto a la pretensión reductivista de ver en ellas la primera representación plástica de Dios; empero, cómodo para expresar aquello que hasta aquí ha aparecido como árido e infructuoso; de modo que partimos de ver que esto del buscar a Dios es algo que se nos muestra como materia elusiva y resbalosa hasta el momento, pero al que resultará cómodo situar desde miles de años atrás en la misma naturaleza de su relación con el ser que se significa, para convencernos de qué manos salió su realidad de genio y figura; hasta la conformación de las grandes primeras religiones de las primeras urbes aún miles de años antes: por ello es que explicar aquello que fue en inicio por lo que muchos siglos después el hombre nombró, solo va a resultar ser coherente si nos aclara el cómo es que el hombre significa y aprende ese mundo de una luna cazadora recolectora, ya que es difícil entrar a explicar formas de aprendizaje que no dejaron ninguna huella material explícita de su existencia como la escritura, y, ya que los cerebros se descomponen y no existían sino formas muebles e inmuebles que nos muestran sentido en la designación de la construcción inteligente de objetos, lo que implica por fuerza la existencia desde épocas muy arcaicas de una significación aplicada que determinaba sus órdenes, solo se tienen huesos como si explicaremos las cuevas de Altamira o Lascaux, por medio de las columnas dóricas o por el mismo zigurat, de modo, que nos reduciremos a ver humildemente el origen de lo sagrado, para lo cual, solo trataremos de ver qué se ha dicho al respecto y qué no. De modo que partimos de que hablar de "los dioses" de todas estas culturas preclásicas griegas de algún modo, es una necesidad metodológica moderna y no un término que se expresa antes de Grecia, menos un concepto o símbolo subyacente en los principios de la humanidad dado su origen etimológico en koiné, pero nos resulta básico retener esta noción de Dios, como un espacio ultramundano superior, del que además culturalmente no nos podemos desprender como con una noción implícita del significar dedicado a la transformación de la naturaleza, como aquel elemento eje, del que asiremos nuestra identidad del fenómeno en cuestión, sin que ello implique que aquellos tuvieran un acercamiento en su idea divina, cercana o relacionada con esta nuestra visión del espacio sacro para situar a ese ser más importante que sería Dios como el ente resumen en el que se llega al tope del vórtice del Creador.

Finalmente recordemos, que, por otro lado han existido hasta el momento varios intentos de situar una ciencia de la religión, sin que haya elementos suficientes para poder comprobar su existencia, quedándose aquellas, cuando más, en crear múltiples disciplinas que estudien a las variables o a las vertientes religiosas histórico-concretas sin definirse la ciencia del: religar. La realidad de Dios permanece entonces vista desde perspectivas varias, son en las religiones espacios significados de Dios, y donde su realidad tiene que ver con lo que expresan y cómo se expresan, por los que lo expresan en aquello que dan en su diversidad cultural con esos frutos de lo diverso y de lo propio que se genera.

Por su parte al tratar de crear una historia de la religión, han ido encontrándose con francas resistencias para promulgar una historia de tales asuntos, independiente de la historia general de los pueblos y, en materia de una filosofía de la religión, el mismo Benedetto Croce, niega el que exista una "categoría religiosa", ya que solo es un subproducto de la lógica y la moral. De manera que, aunque haya una infinidad de estudios sobre la materia religiosa, como el espacio de lo sagrado, no existen aún las herramientas únicas para situarlas a todas, más allá de los intentos de situar el espacio de lo sagrado como unidad repetida siempre en todas y cada una de ellas, de modo que veremos más adelante cómo este intento de "cientificar" los espacios de las religiones se topa con la alta variabilidad de los patrones que las conforman, que no permiten trazar toda una teoría general sobre lo que en esencia son y lo que las caracteriza, son sobre cualquier cosa, sus particularidades y diferencias y no su esencia, como los tres monoteísmos modernos o el protestantismo cristiano y su raíz católica; empero, es preciso que para que esta materia a tratar tenga un sentido para tu juicio —me dice Nous—, el que desde un inicio planteemos nuestra metodología de análisis, que nos permita entender la esencia de lo sagrado; y ver qué elementos reales son los que se contienen en la psique para todas las religiones dentro del ser hombre, si hay común a todos. Veremos si ¿es la sacralidad algo útil para tratar de rescatar a la humanidad? o ¿es lo sagrado un elemento residual del aprender? y ¿qué sustancia histórica real retiene lo sagrado y cuál es su origen real? Y si eso sagrado es la viva trascendencia, cuáles son esas bases esenciales para rescatar del sentido del valor que da esto sacro a la realidad pensada del hombre, concebida en su origen en un simbolismo que les contiene sintéticamente nociones concretas de las interpretaciones diversas que significan y plasman la fe en eso que creen ser y así somos.

Antes que nada es pertinente decir que desde el siglo XIX, con las escuelas como la de Comte y su entender a la religión como estructuras evolutivas, no tanto del conocimiento, sino de la relación del hombre con su concepción de lo divino en etapas: fetichistas, politeístas y finalmente monoteístas, abrieron un campo histórico-fenoménico de una pretendida ciencia religiosa, lo que, por otro lado, no pudo sostenerse como tal, porque, tanto las variaciones históricas, los contenidos específicos diversos y sus relaciones fenoménicas, de todas y cada una de las religiones, implicaba que debiese haber una ciencia por cada religión, lo que de principio es inaceptable.

Taylor varió sus categorías agrupadoras proponiendo el animismo, el politeísmo y el monoteísmo; Marett propuso: un preanimismo, animismo, politeísmo, y monoteísmo, como etapas de la religión, y el avance de las culturas por estos estadios se relacionaría con la evolución o de los credos que esto presenta, el cómo se ve ante diversos problemas: uno, que hay una ambigüedad campante en estas divisiones y subdivisiones, que está muy en relación a la determinación de las categorías de análisis que implica cada una, la falta de parámetros únicos para definir sus áreas de influencia y lo que cada una significaba para cada una de sus partes, y debiese repetirse ese patrón en todos, cosa que no fue sino un error o en sus determinaciones únicas, ya que está directamente relacionada con la interpretación de lo que abarca cada categoría y la visión del autor y dos, tampoco podía comprobarse que todas y cada una de las religiones existentes, hubiesen pasado estrictamente por esa escalera evolutiva del acercamiento al fenómeno religioso al espacio de lo sagrado, ni aún el arquetipo entendido como "espacio disponible de normas biológicas para la actividad psíquica", podía mostrar herencias culturales que siguieran tales o cuales patrones de valoración o acción culturalmente concertada. De modo que, el campo de lo sagrado y de la religión, aún cuando se puede abordar de diversas perspectivas metodológico-disciplinarias; no cuenta hasta el momento, con una serie de claras delimitaciones específicas, sobre cual es su espacio único y justo en la conformación del espíritu humano, como aquel espacio que pudiera delimitar lo sacro y, si existen escalones claros de su evolución, más allá de las agrupaciones conjeturales del modo en que nosotros vemos que ellos se interpretaban, es decir, aquello donde más cerca hemos llegado, es tan solo a interpretar, cómo es que el hombre interpreta lo que se interpreta, y con ello, se está lejos de dar una explicación que nos aclare el panorama del cómo y el porqué se han dado las formas de aprensión en la evolución significante y significadora, como productos de la mente y que se expresan como espíritu. Que se activa en la acción congruente con lo que dice en actos voluntarios de cumplir con compromisos de vida adquiridos con el orden y dispuestos por Dios, mientras que las imágenes de una catástrofe que se cierne arranca de la mesa la palabra de Dios y la conculca ante la magnitud de la tragedia que se teje con las manos del hombre, ensimismado de sí, que quiere desbarrarse y borrar millardos de hombres que piensa sobran cual si fuesen pesadillas en su mente.

Y esa fórmula concreta de la significación, sucia y perniciosa, debe permanecer así, a la vista de todos, para que nadie se la jale a lo oscurito que anuncie la verdad del tiempo en que de pronto, en los niveles de deterioro de todas las condiciones del planeta marcan el que no hay marcha atrás, y las consecuencias pueden desbordarse de un momento a otro, de maneras poco comunes, que a nivel global demandan de toda la inteligencia de la comunidad internacional para verdaderamente pesar en la balanza. El espacio real de lo siniestrado y los volúmenes del deterioro hacen pensar que verdaderamente no les cae el veinte, cual si un borracho perdido, embriagado de sí no oyera que una voz de siniestras facturas canta canciones de cuna de la desgracia en un arrumaco de peligros lleno que los de enfrente de modo consciente y, sin embargo, dando tal vez el último llamado a un mundo que debe tomarse muy en serio la salud del planeta. No como protocolo, sino como la sustancia misma del quehacer científico y tecnológico, tras del Sol y su energía, eso es ser limpios.

Queremos ambientes limpios, entonces, no más combustión interna de carbón y gas: sol y más sol, embotellado y para llevar, el planeta lo exige, y luego toda maquinaria que pueda trabajar con sol, con aire, con agua. Y segundo, debe de repensarse el concepto que se da al uso del mar. Es la pesquería tecnificada una barbarie que pela los mares. Los vacía y sin especies de agua de sal a ¿quién le sirve el mar? El mar si bien debe guardar su pesquería debe el alimento ser criado en granjas marinas y en la naturaleza se debe guardar su semilla. En diez años ha aumentado la población en casi mil millones de seres humanos. Datos que son una locura completa… El caso es cómo se alimenta esa superpoblación que es una plaga. El hijo plaga como si no tuviera noción de su oportunidad, que en realidad son personas, gente que debe alimentarse y tiene, como todos necesidades, solo se puede pensar en una contención inteligente de su crecimiento y de las formas de poder alimentar y sostener tal cantidad de gente, ya que lo geométrico del crecimiento en el planeta no es solo una teoría, sino una realidad que solo podrá transformarse cuando hayas observado cómo agredes cotidianamente al planeta y en contrición, en verdad pretendas tomar conciencia como especie de cuántos se pueden sostener y en vida aportar para preservar la vida como gracia terrenal prima a sostener y cuidar, que será posible solo con la ayuda de todas las inteligencias que se comprometan a poder hacer que el significado del planeta adquiera tal seriedad que emanen normas que deban ser cumplidas como compromisos con la vida. Porque el planeta y sus elementos son la vida. Esa es la definición misma del espacio contingente, es la creación educada del hombre consciente que se autoregula por convicción, y que logra ver su total dependencia de todo el entorno que nos rodea, nos compete como seres vivos, hijos de la Tierra, de esa gran Madre. No es broma, como esta verdad nunca la ha habido. El equilibrio está flaqueando en varios flancos; observen con detenimiento el deterioro del conjunto, que es demasiado serio el no medir la envergadura de las carencias y de los excesos, ubiquemos sus fuentes al final, saquen su conclusión o dejen pasar lo que es económicamente viable y, sobre todo, fue un placer, ya que el tiempo, que es tu contrincante, de ahora en adelante no se le combate con armas ni todo tu poder de destrucción, que por cierto, en eso basas tu construcción, pues la paradoja que te mata muestra en el arqueo que no te cuadran las cuentas y que por lo que cuentas no te salen las cuentas. Y el peso de todo lo que no se mueve con congruencia pesa y se estanca y perece, pero antes toman el lugar de honor y el sitial de prestigio y distinción, aquello luminoso se contrae. Es curioso, pero en todo acto de previa caída se elevan los clavadistas hacia el cielo y luego caen.

Es preciso entonces que retomemos la mesa, para que rescatemos de una manera objetiva y clara el espectro real de la conformación psíquica de la fe, lo sacro y la religión y sus aportes verdaderos a la construcción del hombre, para ver si existe la unidad concreta de lo religioso, en la base de la diversidad de las religiones, en el entendido de que el *"relegare de la religione o religare"* que es tardío que debemos importar de modo que ante estas perspectivas delimitativas de lo que se entiende como sobrenatural y que por eso es llamado: sagrado y religioso, y aún más allá de lo religioso está eso llamado espiritual; así que tendremos que partir de situar nuestra postura en referencia a cuál consideramos que es su origen psíquico para ser único, ya que el origen cultural es siempre variable, pero existe también solo la constante de que todo hombre en toda cultura y tiempo prevé lo sacro como parte esencial de aquello que le lleva a sobrevivir, no obstante, sus variaciones culturales presentan una unidad biológica aprensiva similar en todos los casos en su base, al decir el cómo es que el hombre se significa en sus lejanos orígenes tenemos que referirnos a situar qué es aquello que verdaderamente arma la posibilidad de que la especie perviva y que evolucionen sus modos.

Los estudios sobre las religiones o el fenómeno religioso son muy antiguos y tienen diversidad de enfoques desde los tiempos de la Grecia clásica, recuerda Boker con Evémero y su *Hiera Anagraphé*, donde plantea que Cronos y Zeus fueron en sus orígenes "gente que fueron mitologizados por el tiempo", es decir, fueron hombres heroicos que acabaron siendo llevados a los altares para estimular la emulación de sus actos y ser modelos sociales.

Por su parte, Herodoto creó toda una escuela de la racionalización que la historia pretende que es comparada o basada en la diferenciación y desde los griegos, aquel rito sería considerado como una forma historiable. Hendriks proponía que se estudiaran los mitos y se tratara de encontrar la cantidad de historia y de arte que guardaban en sí mismos. Existen, entonces, una serie de grandes estudiosos de los mitos como la mitología comparada de Max Müller donde se creó una cauda de discípulos que llevan al extremo la comparación de datos y una perspectiva de los elementos que conforman la psique y el aprendizaje, que más que objetivos son objetivados en su perspectiva, vendría acompañando al análisis del mito. Con la aparición del psicoanálisis, se da una reunión del estudio del lenguaje y de sus contenidos psicológicos, así, con Lévi-Strauss y su estudio de la estructura profunda, donde se realizan, por un lado, una investigación acuciosa y abundante de los mitos, algo que, por sí mismo es importante y suficiente, mientras que, por otro lado se da la creación de una metodología que partiendo de los análisis lingüísticos de Saussure y transponiendo sus categorías del sema al mitema, pretende una reconstrucción del mito que se escapará de sus manos por las variadas complicaciones que esto representa, sobre todo, por las implicaciones significativas que da el investigador a los contenidos de la narración lineal del relato mítico y su estructura por oposición binaria y caen, sobre todo, en excesos de corte discrecional en la interpretación, vuelve su análisis muy complicado y totalmente personalizado, que es así muy discrecional con lo que resulta ser más producto del investigador que una metodología disciplinaria científica, ya que depende del observador. Ya Vickers, en 1973, lo había ubicado en su parcialidad.

Por otro lado, Hendriks propone que el mito debiese ser ubicado en un análisis por sí mismo, sin recurrir a situar sus fuentes con las consiguientes consecuencias, de no poder saber en base a qué realidades es que obedeció tal codificación significante, aislando sus posibles contenidos sociohistóricos y psicoprofundos, de la base que les da origen, perdiéndose así la noción de sus raíces culturales y de los antecedentes culturales sacralizadores que les dan sentido en el espacio que significan, interpretándoles aún como sus espacios históricos en que brotan contextualizados dentro de tiempos concretos que deben conocerse para interpretarse.

Aparecen en escena investigadores como Georges Dumézil con su mitología comparada y el planteamiento de la mitología trifuncional, que en esencia plantea que los pueblos indoeuropeos presentaron todos tres niveles de deidades relacionados con la estructura de la sociedad, remitiéndose a los ejes del mundo de los sacerdotes, los guerreros y los comerciantes-productores; planteando la existencia de una soberanía divina y su relación con la soberanía jurídica. Estos esquemas, que en su generalidad son comprobables y ciertos, ya en sus niveles de detalle suelen tener discrepancias que rompen la generalidad.

Existen otras grandes escuelas como las del psicoanálisis del mito de Joseph Campbell que aunque realiza una obra monumental sobre los mitos y los trata en relación a las formas en que se estructuran en los niños, comete ciertos excesos y desviaciones que hacen que sus generalizaciones metodológicas pierdan consistencia, por emplear de una manera arbitraria las relaciones entre sus parámetros comparativos, sueños de infantes modernos, trasladados directa y automáticamente para aplicarla a/ la estructuración del mito arcaico, basado, en una identificación "piagetiana" de la formación del **Yo** (superada y ubicada en sus limitaciones actuales), pero tomada como una verdad terminal base para la personalidad en los niños, que, aunque puede ser usada para el caso, deben delimitarse de manera objetiva las relaciones que se pretenden hacer entre los infantes y la estructura intelectiva del hombre arcaico, que además, no demeritan en nada al gran Joseph Campell; en donde pareciera ser que se propone que los hombres de las cavernas pensaron con estructuras infantiles; mientras que fueron seres, que no solo sobrevivieron a los extremos climáticos de los peligros ambientales, sino que trazaron obras de arte imperecederas, donde se detecta que aquellos excesos de los investigadores en sus patrones comparativos extralimitan la realidad con sus deducciones hipotéticas, sin trazar los límites reales, entre lo que es la conformación del símbolo en el niño y la construcción del símbolo en el hombre prehistórico; donde la comunidad de patrones de acción está más en relación al modelo de bipedación que consagró la forma de significar al mundo en el hombre, que en la comparación de patrones significativos per se, y sus formas de crearlos; ya que, por otra parte, el avance en los estudios del comportamiento ha desmentido la estructura horizontal, que es modular, exclusiva y seccional del viejo modelo "piagetiano", que encierra más oscuridades que constantes claras y que se ha demostrado no tiene las delimitaciones estancas, que Piaget marcó como insuperables o modificables, es decir, que él dijo que no podían cambiarse o saltarse, y en ellas se basaron aquellos mitólogos y dan pie a otro mito de las interpretaciones basados en vivas generalizaciones parciales que le dieron cuerpo a toda una época de la pedagogía y del Paidos del siglo XX y es fundamental para entender el desarrollo en aprehensión dada en la edad y como este ha sido comprendiendo. Porque el espacio del proceso psicoaprensivo se convierte en neuro-conformador de la imagen que se ve resuelta como realidad en la conformación sana en la formación de las ideas y Piaget marcaba que el desarrollo aprensivo estaba atado a espacios de edad estancos, fijos e intransferibles, para manifestar tal cualidad aprensiva, cosa que resultó cierta, porque la verdad se complicó con lo inaudito de cosas dadas al acontecer.

*( … ) Pero, hay, una generación de investigadores empíricos que han analizado con cuidado las aseveraciones de Piaget, han hallado lo contrario. En tanto que siguen siendo interesantes los lineamientos generales del desarrollo, planteados por Piaget, muchos de los detalles específicos sencillamente no son correctos. Las etapas individuales se logran en forma mucho más continua y gradual que lo indicado por Piaget; de hecho encontramos poca de la discontinuidad que él aseveraba [y que hicieron especialmente contundentes sus aseveraciones teóricas]. Así, la mayoría de las tareas de las que afirmaba que comprendían operaciones concretas las pueden resolver los niños en los años preoperacionales, una vez que se han introducido diversos ajustes al paradigma experimental. Por ejemplo, ahora hay*

*pruebas de que los niños pueden conservar el número, clasificar consistentemente y abandonar el egocentrismo ya desde los tres años de edad: hallazgo que de ninguna manera predice [ni siguiera permite] la teoría de Piaget.*

—Howard Gardner, *Estructuras de la mente*, p. 52–53[79]

Estas grandes realidades sobre las debilidades del método "piagetiano" y sobre estos supuestos y sus aplicaciones caprichosas y del todo erradas de su modelo, trasladadas al espacio de la aprensión primaria de la humanidad, crean con Campbell, bases totalmente insuficientes para la explicación de algunos mitos y del quid que vitaliza a las formas aprensivas significadoras primas; entrando el mismo investigador, en constantes contradicciones por la abundancia de su temática. Así, por ejemplo, remite nociones agrarias al mundo del cazador recolector, en el que no podrían tener los mismos parámetros fuente como referentes para la conformación del mito y donde la Luna adquiere un papel diferente en cada caso, donde el primer espacio del cazador, lo lleva a la cacería de animales y plantas, que es generatricio y que tiene luz u obscuridad de cargarse y descargarse y, con ello, la cronometría estacional las lleva a migrar y perseguir presas animales o vegetales, porque también se cazan ciertas plantas y no existen patrones de adoración a la lluvia que es la materia sagrada de toda la agricultura. Pero donde Campbell realmente hace una gran contribución, es impulsando la teoría difusionista que muestra (como posteriormente comprueban los mapas genómicos mitocondriales) que la vida del ser humano parece tener mitos originales, que se dispersan por amplias zonas, esto, que en realidad puede ser cierto o no, ya que, también la aparición de modelos simbólicos iguales pueden tener otra explicación no difusiva, sino que se remita a que la mecánica aprensiva, es decir, la forma operacional de aprensión o significación del cerebro nos indique que a cerebros iguales o similares en su operación ante sucesos semejantes, se significan más o menos cosas idénticas, con diferentes nombres y aún sin contactos previos entre ellos, pero con significaciones equivalentes, y no necesariamente hablen de una difusión de mitos expandida, sino de una aparición significadora, contemporánea entre sus pares y que es a su vez significativa en sus equivalencias, empero, podría formar parte también de la movilidad humana que se origina en África y que se esparce por todo el mundo en diferentes oleadas y épocas, es decir, lo que es semejante es el modo en el que los hombres se construyen un proceso de significación con el que al mundo significan dándole órdenes.

En su momento veremos ejemplos concretos del asunto sobre las escuelas antropológicas, empero, valga decir, que aquí nos valdremos sobre todo de las recopilaciones de mitos de los grandes estudiosos como Frazer, Campbell, Dumézil, Eliade y retomaremos solo aquellos elementos de sus teorías que nos parezcan irrefutables, desechando, previa breve explicación, aquello que ha sido comprobado por su falacia o en las que detectamos fallas evidentes y, que, deben ser reconsideradas para depurar nuestra idea de cómo es que el hombre recrea aquella noción de la sustancia sagrada real que reconforma con simiente de vida los espacios sagrados vivos que nos contemplan y hacen de la conformación del significar un espacio en que el tiempo se expresa en su presente y es así viva realidad que se vive y queda plasmada en el símbolo que la representa y representa ese sentir eternizando ese presente en el pasado. Era lo mejor de ella vertido para que al resolverse fuese lo mejor de mí para el que lo lee.

Para apuntalar nuestra teoría base sobre la psicoconformación histórica del mito, mediante la interpretación del mundo a través del hombre que se significa; mostraremos cómo la historia marca huellas en la conformación del aprendizaje en el espíritu de significación, que han hecho que el hombre se ordene desde la base del fijar un eje ampliado, hasta arribar ahora a la necesidad real de conformar la República Universal de la familia humana. Como si se viera muy clara la reunión del principio y fin en el *telos* o el sentido real dirigido al tiempo histórico social, unido a la intencionalidad "husserliana" del hacerse para siempre consciente y responsable del sentido que se imprime al desarrollo y, en donde construimos este, nuestro mundo, que se contempla bajo la perspectiva del hacer que emana de la acción íntegra de los individuos íntegros que saben las consecuencias de sus actos y pueden ver más allá de una noción personal la verdad del nosotros: mujeres y hombres del planeta Tierra.

En fin, que aquí se presentará el esfuerzo de aquellos que vienen a través del tiempo y han dejado las huellas de sus ideas con su esfuerzo para engrandecer al espíritu humano, dejando la imagen de una vía que los va trayendo en la esperanza de que su tiempo haya valido de algo, al dejar un tanto de su ser en la huella escrita y, con ellos traeremos o intentaremos traer a esos más grandes libros vivos, referentes en la historia, de modo que hable el espíritu de sus autores; así como debe entenderse de modo real, esto profundo, de lo que siempre ha sido base de lo sagrado.

Por último y en concreto, como no pretendemos hacer aquí una historia de la conformación de todos los mitos, sino que directamente, solo vamos a marcar las huellas de aquellos elementos que llevaron al hombre a trazar los ejes de su sacralidad significativa y cómo llegan a crear los espacios superiores de los mismos, representados en los cuatro monoteísmos históricos reconocidos (aunque hay más) son la base de los que se tiene noticia, en los que mostraremos cuáles son sus características para que se perciba en su entraña, el porqué en realidad dos de ellos no conforman monoteísmos por sí mismos, sino que de manera real se constituyen en una suma de politeísmos previos de los que parten, frente a otro tercero dado en la construcción de la inteligencia griega, en donde la verdad se conformó en la "figura humana" que por su característica de ser el único modelo de revelación individual que se forma en lo social, ya que dentro de la sacralización grupal cada quien siente su fe y esta ambivalencia continua de la relación nos permita entender de qué sustancia se ha hecho lo sagrado en el hombre, así como cuál ha sido la tendencia conformadora de su sentido de unidad trascendente. Comprender lo anterior nos permitirá ver cuáles son las características psicoconformadoras que llevan a los hombres a pensar de tal o cual forma, cuáles son las ideas o elementos que subyacen bajo el esquema piscoconformador de la sacralidad y la cultura humana desde la base de lo sagrado. Así, es pertinente asentar que todo lo antes dicho está consignado por la conciencia universal de aquellos que han participado o creen conocer de aquellas raíces cognitivas mencionadas, de modo que el espíritu del hombre campea en sus aportaciones y en la verdad intrínseca de aquello que quisieron dejar claro con relación a su idea de lo divino o lo sagrado.

Nous me evidenciaba, con su mirada, que el espíritu del hombre llenaría todos los rincones de la mesa y, que, aparte de la teoría científica que se construiría en ella, todos los conocimientos vertidos serían aportaciones de la humanidad en su conjunto, no porque se excluyera de la teoría que se formularía a este espíritu, sino porque sería una contribución de esta reunión de almas a la comprensión humana de lo que nos reúne en la viva taberna de los muertos que se esconden, mientras vivo en la clara casa de la luz.

De tal modo que, todas las referencias que haremos respecto a lo sagrado tienen como fin, el poder mostrar un espacio referencial mínimo suficiente, que nos permita compartir cuáles han sido los elementos de la sacralidad que se ponen en juego al significar lo humano del hombre para llevarse a cabo en los espacios superiores de la religión y la sustancia misma que conforma la fe, como espacio en el que la esperanza humana es la significación sagrada de su pertenencia universal real en significación que permea al ser comprendido en el todo como la respuesta a su ubicación de especie significante. Ese es el verdadero marco en que se encuadra todo lo que de ser humano se es en la construcción sobre las ideas.

La desmoralización moderna debe enfrentar la verdad del valor del ser espiritual histórico y sus compromisos con el espíritu universal y la vida, así como, legitimar la determinación del lugar que ocupa en el universo como forma de aquel gran principio sin fin, en el que, no solo la energía no desaparece sino que se transforma; lo cual también es el caso de las inquietudes humanas, que presentan claramente el panorama, donde la desmoralización del espacio del valor, no elimina a la noción prima, ni a la causalidad de la sacralidad y la materia de su origen y función dentro del contexto de lo humano que imprime aquel hombre a sus obras, sino que, veremos el cómo se traslapa, olvida o deteriora el valor de lo sacro del valor, dando pie, inmediatamente a la sacralización de lo profano. La religión y su estudio debe verse, tanto, en cómo ha sido y es, en su realidad histórico-concreta, en la construcción de la estructura de su sacralidad como relatoría de las formas de la conciencia y, sobre todo, en qué tipo de gente es la que se esperó formar socialmente en el tiempo en cada caso y que se logró crear con ella en la significación humana; y si este ser nuevo que ahora encarnamos debe perder o no la relación sacra con el todo o si lo que se está sacralizando responde a aquello importante del ser humano. Empezando por situarse y reconocerse frente a aquellos valores que le traen hasta aquí, manteniendo entonces un enfrentamiento franco consigo mismo y con sus no-valores frente a la vida y al planeta, que lo siguiente que se requiere es la conformación del planeta Tierra, como será reconocido en el mundo exterior (no sea que nos vaya a pasar lo que a los helenos que se reconocieron como Grecia, cuando así los bautizaron los romanos), y cómo se refleja la actitud y accionar de las sociedades, así como de los individuos en la libertad que se estructura sobre las reglas que la sociedad plantea y que la historia convirtió en instituciones y leyes; pero donde, en sentido estricto, hasta hace muy poco estaba impulsado por un sentido sacro, que aunque mágico, no por eso era menos verdadero e interpretado en su esencia al buscar ser un vínculo de respeto para con la verdad de la pertenencia universal de la especie con el mundo y sus recursos; y los vínculos del hombre cultural con la supervivencia de la especie y esto a nivel de la significación como proceso terminal esta última, porque en realidad la sacralidad, como la fe, nacen de significar a la naturaleza como patrón evolutivo en el que la especie descansa su supervivencia; es decir, en relación con la responsabilidad para con la vida de las especies, dado como un deber biodeterminado, desprendido del hacerse a este mundo humano, en medio de un mundo natural que le dará pie a esta materia viva; divina porque contiene lo sacro de lo que lo constituye y que conforma la base de un mundo que se significa en patrones de conducta que inspira su estricto retorno al sentido del valor y lo sano como patrón del Bien.

La amplitud de la ampliación animal llamada humana, es algo que nos toca trazar ante tus ojos, y para los términos de este juicio, en el que entenderemos, que, por un lado existe lo sagrado, como aquello que se carga de un valor específico; y que por otro lado existe la fe como el mecanismo que da validez a lo creído, es decir, por un lado existe el espíritu como algo que se ha codificado y calificado como inmanente y omnisciente, externo al hombre (nosotros lo concebimos como parte de todos, la esencia misma de las escuelas y su sentido significador de lo diverso en el espacio significativo del hombre como espíritu humano como otras escuelas dicen) y, por otro lado, está el espacio que se ha pensado, sentido, percibido, que es el espacio de manifestación personal o institucional del espíritu o la residencia del espíritu en la fe; esto es, la capacidad del hombre para creer y ponerse en contacto con aquel espacio sacro representado en formas que se llaman divinales, desde una identidad traspalada de la fe a la palabra, trasladada al espacio del imaginario que construye su significación sobre lo que percibe con sus creencias el grupo y en convicción de la existencia de ese algo más allá; y, que aquí afirmamos que se da por un principio básico de la conformación de la psique que se aprende; y así para poder hacer una reducción real que sintetice las funciones de lo humano, debemos partir de ver que al haber sido un acto absolutamente primitivo en su origen, este debió de surgir al construirse sobre un acto muy simple para crear el *Homo significante*, que es el ser que nosotros propondremos como el paradigma a crear en el proceso de la evolución que parte de concentrar en un solo proceso (aprensivo-significador) con solo dos funciones como base de todo proceso de humanización; proceso que, por otro lado, si es real y resulta cierto deberá acompañar en su simplicidad al acto evolutivo que construye a lo humano, el cual parte de determinar la bioconstrucción plástica evolutiva de la especie, que, por más que evolucione y se desarrolle, tendrá que estar inmersa en el hombre, tanto en el primer momento en que se determinó la evolución de la especie como en el hombre que está pisando Marte; que parte como la construcción de aquel ser biodeterminado para conformarse como la especie que crea el ser que se realiza a sí mismo, por la aprensión significativa que tiene del mundo, que básicamente se realiza por el proceso de nombrar y ordenar.

Nuestra hipótesis entonces parte de que el hombre solo aprende el mundo porque lo puede nombrar para ordenarlo. Sostenemos que no existe fuera de estas dos funciones, nada más allá en la conformación psíquico-aprensiva significadora del hombre (aparte de sus niveles de procesamientos de memoria, que, por otro lado serían parte de los ordenamientos), sino sus desarrollos y formas de volverse complejos esos sistemas simples, dentro de las estructuras eje básicas para la conformación del mundo aprendido significador y, así, del espacio humano. Nuestra tesis es entonces que el hombre no puede sino significarse en nombres y órdenes que crea o lee en la naturaleza misma de las cosas. El camino que construyó el espacio de lo que desemboca en el mundo humano que recrea a toda posibilidad de significarse.

Este nombrar el aprender que se ordena, es la base aprensivo cognitiva real del ser en que se significa el mundo, que será el eje de nuestro análisis en su sistematización desde el hombre primitivo hasta llegar a nuestro tiempo, en el que el proceso neuroconstructor del espacio aprendido se va conformando por el proceso nominador ordenador, en una relación en la que ambos campos se retroalimentan y se autoconstruyen, de modo que, aquel error de los psicólogos y neuroconstructores de ver dos estancos aislados cuando la biología del aprendizaje muestra que ambos espacios no son estancos, sino dialécticos en su conformación. Donde los nombres que se asignan a las cosas son las entradas o *inputs* y el mecanismo de ordenación, es el procesamiento que se hace de tales datos como percepción fenoménica del conocimiento base para el ordenamiento que se les asigna; resultando de este procesamiento la obtención de la creación cognoscitiva misma y de esta la estructuración arquitectónica del neurosistema significador; es decir, es un proceso que al procesar: recrea y crea el conocimiento y el cerebro mismo. Acudiremos a la historia de la revolución cultural del *Homo significante* al que llamaremos *Homo significans* para que sean ellas (las culturas que tomamos como muestra), con sus propias palabras, las que nos digan si esta verdad les es común o solo es una identidad fincada por la mesa y que no responde a lo que el hombre en sus señales ha manifestado ser a lo largo de la historia y si existe la posibilidad de que aquello sacro lo situemos en el mismo espacio biodeterminador de la evolución, con lo cual, podríamos no solo partir de un espacio que por humilde, quepa en los niveles más primitivos de la especie, sino como todo el mecanismo operativo de la naturaleza, que sea suficiente para estar inmerso en el procesamiento complejo del hombre moderno, ya que sostenemos que el proceso de la vida es un aprender continuo, desde la "unicelurización" y su conformación mitocondrial, donde el procedimiento operativo del desarrollo de la vida solo es dado en un aprendizaje continuo, que, en términos de lo humano, se especifica dentro del proceso significador, con su nombrar y ordenar para crear todo lo que el hombre ha sido desde su mecanismo neurovisual olfativo hacia el aparato neurosignificador auditivo, enunciativo vocal afinador del rostro y, con ello, entonces partiríamos de afianzar la certeza de que todos nuestros patrones de análisis que brotarían de nuestra naturaleza aprensiva, que se significa en espacio de mística, que se reconforma con sus emociones significativas.

Aplicaremos de partida este mecanismo a la búsqueda especificadora del origen de la fe y de lo sagrado; aquí, lo situaremos antes que nada, respecto a nuestra explicación del: ¿Cómo es que se conforma la fe?, partiendo de que la función fundamental que nos caracteriza es la aprensión por aquello que se significa, entendiendo que es la parte natural del proceso aprensivo del ser humano, como el espacio evolutivo natural no solo de la especie que se significa, sino que parte este ser humano de ser esta aprensión, el principio real de toda la evolución viva de la naturaleza en el planeta Tierra, que es llevado al espacio de lo humano y partimos de aseverar que este procedimiento aprensivo se posibilita al estar basado en el hecho de cómo la fe es un producto (o mecanismo) natural de la aprensión; es decir, cómo es la forma sustancial previa necesaria sin la cual no puede existir la significación de una manera biocoformada, en donde el animal que se significa si no parte de la idea base de que eso que significa es tomado como la verdad sustanciadora de su realidad, visto como la base de la valoración objetivadora de esa realidad inmediata para Él; al ser el Ser que se significa y con ello sus imágenes, y parte de que de esta forma la fe es la sustancia base para creer que tiene valor real, aquello que Él entiende que las cosas que significa: son para poder aprenderlas; de tal modo, que, la primera persona que nombró algo, tuvo que tener fe en que eso nombrado y el nombre mismo, en el viejo principio de la parte por el todo, corresponden a una verdad que se sostiene por su identidad con el sentido que se tiene de la realidad, que permitió la supervivencia de la especie y, que, por tal motivo, tienen una importancia base total para la biodeterminación de todo su camino evolutivo en aprensión en que la fe desde su origen se ata a lo divino, sacro, es decir, a la noción de dependencia de tal acción o cosa que determina el proceso sacralizador que enaltece todo aquello que le posibilita a la especie sobrevivir; de tal suerte, que esa verdad tuvo que ser aceptada por su grupo, que tendría fe en eso que se significó, ya sea, por la posición de liderazgo que tenía aquel personaje que asignó por primera vez un nombre a algo y tuvo fe en que eso que nombraba era la cosa misma que cubría ese nombre o porque las sensaciones grupales correspondían a esa expresión; y todos tenían fe en que eso significado correspondía al nombre que le era natural a la cosa y, aún más, que el nombre era la cosa misma, y que así lo asignaron para significar y sobrevivir ante cualquier especie depredadora que detectaban o a un alimento que consignan como venenoso, el cual ya les había costado vidas, o dotado de bienes y, bueno, por ejemplo, una planta sabrosa o una fruta dulce, pudo arrancar un "mmm", común a la sensación grupal que al respecto tenían y ese "mmm", que se desprendía casi naturalmente de todos los que comieron esa fruta, o un "shhh" de un chile o de alguna planta picante como la pimienta, les resulta ser una verdad común desprendida de sensaciones compartidas y, tanto el "mmm" como el "shhh", eran validados por aquella experiencia grupal; de modo que, un "mmm" en otras circunstancias, les hace tener fe en que serían sabrosuras las que les esperaban y salivaban al escuchar tal expresión junto a la idea aprendida, identificadora del fruto específico así codificado, y antes degustado; al tiempo que un "shhh" les habla de picantes sabores ya codificados que se aceptan como la fe en significar lo que se sabe en común en relaciones sociales del lenguaje y de sus realidades así compartidas en significaciones comunes al grupo. La fe en la significación permitió que se neuroestructurara el ser que recargaría su neuroconstrucción en esas posibilidades significativas que los hacían poder compartir la vía significante de cosas comunes con sentidos comunes, tanto al nombrar las cosas como al nombrar las relaciones entre los grupos, al interior de sí mismos, que determinan los códigos de interacción en las sociedades eje que hacen en su designación la forma de restaurar el equilibrio de lo perdido en la forma del espacio justo.

En estricto sentido, no podemos, según los puristas, hablar de nombres con las primeras formas de las codificaciones guturales o mímicas, empero, en un sentido genérico ampliado, son la sustancia misma de lo que con la evolución avanzará hasta ser el nombre, que son tan importantes y característicos que posibilitaron, conduciendo a la biodeterminación de la especie que se significa y que recarga toda la adaptación biodeterminadora de la especie, en crear y recargar su evolución, sobre la existencia de aquel sistema neurobioconstruido conectado a la conformación del sistema lingüístico auditivo, que permitiría aprender desde la conformación del espacio neuro-lingüístico-auditivo y neurosignificador, que dará sentido biológico real al *Homo significans* primero, que le dará un sentido significado ordenador a su biodeterminación desde que la fe que como vemos sea base del conocimiento, o sea, tener que creer en algo para lograrlo.

Estas explicaciones, tan primarias, son la base primitiva de la fe, es decir: la fe es un proceso natural, de creer, sin lugar a dudas, en todo eso que se significa y que se da en un primate como su forma de sobrevivir al significar, que por esa vía se separa de la animalidad, al crear su forma visual, fono-buco-significadora y única específica de aprendizaje en un espíritu significante que se forma en la bipedación; y así como la evolución del animal carnívoro se recargó en músculo y masa, velocidad, garras y dientes; la evolución humana, se recargó en crear órganos y huesos, que les yerguen y que les permitieron significar a las cosas como presas, una vez que el primer dios apareció: el fuego, y con eso tuvieron las fieras la sangre en sus fauces del sacrificio para que se tomaran la de alguien, mientras que nosotros como especie, partimos de conformar un modelo en el que se construye el hombre como su espacio humano en el significar a las cosas del modo más primitivo, y en la adoración de la total dependencia que se representa en lo emocional, y que se significa en lenguajes que significan lo sentido y lo vivido de eso por lo que se implora por igual, lo cual, partió de creer o de tener fe de que esos significados que asignan eran suficientemente verdaderos y que eran representantes fidedignos de la realidad, porque les permitirán sobrevivir y recargar toda la evolución de su selección natural sobre la construcción de los órganos biodeterminadores de la significación; creyendo o teniendo fe en esa verdad suficientemente evidente o cercana a las realidades perceptivas para hacerlas sobrevivir; de modo que vemos que la fe es: la inmanencia en trascendencia del proceso significante de la aprensión que descansa en la conciencia del saberse cierto al significar; donde lo que se entiende, es entonces la verdad material socialmente ordenada como realidad histórica. Vemos pues como la fe en eso que se aprende da sentido a eso que se es y sobre todo a eso que se cree que se sabe; la cual es la sustancia que conforma el mundo de lo humano.

La base racional del origen de la fe, entonces radicará en que las únicas funciones que el hombre tiene, como supranaturaleza radican en que se significa un mundo que nomina su ordenación y que eso es de principio la fuente de lo sagrado, donde, se parte de creer, que esos nombres y esos órdenes, tienen un sentido de verdad relativa a su realidad nombrada, que se vuelven la realidad de su mundo; es decir, cree que esos nombres y las ideas que lo circundan son verdades tan fuertes y evidentes, como esta realidad que le va a sostener para sobrevivir y que ese proceso tiene dos grandes espacios de la significación, uno antiguo y profundo del simbolismo, que dio nacimiento a todo el espacio de la significación social, antigua madre del ancestral Oriente y que se refiere al amplio mundo del interpretar, que es la fe en las cosas nombradas como sacralizadas y el orden jerárquico que gestan son vistos como productos mentales y adquieren una casi naturaleza y como dice Paul Diel, son funciones psíquicas, añadiéndole que brotan de toda aprensión significante en una codificación común que crea identidades culturales que llegan a desarrollarse como una racionalidad lingüística, que ordena la significación sociohistórica viva, que se significa en la identidad cognoscitiva, sobre la que recargamos nuestro ser un saber; de modo que evolucionamos creyendo saber, es decir, teniendo fe en que sabemos lo significado como aquello nombrado, que es lo que es; la fe prima del ser significante nace entonces del nombre que damos a las cosas con las que creemos saber, y resolvemos que eso que nombramos es lo que la cosa es y significa; más aún, del saber que se cree que se sabe en esto nombrado y crea la supranaturaleza de la fe, como la aprensión de la realidad cognoscitiva; con ello, lo nombrado es idéntico a la cosa nombrada, esa es la base que posibilita la magia, que fuera tan verdad como la palabra con que se manipulan o controlan los objetos. Y su sentido del poder asignó roles públicos a los que la poseen, poniéndoles del lado de la estructura del poder o en su contra, y parten de que, el que tiene la palabra mágica tienta el poder o tiene el poder mismo del poseer las cosas por su voluntad, porque al nombrarlas las abarca y las puede controlar, y es así que por el conjuro, logra crear la realidad que la sociedad espera o reclama, y de esta previamente fuimos en la guturacion mímica que da pie a la biodeterminación neurodeterminadora que al significar en símbolos interpreta sus órdenes, y ya muy después la claridad de la explicación como el contrapunto.

La explicación es la segunda forma de la significación humana, segunda y última de la significación humana y se desprende de la construcción de la inteligencia que se sostiene en la razón, y que nace con los gimoteos hasta la construcción del acto racional, en aquel parte aguas en el que nace este Occidente mismo, que al final dice más de eso que la cosa es al explicarse en el mundo.

> Ceñidas las cosas por la cintura,
> en palabras las hago bailar al ritmo de la voz;
> las tomo, desnudo, conozco, poseo.
> Las nombro, llamo, platico, comunico, pues: yo les creo mientras
> me crean al recrearnos...

*La palabra es expresión. Sin embargo, ya desde las primeras declaraciones de la filosofía griega sobre el tema, en Heráclito y Parménides se afirma la inherencia del Logos en el ser: el ser es racional. La nueva palabra de razón, será la razón del ser, la razón pura.*

—Eduardo Nicol, *Metafísica de la expresión.* p. 14[80]

*El lenguaje es un factor en la estructuración sintética de la conciencia misma, en virtud de la cual el mundo de las sensaciones se configura en un mundo de la intuición; por ello, el lenguaje no es ninguna cosa producida, sino una especie y una profundidad de la creación y formación espirituales.*

—Ernst Cassirer, *Filosofía de las formas simbólicas*, p. 106[81]

Así Nicol menciona como paso a paso se construye la verdad del hombre en la búsqueda de la verdad del mundo y su modo de ser una significación en la que se tiene fe. Y Cassirer nos muestra que el lenguaje es la construcción simbólica del espíritu que significa. Para que una cosa que se significa adquiera su sentido de verdad para el grupo, tendrá que dar valor de verdadero al cómo es lo que se significa y a su significado en el espíritu del grupo, el Logos del conjunto significado, de otro modo la acción de nombrar y significar pierde el sentido de verdad-realidad, ya que solo por la fe que se desprende del creer que eso que se nombra y ordena, es realmente eso lo real existente y se es con ello que no se podría crear la supranaturaleza humana; es decir, el sostenerse evolutivamente en la selección natural que se afinca neuroestructurando lo que se está creyendo, donde la fe sostiene no solo a la creación neurotransmisora, sino construye la realidad paralela que transforma la naturaleza, estando entonces esa fe sostenida en lo que se construye afuera y como la arquitectura plástica del cerebro, desde lo que se nombra y ordena, para significar al mundo como la idea humana que se vivifica como sentido material humano, que grupalmente asigna valores de verdad material a sus concepciones nombradas y a los órdenes que de eso se desprenden, donde la fe en el símbolo guarda la cosa y su sentido para con el conjunto que la significa y la entiende como tal.

En el símbolo se guardan y transmiten series de concordancias grupales de significado que les dan identidad y que se construyen en el *imago mundi*, la base intelectual que les justifica en su ser desde el mito hacia la ciencia y donde se construye la significación total de un sentido que nos es sacro y que está olvidado ahora, mas que fue básico para conformar aquel camino significador que somos, y que nos lleva a conformar la base de una idea que se construye en lo pensado que es el mundo en el que significa la realidad. El hombre que se construye cual mundo significado le da sentido de acuerdo a su idea y el mundo entonces significa dentro de su modelo.

*El que se apodera del nombre consigue poder, con él, sobre la misma cosa; esta se convierte para el adquiriente en su 'realidad' [es decir en su eficacia mágica] y en cosa suya propia.*

—Ernst Cassirer, *Esencia y efecto del concepto de símbolo*, p. 30 [(82)]

*La mera palabra o imagen contiene una fuerza mágica a través de la cual se nos ofrece la esencia misma de la cosa.*

—Ernst Cassirer, *Filosofía de las formas simbólica*s, p. 31[(83)]

*Otro indicio de que de hecho es la actividad pura del espíritu la que se manifiesta en la creación de los diferentes sistemas de símbolos sensibles, es que todos esos símbolos se presentan desde el principio con una determinada pretensión de valor y objetividad. Todos ellos van más allá del círculo de los meros fenómenos individuales de conciencia; frente a estos pretenden establecer algo universalmente válido, a la luz de una ulterior consideración filosófico-crítica con su más desarrollado concepto de verdad. Esta pretensión podrá parecer infundada, pero la pretensión misma pertenece a la esencia y carácter de las mismas formas individuales fundamentales. Ellas mismas consideran sus creaciones no solo como objetivamente válidas, sino las más de las veces, precisamente como el núcleo propiamente dicho de lo objetivo, de lo "real". Así por ejemplo, es característico de las primeras manifestaciones ingenuas e irreflexivas del pensamiento lingüístico y también del pensamiento místico el no separar claramente el contenido de la "cosa" del contenido del "signo", sino que con absoluta indiferencia suelen intercambiarlos. El nombre de una cosa y la cosa misma están indisolublemente fundidos.*

—Ernst Cassirer, *ibíd.*, p. 30[84]

Es importante destacar que el nombre que el grupo asigna a las cosas es parte del espíritu cognoscitivo del grupo, es parte de la memoria social que por un lado dota de cultura y que le permite al hombre funcionar, recordar o elaborar la suma de ordenamientos de acuerdo con la memoria colectiva, opera dentro de un esquema del ordenamiento de nombres, como un procesamiento en diferentes niveles de órdenes, dados por los niveles en los que se sabe y siente al respecto relacionado según las creencias del grupo.

El efecto del totemismo de Durkheim que crea clasificaciones conforma el eje y la base psíquica de la fe, que entonces consistirá desde un plano neuro-psíquico, no, en el cómo es que se ha querido ver, desde los planos teológicos o espirituales, dados por un acto externo, sobre algo que se presiente, sino que en principio es dado por una parte como ya mencionamos, el modo, en el que opera aquel ser que se significa y, que tiene que creer que eso que cree es cierto porque la relación cultural del grupo la concibe como lo real, pero además, existe un antecedente neuroestructural que nos da una parte fija genética del modelo mental estructural orgánico, el cual añade estructuras biodeterminadas, para que las generaciones hereden, no los conocimientos o creencias, pero sí, las estructuras celulares pertinentes o las conexiones posibles, para que se den las sinapsis que albergan a los conocimientos y, que, junto a la cualidad natural básica del proceso de aprensión con que el hombre que aprende va nombrando las cosas y ordenán-dolas según su parecer e idea, tiene que tener fe en que sabe lo que sabe; es decir, que las cosas que se aprenden, son para el que las aprende, tanto como los nom-bres con que los conoce, que les asigna para su comprensión y que sus órdenes corresponden al orden real que ocupan en el mundo, donde la cosa y el signo o el nombre son indisolubles de sus uniones con lo que se concibe como su realidad, el símbolo se sabe y se siente y se expresa en palabras que son concebidas por el grupo como los espacios de realidad que son la verdad grupal.

Es pertinente recordar aquí, aquellos cuatro principios de la cognición deri-vados de la "gramática celular" que Eric Kandel detectó con el molusco *Aplysia*, y que dan pie a la formulación de que la fe en el caso de la cognición humana, es un producto natural del hacer a aquel ser que se significa, y que se construye creyendo que es real aquello que nombra y, en aquellos órdenes que de su pro-cesamiento se derivan como esencia de su verdad; donde, la especie heredará su proclividad a creer o tener fe en lo que nombra, donde el nombre y la cosa, son una misma cosa e identidad, y se crea la posibilidad genética del acto de creer que lo que se cree y dice de la cosa es la cosa; aunado a la base orgánica que al apren-der suscita cambios estructurales neuroquímicos y subsecuentes ordenamientos neuroestructuradores de factores internos comunes de ordenamiento para cerebros en empaque individual:

> *En primer lugar, los aspectos elementales del aprendizaje no están distribuidos difusamente en el cerebro, sino que se pueden localizar en la actividad de células nerviosas específicas... En segundo lugar, aprender es el resultado de una alteración en las conexiones sinápticas entre las células: más que ocasionar por fuerza nuevas conexiones sinápticas, es costumbre que el aprendizaje y la memoria sean el resultado de una alteración en el funcionamiento de contactos que ya existen... [es decir, para explicar nuestro asunto del como significamos y aprendemos, basado en las transformaciones potenciales que dejan sus formas en la interconectividad interneuronal sináptica de su ordenación por lo que significan y el espacio emocional que le asignan]... En tercero, mediante una alteración en la cantidad del transmisor químico liberado en las terminales de las neuronas, los sitios donde las neuronas se comunican con otras, pueden ocurrir cambios prolongados y profundos en la fortaleza sináptica... Por último, se pueden combinar estos sencillos procesos de alterar las fortalezas sinápticas para explicar cómo ocurren los procesos mentales cada vez más complejos, y así producen, empleando la frase de Kandel, una "gramática celular" que subyace en diversas formas de aprendizaje. Es decir, los mismos procesos que explican la forma más sencilla de la habituación sirven como un alfabeto del cual uno puede componer formas mucho más complejas de aprendizaje, como el condicionamiento clásico.*

—Howard Gardner, *Estructuras de la mente*, p. 81[(85)]

Veremos después, como esto, en términos de la cognición humana, presupone, que desde el *Homo significans* previo aún al *habilis*, el *hardware* estaba en su esencia listo y operativo en su significar, y que tendría los neurotransmisores y la bioquímica potencialmente preparados en estructura cerebral, y que serían aquellos elementos "chomskianos", cerebrales requeridos para el lenguaje; y que en términos de la gramática celular solo era cuestión de aumentar las conexiones o variar los contenidos informativos liberados en la neuroquímica y las formas de reforzarlas (Lieberman) lo que implicó el conocimiento aprendido significador como proceso biodeterminado que reúne aquellos elementos del aprender bioconsignador, dados en términos evolutivos, ya desde aquel *keniántropo* o "cara limpia" hasta la forma de hoy, donde la estructura de la neuroconstrucción viene atada de la mano con eso que se significa en el tiempo y que se conforma como el espacio pensado más próximo a esto que somos, con lo que por un lado el espacio heredado no es el del conocimiento, sino el de la fe en que se puede conocer.

Howard Gardner está de acuerdo con la teoría de la evolución gradual del lenguaje:

*Como reto a la "evolución gradual", algunos eruditos eminentes, como el lingüista Noam Chomsky y el antropólogo Claude Lévi-Strauss, creen que todo el lenguaje tuvo que ser adquirido en un solo instante. Me parece que, es más probable que la capacidad lingüística humana sea el resultado de que se reunieran una serie de sistemas discretos, cuya historia evolutiva data de muchos milenios. Es muy posible que diversas características pragmáticas del lenguaje humano hayan evolucionado de las expresiones y capacidades de gestos [señalar, llamar con señas] que compartimos con los simios. También pueden existir determinadas características formales o estructurales que reflejen o aprovechen las capacidades musicales como las que revelan especies mucho más remotas, como las aves. Estas habilidades cognoscitivas como la clasificación de objetos y la capacidad para asociar un nombre o señal con un objeto también parecen datar de mucho tiempo atrás: pueden facilitar ese provocativo dominio de sistemas parecidos a lenguajes hace poco descubiertos en un grupo de chimpancés.*

*En lo que los humanos parecen ser singulares es en la existencia de un tracto vocal suprafaríngeo capaz de una articulación distintiva, y en la evolución de mecanismos nerviosos que emplean las propiedades preadaptadas de este tracto vocal para el habla producida rápidamente. Cuando se pueden hacer distinciones de sonidos y comprenderlos con suficiente rapidez, es posible apretujar sonidos individuales juntos en unidades del tamaño de sílabas: el empleo del habla para la comunicación rápida es el siguiente paso. De acuerdo con Philip Lieberman, principal proponente de este punto de vista de la evolución del lenguaje, en el hombre del Neandertal, e incluso posiblemente en el australopiteco, estuvieron presentes todos los elementos para el lenguaje, excepto por el tracto vocal adecuado.*

—Howard Gardner, *ibíd.*, p. 128–129[86]

Es importantísimo resaltar que los científicos notan las diferencias gruesas entre los primates y el hombre, como quien ve que un proceso terminal acabado como el principio del cambio y, así, no determinan como pasos previos estructuradores reales de lo humano significador, que la diferencia con los primates superiores se gesta y radica mucho antes del tracto vocal, por ejemplo, en la neuroconstrucción del sistema lingüístico-auditivo significador, que le antecede por millones de años y que realmente marca la distancia con los primates y su forma de comunicación primaria; y donde es necesario partir, por un lado, de ver que aún en los chimpancés existe la posibilidad de ordenar y clasificar objetos, y relacionarla con nombres (se ha demostrado que aún las aves la poseen, así como los mamíferos superiores) puesto que refuerza nuestra teoría en la cual aseveramos que, para el hombre, aquellas únicas actividades aprensivas diferentes de los demás animales que realiza aparte de la memoria con sus modos de almacenamiento y procesamiento que son sus bioordenaciones, entendidas solo como formas de complicación del desarrollo, son aquel: nombrar y ordenar. Esto nos dice que su base orgánica viene posiblemente, no de algunos milenios, sino de un par a un trío de millones de años aproximadamente como homínido, si nos remitimos al origen primo del biomecanismo significador que se dio con aquel pariente, de rostro afinado, primo de la legendaria Lucy, el *keniántropo*; como punto de quiebre cuando menos y muchos siglos antes como un primate clasificador.

Y entonces, añadiríamos que, no solo el tracto faríngeo determinó el cambio de la especie, sino que ese proceso solo lo culminó, lo cual sería un factor terminal, que combinaría el desarrollo del sistema neuropsicofónico-sónico significador determinador de la cara fina, que la evolución marcó como punto inicial de ruptura radical con los primates que, en realidad, es lo que determina la evolución biopsicofísica del ser humano en el desarrollo psiconeuronal-fónico (lengua, oído en afinamiento de la cara, disminución de la mandíbula, por último, posteriormente tardía y terminalmente el ascenso del tracto en la garganta) —visual-auditivo-neurosignificador, que fue propiciador— potencializador del ser en el que se desarrollaría su selección natural evolutiva, recargado en la significación; en que esos procesos entonces tuvieron series de evoluciones de áreas neurocognitivas de comprensión en donde, desde el principio, el motor fue el aparato significador y sus formas de perfeccionamiento por la resolución de la cotidianidad en la complejidad de lo sencillo del nombrar y ordenar que organiza a lo humano del hombre.

De este modo es muy probable que el planteamiento de Chomsky sobre la aparición de todo el lenguaje en un momento, no sea tan incorrecta si lo vemos en términos del logro del *hardware* desde la bioterminación de la conformación final biodeterminada del sistema requerido para el lenguaje, esto es, que existió un punto evolutivo en el que toda estructura cerebral estaba preparada para significar, si vemos que parece ser que las características de la evolución en que los cambios genéticos se dan en contexto, en que mutaciones o selección natural de las partes de los organismos en que recarga la supervivencia se suceden en un momento dado, ya que las últimas investigaciones en células madre rompieron el dogma de que la evolución era lenta, larga y continua; para mostrarse ahora como un acto que pudo sucederse en unas pocas generaciones y de una manera rápida y radical, con lo que podría haberse dado la evolución final física para el lenguaje que mostraba la maduración neurocelular que soportara aquello, que se significa y que es el punto toral ancestral biodeterminado, por aquella bipedestación terminal, que impulsó desde que se dio a levantarse bioconformando en paralelo al sistema significador mencionado; empero, nos parece que en definitiva, antes y después de este punto, el lenguaje fue una suma de procesos que fueron afinándose desde la bipedación neuroconformadora y su conexión lingüístico-auditiva nominadora de lo que oían y veían y, que también y en paralelo, echaban a andar las cosas sobre lo que creían que las cosas eran, hasta la formación del tracto fónico de la garganta, ya que, aunque culminaran en un punto biodeterminado, su evolución significadora del lenguaje posterior, fue un desarrollo paulatino; estando entonces, con Lieberman y Gardner en la evolución del lenguaje y con Chomsky, no en la adquisición de todo el lenguaje en un punto, pero sí, en la aparición de la existencia de su posibilidad por la concreción de la bioinfraestructura determinada, en un momento evolutivo dado, como el alcanzar la cima, aunque con un predesarrollo más antiguo que lo encaminó al sentido y término señalados, donde el punto en que se alcanza, es el logro de otro proceso evolutivo básico, en que comienza el sentido significado: nombre, orden primero; donde, entonces, desde ahí ocurre un aprendizaje continuo que crea las sinápsis estructurales requeridas para formar este todo del sistema, que se gestó en la bipedestación nominadora del entorno; neuroconformado como idea en acto de fe.

El hombre se irguió y en dicho proceso nombró lo que veía y oía. Esta verdad está avalada por su esencia neuroconformativa representada en los niños al aprender cómo gatear y erguirse, lo que contribuye a la no aparición de espacios no conformados del neuroaprendizaje que se manifiestan después en conductas antisociales y enfermedades. La patología del aprendizaje también contribuye, de lo cual está cargado el aprender, que lleva al hombre a conocer la realidad que le espera día a día para comer, beber y no morir. Y con el fuego, el primer gran dios del hombre, se yergue sobre la luz que emana y se significa con amplitud de vida el espacio en el que camina, y anda la vida que se envuelve en la visión de su espacio vivo.

No olvidemos que los últimos avances de la ciencia demuestran que, en todos los sentidos, la mecánica del universo opera reduciéndose a ser desde un intercambio de informaciones materiales, químicas, físicas o energéticas, y en el caso de la evolución de la psicoconformación significadora en aprensión, no es la excepción sino su cúspide, en que la naturaleza, puede, por la información en intercambio, explicarse a sí misma y donde entonces la fe es una parte nodal de ese proceso en el que el avance no espera sino el mismo caudal del sentido que se expresa construyéndose en palabras que les dan sentido en actos de conjunto. La comunicación y la significación, como los espacios reales donde se teje la verdad humana. Ahí desde aquel espacio mismo de interpretar lo que se siente al ver y oír y que al nombrar se carga del presagio y del sitial mágico de la palabra que recoge y atrapa el significado y su espíritu y que, por esa voluntad, las cosas son y nace la magia, el reino de Harry Potter. Todos lo llevamos dentro porque es un proceso que superaron nuestros ancestros más cercanos a *Flat Face*, el del eslabón perdido. Ese hombre que se significa había aparecido al fin.

El intercambio de información es el todo que se opera en el universo, y en términos de la vida, este intercambio es reflejado en el ser como aprendizajes. Como veremos en su momento, aquel mundo significado del hombre que descansa sobre su fe en lo que nombra, cual mecanismo significador por excelencia, aunque antecedido por aquel señalar, formado por el gesticular, balbucear, gruñir y, posteriormente, por aquel pintar o representar; conforma el espacio significado que constituye la esencia sustancial aprensiva de lo humano, que en su principio nominador llega naturalmente a ser simbólico significativo y que presentan una serie común de características específicas, que son históricamente comprobables, en el que las cosas solo existen para él, desde que él las nombra y las integra, en el patrón de su ánima o *imago mundi* o mundo de significados, que genera y extrae, desde cuál es su confrontación total de las relaciones del particular, para con lo absoluto, que en la cualidad externa contiene el sentido total de la reunión de la parte con el todo.

Los primeros rastros escritos de la cultura se encargarán de mostrar hasta la saciedad, esta verdad, en la que las cosas son, solo porque el hombre las ha nombrado, ya después serán sus "dioses" previamente nombrados por ellos, los que se encargan de nombrar lo existente, y la fe, recordemos entonces, nace de creer que eso que se nombra está contenido en lo real o es la percepción de la realidad misma y más aún, es la realidad, y se extiende a la ordenación que se realiza con tales nombres. De modo que, la fe consiste, antes que nada, en colocar como real y verdadero el espacio que se nombra, y los órdenes que de eso resulten cuando se tiene fe en lo que se dice y en donde la fe radica en creer en la asignación de la cualidad de real y verdadero a eso nombrado, que da sentido universal al orden nombrado y lo sacro de su preexistencia o persistencia en espíritu de su intención primera ante la luz.

Es entonces preciso afirmar que este, nuestro modelo cognoscitivo, parte de asentar que la fe es un proceso natural heredado desde la mecánica de conformación de las estructuras de la mente en la evolución de la especie, que recargó su selección natural y supervivencia en creer en eso que nombra y ordena, como su verdad, y como la base objetiva que conforma el sentido de su realidad; en donde, entonces, su base de sacralidad consiste en creer o tener fe en que sabe lo que nombra, y nombra para saber el cómo entiende la realidad; mecanismo que conforma el biopatrón de supervivencia, en el que la supervivencia determina que lo sacro sea todo aquello significado que propicie el que así sobreviva significando al mundo para construir su realidad y eso es interpretar el espacio simbólico que se expresa en solucionar sus contradicciones.

Esta dualidad hace que sacralidad y fe sean naturales al ser que aprende nombrando órdenes, que su mente procesa como la verdad, que identifica como una identidad pensada que se traduce como su comprensión de lo real, como lo real mismo. Veremos cómo esas verdades se sacralizan en espacios de significación trascendente que hacen que nazca la sacralidad como un mecanismo de memoria colectiva, que retiene la aprensión de determinados conocimientos que les son básicos para sobrevivir; partimos de ver que según aquellos principios orgánicos de la memoria en esa fe, es la materialización compartida de la representación significadora, que, por un lado, dentro de las cabezas está sostenida en neuroestructuras, que afirman al hombre a creer eso que se ha significado, como esto real de todo su ser al hacer y, por otro lado, da pie al nacimiento de la noción de lo sagrado como eso que por su importancia, deberá ser recordado en el grupo para poder vivir, de modo que, al hacerse su bioneurodeterminación memorizada y con *playback* mental a la vez que solo hay *play* para vivir en lo que se significa, es decir, en lo real cotidiano del tiempo y no se detiene nada en la vida.

Posteriormente, las religiones son el punto más alto de aquellos órdenes que se crean, los cuales adquieren el sentido de verdad y forman el andamiaje de las culturas para aquellos que los construyen basados en conocimientos previos formulados por nombres y órdenes, que les dan sentido a su vida, desde la recreación del todo nombrado como el *imago mundi*, es decir, como imagen que se tiene del mundo que pasa a ocupar el espacio físico de lo que se significa como sagrado.

Aquí hay que aclarar algo respecto a la posición que adquiere el análisis en Max Müller, que Cassirer engloba en su idea.

> *Para Max Müller el mundo mítico es sencillamente un mundo ilusorio, pero se trata de una ilusión que se explica descubriendo el autoengaño original y necesario del espíritu del que surge, este autoengaño se arraiga en el lenguaje, que juega constantemente con la mente y no deja de enredarla en aquella multivocidad irisada que es su herencia propia.*

—Ernst Cassirer, *Esencia y efecto del concepto de símbolo*, p. 82[86a]

Esto que suena tan claro, en realidad no lo es, sobre todo, en la forma de acercarse al objeto de estudio y al tema. Müller pretende que el mundo mítico, sea un autoengaño, donde el lenguaje, encriptó el sentido del hombre, que así se autoengaña con el mito, porque con su lenguaje explica aquello que en realidad está oculto y que es su ignorancia… Esto que contiene las partes del proceso cognitivo, está mal abordado desde el principio, porque antes que nada, falsamente se llega a tratar de situar en el tiempo prístino al hombre creando una conceptualización explicativa, donde históricamente no la hay. El modelo que explica el cómo se aprende y se significa que adelante referiremos… (desarrollo del modelo real histórico de significación). Y añade Cassirer de Müller:

> *Para él la mitología no es historia convertida en fábula ni fábula vuelta historia, ni tampoco deriva directamente de la visión de la naturaleza, con sus grandes figuras y fuerzas. Antes bien, todo lo que llamamos mito está condicionado y mediado por el lenguaje pues depende de una carencia básica de este, de una de sus debilidades de origen.*

—Max Müller, citado por Ernst Cassirer: *ibíd.*, p. 81[87]

Veamos cómo es curioso el que se deforme la realidad por explicar las cosas desde una descontextualización real de los alcances del lenguaje, y a sus formas de concebir la realidad en su origen; así es que, algo que intrínsecamente reúne los elementos para estar bien, como la explicación de Müller, está mal. Porque esa debilidad que formula su idea del lenguaje como carencia básica desde una debilidad de origen, está errada no porque fuese insuficiente de origen, que también es cuestionable, porque es seguro que el lenguaje por limitado que fuese, les expresaba lo básico suficiente para sobrevivir, de modo que, no hay tal carencia o empobrecimiento, sino una suficiencia operativa básica. Por otro lado, hay que entender que el hombre al aprender, no está construyendo con el mito una debilidad, sino el sentido del ser de su fortaleza en una memoria intemporal, al crearse un orden en el que participa como sujeto ordenador de lo real. Como el ser que se significa en el espacio de lo que va nombrando y ordenando aquello que para él y su grupo realmente lo crea, donde el mito le confiere la certeza de saberse cierto, en lo pensado y donde el lenguaje y la cosa son una verdad total que les expresa a ellos donde la mente desenreda lo que ve y se lo plantea como una verdad real.

El lenguaje es la vía por la que se reconstruye la realidad mítica que brota desde nuestra idea en el pensamiento de lo que debe ser el orden. No es el lenguaje y menos el mito una debilidad, ni una carencia, sino la única fuerza en la que la biodeterminación de la selección natural otorgó al ser que se significa un instrumento capaz para reordenar el mundo, que bien visto, es lo que nos tiene ahora en la evolución del pensamiento aquí, que fue siempre suficiente para sobrevivir, desde la construcción significativa. De manera que, tomaremos lo que en realidad saben los anteriores autores, porque tienen numerosos aciertos, ambos, empero, bajaremos el centro del lenguaje a ser la expresión significativa que se nombra y fue siempre suficiente para sobrevivir o no estaríamos aquí para entender cómo el lenguaje no solo es una debilidad frente al símbolo o la realidad, sino que es el único espacio en que el hombre solo es el ser que se significa y en donde se comunica aquello que nombra de lo que percibe como su universo real y que es este espacio del *imago* en el que puede reestructurarse su *Ordo* conformando el lenguaje cual la gran herramienta y el mito es la gran memoria de lo que no debe olvidarse y abrirse paso en el espacio de la consignación plena de una memoria colectiva que se reúne en torno al culto.

Por eso cuando Müller concluye, como cita Cassirer, dice:

> *La mitología [reza la conclusión, a la que Max Müller se ve llevado] es inevitable, es una necesidad inherente al lenguaje, si vemos en esta la forma externa del pensamiento: es, en una palabra la sombra oscura que el lenguaje proyecta sobre el pensamiento: y que no desaparecerá nunca mientras lenguaje y pensamiento no coincidan por completo, lo cual no puede ser el caso. Sin duda en los tiempos más antiguos del espíritu humano la mitología se impone con más vigor, pero jamás, desaparece por completo. No cabe duda alguna de que sigue habiendo tanta mitología como en los tiempos de Homero, solo que no nos damos cuenta, pues vivimos a su propia sombra y porque a todos arredra la plena luz meridiana de la verdad. En el sentido más elevado de la expresión, la mitología es coerción ejercida por el lenguaje sobre el pensamiento, en todas las esferas posibles de la actividad espiritual.*

—Max Müller, citado por Ernst Cassirer, *ibíd.*, p. 81[88]

Aquí Müller llega al sentido del lenguaje como teniendo un sentido básico, empero, adquiere en él una vida independiente de la mente con su actividad del pensamiento en la cual, además, no concuerda en su origen el pensamiento y el lenguaje cosa que no es real, ya que cuando es bien visto el lenguaje sabemos que solo es pensamiento, cuando en realidad lo que no concuerda es la realidad y su significación con lo objetivo de la existencia, como estructura fija de la verdad, ya que el pensamiento solo es la significación y con ello no puede tener más medida que la del lenguaje. El lenguaje, para Müller, pareciera que es aparte de la mente humana, a la que enreda por su insuficiencia, como si el pensamiento abarcara la verdad, donde el lenguaje lo llevara por derroteros insuficientes, lo cual no es verdad, cuando no es sino lo que se piensa, lo que le da sentido y objetivo al programa de pensar, porque si bien es cierto que puede estar el *hardware* neurosignificante preparado, empero, si se piensan puras significaciones locales, entonces se piensa en mitos propios que solo pueden estar formulados por lo tribal de su sentido, lo que se puede decir o no de él, lo que se enreda o se aclara su expresión. El lenguaje que no es entendido en la base de ser el mecanismo operativo significador único que se convierte como en muchos teóricos en una herramienta de significación, parece que está aparte de las otras facultades significadoras de la mente, cuando, no solo no puede ser separada de ellas, sino que solo por él se interpretan o explican cualesquiera de las formas de significación como su vehículo, es emulsión en que se da siendo la que construye lo nombrado y lo que se significa en ello, de manera que: ni encubre u oscurece, sino que aclara y ordena iluminando el ser, ya que en cualquiera de sus formas, mímica, de señales o sonidos, no es sino lo que explica al hombre que se significa en él lo que lo constituye como el ser significador por excelencia, donde la comunicación extralingüística se convierte en otro lenguaje, donde finalmente el pensamiento solo existe por aquel lenguaje que lo genera, ya que por un lado estructura conexiones neuronales y por otro se crea en formas lingüísticas y como su modo y forma articulada de expresión y de relación en donde el lenguaje es la traducción humana de lo de afuera, cual traducción significativa de la percepción y como lo significado real que se expresa en el sentido de lo que se pretende crear como cultura interpretada.

Nunca será mucho insistir en este aspecto, porque es sobre esto que descansa nuestra explicación de cómo el hombre se significa y significa a la sacralidad que adquiere aquel sentido del carácter y espacio de la fe en donde, además, se dan sus formas arcaicas, aun prelingüísticas y su evolución, con el desarrollo de la evolución del *Homo* hasta el *sapiens sapiens*, y en donde radicará gran parte de la falacia del ver aparecer el lenguaje en la chistera del tiempo, aún existente entre los círculos científicos antropológicos y lingüísticos, que quieren explicarse de la aparición del lenguaje como un producto terminal, y no como lo que es en su génesis: el vehículo neuroarquitectónico de la forma del cerebro humano y de la conformación bioestructuradora del sistema humanizador de la especie con una evolución profunda y sapiencial, y no entendiendo a plenitud el desarrollo evolutivo significador del hombre, cuando su realidad está dada por un principio bioestructurador de la selección natural evolutiva, que nos muestra que nunca es así como se conforman los sistemas biooperativos que hacen de las especies seres triunfadores, por desprender su evolución sobre los que se recargan los procesos que posibilitan a las especies sobrevivir; donde este sistema significador se constituye, como tal; es decir, como un sistema en el que la evolución de sus partes y de sus interrelaciones se da con desarrollos evolutivos que se perfeccionan desde la cima del ser en el *Flat Face* hasta conformar ya un lenguaje neurofónico-vocal-sónico porque todas las partes que lo conforman concuerdan desde su inicio a lograrse para crear algo que en su conjunto logre funcionar como un todo significante significador del mundo en que sus partes evolucionan todas en el conjunto que representa, y que si bien pueden pulir a ciertas estructuras o modificarlas, eliminarlas o privilegiarlas para perfeccionar la operación buscada como óptima por las partes del sistema todas ellas implícitas en aquel desarrollo mismo del principio de su conformación desde aquel origen cierto de la neuroafinación de la cara. En donde lo sacro nace en paralelo al proceso mismo del creer lo que se cree, y que hace que aquellos conocimientos que llevan al hombre a sobrevivir en ese momento se conviertan en sacros y hay que cumplimentarlos.

La sacralidad está dada en la verdad trascendente del saber todas esas cosas que nos llevan a pervivir, es así que la sacralidad será el proceso natural de valoración determinadora de eso que lleva a la especie a sobrevivir que muestra sus contenidos en sus significados que se valoran. Donde el proceso sacralizador está dado en paralelo a la asignación de valores de fe en aquello que se sostiene como imagen del mundo en que construyen la verdad significadora y que asientan en la psique la posibilidad objetiva, de que por medio de defender o proseguir lo que se sabe o se cree saber se construya el marco de la supervivencia de la especie, lo cual se consigna como sagrado, que va dando pie a construir entonces "lo sacro" como el espacio natural de supervivencia que se sostiene como la verdad grupal que descansa su realidad sobre lo significado, siendo así una memoria trascendente de aquello que no se puede o debe olvidar por el grupo para poder triunfar y sobrevivir.

No existe la posibilidad bioevolutiva de que el hombre significador empezara a significar con aquel *neandertal* o en el *sapiens*, cuando existen evidencias del uso del fuego desde el *Homo habilis*; así como de la construcción de armas y utensilios casi dos millones de años antes y cuando la biodeterminación estructural del ser que se significa está expresa en sus niveles estructurales faciales y neurolingüísticos-auditivos construidos hace más de tres millones y medio de años. Lo que implica el que su significación no solo era existente, sino ya en el manejo del fuego, ya avanzada con el *habilis*. No se duda que pudiese ser su intercambio significativo, aún por gruñidos o guturaciones con combinaciones de gestos y señales, pero en aquello que de manera definitiva existía y había significación suficiente para comunicarles un sentido y era que significaban un mundo al que accedió desde sus magras posibilidades de comunicación significativa del gruñido

**411**

a la palabra, las cuales ni ahí eran pobres ni insuficientes en la base de sostenerse en sus lenguajes, sino que resultaron cuando menos totalmente suficientes para lograr pulir el biosistema significador hasta lograr ser lo que somos, sino que además fueron lo suficientemente ricas como para que funcionaran operativamente esos grupos con un éxito tal, que ellos sobrevivieron hasta evolucionar en modelos posteriores que heredan mejores formas orgánicas de ordenarse al significar el mundo donde viven, y al cual sacralizan en sus saberes, influidos de manera determinante por el primero de los dioses: el fuego.

El lenguaje significador está como cúspide del sistema en sus alcances, y su base significadora estuvo presente desde la bipedación por el lenguaje prístino y la fe en su operatividad como elementos arquineuroconstructores que sí emanan su tufillo a palabrería, pero que en el principio eran la cosa más seria, la expresión de lo pensado y su expresión común en el lenguaje que corresponde a lo pensado significado, que es la parte físico expresiva del poder comunicar y configurar nombres y órdenes, a los que la realidad significativa complemente al entenderle en su *imago*.

Romperemos aquí definitivamente con esa falacia que ha provocado la idea de separar como un producto posterior de la evolución humana a la adquisición del lenguaje, el hombre se yergue platicando lo que ve y escucha y sitúa su panorama irguiéndose al significarse, con lo que se ha asignado hasta la fecha esta inmovilidad de ver el lenguaje, no como lo que es, sino como lo que se percibe de él, lo que hace que la explicación que se da de él esté dentro de una interpretación delimitada a la aparición de un tracto buco-faríngeo, que dio fineza a la parte incorporadora del exterior de la significación, pero que si somos congruentes con el proceso evolutivo en su operación natural no nace de ella, sino que el tracto buco-faríngeo recolocado, solo es dado cuando la especie que se significa alcanza un punto de madurez biodeterminativa —y hacemos hincapié en esto—, para que al entenderlo dentro del proceso evolutivo natural de la especie que se significa, se termine de una vez por todas con la concepción errada que cree que los sistemas evolutivos, de pronto adquieren aquello que en realidad es la base de su conformación, ya que improvisar no es posible en el mundo evolutivo animal.

De modo que las observaciones particulares de Cassirer y Müller serán de mucho interés, pero en este autor, su forma de significar aquellas cosas se pierde en la oscuridad de la mente y los lenguajes que la expresan, como si el lenguaje fuese un adorno sin antecedente bioconformador previo y al que aluden sin entender la fuente exacta de su origen y su función biodeterminante.

Nuestra propuesta del significar, no solo, no es un espacio en que el lenguaje sea la oscuridad que entenebrece el pensamiento, sino que es la única forma y base real de su iluminación como el posibilitador de una situación objetivada y objetivadora del ser cultural de los hombres basado en este tiempo significado.

No deja de ser cierto que la profundidad del espíritu hace que se cumpla aquel sino de perseguirnos toda la ruta detrás de la punta de las palabras en la oscuridad, al decir lo que se quiere, y sentir que solo se dijo poco o no todo o no suficiente. No implica que el lenguaje, nos envuelva en oscuridades con el mito, o disfrace la realidad, sino muestra claramente que la palabra y el lenguaje echan la poca o mucha luz con la que cuentan los hombres sobre lo ignoto que debe ser significado, no como una claridad meridiana que existiera per se, cual si los pensamientos fueran claros al respecto antes de las miradas del hombre en el lenguaje de una veintena de gente; que por pobre y oscuro es lo único que hace que los pensamientos sean en un principio y lo demás es su éxito o fracaso, donde solo adquieren sentido las ideas que no pueden ser ni más pobres o ricas que las palabras con las que se comprenden y significan los hechos que sumen los hombres en su tiempo por prístino que sea; como siempre, cuando el hombre las consigna en palabras-orden y las conforma de acuerdo al lenguaje donde las plasma, porque como la historia mostrará las cosas son solo en la medida en que las consigna, tanto para el hombre prehistórico como para Husserl. Es decir, en el mecanismo significador ordenador opera, tanto el inicio significador del simbolismo por la identificación primaria prehistórica de lo que refiere como su realidad, cual para el filósofo que sitúa dentro de las estructuras del pensamiento la explicación del cómo es que opera la concepción de la realidad que se consigna y qué efectos presenta en el ser que piensa las cosas, qué valor de verdad se asigna al objeto conocido y a las determinaciones del que lo concibe, donde el símbolo sintetiza los nombres y sus órdenes dados, con lo que aunque el lenguaje sea insuficiente, es lo único que puede plasmar el contenido del pensamiento es su forma real, y por ello, el pensamiento nunca puede ser superior o inferior al lenguaje que es su cuerpo, y forma expresiva primaria base y que cuando llega el tracto fónico es otra cúspide más en su expresión y con ello es la base del significar y el espacio activo de la vocalización que permite cantar y expresar en forma más plena un proceso ancestral de comunicación que se afinaba hasta su perfección, su modelo significador que los había traído hasta ahí, ahora estaba hasta aquí en encanto al construir aquel proceso de hacerse al construirse significadores como seres que se conforman en la estructura positiva de la acción contemplativa del hacerse al darse al: vocalizar.

Resulta pertinente hacer una consideración de inicio, ya que en el momento en que partimos de una realidad del nombrar y ordenar que da sentido al mundo significado, es muy importante que nos podamos colocar en el sitio y tiempo, en que se realizaron estos modelos de significación, ya que, de otro modo, es muy fácil con nuestros ojos modernos perder la concreción real que se logró forjar en la psique de cualquier época pasada; desvalorizando sus alcances o modificando los causales que le dan sentido y sustituyéndolos por los nuestros, o peor aún, por patrones de la televisión. Y para ejemplificar cómo es muy fácil perderse del contexto de lo real, aun para los más experimentados mitólogos que los lleven a decir cosas, que parecen extraídas como conclusiones geniales del tiempo real en que se sucedieron, aunque en realidad solo van extendiendo los conceptos con los que se analizan, deformando la mentalidad original que les da cuerpo de origen y aplanando lo que se estudia al llevarlo a ser parte del tiempo en el que se estudian, y con ello, a la vez, desvirtuando su contenido real y la esencia misma de la que brotan; por ejemplo, hablando de los reyes sacrificados en la primeras ciudades estados hieráticos, Joseph Campbell que aparece en extenso, porque es necesario para mostrar los peligros que se corren si se pierde, aunque sea un poco, esta perspectiva de situar los espacios-tiempo y el modelo de la psique que se logra labrar, no desde un modo correcto en que se exprese lo que ella en su momento significó, sino lo que se piensa, por parte del investigador que se significó desde la perspectiva retroactivada:

*Ahora debemos reconocer en la historia del tema que nos ocupa una segunda fase de posesión mítica: no identificación mítica, el ego absorbido y perdido en Dios, sino su opuesto, inflación mítica, el dios absorbido y perdido en el ego. La primera, según mi propuesta, caracterizaba la realidad sagrada de los reyes sacrificados de las primeras ciudades estados hieráticos y la segunda, la ficción sagrada de los venerados reyes de los posteriores estados dinásticos. Pues estos suponían que eran Dios en su carácter temporal. Es decir, estaban locos. Además, estaban apoyados en esta creencia, enseñados, halagados y alentados por sus sacerdotes, padres, esposas, consejeros y súbditos, que también pensaban que eran dioses. Es decir, toda la sociedad había enloquecido. Sin embargo, esta locura dio ese gran fruto que denominamos civilización egipcia. Su equivalente en Mesopotamia produjo los Estados dinásticos de esa región y tenemos suficientes indicios de su fuerza en la India, el Extremo Oriente y Europa. En otras palabras, una gran parte del tema de nuestra ciencia debe ser leída como síntoma de una crisis psicológica de inflación, característica del alba de cada una de las grandes civilizaciones del mundo: el momento del nacimiento de su estilo concreto.*

—Joseph Campbell, *Las máscaras de Dios. Mitología Oriental*, p. 101[89]

Nuestro método, no piensa que las civilizaciones del alba de la humanidad, que inventaron las matemáticas, la escritura, la arquitectura, las artes, la agricultura, la metalurgia, la geometría, la medicina, etc., estaban locos, ni que las formas de construir aquellos prístinos imperios, eran producto de desquiciados, embebidos en su papel divino por el ego; sino que, por el contrario, el principio base del hombre que se construye significando la realidad y su entorno, se da en patrones del nombre que ordena esa realidad y, donde, los parámetros de realidad que esas nociones e interpretaciones consignan, son equivalentes en su conciencia, al ser de la realidad objetiva; donde el ordenador como rey o faraón no está inflado, sino que obedece al orden mismo que ellos, sus antecesores y contemporáneos han creado y que deben recrear y, del que no solo son parte, sino que son su forma más visible del orden. Renunciar a esa sacralidad imbuida por la cultura, era echar

**414**

por tierra, cualquier sentido de sacralidad y racionalidad sobre lo que ellos eran y creían, es decir, si ellos hubiesen rechazado su papel divino ordenador, hubiesen sido considerados como extraños a la cultura, y en nuestra palabra, como desadaptados y por qué no, locos.

Y para corroborar esto en el mismo Egipto está el Atón-Ra que destronó temporalmente al Amón-Ra por un rey que para lograrlo tuvo que ser más divino que sus divinidades institucionales, y crear para sí el templo y que al final de su aventura fue borrado de las estelas, las figuras, la historia, y desmembrado para que no descansara su cuerpo ni accediera a su cultura y sus premios o castigos. La única forma de actuar en el espacio simbólico, es por la fe en lo que se cree y no puede esto ser reducido a un análisis conceptual que los deslinde de esa realidad consignada y aprendida, y que al conceptualizarlos solo se les despoja de los que fueron y aparecen, como lo que son para la mesa de la disección, pero no lo que fueron para la verdad subyacente del significarse de los hombres de aquellos tiempos y sus modos de concebir el mundo. Todo, pero menos: locos, los ordenadores del significar, los que se ordenan por nombres.

Es fundamental dejar aclarado lo anterior, porque, por un lado, vemos las serias limitaciones que pueden tener los eruditos al acercarse con ojos empañados por su cientificidad que empaña el valor de la realidad de las culturas a las que se aproxima el ojo científico, que no solo diseca, sino que aísla y juzga. "Nuestra ciencia" dice el investigador con el dejo del ingeniero que maneja sus elementos con placer, y sin el debido respeto a conocer la psique socioconformadora de la significación en el tiempo. Thot que era el dios del mensaje, de la palabra, mensajero de la magia de la resurrección, porque poseía el ensalmo que ata en la palabra a los órdenes a construir, fue primero un dios lunar de la medida, hoy es escriba; es el menfítico la lengua de Ptah.

> *Grande y poderoso es Ptah —dice el texto de las pirámides— que confirió poder a los dioses y sus kas: mediante su corazón, por el que Horus se convirtió en Ptah; y mediante su lengua, por la que Thot se convirtió en Ptah. [Todos los dioses son partes del cuerpo de Ptah, como el poder creativo de Osiris, afirma Campbell y cita textos de las pirámides].*
> *Así, el corazón y la lengua adquirieron predominio sobre todos los miembros, en tanto que él está en cada cuerpo y cada boca de todos los dioses, todos los hombres, todos los animales, todas las cosas que se arrastran y todo lo que vive, porque él piensa y ordena todo según su voluntad.*

> —Joseph Campbell, *ibíd.*, p. 108[90]

Se piensa en palabras y se ordena. El corazón expreso de lo que se siente en lo que sienten y la lengua, voz de ese pensar que nombra y ordena lo que ve y escucha expresan en base de convicción, no tiene que ver con la locura, sino con la extrema lucidez sintética que plasma aquello que de verdad observan y que

**415**

guardan en memorias deslizadas por el orbe creado y que solo tiene el espacio de expresión significativa por lenguajes vivos que no solo corresponden al ser con lo que significan para solucionarse, sino que los llevan a pervivir.

La conclusión de Campbell se conforma con lo evidente y resalta que es la inmanencia del dios que en todos está, y continúa citando:

> *Su Enéada está adelante de él en sus dientes y sus labios. Estos corresponden al semen y la mano de Atón. Pero mientras que la Enéada de Atón fue generada por su semen y sus dedos, la de Ptah consiste en los dientes y labios de su boca, que pronunciaron el nombre de cada cosa y así se generaron Shu y Tefnut, y que así fue el creador de la Enéada.*

—Joseph Campbell, *ibíd.*, p. 109[(91)]

Esto que en su momento retomaremos para mostrar cómo la base del nombre que ordena es la construcción de lo humano en el hombre, muestra que no se está hablando de egos rebasados, sino que en realidad está mostrando cómo, aparte de la naturaleza o Ptah, está la naturaleza humana nominadora por la lengua, y el mundo que existe por ella es el mundo de los hombres. Osiris o Thot, son así dioses culturales, son hechura de la lengua. Y si esa lengua creó los órdenes ¿Por qué el ordenador va a estar por abajo de su creación? Mas entender esto no puede partir de precisar que la cultura (locura) egipcia es producto de charlatanes y locos, sino de hombres significadores que van a terminar por significar a eso que a los dioses se les olvido, la otra vida, así nace: Horus, Faraón.

Para aquel investigador, la locura de aquellos que fueron divinizados desde el poder y por el poder, supone que ellos mismos, y sus sociedades, son conscientes de que falsean toda la realidad con su noción egotista del orden, ya que ellos, presumiblemente sabían que no eran ordenadores divinos, cosa que se aparta de la verdadera noción psíquica de su proceder; porque, en la realidad histórico cultural que los conforma, ellos efectivamente no solo ordenan el mundo material del faraón imperial, sino que, de manera definitiva tienen que construir lo que los dioses no han hecho, y para ejemplo, está el mundo de Osiris, es decir, la construcción significativa del espacio de los muertos, que aquellos dioses originales no tuvieron tiempo de hacer y que relegan en su obligación al faraón y las formas clericales superiores del Egipto, y eso es materia de los dioses, que deben ser creados por la palabra de Ptah; el orden de su mundo, es creado por el ser que nombra y ordena y, con ello, crea lo divino de la Enéada.

Es fundamental ver, por boca de ellos mismos, que plantean que ese orden que se da, sino nace de los labios y la boca de su dios, quien nombra y ordena todo su espacio, No entenderlo es otra cosa, es tergiversar en falsedad la base de su inocencia, y esto muestra que cada dios quedaría inserto dentro de esa mentira por aquel loco estatal, que se siente Dios absorbido y consustanciado en su mentira. Algo muy entendible de situar en los megalómanos modernos, pero nunca, en los reyes dioses del comienzo de las eras significadoras del entorno y de su ordenación obligada para crear y recrear su posibilidad real de ser su hacerse.

En verdad esta observación de Campbell, en la que la cultura egipcia sería una locura, se queda en un nivel muy primario de aquella realidad y habla más del que observa y de su tiempo, que del observado, es más egoísta la observación del científico que pretende interpretarse lo que observa calificando al observado que prístino se enfrenta significándose, que lo que de el último emana como locura, dejando de lado la verdadera esencia del modo en el que el hombre ha creado sus significaciones del mundo a través de la palabra que ordena, la que, aunque es explícita en los textos antiguos, pasa desapercibida, porque la consigna respecto a la interpretación moderna de los documentos antiguos, a los que se accede entonces, se da como si el investigador se acercara con esa mirada del conocedor que sabe que lo que se diga está mal de principio, y que hay que corregirles la plana a estos párvulos del sentido y, más, cuando se parte de la premisa de que estaban locos. Estas observaciones muy doctas parten de una egolatría occidental de la academia, que se refleja en el no hacer caso de lo que ellos expresan, sino lo que el investigador desde su sitio de privilegio les otorga y, así, no entienden cómo es que opera la mecánica de construir la psique sociohistórico-concreta en el tiempo, y se especula en el nuevo orden creado (disciplinas de estudio) en el que, por medio de la palabra ordenadora adquieren sentido no solo los dioses, sino sus funciones respecto al hombre y de los hombres respecto a lo sagrado.

El mundo de los egipcios es la obra de cualquier cosa que se les ocurra, menos de locos. Son los creadores de una de las más grandes civilizaciones de la antigüedad, que ordenan el mundo desde la significación específica de sus búsquedas, que nombran como extensión divina que pone el semen de lo que es, como verdad sacra en la que condescendientemente aceptan la responsabilidad del completar la obra de los dioses, ya que a ellos se les olvidó, donde lo hacen para dar al faraón divino sus quehaceres y su ámbito ordenador; mientras en Campbell, se revela un sabio egotismo, sin adentrarse a las tumbas, puertas de aquella verdad construida sobre la realidad significativa, que se irguió airosa. Lo egipcio no necesita aprobación como no lo necesita cultura alguna sobre la Tierra, su existencia misma es su excusa para así ser.

El dios momia Ptah, hizo las cosas desde su corazón, pero fueron realizadas por su palabra. Atón (el Sol) se masturbó y creo la materia, que adquirió sentido en el mundo egipcio, mas Ptah lo ordenó con su palabra, volviéndole un cosmos del orden de lo que significaría lo egipcio. Ya tendremos tiempo de sobra de ver como no son locos posesos egotistas aquellos creadores de la civilización egipcia, ni cosa parecida, donde Ptah es un personaje, hijo de la ordenación misma, es decir, un hombre que sobrevive a la muerte, y que, vive por la palabra de los dioses humanos convertidos en faraones, y es el portador de la palabra que ordena la creación en la muerte; no entender la mecánica operativa de la ordenación, no los vuelve a ellos locos ni a sus sociedades dementes; aunque sí estamos

**417**

mucho más locos todos los que queremos acercarnos a entenderlos, sin ver, ni comprender, cuál es el verdadero mecanismo objetivo, con que aquella gente en el tiempo se acercan a construir sus psiques y sus formas de significar el mundo, asignándole un orden al mundo, al que se deben. Y sí, ciertamente, en todas las civilizaciones, no solo las prístinas, sino desde que los grupos que se bajan del árbol y adoptan la bipedestación, se construyó biológicamente un sistema neurosignificador que reunió biopsicoelementos formulados de la especie que se significa, para sobrevivir en la construcción del espíritu, donde, la "inflación", es más de los que se acercan a estudiarlos, sin partir de tratar de rescatar la sencilla clave que usan, para entenderlos, que reside, en nuestro método del nombre que ordena, como el sistema objetivo, que el hombre usa para significarse y ordenar el mundo, desde el uso de su bioinstrumento significador que los recrea y envuelve en su orden; donde, en apariencia, estaríamos más locos los hombres que no podemos aceptar que nuestra percepción significadora, es muy simple y, que, por vanidad la queremos ver como muy compleja por el grado de desarrollo del esquema esencial inicial, pero la cual, en realidad, es una máquina muy sencilla del significarse.

De modo que, dejamos este punto, no sin afirmar que la forma en que se significa el hombre de acuerdo a sus circunstancias y su tiempo, no puede ser reconsiderada por otro tiempo en términos de juicio y sin tomar en cuenta aquella base de la significación que le da sentido, so riesgo de perder sus ideas base y quedar fuera de la verdad que encierra, quedándose en la cómoda interpretación que no explica nada, sino la miopía conjetural académica cuando lo que avala esta posición e historia es la vida misma en lo social, que se expresa como cultura, porque eso es el espíritu de los tiempos del ser de los hombres, un espíritu de cultura que enaltece su ser y que hace que el **orden** y el **nombre** sean las cosas de Ptah, los dioses de la palabra y Thot reunidos.

> *El que se apodera del nombre, consigue poder, con él, sobre la cosa misma; esta se convierte para su adquirente en su "realidad" [es decir, su eficacia mágica], es cosa suya propia. Y en forma análoga, tampoco se considera nunca aquí la semejanza como "mera" relación, que solo tuviera acaso su origen en nuestro pensar subjetivo, sino que se interpreta enseguida como identidad real: Las cosas no podrían parecer semejantes, sin ser en su esencia una misma cosa.*

—Ernst Cassirer, *Esencia y efecto del concepto de símbolo*, p. 30[92]

La fe en esos órdenes que se nombran es la base de la noción sacra de las religiones, el nombre que ordena la memoria colectiva del origen común, culturalmente viva, asigna valores de verdades primas a las ideas que se dan sobre su origen, desde interpretaciones que, el todo otorga.

*( ... ) la palabra de autoridad (Hu) está en tu boca. El entendimiento (Sia)
está en tu pecho. Tu habla es el templo del orden correcto (Maat).*

—Joseph Campbell, Las máscaras de Dios, p. 73[93]

El rey comanda como un dios y ordena, no en insuflación de su papel,
sino para ser responsable ante el universo que "cosmiza", desde aquello que la
interpretación de su mundo espera de él. En su momento veremos cómo esta
verdad inunda de significación el tiempo de lo humano y que ese egoísmo que
los puso en el suicidio ritual, no arrancaba de un egotismo, sino de la toma de
responsabilidad por aquel orden que ellos, como ordenadores, le debían a todas
sus construcciones sociales y religiosas, que finalmente son lo que realmente los
constituye como orden social y universal; y cómo es que la verdad y la realidad
de aquellos tiempos, no van a concordar con las ideas preconcebidas, desde el
cómodo sillón del científico social, que ve como párvulos o locos egotistas a los
hombres prístinos, sino es que los ve como sujetos del diván; donde lo único que
verdaderamente nos muestra, es que la ciencia antropológica de estos eruditos,
está en pañales, víctimas del Prozac cientificista, sin entender al mundo inter-
pretado que significa su tiempo en la insuflación del ser de aquellos eruditos que
los juzgan, y de los que marcaremos una sana distancia, aunque retomando sus
méritos, porque en esta mesa reconocemos los múltiples y profundos aciertos
que los mismos investigadores han logrado, y sus errores, siendo nuestra ruptura
en el entenderles como parte nuestra, de todos, en lo humano, de entrada, partes
de la diversidad de lo humano, sencillo y directo al cráneo del *Flat Face* y de su
desarrollo hasta ti, mi amor. Cuando tengas que verte de frente al espejo lo que
verás de ti será el espejo del espíritu y la vida.

Contrariamente a los tiempos modernos, la idea que une la fe a la experien-
cia y al sentido de esto verdadero, viene especificada en el tiempo antiguo, por
un sentido concebido desde un *imago mundi*, es decir, viene contenido y con-
templado por la imagen del mundo que el grupo forja y sostiene como base de la
dirección de sus actos, y en el que tiene fe en que es verdadero tanto el nombre
y su relación con lo nombrado o la cosa; de modo que, es tan verdad el nombre
de su dios y su concepto, como es verdad el nombre que le asignan a cada cosa
que les rodea, así, un tazón cuyo verdadero valor está en lo que no está, que es en
sí, el valor de uso situado en su vacío, en su cuenca, como principio utilitario, en
su abstracción; o una roca que se representa para ellos el pico de un águila; con
la que simbolizándose contienen en su espacio de valor, la asignación del para
qué sirve y qué representa su significación para el ser de su verdad codificada
y aceptada como grupo. El valor de la taza está en lo que no está, en su vacío,
como espacio útil, y allá en la roca, en la silueta, y adquiere valor esa roca en el
mito como esencia de las verdades espirituales que para ellos, como grupo, son
irrefutables e irrebatibles. La fe es entonces la misma base que sustenta el creer
en lo que se cree, que en lo que se conoce o pretende conocer y la base previa

para asignarles un valor de credibilidad y afirmación a sus nociones de lo signi-
ficado, que en esencia de su mecánica operativa es igual allá en el mito, que acá
en el estudio.

Porque Campbell, que no estaba loco, creía que lo que escribía era la ver-
dad de aquellos, cuando en buena parte era más su interpretación y, con ello, su
verdad en muchos sentidos; así la misma fe sustentó allá sus creencias que acá
las afirmaciones del investigador, tanto, del ser de la realidad, como el sentido
de su verdad, entendida como eso, que es aceptado como socialmente reconocido
y que es lo real o falso para con eso que conforma la realidad que se acepta gru-
palmente; es una sustancia verdadera del significado de las cosas o seres, dentro
del contexto de eso que se cree que es o que debe ser lo significado, moldeado
por la imagen del mundo que es axiomática, y con significados no racionalizados
como verdades, sino entendidos simplemente como verdaderos en la sustancia
de su fe en que lo que nombran y ordenan, que para ellos es lo real, como la sus-
tancia en la cual descansa la supervivencia grupal de modo natural, al hacer su
asignación de valor a las cosas que creen y que nombran, ordenando sus mundos
significados.

Porque alguien duda que sinceramente la fe de aquellos de allá sea menor
que la fe que el investigador puso en sus dichos, guardándose ellos el derecho de
juicio sobre lo que vale esto que para ellos significa. La ciencia social antropo-
lógica debe bajarse de su sitial de honor de observador y tratar de surgir con las
culturas que quiere comprender o procederá al igual que los que usan sus conoci-
mientos como un escudo protector para juzgar a los bárbaros salvajes que crearon
la base del orden numérico y, que pueden ser considerados como psicóticos, neu-
rasténicos en proyecciones de la fe, que los hombres modernos tenemos que saber
lo que no sabemos, porque las ciencias sociales, en realidad solo pueden aspirar a
ser disciplinas del acercamiento a verdades que no pueden ser descontextualiza-
das de su fe en el creer en un concepto de verdad, que no me atrevo a pensar que
sea único, sino disperso en multiformas.

*En el año del Señor 1682, al anciano y querido Sr. John Higginson:*

*Se ha hecho a la mar un barco llamado* Welcome *que lleva a bordo cien o más de
las personas malévolas y heréticas llamadas cuáqueros, con W. Penn a la cabeza,
el jefe de ellos. El Tribunal General ha dado órdenes sagradas al maestro Malachi
Huscott, del barco* Porpoise, *para atacar al* Welcome *disimuladamente y tan cer-
ca del Cabo de Cod como sea posible y hacer cautivos a Penn y a su infiel gente,
de manera que el Señor sea glorificado en esta nueva tierra y no burlado con la
adoración demoníaca de esa gente. Podrían sacarse muchas ventajas si se vende
el grupo completo a las Barbados, donde se obtienen buenos precios por los es-
clavos en ron y en azúcar; y no solo haremos gran bien al Señor castigando a los
malvados, sino que haremos grandes bienes a su ministro y pueblo.*

*Vuestro en las entrañas de Cristo*
*Cotton Mather.*

—Joseph Campbell, *El héroe de las mil caras.*
*Psicoanálisis del mito*, p. 146–147[94]

La idea del grupo es sagrada para sus intereses y les permite calificar a otros de vivir en el error y, aun de ser contrarios a toda verdad aceptada respecto a cómo ven sus ideas, es así como los hombres de todos los tiempos pueden sentirse los únicos detentadores de la verdad o, ser poseedores de la verdad, en detrimento de cualquier otra variante sobre el mismo tema; haciendo suya la única y válida realidad, de forma que asignan un fundamento de sacralidad a sus actos por la fe que se desprende del sostener a ciertas ideas o puntos de vista, aun cuando de principio impliquen traición o falta moral evidente, aduciendo siempre que ellos están apegados a la total defensa de validar la fe en su verdad; y qué distancia hay entre estos servidores de Dios y la verdad de aquel que ve locos en las civilizaciones que estudia, hay un mucho de esta barbarie excluyente del otro, del salvaje, tanto en el conquistador, como en la visión europeizante de los estudiosos, que bien podrían haber atacado a aquellos egipcios o babilonios y haberlos metido en jaulas para locos, aunque en realidad quisieran saquear sus tesoros para mayor gloria del dios Mammon y de la ciencia sin conciencia; pues existe aún por parte de los investigadores la idea de que se está estudiando a los salvajes; y con ello se arrogan el derecho iluminado de civilizarlos y verlos como folclore, que deben ser reeducados dentro del parámetro occidental, esto no ha hecho sino aplanar la ciencia y brindarnos extraordinarios documentos de lo que los pueblos no son, y sí nos muestran claramente, lo que los investigadores quieren ver o entender de lo que no pueden en realidad comprender, porque, no pueden tener la empatía necesaria que da la humildad, para ver que lo aprendido es aquella sustancia cultural, herencia de la humanidad completa y, que, investigar el pasado no consiste en sacar piezas de la tierra para adornar las salas de los millonarios o retacar los museos de nuestras ignorancias parcializadas, sino para poder entendernos como especie significadora en el tiempo donde aquí esta mesa partirá de no ser sino solo una aproximación en la que se tiene fe para explicar con la fe del mundo, de los tiempos de la verdad del nombre que ordena lo que se da y que vierte su sentido en un significarse que no está a la altura de sus miras del hombre aquí y ahora. No lo ve porque no es su interés inmediato, aun así, la verdad persiste, pervive y lo que no es en el rango de tu vista no le das existencia.

Por eso regresemos a nuestro análisis que nos muestra la sustancia que nos concierne a todos en materia de fe, en que se nos muestra claramente de la mecánica operativa base de la magia que consiste en tener delimitados, tanto el valor que los usuarios dan a sus mitos y ritos, como al poder que el oficiante produce o detenta en estructuras de organización en el grupo; y su peso específico en el espíritu humano, que es más allá de la comprobación del hechizo o magia, en donde la sustancia de su verdad radica en la fe que aquellos oyentes o cofrades le otorgan a todos esos valores supranaturales a que se invoca o convoca, por el uso sacro de la palabra con que rozan o penetran aquel espacio mítico del misterio, con esos mecanismos con los que el chamán o mago opera cultualmente, partiendo de ver que el grupo opera, con una base común de significados con el sentido del grupo, brindándoles seguridad o miedo, les dan sentido, al ser su creencia basada en la fe profesada desde una sacralización, desde una simbología que contiene su universo significado, en que lo que ellos temen o anhelan y logran en el conjuro; es así lo que conciben como controlable por medio del uso mágico de la palabra.

Si un mago o chamán realiza mil y un conjuros contra un desconocido, que además no tienen ni una sola noción de estos, la magia deja de funcionar. A Cortés lo recibieron con mil conjuros en su camino y el muy ignorante los pasó de largo haciendo trizas esos trazos de la mejor magia mexicana; cuando él, ni por enterado se dio, de aquellos hechizos que habían consumido los esfuerzos monolíticos de la fe de aquel sacerdocio que había hecho sus mejores e inútiles esfuerzos por detenerlos y, que fueron echados a un lado a patadas o simplemente pisoteados por los caballos, donde en realidad su magia es vencida por la ignorancia del conquistador de sus virtudes y así de lo que se trataba y, más aún, donde la nación es conquistada por esa misma fe que no sirvió para detenerlo ya que los esperaba; así se conjura con su irreverencia su caída, del qué sería de ellos si la realidad de los monstruos vivos que arribaban y que los autóctonos de aquí no podían burlar con el hechizo y el conjuro, porque sus enemigos ignorantes del potente efecto de estos, los eliminan en ignorancia supina al respecto, como un auspicio esperado de el Dios que se enarbolaría.

*Toda existencia en la conciencia consiste y estriba en trascenderse inmediatamente a sí misma en tales direcciones heterogéneas de la síntesis. Así como la conciencia del instante implica ya la referencia a la serie temporal y la conciencia de un punto espacial aislado entraña la referencia "al" espacio como suma y totalidad de las posibles determinaciones locales, existe también una plétora de relaciones a través de las cuales se expresa simultáneamente la forma del todo en la conciencia individual.*

—Ernst Cassirer, *Filosofía de las formas simbólicas*, p. 49[95]

La sacralización no tiene nada que ver con la ignorancia, sino con los conocimientos compartidos, entendidos, estos últimos, no como si fueran verdades científicas comprendidas o asimiladas, sino como ordenaciones significativas como las significaciones culturales grupales aceptadas, que van a sacralizar las relaciones del hombre con las cosas, lugares, fenómenos, animales, plantas, etc.; socialmente codificadas, que son por todos compartidas, comprendidas y ejercidas en la lengua. La relación cultural tiene implicaciones y pasos para llegar a ella en términos de la economía de lo divino, pasando por todos aquellos estratos que van de la magia hasta la creación propiamente dicha, de la relación cultual sacerdotal y del nacimiento arcaico del primo sacerdocio que le da papeles de mago, sacerdote y jefe; vinculado con el aprendizaje total del hombre frente al ser de la naturaleza, jerarquía que es parte inherente a sus diferentes estadios aprehensivos dados en común, en los cuales se rinde culto a eso que se percibe como factores de los que depende la satisfacción de sus necesidades materiales o espirituales o ambas, que abarcan el plano sagrado, y confieren al acto, el valor sacramental que sale del espacio común: genera espacios sagrados que comprometen a las fuerzas invocadas a ser salvaguardas o castigadoras, frente a la idea moral que une a los grupos con su divinidad, en servicios de pacto de eternidad ritualizado y mitificado que convoca y recuerda que la persona parte de compartir una base común de ideas, con toda la fe de su ser significante para poder dar valor significativo a todo aquello que se suceda, de modo que, comparte el valor que se asigna tanto a las cosas o a los sucesos o procesos, por los cuales las cosas son valoradas. El valor que se da a la cosa de modo individual, es previamente acordado por el grupo que asigna sentido a su interpretación del mundo como cultura, así, la piedra es alma y vida. El *imago mundi* es compartido como axis, es el eje que hace que el Kilauea haya deglutido en su lava miles de niñas vírgenes como mecanismo restaurador de su consumo de las energías materiales que gestan la viva correspondencia espiritual y, por ejemplo, ahí es donde las guerras floridas aztecas cobran su ser cósmico por esa restauración del orden universal y sus servicios de mantenimientos solares vivos.

*La palabra puede significar, o referirse a la cosa, porque los dos interlocutores se significan: se hacen signos verbales el uno al otro para referirse a una realidad común. La palabra solo puede tener un sentido si tiene sentido común. Significatividad es comunidad: todo sentido es cosentido.*

—Eduardo Nicol, *Metafísica de la expresión*, p. 181[96]

Compaginar estos espacios significados de la palabra sacra con la interpretación dada del espacio divino, cual espacio de verdad en el espacio de la palabra que tiene el principio mismo del mecanismo del espíritu, que es incorporado como ente espiritual y ser significador del que conoce al conocerse, o que cree conocer al reconocerse, en eso en que ambos reconocen y se reconocen. El que usa la palabra para comunicar y el que la entiende, de un modo igual para ambas partes en un sentido común, se da porque en el proceso de intercambio en el que participan hay un sentido compartido de la asignación del sentido de la verdad.

Es en estas frescas verdades que veo emerger el ara sacrificial de la reunión, en donde aquellos iguales se diferencian de otros mundos significados desde otra perspectiva con valores reales que le son comunes a ellos, donde comparten significados comunes y, en donde por sobre todo, aquel espíritu que está en la intermediación o al que acude y comparte en su significación; es decir en términos

**423**

espirituales todos están de acuerdo, tanto los que invocan como los invocados, todos confluyen en una voluntad común del entender que lo que significan es la realidad de su ser, donde eso cultural compartido, es todo aquello del espíritu del hombre significado que se descansa en la fe compartida de estar en lo correcto real y objetivo del ir tras su sentido. El espacio significado del interpretarse no necesitará razones, sino espacios para expresarlo en su riqueza para conformarse como la realidad objetiva que se crea.

Para poder desarrollar nuestra teoría, es preciso que delimitemos dos grandes categorías en las que se ha gestado el pensamiento, que abarcan todas las edades de la humanidad y que son, la primera a la que denominamos: de la concepción simbólica, caracterizada por interpretar el mundo, y esto implica, el ver que el mundo que se nombra y ordena, obedece a los modelos que el hombre asigna como reales porque los nombra, y en los que pone su fe en que el nombre es la cosa y en el que nombra y domina la cosa como espacios de verdad significativa, y que obedecen al ordenamiento que sobre el entorno y sus relaciones hacen esos grupos que se significan:

> ( ... ) *Émile Durkheim, diría en su:* Les Formes élémentaires de la vie religieuse, *una teoría sociológica general y de sus orígenes. En esta teoría de la religión, los fenómenos del totemismo se entresacan primero de la reducida esfera de la que parecen pertenecer inicialmente, insistiendo Durkheim en el totemismo, incluso en sus plasmaciones más primitivas, no es un mero principio de articulación social, sino que comporta un principio universal de la clasificación del mundo y, en consecuencia, de su concepción y su comprensión.*

—Ernst Cassirer, *Escencia y efecto del concepto de símbolo*, p. 26–27[97]

Esta etapa cognoscitiva recorre desde los albores de la significación humana, hasta la edad media griega, con la aparición de la segunda forma de concepción del mundo que es la concepción conceptual racional, en la que se explica el universo, en función de su relación causa-efecto, con la cual pretenderán explicar el mundo, por las realidades que conforman sus partes, teniendo en palabras sus relaciones, conjuntos y totalidades, la que no se agota en ese momento histórico, ya que perdura hasta la fecha en muchos sectores sociales, razas y credos; empero, que desde ahí, comparte su visión con la otra vía de la conciencia de lo que perciben:

> *Toda la teoría de la formación de los conceptos mediante comparación y abstracción solo tiene sentido si, como frecuentemente ocurre, se presenta el problema de indicar lo que hay de común en las cosas designadas a la sazón con la misma palabra por el uso lingüístico común, aclarando así el verdadero significado de la palabra.*

—Ernst Cassirer, *Filosofía de las formas simbólicas*, p. 261[98]

A pesar de que parte de la transferencia del símbolo al concepto, se da aún por la palabra divina, el Logos. Esta clasificación tiene que dejar claro, que si bien es cierto que desde el principio de la significación del modelo simbólico, existe el concepto como el nombre de las cosas, aunque este no sea delimitado ni sea común a todos, preexiste en relaciones locales del nombrar, y no existe la explicación como herramienta de significación con la que el hombre se significa en sus interpretaciones; en realidad, todo esto se da en un universo simbólico que las envuelve, es decir, en un contexto que interpreta a la realidad a su gusto o posibilidad. Por otro lado, en la significación conceptual el mundo que se significa, buscará explicarse en términos de causa-efecto delimitando aquel sentido de cada palabra, separando a las cosas del nombre por la observación visual de los fenómenos de la naturaleza y la naturaleza misma de las cosas y de las explicaciones de estas, y aunque coexisten también con los símbolos que están enmarcados dentro de su explicación semántica, es decir, donde se dice qué significan las cosas por aquel nombre que adquieren, para ser, y donde la palabra ya no es la cosa. Con lo que tendríamos entonces solo dos grandes etapas de la significación humana, la primera, simbólica y la segunda, muy concretamente creada, la cual es terminal y sería la forma conceptual de las ideas.

*En otros términos: el concepto no es tanto el producto de la semejanza de las cosas cuanto, antes bien, la condición previa de la posición de una semejanza entre ellas, Incluso lo más diverso puede considerarse en alguna relación como semejante o igual, e inversamente, aún lo más semejante puede considerarse desde algún punto de vista como diverso; y corresponde al concepto, precisamente, fijar dicha relación y dicho punto de vista determinantes y llevarlos a expresión determinada.*

—Ernst Cassirer, *Esencia y efecto del concepto de símbolo*, p. 17[99]

Es fundamental que hagamos esta pequeña explicación en este espacio para delimitar la clasificación definitoria de las formas de concebir el mundo y la realidad, ya que, no solo es históricamente cierta, sino determinante para entender de manera clara, la división histórica que enmarcó la separación existente, entre aquel mundo simbólico oriental, y el mundo conceptual occidental, que dio pie a la ciencia del occidente cultural mismo; que presentan su origen y un parte aguas, en la especificidad de cómo es que el hombre se significa, y qué corresponde al cómo es que se ve el mundo; en ello se estará determinando de forma relevante las formas de concepción de lo sagrado y de los espacios que lo conforman; y, para que no se malinterprete la explicación que veremos más adelante con respecto a la formación de la especie humana, como esta especie que se significa y, se aparta de ver, que ambas formas de ver el mundo (la simbólica y la conceptual) conviven aun ahora; así, vemos que la visión simbólica en muchos grupos aun letrados y de culturas diversas comparte sus espacios de significación, dentro de grupos de gente que tienen una base formativa de extracción explicativa, con la que se acercan a la visión científica del mundo para ciertas cosas y, viven sumergidos, en su cotidianeidad con una interpretación de otras cosas para el mismo mundo. Siendo su característica que haya científicos que además de su profesión, tienen en su mente visiones simbólicas; mientras que hay simbolistas que basan su idea del mundo desde significaciones arcaicas que comparten explicaciones de ciertos procesos desde la perspectiva científica; de modo que, aunque de todo hay en el sentido común que concurre al espacio del todo significado, no deja de existir la frontera histórica, de cómo es que el hombre se acercó a ver el mundo y sus fenómenos, lo que determinó de modo definido y claro sus concepciones de abigarradas mezclas de cómo se ve el mundo, de acuerdo a sus múltiples interpretaciones de construir la mente que emana del cerebro y la neuroconstrucción bioquímica y sus intercambios, sus formas de interactuar diversas partes procesales de imágenes simbólicas con explicaciones en la idea.

Y es ante los llamados de Nous que me revelo; ya que por mi parte admito que no sé nada ni quiero enseñar a nadie y que lo que por mi parte se consigne es aquello que se escapa escurriéndose de mi mente que quiere entender lo que sucede, sin querer convencer a nadie de nada; ya que nadie está inmerso como **Yo** en esta oquedad de la vida. ¿O sí? En el que queda consignado el juicio que a mi persona se hace de un modo personal subjetivo y, en el cual objetivamente, lo único que persigo es el poder comprender el porqué se me juzga en este espacio al que no pedí venir y donde aunque lo que logre comprender sea siempre interesante para alguien, que no ha sido titulado en su curso de corte y confección del significar e interpretar, y no se quiere hacer pasar a esta mesa por tener una erudición consignataria de una sabiduría que pertenece al género humano, y la cual aquí solo se consigna y sintetiza. Nous, me mira y sonriéndose en silencio, hace que aquel juicio que se me establece continúe con la presencia de estos entes espirituales que siguen enhebrando su argumentación por su medio sobre el origen y destino de eso sacro que atiza con vehemencia la pereza mental moderna sobre las antigüedades del alma viva enjuiciada. La forma del paraíso es un significado del ser que se significa cual eje central que se establece en forma de lo sentido y adquiere profundidad frente al tiempo de aprenderle.

*El sentido del símbolo Dios espíritu no es otra cosa que el llamado de la confianza inextinguible, la fe de que todo miedo no es más que error respecto a la vida y sus posibilidades sublimes, error susceptible de ser disipado gracias al poder explicativo del espíritu. ( ... ) La fe es una función psíquica y las creencias sus productos.*

—Paul Diel, *Psicoanálisis de la divinidad*, p. 39, 40[(100)]

Aparecían de pronto ante la mesa mis eternas dudas cual sombras descoloridas que el tiempo retuvo en su memoria, de la sustancia misma de la fe como la identidad representada en actos del ser de la supervivencia, la fe es la pasión por vivir dentro de la representación que en el símbolo de la unidad y la pertenencia que el hombre se da. La fe está detrás de la ciencia, está detrás de la primera vez que se creyó que debía hacerse algo y debía hacerse la significación transformadora. Porque la fe es la mecánica operativa de lo significado, es lo que le da validez y nos ha llevado a evolucionar en el ser significante que se destaca en la perseverancia de la duda en esta mesa, que comienza sus andanzas desde algún tiempo largo y sinuoso, pero todo correctamente interpretado y tal que nos tiene vivos aquí, tras toda la ruta de locura, por la que al fin entro al reino de los sueños en el reino del quehacer que hace crecer a la vital esperanza en la andanza.

Es en ese momento en que al oír tras la voz convencida de mis sueños y la respuesta de mis miedos que oigo hablar a un espíritu, de esos que a esta mesa concurren en la trama de Nous y su postura creadora respetuosa de una teoría base de la significación aprensiva y su sacralización en la fe del saber que cree que sabe, como espacio creador de la fe; y es que, siento concordar con esta idea de las carnes de la psique, que de pronto sin decir agua va, veo que junto a mí sobre aquel hombro inexistente del decúbito sacro, es que voy escuchando la presencia de otro espíritu, más joven en su percepción, aunque muy antiguo en su nivel de análisis, que avanza, mirando con sus cuencas vacías, con las que ve el viejo Diel, que dibuja el semblante de una neurona religiosa y, sin más preámbulo, presenta a un rumano de colección que entra a la mesa diciendo:
—Soy Mircea Eliade y quiero dejar en claro algunos puntos de vista respecto al mundo de lo sagrado, que son fundamentales para entender estos espacios como realidades significativas, que tienen su propio peso y figura porque, si bien es cierto, que la visión psicoaprensiva de finales del siglo XX, nos indica, que las religiones, no son sino figuras mentales, de resoluciones grupales a cuestionamientos universales; y donde, peor aún, a las religiones se las han calificado, las escuelas psicoanalistas conductistas, hijas de una real ignorancia; debo decir, de la manera más puntual, como lo señalé en varios de mis escritos, que una visión así, ni ayuda a entender la historia de las religiones, ni nos permite conocer la economía de sus significaciones dentro de la construcción de la cultura, en el contexto cultural humano, ni otorga algún valor a lo sacro o a la fe en ese ser aprendido. La creación de toda formulación religiosa estará conformada por la generación cultural, cultual de espacios sagrados, delimitados como conocimientos frente a la realidad del espacio profano, significándose así, a espacios percibidos como eternos, dentro del *continuum*, en el saber que se conforma, como lo aprendido que es vital, sacro; donde entonces es preciso hacer unas delimitaciones significativas de esto creído como el espacio sagrado para que veamos cuales han sido estas perspectivas para su conocimiento. Donde la fe y el espacio sagrado forman una unidad que se va conformando con la vida de los pueblos en base a su fe en

su *Ordo* que se estructura sobre una forma seductora de tardes de abril al calor de algo más allá del aquí.

Como ampliamente apunté en mi tratado de las religiones —susurra Eliade—, existe una serie de vínculos entre los hombres y su forma de expresar la fe. Es fundamental entender que tanto en aspectos de la fe como de la religión, la noción de la verdad se maneja con diversos valores dados para diferentes culturas, con diferentes parámetros de aquello que se puede entender como espacio de lo sagrado cual compartimento del valor y partimos de ver que cada una tiene un filón de aquello que somos como maduración psíquica que se construye en un *imago mundi*.

Y pienso que aparte de que merecen respeto, todas las culturas contienen un tanto de algo nuestro en su conformación psicoperceptiva, constructora del significado y de sus significantes, así como de sus ordenaciones —añade Nous.

Así que antes de entrar a los conceptos de lo profano y lo sagrado, terminaremos de mencionar, muy brevemente, qué se comprende por el concepto de la verdad y esos alcances que adquieren su sentido, tanto, con aquellas ideas que se definen, se tienen y entienden según la fe particular que muestran cómo son esos elementos que como símbolos, ritos, mitos, formas divinas son dados dentro de la misma; ya que sean considerados como verdades o tabúes, que en buena medida se convertirán para sus seguidores en axiomas incuestionables, que van construyendo la psique que se conforma como cultura; que en conjunto irá llevando el enorme barco de la humanidad por los mares de su formulación, si no del conocimiento, sí del entendimiento de sus realidades desde su interpretación; en donde, cabe aclarar que los contenidos iniciáticos y los populares del saber religioso, ambos operarán en la práctica en espacios vistos como verdaderos, y los dos funcionan para acceder al espacio de pretender saber desde la fe; unos trucos con artilugios iniciáticos, otros con devoción popular y, ambos, como caminos transitables para acceder a los motivos de la fe sin más recursos que el espacio cultural, cultual aprensivo para poder aprender a adaptarse al cambio vivo real; asentando sus verdades, sobre la revisión del ver esto de lo que se vale en el contexto religioso ante el ser real de la divinidad, que se toma como cierto para el conjunto del conglomerado humano específico y el cual nos es referenciado en general, extendiendo la fe en creer lo que se sabe que nos lleva a formular todo un espacio nuevo en que la fe se convierte en un "espacio de la creencia" que alberga espacios del creer en la existencia desde un alguien que regularmente estaría concebido real y como afuera de la mente y la tierra toma su espacio de ser fuente de todas las mieles que anidan con la esperanza de lo verde que renace y que se enhebra en las ideas que se desmadejan en su azul que nace al imaginarlo.

Así es que veo que para poder entender el espacio sagrado hay que entender cuáles son las cosas que dan significación al *Homo* religioso:

*Lo sagrado se manifiesta siempre como una realidad de un orden totalmente diferente al de las realidades [naturales]. El lenguaje puede expresar ingenuamente lo* tremendum, *o la* maiestas, *o el* mysterium fascinans *con términos tomados del ámbito natural o de la vida espiritual profana del hombre. Pero esta terminología analógica del hombre se debe precisamente a la incapacidad humana para expresar lo* ganz andere: *el lenguaje se reduce a sugerir todo lo que rebasa la experiencia natural del hombre con términos tomados de ella.*

—Mircea Eliade, *Lo sagrado y lo profano*, p. 8[(101)]

Lo *"ganz andere"* es una expresión de Rudolf Otto y que en inglés correspondería a *"wholly other"*, mientras que en español sería algo así como: "todo lo otro" o "todo aquello" que coloquialmente es conocido como "el más allá". En donde existe una relación en el lenguaje que hace que la significación implícita en lo religioso guarde una distancia entre lo comprendido o lo comprensible y lo expresable, es decir, en la religión lo que se expresa o lo que se comprende por el lenguaje, que está siempre lejos de eso que se asigna como una verdad inconmensurable, sino solo es dado por revelación de lo que parece entenderse como incomprensible, por asignarle valor de nombrable, mas siendo inabarcable. El más allá siempre tiene una relación significativa del ser algo real que no puede expresarse totalmente por el lenguaje, sino de un modo que es siempre insuficiente, circunstancial, limitado; que en el principio solo es asequible por la palabra del mago cual el hombre que con su fuerza significadora puede no solo abarcar lo inabarcable, sino ponerlo a su disposición, o cuando menos sirve para apaciguar las ansias fenoménicas que los espíritus tienen de hacerse presentes en la desgracia del conjunto humano con lo que el espacio sagrado siempre se verá confinado a la palabra sacra que lo contiene o lo contempla, visión por la cual el hombre puede abarcar lo ignoto.

Y la magia del atrapar el tiempo en una figura que se prefigura en el símbolo en el que el tiempo queda detenido y con ello, una universalidad del significado ampliado de lo que se siente y es previo a la expresión donde las diferencias son en la intensidad de lo sentido, que es así sacralizado y que se va a llevar a ser aquello que el grupo representa como lo sacro.

Y adelanto estas líneas, porque en términos reales para poder tener una comprensión clara de la religión y de sus implicaciones en la historia del aprendizaje humano y en la asignación del sentido del valor de la verdad en su mundo interpretado, hay que partir de entender que aparte de que existen diversas formas de conformar el sentido de lo verdadero hay en paralelo la existencia de diferencias radicales entre el ámbito de lo sacro y lo profano: donde pretender usar espacios profanos y lenguajes coloquiales o de uso común para tratar de dar explicación a fenómenos que ocurren a nivel del espíritu, no solo desvirtúa aquel espacio de los contenidos imbuidos en la realidad espiritual cognitiva, sino que hacen que la cognición se convierta en una reducción a un acto racionalizado, de algo que, históricamente, no es sino dado, sin el uso de la razón y que más bien está consignado en el espacio de la fe, no solo en el lenguaje que la contiene, sino se da en los espacios superiores externos a la voluntad del hombre que forman parte del destino; siendo la razón, un proceso creado en un estrato muy tardío de la cognición humana y la fe será, como vimos, base inmanente de toda aprensión que relaciona los objetos con el lenguaje desde las bases significadoras en principios arcaicos propios e interpelantes de toda las realidades que, en su caso, hablan de lo ultramundano; donde su trascendencia tendió a verle desde su origen como una creencia que se explica por sus cualidades sobrenaturales y que, parte de creer como algo real e incuestionable aquello superior que sin conocerse se percibe y que resitúa su relación con el lenguaje como limitada específicamente, como eso que por naturaleza universal se capta como lo evidente por sí mismo y su cognición se sostiene como toda la fe por saber una certeza incuestionable. Lo sacro nace en paralelo al poder transformador del *Homo* que se vincula al fuego y a la piedra afilada, como este nuevo supraelemento divino dado para transformar en instrumentos las armas y pasar de ser presas a depredar el mundo que se estructura como real en formas aceptadas sacras.

Mas, para poder entender de qué se habla cuando uno se remite al mundo de lo sagrado y del hombre religioso, hay que partir de ver que:

> *Desde el momento que lo sagrado se manifiesta en una hierofanía cualquiera no solo se da una ruptura en la homogeneidad del espacio, sino también la revelación de una realidad absoluta, que se opone a la no realidad de la inmensa extensión circundante, la manifestación de lo sagrado fundamenta ontológicamente el mundo. En la extensión homogénea e infinita, donde no hay posibilidad de hallar demarcación alguna, en la que no se puede efectuar ninguna orientación, la hierofanía revela un punto 'fijo absoluto', 'un centro'.*

—Mircea Eliade, *Lo sagrado y lo profano*, p. 26[102]

La *Ontofanía* de Otto se recoge en la expresión de Eliade de lo sagrado originador, donde se vuelca en la *Hierofanía* que es entendida como que: "algo sagrado se nos muestra" (Mircea Eliade, *ibíd.*, p. 9).

Según su etimología, que la entendemos como expresión de eso, lo sagrado. El mundo de lo sagrado debe de refundarse pues no existe previamente, sino como algo que se va a redefinir, reubicar, reposicionar; es así como Colón descubre el nuevo mundo y lo reinventa, así las religiones se encargan desde su centro de significación de redefinir todo aquello que van a sacralizar o que se sacraliza por su posición dentro de un determinado espacio:

*No te acerques aquí —dice el Señor a Moisés— pues el sitio en que te encuentras es tierra santa.*

—Mircea Eliade, *ibíd.*, p. 15[103]

Y encuentra sentido en la sacralidad que impone la determinación del sitio como especial, que se corresponde con la multiplicidad de las *hierofanías* al ser tantas como: mitos, ritos, cosmogonías o dioses que históricamente se hayan creado. El espacio a refundar encuentra sentido, en la identidad de aquello en lo que se tiene fe. El diccionario de la Universidad de Oviedo[104] dice que la fe significa: "Creencia en algo sin necesidad de que haya sido confirmado por la experiencia o la razón, o demostrado por la ciencia"; tiene fe en que hay otra vida después de esta. O que también significa: "creencias de una religión". La Real Academia de la Lengua Española en su diccionario 2001[105], dice, entre otras cosas, que la fe es: "seguridad, aseveración de que algo es cierto".

Estas definiciones por sí mismas, nos muestran los dos contenidos básicos de la fe, como se ha comprendido hasta hoy, no en su fundamento de la mecánica operativa de ver la significación que ya expresamos extensamente en su mecánica nosotros y que después abundaremos ya en su sentido histórico-práctico de las significaciones; sino dado en el sentido coloquial de entendimiento común: un conjunto de creencias que se dicen con seguridad para sus creyentes, para los que sin duda son ciertas y conforman su verdad o, más aún, son la esencia significadora de todas sus verdades; donde la fe, es en su segunda acepción el que hay que considerarla como espacio de certezas: verdades que como axiomas no necesitan demostración para el conjunto de gente que en y por ellas creen. Aquí la fe es llevada a ser el elemento base para creer eso que se cree que existe en este espacio que se sacraliza nombrando y, el fenómeno de lo sacro que está inmerso en el cómo es que se vuelve sacra la formulación de lo que se significa en el tiempo y que se conforma cual el lado positivo del construir semántico social que se recompone en espacios físicos, acompañados con ritos místicos formándose vivos.

Retomando la idea lingüística de nominación significante, vemos que ambas cualidades se adentran en el origen del orden nominador que asignará un valor de ser el ordenador de sus creencias religiosas que van a hacer cosmopolita aquel universo, donde la base de su significación parte de su sacralidad de saberse cierto en esto que se sabe y que, según vimos, es el origen y en donde la palabra sagrada responde a la cosa consignada en la identidad de lo sentido, por lo que se representa y lo que significa en el *Ordo* en el que no se cuestiona su origen, desarrollo o finalidad, sino que se consigna como lo real. Cuando un pueblo cree que una *kratofanía*, es decir, un hecho o manifestación de fuerza se impone dentro de sus creencias, cuando incorpora algo que no es el mismo en el mundo sagrado que en el mundo profano, este hecho como suceso basta para que los creyentes en su fe, lo acepten como una base generatriz original para adquirir el sentido de verdad; en donde este suceso se sitúa como la expresión de aquellas; por ejemplo, el águila devorando una serpiente para los aztecas o la caída de un rayo para los pueblos africanos con religiones uranias, son elementos fundacionales suficientes, para establecer ahí donde cae su *axis mundi*, al colocar ahí su centro del mundo:

> *Meru, en la India; Haraberezaiti, en el Irán, la montaña mítica, monte de los países, en Mesopotámia, Gerizim en Palestina llamado el ombligo de la Tierra...!*

—Mircea Eliade, *Lo sagrado y lo profano*, p. 24[106]

El lago de Texcoco es el ombligo de la Luna y la Kaaba es, para el musulmán, el punto más alto de la Tierra donde la estrella polar muestra su eje y, esos son hechos base para la verdad esencial sostenida por la fe viva, constituyendo elementos trascendentes, vivos con ideas fundacionales dadas en actos divinos; expresiones de la fuerza celeste, que incorpora al sitio cualidades culturales, que por sí mismas no tenían, el reconocimiento de esto que se cree se sacralizarán al manifestarse en espacios en que lo divino es: con y en ellos.

El rayo hacía del sitio en que caía, un espacio divinal, propiedad del dueño de aquella arma mítica, que fue blandida por cientos de dioses en diferentes épocas y culturas todos haciendo del trueno diferentes encarnaciones, pero todas tonantes terribles de luz y explosiones. Todos esos puntos, en su momento fueron señalados por actos de fuerza y conllevan *hierofanías*, presentándose como *kratofanías*; sucediendo en cada una de las religiones del mundo, dándoles un sentido *ontofánico*, es decir, originador, creador.

En sus principios, previos al acto religioso aparece el acto mágico en cualquiera de sus dos grandes formas como la magia homeopática o contaminante; que en su forma de creación de identidades o por extensión contaminante van a ir tratando de sacralizar las cosas y las palabras con las que se entienden las cosas, pensando que repitiendo por un principio de analogía ciertos actos, estos complementarán o alcanzarán a realizarse por la identidad de lo nombrado e invocado con la cosa. Donde las sombras de las palabras aparecen en el incensario que asocia al universo lo divino en la *teofanía*, la integración al cosmos de la divinidad y la humanidad como el espacio en que la significación del hecho religioso es su ruta de integración al todo, como la posesión más importante en su eje histórico como creyente ya que se le presenta como una enorme cauda de significados esenciales que le rebasan en buscarse para sí, donde sus explicaciones dan una seguridad de vida la cual parte del saberse cierta.

La etapa natural siguiente que en contigüidad crea la "verdad" y provee la sensación e idea de que existe la seguridad del pervivir uniendo aquello sacro con esto terreno, en que la certeza viene dada por la fe viva y por lo inconmensurable del hecho mismo. El rayo como realidad les da el fuego y su sonido atronador finca el espacio de la potencia supranatural de su Creador; es *kratofónico* en sí mismo y dejará evidencias físicas de su poder en donde se materializaría su potencia divina, cuando al caer incendia árboles divinos o cae rompiendo la peña o cosa semejante.

Los anteriores ejemplos fundacionales desde el águila en el nopal a la piedra Kaaba; del rugir de una catarata a la selección del sitio de la caída de un rayo, pretenden mostrar cómo es que existen dentro de la significación de las religiones una serie de parámetros que van directamente a incidir en la economía de estas, siempre relacionadas con actos fundacionales, que son concebidos como numinosos; es decir, que encierran toda una verdad sobrenatural sagrada o santa, los que normalmente le asignan un valor nutricional básico al planeta y a la naturaleza, donde el acto sagrado siempre es compensatorio de lo que se toma de ella, y, agradece los bienes recibidos, arrepintiéndose de los castigos que los excesos puedan conllevar; y suponen que si se rompe aquel *Ordo*, se hacen merecedores de un castigo universal asignado por la naturaleza, convertida en sus dioses para todos aquellos que no compensan y equilibran lo que toman; aún los llamadores de tiburones, que cazan artesanalmente a estos animales, nombran en sus ritos a la cuerda con que los atrapan un cordel de flores, al flotador, una nube en el cielo que salva el alma de la presa, y le agradecen al mar y al dios tiburón que haya acudido a su sacrificio; todo hombre primitivo agradece y compensa aquello que toma, en vías de preservar un equilibrio para asegurar tener acceso a posteriores presas. La compensación es la base equilibradora religiosa para con el planeta que sacraliza como a un ser vivo al que le tiene respeto vital y con el que se tiene una relación de equilibrio vivo, sosteniéndose sin excesos ni desperdicios y, en donde se comprende por acuerdo que aquel que toma lo debe restituir en su equilibrio, el cual, en todas las culturas antiguas se manifiesta en la comprensión de que el comportamiento adecuado del hombre reside, en que no debe abusar de la condición real de la naturaleza equilibrada y, salirse de los parámetros de equilibrio en el planeta que vive con frágil ciclo que debería preservar.

Esta idea compensatoria es esencial para el grupo de los que poseen determinada fe y de algún modo es la base para esbozar cómo es que toda la economía sacra parte del equilibrar su relación humano-divina, se construye desde siempre, donde el hombre quiere no tomar de más, sino restituir lo que la natura da y, aunque no puede ser tipificada como homogénea en modificación, alteración, avance o retroceso; es en algún modo de carácter universal y sistemática la búsqueda inteligente del hombre al compensar, al equilibrar, porque parte de la base comprensiva de actuar con justeza del que toma de la tierra o de los animales que la naturaleza da, es el dar para con los espíritus que la vida otorga, es responder agradeciendo y respetando el principio único dado para todos en el equilibrio que el mundo posee; al ser importante mencionar que lo divino en sí mismo aporta el carácter de la contradicción que no ve bien a la descompensación ni al exceso, donde: "la perfección asusta".

Dice Eliade en su tratado: el perro que siempre caza es "measa" entre los célibes, es decir, traerá mala suerte a su dueño, que pagará con su vida el que aquel nunca falle, y siempre tome la compensación sacra que es de diferentes modos observada siempre que tiende a ser perfecta o fuera de lo común e implica desgracias. Lévy-Bruhl menciona que eso dado fuera de lugar es: "portador de desgracias". La doble calabaza tendrá consecuencias funestas para el dueño del sembradío y el nacer de los gemelos serán unos enviados del cielo, producto del ayuntarse un dios con alguna hembra humana. Y si son iguales, su cualidad doble contiene Bien y Mal, y serán vistos como un equilibrio que puede manifestarse en cualquier momento y de cualquier forma; el equilibrio compensa y pone orden a la relación que tiene el hombre para con el planeta; en donde el último, no solo está vivo, sino que de modo real el hombre depende al 100% de él, la ambivalencia del equilibrio en lo sagrado, en respeto que se contiene en el "tabú" donde existen seres o cosas que reúnen ambivalencia en muestras evidentes de su hacer. El espacio del cosmos es un continuo compensar todo lo que sucede y encuentra un gran equilibrio que se logra.

El tabú es la incorporación de lo innombrable, lo sucio, el incesto, lo prohibido. Y va a contener "*auri sacra fames*" como dice Servio al comentar a Virgilio, donde lo sagrado es maldito y santo. El Hagios de Eustaquio que es puro y contaminado a la vez, lo maculado, ya muerto y podrido que se consagra, aparte de lo profano. Nadie puede tocar a una mujer menstruante, ellas duermen en lugares aparte, en cabañas aparte, y no ingresan a los campos a sembrar o cosechar, están podridas, y son sagradas; porque solo pueden aparecer ante aquellos ojos divinos, y no ante los hombres, son tabú, de seres y objetos aislados, prohibidos; porque ellas son la fertilidad, pero en el momento de menstruar son estériles, y pueden contagiar las cosechas. El incesto es prohibido, pero es sagrado porque hace conocer aquellos mecanismos de la santidad y es prohibido porque no está dado para todos en su carácter: "sagrado, interdicto de mal augurio". Es reservado a los dioses por eso los reyes en diferentes épocas, desde las dinastías egipcias, hasta el rey que no hacía guerras sino matrimonios, le han usado con intenciones menos sacras, más profanas y ligado al poder y su conservación, pero todos pagando el precio. El profano que lo ejecuta se maldice, rompe con las reglas de la sacra sanidad y puede ser acusado ante Dios, aunque en la realidad la genética se los habrá cobrado con creces. Pero es un espacio reservado a los dioses, a lo divino y el ser profano que usa de esos recursos sacros está cometiendo: tabú. La maldición del incesto es una muerte sacralizada como castigo divino, por tratar de burlar a la naturaleza misma de lo sacro, al romper el orden sano, la muerte que espera al que hace tabú es una muerte ejemplar que debe disuadir a otros de cometer aquella falta que pone en duda el equilibrio todo, y ambas partes que lo producen deberán desaparecer del mapa, para equilibrar esto que han querido burlar, mas se pierde con esa ruptura con la figura ecléctica de su caída fatal, y se enarbola como política de Estado y se deforma la casa faraónica desde la endogamia.

En un tratado firmado con Huqqana de Azzi-Hayasa, Suppiluliuma I, se lee:

*Mi hermana, que te he entregado como esposa, tiene hermanas y cuñadas.*
*Ellas se han convertido en tus parientes a causa de tu matrimonio. Porque en el*
*país de Hatti hay una ley: no toques a tus hermanas y primas. Esto está*
*prohibido. Quien se permita acto semejante en Hatti, no vivirá, morirá.*
*Como vuestro país es menos civilizado, ustedes están habituados a tomar a*
*vuestras hermanas y primas. Esto está prohibido en Hatti. Si un día una*
*hermana, una cuñada o una prima de tu mujer te visitan, agasájalas con bebida*
*y comida. Coman, beban y pasen momentos agradables. Pero no las*
*toques. Esto está prohibido, es causal de muerte. No lo intentes de manera es-*
*pontánea, y si alguien te lo sugiere, no le prestes atención. No lo hagas.*
*Que esto te esté prohibido por juramento.*
*Mantente lejos de las mujeres de palacio. No te acerques y no hables a cuanta*
*mujer de palacio exista, libre o esclava. Que tu siervo o sierva no se acerquen a*
*ella, no le hablen. Cuando pase una mujer de palacio, ábrele camino y huye. El*
*siguiente caso de una mujer de palacio te servirá de lección.*
*¿Quién era Mariya y por qué murió? ¿Acaso no había encontrado y observado a*
*una mujer de palacio? Pero mi padre, el padre del Sol, lo vio por una ventana y*
*le dijo colérico: "¿Por qué miraste a esa mujer?" Y Mariya murió por ese error.*
*Un hecho que ha producido la muerte de un hombre vale como lección para ti.*
*Cuando vuelvas a Hayasa, no toques a las mujeres y hermanas de tu hermano.*
*Esto está prohibido en Hatti. Si sucediera que vuelvas a palacio, no hagas esta*
*cosa prohibida. Ni debes tomar nueva mujer del país de Azzi, y si ya tienes una,*
*que sea considerada tu concubina, pero no tu esposa.*
*Toma de vuelta a tu hija otorgada a Mariya y entrégala al hermano de esta.*

—Georges Dumézil, *El destino del guerrero*,
Citado por Nicolás Adontz, *Histoire d'Arménie*, p. 29–31[107]

El hombre que toma a la mujer tabú merecerá la muerte y su semilla será
pisada y dispersa, pues ha roto con las tradiciones más sagradas de la conviven-
cia, en donde el incesto solo es permitido por relaciones políticas, los demás no
pueden ser consanguíneos, de modo que el sentido que adquiere lo sacro está dado
desde el principio que marque el *imago mundi* que les conforma en su identidad,
cuando será considerado mago hechicero y será consultado y temido.

No hay que olvidar que Edipo significa literalmente "el de los pies hincha-
dos". El que comete incesto aparece ante la divinidad con sus pies hinchados y
morirá su alma antes que su cuerpo y al morir dejará o hijos sabios o hijos con
taras, "si te perderás, por los pies empezarás" reza la conseja popular mexicana.
La muerte ritual del incestuoso es divinal, pues ha roto el equilibrio no solo de la
Tierra, sino esencialmente del grupo frente al cielo y su muerte era tomada como
cosa divina. No se burlan los hombres de Dios, y aunque crean no ser vistos, to-
das sus obras se presentan ante la divinidad a la cual no engañan. El matrimonio
endogámico es el principio del tabú como la salud grupal para evitar el desgaste

genético que ellos detectan. Los pueblos siguen códigos estrictos para la sanidad reproductiva que se sacralizan como mandatos celestiales, de acuerdo a la imagen que ellos se construyan en esta constante suma de mil experiencias.

Aunque por otro lado, existe el *mana*. "Lo que existe de una manera completa tiene *mana*", dice Eliade. Lo insólito y extraordinario forman sustancia del *mana* melanesio como una forma misteriosa y activa de todo lo que es dado "por excelencia", diría Codrington. Es, la reunión de lo eficaz, dinámico, creador, perfecto y contiene un preanimismo base de religión en el que la fuerza universal acompaña al que posee la verdad que se manifiesta en todos sus actos; es el *Wakanda* y el *Wanito* de los siux, que contempla el acto natural espontáneo sagrado, extraño, importante, maravilloso dado con la ayuda de los antepasados, es la fuerza inherente y su carácter es premágico, no intervienen conjuros ni hechicerías, sino la fuerza inmanente al presagio del nacimiento, que acompaña la función del hombre para su destino y su misión en la Tierra. Hay que dar por sentado que la magia nace con el uso y dominio del fuego y que, hay más magia entre más cultura tiene un pueblo, de tal modo que la sofisticación que acompaña a la cultura se expresa mucho más refinadamente en los magos sumerios, babilonios o persas, que en los cazadores recolectores, aunque ambos son esencialmente sociedades y grupos con marcada inclinación a la construcción simbólica que los contiene, sofisticada y estatal en el sedentarismo ritual y básica en los cazadores recolectores en que no hay espacios fuera de la magia misma de todos los actos en que se hacen; así es un producto cultural por excelencia, antes hay una convivencia total con lo mágico, donde se es parte de la urdimbre de relaciones con las cosas que les circundan, iniciáticas en su ser aprendido, inherentes al nacimiento de la persona y a su identidad animal y con las plantas rituales que constantemente crean complejas formas de relacionar sus vidas con los enteógenos y con el momento en que se nace con esos dones del nombre que reúnen la voluntad de los dioses, que es sobre el destino preconfigurado, que, además, se retiene en el ser del nombre que se otorga por la voluntad manifestada por dioses al determinar el momento mismo del nacimiento del sitio en el que sucederá el augurio. La *kratofonía* está ligada así al cúmulo de relaciones y cosas redimensionadas en ello.

La estructura de la *hierofanía* puede verse desde dos perspectivas generales y genéricas, que son desde su carácter simple, aislado, dado sin mayores contactos o integradas a un culto superior. La idolatría o iconoclasia son partes de la *hierofanía* y consisten en que las cosas no son de lo que están hechas en su carácter material: fuego, madera, barro, etc., sino que adquieren las cualidades divinas de aquello que representan y se convierten como la *Kyala* de los *kondes* de Tanganika en "todo lo grande, extraño del hogar temporal de lo divino". Es así como existe en el ídolo, la esencia de lo representado; es la sacralidad del fuego votivo, los ídolos, el tótem y las representaciones tienen la validez de recibir en su seno la representación convalidadora de eso divino. Igualmente, una gran catarata es la voz de Dios, o aquello manifestarse en eso torcido dice Eliade y recuerda que:

*Vishnú se muestra en los Arkâs como si estuviera desprovisto de conocimiento; aunque espíritu, se muestra como si fuera material, aunque es el verdadero Dios, se mantiene como si estuviese a disposición de los hombres.*

—Mircea Eliade, *Tratado de historia de las religiones*, p. 51[108]

La *hierofanía* dota al talismán de todos los atributos y poderes de los dioses invocados o representados, es la base de la identidad en que el símbolo es vehículo receptor del poder de los dones del ser representado: evocado o invocado que queda constreñido al objeto. Esto, a su vez, contempla la libertad de Dios.

Los *trolls*, que no son alimentados, hacen totalmente lo contrario de lo que se les ha pedido, en perjuicio del que los posee. Yahvé juega con Job, y al final, aun le increpa que si no le parece que haga lo que él desee, se lo diga, así el justo calla y otorga, tú haces lo que quieras; y más le vale no increpar a Dios. Hablar con Dios, es un privilegio que a más de uno le costó todo y más, el que conoce sabe que Dios es un ser exigente, que suele tomar aquello que le plazca sin dar nada a cambio, que suele exigir que a veces no se toma la molestia de premiar, sino a su modo es que premia o castiga, donde su palabra es incuestionable con lo que el tener a Dios cerca es mucha demanda.

Moisés tiene el privilegio de escucharlo, mas no entra a la tierra prometida por golpear demás a una piedra.
¿O, es premiado con la patria celestial?
¿Le retira la tentación de la tierra prometida para llegar a la soberbia?
¿¡O simplemente se la aplica…!?

En el fenómeno religioso no hay una simplicidad y, si la hay, solo es aparente y casi siempre está contenida en los autores que la explican y no en los fenómenos que la implican y, continúa contando Eliade el que reside en el fenómeno más exigente: "Amarás a un solo dios", por su parte desde desarrollos históricos particulares que desbordan lo religioso y donde hay que aceptar la sacralidad fisiológica entera del yoga y el sacro Prana. Que va de la alimentación al sexo sacralizado, como formas de bendición en la manutención del grupo, del otro extremo esta la promesa de aquel "un solo dios" es la de la progresión en la procreación. "Multiplicaré tu semilla como las arenas del mar", y así los grupos semitas son de los grupos ancestrales de los comienzos de los tiempos urbanos y le dice al amigo del señor Abraham y multiplicaré tus ganados. Cuando Él quiera y como quiera. A Dios no se le ponen plazos ni se le exigen situaciones, Él da lo que quiere dar, no lo que se le pide, sino en la medida que quiere Él otorga. Sara pare no cuando Abraham desea, sino cuando Dios manda, y aunque él se ayunte, solo la gracia otorga la fertilidad extemporánea; premia a Job cuando le ha pisado y arrebatado todo, cuando su mujer y sus hijos le han abandonado, cuando solo le resta aquel último recurso. A Dios le gusta ser protagónico para que no haya duda, de que es por su voluntad que las cosas son como son y no es materia de juegos. Él puede jugar con el destino del hombre, el hombre no puede atreverse a pretender jugar con los designios de Dios. Él manda y ordena todo. El dilema del espacio religioso implica siempre la reflexión interior para ponerse en orden con el creador, y sacar las cuentas que deberá uno entregar, con las lámparas encendidas, para cuando venga o con el coco o la lanza o la copa, etc.: porque no toma a los sin luz sin la base del fuego del que espera. Dios es el motivo de la esperanza y del castigo, se le espera con la vehemencia del que cree y con la sapiencia del que sabe que erró, porque Él es el juez que perdona y no se le puede engañar con un falso sentido del arrepentimiento porque pesa las obras del que es juzgado con la verdad del alma que mira su voluntad, hay dioses guerreros o de paz, de conquista y de esclavitud, tras de la liberación viene la magia, y con ella lo que es la fórmula base de su interacción voluntaria desde el acto libre.

Hay dioses que premian el robo como en la India los arios cuyo cuño dio sentido al término riqueza: "Robo de ganado". Hay los que piden sangre al estilo Huitzilopochtli, otros, a los primogénitos como el Moloch, también existen los que quieren niñitos como el maíz azteca o productos del ultraje y los tributos de la guerra. Pero en la medida de lo posible pocos se acercan a ellos con comunicación que los habilita al interpretarlos.

*La realidad y la significatividad son ambas comunes: Pero la comunidad del ser no estabiliza los significados de una vez por todas. Aunque la mayoría de los términos del lenguaje ordinario tienen significaciones definidas y reconocidas, la expresión en una continuidad discursiva y el significado general de los enunciados es una función de la intencionalidad expresiva y de la relación dialógica, la cosa sigue siendo la misma, como quiera que se designe, pero su mismidad no se hace patente sino por una significación compartida: la significación también es una expresión. Y en tanto que la interpretación contribuye a establecerla, por eso mismo no puede ser estable.*

—Eduardo Nicol, *Metafísica de la expresión*, p. 181[109]

*155. No cambies los nombres bárbaros de evocación, pues hay nombres sagrados en cada idioma que son dados por Dios y tienen en los ritos sagrados un poder inefable.*

—W. Wynn Westcott, *Oráculos caldeos*, p. 37[110]

La identidad de significados parte entonces de que existe una comunidad de ideas y valores compartidos entre los hablantes o aquellos que participan de una estructura de significación y, en donde, en el plano religioso se basa en el compartir esos valores asignados al valor del espacio divino. Mircea Eliade continúa exponiendo, de una manera somera, sus amplísimos conocimientos, sazonados con la intervención de otros sabios espíritus, que delinean una realidad que conlleva a todo lo más alto buscado por el hombre, y yo solo veo a Nous asentir con sus enormes ojos abiertos, cual si fueran piedras de obsidiana enormes que van consignando como ciertos los espacios que implican el desarrollo del símbolo en el hombre en esto sagrado, que no se mueven en sus órbitas, sino que se ven como si le recorrieran luces en sus inmensas córneas, que en brillantes espirales, dan cuenta de una viva actividad neuropensante, que, con el brillo que desprenden, atraen a la mesa a aquellos espíritus eternos a las nociones que percibo desde su viva aprobación silenciosa. Hasta aquel enano Gen calla y me mira viendo el espíritu que nos va comiendo el cerebro con sus ideas. Y continúa contándonos sobre miles de conocimientos de los que apenas poco puedo captar y resumir.

Cuenta Eliade que:

> ( ... ) *lo peligroso, prohibido o mancillado hace la sustancia de la hierofanía o la kratofanía.*

—Mircea Eliade, *Tratado de historia de las religiones*, p. 47[111]

La realidad manifiesta de lo incomprensible, en donde el camino sacro está plagado de peligros de los que solo se puede emerger triunfante si existe por la fe el pleno abandono de la voluntad divina, que manda y que se expresa con diferentes medios naturales cual rayo.

Ante lo sacro, conviene sabernos unidos en la búsqueda de un bien mayor para el conjunto humano, recordando que solo veremos algunas tenues semblanzas de esos sentidos históricos que se asignan al ser divino, desde la humana comprensión, que aquí con tu esperanza se construye en trazos de la imagen de la divinidad y sus mil rostros, que la verdad construye en el sentido del ser significado, dándole al espacio del ser verdad la significación de un valor honesto ahí situado, que sustenta los trazos de las trazas que visten la significación viva, de lo que identifica eso real de la verdad.

*22. El carácter ético de la verdad a) Al plantearse el problema metafísico de la verdad, la pregunta se endereza hacia el ser del ente que la produce y vive de ella, más que sobre lo conocido "verdaderamente". Como determinación de una forma de ser distintiva, la verdad se sitúa en un nivel más radical que el nivel lógico o epistemológico. El centro de interés será, en este punto, el ser capaz de verdad... Desde los orígenes de la filosofía, la palabra verdad (...) adquirió y ha mantenido una significación que no tuvo originariamente. Este cambio fue una creación histórica que afectó la existencia de los hombres... Antes de la filosofía la relación verbal tenía un sentido ético: La intención recaía sobre aquel a quien las cosas se indicaban, más que sobre las cosas mismas, no existía la noción de un valor autónomo e impersonal del conocimiento. Lo verdadero (...) era sobre todo lo veraz, lo contrario de lo verdadero no era tanto lo erróneo, cuanto lo falaz, lo engañoso:... Así en la teogonía de Hesíodo, las musas declaran que saben decir mentiras semejantes a la realidad de la verdad, pero que también saben, cuando quieren proclamar las verdades. La verdad era facultativa y se definía por la voluntad de decirla. Verdad era sinceridad. Era, pues una expresión personal, una forma de comportamiento, más que una correspondencia de lo expresado con la realidad. Después del nacimiento de la ciencia, la filosofía, representa no el intento de suprimir el sentido ético de la verdad, sino más bien de reafirmarlo...*

—Eduardo Nicol, *Metafísica de la expresión*, p. 158[112]

Haremos varios acercamientos a aquellas materias que se acercan a las formas llanas del ser simbólico sentidor desde las diversas perspectivas, para entender, tanto a la sustancia conformadora de lo que la fe ya semblanteada pretende como la base de sus verdades, por un lado, como para entender qué sostiene ese espacio de verdad, ya que de no comprender, qué era o cómo es que se forma la sustancia de todo lo considerado como verdadero, entonces, no comprenderemos qué los llevó a actuar de determinada forma, porque no sabemos su verdad cultural, la base de sus creencias y formas de valorar la realidad.

Por otro lado, saber cuál es esa carga de verdad que se asigna a los conocimientos, nociones o elementos, sujetos u objetos de la fe, que hacen que el hombre les asigne ancestralmente valores de verdad, para determinar aquellos rangos que de forma real y evidente condicionan el sentido del ser de sus verdades en sus juicios; entendiendo que, tanto la verdad como su valor asignado por todo eso significado por el hombre, se reconocen solo por el uso adecuado o inadecuado de la palabra dentro del grupo, como el sustento material de las realidades conductuales históricas con que se le asignan valores de interpretación al mundo que es socialmente compuesto por gente inmersa en su tiempo y en su cultura, en una comunicación dada por las palabras y por las consignaciones que usan cual salvoconductos; donde el significado que se les asigna como rangos de verdad, son creados para una cultura grupal, que estarán entonces dados, por esto que se consigna como lo real en sus parámetros ordenadores, que determinan este valor de sus nociones sacras, donde la creación del *imago mundi*, les rigen en el acto.

*La palabra no se aplica como etiqueta a la cosa conocida y, por tanto, ya constituida en objeto: la palabra no se dirige a la cosa o al objeto, sino que se dirige al otro sujeto. La palabra es esencialmente dialógica, tiene un contenido significativo pero tiene también una intencionalidad comunicativa. Comunicar no es transmitir el mensaje de un pensamiento personal, es hacerle presente al interlocutor la cosa que se encuentra ante mí y que yo he aprehendido. Si el interlocutor me entiende esto asegura que la cosa está presente de manera igual ante él, y que él también la aprehende (aunque luego podamos discrepar de ella). La cosa, entonces, es real sin duda alguna; existe independientemente de mí como sujeto consciente, pues la palabra común atestigua que el objeto es una realidad común también. El entendimiento, más que una facultad de entender las cosas, es el acto de entenderse con el otro mediante la palabra. Lo que se*

*entiende son siempre expresiones. Decimos que se entienden las cosas porque la*
*palabra no puede ser vehículo de entendimiento si no designa realidades.*

—Eduardo Nicol, *ibíd.*, p. 112[113]

La palabra es un poder constructor reforzante y comunicante de las expe-
riencias cognitivas comunes, incluyendo las percepciones alteradas del consumo
enteogénico, entendiendo por este, aquel consumo sacralizado de plantas psico-
activas que les llevan a espacios mentales de construcción mágica y distorsión de
la percepción, de acuerdo a la planta que se consuma, y que será aquello lo que
posibilita que se dé carácter mitológico a esos viajes chamánicos, donde con-
curren los grupos culturales y dejan establecida la experiencia espiritual, como
parte intrínseca viva de su cultura, al sistematizar social y culturalmente esos es-
pacios psicoalterados que forman parte del ritual. En ellos, la palabra mítica, tabú
o sacra, es esencial al culturizar la experiencia enteogénica y trascender el viaje
personal hacia un orden con lineamiento cultural-social, que requiere de la guía
del mago, del chamán o brujo, que traza las vías mítico-culturales del recorrido
psíquico del grupo, por espacios no existentes en la realidad física, que son reales
desde la percepción alterada, sentida y vivida realmente por el conjunto, ante la
ingesta sacralizada, en donde aquellos espacios metafísicos se materializan en
experiencias, tanto en las mentes de los que consumen determinadas plantas en
ceremonias, como las rutas cultuales de accesos que se sacralizan como realida-
des míticas grupalmente consignadas y sacramente avaladas por los hombres de
la magia, entendiendo por esto, lo que se nombra y ordena en aprensión cultural de
toda percepción socializada desde vías enteogénicas que les generan patrones de
visualizaciones o desarrollan formas de acercamiento del hombre con sus visio-
nes significativas como sacralizadas por el grupo, que será entonces, consistente
toda esa imaginería desprendida de las costumbres nominadoras de lo sentido
para con aquel grupo y un factor determinador dado por aquel efecto cotidiano,
mítico y ritual del aprenderse compartido que los une y los diferencia del resto,
con aquel conjunto asignando a un significado común grupal, donde conviven
elementos no materiales, pero sensiblemente reales en el espíritu perceptivo que
va formando parte del bagaje del conjunto en las ideas del grupo, materializados
en ritos que conforman aquella identidad cultural, que, desde el poder que ordena,
se es parte en el grupo, al nombrar como verdad a eso que les define en la esen-
cia de esas realidades codificadas como comunes a los grupos, cuya ingesta de
determinadas substancias; en donde sí hablamos de un espacio real significador de
lo espiritual del grupo porque se habla de aquello percibido y sus modos del ser
percibido, que finalmente son los elementos base con que se nutre la significación
de las percepciones nombradas y de aquellos órdenes que de estas percepciones
alteradas se desprenden, al poder concordar ambos en su nombre, y sus espacios
de orden logran domesticar su uso, y es entonces donde se valida su existencia
y su verdad material de esto que fue lo percibido como algo inmaterial sentido,

**441**

que vivifican estos espacios ultrasensibles comunes, en su ser-cultura, que con las palabras marcará las rutas y códigos de acceso a tales experiencias sensibles que hacen que el espíritu se materialice en la percepción alterada que les afinará ciertos sentidos.

Realidad significativa que nos es común, pues existe como realidad sentida, percibida, nombrada y en la cual coincidimos al comunicarnos, y, estas experiencias, entre otras muchas, nos muestran como la realidad percibida significa más allá de toda materialidad base de su experiencia-fuente; es así que comparten los valores culturales en los que la identidad de la experiencia los hermana en sus mitos que tienen entonces: la corporeidad que emana de la experiencia psicoactiva codificada, en la que la verdad perceptiva de lo que reconocen como lo espiritual, adquiere así una materialidad sensible.

Mencionamos la experiencia enteogénica por dos razones esenciales, una, porque fue común de las culturas primarias, y dos, por su base espiritual de percepción alterada, que codificada religiosamente, conlleva a ser significativa, a que los espacios inmateriales percibidos se materialicen; tanto en la experiencia como en aquel símbolo que los contiene como realidades que todos pueden percibir con determinadas ingestas, llevándose a crear rutas míticas con la difusión ritual que su significación grupal mítica recrea, y que hacen que aquellos espacios mitologizados sean percibidos por el conjunto como realidades espirituales tribales; es decir, que se vivifiquen esos espacios que son mentales y por ello son abstractos, concretándose y materializándose en la experiencia que se comparte en el grupo, desde la ingesta ritual de los enteógenos sacralizados, dando pie, a que tengamos presente, que la sustancia de la verdad que se gesta en la experiencia enteogénica, que acuñará buena parte de los mitos primarios, se forma por una materialización sensible de experiencias psicoactivas, que hacen que la fe sea de un modo práctico, real y sensible: con ello su verdad se materialice en el mito y el rito como percepciones codificadas que en el grupo se desdoblan en la memoria colectiva en sus formas.

Disuelto el sol en su propio rojo abecedario, tras la perfección silábica,
se mezcla la cera virgen azul de mil anhelos, en óleos de sílabas de sangre atada,
tintes del mercurio crudo, balbucientes estertores por angélica voz comunicada,
en sudarios de polvos celestes estrellados, de extracción divina proclamada en
usos en la palabra,
resolviendo dudas de la noche de la idea, en vías de obtener pureza del **oro** en un
Belén depositada, en palabra
recitada desde la mente enajenada de una oración de mayor alejandrina…
Oró la noche en fraseos, por consolidar el fuego azul líquido en palabras de tus
marmóreos senos que ceno noche a noche en largas delicias.

# XCVIII

*Y esta palabra, este papel escrito*
*por las mil manos de una sola mano,*
*no queda en ti, no sirve para sueños,*
*cae a la Tierra: allí se continúa.*
*No importa que la luz o la alabanza*
*se derramen y salgan de la copa*
*si fueron un tenaz temblor del vino,*
*si se tiñó tu boca de amaranto.*

*No quiere más la sílaba tardía,*
*lo que trae y retrae el arrecife*
*de mis recuerdos, la irritada espuma,*
*no quiere más sino escribir tu nombre.*
*Y aunque lo calle mi sombrío amor*
*más tarde lo dirá la primavera.*

—Pablo Neruda, *Cien sonetos de amor,* p. 34[114]

Para poder entender la palabra en la magia o el símbolo o más adelante, la ciencia y su sentido de verdad, hay que conocer la palabra en sus verdaderos alcances. La idea del ser que se es en la idea grupal y sus palabras, que en magia y símbolo no son sino la cosa misma, conforman la parte material de la comunicación de lo común que es comprenderse en el espacio de lo entendido y compartido como esta realidad significativa, ya que los sentidos asignados a las palabras que designan a las cosas son infinitos y diversos; dependiendo de muchos factores culturales asignados por los que participan en el proceso de la memoria colectiva, que forman el bagaje que se sostiene como cultura en el *"Láphiz"* real de la idea plasmada. En el Amazonas la ingesta ritual del *"yopo"*, les revela a los participantes cuál es el animal ritual que los protegerá y con quién tendrán comunicación ritual espiritual toda su vida, y su nombre sagrado será determinado por esta experiencia, en la que además nacerá su nombre real. La ingesta del *Psilocybe aztecorum* daba el nombre al nahua en su viaje psicoactivo, y no era solo una palabra aislada, sino que era aquel espíritu vivificado por esa experiencia sentida.

*El problema de la verdad y el problema de la significatividad no pueden*
*tratarse separadamente. La condición necesaria para que una proposición sea*
*verdadera, es decir, que represente de manera adecuada el objeto de que se*
*trate, estriba en que el objeto mismo esté ya designado en los términos del*
*enunciado unívocamente.*
*La significación propia contiene ya una verdad... ¿Cómo se establece que*

**443**

*la posibilidad de que una palabra sea significativa? al pensar en la verdad, la efectividad de la relación significativa solía darse por descontado; de hecho es algo patente. Pero es necesario exhibir la estructura de esa relación, investigar cómo pueden las palabras ser símbolos de realidades.*

—Eduardo Nicol, *Metafísica de la expresión*, p. 179-180[115]

Por ejemplo hay que tomar en cuenta que el sentido de la verdad y del lenguaje se plasman de diferentes modos y que hay muchas formas interpretativas por parte de la ciencia moderna para encontrar aquel significado real de las pinturas rupestres en su contexto, donde se hubo preguntado él: ¿Qué representaban para ellos? ¿Qué significaban las primeras formas de plasmar una forma bidimensional en la posibilidad de la figura? La primera respuesta fue que las imágenes solo eran naturalistas de caza, otros investigadores lo trasladan al cielo y las constelaciones, ambas teorías se disolvían cuando en una de ellas, en los alrededores encontraron, que los que pintaron aquellas cuevas no comían de aquello que pintaban, sino otras especies más pequeñas; de modo, que se desató todo un espectro de especulaciones que tratan de consignar el espacio de verdad en ellas contenida, y para aquellos que las realizaron; por otro lado, otros proponen que todos aquellos animales retratados, solo corresponden a constelaciones y a posiciones de las estrellas, lo que veremos que no van a corresponder sino con una proyección mental muy posterior que se retrotraerá por los investigadores, veremos varios tipos de acercamientos posibles para la significación de la imagen como estructura de la significación, ya que, por ejemplo, en el caso de la neuroarquitectura se plantea que el espacio de los significados en la primera forma de la imagen pudiesen ser proyecciones de la imagen del hombre que las pinta. Es decir, son producto del éxtasis logrado por estados alterados de conciencia.

Lewis, en *National Geographic* explica esto, formulando un experimento, en el que la zona de la visión en el cerebro se activa con los ojos cerrados y, con patrones de luces que se encienden y apagan estroboscópicamente y producen en el sujeto una malla y ciertos patrones de puntos, que se asemejan a los que existen en las cuevas. La idea base de que la forma silueteada se pudiera dar, como la primera vez que se crea la forma bidimensional trajo un cambio en la significación y sus formas de expresión, algo que no se acaba muy bien de explicar, aparte de los patrones sincronizados de las figuras neuronales ante ciertos estímulos, obtenidos por estados de éxtasis y de profundo estado de alteración, con lo cual se abren otros campos de interpretación que antes no se contemplaban, de modo que estamos ante dos espacios de verdad, diferentes, ante una misma colindancia, ya que, por un lado está el que se abre para la interpretación moderna y otro, para el que pudo ser el causal que los motivó.

Ahora bien, para ejemplificar esto último, es curioso que en las primeras formas siempre estén pintadas unas siluetas de unas manos, algunos lo han llegado a interpretar hasta como la firma de los autores, empero, en realidad en ella y en la umbría como proceso milenario están los principios naturales de la silueta, de modo, que se muestra que el espectro de interpretación deberá ser reducido a un espectro de explicación; como por ejemplo el que la mano que se delinea en la arena con un palito, deja abierta la opción de siluetearla como las huellas lo hacían en superficies barrosas por el hecho de pisar. Las bases más arcaicas están unidas al cuerpo mismo del ser que se construye en significaciones que entran a la posibilidad plástica. Picasso diría algo así al ver las pinturas rupestres "no hemos aprendido nada". La forma de la imagen que se genera en aquellas cuevas con la umbra, la sombra, que se obtiene siempre en esas pinturas que se estiran como producto de la deformación que la misma sombra, producida por el ángulo de incidencia de la luz sobre los cuerpos, habla de: ¿técnicas pictóricas? o de ¿formas perceptivas? El fuego y las sombras proyectaban las andanzas de ellos ante el fuego y la luz. La luz y la sombra que logran, es no solo que están pintando lo que en éxtasis ven, sino que tal vez lo más importante es que aquello que pintan sea el panteón anhelado de la caza, el paraíso de los cazadores donde las presas ancestrales, casi extintas se añoraban en el espacio del espíritu real del cazador, que es aquello que aquel hombre plasma, ya iremos discerniendo posibles explicaciones naturales a las nociones de verdad que pudieran contener, pero lo importante es ver claramente que esas nociones de verdad no obedecen de manera inmediata a lo que nosotros queramos ver, sino a situaciones intrínsecas derivadas de su situación material como cazadores recolectores con el uso del fuego de millón y cientos de miles de años atrás y sobre todo a su espacio significador real de lo que significan ante una realidad que les exige que su coordinación los lleve a sobrevivir, a coordinarse con las presas. La base sacra hace de la recolección un espacio de cacería, donde hay que llegar a esos territorios en: tiempo y forma.

Esas pinturas están vivas, y una a una logran el movimiento, de tal modo, que aquellos animales están y son joyas por sí mismas dentro de la plástica y la estética: el hombre que se significa gráficamente. Abre la posibilidad de imaginar y plasmar; el nombre y el orden se fortalecen con la posibilidad de plasmar la forma de lo que se ve y se procesa como sus percepciones vaciados por sus nociones de verdad, y que tendremos que discernir en base a sí mismas, porque una imagen mental cualquiera, que se diferencia del animal ritual mítico en que nadie ha oído sino hablar de él y que se supone que en algún momento alguien lo vio o imaginó, y no lo que nos imaginamos nosotros, pues evidentemente nuestra verdad no es la de ellos si no se refleja en ella lo que ellos plasmaron. Eso los griegos lo vieron claramente, no es lo que se ve lo que plasma el arte, sino lo que sale del que ve y procesa de una manera particular lo visto y lo plasma. El significar gráfico hizo que la palabra adquiriera otro espacio de permanencia, porque, no solo es plasmado el objeto sino que conforma parte de una estructura significativa mayor en su sentido y que se guarda en el mito que se basa en fijar su realidad sobre aquellas formas plásticas que se iban gestando, sobre aquel ser en la percepción de sus verdades.

Ahora bien, en materia de las religiones, sus nociones de verdad de todas las realidades significativas que expresan no se encuentran, sino en relación con aquello que se cree que ordena las cosas dentro de su fe, y toda su determinación viene dada, cultural, cultualmente sostenidas, por el grupo que las nombra. La realidad no es en las religiones sino la esencia con la que se carga de sentido el ser de sus verdades; donde, la base de esta es consignada por la esencia misma del dogma que las crea y hacen que el dogma al final sea lo que sostiene lo que ellas sacralizan como su verdad.

### ¿De dónde nace el dogma de la inefabilidad de la ley natural?

De la palabra común esencial primaria que nace con lo humano a su traslado a la magia, hay trechos en que el hombre se apodera de las cosas al interpretarlas, pero casi es seguro que solo hasta que se tamiza por el cambio que dio el descubrimiento del fuego, en el que la magia nace como aquel poder no solo apropiador, sino transformador de la naturaleza y, es así, que desde el uso del fuego la palabra fue cargada del mismo proceso transformador de este, que dejó una carga nueva para aquella voluntad que se expresa, que era de magia en la construcción religiosa y existen una serie de conocimientos en evolución significante, que hacen que se asigne a la palabra, no solo el poder de nombrar y comunicar, sino de transformar esas realidades que abarcan las relaciones universalizadoras, basadas, por supuesto, en la incorporación revolucionaria de la significación humana que consistió en incorporar el fuego a la estructura significadora, ya que la experiencia del fuego lo transmuta como especie, creándose efectos definitorios, dados como verdades que no se cuestionan y se parte de ellos, donde su aceptación condiciona todo el proceso del que da inicio el fenómeno numinoso o de la fe mágica; base que sacraliza el mundo del sentido asignado a lo real que modifica en su conjuro la realidad circundante desde la voluntad que se transforma en la visión transmutadora de la noción mágica.

La verdad o realidad en la magia está sujeta a la voluntad de que las cosas sean de acuerdo a lo que se quiere que el conjuro ordene, de modo, que su verdad y realidad pueden bien estar ligadas a la transformación práctica que el fuego le dio a las manos que implican la manifestación materializadora de las primeras ideas o a la ingesta de sustancias enteógenas, por las que la percepción de las cosas se asume desde una psique con percepciones modificadas; o bien, que quedan dadas en el ámbito de la fe pura inicial con que la palabra ordena el mundo; y las palabras dichas en cierto espacio-tiempo y con un orden determinado construyen el mundo que se expresa significado y que por la voluntad las vuelve mágicas y las dicta en la palabra sacra que les ordena en sus creencias de que las cosas simplemente son así, operando como el conjuro señala, porque en ello descansa la fe de creer, en todo eso que se nombra como el contenido expreso de sus verdades.

Es muy importante entonces partir de ver que la noción de la verdad del mundo antiguo de la magia y del mito no es la que poseemos nosotros al final del siglo XX, ni a principios del XXI y que debemos tratar de ubicarla de acuerdo a aquellos elementos que realmente reflejan a su sentido original, en el que el poder que está en el nombre que ordena el mundo real y determina no solo la verdad, sino el curso de su realidad es lo que los vuelve "mágicos".

De esta forma se explica cómo este espacio ordena la materia que se entiende en la magia simpática, por la existencia de "espacios red", diría Frazer, en que se unifican las cosas y su origen; contiene un espacio de verdad que nace de una lógica operativa implícita en su operación y conlleva a entender el pleno de su situación significadora; es así como el pelo, las uñas cortadas o cualquier otro elemento que haya estado en contacto o pertenecido a alguien hechizado, están ligadas al poseedor original de esos elementos, y se establece que si no en la realidad material, sí en la significación materializadora de esas relaciones, existe manifiesta una identidad que la significación les asigna o que su situación real les implica; en donde, ese real espacio material entre las cosas y su origen está presente, porque así se ha concebido; y la realidad de su origen y pertenencia es incuestionable dentro del esquema que las significa y las contiene, como será incuestionable que la unión, sentido y destino que se ordena por la palabra en conjuro que hace que siempre se unan las cosas a su origen por un entramado invisible que teje redes que atarán aquellos vínculos de los universos invisibles que concurren en esos espacios por su mágica voluntad asociada, que conlleva toda una serie de nociones de verdad que no son cuestionables desde su estructura interpretativa al entenderse como espacios consensuados por esa cultura viva.

Vemos la magia como nombre que ordena por la voluntad del mago o el operador del hechizo, comanda el que las cosas hagan o sean lo que se quiere que sean y respondan a su orden, porque así opera fisiológicamente la fe del aprendizaje, como vimos sucede en su operación psicodeterminada y su espacio de verdad se consigna sin cuestionarse. Con respecto a esos espacios-red, es importantísimo ver la relevancia que adquieren; el que con aquellas sustancias enteogénicas el espacio vacío se carga de la materialidad sensible de las percepciones; es decir, se materializan realidades que subliman su existencia en verdades llenas de sensaciones vividas en común, que pueblan el aire al volver sensible al conjunto a una serie de percepciones creadas por estas ingestas ordenadas culturalmente y donde la verdad se siente, se vive y transmite en el mito, mientras que se vivifica en el rito, de modo que sus verdades se consignan materiales por esos participantes del rito como verdades cultuales que les acercan a sus deidades en mito.

La magia es el ordenamiento y control del asombro primario del hombre por poder nombrar las cosas y poseerlas; contenerlas en su ser conocimiento, asumiendo que el proceso de contenerlas se da en la significación de una manera natural al nombrarlas, ya que por el mecanismo de la significación el acto del conocer es el de apropiarse de, y así es poseerlas y determinarlas desde adentro del individuo y, con eso, ir vivificando el principio eje de la fe, que afirma, que eso que cree es eso real que es suyo; con el fuego como aquel primer actor constructor de eso humano que le permite ir reasignando el valor a la significación de aquello nombrado como objeto transformador en un orden que adquirió cuerpo material de piedra tallada o de fuego con sus múltiples usos; y con ello, cuando todo el espacio significado adquirió el sentido real transformador de aquello objetivable; es decir, de aquello que se ordena a voluntad y que implica que sus conocimientos sean una verdad material que hace algo palpable de su idea, vista esta como herramienta material transformadora que incorpora la verdad real de las concepciones de la gente a su idea, transforma la base de su materialidad con el entendimiento del *Ordo* natural que es violentado por la aparición de ese quehacer transformador del hombre que encuentra en la prolongación y sentido del habla, al hacer las cosas que la verdad de sus palabras se forman de un modo materialmente plástico hecha en transmutación del Dios fuego palabra en nuevas armas o utensilios.

Es la idea vaciada en la herramienta (varita mágica, hacha, lanza, arco y finalmente azadón), que son instrumentos que, transformados realmente neoconforman los poderes reales del hombre y fortalecen su sentido de poseer la verdad en sus nociones significativas y significadoras del entorno y de sus nociones de integración común de aquella apropiación y transformación del entorno, vaciado sobre todo en las herramientas y los otros instrumentos que adquieren su poder por extensión, de eso que se concibe como su recurso potencial transformador contenido en sus nociones, de modo que, si la lanza endurecida por el fuego y el fuego mismo convierten al hombre de presa en depredador, la palabra mágica hace de la varita un instrumento nuevo, sobre la base mágica con que se apodera por la palabra ritual de las cosas, y que para él representa su verdad a tiempo, porque la palabra que transforma un palo en arma, es la misma que opera para convertir a un palito en varita mágica: tiempo vivo que implica darle valor a la vida nombrada, ordenadora de la relación apropiadora con que domina el destino de la presa, porque una piedra se transformó en arma por la voluntad que le aplicó trabajo al filo, después de haber probado con una roca afilada por la naturaleza y reconocer lo que le beneficia esa situación que supera al mero lanzar rocas, sino que al vaciar sus observaciones de lo que las vuelve operativas y trabajarlas en esta significación que implícitamente implica un orden selectivo de elementos, que constituyen la virtud que se busca lograr por ejemplo en los proyectiles. De esta forma, la idea es la herramienta por la cual, por extensión, se domina el destino de la materia y de los espíritus que rodean al hombre, que claro está, encierra en su mandato a los muertos; el mago maneja fuerzas que están entre las cosas, y pretende ya hacer volar a la materia o desaparecerla, vivificar a los muertos y hace que a su voz obedezcan aquellos objetos, animales o personas, espíritus o almas, que, cumplen en la idea grupal con su voluntad, que está apegada a las leyes mágicas que son conocidas en el gremio, y que trazan el espacio de las sombras en que se expresa la voluntad que nombra y ordena al mundo de allá, con las prevenciones del mundo de acá; así se guarda la capacidad de hacer que las cosas, (para esos fieles) obedezcan la voluntad del ordenador desde una perspectiva en la que el nombre es la cosa o la acción sobre la cosa; y no existe diferencia entre lo que se nombra y el nombre que se convierte en la identidad que el conjuro logra y donde la magia se traslada a crear un mundo de relaciones entre la gente para bien o para mal a niveles de energías y transmutaciones de sus espacios del alma, que no saben que existe. Y el ser que se interpreta lo cree y crea una verdad que para el caso es evidente por esos efectos prácticos, de modo que para concluir al respecto diremos que en un palo afilado y quemado convertido en lanza, es evidente que la voluntad y el conocimiento del nombre y los órdenes del grupo lo transformaron de modo real, y lo es entonces que en términos de la magia porque no va a haber una transmutación en lo nombrado si la misma voluntad que modificó el palo en lanza o piedra en filo o daga, sufrieron de una transformación por la voluntad misma que usa el mago como el guerrero lo crea con su lanza, que construye y le permite sobrevivir y traer alimentos que son lo material obtenido por la materia nombrada, en este caso el nombre en el conjuro. La misma solidez y filo de la lanza tiene la palabra que lo posibilita en aquel llamar al eterno retorno y el aprender a sobrevivir en determinada latitud, o a vivir sobre lomos de un caballo por toda la vida como los antiguos mongoles y la gente del gran Kan. Ahí donde esa idea del mundo les hace...

¿Hay algo más patético que dudar de la materialidad del espacio espiritual? La idea... Un guerrero de las cruzadas o un mongol o un ateniense o un espartano, su espíritu era la materialidad de su existencia, pegando el culo a un animal de por vida. Uno. Y el cruzado dando mandarriazos contra los infieles y los infieles llamando infieles a los infieles, de modo que la verdad del hombre se materializa en el espíritu de la historia humana. Un ateniense en el simposio está ahí en la construcción de la idea, y es la materia de su existencia pensar eso y aquello. Como para un espartano su vida era pelear. Eso era todo, cómo hacer la máquina de matar más perfecta. Y clavados cada cual en su idea o su no-idea real...

*En efecto, desde el punto de vista mítico, el nombre no es nunca un mero significado convencional de la cosa, sino una parte real de ella y, aun una parte que, conforme al principio mágico mítico del* pars pro toto, *no solo representa al todo sino que lo es verdaderamente.*

—Ernst Cassirer, *Esencia y efecto del concepto de símbolo*, p. 30[116]

Y esa es la realidad. El lenguaje del mago como realizador de voluntades con los conjuros y palabras, hace obrar a las fuerzas naturales, a los espíritus y los dioses, por palabras con las que se modifica la materia y así es que les entrega el culto y les reclama el poder que conlleva el ser del ordenador y se cree que esa verdad tenga en su ser palabra a la esencia del nombre mágico y con él la posibilidad de instruir, mientras que se significa, el ciclo completo del día a día, en el conjunto y la forma de sacralizar su quinta esencia. El significado se sacraliza mandando, ordena al principio, propicia después, implora al sacerdote como intercesor entre las fuerzas o imágenes de lo numinoso y manda en el mago. La verdad relativa asignada en el acto de la fe que pide se cumpla eso pactado como el ritual sacramentado es una realidad que lleva a la voluntad creadora a obtener aquel orden que se desea, como la voluntad creadora puso filo al arma, así, la anomia del infinito nunca avistado, intuido, anhelado y temido se ordenó poniéndole orden a toda la verdad significadora.

Ahora bien, veamos que han habido una serie de intentos de explicarse la magia y la religión, desde el espacio simbólico, que parten de ver que su explicación muestra que los usuarios o adeptos que en eso creen lo van a tomar como la base de su verdad y así la expresan, sin embargo, tanto estos elementos, como la misma sustancia de la fe también han querido ser explicados desde la razón asignándoles un espacio de ignorancia formal. La primera huella explicadora de lo racional del principio religioso fue griega, presocrática y llegó hasta la explicación de la mecánica divina del primer motor de Aristóteles, que en su momento veremos, cuando no se quiere explicar la experiencia de la fe, sino, cómo se percibe lo que se conoce como divino, explicando en concreto cómo es que funciona una mecánica universal; ya veremos las características de su explicación sobre las huellas visibles del movimiento como rastro de lo divino.

Mucho después es Kant quien llama a estas nociones religiosas las ideas puras o conceptos puros, como sería la idea de: "Dios, libertad e inmoralidad" como producto de la síntesis, desde la unificación activa de la sensación de reglas proporcionadas por sus conceptos puros, más allá de la comprensión. Así es como Dios fue entendido como un postulado práctico de la razón (Frisio Glaube), en donde, además, en estas ideas, no hay una sensación correspondiente entre estos conceptos y la necesidad de una experiencia real, cosa que Fritz, en sus fritadas, va a negar, arguyendo el que existe una relación de sensación correspondiente entre estos conceptos, y un hecho real natural, que llama el *"awfulness"* o la profunda insinuación inspiradora que corresponde al *"ahndung"* o "insinuaciones del trascendente" de Rudolf Otto en una percepción de identidad espiritual, en donde, se pretenderá plantear esa sustancia origen de la fe, como una realidad concreta que entrevé el espíritu; y concibe eso como una huella patente que refiere su existencia en la identidad perceptiva a la que se tiene acceso desde lo íntimo de la sensibilización de aquellos sentidos.

En realidad, estas explicaciones del origen de la fe son obtenidas más desde una especulación sobre de dónde es que provienen en el ámbito de la percepción y de sus formas de filtrarse por la razón, que en una realidad concreta, que explique racionalmente su origen, o, el cómo incide en la mente humana en su conjunto; ubicando el filtro de su percepción, en algún espacio del ser, sin definir, el de dónde es que brotan dentro de esas funciones de la psique, con que parece perciben sensiblemente al ser espíritu. Nosotros, entonces, comenzaremos, partiendo de ver, que el hecho de que la fe no es un patrimonio cultural de algunas culturas, sino que se presenta como una característica de todas, y por tanto, que aparecen en la historia como algo que pertenece al común de las capacidades humanas, más allá de su historia; pues, aunque aparecen culturas como la kremer, que no tenían deidades antes de la importación de Buda, esto no les negaba su realidad de tener fe en ciertas instituciones terrenas o con respecto a sus relaciones cósmicas, donde, como vimos anteriormente, la fe está dada por el acto mismo de significar especialmente las percepciones, es decir, por aquello que codifica lo percibido en un orden dado como lo sacro para el grupo. Donde por cierto, el Buda tampoco es un dios sino el modelo del iluminado a seguir para estar en la consonancia exacta con la perfección cósmica del Nirvana: el "*Nir* o sin", y del "*Vana* o viento" sin viento, en donde, la fe, radica en nulificar todo concepto o idea y en que se cree fervientemente que se puede llegar a transformarse en un Buda; en un ser sin inquietudes ni deseos: en armonía total con el universo y sus fuerzas cósmicas, sin ninguna intervención de la voluntad desde la idea humana y tratando de negar lo humano real significado, que finalmente es lo que se persigue eliminar la significación y con ello lo humanizado.

La casa de los hombres loto…

Por otro lado, el fenómeno de la fe, se vería contemplado siempre, desde una idea externa del: ¿en qué se tiene fe? Kant entendía que existían cosas inmanentes o dentro del mundo y cosas trascendentes o fuera del mundo y va a entender por fenómenos a: "cómo las cosas aparecen en la conciencia". Allí, el fenómeno adquiere, no una base de creación de origen intelectual, sino, que, se asume él como algo que se percibe como externo y que se apropia de la conciencia de su existencia, que aparece como un elemento trascendente de percepción y, con ello, en cómo la percepción tiene sus procesos de hacerse concientización y cómo es que nos enteramos del espacio externo de lo sagrado, cómo lo incorporamos a nuestra conciencia; este es el antecedente de la idea platónica que, hasta ahora, llega a Husserl en su percepción de las cosas como la base de lo real, que asignamos al sentido de lo religioso sacro en la conciencia en que somos seres de la realidad que se obtienen de la selección de esos contenidos de verdad a ver.

Frente a estas ideas, Rudolf Otto dice que la fe no es un producto de la razón, sino que lo es del **misterio fascinador y la magnitud atemorizante**. Creando así la sustancia de eso sagrado, en sensaciones que dan pie al *Mysterium tremendum*: producto de lo inefable que se conforma por el: *awfulness* como profunda insinuación inspiradora; la *overpowering* que inspira el sentido de humildad; la *energy* que crea la impresión de verdadero poder; lo enteramente otro y la fascinación. Como se ve, se describen más las sensaciones de eso percibido, del cómo se procesa lo percibido o significado, y a qué estado se llega, obtenidas de la fe como hecho "numinoso", (palabra creada por Otto para explicar lo sagrado), que de dar una explicación al hecho sagrado, a la idea de Dios o de la divinidad, ya que ni las ideas puras de Kant (que sería la forma más cercana de explicación del origen de la fe y no solo de Dios, al entenderlo como acto que se percibe y se transforma en la conciencia), ni de las "fritadas" ni de aquellas partes perceptivas de Otto, dan cuenta del origen de la fe a la que se concibe como un don externo y no como espacio de la creencia que parte del mecanismo significador y se desliza hasta el espacio sacro, en el que la fe se constituye en un espacio de la esperanza que en aproximación de aquellas insinuaciones del trascendente, son más bien intentos de tener una explicación perceptiva; de dónde es que se piensa que puede originarse la fe, en el ser que percibe, más que de situar a las ideas base de: ¿qué es la fe como un acto originado en el espacio cerebral en inconsciencia?; en el que de partida no la ubican, dado que, parten de que la fe está dada en un vínculo entre una suprarealidad que se les comunica, se les infunde o perciben por el mismo sentimiento o sentido de la fe, determinando como externo aquel origen racional numinoso o de percepción de lo sagrado, en la formación de la razón; es decir, que de entrada, no se percibe como identificado como un proceso biodeterminado o que pueda ser psicoconformado el proceso mismo de la fe, sin entender así, el cómo se desarrolla en la mente su proceso psico-aprensivo, ni comprender la formación de la fe viva, en la aprensión significativa; es decir, no se estudia a la fe, dada como un proceso mental conformado desde las funciones psíquicas del cerebro, sino es vista como un don o algo que nace de la percepción de afuera, de lo externo. De modo que la fe y lo sacro, se identifican con un estado de percepción de eso espiritual como percepción de un fenómeno exterior a la mente.

Frente al *awfulness* y las percepciones de la anomia de infinito que van a encontrar aquellos pensadores occidentales, en Oriente, principalmente a través del budismo, en cualquiera de sus escuelas, niega esa llamada universal o percepción de lo espiritual externo al ser que percibe y es que remiten sus ansias de trascendencia a la búsqueda del "vacío" interior como la base del estado esencial natural, donde: **la extirpación del engaño, del deseo, de la hostilidad** forma el Nirvana donde: **el pensamiento desaparece.** Esta es la búsqueda del no hacer que nos reintegre al reino primario, que niega, de entrada, toda aquella búsqueda externa de la fe occidental; su idea parte del negar todo lo que es producto de lo humano, empezando por lo significativo y por ende lo aprendido, es decir, aquello construido, como el ser de nuestro ordenamiento significado y pretende reintegrarse al no hacer propio del mundo vegetal; esto, en términos reales pretenderá, en última instancia, el negar esto humano del hombre, como base real del ser universal primo y de toda fuente de inquietud; porque el oriental piensa que el pensar es estorbar el fluir real de la naturaleza, que es con nosotros y más allá de nosotros, y que, nuestra función debiese remitirse a reintegrarse al fluido total sin el estorbo de que eso, lo humano, sea en abandono y negación pensada en lo sensible. La deshumanización persigue entonces que el hombre se reconvierta a la naturaleza integral de la que surgió, como parte del todo, en un animal perceptivo que puede decantar de sí, tanto lo bueno o como lo malo, que admitirá como natural renuncia a su condición mentalizada completa.

*En el esplendor celestial del vacío*
*no existe sombra de cosa o de concepto,*

*pero penetra todo objeto de conocimiento;*
*obediencia al vacío inmutable.*

*Himno de Milarepa en alabanza a su maestro.*
—Joseph Campbell, *El héroe de las mil caras*, p. 149[117]

El vacío que el budista considera como un espacio natural surge espontáneo en el arte marcial, que logra su estado más absoluto y pleno cuando se reacciona como un animal con reacciones no pensadas, sino desatadas desde el inconsciente, sin intervenciones racionales que interrumpan el flujo de la reacción universal, el Zen, no concibe la percepción de cosas o seres superiores, sino que por el contrario su tendencia busca no encontrar algo que interpreta que no está afuera de su persona, sino que es parte integral de aquel que busca; donde encuentra como espacio superior al vacío esencial universal, donde aquel pensamiento no les estorbe y se es parte del conocimiento, porque se sabe que se va a actuar debidamente en el fluir de los sucesos, al haber practicado infinidad de veces rutinas, para que surjan en aquel quehacer del momento en que se debe hacer; siendo así, parte del fluir, sin ser perdido en el torrente de las cosas que existen en la conciencia, así aquel vacío es un Nirvana, representado como un lago en paz sin viento, ni ondas que lo muevan y sin deseos ni palabras, y todo anhelo del nombrar, es deseo y así engaño, producto del pensador, con ello, la voluntad rompe el camino del Zen, del Tao, del Satori, del Nirvana, donde se es, sin estorbar al dejarse fluir en el todo.

El conocimiento que se busca es interior o de observación sin que la razón y voluntad intervengan; es la muerte de la voluntad, para que la voluntad del cielo solo sea; de modo que esto sagrado y la fe residen en el crecimiento de un **Yo**, que no es sino la renuncia al **Yo** y sus formas, quedándose en la quietud. Es muy relevante el ver como allá existe la fe, pero la cual no se sitúa en un objeto exterior como una percepción de algo que está más allá del que percibe, pues, con esto, son más de la mitad de los hombres en la historia del mundo, los que sitúan a la fe de una manera totalmente opuesta a la noción occidental. Aquí, no trataremos de situar cuál es más cierta o incierta, selección que sería seguramente una visión desprendida de las "cosas de familia" esbozadas en la sociología, pero aquello que si es importante, entonces, será el ver que entre ambos polos existe la noción común de la fe y sus usos prácticos; de modo que, aunque nosotros debemos situar su origen, no en una percepción exterior, ni en una mera verdad renunciadora de la ordenación interior, sino como una parte intrínseca del modelo que cree ser verdad al creer, lo cual ya vimos corresponde, a la mecánica operativa de toda su estructura significante, en la que aprender implica que sea lo que sea.

*La forma es el vacío —dice la Prajnaparamita Hridaya Sutra— y el vacío es, sin dejar lugar a dudas, la forma. El vacío no es diferente de la forma y la forma no es diferente del vacío. Lo que es forma es vacío, lo que es vacío es forma, y lo mismo se aplica a la percepción, al nombre, a la concepción y al conocimiento.*

—Joseph Campbell, *El héroe de las mil caras*, p. 153–154[118]

De algún modo, esta posición budista, hindú, tibetana, china, japonesa y oriental en general, que desemboca en el Tao, en el fluir del camino de las cosas no asigna una cualidad divinal a la percepción universal a la que tienen acceso como la nada, sino que trata el hombre de unirse fluyendo con ella sin poner nombre, ni etiqueta, donde *"el mundo del tiempo es el vientre de la gran madre" que es en el Tíbet, 'Yum' principio femenino, oscuro, es el tiempo; y 'Yab' es el principio masculino de la eternidad..."* —Joseph Campbell, *ibíd.*, p. 157–158[119]

El tibetano que mueve sus yaks, tiene que oír la tormenta de nieve, antes de que haya una sola nube, debe saber extraer el conocimiento de las cosas en su anticipación, de no lograrlo, le acecha la muerte por congelamiento ante situaciones que debe observar, porque las ventiscas aparecen en medio de aparentes días calmos y soleados, y es así, pues si no sabe interpretar esos mínimos cambios muere y mata a sus grupos tribales y esta percepción se une a la noción de lo sacro, sutil pero real. Mientras que en Occidente se presiente a esta fuerza prima base andrógina bisexuada llamada Dios, en un llamado trascendente, de un dios en un espíritu al que hay que reconocer; mientras que allá todo nombre, palabra, concepto, con que pretenda ser llamado el vacío, se crea en los deseos del ser sentidor y lo perturba y eso perturba el fluir, así no quiere entenderle nombrándole en el orden de su necesidad del dominar con palabras todo lo existente, sino dejar de ser un sujeto cultural para que las cosas sean, de modo que como vemos es la misma función significadora que arriba a la explicación como el logro cultural y es esa esencia occidental, que se niega en Oriente como parte de su estructura esencial, por considerarla dañina al crecimiento de la reunión del hombre con su entorno, que es entendida como anhelos en deseos del poseer que niegan el que pueda apropiarse del espíritu, si no es, desde la conquista del ser interior en la quietud que no quiere encerrar en nombres aquella esencia natural de la cosa, y que, en el Occidente conforma el nombre como la viva esencia de espíritu que significa al mundo a transformarse, en un universo, en el que el verbo, es la voz divina del acto que se desprende de la voluntad humanizadora de la inteligencia conceptual que nombra.

Uno de los primeros espacios que permiten la construcción de la vía religiosa por la fe, se da, desde la construcción de la noción de la vida después de la vida, o de la más primitiva construcción que se da para construir en la psique la simbolización de aquel espacio "codificado" de la muerte. Es, la muerte, aquel espacio espiritual por excelencia que reúne en sí todos los elementos base necesarios para construir un nombre que se asigna a un plano metafísico, más allá de lo físico y por ello intangible (es importante que mencionemos que esta noción de la metafísica no es la de uso coloquial, comúnmente aceptada, de aquello ultramundano, porque en realidad ya veremos que la metafísica original se refería no a un plano extramundano, sino a la infraestructura del pensamiento que arma la trabazón lógica de la razón y que corresponderá a lo que será la noción aristotélica); aquí la entendemos como aquel espacio que ordena, desde la nominación de espacios inmateriales e inasibles como espacios trascendentes, y es por ese espacio y en el nombre de ese espacio que adquieren sustancia en lo que se concibe como nombrado en la ordenación de su trascender, (la creatividad de Osiris) de que quedan las huellas más arcaicas en los hombres de las cavernas. Pero para entender su mecánica vamos a recurrir a uno de los conceptos hindúes más regios al respecto, pues en él se reúnen todos los elementos que conforman la construcción del significado espiritual que se asigna a las cosas, y el cómo es que se construye, asignándole un sentido de verdad entendiendo a esta según:

> *El problema de la verdad y el problema de la significatividad no pueden tratarse separadamente. La condición necesaria para que una proposición sea verdadera, es decir, que represente de manera adecuada el objeto de que se trate, estriba en que el objeto mismo esté ya designado en los términos del enunciado unívocamente. La significación propia contiene ya una verdad... ¿Cómo se establece la posibilidad de que una palabra sea significativa? Al pensar en la verdad, la efectividad de la relación significativa solía darse por descontado; de hecho es algo patente. Pero es necesario exhibir la estructura de esa relación investigar cómo pueden las palabras ser símbolos de realidades.*

—Eduardo Nicol, *Metafísica de la expresión*, p. 179–180[120]

El espejo dual para esto y aquello, acudimos a la noción de la escritura de la sombra hindú. Para entender la escritura de la sombra o la creación significativa del espíritu, es necesario entender que el acto de nombrar y ordenar al mundo del espíritu como espacio *post mórtem* conlleva en su interior a la formulación de un espacio concebido como un nivel manifiesto de la sacralidad, que está frente al área profana y, es, en la construcción del paraíso y el infierno (Nirvana y Caos); desde el acuerdo del Bien y el Mal que se significa, y que se suma a las creaciones mismas del universo creador y creado, que contempla la posibilidad de nombrar al Creador, y conocerlo desde la creación, con las reservas sacramentales que implica el recrear a esa creación prima que se es, frente al acto numinoso de la fe, y que hace valer las ideas de la reunión con el Creador, asignando valor de uso a las ideas espirituales y, a sus alcances o fines; de modo que la escritura de la sombra, ordena ese espacio de la muerte, dotando a lo humano, de mil ahoras significados, en un presente, sobre aquellos espacios de seres del pasado, siendo en esa luz arcaica del más allá, en donde conviven todos nuestros anhelos y nuestras necesidades ejes, para resolver en vida la eterna cuestionante de qué pasa después de la muerte, es un espacio del no saber, en que se parte de la seguridad tácita por la fe, del tener la certeza de la existencia de otra vida, por sobre todo con el "espíritu" entendido como aquella esencia vital, que semblantea nuestra necesidad de trascender el plano mortal inmediato, por la nominación de su espacio trascendente, allá transmigratorio: que es el fenómeno que percibe que el espacio ordenado puede ser tal y como concebimos debe ser.

Es curioso, pero demostraremos como el espacio abstracto que da lugar a la creación de la noción de la vida en el espacio de la muerte, es el mismo espacio que da sentido a las matemáticas y a las leyes, en su eje del ser una abstracción que se concreta en el orden nombrado por las ciencias positivas, la arquitectura, astrología y astronomía; religión que crea lo sacro del nombre, siendo aquella *skiagrafía* un simbolismo que materializa lo inmaterial, concretándolo, en aquel lenguaje ritual, que logra que viva la esencia de aquella comunicación ultramundana y que trascienda en aquello escrito, esto que se espera que aquel espacio aporte para resolver la necesidad del vivo en la que requiere asegurarse de tener buenas migas con los seres del más allá, que entre los vivos y los muertos haya muchas hojas del recorrido en acuerdos.

El esquema hindú de la *skiagrafía*, la "**escritura de la sombra**" es una página en blanco en este espacio del espíritu que hace uso del conjuro como su ordenación e instrucción y que usa para materializarse cuando menos en la idea, (y con ello en la verdad nombrada de los hombres de su cultura y época) a los seres del más allá y sus mundos, sus destinos y cuál será el espacio al que todos al morir acudirán; es la esencia de la oración que quiere hablar al espíritu del ausente, el espíritu del espacio divino, el caído, el héroe, el santo y, fundamentalmente, el Dios; en donde los conjuros o palabras asociadas a funcionar en el espacio sagrado, son para, propiciar, pedir, ordenar, ya sea por imitación de las cualidades que se le asignan, o por extensión de las propiedades con las que según vemos opera el mundo de la magia que es aquel espacio en que lo nombrado obedece a la orden que se le da, y en la que se instituyen las reglas de la ordenación simbólica, que hace que la magia, sea aquel espacio de los nombres potentes en sí mismos, el conjuro, es la potencia de la palabra asociada, y que por la ordenación misma de las palabras logra objetivar la transformación de la materia en la tierra de la fe de los que participan en aquel sentido, y que sean elementos suficientes para lograr hacer lo que se ordena, y que hacen que la materia siga aquellas instrucciones impuestas por la proposición cultural del que los ordena; donde la idea es propiciar que los elementos del más allá obedezcan a los seres vivos o, cuando menos, se plieguen ante aquellas oraciones de seres espirituales que ya partieron, quedándose ellos como los espacios mentores de los vivos, ante los espíritus del espacio natural, espíritu nombrado y con ello controlado, como por ejemplo: la lluvia, ya para que aparezca o desaparezca y, es aquí, que estamos penetrando el campo de los espíritus naturales en contacto con los espíritus de los que partieron en el tiempo de la muerte, reuniéndose esos espíritus de los antepasados, que ahora habitan por identidad en las esferas de esos espíritus naturales, y que por ello se pueden contactar con los espíritus naturales al habitar este mismo espacio espiritual, y servir, como seres tutelares esos difuntos, que serían gestores con la naturaleza de las demandas de los vivos por invocación desde relaciones cultuales en las que la reunión de espíritus vivos naturales y los espíritus de los muertos conviven en mitificada reunión que ordena al mundo productivo.

En la *skiagrafía*, por esta escritura de las sombras, aquellos que se fueron siguen haciendo causa común con los vivos; vía la plegaria o el sacrificio en su memoria para con el clan, ya que es un pacto cultural vivo que servirá, ya en su muerte; van a ser solidarios con el grupo que los vio nacer y los desarrolló. Es común en las ceremonias de muertos que junto a las ofrendas que les dan los vivos, se entremezclen las plegarias para que por su intercesión le sucedan cosas a los vivos y para que aquellos que partieron, sean propiciadores de bienes, en los espacios de lo que se concibe como espíritus naturales para con esos que los convocan e invocan para propiciar la buena voluntad y convencimiento de aquellos equívocos espíritus naturales; donde los actos de los espíritus de los antepasados y las palabras del conjuro que dirigen sus conductas estén dentro de la estructura de la escritura de las sombras y sus reglas; escritura de sombras, que hace que exista materialmente recogida en signos y símbolos en la conexión entre los que saben conjurar, los espíritus de los caídos y los espíritus de la naturaleza, creando eso que naturalmente no es materialmente existente y, que, como los sueños materializa el espacio de los muertos y los hace que coadyuven con el más acá y que, ya, en ese espacio significado y ordenado con sus leyes, ordenan aquel espacio en un plano de igualdad espiritual, tratándose de tú a tú con la naturaleza, y nuestros antepasados obligan al espíritu de la lluvia, por ejemplo, a sernos propicios, recordando aquel divino pacto que generó el compartir con ellos en su momento la vida y recordándoles los actos propiciatorios que el grupo les ha hecho y les hace continuamente en reciprocidad universal, tanto mientras estuvieron vivos, como ahora que son los que pueden comunicarse en el nuevo plano al que los muertos acuden; donde, en la escritura de sombras toma cuerpo y se materializa el factor de pertenencia al espacio que materialmente vemos como lo inexistente y que se propicie la realidad espiritual que se procura con perseverancia del culto a los antepasados como mensajeros nuestros, aquellos que también padecieron y rogaron a los idos, ahora son llorados y recordados en memoria del conjuro de sus espíritus inmortales y, que, como seres que sufrieron lo nuestro en simpatía y, naturalmente, ayuden a nuestra causa tribal familiar haciéndonos fuertes allá donde es la lluvia, el rayo, el trueno: la voz en que se concreta.

*El ser no es el mundo... es la palabra la que forma al mundo (... ) El concepto de comunidad se aplica al orden real de lo humano. Denota una forma de ser. Lo esencial en los hombres es la comunidad misma... lo real tiene que ser aprendido en común, simbólicamente.*

—Eduardo Nicol, *Metafísica de la expresión*, p. 234, 237[121]

Y habría que recolocar el mundo de la sombra, desde aquel acontecer figurativo primario de las cuevas primordiales, que sintetizan el espacio de la significación de la palabra, y la imagen espíritu del ver y plasmar a la cosa, para atraer a la identidad de la *skiagrafía*, que está atada a la vinculación primordial del incorporar imágenes pensadas en comunidad viva con los muertos, teniéndoles en el entorno como las tribus indonesias del entorno. La base de la ingesta enteogénica producto de la recolección y sus bases primordiales, creaban aquellas figuraciones base que durante siglos acompañaron a la andanza de las sombras en las cuevas; y las noches y por el Sol, de modo que, el planteamiento simbólico de cómo se veían las cosas, es mucho más antiguo que las mismas cuevas y sucede en Panavisión, en cada cabeza de aquellos ingestantes de aquellos vegetales que traían a Dios adentro o del grupo ante las experiencias de las sombras por las diferentes fuentes de la luz, a la que estaban expuestas comúnmente las comunidades en las cuevas, porque andar con antorchas en una cueva pintando es la danza de las sombras en una Panavisión total de luces y humo, de la penumbra y la luz en la cueva; del que sostiene la luz y del que pinta, dándoles un volumen tridimensional en la bidimensionalidad que hace que las formas pintadas sean sagradas por ser esa realidad de lo pensado, lo percibido real.

La *skiagrafía* va a tener un desarrollo en las culturas posteriores como la griega *ombra e graphe* que vendría a ser el diseño de las sombras, que tendría relación con el arte, como idea de la ilusión óptica. Sería el *umbrilitem* del latín, que en ingles adquiere el sentido de *shadowy* o sombreado. No es hasta la tradición cristiana del Este que se recobra la idea de la escritura de las sombras, pero con un sentido diferente, muy ampliado y modernizado en los alcances filosóficos entendiendo la *skiagrafía* como aquel "contorno del invisible"; que de algún modo y, sin forzar sus coincidencias, estaría en el rango del espacio hindú que traza el lenguaje de los vivos que trata de alcanzar y manejar a los muertos con la variante occidental, que lo que pretende es crear un lenguaje referencial que intente hablar de lo divino ultramundano por definición. De donde, Gregory parte al plantear que no es posible conocer a Dios, y que, aun sus manifestaciones en la *Biblia*, han sido parciales, al no poderse nunca representar al inabarcable, inconmensurable, incognoscible y, por ello, inaprehensible; es decir, por ejemplo: el carro de Ezequiel, no es la visión de Dios, sino de una manifestación de Dios, como sería la llama ardiente de Abraham, ante el sacrificio filial o el fuego de las nubes de Moisés, en que la aparición divinal, es la manifestación, no de la figura divina total, cosa invisible e inabarcable; sino como lo menciona San Ireneo, solo en Cristo se da la emanación del Dios visible, para los que tengan los ojos del alma abiertos por su deificación, pero no es ni en Él vista la plenitud inconmensurable de Dios; entendido como el innombrable e inabarcable, que solo estaría manifestado en su amor. La idea de que la *skiagrafía* es la escritura de los contornos, tendría pues, su vulgarización en la serigrafía y en diferentes formas de dibujos de sombras, muy *old-fashioned*, pero su esencia partió de aquella idea hindú de que es la escritura del espíritu, que es la materialización simbolizada en la idea expresada en el espacio existente, pero intangible y espiritual de aquellas sombras, frente a la gran sombra de la muerte que se implora a los idos para que los de aquí no sean mencionados allá para ser recogidos acá y esto lo materializará.

*De acuerdo a Plinio, el primer artista fue una mujer que pintaba sombras. Tal como cuenta en su libro XXXV de su* Historia natural, *una doncella corintia, hija del ceramista Butades, oriundo de Sición, dibujó la silueta de su prometido quien debía abandonar lejos de su ciudad. Partiendo de la sombra de su cabeza proyectada en la pared y gracias a una vela, Butades dibujó a su amado. Su padre, luego, rellenó la sombra con arcilla y modeló la cara en relieve de manera que su hija tuviera su recuerdo de su amado y se consolara en la soledad.*

—A. Malet, *La perspectiva renacentista* [122]

Entonces, la *skiagrafía* es la posibilidad prima de con palabras o trazos delinear el contorno del más allá, de lo divino, de lo espiritual y de la redención en lo profundo; así como es el *Laphis q*ue contiene el granito que dibuja toda silueta del espíritu, este granito en el que encierra la posibilidad del pintar cualquier cosa, dependiendo de la mano del que pinte y sus manifestaciones incorpóreas e inabarcables, capturadas en la idea del grafito humano; la *skiagrafía* entonces, es el espacio para fijar lo inabarcable del todo pensado: que se le da cuerpo en palabras, creando al orden real que se plasma con la formulación física de lo intangible, que en la religión toma el espacio en que se corporeiza el espíritu. Es curioso ver que en la escritura común quedan plasmadas las ideas, como la posibilidad de reconocer el espíritu de sus autores. La *skiagrafía* contornea la cara de la sombra de lo divino, que empieza por forjar las imágenes que cada cabeza procesó, desde miles de años atrás —casi diríamos que un par de millones de años— descendida del "cara limpia" de tres millones y medio de años. La mente se significó, de manera natural siempre ató los sentidos visuales percibidos a las imágenes y a los sonidos con diferentes grados de dificultad o sencillez, pero siempre triunfando en su ser cultural y sus sonidos. La experiencia tridimensional natural en lo visual no fue llevada al trazo bidimensional, sino mucho tiempo después como significación en proceso del que no separa las partes sino que las entiende solo juntas y que se refleja en la confusión de los mexicas al ver a los españoles montados en los caballos que a ellos les parecieron ser uno solo, de formar un solo cuerpo, la imagen percibida en su totalidad y no vista en sus partes, es una idea arcaica del mundo, vieja y común, la forma de percibir las cosas ha ido siendo decodificada en partes, solo cuando tenemos las palabras suficientes para partir las ideas, las imágenes solo son percibidas en sus partes, después de ser símbolos unitarios y pasar a fragmentarse en sus partes, de modo que, la relación decodificadora de lenguaje determina la de la imagen. La imagen interior en cada ser que significa es inevitable por la naturaleza de la conformación del espacio neuroestructural de la memoria, siempre tiene un patrón personal de ilación y desarrollo de ideas; tuvo que pasar mucho tiempo para que el hombre unificara un sentido sacro de las percepciones codificadas como comunes, empero, se partió de un sentido gremial para vivir, el principio del grupo y el juego, esa es la traducción social del instinto grupal asociado, que durante millones de años la imaginación libre vagó incierta en espacios mentales inmateriales unidos por el lenguaje que les ata desde la sacralidad de lo común del ser pensante que siente ser en la magia toda su realidad, donde su psique se ata al mito y al rito, la continuidad y certeza del eterno retorno. Magia de la palabra y sus formas de ser verdad, la figura de lo real de lo exuberante y, sobre todo, le dan cuerpo al miedo y contornean sus fronteras y sus abismos que les intiman con sus intimidaciones y les afectan directamente y que dibujan conteniéndolas, dominándolas.

*El cosmos se identifica con la imagen, que es el resultado del ordenamiento del mundo mediante el modelo matemático producido por el Dios demiurgo, y se constituye en realidad sensible gracias al movimiento generador de esa geometría divina que opera con el espacio (khora). Así, entonces, los discursos acerca de la imagen dan un contenido de verosimilitud a las descripciones humanas acerca del cosmos, y entregan una suerte de explicación científica sobre las realidades del universo sensible. Si los relatos sobre lo estable y manifiesto al entendimiento son también estables e invariables, y en cuanto ello ( ... ) es posible, irrefutable (Timaeus, 29b), así, los discursos acerca de la imagen del mundo, participan de esas cualidades en cuanto esta "imagen móvil de vida eterna" (Timaeus, 37d) es semejante a su modelo. Queda, entonces, expresamente establecida en el relato verosímil de Timaeus una correspondencia entre la generación, cuyos discursos suministran 'creencia' (pistis), y la esencia, cuyos discursos proporcionan verdad (aletheia). Por consiguiente, del mismo modo que la generación deriva su condición entitativa de la esencia (ousía), así la creencia recibe de la verdad su validez epistemológica, que se traduce en verosimilitud. En esas circunstancias, la generación se manifiesta como el equivalente de la imagen, del modo como la esencia lo es del paradigma, según se trate de un análisis de un carácter fundamentalmente ontológico, en un caso, o de un carácter epistemológico, en otro.*

—Oscar Velásquez, *Dificultades epistemológicas
en el discurso de Critias* [123]

*Su método lleva a Critias a sostener, en una frase enigmática, su escepticismo. Dice, según una primera lectura: "y sabemos por cierto cómo nos encontramos en relación con los dioses"; peri de dê theônismen ôs ekhomen (Critias, 107b), cuya interpretación correcta conforme al sentido general del párrafo, y con una significación gnoseológica, debería decir creo yo (como en Desmond Lee, Plato: Timaeus and Critias, p. 129: "And we*

**460**

know how ignorant we are about the gods"). *Y por eso, según Critias, es más fácil hablar acerca de los dioses que acerca de los hombres y las cosas humanas. Esto es, sin embargo, una maniobra ciertamente subversiva, que trastoca el ordenamiento del discurso verosímil, puesto que este tipo de narración obtenía su legitimidad a partir de la cosa creada a semejanza del modelo eterno, es decir, sostenía la veracidad relativa de las explicaciones sobre la generación, en la imagen, el* eikôn, *como figura del mundo y lo que este encierra. Y los dioses son en ese mundo las primicias de la creación, están ahí, a la vista de todo el que quiera verlos. Ellos circulan arriba, como cuerpos siderales, cual si estuvieran a la espera de nuestro asentimiento, que los transforma en los objetos superiores de nuestra 'creencia',* pistis. *Ellos son, por consiguiente, un tema medular del discurso verosímil, por lo que nos podemos preguntar, a estas alturas de mi propio discurso, si Critias, con este artificio corre el riego de quedarse sin un verdadero objeto y sin método. Enfrentado a la situación de dar cuenta, mediante un discurso, acerca de realidades que se desenvuelven en el devenir de la acción humana, y están sujetas a la variación moral de las conductas, el relato verosímil parece estar perdiendo la materia sobre la que funda su consistencia relativa. Incluso más, en palabras propias de Critias parece sancionarse el hecho de que el sujeto del discurso no es ya la imagen sino la imitación y la representación: "Acompañadme, dice Critias, en el siguiente razonamiento para que os muestre con mayor evidencia lo que quiero decir. Todo lo que decimos es, necesariamente, pienso, una imitación (mimesis) y representación (*apeika sía)*"* (Critias, 107b). *Si bien imitación es perfectamente compatible con la imagen, no así, me parece que lo es la* apeika sía, *relacionada con el verbo* apeikadso, *que significa formar "a partir de un modelo", "copiar", de donde el sentido igualmente platónico de "expresar por una comparación", "asemejar". Esto se acerca mucho al sentido de "conjeturar", a "juzgar en base a conjeturas". No era eso lo que Timaeus había hecho con su discurso. Así, entonces, una dificultad ronda el ambicioso proyecto de Platón, disimulada esta vez bajo el aspecto de la inexperiencia y la total. Dificultades epistemológicas en el discurso de Critias 153 ignorancia del receptor del discurso, y en el carácter de conjetura que tiene el saber. En esta ocasión, por consiguiente, como recogiéndose a la última línea de la retaguardia, Critias intenta obtener la ventaja de una mejor oportunidad (*pollen euporian pareskhomen, Critias, 107b). *Busca auxilio en la situación favorable en que lo colocan esa mera ignorancia e incapacidad total de los auditores sobre cada aspecto del asunto de las explicaciones que damos a las cosas y, en consecuencia, son parte del problema epistemológico que apunta a la capacidad (o incapacidad) de hablar articuladamente acerca de una materia. Ante esta situación, Critias ha proporcionado algunas precisiones acerca de la palabra hablada como expresión razonada de las realidades del mundo. Se ha visto dispuesto a mostrar con mayor claridad al grupo de los tres amigos del diálogo, lo que quiere afirmar (Timaeus, 107b), y por eso les ha dicho que, como acabo de citar, "las afirmaciones de todos nosotros son inevitablemente* *imitación (*mimêsin*) y representación (*apeikasian*) ". Se puede en cierto sentido descender aún más, y terminar contentándose con una suerte de siluetas (*skiagrafía*), simples bosquejos sombríos y engañosos de realidades que carecen de la consistencia de los otros objetos de la creación; de ahí que se les conozca solo en forma.*

—Oscar Velásquez, *La perspectiva renacentista* [124]

Hemos traído el Critias de Platón en boca de Velásquez porque en este largo párrafo nos muestra, con la idea eje del *umbrillitem*, la conformación estructurada de la idea de una construcción significativa en el espacio de las sombras, como se van tratando de asimilar con palabras lo que la imagen recogió con la forma, lleva a los hombres a labrar la forma de significar los contornos de lo invisible, y las formas que se dan a las significaciones de los dioses o de las cosas del más allá, acá. El espacio de la *skiagrafía* está relacionado con la perspectiva de la arquitectura en la construcción en lo divino, dado que todo aquello que es inatrapable e inasible por su origen metafísico, divino, solo puede ser contorneado, intuido.

Es importante rescatar esta referencia, dado que en la India la *skiagrafía* es considerada todo el tiempo en relación al contorno dibujado de las formas trasladado a las oraciones e ideas sobre el más allá, mientras que en Grecia, además de esta recuperación por el delineado de las sombras con referencias a los muertos, en Critias se toma un principio nuevo que se refiere al contorno de las formas divinas inasibles que se pueden delinear por las palabras y por sobre todo al contorno del espíritu de las ideas-forma, es decir, no solo son las sombras proyectadas de los cuerpos físicos, sino por sobre todo, las formas contorneadas por la palabra, para delinear lo inexistente en materia física, es decir, se añade a la palabra como el modo en que se puede contemplar lo divino desde el contornearlo por las ideas que se expresan del mismo, con lo que al espíritu de los antepasados y de las cosas divinas se le añade el contorno del espíritu de la idea misma, como en el caso hindú se pueden delinear con palabras, aunque esos espacios sean inmateriales y sobre todo espirituales, en ello concuerda la racionalización platónica con la base esencial del dibujo de las sombras que toman los hindúes para poder comunicarse con los antepasados. Así tanto el mundo oriental como el mundo occidental acceden al mundo espiritual, comprendiendo dentro de sus ideas aquello que es por demás incomprensible, puesto que es dado en plano no material, pero no menos real dentro de las percepciones codificadas. Así tenemos que la *skiagrafía* es la base por la cual nos acercamos al mundo espiritual, que en la India comunica a las personas con sus antepasados, y que en Grecia permite a los hombres entender su relación con el espíritu de las ideas y de la metafísica que es la infraestructura de la construcción de lo pensado, que hace que el ente sea una construcción mental del ser. Es la forma del ser que se forma más allá del símbolo que estructura la idea divina del hindú y que desemboca en el concepto que se explica a sí mismo al explicar las cosas, donde la palabra entonces ya no es contorno, sino descripción de esto que forma al ser humano, donde es la base esencial de la construcción de lo que será la lógica es decir el mapa del bien pensar, con ello se añade al dibujo contorneado de lo espiritual el esquema racional de los mecanismos del significar que explica. Con ello en Critias las formas que se perciben no solo se atrapan con las palabras, sino se describen los modos en que las palabras dan forma a las ideas, por ello para Aristóteles y Platón Zeus no es sino una proyección de la idea.

> *Om Ah Hum Vajra Guru Padma Siddhi Hum*
> —Mantra budista tibetano [125]

Padmasambhava fue un maestro histórico. Se dice que fue él quien finalmente convirtió a los tibetanos al budismo.

> *Desde un punto de vista todas las divinidades existen —contestó recientemente un lama tibetano a la pregunta de un enterado visitante occidental—; desde otro ninguna es real... Todas las deidades visualizadas no son sino símbolos que representan los diferentes sucesos que ocurren en el camino ( ... ) la búsqueda de los Dioses no es a ellos sino a su Gracia.*

> —Joseph Campbell, *El héroe de la mil caras,* (p. 167, 168)[126]

Los tibetanos se vuelven al budismo al incorporar la teoría del vacío como vimos la idea de la *skiagrafía* como delineadora de contornos y de símbolos en la representación, concuerda, con la idea base de que Dios es inabarcable, algo que para la India y el Oriente, estaba claro de antemano; que para los judíos era su *leitmotiv* y que los cristianos del este, tienen que plantear como realidad simbólica de aquel que es: el inabarcable, que será en términos de la construcción de la religión y el espacio sagrado, un clarísimo ejemplo de cómo es que se construye aquel espacio del ser, que es espíritu intangible, que al nombrarse, y ordenarse su espacio, da vida a todo el espacio sagrado.

Ahí, concurre la fe, la que hace que se parta de creer en eso nombrado, ordenado como aquello real que adquiere sentido para el conjunto; siendo, de esa manera, esa escritura la materialización de lo inmaterial, dejando en palabras, y dentro de un orden aquello que se percibe como real y supremo que no puede sino esbozarse; donde las estructuras del entendimiento juegan su papel real nombrando y dejándolo escrito, así materializando eso que se percibe o piensa, que se siente o presiente y, que, al ser inmaterial de suyo, adquiere la verdad del *Ordo* que lo significa en la ordenación deseada en lo escrito y con ello, se forma en su realidad ausente, de modo que, en una página en blanco se puebla el espíritu desde los irracionales hasta la conciencia y razón, en que, cabe todo lo posible del ser nombrado y, con ello, creando en letras el todo que se puede incluir dentro de la imaginación. La diferencia con respecto a la escritura de las sombras, es, que ahí se puebla, tanto de nombres y órdenes de los seres del más allá, que permanecen plasmados en un más acá que sustenta tus ansias, necesidades o requerimientos, sobre una base de lo que ha sido nombrado, vivificando los espíritus nombrados como espacio real, que se comanda o invoca, en eso que se desea exista y se materializa el vínculo por medio de la letra viva, que sustenta la idea en la que se cree que vitaliza las formas requeridas, los espíritus nombrados sellando un pacto que, aunque en realidad se da entre vivos, compromete a los ancestros; y, en buena medida las memorias sobre muertos y sus ofrendas revitalizan el pacto, porque al fin y al cabo, en su tiempo a aquellos muertos se les educó con las ideas que deben de transportar su tarea en su viaje mortal, como un compromiso tribal de proteger y retribuir al grupo con la intercesión rogativa. El sacerdote jefe y mago (chamán) en una identidad única del símbolo que nace con los augurios del orden, es la voluntad simbolizada, y clama en aquella piedra la causa ancestral que su magia lleva en el antiguo rito de potencia mágica de la palabra de poder. El poder de la palabra tiene una magia ancestral que al convocar a los que con ello era causa de la reunión significativa de los pueblos. Los pueblos según se ve en los semitas, fueron la causa de reunión y dispersión de la familia por la lengua. El espacio semita es una cuestión de identidad basada en la comunidad de la lengua.

La lengua es el vínculo común de experiencias con que el grupo cuenta y que parte de una sacralización de la verdad que los lleva a sobrevivir y a sentir que no solo se pueden comunicar con los espíritus, sino en realidad lo que buscan es ser espíritu:

> *Nadie que no sea el mismo divino puede adorar debidamente a una divinidad; y de nuevo, habiéndose transformado en la divinidad, uno debería ofrecerle sacrificios...*
>
> —*Gandharva Tantra* [127]

El lenguaje no solo se convierte en vehículo sino en poder transformador de lo profano en divino, en la medida en que las palabras se sacralizan, se sacralizan las ideas y los hombres parafraseando a la idea dogon: "por ser en la mente el signo que llega a sublimarse el dibujo, con fe en devoción se convierte en el símbolo, que sublima el esquema. El dibujo y el esquema son copias del cielo y su virtud, aparta al hombre del hombre que no crea al cielo, reproduciéndole, vivificándolo en la sacralización de lo nombrado y tocando al hombre hacer su ser en signo y símbolo". En donde hay que irse acercando a lo divino como esto se nos presenta vía la interpretación que la lengua da y debe uno irse asumiendo como viviendo en lo sacro por como se le representa en las imágenes compartidas por el nombre en el lenguaje que hace que sus ideas de lo divino de algún modo los sacralicen a ellos y sus grupos. Esa tribu africana se crea y recrea en la reunión significante, abre su espacio al trazar la materialización significante, como todos los pueblos, es decir por la lengua. Es preciso aclarar que esta tribu que cautivó al mundo occidental por sus conocimientos sobre la estrella Sirio y sus lunas que hicieron pensar que habían sido contactados ancestralmente por extraterrestres, en una investigación posterior seria, se encontró que en realidad todos los conocimientos que tenían sobre tal estrella y sus lunas solo lo manifestaron muy posteriormente a su contacto con Occidente, y donde lo interesante es cómo el hombre primitivo en su mente incorpora a su bagaje los conocimientos que le transmiten otra gente de diferente cultura, de modo que su dios que vendrá a salvar a los hombres vivió entre los seres humanos y resucitó. Y no deja de ser interesante que esos hombres sagrados, que tenían forma de peces y cara de seres humanos, que los aventureros de la idea creyeron ver a hombres con trajes espaciales, en realidad no son sino el símbolo del pez cristiano con caras de seres humanos, muy al estilo iconográfico del mundo de los misioneros que los contactaron, donde lo interesante no radica en sus conocimientos, inexistentes por cierto, del cielo y sus estrellas, sino de cómo se incorporan a sus cosmogonías aquellos conocimientos que les traen otras civilizaciones, de qué forma, por el lenguaje, pueden volver propio de su historia leyendas ajenas impuestas.

Regresando a nuestro estudio, lo interesante es ver cómo hacen la progresión de la construcción de la idea del punto a la línea y de la línea al esquema y del esquema al cuerpo, donde la lingüística parecería la ciencia mejor dotada para explicar, porque es la disciplina que explica a todo aquello con lo que se explican las cosas y que da pauta material al significado inmaterial en lo sentido al actuar, que finalmente es lo que somos, pero que se materializa en el espíritu del hombre y su sentido, nombrado, ordenado, que por el mito se sacraliza, y, que por el rito se vivifica; así es como se va a mostrar en esa tribu la significación ampliada, en ruta a la eternización significativa, que da sentido al grupo en *imago*; la idea de esa presencia del ser trascendente que hace que el hombre descubra su posibilidad de encontrarse, vía el signo, en aquel dibujo que se enmarca en el cielo, esa ruta devocional que, debidamente comprometida, se logra en símbolos, que crean el esquema de lo que lo divino muestra; así, el hombre se convierte en responsable de hacer su signo y su símbolo, es decir, su significación de lo que el cielo muestra como aquello que será el dibujo y que marca las señales o puntos del esquema. La palabra sagrada cuenta con una economía de significación que da asignaciones de valores, tanto a los elementos que significan, como, a todas y cada una de las herramientas, con que se significan las cosas sacras, partiendo de ver, las posibilidades reales de aquello sacro del instrumento, mismo con el que se hacen las imprecaciones; es decir, del lenguaje. El mundo dogon es muy claro en su exposición del cómo es que se va trazando la imaginería que logra apropiarse del espíritu; con lo que no dejan de ser parte esencial del mito en construcción significativa, sacralizadora, constructora del contorno de las sombras, entendida como materialización de lo inasible material que ya pasó del signo al dibujo, que no es sino el reflejo de la luz o la interposición de algo en la luz de la idea significativa; luz que se significa como la vitalidad divina, la cual no puede tomarse con las manos, pero sí se atrapa en la palabra, la plegaria es luz vivificada u oscuridad petrificada en el hechizo. Al igual que el consejo sabio de los ancianos o del grupo de guerreros, el espacio de la significación siempre tenía sus "a segunes", cada uno se especializaba y tiraba por la especialización de sus realidades de contacto con el acto mágico compartido; mientras recupera el espíritu, en devoción y ritualidad cíclica, que se convierte en símbolo, que contiene la experiencia cultural: común, sintética y sacralizada del esquema; es decir, la cual conlleva todo el rito y el mito reunido, sacar el corazón del enemigo, enterrarlo y clavar su cabeza, no solo es para atemorizar, sino para consignar lo que hacen con sus actos; la materialización del espíritu está dada en la sensación que se vivía al ser lo que se era. La historia que por sí misma cuenta tantas y tantas historias. En el esquema en que está trazada la relación entre las partes que están y son en la materia que se quiere reunir o el espacio que se quiere contactar, las que forman la sacralidad en un flujo de su información direccionada para que sea el mapa a ser el espacio significador que copian del espacio supranatural y en donde se avanza poco a poco por evoluciones sucesivas para ir trazando las ideas respectivas que se plasman en la escritura de tu sombra al seguirme en luz del sol.

El dibujo y el esquema vistos como copias de un cielo que no se crea por los hombres, sino que solo se percibe como señales divinas en sus señales y la ruta que los hombres trazan para conectarlos, contenida por ese nombrar de signos que se dirigen a solidificarse en el símbolo que los contiene, en el marco cultural que los congela para ser eternos en la significación grupal, que trasciende al tiempo y crean un *illo tempore* sacro, dentro del orden que trae la realidad objetivada del conocimiento, de aquello que para el grupo es la realidad cultual que adquiere sentido aprendido en signos, convertida en conocimiento mítico, ritual; en símbolos que adquieren su valor significante, sacro, cuando ellas mismas saben qué lugar ocupan en la economía de la significación. El significante es la palabra que contornea la vía y el destino del más allá, que como el cielo preexiste y es real. Esto es fundamental rescatarlo para entender la psicología de la palabra, que nombra y construye el significado, y con ello la identidad de las cosas nombradas como sagradas de las que se parte para significarlas, es real, en la fe intrínseca que contiene en su esencia la vitalidad del saber que la palabra representa la verdad de la cosa, significando a la cosa como la identidad de igualdad significativa con su signo o símbolo; es aquí, donde la palabra es igual a la cosa nombrada, cuando equivalen a lo mismo; es decir, para que la palabra sea igual a la cosa, no es que signifique solamente a la cosa como idea, sino que es la cosa misma, representada en la percepción en el espíritu humano, porque es la única forma en que el espíritu se la puede apropiar en el acto de creer que eso que nombra es la cosa y creer que esto sucede, es darle sentido a creer que se sabe lo que se sabe, que ya vimos, es la única base orgánica de la fe en el saber que constituye la esencia de la filosofía de los fenómenos, es decir, de la realidad de lo percibido y que en el mundo del símbolo reconstruye el modelo de la fe primaria y lo lleva a ser la convención social donde la fe y el mito se reúnen. Y la fe, no solo es propiedad del más allá, sino condición intrínseca del ser que se significa y significa al mundo en derredor como mecanismo validador de su idea común, de modo que esta se construye desde la base de la apropiación de la identidad de la cosa por lo nombrado, no solo como equivalente, sino como esencia espiritual de lo nombrado, que equivale a decir, que es la esencia de la cosa o la cosa misma: en esto reside la apropiación mítica, el mago sabe el nombre y convoca al invocar para servirse del mismo más allá en el más acá. El mecanismo que ordena e identifica por palabras a las cosas, y su esencia, será igual a sus nombres.

> *Lo más antiguo de lo antiguo, lo más desconocido de lo desconocido, tiene una forma y sin embargo no la tiene ( ... ) Tiene la forma que preserva al universo, pero no tiene forma porque no puede ser comprendido.*

> —Texto cabalístico hebreo citado por Joseph Campbell, *El héroe de las mil caras*, p. 243[128]

Los pinturas rupestres de animales en las cuevas no son solo la imagen de ellos, sino la detención de sus espíritus, es obtener la esencia misma de su realidad significativa, y que se pueda contar con el apoyo de su naturaleza en la cacería, constituyen sus representaciones, no solo de un animal, sino del espíritu de todos los de su especie, congelados en la fijación sacralizada de su imagen y, más aún, el espíritu de la caza y el del animal reunidos en una identidad en que el primero negocia que los segundos obedezcan a las plegarias e invocaciones, donde ellos son parte esencial de un todo que confluiría en sus ordenamientos eje, no es el dibujo del búfalo o el esquema de la caza, sino: es el espíritu de todos los búfalos y antílopes frente al ser de su ente genérico, y al espíritu de la caza grupal de los antepasados ante el símbolo que alcanza su realidad en el esquema que es la viva idea ritualizada de eso que se llama a existir en su eterna plegaria ritual: bidimensionalmente; y eso significa que el plano que se construye no es lo que se ve sino lo interpretado.

Es vital entender cuál sería la idea base que surge respecto a esos elementos (fuego) e instrumentos desprendidos de su manejo, y del primer trabajo de la humanidad en el afilado; que llevan al hombre de ser presa a ser el depredador; el que se sobreexpone, por sobre aquel estado natural de las presas, que, sin más vueltas está inmerso en el miedo. El miedo que se fue transformando desde la presa al depredador, contiene tanto aquellos excesos contenidos en los abusos del depredador y en buena medida, aún ahora, los ataques violentos de los hombres o su depredación de la tierra y sus hábitats y recursos, se dan en contextos de miedo y en el uso de un abuso secular por sentirse poderoso frente al entorno, como un acto de venganza contra el medio original, como la esencia de la búsqueda del poder transformar el miedo en el prístino instinto de caza y, con ello, del depredar. La piedra y el fuego que producen esto, son aquella base al ser producto de lo significado, de lo sagrado per se. La idea dogon del avance perceptual evolucionado en la idea que adquiere niveles de percepción, habla de cómo evoluciona la arquitectura de la mente del hacerse; desde la percepción de señales que se transpolan desde lo natural a lo divino, señales del cielo, que dan significantes sencillos, que irán llegando a ser símbolos construidos por el grupo sobre el mundo de lo pensado y compartidos como lo común; en donde, se parte desde aquello que bajo el cielo se recicla hasta la sacralidad que es entendida por el hombre y convertida en la adoración mítica, que es el esquema de lo supranatural y el espacio de los miedos sociales. El miedo de ser presa no desaparece sino que solo se recicla al crear la figura real buscada, que va del ser presa a ser reconstruida en el mandamás del planeta: ser que lo puede todo en su concepción de ser percepción viva, desde la violencia que puede desatar para propios y extraños, como victimario para las fieras que antes lo amenazaron impunemente y que ahora huyen de sus números y su fuego. La idea de que el animismo es una etapa previa a la religión, es, tanto como decir, que es menos sacro eso sacro primo que esto sacro avanzado. La base de la sacralización y la concepción de aquello que es por sobre las cosas como suceso espiritual, es una base irreductible. De hecho, una de las claves de la omnipresencia de los dioses más elaborados, no es sino la reunión de la sacralización fragmentaria del animismo, en el que todo es divino y toda expresión del todo, es viva expresión de la divinidad; donde se muestra otra vez la oscura mano del investigador y su preferencia por hacernos solo parientes del *Homo sapiens sapiens*, como si fuese conveniente no humanizar demasiado a los protohombres, para que no se nos confunda con ellos y su animal parentesco; cuando en realidad el mecanismo significador que nos tiene aquí ahora es un proceso de millones de años de evolución de estructuras biodeterminadas, como ya vimos, donde la base de su definición bioconstructiva obedece a series de conformaciones arcaicas muy definidas. Nos parece arbitrario tratar de situar como menos sacra aquella realidad objetiva de la realización prima del espacio sagrado, lo cual conllevará a decir, por ejemplo, que Dios nació mujer, como si aquel neolítico, fuese la puerta de entrada a la sacralidad objetivada, cuando, no es, sino una etapa avanzada, pero nunca, ni la primera, ni la más antigua y, sobre todo, ni la más importante en la construcción de lo sagrado; pues bien entendida la sacralidad, esta, se da junto al significar primo que es de raíz expresión de la necesidad y lo sentido, acrecentado por el descubrimiento utilitario del fuego que es el primer elemento natural teísta, por su cualidad transformadora del entorno y del hombre, como eso real transmutador. La materialización de la transformación de lo humano en un algo mejor estuvo desde la consolidación del cerebro para significar al universo todo al que se aparejó.

El espacio significado es una identidad de espíritus donde la naturaleza de las cosas está compactada en el contenido esencial representado, donde esas pinturas, son los animales mismos en su espíritu universal que se expresa con la naturaleza sublime del hacer arte de aquello representado, dándole vida. La base de lo percibido como la fe en la percepción, respalda la identidad de supervivencia del significador, como aquel elemento evolutivo, en la que se recarga la selección natural del que nombra a las cosas, para apropiarse de ellas y construir el mundo del significado vivo, que tiene como base la identidad del sentido de su verdad, del ser el espacio mismo de la realidad, en la que transforma su espacio, es el significarse como *Homo significans* y donde la evolución no se entiende sin su acción positiva del reconocerse. Y en ello estaba el reto de la invitación porque el que verdaderamente era invitado eras tú, si tú asomas tu alma aquí en los avatares señeros de las sombras y acunar palabras de grandes rabias del idioma del ser tu: claridoso.

Paul Diel expone claramente que:

> *( ... ) el miedo vital insuficientemente espiritualizado-sublimado se manifiesta bajo formas de dispersión que caracterizan la vida cotidiana (angustia, inquietud, culpabilidad, odio) y recuerda que la casa de las Euménides, diosas de la culpa, acechan ( ... ) De esta suerte, la religiosidad más primitiva y la ciencia más evolucionada tienen un origen común. El miedo; y un objetivo común la espiritualización. ( ... ) El sentido del símbolo del "Dios espíritu" no es otra cosa que el llamado de la confianza inextinguible, la fe en que todo miedo no es más que error respecto a la vida y sus posibilidades sublimes, error susceptible de ser disipado gracias al poder explicativo del espíritu.*

> —Paul Diel, *Psicoanálisis de la divinidad*, p. 32, 39[129]

Y mientras, todo aquel miedo de la presa debe ser redirigido y en esta cueva en la que ahora me encuentro veo a aquellos animales que siguen entrando, ocupando el espacio de este gran teatro del mundo, veo como ciertas voces fantasmales se van acercando por un lado y me quieren mostrar una economía de la asignación de valores a la cronologización del espacio sagrado, donde se ordena el vacío de nuestras insignificancias con la sacralidad misma del orden natural que es parte esencial viva de lo divino, para poder extraer, de un modo metodológicamente ordenado y pertinente, cuales son aquellos elementos que sumariamente dieron valor al sentido de todo ello que es primordial, como eso concebido por los grupos humanos divinamente relevantes; veo aparecer nociones de cuáles fueron las primeras etapas de la sacralización de los pueblos en la primera roca afilada que les cambió y el fuego que los llevó a la cúspide de la evolución, el significar depredador, que nos saco del rango de las presas; hasta ir avanzando en sus diferentes formas de entender sus verdades sagradas y cómo se fueron incorporando diversos espacios existenciales al mundo de la significación divina, a las que se asignó el sentido del valor; mientras, que, por otro lado, se muestran diversas formas de asignar valor como verdad, a las diferentes concepciones derivadas de la fe y, con ello, de todas las percepciones delimitadas culturalmente en culturas y tiempos específicos, como elementos reales con que se cuenta para entenderlos o describir fenómenos cognitivos o interpretativos del hombre que le dan estructuras óseas a las urdimbres de las carnes del espíritu en la palabra.

**469**

En su primera gran obra titulada *Sprachen Vergleichenden Untersuchungen* (*Investigaciones comparativas sobre el lenguaje*), cuenta Cassirer:

> *En 1848, Schleicher parte de la idea de que la auténtica esencia del lenguaje, considerado como expresión fonético-articulada de la vida espiritual, hay que buscarla en la conexión que guardan la expresión de significación y la expresión de relación. A través de la especie y modalidad en que cada lengua exprese la significación y la relación, esa misma lengua podrá ser caracterizada. Fuera de estos dos factores no puede señalarse ningún tercer elemento constitutivo de la esencia del lenguaje.*

—Ernst Cassirer, *Filosofía de las formas simbólicas*, p. 118[130]

La magia,
que es hija de la imagen recuperada en la palabra...
La palabra que es la imagen de la cosa,
solo es imagen de la voluntad significadora donde la palabra ordena...

El lenguaje del mago, como realizador de las voluntades, actúa a través de los conjuros y de las palabras con las que hace obrar a las fuerzas naturales, a los espíritus y a los Dioses; les entrega, a sus operadores, el poder que se cree que tiene la verdad al nombrar y al ordenar, y se significa el ciclo completo en el conjunto apropiándose, del beneficio mágico al conocer y nombrar con aquel, invocar al ordenar para que las cosas sean por el decreto mágico y que la forma de sacralizar su quintaesencia obedezca a la voluntad productiva de la magia, y de la imaginación y la mente, tal como ahora, en la magia de un átomo o de un electrón y sus mil misterios en la imaginación. La realidad significadora persiste, la forma es la que cambió. El significado se sacraliza mandando, ordenando al principio, propiciando después, implorando la buena voluntad de aquellos espíritus y, finalmente, en el sacerdote intercesor entre las fuerzas o imágenes de lo numinoso se crea la plegaria, como la verdad relativa asignada en el acto de la fe y se guarda celosamente la forma, (solo hasta fines del siglo XX se aceptó en el catolicismo, por ejemplo, que la misa no fuese en latín, idioma que además nadie o casi nadie de la feligresía común entendía, pero que se conformaba como un lenguaje de uso divinal). Se pide que se cumpla lo pactado en el ritual sacramentado, como producto de una promesa, que los dioses o númenes han tenido con los propiciadores, donde no importa que los grupos entiendan, ni qué se dice, ni cómo se dice, sino que su participación es auspiciada por el que tiene el manejo y contacto con los espíritus que invocan, y esto conforma la estructura de su administración temporal. En relación a los espacios del lenguaje mágico abren o cierran puertas, y solo porque lo dicen, es que creen que sucede. Este pensamiento aun se procesa en muchos sitios en los que en combinación con las plantas hacen espacios peligrosos de lo que se transforma en hechicería, donde ya no solo es la palabra mágica y la varita, sino que con la elaboración de elíxires, y con ello nace la ciencia de los venenos, de la que por cierto desciende la medicina de dos víboras clásicas del espacio de la escuela de Esculapio. El reinado de la idea de una música estelar en lo humano y la salud. En Grecia es difícil desprender de dónde viene lo sacro y se deviene en lo científico práctico en lo médico forense, porque el corte quirúrgico le acompañan al igual que en los formadores de Roma un amor por lo profundo del mundo sacro en que desarrollan sus existencias esos etruscos en palabras mágicas.

> *La concepción mítica del lenguaje, que por todas partes precede a la filosofía se caracteriza continuamente por la indiferenciación entre la palabra y la cosa. Para dicha concepción, su esencia está contenida en el nombre de cada cosa. Efectos mágicos se asocian inmediatamente a la palabra y a la posesión de la misma. Quien se apodera del nombre y sabe cómo emplearlo, ha adquirido por ello dominio sobre el objeto mismo; se lo ha apropiado con todos sus poderes. Toda palabra y nombre mágicos descansan en el supuesto de que el mundo de las cosas y de los nombres es una sola realidad porque constituyen una sola relación causal.*

—Ernst Cassirer, *Filosofía de las formas simbólicas*, p. 64[131]

En la magia existe la posibilidad de ser el instrumento mental nominador y operativo que hace extensivo el poder transformador por la fe en su poder de actuar, donde con la escritura sacra, aquel conjuro, la invocación, el hechizo, se puede hacer que espíritus naturales o de antepasados, obedezcan y se tiene fe en que eso sucede, si no, la palabra y su magia no tienen sentido; aun los pueblos sin escritura tienen la palabra sacra y el mito guarda la esencia inmemorial de aquellos. La palabra adquiere sentido divino, sacro, que después, en algún momento, se transpola a la palabra mágica donde este real espacio de lo ignoto se alberga, porque al ser espacio de la palabra y al ser esta nombradora del todo y abarcadora de todo por excelencia, tiene en su espacio, su propia magia intrínseca que reúne tanto la congruencia, como la fantasía, que ambas son dadas como base esencial de algo tan serio como la religión y su vinculación con el medio ambiente, y la magia. ¿O es que tu pacto maldito con la parca, lleva inscrito el nombre del planeta Tierra, en sus arcadas? La muerte y no la vida es en la historia la verdadera substancia nombradora de todo espacio sagrado de los antepasados y de las culturas asegura Diel, pero siempre con el afán de propiciar algo para la vida, es decir, de prolongar ya sea la vida en la Tierra o procurar la vida *post mórtem*, siendo que la naturaleza como espacio sacralizador, se fue relegando por el poder temporal del hombre, mientras le fue ganando independencia a aquellos elementos de la naturaleza y a los caprichos climáticos; aunque los pueblos y gente ligada a actividades tradicionales, siempre pusieron, cuando menos, en el mismo plano, la adoración de la vida y de la muerte, porque para la sacralidad son solo etapas o estados de la misma realidad; ahora bien, hay un algo egótico propio del hombre en el culto del espíritu del antepasado, en la cultura y como sus seres originales, que ha impulsado la creación, tanto de las filosofías, como de los mitos; y es, desde la muerte que no se acepta, que nace el espacio significador de la trascendencia por excelencia, que se atiende al mundo del más allá, y no solo visto como su espacio frío y real de fertilización del suelo, que fructifica para las humanas esencias, para que los enristre el ganado, sino que, eso que queda como significado de ultrasignificación *post mórtem* es lo que se busca en el tiempo, donde, aunque aparentemente Tánatos es el creador de la vida espiritual, en realidad, bajo la búsqueda que implican a los espacios de los muertos, siempre escondido y como motor fundamental subyace Eros, como la motivación real de buscar un resquicio de vida, aun, entre los muertos. Es mausoleo que dicta las modas del buen morir occidental, y que en Oriente tiene pirámides como su máximo espacio de recreación universal, considerada la única de las maravillas del mundo antiguo, que prevalecen, que se da pensando en el que hay vida, aun ahí, en la muerte se rescata la forma viva de lo pensado, de lo significado que se lleva a cabo en las obras que son el espíritu de su tiempo o de los tiempos, el espíritu es el que subyace en el sentimiento materializador del espíritu.

Como Santayana una vez afirmó:

> ( ... ) *un león cree con toda seguridad que Dios está de su parte y no de parte de la gacela. En el nivel más elemental, el organismo funciona activamente contra su propia fragilidad buscando extenderse y perpetuarse mediante las experiencias vitales; en vez de encogerse, se desplaza para buscar la vida. También hace una cosa a la vez, evitando las distracciones inútiles de la actividad que lo absorbe todo; en este sentido, parece que el temor a la muerte puede "archivarse" cuidadosamente o en realidad ser asimilado por el proceso expansivo de la vida.*

> —Ernest Becker, *El eclipse de la muerte*, p. 46[132]

La cena del gusano presenta su
menú de hoy:

Especialidades:
Al natural,
Al asesinato
Al accidente
A la hecatombe
A la enfermedad
Rebozados al exceso…

Entradas:
Yo, en ensalada césar.
Tú, con romeros.
Él, a la pampa.
Nosotros, en el valle de lágrimas.
Vosotros, en salsa tártara.
Ellos, con brócoli al mercurio.

Sopas:
Yo, ahogado a la sopa de mariscos.
Tú, metido en conchas terroristas.
Él, hervido en caldo de aves con plomo.
Nosotros, al jugo macerado en DDT.
Vosotros, en tinta negra.
Ellos, al gazpacho frío o en sida caliente.

De la parrilla:
Yo, a la cremación.
Tú, en incendio forestal.
Él, al accidente casero.
Nosotros: al fuego lento.
Vosotros, al napalm.
Ellos, al vapor atómico.

Del Mar:
Yo, al ahogamiento oceánico, con algas fratricidas.
Tú, a la concha suicida de la destrucción ecologista.
Él, con camarones al petróleo.
Nosotros, en recuerdo de langostas *bolluloise*.
Vosotros, en salsa de ballena sin veda al *teppanyaki*.
Ellos, al pámpano bíblico, con su regio sabor a arena del mar: extinto.

Postres:
Yo, flameé a las fresas contaminadas.
Tú a las cerezas con chocolates de corazones estresados.
Él, al niño envuelto en envidias famélicas.
Nosotros, con deditos de novia del error.
Vosotros, a las frutas secas de los violadores del testamento.
Ellos, con *lichis* en su jugo a la gran estafa.

Todos nuestros platillos se sirven al tiempo…
Nuestro menú puede ampliarse y variar al infinito
Estamos invitados todos:
Que lo disfruten…

Prohibido decir salud…
En este establecimiento no discriminamos.
Visite nuestra ala histórica,
desde los sesos rebozados a la quijada de burro,
hasta la modernísima muerte por implantes rotos… a la sobredosis…

Y el menú siempre había producido un estremecimiento.
Y la bella con la piel de gallina, decía:
¡No sigas guapo que se me abren las carnes!
Y un estremecimiento alcanza al guapo y a la bella.
Y todos traen su menú, de uno, dos, tres, cuatro, o cinco tiempos…

Servicio de cantina.
Al hígado en cirrosis.

Botana del día:
Yo, al natural.
Tu, al secuestro.
Él, al terror.
Nosotros, al cáncer de piel.
Vosotros, al envenenamiento por vaca loca.
Ellos, a la manzana de Adán, en chile rojo…

Mañana todos nuestros platillos son a la dura dentellada,
y a la plaga homicida.

Que lo disfrute: La administración.
Todos los derechos son del monopolio de los vivos, muertos…

Y era curioso ver que en la mesa del espíritu
todos habían pasado a liquidar sus cuentas.
Y habían sido, correctamente servidos…
A su tiempo y hora y,
aquí en el juicio, había, servicio a la carta…
Y tus ojos ya no querían seguir leyéndose como parte del menú,
mas no era optativo…
Y el recuerdo de la cita,
brilla en tu frente entre los ojos marcada la hora.

Señor, su mesa le espera…
Pase Ud.…
Ya tiene su reservación,
Las Moiras le atienden…

Vaya usted por aquí,
que le asignen su mesa.
Damita, caballero,
¿Y la familia?

Baco al volante...
Chuza...
Y el dolor perpetuo.
Y la estúpida verdad, después de todo tras el alcohol.

Y es ante tal establecimiento y según las reglas de la casa en que Eros aparece frente al querer triunfar en trascendencia del espíritu, en reivindicación del ser trascendente del hombre, la que ha dado lugar a estos espacios. La sacralidad es atada a la luz de un sacro cirio, que tiene aquel olor a las flores sepulcrales vivas que en la memoria de sus cenizas, desde aquel viejo *neandertal*, le hace vivir aún ahora, dotándole, además de espacial supervivencia en vida después de la vida en nuestras mentes y en la memoria histórica y que están en donde son significantes para la palabra que nombra órdenes, que se han de ocupar en el más allá, que va a constituir la sombra del más acá, que por Eros se prepara al buen morir para recuerdo del doliente. Esa vía del significarse, nos trajo hasta aquí, y su vejez, es la frescura de nuestros antiquísimos días sobre el planeta, en *ordos* nombrados, que abarcan el más allá que se ordena en el verbo como cosa viva desde muchos eones antes. La palabra vivifica por el control que ejerce sobre todo lo que alumbra u oscurece al hacerse y, Tánatos, solo será una puerta hacia Eros, donde Tánatos sigue imponiendo con su sola mención al plato fuerte del menú, en donde solo entran con confianza los hombres, cuando sienten que la labor de vida se cumplió sin dejarle faltantes y recogiendo ahora por la ruta larga y sana donde florece esta felicidad de la labor cumplida.

( ... ) Vida nada te debo, vida, estamos en paz...
y no esperando la muerte, sino inmortalizando la vida...
Desde lo mortal, ¡qué hermoso es vivir!
Y así, día a día, desde el innombrable espacio de Jehová, Yahvé...
se sella la montaña mágica...

*Como Rank afirmó en los últimos capítulos maravillosos de su libro* El arte y el artista, *este no puede estar en paz con su obra ni con la sociedad que la acepta. La ofrenda del artista va dirigida a la creación, al significado último de la vida, a Dios. No debe sorprendernos que Rank haya llegado exactamente a la misma conclusión que Kierkegaard: la única manera de evitar el conflicto humano es la plena renunciación, dar la propia vida como ofrenda a los poderes superiores.*

—Ernest Becker, *El eclipse de la muerte*, p. 259[133]

*El hombre primitivo confunde el objeto y el sujeto; hace del objeto un sujeto personificado. Todo el sentido de la evolución consiste en arreglar esta confusión y del hacer del sujeto un objeto, personificado no solo imaginativamente, sino realmente; activamente. Esto no es otra cosa que la espiritualización-sublimación.*

—Paul Diel, *Psicoanálisis de la divinidad*, p. 75[134]

El aprendiz de brujo aprende desde las diestras frases de la poética.
Retrotrae la magia del *maistro* hasta las reservas morales de la nación,
para expresar lo que la verdad les significa a la *matria* amada.
Y el tiempo flota esgrimiendo vivo el que votó por la verdad de paz elaborada.

El azul de la mañana clarea ante el fraternal abrazo,
vota la mayoría por la paz de un progreso incluyente.
Qué se unió, por la magia de la palabra, contra la dispersión segregante
Triunfa, claro, y no admite a esa violencia que ya la mayoría rechazó.

En la palabra pueden guardarse cualquier tipo de tiempos y de eventos, sobre todo de actos realizados, de modos de pensar o pueden solo ser escondidos, silueteados, casi intuidos, Y allá, los cazadores de todas las épocas unen sus conocimientos y anhelos sobre sus presas, a estructuras mágicas; así que, hay pueblos en Irlanda que para pescar, hacen la coreografía ritual de cómo quieren que pique el pez, antes de echar la caña; en África, en algún pueblo no se puede hilar o enredar un uso antes de la caza, porque el animal dará tantas vueltas como el huso, así el cazador no podrá atraparle.

Frazer cuenta sobre innumerables bases de magia que con las palabras adecuadas harán que la presa caiga. *La rama dorada*, en su abundancia, muestra diversas vistas humanas de cómo es que se forjan los espacios de la fe, en percepciones desde lo concreto y las significaciones que crean las experiencias que solo se resolverán por la significación de la palabra y sus consecuencias rituales. Las ideas que crean mundos sólidos como la magnitud sacralizadora de aquel espacio que se nombra y ordena las cosas, como aquel espacio perceptivo de la supervivencia, en el mundo natural, en total indefensión dada como especie, si esta no fuese contemplada con las posibilidades de un cerebro en construcción, al erguirse del hombre, con la bipedestación bioconstruyendo un espacio de significación, con un ordenador de nombres que asigna intelecciones sobre espacios temporal-perceptivos, en la vida que es... La magia es el asombro primario del hombre por poder nombrar las cosas y, con ello, contenerlas en su conocimiento y poseerlas en su esencia, que, para ellos, esa apropiación es real y total y, directamente relacionada con su fe en creer que eso que se cree es verdad o, más aún se reduce a ser su única verdad; que no implica que sus conocimientos sean una verdad material, sino más bien sean una idea con que al significarla se apodera de las cosas y materializa en ideas que plasma en lenguaje escrito o la memoria, la casa de su sueños y que para él representa su verdad en el tiempo: tiempo vivo que implica dar valor a la vida desde la perspectiva del que nombra su *Ordo*. El mago o hechicero que usa de la palabra mágica no solo posee al objeto o sujeto sino que lo domina y determina el grado de su daño y existe una interacción por el lenguaje en que se controla al espíritu, se mantiene sobre ese orden de ideas, y que nadie diga de más porque sale de control, la palabra sagrada comanda y solo lo que de ella emana y conforma la estructura de la calidad a la que asamblea da crédito, es juez y es parte. La palabra en la semblanza de una vista, que enamora en las ideas vivas.

Es su relación significante con el entorno, la palabra en la magia hace una simbiosis significante, en donde, el hombre va a lograr que las cosas sean por que las nombra y por fuerza de su voluntad y deseo, como en el *Necronomicón* del loco del desierto, donde se muestra como las culturas del primer neolítico y las primeras urbes no se diferencian en nada en su base operativa esencial del vudú o de las ceremonias chamanísticas o del rito de la lluvia posterior en que el encantamiento del color de las palabras crea la opción de las grandes magos. La magia como la de Frazer y sus dos tipos: simpática y de oposiciones, pero ambas en esencia usan la palabra como elemento que capacita para que la magia se realice.

Las palabras mágicas no pueden faltar, *shibi di badi di bum*, en el cine, o la *bami, bami*, de la Melanesia. Hacen que la magia infantil moderna de Potter, sea una imagen que responde a aquella antigüedad que es una parte genuina del sentido de lo mágico, en que el mero nombrar las cosas es apoderarse de sus virtudes o propiedades, donde, además nombrar con ciertos órdenes las instrucciones, hacen que con las palabras las cosas obedezcan al conjuro, así opera el mago que se ordena y que ordena a la verdad significante que cree que todo debe obedecer sus voces que son las que comandan esa vía y sirven de inspiración al espejo histórico que todos llevamos, dentro de la psique, del mundo mágico.

> 2) *Si a alguno en dicha edad le aconteciera caer enfermo dígase. "¡Oh, Vasu, Oh, alientos! Dejad que mi ofrenda matutina se prosiga sin interrupción hasta la ofrenda de medio día, para que Yo, el sacrificio no perezca en medio de los Vasu, de los alientos". Y luego se levanta y sana.*

> —*Chandogya Upanishád* citado por Ernst Cassirer,
> *Esencia y efecto del concepto de símbolo*, p. 76[135]

De la palabra del mago a la del sacerdote, el instrumento del mito esencial siempre será la palabra masiva que hace que las bendiciones y maldiciones se extiendan para conjuntos cada vez mayores de fieles; ya la magia queda relegada para trabajos específicos, y para quienes puedan contratarla o pagarla, los reyes llegan a disputarse magos que serían en esencia histórica envenenadores, que servían bajo cuerpos astrológicos, con una noción elaborada sobre el ser astral y sus benevolencias con ciertas plantas.

*El mago no duda de que las mismas causas producirán siempre los
mismos efectos, ni de que la ejecución de las ceremonias debidas,
acompañados de los conjuros apropiados, sucederán inevitablemente los
resultados deseados, a menos que sus encantamientos sean desbaratados por los
conjuros más potentes de otro hechicero.*
—Frazer, *La rama dorada*, p. 75[136]

*Esta será la fuente para estas letras. Empero, para saber cuán fuerte ha
sido esta variable del ser que se conoce al nombrarse en órdenes, observemos
a la gente respecto a estos espacios mágicos, veamos que en la culta Europa
de hoy, en Oldemburgo, para curar una fiebre le dicen a usted que ponga un
tazón de leche fresca ante un perro y diga: "¡Buena suerte tengas sabueso; que
enfermes tu y yo sane". En tiempos védicos los antiguos hindúes decían: "Oh
consunción, vuela lejos, vete con el azulejo". En Baviera hay que escribir sobre
un papelito: "Fiebre, no vuelva, no estoy en casa".*

—Frazer, *ibíd.*, p. 615–614[136]

Hablándoles siempre de usted, para que no adquieran confiancitas, que luego
serán causa de encajes violentos, se toma el papelito y se coloca en el bolsillo de
alguien que se llevará la fiebre. En Tver se dice un conjuro para que los lobos no
se coman a las ovejas. Y los mayas del Bacab, insultan a las enfermedades para
poseerlas y vencerlas, para estar por sobre ellas desde la voluntad y sujetándolas
por la palabra. La palabra, es el centro esencial del conjuro y guardián del poder.
Cuando la palabra falla, hace que el japonés que adora sus dioses de la lluvia, ante
su no obediencia o su no cumplir con su papel, sean encuerados, encerrados y
azotados, para que aquellos espíritus, aprendan a no andar causando estragos.

El que tenía pico de oro, podía ser mago, pero el que se lanza con la oratoria
sobre las masas era un sacerdote, porque engatusa con la palabra a los espíritus,
ese no se anda con chiquitas; el último mago negro: Hitler, partía del manejar unas
pocas ideas, pero con grandes palabras, y hacía el dominio del espíritu por la pa-
labra, el orador sacro, que partía de sacralizar su espacio diciendo que él: ¡jamás
se equivocaba! El ejecutor de la palabra comanda y deja aclarada su posición de
mago desde la palabra en el ser del conjuro que comanda las fuerzas que desatan
sus actos y que se controlan con las voluntades del jefe y el mago o de la hechicera
autónoma.

Ese es el principio del fascismo como magia, no admitir error y matar para
sostenerlo. Frazer muestra que la magia simpática o la de contagio está construi-
da sobre conjuros que ya bien copia las similitudes o actúa de manera simpática,
arrancando oposiciones, y es con la palabra que uno domina el Mal, la enfermedad
y las pasiones. La palabra es el instrumento del líder... del poder, más que ser de
las letras los grandes líderes sociales: son oradores; y, tienen a masas de cualquier

nivel social en sus manos, porque usan de la palabra, el tono, la expresión, para
meterlas en su mano. Y la palabra hace verdades en el grupo; explica por qué las
divinidades, ayudan o castigan; por qué las catástrofes modernas son decisiones de
poder que obedecen a los integrantes del culto y cómo se obtiene el favor o el casti-
go; de tal modo que, solo hasta el mundo moderno en su área científico conceptual,
la palabra perdió su carácter sagrado; en Grecia empezó ese proceso en el que la
palabra no correspondería a la cosa por sí misma para convertirse en el espacio
de Occidente en una herramienta que sirve para todo, inclusive para desacralizar
y desacralizarse de todo contenido de verdad, y de significados base, que hacen
del verbo, la mentira real, que se convierte en una verdad sostenida con la muerte
como precio, masiva e industrializada, en palabras de odio, aunque debe aclararse
que la ciencia no se desprende del factor mágico de la palabra, porque aun aquel
concepto que aclara en la ciencia sus posturas y concepciones, adquiere ese sino
de verdad irreductible, que se compara con lo mágico en sus contenidos de verdad,
aunque su lógica sea la opuesta por el grado de explicación lograda, no deja de
tener ese tufillo de ser la verdad, y con eso: materia de iniciados, de esos que la ma-
nejan y lo mismo ocurre con los dogmas de la ciencia social que producen frases
contundentes como el materialismo dialéctico que contienen un espacio axiomáti-
co irreductible que les da aquel sentido de ser aquellos manipuladores del símbolo
en el que la realidad del catolicismo francés los conduce a llevarles al tablado.

> *( ... ) la religión es el opio del pueblo.*

> —Carlos Marx, *La sagrada familia*, p. 3[137]

Donde aún hoy, conviven junto al conocimiento de la energía atómica, no-
ciones medievales de la guerra santa o de la identidad del favor divino, en so-
ciedades en que el pragmatismo se olvida de que aquellos juguetes atómicos y
las diferentes armas, pueden ser manejadas con identidades arcaico-religiosas,
para reivindicar a las posiciones mítico-religiosas de grupos, que hacen que el
conocimiento frío de la ciencia y la paz, sirva para el mito o el ritual psicomágico
de intereses grupales que los usan como religiones básicas, que, aún campean
flotando sobre millones en identidades de explicarse en el universo, y comprender
al espíritu en mil variadas formas. Las religiones que reúnen desde el principio, a
grandes y crecientes masas, obedecen a un fenómeno aprensivo que determina la
percepción del mundo y su vastedad en el acto asegurador de la identidad, que es
más allá de la razón, desde tener **fe** en que solo ellos y los suyos tienen la razón o,
más aún, la verdad. La fe más allá de ser un producto esencial y un paso evolutivo
dado por las formas de la aprensión y la construcción de la psique, se convierte
en la forma más plena de la determinación inmediata de la certeza del ser en la
identidad con alguien, que es más que la naturaleza misma; la fe en el sentido de
lo que se cree, cree en su sentido de ser universal pensado en espíritu, porque esa
es la materialización de nuestra vida espiritual y por tanto el vínculo correcto y

concreto con lo numinoso, el cual suele tener rasgos de patente y exclusividad del grupo, y su dios o dioses que son los importantes o únicos, y su jerarquía suele transponerse desde su poder que no puede sino sentirse orgulloso y hace gala de magnanimidad no ofendiéndose ante la ley que impone la fe.

La fe en el líder se desprende de sus palabras y si la palabra jala y el ejemplo arrastra, la palabra que ejemplifica las aspiraciones comunes desliza en la psique social aquellos elementos que les da a los oyentes, aquello de lo que quieren saber y oír, en sus mentes como parte de su ser, participan del mito creador de su espacio significado que se labra con las preguntas de todos. El misterio solo se vuelve misterio ante la duda, ahí nace el poder de los misterios: lo que sucederá.

> *Al principio el espacio y compañero,*
> *el espacio en lo alto del cielo*
> *llenaba Tanaoa, recorre el espacio*
> *sobre el que se cierne Mutuhei.*
> *No había entonces voz alguna ni sonido,*
> *nada vivo en movimiento...*

—Ernst Cassirer, *Esencia y efecto del concepto de símbolo*, p. 115[138]

*El sermón de la montaña* fue más fuerte y convincente para todos los discípulos, que la cura de ciegos o el levantamiento del muerto. El Pablo constructor del espacio cristiano, lo ganó por la palabra; y los discursos de Mussolini llevaron a las hordas de desempleados a secar aquellos pantanos y sentirse precursores de los césares. Es importante ver que solo después de que la magia acapara las funciones del Estado, aquel brujo o mago y la religión, es que nace la posibilidad de la oración, como mecánica privilegiada, para dirigirse al espíritu para que obedezca en el caso mágico o para que bendiga o maldiga con su venia. La magia que hacía que las tribus mágico míticas produjeran la lluvia, aún en el siglo XIX en Europa, se encontraban en el centro de la religión y sus prácticas. Las piedras que los hechiceros tribales sumergen para hacer llover, pasa por identificar que lo mojado atrae al agua en su identidad de producir las lluvias y este pensamiento mágico mítico ritual, en muy poco se diferencia de los ritos cristianos que en Asís han llegado a sumergir al santo, para que llueva o, cuando le dejan expuesto al aire libre y a los elementos para que aprenda a parar la lluvia a tiempo y no se ande con caprichitos de nicho, vea lo que se siente al estar a la intemperie cuando el cielo encapotado no deja al hombre vivir con tranquilidad y ve como sus cosechas se anegan.

Con todo lo anterior, es importante mencionar, que la economía de la significación mágico-sacerdotal, en buen número de los casos se mezcla, haciendo que aquellos sacerdotes tengan algo de magos y aquellos magos tiendan con la evolución cultural a ser sacerdotes. En Pompeya hay un relicario que disuelve la sangre del Cristo, si no va a haber temblores, pero si por casualidad no se licúa el pueblo está, según piensan, en grave riesgo y esto ocurre en 2008, a los pies del

Vesubio. El caso griego de *La rama dorada*, hace que el jefe tribal pague con su vida el que no se cumplieran las expectativas tribales con sus conjuros, y que sea sacerdote o mago y no maga, la que deba enfrentar aquel castigo con su vida en la era matriarcal. El modelo oral del conjuro llevado a la oración democratizará sus accesos a la divinidad; que van desde el conjuro del mago y el hechizo de la bruja hasta las plegarias. La magia está de moda en los corazones, pero eso es todo un pasado genial.

Es por esto, que en buena medida el hombre de Estado, que en principio reunía el poder terrenal y el poder mágico, irá, delegándole al sacerdote o mago aquella tarea específica de comunicarse con los dioses, aunque, en muchas ocasiones conservará para sí su carácter divino; mientras que el papel de mensajero lo delega en un espacio sacerdotal para poder descargar responsabilidades sobre gente específicamente señalada, que tendrán que atender su tramo de obligaciones en el espacio divino; puesto que, si bien es cierto, que en un principio les otorgó el poder de mandar en la Tierra por su comunicación divina, cosa que da mucha vaina, empaque y porte, también se repitieron muchos casos, en que en disímiles culturas hicieron que los hombres del Estado, que detentaban además aquel monopolio de vincularse con los espacios sagrados, perdieran la vida por el caprichoso devenir de los espíritus naturales, que no siempre obedecían o de esos antepasados chocarreros que también, rebeldes, ponían en predicamentos la credibilidad de aquellos reyes magos sacerdotes. La tentación del poder que da mandar sobre el agua y sobre los elementos, a veces, en algunas culturas, se dejó abierta la posibilidad de que los magos tuvieran más poder que el jefe. En Europa (Italia) existen sacerdotes propiciadores o detonadores de las tormentas (cuenta Frazer); y que si saben hacerlo bien cuentan con sus parroquias concurridas y con óbolos regios, pero que si no dominan el arte de atraer o ahuyentar tormentas, bien pueden buscarse, otro modo de hacer el *prosciutto*, pues de aquel campesino, no obtendrán ni un saludo. Hubo pueblos en que el mago podía deponer al jefe y guardaba una riqueza material aún mayor que el mismo jefe. Hubo otros más que no se mezclan con el poder temporal para que este quede como el que pagará los caprichos del cielo ante las posibles fallas del mago como un poder supremo. Pero lo importante para nuestro recuento es ver que el mago, utilizando la palabra que volvía ley sacra, imprimía su voluntad al hacer de las cosas. El mago hace su voluntad y los cielos y agua obedecen... por la palabra del poder, el sacerdote es mago y el mago comanda a los elementos y las enfermedades y se adueña del espacio enfermo como el que remedia la lucha contra el dragón y lo vence con certera puntería que no corta la vida sino que solo pisa su osamenta caída con su frágil contundencia...

Ante la cantidad de elementos rebeldes a obedecer se amplió el espectro de reyes magos corridos o muertos por aquellas sequías desobedientes que agriaban el trono por alebrestadas o ausentes aguas, que no eran buenas súbditas o, cuando menos, no eran leales y obedientes y ante esta falta de seriedad de la naturaleza para cumplir la ley, los jefes prefirieron dejarle, poco a poco, el campo a los especialistas, que en principio pagarían la poca seriedad divina de cumplir con lo pactado y que los orilló a hacer que aquellos magos y sacerdotes se inmunizaran, a su vez, refugiándose al encontrar el chivo expiatorio, situado en seres del espacio temporal, al reinventarse, para que no fueran arrastrados por esa susodicha caprichosa actividad de los espíritus de la naturaleza y de los antepasados; buscando entonces, una nueva figura que pagara esas liviandades del humor divino; así los magos serían culpados y no los jefes cuando les faltara el agua o se les pasara la mano de la regada y estos últimos, ante tal situación, no faltó en la economía de las religiones, el momento en que el mago y sacerdote, le voltean el calcetín a los fieles y al pedir sacrificios, también piden una víctima propiciatoria ritual, en donde, ellos administrarán el sacrificio y descansan sus búsquedas en hombros de esos verdaderos seres motivadores de la variabilidad divina y, que, a criterio de la casta de comando de las relaciones con el espíritu, dan lugar a la aparición de las primeras víctimas extraídas del pueblo, para que el dios o dioses o espíritus cambiaran su parecer, cuando el azote de sus furias les alcanzaran, dando así lugar, al nacimiento de las víctimas propiciatorias; es el tiempo de aventarle vírgenes al volcán, de quemar judíos, de crucificar cristianos, de comerse al enemigo, de sacar del pueblo a las víctimas de las guerras floridas para que los dioses sean benignos, pero, por sobre todo, para que, si hay fallas, el que pague sea siempre el pueblo.

Con ello la magia entra en su papel de ser parte del Estado y una fuente inagotable de poder que puede endilgarle la culpa al ser común, que, por otro lado, es el que se beneficia del acto numinoso como recurso de la fe, y el mago la libra. El Estado y el mago sacerdote, se alían para sacrificarle siendo los administradores del recurso mágico del sacrificio, y reordenan la jerarquía de las responsabilidades en el culto; con lo que no hay nada más propicio que unas vírgenes para el volcán o guerreros o jugadores de pelota; el caso es que las sociedades sacrificaron a los laicos y nacieron así esas: víctimas propiciatorias para el sacerdocio ritual.

Con estos cambios, el hombre del poder estatal no pagaría por la debilidad de carácter de los espíritus; y el sacerdote o mago, le endosaría las faltas al pueblo y a la gente, que serían los que tendrían que expiar las culpas grupales por el sacrificio. Así la casta sacerdotal y de magos se pondrían en la piedra sacrificial, pero solo detrás del cuchillo, mientras que el pueblo, sería la pieza sacrificial activa en sus deslices del hacer o no caravanas para contrarrestar el capricho del acto reivindicatorio de la esfera divina, sus actos y responsabilidades y, que, también encontró destinatario para no aburrir a su propia gente, con esos deslices de sus dioses, en el ejercicio de la captura de pueblos enemigos, como piezas sacrificiales, en guerras por tributo y prisioneros para el sacrificio; lo cual hacía que, por un lado, los guerreros se esmeraran en encontrar víctimas propiciatorias y así no tener que padecer los caprichos de los propios dioses y, por otro lado, también convenía al poder terrenal que esclavizaría y obtendría tributos del servir a sus dioses, de tal modo, que, la economía del poder, se equilibra dando dones para todos los dioses y a quienes les procuran; asegurándose para su administración los castigos y los sacrificios. El espacio sagrado ha salvaguardado a sus servidores y cuenta con la víctima sacrificial del pueblo, del enemigo, del animal, de lo que sirva para que la falta de atención del espacio divino sea resuelta con vínculos de sangre y auspicie parabienes comunes para que con ello se obtenga el sustento equilibrador que logra el sacrificado, de ser la víctima propiciatoria que busque al cordero sacrificial, donde todo tome así su sitio en el *Ordo,* del toma y daca, en el que hay que compensar lo tomado con la sangre del vecino, de su mujer o de sus bienes y su esfuerzo. La guerra es la algarabía del animal en la matanza y se eterniza como nuestra raíz, pero no por ello es positiva y sin embargo es. Su dantesca figura con las armas de hoy es una caricatura o cualquier cosa y hay para todos y un rato. No se sabe si haya atmósfera o planeta para tanto, o raza humana... En un *kaput, fini*... ¿Qué estupideces estás diciendo? ¿Qué estupideces estás haciendo? Y la palabra y el hechizo que hacen pócimas y hacen brebajes y con ello entra en otros espacios en los que la magia, cuando ya tenía su batalla conquistada, busca lo sagrado. Caballeros del sello, del séptimo sello para ser exactos, de la casa de la cruz de los caminos del solar medieval que se extendía detrás de la casa del Thot y Horus, palabra y Estado sacros en la construcción sacralizada del espacio social, la casa de la muerte como vida real que se construye para que los dioses no anden olvidando obligaciones y no hayan construido un mundo para los ordenadores que debían seguir rigiendo en el más allá a crearle, acá.

El afán racionalizador del hombre después de situar a la aprensión psicocomprensiva del espacio que se significa, entonces, puede situar el postulado práctico de la razón kantiana como una parte de esta verdad significativa, empero, para los fines de esta mesa, a la cual los espíritus de aquellos estudiosos acuden, valga saber que, aunque resulte lo más importante el situar el origen de la fe en el mismo proceso aprensivo de origen, transpolado al universal, comprende la sacralización del punto de la reunión y de los seres que pueblan esos espacios, dentro de cada cultura o religión. La idea, desde su origen, reúne gregariamente a aquellos que se significan en una identidad en la significación universal, se es en la idea del grupo, mi orgullo de ser mexicano, es algo vivo en gratitud de una gran nación, y esa idea es común a cada cual del suyo, eso es una idea viva. Un orgullo real por ser una suma histórica en movimiento, y cada cual sentirá lo suyo, eso es lo que vivifica al espíritu y es válido en cualquier lugar, siempre y cuando no mancille la honra o diga necedad o diga mentira y se resuelve desde su punto más arcaico para dar tranquilidad a los vivos ante la muerte, que es, la certeza inaudita que persigue al Dios que se caga y se muere para entender cuál es el proceso significador que dará sentido al vivo, que solo tiene su voz a tiempo.

El miedo que viene del ser presa y que se redirecciona a ser depredador, también se mete por todos los rincones de la significación de los supraespacios de lo sacro y pinta de sus impresiones todo lo que es y toca, respecto a lo desconocido que está creando esos lazos de toda reunión tribal en la que está inmersa la cultura familiar que trasciende las culturas y conforma la relación natural del hombre con la naturaleza, lo más holístico. La familia y el monoteísmo auténtico, único real, y no de Estado, crean la unidad de derecho.

El derecho familiar que es el resultado de la naturaleza del modo familiar de producción y de ordenamiento natural real.

La palabra obra milagros porque construye espacios y mundos por los que transita el hombre.

*Cuando muere un negro vigoroso, suponen que algún otro negro lo haya embrujado. El cadáver es puesto sobre unas planchas y recubierto con ramas. Estas ramas han de ser de algún árbol de la misma "clase" que el difunto. Supóngase que este era del grupo bambe. En tal caso se emplearían para ello esas ramas del boj de hoja ancha, porque este árbol es bambe. Colocarían las ramas hombres de la clase mallera (de la que la bambe y la murgila son subdivisiones). Una vez colocado el cadáver sobre las angarillas las ponen sobre cuatro palos derechos formando horquilla y, con los pies, escarban cuidadosamente la tierra de abajo hasta convertirla en polvo, que alisan, de modo que pueda observarse la menor huella o señal. Luego encienden un gran fuego junto al lugar y se retiran a su campamento. Antes de partir marcan cierto número de árboles, de modo que esta 'línea brillante' señale el camino hasta las angarillas con el cadáver. Si encuentran la huella o señal de algún animal, pájaro o reptil, etc., deducen de ella el tótem de la persona que ha causado la muerte de su pariente. Porque todas las cosas pertenecen a una u a otra de las dos clases de los mallera y los wuthera, Así por ejemplo si encontraran la huella de un perro nativo, sabrían que el ofensor era bambe ballera, porque a esta subclase y clase pertenecen el dingo.*

—A. W. Howitt, citado por Ernst Cassirer,
*Esencia y efecto del concepto de símbolo,* p. 64[139]

Vale más, irnos acercando a ver cómo es que se significan las cosas y cuáles son las mecánicas que históricamente intervienen en los procesos psicoaprensivos del ser trascendente, que darán forma a todos aquellos valores que se han sostenido como impolutos, aún hoy en día, en que el mundo vive un proceso materialista desacralizador. El espacio de significación que ha adquirido la verdad es muy variado, y siempre se debe situar en el contexto cultural en el que emerge esta identidad, que no tiene un carácter único, aunque sí un carácter positivo único en la religión, que corresponde a otorgar opciones trascendentes a las posibilidades de manifestación cultural de las diferencias que son percibidas como reales.

En *The Dream of the Earth* (*El sueño de la tierra*) Thomas Berry describe toda la era industrial como:

*( ... ) un período de embelesamiento, un estado alterado de conciencia, una fijación mental que es la única explicación posible de por qué llegamos a arruinar nuestro aire, agua y suelo e infligir graves daños a todos nuestros sistemas básicos de sustento de vida. Berry continúa: Durante este período. La mente humana se ha ubicado dentro de los confines más estrechos jamás experimentados desde que la conciencia surgiera de la etapa paleolítica. Incluso las tribus más primitivas*

*tienen una percepción más amplia del universo, del lugar que ocupamos y nuestro funcionamiento dentro de él..., y sigue diciendo: ( ... ) quedamos atrapados en lo que él denomina un "aislamiento de la especie" que condujo a su vez al "asalto brutal, en contra de la Tierra, inconcebible en tiempos pasados. La experiencia de sagrada comunión con la Tierra se esfumó... Esta intimidad con el planeta fue considerada una mera vanidad poética por un pueblo que se enorgullecía de su realismo, de su aversión por todas las formas del mito, la magia, el misticismo y la superstición. Poco sospechaba esta gente que su propio realismo fuera puramente una superstición como cualquier otra que los seres humanos jamás hayan profesado, siendo su devoción hacia la ciencia un nuevo misticismo, su tecnología un camino mágico al paraíso.*

—Jerry Mander, *En ausencia de lo sagrado*, p. 465–466[140]

Así, es necesario decir que antes de incursionar en lo profundo por el mundo de lo sagrado, es pertinente, ver que aquel espacio en el que se alberga el vicio que lleva a la especie humana a subestimar el mundo de lo sagrado, desde una sociedad desacralizadora o sacralizadora de lo profano, ufana de su inconsciencia, es el mismo vehículo que le puede procurar entender su relación de dependencia, y es la palabra ambigüedad, que no es, sino una inconsistencia con la verdad de su origen significador del entorno, que por egotismo, miedo o vicio al renunciar a la verdad sacra de lo sencillo, llega a desembarazarse de su relación con el planeta, como si pudiese no depender de él, porque los nombres que usa le permean de su codependencia donde la palabra ciencia parece inmunizarlo del Mal que con ella hagan, en una ilusión que lo lleva a exigirle sin medida al planeta para la satisfacción de sus caprichos tomando sin retribuir, sin compensar, así sin volverse responsable de los efectos producidos por los actos humanos, actuando como un ser caprichoso, egoísta, que no sabe sino saquear la Tierra para lograr un confort mal entendido; imponiendo pautas de consumo que no son sostenibles, ni siquiera por la tercera parte de la población mundial, ya que las formas de interrelación humana, devastadoras, concentradoras de la riqueza y cada vez más excluyentes de las masas para la satisfacción de sus necesidades más apremiantes, aunque sea de una forma mínima, no augura que se pueda substituir la sacralidad por una profanidad responsable, que por serlo, se convertiría en sacra, por asumir mantener el equilibrio que el papel de dioses del confort que asumimos los seres humanos para con el planeta, que hacen que los recursos sean abundantemente depredados sin límite. La risa comprometida de una niñez que no tenga ya nada que conocer que no sean fábricas y granjas. La risa de una niñez próxima es la que está empeñada, y está en ti sin estarlo y no está porque tampoco puedes hacer nada y eso te pone feliz, egotista, ramplón que exuda incompetencia, y me mira en silencio.

Un brillo intenso destellan mis ojos... al mirarlo y sonreír,
cuando el juicio de Dios que me despertó decía:

Grandísima competencia, y sobre todo
larguísima, larguísima, larguísima lealtad.

Y un esplendor emerge de esos ojos de obsidiana de Nous remitiéndome al
porqué de este juicio en el que caigo de una manera sorprendente en silenciosa
y analítica defensa, al comprenderme parte de estas búsquedas del espíritu, que
quieren situarme el origen de lo sacro, que le den un sentido original al mundo,
que le ubique en sensatez: un "sino" conscientemente seguido que dé sentido a mi
razón, en la que todo está por demás, fuera de lo usual.

> *La economía de crecimiento, la motivación de las ganancias, y la
> economía de mercado son todas contraproducentes para el futuro
> sostenible y deben ser consideradas como experiencias breves que han
> fracasado rotundamente, y deben ser abandonadas como tal: Ya no hay cabida
> para ellas sobre la Tierra. (Simultáneamente la población mundial necesita de
> una drástica y sostenida reducción, incluso entre las naciones industrializadas
> de Occidente, donde cada persona, consume hasta veinte o treinta veces la
> cantidad de recursos que tiene una persona de una nación no
> industrializada. Una distribución más equitativa de los recursos ya
> disponibles es también una necesidad urgente)*

—Jerry Mander, *En ausencia de lo sagrado*, p. 469[141]

Ver los ojos de Nous y oír a este norteamericano, que no es comunista, ni
altermundista, sino un hombre comprometido con el tiempo angustiado ante la
sonrisa del dios maya Huracán, que se ríe cuando entra tu espíritu aquí y quedas
atrapado en tu historia de las negligencias para con el Protocolo de Kioto, mos-
trándonos la cara de la inmediatez, que afirma que, para cuando esto sea historia,
ellos estarán muertos, como si hubiera tiempo para historias fuera del tiempo
humano, que aquí nos estamos acabando, por excesos mitologizantes del desarro-
llo, en donde si no es real el poder abandonar la ruta de la globalización, lo cual
sería contraproducente en progresión de grave regresión atomizante, empero, es
definitivamente una llamada a humanizar el desarrollo y a volverlo sustentable
sobre los intereses de aquellas pocas familias que detentan sin conciencia huma-
na los recursos del planeta, y me surge la pregunta de: ¿Qué tipo de capitalismo
humano deberá surgir de la conciencia de la libertad responsable a tiempo? Y sin
saber bien a bien la respuesta, definitivamente sí sé que tendrá que contemplar
aquellas cosas que deben ser materia de la seguridad nacional y estratégica de
los recursos naturales y sus pueblos como parte de la apropiación privada, con su
desempeño en lo social y de utilidad pública de la gente y de la especie humana
en su conjunto; que demandan de la acción pronta de aquellas instituciones, que
deben ser parte institucional de las sociedades y que si quedan en manos privadas
terminan excluyendo a grandes mayorías desamparándolas, de modo tal, que la

seguridad social, por ejemplo, debe ser parte de las responsabilidades del Estado y no materia de especulación comercial. Y ante la magnitud de los retos por las cantidades masivas de gente que hay que atender, no puedo imaginar resultados positivos para el mundo, sin una nueva concepción ampliada de responsabilidades y la compatibilidad con el espacio de libertad educada para asumir la responsabilidad divina del hombre para con el planeta que debe prevalecer y que sacralice la corresponsabilidad del desarrollo de la especie, antes de que la Tierra harta nos acabe. Y un *tsunami* suspirador, en segundos toma la vida de trescientos mil hombres, mujeres y niños; y el egotismo del hombre controlador del mundo en sus sueños se enturbian porque así como veo colgada la espada de la paz, sobre el destino de la obra, también veo la sobreexplotación de todo, y el juicio en el avance que piensa tomar mucho más de lo que se puede imaginar hoy, y que trata de comprender con palabras a la voz del tiempo, y a la frialdad de la naturaleza que siente la sarna avanzante de nuestra pisada y donde por ejemplo el hombre más poderoso del mundo en tiempo, presidente de la potencia huye de una palabra que es su creación: la depresión. Y cae en la zona del silencio de quiebra en la mente de mi espacio natural guardado en la palabra.

Nunca el miedo cabalgó más fuerte sobre estas tintas que ahora, que ha empezado lo que no saben que pueden imaginar en la frialdad de la naturaleza para sacudirse las molestias del hijo enfermo de egoísmo, con la democrática muerte que se lleva a todos los que se quiere llevar, y no hay poder humano que pueda siquiera contrarrestar al sol y sus armas. El juicio, más terrible que nunca apenas comienza, y el dolor universal inunda estas páginas, porque, ni el menor caso se ha hecho de todos los años de aviso constante, cotidiano, racional y abierto. Ahora en voz baja, muy baja, continúa la más terrible de sus partes, cuando las sentencias se van desdibujando en la desmoralización que impera en aquellos que solo creen en sus magras posibilidades egoístas, del tomarse para sí todo aquello que puedan mientras puedan, pero mamá está terriblemente cansada del capricho del *júnior* desmedido, y el padre solar tiene sus tiempos, y las doce ya van a dar en las horas de sus humores y piensa en moverse para desesperezarse, en rasquiñas, de nosotros.

Y la cena se va a adelantar,
con menús masivos…

No oigo consuelo ni oigo voces dándome esperanza sino el silencioso rumor de las olas al calor de las repercusiones acuciosas de quien no sabe escuchar, pero que, tampoco puede aducir que no escuchó el juicio, y sin poder exclamar así, el que no se le avisó ya que no fue sujeto de un proceso kafkiano, en que no se sabe de qué se está siendo juzgado, sino por el contrario es un juicio al que nadie hace caso, donde el mensajero por fundirse entre la gente común, ha pasado a ser parte de un *freak,* tan solo, y el gran don nadie continúa tras su **Yo** ganado en la conciencia. Solo veo la tristeza en sus ojos una lágrima que le acompaña el alma, mientras el egoísmo tecnológico hace desiertos de la vida de los mares, y las biorupturas comienzan. Esa misma mirada que me violenta me manda al rincón donde aquellos sabios continúan argumentando sobre qué valor tiene esto sagrado, en la verdad humana, esa vieja tela raída que es tratada, cuando más como un cacharro viejo o como un medio de enriquecer a unos cuantos bajo el cobijo de las ansias locas, y de los dolores de los fieles que guardan su fe inalterable, y así aquellos que la usufructúan para propósitos egoístas la van hundiendo en la sinrazón del desequilibrio y los espíritus siguen argumentando su saber que amas la ignorancia supina, que depreda los recursos no renovables sin medida alguna y como el loco de Nuremberg ahora se va otro pateando el suelo e inventándose vallas o lo que sea con tal de que aquella palabra no se salga de su control y así muestre su rostro.

Y dejando al todopoderoso señor de *Pretzel* en la mesa de aquellos ancianos espíritus egotistas se siguen dando líneas que afirman que los ritos uranios, van a tener varias características esenciales como mitos genésicos o creadores y, como creadores de la soberanía, que son las funciones más importantes y genéricas, que estos, como fundadores del espacio vivo crean, dándoles espacios limítrofes que así los contengan, cuando Plutón y Urano, han despertado al pavor nuclear. Porque ellos están presentes en la carrera armamentista de estos viejos dioses donde la palabra sigue siendo mágica y poderoso truco es el que acompaña la palabra que se atrevió a cruzar el límite. Todo continúa nada se detiene.

**El señor Obama... y su propuesta de "0" nuclearización, eso es un reto.....**
**se apuesta a la vida o a la muerte**
**aquí, sin dudarlo: a la vida,**
**ahora dejará la huella del ¿cómo y cuándo lo crearán, y para cuándo?**

*...and it is everybody's business. (...y es el asunto de todos.)*

Es pertinente decir que, aunque los sabios reconozcan un desarrollo que desciende de los cielos uranios y lejanos en la concepción de las divinidades más arcaicas, a nuestro entender, estos procesos estudiados de culturas residuales entendidas estas como las que modernamente presentaron las características más arcaicas del origen de sus divinidades, esto no quiere decir que sean entendidas estas, así, desde el principio de los tiempos. En principio, sostenemos que el fuego fue el primer elemento divinizador del hombre, algo que posteriormente demostraremos con creces, que solo después de este y a partir de su domesticación comienza la sacralización, no solo del espacio y de los elementos, sino que es con este primer elemento divino que el hombre rebasa su espacio significador básico primigenio, resultando ser no solo la deidad prima o la deidad primera, sino que es con su uso que se crea la pertinencia significadora del elemento transmutador de la especie transformadora de la naturaleza del hombre y el ser esencial de lo humano; acotamos esto, porque si bien seguiremos la ruta trazada por los sabios respecto a la evolución de las creencias sobre lo divino, partimos de hacer esta aclaración que antecede, aun a toda la explicación arcaica del origen de la religión y del primer dios, conocido o aceptado, y será Leaky quien sea el pionero que argumente la primacía del fuego como la raíz de la sacralidad, y nosotros nos acogemos a esta idea, que nos parece toral, y que determinará las etapas primas de lo humano transmutador de la conformación perceptiva de aquello que es sacro, real y que debemos desarrollar con toda profundidad para dejar asentado el protoorigen del espacio divino que se expresa cual *Ordo* sagrado desde el sobrevivir que le corresponde.

Con este antecedente, entonces, retomamos el camino que plantean los sabios respecto a la evolución de las creencias y su antigüedad. Su desarrollo en la historia hace que pasen de ser ritos primitivos, lejanos a irse diluyendo y descendiendo a formar parte de la cotidianidad, que baja a la concreción de las necesidades humanas, pasando por diferentes estadios para irse fundiendo en diversas formas con las cosmogonías que se irán, cada vez más apegando a las necesidades y relaciones humanas; esto especificado desde procesos histórico-concretos que les determinan sus características y donde haremos algunos apuntes para rastrear el proceso numinoso y de fe en el transcurso del hombre prehistórico, hasta poder paulatinamente ir describiendo cuáles son los estadios por los que esos generadores uranios van descendiendo, habilitando a otros dioses y seres que solarizados o uranizados van a ir siendo conocidos como cogeneradores, que se retoman las funciones climático-fecundadoras que conforman a los diferentes panteones, hasta arribar a los constructores de las culturas históricas de aquellos muy raros ritos solares, que crean las grandes civilizaciones y culturas del mundo; definiendo a las culturas históricas por excelencia, por su desarrollo naturalizador, es decir, por su construcción junto a la observación no solo del astro, sino de su acción sobre la vida toda, en donde entran a la creación de la *urbis*.

Se ha de aclarar que los vestigios más arcaicos de la existencia de la noción de la fe, como teniendo fe en lo que se sabe radica en la lanza más antigua de la que se tiene noticia (hace unos 400 000 años) con punta endurecida al fuego y de piedra tallada en Essex, Inglaterra y que esa fe en el conocimiento no nos habla de un espíritu significador del más allá, algo que no podríamos probar fehacientemente y que indudablemente nos hablará de un espíritu significador del más acá. Cabe aclarar el que nuestro registro histórico marca un uso continuo del fuego, desde casi un millón y medio de años, Choukoutien en China, en diferentes formas y a diferentes niveles, y aquí cabe hacer la reflexión, de que, ¿siendo el fuego el elemento hijo de Urano que va a humanizar al homínido, no será suficiente su mera presencia para pensar que un espacio abstracto concretizador del cambio fue origen y destino del primer espacio sacralizado? ¿No sería en cada hoguera dada siempre la ubicación del primer altar? ¿El fuego que se cuida por razones prácticas, no adquiriría un valor divinal per se al depender la supervivencia de mantenerlo vivo? Y, aunque no existiera una iconografía, huella de que se hiciera un culto de sí mismo, su presencia, no sería por sí misma la huella de una adoración significativa, a tal grado que, una vez conocido, ya no desaparecería del espacio constructor de lo humano, un espacio que en cuanto pudo se pobló de imágenes deidificantes del derredor. Amén de que la umbría que creó la posibilidad del dibujo cavernario, se dio por la existencia de la manipulación del fuego, ese elemento sin forma que danza sobre los maderos y puebla de formas las cuevas en su crepitar, creando el espacio mismo de lo concreto en la abstracción, en lo que pudiera conformarse como ese espíritu vivo, base ideal desde lo real; en donde el fuego adquirió el cuerpo informe material de los elementos que descienden del espacio uranio y realmente transforman la vida total de la especie que se significa y que en esa significación lo utiliza como recurso vivo, que al ser significado y por las característica de la fe que se desprenden de la aprensión, nos lleva a afirmar, sin lugar a dudas, que su espacio de objetividad estaba ligada al ser una fe y con ello a ser el espacio divino primo que determinó toda nuestra evolución misma; ya que su conformación no solo determinó los cambios de presa a depredador, sino que reconformó todos los recursos naturales, de defensa y ataque, de la especie toda, cual árbol del conocimiento que sin ambages busca el Bien.

Respecto a las nociones del más allá, más concretas y antiguas, son situados en aquellos *neandertales*, aunque la huella más arcaica de ellos existente, radica en restos de flores que fueron localizadas en un entierro en Irak, que nos hablan de una identidad religiosa, es decir de una reunión entre los vivos y sus ideas de los muertos en Shanidar; el entierro está dado en un entorno de culto al curandero, que por cierto, por primera vez se sabe que se entierran, acto que además se acompaña de las primeras ofrendas funerarias de las que se tengan noticia como una significación, que aquellos protohombres daban al espíritu frente a la muerte, mientras recobran en su significado, ya sea de memoria o de reconocimiento, sobre aquel destino que ellos pensaban para sus muertos; donde no se sabe, si se piensa en una sobrevida en el más allá, como una sobrevida de carácter espiritual. Empero, hay tumbas con restos animales que pudieron ser parte de aquella dieta que consumiría en su ruta el difunto, las había con flores, con huesos con camas de esteras y todas *neandertalenses*; en la historia queda la huella indeleble de esa despedida, que es ritual y que, por tanto, de acuerdo a los patrones históricos del comportamiento significador y del espacio de la fe, es sacralizadora y que se convertirá, ahora, en una identificación significativa de aquel protorecuerdo, que por miles de años ha logrado la permanencia; empero, que no nos aclara a qué dioses o qué tipo de religión pudieran haber tenido, y solo dejan rastro de una idea de veneración al muerto, al que, por primera vez se le entierra (es la más antigua encontrada con esas características funerarias votivas en Irak) y se le da un trato funerario que se convierte en una costumbre muy humana; y una protonoción de su partida a un más allá; mientras que en otras tumbas, posteriores a ellos, muestran infinidad de comportamientos que van desde la antropofagia, por necesidad, hasta sentimientos de solidaridad o nuevas formas para la época de sumar a minusválidos a su economía en el cuidado del fuego y la preparación de alimentos u otras habilidades, en la confección de indumentarias; en entierros que para ellos ya se veían como sucesos comunes del ser significador que venera espacios de esos que su significación da cuenta, como de la noción de la partida, del cariño, del recuerdo, del respeto y, todo lo que la muerte en la significación implica, ya que, es cuando se significa del todo cuando adquiere total relevancia el suceso pues como el adagio hebreo dice: el universo solo cuenta cuando significa y, que te cuento...

Existen en la prehistoria y en las pinturas rupestres claras huellas de que el principio base de la religión posterior al fuego, está dado como espacio del numen, y está ligado al proceso del cazador recolector que, por cierto, presenta un dinamismo muy superior al que se les concedía teniendo no solo mucho tiempo libre sino un sinfín de experiencias que les daba el ir migrando con las manadas, y aún mucho antes de tener acercamientos interpretativos uranios, tan es así, que por la misma lógica de su actividad significante y significativa, los remitió a tener relaciones espirituales con las plantas enteogénicas, que forman parte de su mundo de recolectores, y de la ampliación del espacio figurativo mental, por la materialización de sus efectos psicoactivos en comunión con los espíritus de la caza.

Es importante mencionar lo anterior pues estudios actuales dan preeminencia en su aparición a los dioses uranios o celestes, por sobre los espíritus de la caza, cosa que solo obedecería al patrón significante de hombres que se vienen conformando por la construcción de sus significaciones inmediatas: por la aparición del rayo y el fuego. En este parámetro de imponerles visiones que solo podrían tener, si se encuentra la vinculación precisa de aquello que el cielo aporta a su realidad inmediata, en que están almacenadas las ideas del ser que significa lo que tiene como parámetro inmediato para la resolución de sus necesidades, por ello, quedan fuera de lugar continuas afirmaciones de Campbell de que el hombre cazador recolector en sus obras presagia a los tiempos sedentarios agrícolas, y que por ejemplo el toro de las cuevas de Altamira pensaba que representarían a las estrellas por su vigor y viveza, cuando en realidad hablamos efectivamente de un toro que solo le falta mugir y embestir y para nada es la representación de Tauro como una constelación, constelación que en realidad no se parece a un toro real, sino con mucha imaginación que fue dada como una proyección que adquiere sentido solo posteriormente, cuando bajo sus luces, se ligan los sentidos de fertilidad de los campos sumerios y que para nada está vivo en las estrellas, empero, sí habla del espíritu de un animal que los puede alimentar o matar, al cual se le coloca su espíritu vivo en una cueva de cazadores recolectores que relaciona la virtud de la vida con la vida práctica; la única forma en que ese toro o toros (siempre son varios), representan a una constelación, se remitiría a que en la aparición geográfica de esas estrellas coincidiera su espacio de predominio con alguna migración de aquellos animales o que marcaran temporalmente su sitio de apareamiento; es decir, que se nombraran aquellas estrellas no por su parecido virtual, sino por la coincidencia situacional que pudiera tener su aparición, en un punto determinado, para con las migraciones de esos animales en un espacio-tiempo, conformando el primer esbozo de un protocalendario, que como se ha mostrado en el caso de los tiburones pintados, en las regiones boreales en una constelación, va ubicando el espacio de su caza en una fecha o temporada significativa y determinada por esos cazadores o pescadores, donde esto que impera, entonces, es el vivo espíritu de la caza el que se plasma y su relación con la economía de los homínidos ya sea temporal, geográfica o ambas, en donde aquello que se plasma como manifiesto está la verdad animal de aquella bestia.

El frío, el calor, las glaciaciones, las plantas, el fuego, la caza, son en su realidad significativa estas verdades con las que se enfrentan, y no porque actualmente las tribus más primitivas de África, Melanesia o Sudamérica pudieran tener igualdad de relaciones uranas respecto a sus ordenamientos, ya que, por principio estas serían formas residuales de aquel inicio, aunque contienen el principio de la significación religiosa, sin olvidar el que solo son aquello que queda, después de todo aquel proceso prehistórico e histórico; empero, las huellas materiales con que se cuenta hablan de la identidad real del cazador recolector el cual es un gran elaborador de prendas de vestir y de casas de pieles y un sinfín de puntas, agujas y utensilios que eran del uso cotidiano en aquellas partidas de caza, y sus númenes junto al fuego, que no son, sino las significaciones inmediatas que crean desde su materialidad, en donde, el resquicio uranio, solo adquiere un sentido, si es posicionador en el espacio-tiempo, o por el dar aquel don del fuego como la materialidad de lo divino transformador, con la idea como hija del cielo. Los hombres de las épocas rupestres adoran esos espíritus, y solo muchos siglos después se relacionarán con los cielos lejanos, me dice Nous en aquel silencio que recorre el tiempo del ser que va a nombrar y ordenar su mundo, desde lo que significa en su realidad, que pintan con carbones y piedras a esa sacralización que se relaciona directamente con sus tiempos y que, después veremos con más detalle; en donde las relaciones uranas poco tienen que ver con los hombres cazadores recolectores, si estas no están directamente relacionadas con su experiencia cotidiana que les alimenta y que interviene con la obtención de las presas vegetales y animales. El mundo del cazador recolector, no ata al hombre ni a la Tierra ni a costumbres que no se desprendan de sus presas. El mundo espiritual del cazador que plasma las pinturas rupestres es ese espíritu del creador de mundos ideales.

Posteriormente a esta etapa prístina realmente quedan los elementos residuales del período arcaico de las tribus conocidas, y que, por el carácter de su culto oral y de los materiales biodestructibles no han dejado huellas materiales del culto, así los pueblos más arcaicos que se conocen son los que han tenido dioses del cielo, los mismos que no están relacionados directamente con el hombre; y al respecto recuerda Eliade a A. B. Ellis cuando dice:

> ( ... ) ha sido [hablando del espíritu de las tribus africanas negras] la de escoger el firmamento como Dios principal de la naturaleza, en lugar del Sol, de la Luna y de la Tierra.

—Mircea Eliade, *Tratado de historia de las religiones*, p. 63[142]

Y afirma Eliade que:

*( ... ) los dioses uranios citados por Pestazoni, sin culto o con culto, todos alejados del hombre, demasiado lejos, demasiado poderosos, demasiado indiferentes... [Y más adelante dice:] Los hombres no se acuerdan del cielo y de la divinidad suprema sino cuando un peligro proveniente de las regiones uranas los amenaza directamente; el resto del tiempo su religiosidad es solicitada por las necesidades cotidianas y sus prácticas o su devoción se vuelven hacia las fuerzas que controlan esas necesidades.*

—Mircea Eliade, *ibíd.*, p. 68[143]

"Ahí donde está el cielo, ahí también está Dios" (Eliade, p. 57) dicen los negros ewé, en donde, en todos los cultos primitivos, existe un Dios creador en el cielo, sitio en el que se ubicará aquello infinito trascendente, no existe propiamente un naturalismo uranio, sino que hay toda una idea de construcción sacralizada celeste omnisciente, hay que pensar que el clima con sus nieves, tormentas y vientos, pudieron ser las vestimentas materiales de la significación humana prística: "el que está arriba" (Eliade, p. 58) en el oki iraquíes. El *wakan* siux "arriba y por encima" donde las *hierofanías* uranas dan "creación al universo por la fuerza", (Eliade, p. 59) determinando además: las leyes y la soberanía. Es el creador, el padre Papatang y el señor Biambiam de la tribus del sur de Australia, nombres profanos que los sacerdotes conocen como Daramulum y Baiame, nombres tabús, que solo los iniciados pueden pronunciar, porque al invocarlos, llamándoles así, crean el vínculo de la iniciación, aunque con ambos nombres, el hombre se comunica; el pueblo en temor, reconocimiento y el iniciado para solicitar los bienes y negociar los conjuros; ese proceso debe ser dirigido, guiado, para no atraer la furia del cielo, que ante la lejanía de los dioses creadores que no se meten con el hombre: solo y solo sí, aquel hombre los llama con nombres iniciáticos, pueden manifestarse en las *hierofanías* o *kratofonías*, aunque buscando al increparlos, exponerse a su furia. Mugenganga es "nuestro padre", y dice Eliade:

*( ... ) es aquel de los que los wotjobaluk hablan como Bundjijl el hombre aquel que ascendió a los cielos.*

—Mircea Eliade, *ibíd.*, p. 61[144]

El iniciado toma el cielo por asalto y se convierte en Dios el mismo, ya que los dioses uranios son huraños, y solo dejan hacer, son pasivos y no resuelven, de modo que, dan lugar para que el héroe acceda, y tenga acceso a las posiciones de poder uranas que hagan valer sus razones en esas negociaciones con la naturaleza que aquel grupo requiere y, que, al dios uranio le tienen sin pendiente; así el chamán tiene que hacer que se restablezca o se construya el orden que los dioses uranios

**493**

dejaron a la deriva después de la creación, las que debe tomar el iniciado para satisfacer las humanas causas, que requieren de respuesta por medio de la intervención significativa del hombre que la ordena en función de su necesidad y su voz ordenadora tras de aquella intención como la base material a resolver, esta veneración como su resolución ideal en la que los espíritus concurren a cumplir su deseo.

Así, aquellos dioses uranios creadores, de pronto, ya en la historia y de una manera específica para cada pueblo, se convierten en dioses celestes, es decir, con vinculaciones materiales más dedicadas a especificar sus acciones con respecto a la vida de los hombres, y son más climáticos ambientales, son topográficos para darles sentido en la memoria porque aquellos viejos uranios pueden olvidarse. Ya los andamanes tienen un dios del que ya no recuerdan ni su nombre, ni se le dirige culto alguno, casi olvidado. Puluga en Asia es un dios uranio antropomórfico, con voz de trueno, aliento de viento, cólera de huracán, omnisciente y omnividente (aunque de noche no puede ver los pensamientos de los hombres). Creó la Tierra y al primer hombre llamado Tomo, al que él abandona, pero el hombre lo abandona por igual y como no tienen calendarios cultuales no puede ser recordado y su nombre casi se pierde. El Nyan Kupon africano, es el dios uranio por excelencia, desentendido, lejano y sin calendario al que se le abandona sin culto, (es primordial ver como se conforman los grupos tribales sin calendarios celestes, sino solo guiados por ideas brotadas desde la observación de calendarios migrativos de sus presas que se ligan a sus dioses funcionales en la caza estacional, en la pesca y la recolección) los pigmeos lo humanizan y le llaman: Kari y es el rayo,

> ( ... ) es en primer lugar el legislador, del que rige la vida social de los hombres de la selva y vela celosamente por la observación de sus mandamientos.

—Schebesta, citado por Mircea Eliade, *ibíd.*, p. 65[145]

Es cuando se humaniza este dios celeste que se hace cargo no de regir la selva bruta, virgen, creación de los dioses uranios lejanos, sino que va a dar sentido a la vida social del mundo humano en la selva, aunque, sin calendario, porque puede aparecer en cualquier punto, tiempo y lugar. Es un legislador vivo, que les ordena sus actos, ritos de vida, y que los relaciona con el fuego, que, como elemento uranio los conecta al espacio divino, sirviendo de contacto *kratofónico* con un dios caprichoso que solo así ordenará a la sociedad si se obedecen sus mandatos en los que está el sacrificio humano.

El fuego es el elemento sacralizador bajado del cielo que los contacta con este y no cuenta ni con calendarios ni con fiestas, aunque sí aparece determinando el sitio en que cayó como un espacio sagrado, que hace que su entorno le pertenezca y sea entonces un ara, altar con marca incuestionable de su presencia, ya que marcará su eterna vigilancia; es el elemento *kratofónico* por excelencia, aparece, y ahí, en donde se le encuentre se vuelve un sitio sacro, por eso habrá árboles del fuego como la encina de Zeus. El fuego no tiene templos, es importante resaltar esto que fortalece nuestra idea de que ni necesita templos, ni íconos, ni calendarios, pues el fuego es tan dúctil y necesario que se le venera en cada hoguera y en cada tea que les permitía cazar, calentar o iluminar. El fuego, es el dios por excelencia, porque es omnisciente y es casi omnipresente en la vida del hombre, pues hasta en los pantanos resinosos podía flotar sobre el agua. Recabaremos poco a poco, esas huellas que muestran la ductibilidad de su culto que despertará sus espacios desde las relaciones inmediatas del hombre con su entorno, y cuáles son las expectativas que este divino material les ofrece y les demanda, de acuerdo, a esa relación cotidiana con su naturaleza transformadora, en donde el fuego ligado al trueno es del cielo a la lava casa del inframundo siempre encendido unido a la hoguera base del hogar.

¡La muerte le duele a la familia y a sus amigas y amigos...!

A estos dioses celestes se les sacrifica sangre, se les teme por los actos realizados por el hombre y se les pide perdón como los yorubas del África esclavista que ruegan al Olorun: "propietario del cielo". El dios de los esclavistas es su dueño y los esclaviza. Y los fang del África ecuatorial, libres y aislados por siglos dicen:

> *Dios es Dios, el hombre es el hombre. Cada uno en su sitio,*
> *cada uno en su casa.*

—Mircea Eliade, *ibíd.*, p. 65, 67[146]

El dios uranio que no se mete conmigo, no tiene por qué ser molestado por mí. Si el dios quiere algo del hombre, tiene que decirlo, pedirlo, manifestarlo *kratofónicamente* o dejarlos vivir. El iniciado es un profesional del viaje cósmico que ata las almas y psiques de la gente, con sus principios rectores; en donde hay enteógenos, dirige el viaje de sus almas contactándolas con aquellos espíritus, trazando las rutas psicoactivadas que se dirigen a sus dioses, simbolizados en una ingesta sacro-tribal codificada. El iniciado, sobre todo, tiene acceso a un lenguaje sacro al cual acceden solo aquellos que están adentro del círculo del conocimiento codificado y compartido, de modo que el iniciado guarda una relación de profesionalización en la gestoría urania al hacer las funciones de mensajero y, es así el psicoterapeuta grupal e individual de la tribu, que, tiene que ponerse en contacto con entidades superiores de acceso restringido a una serie de formas preconocidas y codificadas, que marcan la etiqueta y el protocolo de sus consultas. De algún modo muy posterior y en religiones organizadas posteriormente, la oración y la plegaria tienden a superar este estadio en el que la persona mensajera se convierte en un elemento central, para acceder al Dios. En la plegaria se abren puertas para los no iniciados es el acto democratizador de accesos a las deidades del mundo antiguo para los que son fieles a alguna religión accediendo de un modo directo a expresarles sus intereses, en rogativas que llevan a los grupos a encontrarse con su deidad para atender sus asuntos. Es en la oración donde se da, que la democratización les abre a los fieles el contacto personal con Dios. Las palabras del iniciado se llevan a la invocación, a la magia, a la brujería y, pasan a ser posteriormente parte de la liturgia y el exorcismo, amén de ser los intérpretes de la divina causa.

El contacto con Dios en sus principios se convirtió en una materia de especialistas. El contacto con aquellos espíritus o deidificaciones, no era materia de cada uno "sino" que la codificación de sus contactos especializó a los mensajeros, para que, tanto ese *axis* como aquel *imago mundi* se preserven con la plegaria que de algún modo abate distancias restringidas, jerarquizadas; en donde, había rangos de acceso a las deidades, que por diferentes formas se estructura con protocolos, que se van llevando los contactos con Dios o sus deidades a través de más instituciones y requisitos.

Yo, sin saber todavía qué pensar sobre las disquisiciones de estos sabios espíritus y sin atar dentro de mí para qué puede servir el oír a esos espíritus hablar del origen de lo sagrado, a estos hombres infatuados de su yo, o a mí, después de que me acusan de tamañas faltas, sin entender cuál puede ser el fin que persiguen frente a las diatribas ecologistas de Gen que se moja sus pies en el dolor y las exequias de la cultura, en los excesos del mito del tecnomercadeo, que nos ofrece felicidades desechables de bajo rendimiento y pronta caducidad, que se escuda tras afirmar que este juicio manipula a todos los desastres creados por el hombre con afanes propagandísticos, como si Gen requiriera de publicidad para hacer verdad su lucha por concientizar al hombre de sus pasos perdidos, atados ahora a la búsqueda de la sacralidad. Yo sin entender me dispongo a seguir escuchándoles hablar sobre la economía del conocimiento sacro, forjado en mitos por la percepción humana en diferentes estadios de esta percepción cultural, y su resultante acumulada, de la que se desprende la utilidad práctica real de lo sagrado, para ver si puedo colegir qué intenciones son las que hay.

Veo que después de poco menos que un eterno silencio, Nous retoma el hilo de las ideas en su telepática exposición, en la que se insertan las voces de aquellos sabios espíritus que hablan por su cuenta y desde los rastros que dejaron en vida escritos. Su espíritu, salta el bache de mis continuas dudas y miedos contemporáneos que están recluidos en afanes materiales, abriéndome opciones diferentes para significar y, tal vez, para así darle sentido a los profundos silencios que me expresan el cómo son entendidos en lejanas y ausentes *kratofonías* que impone el cielo uranio, lejano, magnífico y enorme, sin límites; que tienen poca o ninguna relación con el hombre que ya empieza a humanizarse y llegaría a ser después de muchas correrías sobre todo con el trueno y el rayo, creador del espacio que mezcla las virtudes y poderes celestes con el hombre, aunque sea con su horror primero o con el respeto y el poder que adquieren posteriormente con el fuego. El fuego —dice Nous— une el carácter uranio divinal lejano, con las vivas cercanías del hombre, dotándole del primer elemento natural suficiente para modificar su estado, que posibilitó el paso de ser originalmente una presa, a ser, a través de diferentes procesos y estadios de evolución significante el máximo depredador, otorgándole sus poderes, reconvirtiendo su ser biológico desde la bipedación que restructuró la ingeniería de su locomoción al tiempo en que reconforma la estructuración del espacio biosignificador y las concesiones con sus múltiples órganos y partes con los que gobernará al mundo de animales, poniéndole en situación de eterna veneración con esos dioses aquiescentes, que le dan el poder de transformar. Es ante esto, que, en un primer término seguiremos al fuego como el elemento constructor del espíritu humano, hasta sus últimas consecuencias; trataremos de seguir las huellas de la ceniza desde que nos lleva a crear la significación prístina, recreándoles hasta que, a través del tiempo en una cultura oriental, genera una de las cúspides cultuales humanas de la antigüedad donde el fuego, aparece en un monoteísmo de Estado como una parte fundamental, al ser la representación de su unidad: gesta un espacio de su representación suprema y, centra el altar, amén de que todos los cultos incorporan la llama votiva al culto, siendo parte del sacrificio y altar, en elemento bélico por excelencia, el destructor que es la imagen más cercana a la guerra y el poder.

Es el fuego el elemento en que se posibilita la aplicación de la idea natural-divinal que cambia a nuestra naturaleza, que parte del ver desde el dominio del primer elemento modelador, tanto, de la naturaleza, como de la naturaleza humana; y, con la retribución equilibrante en la cual el fuego del cielo interviene con el hombre por el rayo o *ctónicamente* por la lava, mostrando, cómo la cualidad divinal intrínseca y material, es en el fuego igual arriba que abajo y es el que otorga el mecanismo transmutador por excelencia; es un elemento alquímico desde el comienzo de los tiempos al aportar la transformación del mundo material, y sobre todo, la transmutación del ser que se significa y con ello del mundo espiritual; y rompe aquel mutismo celeste frío, lejano que ahora le da al hombre al tener, manipular y controlar, la cualidad divinal transformadora urana, que le acompaña, culturizándole desde el manejo y dominio de tal elemento, que es constructor-destructor y transmutador del animal hacia el ser humano significado. El manejo del fuego permite que el hombre sobreviva como especie desde su significación hacia su control, sobreponiéndose con su uso a los elementos climáticos extremos, presentes en las glaciaciones, venciendo no solo a los depredadores sino al clima y a los elementos; aunándose a gestar un cambio cultural prístino de toda su nueva etapa que les permite volverse cazadores, porque antes del fuego, la ingesta de carne, solo era accesible al hombre como carroñero y con el fuego, en términos de estrategias de cacería o batalla, no solo es que se endurezcan las puntas de los palos o que se lasquen piedras, sino que se pueden organizar acosos masivos de animales para cazar en grupos con antorchas grandes y amenazantes para todo animal; permite cocer la comida, calentar las cuevas, de las que se puede ahuyentar a las fieras residentes y, mantenerlas a raya, durante cientos de miles de años hasta arribar a aquellas tribus *neandertales* que pueden sobrevivir; aunque su destino esté marcado por la aparición de otros hombres cromañones, vistos desde la factura de actividades líticas conocidas como auricenses, que les superarán en sus formas de relacionarse con la naturaleza, con aquellas tecnologías que hacen volar las armas, creando impulsores, lanzadores que hacen de sus lanzamientos de lanzas: proyectiles balísticos con aquellos grupos protohumanos que conviven por más de decenas de miles de años; y donde, ambos (*neandertales* y cromañones) que dominan el fuego, al cual se le cuida sacramentalmente en las cuevas, naciendo aquel sacrificio por el que agradecen aquel don, que ese elemento otorga; aunque mucho antes, y solo fue hasta que el rayo mostró al caer en plantas resinosas, que no se apagan, aún en las tormentas, que se convierte el hombre en el ser depredador por excelencia, y en la especie que poco a poco, transmuta su calor en amo y señor al ofrecer grupalmente un cambio estable el cual controlan en su hábitat y su economía con el fuego y el cual guarda en los altares como su gran Dios vivo.

*Flat Face* el eslabón perdido del ser que se significa.

Esta realidad de la sacralidad del fuego solo ha sido apoyada por Leaky como investigador serio, puesto, que siempre se ha pensado en que el uso del fuego fue parte de una insignificancia no sacralizadora por lo temprano de su conquista. Empero, como ya mencionamos, es el desarrollo sobre el fuego y su impacto, lo que ha sido totalmente desvalorizado, tanto su uso, como la base de la significación primaria real que dio al espíritu humano el punto de Arquímedes para reforzar su papel significador, en la bioconstrucción del sistema neurosignificador-lingüístico-auditivo, como base de la construcción significadora del lenguaje, y su peso transmutador de la especie de presa a depredador, junto a la evolución intrínseca, rumbo a la trascendencia como un sentido espiritual; esto apoyado, por pensar en un uso tardío de la lengua. Para reafirmar nuestra visión de la significación humana que se forja desde el principio, se basa en que el hombre solo nombra y ordena como su mecánica significativa base, y mostraremos cuál es el estado de las teorías actuales sobre el origen de Dios y que, con Pepe Rodríguez, periodista serio en su obra: *Dios nació mujer*, recopila las visiones de los investigadores, en que, se muestra el tratamiento academicista que solo aparentemente sería muy parecido en su desarrollo al que en esta mesa se plantea, aunque aquel, junto con la gran academia, lo hacen respecto al origen de la religión y, nosotros, lo desarrollaremos como el patrón de evolución biopsíquica hasta la bipedestación de la significación, ante el espacio de lo sagrado, el origen bionatural de la fe y su peso en el ser que se significa, compartiendo ambas visiones, el cual se inicia en base a situar el desarrollo genético de la raza humana, hasta el *sapiens sapiens*, empero, su patrón de evolución, no se aparta del espacio limitado del mandarinismo universitario, que muchos investigadores han desplegado para explicar el avance evolutivo del hombre, desde el proceso que dice que la mano enseñó a la mente, sin palabras al parecer, y que después de la bipedación del *Homo,* proceso en el cual el mecanismo de comunicación y el uso de la palabra y la significación sería muy tardío y por tanto secundario como un aprendizaje posthumanizado, y tal vez, inicialmente desarrollado en el *habilis habilis*. Pepe Rodríguez afirma que el hombre de dos millones a cuatrocientos mil años:

> *Por lo que conocemos, cabe pensar que los seres humanos, en sus primeros estadios de evolución, durante el largo periodo del Paleolítico inferior (casi de 2,5 a 0,1 millones de años) no estaba en condiciones de poder emitir más que una serie de sonidos o sílabas aptos para indicar o subrayar actos y hechos producidos en tiempo presente, pero que de ninguna manera podían servir para comunicar eso que hoy entendemos por ideas o conceptos.*

—Pepe Rodríguez, *Dios nació mujer*, p. 71[147]

Veamos que esta afirmación está totalmente fuera del contexto de las nociones que implican la emisión de ideas, o que, ¿el señalar actos o acontecimientos no implican ya la idea de destacar algo o no, y, comunicarlo como una construcción significativa?

> *El hombre del Achelense (300 000 a 100 000 a. C.), sin embargo, creaba combinaciones de sílabas, es decir, palabras, para referirse a los acontecimientos más importantes de su existencia. Y el hombre del Musterciense (100 000 a 35 000 millones de años) asociaba ya palabras para indicar algo más que hechos puntuales ocurridos en el presente: utilizaba el lenguaje con una función simbólica.*

—Pepe Rodríguez, *ibíd.*, p. 118[148]

Es importante que no nos apartemos de su clásica exposición, pues anteriormente en el desarrollo de su teoría afirma:

> *Según los expertos (cita a Laitman y Heimbuch), el examen de la base craneal de los australopitecos y parántropos muestra que esos homínidos no habían realizado dicha adaptación anatómica (la fonación en el ser humano resulta posible gracias al descenso de la laringe —que incrementa la distancia entre la epiglotis y el paladar blando, aumentando la caja de resonancia de los sonidos producidos por las cuerdas vocales— y a una determinada forma y movilidad de la lengua. Desde el punto de vista fisiológico, el descenso de la laringe va acompañado de una flexión de la base del cráneo que, al aplastarse pasa a formar un ángulo obtuso abierto hacia arriba.) En cambio, la revisión de los cráneos mejor conservados de* Homo habilis *de un millón novecientos mil años a un millón seiscientos mil años; el* Homo ergaster *de un millón ochocientos a un millón cuatrocientos y el* Homo erectus *de uno doscientos a doscientos mil años,*

*evidencian una notable flexión de la base craneal —menor que la lograda por el hombre moderno— que sugiere que esas especies ya poseían un aparato fonador comparable al nuestro, aunque incapaces de emitir algunos de los sonidos básicos del lenguaje moderno.*

—Pepe Rodríguez, *ibíd.*, p. 70–71[149]

Hacemos esa referencia en extenso, además de que cambiamos el orden de exposición de la primera y la segunda cita, que se refiere a un párrafo que aquel autor español desarrolló anteriormente, pero que, para nuestra exposición, mencionar lo segundo al principio y lo primero después, aclarará lo que estamos tratando de ver. El asunto es que nos remitimos a la aseveración de que las especies homínidas desde hace un millón novecientos mil años, tenían el aparato fonador semejante al nuestro. Pero según afirman los investigadores, lo estrenan como espacio significador y con ello creador de opciones fónico-lingüistas simbólicas, hará unos cuatrocientos mil años; es decir, que la evolución del sistema neurofónico-sónico significador lo crearon como reserva para una posterior utilización, lo cual, es penosamente débil siquiera suponerlo y abiertamente errado ante el menor análisis, porque se parte de supuestos falsos en toda evolución animal conocida, en que la naturaleza no crea sino lo que requiere de un modo inmediato para sobrevivir, y que recarga su evolución toda en el desarrollo no de reservas para millones de años después, sino para poder sobrevivir al día siguiente, la evolución de especies y fomenta eso que le sirve lo que no se usa se atrofia y elimina en la gran practicidad.

*La cuestión del aparato vocal es, pues, secundaria en el problema del lenguaje... Cierta definición de lo que se llama lenguaje articulado podría confirmar esta idea. En latín,* articulus *significa "miembro, parte, subdivisión en una serie de cosas"; en el lenguaje, la articulación puede designar o bien la subdivisión de la cadena hablada en sílabas, o bien la subdivisión de la cadena de significaciones en unidades significativas... Ateniéndonos a esta segunda definición, se podría decir que no es el lenguaje hablado el natural al hombre, sino la facultad de constituir una lengua, es decir, un sistema de signos distintos que corresponden a ideas distintas.*

— Ferdinand de Saussure, *Curso de lingüística general*, p. 34[150]

Dice Saussure: "Es fundamental recuperar esta información para por un lado mostrar cómo el hombre que se significa, reúne una serie de signos e ideas a comunicar, y es mucho después que dio forma al habla y con ello al aparato fónico". Hacemos esta referencia recordando con Saussure, que el lenguaje es una forma, no una sustancia. El lenguaje entonces es un vehículo procurador de ideas, solo mencionaremos que pertenecemos a una especie que recargó todo su proceso evolutivo y su supervivencia sobre un conjunto de órganos que significarían el mundo y, que, como mostraremos en su momento, es en el habla que quedan rastros de un proceso ligado a la bipedestación primitiva, y con ello al pitecántropo (Lucy como antecedente referencial de la bipedación y su primo *keniántropo* como el animal de "cara limpia", y con ello del sistema neurofacial significador terminal que somos) que realizó la ruta de bipedestación de un modo tosco en Lucy al del *keniántropo*, que logró el afilamiento fino de su rostro, completando aquel esquema biodeterminador básico entre aquellos sistemas de significación y comunicación, que conformaron la especialización de los órganos que intervendrían en ese proceso, dentro de la difusión evolutiva propia de todas las especies, que por cierto presenta así características más humanas que el anterior, al tener una cara más limpia, con mandíbulas más finas, hechas más para hablar que para romper semillas, en una cara recta humanoide, no sinuosa, como los simios y donde, aun, la misma Lucy, se quedó frente a la prima como un intento tosco de hominización, que, aunque logró la bipedación, no lo hizo bioconformando terminalmente estos sistemas propios de esto que será el protohumano; y deja el sitio, como nuestro antecesor directo, al llamado *keniántropo*, encontrado en la misma familia Leaky, la nieta Mary, descubrimiento en un ser en el que biologicamente conlleva los elementos básicos que biodeterminan los aparatos que conforman los sistemas significantes y comunicadores de la especie, como biodeterminación de su evolución y, que, así como las garras y colmillos en los felinos o, las alas en las aves o cualquier parte que determine la supervivencia de las especies por mutaciones de adaptación, no pudo estar inactiva o ser subempleada, subutilizada durante más de tres millones y medio de años para darle sentido a la especie.

Así pues hablar de *Homo habilis* o del hábil constructor de herramientas, de hace dos millones de años, solo cabe con el concurso inteligente, esto es, con si se quiere el menor estadio de significación, empero, con una base significadora previa tal, que sobrevivieron hasta los que fueron construyendo herramientas. Decir que el *Homo ergaster*, que es la rama que repartió a la raza por todo el viejo mundo, tenía referencias de estilos simiescos de comunicación es un verdadero absurdo, al no verla en su amplitud significadora para la especie que realizó las adaptaciones de la variabilidad genética de la especie en su tránsito mundial, y que repartió a nuestra especie por el orbe, en grupos significadores que conformaron esa cepa mitocondrial del avance de ser la especie: hace culturas.

> *( … ) creo que no puede caber duda de que el uso ha fortalecido y desarrollado ciertos órganos…, de que el desuso los ha hecho disminuir y de que las modificaciones son hereditarias.*

—Charles Darwin, *El origen de las especies*, p. 148[(151)]

Desarrollamos nuestra teoría desde la lógica de la biopsicoconformación de la estructura significadora, por las adaptaciones biofísicas que permitieron la bipedestación a la especie, conformando los sistemas de significación y de comunicación, por la adaptación de órganos y sistemas que intervienen en el proceso, por efectos del uso de su selección natural y que nos separan de la variación simioide que se logró después del cambio climático que acabó con los grandes bosques, y, que creó las llanuras que reconformaron el entorno y propiciaron la última extinción masiva de especies arborícolas y dependientes de los bosques; cambios que, en el *keniántropo*, habían logrado con la bipedestacion, ir afilando estos rasgos necesarios para conformar el futuro *Homo faber,* y que, nunca perdieron tiempo en utilizar sus adaptaciones para hacer de nosotros los que somos; porque las mutaciones sobre las que se recarga la selección natural que da supervivencia a las especies, son aquellas que por su aparición y uso dan ventajas posibles y probadas, reales e inmediatas a la especie, y no aquello que nos hace hombres que esperó para aparecer miles de años para que la especulación teórica en su conjunto le sostuviera, sino que, el verdadero conocimiento de la revolución de la significación tuvo una base evolutiva en la que se recargó toda la evolución en bioconformar el proceso biopensante significador. Lo que es tanto como decir que, aunque obviamente no es en esa etapa cuando se adquiere la máxima calidad del sistema o sistemas que llevan a conformar al hombre significante y que al igual que el caso de la radiofonía la cual no empezó sino con un aparato sencillo con grandes defectos, pero autosuficiente para emitir, grabar y reproducir sonidos en el megáfono, que con el tiempo cultural llega al audio digital láser y sus mil sofisticaciones; así, aquella biodeterminación pasó de aquel sencillo significador, pero suficiente, hasta lograr aquel complejo terminal actual; empero, desde el principio, tuvo sus capacidades, en toda forma, porque la evolución no trabaja en un sentido diferente, no desarrolla su selección natural en pasos incompletos, porque lo que sobrevive es solo lo que está así determinado como mínimo suficiente para hacerlo; así que no va a recargarse en crear esos sistemas significativos y comunicadores para un uso futuro ni tampoco se pone a desarrollarlos cuando ya se requiere que se perfeccionen, sino que como todo proceso, es gradual y ascendente, que desde lo completo de su sencillez partió la evolución para constituir nuestro espacio nominador ordenador; y el *Homo sapiens sapiens*, solo es su versión más acabada y no su prototipo, donde la significación cual sistema evoluciona desde aquel *keniántropo* que presenta los rasgos faciales propios de la especie que se significa al conjuntar en sí los elementos bionecesarios para que la especie que se significa pudiera tener posibilidades de sobrevivir en el entorno de la naturaleza.

El estudio de la significación humana enfrenta graves limitaciones al no existir huellas de sus procesos, es decir, que los fósiles con los que contamos solo nos muestran las cajas craneales en que pudieron albergarse los cerebros y los huesos que conformaron a los ancestros, por ello la ciencia para poder dar razón de aquellos procesos de significación más prístinos y de su desarrollo hasta que hubo huellas de su uso cotidiano, ha recurrido a ver cómo única huella referencial sobre cómo se dio este proceso es investigar cómo los niños aprenden, con lo que se han tenido aproximaciones muy exitosas para explicar su desenvolvimiento; a la vez que también se han cometido excesos en la aplicación de tales recursos. Ya que una cosa es transportar las fases de la significación infantil a los protohombres y otra muy diferente es querer tomar al pie de la letra aquella transportación de los elementos constitutivos del aprendizaje y las conductas del niño hasta los hombres arcaicos envolviendo a su realidad en un velo infantil, cosa que ya mencionamos no corresponde con la verdad del aprendizaje prístino, que no tiene sentido con aquellos grupos que sobrevivieron a condiciones extremas, tanto climáticas como del entorno en su conjunto, que no podrían haber evolucionado triunfantes, si se hubiesen portado como tales infantes, que esos investigadores quieren ver en franco detrimento del análisis en sí, y de la herramienta misma del análisis que por sus abusos ha sido muy desprestigiada y desechada por otros investigadores alegándose así, la imposibilidad del rescatar la tangibilidad de tales procesos. Este grave error que obedece a lo frágil de los elementos que realmente conocemos de cómo se conforma el aprendizaje en los niños, ha derivado en situaciones extremas como la afirmación de Campbell cuando dice que los tiempos arcaicos fueron la niñez de la humanidad, que cree se respalda, sin más ni más; afirmación metafórica que llevada al plano de las modelos explicativos de la humanidad puede ser engañosa en sus premisas. Aunque existen correlaciones fundamentadas del desarrollo del lenguaje, y de las formas de significación evidentes en el proceso de conformación del lenguaje y de la significación misma, es importante, no transpolar las reglas tanto de la psique aprensiva infantil o de la conformación lingüística sin más desde los niños a las tribus arcaicas. Así por ejemplo decir que el hombre *habilis* no tenía una lógica en su pensamiento, y su pensamiento una relación con el lenguaje, o decir, que los grupos urbanos primarios eran como niños, con una lógica infantil con conceptos e ideas, que por coincidir con las formas de la significación infantil eran niños ignorantes con psiques ilógicas, lleva a decir a unos, que aquellos pueblos fueron locos y a otros prelógicos, cuando como se ha visto, proceden con una lógica muy específica pero siempre suficiente que los llevaría a sobrevivir y, así, a ser lo necesariamente hábiles y lógicos para desarrollarse y hacer que la semilla de la especie no se perdiera hasta hoy.

Porque, si bien es importante ir entendiendo el proceso significador de los niños, este no se puede transpolar en etapas de aprensión milenarias nada más porque sí. Los *habilis*, los *ergaster*, los *erectus* pueden ser referidos a la conformación del proceso simbolizador, que va de lo simple a lo complejo, donde, todos ellos tenían una lógica operativa funcional, que además, fue exitosa por miles de años, sobreviviendo y evolucionando a todas sus formas psicoaprensivas dentro de esos esquemas, lógico-funcionales significadores; al grado que desde ahí vinieron los cambios o mutaciones que crearon al hombre moderno. Pensar que porque se cree que solo hasta:

> *Los principios del lenguaje moderno debieron de adquirirse hace entre 400 000 a 300 000 años, cuando el ser humano alcanzó la conformación fisiológica necesaria para producir, el sonido de las vocales universales que caracterizan a nuestra especie, momento desde el cual estuvo ya en condiciones de poder construir una combinación de sílabas —eso son palabras—, para indicar los acontecimientos que le resultaban*

*importantes para su existencia.*

—Pepe Rodríguez, *Dios nació mujer*, p. 72[152]

Donde se afirma, que el hombre no se significaba anteriormente con una lógica mínima suficiente para sobrevivir, de modo que, desde que se produjo la capacidad fisiológica de la fonación y de la construcción cerebral fisiológica para la significación, (dos millones de años atrás), no se significó a las cosas, ni se las comunicó y, aunque no creó palabras modernas, sostener esto es ir contra las leyes de la evolución y de la selección natural. No vamos a profundizar como esparcen los investigadores los periodos del aprendizaje infantil en el desarrollo de la humanidad, porque puede consultarse en sus obras, empero, al respecto diremos, que, es tanto como decir, que el hombre no procedió de forma lógica hasta que el gran Aristóteles la conceptualizó, cosa tan absurda, como ver locos o niños en los sumerios, egipcios, fenicios y a bebés balbucientes en aquellos protohombres sobrevivientes inventores de toda abstracción organizada en órdenes nombrados.

Y esta lógica academicista reductivista, entonces ve lo que quiere ver como se le antoja. Así se entiende que el fuego, que es fundamental en el proceso significador para aquellos investigadores, su abstracción, uso, conservación y transporte, no creó significación de lo divinal alguna, partiendo de ver que es el elemento natural que propició el cambio de la especie de ir de presa a depredador.

Es Dios y punto, con toda su extensión, con lo que se posibilitó revolucionar hacia y en cultura donde el habla no era sino una forma terminal de la comunicación que se gesta en la construcción de signos comunes que le identifican y salvan y que lejos de ser patrimonio de la especie, y hemos visto que la comunicación y el aprendizaje son características propias de la vida misma, y en el caso del homínido que aprendió a ser humano, corresponden a diferentes formas de ir creando el ser significándose en la vida.

*La idea de "impronta psíquica" se comunica, por lo tanto, esencialmente, con la idea de articulación. Sin la diferencia entre lo sensible que aparece y su aparecer vivido ("impronta psíquica"), la síntesis temporizadora, que permite a las diferencias aparecer en una cadena de significaciones, no podría realizar su obra. Que la "impronta" sea irreductible, esto también quiere decir que el habla es originariamente pasiva, pero en un sentido de la pasividad que toda metáfora intramundana no podría sino traicionar. Esta pasividad es también la relación con un pasado, con un allí-desde-siempre al que ninguna reactivación del origen podría dominar plenamente y despertar a la presencia. Esta imposibilidad de reanimar absolutamente la evidencia de una presencia originaria, nos remite entonces a un pasado absoluto. Esto es lo que nos autoriza a llamar huella a aquello que no se deja resumir en la simplicidad de un presente. Se nos podría haber objetado, en efecto, que en la síntesis indivisible de la temporalización, la protensión es tan indispensable como la retención. Y sus dos dimensiones no se agregan sino que se implican una a la*

*otra de una extraña manera. Lo que se anticipa en la protensión no disocia*
*menos al presente de su identidad consigo que lo que se retiene en la*
*huella.*

—Traducción de O. del Barco y C. Ceretti en Derrida, J. de,
*La gramatología,* Siglo XXI, México, 1998, p. 85–95[153]

Es evidente que no podría existir una recreación paso a paso de cómo se
fueron situando las formas lógicas que dieron pie y sentido a la comunicación
humana; empero, sus huellas están presentes en nosotros y en cómo es que aca-
bamos funcionando como especie. Por último, y al respecto, el registro del habla
de las primeras agrupaciones, seguramente por su huella en el mito, registraron la
posibilidad de proponerse un destino y recuperar las experiencias en las consejas
y leyendas en las que los ancianos del grupo suman las vivencias acumuladas,
cuales huellas culturales de los pasos perdidos de antepasados que deben ser oral-
mente memorizadas y, mientras, por otro lado, respecto al cambio fisiológico que
posibilitó la vocalización por el descenso de la tráquea, es importante ver que
los primeros lenguajes registrados no usaban vocales sino consonantes. Las vo-
cales no formaron parte de la estructura prima hablada ni escrita sino hasta muy
avanzado el desarrollo del lenguaje. En fin, diremos que si bien es importante
entender cómo el niño aprende, en su traspalación hay que ver que en ese proce-
so hasta el mecanismo significador simbólico, se da por completo en la biología
de la comunicación humana y, desde el principio de la significación va pasando
desde lo simple a lo complejo, sumando huellas biológicas hasta completar el
tracto vocal; de tal modo, que la simbolización del *habilis,* corresponderá a ser
una etapa prima de la del *sapiens,* donde su proceso fue sencillo per se, mas, sin
embargo, lo suficientemente completo en ambos, ya que va de lo muy simple, es
decir crearán sus palabras o guturaciones o referencias fónico-sónicas, como se
les vea o entienda, llanas, extra simples que están ligadas a su pensamiento y, no,
como se afirma, que no hay contacto entre las ideas y sus palabras; la realidad es
que sus ideas son simples y sus palabras aún más, empero, acompañadas de toda
simbología, estructurada en lenguaje, donde el proceso significador es el mismo
en una mente que nombra a sus primeros órdenes, que la que se significa en las
ordenaciones que se van sofisticando y, donde ambas parten de la misma y única
base real del mecanismo operativo, el cual no cambia hasta la fecha y solo avanza
en la espiral ascendente de los nombres y órdenes que nos constituyen en la reali-
dad de ser *Homo significans* y esta, nuestra veradera base funcional no varió, solo
se fue sofisticando su uso en el bagaje cultural, creando muchas más conexiones
neuronales aprendidas que siempre han ido evolucionando en un gradiente ascen-
dente natural.

De esta forma pensar que solo hasta el *neandertal* o el *Homo sapiens:*

*( ... ) se inició una nueva etapa para la utilización del lenguaje al cargarlo*

*con una función simbólica. El proceso del desarrollo del lenguaje humano articulado había llegado así, hasta el punto culminante que abrió las puertas al pensamiento lógico.*

—Pepe Rodríguez, *Dios nació mujer*, p. 72[(154)]

Esto que suena muy bien, está muy mal, la lógica que les permitió vivir glaciaciones, conquistar el fuego o seguir a una manada, tiene en su intrínseca verdad una lógica operativa que va de "a" a "b", del deseo al logro; y no entenderlo es desvirtuar la esencia dinámica de la conciencia que se significa y que actúa de una manera lógica desde su origen, ya que en la vía del espacio significado, sin esta lógica no hay manera de hacer las relaciones y correlaciones entre las cosas y sus significados; empero, aunque fuera remotamente cierto que hasta ese momento se constituyera el *Homo significans,* todavía tienen la osadía de hacer que por ochenta mil años o más, el hombre simbólico no tenga sus primeros símbolos de la sacralidad o lo divino, con lo cual lo remiten a su estadio más tardío en el nacimiento del neolítico, traspalando a los cazadores recolectores funciones de la sedentarización agrícola, esto, ya es el colmo de la desfachatez para acomodar las cosas a su arbitrio, no respetando para nada la evidencia real de la sacralización del espíritu de la caza, que es el segundo estadio real de la sacralización de la especie, ya que, la primera la vimos con el fuego y en donde la sacralización se aúna al mecanismo operativo de la fe que da sentido al espacio del ser, que usó de su espacio significador como receptáculo natural de su evolución, para creer en lo que pensaba que era lo real y su verdad, sino que la pasan como un animismo pre-sacro, lo que suena a ser una verdadera mutilación del ser que se significa, o de plano es producto del no entender aquel modo operativo-evolutivo racionalizador para significar la identidad con lo sagrado que sella la reunión con el todo natural. Seguramente pondrá felices a los que desde su madurez significadora, ven bebés balbucientes en los protohombres triunfadores, que creaban artefactos y se expandieron por el mundo, que cambiaron de ser presas a ser los reyes del mundo, que usaron el fuego sin simbolizarlo con rastros materiales de su adoración, aunque sea evidente el que lo cuidaban como a un dios viejo, como lo llamaron los mesoamericanos y que la fe sacralizadora de sus usos les dio la evolución recargada en el desarrollo natural de la sacralización del significado que los llevó a sobrevivir. Para la mesa, no hay tales balbuceos, de aquellos supuestos pericos alógicos que evolucionaron millones de años sobreviviendo con fuego casual y no causal, que emergieron de la inmediatez de una empresa activa, viva.

La base de la evolución no tuvo tiempo de crear bebés ilógicos, tontos sin ton ni son y así sin relaciones pensadas, sino que en realidad sus mentes cargadas con improntas psíquicas que les proporcionaban un banco de datos milenario, cargadas de sacralidad, sin ausencia de ideas de millones de años, la lógica de las acciones de aquellos seres, habló por todos ellos, durante millones de años que es mucho más, que lo que podemos decir, desde la aparición de los lógicos reconocidos. Empero, si somos consecuentes con la teoría de la evolución, desde el comienzo de la significación, hubo una lógica en sus actos, en sus determinaciones y sus juicios, porque en base a ellos, es que estamos aquí nosotros.

Por último, aplicar los estudios de Luria sobre pensamiento y lenguaje al modelo arcaico, presenta una problemática en que se asigna a las palabras primigenias cualidades analizadas en los niños, dentro de contextos sociales adelantados, aunque se trate de niños con deficiencias y, por ello, implicados en procesos de significación diferentes, quizás, no en la mecánica operativa, en términos de evolución, que ya vimos es constante, sino en el antecedente, consecuente o subsiguiente a la revolución del pensamiento. Donde es evidente que Dios nació flamígero y la idea es una fe del uso del espacio significado en que la selección natural recargó el sentido primo sagrado sobre el mecanismo significador que se iba revolucionando en conexiones que apoyan en las transmutaciones que les proporcionó aquel fuego al charlar y donde, entonces vemos que la lógica de la evolución de los lenguajes llevó la evolución a tal grado en el uso de significaciones que terminó por bajar el tracto bucal para vocalizar así todo aquello que las consonantes atropellaban, las que ciertamente comunicaban cosas tan concretas que les llevan a tomar estas determinaciones tales que sobrevivieron al uso exhaustivo del idioma que se conjura cual verdad que se estremece en la vida fugaz del hombre.

No vamos a polemizar en este espacio al respecto y solo nos quedaremos con las significaciones objetivas que pueden ser aplicadas a la verdad simbólica de la significación.

> *El análisis detallado de la estructura del vocablo descubre toda la complejidad de su función. Y muestra que nos hallamos ante un sistema complejo de códigos, formado a través de la historia de la humanidad y que transmite a cada hombre que utiliza dicha palabra una complicada información sobre las propiedades esenciales del objeto dado y que se han ido formando durante la historia multisecular del género humano.*

—Pepe Rodríguez, *ibíd.*, p. 81[155]

Si nos atenemos a lo dicho por el investigador, en ningún momento dice que los códigos primeros o primitivos fueran incompletos, sino que podrían ir de lo simple a lo complejo, pero eso sí, nunca insuficientes; así no hubo edades del bebé aprensivo que balbuceó sin una lógica consecutiva de objetivos a lograr o transmitir; hay que entender que aquellos gruñidos socialmente reconocidos con que mandaban a atacar o huir, tienen la lógica del conocimiento que registra como experiencia, que se codifica socialmente como señal en que toda variación implicaba espera o acción ante el peligro y donde no se admiten reacciones aniñadas o infantiles so riesgo de perecer, sino que se debe actuar con toda la madurez adulta de los que enfrentan tales peligros y situaciones en las que el carácter no es la menor de las piezas en juego o toda la serie de significaciones lógicas que sus conocimientos del momento y entorno les enmarcan. De esta manera, no se esperará a un Séneca que les diga, (parafraseando) que las cosas no se les ataca porque parecen imposibles, sino que, parecen imposibles porque no se les ataca; esperando que pula la idea para atacar la chuleta, pero hubo hombres con lógicas simples que fueron avanzando en su discurrir desde significaciones que otorgaban a las cosas, añadiendo la complejidad que dichas significaciones les determinaban en su lógica aprensiva del momento.

La base evolutiva funcionó bien desde el principio significador suficiente, que hizo que las guturaciones base tuvieran sentido de relación, es decir, que conllevaran la lógica operativa que hace referencias sobre aquello que se está comunicando e incorpora la experiencia que demanda la realización conjunta de toda acción comunicada, como la base del habla que les ordenó en sus fonaciones principales. Las relaciones que entablaba su protolenguaje, que se dan en la lógica operativa de relacionarlos en comunicación de identidades, bajo la perspectiva de la significación determinada socialmente, como códigos lógicos aceptados y usados para realizar sus ordenaciones base; las cuales eran mínimas suficientes para que el conjunto pudiera sostenerse en relaciones comunicadas y por lo tanto pensadas en significaciones de los elementos de su reunión gremial animal natural.

Es mucho lo que ahora se está descubriendo sobre los sistemas de comunicación de las diferentes especies, como los elefantes con sus sonidos de baja frecuencia, que ponen en contacto a los individuos hasta a distancias de más de diez kilómetros sin emitir sonidos fónicos o guturales; y de cincuenta kilómetros para señales de territorialidad patrullada, dados por el golpeteo vibratorio que emiten en el suelo con sus patas y que mantiene en perfecta comunicación a su especie en bastas áreas con una lógica del mensaje a transmitir incuestionable o, la de los insectos, con comunicaciones que obedecen a espacios prelógicos todos estos, situables en el dominio del instinto o, tal vez no, porque hasta en ellos existen códigos experienciales aprendidos que son vitales para el grupo y que ahora se piensa pudieran tener su propia lógica tanto de comunicación como operativa, Decimos esto, porque si ellos tienen la transmisión de espacios aprendidos y compartidos en comunicación, ¿qué se debe pensar de los protohumanos? No nos engañemos, el uso de ese recurso significador es lo que somos, la comunicación y el intercambio de información es el proceso mismo de vida en su origen lógico de su mecanismo que opera en funcionalidad práctica, resolutiva en actos.

Las huellas de nuestra teoría serán sostenidas por la evolución y por las verdaderas huellas del hombre que se hace paso a paso significándose y solo así es que se rompe con las reglas de la evolución, cuando puede, por la revolución cognoscitiva el tener variaciones inducidas por la experiencia y el aprendizaje significado, ya bien producto de una adaptación multiclimática o desde lo aprendido en la significación desde la superación aprendida de las limitaciones que se

han dado en el entorno por la utilización del fuego y de las herramientas que con
él obtiene, mas nunca su naturaleza esperó culminar su proceso bioconformador
para ser funcional, en el ascenso del aparato fonador terminal, sino que este se
afinó por su uso cotidiano por milenios y millones de años de ser un recurso base
que poco a poco se fue volviendo indispensable y necesaria la mutación faríngea
requerida para dar salida al caudal de lo significado. Si nos remitimos a la base de
que toda la vida y el universo en su conjunto son un intercambio de informacio-
nes, es poco probable que en el ser del *Homo significans*, la codificación significa-
dora aprendida en la cual se recargó como base de la selección natural, se estrenó
en sus mecanismos de relación lógica en base a los requerimientos de sus órdenes
significados cuando estuvo listo aquel sistema y, en vez de proceder la naturaleza,
como siempre lo hace, desde ese mecanismo que consiste en ir proveyendo según
se necesitan o emplean los recursos biodeterminados, para que las especies los pu-
lan y constituyan en su recurso natural base, lo que siempre, en todas las especies
o son mínimamente suficientes o se extinguen o se atrofian, según el uso o desuso
de aquellos órganos que se forman en la selección natural.

Para la selección natural no existen construcciones a largo plazo. Las proto-
plumas de los dinosaurios presagiaron las plumas de las aves, empero, desde que
aparecieron para sus especies, mostraron sus bondades para la retención de la
temperatura, algo, que el mundo del reptil no tenía; y que, con las protoplumas se
gestó, por eso fueron usadas cada vez más, hasta llegar a conformar especies en su
especialización y, aunque estas se perfeccionaron y terminaron por ser mecanis-
mos del vuelo, en sus comienzos con sus características de conservación térmica
que fue para lo que sirvieron, fueron en su uso primo suficientes para satisfacer su
necesidad de aparición hasta perfeccionarse y llegar a su desarrollo posterior, pero
no sirvieron para sus fines hasta que volaron, sino que alcanzaron a ser los meca-
nismos del vuelo, porque evolucionaron sus usos y funciones en el uso probado
y continuo, en cada vez más especies, para evolucionar a ser órganos o partes de
sistemas que terminaron en el vuelo.

Darwin, citando al profesor Owen, menciona que no hay nada más raro que
una ave que no vuele y, sin embargo, existen varias que aún teniendo alas no
vuelan. En el caso de la reunión de los órganos que intervienen en el sistema
biosignificador, que reúne a diferentes órganos especializados por sí mismos en
todas las especies y que confluyeron en una reunión sistematizada que terminó
en la concreción de la neurosignificación de los recursos fónico sónicos, no pue-
de decirse lo contrario, sino que estos se reunieron en el sistema desde muchos
millones de años atrás, por el uso que los protohombres daban a su recurso esen-
cial significador; decir lo contrario es no entender para nada la evolución. El *Homo
significans* creó la sacralidad desde que su ser dependió de recargar su selección
natural al significar y ordenarse en lo que nombraba para sobrevivir con improntas
o huellas culturales que trascienden no solo en su cultura, sino que modifican la
misma genética que los creó.

*El cerebro no se parece en nada a los ordenadores personales diseñados, no procesa la información ni construye imágenes mediante la manipulación de ristras de dígitos, de unos y ceros; sino que está compuesto principalmente de mapas, de ordenaciones de neuronas que al parecer representan objetos enteros de la percepción o de la cognición o, al menos, cualidades sensoriales o cognoscitivas enteras de esos objetos, como el color, la textura, la credibilidad o la velocidad. En la mayor parte de las funciones cognoscitivas se produce la interacción de mapas de muchas partes diferentes del cerebro a la vez; la perdición de los científicos cognoscitivos es que un plátano no está en una sola estructura del cerebro. El cerebro ensambla las percepciones por medio de la estimulación voluntaria de conceptos enteros, de imágenes enteras. No se vale de la lógica predicativa de un microchip, sino que es un procesador analógico, esto quiere decir, básicamente, que trabaja con analogías y metáforas. Relaciona unos conjuntos de datos con otros y busca semejanzas, diferencias o relaciones entre ellos. No ensambla pensamientos y sentimientos a partir de unidades de datos.*

—John J, Ratey, *El cerebro: manual de instrucciones*, p. 13[156]

*( ... ) Paul MacLean, quien concibió este modelo del llamado "cerebro triuno" en 1967; expresa la idea de que: nuestro cerebro se desarrolló conservando las áreas de los cerebros de nuestros precursores que habían demostrado su utilidad y construyendo estructuras nuevas que ayudaron a la especie a dominar la lucha evolutiva. Por medio de las mutaciones aleatorias y de la supervivencia del mejor adaptado, la evolución fue haciendo apaños en lo que había hasta engendrar el mecanismo más adaptativo del universo.*
*En la base del cerebro, el cerebro del reptil, es donde están situados los centros de mando necesarios para la vida. Controlan el dormir y el despertar, la respiración, la regulación de la temperatura y los movimientos automáticos básicos; son además estaciones de paso para las señales sensoriales que llegan. A continuación, el cerebro paleomamífero (incluido el sistema límbico) promueve la supervivencia y refina, enmienda y coordina los movimientos. Vemos también aquí el desarrollo de los aparatos de la memoria y de las emociones, que potencian aún más la regulación interna del cuerpo a la vez que empiezan a tratar con el mundo social. Finalmente se desarrolló el cerebro neomamífero, o corteza. Es el área que se encarga de afinar las funciones inferiores y de nuestras asociaciones, pensamiento abstracto y destreza planificadora, gracias a ellos reaccionamos ante dificultades nuevas. También ha evolucionado el cerebelo; es un reflejo que tiene un papel en el pensamiento, el habla, la memoria y la vida emocional.*

—John J. Ratey, *El cerebro: manual de instrucciones*, p. 19[156]

Es importantísimo hacer notar que aquí las mutaciones que conforman cada estructura cerebral están dadas por el aprendizaje, que no se da de manera inmediata en todos sus sentidos sino que por aproximaciones sucesivas va mutando; de manera que hasta el cerebelo se ve modificado y alterado por este aprendizaje, que, hace que las interacciones mecánicas como la bipedestación estén relacionadas directamente con la conformación de las nuevas estructuras cerebrales, en las que no existe ningún momento que se pierda ni el tiempo ni lo aprendido, donde todo lo que se suma a la aprensión no solo modifica las estructuras cerebrales en diferentes niveles sino que conforman estructuras aprendidas básicas que se suman en este esfuerzo de la naturaleza por construir el órgano de la significación para la supervivencia, donde el cerebro paleomamífero suma aleatoriamente los pros y rechaza los contras de la aprensión significativa y no solo reconstruye el cerebro sino la forma en que este aprende y da sentido a lo que significa y aprende.

La subestimación de todo el proceso psicoaprensivo significador, conlleva de modo inmediato a que aunque se admita el uso del fuego desde hace entre 700 000 a 1 500 000 años (existen huellas de hogueras, vistas como un utensilio accidental, sin la carga de significación sacramental precisa a la que ya nos hemos referido, respecto a ser, no solo el primer elemento uranio que se alcanza, sino el elemento que afina lo humano al permitir transformar a la naturaleza a su favor. El primer Dios fue la concreción prima de la forma abstracta que se concreta en el calor y amplió la idea con su luz: en el fuego se centra la verdadera llama de la lucidez imaginativa primera, que sacraliza no solo la transformación del entorno inmediato, sino del espíritu cognitivo que lo significa. El fuego es magia en sí misma en esa transformación total humana.

# Capítulo XI
# El Gran Templo
# El primer dios

## La Palabra

*Sueño o prodigio de la lejanía,*
*al borde de mi país traía*
*esperando a que la norma antigua*
*en su fuente, el nombre hallara.*

*Después denso y fuerte lo pude asir.*
*Ahora florece y por la región reluce...*
*Un día llegué de viaje feliz*
*con joya delicada y rica.*

*Buscó largamente e hízome saber:*
*"Sobre el profundo fondo nada así descansa".*
*Entonces de mi mano se escapó*
*y nunca el tesoro. mi país ganó...*

*Así aprendí triste la renuncia:*
*Ninguna cosa sea donde falta la palabra.*

—Martin Heidegger, *La significación de las palabras* [157]

Dios nació ardiente, multiforme, concreto en su flamígero apoyo, versátil en su uso y que dejó de ser uranio y, el cual sí nos convirtió en seres humanos con esa su ardiente y etérea espiritualidad, porque lo nombramos en adoración significante que no necesitaba de íconos, pues estaba siempre adorada en la flama y sus mil usos. El fuego hizo al espacio sacro y a la relación psicoconformativa de la palabra sagrada del más allá que se tiene acá. Y es la comunión primera con lo divino.

Existiendo, como único vestigio de su presencia ancestral las huellas de fogatas y el uso de pintura roja y marrón (almagre: oxido rojo de hierro) desde esa época, empero, como no hay una estructura esquematizada o plasmada del culto al fuego, se ha pensado que no les representó un dios cuando no es sino la esencia de lo divino, es decir el papel de un elemento que apoya al hombre y le permite crear un modelo separado del espacio animal dado en el ser que se significa y que se apoya en un elemento divino que le sirve para transmutar su condición y al que atiende.

Es preciso, que antes que nada hagamos algunas consideraciones, puesto que el concepto de Dios al ser una idea tardía; por principio, ya aquellas divinidades que se pueden ubicar en el tiempo aunque tienen papeles uranios creadores o generatricios, no son vistos como dioses, dentro de sistemas de símbolos que tan solo serían simbolizados oralmente, con lo que guardan especificaciones muy concretas cada uno de ellos y el tratamiento del periodista Pepe Rodríguez respecto a ver que aquellos hombres de hace trescientos mil años fueron simbólicos, y que no obstante aún ante esa premisa no les remite a crear, según los investigadores, ideas de la sacralidad con todas sus fuentes académicas, no ven lo evidente, ya que esos grupos no muestran una pobre valoración de lo simbólico, pues precisamente lo sacro, no es sino el espacio natural de la valoración fundamental de la sacralización del entorno que se significa, desde la base de la operación que cree en lo que nombra y ordena en símbolos.

Con ello deberían referir la creación de la sacralidad a los 400 000 años cuando menos, cosa que no les parece adecuada, así que la remitirán a los últimos 25 000 mil años, en el neolítico para que su teoría de que "Dios nació mujer" sea sustentable, cosa por demás infantil en su planteamiento, pues resulta ser poco seria en la relación de evidencias arqueológico-antropológicas de lo que realmente nos muestran los usos y costumbres de los protohombres, y de los posteriores homos que habitaron el planeta. Las modas de vítores y porras de género, que les han de dar muchos aplausos a los difusores de la idea de género del nacimiento de Dios en forma de Diosa, nos muestra en realidad que la historia los reprueba, y que la evolución los ignora como estudiosos, que no pudieron incursionar a la raíz misma del ser que se significa, que recargaría su visión ordenadora en sacralizar su orden desde el comienzo del proceso significador donde vimos que el origen de lo sacro es: sobrevivir en sus modos.

Dejamos pues al fuego como el primer altar, que su "ara" así lo demanda, afirmando que el segundo modo de la sacralidad no se dio tampoco con las mujeres, sino con los cazadores recolectores o más aún con los recolectores primero y con los cazadores después, en ese orden, y en donde las plantas enteogénicas tuvieron, junto al fuego, una gran parte de la ingeniería neuroconstructiva de la sacralidad del mundo que significan frente al fuego como neuroplastificador de la mente y en donde ambos elementos se conjuntan elaborando sus formas de ser: significación activa.

Los últimos *neandertales* europeos, que datan de 28 000 años en las cuevas de Carihuela, tenían una dieta variada, sazonada al fuego y, como los de Saint-Césaire (36 000 años), en donde apareció el resto de un joven herido y cuidado por el grupo.

*Los investigadores recurrieron a un hospital y a la tomografía axial computarizada, una herramienta de exploración médica de uso habitual entre los paleontólogos. Lo que encontraron, "tras soltar los fragmentos de hueso en la pantalla y volverlos a unir", fue que el cráneo presentaba en la bóveda la huella de una herida de "entre 5 y 6 centímetros de longitud" que no había sido mortal, ya que el hueso posteriormente se había regenerado. El estudio forense les reveló, además, que la lesión se correspondía con la que sería de esperar del impacto intencionado de un instrumento afilado. El neandertal había sido víctima de un comportamiento típicamente humano: el uso de armas en enfrentamientos violentos". Los efectos inmediatos del traumatismo fueron probablemente serios, implicando una abundante hemorragia, conmoción cerebral y discapacidad temporal", escriben los científicos en* Proceedings *(¿revista?). El cráneo de St. Césaire respalda las más modernas ideas sobre los* neandertales, *cuya imagen actual no tiene nada que ver con la de brutos semimonos. "Son los otros seres humanos que desaparecieron", dice, en este sentido Zollikofer. La supervivencia de este individuo a la agresión respalda ese juicio. La curación de una lesión tan grave apunta a que el herido tuvo que ser atendido y auxiliado por sus congéneres. "Necesitó de alguien para poder recuperar su salud.*

—*El Escéptico* digital[158]

Junto a sus grandes fogones las ideas se cocinan, mostrando ligas cultuales del fuego que recrean la cultura con gran fe en sus ideas y su arte, porque incorporar al minusválido a cuidar el fuego entre caníbales, se tiene que explicar su presencia por la economía misma de su funcionalidad dentro de las aportaciones grupales al altar y al cuidado del fuego, que, como individuo prestó al conjunto atendiendo a la hoguera, sirviendo así al primer templo, aquella "ara" sacrificial donde se coció lo humano, significando al fuego que les transmutaba en esencia, y, en donde la huella de la convivencia en las hogueras está registrada varios cientos de miles de años, hasta mucho más de 1 750 000 años en que el fuego tenía el eje constructor de la significación del mundo que se transforma, en transmutación del ser que opera el elemento divino que como aquel Dios viejo acompaña a estas tribus y que, con él se ha constituido como esta especie triunfadora mundial.

El fuego entonces transmuta eso muy animal en un protohomo, que será su eterno acompañante contra el frío y que estaría a su favor para confrontar su realidad en el mundo. Cuando el hombre hace reserva, de resinas de ocote, pino, sauce, arces, etc., es cuando realmente el Dios del fuego, se convierte en un ser transformador permanente de la vida nueva; es la primera vez que el cielo y la Tierra con sus dones se comunican con el hombre para darle opciones físicas de mejora y no solo sustos, muertes o desgracias.

En el rayo y la resina, empieza un matrimonio de dioses, que van a conformar la pareja dadora de la vida humana que será aprendida y que utiliza los elementos naturales con que tropieza su curiosidad bulliciosa hasta fundir metales y crea la supremacía alquímica del espacio transmutador de la vida social, en que siempre se comunican lo necesario para sobrevivir como grupo; dividiendo el saber y las funciones entre todos dentro del grupo, fortaleciendo así las posibilidades de supervivencia al cuidar de modo ritual y cultural al elemento, el que demanda que haya gente especializada para su mantenimiento y procuración; que van desde mucho antes del homínido que tullido y minusválido se gana su espacio de supervivencia en el grupo, y pasa de manera relevante por el *sapiens sapiens*, que en las cavernas pinta con la luz de antorchas, captando el espíritu animal del que depende y al cual confiere el halo de la eternidad del artista que plasma el espíritu de la presa divinizada, que nos deja huella del tamaño del espíritu humano de los seres, que están más ligados a nosotros que aquello que los espíritus obtusos quieren reconocer, por no verse ligados a seres cavernarios de tan pocas luces, cuando no eran sino los hombres de la luz, dejándonos en las pinturas rupestres su eterna opinión al respecto, iluminando con tea su lugar eterno entre los iluminados, tanto en el uso significado de la luz del fuego como del fuego mismo que le dio vida cual dios real, como aquel espacio espiritual que conformó lo significado de la especie, nominadora del fuego transformador, la franca huella de la luz magnífica que les ilumina dentro de sus mentes y en sus cavernas, hasta llegar, hace muy poco, con el fuego nuevo azteca, (el fuego es el dios viejo) que no se apaga en 52 años, y con toda la parafernalia de tener una institución que contó con muchos sacerdotes y ceremonias, con las que le cuidan, y antes de extinguirse en cada rincón se aparta un rescoldo en el pecho de un hombre sacrificado, en el sitio que hacía poco guardara el corazón batiente, latiendo, allí a un lado y cede su espacio al fuego que es el corazón de la cultura, desde, donde late la luz del imperio todo, para volver a iluminar el mundo anidado en el pecho del ser ofrendado; colocado en aquel sitio que ocupa el corazón de su cultura, y que con el copal encenderá el fuego por otros 52 años para todos los hombres, en un atado de años del paleolítico superior, que no perderá continuidad hasta la aparición de esos españoles, que con el fuego nuevo implantan el cristianismo católico, que también celebra en la renovación del fuego nuevo su idea de la gloria, que espera celebrarse en esperanza de las pascuas de resurrección del crucificado sobre el tiempo; encendiendo un cirio anual, que ahí se funde desde la edad de los metales y que van a arribar hoy en la época de la cerámica superconductora, del animal humano apacentado al ser de la sacralidad de su orden que se crea bajo luz digital suya y tras de su gran voluntad.

¡Espíritu del fuego, recuerda!
¡Gibil, espíritu del fuego, recuerda!
¡Girra, espíritu de las llamas, recuerda!
¡Oh, Dios del fuego, poderoso hijo de Anu, el más aterrador entre tus
hermanos, levántate!

¡Oh Dios del horno, Dios de la destrucción, recuerda!
Levántate, oh, Dios del fuego, Gibil, en tu majestad, y devora a mis enemigos!
¡Levántate, oh Dios del fuego, Girra, en tu poder e incinera a los hechiceros
que me persiguen!

¡Gibil *gashru umuna yanduru*
*tushte yesh shir illani u ma yalki*!
¡*Gishbar ia zi ia*
*ia zi dingir girra kanpa*!

¡Levántate, hijo del disco flamígero!
¡Levántate, vástago del arma dorada de Marduk!
¡No soy yo, sino Enki, señor de magos, quien te llama!
¡No soy yo, sino Marduk, matador de la serpiente, quien te llama
ahora hasta aquí!

¡Quema al Mal y al maligno!
¡Quema al hechicero y a la hechicera!
¡Abrásalos! ¡Quémalos! ¡Destrúyelos!
¡Consume sus poderes!

¡Llévatelos lejos!
¡Levántate, *Gishbar ba gibbil ba girra zi aga kanpa*!
¡Espíritu del Dios del fuego, te conjuro!
¡*Kakkammanunu*!

—Necronomicón, *Conjuro del dios del fuego*, p. 123–124[159]

Citar al Necronomicón parecería introducir un factor poco serio, al aparecer,
más usado como alimento de literaturas en usufructo de hechiceros, más cercanos
a narrativas de deliciosa ciencia ficción o a charlatanerías, usado por Lovecraft,
como vía del acceso a la literatura imaginativa que le proporcionaba argumentos
de cosas no entendidas por la gente, que le servía de argumentos para la cons-
trucción de sus cuentos de terror, por la sonoridad de los nombres usados, que le
proporciona material para su literatura de seres monstruosos y, sobre todo, por
saber explotar la premisa de la magia que dice que si se usan las palabras correctas
con la tonalidad adecuada y en el ambiente apropiado, las cosas que se invoquen

se aparecerán o sucederán, con lo que se recupera la idea esencial de la mecánica operativa del conjuro, que consiste en pronunciar perfectamente, bajo estrictas normas establecidas en su orden y horario, y pronuncian nombres que harán que la palabra haga, el que las formas espirituales mágicas cobren vida, atadas en el literato americano sin relación a cosas serias; antepone Nous con su mirada, empero, deja relucir, en su no-córnea, la idea de que la fuente encontrada por el loco del desierto, cumple cabalmente con las características de las épocas cazadoras recolectoras sumerias, fundidas al rito urbano del Marduk posterior, tanto por las formas arquetípicas de conformar sus religiones, como por las deidades mismas a las que se refiere, de modo que aquí lo reincorporamos como a eso que aparentemente es, es decir, como parte de la historia protosumeria y sus distintas fases de adoración urbanas, tanto de los elementos como de las posiciones geográficas, las estrellas y de esos sus dioses, ya ligados al poder de ese protoestado sumerio.

Con esto veremos que los elementos citados, no solo cumplen con la economía de la construcción de aquella psique simbolizadora de lo divino de la época, sino que, nos muestran de manera muy clara las diferentes formas en que se adoraban el fuego y otros elementos, desde su apropiación por la palabra que contenía los nombres, porque esa es la mecánica operativa del conjuro: dominar el nombre, y por el nombre controlar, ya sean los elementos, o bien a todos sus espíritus y hacer que les obedezcan, donde el Dios del Estado es nombrado como un aliado para que el fuego obedezca.

Este documento se convierte entonces en una clave fundamental para entender cómo, en aquella época, aquel que posee el nombre va a adquirir control sobre el elemento, al que no solo le nombra sino que al tenerlo se detenta el poder de invocarlo, mandarlo, comandarlo y ponerlo bajo el servicio del invocante y, puede ponerlo a su disposición; esto es la sustancia de aquella palabra que representa a la cosa; es, la *hierofanía* que traspala la cualidad de la cosa al nombre de la cosa, y es el principio base de la identidad de aquello nombrado con el nombre y base tanto de la magia como de la hechicería; y por cierto en los principios de toda cultura, como sustrato antiguo: elemento posibilitador previo, que da vida y carácter a la ley, al ser el antecedente del poder el que da nombre y orden al mundo; y que, por el nombre controla y ordena su voluntad, donde el fuego es un dios que sirve de vengador al que lo llama y le sirve al que lo invoca, mandándole a obedecer las órdenes que le mandan, sirviéndole.

La palabra y el fuego se sazonan en un maridaje de excelencias, donde los nombres tenían una base ideal de operación funcional en que lo divino obedecía a la voluntad de lo nombrado por el significador, actuando sobre un elemento divinal, que además podría manipularse para mostrar tal obediencia, que el mago sobreponga sobre el hechicero su Mal y sus hechizos. El fuego así comandado, era puesto como el vengador del Bien que se arrogaba aquel que lo conjuraba, porque podía decirle a quién destruir, y el mago podía conjurarlo para acabar con el fuego del Mal del hechicero que hacía un uso no institucional de su recurso en su provecho.

La palabra que controla el fuego no es sino la historia misma del ser que se va a significar por millones de años y que en su uso y control logra la evolución de la especie como un espacio en el que la palabra que lo nombra, lo controla y lo usa de acuerdo a las necesidades cada vez más sofisticadas del hombre, de modo, que en esta verdad de las primeras formas protosumerias se encuentra retratado, por primera vez aquel espacio sacro que para entonces era antiquísimo; y en donde lo insondable del tiempo se pierde en los eones del aparente semiinfinito, en los que el hombre convivió con aquella deidad, el elemento uranio por excelencia y el padre de los dioses así como de los hombres. De manera que no solo míticamente sino de modo real el fuego tiene una paternidad de lo humano, donde el mito que se desprende habla de la realidad que se conforma con la transformación de la especie y de la presa a depredador y del depredador a la conquista primero de sus transmutaciones interiores hasta el *sapiens sapiens*, y desde ahí, a la formulación, ya protohistórica de su dominio y control por las formas primas del Estado y el uso institucional de su conjuro por el mago, que es colocado por sobre el uso hechicero no autorizado del cazador chamán; donde su uso estará en disputas del poder de la palabra y el fuego y como se vinculan en lo sagrado mostrando su verdadero ancestral contertulio del poder.

El fuego al ser controlado puede ser requerido para que en espíritu atienda a las invocaciones e imprecaciones de los hombres que le adoran y temen. El fuego es considerado un dios en sí mismo y es llamado para ponerse bajo el control del mago en sociedades en que la magia y la soberanía tienen un vínculo muy estre-cho, y que se ejercen ambas por el Estado (Marduk) o sus instituciones sacrali-zadoras aceptadas: llámese gran sacerdote o gran mago, que se opondrá contra el hechicero, es decir, contra aquel que se permite, de una manera independiente de su institucionalización estatal, violentar la relación del poder de la palabra y de la magia que el poder detenta; que pretenden ejercerla por su cuenta con sacraliza-ciones apegadas al espacio oscuro, entendido este como lo apartado de la institu-cionalización estatal del que ordena al conjunto desde el poder. Es la hechicería un ejercicio no estructurado, tanto del poder, como del uso divinal del fuego, es por eso que sus relaciones serán codificadas como parte demoníaca, de aquellos que se acercan a su divinidad, (Manu y Hamurabi, no se cansan de maldecirles).

Enlil es el antiguo Dios sumerio del aire, un dios uranio que no se puede controlar, descendido del poder de Anu, el An semítico que significa cielo en sumerio y que se representa en su carácter cuneiforme con la palabra "dirigir" que es en referencia al signo de lo que podría cifrarse como divino o apegarse a nuestro sentido de Dios que es lejano y uranio y, que, dado que los dioses tienen carácter de soberanos del cielo, su importancia en la soberanía divina también obedece a los avatares de la soberanía terrestre… así, al caer la importancia de Uruk, y el camino de An, situado en el cielo del ecuador, asciende Enlil creador de la humanidad con Ki que creó, de la costilla de Enki, una diosa Nin ti (mujer de la costilla) y por ello, es un dios no uranio y cercano a la identidad de la gente y su camino es el "camino de Enlil" al norte del Ecuador y sostenido por la ciudad de E-kur en el templo de Eanna, bajo el trópico de Cáncer o las Pléyades según la época del año (Mul-Mul en sumerio) separa el día de la noche; construcciones protoosumerias seguían este afán sacroordenador del formarse.

Nanna es la diosa de la Luna y su estadio uranio está relacionado con la caza; es fundamental el ver que aun en lo protosedentario, la Luna sigue en su papel cazador migrante, el ver como aquellas primeras culturas protourbanas, que ya poseen formas del significar por escrito, otorgan al papel lunar una asignación de su espacio dedicado a la caza, como ese espacio natural desde aquellas seis Venus de Laussel como gordas bien comidas. Las Venus a las que se les asigna el papel de ser los primeros dioses son solo la representación que se espera del papel nutricio de las mujeres, en la época muy previa a la era protoagraria y claro son muy posteriores al primer dios, este se relacionan con la Luna y el modo de producción del cazador recolector y pretende mostrar que es Luna cazadora que confiere las presas.

Es importante notar que aquel invocante del Necronomicón se puede llamar a sí mismo Enki:

> ¡Levántate, hijo del disco flamígero!
> ¡Levántate, vástago del arma dorada de Marduk!
> ¡No soy yo, sino Enki, señor de magos, quien te llama!

—Necronomicón, *ibíd.*, p. 123[(160)]

El invocante no atrae al dios con su voz, ya que al dominar la palabra y los nombres puede comandar desde la voz del dios mismo con la palabra sacra en nombre del dios comandante, de Enki o de Marduk, y al saber esos nombres es que puede dirigir sus plegarias a sus fines porque domina al que invoca y a nombre de los que convocan creando así el espacio del poder que atrae a los espíritus a su voluntad; empero, la función del que crea el ambiente de la palabra que nombra y ordena, no solo se adueña del fuego y sus virtudes, sino que, como conoce el nombre de los dioses, puede actuar en su nombre y presentarse cual la voluntad de ellos mismos. El invocante se viste del mismísimo Dios de la inteligencia y toma bajo su túnica todos los dones divinos de los que dieron origen a la magia, y al ser él el mago se viste no solo de poderes, con insignias, atuendos y demás; sino que adquiere las potestades de aquellos dioses que en sus demandas de invocaciones adquieren la potestad divina del ordenador mismo; de tal manera, que no obedecerá el fuego sino al dios que habla desde su perfil del interés del invocante. Por eso, esto tan antiguo, que dice que: "nombrarlos es invocarlos…"

El fuego sacraliza la nueva forma de vida al transformar a esos dioses uranios lejanos, en dadores de virtudes, habilitándoles por medio del Dios del fuego, y transmutándoles en una especie diferente en sus capacidades en las culturas arcaicas, mientras es centro erguido sobre el hogar, donde el mago, hechicero, comanda en nombre del dios.

Es Prometeo y la adoración del fuego, contrariamente a lo que los científicos modernos quieren ver respecto a la aparición de las primeras formas de la divinidad, derivadas de las Venus preneolíticas, ya que, aun antes, de que tomen sentido el Sol y la Tierra nutricia, desde el punto de vista de la significación de lo sacro, a ellas (Tierra y Sol) no se les otorgarán un sentido inmediato, sino hasta el mundo agrario; mientras que debemos reconocer que para el cazador recolector solo la Luna, en su carácter de ser mediadora de las migraciones o la sacra marca estacional de la recolección, sería la única forma urania que pudiera aparecer, nunca como previa al uso del fuego, sino que pudiera acompañarle en su proceso de cazador recolector, ya que solo ahí tendrá sentido; empero, tendrían que ser forzosamente mucho después del fuego que acompaña a los hombres y es el verdadero primer dios frente a la unidad que se significa, al permitir al hombre no aparecer más entre las especies clasificadas como presas, que servían de cena a aquellos gatos y fieras del pasado, y le da cualidades sacras destructivas y constructivas a la humanidad, que se subliman al calor del fuego y su sacralización, que de manera evidente y material, provee al hombre de elementos naturales que crearán su supranaturaleza; entrando después y ya profesionalizado su recurso como recolector cazador, en el pleno ejercicio de la caza y sus observaciones de la Luna; recordando que la recolección consistía en una especie de caza temporal, a la que, inmediatamente con aquellos espíritus de la caza sacralizan su nueva condición, desde la que se abre toda nueva posibilidad de comportarse como especie, sacralizando aquel espacio que se significa como espacio, en que nos hacemos dueños del mundo. Así, con la apropiación de la palabra y el tamiz del fuego se crean los primeros oficios de la humanidad, que son: el guardián del fuego; el afilador y armero; el tasajero, salador y conservador de alimentos, el curtidor de pieles, el elaborador de ropa y zapatos, el de líder grupal y el masón.

Los actos transformadores de los elementos naturales dan pie a la magia y a los momentos más grandes de su aparición histórica, que, esencialmente abren el espacio nuevo de la magia instrumental que transforma y transmuta esos elementos previos y, que, desde la significación dieron pie al trabajo que saca fuego de las piedras; porque el acto de afilar une a la piedra al fuego, atándoles a la voluntad, por sus dioses, que ya pueden ser invocados, ordenados, alineados a la voluntad de aquellos que los nombran, porque la llama que se crea a voluntad conlleva el que la voluntad con el nombre ordene a los espíritus o a las cosas que aparezcan o desaparezcan y que cuentan con la luz que domina las tinieblas que los dioses otorgan y hacen de la Luna su marca de tempoactividad calendaria. La Luna y el fuego comandan la sacralidad del cazador y es la Luna la creadora de los primeros calendarios arcaicos no sedentarios, sino de las migraciones animales, recordando el que ese primer papel de la Luna es el de ser el macho del cielo según registran los egipcios y otros pueblos: pene de luz.

El mito de que la prostitución es el oficio más antiguo del mundo, no es, sino un mito, porque la prostitución como actividad social empezó con la sacralización protourbana, no como una actividad profesional libre, sino como parte del rito agroneolítico, se profesa en el culto, y no como una vocación personal autónoma, por ello, resulta ser relativamente nueva como profesión u oficio, mientras que, por su parte, la recolección, la caza, la cocina, la confección, el afilado y el sacerdocio que cuida el Ara ardiente, sí son las actividades más antiguas del protohombre y del hombre en su conjunto.

Cuando la chispa y el pedernal visten a esa naturaleza que se transforma en calor, al manejo del fuego y todas ellas son actividades sacras que las significan como la base que ya vimos está ligada a la sacralidad, es decir, como aquello que se significa para la supervivencia, donde lo sacro está determinado por la fe en el modelo operativo de creer que eso que se cree es la realidad que sustenta a la especie que se significaría. Dominar la oscuridad, es dominar la opción de influir o mandar sobre el mundo oculto, donde existe una relación de identidad entre el no saber y lo oscuro, y el saber y la luz trasladada con el saber unido a la luz que emerge del espacio sacralizado del fuego, lo que implica, no solo romper con lo que es oscuro, sino esencialmente develarlo, mostrarlo, apartándolo de lo que permanece en el silencio de la baja intención, el mundo oscuro queda así enfrentado por oposición, e iluminado adquiere la multidimensionalidad de la significación, dando sentido a la noche de la ignorancia en que esta trama se resuelve, desde las luces de la inteligencia: es al fuego al que le reclaman acabar con la hechicería y la hechicera que se identifica con el principio oscuro y que usa indebidamente como elemento de la mentira, de la falsedad, de la traición y la no tradición, con su uso oscuro del fuego para ensalmos malditos, que por cierto, son buenos amigos del juego y del potaje en hervores de soluciones venenosas.

En el tratamiento protosumerio de cazadores, se evidencia cómo ese fuego ahora queda bajo la voluntad del invocante y su carácter sacro-mágico estará conformándose como aquel espacio de las voluntades religiosas que vinculan la voluntad del grupo con el elemento dador del poder uranio. Junto al fuego aparece el mago que invoca el poder del fuego como su operario calificado para acabar con el hechicero, que es luz y oscuridad independientes, que es identificado con el otro operario rebelde oscuro, que puede querer el Mal del grupo; es importante ver como aquel fuego está ligado a la magia como poder estructurado.

> *Desde el pórtico del gran Dios Nanna, te llamo! Señor Nebo,*
> *¿Quién no conoce tu sabiduría? Señor Nebo, ¿Quién no conoce tu magia?*
> *Señor Nebo, ¿Qué espíritu de la Tierra no es conjurado por tu escritura mística?*
> *Señor Nebo. ¿Qué espíritu de la Tierra o de los cielos no está obligado por la*
> *Magia de tus hechizos…?*

—Necronomicón, *El conjuro del pórtico de Nebo*, p. 114[161]

En la jerarquía que da la soberanía de dioses y espíritus, que descenderá a la soberanía terrenal con lazos mágicos de la administración, opuesta a la hechicería que se le reconoce como el espacio del nigromante, que no estará vinculado al ordenador de la sociedad y del poder del Estado; se vincula a las primeras formas del mito y del rito, de la oposición en fuegos buenos y fuegos malos; y esto, no es poca cosa; porque de la unión del significado de control y dominio de los espacios oscuros se concretará después la relación con la religión oficial y sus miles de formas que asumen el fuego como deidad; sobre todo, es importante no perder de vista que la oficial es la palabra de la verdad, es la palabra ordenadora, la dueña del verdadero poder y las otras son solo ensalmos de la fuerza de la mentira y tanto el fuego como unidad del soberano, como su palabra como resquicio de la verdad, culminan con el protomonoteísmo frente al portador del fuego del Mal y sus palabras de mentira, que se convertirá en el Arimán de los tiempos mazdeístas, mas, en donde, debemos dejar claro que la noción del Mal no está ligada a figuras morales, en su protohistoria, sino que el Mal es lo que está contra del orden de crear en la luz y emana del cuerpo que será socialmente aceptado como el ordenador del ser en el conjunto que funciona como su axis o centro para con su fe.

El fuego con todo su poder transformador, constructor de bienes y dador de males, dependiendo de las intenciones de la mano de quien lo manipula, de la voz que le invoca, le domina y crea la posibilidad de que la magia nazca de un modo definitivo, determinante, influyente con la palabra mágica desde el ser del nombre que ordena y en contra de las palabras de mentira, (la más antigua alquimia siempre va ligada al fuego y a las diferentes cocciones y calcinaciones de elementos, que se transmutan al calor del fuego):

> *¡Nebo Kurios! ¡Amo de la ciencia alquímica, abre el pórtico de las esferas de tus actos!*

> —Necronomicón, *ibíd.* p. 114[162]

Se adueña por la invocación de la voluntad del elemento, opción del poder mágico que posterior, y en estadios superiores de cultura político-religiosa, comandan nuevas fuerzas apegadas a diferentes estadios de toda organización social que se van a enfrentar con el manipulador del fuego clandestino, que hace el Mal al grupo, fuera de la magia soberana; eje del fuego del orden del gobernante que preside en luz y, en donde acercándose a los modelos urbanos o protourbanos, este ordenamiento del nombre, va a trascender no solo a la alquimia de la metalurgia, sino a la consideración misma de los nombres que llevan y dan sentido a las construcciones de los hombres, donde se vinculan esos espacios uranios celestes con las construcciones humano terrestres de la significación del presagio y el futuro; y así adquieren sentido esos materiales con los que se preparan las plazas o las ciudades, las columnas o los altares, las construcciones del templo y las murallas, porque la identidad que el nombre dé a los materiales, será la identidad de las propiedades que se desean para cada una de las partes de las construcciones sagradas.

El nombre que reconoce virtudes específicas en la materia, es capaz de poner esas virtudes al servicio del poder y del Estado con lo que se convierte en protector de la ciudad, con su magia demanda del poseer la palabra sacra.

*Y vi en la ciudad santa, la nueva Jerusalén, que bajaba del cielo, de junto a Dios, engalanada como una novia ataviada para su esposo... Me trasladó en espíritu a un monte grande y me mostró la ciudad santa de Jerusalén, que bajaba del cielo de junto a Dios... tenía una muralla grande y alta con doce puertas y sobre las puertas doce ángeles y nombres grabados, que son los de las doce tribus de los hijos de Israel... El material de esta muralla es jaspe y la ciudad es de oro puro, semejante al vidrio puro. Las piedras en las que se asienta el muro de la ciudad están adornadas de toda clase de piedras preciosas; la primera piedra es de jaspe, la segunda de zafiro, la tercera de calcedonia, la cuarta de esmeralda, la quinta de sardónica, la sexta de cornalina, la séptima de crisólito, la octava de berilo, la novena de topacio, la décima de crisoprasa, la undécima de jacinto, la duodécima de amatista. Y las doce puertas son doce perlas, cada una de las puertas hecha de una sola perla y la plaza de la ciudad es de oro puro, transparente como el cristal... La ciudad no necesita ni de sol ni de luna que la alumbren, porque la ilumina la gloria de Dios y su lámpara es el cordero... Luego el ángel me mostró el río de agua de vida, brillante como el cristal, que brotaba del trono de Dios y del cordero.*

—*Apocalipsis* 21, 9-27; 22, 1 [163]

Es importante en este punto aclarar uno de los malentendidos más difundidos por la historia con respecto al fuego visto como Dios y elemento de culto, ya que podría pensarse que como dios viejo, perdió su jerarquía, frente a los procesos posturanios en todas sus etapas; cuando en realidad no hay nada más lejos de la realidad que esto, de hecho, trataremos brevemente de analizar uno de los que se han querido observar como uno de los pocos monoteísmos de la historia, dedicado a la divinización del fuego, asumido como divinidad, venerado en la esencia personal del Ahura Mazda.

Sobre el culto zoroástrico al Ahura Mazda protoindoiranio, hemos de hacer algunas aclaraciones previas, ya que esta es una religión tardía, Joseph Campbell la trata en su último libro, *Mitología occidental* en *Las máscaras de Dios*, empero, dado que queremos mostrar el desarrollo del fuego como divinización del elemento uranio será la primera religión que nos dedicaremos a tratar, ya que nos permitirá mostrar todo el círculo de la adoración del fuego como un dios desde sus formas prístinas sin culto formal hasta la sacralización como un dios único en la tradición persa y que actualmente aún pervive; por otro lado, vemos respecto a esta deidad, que son pertinentes para poder entender a esta religión y a sus dioses dentro de la cultura universal de la "teización" del fuego, como estadio superior de la magia y de las cualidades uranias de los Dioses creadores y de su desarrollo

**524**

hacia la oración y la religión y, así, en la conformación histórica de la psique, ya que las particularidades históricas en este caso nos van a mostrar cómo es que se da este primer supuesto proceso de monoteización que se trata de ver como el más antiguo, y que en realidad no lo es como tal, si es visto el monoteísmo, desde la base estricta de la revelación de un solo Dios; y mucho menos, corresponde al espacio de creación psíquica del **Yo**, que como veremos en algún momento, es correspondiente a la noción del **uno** universal que determina el proceso de aprensión que se define como único, y que responde al monoteísmo que parte de la individuación, cosa dada solo contra la noción del Estado que es la institución cumbre en lo social de la época simbólica en su conjunto y es así como aquel único monoteísmo real aparece, empero, acerquémonos al fuego de la verdad, desde una cultura que llega a cimentar aquellas bases morales de lo pensado, nombrado y ordenado, en relación directa con el fuego cual derivado de sus luces. Es fundamental entonces hacer una breve regresión para entender su vía, paso a paso.

Entonces partiremos en este punto de ver que este fuego, como elemento iniciador de la conciencia, pasó por diferentes etapas en su concepción y en su manipulación, empezando con las huellas en hogueras al principio de la humanidad y las primeras significaciones tempranas que fortalecieron el espacio neuro-significador en el que se recargó la evolución, que contó con el espacio material externo del fuego para reforzar el espacio de seguridad en lo que se nombra y ordena como modelo evolutivo de la especie, como testimonio de su realidad de ser sacralidad prístina del espacio significado y su evolución, la cual, si no mencionaremos en su totalidad, sí mostraremos de dónde viene y a dónde es que va, tanto su realidad transformadora de la materialidad inmediata como del espacio psíquico que la acompaña en el desarrollo de las formas de la imaginación y sus significaciones; desde las umbras desprendidas de la luz y el espacio del fuego, pues lo que importa destacar es la contribución a la construcción de la psique que hace del fuego el artífice de las luces del hombre.

El fuego en su proceso sí contiene a todos los elementos dadores del principio básico creador del monoteísmo de Estado que se dio históricamente y que trascendió al mundo del mito creando la leyenda viva en su tiempo y una religión actual, es decir, desde una creación impulsada por un sacerdote, que no profeta; dado como el acto genial de un enorme primer intelectual, que pone a su nueva creación monoteísta al servicio del poder despótico oriental, centralizado en sus etapas más primitivas; logrando con ello recrear en su mente a una religión única, desde la síntesis de los *vedas*, de donde, retoma no solo a los dioses, sino a esos elementos a los cuales recompone en orden nuevo, jerarquización que será totalmente avanzada para su época, la que sustancialmente parte de la deificación del fuego, retomando su papel principal desde los *vedas*: el *Agní védico* adorado como mensajero de dioses:

*Oh Agní, comparte con todo hombre viviente el traernos buena suerte para el sacrificio de la Tierra y el cielo. Con nosotros brilla en inteligencia, maravilloso trabajador, protégenos, Dios, que tus lejanas bendiciones nos alcancen. 2 Estos himnos son para ti, Oh Agní, alabado seas por tus bondadosos regalos, ofrendado con ganado y con caballos. Buen Señor, cuando el hombre por ti ha ganado felicidad, con los himnos.*

—*Rig veda*, Himno VII. Agní [(164)]

Los himnos a Agní en los *vedas* son cuantiosos, y siempre la cualifican como una deidad superior que tiene la fuerza del mensajero divinal y juez, además de su carácter de protodios lejano acompañante del poder: representación esencial, de la prístina cultura hindú.

Existen dos versiones sobre el antecedente histórico de la formación urbana de la India: una que es la aceptada por los historiadores que detectan la presencia humana de hasta hace 500 000 años en la zona cultural del Zoán con osteolitos y hachuelas y otro grupo en la zona de Madras, en el Achelense de la India Occidental con hachas de mano achelenses, ambas desembocarían en culturas neolíticas en formación de los grupos del valle del Indo de unos tres mil años de antigüedad; y una segunda teoría que está en etapa de comprobación que cambiaría todas las nociones sobre la historia de las primeras civilizaciones protourbanas, trasladándolas de tres mil años a. C. a unos 12 000 a 15 000 a. C., siguiendo una investigación que pretende demostrar que los mitos de las inundaciones o diluvios, frecuentes en la zona y en casi todo el mundo, no son, sino narrativas históricas de esas antiquísimas civilizaciones que desaparecieron por el último derretimiento del gran glaciar del Himalaya, que formó la bahía de Bengala. Aquellos Yonaguni que eran excelentes alfareros tragados por el golfo de Cambay (donde Indra destruyo al dragón glacial del Himalaya) desapareciendo grandes ciudades, y que sumergió gran parte del río Saraswati, nombrado en los *vedas* y, hasta hace poco, tomado como un mito más, empero; del cual con los registros satelitales nos muestran ahora las huellas de cuál era su curso que concuerda con los datos tal como se marca en los libros sagrados, lo que ha abierto al registro histórico aquello que se consideraba una narrativa mítica y que ahora parece con las huellas de pueblos sumergidos que se unen a la leyenda de Atlántida y la desaparición de toda la civilización antigua; la misma que desde sus espacios creó algo que finalmente la terminó, por su corrupción y deterioro y, por las relaciones encontradas entre estos mitos, que también hablan de grandes civilizaciones desaparecidas en Japón como los Diomon (Yomon, Lomon, Jomon) y la isla de Malta entre otras partes del mundo, sobre culturas desaparecidas por grandes deshielos, que ahora están en etapa de investigación y que hablarían de zonas urbanas muy antiguas que desaparecieron con todo y sus conocimientos, dejando tras de sí una época de neobarbarie que vendría a dar cuenta de la historia, tal como la conocemos, y que en mucho explicarían tanto los mitos de las inundaciones, como el que pudiesen tender a una serie de desarrollos que serían hoy conocidos como parapsicológicos, de telepatía, telequinesia y otras habilidades que desaparecieron con ellos y de las que quedan registros en los *vedas* principalmente, así como series de tecnologías mencionadas que escapan al desarrollo histórico conocido y quedan registradas en los *vedas* convertidas en mitos indescifrables como realidades, a menos que las anteriores versiones se corroboren. Esas teorías se sustentan también en la aparición de series de basamentos de ciudades que están sumergidas en las antiguas orillas desplazadas, donde el tiempo se amplía de modo exponencial y cuentan de ellas las trazas, que aparecen desde las costas de los mares que se van y vienen constantemente.

Una humanidad que tenía capacidades de comunicación de infraondas para la telepatía y que a los sobrevivientes les fueron retirados, con otros muchos elementos que la humanidad no supo manejar y que serían herencias de la primera mujer de Adán porque eran demasiado peligrosos y, esas memorias sacras, eran el mito de un pasado diluviante con gigantes que la *Biblia* prohíbe mencionar, y maldice al que investigue sobre la existencia de aquellos "gigantes caídos", el último que se ató al arca de Noé ese: Gog, que no se quiso ahogar con aquel diluvio y se asió al arca de la salvación.

Como si saberlo cambiara las cosas…
De modo que te acuerdas cual Platón;
como si miles de años no fuesen suficientes…
¿Para qué?

Es pertinente mencionar, que el antecedente védico en su conjunto es en sí mismo un espacio difícilmente comprensible en el tiempo, tanto por sus medidas referenciales como por sus alcances, tanto por esto anteriormente mencionado y, con ello, su difícil datación de origen, como por ser documentos que, por miles de años fueron transmitidos de forma oral; como por la cualidad de información que proporciona, tanto en la división del tiempo que plantea (un día de Brahma y una noche parecen corresponder exactamente al origen del *Big Bang* según las mediciones de Carl Sagan, y existe una serie de mediciones que hablan, más, de un carácter cósmico de medidas de civilizaciones extraterrestres mezcladas con la carne), algo de lo que no trataremos en este momento, porque no es el caso hablar de nuestra intervención y noto sin querer en el brillo del gran ojo gris de Nous que me confirma una duda, al insinuárseme entre los pliegues del cerebro, diciéndome:

—Además venimos aquí a hablar de ustedes y no de nosotros, dicho con un dejo de familiaridad de una lejana reunión en el gusto que afiló las facciones de la abuela. Y para reafirmar aquello extraño de las temporalidades manejadas en los *vedas* continúa mencionando al Srimad-Bhagavatam, en que se refiere la historia de Kakudmi de la dinastía solar, que reinó hace 115 millones de años en el primer

Mahayuga a la mitad del Satya Yuga del presente Manvantara; el caso, es que aquel, no encontrando con quién casar a su hija Revati o, más aún, teniendo dudas sobre la elección, se traslada a la casa de Brahma, el creador, y le hacen esperar veinte minutos para recibirlo, resultando ser que cuando la ansiosa novia y el feliz padre le hacen presentes sus dudas al señor Brahma, este se carcajea, y les dice: "No sabes que para llegar conmigo, allá en la Tierra han pasado 27 Mahayugas y que la espera de veinte minutos ha representado millones de años en la Tierra; cuando vuelvas, no estarán ni tus pretendientes solicitados ni la huella más lejana de sus descendientes, mejor baja ahora y sin perder tiempo cásate con el hermano menor de Krishna, Balarama".

El professor Arthur Holmes dice en *La edad de la Tierra*: ʹ

*Antes de estimar la edad de la Tierra como aspiración científica, elaborados sistemas de la cronología fueron plasmados en las sagas antiguas. El más importante y destacable de estas escalas de tiempo está en los antiguos hindúes con su asombroso concepto de la edad de la Tierra recopilado en el sagrado libro del Manusmriti. Fue a la llegada del escocés James Hutton cuando se empezaron a dar pasos en la dirección correcta. Para empezar Hutton advirtió algo en lo que nadie se había percatado nunca, o que no le habían dado mayor importancia: la erosión.*

—Arthur Holmes, *La edad de la tierra*[165]

Aquí, más allá del relato, toda la sabiduría de Einstein y la relatividad cobran vida (solo, que de ocho a diez mil años antes) y parafraseando a Alan Watts, profesor de Harvard escribiendo sobre las honduras del Vedanta describe que para los filósofos hindúes, la relatividad no es un descubrimiento nuevo y el concepto de años luz no es materia de asombro para gente que acostumbra pensar el tiempo en millones de kalpas, (un kalpa es cerca de cuatro millones trescientos veinte mil años). El hecho de que los sabios de la India no se refieran a aplicaciones tecnológicas de su conocimiento es porque la tecnología es solo una de las tantas formas para aplicarla.

Dick Teresi, en la revista científica *Omni*, menciona que los hindúes calcularon la edad de la Tierra en una cifra aproximada a nuestras cifras modernas. Es evidente, el que no podemos aquí seguir con el patrón de la conformación psíquica del hombre de una manera evolutivo-progresiva partiendo de estas particularidades, sino que, para poder dar sentido a nuestro espacio significado, partimos de ver que en los libros más antiguos de la humanidad existe un hito incognoscible hasta el momento, donde se manifiestan situaciones no ubicables en el desarrollo de la psique y de su desarrollo significador temporal histórico.

Es pertinente decir que estas medidas y hechos de los dioses y las figuras medio humanas y medio celestes, sí encuentran una identidad dentro de las tríadas que en su momento realiza Dumézil en los actos funcionales de la construcción de la mecánica operativa de las deidades. Empero, esto no significa que se justifiquen todas estas asombrosas apariciones de datos cósmicos y de medidas de tiempo fuera de la posible existencia de la humanidad y aún del planeta, aunque se acercan a las ideas de aquellos gigantes nombrados por los semitas y prohibidos de mencionar desde la *Tora* y el *Antiguo Testamento* en Bereishit: el mi principio que nombro al comienzo, donde ese sentido del cosmos adquiere su total validez expansiva en acción suprema de la vida universal que se yergue en salud.

Los ahogados…

Aunque aparecen en el cuarto rollo de Qumrán del mar Muerto en el llamado Génesis de los gigantes, en fin, que no es este espacio apropiado para ahondar aquí sobre los datos que en diferentes civilizaciones dan cuenta de aquellas especies humanas civilizadas o contactadas, ya desaparecidas; empero, ya llegaremos en el último tomo de esta obra, a reconocer la verdad estelar de todas estas fantasías de la imaginación humana, que han brotado como huellas históricas precisas, que hablan tal vez más allá de unas fantasías, de la piedra sobre la que descansa un juicio dado en la base de una cruz al ritmo del tiempo, que mantiene oculta la verdad en luces lejanas que iluminaron más allá del brocal inferior del profundo pozo que ahora ahondamos; destacándose las huellas de polvos estelares, en busca de la historia de la psique humana; porque parece que esta inmersión llena de espíritus no acaba sino en la raíz misma de ver la localización de nuestro origen de conformación del espacio pensado en nuestras ideas, valga solo mencionar que el *Yajurveda* cuenta de la existencia de los Sauviras (Saubhikas): personas entrenadas para volar naves del cielo o el Akasa Yodhinah: personas entrenadas para pelear en el cielo que serían antiguos pilotos hindúes que tripulan los Jalayavi o vehículos de aire-agua según el *Rig veda* (6:58:3), los Karra-Karra-Karra, vehículos de tierra-agua *Rig veda* (9:14:1) y otros muchos que dan cuenta de tecnologías que apenas nos serían reconocibles a fines del siglo XX en este joven Occidente.

No nos adentraremos en estos datos que, insistimos, saltan de la formulación psíquica que reconocemos y ubicamos como evolutiva, la formación del conocimiento del hombre que se significa sobre la realidad, que no por ello deben de ser tomadas como falaces, sino que introducirían elementos diferentes de los que solo contamos con el nombre y desconocemos el orden del que provienen desde un carácter externo, en la formación de la civilización del hombre, que, por la poca documentación disponible y la escasa o nula investigación al respecto, dejamos en este momento de lado, sin temor a que se mal forme nuestra investigación sobre la base de que el neobarbarismo posterior al diluvio, tuvo que seguir precisamente aquellos parámetros que estamos planteando y aparecen como naturales al proceso significativo del mundo y a la conformación neuropensante del *Homo*, al que se le respetaron sus vías de autodeterminación, sobre todo, donde la sustancia del *Veda* queda comprendida en la construcción civilizadora, dada desde esta su base histórica. Solo valga aclarar que estas menudas delicias, podrán ser tratadas con cierta audacia en su momento y, valga decir que, aunque se reconoce su existencia en las huellas históricas; no es necesario tomarlas aquí para nuestra exposición, aunque, no necesitamos negar su existencia, cerrando los ojos a su posible verdad confinada en la literatura arcaica, pero que, para los fines de nuestra mesa que pretende afianzar el espacio de lo sagrado, tampoco demeritan el seguir la huella histórica con la que la ciencia cuenta consignando su existencia como datos históricos que se separan del hito cultural del desarrollo aprensivo humano, que pretende mostrar las bases que conforman el espíritu humano, que llega al desarrollo actual, en la identidad significadora del entorno, que se incorpora al conocimiento, por ser el nombre-orden como lo fue al principio. El mojarse hasta el tuétano trae memoria salobre del final o nos puede remitir a los espacios del Soma desde unos viajes intraestelares, gestándose en la universalidad de la psique que puede ser infinita en esta búsqueda interior de aquellos cantos en entrañas de la tonalidad del flujo universal.

Regresemos entonces a los *vedas*, que en la trama y contenido de sus narraciones, parecen sui géneris, para no llamarlos con nombres que pudieran depreciarlos o malversarlos, por no entenderlos, y estudiándolos con más detenimiento, en otro espacio más adelante, porque parecen rebasar toda la estructura confirmativa, no solo de la psique cultural, sino de las fases cognoscitivas y del desarrollo tecnológico que siguen todos los demás pueblos del área, y casi de la Tierra entera; situaciones sui géneris, tanto por los materiales empleados (naves aéreas, submarinas, interespaciales) como por su nivel de desarrollo conceptual, (el tiempo y sus medidas); empero, aquí partimos solo de retomar la verdad histórica recabable de su desarrollo material, así como, del nivel de su desarrollo interpretativo de todos estos fenómenos, que aparecen consignados como espacios en el que no se despegan de esto humano, como si apreciáramos a grandes grupos de seres conformados, por lo que, unos pocos pudieron atestiguar de espacios lejanos, de modo que, aquello que desciende como religión sí cuadra entonces dentro de las estructuras conformativas con los patrones de descendencia urania, a los héroes celestes; así como, también adquieren sentido las tríadas encontradas por Georges Dumézil que son comunes en todo el patrón indoeuropeo y obedecen a la formación psíquica significante que da sentido a la razón mental significativa.

La edad védica está situada históricamente entre los 1500 a 500 años a. C. y se relaciona con la aparición de dos culturas; una prevédica, compuesta por 120 himnos al Soma (el antecedente material probable a nivel psíquico de esos espacios enteogénicos consignados), 200 himnos a Agní, el fuego, en pueblos de conformación mediterránea y protoaustraloides, que al parecer estuvieron en contacto con Sumer, que cuando menos con Sargón de Akkad se menciona su comercio con Makkan y Melucha (2350 a. C.) y en Ur III (2050 a 1950 a. C.) con Makkan. Estos pueblos tuvieron un desarrollo anterior a la invasión aria, que se relaciona con la aparición del caballo y el carro con llantas radiadas, en el que se crea la base de su cultura, intervenidos por las armas y confinados por la raíz agroestática y pacífica, original frente al arribo de esos creadores de la guerra que determinan a su sino bajo sus antojos.

La casa del Tiempo a la que se entra con la palabra y el espacio del azar en la India, parte de absorber en la negación toda acción humana, inclusive, aun el nombre que ordena, dando pie a tratar de entender a todo el universo en una sílaba, el "om"; donde el universo como el caballo va a ser sacrificado en una reducción semántica; en un sema base que viene a ser lo universal total y da lugar a las cuatro grandes eras desde un juego de dados, donde se dan los Yugas o edades, su principio de azar divino influirá en todas las religiones posteriores que de él se deriven, y sobre todo en la astrología India y Caldea; "el Krta o edad de oro, el Treta o edad de plata, el Duapara o edad de cobre y la actual Kali o edad del hierro". En la edad de oro está aquello puro; ahí se creó lo proporcionado, las cuatro estaciones y los cuatro puntos cardinales, y su Ley, es el día de Brahma con 7 Manvantaras hasta hoy (donde cada Manvantara dura 306 720 000 años del hombre) 1. Svayambhuva, del principio de la Creación Dhruva al descenso del hombre medio león a bendecir a Prahlada. 2. Svarochisha 3. Uttama 4. Taamasa 5. Raivata 6. Chakshusha que es la época del Océano de leche y la historia de los ahuras y daevas. Por último estaríamos en el 7. Vaivasvata). Estas épocas en la primera Yuga de oro la humanidad vive miles de años en la perfección y descenderá en cada era un 25% de esa pureza respecto a cada época precedente y en la duración de sus épocas y la edad de sus habitantes, descendiendo a la plata, donde Vishnú encarna a Rama y suscita el *Ramayana*, documento donde se asientan los espacios políticos indios, sus seres viven un cuarto de tiempo menos que el de oro; abajo en el cobre está Krishna librando la guerra final de los mundos del Mahabharata; en la siguiente edad, es el tiempo de la guerra de gente que no viven más de cien años, es la actual era, y es la edad de la destrucción que revoluciona, donde la ley del Dharma o de las virtudes radica, en el que se recupere a su quinto hijo, que toma cuerpo en la "equidad y justicia", donde la ley que viene es, si este "será" que se concibe como plano de premio o castigo del hacer que podrá llegar algún día.

De esta era, en que Váruna reina, se desprende la nueva religión en que los dioses guerreros han triunfado y hasta aquí llega la era del hombre caído. Solo queda la palabra universal que nos conecte el orden en ley, que equilibre la realidad significativa del entorno que es la justicia. Aparece el modelo protoyóguico en desarrollo chamánico a-significador que desarrollaremos con cierta profundidad en su oportunidad y que va de la mano de aquel Mircea Eliade, más adelante cuando entremos a comer esferas de aire que reconforman al no ser que construye la realización del hombre en la destrucción de todo lo humano.

## Om

Como antecedente histórico y, en paralelo a lo mítico védico, es pertinente repetir, que las primeras huellas humanas se remontan de 500 000 a 200

000 años de la primera, segunda y tercera edad de piedra, hallándose vestigios en Rajastán, Gurajat, Bihar, algunas partes del ahora Pakistán y todo el sur de la península India. Fueron cazadores-recolectores nómadas con alta movilidad hasta el noveno milenio a. C. Con cinco razas base: negrito, protoaustraloide, mediterránea, mongoloides y el pueblo alpino. Sus primeros desarrollos agrícolas serían más o menos contemporáneos con los de Egipto, Mesopotamia y Persia, que utilizan el cobre y el bronce, domestican animales, trabajan el barro y comercian excedentes con grandes desarrollos cerámicos cultuales de los cuales aún existen restos.

Los primeros pictogramas védicos aparecen en excavaciones en 1920, en un sitio localizado entre los varios asentamientos que cubrían ochocientos mil kilómetros cuadrados en partes del Punjab, Uttar Pradesh, Gujarat, Baluchistán, Sind y la costa Makrán. En el valle del Indus se encuentran las primeras urbanizaciones Harappa y Mohenjo-Daro (de la civilización Harappan) situadas ahora en Pakistán, donde los primeros vestigios corresponden a villas pastorales al Este de Elam por Irán y Baluchistán, que preparan el camino para las ciudades que se desarrollan alrededor del Indo en el 3000 a. C. En estas fueron construidas chozas de lodo, encontrando objetos funerarios y algunas vasijas.

Los principales sitios en la actual India están en Ropar en el Punjab, Lothal en Gujarat y Kalibangan en Rajastán. Las primeras civilizaciones urbanas se han relacionado con su contacto con Summer y esto se respalda por su semejanza cultural urbana las cuales durante toda su estadía no variaron, nacieron tal cual, y tampoco cambiaron por siglos. Y hará unos 2500 años a. C., se movieron a zonas de las planicies alrededor del Indo, con el uso de cobre, bronce, cuchillos y hachas; hallándose figuras de mujeres y ganado, en actitudes religiosas, en chozas con basamentos de tierra de casas con drenajes y fosas sépticas que aparecen para el 2300 a. C. en su fase protourbana, en aquel Mohenjo-Daro (montón de los muertos) con unas 40 000 habitantes avecindados, grandes graneros, objetos de plomo y estaño, con huellas de edificios públicos; donde aparece el primer pictograma, el cual se refiere a la diosa Shaktí y al dios Shivá, señor del yoga y el lingam, de la misma época de las estatuillas de pequeñas tallas de mujeres (bailarina de bronce) y de hombres (sacerdote en esteatita).

Históricamente los pueblos de las orillas del Indo deben ceder a las constantes inundaciones. Por el 1700 a. C., con el avance del desierto, el clima acaba en ese entonces de gestar sus últimos grandes cambios de la era. Parece ser que los Arios entran en la India por el paso del Khyber por el 1500 a. C. Con costumbres nómadas cazadoras que se encauzan al saqueo, para luego mezclarse con aquellos diferentes habitantes de la zona, dirigiendo sus facultades agresivas a la guerra y a promoverse por detentar la soberanía, adaptándose a los sistemas agrarios que encuentran; parece ser que introducen al caballo, que les dio su lugar de privilegio en la caza y luego en la guerra, facilita la expansión en el norte sin escritura y con la lengua sagrada forjada en su mezcla: el sánscrito.

Tanto Campbell como otros investigadores comulgan con las bases históricas de lo Indo y respaldan su espacio-tiempo histórico dejando establecidas estas dataciones como oficiales.

Muy atinadamente, Campbell menciona que lo ario, desde su comienzo, significa mezcla, porque todo aquello que fueron, lo lograron por conquista y por apropiación sumativa de las culturas que dominaron, detectando dos bases protohistóricas de su origen, con una fase de orígenes comunes y otra de separación con tribus occidentales y tribus orientales, entre las que dieron lugar a la invasión indoaria. Al principio Váruna reinaba, señor del campo y las cosechas del orden (Rta) del mundo, señor de la ganadería de una paz de granjería, de arados y trabajos agrícolas, pero llega el mayor bebedor de Soma, que es Indra, (irrumpiendo lo ario) y rompe desde lo violento, donde el significado primo de la palabra guerra en sánscrito es "deseo de vacas". Así la guerra casi siempre es el deseo de los bienes ajenos y allá, del ganado de las civilizaciones sedentarias, por esos guerreros que rompen el (Rta) orden de Váruna. El hecho queda vivificado en sus dos etapas en el mito de Vritra que es el dragón que guardó el agua. Siseante serpiente que gobernaba el trueno, aquel relámpago que no es entendido como ese rayo, sino destacado en su fase del ser: luz, granizo y niebla.

> *Señor del diluvio.*
> *Como un toro fogoso, tomó el Soma*
> *(Indra) bebió la bebida destilada en tres grandes cuencos,*
> *cogió su arma, el dardo llameante,*
> *y mató al primer dragón nacido.*

—Joseph Campbell, *Las máscaras de Dios*, p. 212[166]

Los estudiosos establecen una comparación con el diluvio semita, apartándose en exceso del sentido original en el que Indra clama por su soberanía como conquistador, por un sentido comparativo didáctico, perdiendo la mecánica en la que el conquistador, propone su método para que no falten vacas, robándolas al estilo ario. El que me quiere lo atiendo, dice el ladrón con sus carros de fuego; si quieres vacas ajenas, sígueme por ellas, estos son los antecedentes arios de los grupos que tenderán, después de mil batallas, a asentarse y a disfrutar de aquello conquistado yendo así a recrear a aquel brahmán y que en los indoeuropeos e iranio-arios se mantendría ese deseo de vacas ajenas a lomos del corcel.

> *Si yo, Indra, fuera,*
> *como Tú, el único Señor de los dioses,*
> *el cantor de mi alabanza*
> *nunca le faltarían vacas.*
>
> *Le ayudaría gustosamente*
> *daría al sabio cantor lo que le corresponde:*

*Si, ¡oh, generoso Dios!, yo*
*fuera, como tú, el Señor de las vacas.*

—Joseph Campbell, *ibíd.*, p. 214[167]

Ya en el Mahabharata, mil años después, Vritra, cuya sabiduría era inigualable, era la virtud el (Dharma) e Indra un abusivo que llegó a romper la (Rta) original. Los dioses védicos solo se nombran, en una narrativa, en donde, ya no preside el Soma salvaje reidor del conquistador, sino que los jefes arios monopolizan el consumo del Soma y, evolucionan la cultura popular dirigiéndola al yoga del no ser, que impulsan los reyes arios entronizados, para que no lleguen otros guerreros a aplicarles la misma medicina que ellos recetaron, con la que se irguieron como los jefes ordenadores, lo que da cuenta de cómo aquellos invasores arios, que modificaron la base de la estructura cultural y divina, retornaron, con el tiempo, a los viejos modelos estáticos, porque así les convenía: que no hubiera pretensiones de movilidad.

Para el ario convertido en brahmán lo que menos necesita son guerreros embriagados en el Soma, que vengan a cambiar su statu quo, conviene que triunfen los dioses de la inmovilidad o de la amovilidad del yoga, los de la renuncia al cambio, para que se asiente de manera natural aquel sistema de castas. El deseo de vacas es bueno cuando yo las deseo y las obtengo en conquista; pero después, es tanto como faltar al Creador el que tú desees mis vacas, que ya te robé. Esta lógica es la que impera en el renacer de Vritra. La (Rta) se prolonga por siglos, porque los brahmanes así lo consignan: Vritra reencarna como brahmán. Indra pasará a expiar sus pecados escondido adentro de un loto, en el yoga. "El brahmán descendiente de un gran santo es él mismo en todos los dioses". "El brahmán es el dios superior".

En el Kena Upanishad, el brahmán otorga los poderes a los dioses: Agní, Fuego; Vaiú, viento e Indra, el venerable. El brahmán que obtuvo lo que tiene por la aplicación bélica del fuego, ahora se asienta como el que lo volvió un arma, es decir, el que le dio el valor de uso bélico y así lo consigna, diciendo si eres importante Agní, es porque yo te supe dar sentido". ¿Qué es ese espectro? —Ella respondió—: "El brahmán. Gracias a la victoria de este brahmán vosotros conseguisteis la gloria de la que tanto os enorgullecéis". Y así es como Indra conoció a brahmán. Entonces, el brahmán, que viene de la raíz (Bah) (crecer, aumentar, bramar), da fuerza al poder de las palabras y el metro de la plegaria. Es el momento de Brihaspati: "El señor del poder bramante, el poder de las estrofas mágicas". Kena Upanishad[168].

De la palabra inmovilizadora, de todo lo pensado en el Om, a las plegarias, hay una distancia sustancial, mas, sin embargo, las oraciones son elementos en plegaria que congelan en su contenido la expresión que no se debe indagar ni cuestionar, ya que el brahmán contestará las dudas; al pueblo le corresponde orar y si no atarse al yoga con sus poderes de transformación con el que se logra desaparecer o influir en la voluntad ajena, en un silencio que clava al loto en la pureza del Om. Que nadie de ahí se separe que se acerque a la identidad del infinito, y se alejen de mi orden real cual brahmán.

> *Esta sílaba inmortal lo es todo.*
> *Es decir:*
> *Todo lo que es Pasado, Presente y Futuro es Om;*
> *y es lo que está más allá del triple tiempo —eso también es Om.*

> —*Mandukya Upanishad*, citado por Joseph Campbell,
> *Las máscaras de Dios*, p. 219[169]

La lengua sánscrita para los arios sería su base de unidad racial interna y de unificación de los vastos dominios incorporados por conquista, con grandes liderazgos tribales, que se desarrollaran en castas para asegurarse su preeminencia. Cuentan los *vedas* que los "arios" o nobles forman una casta sacerdotal brahmana, y una guerrera *ksatriya*, cuyo primer deber como espacio del guerrero es la *suadharma* o participación guerrera en el *ksatram dharmon* teniendo dos tipos de guerra la *dharmayuddha* basada en los principios del Darma que son la "rectitud, formas apegadas a la verdad para imponer el veda" y la *kutayudda* guerra de los hombres guerreros, bajo esta idea cargan a caballo y dominan sobre la cultura de Harappa por medio de la utilización de una mayor tecnología en armas, con espadas, lanzas, arcos con puntas de flecha de hierro y poseedores de una mayor cultura. "Dejen que los que no tienen armas sufran", reza el *Rig veda* (IV:5:14)[170].

Este es el libro más antiguo de los *vedas* o "libro de las estancias"; donde, se coloca a Indra cual el más grande de los dioses con cualidades guerreras, apoyado por Agní, dios del fuego, que es un destructor y mensajero, donde Agní ocupa el sitio primo, divinal, estatal y bélico, como instrumento que da sentido al nuevo soberano y esto conforme establece en su modalidad de gobierno, se cambian para no cambiar. La idea inamovible de las castas tiene el principio del orden del conquistador, que una vez hecho brahmán no cederá más a la movilidad propuesta; donde aquel fortalecimiento de los hombres loto, arraiga su moral de trascendencia estática y de renunciación filosófica, que permea toda la cultura. El brahmán asegura su espacio, sacraliza la no movilidad de castas.

Conviene mencionar, que en los *vedas,* en diferentes himnos se dan diferentes versiones de la creación, las que abarcan desde los principios impersonales femenino y masculino, pasando por muchas versiones y creadores, unos posteriores a otros, pero siempre con un modelo de orden que los justifica y, por ejemplo, hasta el que dice que Prayápati es el señor de las criaturas, del cielo y la tierra y de todos los dioses; existe un himno en que se describe la creación del universo por parte del sacrificio de un hombre cósmico, Púrusha que es sacrificado al fuego como dios Agní, por otros dioses, para que se creara el universo; en el código de Manu, nombre que corresponde a una deidad y a un tiempo un Manvantara, en la época de Manu se dice que:

*Himno XXVII. Agní.*

*1 con el culto que se te glorifique a ti, Agní, como una larga cola de caballo, Imperial Señor de los ritos sagrados.*

*2 de mayo en el extremo a grandes zancadas Hijo de la fuerza, portador de la gran felicidad, que vierte sus dones como la lluvia nuestra.*

*3 Señor de toda la vida, de cerca, de lejos, tú, ¡Oh Agní cada vez más nos proteges de los hombres pecadores.*

*4 ¡Oh!, Agní, amablemente anuncia esta nuestra ofrenda a los dioses y este, último nuestro canto de alabanza.*

*5 Danos una parte de la fuerza más alta, una parte de la fuerza que está por debajo.*

*6 Una parte de la fuerza que entre ellos está cual regalos Tú tratas, resplandeciente **uno**; cerca, como con olas de Sindhu, tú cual dulce corriente para el adorador.*

*7 Que el hombre es señor de la fuerza infinita que tú proteges en la lucha, Agní, que a la refriega.*

*8 Él, sea quien fuere, nadie puede vencer, poderoso uno: más aún, el poder es su muy glorioso.*

*9 de mayo el que habita con toda la humanidad nos llevan a la guerra corceles a través de la lucha, y con los cantantes ganar el botín.*

*10 Ayuda, tú sabes que alaba, este trabajo, este elogio a Rudra, el adorable en cada casa.*

*11 De mayo de este nuestro Dios, grande, sin límites, de humo de tabaco como insignia excelentemente brillante, nos instan a la fuerza y el pensamiento santo.*

*12 Al igual que algún señor, rico de los hombres puede que, sea la bandera de los dioses, refulgente, escúchanos a través de nuestra laúdes.*

*13 ¡Gloria a los dioses, los poderosos y los menos, gloria a los dioses de la joven y el viejo! Veamos, si tenemos el poder, para pagar con la oración el culto a Dios...*

—*Rig veda*, Himno XXVII, Agní [171]

El brahmán que se hace a sí mismo, ordena el universo que le ordena apoyándose en el fuego divino para construir o destruir con la guerra y es entonces que se convierte el creador en brahmán, para que no haya dudas de esta legitimidad substanciada, desde la creación, del planeta todo. Es curioso que los que detentan el poder, acaban por proclamar a un semejante, protoideal como el que los crea y crea a todo, siendo el que ordena al nombrar, porque todo lo crea desde su pensamiento; que será proscrito en los demás. Las castas son una linda creación, es la propensión del conquistador a la retención de lo conquistado que no compartirá con los diferentes y en donde se traza la soberanía de Váruna para apoyarle solo a él.

En otros himnos *Rig veda*, se lee que Vishnú es el Dios único y que todos los demás dioses solo son sus emanaciones o las formas en que aparece. En el *Mahabharata*, Krishna es llamado el primero de todos los dioses y en *Manu* también aparece como no creado por nadie y del que todo viene. De hecho, dice que existen tres mundos gobernados por tres Vishnús, que dependen de él; es en el mismo *Código de Manu* que aparece el remedio divino a las posibles contradicciones y a la letra, dice en el capítulo dos versículo 14:

> *But when two sacred texts (Sruti) are conflicting, both are held to be law; for both are pronounced by the wise (to be) valid law. (Pero cuando dos textos sagrados (Sruti, revelación) entran en conflicto, ambos deben ser tomados como ley; pues ambas fueron pronunciadas con sabiduría y son válidas como ley).*

*—Código de Manu,* 2:14 [172]

Menos mal que no reclaman para sí el poseer un monoteísmo. Hacemos estas referencias, que, como se ve, para los hindúes son complementarias, y todas ellas son significativas y verdaderas, a diferentes niveles o como quien dice, si no entiendes, no es porque estén mal las explicaciones, sino porque eres limitado en tus luces para poder eliminar o asimilar las contradicciones, y esto lo mencionamos para mostrar cuan complejo es el entrar a entender esta religión, que por cierto solo vemos en este espacio de paso y, para que se pueda comprender, de dónde es que abreva el primer pseudomonoteísmo, o mejor aún, aquel primer monoteísmo de Estado, creado por Zarathustra, para lo cual es válido mencionar estas esencias que dan pie a la complejidad con la que se va a encontrar el soñador del Soma hecho Haoma, que da pie a su nueva visión universal y, entender, de dónde brotaría su simplicidad, desde la síntesis pensada en la multiplicidad de dioses que tienen su construcción al fuego de Agní, el ardiente mensajero que departe con el vivo Soma. Y así ambos presiden el mundo de las ideas a fuego y la construcción significativa enteogénica que amplifica sus visiones, en donde Agní ilumina todo acto material y el Soma el acto espiritual.

Conviene tener en cuenta que para el segundo milenio antes de Cristo la India, que es la cultura de la que emergen los dioses iranios, ha recibido migraciones de arios, birmanos, tibetanos, los kush, sakas, griegos, hunos, árabes, persas, turcos y mongoles, (segunda oleada). Esta mezcla crea una suma de dioses y de culturas, que dan origen a una sola, ampliada y diversa, que presenta cuatro grandes consecuencias, que son: la difusión de mezcla cultural y tecnológica; la creación de un mestizaje que aunque no se acepte como tal, en la sociedad de las castas, mostró, por ejemplo diferentes clases y orígenes de los brahmanes (Sariputra Brahmán, Abrirá Brahmán, Boya Brahmán etc.), que ya entronizados negociaban con los anteriores conquistadores a los que vencían y que les daban los secretos para gobernar como dioses y así poder ocupar la capa selecta de las castas y su inamovilidad secular que responde a diferentes estadios de grupos predominantes, los que, finalmente crean aquellas capas superiores de las castas que se sacralizan a sí mismas; de modo que los perdedores comparten con los ganadores el secreto del ser divinamente brahmanes para compartir entre ellos aquella estadía en el tope social; la siguiente constante, es el de la "arianización" de la cultura o su "sanscritización"; y por último, la incorporación regional de sus creencias, costumbres y culturas. Cabe mencionar que, en Irán no se construyeron castas al estilo de la India precisamente por el ahura mazdeísmo cultural, que se caracteriza por su la naturaleza cósmica de la fabulación de la cultura, según diría Dumézil, creada en la soberanía central de un rey, por sobre un historicismo y por sobre la estructuración de las castas para crear las nuevas clases sociales; y por último, continúa Dumézil, por su diferencia con respecto al pensamiento filosófico, absoluto, dogmático, moral y místico de los hindúes. Donde todo es *mâyâ*, ilusión y el hombre santo busca la "Moksha", idea que dará base al budismo que remite la inmovilidad a la eliminación de esa ilusión del deseo de cambio, remiten la posibilidad evolutiva y ascendente de las castas a la trasmigración de las almas; la misma que sirve al poder al contrastar con el mundo soberano brahmán, en el que se consigna que si quieres evolucionar en una casta superior o un ser superior deberás hacer cola en la fila de los que volverán a nacer y no querrás hacer cambios en esta vida en la que te tocó lo que tocó desde tu nacimiento, porque de hacerlo te forman en la fila de los insectos o a reempezar a una alimaña semejante, por inconforme.

De modo que a aguantarse con la suerte dada desde el nacimiento; esa inmovilidad social secular será la sustancia social que se promete para recomponerse, ruptura y cambio que permea el siguiente modelo iranio que van a construir aquellos indoiranios por el Zoroastro, a través de la definición del Bien y el Mal, como esquema bipolar, en que los actos del hombre le hacen merecedor de su movilidad social por méritos, con la que se pretenden separar como una noción nueva y diferenciada de esa antigua idea amalgamadora de la cultura indooriental primitiva; en donde al Soma sacro se le llamaría: Haoma, el licor de dioses y entonces confluyen tanto el fuego con los enteógenos para fortalecer así al nuevo ser ordenador que rompe con aquella supremacía brahamana que sumergiría a aquella cultura en esas castas milenarias.

Es importante el ir apuntando estas bases indoiranios que serán parte esencial del cambio que se promete y se sustenta, en la oferta novedosa del zoroastrismo que se levantará del reconformar ese orden milenario del brahmán, del que se despega y del que abreva, el cual estará inmerso en todas sus formas de representación de lo divino; hemos recurrido a mostrar brevemente la abundancia de origen que dará vida al supuesto monoteísmo del Ahura Mazda, para que se comprenda qué sucede realmente con esa politeización de origen y cómo es que su mecánica reciclará aquellos espacios que finalmente se quieren mostrar como monoteizadores del fuego y que en realidad muestran una mecánica politeísta eje de origen que se extrae de esas religiones fuente que le dan origen forma y sentido por lo que nacerá polimorfa.

Regresemos a nuestras generalidades hindúes que nutrirán a nuestro héroe, ya que parece ser que aquellos arios no serían sino los protoiranios; huella y origen que en el transcurso del tiempo se trató de borrar por ellos mismos, ya fundidos como hindúes en la casta brahmana, haciéndose descender de espacios míticos gestados a la medida de sus aspiraciones, porque así conviene que aquel gran brahmán primero, no tenga huellas terrenales, sino una ascendencia divina, cual corresponde con su papel de gestador de la cultura. La base de esta raíz cultural será dada en la fundación del lenguaje sánscrito cuyo origen es el lenguaje iranio base de toda la cultura indoeuropea que ve en el sánscrito una lengua sacra. Como veremos otra de las constantes védicas y del mazdeísmo, será la adoración del Soma-Haoma (*Amanita muscaria*) que se le utilizó de manera cultual, altamente estratificado su consumo ritual en la India, por ser un licor de dioses, por tanto, era solo asequible socialmente a ciertos niveles superiores, reconvertido en el Haoma como mecanismo propulsor de las imágenes socioculturales aceptadas del nuevo modelo religioso y, en ambos, significando a espacios alterados de la percepción culturizados como realidades significativas de las que se gestan entre otras las protoleyes, como vías de la palabra que da el orden sobre esos espacios no tangibles, empero, percibidos bajo sus efectos.

Hacemos está referencia, porque no se pueden explicar muchas otras de las cosas que se plantean en los *vedas* de un modo racional, si no se entienden los efectos de apertura mental que este enteógeno les imprime como cultura y como base de las reglas o leyes, aunque cabe aclarar que su abuso dio pie a una serie de reglamentaciones especiales y de casta en su uso y acceso; así como a represiones a la tendencia social, al abuso como muestra Watson en su obra: *Las plantas de los dioses*, y en el *Rig veda* se une al uso de la casta brahmán y al espacio ario como un espacio cultural creador de espacios de inteligencia, dándole un espacio sagrado y creativo, posterior a su uso ritual guerrero, que encendía a la enjundia aria y que se fue domesticando hasta ser ese creador de esa legislación base: traza de lo jurídico.

Sabiamente he participado del dulce alimento que agita.
Los buenos pensamientos: el que mejor ahuyenta el cuidado.
Al que todos los dioses y mortales
acuden juntos, llamándolo miel.

Hemos bebido Soma; nos hemos hecho inmortales.
Hemos ido a la luz; hemos hallado a los dioses.
¿Qué puede ahora la hostilidad contra nosotros?
¿Qué, la malicia, ¡Oh!, inmortal, del hombre mortal?

¡Oh gotas gloriosas, dispensadoras de libertad!
Habéis trabado mis articulaciones, como las correas un carro.
Que esas gotas me protejan de romperme una pierna
y me salven de la enfermedad.

**539**

Como el fuego prendido por fricción, ¡inflámame!
¡Ilumínanos! ¡Damos riquezas!
Pues en la intoxicación que provocas, ¡Oh Soma!,
me siento rico, entra ahora en nosotros y haznos
también verdaderamente ricos.

—Joseph Campbell, *Las máscaras de Dios*, p. 211[173]

"El Soma y su ingesta está colocado en todo el *Rig veda* como el jugo dador de vida, inteligencia y poder, y no puede abstraerse de ser la base conformativa de la religión védica y toda esa cultura". "Veda" viene de la raíz "vía" o "saber" que en sánscrito se refiere al "conocimiento". La tradición dice que los *vedas* son las verdades eternas reveladas por Dios a los Rishis, de la palabra "dris-ver", o sea, los videntes, conocidos como el Mantra-Drashta, el que "vio el mantra o pensamiento", con lo que ellos entienden que los Rishis son los que oyeron o vieron las verdades del conocimiento del creador, casi todos contactándose con su creador por la vía del Soma. Los *vedas* son libros no inspirados por Dios, sino concebidos como la misma voz de Dios, y en esto coincide con las visiones mesoamericanas en la ingesta del *Psilocybe aztecorum*, por ejemplo, en que los hongos son la carne de Dios, allá, aquellos videntes perciben por la voluntad divina que les dicta la sapiencia que no se discute, se sigue, porque las revelaciones las da el Soma que es un dios vivo que se ingesta, son incuestionables por esos hombres sencillos que no pueden acceder a las verdades sino por las revelaciones.

Cada *Veda* consiste en cuatro partes: el Mantra-Samhitas o himnos, el brahmán o explicación de los Mantras o rituales; es muy conveniente que la zona brahmán sea explicada por los miembros de esta casta, no sea que les dé a los humildes mortales por interpretarlos por su cuenta y debiliten el principio rector del que sabe y manda, porque conocer y tener la patente de interpretación de lo divino es un privilegio que detenta aquel grupo en el poder, el Aranyakas y el Upanishads. La división de los *vedas* en cuatro partes es para presentar las cuatro etapas en la vida del hombre. Los Mantra-Samhitas son himnos en oración al dios veda para atraerse prosperidad aquí y felicidad en el más allá. Son poemas métricos que resumen plegarias, himnos y encantamientos dirigidos a varias deidades subjetivas y objetivas. La porción del Mantra es usado por los brahmanes para que sepas que te conviene según ellos interpretan. ¿En que medida estas verdades fueron vehiculadas por el Soma?, pues casi seguro que un alto porcentaje.

El *Rig veda*, es el libro más antiguo, el más interesante y el mejor escrito. Narra la Guerra Aria y las aventuras divinas de sus dioses; existe también el *Sama veda*, libro de los cantos; el *Yajur veda* o libro de las formulas sacrificiales. El *Yajur veda* es otra vez dividido en dos partes, el *Sukla* y el *Krishna*. El *Krishna* o *Taittiriya* el libro más viejo y el *Sukla* o el *Vajasaneyi* que es la última revelación de la saga Yajnavalkya de su resplandeciente Dios sol. Y por último el *Ahtarva veda*, el más tardío y popular con largas recetas mágicas y medicinales. Y así los *vedas* serán de las fuentes más antiguas sobre el planeta.

El *Rig veda* es un libro que comienza dedicando su atención a los dioses y el Soma, ese elixir que sería la fuente de su inteligencia y en el *Sukta Uno V* menciona: "Ani es la ciencia" y en el *Sukta Tres V* "Indra que la inteligencia concibe.

> *Himno LIX. Indra-Agní*
> ( ... ) *2 Así, Indra-Agní con los más altos elogios son la verdad por la grandeza de sus méritos. Surgido de un padre común, hermanos, gemelos sois; su madre está en todo lugar.*
> *3 Estos se complacen en que fluye el jugo, como los caballos a sus compañeros en los alimentos, Indra y Agní, los dioses armados con el rayo, llamamos a este día para venir con ayuda.*
> *4 Indra y Agní, amigos de la ley, su discurso es de una especie servida con ricos dones, "para él, mientras que alaba el flujo de estas libaciones: que el hombre, ¡oh! dioses, jamás os consumen...*

> —*Rig veda*, Himno LIX. Indra-Agní[174]

La conformación de esos libros está remitida a la inteligencia suprema del Soma que crea la inteligencia para apreciar el todo y para adorar a los dioses, mismos que consumen el Soma en cantidades industriales. Y así, estos libros son la extracción de una ingesta sacralizada enteogénica que preparará la psique para percibir la verdad del cielo de dioses que también consumen Soma. El *Rig veda* no empieza como un documento genesíaco, explicando la creación, sino la adoración que al hongo y a los dioses se debe, así es fundamental entender que el libro religioso más antiguo de la humanidad se crea con referencias perceptivas enteogénicas sacralizadas, y con ello, de esos modos de significación comienzan por adorar la forma alterada de la percepción de lo sagrado y, el cual está dividido en veintiuna secciones, de más de mil himnos, dividido en diez mandalas, siendo el séptimo el más importante y antiguo, en el que se encuentra el batido del mar de leche, donde Shivá para obtener el elixir de la inmortalidad, debe beber el veneno que como subproducto se crea; y el décimo el más nuevo; el *Yajur veda* dividido en ciento nueve secciones; el *Sama veda* en mil secciones y el *Atharva veda* en cincuenta secciones.

En total los *vedas* completos están divididos en mil ciento ochenta secciones. Se supone que eran más extensos pero que fueron pervertidos en la era de la oscuridad (*kali iugá*) donde se pasó el conocimiento ético a los Upanishad. Donde el *Rig veda* narra como Váruna será señor de la noche y Mitra del cielo diurno:

> *Grande es la ley de Váruna y Mitra, quien podrá decirle a los hombres que intenten tentarlos.*
> *1 Él ha enviado, su gran brillo en propagación brillante, radiante y*

*refulgente, como amante del alba. Puro en su esplendor brilla el héroe de oro: nuestros pensamientos anhelo que ha suscitado y despertado. 2 Él, como el Sol, ha brillado, mientras que la mañana se está rompiendo, y los sacerdotes que tejen el sacrificio cantan alabanzas, Agní, el Dios más generoso el que envía rápidamente, que conoce sus generaciones y las visitas de los dioses. 3 Nuestras canciones e himnos sagrados son para Agní, el Dios y la búsqueda de pedirle riquezas. Lo justo para ver, de aspecto hermoso, poderoso, mensajero de los hombres que lleva sus ofrendas...*

—*Rig veda*, Himno X, Libro VII[175]

Donde impera la ley eterna Rita y Agní, el fuego, que deificado y ponderado como instrumento superior sirve por voluntad de los arios a los dioses, los guerreros ponen el fuego a la orden de lo divino, en una reacción curiosa, cuando al principio el fuego era el dios que servía a los hombres, ahora los hombres lo ponen desde el poder a servir a los dioses que los vuelven soberanos. Otorgándoles el Airavata o el elefante divino; la Mahalakshmi o diosa de la riqueza y prosperidad y el último presente era "el elixir de la inmortalidad" el "Amrta Kalasa" que era para los daevas y los ahuras que serán las deidades base que vamos a conocer y analizar para comprender su especie.

Shivá es el danzante de la eterna rueda de la creación-destrucción que presidirá la vida y desde esa pléyade de divinidades se extraerá la esencia de la religión del monoteísmo del Ahura Mazda, en el mundo persa, que va a extraer de aquel panteón hindú, a sus dioses y a sus demonios, empero, reclasificándoles para poder crear un nuevo panteón.

Dejaremos aquí a los *vedas* con la gran historia de Samudra manthana que resume esta búsqueda de los daevas y ahuras, (que serán la base del zoroastrismo) por la inmortalidad, donde los ahuras, son seres demoníacos, (al principio eran buenos). Hay que recordar, que aquellos conceptos de buenos y malos, siempre se referirán a quienes ocupen el puesto de control brahmán en ese momento, ya que, de acuerdo a esto, será dada y acatada divinamente la sanción de lo que es bueno y lo que es malo.

La historia resumida se refiere al capítulo siete del libro ocho del *Rig veda*. En síntesis, aquellos semidioses pretendiendo obtener el elixir de la inmortalidad junto con los demonios, tomaron a Vasuki, el rey de todas las serpientes, la más grande de todas, para batir la leche universal y obtener la mantequilla de la inmortalidad y después de una disputa de los demonios que pretendieron obtener el lugar de privilegio para sostener a aquella serpiente que sirve de instrumento batidor, correspondiente a la cabeza, logran que Shivá en su personalidad de la cabeza de Dios y "Ajita" les ceda el sitio honorífico y toma Shivá con los semidioses la cola de la serpiente y todos en conjunto van batiendo el océano de leche, cargando como peso y zona batidora a la isla "mandara", la isla cae y se sumerge, por lo que Shivá se convierte en tortuga y levanta la isla que medía más de ocho mil millas y baten a todo lo que dan para obtener el elixir; el caso es que de tanto batir se molestan y espantan hasta los cocodrilos y se produce un subproducto, que es muy venenoso, llamado "halahala".

Decepcionados todos los presentes en la elaboración de aquella mantequilla que ha sido envenenada, ven como Shivá toma con su mano el veneno, lo separa de la mantequilla y se lo traga, quedando en su cuello una marca azul que lo distinguirá con el sobrenombre de Nilakantha: "El de la garganta azul" y de las pocas gotas que caen, se forman todos los animales venenosos. En fin, que, de esta lucha se fortalecen estos dioses y demonios, que van a tener en el centro de su debate, el que unos querrán que las vacas sagradas sean adoradas como proseguirá hasta el final diciendo Krishna, y los otros dicen, que la mejor parte de la vaca está en filetearla, que sus bondades así se extreman para el hombre.

No hace falta decir, que para aquellos que creen en un océano de leche y en el premio celestial de una mantequilla divina, en donde una vaca universal da todo, eso de matarlas es un sacrilegio, de modo que desde ahí la vaca engorda en un pueblo famélico en el que gana la visión daeva, de que las vacas son sagradas por toda la eternidad, y se muestran como encarnaciones de los dioses y demonios que están involucrados en el batido y serán traspalados en el espacio que conforma la base del mazdeísmo, que será el centro de nuestra explicación. Hemos hecho estas referencias al mundo hindú para mostrar la altísima variedad de dioses y de síntesis culturales que implican, para mostrar la fuente del que se presumirá como un monoteísmo y se aprecie bien aquel origen de sus deidades ya que de estos ahuras y de esos daevas saldrán estos principios mazdeístas.

Ya que, estos mismos ahuras o demonios del batido van a conformar de un modo determinante el espacio sacro de aquel monoteísmo de Estado que se conforma por el intelectual Zarathustra, que, por cierto, sepulta lo divino de las vacas, mientras que en la India se van hasta el extremo de la sacralización de todo ser vivo en el jainismo, ya que la doctrina de la reencarnación coloca a cualquiera en la posibilidad de reencarnar en cualquier cosa viva, donde, por tanto, darle muerte a cualquier ser, es un karma; es decir un algo que deberá pagarse como adeudo hacia una vida perfecta, al haber cometido un crimen potencial en la rueda de la vida y, que por cierto, nadie logra y es así un acto que atenta contra las evoluciones y revoluciones de la trasmigración que puede estar en todo. No obstante, mencionamos que los *vedas*, desde antiguo, resumen su percepción de la religión en la idea que dice:

*Deja que los nobles pensamientos vengan a nosotros de todos lados.*
*Himno CIV. Indra-Soma*
*1 Indra y Soma, nos mandan a quemar y destruir al enemigo y enviar a dar de baja al demonio, Toros, oh vosotros los que añaden oscuridad a oscuridad.*

*Aniquilar a los tontos, los matan y queman al echarlos de nosotros, que traspasan los voraces.*
*2 Indra y Soma, todo sin dejar hervir malvada como un caldero situado en medio de las llamas del fuego. Contra el enemigo de la oración, el devorador de carne cruda, el monstruo vil feroz de los ojos, la tenéis odio perpetuo.*

—*Rig veda*, Himno CIV, Indra-Soma[176]

Y una escritura hindú, *Srimad Bhagavatam*, establece: "Como las abejas tras la miel andan tras de cualquier flor, los hombres sabios buscan en todos lados la verdad y encuentran bien en cualquier religión". Este tipo de antecedentes de apertura intelectual, expresados por hombres contemporáneos, explican la vasta tradición de apertura de aquella religión, que se nutrió de muchas formas y orígenes culturales:

*Himno XXII. Indra*
*1 Con estos himnos con que glorifico a Indra, que es el único a ser invocada por los mortales, el Señor, el Poderoso, el vigor victorioso, del héroe, es cierto, y lleno de sabiduría.*

—*Rig veda*, Himno CIV. Indra-Soma[177]

La mezcla que acepta infinidad de variaciones religiosas pero todas en una misma estructura base que socialmente es infranqueable desde castas inamovibles que preceden al Ahura Mazda; hacemos hincapié en estos puntos, pues van a ser las fuentes de las que abreva el soñador del Haoma para poder gestar su nueva ordenación prima soberana que construye sintetizando a esa fuente multiteísta, sincretizadora, inamovible que se resuelve en eterna mantequilla, lo cual nos habla, del origen de aquellas culturas, de ese establo primo, en el cual esas vacas acabarían reinando para siempre.

El alimento de Agní, el fuego, es Soma y el fuego que consume al hombre en su muerte convierte al hombre, (su cadáver en Soma). El *Amanita muscaria* nace como casi todos los hongos en la descomposición del bosque, de manera que, de modo natural su relación se da con la muerte que da vida. Los enteógenos *fungi* son muy comunes en pueblos arcaicos y se nos muestra que la adoración de la sustancia alteradora o concretadora de la forma perceptiva, que dicho sea de paso, en mi relación personal con la amanita se desprenden conocimientos ancestrales básicos como el cómo construir una balsa, del mismo modo las primeras leyes con las balsas para recorrer los caminos de las incógnitas, es lo primero que se tiene en cuenta para la veneración y después de manera inmediata y en automático es que aparece el Agní o fuego, ya que lo que se adora, no es solo la realidad del fuego, sino la culturización significativa del fuego, sin olvidar que los primeros cantos de los libros prevédicos son compartidos entre el fuego Agní y el Soma. Donde se evidencia nuestra visión, en la que el fuego en percepción significativa desde lo enteogénico, es la base de la primera religión. No queremos decir con esto, que la veda sea la primera religión, que, cuando menos en términos de la cultura oral escrita, es la primera huella, sino que es en este primer vestigio en donde se queda plasmado la primera noción, que venía de muchos cientos de miles o millones de años atrás, donde el fuego significado por percepción alterada es la base de lo divino, por eso es importante ver, que ambos elementos, tanto la percepción alterada en lo particular significadora como el elemento primo de aquella religión, el fuego, que van a aparecer como los primeros elementos en los *vedas* son decantados desde el mazdeísmo para conformar el siguiente estadio perceptivo de otra religión, pero con el mismo eje operativo, en el que la sacralización se condensa en la forma significadora perceptiva, cual ese primer elemento divino, que se concibe desde el elemento fuego con que se presiden los cantos védicos al ser reconformados desde la percepción de un nuevo orden.

> ¡Oh maravilloso! ¡Oh maravilloso! ¡Oh, maravilloso!
> ¡Soy alimento! ¡Soy alimento! ¡Soy alimento!
> ¡Cómo alimento! ¡Cómo alimento! ¡Cómo alimento!
> ¡Hago la fama! ¡Hago la fama! ¡Hago la fama!
> Soy el primer nacido del orden del mundo (Rta),
> ¡anterior a los dioses en el centro de la inmortalidad!
> El que me delata ¡me había ayudado!
> Yo, que soy alimento, ¡como al que come alimento!
> ¡He vencido a todo el mundo!.

—Sankaracharya, *Taittiriya Upanishad* [178]

Para aclarar nuestra breve y pobre explicación sobre estas delicias de la conformación psíquica de la historia humana, hemos de decir que, hablamos de las culturas indoiranios como identidades culturales que forman patrones establecidos por los estudiosos en las que se puede históricamente hablar de culturas indoeuropeas, dado que, Georges Dumézil, aquel sabio francés, encontró que existían una serie de grandes semejanzas en las culturas que van de la India a Roma, incluyendo las culturas germánicas, pasando, por todo el proceso mesopotámico y el Medio Este.

Estas características esencialmente se pueden reducir a que existen en todas ellas tres grandes divisiones, tanto de los poderes celestes, como en su reflejo, en los poderes terrenales, que conllevan a la existencia de: dioses de la soberanía, la magia y la justicia, representados por sacerdotes y reyes (Ksatriyas antes castas guerreras y fundadores de la casta Brahmán), dioses guerreros representados por los cuerpos militares y guerreros (Vaisyas) y las divinidades fecundadoras y de la prosperidad económica (los gemelos Nasatya) que representan los cuerpos de ganaderos y productores agrícolas que tienen sus verdades en función de: a) Las funciones soberanas religiosas (dios soberano, ley, religión, soberanía); b) Las funciones guerreras (fuerza, castas guerreras); c) Funciones económicas (fecundidad, producción y comercio). Estas tres grandes líneas cruzan todas esas culturas tejiendo la base de sus estructuras e instituciones, que en Roma acabarían convertidas en espacios histórico-jurídico-imperiales. Mencionamos estas órbitas, antes de comenzar, viendo el proceso de la conformación pensada de un monoteísmo, pues en su momento veremos cómo es que en términos de soberanía se explican muchas de las cosas que van a suceder con el gran Ahura Mazda, que, reúne los fecundos espacios védicos del rey y, cómo es que le circundarán esas órbitas, desde el eje de significación politeísta de dioses soberanos y de esas castas guerreras y el ser de sus privilegios, que tenían que ser restringidas para que pudieran estar desde la base de la sacralización al servicio de la soberanía superior de un rey que estuviera sobre las castas militares y que no depende de la fuerza de sus ejércitos, sino de la virtud moral que emana desde el Estado sacralizado como único.

Estas grandes divisiones encontrarán su símil en todas las culturas indoeuropeas e indoiranios, que con otros nombres, mostrarán estas tríadas funcionales con otros apelativos y épocas, mas que cumplirán su papel ya sea en la soberanía, la guerra o sus productos, quedando estas tríadas como parámetros institucionales de la significación deificada de las esferas celestes y terrenales, de modo que, la significación no obstante las diferencias culturales, étnicas o temporales, siempre trazaron sus estructuras, en base a esos tres ejes de ordenación del parámetro sociohistórico de la significación estructural operativa de sus cosmos u órdenes urbanos, aunque, cabe aclarar que la visión de Dumézil, que se confirma en lo general, tuvo muchos problemas en sus afirmaciones a nivel de la particularidad, empero, estas tríadas organizativas del *Ordo* sí existen, no obstante sus generalizaciones universalistas carentes de ser una vía universal de la significación totalizadora, empero, muestran aquellos elementos que estarán en juego, en el ascenso y descenso de esos grupos en el tiempo, que es lo que aquí sucede. El espacio del poder soberano estará atado a los avatares de los poderes terrenales.

Ahora bien, respecto al espacio que queremos dilucidar referentes al monoteísmo del Ahura Mazda y sus características; por un lado, hemos mostrado muy brevemente sus fuentes primarias, que contienen una pluralización ampliada de sus deidades; es decir, hemos podido, aunque sea breve y medianamente, mostrar el amplio abanico de deidades que les anteceden en su fuente védica; así que ahora veremos cuáles con las características de su origen como una religión específica.

Empezaremos diciendo que para el mazdeísmo, el hecho histórico nace cuando Zarathustra discierne en sueños la unidad divina que recoge de un politeísmo condensado de Váruna y de los ahuras y va así Zarathustra con el rey (Kavi) Vishtaspa y le da el mensaje de su especulación, producto de imágenes que el fuego dio a su sueño en iluminación, (cabe aclarar que no se especifica si este sueño es inducido por el psicotrópico de marras (Soma), que se venera en esa religión y en ese tiempo o solo fue materia de especulaciones de un espíritu en la subvigilia, empero, es tal la adoración que se tiene por aquel (Haoma) *Amanita muscaria* en ambas religiones, que parecería ligado a la revelación iluminada, en un sueño que propone la unidad de creyentes en la unidad del nuevo Dios, discernido por Zarathustra, y creada sí esta idea del Dios único como soberano de los muchos dioses védicos, como síntesis de esos anteriores dioses, para que sea así una religión nueva para apuntalar la soberanía del rey imperial, fuera del circuito védico y de la soberanía brahmán extrayéndoles a un dios ahura, que de ser al final visto como malo en los *vedas* y que para ubicarlo allá en su origen recordemos que son de los que hacen aquel mar de mantequilla, que ahora aquí se convierte en el único ser bueno apoyando al rey; el cual le oye ponerse a su servicio e inmediatamente convencido de las ventajas soberanas de tal significación, la vuelve su religión de Estado, apoyado por Jamespa de la familia Frashaushtra y por la familia Hvogva, creándose una base ideológica de ordenación cósmica, con la que el rey, se lanza a la conquista material, primero de su reino así como de parte de la gran India como de sus alrededores, con una fe soberana vital en contra de Ind(a)ra.

> ( ... )  *En la India clásica... Es Indra quien figura como rey de los dioses, por reflejo, sin duda, de evoluciones sociales favorables a la clase militar.*

> —Georges Dumézil, *Los dioses de los germanos*, p. 25[179]

Con ello es que coloca al soberano sobre los héroes militares, que ya habían ejercido su poder por siglos, sin dotar de grandes avances administrativos a aquellas sociedades subsidiarias de una centralización imperial brahmán y que en su difusión enraíza la fuerza militar como la clase soberana; solo fortaleciéndose por anexiones, conquistas o imposiciones militares a la sociedad, que, ahora queda sujeta a la soberanía de un rey que les trasciende en administración, con clases agroproductoras y sacerdotales y con un imperio al cual administrar en tributo. El Soma o Haoma, ligado al alto c009ero y a las clases pudientes productivas, afianzan la superestructura mental del nuevo orden social, generando la nueva forma de significar el mundo, de asignarle valores a esta interpretación de sus nuevos órdenes sacro-jerárquicos establecidos aquí.

La sacralización del Dios, único soberano, en la categoría de los antiguos dioses, implicó para el rey la posibilidad de ubicar como supremos y sacros al Rey, soberano sobre todos sus súbditos, militares, comerciantes, productores, que quedan en el ámbito de sus atribuciones centralizados en "uno" regio que reuniría cielos y tierra bajo el nuevo modelo de orden en el que el Rey soberano parte de entender la existencia de una centralización de lo sagrado en un solo dios soberano. Vamos a mostrar cómo este dios centralizador, que no implicó una monoteización real, sino que después se quiso figurar como un monoteísmo, lo que solo fue una centralización estatal del poder y del espacio sagrado, como un mecanismo ordenador y expresión de la soberanía que se centraliza y, que se extrae del corazón de un viejo politeísmo.

Cabe aclarar, que mientras en las tríadas de dioses védicos hay veces que Váruna es presentado como violento, en otras, es considerado como soberano, igual le sucede a Mitra, de acuerdo al tiempo en que reinen:

*El Shatapatha brahmana, que habla con frecuencia de los nudos de Váruna, que lo muestra atrapando las criaturas con violencia (v. 4, 5, 12), dice al contrario que Mitra no hace daño a nadie y que nadie le hace daño (v. 3 ,2, 7). Numerosas aplicaciones ilustran ( ... ) a Mitra pertenece lo bien sacrificado, a Váruna lo mal sacrificado ( ... ) a Mitra lo que se rompe solo, a Váruna lo cortado con hacha ( ... ), a Mitra lo cocido al vapor, a Váruna lo asado, "presa del fuego", a Mitra la leche, a Váruna el Soma embriagante... Váruna es comienzo o plenitud, y Mitra fin: Váruna es la Luna creciente, Mitra la decreciente ( ... ) Váruna es el fuego llameante ya "para apresar las criaturas", Mitra el fuego apagándose ( ... ) Mitra, por su modo de acción tiene mayor afinidad con la prosperidad pastoril y la paz ( ... ) Váruna con Indra ( ... ) y la violencia, conquistador.*

—Georges Dumézil, *El destino del guerrero*, p. 74, 75[180]

El caso es que para el mazdeísmo, el Ahura, en el que se concentrarán todos los demás, va a consolidar las funciones soberanas y Mitra, con los otros dioses que serán los daevas, se van a considerar militares violentos, hostiles; por tanto, sujetos esenciales de ser desbancados en el eje funcional del Estado con lo que se convertirán en la figura del malo y el Mal, él, Ahriman, donde las castas tribales guerreras debían subordinarse al Estado Central y al rey. Cabe hacer esta observación, mostrando cómo en los *vedas* se les otorga igual veneración, porque aquí en el mazdeísmo se concreta la división de funciones de manera definitiva, que ya no es mutable como en los *vedas*, porque el modelo organizativo del orden ha fijado su eje soberano en el Estado y el Rey; el cual ya no aceptará la idas y venidas de los grupos militares como fuentes ejes del poder, sino que estarán definitivamente bajo el estricto control del modelo soberano estatal del orden central, pues de manera definitiva la propuesta de la nueva religión va a mostrar cómo los dioses guerreros jamás volverán a triunfar sobre los dioses de la soberanía real en la ley plasmados e institucionalizados y esos que antes gobernaban por las armas y el terror, despojados de su soberanía, le dejan el paso al que la ejercerá por la Ley del Bien del bueno, creándose una división definida entre la ley de Estado, y las castas guerreras que debían subordinarse al Rey. Es con el Ahura Mazda consagrado a Dios con su Estado, en donde, la estructura centraliza toda la unidad soberana de un solo dios con un solo rey, estableciendo una mancuerna poderosa, en la que el profeta es un hombre de Estado que sirve al soberano.

El Dios viejo nos recuerda Maria Boyes en una historia del zoroastrismo, que Varima no es otro que Váruna o Avestan según el *Avesta*. Váruna es uno de los dioses que vimos tienen el título de Asura en los *vedas* y comparte en sus cualidades algunos aspectos del dios de Zoroastro. En el *Rig veda*, Váruna representa a la ley y el orden, la moral correcta y la autoridad y cogobierna frente a Indra que representa la guerra, la aristocracia y la poesía (recuérdese que la poesía se comprendía y, aún ahora por muchos, como un acto de las mentes descontroladas, inspiradas, pero enajenadas), que quedará en franca oposición con aquel nuevo dios del orden mental y sus atributos serán absorbidos por el hermano de la cara oscura del Asura Mazda, que se convierte en el Angra Mainyu el oscuro Ahriman (Pahlávico). Váruna se llama a sí mismo el más grande de los asuras y su voluntad es ley y orden para los demás dioses. Váruna en el *Atharva veda* (4:16) aparece como un dios que puede ver los recónditos pensamientos de los hombres y que cuenta con un ejército de espíritus que le mantienen al tanto, informado de todo, al igual que el Ahura Mazda.

> *Váruna* (dice Dumézil) *Es el amo por excelencia de los Mâyâ, del prestigio mágico, Los lazos de Váruna también son mágicos, del mismo modo que es mágica la soberanía misma, son los símbolos de esas fuerzas místicas poseídas por el jefe y que se llaman: la justicia, la administración, la seguridad real y pública, todos los "poderes". Cetro y Lazos, Dauda y Paça, se reparten en la India el privilegio de todo esto.*

> —Georges Dumézil, *El destino del guerrero*, p. 19, 57 [181]

Váruna proveerá las características que rodean al nacimiento especulativo del Ahura Mazda como Dios del Estado por Zarathustra y existe la mecánica operativa que le justifica y soporta. Al tomar la autoridad, se convierte en el Dios protector del "Rey Justo" y es hijo de Zurvan, el tiempo. Es la matriz del tiempo cósmico infinito, de los hermanos polares Ahura Mazda, el Spenta Mainyu progresivo y Ahriman el Angra Mainyu oscuro regresivo, uno creador el otro destructor, quedando no en una igualdad de valor en el de la vida tanto como el de la muerte sino dependiente el segundo del primero y que es visto como una deidad menor, que se recicla en el espacio oscuro remanente que da un orden diferenciado en el que ordena la vida; el Bien tiene preeminencia sobre su lado oscuro no iluminado, por eso el único Dios es el hermano ahura.

Es base fundamental el entender claramente esto, porque el proceso del carácter binario de Dios, se conjuga en esta visión concentradora del politeísmo para el servicio del Estado, en la que el poder del lado luminoso comprenderá solo al ejército del "rey justo y soberano" y donde el Mal, no tiene el peso del Bien, ni el ser que destruye, tiene el mismo poder que el que crea; así las castas militares ahora se permiten la guerra, que será luminosa si solo es para defender los intereses del soberano, la destrucción es buena si con eso se abre paso a su construcción y sus bondades del orden estatal. Shivá en su danza, crea y destruye en una identidad de iguales, en evolución material, empero, aquí el Mal es una permisividad que el Creador concede a la libre voluntad como su sombra, dando cabida al ser bestial que el hombre tiene y no es una igualdad de identidades en lo binario; esto

**549**

obedece a dos cosas; una, donde el creador es el creador de la soberanía, y así, es materia del soberano el concederle al mal existir, en sus límites, es decir, solo hay un soberano del Bien, que aún crea a su sombra y con su venia concede la existencia del Mal, empero, no comparten la soberanía ambas fuerzas, y, aunque son ambos hermanos hijos del mismo padre, uno es privilegiado y el otro solo es un tolerado; mientras que, por otro lado, en segundo plano la creación no tiene identidad con el caos sino en oposición; así que el guerrero que sirve a Indra, y que no está con el rey, pasa al lado oscuro, se convierte en agente del desorden y por ello, en parte de los ejércitos del Ahriman (violentos) que curiosamente desembocan en ser el demonio que absorberá las cualidades del toro de Mitra, que serán combatidas por la nueva religión zoroástrica como a su peor enemigo: ser rebelde que por ser un dios local viril, vital, generatricio viejo, junto con el politeísmo veda que antecede, representa la facción, que guerrera es irracional al poder del Estado, y solo adquiere sentido si le sirve al que se construye soberano.

Curiosamente la lucha y reconversión de los ahuras védicos demoníacos y los ahora demonios que eran dioses creadores guerreros violentos, hacen que esta realidad en contradicción, sea la sustancia de la que parte el triunfo del ser pensante (rey soberano) sobre la del guerrero (fuerza física), explicada en la mecánica misma de la compactación de los dioses, en un monoteísmo, que no admite de más creadores que el mismo profeta y su rey; donde la muerte es solo vista como una parte recicladora del proceso de vida del eje vital real, en donde, el orden que subvierte los valores triunfa al dejar el espacio soberano radicado en una nueva significación de lo que es sacro y sus órdenes, donde la reconversión del paradigma es total de lo estático a la movilidad de las castas que se desaparecen y hacia la tendencia que va a dotar de movilidad desde la voluntad hacia el Bien. De una no-diferenciación de su origen a la voluntad de hacer las cosas con luz. La ruptura con el modelo védico es total, centrada en la movilidad social que se desarrolla por la obra.

Así es como los otros ahuras van a ser absorbidos como sus cualidades, y, serían parte del: Vohu mono, el espíritu del recto pensar, y se van a contener dentro del Spenta Mainyu que será parte de la leyenda en que se representa al Ahura Mazda como uno de los hijos de un dios viejo ancestral Varima (Váruna), que es un dios mencionado en los primitivos tempranos *Vedas*, que tuvo dos hijos, y este es el bueno progresivo y el Angra Mainyu es su zona oscura regresiva arcaizante:

*30:3 Ahora los dos espíritus principales, que se revelan en la visión como gemelos, son el mejor y el malo, en pensamiento y palabra y acción. Y entre estos dos los sabios eligieron bien, no los necios. 30: 4. Y cuando estos espíritus gemelos vinieron juntos en el principio, crearon vida y no vida, y la existencia peor es para los seguidores de la mentira, y a la mejor existencia para él que siga al Bien.*

—*Yasna, 30: 3, 4* [182]

Asha el espíritu de la verdad y el Bien que viene a crear las formas y sus actos; Kshatriya el espíritu de la sagrada soberanía, devoción benevolente y el amor que gobernará con fe y amor; Haurvatat el espíritu de la perfección y el Bien hacer crean el espíritu de perfección al hacer y por último: Amenetat espíritu de la inmortalidad. Es importante ver, que en boca del propio Zarathustra, no existe por su parte, ni una sola ocasión en que hiciera la declaración del haber tenido una revelación profética o el contacto divino con un dios único, que le dé señales de existencia, sino que, afirma aquel hombre, que, por su sabiduría y sus facultades especulativas lo discierne de entre tantos dioses; él lo descubre, lo señala, le vuelve soberano y reconstruye todo el mundo significador de las deidades védicas, afines a este, mientras les señala su nuevo sitio, y reordena la soberanía del cielo en su orden, y hace que de su palabra y voz todo descienda. Zoroastro, es el ordenador por excelencia, que, por su palabra reorganiza todo lo existente y redistribuye aquel orden y a esos ordenadores todos y su revelación brota de su meditación frente al fuego y resignifican a todos los espacios sagrados védicos que le anteceden y reordena como nueva religión a todo el espacio de la soberanía estatal y la conformación de un imperio que se establece sobre un solo dios.

Conviene entender que siendo Váruna el señor de la soberanía, es el indicado para crear un nuevo orden basado en "las funciones soberanas religiosas, del Dios soberano, (soberanía y leyes)".

*Estos planos, definidos ante todo por el comportamiento de Mitra y de Váruna, son el de la soberanía regulada, cercana al hombre, luminosa, confortante, etc., sombría, terrible, etc.*

—Georges Dumézil, *El destino del guerrero*, p. 73[183]

Porque será en base a esta posibilidad que se puede expandir el imperio del hombre y, en su caso del rey, como la unidad del orden. Los asuras gobernarán cediendo a su vez su poder a un solo dios superior entre todos ellos: el Ahura Mazda que venía de ser el jefe en la época de los brahmanes en que eran parte de aquellos viejos demonios para con respecto a aquellos guerreros de la primera época del mundo la: Gaya Martan-vida mortal (Gayômart). Más vendría una segunda época, la del hombre perfecto que se inicia cuando una mañana Zarathustra, que tenía treinta años, despierta y crea él, desde su cerebro y sus disquisiciones a un dios que reuniría a los demás. Es primordial entender que aquel Zoroastro dice claramente que él por sus facultades significadoras y reordenadoras del entorno y de la realidad puede resignificar la verdad de lo sagrado y reordenar con ello todo el entorno de lo divino y los órdenes que de esto se derivan: Escribe Zarathustra en Yerna (¿Yasna?) 31:8:

*Reconozco a Ti, Mazda, en mi pensamiento, que eres el primer arte (también) el último, que tú eres Padre de Vohu Manah, cuando te veo a ti con mis ojos, que*

*tú eres el verdadero creador del Derecho [Asha], y el arte del Señor para juzgar*
*los actos de la vida. Con el pensamiento, oh Sabio, te he reconocido como el*
*primero y el último, como padre del Buen Pensamiento, cuando yo te aferro con*
*los ojos como el verdadero creador de la Justicia, como el Señor en los actos*
*de la existencia. "Entonces te reconozco como fuerte y sagrado, Mazda, cuando*
*con tu mano haces celebrar el destino que tú quieras asignar al mentiroso y*
*Justo, por el resplandor de tu poder de fuego de quien es a la derecha, el poder*
*del Buen Pensamiento, vendrá a mí. Como el santo [spenta] reconózcote, Ahura*
*Mazda, cuando vi que en ti comienza el nacimiento de la vida, cuando te haces*
*cargo de las acciones y palabras que tienen su recompensa —el Mal por el Mal,*
*un buen destino para el Bien— a través de la creación de tu sabiduría cuando se*
*alcance su objetivo.*

—*Yasna, 43:4, 5*[(184)]

Es el hombre que reconoce el significado vital de lo sagrado en la observación de su espacio nominador de lo bueno del orden y lo malo del desorden; y esto, es un espacio fundamental para entender el origen primo y eterno, de la estructuración de lo sagrado y sus mecanismos operadores por significar, que determina la dínamo con la que el movimiento estará presente en la dialéctica del Bien y el Mal, en la que el Profeta, desde su mente, reconstruye y codifica a la nueva jerarquía de su orden.

Es necesario entender que este hombre discierne y reconoce que sobre la base del cúmulo de ideas anteriores sobre los dioses y sus personificaciones, él propondrá un nuevo dios y como una elección propia, les es dado el seleccionar al acto supremo de justicia del poner a un "dios sabio" al mando de la creación, debe de reconocérsele su enorme grandeza como intelectual de aquella lejana época. Hay que partir por admitir que se necesitan tamaños para poner a cada dios en su lugar y asignarle el lugar y la jerarquía para cada dios, corregirles la plana, ya que, el que los dioses ordenen el mundo es natural, (a la mecánica operativa de la sacralización) pero para que el mundo de los dioses se ordenen por la sabiduría del hombre, se necesita cambiar el prisma y su óptica toda, ya que, aunque todo reordenamiento siempre se hace por el significador, esto siempre ha quedado velado por la instrucción recibida por la revelación mientras que aquí presenciamos otra perspectiva, actuando no solo como escriba o interprete, ya que solo hasta aquí nace alguien que se toma el trabajo de la reingeniería del proceso divino y reacomoda todo el paraíso desde su percepción; no es una inspiración de Dios que le dictan, sino que es una revelación inconsciente hasta su reflexión que se hace conciencia "tal vez alterada", donde el Zarathustra reacondiciona la arquitectura toda del cielo y le asigna sus lugares a cada uno y esto, señores, merece todo nuestro respeto.

Lo anterior implica una genialidad total, ya que recompone desde su entender aquel panteón de los antiguos *vedas*, reconstruye la nueva forma de organizarlos para reconformar una estructura divinal pensada, que reordenará el cielo-infierno y el trono y no solo crea la soberanía divina, sino que la asientan en tierra, al servicio de reyes, que adoren al Señor de los reyes, bajo bases del Bien, como eje de un dios soberano, que comanda desde el Estado central sobre todos los demás. Y basar en la luz y el Bien su cambio, liberaba a su gente del universo poblado de oscuras deidades que vivían tras cualquier sombra u oscuridad, creando el concepto de la luz del alma, que trasciende al hechicero y todos sus males:

*1. Por su Espíritu Santo y para el mejor pensamiento, obra y palabra, de conformidad con el derecho Ahura Mazda, con dominio y piedad nos dará bienestar y la inmortalidad.*

—*Yasna* 47:1[185]

La palabra resignificadora del entorno es la base identificadora del cambio que los órdenes adquieren. Es muy importante dejar resaltado el hecho de que no es producto de nuestro análisis, el que la palabra que nombra reordena y, con ello, afirme la base de la significación que es propia del *Homo significans* que presentamos, sino que el *Homo significans*, hace desde su origen y en todas las religiones, como mostraremos en algunos casos relevantes, el mecanismo operativo en el que el hombre que se significa solo puede nombrar esto que le ordena.

Aquel dios Ahura Mazda propone: la justicia, la amabilidad y la verdad y se resume toda su ideología en el: "*Humata, Hukhta, Huvarshta*, que significa: "Buenos pensamientos, Buenas palabras y Buenos hechos". Que en *Yerna* dice textualmente:

*1. Por su Espíritu Santo y para el mejor pensamiento, obra y palabra, de conformidad con el derecho Ahura Mazda, con dominio y piedad nos dará bienestar y la inmortalidad.*
*2. La mejor (de trabajo) de este Espíritu Santo, la mayoría cumple con la lengua con palabras de buen pensamiento, con el trabajo de sus manos a través de la acción de la piedad, en virtud de este conocimiento: que, incluso Mazda, es el Padre de la verdad.*
*3. Tú eres el Santo Padre de este espíritu, que ha creado para nosotros la suerte de llevar ganado, los pastos y para darle la paz (ha creado). Piedad, cuando hubo tomado el abogado, ¡oh! Mazda, con buen pensamiento.*
*4. De este espíritu los mentirosos han caído, ¡oh! Mazda, pero no a los justos. Si uno es señor de poco o de mucho, es mostrar el amor a los justos, sino a estar enfermo hasta el Mentiroso.*
*5. Y todas las mejores cosas que tú por tú este Espíritu Santo prometido a los justos, oh Ahura Mazda, ¿será el Mentiroso participan de ellos sin tu voluntad, que con sus acciones está en el lado de los malos pensamientos?*

—*Spentamainyush Gatha*, 47:1, 2, 3, 4, 5 [186]

*4. Elogio los buenos pensamientos, buenas palabras, y los buenos hechos y a aquellos que serán pensados, hablados, y hechos. Acepto todos los buenos pensamientos, buenas palabras, y buenos hechos. Renuncio a todos los pensamientos malvados, palabras malvadas, y hechos malvados.*
*5. Te ofrezco a ti, ¡oh! Amesha Spenta, el sacrificio y la oración, con el pensamiento, con la palabra, con el hecho, con [mi] ser, con la misma vida de mi ser.*

—Zarathustra, *Avesta*[187]

Cabe mencionar que los documentos en que se guardan estas ideas se reconocen como fuentes dignas de crédito de ser los textos directos de Zarathustra conocidos como *Gathas* o *Himnos* de Zarathustra, *Yasnas* o liturgia sagrada, los *Pahlavi* o liturgia sagrada del medioevo persa, otras fuentes generadas en Persia, en el Irán parsi, con el antecedente de que la aparición primera de Zarathustra se sitúa a fines del segundo milenio antes de Cristo, alrededor del 800 a. C., quedando su origen no acotado en tiempo y perdido en un espacio mítico que por cierto conviene al espacio sacralizador el mostrárnoslo.

Hacemos esta referencia para que se entienda el porqué para explicar alguna idea particular del mundo del Ahura indoiranio, debemos mencionar sus antecedentes védicos y a veces tenemos que recurrir a figuras posteriores que son mejor documentadas en otras zonas culturales de igual influencia y que le dan una validez general a lo expuesto, de modo que, no se creen confusiones. Es imperativo decir, que aquí, de ningún modo se pretende mostrar un cuadro histórico, fiel, temporalizado de la formación de alguna religión, sino que solo se insertarán una serie de elementos fundamentales que puedan, en su retacería y la técnica del *collage*, mostrar grandes trozos de las circunstancias en el tiempo, que determinaron la conformación psíquica que reinaba en aquellos entornos, porque, no es el propósito de estas pinceladas, suplir a los argumentos históricos, sino el mostrar cuales pudiesen ser algunas bases a tomar en cuenta para entender la ruta de la psique que se nombra para ordenarse. Desde ahí se reordena y hace uso de los elementos viejos para formar una nueva forma del aprender, para recrear lo sacro, siguiendo diferentes vetas de cómo se creó ese saber; puesto que, por otro lado, no alcanzarían mil hojas para trazar el desarrollo de una sola cultura, ni nos atreveríamos a trazar pretenciosamente la ruta temporal de sus fenómenos, que, ni siquiera están situados en el tiempo de una manera definida. Este es el caso del Zarathustra, al cual se le da un espacio de tiempo para su aparición de hasta seis siglos de variación, empero, lo que nos es vital es reconocer cuáles son las formas significadoras primas que usan y cómo esa variación perceptiva reordena sus valores; cómo solo basta cambiar un factor central para reconvertir toda una religión desde sus orígenes a un revisionismo que se hace para reordenar lo real.

Imaginad, qué clase de luz es la que se abre con la milenaria adoración del fuego desde la iluminación significadora que proporciona el consumo enteogénico en ese orden que clarifica todos los espacios y limpia todos los caminos y que hace que el fuego, como instrumento, ilumine la oscuridad y su relación con aquel Soma, que les abre perspectivas perceptivas por la alteración de su mente, en una identidad con la iluminación, asimismo, el fuego se relacionó con el arma, para que sea la base que sustentó la llegada del ario al ser del brahmán, el roba vacas se robó el sitial de honor de los pueblos con cultura agrosedentaria, se adueñó de su control y sus productos y comandó a sus pueblos, mientras que se alimenta de un Soma sacro-institucional; el Haoma rompe con esa vieja tradición de sus antepasados llegados al mundo indú que renunciaron a su herencia irania y con lo cual se rompe con aquel mismo vehículo de enteogenización de la cultura pero renombrándolo con otro apelativo que, de ese modo, lo legitima como un nuevo vehículo de sacralización y, por tanto, con licencia de patente autosustentable para crear otro orden, en el que contra la inamovilidad va dejando que nuestras obras y las acciones de cada uno sean las bases garantes de la verdad de nuestra salvación, y posible movilidad social en la tierra y en el cielo, así como del sitio que se logre ocupar en vida y el espacio al que se aspira en la muerte. Y los espíritus convocantes, esto magnífico, dado en un mundo donde solo abren las oscuridades por el fuego al que hay que adorar por su luz, ya que esta luz, desde una perspectiva enteogénica, vivifica una realidad soberana desde la misma alteración perceptiva, pero con un eje significador diferente. El fuego y el Soma transmutados en otra vía significante de la base de su institucionalización van a dar pie a la raíz del primer monoteísmo del Estado que nace de la ruptura con el modo hindú en que el nombre del fundador es una derivación del que observa el fuego desde: visión significativa interior renovadora del Haoma. Zarathustra, su sacerdote supremo, cuyo nombre parece que se deriva del: "Zaraister o imágenes formadas del fuego oculto o aquel Tzuraster que es la imagen de las cosas secretas".

> *La palabra "Zoroastro" ha sido derivada por varias autoridades diferentes: Kircher nos proporciona una de las derivaciones más interesantes, cuando intenta demostrar que su origen proviene de tzura = una figura, y tziur = de la forma, ash = fuego, y str = oculto; de todo esto obtiene la palabra "Zairaster" = imágenes formadas de fuego oculto; o "Tzuraster" = la imagen de cosas secretas. Otros la derivan del significado de palabras caldeas y griegas: "un contemplador de las estrellas". Los oráculos instan a los hombres a que se consagren a las cosas divinas, y a no dar rienda suelta a los impulsos del alma irracional.*

> —*Oráculos caldeos*, p. 3[(188)]

Quien escribe los *Gathas*, base del *Yasna* y del *Avesta*. El veedor de los secretos del fuego, alimentado por la apertura simbólica que le ofrece el Haoma, recrea su visión novedosa, recreando desde el fuego la nueva significación que desde su nueva nomenclatura puede reordenar todo, pues lo renombra y con ello lo reclasifica en su eje de la idea que expresa.

Zaraister estará dominado por una concepción que concentra el poder en el

dios único y lo pone al servicio de un solo rey, como aquel espacio único sobera-
no, aquel en el cielo y este en la tierra: la figura de Ahura Mazda, el Señor sabio
o el Señor que establece el nuevo orden de lo que sería de los dioses y demonios
mencionados en el batido de la mantequilla, de los demonios que funda el Ma-
nah o fuerza mental e instrumento de la creación, que representa la respuesta
a las grandes interrogantes existenciales por la misma fuente que anquilosó en
la institucionalización sacralizada de la vida y de las visiones del Soma. Estas
deidades que cobrarán nueva vida en el panteón indoiranio, entre muchos otros,
representan a dos tipos de grandes dioses, aquellos que tenían gran apego a la vida
y a los bienes: los ahuras, a los que pertenece el gran dios de los iranios y persas,
que por contraste, en los *vedas* son esos viejos dioses subalternos, demonizados
por el imperio de Indra en su cultura de la renunciación a ser, y, por otro lado, los
Daevos, (daivos) dioses guerreros, sacralizados por haber erguido el poder brah-
mán. Cabe mencionar que todos estos dioses que pertenecían al panteón de los
*vedas* se van a transmutar en sus opuestos, el hecho es que, esos que Zarathustra
va a convertir en los dioses del Bien, en los *vedas* representaban a los demonios
no violentos; mientras que los grandes dioses guerreros ensalzados desde la apari-
ción de los arios, pasan a ser los demonios del zoroastrismo. Dumézil y Wikander
concuerdan en que este proceso de la reforma de Zarathustra, hace que Indra se
convierta en la maldad representada y divida sus cualidades antiguas entre Mitra
y Verethragna. Al mismo tiempo que se fortalece este proceso, invaden el Punjab
y caen los antiguos dioses convertidos en daivas o demonios, bajo la lucha entre
dioses soberanos en desplazamiento de los dioses guerreros que habían vivificado
a centenarias castas superiores védicas reorganizadas en Irán, que ponen como
soberano al dios Ahura y que constituyen la casa vieja de las consejas.

Esta mecánica operativa resulta ser primariamente primordial y necesaria para
la estructuración de una soberanía centralizada desde un solo dios y preparada para
un rey, que consiste en volver dioses supremos a los dioses de paz; y en demonios,
a los dioses de los grupos militares, que habían reinado en el mundo veda antiguo
anterior a este proceso centralizador, que deberán ser funcionalmente demonizados
para dejar únicamente como positivo al Dios que va a estructurar y determinar, que
la soberanía resida en: un solo rey, desplazando la multiplicidad de dioses de casta
guerrera, el cielo estructura así la nueva realidad soberana que recrea Zarathustra
en el hongo, no solo cambia la forma perceptiva del recurso significador, que hace
del eje del fuego la fuente del espacio recodificado de su interés que es llevado al
ser de la luz y desplaza el poder del eje destructor militar previo al de la intelectua-
lidad desprendida de la luz de la ley que ahora se extiende con la voluntad soberana
de por medio en lo está su fortaleza total al crear un solo rey.

En el primer *Karda* dice:

> *Santidad (Asha) es el mejor de todos los bienes: también es la felicidad.*
> *(http://www.avesta.org/ka/ka_part1.htm#ashem)*
> *¡Feliz el hombre que es santo con la perfecta santidad! Feliz el hombre que*
> *es santo con la santidad perfecta.*

*(http://www.avesta.org/ka/ka_part1.htm#ahunwa)*
*¡Oh! fuego, el purificador de todas las cosas que pertenecen a Ahura*
*Mazda, yo elogio tu adoración, trabajos e invocación,*
*pues eres la riqueza más grande a invocar... Podría haber algo más grande*
*o feliz que cuando el hombre te tiene a ti...*

—*Karda*[189]

La adoración al fuego aparece en *Yasna* 8 veces (31:3; 31:19; 34:4; 43:4; 43:9; 46:7, 47:6; 51:9) como: facultad caliente; brillante energía de Ahura Mazda; fuego divino; verdad de la energía; fuego inmutable, Puthra Ahura Mazda (por el fuego hijo de Mazda); Ahohanjo del Asha del Athro (el fuego fuerte verdadero.) Agní como dios prevédico aparece junto al Soma como mecanismo destructor de la oscuridad, iluminador de los caminos y como himno védico, como parte de los protodioses y forma parte esencial del culto hinduista, retomado por los arios en su conquista y convertido en dios de la guerra; que es readoptada su significación como la representación del mismo Ahura; mas ahora para ser la representación viva, la imagen celestial universal materializada del espíritu iluminador del Ahura Mazda, la única posibilidad de plasmar materialmente la idea de Dios y, aunque adquiere la esencia vital de ser la identidad de la esencia divina representada, en realidad, el fuego ocupa dentro del altar un espacio como un dios lumínico de la conciencia ética, aparte, que como el mensajero védico, ahora adquiere los espacios de los siete fuegos o cielos, su carácter de mensajero se sincroniza ahora a ser, no solo el mensajero sino la esencia del sentido del mensaje, como la vitalidad esencial de las diferentes luces, que, arriban al espacio divino.

Es muy importante ver como la escalera del mitraísmo de siete escalas elementales funde siete fuegos que se adoran unívocamente en la sacra esencia que se ilumina por el fuego y sus luces en acceso a la identidad brillante, que penetra aquel espíritu, lo cual, conlleva a quitarle aquel espacio a los militares que destruyen con Agnim lo que se les opone, para centrar su esencia en los espacios de la significación de diferentes niveles de percepción. El fuego da pie a la espiritualidad en el Ara, que representa a Dios. Agní ocupa ahora el centro del mito y el rito, convertido en el dios de las luces de la nueva ley emerge del eje soberano y centraliza el poder iluminador desde el mismo eje de rey con mando.

Para Zarathustra el fuego representa lo incorruptible que limpia toda forma perceptiva de la imperfección y en el *Avesta* es llamado el fuego "la divinidad más grande". El Asha como verdad incorruptible, va a ser adorado, por un lado, al fuego, como tal, algo muy propio de la época en que se funda esta religión, en que verdaderamente se adora la materialidad del fuego, que todo lo arrasa y consume (Agní), y del que se desprenderán, posteriormente, los conceptos de luz espiritual de las relaciones occidentales o, cuando menos, que se verán influidas o antecedidas por este concepto de la inmutabilidad en el movimiento y del ser de la forma en lo informe, que tiene el poder de la destrucción que dirige y recrea.

La adoración al fuego tiene muchas identidades, más en esencia desde la perspectiva de esa primera síntesis filosófica, se pretende deificarlo como (un dios) o un instrumento divino del Estado y como la representación de Dios y no es difícil notar de dónde venía su adoración milenaria, así como aquel impacto que el fuego tendría después en todas las religiones; es ahí, en él, que se generan los mundos, ahí es, donde finalmente terminará todo. Plantear su teísmo, es para los seguidores modernos de esa religión, una bajeza, el pretender que allá se idolatró a ese elemento como la divinidad más grande, si bien, incorpora al ritual primario la bendición enteogénica en los *Yasnas* donde no solo se bendice al fuego, sino también a la cara madera que lo contiene, se adora la vida esencial de la flama, no sin el sustrato material que la posibilita y de la que no se puede separar, porque el fuego, al ser energía, no pude separarse de la materia en transformación de la que brota.

> *2. Y ofrecen a Haoma y al jugo de Haoma como una ofrenda completa y sagrada para la propiciación de la Fravashi de Zarathustra Spitama el santo, y me ofrecen la madera sagrada con el perfume de tu advocación, el Fuego, hijo de Ahura Mazda!*
>
> —*Yasna*, 3:2[190]

Es solo la huella histórica recogida en sus documentos base, donde la madera es santa, porque contiene el fuego sagrado como vehículo, adquiere espacio definido y material del culto. El fuego, además, es el símbolo del espíritu pensante-actuante, dándole sentido al valor que tiene el clímax de la idea en donde se dé y transforme al hombre, ahí está el desarrollo que crece en vida y es la vía para percibir al dios informe, como para que siempre esté el espacio votivo iluminando el altar de las edades significativas en el presente, que ahí coloca al fuego en el centro de lo divino desde su materialidad y las formas de su emanación iluminadora centro de las acepciones que abarcará en el mundo significador del que el fuego es base y que expande del tiempo su memoria base.

En su *Historia natural* dice Plinio:

> *Eudoxo que deseaba que se pensara que la más famoso y más beneficiosa de las sectas filosóficas era la de los Magos, nos cuenta que Zoroastro vivió 6000 años antes de la muerte de Platón. Aristóteles dice lo mismo.*
>
> —Werner Jaeger, *Aristóteles*, p. 154[191]

Nous prosigue narrando en un intento por aclarar más esto que de sí es diáfano, mientras que ve a aquel caído sentado en muchedumbre desde el último peldaño que acompaña la narración: —En realidad es natural para la época, el que sucediera que los hombres de toda edad adoraran, como divino, al fuego mismo, que hacía la luz en las tinieblas, que cocinaba la comida, que era un arma fundamental, que consumía y transmutaba el espíritu, que transformaba todo en cenizas; adorado como reacción primaria de aquellos que por la idea genial de un individuo, sintetizó lo que era múltiple y diverso, no pudiendo eliminar la adoración misma del símbolo y, sin poder, el común del pueblo, haber podido diferenciar de la esencia y sus connotaciones únicas, pues eran parte natural de la percepción de la psique social que adora al fuego.

*§1 Ahura Mazda es un gran dios, el creador de la Tierra y del cielo que hay sobre ella, el creador de los hombres y el que les ha traído la paz, el que hizo rey a Jerjes, un rey entre muchos otros, un señor entre muchos otros.*

*§2 Yo (soy) Jerjes el gran rey, el rey de reyes, el rey de los pueblos en los que viven todo tipo de gente, el rey de esta Tierra grande e inmensa, el hijo del rey Darío, un aqueménida.*

*§3 Así habló Jerjes, el rey: mi padre fue Darío; el padre de Darío se llamaba Histaspes; el padre de Histaspes se llamaba Arsames; y tanto Histaspes como Arsames vivieron en la época en que Ahura Mazda deseaba que Darío, que era mi padre, se convirtiera en rey de este mundo. Cuando Darío se convirtió en rey, hizo construir muchas maravillas.*

*§4 Así habló Jerjes, el rey: Darío tenía otros hijos, pero Ahura Mazda acariciaba el deseo de que Darío, mi padre, hiciera de mí el más grande, siguiendo su ejemplo. Cuando mi padre, Darío, abandonó el trono, me convertí en rey en el trono de mi padre por voluntad de Ahura Mazda. Al hacerme rey, construí muchas maravillas. Conservé lo que se había construido bajo mi padre y añadí otros edificios. Todo lo que yo construí y lo que mi padre construyó fue construido con el favor de Ahura Mazda.*

*§5 Así habló Jerjes, el rey: que Ahura Mazda me proteja a mí y a mi reino y a todo lo que he mandado construir; y que todo lo que se construyó bajo mi padre también sea protegido por Ahura Mazda.*

—Zarathustra, *Ghatas*, Texto daeva[192]

Escribe Jerjes el hijo de Darío el Grande que lo mismo había hecho cerca de Persépolis en cuneiforme en tres lenguas; invita a unirse a la identidad que adora a esta deidad del fuego como una verdad viva que tiene el carácter iluminador base. El fuego, ha alcanzado el centro del altar no como ofrenda votiva, sino que ocupa el centro mismo de la significación divina de nuevo, como lo fue en el principio, aún antes de las cavernas antiguas; desde las huellas de esos amores entre el hombre y el fuego, de las cuales solo hoy cenizas, nos quedan de la prima adoración del elemento primordial del que se gestó la forma esencial de lo divino. En el mazdeísmo, es importante notar cómo se pueden reunir las cualidades que en todos los tiempos arcaicos adquirió el fuego como la fuente esencial de la percepción significativa de los espacios de lo que se denomina como lo divino; y de cómo realmente el espacio sacro nace con el modelo significador que hace que aquello indispensable para la supervivencia de la especie estuviera contemplado desde las luces de aquellos elementos, que sustancian la verdad de la supervivencia de la especie y del ser que se significa en bases de identidad perceptiva sacralizadora de lo esencial transformador. El fuego adorado en el mazdeísmo, iría desde la flama vital, hasta la iluminación espiritual. Su rango de ámbitos prevalece aún hoy, en significación creció significativamente de un modo universal y triunfó ante los embates del tiempo y aún existe esa iglesia después de 6000 años, y prevalece aún dentro de la estructura de todas las religiones donde el fuego ocupa el centro del altar en la obra.

Se hará aquí una comparación que puede parecer vulgar o poco apropiada, empero, singularmente contiene los mismos elementos del principio de la ingesta del Soma ante la visión del fuego. En la época moderna en un viaje de hongos *Psilocybe aztecorum*, un universitario, en una playa, de noche, enciende una gran fogata, y la base de su viaje psicoenteogénico lo lleva a percibirse como "el guardián del fuego", es decir, todo su espacio psicofuncional lo llevó a pensar que de él dependía que el fuego (el mundo del saber) no se apagara y que ese fuego era lo único real, que separaba a la humanidad de aquellas tinieblas.

Su estado alterado, después del viaje por los efectos psicotrópicos, derivaron en una serie de observaciones sobre sus implicaciones en la educación, pues también era profesor, empero, desde el punto de vista del sueño y el mito, como cuenta Campbell, esconde los arquetipos base de quien se entrega una noche frente al fuego, en la oscuridad, en un cielo sin luna y bajo la percepción ampliada de la ingesta ritual. Curiosamente esta persona no conocía de la experiencia de Zarathustra, empero, muchos siglos después se colocó en la misma adoración del fuego como elemento.

Es claro que no se quiere comparar un acto lúdico de fines del siglo XX, con un acto sacro del segundo milenio antes de Cristo, mas, sigue siendo similar en su estructura interpretativa, el que la psique muestre, proyectado en cualquier edad, el esquema de los arquetipos donde se muestra el valor del fuego en una mente alterada por psicosubstancias activas, que adquieren un papel en el camino del hombre, que se radicaliza y nos muestra en su entraña, la nuestra, donde concuerda su posición definitoria la psicología del mito y la enteogenización de la cultura que permite trazar la generalidad perceptiva de mentes alteradas por la iluminación y la cualidad significadora de su fuente. Por supuesto que la iluminación de Zarathustra, es legítima mientras que la del universitario es aprendida, cuando menos en cuanto a su mundo referencial, ya que su acervo conjura a las edades de la conciencia humana, empero, el primero conjura el principio rector mismo del arquetipo que resume la luz en el Bien del bueno contra el sentido oscuro que conlleva la noche en su espacio cerrado peligroso y que puede ser la caverna, el bosque profundo o las fronteras; donde en la oscuridad de la noche o de la ignorancia, todo es, en la verdad del más allá y todo desconocimiento ensombrece y resguarda la zona oscura para las mentes y, en la segunda, el profesor psicoactivado traza en la luz la identidad de tener que proteger en el fuego, el ser del saber todo; donde ambos concuerdan en este modelo iluminador desde su elemento activo, iluminador, real que condiciona las formas de una vida.

Solo tratad de imaginar cómo es que cambia la percepción de la gente de aquellos tiempos, frente a su realidad, que elimina todos los miedos, si se acercan a esa vía del acceder a otra realidad, vía, el creer en el dios del fuego y su bien: la luz, que ilumina su adoración les salva y como la realidad objetiva de su operación frente a la oscuridad, se hace la referencia de cómo el fuego y su luz permiten percibir nuevos espacios de iluminación de la conciencia. Esto se convierte prácticamente, en una lucha frontal por erradicar el culto mitraico, fecundador oscuro y violento.

Mitra es uno de los dioses generadores védicos clásicos que se transforma de su carácter generatricio que desciende al toro fecundador, que en este caso, es ir contra del toro que abusa del sacrificio humano y del consumo del Haoma enteogénico (Soma), al servicio de la violencia, la Luna y sus calendarizaciones, como monopolio, pues volvía violentas o indolentes a la gente al cambio y controlables por Indra, que pierde sus funciones guerreras y las depositan en Vara Orayama; y aquellos viejos sacerdotes son proscritos, pues eran los que surtían a la divinidad enteógena que se consumía bajo el antiguo esquema guerrero, debilitando a las formas estatales del nuevo control de la producción y alistamiento en sus ejércitos, y deformadores de la nueva conciencia de pertenencia al reino, con un dios violento, poco culto para el común, y dado a reclutar gente en estados alterados para la guerra, con botín para los grupos locales. Ahora bien, parece ser, que no solo no hubo un abandono del Soma, Haoma, sino que se reasignó y redirigió su uso y solo se desmonopolizó del sacerdocio védico y mitraico redirigiendo su visión, no por la violencia, sino por un entendimiento del Bien del bueno y su valor social y todo esto desprendido de la misma planta; recordemos que un hombre alcoholizado, por ejemplo, bien se le puede guiar a la pelea o al canto, la significación perceptiva del espacio recodificado; el Haoma, extrayendo su uso y significación del monopolio védico y sus castas se suministró con otro nombre y en diferente contexto a los partidarios de la nueva religión de Estado y en *Yasna* se menciona:

*3.1. Con un propiciante trajo a su lugar designado acompañado con el Zaothra en el tiempo de Hawan, yo deseo acercarme a Mazda. Ofrendando con mi rezo, mientras se consume, e igualmente Ameretat (como el guardián de plantas y bosques) y Haurvatat (que protege el agua), con la carne fresca, para el sacrificio del Ahura Mazda y de los Inmortales Generosos; para el sacrificio de*

*Sraosha (que es la obediencia) bendición, que se dota con la santidad, que golpea con el golpe de la victoria y causa los arreglos para avanzar. 2. Y yo deseo acercarme a Haoma y Parahaoma con mi plegaria para el sacrificio del Fravashi del Spitama Zarathustra, ¡el Santo...! 3. Yo deseo acercarme al Haomas con mi rezo para el aplacamiento de las aguas buenas que Mazda creó; y deseo de acercarse al Agua de Haoma y a la leche fresca con mi elogio, y con la planta Hadhanaepata, ofreciendo con la santidad para el sacrificio de las aguas que son hechas por Mazda.*

—*Yasna* 3:1, 2, 3[193]

Es fundamental ver cómo, si bien es importante desviar el culto del toro mitraico, se utilizan los mismos instrumentos enteógenos con otro nombre para crear una visión interior en los participantes, pero en otra dirección para su utilización en un nuevo orden, sentido; ritualizado con un nuevo destino como vía de la ruta psicoenteogénica y su sacerdocio. (Recordemos que la misma hostia que se suministraba a aquellos corderos de paz, sirvió para las cruzadas o que el hongo citado en la Araucaria servía para las paces de las guerras tribales o para la guerra contra el conquistador). Es vital ver como el mismo Zarathustra en los *Gathas* está mencionando las sagradas plantas "*Haoma, Parahaoma y Hadhanaepata*", a las que desea acercarse para hacer buenas plegarias y aumentar la obediencia, esta última es fundamental y aun el control perceptivo y la redirección en la significación se usan para aumentar la obediencia y perfeccionar las nuevas valoraciones inducidas y significativas en el espacio novedoso de su reconsideración operativa; y otras más, que son sacras en la bendición del agua. No sabemos qué efectos tuvieran estos enteógenos, por sí mismos, empero, no se relacionaban en el culto pacífico con aquel viejo "Mada" o embriaguez del que Dumézil cuenta que nace como un "hombre gigantesco que amenaza con engullir el mundo". Este Haoma vence a Indra que se parece al *kvas* germánico.

*Fabricado después de concluida la paz, como símbolo de esta paz, y es fabricado según una técnica precisa real, de fermentación por la saliva, en tanto que el personaje "Embriaguez" es fabricado como arma para constreñir a los dioses a la paz. El Soma combinado con alcohol crea la "Embriaguez (que) es maléfica desde el principio, y sus cuatro fracciones siguen siendo el azote de la humanidad.*

—Georges Dumézil, *Los dioses de los germanos* p. 33, 34, 35[194]

Parece ser, el que no tienen estos hongos enteógenos, efectos embriagantes por sí solos, pareciéndose más al efecto del *Nahuatl teonanacatl, Pipiltzin aztecorum* mesoamericano, en que sus efectos, son percibidos como un verdadero placer en la "ingesta de su Dios", en una introspección que abre los sentidos, sin causar embriaguez o formas violentas de reacciones similares a la embriaguez si se ingesta sin mezclarlo. De modo, que, aunque la embriaguez nace para controlar dioses desmandados que caen borrachos, las plantas zoroástricas abren la percepción interiorizada de los sentidos del consumidor a la observación de una nueva visión ética.

Insistimos, no hay huellas exactas sobre si las dilucidaciones de Zoroastro sobre su unificación del culto en uno de las potencias creadoras védicas, emerge de viajecitos psíquicos frente al fuego, por la ingesta de estas substancias, aunque en otras de sus obras sí se registra clara y evidentemente en los documentos que explican el viaje al cielo, paraíso e infierno, se da cuando el viajante come una planta, empero, su uso sacralizado queda registrado como parte activa del mazdeísmo primitivo, reconocidas como plantas sagradas, que tienen un papel útil en el culto, al ser propiciadores de la obediencia y, que, bien pudieron propiciarlo llevándoles a recorrer sus espacios sacralizados, desde aquel éxtasis inducido por su rica ingesta sacramental de estas nuevas valoraciones morales que eran inducidas en el templo como parte del ritual de sus dioses.

El Soma como principio dinámico de los grupos indoiranios y arios, les da una vitalidad de movimiento impulsada por una enteonegización del acto público, y para la sectarización estratificada del acto sacro, no es virtual el que se haya modificado su consumo por sociedades que requerían de inmovilidad por el yoga, que hacía que las cosas se dieran en la mente, no en la acción. La psicodinámica del abuso de la ingesta del Soma, se le da al dios ario por excelencia: Indra, el ario puro, el guerrero, que como el mayor bebedor de Soma pasa de la iluminación de la ingesta moderada a la locura de la guerra.

En *Plantas de los Dioses*, Watson, registra que su ingesta chamánica siberiana tiene varias características; una, que concierne al tostado del hongo, que inhibe las sustancias altamente tóxicas para el sistema digestivo, que los pone a vomitar por horas, efecto que muchos de los que lo comen evitan tomándose los orines de los previamente intoxicados por la planta, filtrando lo bueno o recurriendo a los venados intoxicados, que al orinar, sacan filtrada la sustancia con lo que eliminan sus terribles efectos. Otra, que concierne al efecto alterado de conciencia que se refiere como nivel reflexivo de alta contemplación y entendimiento del entorno observado, para la creación del arte, como mencionan los *vedas*, al que el iniciado suma, su adhesión significante, que en abuso o mezclado con alcohol desata la violencia, sin olvidar que también existía en el medio, hongos de reacciones muy violentas, que los pueblos germánicos consumían y de los que Günter Grass cuenta en su *Coloquio en Entebbe*, como recurso de guerra, en el que para unificar la lengua germánica se les sirven a los ponentes y comensales esa variedad de hongos, lográndose que se maten entre ellos y, con esto, eliminar las variaciones no queridas en la armazón de la lengua, en fin, delicias literarias que dan cuenta de cómo se conocía desde antiguo el consumo de diferentes hongos para disímiles situaciones, y que estas plantas tenían usos institucionales conocidos por los pueblos de la zona para diferentes propósitos: que los unen o que los exacerban, pero donde fundamentalmente nos toca rescatar el sentido perceptivo significador de los espacios, en donde se retoma tanto la modalidad alterada de las percepciones, como la cualidad significativa del elemento primario de lo divino, el fuego, donde en ambas queda perfectamente clara la visión objetivadora del espacio que se sacraliza, en el que la realidad es la que se percibe de acuerdo al acto que la significa, en donde, el mismo elemento fuego, bajo la misma alteración psicoperceptiva va a alterar de manera diametralmente opuesta la forma en que significan sus dioses y sus relaciones con el poder temporal, dos culturas y como crean esos viajes chamánicos particulares por sus tiempos.

También utilizaremos las diversas formas que se reflejan en la literatura de cómo escribir el nombre de Zarathustra, pues las variación, independiente de su origen, está presente en la literatura que a él se refiere. Para ser franco, ver hablar a estos espíritus, no solo me ha causado admiración por aquellos pueblos, sino un estado de alteración casi perpetua, pues vemos que Váruna, por ejemplo, empezó siendo demoníaco, después, fue benéfico y acabó demoníaco en los *vedas*, para ser rescatado como base del Bien, en el mundo indoiranio; esto conlleva a hacer tres reflexiones: una, la que dice que, todo proviene de Brahma, como un dios uranio, omnisciente e incognoscible, omnipresente; en donde vemos a sus dioses cambiar de polo, que van, desde ser buenos a pasar a ser verdaderamente malos en la misma India según el soberano de turno.

Otra fuente argumenta que debido a que todos los dioses parecen ser formas o emanaciones de Vishnú, su carácter cambia a capricho del momento en que le encarnan, desde la situación a que responden y que, finalmente, solo son en Krishna emanaciones de su voluntad creadora. Ya mencionamos que todas estas formas, aun encontradas entre sí solo son formas sacras de la realidad en que son verdaderas todas sus ideas, las cuales no entendemos por nuestra pequeñez o ignorancia, pues ellas en sí no se contraponen y permiten admirarlas.

Es curioso ver que cambiándole el nombre a la misma planta enteogénica, cambia su ser divinal y esto, en términos de la semántica, nos lleva a observar que la significación que se da a los factores implica una visión completa y compleja de lo que se quiere significar, que puede tener tantos sentidos como antecedentes culturales los determinen y que no se van a expresar sino como una realidad que se significa en turno y que deja impregnada del sentido de lo percibido cual lo sacro. La realidad que aquí perseguimos es poder detectar la cualidad de lo sacro, la realidad de la necesidad espiritual.

En los *vedas* la creación viene dada, no de algo que no existe, sino que parafraseando un principio preexistente; de la nada, nada puede venir. Mientras que la creación del Ahura se remite a su voluntad que creó todo, es antes que todo y por ello lo contiene todo, esta raíz va a impregnar las grandes religiones del oeste; mientras que, para el mundo védico, la esencia que acompaña a todo el Este consiste, en que las diferencias percibidas no están en el Creador, como esencia vital, que modifica a la creación, sino en el *"mâyâ o ilusión"*, donde todo el mundo, no es sino una proyección de una ilusión emanada del hombre, por su percepción significativa, que solo puede ser una visión disminuida de la realidad, es la *skiagrafía* que va a contener solo los contornos de lo que se expresa pobremente con los magros recursos del ordenador y su palabra, sobre lo que forzosamente es una realidad ampliada y, por tanto, se llama a la búsqueda de la paz que se alcanza en la eliminación de la variación perceptiva y su eliminación en el yoga, para poder renunciar a la ilusión por la Moksha que termine con el *mâyâ* y la palabra en la reencarnación que es el precio del error de lo humano que no fluye con el universo de solo estar el ser sin voluntad, o más aún, estar siendo un no ser, esto conviene a la sociedad de estratos no modificables. Esta raíz se coronará mucho después en otro sitio en el Tao, y parte de que el creador fue precedido de algo y que el ser, solo fluye en su ser parte del todo en flujo, aunque aquel Tao nace en China no dejó de rodearse del espacio búdico-tántrico del despertar en *chakras*.

El yoga Kundalini llegaría a ser religión gimnástica de fakires, y en su esencia, guardará toda la identidad oriental de la negación del **Yo**, por la eliminación de la idea que nombra y ordena, que crea la ilusión del ser. Recordemos que el *mâyâ* nace de nombrar y ordenar la naturaleza del mundo y de las cosas y, que en nada corresponde, a la realidad natural preexistente, sino de una manera circunstancial, de artificio, dentro de la construcción de la ilusión que da pensarse y nos lleva a creer que poseemos el saber que surge como este error y donde la diferencia del origen védico es algo no conocido, pero que debió existir, mientras que el principio del Ahura es la voluntad, algo que se apreciará en el mundo persa, mas nunca en el mundo hindú, ya que, en los *vedas* el destino es fatal y determina a las existencias en la realidad columpiada en mil ideas.

Es fundamental que se esté a la altura de poder vislumbrar cómo aquel acto electivo ilumina el espíritu para discernir el Bien, como parte de lo bueno, dentro del espectro del Dios de dioses, como un hecho base que se evidencia en la reivindicación de su sumo sacerdote Zarathustra, que decide sintetizar la multiplicidad divina de los *vedas*, en una jerarquización nueva, que sirva a la centralidad del nuevo orden, cuando aquel hombre intelectual que se asimila en sabiduría, ve y reconoce a un dios: sabio y soberano. Es un *tête-à-tête* que se da entre un pensador y el cúmulo divinal anterior básico, porque, y esta es la parte más importante de toda esta religión, todo se traza en la conciencia y en la construcción de la psique histórica, que se gesta donde reconoce el pensamiento, las palabras y acciones mentales, como recreadoras confirmadoras del mundo; donde reconoce a las partes constructoras de la soberanía divina, como al ser único, que corresponde al ser que es bueno y, es así, que por su análisis se sintetiza a su dios. Este lo coloca como único y supremo, representado por el fuego. Agní, aquel dios viejo, es la cara del dios nuevo, es su representación como su enviado-mensajero, divinizado como aquella cara representada de lo divino. El fuego adquiere en la conciencia su papel transformador de lo humano por el pensamiento y las palabras que construyen las acciones mentales incidiendo en reestructuración del todo social. El Ahoma y el fuego, aparecen como los elementos ordenadores de la psique que se expresará en la palabra creada por las nuevas imágenes psicoalteradas de la percepción enteogenizada, reordenado el significado del fuego, visto ahora, como el Agní destructor o mensajero de los dioses del carácter militar, sino como vehículo del espíritu, recomprendido por el verbo del orden que se estructura para gobernar y que constituye el tope superior, de aquella primera religión base de la significación. El fuego se entroniza en el papel estelar de nuevo como la única visión divina del altar que no se comparte en su esencia que será multiforme desde la resignificación iluminadora de los espacios del bien pensar, hablar, actuar; dejan en claro que sus valoraciones modifican a todo el espacio anterior y dotando de espacios de arrepentimiento y perdón. La expiación que purifica y da sentido del ser perdonados...

Mas, sigamos viendo aquella su forma de armar aquel monoteísmo. Inmediatamente Zarathustra hace que todos los ahuras se conviertan en cualidades de aquel Ahura Mazda. Así Ahura, que por cierto fue entre otras de sus formas parte de las deidades femeninas arcaicas de los *vedas* pasa a significar "el señor creador y Mazda "el sabio supremo":

> *(... ) las seis entidades,*
> *las Amesha Spenta que son aspectos, emanaciones o manifestaciones del Señor*
> *Sabio y, al mismo tiempo, de Zarathustra como modelo del hombre perfecto, que*
> *ha elegido al Espíritu Benefactor y realiza su deber sacerdotal según la norma...*
> *... son presentados en tres parejas según un sistema que tiene un reflejo preciso*
> *en la disposición de los sacerdotes que realizan el sacrificio. Además, la bipola-*
> *ridad divina-humana de estas entidades se torna evidente aquí: el hombre desea*
> *obtener la Inmortalidad e Integridad, gracias al Buen Pensamiento y al Orden a*
> *los que avienen sus palabras y sus acciones rituales mediante el Poder y la*
> *Devoción. El conjunto de estos seis principios, tres masculinos y tres femeni-*
> *nos se distinguen y complementan forman una tríada doble integrada por Vohu*
> *Manâh/Ameretât, Asa/Haurvatât, Kshâtriya/Ârmaiti: es decir, el pensamiento*
> *que no muere, la palabra íntegra y el dominio fecundo, paradigma de las tres*
> *funciones en el paraíso, al seguir la voluntad de Ahura Mazda.*

> —Bleeker C. J., Widengren G., citado y comentado
> por Andrea Paula De Vita, *Miedo y religión* [195]

El sentido profético de Zarathustra rompe el esquema de este dictado de los dioses a los videntes indios, arrancándole al sacerdocio la patente de la salvación, aunque toma su principio dialogador con la esencia y representa al hombre que por sus luces, ve al Dios entre los dioses, lo extrae y reordena el Cosmos de la sacralidad para que aquel que el vio y decidió adorar, sea el único. Es fundamental darse cuenta de esta característica para entender al pseudomonoteísmo como el primer monoteísmo del Estado, empero, que en realidad, como veremos, esta síntesis de la base politeísta, si bien conjunta, reordena, reagrupa el cielo e infierno antiguos, no crea en términos objetivos, un monoteísmo, tal cual; sino que, en realidad crea una suma, que reúne y reordena aquella visión politeísta centralizando con funciones públicas aquel *ancien régime* celeste, su construcción obedece más a una forma de reorganizar el poder terreno y, con ello celeste, que a la revelación de un **uno** que no admite, ni imagen, ni nombre, porque sea él, el nombre de los nombres y el orden de los órdenes vivos y es preciso el ver como en esta reunión sumaria existirán elementos que se escapan al intento monoteísta, que, si bien en sus principios con Zarathustra pretenden ser rígidos por su necesidad concentradora, en el tiempo y con las diversas formas cultuales respectivas, resurgen de un modo nuevo esos viejos dioses que comparten paraíso e infierno y que escapan al intento monoteísta del primer significador que lo sintetiza.

Es pertinente ver, como ese monoteísmo no es sino una gran síntesis que no puede evitar que lo múltiple se desgrane y aparezca mostrando en su conjunto el politeísmo que lo acuña y finalmente lo conforma, desde el politeísmo real que a la muerte de Zarathustra se reconforma. Muerto el profeta los espacios de la religión toman otros cauces y aunque específica en su momento histórico siempre estaría atada al poder y al fuego: ancestral eje, y desde su base renombra al enteógeno significador y sus órdenes, es con el tiempo, objeto de la redención de diferentes deidades, que se ordenan según el grupo cultual y sufren algunos cambios fónicos geolocales.

"Aún cuando el constructor iluminado de aquella religión, pretendiera sintetizar esos diversos dioses en un monoteísmo, asumiendo el reducir aquellos politeísmos védicos, estos se escaparían no solo en sus discípulos, sino que en sus mismos libros los *Gathas* y las *Yernas*, aquellas multideidades, que en esencia le conforman se asoman. Parafraseando al Andibehst Yasht se dice que:

> *El creador Ahura Mazda habla a su mensajero Zarathustra: Oh mensajero Zarathustra para adorar e invocar a nosotros los Amahraspands. ( ... ) En [la jefatura espiritual de las regiones de la Tierra] se dice en el Apocalipsis, que cada uno de esos seis cacicazgos tiene un jefe espiritual, como el jefe de Arezahi es Ashashagahad-e Hvandchan, el jefe de Sawahi es Hoazarodathhri-hana Pareshtyaro, el jefe de Fradadhafshu es Spitoid-i Ausposinan, [el jefe de Vidadhafshu es Airizh-rasp Ausposinan], el jefe de Wourubareshti es Huvasp, el jefe de Wourujareshti es Cakhravak. 2. Zartosht es el jefe espiritual de la región de Xwaniratha, y también de todas las regiones, es el jefe del mundo de los justos, y se dice que toda la religión fue recibido por ellos de Zartosht.*

—*On the spiritual chieftainship of the regions of the earth*, Chapter 29 [196]

El proceso de síntesis en la unidad, pierde en los documentos, la línea unificadora y se abre a florecimientos politeístas intrínsecos; aunque, se dice, que esos Amahraspands son ángeles, en otros párrafos del *Avesta*, son llamados como los dioses emergiendo como aquellos verdaderos espacios de los muchos dioses que le conforman como adoradores no solo del fuego (Asha Vahishta) visto como viva energía divina de Ahura Mazda, siendo el Asha el fuego cósmico que traduce en la adoración de Zarathustra del Sol (Khorshed) y de Meher (la radiación del Sol) tocando los linderos de la solarización de Váruna como el Dios creador uranio de los *vedas*, sino que, también se multiplican estos dioses que premian o castigan, en el eje del Ahura.

Es importante ver, que, aún en la época moderna, los monoteísmos declarados, presentan una visión con ambigüedades teístas que se diversifican y los que así se derraman, presentándose verdaderos politeísmos disfrazados, como los santos católicos o la santería, cosa que no acepta la institución, pero la que, operativamente en el culto del pueblo, opera en esa identidad politeísta, formada por las inquietudes de su feligresía y los experimentos de los sacerdotes o magos de la deidad; así que allá, no era difícil que la gente diversificara y que, sobre todo, adorara al fuego, por el fuego mismo, al que venera como representación viva de Dios. La adoración del fuego implica el reconocer su fuerza destructiva, sus dones constructores del hombre y sus virtudes purificadoras. Los mismos documentos que sintetizan el nuevo credo, entrelazarán los principios politeístas que les anteceden. No podemos asegurar que sean productos de una síntesis incompleta de Zarathustra o de las visiones modificadoras de los que prosiguieron sus enseñanzas, pero, sí es muy notorio, que en sus documentos fuente hablen de: multiplicidad de dioses en su panteón.

Menog-i Khrad (*The Iranian Afterlife, The Crossing of the Cinvat Bridge and the Roads to Heaven or Hell*) traducido por James Darmesteter, dice, en el pasaje 95, algo así:

> ( ... ) *[como que] los dioses y Amahraspands vienen a felicitarlo y a ver cómo fue tratado, diciéndole 'Como estuvo el pasaje por el que transitaste, por los mundos del miedo donde hay Mal para estos mundos' [en el (97) algo así como que] ellos [los dioses] le sirvieron con dulces comidas y aún con la mantequilla de aquella primera primavera y en el pasaje (100) que por siempre los compartirá con los dioses espirituales de todas las bendiciones por siempre. 23. Y a los ángeles y los arcángeles han designado 99 999 espíritus guardianes [fravashis] de los justos como una protección para el cuerpo de Sahm, (24) para que los demonios no puedan dañarla. 25. La morada de Srosh es sobre todo en Arezahi, y después también en Sawahi y el mundo entero.*

> —Menog-i Khrad, cap. 62[(197)]

El canto retrata primero la presencia de los dioses que celebran al triunfador, amén que se escurre la profunda influencia hindú, con aquella mantequilla sagrada y deliciosa, que parece ser pegajosa también en estos ahuras, que recuerdan a la que batieron a golpes de serpiente, y por su parte, relata cómo las almas descarnadas, pasan por diversas etapas, en el juicio *post mórtem* y, así, según si fue bueno, se le aparece una joven, más hermosa que la más hermosa mujer por él vista, y le dice, no soy sino tus hechos y se salva y pasa con los muchos dioses al gozo a la casa de las canciones y la luz, y si sus obras son malas, la nena que aparece es espantosa, como nunca mujer alguna que viviera fuere; así es de horrible y le dice soy tan fea como tus hechos y lo pasan a la tertulia de los demonios, también en un buen número de seres malignos en la casa de la oscuridad y la separación. El símbolo y adoración es el fuego y su síntesis el Faravahar hombre alado estilizado como ave el espíritu humano que ha existido antes de su nacimiento y después de la muerte. Y será un icono mitológico que aún ahora acompaña a la religión mazdeísta moderna en que queda plasmado el espíritu como inmortal con un ser alado de manos y pies que representa el bien decir, pensar y hacer que es custodiado en las ideas por aquellos espíritus guardianes *fravashis* que se encargarán de tener vigilados a todos desde esa mente interior.

Existen muchas referencias politeístas en los documentos hímnicos o litúrgicos de la religión Zoroástrica, dentro de la misma naturaleza de su síntesis inconclusa. Hay que tener bien claro, el que no se guarda un panteón, como el védico, en un suspiro, que emane de un dios reciclador; sin correr el riesgo, de que con el tiempo se descubran aquellos antecedentes que le fueron conformando, con uno de aquellos panteones más nutridos y antiguos, de los que emerge y, que, cuando menos, se les reconocen sus tres principios creadores y contenedores de todos los demás dioses y que, en última instancia, el Ahura al igual que Vishnú reclama que todos los demás solo sean emanaciones o encarnaciones del mismo Dios.

Así, como al Vishnú, hasta el momento, no se le ocurre aparecer como monoteísta, la misma regla, debería aplicarse para el Ahura Mazda, en un sentido, cuando menos clásico, sino que su monoteísmo es sui géneris y evidentemente histórico ya que aparece como el primer monoteísmo de Estado, creador de la soberanía terrena cobijadora de la divina; que, en términos generales se da por un hombre que reordena por sus observaciones el panteón antiguo y construye su versión sintética, tiene su antiquísima identidad de conformación en una olla cultural que todo lo mezcla y, que, para casi despedirnos del asunto, se reúne en la milenaria fuente que decanta los *vedas* que iluminan ciertas castas sumergiendo en la oscuridad y oír política a las masas y a los extranjeros conquistados. Cada espacio, trabajo, viaje, el día a día y el noche a noche, aquel entorno depara peligros singulares, pluralizados por los mil y un misterios, que se trazan en las mentes de la gente, porque, a la oscuridad del entorno, hay que añadirle las sutilezas de las oscuridades de la inconsciencia o no conciencia que determinan los actos de gente, que se mueven por instintos que o son presas o son cazadores o ambos; según el espacio y la circunstancia.

No hay otra seguridad que saberse en la inseguridad misma y, de pronto, es que aparece un iluminado que dice, vamos a viajar en estas sagradas plantas para: "pensar bien, decir bien y actuar bien" y todo lo demás se avienta al abismo del desprecio en degeneración de lo bueno, así es que todo aquello que no sea lo iluminado, es malo y se convierte aquel espacio sagrado del Bien en la iluminación, en donde el fuego significado, adquiere su espacio espiritual no solo como representación sino como la esencia divina y donde la psique de los hombres se resguarda en el Bien, como un espacio en el que el Dios en ciernes habita y cuida de aquellos que se colocan bajo la protección del señor de la luz buena.

Resaltar que Zarathustra tiene una lucha enconada contra la religión del toro mithraica, el fecundador violento, se remite a instrumentar su visión soberana del orden, frente al héroe militar, recuérdese, que, es un deporte soberano de la época que los guerreros o reyes de esta estirpe, asaeteen toros y les den muerte, sin más protección que su habilidad; guerreros que también les da por matar leones a garrotazos, agarrándoles de la cola, como muestra posteriormente Asurbanipal, de modo, que, un rey soberano, aún siendo fuerte, debía extender su poder por sobre la fuerza, porque, el tiempo y la vejez pondrían, como hasta este momento, en peligro su poder a manos de la juventud, de modo, que, la lucha contra aquel culto no solo reorganiza el altar y el cielo que primordialmente deben servir al Estado, pues es su razón de ser, políticamente hablando, unificar el credo y esta es su verdadera posibilidad de florecer. Zarathustra no permite que en ese monoteísmo, por él creado y propuesto desde el poder, se atomice y vayan incorporando divisiones, tanto de deidades por él concentradas y sintetizadas, como por las formas del culto, lo cual acabaría con su sentido único práctico; es por ello, que no reconoce la existencia de demonios, tal cual, que serían incorporados posteriormente, ya que estarían contra la idea sustancial de un solo Dios, el cual podría tener una cara oscura, donde aquellos demonios o *daevas*, no son propiamente contrincantes, sino seres despedidos de la luz o seres creados en su conciencia como su sombra, pero no son adversarios ni por origen ni son contrincantes, aparte y fuera de él; por ello, ante su visión monolítica, es que se convierte en la religión de los conquistadores, dotándoles de los elementos necesarios para reinar.

Es conveniente ver que, en principio, el hermano Arimán sí es otro dios malo, pero con la liturgia pasa a ser una cualidad sombría de un solo dios base, como su sombra, presentando las cualidades destructoras. Es imprescindible entender que la soberanía desde sus comienzos, al ser una virtud de dioses, tiene dos vertientes en su ejercicio terrenal: una, que pretende que el soberano llegue a lograrse como un ser espiritualmente superior y con autocontrol de sus deseos y de sus acciones regidas por el Bien; Bien que debía de tener un carácter unificador de diferencias; la segunda, donde servir al rey es servir a Dios en la identidad de la ley, pues la ley en el monoteísmo es solo propiedad del Dios único que se celebra desde el vértice del poder, desde donde desciende su voluntad la cual siempre es justa...

Aquí señores hay que hacer un profundo reconocimiento al ser que trasciende, no solo su tiempo, sino todas las formas de la economía de la religión y la asignación de la significación al espacio de lo sagrado, derivándole de su reflexión y su darse cuenta, en una época, en la que no existe siquiera la noción del tiempo como le conocemos (no hay años, días, horas, minutos, segundos.). Y surge la necesidad de entender cómo adquieren sentido las cosas en aquellas épocas, en que no existe el tiempo y que, los investigadores modernos, por la facilidad que ellos perciben para entender el funcionamiento de la mente arcaica, desde sus cómodas butacas modernas, que sitúan la creación del tiempo y los calendarios desde aquellos pueblos que medían el movimiento del planeta alrededor del Sol, es decir, el calendario solar, van dejando a innumerables pueblos y culturas sin el tiempo calendarizado; cuando en realidad este tiempo y su noción, como un proceso de procesamiento psicoordenador se gestó desde mucho antes de que el Sol tuviera ingerencia en la conformación psíquica de un orden social humano.

Es en el calendario lunar donde se marcan los primeros espacios temporales calendarios, partiendo de ver que el primer paso de la bipedestación se acompañó de la recolección de vegetales, y sus apariciones por temporadas, como aquellas épocas que marcan las primeras formas de construir un calendario, dado por la Luna y las floraciones, las sequías de las mismas plantas que recolectaban y posteriormente emparejándose el segundo nivel de medición del tiempo fue el migratorio, marcado por los animales a los que perseguían.

Ahí es cuando nacen los rudimentos en que se forja la primera idea del tiempo y de la medición de los ciclos. Es la Luna, ligada a estos dos procesos, tanto de aparición de vegetales de temporada en zonas determinadas y de las migraciones de las especies creadoras del tiempo, pues esta es la medida que acompaña a las menstruaciones de las hembras y nó el Sol. Los calendarios están implícitos en las cuevas de los hombres prehistóricos que redimían las migraciones en movimientos de las presas; donde es muy probable, que pudieran también esas cuevas ser solo ocupadas temporalmente; es decir, resultar sitios de caza, que se ocupaban, no todo el año, sino cuando ciertas plantas crecían en su alrededor o los animales en sus movimientos migratorios estaban por el sitio.

Lo cierto es que el tiempo y el calendario como elementos ordenadores del hombre y su noción humana se remontan a las épocas en que recolectaban ciertas plantas de temporada, frutas e insectos que se propagaban en determinadas zonas por épocas, siendo así, que el calendario contrariamente a lo que se piensa, no medía el movimiento del planeta alrededor del Sol, sino en relación al movimiento de los animales y de plantas, en rutas temporales o migratorias conocidas, sirviéndoles para llamar espíritus de la caza como base religiosa creadora del tiempo desde la Luna y con Zoroastro, el fuego se convierte en aquel creador iluminador de aquellos tiempos en los que se reordena todo bajo la voluntad.

El mundo de la ordenación siempre pretendió ordenar el espacio, y sobre todo el tiempo, como una noción de orden, en aquellos días aciagos que no tenían un tiempo definido. Ya vimos que aquel antecedente temporal védico estaba excedido en mucho para los patrones comunes del hombre y, aunque hay calendarios pragmáticos lunares del ciclo en la caza y la recolección, como mencionamos, no existe una medición del tiempo solar, como tal, sino que, las observaciones sobre la actividad climática, que eran observadas y ordenadas en forma oral, sustituyen a esas mediciones más que sobre las condiciones celestes solares, que aún no se han revelado, aunque el hombre indaga los cielos y sus relaciones son lunares, empero, la parte esencial es que este gran pensador propone, de manera definitiva, que será el hombre pensante y la soberanía de su ley la que imperará por sobre los guerreros. Y esto, señores, merece el más grande de los aplausos y de nuestras consideraciones. (La reunión de espíritus mira a aquel que con ojos de infinito y brillos de estrellas ve silencioso, el Zero-asta o simiente de fuego, el Zoroastro vestido de estrellas sobre fondo negro con gorro azul celeste de pico que orada el cielo).

Respecto a las formas de medir el tiempo en aquellos espacios, traeremos a Kautilya, autor del más grande *Arthashastra* jamás escrito, que, aunque es hindú, su influencia dada por los *Avesta* es innegable y, aunque posterior al nacimiento del Zoroastrismo, muestra dentro de este cómo se ven los rasgos continuos de influencia de la cultura hindú sobre el *Avesta* y de este sobre las formas administrativas hindúes posteriores en su formación en ordenación; se sabe que la influencia hindú sobre el mundo indoiranio a nivel del ordenamiento administrativo estatal, que fue considerable, aunque la soberanía la basan en su teología, sus formas administrativas en orden de la administración del tiempo tuvieron consistentemente una viva constante interrelación con los modos hindú y persa.

Así como su identidad donde se muestra la influencia zoroástrica en el *Arthashastra*, en que la casa de India se retroalimenta del espacio iraní, y viceversa, en esos ordenamientos.

Claro está que hablamos de donde existen otras influencias, sin embargo, para poder tener una aproximación a una escala verdadera de valoración del tiempo en aquellas culturas, aunque posterior, veremos que en el *Arthashastra* se da cuenta de la implementación de mediciones de tiempo ligadas al ejercicio de la soberanía, en sus labores de gobierno, frente a la ordenación del día. Le dice el consejero Nugupta Kautilya a Chandraguptra, de la dinastía Maurya, que entre sus deberes soberanos está la de saber dividir el día, en ocho *nalikas*, que parece tendrían una hora y media cada uno y ocho, para la noche y que los obtendría por el paso de la sombra en el camino del Sol frente a una estaca. La medición del camino del Sol es caldeo posterior o, cuando menos, paralelo a la época de Zarathustra, pero sin contactos que influyan sobre esta religión en ese momento, aunque el mazdeísmo impregnará las culturas de la zona persa, aquí lo importante es ver: ¿Qué determina cada octava parte del día? la cual es estructurada, por orden del Estado y ordenar así el tiempo efectivo:

En la primera octava parte pondrá observadores cerca de dónde se efectúen las labores de cuentas y recepción de impuestos y tributos; así como las entregas que deban hacer al palacio, la segunda octava verá los asuntos de los ciudadanos y atenderá a la gente del pueblo, la tercera recibirá cuentas del oro, administración y contabilidad; la cuarta octava, atenderá asuntos con los superintendentes; la quinta octava emitirá escritos en reunión con sus ministros y recibirá los informes de sus espías; la sexta octava tendrá sus divertimentos y sus propias deliberaciones, en privado, para la toma de decisiones; la séptima supervisará el estado de los elefantes, la caballería, la infantería y los asuntos del avituallamiento y la logística del armamento; durante la última octava diurna tomará sus consideraciones guerreras y observará las horas del rezo y atenderá al culto.

La primera octava de la noche, recibirá a sus espías, emisarios secretos y su mejor escriba anotará sus indicaciones. La segunda octava atenderá a su acicalamiento, baño, descanso, cena y estudio. De las tres a la quinta octava, entrará a la cámara real y descansará, despertando en el transcurso de la sexta octava, según lo haya mandado al son de las trompetas, recordándose de las ciencias estudiadas y de los deberes del día; a la séptima octava hará reflexiones administrativas y enviará a los espías a sus labores y misiones, y la última octava de la noche recibirá las bendiciones de los sacerdotes y con la alta jerarquía hará los sacrificios a los dioses. Lo verá su médico, lo atenderá su más afín cocinero y anotará qué desea para el día; verá a su astrólogo y, saludando al toro y rodeándole con la vaca sagrada, se encaminará a su corte y, de acuerdo a su capacidad, variará un poco esos horarios y atenderá sus funciones, donde tan solo es él el imperio.

Es importante decir que se le reconoce al Kautilya quien maneja los asuntos con criterios político-administrativos de la riqueza: el Artha, y extraerá solo la parte legal del *Dharmasastra*, que es la medida del *dharma* religioso y moral que será puesto en la administración en un segundo plano, algo que hace que la mesura de las cosas, adquiera una dimensión diferente en términos de la prioridad de los referentes con que se considerarán los asuntos del Estado y soberanía previos, en que el tiempo, es dado con un carácter funcional y todos los súbditos están atentos a los horarios que les afectarán en diferentes medidas, pues el rey solo les atiende o requiere, en horas preestablecidas.

En términos del mazdeísmo, la incorporación de la medida está dada dentro del parámetro de la administración del culto por las horas de la oración, cuando menos hay rastros de esto, desde los documentos pavlóvicos, y se presupondría que sería parte misma de la liturgia primera del *Avesta*, lo que implicaría una reordenación total fuera de lo común en una sociedad en la que antes no había una noción horaria, en donde como vimos en el *Arthashastra*, su ordenación está en depósito del poder divino, soberano, fincado sobre la soberanía del rey recreándose el equilibrio y atendiendo a sus asuntos.

Hagamos un verdadero esfuerzo de retrospección partiendo de ver que todo es oscuridad después de la luz del día, y sobre todo, que dentro de las cabezas de los hombres solo hay tinieblas, magia, hechicería, miedo; donde el mundo está vestido de ruidos, rumores, presentimientos, mitos, consejas, leyendas, que identifican lo que conocen con el nombre y que tienen la firme convicción de que todo está plagado de sentidos ocultos y el fuego interior de la libido en deseo es tan fuerte, como es alabada y sacramentada en el toro mitraico que se adora, que los campos y las noches se pueblan de sacrificios humanos de niños o de adultos para diferentes dioses, *baales* o motivos; donde se sacrifican los prisioneros de guerra y se vive del botín; donde cualquier ruido o, más aún, demasiado silencio en la noche, seguramente puede costarle la vida a alguien.

Imagina a hombres que cuentan conocer lo que su imaginación les dicta, o lo que los viajes enteogénicos les despiertan, confundiendo, lo sentido, vivido, soñado o percibido, en una experiencia psicoenteogénica con lo experimentado en la vigilia cotidiana que no es más clara, y que se puebla de hechicerías que se tejen en disquisiciones que dictan la realidad de magos o chamanes en un entorno, donde la muerte campea entre los hombres y en el medio salvaje. La oscuridad se escurre, en y por todos lados y va a todas partes, el mundo se puebla del poder destructivo pasional del toro, que, o a todo se ayunta en la fecundación de la naturaleza, o a todo lo que se encuentra le mata. Un mundo salvaje que solo encuentra pocas luces, todas en espacios védicos de la inmovilidad de las castas.

En una época en que será tan fuerte el impacto de la magia de la palabra, que será lo más penado por los incipientes estados y, a la vez, será el modelo más recurrente para el ejercicio de las relaciones de poder, en que todos son hombres de armas, por necesidad y el poder de la palabra se enarbola desde su novedad que dejará huella en la memoria colectiva de aquellos que les sucederían, recordándoles como seres de poderes francos sobre los demás y sobre las cosas de modo mágico, que es para ellos definitivo; cuando por la noche podemos ver a mil mujeres en orgías teniendo relaciones con muchos y con pocos, con animales de corral en una histeria colectiva en que no falta la sangre y la piel helada de serpientes penetra las tibias carnes lascivas, para que vuelva a salir con el moco del placer de aquellas mujeres agobiadas por enteógenos, en que la noche se puebla de oscuro poder en honda lascivia.

Será curiosa la influencia del *Avesta* en esas culturas posteriores, irrumpiendo con una noción moral del Bien, en donde no había sino la recreación animal del exceso y que, en relación a la soberanía, muestran diferentes espacios de un nuevo orden en estas etapas de su concepción que retratan el *Dharmasastra* anterior, que en términos sintéticos se referirá a la magia que adquiere el soberano para ser "sabio, indescifrable y justo"; mientras que, por otro lado, se fomenta la formación del "líder" que se contendrá en el *Arthashastra* como administrador y gobernante de la riqueza. Hay que hacer hincapié en que el *Avesta* recoge mucho del *Dharmasastra* y del *Código de Manu*, en sentido de hacer que el acto justo cree al hombre justo: *"Dharma Tacya nayo na niitnik"*

La rectitud es la regla para acciones políticas, no hay otra sabiduría política como base de esa ciencia. Radha Krishna Choudhary en su versión del *Kautilya's Political Ideas and Institutions* hace hincapié en que el *Arthashastra* tiene la virtud de separar de manera definida aquel espacio del *Dharmasastra*, del de la administración artha, visto como un campo védico apegado más al *Código del Manu* y, con ello, a las decisiones de carácter moral o religioso y divide el espacio de las determinaciones jurídicas administrativas en el Artha, que tendrán un carácter político-administrativo, y con eso ligado a las leyes, al ejercicio de la soberanía y al poder de administrar riqueza.

Posteriormente tiene por principio, como lo muestra el *Arthashastra*, la intención de crear un bienestar que no es posible de conseguir sin la aplicación de los mecanismos con que cuenta la soberanía; donde existe el castigo penal y su miedo (*danda*) que subyace detrás de la consecución de la (*sthaurra* y el *jangama*) que son los mundos posibles (*prakasa*) de conseguir por medio de las reglas y leyes.

Kautilya basa su patrón de estudio en la *anvikshaki* o la razón y no en el contento o enojo de los superhombres védicos, (desde Krishna, el héroe divino es humanizado casi totalmente), y antepone la razón y la disciplina, como primer mecanismo administrativo, la expresión favorita de Kautilya, como manifiesta Radha Krishna en su estudio preeliminar es: "Sin danda, no hay Estado". La danda rebasa el espacio del castigo penal solo y se convierte en el poder del rey de imponer su soberanía, consolidando la posición del Estado, de un modo impositivo moral, que, implica todos los elementos de cohesión y coerción a su disposición, para hacer valer las instituciones del Estado, partiendo de que la Artha une poder y éxito con riqueza material, incluyen recursos naturales, territoriales, humanos, que sería la base, aún del Dharma (orden legal y virtud moral), Kama (amor y placer) y Moksha (liberación del engaño) la paz, el orden, la seguridad y la justicia como el Dhritavrata (sostenedor de la ley y el orden) castigan la debilidad y la falta, enalteciendo la rectitud; fortaleciendo el Dharma para enaltecer y fomentar la piedad; el Artha, para engrandecer la producción, el comercio, la industria y el desarrollo agropecuario; crea las leyes que fortalezcan la Kama promoviendo la seguridad de la paz y el orden; procurando engrandecer el espiritu de la Moksha, acelerando la rueda de transmigraciones (Rota) que permite el hombre liberarse de esta existencia por la renunciación y el ejercicio de las virtudes de la humildad; es decir, es donde los valores trascendentes que puede ofrecer la religión se sostienen por el correcto andar del Estado en su creación y fomento del Artha, es decir, forjando soberana la vinculación de: cielo y tierra existe un mundo paralelo en el que el hombre interior es coaccionado por la posibilidad de caer en la rueda de las transmigraciones en espacios más bajos y, con ello, el Estado cuenta con la coerción de la danda político-administrativa, pero, sobre todo, cuenta conque el mundo interior del hombre está totalmente cooptado por el miedo intrínseco de la transmigración progresiva que les dará el mal comportamiento o queja contra su Estado; donde el castigo es implícito al nacer.

Dejaremos para más adelante las consideraciones que se desprenden del *Arthashastra*, en lo que implican la creación de los órdenes y de cómo se divide un territorio, en espacios manejables para la recaudación o la explotación productiva o comercial, ya que implica una noción de la soberanía que nace del orden, y que, en otro espacio podrá ser mejor apreciada; aquí, es menester entender cómo la soberanía del dios único traza aquellos nuevos órdenes que permiten a los reyes ser soberanos, más allá del poder temporal al incorporar, modificado, el *Dharmasastra* que se adapta a la idea mazdeísta de la centralización del poder divino y, con ello, del poder soberano del rey, como parte esencial del acto del bueno, valga ver que la soberanía del dios único, sustenta a la soberanía del rey único sobre su imperio otorgando al soberano la posibilidad de romper la "Rota" de manera definitiva.

La soberanía del Ahura Mazda descansa en que el dios soberano impone una nueva visión del mundo, que rompe con el mecanismo de las transmigraciones y de las castas, ofreciéndoles a los súbditos, tanto la opción material de la movilidad social, como la posibilidad de vivir una buena vida en el Bien e ir al paraíso sin tener que andar en el trajín del renacer y todos se acoplan a sostenerla y, para que nadie se engañe, es que existen castigos en la visión oscura, cuyo juez es interior y omnisciente, que todo lo ve y escucha, su danda es interior y, por ello, irrefutable a la conciencia; así, no es raro ver gente que corre enloquecida, porque siente que la vigilancia divina sobre su persona le reclama cosas, que solo él conoce y esto sucede sobre todo en estados alterados de conciencia, donde las barreras psíquicas se enfrentan sin trabas a su realidad cognoscitiva y significativa esencial, de modo que, colocarán al juez dentro de cada participante de aquel culto, en un proceso similar al ocurrido en el protestantismo cristiano.

El castigo que las leyes ofrecen, puede ver los actos, oír las palabras, pero no detectar los pensamientos y este Ahura Mazda, el sabio que todo ve, oye y sabe, es el Dios que premia el bien pensar, el bien decir y el bien hacer, de modo que, su soberanía tiene una fuente de vigilancia y castigo interior, en que nada se escapa al que vigila. Ya Váruna tenía la posibilidad de vigilar con 360 000 enviados a los hombres, ahora es desde la conciencia o el interior de la conciencia, que pueden verse y calificarse las ideas de todo hombre: bueno y malo, que se refleja en su palabra y acto, teniendo tantos vigilantes de esa verdad como hombres existan dentro de esas enseñanzas y con el juicio divino interior como base de crear la valoración objetiva al sostener el culto en la conciencia del fiel. El Ahura Mazda entra a cohesionar mediante la cohesión de la conciencia, de modo que, cuenta con el *Haoma*, que les saca las verdades, mientras quema sus culpas desde adentro de sus conciencias que los lleva a tener que decir sus culpas ante su dios y la vigilancia interior de esa conciencia.

*La soberanía (Rajatva) es posible únicamente con ayuda. Una rueda sola nunca se puede mover. De aquí que él empleará ministros y escuchará su opinión. P413 Pero cuando no se obedece la ley del castigo, se da lugar a un desorden tal como el implicado en el proverbio de los peces . El pescado grande se come al pequeño; porque en la ausencia de un magistrado (dandadharabhave) el fuerte se comerá al débil; pero bajo su protección el débil resiste al fuerte.*

—*Arthashastra* [198]

El primer ministro, entonces para la nueva soberanía persa sería Zarathustra, con puesto o sin puesto, ya que es quien mejor sirve a la soberanía del rey, al habérsela creado y puesto a su disposición como un mandato divino. Cuando hablamos de la soberanía divina o de un dios, manejando los ejes de Dumézil, entonces se entiende que existan quienes le apoyen y quienes hagan el trabajo sucio, en un infierno, el cual alcanza a estos dignos de castigo, desde el mundo interior, que se autoexpresa por la presión de las ingestas sacralizadas al principio, pero sobre todo sobre la base de una moral del que todo lo ve en el pensar, hacer y decir; que como Váruna en sus principios buscaba que sus vigilantes vieran al que falta, y que a los hombres de la religión del Estado, les llega la vigilancia, desde adentro de sus conciencias en el Estado; no hay quienes, en la India, quieran saltarse de una casta a otra; pues todo es un destino que se debe aceptar en la rueda de las transmigraciones, algo que en el Ahura se transforma eliminando a las castas y sobre todo, poniendo en disposición del soberano la capacidad de modificar en vida las circunstancias de la gente, algo que resulta atractivo para los hombres, que no creen necesariamente en la trasmigración de las almas o, que, creyendo, quieren influir en determinar sus destinos, cosas que ofrece el mazdeísmo, sobre todo, a las clases militares, sacerdotales, burocráticas o de grandes comerciantes, en un ¿quieres la salvación? ¡Te la vendo! Será curioso ver cómo el comercio inundó las esferas del mazdeísmo, de lo que el culto y la institución se aprovechó de modo genial e inmediato, donde el culto lo provocó, promovió y posibilitó en vías de la ruptura del destino tremendo, inamovible y que solo librará del destino fatídico aparente al ser brahmánico.

La separación rotunda y manifiesta de Zarathustra en el reordenamiento del cielo, rompe con las castas y su parálisis. El sentido del karma que hace que las castas sean una atribución divina que hay que pagar y que divide los estratos en zonas insalvables, tanto de riqueza como de pobreza, no funcionan en un espacio donde los mismos dioses han sido reubicados de los espacios que ocupaban. La idea del karma es rota de manera definitiva y definitoria dentro del nuevo orden social, cabe aclarar que, tanto los que impusieron el mundo brahmán ario, como las oleadas que nutrieron la diversidad de esa casta, rompían en principio con aquel orden por imposición de conquistas militares y al sojuzgarles, luego tomaban para sí y para la extensión de su orden, aquel modelo que habían roto para prolongar indefinidamente aquel estatus de ser clases dominantes por mandato kármico divino; algo muy cómodo e inteligente por su parte; de modo que, por otro lado, si aquellos reyes que se acogen al mazdeísmo siguen aprendiendo de la India, será desde la escuela del Artha y de sus antecedentes políticos hindúes que partían de justificar al Estado por la necesidad de su protección. La *Danda Hara* o coerción será el mecanismo más socorrido, tanto por los antecedentes indúes, como por Kautilya que fue el creador del *Arthashastra* más completo entre los muchos que hubo, y que se sitúa en época tardía en paralelo con Alejandro y su padre Filipo, el gran unificador de Macedonia. El castigo sería el eje de la administración central, no les importa a los reyes que les quieran, sino que les teman.

El temor, es el eje que hace que los hombres sean buenos, no por lo que se les promete como el cielo, sino por el dolor y horror que conlleva el Mal como certeza de castigo en esta vida y en el más allá. Los demonios y el averno en buena medida sirven al dios soberano, no para reclutar malos, sino para espantar al pueblo y convencer a los buenos, de evitar el posible contacto con aquel Mal y el castigo eterno que conlleva el romper las reglas. El castigo penal de la soberanía del rey encuentra el castigo intemporal, inminente, omnisciente del dios que es soberano, y, mientras que el rey tiene además de la protección del dios que castiga desde el interior, que sirve más que mil espías por cada uno, que todo lo ven, lo oyen, o, como se sabe lo inventan creando el escenario propicio a su interés para crear un estado de contricción interior, donde el juez es un ente inmanente divino superior que todo lo ve, lo oye y lo sabe del hombre, porque lo detecta, desde la fuente de sus ideas al saber aquello que piensa.

Para entender el grado de influencia que tienen las instituciones indúes en términos de soberanía y orden en el mazdeísmo, valga como ejemplo, ver que se atribuye al *Avesta*, que la soberanía se haga depender del "Rey, la religión, el perdón, las reservas, el tesoro y la armada". Llamándosele el círculo de la soberanía y el control de las materias; mientras que en el *Arthashastra* se menciona que la soberanía se logra con el "Rey, el Ministro, el país, el fuerte, el tesoro, el amigo y tener detectado al enemigo". Dentro de las culturas indoeuropeas los documentos de la magia y la soberanía, se ven influidos de un espacio y tiempo a otro, de manera determinante y continua; ya sea por la irradiación cultural de tan excelsos escritos y normas, como por la importación o exportación de fenómenos culturales de la administración pública, que se derivan de la soberanía de los dioses, donde los hombres cumplen los papeles que les asignan los dioses (Indira y Yama) que son llamados los amados de los dioses (Devanampiya).

Existen influencias indoeuropeas, donde no se puede determinar hasta qué grado se dieron, pero se conocen efectos de su dimanación siglos después, por ejemplo, como es el caso de Thiruvalluvar autor del *Thirukkural* de los tamil del año 30 a. C., en el que aparece una serie de coincidencias definitorias y definitivas en el tratamiento de diversos aspectos de la organización pública y de la definición misma de la soberanía, con el *Arthashastra* y los *Avesta* y su conexión con el zoroastrismo parsi.

No ahondaremos en esto, para no desviarnos, valga saber que la irradiación de esos conocimientos político administrativos, manejados por los amados los dioses, tuvieron influencias multiculturales en diferentes épocas y diversos niveles; en este documento el *Thirukkural* que fue elaborado por un vendedor de telas, teñidor, que hace de la "paciencia" la máxima virtud del hombre, que puede desarrollarse para el regidor y el hombre común, que además ordena no solo la soberanía sino el calendario. Es muy importante recalcar esto, para tratar de comprender las culturas que ordenan al Estado primo que parten, en buena medida, de ordenar el tiempo y el espacio como aquel campo de lo humano, ordenador del medio ambiente aunque no manejan registros solares, sino que crean sus ordenamientos desde calendarios lunares estatalmente funcionales que les sirven para obtener sus sustentos genésicos ad hoc.

Curiosamente todos estos viejos documentos, hacen hincapié en que el ordenador del mundo que ordena los cielos y el tiempo, parte de ver que la soberanía es materia de un orden, en el que, tanto el ordenador como sus ayudantes deben ser probados en las materias en las que sirven y, sobre, todo en la fortaleza de su carácter y sus debilidades. Los queridos de los dioses para la administración pública, deben mostrar al gobernante su carácter frente al dinero, el poder, los cargos, las mujeres o los mancebos, sus habilidades, sus vicios y sus defectos reales, porque los vicios privados de los servidores públicos son vicios del Estado y el estadista no puede dejar de notarlo, y las virtudes de los que ocupan cargos públicos con la cara educada del orden y el Bien común del soberano, serán su rostro real en el ordenamiento del dispensar y mantener la imagen y voluntad soberana entre los súbditos o extranjeros, contenida en los actos de su gente y sus colaboradores cercanos y lejanos, pues ellos son él, ante lo cotidiano, así que un buen soberano hace una selección muy detallada de sus rostros y sus manos.

Zarathustra deberá empezar la creación misma desde el Ahura Mazda, reordenar el tiempo todo, con ello no solo recalendarizar, sino crear una génesis nueva, que rompa con la idea védica de que antes de Dios existía algo que le creó, de modo que parte de crear al creador nato. Es importante mencionar que las divinas actividades ordenadoras del tiempo mazdeísta van desde el origen mismo, hasta las edades, pre-Zarathustra y post-Zarathustra (Soshans) y bajan hasta el reordenar el día desde el culto y todas son actividades como partes de la soberanía, su cabal cumplimiento y la puntualidad, ya que la impuntualidad del rey afecta el orden todo.

Es muy importante mencionar en este punto, que la soberanía que ordena, parte de jerarquizar los recursos, hay un punto, en el que se dice que un buen gobernante que no sabe detectar dónde está el mejor escritor, aquel que sabe desentrañar los secretos de las lecturas o que sabe extraer de las pláticas la sustancia, y que no contesta lo que el rey quiere oír, sino lo que debe de oír, sin que se moleste el poder del rey; el cual pierde gran parte de su poder, si no sabe lo que sucede y la percepción real que de él tienen sus súbditos, tanto como el poder escoger a sus ministros en base a lealtades probadas y a facultades definidas, ya que, desperdicia lo mejor de sus recursos. El estudio de diferentes materias, es fundamental no solo para ampliar sus criterios y el panorama de su visión de Estado, sino para elevar su espíritu sobre el poder. El espíritu cultivado no se deja deslumbrar por los alcances que el poder otorga y no quedará el gobernante bajo los influjos, ni aun, de sus más cercanos colaboradores. Es curioso ver como los cánones del buen gobierno en la historia de la humanidad y en diferentes culturas, parten de ver que el gobernante que se separa del pueblo queda a merced de sus escribas, ministros y consejeros, usurpándole el derecho de conocer las cosas por propia mano cede a sus vicios.

El rey poeta Netzahualcóyotl, se disfrazaba de paisano para poder entrar en la entraña misma de su pueblo y conocer no solo qué opinaba la gente de él, sino qué les faltaba y, sobre todo, detectar qué parte del imperio les faltaba a ellos el respeto a su dignidad de pueblo. En fin que dejamos el espacio de la soberanía, para unas líneas posteriores más completas, dejando aclarado que la soberanía que reclama el Rey y le otorga su ministro parte de reordenar y reinventar al tiempo que se medía, aunque no se conocía de un modo definido por mediciones exactas, sino funcionales, cómo pudo haber funcionado los protocalendarios de la caza y de la recolección y que el monoteísmo del Ahura, no fue, sino síntesis de la amalgama de miles de conocimientos previos: reordenados en estructura introspectiva, que genera la centralidad total urbana, del rey institucional, que sirve al espacio divino y, que, en términos del mazdeísmo permite reconstruir el origen y por vez primera trazar un culto de las horas y reordenan el día desde segmentos definidos en actividades reales.

Es el soberano quien hace uso de la violencia y de las potestades militares, no como actos injustos, sino en pro de la soberanía de su Dios y del orden en el Estado como parte de la iluminación del dios fuego. Al pensar en una conquista, entonces, no se incurre o se cae en una idea del Mal, o en malas palabras o en malos hechos, si lo que se busca es ampliar el espacio soberano del Dios al que se sirve y, claro, los reyes se sirven de este estatus internacional que les permite hacer en aquellas épocas las guerras de conquista preventivas para salvar las almas de aquellos de afuera, que serán conquistados, y a los que después se les revelará la luz. Darío I, el Conquistador, dice es Ahura Mazda el proclamado como "Dios de reyes". "El más grande de los dioses" y Ciro el Grande, el otro gran conquistador en la toma de Babel pronuncia un edicto en el que ordena:

Yo soy Ciro, el rey del mundo, gran rey, rey poderoso, rey de Babilonia, el rey de las tierras de Sumer y Akkad, rey de las cuatro partes del universo, hijo de Cambises, gran rey, rey de Anshan, descendiente de Teispes, gran rey, rey de Anshan, de un linaje real antiguo, cuyo reinado es amado por (los dioses) Marduk y Nabu, cuyo reinado se deseaba que los hacen feliz. Devolví a estos santuarios en el otro lado del Tigris, santuarios fundados en tiempos antiguos, las imágenes que habían estado allí y he hecho que retornen a sus viviendas de manera permanente. También he reunido a todo su pueblo y les devuelvan sus casas.

—*El cilindro de Ciro*[(199)]

Y en la *Inscripción de Darío en Behistún* dice, en escritura cuneiforme:

2. *(1.3-6) Darío el rey dice: Mi padre fue Histaspes; el padre de Histaspes fue Arsames; el padre de Arsames fue Ariamnes; el padre de Ariamnes fue Teispes; el padre de Teispes fue Aquemenes.*
3. *(1. 6-8) Darío el rey dice: Por esta razón somos llamados Aqueménidas:*

*Desde tiempos lejanos hemos sido nobles. Desde tiempos lejanos nuestra*
*familia ha sido de reyes.*
4. *(1. 8-11) Darío, el rey, dice: 8 hombres de nuestra familia han sido reyes*
*antes que yo: Yo soy el noveno en la sucesión de nuestros reyes.*
5. *(1. 11-2) Darío, el rey, dice: Por la gracia de Ahura Mazda yo soy rey.*
*Ahura Mazda me entregó el reino.*
6. *(1. 12-7) Darío, el rey, dice: Estos son los países que fueron puestos bajo mis*
*órdenes; por la gracia de Ahura Mazda yo fui su rey: Persia, Elam, Babilonia,*
*Asiria, Arabia, Egipto, aquellos sobre el mar, Sardes, Jonia, Media, Armenia,*
*Capadocia, Partia, Drangiana, Aria, Jorasmia, Bactriana, Sogdiana, Gandara,*
*Escitia, Satagidia, Aracosia y Maka: entre todas, 23 provincias.*
7. *(1. 17-20) Darío, el rey, dice: Estos son los países que fueron puestos bajo mis*
*órdenes; por la gracia de Ahura Mazda fueron mis súbditos; me ofrecieron su*
*tributo; lo que yo decía, día o noche, era cumplido.*
8. *(1. 20-4) Darío, el rey, dice: En estos países, al hombre leal lo recompensé*
*bien, al malvado lo castigué bien; por el favor de Ahura Mazda estos países*
*mostraron respeto por mi ley, y lo que yo les ordenaba era hecho.*
9. *(1. 24-26) Darío, el rey, dice: Ahura Mazda me entregó el reino. Ahura Mazda*
*me prestó su ayuda hasta que logré poseer este reino;*
*por la gracia de Ahura Mazda yo mando en este reino.*

—*Inscripción de Darío en Behistún,* [200]

Esta idea del conquistador central muestra que ya como soberano está por
sobre sus tropas y oficiales de un modo determinante y definitivo, que parte de
ordenar, aun el caos que desatará la conquista y es muy propia del soberano que
quiere conservar la unidad de su fe, hacia adentro de sus tropas, al conquistar
como fuerza superior de ocupación, aquel centro de la idolatría ancestral, para que
así, ante los embates que forzosamente tendrá la ocupación, ellos tengan adentro,
una visión centralizada única o no se hagan de enemigos diversos por razones de
fe, porque no hay gran conquistador que se estime, que no sepa que una cosa es
dominar al pueblo por las armas, pero otra muy diferente, es dominar sus espíri-
tus, algo que lleva más tiempo y que no sucede en la conquista misma, sino con el
tiempo en que la ocupación demuestra al vencido, las ventajas de la fe ocupante;
o por la imposición que durante muchos años se hace erradicando la fe ajena, cosa
mucho más complicada y que veremos sucedió, de manera eficiente, en situacio-
nes histórico-concretas, como es el caso de la mecánica conquistadora española, o
en la expansión mahometana, pero no aquí, en donde apenas se conforma el inicio
del modelo urbano; esta idea será la lógica que después Roma usaría, respetando
los panteones ajenos y llevando a los dioses nativos a Roma, para que desde ahí,
ya romanos, apoyaran al conquistador, pero conservando la identidad interna de
unidad como conquistador, amén de que logra que sus tropas no devasten lo que
el Estado recogerá, desde el centro del poder eje, que tiene un centro único que

quiere pizcar riquezas y no las sobras olvidadas del pillaje de las tropas que resultaría de habilitarlas al caos, así como, reservarse el estado el derecho de negociar con las jerarquías locales las posibles acciones que al poder conquistador convengan y que compren conciencias conquistadas.

Cuando un rey tiene el poder de evitar el saqueo muestra, por un lado, el grado de control y disciplina de sus tropas y, por el otro, puede, para gobernar, hacer concesiones políticas con aquellas familias prominentes, haciéndolas aliadas o castigando injurias e intrigas; amén de que se gana la voluntad de los pueblos ocupados y suaviza el proceso de conquista y avasallamiento para obtener los impuestos. Cabría mencionar que el rey tiene un ritual específico, que cuida de modo relevante, y con toques de trompetas, para la adoración de su Dios, ya que, desde el comportamiento real y sus ministros se desprende el comportamiento del pueblo. El espejo de la sociedad es la jerarquía del Estado y de las castas superiores; por eso, el que rompe el orden dentro del Estado, es castigado por el Estado y debe recibir un castigo ejemplar, que muestre que el orden no se quebranta sin consecuencias, ni aun por los encumbrados por el poder y que, el precio siempre será muy alto; mientras que también existe la opción de que el rey se sienta autónomo de la idea divina del poder y esto también será castigado desde el cielo, ahí surge ese antihéroe como el emperador de la edad de oro: Jamshid.

*Todos miraron al trono y no oyeron ni vieron*
*a nadie más que a Jamshid, él solo era Rey...*
*absorbía todos los pensamientos y, en sus alabanzas*
*y adoración por ese hombre mortal,*
*olvidaron la adoración por el gran creador.*
*Y orgullosamente a sus nobles habló,*
*embriagado por sus fuertes aplausos:*

*"Soy inigualable, pues a mí la tierra*
*me debe toda su ciencia y nunca existió*
*una soberanía como la mía, benéfica*
*y gloriosa, que borró de la tierra poblada*
*la enfermedad y la necesidad. La alegría doméstica*
*y el descanso proceden de mí, todo lo que es bueno y grande.*
*Espera mi orden; la voz universal*
*declara el esplendor de mi gobierno,*
*que está por encima de lo concebido por el corazón humano*
*Y me hace el único monarca del mundo".*

*En cuanto estas palabras salieron de sus labios,*
*palabras impías e insultantes al alto cielo,*
*Su grandeza terrestre se deshizo. Todas las lenguas*
*se volvieron clamorosas y atrevidas. El día de Jamshid*

*quedó en las tinieblas, toda su brillantez se oscureció.*
*¿Qué dijo el moralista?: "Cuando eras rey*
*tus súbditos eran obedientes, pero quien sea*
*que descuide orgullosamente la adoración de su Dios*
*trae desolación a su casa y a su hogar".*
*Y cuando notó la insolencia de su pueblo*
*supo que había provocado la ira del cielo*
*y el terror lo sobrecogió.*

—Shahnameh Ferdowsi,
citado por Joseph Campbell, *El héroe de las mil caras*, p. 309[201]

Este mito del universo persa en un zoroastrismo avanzado, muestra cómo la religión de los reyes reúne una identidad de la sociedad subordinada del que manda en la tierra por beneplácito del cielo y cómo, esta unión puede romperse por soberbia y suele ser, por el pecado del poderoso que manda; la unión del poder eclesiástico y el rey estaban fundidos en el gobierno. Es pertinente mencionar que es importante notar cómo el poder eclesiástico que otorgó la soberanía al rey único, desde la creación del dios único, creó con esto los lazos que unieron la fe y el poder de la administración y del Estado; es la soberanía, la atadura de las dos instancias que inician juntas, por siglos el desarrollo del orden. Por otro lado, es curioso ver que, cuando muere Zarathustra, que es la tercera etapa del mundo, según el divino plan, llamada Soshans o del salvador, que es la era del hijo de Zarathustra que nace del esperma de este, que cae a un mar del que queda preñada una virgen que trae al salvador.

Ahí se gesta un reordenamiento del tiempo, que es conocido como el Éschaton, que es un proceso de renovación que no solo regresa como el diluvio al Arché o principio, sino que implica un regreso que da principios ampliados, es decir, aquello que empiece, deberá ser siempre mucho mejor, partiendo de bases más amplias, recopilando la experiencia anterior, y no partiendo de su olvido, como sucedió en todos los mitos de inundaciones. Estos hermosos mitos plenos de fantasía, preñaron a la dama del tiempo y pronto nacería la base del tiempo en la historia. ¿Quién creería en viejos mitos inspirados por religiones histórico-enteogenizadas de mentes al despertar?

Los antiguos dioses ahuras, que se manifestaban en el Mazda, irán adquiriendo autonomía nuevamente en el panteón indoiranio post-Zarathustra, convirtiéndose en ángeles guardianes del Templo Zarathustra Spitama, (el Zarathustra mensajero elevado a los altares zoroástricos, Kai-Vishtorp, Jamasp, Isadvastar, el hijo de Zarathustra) y otros líderes religiosos que se incorporan al nuevo panteón, cuidando el templo del paraíso y otros más, que acaban poblando los cielos iranios; es importante aclarar, que los nuevos creyentes de este culto, con el afán de guardar esa identidad monoteísta, que ya vimos, cómo inapropiadamente se le ha asignado a este proceso histórico de síntesis, desde un politeísmo que opera con los patrones propios del despotismo oriental primario, quieren olvidar minimizando, el que Zarathustra invoca y adora el fuego como la máxima representación de su deidad y su vivificación significante es símbolo y presencia de lo divino y que en sus comienzos el fuego es el dios vivo y adoran en altar en representación viva del dios único y soberano.

En la época post-Zarathustra se convierte Ahura Mazda en: Ormazd, Orhmazd, Ormuzd, el dios de la revelación profética, Ormizd, en sus versiones persas posteriores, cuando las cualidades del Ahura Mazda, se convierten en seres angélicos y la parte oscura de la dualidad de los hermanos es también Arimán, Ahriman o Enak Me-nok; y aunque Váruna era amigo y compañero de Indra en los *vedas*, aquí, asimilado por contrario polar, es que no dejarán de asestarse afrentas.

Es importante entonces resumir, diciendo que en nada menoscaba a la historia del Ahura Mazda, el ubicarlo en su contexto politeísta, que crea un monoteísmo desde la base de crear el despotismo oriental y su soberanía, como dios uranio que desciende las cualidades generadoras y fecundadoras del espíritu, al grupo conquistador de la antigüedad, que se desprende del proceso indoiranio original, crean sus modelos propios urbanos separados de su fuente original, por la idea y especulación genial del Zarathustra, donde el castigo penal soberano, entonces; es el lado oscuro, que espera al que falla el cumplimiento del nuevo orden asignado por aquel soberano y su dios; y donde aquel castigo les dura por miles de años.

Es este un estadio de adoración del elemento fuego que construye la primera vertiente intelectual de la sincretización del espíritu divino al servicio de la soberanía estatal del hombre; y es el elemento que llega al punto más alto de su realización intelectiva, que parte de emparentar al fuego, con una visión monoteísta superior; donde el Ahura preside el panteón de los grupos protourbanos como esencia divina. Es menester hacer una serie de observaciones respecto a la noción oscura del Ahura Mazda, porque, desde el principio de los tiempos, existe no solo el carácter binario de las deidades, sino que en este caso, es que nace la idea en el Ahriman que es la conciencia del Mal, el antecedente del Lucifer (ardiente la luz bella soberbia, y el Sorat el maligno que hace ver fríamente al Mal como parte natural y familiar del acto cotidianamente aceptado), que nace en el momento de la duda. El Aka-Arimarius es el espacio creador de una serie de archidemonios llamados "*daevas*", antes, divinidades positivas védicas: Aka Manah, Indra, Saurva, Taurvi, Zairitsha, Naonhaithya y Aeshma, aunque en los *Gathas* solo menciona a Aka Manah o mente perversa creada por Ahriman en oposición al Vohu Monah (mente buena). El Aka Manah apoyó al demonio Buti a tratar de acabar con Zarathustra el cual le rechazó con los cantos del Ahuna-Vairya y, vencedor, el genial inventor monoteísta vence al Ahriman mismo. Es fundamental ver, que los demonios de aquella época, al ser parte intrínseca de la conducta humana, solo son vencidos por la voluntad del hombre, son los mismos, que aún ahora andan por ahí, haciendo de las suyas; recuerden que hoy la bolsa de valores no cae porque haya corrupción reconocida (Sorat), y los especialistas dicen: que es familiar a las economías mundiales, y esta familiaridad es la cauda real de un Sorat que está feliz de fabricar pobreza extrema por doquier, bueno, esto lo saben en la bolsa pero no les importa, mientras se acomodan la filosa cola entre las sedas, ¿o sí? En fin que la frialdad con que la pasión por vivir y por defender la vida y los valores vivos está tan degradada, que el Ahriman se pasea cual el primer día, pero ahora, en sus terrenos, o ¿lo dudas? El Druj Nasu es el demonio de la mentira, el embustero, es la encarnación femenina de la ociosidad y sería el rival de Asha, es un espíritu maligno, que va desde su hacer el Mal específico, hasta que en el tiempo se convierte en un instrumento de todo Mal por omisión. El espacio del Mal concebido contra el mundo, es también fuego vital, que puebla de sinsentido a esa destrucción del mundo dada en viva frialdad al dejar hacer el Mal para no alterar el Bien.

Llega a convertirse en un símil del demonio Tutti, quien derrama la corrupción sobre el mundo. Aeshma es el demonio del odio y la furia, señor del enojo y amigo de las tormentas, con los milenios se convertiría en el demonio Asmodeo. Dahaka es la serpiente, parte demoníaca y parte hombre, que parece que es el antecedente de la que tentó a Eva. Es importante resaltar cómo la concepción binaria de la naturaleza, ya desde este principio, separará de una manera categórica y profunda la diferencia entre la noción del Bien y el Mal, como verdades opuestas de la naturaleza base de la condición humana, en que, la parte animal es la bestia a domar, empero, en ambas el fuego está presente, como esencia del espíritu de iluminación y residencia del castigo; el fuego contiene a la creación y la destrucción como sino vivo; la iluminación y el calor se desprende de la transformación de la materia. En donde, curiosamente, la esencia del Mal moderno, que es igual a la del Mal primigenio: la mentira, la mala voluntad, la corrupción, es una hechura demoníaca del hombre (entendida como el triunfo de la bestia), que tiene sumidas a naciones enteras en la miseria, porque son gobernados por gente que trabaja para el Ahriman en adoración a lo bajo, como los imperios que se manejan por la mentira y el abuso del poder, por los vicios que se desprenden de la mente que no piensa al pensar, hablar y hacer el Mal.

La idea que sojuzga al *Ordo* se desprende de la envidia como uno de los demonios más comunes. Es fundamental que aquí se aclare el que no existirá ni en su análisis, ni en posicionamiento, la peregrina idea de hacer aparecer como parte de lo mismo al Mal del Bien, lo que desde el comienzo ha sido debidamente separado, esto es, la diferenciación entre el Bien y el Mal; partes de lo binario son y han sido apartadas por la conciencia de su diferencia cualitativa y la voluntad; no solo como una cuestión moral, sino como una base de principio, en que no comulgan con la misma esencia esos que buscan el Bien de la humanidad, que en la historia de los pueblos suelen estar identificados con el poder y son separados de aquellos que buscan el Mal, en la trasiega del pensamiento del usufructo personal, de aquello que es, por derecho, para usufructo de lo social y que rigen sus actos bajo las ideas de detentarse como las vanguardias de lo humano base, siendo la regresión misma que va apoderándose de la ley, para su uso, lo cual no será sino sinónimo del abuso. El mal demoníaco real es el gobernante egoísta y ciego que solo abusa del poder.

Es fundamental percibir como las causales del mal público en la naciente urbe quedarán registradas, de una manera definida y excepcional, donde claramente se muestran como parte activa de la corrupción, como ese acto probado, que va contra el interés público. El Mal ya no queda consignado como algo del destino, típico de las castas, sino como el producto de la irracionalidad voluntaria del hombre, que se sirve de lo que es de todos para enaltecer su nombre en desorden, con ello consignado como un acto voluntario en que el Bien público se convierte en posesión privada del que detenta el poder temporal. Y en *Yasna* se había dicho que Con la desaparición del Mal del universo el Bien prevalece en todos lados y tiempo y el nombre maldito del Angra Mainya será olvidado. Ahura Mazda será por siempre, por la eternidad.

> *11. Y esta nuestra palabra es lo que se ha proclamado como un símbolo que hay que aprender, para ser recitado, por así decirlo, a cada uno de los seres bajo la influencia de y por el Bien de la justicia de los mejores.*
> *12. Y "como" (el adorador ha) se habla adore, cuando así lo ha "designado", el "Señor y el regulador", de modo (por tanto, recitando estas palabras de autoridad), reconoce a Ahura Mazda (como antes, y supremo) mas, esas criaturas que tienen "la mente" como la primera. 'Ahura Mazda' que lo reconoce como el más grande de todos ellos, que le asigna a las criaturas a Él (como a su creador).*
> *3. La base de la tercera base, es que él lo que anuncia que "todas las comodidades de la vida pertenecen a la buena Mazda", (y vienen) de él. Como recita dazda manangho, 'el creador de la mente', "él lo reconoce como superior y anterior a la mente y cómo es que se hace lo que se indica (la verdad) a la mente, (decir) manangho de la mente", lo que significa que por ser presente le hace mucho (es su director), y le hace "el señor de las acciones".*

—*Yasna* XIX 11-13 [202]

Es curioso que el nombre del Ahriman que dará la base de la noción oscura de los demonios en todo el Occidente, prevalecerá, dentro de las nociones ocultistas y demoníacas de la tradición, en que a él se le queda la obra del crear los pecados y las enfermedades y, se entiende, que va empezando por el pecado de (no creer, pecado de orgullo, es la soberbia creador del invierno las serpientes del río). En un documento del medioevo *Viral un hombre justo* se va al mundo de los espíritus, (es una versión de Menog-i Khrad) con un viaje narcótico (¿Haoma?), llega al cielo, al purgatorio, y al infierno guiado por un ángel y un hombre justo, le proporcionan bendiciones los arcángeles: Amahraspand, Zorthort, el pío Srosh y Adar el ángel, los dos últimos le acompañan y, cuenta la historia, de la existencia de una mujer hermosa que recompensa los buenos hechos y de las bendiciones de su presencia en el paraíso en que Ushta, Mari y *yahmai ushta kahmaichit* (Bien para el bueno, por el que este beneficio se convierte en el beneficio de cualquier otro).

Es fundamental que esta noción sea totalmente comprendida, porque en ella se basa toda la filosofía del Bien del Avesta, el Bien de uno, o emanado de uno, que solo puede ser un bien para todos, no es posible tener un bien que produzca el Mal para otros. Y cruza el puente Chaunaud acompañado de Mihr el ángel, Rashn el justo, Vai el bueno, Warharan el Ángel del poder; Ashtad el Ángel cuidador del mazdeísmo. Después de gozar del banquete de todos los bienes, pasa al purgatorio o Hamistagan, el lugar del detenimiento, donde están los que no hicieron más bienes que males o viceversa y están detenidos mientras reencarnan. Al final del camino está el infierno de Ahriman, donde se encuentra el espacio del dolor derramado a mares de ojos cubiertos del sin retorno eterno. Ahí están los de las malas ideas, malas palabras, malos hechos, y el máximo castigo es, que cada uno de ellos para sí y por la eternidad se dice: "Estoy solo". Y cuenta de todos aquellos que ve. Es un viaje que precede a la *Divina Comedia* por miles de años, pero que no le pide nada a la trama para su época. El demonio está dentro de la mala voluntad del ser que prefiere por su designio ir tras la oscuridad del Ahriman, el que queda preso y nunca suelto si la voluntad del Bien prevalece y la inteligencia se ilumina en la luz de la verdad.

Y en el recóndito pesar de sus secuaces hay hoy y siempre, ante la mirada de sus hijos o seres queridos, ante la gente o compañeros, o supuestos amigos que solo están, cuando estás y surge la certeza del ¿estoy solo? Cuando se ausenta de ti la alegría, como pregunta angustiosa del que sabe que se negó a existir en la idea del bienestar ampliado para todos que es el espacio natural del hombre bueno, que por el sentido de sus actos envuelve su pensar, decir y actuar dentro del Bien de una letanía del bien hacer, bien decir y hablar bien y pensar bien, que de eso se trata: significar.

Ahriman no solo se apodera de las voluntades débiles, sino que usa las debilidades de aquellos que pretenden obtener fácil, eso que no les corresponde, o, que solo les correspondería con un esfuerzo, que no están dispuestos a hacer; y así, es el creador de la brujería, la hechicería, y con esto, su figura como creador generador del Mal se convierte en un poder no uranio, ya que el creador es el Ahura Mazda, así como el fecundador del Bien del bueno, pero está el Mal acechante, omnisciente, (ante esta obra y su tinta contenido y equipo, y se le notifica que ha sido expulsado, por fuego sacro de las eternidades creadas, cual la prescencia de la misma luz de Dios en su opuesto el Ahriman) como la concesión degeneradora omnisapiente, que degrada por corrupción las obras mágicas de aquel hombre del dios del Bien, porque hay quienes no quieren afrontar el pagar los costos que del Bien se desprenden y es parte del juez de todo, que solo con ser humildes para aprender de los errores, otros simplemente hacen lo que Dios manda, pudre lo inservible de la soberanía interior del Dios omnisciente, porque siempre está cercano interiormente a la condición humana; aunque dejará a sus demonios actuar, y sobre todo, relega en buena medida su poder, en la figura más arcaica de una diosa, a la que por su carácter ancestral y por ser la del polo de la dualidad femenina, la convierte en recipiendaria del Mal que tiene, y todos estos atributos los obtendrá como Diosa que tendría influencia en el oriente medio: Babilonia, Asiria, Caldea, Egipto, Grecia, Roma, representada en la presencia de la diosa Hécate. Diosa primigenia que es arcaizante y hechicera, señora de la noche y la dama que desciende al sepulcro. Tal vez una de las raíces sea Shivá, vista como su opuesto, ya que una de sus representaciones griegas más preciadas, sea la de la diosa danzante de las cuatro manos, que se mueven al ritmo de la vida, en ese caso recupera de Shivá aquella parte destructiva que conlleva este eterno danzar cósmico: y crea y destruye todo a su ritmo. Además que presenta la tríada para la muerte de las tres edades y en los tres elementos vivos, representada por una mujer triple que todo lo ve, lo oye, lo adivina o lo piensa… en extensión femenina del Ahura, pero desde la parte oscura cavernaria.

Se le relaciona con el Ahriman al ser representada con dos luces como ese binario femenino opuesto del Ahura Mazda en su opuesto creador de la destrucción, que todo el tiempo tiene malos pensamientos y muerte lleva en su mente y en sus hechos, siendo la destrucción y la matanza, su hábitat; contrario al brillante dios de la luz que unifica en un fuego; es el fuego que va a tener en sus primeras representaciones opuestas a Hécate la mujer guía, que con dos antorchas lleva al inframundo de la muerte, se le identifica con la diosa Madre Ninhursag de Ur; diosa solitaria, la ama de llaves del mundo; y en Egipto se la hace derivar en el siglo VI a. C., de Hequet, Heket, Herat. La diosa predinástica cabeza de rana, que asiste al diario nacimiento del Sol, asociándose a la germinación mágica y a la parte oscura, del entierro y crecimiento de la semillas, vinculada con Heq, la diosa de los nacimientos. Alguien platicaba que le decían: "Ella trabajará su voluntad, la más brillante y en el siglo IV aparece como bella y poderosa, cargando una antorcha y vistiendo una túnica negra o azul oscura llena de estrellas". De Zarathustra del cielo vestido. Para los griegos existen mil y un historias de su nacimiento, y, solo registramos un par, de las más notorias e importantes entre las que al respecto existen en el folclor heleno sobre la mujer semilla de luna. Hécate será la polaridad del Ahura y la viva recipiendaria de la mujer araña, murciélago, serpiente; zona oscura en creación de la dama de 'la oscuridad que va a estar conectada a la Luna y a las estrellas cual formas'.

La llaman Hékate como femenino de Hekatos, una de las más oscuras y desconocidas personalidades de Apolo y Zeus le da el poder sobre tierra, mar y cielo, es dadora de bienes a la humanidad, diosa de la abundancia y la elocuencia. La segunda referencia griega está en la *Teogonía* que dice:

*Y a Asteria procreó de buen renombre, a quien Perses un día condujo a su gran morada a que fuese llamada su esposa. Y esta, encinta, parió a Hécate a quien sobre todos honró Zeus Crónida y le fue concediendo espléndidos dones: tener parte de la tierra y de la mar infecunda; más ella tuvo también el honor del cielo estrellado y por los inmortales dioses sumamente es honrada. ( … ) Y en efecto, ahora, cuando uno de los hombres terrestres con ricas ofrendas, según el*

*uso. Propicia a los dioses, a Hécate invoca; y mucho honor muy fácilmente le*
*sigue a aquel cuyas preces acoge, favorable, la diosa y a él dicha concede.*
*Porque tiene poder para esto. [Diosa consentida que, a quien la llama e*
*implora, a ese hombre asiste], junto a los reyes augustos se sienta y en el ágora,*
*entre la gente descuella aquel a quien quiera y, cuando para la guerra homicida*
*los hombres se arman, allí asiste a quienes quiere la diosa... benigna también*
*cuando los hombres en los juegos compiten... también los que el azul proceloso*
*trabajan... (el oeste procuran) Benigna en los establos, con Hermes, acrecienta*
*el ganado... y el Crónida la hizo nodriza de cuantos jóvenes vieron... así desde*
*el principio es nodriza.*

—Hesíodo, *Teogonía,* Versión de Paola Vianello de Córdova, p. 14,15 [203]

Hecate comienza así en Grecia con un multipapel de diosa buena, vencedora
y consentida, e irá con el tiempo concentrándose en ser la guía del inframundo y
la hechicería:

*Según Pausanias Hécate no fue representada de forma triple hasta finales*
*del siglo V a. C. En los llamados Oráculos caldeos, Hécate fue también*
*asociada a un Laberitno serpentino alrededor de una espiral, conocido*
*como "rueda de Hécate" (el Strophalos de Hécate)... Algunos de los epítetos*
*por los que se conocía a Hécate eran: Chthonia, "de la tierra", Krataiis,*
*"poderosa", Enodia, "de los caminos", Propylaia, "delante de la*
*puerta", Propolos, "la que dirige", Phosphoros, "protectora de la luz",*
*Prytania, "reina de los muertos", Kleidouchos, "guardiana de las llaves",*
*Tricéfala, "de tres cabezas", y Trioditis, "tres caminos", Trivia en latín,*
*epíteto con el que los romanos también designaban a Diana Trivia como diosa*
*de los cruces de caminos, consideración que recibió Diana al ser el equivalente*
*romano de Artemis, asociada a su vez a Hécate.*

—Pausanias[204]

Hécate, es la mujer noche, la de las humedades lascivas, la de los deseos
profanos, la de los sueños mojados de la humanidad, la que siente en la soledad
la falta de una pareja, la que se cuenta con ella para ser señora de la masturbación
elocuente, la que derrama en las soledades las ansias y la que ama prohibidamen-
te; la que engaña, la amante que puede matar de celos profanos, la mujer oscura
que con su vientre se apodera de las fuerzas del hombre viril y hace temer a los
guerreros verse impotentes a sus pies de ser reina gélida.

Su vestido tejido de los hilos de la noche estrellada, va a tener para sí misma
las características que recojan los demiurgos occidentales y que les da el traje de
iluminación del hechicero; en la obra de los primeros oráculos caldeos, dice:

*55.— Porque es el operador el padre; porque es el dador de vida que porta el fuego; porque llena la vida, produciendo el pecho de Hécate, e inspira en los Synoches la fuerza vivificadora del fuego, investido con poderoso poder.*
*65.— El principio masculino de Hécate corresponde con el de los padres originales.*
*66.— De Él surgen los Amilicti, los truenos implacables y el remolino que recibe el corazón de la energía espléndida de Hécate, padre engendrado, y quien circunda el brillo del fuego y el espíritu fuerte de los polos, más allá de todo fuego.*

—W. Wynn Westcott, *Oráculos caldeos*, p. 17, 19[206]

El principio masculino de Hécate se remitirá al Ahura mientras que su característica femenina es el Ahriman y ambos relacionados en su liga con el fuego. Hija del Ahriman que creó la hechicería, es la Hécate hechicera diosa y máxima representante del pasaje oscuro, al ser poseedora de las llaves de las puertas de la muerte, también se le otorgan las líneas del nacimiento; es la partera y diosa de la fecundidad, es la maestra de la hechicería de Medea, que con sus conjuros y pociones favorece a Jasón, para que obtenga el vellocino de los toros de aliento venenoso, sin morir.

Atenea usa las pociones de Hécate para convertir a una mortal rival en araña. Es llamada señora del Hades, Diosa del lado del camino, muchos otros nombres que asignan a la que da la muerte, domina el sepulcro y hechiza con magia negra a las almas; es el enorme miedo del varón que no está seguro de satisfacer con su potencia a la mujer amada, que a ella le reclama dar satisfacción que es parte de la hechicera. La dama que no se puede satisfacer al ser amada, pasará a ser la odiada, mujer nunca vieja, siempre joven, que desde corta edad atrae a los hombres, por sus duros pechos y su mirada lasciva, por la invitación a ser tomada, para después de ser tomada volverse contra aquel que osó tratar de calentar la sangre fría que corre por sus venas, amante insatisfecha siempre, puede hipnotizar y vejar, es el triunfo que nunca se alcanza, que se escapa entre los dedos y que siempre siembra la duda, hasta hacer dudar a la virilidad que se le acerca a aquellas frías humedades de lava ardiente, de miradas que solo pueden enamorarse de quien las desprecia y, que, entonces solo esperan que aquel ceda para vejarle; tal vez, por ello, en las enseñanzas arquetípicas de las mujeres está el fingir, antes que pasar por la acción emasculadora de la virilidad y la potencia por la burla de la burlada.

Los hombres siempre han tenido miedo de las mujeres hasta que las han satisfecho, antes, quedan entre la espada y la pared de probarse a sí mismos, en su virilidad; estas huellas psicosexuadas tienen implicaciones importantes, en lo que será el comportamiento de los hombres que en el patriarcado, se miran como (fuertes, valientes y buenos) con respecto a las mujeres que ven (débiles, calientes y malas). Son seres oscuros que se comen la virilidad en sus humedades y pueden hacer perder el orgullo al varón.

El patriarcado miedoso de las damas las encajona en su papel oscuro, en el que sus fuegos arden en pecados, la más puta y deseada ante el espejo de la impotencia.

Esta visión del opuesto femenino permea el concepto de la bruja occidental, aun entrada la Edad Media. Es la que representa no tanto a la muerte, sino la que guía a la trampa y la traición, de aquel que sin conocerla cae sin esperanza al caos... Habéis visto la imagen de un macho impotente; es la caída al pozo, la vía más corta al alcoholismo. En Grecia también se le vincula a la tríada de Deméter que aparece como la señora arrugada y vieja ancestral, Perséfone, la ama de casa y señora del matrimonio y a Hécate la damisela que reparte, siempre joven, sus dones y las tres son una y la misma. Porque ¿quién duda que la vieja y seca muerte siempre está joven y fresca? Es amiga de reinas hechiceras envenenadoras, pues la magia, es, la parte masculina en un sistema patriarcal del poder de la palabra, la hechicera es la reina de la oscura vista de las pociones silenciosas, desde la lengua sibilina. El mago es en la virtud de las palabras del poder, mientras que la hechicera es la contracultura hegemónica que siente matar al morir. Es la guía que lleva a las almas a cruzar el Leteo y con sus antorchas marca el camino de las almas para entregarlas a las Parcas, que se encargan de retirarles este humano traje.

Son de duras tetas, sin nalgas, de vientre liso y sangre helada, resuman los jugos ansiosos de ser satisfechos, pero nunca podrán tener sino la satisfacción de ver morir a sus amantes de impotencia, al elevarles el flujo de la sangre hasta el paroxismo que la derrama y que cae ante su gélida mirada, del tener su piel de serpiente helada, con que los atrapa.

Curiosamente en Hécate se funden las diosas primigenias protohistóricas, que adoptan aquella figura del Ahriman, el protopadre del Mal, aunque ella tenía adoradores por siglos en diversas formas; es, en sí, la femineidad avasallante que atemoriza en su cálculo. Este proceso donde se le va a ir sobresaliendo el lado oscuro por sobre sus virtudes, parte del campo ensangrentado al que invita a la cópula. Es la mujer que ama en sus días de menstruación, lo que bien puede ser resultado de su valoración por parte del patriarcado, que desde el *Ordo* de la ley se establece la prohibición de tomar a las mujeres en sus días y seguramente de manera ancestral y arquetípica es la respuesta al abuso que el matriarcado propició con sus ceremonias sobre los hombres, y el gobierno que estos pretendían, lo cierto es que se funde el Mal a la idea de la bruja. Hay el mago junto al poder, pero no la maga, en un modelo patriarcal, en donde la magia es parte de la soberanía del dios soberano, desde Váruna hasta aquel Merlín medieval, siempre ligado al trono en la mesa redonda, la hechicera aparece con venenos de reina o es la hermana del rey suspirante, conspiradora, traidora, incestuosa y fraticida, la que cambia el huevo regio por los huevos de las sierpes, tenidos con el reptil que quiere para sí el trono en los oscuros bosques, en que la hechicera, por su espacio compensatorio equilibra al Bien y ofrece el Mal como remedio de lo irredento y corresponde al poder no institucional.

Cuando muere Perséfone solo su madre Deméter escucha los gritos junto con Hécate la diosa de la Luna que, aunque alumbró las huellas para que Deméter pudiera seguir los pasos de Perséfone, esta perdió su rastro, por una piara de cerdos que en el mismo momento pasó por aquel lugar (los cerdos representan los que se desvían por las riquezas materiales, los hechizados por Circe, descuidando la esencia del motivo central del desarrollo interior de su Odisea; solo los vencedores pueden entrar a la casa de la muerte y consultar, en vida, a esos espíritus para obtener las noticias de las verdades de ultratumba y salir vivos). Deméter y Perséfone estuvieron ligadas a las Tesmoforias, esos ritos de mujeres en que se sacraliza la sexualidad. El sexo sacralizado asegura, por un lado, la procreación animal y, con ello, la abundancia de bienes y, a su vez, la procreación familiar que vela por la supervivencia del grupo, esto se relacionará con la abundancia de la alimentación.

El términos de la sacralidad, el sexo y la comida no fueron separados, sino muy posteriormente, de la cultura humana ya que, de un modo simbiótico, se referían ambos a la abundancia y a la supervivencia. Las orgías, en sus principios, se refirieron a grandes fiestas de mujeres en las que proliferó el culto fálico y la masturbación femenina, con características de grupos agrarios De esto sobran ejemplos, como las Isíacas egipcias, las Ciniradas y Heteras de Pafos, las Saces babilónicas, las Cordasianas, las Colias, las Damiatrix, las Hilarodas, todas estas, griegas, las Bacantes, las Médicas, son entre otras muchas, ejemplos de cultos femeninos, tanto de las grandes civilizaciones antiguas, como de los grupos tribales, que pretenden hacer, que en la cosecha o en la siembra se adore el principio femenino de recreación. Es, con el tiempo, y por un uso indiscriminado de la palabra orgía, que se extiende a la actividad de excesos de ambos sexos, de hombres y mujeres que, sin más pudor, se entregaban a todos los excesos, sobre todo sexuales y de ingesta, tanto de enervantes o de bebidas embriagantes, como de comida, empero, todos desde sus principios son reminiscencias del principio sedentario agroprotourbano, matriarcal, eje que tienen esos vellos púbicos ansiosos de la lítica para Medusa, donde relaciones de identidad lodosa de fertilidad fueron el templo que dio vida a la caverna de las gorgonas y sentido al mundo de lodo.

Estos ritos, con nombres propios de cada festividad, acabarán convertidos en las orgías femeninas, pero el sentido base de las fiestas en las que imperaba el sexo y la abundancia de la ingesta de bienes obtenidos de la tierra, ya sean bacantes o Citeríadas, o las bacanales, se dan pretendiendo propiciar con el exceso, la atracción de la abundancia en las cosechas y sus conductas de exceso ponen el ejemplo de lo que es no escatimar para que los dioses sean propicios y también se desmanden en abundancia, que se hacen emulando por dispendio de la energías reproductivas a la abundancia de las cosechas esperadas, en recompensa de bienes de la naturaleza, donde, si el grupo se excede en su ofrenda, los dioses harán lo mismo para asegurar la fertilidad en el grupo y de sus animales, con los excedentes en el campo y sus cosechas, de cacería y de plantas. Es curioso, pero aún en las orgías originales de puras mujeres en que el centro de la fiesta es el falo; Perséfone y Deméter bailan a la luz de Hécate que cuida sacralizando a la secrecía del acto femenino de la reproducción del sistema agrario. En estas fiestas, en honor al exceso esperado por la producción agraria y para propiciar la cacería, danzan frente al monolito fálico y helado como Hécate, húmedo, con líquenes y mohos que hablan de las cavernas en la memoria de los tiempos en que el mito se vestía de memoria histórica y parte de una cofradía secreta.

Y aunque hay hechiceros, siempre son más poderosas las hechiceras que tienen un patrón femenino oscuro, casi nunca ligadas al Estado soberano, solo dado en el matriarcado, y siempre perseguidas como un pseudoorden desde el espacio protosumerio de cazadores recolectores y, aunque reinas famosas por sus envenenamientos, recurren a sus invocaciones o son hechiceras. Esta parte no es virtud de su soberanía, sino ejercicio del cogobierno femenino equilibrante. Por cierto, uno de los motivos para caer en el infierno del Ahriman, es que las mujeres menstruantes toquen el agua limpia y el fuego sacro. O que no obedezcan al hombre; por ejemplo, la hechicera hebrea Lilith quería hacer el amor arriba del hombre y mostrar igualdad o dominio, algo que se calificó por Adán Kadmón, como una afrenta, por lo que fue relegada como mujer no suficientemente buena para engendrar a la raza humana. Eran tabú y merecían habitar el infierno. Son, junto al sodomita que escupe serpientes, la casa del parecer y no del ser, y a estas le brotan de todo el cuerpo que también forma el hechicero, es decir, es un ser, fuera del orden de la luz que engaña al engañarse.

Una de las formas más potentes de la magia en las tríadas —menciona Dumézil— de dioses indogermanos es Odín quien practica la forma más potente de la magia y la clarividencia por el método llamado *"seiör"*, la que es enormemente peligrosa, por aquel afeminamiento que los hombres que la practican sufren, que hasta Odín le daba la vuelta. (Dumézil: *Dioses germanos*) Crear la polaridad total del lado Yin en el cuerpo del hombre que le abre al ser de la noche, en un receptáculo del tiempo, atrae a las potencias oscuras del lagarto, perdiendo virilidad porque se les sube un testículo, (Hitler lo perdió), y queda expuesto no solo al afeminamiento, controlable por el carácter, empero, paulatinamente abrumador, (Hitler amaba las nalgas sobre todo) y la cofradía nazi más selecta, practicó el homosexualismo ritual, Pinochet lo criticaba, aunque lo usó, esperando percibir el Shamballa, que nunca vieron, respirándose en la nuca, el peligro físico mayor, es que se queda a merced de ataques cardiacos repentinos, que llevan a una muerte súbita. Tal es el esquema de esta magia *seiör* de la que aquel mismo Odín huía, y que en el mazdeísmo, ligaban a la parte ahrimánica, de algo que, ahora solo parece que pasó de ser una desviación hacia el Mal, a ser solo otra preferencia sexual moderna que se representa con cara bonita de la mujer mala que no es mujer, la que atrae con una feminidad de aquella la mentira viva.

El hechicero que se trasforma de sexo, era la persona que dibuja sobre su cuerpo el ser que no es. Elabora una ficción y con ello, entra en aquel engaño real, piensa mal, habla mal y actúa mal; es una vivificación de una mentira que se talla en la carne y vive en las oscuridades del vicio que es el engaño virtual que castiga por el Ahura.

Y veo a Nous, que me dice que antes se le llamaba desviación y era malo, pero que ahora es normal y preferencial y que espera ya no estar, cuando sea vista como característica obligatoria para el género humano. La parte oscura del ser como una cualidad receptiva femenina en la patrística, siempre se consideró peligrosa y de cuidado, mas solo cuando arribó a Grecia, el modelo bisexuado de la androginia divina, partió de ver, el modo de ser de la naturaleza, en la cual cifran la relación significante, en donde esta sí poseía los dos sexos. Para ellos, que trataban de copiar en todo el modelo natural, era incompleto el hombre que no hiciera de sí todo un ser bisexuado, quedando fuera de trazar la comprensión de sus bases del Olimpo. Hécate reúne entonces en la brujería a las mujeres de sangre fría y vulva ardiente y a los ex varones con ansias de hombre.

Es importante ver que en sus principios, tanto aquel acto malo, mentiroso o el pensar mal y decir mal, es un producto de la voluntad del individuo, que tiene derecho a elegir, como en su momento, tuvieron aquellos dioses del panteón indo-iranio, que por su voluntad escogieron el Bien o el Mal y que, en el mazdeísmo, respondió al obedecer al dios superior único, o quedarse afuera de su reino en fuego malo, lo malo de las malas, es el que escogen para su Bien el Mal, no se admite la mentira de la verdad transexual que se ilumina de mentira todo su ser.

Es en el Bien, unirse al dolor de Bombay
y reconocer en los muertos del 11/7 al Mal.
Es unirse el mundo a condenar en donde lo hay;
y saber ver al Ahriman en las mentes erradas del terror actual.

También es el Mal, usar mal la información,
es mal informar para hacer ilegal lo que de plano es legal.
Es querer ganar, cuando se sabe que se perdió
y es mover a la ignorancia, para ganar lo que por votos: se perdió.

Hemos recorrido el espacio en el que el fuego da cuenta de ser el centro de dos grandes religiones, Agní en los *vedas*, y el fuego en el mazdeísmo, ambos ocupando el centro del desarrollo de sus religiones y colocando al fuego en el centro del altar como un elemento divino fundador en unos; y básico y fundamental en los otros como dios único. El fuego es en la India dios fundador de lo humano. Es el valor básico de lo vivido con relación al más prístino de los dioses.

Dejaremos este punto, no sin antes reconocer que el fuego en su síntesis arcaica más elevada dio vida a dos grandes principios opuestos: uno, de carácter positivo, ligado a la soberanía y el poder centralizado del primer monoteísmo de Estado, con la formulación moral de los individuos de acuerdo a cómo piensan sienten y dicen; frente al referente a su binario que guía al inframundo de las sombras en degeneración; mientras que, por otro lado, es la base prima para que aquel nombre que se viene deletreando en la concreción de la significación tuviese una base material multiforme, por medio de la cual, aquel espíritu también multiforme, concreto y abstracto en su forma, pudiese dar valor moral a la estructura mental que antecede a la escritura de las sombras; es decir, aquel despertar que está implícito en el fuego, su manejo y alcances, los tiempos de ocio para pensar ante y en él, donde se plantea la posibilidad de concebir algo espiritual con una base material, que ciertamente puebla las cavernas no solo de luz, sino de sombras, de proyecciones distorsionadas de los cuerpos que los acompañan y que seguramente desde el inicio se significan en representaciones de lo que las cosas son.

Dejaremos esta adoración del fuego, que comienza millones de años antes de la última era glaciar con sus *neandertales* y que como dios viejo, viene cerniéndose su cintura con la creación transformadora del *Homo significans*, desde su origen como el elemento transmutador de la especie que recarga toda su evolución y con ello su opción de supervivencia en aquel modelo sistémico de la significación neurolingüística auditiva, nominadora de los órdenes, y su atadura al fuego, en una simbiosis en la que el elemento divino lo ayuda a perfeccionar su evolución en todo el sentido significador del entorno y de su modelo transformador, que logra el punto más delicadamente superior arcaico urbano del Ahura Mazda como la gigantesca creación de un pensador, que sintetiza la religión que le antecede y va creándose la suya, en la síntesis que además crea en su proyección moral la existencia de la valoración luz-oscuridad y sus referentes al fuego bueno y de fuegos malos, opuestos, espejeados y doblados.

Empero, es importante hacer notar que el fuego participará en casi todos los altares posteriores, como centro o parte del ritual; hacemos hincapié, en que tanto la magia como la hechicería, son de alguna manera ligadas, al ser del fuego, como aquel elemento detonador de la transformación de los elementos materiales, que van transmutando lo propio del hombre, desde el ser interior mismo, por la significación con que transforma la naturaleza y transmuta su naturaleza pasando por la materia que se procesa por el fuego. La hechicería y el fuego sagrado binario, crean también, la opción de la llama mala y de las llamas del infierno, que para el zoroastrismo no son tanto condena de castigos eternos, sino de purificación, porque, para ellos, el infierno no es para siempre, sino solo hasta que se acabe el Mal del planeta y la luz del espíritu del fuego divino y bueno brille en los corazones del mundo, que Hécate, la hechicera, deje de fabricar pociones del Mal y hechicerías; que Butti ya no corrompa para obtener lo que de suyo no le corresponde o pertenece, en un mundo que entre tanto, se hace merecedor de ser poblado muy decentemente por las llamas del Sorat helado que con la indiferencia deja que el Mal medre y se asiente en el poder temporal, como aquel espacio de inteligencia negligente y transa, que calla en su frialdad sobre propiciar el silente Mal, que distorsiona al bien moral de esta sociedad, que en silencio se corrompe y en donde la complicidad está ahora implícita en cada acto que hacemos.

Pues como se dijo de Hitler, cuánto mal cabe cuando el Bien no hace nada por evitarlo. La omisión es la madre real del Mal que se ejerce... La sacralidad no admite la omisión sino como la falta mayor, cuando las reservas morales de las naciones no se ponen de pie y en guardia para poner freno al lagarto que pasa a reinar sin detenerlo. Cuando sabiendo que el Mal quiere llegar, no se le opone la razón luminosa, que advierte sobre las consecuencias de no actuar, y detiene al que en deterioro quiere avanzar para hacernos retroceder y, es entonces que la luz positiva creativa de azules flamas en el altar de la verdad, sostienen la civilización, cuando no se pueden generalizar los brotes del Mal contra al proceso del Bien, sino dentro de los marcos de su circunstancia en que, o se está a la altura o se busca estarlo y con producción y fomento del comercio, la inversión productiva, turismo, pesca y el fomento de la autoproducción de alimentos altos en proteínas…

Fomentar la ingesta de proteína animal desde los insectos,
altos en nutrientes y sin colesteroles….

Nos hemos referido al monoteísmo del fuego mazdeísta, para ver el clímax del transcurso y trasfondo del fuego como transmutador de lo humano y su construcción más sistematizada, para que quede claro su papel en el proceso sacralizador evolutivo, que arrancó desde aquel protohombre y se constituyó en aquel elemento sacralizador fundamental del sentido moral del valor del acto humano, como espacio diferenciado del Bien y del Mal; donde el acto moral ancestral, no nace, sino en relación con la verdad. El Ahura Mazda, es la más alta cumbre de esa consecución en la que un hombre lleva a ser la cúspide de la sacralidad monoteísta al fuego que se significa desde la enteogenización de su percepción, aceptando el simbolizarlo como la base de la multiforme significación que no tiene una forma material, pero que guarda las posibilidades todas de brindar en la psique a la multiformidad de su crepitar desde su presencia sacra; el sentido pleno y deja al juicio del Bien aquel sentido bueno que los hombres buscan en la divinidad de la luz del bien pensar, decir, hacer y que se dan al crepitar de cualquier fogón ante la idea.

La imagen se funde desde el fuego a la casa de los padres de Ramón, apegándonos totalmente a lo que vimos sucedió y que parece ser la sustancia de aquella tarde en la que su estado de animo transita de la euforia del estar sano a la depresión culpable, porque molesto vocifera algo de una maldita cueva: "Cabrones, me la van a pagar, así que aquel güey es un héroe y yo un cobarde, van a aprender quién es Ramón Corona Estique".

Y se revolvía el cabello con coraje y de pronto tomó una mochila y echó tres cosas: unos zapatos, calzones, pantalones y camisas, mudas completas, y tomó algunos billetes de algún rincón de su armario y se dirigió a su madre a la que besó en la frente al hallarla dormida, le dejó dinero y una nota de que partía.

Salió, abordó un taxi y se dirigió al puerto aéreo; se iba a Monterrey en avión, llegando al golpe de aquel calor formidable y busco alojamiento en casa de su tío que lo adoraba y que, alegre, accedió sin más, cual él esperaba al partir y preguntó por Rufino su primo, y le dijeron que se estaba preparando para ir a ver al Niño Fidencio, subió y vió que aquel se estaba reconciliando con el Santo Niño, decía.

Los primos convinieron en que se acompañarían y bajaron a cenar. Temprano después del baño salieron para el espinazo y se unieron a aquella procesión, el Niño Fidencio era un culto del norte de México surgido en los años postevolucionarios, de gente con un grado de pobreza extrema y con grandes necesidades sanitarias y el cual se había aparecido como un santo. No reconocido por la Iglesia y que ha formado Iglesia propia, le explican a Ramón unas mujeres que están con la sonrisa implantada, como si fuesen la reencarnación de Fidencio.

"Fuimos reconocidos como Iglesia, con Salinas; a la fecha somos más de ciento cincuenta mil en México y el extranjero", decían ufanas de ser ellas las sacerdotisas, "las cajitas" que comandaban tal culto fidencista, que eran receptáculos de su espíritu sanador, que alababa a un personaje singular: El Niño Fidencio, y curiosamente me resultaba interesante encontrarme con Ramón y su circunstancia, después de haberlo visto en la cueva hacer sus actos de cobardía. Ese trance que nos reunió en la fraternidad en la que no existió sino aquel momento, la adrenalina y los sucesos... El culto del Niño Fidencio es especialmente importante porque reúne en estos momentos una historia que lo hace aparecer ya con todas las formas de la institucionalidad que les dio la posibilidad del ser iglesia. Hay liturgia y canon, hay todas las partes constitutivas de un culto y es interesante para ver cómo se forma la Iglesia de un santón de la postrevolución, que curaba en su columpio o en su poza. Niño Fidencio, que tenía el don de sanar desde su inocencia, creció con sus órganos reproductores sin desarrollo y conservó su forma de niño siempre, e ahí lo de Niño, y Fidencio, porque así se llamaba para todos, y se convertía en el que les curaba gratuitamente y por la fe con la que les sanaba bajo de su higuera o si llegabas muy tarde en su columpio, o en casos extremos con sus ocurrencias, y que al final con ambos dones en uno, lo despacharon al otro mundo, asesinándolo, aquellos que no sanaron con su sonrisa de niño.

En una época en que no había el menor rastro de salubridad pública y la gente se moría por no atenderse, de modo que Fidencio era el último eslabón entre la vida y la muerte en aquel desierto y si salías lo merecías y Fidencio se anotaba el triunfo y si fallabas, eras otra patraña más y adelante con el sanador, que te cura por la fe que tú tengas, no la que él tiene, sino la que tú muestres y demuestres tener.

Ramón estaba embelesado, pero le carcomía la idea de vengarse de aquellos muchachos que seguramente se burlaron de él, pensaba Ramón, atormentándose sin gozar plenamente de la vida, sin valorar ni lo que veía ni lo que recordaba y él piensa que no habría sino el momento de hacérselos saber en un Mal, que de algún modo les asestaría, que se remediaba en esos momentos al pasar un helado trago de cerveza, el que misteriosamente le reconcilia con la flor de la vida al ver pasar unas altas regias, de cortos pantalones y largas piernas, de sonrisas exquisitas y bellos cabellos, que le guiñan un ojo al pasar frente a él sonriendo.

" De la luz huía…
y yo soy de la luz… viva…",
Ramón pensaba mientras una cajita
le vertía agua de la casa del santón,
y él pensaba que se purificaba y por acto de magia pensó en la Santa Muerte.

Y se sintió moderno y fresco, casi un Maciel becado por el infierno en el cielo.
Y el santo Fidencio lo perdonaba de todo Mal y fraguó su plan de vida
deseándoles la muerte.
Y todo con tal olor a santidad que daba grima verlo florecer tan cachetón,
y su cajita, que sonreía implantada de la cara y la voz del niño, lo que era un
negocio redondo en las cercanías del espinazo
Nuevo León,
Tierra de fe fidencista, como se hacen llamar…
Y por ahí se bajan al cabrito
de los regios,
Monterrey…

El lugar más regio del planeta…
La casa de la hospitalidad…
¡Nomás una silla pa' ofrecerles!

Pasaron al parque Fundidora y encontraron que la gente se arremolinaba
frente a una enorme pantalla, despliegue de la modernidad, en la que la gente se
apiña, unos con cervezas, jícamas, duritos y otros con refrescos y frituras, en la
algarabía de la fiesta y en la pantalla en vivo y a todo color, se muestra cómo un
enorme bloque del permafrost del tamaño de Luxemburgo, decía entusiasmada la
conductora, se separaba en el Atlántico de los hielos continentales, el ruido era
atronador y el sistema de bocinas de la más alta fidelidad, de forma que al volu-
men natural de la grabación se oyó como si se desgarrara un pedazo de la vida del
planeta, en una rotura esencial que a mí no me anunciaba nada bueno, pero que
levantaba diferentes expresiones y exclamaciones, que iban desde el entusiasmo
feliz de aquellos que inocentemente veían aquella masa de hielo fracturarse como
quien quiebra de la naturaleza su estado, pasando a las expresiones de júbilo de
quien asiste a un espectáculo de la más alta envergadura, hasta las miradas de
terror de algunos enterados que veían que nada bueno podría venir de tan terrible
suceso y yo, aterrado, solo escuché a alguien gritar con la voz de un hombre que
ha tomado de más:
—Vean qué hermoso, huercos, y todo en vivo y a todo color, qué chingonería
de tecnología. Sí, no cabe duda de que el hombre se pinta solo, mira nomás que
fidelidad de la "televisionzota", shh.
—Oye 'apa, ¿por qué llora esa señora?
—¡De gusto mi'jo!, de puro gusto de estar aquí chingando, que no ves que

**598**

espectáculo tan lindo, verdad de Dios. El hombre y sus preciosuras mi'jo, sus logros, progreso y el *show*, que lindo el *show* huerquillo…

Y aquel enorme país de hielo fracturado flotaba a la deriva y lloré, lloré mares de eternidades perdidas. Y el entusiasta padre con tremenda sonrisa se echó a hombros al chamaco y alzando su copa en felicidad brindó con todos.

### ¡¡¡Salud!!!

Terribles terremotos de 7,8 en Haiti y de 8.8 en Chile…

*El hombre rompe el cascarón,*
*el huevo es el mundo.*
*Quien quiere nacer tiene que romper un mundo.*
*El pájaro vuela hacia Dios,*
*el Dios es Abraxas.*

—Por Sinuhé Gorris, *Tejiendo el mundo*[207]

Que se inclina ante Yahvé, el Señor de Israel que preside en su total poder.

# Bibliografía

1. **Whitrow y Littleton**, *La estructura del universo*, Ed. Fondo de Cultura Económica, p. 14.

2. *Biblia, Génesis* 1, 3, Ed. Paulinas, S. A.

3. **Stephen W. Hawking**, *Historia del tiempo*, Ed. Critica Grijalbo, p. 223.

4. *Biblia, Génesis* 1,1, Ed. Paulinas, S. A.

5. *Biblia, Génesis* 1,4, Ed. Paulinas, S. A.

6. **Thomas Mann**, *La montaña mágica*, Ed. Plaza y Valdez, p. 7.

7. **Thomas Mann**, *La montaña mágica*, Ed. Plaza y Valdez, p. 3.

8. *Biblia, Génesis* 1,11, Ed. Paulinas, S. A.

9. **Lynn Margulis**, *El origen de la célula*, Ed. Reverte, S. A., p. 24.

10. **A. I. Oparin**, *El origen de la vida*, Ed. Quinto Sol, p. 23.

11. **Thomas Mann**, *La montaña mágica*, Ed. Plaza y Valdéz, p. 227.

12. **Richard E. Leakey**, *Los orígenes del hombre*, Ed. CONAC y T, 1982, p. 27.

13. **Richard E. Leakey,** *Los orígenes del hombre*, Ed. CONAC y T, 1982, p. 54.

14. *National Geographic Magazine*, October, 1988, p. 460.

15. *Biblia, Génesis* 1, 26, 27, Ed. Paulinas, S. A.

16. *National Geographic Research*, October 1988.

17. **Martha Anaya**, *Excélsior*, 1 de julio, 1989.

18. *Biblia, Job*, 10, Ed. Paulinas, S. A.

19. **Omar Khayyam**, *Rubaiyat*, Ediciones. 29 Madrid 41, p. 60, 17.

20. **Sigmund Freud**, *El dios salvaje. El duro oficio de vivir*, Ed. Planeta 2003, p. 265.

21. **Quinto Curcio**, citado por Al Álvarez, *El dios salvaje. El duro oficio de vivir*,

Ed. Planeta 2003, p. 71.

22.  **Al Álvarez**, *El dios salvaje. El duro oficio de vivir*, Ed. Planeta 2003, p. 77–78.

23.  **Séneca**, citado por Al Álvarez, *El dios salvaje. El duro oficio de vivir*, Ed. Planeta 2003, p. 77.

24.  **Agustín de Hipona**, citado por Al Álvarez, E*l dios salvaje. El duro oficio de vivir*, Ed. Planeta 2003, p. 83.

25.  **Al Álvarez**, *El dios salvaje. El duro oficio de vivir*, Ed. Planeta, 2003, p. 66–67.

26.  **Al Álvarez**, *El dios salvaje. El duro oficio de vivir*, Ed. Planeta, 2003, p. 80–81.

27.  **Dante Alighieri**, *La Divina Comedia, Infierno*, Canto XIII, Ed. Porrúa, S. A., 83, p. 31–33.

28.  **Paul Valery**, citado por Al Álvarez, *El dios salvaje. El duro oficio de vivir*, Ed. Planeta, 2003, p. 287.

29.  **William Blake**, *Matrimonio del cielo y el infierno. Cantos de inocencia. Cantos de experiencia*, Volumen LXXXVII, Colección Visor de Poesía, 2003, p. 175.

30.  **Rabindranath Tagore**, *Obras Selectas*, Ed. Edimat Libros, S. A., p. 123.

31.  **Pablo Neruda**, *Los versos del capitán*, "Tu risa", p. 8.

32.  **Jorge Luis Borges**, www.poemasdealma.com/ajedres.htm

33.  **Naomi Klein**, *La teoría del shock*, Ed. Paidos, p. 351.

34.  **Miguel de Cervantes**, *Don Quijote de la mancha*, Ed. Porrúa, S. A.,1990, p. 355.

35.  **José Ortega y Gasset**, Obras de *El espectador*, Ed. Espasa Calpe, p. 754.

36.  **Richard Bendler y John Grinder**, *La estructura en la magia*, Ed. Cuatro Vientos, Vol. I, p. 35.

37.  **William Blake**, www.vivir-poesia.com/unaimagendivina.

38.  **Mircea Eliade**, *Tratado de historia de las religiones*, Ed. Era, S. A., 1984, p. 37.

39.  **Mircea Eliade**, *Lo sagrado y lo profano*, Ed. Guadarrama/Punto Omega, p. 9–10.

40.  **Joseph Campbell**, *El héroe de las mil caras*, Ed. Fondo de Cultura Económica, 1984, p. 11.

41.  **Mircea Eliade**, *Tratado de historia de las religiones*, Ed. Era, S. A., 1984, p. 26.

42. **Joseph Campbell**, *El héroe de las mil caras*, Ed. Fondo de Cultura Económica, 1984, p. 44–45.

43. **Miguel de Cervantes**, *Don Quijote de la mancha*, Ed. Espasa Calpe, Colección Austral, p. 242–243.

44. **William Blake**, *Matrimonio del cielo y el infierno, Cantos de inocencia. Cantos de experiencia*, Volumen LXXXVII, Colección Visor de Poesía 2003, p. 155.

45. **Carlos Marx y Federico Engels**, *La sagrada famili*a, Ed. Grijalbo, 1958, p. 3.

46. **Carlos Marx**, *Manifiesto comunista*, www.librosenred.com/retirar/44-manifiesto894195.PDF, p. 14.

47. **Durkheim**, citado por John Bowker, *El sentido de Dios*, Ed. Península, 1977, p. 47.

48. **Müller**, citado por John Bowker, *El sentido de Dios*, Ed. Península, 1977, p. 32.

49. **Howard Gardner**, *Estructuras de la mente, La teoría de las inteligencias múltiples*, Ed. Fondo de Cultura Económica, 1995, p. 90.

50. **Wilde**, citado por John Bowker, *El sentido de Dios*, Ed. Península, 1977, p. 25.

51. **Ernst Brücke y du Bois-Reymond**, citados por John Bowker, *El sentido de Dios*, Ed. Península, 1977, p. 24.

52. **Richard Noll**, *Jung: El Cristo ario*, Ed. Vergara, 1997, p. 87.

53. **Sigmund Freud**, *Moisés y la religión monoteísta y otros ensayos sobre judaísmo y antisemitismo*, Ed. Alianza, 1988, p. 176–177.

54. **Sigmund Freud**, *Moisés y la religión monoteísta y otros ensayos sobre ju daísmo y antisemitismo*, Ed. Alianza, 1988, p. 89.

55. **C. G. Jung**, *Respuesta a Job*, Ed. Fondo de Cultura Económica, 1987, p. 7, 8.

56. **Richard Noll**, *Jung: El Cristo ario*, Ed. Vergara,1997, p. 144.

57. **Ernesto Sabato**, *Abaddón el exterminador*, Ed. Oveja Negra, 1984, p. 64.

58. **Richard Noll**, *Jung: El Cristo ario*, Ed. Vergara. 1997, p. 86.

59. **John Locke**, citado por John Bowker, *El sentido de Dios*, Ed. Península, 1977, p. 26.

60. **Chomsky**, citado por John Bowker, *El sentido de Dios*, Ed. Península, 1977, p. 28.

61. **Eric Kandel**, citado por Howard Gardner, *Estructuras de la mente. La teorí de las inteligencias múltiples*, Ed. Fondo de Cultura Económica, 1995, p. 82.

62. **Durkheim,** citado por John Bowker, *El sentido de Dios*, Ed. Península, 1977, p. 47.

63. **Durkheim,** citado por John Bowker, *El sentido de Dios*, Ed. Península, 1977, p. 30.

64. **Swanson,** citado por John Bowker, *El sentido de Dios*, Ed. Península, 1977, p. 51, 52.

65. **Berger,** citado por John Bowker, *El sentido de Dios*, Ed. Península, 1977, p. 72, 73.

66. **Berger,** citado por John Bowker, *El sentido de Dios*, Ed. Península, 1977, p. 74.

67. **Berger,** citado por John Bowker, *El sentido de Dios*, Ed. Península, 1977, p. 70.

68. **Tylor,** citado por John Bowker, *El sentido de Dios*, Ed. Península, 1977, p. 30–31.

69. **Marshall,** citado por John Bowker, *El sentido de Dios*, Ed. Península, 1977, p. 35.

70. **Shapiro,** citado por John Bowker, *El sentido de Dios*, Ed. Península, 1977, p. 84.

71. **William Goode,** citado por John Bowker, *El sentido de Dios*, Ed. Península, 1977, p. 84–85.

72. **John Bowker,** *El sentido de Dios*, Ed. Península, 1977, p. 105–106.

72. **John Bowker,** *El sentido de Dios*, Ed. Península, 1977, p. 137.

74. **Kant,** citado por John Bowker, *El sentido de Dios*, Ed. Península, 1977, p. 248, 255.

75. **Husserl,** citado por John Bowker, *El sentido de Dios*, Ed. Península, 1977, p.252, 253, 256.

76. **Husserl,** citado por John Bowker, *El sentido de Dios*, Ed. Península, 1977, p. 257, 254, 255.

77. **John Bowker,** *El sentido de Dios*, Ed. Península, 1977, p. 260.

78. **Husserl,** citado por John Bowker, *El sentido de Dios*, Ed. Península, p. 261.

79. **Howard Gardner,** *Estructuras de la mente. La teoría de las inteligencias múltiples*, Ed. Fondo de Cultura Económica, 1995, p. 52–53.

80. **Eduardo Nicol,** *Metafísica de la expresión*, Ed. Fondo de Cultura Económica 1957, p. 14.

81. **Ernst Cassirer,** *Filosofía de las formas simbólicas*, Ed. Fondo de Cultura Económica, p. 106.

82. **Ernst Cassirer,** *Esencia y efecto del concepto de símbolo*, Ed. Fondo de Cultura Económica, 1985, p. 30.

83. **Ernst Cassirer,** *Filosofía de las formas simbólicas*, Ed. Fondo de Cultura Económica, p. 31.

84. **Ernst Cassirer,** *Filosofía de las formas simbólicas*, Ed. Fondo de Cultura Económica, p. 30.

85. **Howard Gardner**, *Estructuras de la mente. La teoría de las inteligencias múltiples*, Ed. Fondo de Cultura Económica, 1985, p. 81.

86. **Howard Gardner**, *Estructuras de la mente. La teoría de las inteligencias múltiples*, Ed. Fondo de Cultura Económica, 1995, p. 128–129.

86a. **Ernst Cassirer**, *Esencia y efecto del concepto de símbolo*, Ed. Fondo de Cultura Económica, 1985, p. 82.

87. **Max Müller**, citado por Ernst Cassirer, *Esencia y efecto del concepto de símbolo*, Ed. FCE, 1989, p. 82, 81.

88. **Max Müller**, citado por Ernst Cassirer, *Esencia y efecto del concepto de símbolo*, Ed. FCE, 1989, p. 81.

89. **Joseph Campbell**, *Las mascaras de Dios. Mitología Oriental*, Ed. Alianza, p. 101.

90. **Joseph Campbell**, *Las mascaras de Dios. Mitología Oriental*, Ed. Alianza, p. 108.

91. **Joseph Campbell**, *Las mascaras de Dios. Mitología Oriental*, Ed. Alianza, p. 109.

92. **Ernst Cassirer**, *Esencia y efecto del concepto de símbolo*, Ed. Fondo de Cultura Económica, 1989, p. 30.

93. **Joseph Campbell**, *Las máscaras de Dios. Mitología Oriental*, Ed. Alianza, p. 73.

94. **Joseph Campbell**, *El héroe de las mil caras. Psicoanálisis del mito*, Ed. Fondo de Cultura Económica, p. 146–147.

95. **Ernst Cassirer**, *Filosofía de las formas simbólicas*, Ed. Fondo de Cultura Económica, 1985, p. 49.

96. **Eduardo Nicol**, *Metafísica de la expresión*, Ed. Fondo de Cultura Económica, 1974, p. 181.

97. **Émile Durkheim**, citado por Ernst Cassirer, *Esencia y efecto del concepto de símbolo*, Ed. Fondo de Cultura Económica, 1989, p. 26–27.

98. **Ernst Cassirer**, *Filosofía de las formas simbólicas*, Ed. Fondo de Cultura Económica, 1985, p. 261.

99. **Ernst Cassirer**, *Esencia y efecto del concepto de símbolo*, Ed. Fondo de Cultura Económica, 1989, p. 17.

100. **Paul Diel**, *Psicoanálisis de la divinidad*, Colección FCE, p. 39, 40

101. **Mircea Eliade**, *Lo sagrado y lo profano*, Ed. Guadarrama, S. A., 1967, p. 8.

102. **Mircea Eliade**, *Lo sagrado y lo profano*, Ed. Guadarrama, S. A., 1967, p. 26.

103. **Mircea Eliade**, *Lo sagrado y lo profano*, Ed. Guadarrama, S. A., 1967, p. 15.

104. *Diccionario de la Universidad de Oviedo.*

105. *Diccionario, de la Real Academia de la Lengua Española*, 2001.

106. **Mircea Eliade**, *Lo sagrado y lo profano*, Ed. Guadarrama, S. A., 1967, p. 24.

107. **Georges Dumézil**, *El destino del guerrero*, citado por Nicolas Adontz, *Histoire d'Arménie*, Paris,1946, p. 29–31. www.transoxiana.org.

108. **Mircea Eliade**, *Tratado de historia de las religiones*, Ed. Era, S. A., 1984, p. 51.

109. **Eduardo Nicol**, *Metafísica de la expresión*, Ed. Fondo de Cultura Económica, 1974, p. 181.

110. **W. Wynn Westcott**, *Oráculos caldeos,* atribuidos a Zoroastro, Biblioteca Upasika, p. 37.

111. **Mircea Eliade**, *Tratado de historia de las religiones*, Ed. Era, S. A., 1984, p. 47.

112. **Eduardo Nicol**, *Metafísica de la expresión*, Ed. Fondo de Cultura Económica, 1974, p. 158.

113. **Eduardo Nicol**, *Metafísica de la expresión*, Ed. Fondo de Cultura Económica, 1974, p. 112.

114. **Pablo Neruda**, *Cien sonetos*, p. 34, www.librostauro.com.ar

115. **Eduardo Nicol**, *Metafísica de la expresión*, Ed. Fondo de Cultura Económica, 1974, p. 179–180.

116. **Ernst Cassirer**, *Esencia y efecto del concepto de símbolo*, Ed. Fondo de Cultura Económica, 1989, p. 30.

117. **Joseph Campbell**, *El héroe de las mil caras. Psicoanálisis del mito*, Ed. Fondo de Cultura Económica, 1984, p. 149.

118. **Joseph Campbell**, *El héroe de las mil caras. Psicoanálisis del mito*, Ed. Fondo de Cultura Económica, 1984, p. 143–154.

119. **Joseph Campbell**, *El héroe de las mil caras. Psicoanálisis del mito*, Ed. Fondo de Cultura Económica, 1984, p. 157–158.

120. **Eduardo Nicol**, *Metafísica de la expresión*, Ed. Fondo de Cultura Económica, 1974, p. 179–180.

121. **Eduardo Nicol**, *Metafísica de la expresión*, Ed. Fondo de Cultura Económica, 1974, p. 234–237.

122. **Antonio Malet**, *La perspectiva renacentista*, www.calderon-online.com/trabajos/perspectiva.htm

123. **Oscar Velásquez**, *Dificultades epistemológicas en el discurso de Critias.* www.diadokhe.d/revista/media/2006/08Velasquez.pdf (no existe)

124. *La perspectiva renacentista*, www.calderon-online.com/trabajos/perspectiva.htm y www.diadokhe.d/revista/media/2006/08Velasquez.pdf (no existe)

125. *Mantra budista tibetano*, http://espanol.wildmind.org/mantras/mantras-budistas/om-ah-hum-vajra-guru-padma-siddhi-hum

126. **Joseph Campbell**, *El héroe de las mil caras. Psicoanálisis del mito*, Ed. Fondo de Cultura Económica, 1984, p. 167, 168.

127. **Gandharva Tantra** citado por Joseph Campbell, *Las máscaras de Dios. Mitología Primitiva*, p. 44.

128. *Texto cabalístico hebreo*, citado por Joseph Campbell, *El héroe de las mil caras. Psicoanálisis del mito*, Ed. Fondo de Cultura Económica, 1984, p. 243.

129. **Paul Diel**, *Psicoanálisis de la divinidad*, Ed. Fondo de Cultura Económica, p. 32, 39.

130. **Ernst Cassirer**, *Filosofía de las formas simbólicas*, Ed. Fondo de Cultura Económica, 1985, p. 118.

131. **Ernst Cassirer**, *Filosofía de las formas simbólicas*, Ed. Fondo de Cultura Económica, 1985, p. 64.

132. **Ernest Becker**, *El eclipse de la muerte*, Ed. Fondo de Cultura Económica, 1979, p. 46.

133. **Ernest Becker**, *El eclipse de la muerte*, Ed. Fondo de Cultura Económica, 1979, p. 259.

134. **Paul Diel**, *Psicoanálisis de la divinidad*, Ed. Fondo de Cultura Económica, p. 75.

135. *Chandogya Upanishád*, citado por Ernst Cassirer, *Esencia y efecto del concepto de símbolo*, Ed. Fondo de Cultura Económica, 1989, p. 76.

136. **James George Frazer**, *La rama dorada. Magia y religión*, Ed. Fondo de Cultura Económica, 1982, p. 75, 615–614.

137. **Carlos Marx y Federico Engels**, *La sagrada familia*, Ed. Grijalbo, S. A., 1958, p. 3.

138. **Ernst Cassirer**, *Esencia y efecto del concepto de símbolo*, Ed. Fondo de Cultura Económica, 1989, p. 115.

139. **A. W. Howitt**, citado por Ernst Cassirer, *Esencia y efecto del concepto de símbolo*, Ed. Fondo de Cultura Económica, 1989, p. 64.

140. **Jerry Mander**, *En ausencia de lo sagrado*, Ed. Cuatro Vientos, p. 465–466.

141. **Jerry Mander**, *En ausencia de lo sagrado*, Ed. Cuatro Vientos, p. 469.

142. **A. B. Ellis**, citado por Mircea Eliade, *Tratado de historia de las religiones*, Ed. Era, S. A., 1984, p. 63.

143. **Mircea Eliade**, *Tratado de historia de las religiones*, Ed. Era, S. A., 1984, p. 68.

144. **Mircea Eliade**, *Tratado de historia de las religiones*, Ed. Era, S. A., 1984, p. 57, 58, 59, 61.

145. **Schebesta**, citado por Mircea Eliade, *Tratado de historia de las religiones* Ed. Era, S. A., 1984, p. 65.

146. **Mircea Eliade**, *Tratado de historia de las religiones*, Ed. Era, S. A., 1984, p. 65, 67.

147. **Pepe Rodríguez**, *Dios nació mujer*, Ed. Grupo Zeta, 1999, p. 71.

148. **Pepe Rodríguez**, *Dios nació mujer*, Ed. Grupo Zeta, 1999, p. 118.

149. **Pepe Rodríguez**, *Dios nació mujer*, Ed. Grupo Zeta, 1999, p. 71–70.

150. **de Saussure, Ferdinand**, *Curso de Lingüística General*, Ed. Losada Libera los Libros, PDF, p. 34.

151. **Carlos Darwin**, *El origen de las especies*, Ed. UNAM 1959, Tomo l, p. 148.

152. **Pepe Rodríguez**, *Dios nació mujer*, Ed. Grupo Zeta, 1999, p. 72.

153. **O. del Barco y C. Ceretti en Derrida**, (Traducción) *J. de, La gramatología*, Siglo XXI, México, 1998, p. 85–95.

154. **Pepe Rodríguez**, *Dios nació mujer*, Ed. Grupo Zeta, 1999, p. 72.

155. **Pepe Rodríguez**, *Dios nació mujer*, Ed. Grupo Zeta, 1999, p. 81.

156. **John J. Ratey**, *El cerebro: manual de instrucciones*, Ed. Arena Abierta, p. 13, 19.

157. **Heidegger**, *La Palabra*, http://www.heideggeriana.com.ar/textos/la_palabra.htm

158. *Hallan pruebas de que los neandertales usaban armas en sus disputas internas*. http://digital.Elesceptico.org/numero.php?numero=3&anno=2002#1303 (no existe)

159. **Necronomicón**, *El conjuro del Dios del fuego*, Ed. Edaf, S. A., 2001, p. 123–124.

160. **Necronomicón**, *El conjuro del Dios del fuego*, Ed. Edaf, S. A., 2001, p. 123.

161. **Necronomicón**, *El conjuro del pórtico de Nebo*, Ed. Edaf, S. A., 2001, p. 114.

162. **Necronomicón**, *El conjuro del pórtico de Nebo*, Ed. Edaf, S. A., 2001, p. 114.

163. *Biblia, Apocalipsis* 21, 9-27; 22, 1, Ed. Paulinas, S. A.

164. *The Rig-Veda*, **Ralph T. H. Griffith**, (translator) *Book 1 Hymn VIIa Agni*, http://www.sacred-texts.com/hin/rigveda/rvi01.htm.

165. **Arthur Holmes**, *La edad de la tierra. La mente del emperador*, http://wintern.blogspot.com/2007/11/la-edad-de-la-tierra.html

166. **Joseph Campbell**, *Las máscaras de Dios*. Mitología Oriental, Ed. Alianza, p. 212.

167. **Joseph Campbell**, *Las máscaras de Dios*. Mitología Oriental, Ed. Alianza, p. 214.

168. Ken Upanishad, http://www.oshogulaab.com/HINDUISMO/TEXTOS/KE-N-UPANIS.htm.

169. **Mandukya Upanishad**, citado por Joseph Campbell, *Las máscaras de Dios*, Mitología Oriental, Ed. Alianza, p. 219.

170. *Rig-Veda*, Hymn V. Agni IV:5:14, http://www.sacred-texts.com/hin/rigveda/rv04005.htm.

171. **Ralph T. H. Griffith**, (traductor) *Rig-Veda*, Hymn XXVII. Agni, www.sacred-texts.com (1986).

172. *Código de Manu*, http://hinduism.about.com/library/weekly/extra/bl-lawsofmanu2.htm (no existe). The Laws of Manu, c. 1500 BCE. Translated by G. Buhler, Source: Indian History Sourcebook, Chapter 2:14.

’173. **Joseph Campbell**, *Las máscaras de Dios. Mitología Oriental*, Ed. Alianza, 1991, p. 211.

174. *Rig-Veda*, Hymn LIX. Indra-Agni. http://www.sacred-texts.com/hin/rigveda/rv04005.htm.

175. *Rig-Veda*, Book VII, Hymn X. http://www.sacred-texts.com/hin/rigveda/rv04005.htm.

176. *Rig-Veda*, Book VII, Hymn CIV. Indra-Soma. http://www.sacred-texts.com/hin/rigveda/rv04005.htm.

177. *Rig-Veda*, Book VI, Hymn XXII. Indra http://www.sacred-texts.com/hin/rigveda/rv04005.htm.

178. *Taittiriya Upanishad*, www.sankaracharya.org/taittiriya_upanishad.php

179. **Georges Dumézil**, *Los dioses de los germanos*, Ed. Siglo XXI, 1990, p. 25.

180. **Georges Dumézil**, *El destino del guerrero*, Ed. Siglo Veintiuno, 1990, p. 74, 75.

181. **Georges Dumézil**, *El destino del guerrero*, Colección del Fondo de Cultura Económica, p. 17, 59.

182. *Yasna* 30: 3, 4, Translated by L. H. Mills, from *Sacred Books of the East*, American Edition, 1898, www.avesta.org/avesta/yasna.

183. **Georges Dumézil**, *El destino del guerrero*, Colección del Fondo de Cultura Económica, p. 73.

184. *Yasna* 31:8, Yasna 43:4–5, http://www.avesta.org/yasna/yasna.htm#y28.

185. *Yasna* 47:1, http://www.avesta.org/yasna/yasna.htm#y43.

186. **Spentamainyush Gatha**, 47: 1, 2, 3, 4, 5. http://www.avesta.org/yasna/yasna.htm#y47

187. *Avesta, Yerna*, 4, 5, Traducido por L. H. Mills, Libros Sagrados, Ed. Este, Americana, 1898.

188. **W. Wynn Westcott**, *Oráculos caldeos*, atribuidos a Zoroastro, p. 3, Biblioteca Upasika. www.upasika.com.

189. *Primer Karda* http://www.avesta.org/ka/ka_part1.htm#ashem y http://www.avesta.org/ka/ka_part1.htm#ahunwar.

190. *Yasna* 3:2. http://www.avesta.org/yasna/yasna.htm#y0, *Avesta: Yasna*: Sacred Liturgy and Gathas/Hymns of Zarathushtra, 3:2 The Yasna advances to the naming of the objects of propitiation.

191. **Werner Jaeger**, *Aristóteles*, Ed. Fondo de Cultura Económica, 1984, p. 154.

192. **Zarathustra**, *Ghatas, Texto daeva*, 7000 años de arte Persa, Obras maestras del museo nacional de Irán. http://www.almendron.com/arte/culturas/persa/cap_03/persa_0325112.htm. (no existe)

193. *Yasna* 3:1; 3:2; 3:3. www.avesta.org/avesta/yasna.

194. **Georges Dumézil**, *Los dioses de los germanos*, Ed. Siglo XXI, 1990, p. 33, 34, 35.

195. **Bleeker C. J., Widengren G.**, *Historia religionum* Vol. I, Ed. Cristiandad,1973, Citado y traducido por Andrea Paula de Vita, Miedo y religión, Internet.

196. *The Bundahishn "Creation"*, or *Knowledge from the Zand*, Chapter 29. On the spiritual chieftainship of the regions of the earth. http://www.avesta.org/pahlavi/bund29.html

197. **Menog-i Khrad,** *The Spirit of Wisdom*, Translated by E. W. West, from Sacred Books of the East, volume 24, Oxford University Press, 1885. http://www.avesta.org/mp/mx.html#chap61.

198. *Arthashastra*, http://www.juridicas.unam.mx/publica/librev/rev/rap/cont/54/pr/pr17.pdf. p. 413, 410.

199. *El cilindro de Darío*, http://www.bloganavazquez.com/2009/10/20/el-cilindro-de-cirola-primera-declaracion-de-derechos-humanos/.

200. *Inscripción de Darío en Behistun*. http://www.paolaraffetta.com.ar/Persiana/dario_behistun.html.

201. **Ferdowsi, Shahnameh**, citado por Joseph Campbell, *El héroe de las mil caras*, Ed. Fondo de Cultura Económica, 1984, p. 309.

202. *Avesta Yasna* XIX11-13, http://www.avesta.org/yasna/yasna.htm#y12.

203. *Hesíodo. Teogonía*, Versión de Paola Vianello de Córdova, Ed. UNAM, 1986, p. 14, 15.

204. *Pausanias*. http://OhijasdelalunaO.blogspot.com. (no existe)

205. **W. Wynn Westcott**, *Oráculos caldeos*, atribuidos a Zoroastro 55, 65, 66, Biblioteca Upasika, www.upasika.com p. 17, 19.

206. **Sinuhé Gorris**, *Tejiendo el mundo*, http://tejiendoelmundo.wordpress.com/2009/04/08/personajes-mitológicos-abraxas/.

# Últimas obras publicadas por CBH Books

La editorial Cambridge BrickHouse, Inc.
ha creado el sello CBH Books
para apoyar la excelencia en la literatura.
Publicamos todos los géneros, en todos los idiomas
y en todas partes del mundo.
Publique su libro con CBH Books.
www.CBHBooks.com

De la presente edición:
*Aguaviva, Gen I*
por José A. Díaz Casillas
producida por la casa editorial CBH Books
(Massachusetts, Estados Unidos),
año 2010.
Cualquier comentario sobre esta obra
o solicitud de permisos, puede escribir a:
Departamento de español
Cambridge BrickHouse, Inc.
60 Island Street
Lawrence, MA 01840
U.S.A.

www.ingramcontent.com/pod-product-compliance
Lightning Source LLC
Chambersburg PA
CBHW030920020726
47498CB00001B/45